ROMAN

Michael und Nancy Valentine-Urbschat

ELEKTRISIERT

[redacted]

1. Auflage (Deutsch), November 2014

Layout und Umschlaggestaltung
GONDOR design culture
Druck und Bindung
FIBO Druck und Verlags GmbH
Informationsgrafiken
Michael Valentine-Urbschat

Printed in Germany
ISBN 978-3-00-047749-2

Weitere Informationen finden Sie auf
www.valentine-urbschat.com

*Für Katharina und Nicholas – als Zeichen dafür,
dass die Generation ihrer Eltern nicht tatenlos zusieht,
obwohl sie es besser weiß.*

[redacted]

VORWORT

Die fossilen Brennstoffe – vornehmlich Öl, Kohle und Gas – stellen keine nachhaltige Energieversorgung dar, auch wenn bis heute unser weltweiter, wirtschaftlicher Erfolg in großen Teilen darauf basiert. Das wissen wir alle. Seit Jahren.

Allein diese fehlende Nachhaltigkeit zwingt uns dazu, erneuerbare Energiequellen als attraktive Alternativen auf den Weg zu bringen. Ohne besonderen Zeitdruck, nachdem die Rohstoffkonzerne bisher eine ausreichende Versorgung mit fossilen Brennstoffen sicherstellen. Auch wenn unklar ist, wie lange unsere Öl-, Gas- und Kohlereserven tatsächlich noch reichen.

Wir wissen aber auch – und das nicht erst seit dem diesjährigen, fünften Bericht des Weltklimarates – , dass die dadurch verursachten CO2-Emissionen maßgeblich zur Klimaveränderung beitragen. Experten gehen von einer Erwärmung der Erdoberfläche von mindestens 3-4 Grad Celsius im Laufe dieses Jahrhunderts aus, wenn wir es nicht schaffen, in wenigen Jahren unsere Abhängigkeit von diesen fossilen Brennstoffen massiv zu reduzieren.

Die Folgen dieser einsetzenden Klimaveränderung sind heute bereits spürbar und werden aller Voraussicht nach besonders für die nachfolgenden Generationen zu einem gigantischen Problem werden.

Diese unumkehrbaren Langzeitfolgen erhöhen den Zeitdruck massiv. Zwingen uns, jetzt die Alternativen auf den Weg zu bringen. Hier können und wollen wir nicht tatenlos zusehen. Nicht nur, weil wir selber zwei Kinder haben.

Dabei stellt die umfassende Abkehr von Verbrennungskraftmaschinen im weltweit wachsenden Straßenverkehr eine besondere Herausforderung dar. Bisher haben wir keinen Weg gefunden, diese Technologiewende in der notwendigen Breite und Geschwindigkeit auf den Weg zu bringen. Der Verkehrssektor ist weltweit der einzige Verbrauchersektor, der immer noch ein ungebrochenes Wachstum bei den CO2-Emissionen aufweist.

Mit dem vorliegenden Roman hoffen wir, zur Diskussion und Lösung dieses Themas beitragen zu können, indem wir einer breiteren Leserschaft die prekäre Ausgangssituation, die sehr unterschiedlichen Sichtweisen und Zwänge der beteiligten Spieler, aber auch mögliche Lösungsansätze vor Augen führen.

Das alles haben wir versucht, in eine möglichst spannende Geschichte zu packen – wir wollen Sie als interessierten Leser ja auf keinen Fall verlieren, auf diesem etwas umfangreicheren Exkurs.

Die Geschichte selbst ist völlig frei erfunden, genauso wie auch alle handelnden Personen frei erfunden sind.

Dennoch spielt der Roman mitten in unserer heutigen Welt und baut auf vielen, aktuellen Fakten auf, die von uns nach bestem Wissen und Gewissen recherchiert wurden.

Ein Verzeichnis der wichtigsten Quellen findet sich im Anhang, in dem wir auch einige Hintergründe und Details erläutert haben.

Die öffentlichen Ämter, Organisationen, Firmen und Produkte, die den meisten bekannt sein dürften, sind rein zufällig gewählt und dienen nur dazu, den Bezug zur realen Welt noch mal zu verdeutlichen. Die konkreten Aktivitäten dieser Einrichtungen und ihrer handelnden Personen sind aber natürlich ebenfalls frei erfunden.

Dagegen existieren die beschriebenen Technologien zum größten Teil heute schon oder stehen kurz vor der Fertigentwicklung – und können damit tatsächlich einen nennenswerten Beitrag zur Lösung unseres Verkehrsproblems liefern.

Jetzt aber genug der Vorrede – wir wünschen Ihnen eine spannende Unterhaltung. Und anschließend natürlich möglichst intensive Diskussionen. Denn nur so kommen wir in diesem so essentiellen Thema für die Menschheit endlich voran. Hoffentlich.

München, im Oktober 2014
Michael und Nancy Valentine-Urbschat

PROLOG

SÜDÖSTLICH VON BERLIN, DEUTSCHLAND, EIN KALTER FEBRUARABEND

Verdammter Schnee! Heinz Baumann kniff immer wieder die Augen zusammen und versuchte, das Auto vor ihm trotz des heftigen Schneetreibens einigermaßen im Blick zu behalten. Obwohl er fast Schrittgeschwindigkeit fuhr und den Scheibenwischer seines alten VW Passats auf höchster Stufe hatte, war die Sicht absolut bescheiden. Einzige Hilfe und Orientierung auf der völlig schneebedeckten Landstraße war neben den wenigen Randpfosten nur noch der Vordermann. *Wenn man einen hatte und dieser selbst keinen Mist baute!* Er hasste diese Art von Autofahrten.

»Einen blöderen Tag konnten wir uns echt nicht aussuchen.« Heinz fluchte leise in sich hinein.

Seine Schwiegermutter feierte morgen ihren 60. Geburtstag. *Und natürlich mussten alle kommen, ob sie wollten oder nicht.* Judith, seine Frau, bestand auf einer Anreise am Vorabend, um bei den letzten Vorbereitungen zu helfen. *Was für eine Schwachsinnsidee, bei diesem Sauwetter!*

Heinz konnte sich nicht daran erinnern, wann es das letzte Mal so heftig und lang anhaltend geschneit hatte. Die Räumungskräfte bekamen die Lage kaum mehr in den Griff. *Aber nein, das störte seine Frau überhaupt nicht.* Familie ist Familie, basta, sagte sie noch und hatte damit die häusliche Diskussion beendet. Zu groß war ihre Vorfreude auf den Geburtstag ihrer Mutter.

Auch wenn sie jetzt im Auto ziemlich kleinlaut dasaß. Der viele Schnee machte ihr Angst. Während ihre Zwillinge Robert und Daniel in den beiden Kindersitzen auf der Rücksitzbank völlig entspannt schliefen. Der ganze Stolz der Familie. Ihnen konnte der massive Schneesturm offensichtlich nichts anhaben. Ganz im Gegenteil. Die dicken Schneeflocken waren beim Einsteigen ein Riesenspaß für die Zweijährigen gewesen und hatten die Abfahrt noch um einige Minuten verzögert.

So waren sie nun bereits mehr als zwei Stunden unterwegs. Der Verkehr auf der Landstraße kurz vor Berlin wurde immer zähflüssiger, auch wenn nicht so viele Autos unterwegs waren, wie Heinz befürchtet hatte, an diesem

Freitagabend. Die meisten schienen die Warnungen des deutschen Wetterdienstes ernst zu nehmen. *Das war echt nicht normal, dieses Schneetreiben*, dachte Heinz zum wiederholten Male. *Die Wettergötter spielen total verrückt. Eigentlich schon seit Wochen!*

»Vielleicht hätten wir doch erst morgen früh fahren sollen, Liebling«, kam es nun leise von seiner Frau, die immer besorgter hinaussah.

Ach nein, jetzt merkte sie auch endlich, dass Wetterwarnungen nicht umsonst ausgesprochen wurden! Heinz war immer noch stinksauer, verkniff sich aber eine böse Bemerkung, die ihm auf der Zunge lag. Stattdessen warf er ihr nur kurz einen grimmigen Blick zu.

Die Ablenkung kam im denkbar ungünstigsten Moment. Ein alter Pick-up tauchte wie aus dem Nichts hinter dem Passat auf. Viel zu schnell schoss er heran. Panikartig versuchte der Fahrer, seinen Wagen herunterzubremsen, als er die kleine Wagenkolonne direkt vor ihm erkannte. Vergeblich! Ohne ABS kam der schwere Wagen sofort in ein unkontrolliertes Rutschen.

Als Heinz seinen Blick wieder von Judith zum Rückspiegel wechselte, sah er die beiden riesigen Scheinwerfer nur noch im allerletzten Moment. *Ohh, mein Gott!* Sein Hirn wollte die Bilder irgendwie nicht richtig verarbeiten. Die Front des Pick-ups wurde in Zeitlupe immer größer, bis nur noch die massive Stoßstange und ein Teil der Motorhaube im Rückspiegel zu sehen waren. Sein Atem stockte. Seine Finger verkrampften sich instinktiv im Lenkrad. Doch für eine wie auch immer geartete Reaktion war es zu spät.

Der Aufprall war enorm. Der große Pick-up krachte mit hoher Geschwindigkeit in den VW hinein und schleuderte ihn nach vorne. Der Beifahrersitz des alten VWs hatte keinen Airbag. Seine Frau Judith konnte nur einen kurzen, panischen Laut ausstoßen, bevor sie mit dem Kopf gegen die Windschutzscheibe schlug und sofort das Bewusstsein verlor. Blut spritzte bis zu Heinz hinüber, der vom Knall seines Airbags kurzzeitig benommen war. Die beiden Kleinen federten den Aufprall in ihren modernen Kindersitzen noch am besten ab, auch wenn sie total verängstigt in lautes Schreien ausbrachen.

Der VW geriet völlig außer Kontrolle. Auf der glatten Fahrbahn rutschte er krachend auf den Vordermann, drehte sich einmal um die eigene Achse und glitt dann rückwärts von der Straße. Panisch blickte Heinz nach hinten. *Neeeiiiin! Bitte nicht!* Der Wagen neigte sich plötzlich immer steiler, als der weiche Schnee unter den Hinterrädern nachgab. Und kam dann erneut ins Rutschen! *Scheiiiiße!* Instinktiv presste Heinz mit aller Gewalt auf das Bremspedal. Doch das half nichts. Mehr als 20 Meter ging es rückwärts einen Abhang hinunter.

immer schneller. Durch die Drehung wurde der Motor abgewürgt, auch die Lichter gingen aus. Nach einem dumpfen Aufprall blieb der Wagen, tief im Schnee steckend, in einer dunklen Talsohle liegen.

Mit einem Male war es absolut ruhig, bis auf das Weinen der beiden Kinder. Heinz war unter dem massiv verschobenen Armaturenbrett und der verbogenen Lenksäule eingeklemmt. Er konnte sich kaum bewegen. Seine Frau Judith rührte sich nicht, schien aber zu atmen.

Gott sei Dank. Wir leben noch! Gerade noch mal gut gegangen. Heinz überkam ein gewisses Glücksgefühl. Für den Bruchteil einer Sekunde hatte er befürchtet, dass der riesige Pick-up sie von hinten zermalmen würde. Nachdem er sich von dem Schock erholt hatte, fing er an, wieder ruhiger zu atmen und die Situation klarer wahrzunehmen. Sie hatten den Unfall offensichtlich alle überlebt. *Das war definitiv die gute Nachricht,* machte er sich Mut. *Aber sie saßen fest, richtig fest.* Er selbst konnte sich aus seiner Position nicht befreien, seine Frau war bewusstlos und die Zwillinge waren in ihren Kindersitzen festgeschnallt. *Alles nicht so schlimm, die Rettungskräfte kommen sicherlich gleich.* Er versuchte sich zu beruhigen, auch wenn er seine Beine kaum mehr spürte und die Kälte zunehmend ins Wageninnere eindrang. Er streckte sich unter Schmerzen, kam an den Zündschlüssel heran und versuchte, den Motor wieder zu starten. Vergeblich. Der Anlasser wurde mit jedem Versuch schwächer, bis er ganz den Geist aufgab.

Die Minuten verstrichen. Eine feine, aber dichte Schneeschicht bildete sich auf ihrem Wagen. In der Dunkelheit wurde der Passat allmählich eins mit seiner Umgebung.

Nach einer halben Stunde überkam ihn Panik. Seine beiden Kleinen hinter ihm wurden immer leiser. Trotz seiner aufmunternden Worte, die aber wohl nicht mehr überzeugend genug klangen. Der Blick nach draußen war nun vollständig versperrt, auch der Scheibenwischer bewegte sich nicht mehr. Die gesamte Elektrik schien ausgefallen zu sein. *Wieso kam noch immer niemand den Hang herunter, um nach ihnen zu sehen? Die Polizei musste doch schon längst vor Ort sein. Und wo war der Fahrer, der in sie hineingekracht war? Der muss doch gesehen haben, wie ihr Wagen von der Straße gerutscht ist? Oder nicht?* Er spürte, wie die Panik immer mehr Besitz von ihm ergriff, und begann mit letzter Kraft zu schreien.

Die Rettungskräfte hatten größte Mühe, bis zu dem Auffahrunfall durchzukommen, in den am Schluss mehr als zehn Fahrzeuge involviert waren. Als sie vor Ort eintrafen, saßen die meisten Leute frierend in ihren Autos. Einige eingeklemmt und unter Schock, andere nur leicht verletzt. Keiner erkannte mehr die Spur, die seitwärts den Hang hinunter führte. Keiner vermisste den VW mit Heinz Baumann und seiner Familie. Keiner hörte die Schreie, die von den dicken Schneeflocken fast vollkommen verschluckt wurden.

BERLIN MITTE, BUNDESKANZLERAMT, EINEN TAG SPÄTER

Das Büro lag im Halbdunkeln. Nur die filigrane Schreibtischlampe spendete Licht. Die Kanzlerin war aufgestanden und zum Fenster ihres großen Eckbüros hinübergegangen. Sie war alleine.

Der Schnee fiel immer noch in dicken Flocken und war gut im Schein der Strahler um das Bundeskanzleramt herum zu erkennen. Die Äste der Bäume bogen sich unter der schweren Last. Es schneite in Berlin nun bereits seit mehr als drei Tagen, ununterbrochen. In dicksten Flocken. *Ein wunderschöner und friedlicher Anblick von hier oben*, dachte die Kanzlerin, konnte sich aber kein Lächeln abringen. Denn es herrschte Ausnahmezustand in Berlin. In ganz Norddeutschland, bis hinüber nach Holland und Polen. Das normale Leben war in weiten Teilen Mitteleuropas zusammengebrochen.

Auch der Berliner Flughafen war seit gestern geschlossen, sie kamen mit dem Räumen nicht mehr hinterher. An den Straßenrändern türmte sich der Schnee zum Teil bis zu zwei Meter hoch. Die Schulen waren ebenfalls geschlossen. Sogar die Unternehmen erlaubten ihren Mitarbeitern in verstärktem Umfang das Arbeiten von Zuhause. Sie selbst musste ihren Besuch beim französischen Präsidenten diese Woche absagen. An Fliegen war aktuell nicht zu denken. Auch die Zufahrt zum Kanzleramt war kaum mehr passierbar, so hoch lag der Schnee in der Einfahrt. Der deutsche Wetterdienst konnte bisher keine Entwarnung geben. Das riesige Tiefdruckgebiet mit seinem Zentrum über Norddeutschland bewegte sich nicht. *Quasi wie festgefroren.*

Und dann all die Zeitungsberichte. Die Redakteure hatten fast kein anderes Thema mehr. Mit zum Teil herzzerreißenden Geschichten. Das Bild des eingeschneiten VWs der vierköpfigen Familie ging ihr nicht mehr aus dem Kopf. Sie waren letzte Nacht an einem Abhang bei Berlin in ihrem Wagen erfroren. Das Drama belegte fast alle Titelseiten des Tages. *Mit diesem so unschuldigen Lächeln der beiden Zwillinge.* Es trieb ihr die Tränen in die Augen. *Wie viele Opfer würde dieses Schneechaos noch fordern?* Dann die Fragen nach einer neuen Eiszeit. Setzte der Klimawandel jetzt mit aller Macht ein? Zahlreiche Untergangsszenarien wurden bereits an die Wand gemalt.

Ja, das war definitiv nicht normal, dachte die Kanzlerin grimmig. Setzte der Klimawandel wirklich schneller und heftiger ein, als alle Experten gewagt hatten zu prognostizieren? Heute Morgen hatte sie sich noch mal die Zusammenfassung des letzten IPCC-Berichtes[1] bringen lassen, den sie vor Monaten schon einmal gelesen hatte.

Der UNO-Klimarat hatte damit bereits seinen fünften Report zum Stand der globalen Klimaerwärmung veröffentlicht. Mit zwei Kernbotschaften. Erstens, die Klimaerwärmung war real. Und mit an Sicherheit grenzender Wahrscheinlichkeit durch Menschenhand verursacht. Durch das Verbrennen fossiler Rohstoffe und damit einhergehender, massiver CO2-Emissionen. Und zweitens, das angestrebte Ziel von maximal 2 Grad Celsius für die Erderwärmung im Laufe des 21. Jahrhunderts war eigentlich nicht mehr zu halten. Zu sehr wuchs der Energiehunger der Weltbevölkerung und damit die Nachfrage nach Kohle, Öl und Gas.

Die neuesten Prognosen sagten eine Erderwärmung voraus, die weit über dieses angestrebte Ziel hinausging. Unumkehrbar, war die Aussage. Wenn nicht in wenigen Jahren die Weichen zu einer einschneidenden Trendwende bei den CO2-Emissionen gestellt wurden. Mit kaum absehbaren Folgen für das Weltklima. Steigende Meeresspiegel, lang anhaltende Dürreperioden in bereits wasserknappen Regionen und eine massive Häufung extremer Wettersituationen. Mit gravierenden Folgen für Küstenregionen und Millionen von Einwohnern.

Extreme Wettersituation! Ja, so konnte man das Schneechaos vor ihrem Fenster wohl bezeichnen, dachte sie wütend. Nur, dass es in Realität etwas ganz anderes war, als wenn man diese Dinge nur in einem wissenschaftlichen Bericht las. Der sich dann auch noch auf irgendwann in der Zukunft bezog. Zumindest las es sich so. *Aber das Chaos und die Toten hier in Berlin und Norddeutschland waren real. Heute. Und mit aller Brutalität.*

Die Zahl an Unwettern nahm gefühlt in den letzten Jahren deutlich zu. *Ja, aber bisher fast immer in anderen Regionen dieser Welt, nicht in Deutschland.* Die Kanzlerin verzog grimmig das Gesicht. Das änderte sich ganz offensichtlich. Zuerst nur die Hochwasser, nun immer häufiger auch Hitzeperioden, oder eben

---

1 IPCC, Intergovernmental Panel on Climate Change

Schneechaos. *Nur so schlimm wie jetzt war es bisher noch nie!* Die Wut im Bauch der Kanzlerin nahm zu.

Richtig auf die Palme aber hatte sie der zweite Bericht gebracht, den einer ihrer engsten Mitarbeiter heute Nachmittag hereingereicht hatte. Die Energiewende weg von CO2-verursachender Primärenergie kam in Deutschland auf allen Gebieten voran. Langsam, aber immerhin. *Nur nicht im deutschen Straßenverkehr!* Trotz aller Beteuerungen der Automobilindustrie.

Ihre Mitarbeiter hatten ihr die entscheidende Grafik des Berichts noch mal separat herauskopiert. Sie ging zu ihrem Schreibtisch zurück und starrte zum wiederholten Male auf das oben aufliegende Blatt.

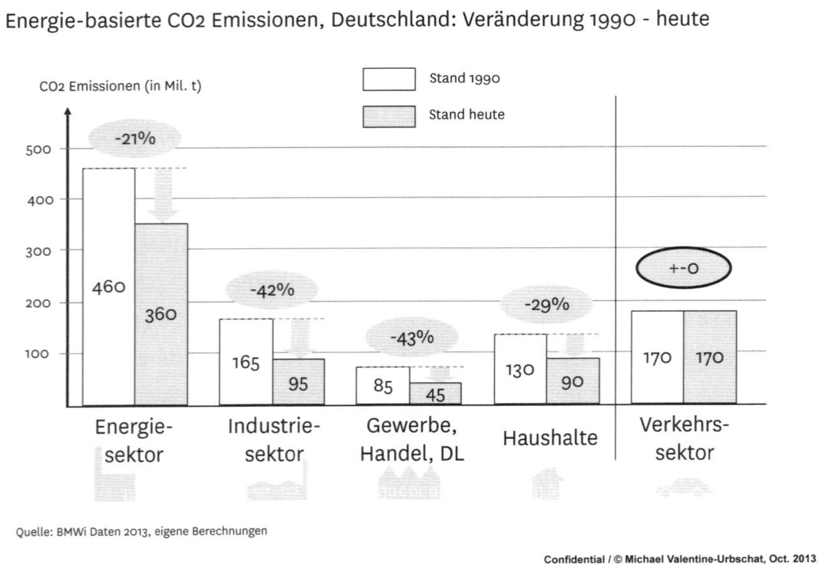

Sowohl im Industriesektor, als auch bei ›Gewerbe, Handel und Dienstleistungen‹ wurden in den letzten 20 Jahren enorme CO2-Reduzierungen erreicht. Über 40 Prozent sagte die Grafik. Aber auch im Energiesektor und bei den Privat-Haushalten wurden immerhin noch mehr als 20 Prozent erzielt. Nur die CO2-Emissionen im Verkehrsektor wollten einfach nicht zurückgehen. 170 Millionen Tonnen CO2 jedes Jahr. Konstant. *Wie eingefroren!*

Doch wenn Deutschland seinen Beitrag zur Begrenzung der Erderwärmung auf unter 2 Grad Celsius leisten wollte, musste auch der Verkehrssektor endlich in die Gänge kommen. Kraftwerke, Industrie, Gewerbebetriebe und Privathaushalte konnten es auf Dauer nicht alleine stemmen. *Die Zeit der Ausreden in der deutschen Automobilindustrie war vorbei. Musste vorbei sein!*

Eine Nachfrage der Grünen beim Wirtschaftsministerium hatte den Finger noch tiefer in die Wunde gelegt. Sie wollten die deutschen Rohölimporte nach Herkunftsländern aufgeschlüsselt haben. Der Bericht zeigte deutlich, dass immer größere Mengen aus Quellen kamen, die für ihre hohen Umweltrisiken bereits am Pranger standen. Oder als Hauptursache für lokale Konflikte galten. Der weltweite, versteckte Krieg um Öl ging damit in eine neue Phase. *Und Deutschland war mittendrin.* Ja, musste mit dabei sein, um seinen Ölhunger zu stillen. Ein gefundenes Fressen für Greenpeace und andere Organisationen. Öl, die schwarze Plage. Auch Deutschland kam nicht los davon.

Nein! Das konnte, das durfte so nicht weiter gehen! Die Kanzlerin war stinksauer. Sie hatte keine Lust auf noch mehr Schneechaos oder andere Extrem-Wettersituationen. Und sie hatte sich klar zur Vorreiter-Rolle Deutschlands bei der Energiewende bekannt. Nicht nur beim Atomausstieg und der Einführung erneuerbarer Energien im Stromsektor, sondern bei der CO2-Reduzierung in allen Verbrauchersektoren. Aus fester, innerer Überzeugung. Nicht aus wahltaktischen oder anderen Überlegungen. Nein, das war ihr ganz persönliches Ziel. Davon würde sie nicht abrücken. Sie spürte, dass die Menschen das auch so von ihr erwarteten. Trotz aller Debakel bei den jährlich stattfindenden, internationalen Klimakonferenzen. Und auch den zunehmend schwierigeren Diskussionen im eigenen Land. Der IPCC-Bericht ließ keinen Zweifel daran. *Wenn die Trendwende bei den globalen CO2-Emissionen nicht in den nächsten zwei Jahren einsetzte, war es zu spät.* Der Satz ging ihr nicht mehr aus dem Kopf.

Ihre Assistentin steckte den Kopf zur Tür herein. »Der Fahrer rief gerade an«, sagte sie leise, »er sitzt mit seinem Wagen irgendwo im Schnee fest. Er meldet sich, sobald er da ist.« Dann war die Tür auch schon wieder zu.

Verdammt! Es reichte für heute. Sie wollte nach Hause. Auch wenn der Ärger über die sich ausbreitende Hilflosigkeit zunahm. Langsam ging sie um ihren Schreibtisch herum. *Irgendetwas musste passieren!*

Frustriert und erschöpft ließ sie sich in ihren Stuhl sinken. Und verharrte dort für eine ganze Weile, bevor sie plötzlich hörbar ausatmete. *Dieses Nichts tun muss jetzt endlich ein Ende haben! THE BUCK STOPS HERE!*

Ihr entschlossener Blick fiel auf das Ölgemälde von Konrad Adenauer, der dieses alte Sprichwort aus einer seiner wenigen USA-Reisen mitgebracht haben soll. Und eine Tendenz in der amerikanischen Politik der Dreißiger Jahre umschrieb, die Verantwortung möglichst schnell weiterzureichen. Sollte sich doch jemand anderes mit dem Problem herumschlagen.

Nur für den extrem pflichtbewussten Präsidenten Harry Truman war diese Vorgehensweise ein absolutes Gräuel gewesen. Zur Erinnerung hatte ihm, so erzählte man, ein guter Freund ein handgefertigtes Schild geschenkt, das er während seiner ganzen Amtszeit auf dem Schreibtisch behielt. Und wenn er mal wieder vor einer besonders schweren und unangenehmen Aufgabe stand, musste er nur kurz hinüberblicken, um sich an seine Pflichten zu erinnern: *»The buck stops here!«*

Nein, ein Weiterreichen der Verantwortung kam auch für die Kanzlerin nicht in Frage. Sie griff zum Telefonhörer und wählte eine interne Nummer.

TEIL 1

AM RANDE DES NIGERDELTAS IN NIGERIA, AFRIKA

Dicke Schweißtropfen bildeten sich auf Jeff Simson´s Stirn. *Verdammte Hitze!* Zusammen mit dem beißenden Gestank der Flammen, die das unerwünschte Gas als Nebenprodukt der Ölförderung abfackelten, war es im Fond des Wagens kaum auszuhalten. Er versuchte, die Krawatte noch weiter zu lockern. Er hasste es, wenn alles am Körper klebte. Und er hasste seinen Job. In solchen Situationen ganz besonders.

Der Fahrer ihres Toyota Landcruisers ließ die Ansammlung an Wellblechhütten hinter sich und beschleunigte den Wagen wieder auf die harte, aber wellige Sandpiste hinaus. Ein paar Kinder standen dicht am Straßenrand, unterbrachen ihr kleines Spiel mit Stöcken aber nur kurz, um der Staubwolke des Wagens hinterher zu blicken.

Die massiven Ölverschmutzungen waren auch aus dem Auto heraus nicht zu übersehen. Im Straßengraben lagen klebrig aussehende Klumpen. Der kleine Bach am Beginn des Dorfes schimmerte unnatürlich blau im Sonnenlicht. Ihre Straße verlief direkt neben einer der zahlreichen überirdischen Pipelines, die ihnen unmissverständlich die Richtung zu den Ölfeldern im Nigerdelta vorgab. Die Haupteinnahmequelle des Landes. Der Weg dorthin aber demonstrierte bitterste Armut und eine schwer belastete Natur. Der Anblick schmerzte Jeff.

»Will arrive soon. Don´t worry. Not more than ten minutes.« Der neben ihm sitzende Regierungsvertreter lächelte ihn etwas verkrampft von der Seite an.

Er war wohl derjenige, der am Schluss den Deal zwischen der Nigerianischen Regierung und seinem Ölkonzern offiziell auf den Weg bringen konnte. Aber soweit waren sie noch nicht.

Petrov, sein Mittelsmann, der vorne auf dem Beifahrersitz saß, hatte sie heute Morgen im Hotel miteinander bekannt gemacht. Als er vor einigen Wochen überraschend in seinem Londoner Büro angerufen und von einer neuen, großen Fördermöglichkeit im Nigerdelta erzählt hatte, war Jeff extrem skeptisch gewesen. Aber der Druck am Ölmarkt war so groß geworden, dass jede noch so kleine Chance auf zusätzliche Förderquellen genutzt werden musste.

Seine Chefin brauchte Erfolge. Seine Firma brauchte Erfolge. Um jeden Preis! Also war er wieder hier. Ob es ihm passte oder nicht. Es war sein Job.

Das Nigerdelta an der Westküste Afrikas gehörte zu den erdölreichsten Regionen auf dem Kontinent. Seine Firma war zusammen mit BP und den anderen internationalen Konzernen seit Jahren an der Erschließung und Förderung beteiligt. Anfangs nur im Gebiet der weit verzweigten Flussmündung, heute auch im Hinterland und weiter draußen vor der Küste.

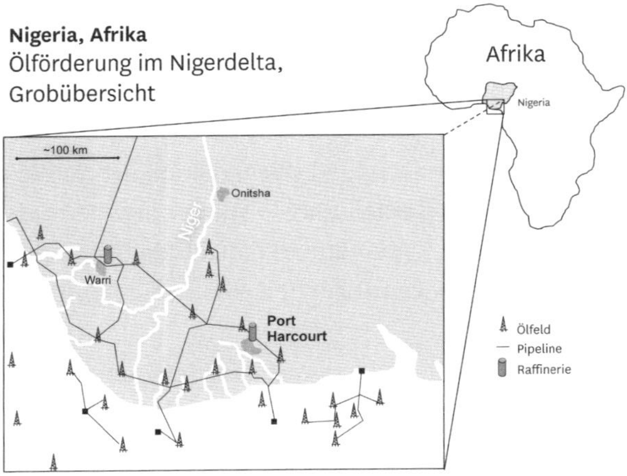

Quelle: Google Maps, eigene Recherchen

Nach der Unabhängigkeit Nigerias in den sechziger Jahren ging der Ausbau der Ölproduktionsanlagen massiv voran. Die Hoffnungen waren groß gewesen, dass die junge Regierung mit Unterstützung der Briten, die das Land ja aus den Jahrzehnten unter ihrer Protektorats-Führung bestens kannten, ein blühendes Vorbild für die Entwicklung Afrikas abgeben würde. Doch es kam anders. Ganz anders! Und das sehr schnell. Erst der Bürgerkrieg um den politischen Einfluss. Im Zuge der explodierenden Öl-Einnahmen die fast unvermeidliche Korruption. Und dann die massiven Umweltverschmutzungen, die den Einwohnern das Leben gerade im Niger-Delta zur Hölle machten. Viele litten unter den gesundheitlichen Folgen, aber ergaben sich resigniert ihrem Schicksal. Doch einige begehrten auf und wurden Teil eines bewaffneten Widerstands. Mit der Exekution mehrerer Widerstands-Anführer in den neunziger Jahren nahm die Härte in der Auseinandersetzung mit den Regierungstruppen noch zu. Fast täglich kam es zu blutigen Auseinandersetzungen.

Heute gehörte das Nigerdelta zu den gefährlichsten Pflastern dieser Welt. Aber das hielt seine Firma und die anderen Konzerne natürlich nicht davon ab, weiterhin jeden Tag hunderttausende Fässer mit dem begehrten Rohstoff zu füllen und auf riesigen Tankern außer Landes zu bringen. Stattdessen wurde die Mitarbeiteranzahl vorort reduziert, die Gehälter noch mal erhöht und die Produktionsanlagen zu veritablen Festungen ausgebaut.

Nur die Erschließung neuer Felder wurde deutlich schwieriger. Die Machtverhältnisse innerhalb der Regierung wechselten ständig und erschwerten damit die Findung der richtigen Ansprechpartner. Es war auch nie ganz klar, wer in den Gebieten, die für mögliche, weitere Erschließungen in Betracht kamen, gerade das Sagen hatte. Die lokalen Widerstandsgruppen oder doch die Zentralregierung. Und die Geldflüsse wurden immer transparenter und mussten damit immer vorsichtiger gestaltet werden.

Aber irgendwie hatte es Petrov, sein langjähriger Mittelsmann in der Region, mal wieder geschafft. Er hatte ihm vor vier Wochen ausführliche, seismische Untersuchungen zu einem bereits bekannten, potentiellen Fördergebiet im Inneren des Nigerdeltas mitgebracht, die erfolgsversprechend aussahen. Die Frage nach dem lokalen Widerstand in diesem noch relativ unberührten Teil der Natur wiegelte er mit einem grimmigen Lächeln ab. Als ehemaliger KGB Mann, der die Hälfte seines Lebens in den schwierigsten Regionen Afrikas und in den Zeiten des Kalten Krieges verbracht hatte, war das einfach Teil des Jobs. Nur, dass er jetzt in die eigene Tasche wirtschaftete, und das wohl ziemlich erfolgreich. Petrov hatte Jeff sogar kürzlich in einem Anfall von Sentimentalität ein Bild seines irgendwo in Marokko erstandenen, riesigen Anwesens gezeigt. *Der Mann hatte tatsächlich ein Privatleben. Kaum zu glauben.*

Jeff drehte sich zu dem neben ihm sitzenden Regierungsvertreter um. In den tiefen, lederbezogenen Rücksitzen des Landcruisers wirkte er noch kleiner. Den Namen hatte er schon wieder vergessen, aber Petrov wusste ja Bescheid.

Weiter kam er mit seinen Gedanken nicht mehr. Die Explosion der ferngezündeten Landmine direkt vor ihrem Wagen war ohrenbetäubend. Gesteinsbrocken und Sand schossen in die Höhe. Die Windschutzscheibe des Landcruisers wurde getroffen und zerbarst in tausend, kleine Stücke.

»Shit«, hörte er Petrov noch von vorne rufen.

Jeff´s Hirn konnte die Ereignisse für den Bruchteil einer Sekunde nicht wirklich einordnen. Ein stechender Schmerz in der Schulter machte ihm aber dann unmissverständlich klar, dass hier gerade etwas massiv schief ging.

Der Fahrer riss den Wagen instinktiv nach rechts, um den herumfliegenden

Teilen auszuweichen. Vergeblich. Jeff wurde mit dem Kopf hart gegen die Seitenscheibe geschleudert. Bevor er den Schmerz der sofort heftig blutenden Platzwunde richtig wahrnehmen konnte, verlor er das Bewusstsein.

ARJEPLOG, NORDSCHWEDEN, AM NÄCHSTEN MORGEN

Die Temperaturen lagen immer noch deutlich unter minus fünfzehn Grad, auch wenn die ersten Sonnenstrahlen bereits über den Horizont kamen und den Beginn eines weiteren, klaren Wintertages vermuten ließen. Ein weißer Mantel aus unzähligen, kleinen Schneekristallen überzog die niedrige Vegetation und funkelte in der Morgensonne. Zahlreiche Spuren im tiefen Schnee verrieten die zwei- und vierbeinigen Bewohner Nordschwedens, die heute Morgen aber noch nicht zu sehen waren. Die Weite und Stille gaben der Landschaft etwas Erhabenes. Nur die freigeräumte Landstraße mit der meterhohen, scharfen Randbegrenzung aus Schnee machte klar, dass auch hier die menschliche Zivilisation Fuß gefasst hatte.

Doch Peter hatte im Moment hinter dem Steuer seines Wagens überhaupt keinen Blick für die Schönheit der ihn umgebenden Natur. Gerade kam die nächste Kurve der schmalen Landstraße mit hoher Geschwindigkeit auf ihn zugeschossen. Er versuchte, den letztmöglichen Zeitpunkt für das Anbremsen seines silbernen, umgebauten BMW X1 zu erwischen. Tief in seinem Inneren schrillten bereits alle Alarmglocken seiner langjährigen Testfahrer-Erfahrung und versuchten, seinen rechten Fuß vom Gaspedal zu zwingen.

»Ganz ruhig, mein Junge«, flüsterte er sich selbst immer wieder zu, auch wenn er innerlich vor Anspannung fast zu zerreißen schien. Dieser rein elektrische Allradantrieb stellte einfach alles in den Schatten, was er bisher in seinem langen Berufsleben als Testfahrer unter den Hintern bekommen hatte.

Jack Summerfield, sein Boss, der bisher neben ihm sitzend nur konzentriert auf den Laptop auf seinen Knien starrte, hob den Blick kurz an und sah durch die eisige Windschutzscheibe hinaus. Auch er spürte die Anspannung.

Dann ging Peter blitzartig vom Gaspedal und schlug das Lenkrad nach links ein. In wenigen Millisekunden nahm die Antriebselektronik die Vortriebsleistung aus den vier Elektromotoren zurück, die die Räder des X1 völlig unabhängig voneinander kontrollierten. Das Fahrzeug wurde massiv verlangsamt, aber nur soweit, dass keines der Räder die Haftung auf dem Schnee verlor. Der Lenkeinschlag brachte das Fahrzeug für einen Augenblick ins Rutschen.

Aber auch hier brachte die Elektronik über die extrem schnell reagierenden Elektromotoren die notwendigen Verzögerungen oder Beschleunigungen auf die vier Räder ein, um sofort wieder die Fahrstabilität zu erlangen.

Ein kurzer Blick auf die Tachonadel zeigte dem Versuchsingenieur, was ihm sein Popometer bereits über das Nervensystem meldete. Sie zogen unglaublich schnell durch diese Kurve und dennoch musste er kaum gegenlenken. Die Anspannung in seinen gesamten Oberkörper ließ langsam nach, als das Fahrzeug sicher aus der Kurve herauskam und problemlos auf sein neuerliches Vollgas-Signal reagierte.

»In knapp 500 Metern kommt die nächste Kurve, diesmal nach rechts.« Jack warf ihm ein kurzes Lächeln zu.

Beide wussten, dass sie mit dem bisherigen Verlauf der Testfahrt ihres neuesten Prototypen, den sie in nur wenigen Wochen zuhause bei Lotus Engineering zusammengebaut hatten, sehr zufrieden sein konnten.

In den letzten zwei Tagen hatten sie mit ihrem Vier-Mann-Team in dem kleinen, angemieteten Hangar fast rund um die Uhr an den letzten Vorbereitungen des Fahrzeugs und ihrer Messausrüstung gearbeitet, die per Container pünktlich aus England herübergekommen war.

Der Hausherr, ein liebenswürdiger, alter Schwede, sah sie mit großen Augen an, als Jack ihm versuchte klar zu machen, dass sie im Hangar mindestens einen Stromanschluss mit 20 Kilowatt Leistung für die Schnellladung ihrer großen Fahrzeugbatterie bräuchten. Nicht die auch in Schweden üblichen knapp 4 Kilowatt Leistung, die jede Haushaltssteckdose lieferte. Sie hatten größte Schwierigkeiten, ihm die Andersartigkeit ihres rein elektrischen Antriebs zu erklären. Der alte Mann fragte immer wieder nach dem Benzintank. Nur zögerlich versprach ihnen der Hausherr, einen Elektriker vorbeizuschicken.

Gestern spät abends waren dann endlich alle Vorbereitungen abgeschlossen. Sie konnten ihr Fahrzeug nun an einer provisorisch aufgebauten Ladesäule mit Strom versorgen, auch mit der gewünschten, höheren Leistung. Angespannt und müde hatten sie den kleinen Hangar verschlossen, während ein eisiger Nachtwind ihnen fast die Finger abfror. Sie fuhren direkt in ihre kleine, nahe gelegene Pension, um wenigstens noch ein bisschen Schlaf vor der so lang ersehnten, ersten Testfahrt zu bekommen.

»Noch zwei Kurven, dann sollten wir wieder auf die Hauptstraße stoßen«, murmelte Jack, ohne vom zweigeteilten Bildschirm seines Laptops aufzusehen, der sowohl die gefahrene Strecke, als auch alle relevanten Antriebsdaten exakt aufzeichnete.

Der X1 zog wieder mit hoher Geschwindigkeit und schneespritzend aus der zweiten Kurve auf die Gerade hinaus. Peter entwickelte zunehmend mehr Gefühl für das Fahrzeug und diesen einzigartigen Allradantrieb und hatte sichtlich Spaß daran, sich langsam an die Grenzen der Physik heranzutasten.

»Ok, das reicht fürs erste.« Jack klappte seinen Laptop zu und deutete nach rechts, während Peter den Wagen langsam herunter bremste, bis er an der Abzweigung auf die Hauptstraße zum Stehen kam. »Lass uns wieder in dem kleinen Café dort vorne in der Ortschaft eine Pause machen. Die haben wir uns redlich verdient nach den letzten Tagen. Ach, und danke, dass du den Wagen nicht geschrottet hast.«

Peter grinste. Er wusste, auf welche unglückliche Angelegenheit bei einer ihrer Testfahrten im letzten Jahr Jack anspielte, und steuerte den X1 in die kleine Ortschaft hinein, die ihnen langsam richtig vertraut wurde. Sie hatten sich für ihre erste Testfahrt eine knapp zehn Kilometer lange Rundstrecke auf einer gut geräumten Nebenstraße ausgesucht. Um sicherzugehen, dass sich in der Zwischenzeit keine größeren Vereisungen oder sonstige Hindernisse aufgetan hatten, waren sie die Strecke am Vortag in ihrem gemieteten Volvo nochmals abgefahren.

Als sie auf den kleinen Parkplatz vor dem einstöckigen, dunkelbraun gestrichenen Holzgebäude mit seinen weißen Fenstern einbogen, standen bereits zwei schwarze AUDI Q5 Prototypen der neuesten Baureihe davor.

»Na, wen haben wir denn da? Unsere lieben Kollegen von der Quattro-Truppe.« Peter parkte den X1 etwas abseits von den beiden AUDIs und kontrollierte zum letzten Mal den Batterieladezustand, bevor er den Schlüssel abzog.

Jack entfernte das Verbindungskabel seines Laptops zur Antriebselektronik des Fahrzeugs, packte den Computer vorsichtig in seine gut gefütterte Umhängetasche und stieg aus.

Er atmete die kalte Morgenluft tief ein, blickte auf die Uhr und nahm zum ersten Mal nach der gut halbstündigen Testfahrt wieder die Ruhe und Schönheit ihrer Umgebung wahr. »Geh schon mal rein, ich brauch´ noch ´ne Minute hier draußen.«

Peter nickte kurz mit einem verständnisvollen Lächeln. »Ich bestell dir schon mal den üblichen Cappuccino«, rief er ihm über die Schulter zu und verschwand in der Tür.

Die Sonne stand jetzt bereits deutlich höher. Als der eisige Wind kurz nachließ, konnte Jack die Wärme auf seinem Gesicht spüren, während er den Blick nachdenklich über die weite, schneebedeckte Landschaft und den nahezu wolkenlosen Himmel schweifen ließ.

Die letzten knapp sieben Monate waren rasend schnell vergangen, seitdem er diesen Anruf von Fritz Nicklas, dem Chef der kleinen, aber feinen BMW Technikschmiede aus München, erhalten hatte. Nicklas arbeitete abseits der Hauptentwicklungsmannschaft seit vielen Jahren mit einem satten Budget und einer hoch motivierten Truppe und übernahm bei zahlreichen Technik-Neuerungen innerhalb des Konzerns die Vorreiter-Rolle.

So hatte er Jack gefragt, ob dieser mit seiner Lotus-Truppe die Umrüstung eines BMW X1 auf rein elektrischen Antrieb mit bisher nicht erreichter Fahr-Performance realisieren könnte. Er dachte dabei an Zielwerte, wie Jack sie in seinem viel beachteten Vortrag auf dem letztjährigen Wiener Motorensymposium angedeutet hatte. Dabei sprach er ihm noch mal sein Lob zu der gelungenen Präsentation über die Fahrdynamik-Chancen von Elektrofahrzeugen mit Mehr-Motoren-Antrieben aus. Was bei Jack natürlich wie Öl runter ging. *Wie oft bekam man schon Lob von den hervorragenden, aber oft eben auch arroganten und selbstverliebten BMW-Ingenieuren?* Obwohl er zugeben musste, dass Fritz Nicklas nicht in diese Kategorie gehörte. Das anschließende Gespräch beim Mittagessen auf dem Motorensymposium bereitete beiden so viel Spaß, dass sie seitdem regelmäßigen Kontakt hielten und sich zu allen elektrischen Antriebsthemen intensiv austauschten.

Lotus Engineering in England war heute definitiv einer der führenden Entwicklungsdienstleister, wenn es um die Elektrifizierung von Autos ging. Alles hatte vor mehr als zehn Jahren angefangen, als Jacks damaliger Chef den Kontakt zu Tesla knüpfte und sie danach maßgeblich an der Entwicklung des ersten rein elektrischen Roadsters beteiligt waren.

Seitdem rissen die Aufträge zur Entwicklung von elektrischen Antrieben bei den Lotus-Ingenieuren, mit Jack als einem ihren kompetentesten Teamleiter, eigentlich nicht mehr ab. Und als sein Chef vor knapp fünf Jahren aus gesundheitlichen Gründen in den vorzeitigen Ruhestand ging, bekam er die Chance, die komplette Entwicklungsabteilung zu übernehmen. Um die Position als attraktiver Partner für die großen Autohersteller weiter auszubauen, investierte Jack mit seiner Truppe immer wieder auch in eigene innovative E-Antriebs-Projekte, aus denen sich eine führende Kompetenz bei rein elektrischen Mehr-Motor-Antrieben entwickelte.

Nachdem Elektromotoren viel kleiner bauten als Verbrennungskraftmaschinen, konnte man ein Allrad-Fahrzeug im Extremfall auch über den Einsatz von vier solchen Elektromotoren realisieren. Mit entsprechend größeren Freiheitsgraden bei der Ansteuerung jedes einzelnen Rades.[2]

Und das Wiener Motoren-Symposium war eine hoch attraktive, jährlich wiederkehrende Plattform, um seine neuesten Erkenntnisse dazu den führenden Antriebsentwicklern aus aller Welt mitzuteilen.

Dennoch kam die Anfrage von BMW und die zeitliche Brisanz für Jack überraschend. Und Fritz Nicklas wollte ihm am Telefon, aber auch in den folgenden Gesprächen, nicht wirklich viele Hintergrundinformationen geben. Nach einem kurzfristig anberaumten, persönlichen Treffen in München war der für sie sehr attraktive Entwicklungsvertrag unter Dach und Fach und die kurze, aber intensive Konzeptphase begann bereits in der darauf folgenden Woche. Die Fahrdynamik-Ziele wurden gemeinsam mit den BMW Ingenieuren erarbeitet. In der technischen Umsetzung ließ ihnen Fritz Nicklas aber alle Freiheiten.

Jack sperrte seine Schlüssel-Entwickler mit den Vordenkern seiner in den letzten Jahren erfolgreich aufgebauten Subunternehmen für mehr als eine Woche zusammen. Das geballte Wissen zu hoch performanten Elektromotoren, Leistungselektronik, Batterien und passenden Fahrwerkskomponenten brütete fast Tag und Nacht in einem Nebengebäude ihres Firmensitzes, das etwas abseits am Waldrand stand.

Als endlich der weiße Rauch aufstieg, waren alle überzeugt, dass sie ein neues, rein elektrisches Antriebskonzept für den BMW X1 hatten, das alles bisher Dagewesene in den Schatten stellen konnte. Mit vier kleinen, aber leistungsstarken E-Motoren.

Die Umsetzung unter hohem Zeitdruck führte dann natürlich zu den üblichen Schwierigkeiten im Detail, die Jack und seinen Mitarbeitern einiges an Schlaf geraubt hatten. Aber jetzt war der Prototyp, nach einer kurzen Vorerprobung in England, endlich fertig und musste hier in Nordschweden auf besonders anspruchsvollem Untergrund seine tatsächliche Leistungsfähigkeit unter Beweis stellen. Die gerade aufgenommenen, ersten Messwerte sahen wirklich gut aus, auch wenn natürlich noch zahlreiche Tests folgen mussten.

»Das wird schon«, murmelte er aufmunternd zu sich selbst. Der beißende Wind in Jack´s Gesicht riss ihn aus seinen Gedanken. Erst jetzt realisierte er, dass er bereits ein paar Minuten nahezu unbeweglich vor dem Café gestanden haben musste. Mit einem Ruck drehte er sich um, legte die wenigen Meter bis zur Eingangstür in schnellen Schritten zurück und genoss die warme Luft, die ihm beim Betreten des Cafés entgegen kam.

---

2 Details siehe Anhang, Punkt 1: Vergleich Allrad-Antriebstechnik

Ihre nette Bedienung war wieder da und begrüßte ihn im Vorbeigehen mit einem breiten Lächeln. »Your coffee is already waiting for you«, warf sie ihm noch schnell zu, mit dem typisch schwedischen Akzent.

Peter saß wieder am gleichen Tisch rechts hinten an einem der wenigen Fenster und spielte gedankenverloren an seiner Kaffeetasse. Die vier AUDI Ingenieure saßen etwas entfernt am Tresen, nahmen ihn kurz wahr und diskutierten dann intensiv weiter. Ansonsten war das Café fast leer, was in dieser verlassenen Gegend aber nicht wirklich verwunderte.

Jack nahm die Umhängetasche von der Schulter und ging zu Peter hinüber.

»Na, noch ein paar Rentiere erlegt?«

»Jaja.« Jack stellte die Tasche vorsichtig ab, zog die dicke Jacke aus und setzte sich Peter gegenüber an den kleinen Tisch. »Was macht eigentlich unser Batterie-Ladezustand nach der rasanten Fahrt?«

»Nur noch knapp 80 Prozent. Kein Wunder bei der Kälte, auch wenn wir ganz schön aufs Gas gedrückt haben. Du hast doch die tatsächliche Stromaufnahme in den Messdaten.«

Jack nickte und kippte einen Löffel Zucker in seinen Cappuccino. »Hatte aber während der Fahrt keine Zeit, auf die Verbrauchswerte zu schauen. Ist ja eigentlich auch nicht so wichtig. Hauptsache, wir waren erst mal schnell unterwegs und haben´s heil bis zum Café geschafft.«

Beide grinsten und genossen den heißen Kaffee.

»Die neue Fahrdynamik-Software macht wirklich einen phänomenalen Job«, sagte Peter, »in der engen Kurve kurz vor der Hauptstraße dachte ich echt schon, dass der Wagen uns diesmal wegbricht und wir ihn wieder mühselig aus dem tiefen Schnee am Straßenrand ausgraben müssen. Und dann rutschte er nur kurz weg, bevor die Software blitzschnell auf die beiden Außenräder wohl einen Tick mehr Moment gab, um das Fahrzeug noch rechtzeitig abzufangen. Und schwupp, waren wir auch schon aus der Kurve raus. Ich war echt beeindruckt. Müssen Jonathan später unbedingt ein dickes Lob schicken.«

Peter hatte Recht. Der junge Jonathan Smith, der bei Jack erst seit zwei Jahren an der Fahrdynamik-Regelung arbeitete, hatte ein verdammt gutes Händchen für die neuen Möglichkeiten bei mehrmotorigen, elektrischen Antrieben. Und gleichzeitig bereits ein sehr tiefes Verständnis für die Sicherheitsanforderungen entwickelt, die eine unabhängige Ansteuerung der einzelnen Räder erforderte. Denn das letzte, was ein Fahrer wollte, war ein unbeabsichtigtes Beschleunigen oder Abbremsen eines der Räder in einer kritischen Fahrsituation. Das war sicherlich eine der Achillesfersen der Mehrmotoren-Konzepte.

Jack wusste das und hatte dementsprechend viel in dieses Thema investiert.

»Schreib´ ihm doch schnell eine erste kleine Nachricht. Das wird ihn sicherlich freuen, nachdem ich ihn schon nicht nach Schweden mitgenommen hatte.«

»Wie, wollte er wirklich in diese Saukälte mitkommen? Wusste ich gar nicht.« Peter begann, auf seinem Smartphone eine Nachricht an Jonathan einzugeben.

Jack blickte zur Bar. Die AUDI Leute waren immer noch lautstark am diskutieren. Einer der Ingenieure hatte wohl die Aufschrift »100% electric« auf ihrem X1 gesehen und gestikulierte in ihre Richtung.

»Wow, dass ihr mit eurem Elektroantrieb in der Kälte bis hierher gekommen seid. Echt tolle Leistung! Sollen wir auf der Rückfahrt vielleicht langsam hinter euch her fahren? Nur für den Fall, dass euch der Saft ausgeht«, rief er in bestem Englisch und lachte zu seinen drei Kollegen hinüber.

Jack grinste zurück. »Danke, aber ich denke, das wird nicht nötig sein.«

»Naja, wäre für uns sowieso viel zu langweilig. Mit eurer riesigen Batterie kommt ihr wahrscheinlich kaum vom Fleck«, warf er provozierend hinterher und erzeugte ein weiteres kaum zu unterdrückendes Grinsen bei seinen Kollegen.

Jack schmunzelte. Die Unwissenheit zu den Fähigkeiten eines rein elektrischen Antriebs war auch unter Antriebsexperten immer noch weit verbreitet. Zu sehr waren die meisten Ingenieure in ihrer alten, verbrennungsmotor-zentrierten Welt verhaftet.

Natürlich war ihre Batterie mit fast 30 Kilowattstunden Energieinhalt ein Block von mehr als 300 Kilogramm Gewicht, den man erst mal im Fahrzeug unterbringen musste. Besonders wenn dieses dafür ursprünglich nicht ausgelegt war. Daher hatten die meisten Fahrzeuge, die von konventionellem auf elektrischen Antrieb umgebaut wurden, einen ordentlichen Gewichtsnachteil.

Dass sie aber über die letzten Jahre bei Lotus aufgrund zahlreicher Projekte viel dazugelernt und das Fahrzeug-Mehrgewicht bei ihrem neuesten Baby auf unter 100 Kilogramm gedrückt hatten, konnten die Quattro-Kollegen ja nicht wissen.[3]

Peter hatte die Nachricht von seinem Smartphone abgeschickt und sah nun ebenfalls zum Tresen hinüber. *Arrogante Typen!* Das Grinsen der vier reizte sofort den alten Rennfahrer-Instinkt in ihm, den er seit den Tagen als junger, eigenfinanzierter Mini-Rennfahrer in England nicht mehr abgelegt hatte.

---

3 Details siehe Anhang, Punkt 1: Vergleich Allrad-Antriebstechnik

»Für ´ne kleine Wettfahrt reicht es allemal«, sagte er laut genug zu Jack, sodass die AUDI-Leute am Tresen es kaum überhören konnten.

Jack schüttelte leicht den Kopf. »Komm, lass´ sie in Ruhe. Wir haben noch ein umfangreiches Testprogramm vor uns und keine Zeit für solche Späßchen.«

Aber dafür war es jetzt bereits zu spät. Während einer der AUDI-Ingenieure die Rechnung beglich, nahmen die drei anderen ihre dicken Winterjacken und kamen bereits zu ihnen hinüber.

»Naja, wenn ihr unbedingt wollt, fahren wir natürlich gerne für ein paar Meter hinter euch her. Aber bitte nicht zu langsam. Wir wollen unsere schönen Frontspoiler ja nicht an eurem Heck verkratzen.«

Jack war immer noch überrascht von dem guten Englisch des Deutschen. Aber die Quattro-Leute waren immer noch die Vorreiter beim konventionellen Allrad-Antrieb und daher schon lange und regelmäßig hier oben, im größten, europäischen Testgebiet für die Fahrzeug-Wintererprobung, unterwegs. Tat wohl auch den Sprachkenntnissen gut.

Jack wollte immer noch abwimmeln, aber Peter ließ nicht locker.

»Komm´ schon«, warf er ihm leise zu, »das machen wir einfach zum Teil unseres Testprogramms. Gibt uns eine gute Gelegenheit, die relative Performance unseres X1 genauer auszuloten.«

Er hatte natürlich Recht. Messwerte waren die eine Sache, eine tatsächliche Vergleichsfahrt mit einem der besten Allrad-Fahrzeuge auf dem Markt eine ganz andere. Und bei BMW mussten sie in der nächsten Zeit mit etwas Ähnlichem rechnen. *Aber war ihr Prototyp wirklich schon so schnell, wie ihr Popometer ihnen versuchte klarzumachen?* Er hätte das Fahrzeug und die Software lieber noch ausführlicher getestet.

Doch Peter war bereits aufgestanden und schien mit den vier Deutschen die Details der kleinen Wettfahrt zu besprechen.

»Können wir zahlen«, Jack winkte ihrer netten Bedienung kurz zu, die sich gerade eine kleine Pause am Tresen gönnte. Das Café hatte sich fast komplett geleert.

Die AUDI Leute zogen ihre Jacken über und wendeten sich dem Ausgang zu.

»Und, was hast du jetzt wieder Wildes ausgemacht?« Jack war immer noch ein wenig genervt.

»Ach komm schon, ich hab denen nur gesagt, dass wir gleich den zweiten Teil unserer kleinen Testfahrt auf der Nebenstraße zurück nach Arjeplog machen, was ihnen von der Richtung her zusagte. Jetzt warten sie draußen auf uns und wollen hinter uns herfahren.«

Peter machte sich bereits fertig, während Jack noch die letzten Schaumreste aus seiner Cappuccino-Tasse kratzte und mit schmalen Augen zu ihm aufsah.

»Aber ich warne dich, schrotte nicht unseren Wagen. Wir fahren so schnell wie in den letzten Kurven unserer Hinfahrt und dann schauen wir mal, wo die AUDIs bleiben. Und wenn uns unser erstes Bauchgefühl getäuscht hat, fein, dann fährst du rechts ran, wir verabschieden uns höflich von den Kerlen und alles ist erledigt.«

»Jawohl, Chef.« Peter grinste ihn an.

So ein Quatsch, natürlich werden wir nicht rechts ran fahren und die AUDIs vorbeiziehen lassen! Zumindest nicht, bevor er ihnen auf der Strecke davor gezeigt hatte, wer hier das schnellere Auto hatte. Sein Bauchgefühl konnte ihn nicht täuschen, nach so vielen Jahren als einer der besten Lotus-Versuchsfahrer. *Durfte ihn einfach nicht täuschen.*

IM 16. ARRONDISSEMENT IN PARIS, AM GLEICHEN MORGEN

Die ersten Sonnenstrahlen kamen durch das schmale Badfenster im fünften Stock des eleganten, aber etwas heruntergekommen Pariser Stadthauses und zeigten sich in dünnen Streifen auf der gegenüberliegenden Wand vom Bett.

Eric Brinneau rutschte leise unter der Decke heraus, während seine Freundin noch schlief. Er setzte seine Brille auf und ging barfuss die wenigen, engen Stufen am Ende des Flurs hinauf zu ihrer Mini-Dachterrasse. Der Morgen über den Dächern von Paris hatte für ihn noch immer etwas ganz Besonderes. Die kleine Tür, die hinausführte, war für jemanden seiner Größe fast zu niedrig, aber die tägliche Routine der letzten zwei Jahre ließ ihn geschickt hinausgleiten. Feucht und kalt spürte er die alten Terrassenplatten unter seinen Füßen. Er streckte sich und genoss den Blick Richtung Osten über die Seine, bis hinüber zum Eiffelturm. Die ersten Sonnenstrahlen versprachen auch hier einen weiteren, schönen Wintertag und zwangen Eric ein kurzes Blinzeln ab. Ihr Appartement im beliebten sechzehnten Arrondissement im Pariser Westen war zwar ein bisschen klein, nicht wirklich optimal geschnitten und die Dusche litt unter Warmwassermangel, aber das kleine Refugium hoch über den Dächern von Paris hatte für ihn damals den Ausschlag gegeben, als sie den Mietvertrag unterschrieben.

Eric rieb sich die Augen. Er hatte nicht wirklich gut geschlafen, nachdem sein Chef ihn gestern Abend noch spät zuhause angerufen hatte. Das machte er sonst eigentlich nie. Er war kurz angebunden gewesen, wollte ihn aber dringend heute Morgen noch vor acht Uhr dreißig im Büro sehen. *Keine weiteren Erklärungen am Telefon, käme alles morgen früh,* hatte er gesagt und das Gespräch beendet.

Eric arbeitete nun schon seit mehr als sechs Jahren für die IEA. Die International Energy Agency, so ihr voller Name, war kurz nach der ersten Ölkrise in den siebziger Jahren von den führenden, aber ölabhängigen Industrienationen gegründet worden. Als kleine, schlagkräftige Koordinationszentrale zur besseren Abfederung zukünftiger Ölkrisen. Im Fokus lagen die exakte Verfolgung der Nachfrage- und Angebotsströme, sowie der Aufbau strategischer Ölreserven. Der Hauptsitz war in Paris, nicht weit entfernt vom Eiffelturm, und ursprünglich direkt neben der OECD-Zentrale, wo die Vertreter der führenden westlichen Industrienationen sowieso täglich ein und ausgingen.

Nachdem Ölkrisen aber, Gott sei Dank, nicht jedes Jahr auftraten und die zusammengezogenen, zahlreichen Experten nicht ausschließlich Trockenübungen veranstalten wollten, entwickelte man einen zweiten analyse-orientierten Aufgabenschwerpunkt für die IEA. Jedes Jahr wurde ihr Hauptwerk, der *World Energy Outlook*, veröffentlicht, der sich über die Jahre zu einem der führenden Nachschlagewerke bezüglich des weltweiten Energieverbrauchs entwickelte. Auf mehr als sechshundert Seiten stellte die IEA die aktuellsten Zahlen zur globalen Produktion aller wichtigen Energieträger und deren Konsum in den einzelnen Ländern oder Regionen dar. Und entwickelte daraus eine rollierend aktualisierte Prognose über die nächsten zwanzig Jahre.

Nachdem sich der Verkehrssektor, und hier insbesondere der Straßenverkehr, über die letzten Jahrzehnte zum klaren Hauptabnehmer für die weltweit geförderten Ölmengen entwickelte, baute die IEA unter der Führung von Eric´s Chef Jean-Luc Garçon eine neue Abteilung auf. Ausschließlich für die Beobachtung und Analyse der globalen Nachfrageentwicklung in diesem Sektor.

Sein Chef war ein alter Hase bei der IEA und bereits Teil des kleinen Krisenteams gewesen, das kurz vor Beginn des Irakkrieges, Anfang der neunziger Jahre, eine Panik auf den Ölmärkten durch ein gut koordiniertes, frühzeitiges Bereitstellen von massiven Ölreserven verhinderte. Doch das war schon eine gefühlte Ewigkeit her. Seitdem nahm die Analyse- und Prognosearbeit zu den Energiemärkten eine immer stärkere Rolle innerhalb der IEA ein.

Mit Unterzeichnung des Kyoto-Protokolls im Jahr 1997 durch einen Großteil der internationalen Staatengemeinschaft rückte die Begrenzung des globalen, energiebasierten CO2-Ausstoßes und das Aufzeigen realistischer Ziele und Lösungswege immer mehr in den Vordergrund. Um ihre führende Rolle in der Beratung zu Energiefragen nicht zu verlieren, musste die IEA in den Aufbau komplexerer Marktmodelle mit der Fähigkeit zur Erstellung eigener, detaillierter Szenarien investieren. Dies erforderte im Verkehrssektor zusätzliches Expertenwissen zur Entwicklung der Fahrzeug-Antriebstechnologien und deren Marktvolumina. Und das sowohl im weltweiten Straßenverkehr mit seiner heute mehr als einer Milliarde PKWs und LKWs, als auch bei Flugzeugen und Schiffen.

Das war der Grund, wieso sein Chef ihn damals anrief und Eric den Job in Paris anbot. Sie kannten sich bereits aus einer kurzen, gemeinsamen Zeit im Smart-Projekt, das ja ursprünglich alleine von Swatch in der Schweiz vorangetrieben wurde, bevor es zur Kooperation mit Daimler und dann zum kompletten Transfer des Projektes nach Stuttgart kam. Jean-Luc Garçon war in der Konzeptphase als externer, beratender Experte mit von der Partie, während Eric nach erfolgreichem Abschluss seines Wirtschaftsingenieur-Studiums an der renommierten Eidgenössischen Technischen Hochschule in Zürich überglücklich war, seinen ersten Job in einem so revolutionär angehauchten Autoprojekt gefunden zu haben.

Die Fahrzeugtechnik begeisterte ihn seit seiner Jugend. Angefangen bei der eigenen Seifenkiste fing er an, ein besonderes Interesse für alle neuen Antriebsarten zu entwickeln. Und, wo es ging, auch in der väterlichen Garage selbst auszuprobieren. Da war das technikorienterte Studium nur logisch und konsequent.

Jetzt wollte er mithelfen, die Welt zu verbessern. Doch seine jugendliche Euphorie wich bald einer bedrückenden Ernüchterung, als er merkte, dass der innovative, elektrische Antrieb unter größeren, technischen Schwierigkeiten litt, immer unbeliebter innerhalb der Kooperation wurde und schließlich vollständig einem konventionellen Verbrennungsmotor weichen musste. Und auch sonst war die Zusammenarbeit mit Daimler für die Schweizer Teammitglieder kein wirkliches Vergnügen. Da kam der Anruf aus Paris gerade recht.

Im ersten Jahr seiner Tätigkeit bei der IEA gab ihm Jean-Luc ausreichend Zeit, sich noch tiefer in die technischen Details aller innovativen Fahrzeug-Antriebskonzepte und deren Marktreife einzuarbeiten. Aufbauend auf diesem Wissen lieferte er seinen Kollegen wichtigen Input für die Gestaltung eines detaillierten Marktmodells, um den Verbrauch und die CO_2-Emissionen im Straßenverkehr deutlich besser als in der Vergangenheit vorhersagen und den Einfluss verschiedener Technologie-Alternativen genauer abschätzen zu können.

Die jedes Jahr gemeldeten, weltweiten Absatzzahlen für Benzin und Diesel lieferten ihnen dann die notwendige Vergleichsbasis, um das Prognosemodell weiter zu verfeinern.

Der Job machte ihm Spaß, anders konnte man es nicht sagen. Jean-Luc war in Erics Augen ein wunderbarer Chef, der für seine Mitarbeiter immer ein offenes Ohr hatte, egal ob beruflich oder bei privaten Themen. Eric schätzte die ruhige und väterliche Fürsorge des Franzosen. Und dann war da noch Paris. Die Stadt seiner Träume.

Er genoss den weiten Blick die Seine hinunter. Manchmal konnte man von hier oben sogar die weltberühmte Pont Neuf am Eiffelturm vorbei, mitten im Zentrum der Stadt, erkennen.

»Eric, wo bleibst du denn?« Seine Freundin Jeannette stand auf der obersten Treppenstufe und sah ihn vorwurfsvoll mit ihren großen, brauen Augen an. »Du holst dir echt noch eine Erkältung da draußen. Wolltest du heute nicht früher ins Büro? Komm´ jetzt endlich.«

Sie sah wiedermal verdammt verführerisch aus, in dem dünnen, langen T-Shirt, das ihre schönen Kurven kaum verdecken konnte. Und wenn sie ihre großen Augen so vorwurfsvoll verdrehte, war sie unwiderstehlich. *Jetzt nicht*, dachte Eric, sein Chef fände es wahrscheinlich überhaupt nicht lustig, wenn er gerade heute Morgen zu spät käme.

Jeannette drehte sich um und verschwand. *Zum Anbeißen, diese Frau!* Eric fragte sich zum wiederholten Male, was Jeannette zu ihm geführt hatte. *Bei dem Aussehen und ihrem tollen Job in der Pariser Modewelt konnte sie an jedem Finger problemlos zwei Kerle haben. Wenn sie denn wollte! Aber irgendetwas hielt sie bei ihm. Naja, so übel war er ja auch nicht.* Eric grinste verlegen, nahm die Brille ab und und streckte sich ein letztes Mal in den Pariser Morgenhimmel.

Er konnte den Kaffee bereits riechen, als er wieder die enge Treppe hinunter stieg. Wie bei jeder guten Pariserin gab es auch bei seiner Freundin nur eine große Tasse Kaffee und ein bisschen Toast mit Marmelade zum Frühstück. Es sei denn, er machte sich bereits vor dem Frühstück zu ihrem kleinen Bäcker um die Ecke auf und brachte ein paar leckere Croissants und ein frisches Baguette, oder diese typisch französischen Schokoteilchen mit.

Er ging an der Küche vorbei in ihr kleines Schlafzimmer und blickte auf den alten Wecker. Es war tatsächlich schon später, als er dachte. Etwas hektisch suchte er sich ein frisches Hemd aus dem Schrank und schlüpfte in die über dem Stuhl hängende Hose. Sein Chef legte keinen besonderen Wert auf die Kleidung seiner Mitarbeiter, solange sie sauber und dezent war.

»Keine Krawatte heute Morgen? Sehr schade.« Jeannette drehte sich zu ihm um, als er in die Küche kam, und lächelte ihn an. Magisch angezogen ging er zu ihr hinüber. Geschickt zog sie ihn mit einem Finger in seiner Hemdöffnung zu sich herunter und drückte ihm einen innigen Kuss auf die Lippen.

»Nein, keine Krawatte. Du weißt, wie sehr ich die Dinger hasse! Außerdem muss ich gleich los.«

Seine Freundin arbeitete bei einem Pariser Modemagazin und hatte ein ausgesprochen gutes Gefühl für stilvolle Kleidung. Und konnte es natürlich nicht lassen, Eric immer mal wieder darauf hinzuweisen, wenn er in ihren Augen bei der Auswahl seiner Kleidung allzu nachlässig vorging. Das Tragen, oder, besser gesagt, fehlende Tragen einer Krawatte war immer wieder Anlass einer etwas intensiveren Diskussion. Aber er gab sich Mühe. Ihr zuliebe.

»Unsere kleine Verabredung zum Mittagessen mit Fabienne und Marc hast du aber nicht vergessen?«

Mist. Doch, hatte er fast. Fabienne war Jeannette´s beste Freundin, ebenfalls aus der Modebranche und immer bestens gekleidet, so wie ihr Freund Marc natürlich auch. Irgendwie war das nicht seine Welt, auch wenn er den Flair und die Partys immer wieder genoss. Nur die Gespräche waren meist nach kurzer Zeit ziemlich langweilig, und dann ziemlich anstrengend.

»Wann hatten wir noch mal ausgemacht?«

»Um 13 Uhr. In dem neuen, kleinen Restaurant, gleich bei euch um die Ecke.«

Eric nickte, schluckte den letzten Bissen seines Toasts hinunter und ging wieder hinaus in den schmalen Flur ihrer Wohnung. »Dann bis später, Liebling.«

Den Weg ins Büro legte er, so oft es ging, auf seinem noch aus der Schweiz mitgebrachten Rennrad zurück. Er legte es jedesmal vorsichtig über die Schulter und trug es aus ihrer Dachgeschosswohnung die fünf Stockwerke hinunter. *Wenigstens ein kleiner Beitrag zur Verbesserung der schlechten Pariser Luft!* Er schmunzelte und verließ ihre Wohnung.

Die meisten Pariser in ihrem vornehmen Viertel waren um diese Zeit noch nicht unterwegs. Ein kalter Wind blies ihm ins Gesicht, als er die Straße hinunter sah. Gut, dass er die Handschuhe mitgenommen hatte.

Die Winter in Paris waren zwar deutlich milder, als er es aus seiner Jugend in der Schweiz gewohnt war, aber auch hier konnte die niedrig stehende Sonne nicht viel gegen die Temperaturen um den Nullpunkt herum ausrichten.

Er schwang sich auf´s Rad. Die ersten Meter auf dem alten und rutschigen Kopfsteinpflaster bis zur Straßenecke waren immer etwas nervig, besonders mit seinen dünnen Reifen. Aber dananch ging es.

Keine fünf Minuten später näherte er sich bereits der ›Pont de Bir-Hakeim‹, auf der er jeden Morgen auf seinem Weg zur Arbeit die Seine überquerte, egal ob mit dem Fahrrad oder der Metro.

Als er zum x-ten Mal den Namen auf dem Schild neben der Auffahrt zur Brücke im Vorbeifahren las, musste er erneut schmunzeln. Er hatte sich tatsächlich vor ein paar Wochen die Mühe gemacht und den so merkwürdigen und nicht-französischen Namen im Internet recherchiert.

Bir-Hakeim war ein kleines Fort in der Lybischen Wüste gewesen, wo im Juni 1942 ein General Koenig die Ehre der französischen Nation nach der bitteren Niederlage 1940 gegen das deutsche Reich wiederhergestellt hatte. Ein verbissener Widerstand der französischen Legionäre über mehr als fünf Tage gegen das eigentlich übermächtige Afrikakorps unter Rommels Führung hatte der damals extrem unter Druck stehenden, englischen Armee die so dringend benötigte Zeit gegeben, sich zu reorganisieren und damit der drohenden Niederlage zu entgehen. Und so wurde die Brücke zur Erinnerung an diese Heldentat 1948 entsprechend umbenannt. Auch wenn heute wahrscheinlich kaum einer mehr mit dem Namen etwas anfangen konnte.

Auf der anderen Seite der Seine angelangt, waren es keine fünfhundert Meter mehr bis zum Hauptsitz der IEA.

Eric zeigte dem Wachpersonal im Vorbeigehen seinen Ausweis und betrat den Lift, der das RFID-Signal seines Ausweises automatisch in einen Fahrbefehl für den sechsten Stock übersetzte. Dort befand sich seine Abteilung.

Sein Chef erwartete ihn schon. »Guten Morgen, Eric, komm ´rein. Nicole, die nächste halbe Stunde bitte keine Störungen.«

»Morgen, Nicole, auch schon so früh da.« Eric zwinkerte der Assistentin im Vorbeigehen zu und legte seine Tasche auf die kleine Couch gleich rechts neben der Tür.

Die Büros der leitenden Angestellten bei der IEA waren alle ausgesprochen großzügig. Sein Chef hatte es zudem vor vielen Jahren mit Geschmack einrichten lassen. Gerade die Couch zusammen mit einem kleinem Glastisch und zwei geschwungenen Sesseln gaben dem Büro eine sehr individuelle Note. Hier hatten sie schon zahlreiche, lange und gute Diskussionen geführt. Meist zu den Energieproblemen dieser Welt, aber auch zu ganz anderen und manchmal auch privaten Themen.

Jean-Luc erkannte und förderte das hohe, intellektuelle Potential in Eric mit geschickter Hand und baute ihn so zu einem kompetenten Stellvertreter auf, was die Bande zwischen den beiden natürlich noch enger zog. So hatte sich ihre gute fachliche Zusammenarbeit über die letzten Jahre hin zu einem engen Vertrauensverhältnis entwickelt.

»Du machst es aber spannend, was ist denn los?«

Sein Chef setzte sich in einen der beiden Sessel und deutete ihm an, sich auf der Couch niederzulassen. Jean-Luc begann ohne lange Umschweife.

»Was meinst du, wer uns in der nächsten Zeit einen Besuch abstatten möchte? Ganz persönlich! Und darauf erpicht ist, unserer spezifisches Fachwissen zum weltweiten Straßenverkehr zu konsultieren?«

Jean-Luc sah Eric direkt in die Augen. Mit einem verschwörerischen Blick.

»Ähh, keine Ahnung.«

»Na, komm schon. Rate mal!«

Eric geriet ins Stottern. Er hatte keine Ahnung. Jean-Luc beugte sich zu ihm vor. »Du wirst es nicht glauben.... die deutsche Kanzlerin.«

Was? Eric war sprachlos. Er hatte ja mit vielem gerechnet, als sein Chef ihn letzte Nacht anrief, aber nicht damit. Er schluckte.

Sein Chef fuhr ungerührt fort.

»Der Anruf kam von Herrn Weidner, Abteilungsleiter im Bundeskanzleramt. Erinnerst du dich noch? Das Meeting mit dem deutschen Regierungsvertreter während der so bescheiden verlaufenen Klimakonferenz in Kopenhagen in 2009. Guter Typ. Er ist immer noch im Kanzleramt und jetzt eine der Schlüsselpersonen für die Koordination der deutschen Energiewende. Die Kanzlerin ist wohl aktuell ein wenig angefressen wegen ihren nationalen Fortschritten, oder eher Nicht-Fortschritten, besonders im Verkehrssektor. Herr Weidner erzählte ihr von unserem Szenario 450 und war selbst überrascht von dem Vorschlag der Kanzlerin. Am Rande eines routinemäßig geplanten Treffens mit der französischen Regierung in knapp drei Wochen möchte sie ein Treffen. Und sich bei uns, ohne großes Aufsehen, ein eigenes Bild über den notwendigen Beitrag des weltweiten Straßenverkehrs zu machen.«

»Wow! Die Kanzlerin ganz persönlich. Bei uns? Ich bin immer noch platt.«

»Aber ich bin ja noch gar nicht fertig. Jetzt kommt´s! Der notwendige

Beitrag alleine reicht ihr nicht! Sie will von uns zielführende Maßnahmen sehen, die den CO2-Ausstoß im Verkehrssektor wirklich signifikant nach unten bringen können. Und das natürlich speziell im deutschen Markt.«

Eric geriet leicht ins Schwitzen. *Wie sollten sie das genau anstellen? Und was genau erwartete Jean-Luc da von ihm?* Eric merkte, wie er innerlich verkrampfte. *Jetzt mach dir nicht gleich ins Hemd, Junge! Wir haben bereits einiges an guter Arbeit geleistet, da wird auch was Vernünftiges für die deutsche Kanzlerin dabei sein!* Er versuchte sich zu beruhigen und atmete tief durch.

Das von der IEA zum Zeitpunkt der Kopenhagener Klimakonferenz entwickelte, sogenannte Szenario 450 erregte damals in der Fachwelt und bei den involvierten Regierungsstellen einiges an Aufsehen. Erstmals lag ein globales Bild mit detaillierten Zielwerten für die einzelnen Verbrauchersektoren und wichtigsten Verbraucherländer bis 2030 vor. Damit konnte mit großer Wahrscheinlichkeit das Ziel einer Begrenzung der Erderwärmung auf unter 2 Grad Celsius im Laufe dieses Jahrhunderts erreicht werden.

»Jetzt noch mal langsam. Willst du damit sagen, die deutsche Kanzlerin kommt einfach so vorbei und will mit uns plaudern?« Eric malte sich bereits aus, wie die dicken schwarzen Limousinen vor der IEA Zentrale vorfuhren und eine Heerschar an wichtigen Leuten ausstieg. Und Jean-Luc und er mittendrin. *Eigentlich ein ziemlich cooles Bild!* Er musste verlegen grinsen. Dennoch begannen nun auch seine Hände feucht zu werden.

»Ich glaube nicht, dass sie an ein Plauderstündchen bei Kaffee und Kuchen dachte, Eric. Und die Örtlichkeit wird man uns in den nächsten Tagen noch mitteilen. Am liebsten möchten ihre Leute das Treffen ohne jegliche Publicity organisieren. Ein groß aufgehängter Besuch bei uns zu einem eigentlich nationalen Thema, und dann auch noch mit Problemen in der Umsetzung, würde wohl von der mächtigen, deutschen Autoindustrie und einigen sonstigen betroffenen Stellen in Deutschland nicht sehr positiv gesehen. Aber, wie gesagt, die Kanzlerin scheint ziemlich angefressen zu sein. Auch bei der letzten Konferenz zum Stand der Energiewende in Berlin wurde wieder nur viel heiße Luft erzeugt, während sich der jährliche CO2-Ausstoß im deutschen Verkehrssektor weiterhin jeglicher Reduzierung widersetzt. Ist uns ja nicht unbekannt.«

Sein Chef sah nachdenklich zum Fenster hinaus. Auch in Paris konnte man an einem schönen Wintertag wie heute die Smogschicht am Horizont erkennen, die auch hier maßgeblich vom Straßenverkehr verursacht wurde.

»Und was will unser Oberboss ihr dann genau erzählen?«

»Nicht Kanegawa! Ich habe mit ihm bereits heute Morgen telefoniert.

Das Treffen wird auf Wunsch der Kanzlerin in ganz kleinem Kreise gehalten und nur von dir und mir, und vielleicht noch ein, zwei weiteren Leuten aus unserer Abteilung bestritten.«

»Was!« Eric kippte nun fast von der Couch.

»Thema ist nun mal ausschließlich der Verkehrssektor. Hat ihm wohl ein bisschen gestunken. Er ist ja immer an guter Publicity für die IEA und seine Person interessiert. Wollte aber auch nicht den klaren Wunsch der Kanzlerin so einfach ignorieren.«

»Und was sollen WIR ihr dann erzählen?« Eric spürte, wie es ihm langsam immer mulmiger in der Magengegend wurde.

Nicole steckte ihren Kopf zur Tür hinein. »Kurz vor neun. Soll ich das Telefonat hineinstellen?«

Jean-Luc sah auf die Uhr und nickte. »Ich muss noch schnell diesen einen Anruf erledigen. Du kannst dir in der Zwischenzeit ja schon mal ein paar Gedanken zum Inhalt machen.« Er grinste. »Das heißt, wir sehen uns in ´ner halben Stunde wieder hier bei mir im Büro. Ach, und damit das klar ist, das Thema ist absolut vertraulich! Außer dir, mir und unserem Chef weiß bisher noch keiner von diesem geplanten Treffen. Und das bleibt auch erst mal so!«

Sein Chef stand auf und ging zu seinem Schreibtisch hinüber, an dem das Telefon bereits aufblinkte.

Eric nahm seine Tasche und verließ sichtlich benommen das Büro. Auf dem Weg zu seinem eigenen, kleinen Büro am anderen Ende des Ganges gingen ihm tausend Gedanken durch den Kopf. Den Blick von Nicole, die ihm eigentlich noch etwas zurufen wollte, übersah er völlig. *Ein Treffen mit der deutschen Kanzlerin. Nicht mit dem Verkehrsminister, oder irgendeinem Staatssekretär. Mit der Kanzlerin! Und nur er und sein Chef.* Er konnte es immer noch nicht glauben.

Ja, sie hatten in den letzten Jahren viel gute Arbeit in ihr detailliertes Marktmodell zum globalen Verkehrssektor gesteckt. Mit besonderem Fokus auf den Straßenverkehr, nachdem dieser nun mal für mehr als 75 Prozent aller verkehrsbasierten CO2-Emissionen verantwortlich war.

Und dann hatte sich Kanegawa zur Überraschung aller doch tatsächlich dazu durchgerungen, im Vorfeld der so hochgepuschten Klimakonferenz in Kopenhagen das sogenannte ›Szenario 450‹ bis ins Jahr 2030 im Rahmen ihres *World Energy Outlooks 2009* zu entwickeln. Als solide Diskussionsbasis für die Erarbeitung neuer globaler Ziele im Rahmen des Kyoto-Nachfolge-Protokolls.

In bis dahin nicht da gewesener Weise arbeiteten die IEA Abteilungen über mehr als sechs Monate intensivst zusammen, um zuerst ein Referenzszenario bis 2030 für die wahrscheinlichste Fortentwicklung des weltweiten Energiebedarfs festzulegen, aufgeteilt auf die Hauptverbraucher-Sektoren. Dabei unterstellte man, dass die technischen Verbesserungen und die politischen Anstrengungen in ähnlicher Weise wie in der Vergangenheit fortgesetzt wurden, aber eben auch nicht mehr. Das sogenannte »business-as-usual«, oder damals auch Current-Policy-Szenario genannt.

Energie-basierte CO2-Emissionen (global): Historie, Prognose und Zielkurve

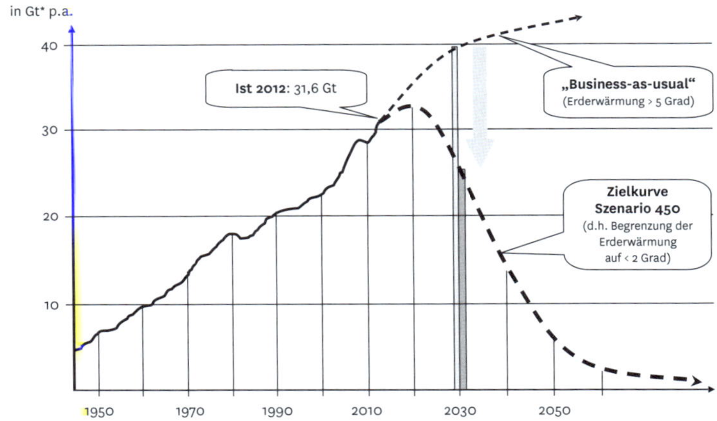

* 1 Gt = 1 Milliarde Tonnen

Quelle: IEA Berichte 2009-2013

Das Ergebnis war schockierend. Bis 2030 würde die Weltbevölkerung mit großer Wahrscheinlichkeit auf mehr als 8 Milliarden Menschen anwachsen. Einher ging ein kontinuierlich steigender Bedarf an Strom, Wärme und Transportmitteln. Und trotz eines stark wachsenden Anteils der regenerativen Energiequellen, besonders Wind und Solar, stieg der Gesamtverbrauch an Kohle, Gas und Öl unaufhörlich an. Die globalen CO2-Emissionen dieser fossilen Brennstoffe überschritten die Marke von 40 Milliarden Tonnen pro Jahr spätestens in 2030. Mit einer prognostizierten, durchschnittlichen Erwärmung von mehr als 5 Grad Celsius steuerte die Menschheit damit aller Voraussicht nach auf eine gewaltige, globale Klimakatastrophe zu!

Darauf aufbauend wurde dann von den IEA Experten in intensivster Diskussion das Zielszenario 450 entwickelt, um die Welt vor einer solchen Katastrophe zu bewahren und die maximale CO2-Konzentration in der Erdatmosphäre auf 450 parts-per-million zu beschränken. Daher der etwas merkwürdige Name für das Szenario. Klimaforscher sagten unter diesen Rahmenbedingungen mit großer Wahrscheinlichkeit eine Begrenzung der Erderwärmung auf 2 Grad voraus, was die Klimafolgen für die Menschheit deutlich mindern sollte.

Der weltweite CO2 Ausstoß musste in diesem Szenario 450 bis ins Jahr 2030 um mehr als ein Drittel gegenüber dem »business-as-usual« Szenario gesenkt werden. Mit dem klaren Ziel, diese Trendwende und Abwärtsbewegung bis 2050 massiv fortzusetzen und die jährlichen CO2-Emissionen aus der Verbrennung fossiler Rohstoffe quasi komplett zu eliminieren.

Es war allen Beteiligten absolut klar, dass diese gewaltige Trendwende nur durch Reduzierungsbeiträge aus allen Verbrauchersektoren gestemmt werden konnte. Und dass alle Länder mitspielen mussten. Die Frage war nur, wie eine ausgewogene Verteilung aussah. Eric war damals bereits für seinen Chef in der einen oder anderen internen Diskussionsrunde eingesprungen und konnte hautnah das heftige Ringen um die Verteilung dieser Reduzierungslasten miterleben.

Die vier Hauptverbraucher-Sektoren Energieerzeugung, Verkehr, Industrie und Gebäude – egal ob privat oder gewerblich – wurden im Detail beleuchtet. Dabei waren sich alle Experten relativ schnell einig, dass die weltweite, zentrale Stromerzeugung mit einer geforderten, fast 50-prozentigen Reduzierung gegenüber »business-as-usual« die Hauptlast bis 2030 tragen musste. Dies konnte zum einen nur über einen massiven Rückbau der CO2-intensiven Kohlekraftwerke in den westlichen Industrienationen gelingen. Und erforderte in den stromhungrigen, aufstrebenden Nationen eine massive Verlagerung bei den Kraftwerksneubauten weg von der Kohle hin zu Gas, Wind und Solar. Ganz besonders in China.

Der Verkehrssektor kam dagegen auf dem Papier mit einer nur 17-prozentigen Reduzierung ziemlich glimpflich davon. Doch Eric und sein Chef wussten, wie hart diese Vorgabe war. Der Fahrzeugbestand wuchs aller Voraussicht nach deutlich stärker als die Weltbevölkerung und sollte sich weltweit bis ins Jahr 2030 mehr als verdoppeln. Eine gleichzeitige Reduzierung auch nur um 17 Prozent stellte daher eine riesige Herausforderung dar. Hier lag mit der Beurteilung der verschiedenen Antriebstechnologien und ihrer CO2-Reduzierungspotentiale die Kernkompetenz von Eric und Jean-Luc.

Dies hatte sein Chef damals wohl auch dem Herrn aus dem Bundeskanzleramt in Kopenhagen erzählt, der sich jetzt wieder daran erinnerte.

Eric legte, immer noch tief in Gedanken, seine Sachen ab, fuhr den Rechner hoch und machte sich ein paar Notizen auf seinem Arbeitsblock. Nicole klingelte wenige Minuten später durch und ließ ihn wissen, dass sein Chef das Telefonat bereits beendet hatte. *Na dann.*

Wieder saßen beide an dem kleinen Couchtisch in Jean-Luc´s Büro. »Also, wir müssen der Kanzlerin auf jeden Fall noch mal einen guten Überblick über unser Szenario 450, im Vergleich zum Referenzszenario, geben«, begann Jean-Luc, »ist ja nach dem Debakel in Kopenhagen ziemlich schnell in der Versenkung verschwunden, nachdem keiner mehr Lust hatte, über detaillierte Zielvorgaben zu diskutieren. Wenn schon ein generelles Nachfolge-Abkommen so schwierig war.«

Der Frust innerhalb der IEA saß damals extrem tief. Nur wenige Monate nach der Konferenz war die ganze Euphorie verpufft. Zwar gab es überall noch lautstarke Bekenntnisse zur unbedingten Abwendung einer Klimakatastrophe. Auch das 2-Grad-Ziel wurde weiterhin von fast allen bestätigt. Aber keiner wollte sich mehr mit den notwendigen Konsequenzen auseinandersetzen. Kanegawa und auch Jean-Luc versuchten verzweifelt, in Einzelgesprächen das Thema am Laufen zu halten. Vergebens.

Seit nun mehr als fünf Jahren herrschte eigentlich Stillstand am Verhandlungstisch. Ein unterschriftsreifes Kyoto-Nachfolge-Abkommen war immer noch nicht in Sicht. Während die weltweiten CO2-Emissionen weiter unaufhörlich anstiegen und heute bereits bei über 35 Milliarden Tonnen pro Jahr standen. Wie von ihnen prognostiziert.

Die IEA und ihre Experten wussten, dass die Menschheit damit auf eine globale Klimakatastrophe zusteuerte, wenn nicht in wenigen Jahren eine massive Trendwende einsetzte. Doch keine der führenden Industrienationen wollte sich als Vorreiter positionieren. Irgendwie verdrängte jeder das Thema. Zu tief saß der Frust bezüglich der Uneinigkeit innerhalb der Weltgemeinschaft.

Sogar in den IEA Berichten wurde das Thema immer weiter in den Hintergrund geschoben, um eine permanente und offensichtlich fruchtlose Wiederholung ihrer Mahnungen zu vermeiden. Stattdessen wechselte der Fokus wieder auf die eigentliche Kernaufgabe der IEA, die Sicherung der notwendigen Brennstoffbedarfe. Besonders Öl. So nach dem Motto: Das Klima wird uns zwar um die Ohren fliegen, aber wenigstens bleibt die Wohnung warm und das Auto fährt.

Auch das erzeugte innerhalb der IEA keine gute Stimmung. Einige Leute hatten sogar aus Protest die Organisation verlassen. Das überraschend angesetzte Treffen mit der Kanzlerin war vielleicht eine letzte Chance, das Thema wieder auf die Tagesordnung zu bringen.

Im Laufe der nächsten Stunde kämpften sich Eric und sein Chef in bewährter Weise durch ihr Vorbereitungs-Prozedere für ein so wichtiges Treffen. Von einer ersten, langen Brainstorming-Liste mit Punkten, die sie in dem Meeting unbedingt adressieren wollten, bis zur Festlegung der Hauptarbeitspakete für die nächsten zwei Wochen.

»Du kriegst Lisa und Pierre, sowie Steve in LA für den amerikanischen Markt. Die anderen lassen wir aktuell außen vor. Ich habe die beiden bereits heute Morgen entsprechend informiert. Sie sind nachher um zehn im großen Konferenzraum, den Nicole für euch heute ganztägig freigeräumt hat.« Sein Chef schaute ihn über den kleinen Couchtisch hinweg mit väterlichem Blick an.

Er schätzte Eric sehr, fast wie einen eigenen Sohn, den er nie hatte. Mutter Natur hatten seiner Frau und ihm keinen Nachwuchs gegönnt. Trotz intensiver Bemühungen. Irgendwann fanden sich Jean-Luc und seine Frau damit ab. Und Eric genoss die Aufmerksamkeit und Förderung durch seinen Chef.

»Ach, und ich denke, du solltest vortragen, Eric.« Jean-Luc machte eine kurze Pause. Er wusste, dass Präsentationen nicht zu Eric´s Lieblingsbeschäftigungen gehörten. Auch wenn er immer wieder fand, das er es wirklich gut machte. Trotz der Abneigung.

Jean-Luc sah, wie Eric heftig schluckte. »Komm´ schon! Nachdem sowieso ein Großteil der Vorbereitung bei dir hängen bleibt, ist es nur fair, wenn du auch vorträgst! Kanegawa will mich unbedingt bei dieser blöden Konferenz in der Schweiz mit dabei haben. Und du weißt ja, wenn unser Oberboss ruft.« Jean-Luc verdrehte die Augen ein wenig. »Das heißt, ich bin bis Ende der Woche unterwegs.«

Eric war eigentlich schon bedient gewesen für heute Morgen. Das Vertrauen seines Chefs ehrte ihn natürlich sehr. Aber bisher lag sein Arbeitsschwerpunkt im Team fast ausschließlich auf der Beurteilung der immer noch vorhandenen, technischen Verbesserungsmöglichkeiten bei konventionellen Antrieben und deren Weiterentwicklung, bis hin zu rein elektrischen Antrieben. Daraus leitete er dann in intensiver Diskussion mit seinem Chef und den anderen Teamkollegen die realistischen Effizienzsteigerungen beim Verbrauch der weltweiten Fahrzeugflotte über die nächsten Jahrzehnte ab. Und überprüfte die entsprechende Umsetzung in ihrem Simulations-Modell.

An der Entwicklung des Szenarios 450 für den gesamten Verkehrssektor und das Herunterbrechen der Zielwerte auf die einzelnen Länder war er damals nur am Rande beteiligt. In einer Diskussion mit der Kanzlerin konnte er sich aber nicht auf die rein technische Seite zurückziehen, sondern würde die Details des Szenarios in der Tiefe beherrschen müssen. Das war eine Mammutaufgabe, die in den nächsten zwei Wochen kaum zu stemmen war. Und dann fehlten immer noch die konkreten Lösungsansätze. Wie waren die Ziele bis 2030 im Verkehrssektor tatsächlich zu erreichen? Er hatte keine Ahnung! Das war bisher nicht ihr Arbeitsschwerpunkt gewesen. *Die Kanzlerin wollte aber sicherlich keine Mahner, sondern kompetente und kreative Lösungspartner. Mist!*

Vielleicht hätte er sich heute Morgen doch auf ihrer kleinen Dachterrasse anders entscheiden sollen. Er zwang sich ein kleines Lächeln ab. Aber dazu war es jetzt leider zu spät.

ARJEPLOG, NORDSCHWEDEN

Der eisige Wind schlug Jack und Peter wieder entgegen, sobald sie durch die gut gedämmte Tür des Cafes hinaus auf den schneebedeckten Parkplatz traten. Die Sonne gab sich zwar redlich Mühe, konnte aber die gefühlten Temperaturen kaum anheben.

Die AUDI Ingenieure saßen bereits in den beiden Q5s und hatten die Motoren angelassen. Nach dem Sound zu urteilen, waren es mindestens Drei-Liter Maschinen. Bärenstark.

Da sollten wir mal besser die aktuelle Drehmoment-Begrenzung in unserer Software rausnehmen, dachte Jack für sich und musste über den Rennfahrer -Instinkt schmunzeln, der sich nun auch in ihm rührte. Zusammen brachten ihre vier kompakten E-Maschinen im X1 mehr Drehmoment auf als die AUDIs. Sofern die Batterie die notwendigen Ströme bereitstellen konnte. Auf dem Prüfstand in England waren die Maximalwerte tatsächlich erreicht worden, auf ihrer Testfahrt hatte er bisher aus Sicherheitsgründen die Stromzufuhr über die Software noch begrenzt.

Jack und Peter bestiegen ihren Wagen und waren froh, dass zumindest der eisige Wind draußen blieb. Aber die gute halbe Stunde hatte den Wageninnenraum ganz schön abgekühlt. Um nicht zu sagen, es war saukalt.

»Lass´ trotzdem die Heizung nur auf minimal laufen. Nicht dass uns die Batterie bei niedrigerem Ladezustand wieder anfängt, die Leistung zu kappen.«

Peter nickte.

Die Heizung war ein echtes Ärgernis in dem umgebauten X1. Nachdem die üppige Abwärme eines Verbrennungsmotors fehlte, hatten sie aus Zeitgründen ihre Klimaanlage einfach mit zusätzlichen Heizdrähten versehen, was aber viel Strom zog. Innovativere Konzepte mit deutlich geringerem Strombedarf waren immer noch Mangelware.

Jack nahm vorsichtig den Laptop heraus und schloss ihn wieder an die Fahrzeug-Elektronik an, bevor Peter den Wagen startete. »Ich nehme die Drehmomentbegrenzung ´raus. Wir müssen uns ja nicht schlechter präsentieren als wir sind.«

Beide grinsten, während Jack auf dem Beifahrersitz das Hochlaufen seines Laptops beobachtete und sich dann an die Parameter-Einstellungen machte.

Peter setzte den X1 vorsichtig zurück und rollte an den beiden Q5 vorbei, die neben der Parkplatzausfahrt auf sie warteten.

»Ok, jetzt sollte die volle Leistung anstehen.« Jack blickte von seinem Bildschirm hoch. Beide prüften als erfahrene Versuchsfahrer instinktiv noch mal den Sitz ihrer Sicherheitsgurte.

Peter bog hinaus auf die Hauptstraße, während ihm die beiden Q5s mit einem gewissen Abstand folgten. Langsam fuhren die drei Allradfahrzeuge an den wenigen Häusern der kleinen Ortschaft vorbei. Der X1 in fast absoluter Stille, außer dem knarzenden Geräusch des Schnees unter seinen Reifen. Die beiden Q5 mit dem röhrenden Sound ihrer Premium V6 Benzin-Motoren. Jack sah bereits die Abzweigung. »Da vorne rechts beginnt der zweite Teil unseres kleinen Rundkurses.«

Peter nickte und setzte den Blinker. Er wollte ja nicht, dass die AUDI Fahrer die Abzweigung verpassten! Nachdem er sich mit Blick in den Rückspiegel vergewissert hatte, dass alle drei Fahrzeuge auf die kleine, aber ordentlich geräumte Nebenstraße eingebogen waren, spannte er seinen Oberkörper instinktiv an und drückte dann das Gaspedal voll durch.

Im Bruchteil einer Sekunde lag das volle Drehmoment der Elektromotoren an und warf den X1 mit stiller, aber brachialer Gewalt nach vorne. Ihre elektronische Schlupfkontrolle regelte ununterbrochen den Vortrieb aller vier Räder. Und dies völlig unabhängig voneinander, sodass keiner der Reifen länger als ein paar Millisekunden durchdrehte und damit insgesamt der maximal mögliche Vortrieb für das Fahrzeug anstand. Die Beschleunigung war enorm. Dazu unterbrach kein üblicher Getriebe-Schaltvorgang den Vortrieb. Schnee spritzte permanent von allen vier Rädern hoch. Die beiden

Engländer wurden hart in ihre Sitze gedrückt.

Die AUDI Fahrer schienen für einen kurzen Moment überrascht zu sein und fielen sofort merklich zurück. Jack konnte sich ein kleines Grinsen nicht verkneifen, als er die kleiner werdende Silhouette des ersten Q5 in seinem Rückspiegel sah.

Das grimmige Aufbrüllen der beiden Benzin-Motoren machte aber mehr als klar, dass die Wettfahrt jetzt auch für die AUDI-Ingenieure begonnen hatte. Nach den ersten gut 50 Metern konnten die Q5s eine weitere Vergrößerung des Abstandes zum X1 verhindern. Es sah sogar fast so aus, als wenn die beiden AUDIs anfingen, einen Teil der anfänglich verlorenen Strecke wiedergutzumachen. Die drei Allrad-Fahrzeuge rasten jetzt mit hoher Geschwindigkeit auf die erste lange und gut einsehbare Rechtskurve der bisher so friedlichen Nebenstraße zu.

»Noch 300 Meter«, sagte Jack, den Blick wieder auf seinen Laptop gesenkt.

Ein paar Vögel stiegen verstört von den nahe gelegenen Bäumen in den eisigen Winterhimmel auf.

Peter ließ den Fuß weiterhin voll durchgedrückt am Gas stehen und konzentrierte sich auf einen imaginären Punkt kurz vor der Kurveneinfahrt, den er für sich als letztmöglichen Anbremszeitpunkt ausgemacht hatte. Im Rückspiegel sah er die beiden AUDIs langsam näher kommen. *Mist, der anfängliche Beschleunigungsvorteil war definitiv weg!*

»Dann wollen wir doch mal sehen, wie unsere lieben Quattro-Kollegen mit der Kurve zurecht kommen«, zischte Peter leise durch die zusammengebissenen Zähne. Seine Pulsfrequenz stieg merklich. Im letzten Moment ging er vom Gas.

Der X1 folgte wieder scheinbar mühelos dem Lenkeinschlag des Fahrers und zog nur leicht rutschend mit hoher Geschwindigkeit durch die lang gezogene Kurve.

Der erste AUDI Fahrer hatte seinen Blick hart auf den vor ihm fahrenden X1 fixiert und nahm die langsame, aber merkliche Abstandsverkürzung mit einem grimmigen Grinsen zur Kenntnis. *Wäre doch gelacht, wenn wir die Kerle nicht gleich kriegen!*

Die harte Orientierung am X1 hatte den Blick des AUDI Fahrers für kurze Zeit vom tatsächlichen Straßenverlauf abgelenkt. Erst in letzter Sekunde wurde ihm klar, wie nahe die Rechtskurve bereits vor ihm lag. Bei extrem hoher Geschwindigkeit. Zu hoch für seinen Q5. Alle Alarmglocken fingen an zu schrillen. *Wieso hatte dieser blöde Engländer vor ihm erst so spät angebremst?*

Panikartig ging sein Fuß vom Gaspedal auf die Bremse, die aber bei dem glatten Untergrund nur wenig auszurichten vermochte. Mit dem ersten Lenkeinschlag fing der Wagen sofort an vorne wegzurutschen. Die Schneemassen am Straßenrand kamen gefährlich nahe.

Nur seiner langjährigen Erfahrung als Testfahrer war es zu verdanken, dass er jetzt das noch einzig Richtige tat. Blitzartig ging sein Fuß zurück aufs Gaspedal, während er gleichzeitig mit viel Gefühl anfing gegenzulenken. So gewann der Q5 gerade noch rechtzeitig mit spritzenden Reifen und leicht ausbrechendem Heck sein Gleichgewicht wieder. Nur knapp entging er den Schneemassen und rutschte in bester Rallye-Manier durch die Kurve.

Mit einem großen Nachteil, der am Ausgang der Kurve für die AUDI Ingenieure sofort sichtbar wurde. Das starke, seitliche Rutschen hatte sie zwar auf der Straße gehalten, aber viel Geschwindigkeit gekostet. Als der Q5 auf der anschließenden Gerade mit voller Motorleistung wieder nach vorne schoss, hatte sich der Abstand zum X1 nochmals vergrößert. Lautes Fluchen.

Peter war ebenfalls wieder auf Vollgas und nahm die Abstandsvergrößerung zufrieden zur Kenntnis. »Dann wollen wir sie doch bei der nächsten Kurve noch ein bisschen mehr reizen.« Sein Wettkampfinstinkt war nun vollständig geweckt.

»200 Meter bis zur nächsten Linkskurve. Deutlich engerer Radius«, hörte er Jack leise vom Beifahrersitz, während auch er kurz einen Blick zurück auf die AUDIs warf. »Die kämpfen.«

Ja, so konnte man es ausdrücken, dachte Peter. Diesmal versuchte er, den Anbremspunkt noch einen Tick weiter hinauszuzögern, auch wenn sein gut ausgebildeter Kurveninstinkt wild aufschrie. *Ja, mein Junge, normalerweise würden wir so ganz sicher aus der Kurve fliegen*, aber diese Regelungssoftware mit den vier superschnell reagierenden Elektromotoren konnte offensichtlich Wunder vollbringen. *Hoffentlich! No risk, no fun! Also, ganz ruhig. Wir gehen einfach noch ein bisschen später vom Gas, lassen dann die Software machen und steuern bei Bedarf ein wenig gegen.* JETZT!

Der X1 verzögerte kaum, reagierte sofort auf Peters harten Lenkeinschlag nach links und kam erstmals über die Vorderräder zum Rutschen. Sofort griff die Steuerelektronik mit aller Massivität ein, um trotz der hohen Geschwindigkeit und den brutalen Seitenkräften ein Ausbrechen des Wagens zu verhindern. Im Millisekundenbereich erhielten die einzelnen Räder immer wieder einen kleinen Drehmomentschub, wenn ausreichend Griffigkeit auf dem Untergrund zur Verfügung stand.

Im letzten Drittel der Kurve, wo es offensichtlich besonders glatt war, kam die Software kurzfristig an ihre Grenzen. Für den Bruchteil einer Sekunde sah es so aus, wie wenn ihre Wettfahrt hier ein abruptes Ende nahm. Doch Peter reagierte schnell und geschickt über das Lenkrad. Der entscheidende, manuelle Impuls, der noch gefehlt hatte. Und dann waren sie tatsächlich durch. Peter schwitzte. *Gerade noch mal gut gegangen. Nicht übertreiben, mein Junge!*

Dann kam der erste AUDI Fahrer. Bereits beim Anbremsen hatte er ein schlechtes Gefühl. Wieder ging er eigentlich viel zu spät vom Gas, aber der größer gewordene Abstand machte ihn fast rasend. *Wieso war diese blöde, schwere Elektro-Gurke so schnell! Das konnte einfach nicht sein!*

»Scheiße!«

Der engere Kurvenradius und das glatte Ausgangsdrittel der Kurve wurden ihm zum Verhängnis. Das Heck des Q5 brach zu weit aus, berührte die hohe Schneewand am Straßenrand und katapultierte den Wagen zurück auf die Fahrbahn. Diese Schleuderbewegung konnte auch der beste Versuchsfahrer nicht mehr abfangen. Er drehte sich um die eigene Achse und krachte rückwärts in die hohen Schneemassen am Ausgang der Kurve. Der weiche Schnee federte den Aufprall zwar enorm ab, ließ den Wagen aber tief im Weiß versinken.

Der zweite AUDI Fahrer hatte glücklicherweise einen noch größeren Abstand und ließ sich in seiner Fahrweise nicht so stark von den vor ihm fahrenden Wagen beeinflussen. Mit großer Mühe brachte er seinen Wagen durch die Kurve, ohne den zweiten Q5 zu touchieren und kam kurz danach sicher zum Stehen.

»Na, das war´s wohl«, sagte Peter genüsslich zu Jack und nahm den Fuß vom Gaspedal.

»Die zweite Kurve war aber echt grenzwertig, mein Lieber.« Jack war ebenfalls ins Schwitzen gekommen, als er merkte, dass Peter noch einen Tick später bremste als bisher. Eine größere Beschädigung des Prototypen konnte ihren engen Zeitplan völlig über den Haufen werfen. *Und das wäre nicht gut gewesen. Gar nicht gut!*

»Aber hast du gesehen, wie schnell und effektiv die Regelung über alle vier Räder arbeitete? Einfach unglaublich!«

Peter hatte Recht. Der Prototyp schien ihrer beider Erwartungen noch zu übertreffen. An einer Waldeinfahrt konnte er den X1 wenden. Langsam fuhren sie zur letzten Kurve zurück.

Der weiße Q5 war kaum auszumachen, so tief hatte er sich im Schnee eingegraben. Die beiden Insassen hatten keine Chance, die Türen zu öffnen. Einziger

Ausweg blieb das Schiebedach. Der Fahrer zwängte sich gerade wild fluchend mit seinem Oberkörper durch die Öffnung, während die beiden Ingenieure aus dem zweiten Q5 mit Schaufeln zu Hilfe eilten. Der Wagen selbst schien einigermaßen in Takt zu sein, aber der Beifahrer hielt sich ein Tuch an die rechte Schläfe. Er hatte scheinbar einen Schlag abbekommen.

Peter fuhr den Wagen einige Meter vor der Kurve rechts ran und stieg aus, während Jack noch den Laptop herunterfuhr.

»Können wir euch beim Ausgraben helfen?«, rief Peter den AUDI Leuten zu. Und konnte sich dabei ein leichtes Grinsen nicht verkneifen.

Der etwas korpulente Fahrer des verunglückten Q5s hatte es endlich hinaus geschafft und rutschte etwas ungelenk über die Motorhaube auf die Straße. Immer noch fluchend, in bestem Deutsch. Als Peter näher kam, sah es für einen Moment fast so aus, als wenn der Typ ihm an die Gurgel gehen wollte. Ein kurzer Zwischenruf seines Kollegen, der offensichtlich der Chef der kleinen Truppe war, hielt ihn aber zurück.

»Das war ja fast selbstmörderisch, wie ihr durch diese Kurven geheizt seid! Was für ein verdammtes Allrad-System habt ihr da in eurem Wagen verbaut, um solche Kurvengeschwindigkeiten zu erreichen?«

Die drei Ingenieure starrten ihn immer noch fassungslos an und warteten gespannt auf eine Antwort, während der vierte Mann immer noch etwas benommen im Wagen saß.

Jetzt kam auch Jack dazu, der die laute Frage nicht überhört hatte. »Sorry, guys, ist leider Betriebsgeheimnis. Nur soviel: Wir haben natürlich mehr als einen Elektromotor im Einsatz, was ihr euch wahrscheinlich schon denken konntet.«

Die AUDI Leute sahen Jack etwas irritiert an und nickten dann. Sie kannten zwar ihre eigenen internen E-Fahrzeug-Projekte und wussten von der Möglichkeit von Mehr-Motor-Konzepten, aber ihre persönlichen Erfahrungen mit Allrad-Systemen beruhten bisher ausschließlich auf konventionellen Antrieben. Daher konnten sie sich zwar die Potentiale solcher Antriebskonzepte theoretisch vorstellen, hatten aber bis heute noch keine praktischen Erfahrungen gesammelt. Diese kurze Vergleichsfahrt kam wie ein Schock.

»Also, sollen wir nun mithelfen beim Schaufeln oder nicht?«, warf Peter noch mal ein.

Nach kurzem Zögern winkte der Chef der Truppe ab. Immer noch sichtlich irritiert von dem Erlebnis. »Danke für´s Angebot, aber wir kommen ganz gut alleine zurecht. Sind ja zu viert, oder zumindest zu dritt.«

Er schaute noch mal etwas sorgenvoll zu seinem Kollegen im AUDI hinüber, der sich nun aber ebenso aufraffte, aus dem Schiebdach hinauszuklettern. »Sieht ja so aus, wie wenn der Unfall noch mal ganz glimpflich über die Bühne gegangen ist. Und der weiche Schnee hat hoffentlich größere Schaden vom Wagen ferngehalten.«

»Man sieht sich.«

Jack reichte dem AUDI Mann kurz die Hand und machte sich auf den Rückweg zu ihrem Wagen. Peter konnte sich beim Umdrehen einen letzten Kommentar nicht verkneifen.

»War uns auf jeden Fall ein Vergnügen!«

Die AUDI Leute ignorierten den Kommentar. Und schaufelten weiter.

Die kurze Rückfahrt zum Hangar absolvierten die beiden Engländer extrem gemächlich. Der Prototyp hatte für den ersten Morgen ihres Testprogramms absolut seinen Dienst getan. Mehr als das! Jetzt wollten Jack und Peter nur noch sicher zurück, eine Kleinigkeit zu Mittag essen und dann ihr Programm mit etwas weniger Aufregung fortsetzen. Sie hatten ja nur fünf Tage, bevor die Spedition wieder vorbei kam und den Wagen für den Transport nach München abholte.

Die Wettfahrt mit den beiden Q5 ging Peter dennoch nicht aus dem Kopf.

»Jack, weißt du noch, wie wir ganz am Anfang der Konzeptphase aus Zeitgründen das Ein-Motor-Konzept favorisierten. Diese eine fette E-Maschine von diesem amerikanischen Hersteller hätte gut in den freien Platz vom Verbrennungs-motor gepasst.« Jack nickte. »Gut, dass du damals so hart dagegen gehalten hast, sonst hätten wir heute wahrscheinlich ziemlich alt ausgesehen«, fuhr Peter fort.

Beide grinsten. Peter bog den Wagen langsam in die Einfahrt vor ihrem kleinen Hangar ein.

»Ich muss zugeben«, sagte er, »dass mir der Schwenk auf vier einzeln angetriebene Räder am Anfang nicht ganz geheuer war. Ohne jegliche mechanische Verbindung zwischen den Achsen und den Rädern. Da wird dir als altem Mechaniker, der immer schön am Auto selber ´rumschrauben konnte, ganz mulmig in der Magengegend. Jetzt gibt es diese eine zentrale Supersteuerung, die das alles übernimmt. Die optimale Kraftverteilung zwischen Vorder- und Hinterachse, die Differentialfunktion zwischen linkem und rechtem Rad und fast die gesamte Fahrdynamik-Regelung. Das ist ´ne Höllenleistung! Mit ´ner Höllen-Performance!«

Peter stellte den Wagen ab und öffnete die Fahrertür. »Die Gesichter der

AUDI Leute werde ich nicht so schnell vergessen. Nach der ersten Kurve konntest du förmlich spüren, wie sie innerlich kochten, als sich der Abstand noch weiter vergrößerte.«

»Die waren eigentlich verdammt schnell mit ihren Q5s«, sagte Jack, »aber in den Kurven hatten sie keine Chance. Ich hoffe, wir können jetzt endlich zeigen, dass elektrische Antriebe auch für die Fahrdynamik unserer PKWs die deutlich bessere Lösung sind. Nicht nur für die Umwelt! Also komm´, Schluss jetzt mit der Rennfahrerei. Wir haben noch viel zu tun.« Jack zog den Schlüssel für die Hangartür aus der Tasche und ging vor.

Der Schnee knarzte wohlklingend unter seinen dicken Schuhen, während er den Blick noch mal kurz über die so friedlich wirkende Landschaft streifen ließ. Er hatte jetzt ein deutlich besseres Gefühl zu ihrem kleinen Showdown bei BMW in knapp zwei Wochen. Diese offensichtlichen Fahrdynamik-Vorteile konnten der Entwicklung von Elektrofahrzeugen und ihrer Marktakzeptanz noch mal einen richtigen Schub geben. Hoffentlich!

»Soll ich den Wagen an die Ladestation hängen?«, fragte Peter hinter ihm und spielte auf den nur noch knapp 60-prozentigen Ladezustand der Batterie an.

Das war ihre zweite Achillesferse. Die Leistungsabgabe der neuesten Batterie von ihren Partnern war gigantisch. Und auch die Schnellladung schien problemlos zu funktionieren. Was aber echt weh tat, war die reduzierte Leistungsabgabe, sobald der Ladezustand der Batterie auf unter 25 Prozent fiel. Das musste er unbedingt mit ihrem Batteriepartner besprechen. Gut, dass er für nächste Woche das Treffen in Shanghai schon mal vorgeplant hatte.

PARIS, IEA ZENTRALE

Jean-Luc war schon weg, als sich Eric mit seinen beiden Kollegen in dem großen Konferenzraum traf.

Pierre saß über seinen großen Laptop gebeugt und hatte bereits mit dem neu installierten Hightech-Beamer das Bild seines Rechners auf die riesige, berührungssensible Projektionswand geworfen. Als der Computer-Spezialist in ihrer Abteilung hatte er es letztes Jahr tatsächlich geschafft, Jean-Luc von der Anschaffung dieser neuesten Präsentationsplattform zu überzeugen.

Lisa dagegen lief ganz aufgeregt an der Fensterfront des weitläufigen Besprechungszimmers auf und ab und kam ihm sofort entgegen, als Eric mit ein paar Unterlagen zur Tür herein kam.

»Ein Treffen mit der deutschen Kanzlerin! Ich kann´s immer noch nicht glauben, das ist der Wahnsinn!« Lisa hüpfte auf ihn zu wie ein junges, wildes Fohlen.

»Jetzt hab´ dich mal nicht so, junge Prinzessin.« Pierre sah die bildhübsche Chinesin und den groß gewachsenen Schweizer über seinen Laptop hinweg an und rümpfte ein wenig die Nase. »Am Schluss werden ja doch nur wieder die Adjutanten kommen, weil die Kanzlerin in wichtigen Gesprächen mit Monsieur Le President hängen geblieben ist. Oder es wird nur eine kurze und total langweilige Veranstaltung, weil sich wieder ´mal keiner traut, den Mund aufzumachen. Ich kenn´ doch unsere Chefs.«

Eric legte seinen Arm um Lisa´s Schultern, nachdem diese partout nicht aufhören wollte, wild herumzuzappeln.

»Ich hab´ keine Ahnung, wie das Meeting laufen wird«, erwiderte Eric mit Blick auf Pierre, »aber ich habe auch keine Lust, diese Superchance ungenutzt verstreichen zu lassen. Ist das klar?«

»Jawohl, Chef«, kam es von beiden fast gleichzeitig in gespielt soldatischem Gehorsam, bevor sie losprusten mussten.

Lisa und Pierre hatten Eric in den letzten beiden Jahren ihrer Zusammenarbeit sehr zu schätzten gelernt. Er hatte das mit Abstand tiefste Verständnis zur Technik in ihrer Abteilung. Gepaart mit einem messerscharfen Verstand und einer unaufdringlichen Beharrlichkeit, ohne jemals überheblich zu wirken, hatte er sich den Respekt aller erworben. Sie spürten, dass er sich zum zweiten Mann in der Abteilung hochgearbeitet hatte, auch wenn es diese Position offiziell so gar nicht gab.

Eric drückte Lisa vorsichtig in einen der bequemen Konferenzstühle und lehnte sich selber an die breite Fensterbank. Er hatte sich von dem morgendlichen Schock einigermaßen erholt. Die Sorgen zur Präsentation schob er erst einmal beiseite. *War ja noch ein bisschen hin. Und ohne Inhalt gab es auch nichts zu präsentieren!* Also versuchte er sich auf den Inhalt zu konzentrieren.

»Nach Rücksprache mit unserem geschätzten, gemeinsamen Chef heute Morgen schlage ich folgende Grobagenda für das dann hoffentlich auch stattfindende Treffen mit der Kanzlerin vor.«

Breites Grinsen im Raum. Pierre klappte seinen Laptop zu und lehnte sich, die Hände hinterm Kopf verschränkt, weit im Stuhl zurück.

»Das 2-Grad-Ziel sollte allen hinlänglich bekannt sein. Auch der Kanzlerin. Die daraus abgeleitete Zielkurve für die Reduzierung der globalen CO2-Emissionen bis 2050 wohl eher nicht. Das heißt, hier sollten wir unseren ersten

Schwerpunkt in der Präsentation legen.«

»Hier denkst du an die Ausarbeitungen vom IPCC«, warf Lisa kurz ein. Die Aufgeregtheit war nun ebenfalls einer konzentrierten Haltung gewichen.

»Genau. Ich werde versuchen, kurzfristig eine Video-Konferenz mit den Jungs vom Potsdam-Institut zu organisieren, damit wir hier auch wirklich auf dem neuesten Stand sind. Sollte klappen, nachdem ich ja letztes Jahr zusammen mit Jean-Luc auf dieser ausgiebigen Kennenlern-Veranstaltung in Berlin war.«

Eric und sein Chef hatten dort tatsächlich zwei gute Tage verbracht und einige interessante Kontakte geknüpft, die sich jetzt als sehr hilfreich erweisen konnten. Dass sie beide mit der deutschen Sprache bestens zurecht kamen, machte die Kontaktaufnahme damals natürlich besonders leicht. Und war wohl letztendlich der Grund, wieso er seinen Chef begleiten durfte.

Das Potsdam-Institut war eine beeindruckende Einrichtung. Seit seiner Gründung 1992 hatte sich das Institut zu einer der führenden Einrichtungen in der Klimafolgenforschung entwickelt und spielte eine entscheidende Rolle in der dafür eingerichteten, internationalen Arbeitsgruppe. Das Institut lag im Zentrum des dicht bewaldeten Albert-Einstein-Parks auf dem historischen Telegraphenberg bei Potsdam, südlich von Berlin. Es bot in einem erst kürzlich fertig gestellten Forschungsneubau und zahlreichen denkmalgeschützten Bauten aus dem vorletzten Jahrhundert optimale Arbeitsbedingungen für die mehr als 200 Wissenschaftler aus verschiedensten Fakultäten. Eric hatte die Einrichtung noch sehr gut vor Augen und in angenehmster Erinnerung.

Lisa und Pierre nickten.

»Wenn die Ableitung der Zielkurve klar rüber gekommen ist, sollten wir im zweiten Schritt noch mal die zu erwartende Entwicklung der globalen, energiebasierten CO2-Emissionen aufzeigen. Und dabei besonders die massive Abweichung zu unserer Zielkurve herausstellen. Mit all seinen Konsequenzen für das Weltklima.«

Wieder nickten beide zustimmend.

»Naja, und dann müsste eigentlich sehr schnell der Schwenk zurück auf die Details unseres Szenarios 450 kommen. Was ja eigentlich nichts anderes als ein Herunterbrechen dieser CO2-Zielkurve auf die einzelnen Verbrauchersektoren und die jeweiligen Regionen ist.«

»Hier könnte es zu einer ersten haarigen Diskussion kommen.« Pierre massierte nachdenklich seine Unterlippe. Als Herr über ihr Marktmodell war auch ihm hinlänglich bekannt, wie intensiv damals bereits über die richtigen, hieß erreichbaren, Zielwerte für die CO2-Reduzierungen im Verkehrssektor gerungen wurde. Er musste das Modell und seine Parameter unzählige Male anpassen, bevor man sich auf einen machbaren Beitrag geeinigt hatte.

»Sehe ich auch so.« Eric drückte sich von der Fensterbank weg und lief in gleichmäßig langsamen Schritten um den Konferenztisch herum. »Wenn wir einen Weg finden, um allen Beteiligten glasklar rüberzubringen, dass ein noch geringerer CO2-Reduzierungsbeitrag des Verkehrssektors für die anderen Sektoren nicht tragbar ist, können wir an dieser Stelle vielleicht doch einer längeren Diskussion entgehen.«

Eric blieb neben Lisa´s Stuhl stehen. »Den Teil übernehme auch erst einmal ich. Werde ich mit Jean-Luc diskutieren, der sich bei der Erarbeitung der Lastenverteilung innerhalb des Szenarios 450 mit Abstand am besten auskennen sollte. War ja schließlich selbst mit dabei und hatte oft genug über die extrem anstrengenden Diskussionen geflucht. Die anderen Abteilungsleiter warfen ihm und uns immer wieder eine gewisse Blockadehaltung vor, nachdem ihnen die besonderen Herausforderungen im brutal wachsenden Verkehrssektor nie wirklich bewusst waren. Hat er aber am Schluss, denke ich, doch ganz gut hingekriegt.«

Wieder zustimmendes Nicken im Raum.

Eric fuhr nachdenklich fort. »Und dann sollten wir endlich beim Hauptteil der Präsentation angelangt sein. Den notwendigen Zielerreichungen im Verkehrssektor, mit klarem Fokus auf den Straßenverkehr. Wenn wir den Wunsch der Kanzlerin richtig verstanden haben.«

»Ich kann ja mal unser Marktmodell mit den Zahlen aus dem Szenario 450 auf den Beamer bringen.« Pierre hatte seinen Laptop wieder aufgeklappt.

»In deinem riesigen Zahlenwust kennt sich doch keiner mehr aus.«

Pierre warf einen bösen Blick zu Lisa hinüber, die wieder aufgestanden war. »Schließ´ nicht immer gleich von dir auf andere!«

»Pierre, ganz ruhig! Lisa hat schon Recht. Bevor wir uns in dein brilliantes Zahlenwerk stürzen und dabei Gefahr laufen, uns im Detail zu verlieren, sollten wir erst noch mal die Groblinie diskutieren und festlegen. Spiel mir mal bitte ein weißes Blatt ein.«

Eric ging hinüber zur großen Projektionswand und fing an, auf der hochsensiblen Oberfläche direkt mit seinem Finger eine Skizze zu entwerfen. »Drei Faktoren bestimmen die jährlich benötigte Kraftstoffmenge. Ob weltweit oder für eine einzelnes Land. Der durchschnittliche Verbrauch je Fahrzeuge, die jährlich gefahrene Strecke und der Gesamtbestand an Fahrzeugen.«

Eric hatte über die letzten Monate einiges an Geschicklichkeit mit der neuen Projektionswand entwickelt, sodass seine Skizze gut gelungen war.

»Völlig richtig. Aber die Unsicherheit und damit Diskussion fängt schon bei der Prognose für den Fahrzeugbestand an, gerade in so stark wachsenden Märkten wie China«, warf Lisa ein.

Als gebürtige Chinesin mit westlicher Ausbildung war Lisa Cheng innerhalb der IEA-Truppe der ideale Kandidat gewesen, um sich in die Besonderheiten und die zu erwartende Entwicklung des chinesischen Straßenverkehrs einzuarbeiten. Das hatte sie in den letzten Jahren mit Bravour und enger Zusammenarbeit mit den führenden chinesischen Behörden getan.

»Ja, sehe ich auch so. Lisa, hier wäre es klasse, wenn du dir neben den China-Zahlen auch die prognostizierte Entwicklung in allen anderen stark wachsenden Märkten ansiehst. Und alles noch mal auf Plausibilität und Aktualität prüfst. Hier dürfen wir uns keine offene Flanke leisten, sonst brechen uns alle folgenden Diskussionen wie ein Kartenhaus zusammen.«

Lisa nickte.

»Pierre, und das gleiche machst du bitte für die beiden etablierten Märkte Europa und Japan, beziehungsweise Südkorea.«

»Oui.« Pierre machte sich eine kurze elektronische Notiz.

»Parallel werde ich nachher mit Steve in LA telefonieren und eine nochmalige Tiefbohrung für den amerikanischen Markt starten.«

Vor einigen Jahren hat ihr Chef auch einen kleinen IEA-Außenposten in den USA eingerichtet, um noch besser die Besonderheiten des riesigen US Automarktes beleuchten zu können. Und mit Steve Wilson einen Top-Mann eingestellt, dem man mit dem Äußeren eines kalifornischen Sunnyboys diesen Tiefgang nicht auf Anhieb zugetraut hätte.

Es wurde ein langes und intensives, erstes Meeting, bei dem die drei beinahe das zunehmende Knurren ihrer Mägen überhörten. Aber aufs Mittagessen verzichten ging in Frankreich, dem Land des genussvollen Essen, natürlich gar nicht. Eric sah erschreckt auf sein Smartphone und den Termineintrag. *Mist!* Das hätte er beinahe schon wieder vergessen. Er war ja mit seiner Freundin zum Lunch verabredet.

»Sorry, aber um vierzehn Uhr dreißig wieder hier im Konferenzraum.«

Die drei unterbrachen ihre Diskussion etwas abrupt und verließen gemeinsam den Raum. Eric nahm die Treppe hinunter zur Empfangshalle, sprang auf sein Rennrad und fuhr die wenigen hundert Meter bis zum nahe gelegenen

Restaurant hinüber. Die Februarsonne tat alles in ihrer Macht stehende, um den nahenden Frühling anzukündigen. Die Pariser waren bereits in großer Zahl auf den breiten Bürgersteigen unterwegs und genossen die erste Wärme. Die Cafės schoben sogar schon einen Teil ihrer Fensterfronten auf. Die letzten Meter bahnte sich Eric zu Fuß durch die Menschenmenge und schloss sein Fahrrad mit der dicken Kette an einem alten Laternenpfahl fest.

Jeannette und ihre Freunde saßen bereits an einem kleinen Tisch mitten in dem einzigen Raum des neu eröffneten Restaurants. Alle Tische waren besetzt, soweit Eric das mit einem schnellen Blick ausmachen konnte. Viele elegant gekleidete Pariser aus der Modebranche oder Bankenwelt. *Genau der richtige Platz für Jeannette und die anderen*, dachte Eric schmunzelnd. Seine Freundin hatte ihn bereits entdeckt und winkte ihn herüber. Küsschen links, Küsschen rechts und dann noch mal links. *Das Begrüßungsritual unter Franzosen war immer wieder ein Genuss.* Besonders für Nicht-Franzosen wie Eric.

»Hallo, Cherie. Hallo, Fabienne. Marc, wie geht´s.« Eric schob sich nach den innigen Umarmungen neben seine Freundin auf einen der schmalen, aber stilvollen Holzstühle.

»Das Armband ist wirklich toll, Fabienne.« Seine Freundin begutachtete gerade ausgiebig das breite, auffällig gestaltete Schmuckstück an Fabienne´s Handgelenk, das Eric völlig übersehen hätte.

»Und stell´ dir vor, gar nicht so teuer für einen echten Pierre Cardin Entwurf.«

»Die Farben passen auch toll zu deinen Augen.« Jeannette kam gar nicht mehr aus dem Schwärmen heraus.

»So was könntest du mir auch mal wieder zum Geschenk machen!« Seine Freundin stieß Eric freundschaftlich in die Seite.

Eric war in Gedanken noch immer in ihrem Konferenzraum. Der kleine Seitenhieb brachte ihn etwas überstürzt zurück in die Realität.

»Anstrengender Tag, häh?« Marc, der ihm direkt gegenüber saß, sah ihn verständnisvoll an.

»Ja, doch etwas.«

»Ich hoffe, es braut sich nicht irgendwo auf der Welt wieder eine neue Ölkrise zusammen.« Marc sah ihn mit einem Augenzwinkern an. Er verstand nicht viel von Eric´s Job. Diese technik-orientierte Welt war ihm vollkommen fremd. Aber er mochte Eric trotzdem, auch wenn er sich manchmal fragte, was Jeannette an ihm so toll fand. *Naja, vielleicht waren es ja Qualitäten, die nicht sofort offenbar wurden.*

Die beiden Frauen hatten Marc´s Bemerkung bereits überhört und waren schon wieder zurück in ihrer Schmuckdiskussion.

Das Essen war ausgezeichnet. Und Eric war hungrig. In Gedanken immer noch bei dem so ereignisreichen Morgen in der IEA, beschränkten sich seine Kommentare auf das eine oder andere Nicken oder einen kleinen Einwurf. Marc erzählte von ein paar Problemen mit seinem neuen Chef in der Werbeagentur, während die beiden Frauen das Schmuckgespräch nahtlos in eine aktuelle Modediskussion übergehen ließen.

Eric war froh, als er sich wieder aufs Fahrrad schwingen und zurück zur IEA radeln konnte. Er war heute einfach nicht in Stimmung für leichte Konversation. Zu viel ging ihm durch den Kopf.

ZEITGLEICH, SÜDLICH VON MÜNCHEN, DEUTSCHLAND, FRÜHER ABEND

Tina stand am Fenster ihres Büros und weinte. Sie wischte sich mit der Hand eine Träne von der Backe. *Sogar die Wolken weinten*, dachte sie grimmig. Es war einer dieser nasskalten Februartage im bayerischen Voralpenland. Die extremen Schneefälle von vor zwei Wochen hatten es zwar nicht bis nach Süddeutschland geschafft, dennoch hielt der Winter sie weiterhin gut im Griff.

Das war Tina aktuell aber völlig egal. Sie war stinksauer. Das erste Treffen mit ihrem Vater und seinen engsten Mitarbeitern war massiv daneben gegangen. Sie blickte aus dem großen Fenster ihres Büros im dritten Stock auf den kleinen, separaten Parkplatz für die Führungskräfte des Unternehmens. Gerade lief ihr Vater leicht geduckt durch den Regen und sprang in seinen metallic-grauen Porsche Panamera. Das Starten des Motors war auch hier oben noch deutlich zu hören.

»Wahrscheinlich schluckt die Karre einen ganzen Liter Benzin nur für´s Anlassen«, zischte sie leise in sich hinein, während sich eine weitere kleine Träne einen Weg über ihre Wange bahnte.

Vor gut drei Jahren war Tina Steinhoff nach langem Zögern doch in das Familienunternehmen ihres Vaters eingestiegen. Als PR- und Marketing-Chefin, mit zusätzlicher Verantwortung für den neuen, jährlichen Nachhaltigkeitsbericht ihrer Firma.

Für ihren Bruder war der Weg immer klar vorgegeben. Das große Interesse schon als kleiner Junge an allem Technischen, selber bauen, ausprobieren und wieder verwerfen. Dann die leuchtenden Augen, wenn er mit Papa in die

Prototypenwerkstatt der Firma durfte. Und schlussendlich das Technik-Studium. Alles mündete konsequent in einer Ingenieursausbildung und dem entsprechenden Berufsweg in ihrem familieneigenen Unternehmen.

Sie dagegen ging wohl mehr nach ihrer Mutter. An den Menschen und der sie umgebenden Welt interessiert, fasziniert von der Natur und ihrer unglaublichen Vielfalt und Schönheit. Sie genoss schon als kleines Mädchen die zahlreichen Reisen der Familie an einige der schönsten Plätze dieser Erde und verschlang die Bücher aller berühmten Abenteurerinnen, die sie finden konnte. Lange suchte sie ihren Weg, ihre Berufung in dieser Welt. Sie wollte auf keinen Fall nur die hübsche, gut betuchte Tochter sein, die dann den Richtigen heiraten und Kinder kriegen würde. So flüchtete sie sich aus Frust über die schwierige Selbstfindung in wilde Reise- und Liebesabenteuer, was bei ihrem Aussehen und dem knallroten Z4 Cabrio, den sie natürlich standesgemäß von Papa zum 18. Geburtstag geschenkt bekam, nicht allzu schwer war.

Doch dann, irgendwann kurz nach ihrem 20. Geburtstag und einer weiteren kurzweiligen und schmerzhaft beendeten Beziehung, wachte sie morgens völlig gerädert auf und entschloss sich, das seit mehr als drei Semestern nur dahinsiechende Wirtschaftsingenieur-Studium nun richtig anzupacken. Sie legte den Fokus auf erneuerbare Energien und beendete es in kürzester Zeit mit summa cum laude. Wie sagte ihr Vater doch immer vor Jahren zu ihr: Mädel, lern´ was Gescheites, geh´ dann in die Welt hinaus und mach´ was draus. Ein blöder Spruch, der ihr immer tierisch auf den Keks ging, aber jetzt hatte er irgendwie einen anderen Zungenschlag. Lag wahrscheinlich an ihrem Brummschädel, unter dem sie am damaligen Morgen litt, aber egal.

Alle waren überrascht, als sie mit Abschluss und Bestnote ankam. Ihr Vater war sogar so platt, dass er anfänglich überhaupt keine Idee hatte, was er ihr im Familienunternehmen als Funktion anbieten sollte und konnte. Doch ihre Mutter hatte, wie immer, alles im Griff und nutzte die Chance, dem Familienunternehmen mit dem Einstieg ihrer Tochter ein stärkeres Umweltbewusstsein zu geben. Etwas, das ihrer Meinung nach bei der ganzen Technikverliebtheit der Familie noch immer viel zu kurz kam.

Das war vor gut drei Jahren.

Seitdem hatte es Tina tatsächlich geschafft, dem Thema Umwelt und Nachhaltigkeit im Unternehmen eine deutlich größere Bedeutung zu geben. Im Studium hatte sie sich bereits intensiv mit den entsprechenden Berichts-Standards auseinandergesetzt, die sich dazu gerade weltweit etablierten und sukzessive zur Pflicht für Unternehmen wurden. Ähnlich der klassischen Finanzberichterstattung.

Völlig überrascht musste sie feststellen, dass bis dahin im jährlichen Geschäftsbericht ausschließlich schwammige und rein qualitative Aussagen zur Umweltbilanz des Unternehmens gemacht wurden. *Ressourcenschonung ist natürlich ein wichtiges Kriterium in all unseren Entscheidungen, blablabla....* Als sie aber nach konkreten Zahlen fragte, gab es so gut wie nichts.

Sie überzeugte ihren Vater, dass eine solide Datenbasis schnellstens erforderlich war, um auf Dauer den Anforderungen einer anerkannten Umweltberichterstattung gerecht zu werden. Das konnte ihrer Meinung nach sogar die Position des Unternehmens im zunehmend härter werdenden Wettbewerb noch mal stärken. Sie bekam zwei eigene Mitarbeiter für das Thema und zugeordnete Ansprechpartner in allen relevanten Bereichen des Unternehmens.

Im letzten Geschäftsbericht waren sie dann erstmals in der Lage gewesen, eine komplette Übersicht zu den Ressourcen-Verbräuchen und Emissionen ihres Familienunternehmens aufzustellen. Die anfängliche Skepsis wich einer breiten Zustimmung bei den Schlüsselmitarbeitern. Sein Vater war sichtlich stolz auf das Erreichte, und natürlich seine Tochter.

Jetzt konnte man endlich anfangen, die Leistungsfähigkeit des eigenen Unternehmens auch auf diesem Gebiet zu messen. Und sich mit den Besten im Wettbewerb vergleichen. Sogar eine Diskussion über Ziele und die notwendigen Schwerpunktthemen in der Zukunft wurde angestoßen. Mit ersten sichtbaren Erfolgen.

So wurde ein noch mit Kohle befeuerter Heizkessel für die Erzeugung von Prozesswärme in der Fertigung nach über 40 Jahren Laufzeit und vielen Emotionen durch eine kleine gasbetriebene Anlage ersetzt. Die Datenanalyse hatte den überproportional hohen Anteil an den Gesamtemissionen und die Ineffizienz der Anlage überdeutlich aufgezeigt.

Tina gewann richtig Spaß an der Arbeit und vernachlässigte dabei fast ihren bisherigen Hauptjob, Marketing und Öffentlichkeitsarbeit für ihr Unternehmen.

Doch dann stieß sie überraschenderweise Ende letzten Jahres auf eine gravierende Lücke in ihrer Datenerfassung. Konnte das wirklich sein? Hatten sie bisher mehr als die Hälfte der vom Unternehmen verursachten Emissionen einfach übersehen? Ja, vergessen? Eine erste Recherche bestätigte die Vermutungen.

Das Thema ging ihr seitdem nicht mehr aus dem Kopf. Was war, wenn böse Zungen zu derselben Erkenntnis kamen und anfingen zu behaupten, das Unternehmen wollte sich bisher den eigenen CO2-Footprint einfach nur schön rechnen? Ja, Dinge vertuschen? Wie so viele andere auch. Dieser Vorwurf wäre ein Desaster für ihr Firmenimage. Und das unter ihrer Verantwortung. Das durfte auf keinen Fall passieren! Also hatte sie sich hineingekniet in die Aufarbeitung der Faktenlage.

Als produzierendes Unternehmen in der Elektronikbranche waren sie, wie so viele, auf die tägliche Anlieferung von Rohmaterialien und vorgefertigten Bauteilen angewiesen. Genauso standen täglich die großen LKWs an den Verladerampen und holten die erzeugten Fertigteile ab. Fast minütlich rollten die Fahrzeuge vom Firmengelände.

Außerdem kamen mehr als 70 Prozent der über 1.000 Mitarbeiter täglich mit dem Auto zur Arbeit. Ihre Zentrale samt Entwicklung und Hauptfertigungsstandort lag zwar großzügig und idyllisch im Grünen vor den Toren Münchens, machte aber die Nutzung des öffentlichen Nahverkehrs für viele nicht gerade einfach.

Der gesamte Benzinverbrauch und die Emissionen dieser täglich für das Unternehmen eingesetzten LKWs und PKWs wurden bisher, bis auf die wenigen Fahrzeuge der firmeneigenen Flotte, nicht erfasst. Einfach vergessen.

Naja, streng genommen konnte man natürlich argumentieren, dass diese Umweltbelastungen nicht ursächlich zu ihrem Unternehmen gehörten. Aber das war nur die halbe Wahrheit. Tina erkannte das sofort. Denn tatsächlich waren all diese Fahrzeuge ja nur wegen ihnen unterwegs. Und sollten damit auch in der Unternehmensbilanz auftauchen. Das forderten auch die neuesten Berichts-Standards, die dieses Thema ebenfalls erkannt hatten.

Die Erhebung der Daten gestaltete sich erwartungsgemäß schwierig. Mehr als vierzig verschiedene Subunternehmen lieferten an, entweder mit dem eigenen LKW oder über eine Spedition. Sie selbst hatten zahlreiche Logistikunternehmen beauftragt, um ihre Fertigprodukte zu den Endkunden zu bringen. Oft lag die Verantwortung für den Transport bei ihren Partnern, aber genauso oft auch bei ihnen. Je nach Vertragsgestaltung. Im ersten Fall konnte man mit einigermaßen gutem Gewissen den Ressourcenbedarf und die Emissionen für den logistischen Aufwand aus der eigenen Umwelt-Bilanz heraushalten. Im zweiten Fall ganz sicherlich nicht.

Und dann kam noch der Ressourcenaufwand für die PKW-Anfahrt ihrer Mitarbeiter dazu. Auch hier war die genaue Ermittlung von Zahlenwerten fast unmöglich. Es gab bisher keine Datenerfassung, und auch wenn es eine geeignete Methode gäbe, dann wäre zuerst eine saubere Klärung des Datenschutzes notwendig gewesen.

Dennoch hatten sie es vor zwei Wochen geschafft, einen ersten guten Überblick über diesen bisher riesigen, weißen Fleck in ihrer Datenerhebung zu erstellen. Mit schockierenden Zahlen. In zahlreichen Abendstunden war daraus, zusammen mit ihren Mitarbeitern, eine kompakte Präsentation entstanden. Sogar erste Ansätze zur Verbesserung der so auf Dauer in ihren Augen nicht tragbaren Situation hatten sie eingearbeitet.

Doch das Meeting im Führungskreis ging völlig in die Hose.

Ein Qualitätsthema, das davor dran kam, hatte sich in die Länge gezogen und die Gemüter erregt, nachdem es bereits zum dritten Mal auf der Tagesordnung stand und immer noch keine Besserung in Sicht war.

Die Frage nach einer möglichen Verschiebung ihres Themas auf die folgende Woche hatte sie dann vielleicht etwas zu schroff verneint. Somit begann ihre Präsentation bereits in einer ziemlich gereizten Atmosphäre.

Sie erläuterte zuerst die grundsätzliche, bisher vorhandene Lücke in ihrem Nachhaltigkeitsbericht, bevor sie die Details zum Ressourcenbedarf und den CO2-Emissionen in der gesamten Logistikkette aufzeigte. Der Einkaufschef, der für die Auswahl der Lieferanten verantwortlich zeichnete, war sofort in der Defensive. Bisher standen doch immer Kosten und Teilequalität im Vordergrund. Wieso sollte jetzt plötzlich das Thema Ressourcenschonung bei der Teileanlieferung in den Fokus rücken? War das wirklich nötig? Lag dieser Umfang tatsächlich in ihrer Verantwortung?

Die Darstellung der Abschätzung des jährlichen Benzinverbrauchs bei der Anfahrt der Mitarbeiter brachte dann endgültig alle auf den Plan. Hier fühlte sich jeder irgendwie betroffen. Ganz persönlich. Die Diskussion geriet wild durcheinander. Als Tina die Idee für eine vom Unternehmen bezuschusste Nutzung öffentlicher Verkehrsmittel vorbrachte, um der überproportionalen Nutzung des eigenen Automobils bei den Mitarbeitern entgegenzuwirken, wurde auch ihr Vater ungehalten. Er verwies auf die bereits ausgezeichneten Fortschritte auf vielen anderen Gebieten ihrer Umweltbilanz und dass man doch bitte die Kirche im Dorf lassen sollte. Und brach die Diskussion mit dem Hinweis auf die fortgeschrittene Zeit kurzerhand ab. Beim Hinausgehen vernahm sie noch einige bruchstückhafte Kommentare wie »sollen wir vielleicht alle mit dem Fahrrad kommen« und »die Lieferanten können ihre Teile ja auch nicht mit dem Pferdewagen ´ranschaffen«.

Diese ignoranten Idioten! Tina kochte immer noch.

»Kann ich reinkommen?«

Tina schreckte herum. Franz, der Entwicklungsleiter und langjährige Weggefährte ihres Vaters, beugte sich zur Tür herein. Nach anfänglicher Skepsis bezüglich der gut aussehenden Tochter des Chefs und ihrem Beitrag fürs Unternehmen hatte er Tina´s Bereitschaft, sich in bisher unbekannte Themen tief einzuarbeiten, und ihren klaren Verstand zu schätzen gelernt. Umgekehrt genoss Tina seine ruhige und seniore Art. In den letzten zwölf Monaten hatten sie zahlreiche Mittagspausen miteinander verbrachten, in denen Tina ihn mit Fragen nur so löcherte.

»Na, lief heute nicht ganz so gut?« Franz kam herein und sah sie ruhig an.

»Nicht ganz so gut? Das ist ja wohl die Untertreibung des Monats! Diese Idioten haben überhaupt nichts verstanden!«

»Ach, komm´ schon, die waren doch nur beleidigt, weil du ihnen bei ihrem so lieb gewonnen Privatauto, mit dem sie täglich zur Arbeit kommen, mal richtig in den Hintern getreten hast! Mit handfesten Zahlen, die nicht vom Tisch gewischt werden konnten. Und in der Summe schockierend.« Franz grinste sie an.

Tina war trotzdem noch auf hundertachzig. »Ja, die hatten wohl alle gedacht, ich mach´ ein bisschen Marketing und hübsche den Geschäftsbericht mit so ´nem allgemeinen Umweltkram auf. Und ansonsten mach´ ich auf Tochter des Eigentümers, die irgendwann den zukünftigen Leiter des Unternehmens heiratet. Aber nicht mit mir! Diese ignoranten Idioten!« Wieder kamen ein paar Tränen über ihre Wangen.

»Hey, hey, Tina, jetzt noch mal ganz langsam.« Franz setzte sich auf den Rand des kleinen Besprechungstisches in ihrem Büro. »Du hast doch ganz ausgezeichnetes Zahlenmaterial zusammengetragen. Echt, Respekt. Dass wir mehr CO2 beim An- und Abtransport unseres Materials emittieren als in der gesamten Fertigung, hätte doch keiner für möglich gehalten. Dass du unserem Einkaufschef damit wehtust, war auch klar. Wenn wir das als neues wichtiges Kriterium für die Auswahl unserer Lieferanten aufnehmen, hat er plötzlich ein riesiges Problem an der Backe.«

Tina beruhigte sich ein wenig und ließ sich müde in ihren Bürostuhl sinken.

»Aber mit den Zahlen zu den Mitarbeitern, die jeden Tag mit ihren Autos den Firmenparkplatz zustellen, hast du unsere Jungs natürlich mitten ins Herz getroffen. Hast du ihre Gesichter gesehen, als sie sich vorzustellen versuchten, dass sie zukünftig nur noch die Wahl zwischen Bus oder Drahtesel hatten.« Franz lachte und dachte an seinen eigenen Porsche, den er sich erst vor einem Jahr neu gekauft hatte.

»Aber so war´s doch gar nicht gemeint! Ich war ja selber überrascht, als wir im Team die gewaltigen Mengen an CO2 zusammenaddierten, die in diesem ganzen Güter- und Personentransport stecken. Nur für unser kleines Unternehmen. Und die Idee zu mehr öffentlichem Nahverkehr bei den Mitarbeitern kam ja nur auf, weil eine Umstellung bei den dicken LKWs, die ja eigentlich das Hauptproblem darstellen, deutlich schwieriger erscheint. Während die morgendliche Fahrt zur Arbeit bei vielen heute schon problemlos entfallen könnte. Und wir als Unternehmen hier im Rahmen unserer Nachhaltigkeitsinitiative eine gewisse Vorreiter-Rolle spielen sollten. Ja, müssen! Wenn wir unser Credo ernst nehmen.«

»Stimmt.«

Beide sahen zum Fenster hinaus. Der Regen hatte wieder zugenommen.

Franz überlegte laut. »Aber dennoch sind für viele die öffentlichen Verkehrsmittel einfach keine Alternative. Geradezu ein Gräuel! Die morgendliche Ruhe und Geborgenheit im eigenen PKW ist einfach ein Luxus, den man nicht wirklich aufgeben möchte. Besonders wenn man ihn mal hat und sich auch leisten kann.«

Tina nickte frustriert. Sie kannte das Thema bestens. Sie sympathisierte stark mit dem Gedankengut der Grünen in Deutschland, die sich ja ebenfalls für den öffentlichen Nahverkehr stark machten. Daher setzte sie sich immer wieder pflichtbewusst in die S-Bahn und fuhr damit von ihrer Innenstadt-Wohnung hinaus zur Firmenzentrale. Aber spätestens, wenn sie wieder ein Angetrunkener anpöbelte oder ihr Sitznachbar erbärmlich hustete, war sie froh, ihren knallroten Z4 zu besitzen, der sie sicher und komfortabel zur Arbeit brachte. Nein, das wollte auch sie nicht missen.

Franz beugte sich mit einem verschmitzten Lächeln zu ihr hinüber. »Es sei denn, wir finden einen Ansatz, die benzin-schluckenden Luxusgefährte unserer verwöhnten und gut verdienenden Angestellten anderweitig zu ersetzen. Ich hätte da vielleicht eine Idee. Mit möglicherweise richtig viel Charme. Gerade, weil diese Lösung unter Umständen einen essentiellen Beitrag zu unserem gerade in Diskussion befindlichen, neuen Energiekonzeptes am Standort leisten könnte.«

Tina stutzte. Franz sprach in Rätseln für sie. *Worauf wollte er hinaus?* Ja, sie kannte ihre internen Überlegungen, die Energieversorgung des Firmensitzes noch mal grundsätzlich zu überdenken. Vielleicht sogar komplett zu erneuern. Mit deutlich niedrigerem CO2 Ausstoß. War ja maßgeblich durch ihre Aktivitäten angeregt worden. *Aber was hatte das mit ihrem Fuhrparkproblem zu tun?*

»Ähh, irgendwie hast du mich abgehängt, Franz. Worauf willst du hinaus?«

»Mhh, ich war vor nicht allzu langer Zeit mal wieder für eine intensive Technikdiskussion bei deinem Onkel und dessen Sohn Phillip, die ja permanent an wilden Sachen arbeiten. In dieser hervorragend ausgestatteten Werkstatt auf dem Lande. Du erinnerst dich?«

Tina konnte sich ein kleines Lächeln abringen. Ja, sie kannte Phillip, ihren Cousin, gut. Wilder Vogel, aber echt netter Kerl! Er war zusammen mit seinem Vater, ihrem Onkel, der Daniel Düsentrieb der Familie. Und das hieß was, nachdem die Familie seit Generationen nur so vor technikverliebten Individuen strotzte.

Anfangs war ihr Onkel als der ältere Bruder ihres Vaters maßgeblich in dem Familienunternehmen beteiligt und leitete die Entwicklungsabteilung. Tina konnte sich noch gut daran erinnern, wie in ihrer Jugend immer wieder heftige Streitgespräche zwischen den beiden Brüdern auf diversen Familientreffen stattfanden. Der Inhalt der Gespräche war ihr damals nicht wirklich klar, aber es ging wohl meistens um Probleme in der Umsetzung von Neuentwicklungen. Auf Dauer ging die Zusammenarbeit einfach nicht gut.

Letztendlich verzichtete ihr Onkel auf seinen Anteil am Unternehmen, zog sich auf seinen landwirtschaftlichen Betrieb zurück und konzentrierte sich in seinem eigenen Ingenieurbüro ganz auf die Erfindertätigkeit. Und sein Sohn Phillip ging voll nach dem Vater. Gemeinsam waren sie permanent an den verschiedensten Entwicklungen dran, von denen Tina aber meist nur Bahnhof verstand. Wohl nicht ganz unerfolgreich, nachdem die Werkstatt, die sie nur einmal wirklich von innen gesehen hatte, auch für einen Laien ziemlich beeindruckend aussah.

»Die beiden haben seit einigen Jahren ihren Schwerpunkt massiv in Richtung nachhaltiger Energiekonzepte verschoben. Angetrieben von der frühen Idee deines Onkels, sich auf dem Bauernhof quasi komplett unabhängig zu machen. Nicht nur bei der Versorgung mit Nahrungsmitteln, sondern eben auch auf der Energieseite. Sie sind, glaube ich, kurz davor, alle bisher vorhandenen Anschlüsse an das öffentliche Netz zu kappen.«

»Wow, war mir so bisher nicht klar. Obwohl ich mich jetzt, wo du es sagst, an dieses komische Windrad erinnere, dass sie bei unserem letzten Familientreffen draußen bei ihnen vorgeführt hatten.«

»Stimmt, ist auch Teil ihres Gesamtsystems. Naja, auf jeden Fall scheinen sie einer Umsetzung eines solchen Konzeptes deutlich näher gekommen zu sein. Und das Fahrzeugthema haben sie gleich mit gelöst!«

»Ohh?«

»Ja. Aber ich hatte nicht wirklich ausreichend Zeit beim letzten Mal, um mir alles im Detail anzusehen. Ich glaube, unser heutiges Meeting ist ein richtig guter Grund, bei den beiden in der nächsten Zeit noch mal vorbeizufahren. Was meinst du? Wir brauchen einfach ein wirklich überzeugendes Gesamtkonzept, mit möglichst viel Vorzeigbarem, wenn wir bei unserem gerade aufgedeckten, massiven Fuhrparkproblem weiterkommen wollen.«

Tina nickte zustimmend. Ihr Blick hellte sich auf. »Ich weiß zwar immer noch nicht, worauf du genau hinaus willst, aber ich vertraue mal auf dein Urteilsvermögen! Also, abgemacht! Ich ruf´ Phillip gleich morgen früh an und vereinbare einen Termin. Ich hoffe nur, dass ich bei dem Treffen mehr verstehe als sonst! Die beiden sprechen für mich ja fast immer nur Chinesisch.«

»Na, das kriegen wir schon hin, du bist ja nicht auf den Kopf gefallen, oder?«

Tina lachte kurz.

»Jetzt gefällst du mir schon wieder viel besser!« Franz sah auf die Uhr. Draußen war es jetzt stockdunkel. Nur die an der Fensterscheibe herunter laufenden Regentropfen deuteten darauf hin, dass sich das Sauwetter nicht verzogen hatte. »Wird Zeit, dass wir hier rauskommen.« Tina nickte.

WESTLICH VON PORT HARCOURT, NIGERIA, AFRIKA

In dem containerartigen Gebäudekomplex auf dem schwer bewachten Areal des Ölkonzerns, außerhalb der Hafenstadt Port Harcourt, war fast nur das Surren der Klimaanlage zu hören. Die Augen der Anwesenden mussten sich erst an das Halbdunkel des mit Computer-Bildschirmen gefüllten Raumes gewöhnen. Bisher kannten nur wenige Leute des Konzerns den neuen Ausstattungsgrad dieser kleinen Operationszentrale, die für die erhöhte Sicherheit der firmeneigenen Mitarbeiter und Anlagen im Nigerdelta sorgte. Peter Larson, der lange für das US Militär und diverse Sondereinheiten gearbeitet hatte, zeichnete für die technologische Aufrüstung der letzten Jahre verantwortlich. Nur so war seiner Meinung nach der zunehmenden Bedrohung im größten Ölfördergebiet Westafrikas einigermaßen Herr zu werden.

Die Explosion der Landmine war als greller Blitz gut auf dem 20 Zoll Bildschirm an dem großen Steuerungspult zu erkennen.

»Shit!«, stieß der Operator aus, der die Drohne in gut 2.000 Meter Höhe über dem Landcruiser in Position hielt und bisher eher gelangweilt der schnellen Fahrt des Toyotas gefolgt war.

Peter, sein Boss, der sich gerade leise mit zwei Angehörigen des US Militärs im Hintergrund unterhielt, schnellte herum. Zusammen mit den beiden Soldaten kam er herüber und beugte sich über den Bildschirm. »Gehen Sie tiefer mit der Drohne, ich muss das genauer sehen«, wies er den Operator ruhig an.

Die sowieso nur auf Flüsterniveau geführten Gespräche der anderen Mitarbeiter in der abgedunkelten Operationszentrale verstummten.

In den vergrößerten Bildern konnte man gut erkennen, wie der Landcruiser aus der Fahrspur kam und sich überschlug. Die Landmine hatte das Fahrzeug zwar nicht zerstört, aber dennoch ihren Dienst getan. Der Wagen blieb auf dem Dach liegen. Peter sah, wie sich die Räder des Landcruisers noch drehten. Sein Hirn versuchte, die Bilder in einen schlüssigen Gesamtzusammenhang zu bringen. Der Anschlag kam wahrscheinlich von einer lokalen Widerstandsgruppe. Ihre Kämpfer konnten nicht weit sein. Damit blieb ihnen nur sehr wenig Zeit. Jetzt musste sich zeigen, ob ihr Rettungskonzept gut genug war. *Dann mal los!* Peter drückte den dicken roten Knopf oberhalb der Konsole. Und löste an mehreren Stellen, bis hin zur Konzernzentrale in Texas, einen Alarm aus.

Dann ging alles Schlag auf Schlag, so wie vielfach einstudiert und erprobt. Im Nachbarraum sprangen die Sicherheitsleute von ihren Stühlen und rannten hinüber zu den Ausrüstungsschränken mit den schusssicheren Westen und ihren Waffen. Die beiden Sanitäter rannten zu den schweren Ausrüstungskoffern.

Peter Larson drehte sich zu den beiden US Militärs um. »Sorry, guys, aber ich sollte hier wohl besser selber mitfliegen. Ist einer unserer Topleute dort draußen. Das heißt, der Oberboss würde mir den Kopf abreißen, wenn wir ihn nicht lebend zurückbringen. Vorausgesetzt, er hat den Überschlag des Wagens überlebt.«

Die beiden US Militärs nickten zustimmend. Sie kannten das Prozedere bestens aus eigener Erfahrung. *Deswegen waren sie ja hier.* In enger Abstimmung mit der US Regierung und dem Pentagon halfen sie Peter Larson und dem Ölkonzern beim Ausbau ihres Sicherheitsapparates. Sie ließen Peter vorbei.

Dieser griff sich eine der kugelsicheren Westen und sprintete hinter den anderen her. In weniger als einer Minute waren die beiden mattschwarzen, gepanzerten Helikopter in der Luft, die hinter dem Gebäudekomplex auf einer kleinen, befestigten Fläche im Stand-by auf ihren Einsatz gewartet hatten. Er zog sich einen der Kopfhörer über und sprach mit dem Piloten. »Wie lange?«

»Zirka acht Minuten.«

Shit, dachte Peter. *Konnte knapp werden. Sehr knapp!* Er briefte kurz die mitfliegenden Sicherheitsleute. Heute Morgen hatte er von seinem Chef den Auftrag bekommen, ein besonderes Augenmerk auf diesen Landcruiser zu werfen. Einer ihrer Topleute war zu einem möglicherweise gefährlichen Treffen im Delta unterwegs, mehr sagte er nicht. Mehr wollte Peter auch nicht wissen. Mit ihren neuen Drohnen konnten sie quasi permanent dran bleiben, ohne dass jemand etwas bemerkte. In gleicher Art und Weise konnten sie jetzt ihre Förderanlagen und besonders ihre Pipelines von den Förderanlagen bis hin zu den Verladestationen vor der Küste ständig überwachen. Sie durften es nur nicht an die große Glocke hängen, sonst bekamen sie irgendwann Ärger mit der nigerianischen Regierung, die das natürlich als Verletzung ihrer Lufthoheit empfinden konnte.

Die Explosion der Landmine war ziemlich weit im Nordwesten des Deltas gewesen. Ein besonders gefährliches Gebiet. Quasi außerhalb der Regierungskontrolle, wenn die neuesten Berichte stimmten, die Peter erst kürzlich aus seinen Quellen erhalten hatte. Die Rebellen, die die Landmine gelegt oder aktiv gezündet hatten, mussten ganz in der Nähe sein. Nur dass sie ganz bestimmt andere Absichten hatten als Peter Larson und sein Team. Er konnte sich ein grimmiges Grinsen nicht verkneifen. *Mal schauen, ob wir ihnen den Spaß verderben können*, dachte er.

Die beiden Helikopter flogen sehr tief und sehr schnell. Peter Larson hatte Maximalgeschwindigkeit gefordert, auch wenn die Sicht heute Morgen im Delta nicht besonders gut war. Die Brisanz der Situation erforderte es. Die vier Sicherheitsleute neben Peter waren alle, so wie er, ex-Militärs, die meisten ex-Special Forces. Nur dass sie jetzt für mehr Geld und eine private Sicherheitsfirma arbeiteten.

Peter sah auf die Uhr. Die Sekunden vergingen wie in Zeitlupe.

»Eine Minute«, kam es über den Intercom.

Der Operator aus ihrer Operationszentrale meldete sich aufgeregt. »Shit! Peter, ihr seid zu langsam! Wo steckt ihr denn? Ein ganzer Konvoi an Fahrzeugen kommt von Westen herangerast. Steuern direkt auf unseren Landcruiser zu! Keine dreihundert Meter weg! Und sehen nicht wie Regierungstruppen aus! Ganz und gar nicht!«

»Wieviele?«, fragte Peter ruhig.

»Vier, nein fünf Fahrzeuge. Mindestens 20 Leute!«

»Ok, wir sind gleich da.«

Die Sicherheitsleute überprüften noch mal ihre Waffen und rutschten dichter an die bereits geöffnete Seitentür des Helikopters heran. Die beiden Sanitäter waren dicht hinter ihnen.

Peter beugte sich hinaus. Der Wind zerrte an seiner schweren Weste. Er musste die Augen stark zusammenkneifen, um etwas am Boden erkennen zu können. Dann sah er die Spuren der Leuchtmunition, die in seine Richtung flogen und gefährlich nahe kamen. Instinktiv schnellte er zurück.

»Shit!« Er drückte den Sprechfunkknopf an seinem Kopfhörer. »Delta Two, Ausweichmanöver nach rechts! Delta One, Rebellen hinter dem Landcruiser unter Beschuss nehmen.«

Ihr Begleit-Helikopter, der dicht vor ihnen flog und mit einer schnellfeuernden 20 mm Kanone unter dem Rumpf ausgestattet war, senkte die Nase und steuerte direkt auf die Rebellen zu, die sich dem umgestürzten Landcruiser bereits bis auf knapp hundert Meter genähert hatten. Das tiefe Dröhnen der Kanone, als sie ihr tödliches Feuer von sich gab, war nicht zu überhören. Eines der Rebellen-Fahrzeuge ging sofort in Flammen auf. Panik brach unter den Afrikanern aus.

Währenddessen machte der Pilot ihres Helikopters einen Rechtsschwenk und setzte in einem weiten Bogen zur Landung an. Direkt auf der Straße neben dem Landcruiser. Peter blickte wieder hinaus. Der Beschuss hatte seine Wirkung nicht verfehlt. Er konnte erkennen, wie die anderen Fahrzeuge der Rebellen sich in einer dicken Staubwolke verzogen. Doch er wusste instinktiv, dass sie nicht viel Zeit hatten. Wenn der Anführer der Rebellen sich vom Schock erholt hatte, würde er es noch mal probieren. Zu verlockend war die Aussicht auf eine Geisel.

Peter sprach kurz mit seinem Operator. »Wo sind die Rebellenfahrzeuge jetzt?«

»Aktuell nicht genau zu erkennen. Zu viel Staub in der Luft. Aber scheinen sich immer noch zu entfernen!«

»Ok. Eng dranbleiben! Und sofort melden, wenn es danach aussieht, dass sie zurückkommen!«

»Roger.«

Noch war der Helikopter gut einen Meter über dem Boden. Die Turbinen liefen mit voller Leistung. Der Pilot wollte sicherstellen, dass sie schnellstmöglich wieder wegkamen, falls ein zweiter Angriff drohte. Die ex-Special Forces Leute sprangen als erste heraus und sicherten die Umgebung. Peter war dicht hinter ihnen, zusammen mit den Sanitätern, und lief direkt auf den Landcruiser zu, der immer noch auf dem Dach lag. Der aufgewirbelte Sand von den Rotorblättern des Helikopters erschwerte die Sicht. Er beugte sich unter den Wagen. Drei der vier Insassen bewegten sich. Alle waren am Leben. Einer der beiden Weißen schien nahezu unverletzt zu sein. Er hatte sich bereits selbst aus dem Gurt befreit und deutete im Liegen auf den Bewusstlosen im Fond. »Das ist ihr Mann. Jeff Simson.«

Die zwei Einheimischen waren offensichtlich von der Regierung, dachte Peter und schob sich unter den Wagen. Während die Sanitäter den bewusstlosen Amerikaner vorsichtig aus dem Fond des Wagens bargen, half Peter dem Russen. In weniger als zwei Minuten war sein Trupp zusammen mit den beiden Männern wieder zurück in ihrem Helikopter.

Gerade noch rechtzeitig. Wieder flog ihnen Leuchtmunition um die Ohren.

»Abflug«, schrie er ins Intercom und versuchte, den Krach der hochdrehenden Turbinen zu übertönen. Und nahm dann wütend Kontakt zur Operationszentrale auf. »Wieso sind die Rebellen schon wieder zurück? Wo war die Warnung?«

»Sorry, sorry! Aber ihr wirbelt zu viel Staub auf! Ich kann im Umkreis von 200 Metern um den Landcruiser herum fast nichts sehen von hier oben!«

»Roger that! Wie ist die Position der nigerianischen Regierungstruppen?«

»Zirka einen Kilometer entfernt auf der Straße, von Süden kommend«, kam es vom Operator der Drohne zurück, der die gewaltige Anspannung nun kaum mehr verbergen konnte.

»Gut, wir ziehen ab. Delta One, die Rebellen noch mal unter Beschuss nehmen und auf Distanz halten. Aber sobald die Regierungstruppen in Sicht kommen, sofortige Rückkehr zur Basis. Ist das klar? Wir wollen keinen Ärger!«

»Roger.«

Der Pilot ihres Helikopters hob mit Maximalleistung ab und machte eine steile Rechtskurve, weg von der Straße. Die Leuchtmunitionsstreifen verschwanden hinter ihnen, ohne dass sie einen Treffer abbekamen. Kurze Zeit später war der Landcruiser aus der Sicht. *Noch mal gut gegangen!* Peter wischte sich den staubigen Schweiß von der Stirn und sah zu den Sanitätern und seinen Sicherheitsleuten hinüber.

»Gute Arbeit, Jungs!«

Der Amerikaner, den sie geborgen hatten, war immer noch bewusstlos, aber am Leben. Jeff Simson. Das war offensichtlich der Name ihres Topmannes. *Der Typ darf uns jetzt nur nicht auf dem Rückweg abkratzen!*

»Delta Two an Zentrale«, sprach Peter in sein Intercom, »unsere Gulfstream am Flughafen sofort abflugbereit machen. Wir müssen einen unserer Leute ausfliegen, noch bewusstlos, wahrscheinlich Kopfverletzungen.«

Peter hatte als Teil ihres Sicherheitskonzeptes auch die permanente

Bereitstellung eines schnellen Abtransports gefordert und umgesetzt. So stand eine speziell ausgestattete Gulfstream V am Flughafen von Port Harcourt bereit, um im Notfall Mitarbeiter direkt in die USA auszufliegen. Die Firmenzentrale wurde automatisch bei jedem Alarm-Einsatz informiert und konnte entsprechende Vorkehrungen in Texas treffen. Somit war die Chefin von Jeff Simson bereits seit gut einer halben Stunde über den Unfall im Bilde. Und atmete auf, als sie von der erfolgreichen Rettungsaktion erfuhr.

Eine Stunde später landete Peter Larson wieder mit seinem Trupp auf der schwer bewachten Basisstation der Ölfirma im Nigerdelta, während ihre Gulfstream mit Jeff Simson an Bord den Flughafen von Port Harcourt bereits in Richtung Westen verlassen hatte. Er ging hinein in den Containerkomplex. Die beiden US Militärs waren immer noch da und gratulierten ihm zu der erfolgreichen Mission. Peter atmete tief durch. Sein Puls erreichte langsam wieder Normalniveau. Ja, er war zufrieden. Der Zwischenfall würde die Diskussion zwischen seinem Arbeitgeber, einer privaten Sicherheitsfirma, und dem Ölkonzern über Umfang und Budget für ihr Sicherheitskonzept sicherlich erleichtern. Die Bedrohung war nun real. Und ihre Reaktionsfähigkeit war ganz offensichtlich deutlich gesteigert worden. Da sollten diese geldgierigen Ölbosse ein paar zusätzliche Millionen für die Sicherheit ihrer Leute verkraften können, oder? Sollte bei den Milliardengewinnen eigentlich überhaupt nicht auffallen! Er ergriff die Hand des Operators ihrer Drohne, der ihm verlegen entgegen kam. Wortlos. Der Angstschweiß stand dem jungen Mann immer noch auf der Stirn. *Nein, sie waren nicht zum Spaß hier!* Das war ihm jetzt wohl auch klar.

DREI TAGE SPÄTER, IN 10.000 M HÖHE, IRGENDWO ÜBER DER MONGOLEI

Jack drehte sich in dem ganz zurückgefahrenen Business-Class-Sitz zur Seite und schob mit zwei Fingern die Verdunklungsklappe über dem Kabinenfenster hoch. Eine zarte Röte betonte den gebogenen Horizont. *Wahrscheinlich sechs Uhr früh und irgendwo zwischen Russland und China*, dachte er, nachdem er sich vage an den Zeitplan und die Flugroute nach Shanghai erinnerte.

Er hatte die SAS Maschine aus Stockholm genommen, auch wenn er eigentlich lieber seine Langstreckenflüge aus dem heimatlichen Heathrow heraus mit Virgin oder British Airways machte. Diesmal war es zeitlich aber besonders eng und damit an einen wohltuenden Zwischenstopp zuhause in England gar nicht zu denken gewesen.

Die erfolgreiche Wettfahrt mit den AUDI Leuten hatte ihnen natürlich super gut getan. Das Bauchgrummeln bezüglich der nahenden Demo-Fahrt bei BMW war damit deutlich erträglicher geworden. Eigentlich einer gewissen Vorfreude gewichen. Das Fahrzeug war besser gelungen, als er gehofft hatte. Wahrscheinlich konnten sie die BMW-Leute diesmal richtig positiv überraschen. Was nicht oft vorkam, das wusste er aus Erfahrung!

Dennoch mussten sie immer noch massive Leistungsabfälle bei ihrer neuen Lithium-Ionen-Batterie feststellen, sobald der Ladezustand unter 25 Prozent fiel. Damit lieferten die Antriebsmotoren nur noch die halbe Power. *Machte überhaupt keinen Spaß, besonders wenn man Gefahr lief, wieder einen dieser AUDI Q5s im Nacken zu haben.* Hier musste schnell Abhilfe her.

Auf der Rückfahrt vom Testgelände in Nordschweden zum Stockholmer Flughafen hatte Jack daher lange mit Tim Wilken und Huo Song, den beiden Entwicklungsleitern ihres Batteriepartners telefoniert, die ihnen die Batterien aus der neuesten Prototypenreihe zur Verfügung gestellt hatten. Er wollte sichergehen, dass im nächsten Meeting ausreichend Zeit auf dieses unangenehme Thema gelegt wurde.

Anschließend hatte er Sophie, seine Frau, angerufen. Die Begeisterung hatte sich in Grenzen gehalten, als er ihr von seinen geänderten Reiseplänen erzählte. Damit musste das, wenn auch nur kurze, Wiedersehen mit der Familie um vier Tage verschoben werden. Aber sie wusste, wie wichtig ihrem Mann das Gelingen dieses Projektes war.

»Good morning, ladies and gentlemen, hier spricht ihr Kapitän.« Die sonore Stimme des schwedischen Flugkapitäns riss ihn aus dem Halbschlaf und seinen Gedanken.

In knapp dreißig Minuten wurde die Landung in Shanghai erwartet. Gerade noch genügend Zeit für Jack, um sich ein bisschen frisch zu machen. Der Sinkflug ging durch eine dicke, graue Wolkenschicht. Regentropfen zogen über das Kabinenfenster. Ein nasskalter Februarmorgen auch in Shanghai, was wenigstens die sonst übliche Smogschicht über der Metropole fast verschwinden ließ. Der Pilot setzte die Maschine butterweich auf.

Tim Wilken erwartete ihn persönlich am Ausgang nach der Gepäckabfertigung. »Hallo Jack, alles klar? Du siehst ziemlich frisch aus für den langen Flug. Sollen wir trotzdem noch kurz im Hotel vorbeifahren?«

»Hi Tim, passt schon. Lass´ uns lieber gleich zu euch fahren, der Zeitplan ist sowieso schon sehr eng.«

Gemeinsam liefen sie durch die riesige Empfangshalle des Shanghaier Flughafens zu den Parkdecks. Tim fuhr, wie fast alle Ausländer in China, nicht selber. Nicht nur aus Bequemlichkeit, sondern weil es einfach wahnsinnig mühselig war, einen chinesischen Führerschein zu erhalten. Und nicht wirklich Spaß machte, sich durch den permanent wachsenden und chaotischen Verkehr in der Stadt zu kämpfen. Sein Fahrer erwartete sie mit der Langversion des in China so beliebten AUDI A6 direkt am Eingang zum Parkdeck. Mit einem freundlichen Lächeln übernahm er Jack´s Gepäck. Kurz danach waren sie auf der vierspurigen Autobahn raus aus dem Flughafen. Im angekündigten, kalten Nieselregen aus den tief hängenden Wolken. Der obere Teil einiger Hochhäuser verschwand fast in der grauen Suppe. *Echt unangenehmes Sauwetter!*

Die Fahrt zur Batterie-Firma im Westen von Shanghai, nahe der bekannten, rein technisch orientierten Tongji University, dauerte fast eine Stunde. Die Entfernungen in und um Shanghai herum mit neuen, aus dem Boden gestampften Business-Zentren wurden einfach immer größer. Trotz der vielen neuen Highways. Der Wagen bog auf das riesige Firmengelände ihres Partners ein.

»Der neue Laboranbau ist ja schon fertig!« Jack deutete auf den gläsernen Komplex auf der linken Seite.

»Yep.« Tim grinste stolz. »Die Bauzeiten hier sind einfach unglaublich! Ich bin jedes mal wieder auf´s Neue erstaunt, wie die Chinesen das hinkriegen.«

Das Wachpersonal erkannte Wagen und Fahrer und ließ sie umgehend passieren.

»Das erste Meeting findet direkt im neuen Labor statt«, schob Tim nach. Der Wagen fuhr einen halben Kilometer auf der neu angelegten, sauberen Hauptstrasse des Firmengeländes entlang und bog dann vor dem breiten Eingang des riesigen Laborkomplexes ein.

Tim´s Entwicklungspartner Huo Song erwartete sie auf der untersten Treppenstufe. »Hallo Jack. Schön, dich wiederzusehen!« Huo gab ihm einen besonders festen und herzlichen Händedruck und führte sie ins Gebäude. »Wir machen kurz einen Rundgang durch den neuen Anbau, bevor wir ´rauf ins Besprechungszimmer gehen. Ist dir doch recht, oder?«

Jack nickte interessiert, auch wenn ihm die Müdigkeit immer noch in den Knochen steckte.

Der Rundgang war beeindruckend. Auf fünf Stockwerken reihte sich ein Laborbereich an den nächsten.

»Wieviele chinesische Ingenieure habt ihr jetzt an Bord?« Jack blickte auf die lange Reihe an Labortischen, an denen mindestens zehn Chinesen in weißen

Kitteln konzentriert an ihren Versuchen dicht nebeneinander arbeiteten.

»Letzten Monat haben wir die Zweitausender-Marke überschritten«, meinte Huo stolz. Er war maßgeblich für den Aufbau und die perfekte Integration des chinesischen Teams verantwortlich.

Vor gut drei Jahren kamen die amerikanischen Gründer vom MIT in Boston, mit Tim Wilkens als einem von ihnen, zu dem weisen Entschluss, die Brillianz der US-Forscher mit der schieren Anzahl und dem Fleiß einer chinesischen Gruppe zu vereinen. Und gründeten den Standort im Westen von Shanghai, heute der mit Abstand größte ihrer Firma. Die Nähe zur riesigen Tongji-Universität mit ihren immer besser werdenden Ausbildungsprogrammen stellte eine perfekte Basis für den so gigantischen Ausbau dar.

Den Gründern war früh klar, dass sie ihre Laborkapazitäten und damit die Anzahl der Versuchsreihen, die sie pro Woche für die Optimierung ihrer Lithium-Ionen-Zellstruktur durchführen konnten, massiv ausbauen mussten. Nur so konnten sie ihre viel versprechenden Erkenntnisse und Erfolge auf mikroskopischer Basis in eine erfolgreiche Serienproduktion von leistungsfähigen Fahrzeugbatterien umwandeln. Und das war das erklärte, unternehmerische Ziel. Die Massenfertigung einer bezahlbaren Top-Autobatterie.

Entwickler auf der ganzen Welt, mit Dominanz im asiatischen Raum, arbeiteten an verschiedenen chemischen Kombinationen, um der in der Konsumer-Elektronik bereits zum Standard gewordenen Lithium-Ionen-Batterie auch im Automarkt zum Durchbruch zu verhelfen.

Die Energiedichte dieser Zellen war heute schon für die Erzielung einer Fahrzeugreichweite von 300 Kilometern und mehr ausreichend. Der Entwicklungsfokus lag daher auf der Optimierung der grundsätzlich bewährten Zellchemie, um die deutlich höheren Anforderungen der Automobilindustrie bezüglich Leistungsabgabe, Wiederaufladung und Zuverlässigkeit zu erreichen.

Die E-Maschinen in einem leistungsstarken Straßenfahrzeug wie Jack´s aktuellem X1 Prototyp forderten bei Volllast deutlich mehr als 150 kW Leistung an, was enorme Entladeströme für die Batterien bedeutete. Nicht zu vergleichen mit einem schmalbrüstigen Produkt aus der Konsumelektronik. Einem Automobil-Kunden wäre es auch schlecht zu erklären, dass seine Batterie leider nach drei Jahren regelmäßiger Be- und Entladung quasi ihren Geist aufgab.

Von den deutlich höheren Qualitäts- und Sicherheitsanforderungen ganz zu schweigen. Der Austausch einer mehr als 300 Kilogramm schweren Batterie im Wageninneren war im Nachhinein wahrlich kein Spaß. Und dann mussten auch die Kosten noch mal deutlich runter. Insgesamt eine gewaltige

Entwicklungsaufgabe, der nur die besten gewachsen waren.

Huo führte sie in eines der gerade neu in Betrieb genommenen Labors. »Hier können wir nun in zahlreichen Versuchsreihen parallel an der Reduzierung und Optimierung des Kathoden-Materials arbeiten, um die Materialkosten noch mal deutlich runter zu bringen, ohne die Performance der Batterie zu beeinträchtigen.«

Tim zeigte auf einen der riesigen, geschlossenen Schränke mit acht großen Glastüren, hinter denen ein kleines Labormuster neben dem anderen lag, an der Messtechnik angeschlossen war und permanent Daten an die Rechner auf den daneben stehenden Tischen abgab. Zwei junge chinesische Frauen saßen konzentriert vor den Bildschirmen und verglichen die Messreihen mit bisher erzielten Ergebnissen. Daneben bereiteten zwei weitere Ingenieure offensichtlich die nächste Versuchsreihe vor.

»Und dort hinten haben wir uns die in der Produktion zum Einsatz kommenden Beschichtungsanlagen in Laborgröße aufgebaut, um die Gleichmäßigkeit des Materialauftrags auf die Elektroden noch mal deutlich zu erhöhen.«

Jack war beeindruckt. Sein Wissen zur Zellchemie einer modernen Lithium-Ionen-Batterie war begrenzt. Aber er hatte in den letzten Jahren unter anderem gelernt, was auch für den Laien nachvollziehbar war, dass die Qualität einer Batterie maßgeblich von der Güte des Elektrodenmaterials beeinflusst wurde. Je problemloser die Lithium-Ionen zwischen Kathode und Anode hin und her wandern konnten, desto besser floss der Elektronenstrom zwischen den beiden Polen der Batterie. Jede Verunreinigung oder Ungleichmäßigkeit im Materialauftrag in der Massenfertigung führte zu Qualitätsschwankungen im Endprodukt. Eine Tatsache, die Jack zu genüge aus der schwankenden Performance seiner verschiedenen Smartphones und Laptops kannte. Von der blöden elektrischen Zahnbürste, die letztlich einfach so, ohne jede Ankündigung, den Geist aufgegeben hatte, ganz zu schweigen.

»Und was macht ihr bezüglich unseres auftretenden Leistungsabfalls, sobald die Batterie in den niedrigen Ladezustand kommt?« Jack ging das Thema nicht aus dem Kopf.

»Wir arbeiten ´dran.« Tim grinste. Jack sah ihn etwas überrascht von der Seite an. »Huo kann dir vorne gleich unser neues, streng überwachtes Entwicklungslabor hier am Standort zeigen. Dort haben wir jetzt auf permanenter Basis ein paar unserer Top-Leute aus Bosten mit den chinesischen Kollegen zusammengespannt, um noch schneller und zielgerichteter auch direkt an der Zellchemie zu experimentieren. So sind uns in den letzten Wochen auch noch ein paar interessante Dinge zum Thema Leistungsabfall aufgefallen.«

Das Entwicklungslabor wurde unter strengsten Reinraumbedingungen betrieben. Durch eine dicke Glasscheibe konnte Jack das ruhige und konzentrierte Treiben der wenigen amerikanischen und chinesischen Kollegen beobachten.

»Details dazu später im Meeting«.

Jack winkte vorsichtig ab. »Ich bin immer wieder begeistert von den Einblicken, die ihr mir in die Tiefe eurer Elektrochemie gewährt. Aber oft genug verstehe ich trotz aller Mühen nur noch Bahnhof. Egal wie sehr ich mich anstrenge!«

Die beiden Batterieexperten lachten. »Ach, das machst du schon ganz gut!«

»Solange ihr in der nächsten Zeit dieses Problem mit dem Leistungsabfall irgendwie wegkriegt, ist mir der chemische Firlefanz dahinter sowieso ziemlich egal!«

Jetzt mussten alle drei lachen. Die Zusammenarbeit hatte sich über die letzten beiden Jahre echt gut entwickelt. Er traute dem neu gegründeten Unternehmen eine ganze Menge zu, auch wenn der Kapitalbedarf bis zur Fertigentwicklung einer wettbewerbsfähigen Batterie gigantisch war. Hier konnten nur die Stärksten überleben. Und mit Konkurrenten wie Samsung, LG oder Panasonic waren Giganten am Werk.

Ob das amerikanisch-chinesische Unternehmen von Tim und Huo wirklich in die fast übermächtige koreanisch-japanische Phalanx einbrechen und am Markt Fuß fassen konnte, würde sich wohl erst in den nächsten Jahren zeigen. Die bereitgestellten Prototypen waren auf jeden Fall Spitzenklasse. Und das war das einzige, was für Jack aktuell zählte. Auch wenn er natürlich darauf hoffte, dass er den BMW Auftrag zum Bau eines ersten Demonstrationsfahrzeug hin zu einem richtigen Serienentwicklungsauftrag ausbauen konnte. Dann konnten die Kollegen als mögliche Batterie-Lieferanten eine wichtige Rolle spielen. Vorausgesetzt, sie waren dann auch mit ihren Serienprodukten konkurrenzfähig.

Nur, was wollten die BMW Leute eigentlich mit dem einen Prototyp? Nicklas konnte, wollte ihm nicht mehr Infos geben. Jack war immer noch ein wenig frustriert darüber. Er hatte mit seiner Firma schon so viele Prototypen-Projekte realisiert und oft das brilliante Potential des elektrischen Antriebs demonstrieren können. *Jetzt wurde es endlich Zeit, mal einen großen Serienauftrag an Land zu ziehen.* Er freute sich auf das Treffen in München. *Die Chancen standen nicht schlecht.*

Huo ging zur Seite und telefonierte kurz. »Lass uns das Mittagessen vorziehen, ist ja schon ziemlich spät geworden. Wir können gleich ´rübergehen.«

Jack nickte zustimmend. Er hatte auf das Frühstück im Flieger zugunsten von ein paar Minuten mehr Schlaf verzichtet. Sein Magen meldete sich jetzt. In einem kleinen Nebenraum der Kantine wurden zahlreiche, leckere Speisen an einem runden Tisch präsentiert. Mit der typischen, drehbaren Scheibe in der Mitte.

Am Nachmittag stellten Tim und Huo zusammen mit einigen ihrer Teamleiter die neuesten Ergebnisse zur Optimierung der Batterie-Performance vor. Jack war von den Fortschritten wahrlich beeindruckt. Für ihn stand außer Frage, dass die Bereitstellung der notwendigen Batterien für einen erfolgreichen Hochlauf des Elektrofahrzeug-Marktes nur noch eine Frage der Zeit war. Ja, die Reichweite der rein elektrisch angetriebenen Fahrzeuge würde anfänglich noch begrenzt sein, aber für zahlreiche Anwendungen war das nur von untergeordneter Bedeutung. Und die gigantische Anzahl an Entwicklern, die jetzt nicht nur hier in China daran arbeiteten, würde dieses Thema in den nächsten Jahren ganz sicher in den Griff kriegen. *So oder so.*

Gegen achtzehn Uhr war Jack´s geistige Aufnahmebereitschaft an ihre Grenzen gestoßen. Tim sah verständnisvoll zuerst zu ihm und dann zu Huo hinüber. »Das reicht, glaube ich, für heute! Du siehst, Jack, wir kommen voran. Und wenn alles klappt, habt ihr in drei Wochen den allerneuesten Prototyp unserer Batterie, bei dem der Leistungsabfall kaum noch zu merken sein sollte. Was uns dann immer noch Kopfschmerzen bereitet, ist die genaue Bestimmung des aktuellen Ladezustandes. Das wird mit immer gleichmäßigerer Performance der Batterie leider auch immer schwieriger. Aber auch hier werden wir noch eine Lösung finden.« Alle waren aufgestanden und packten ihre Sachen zusammen. »Der Fahrer bringt dich noch ´rüber ins Hotel. Wir kommen dann gegen acht vorbei und fahren zusammen zum Abendessen. Wie besprochen.«

Jack nickte. Er freute sich auf eine heiße Dusche und eine kleine Pause. Ohne sah er keine Chance, den gemeinsamen Abend zu überstehen.

Zwei Stunden später am Hotel. »Du erinnerst dich noch an Dr. Shufeng, den chinesischen Unternehmer, von dem ich dir erzählt hatte?«

Jack nickte etwas unsicher. Die kurze Pause in dem geschmackvoll eingerichteten Zimmer im 32. Stock des Royal Meridien Hotels mitten in Shanghai hatte gut getan. Er fühlte sich tatsächlich ein bisschen frischer.

Gemeinsam mit Tim stieg er gerade in den vor dem Hotel wartenden Wagen. Der Regen hatte zwar aufgehört, aber es war immer noch kalt und nass. Der Fahrer fuhr die breite Hoteleinfahrt hinunter und bog in den zähfließenden

Abendverkehr von Downtown Shanghai ein.

Das nahe gelegene Restaurant befand sich in einem der wenigen, noch erhaltenen Gebäude aus den dreißiger Jahren. *Völlig ungewöhnlich für Shanghai!* Geduckt stand es mit seinen nur gut zehn Stockwerken und der Steinfassade zwischen den glitzernden Hochhäusern der pulsierenden Metropole, die fast alle in den letzten zwei Jahrzehnten entstanden waren.

»Du meinst den, der bei euch auch investieren wollte?«

»Genau. Auch wenn das eigentlich nicht sein Hauptfokus ist. Er will wohl am liebsten direkt in den Elektrofahrzeug-Markt einsteigen. Mit einer eigenen Autofirma. Beides ist für unser Geschäft in China natürlich von besonderem Interesse.«

Jack nickte zustimmend. Tim fuhr fort, während ihr Wagen nach kurzer Fahrt schon wieder anhielt. »Ich habe ihm von Lotus und den vielen tollen Projekten erzählt, die ihr auf dem Gebiet elektrischer Antriebe bereits realisiert habt. Und natürlich von dir als dem brillianten Kopf dieser Truppe. Er will dich unbedingt kennenlernen.« Tim grinste ihn beim Aussteigen über den Wagen hinweg an. »Auf jeden Fall hat er heute Abend Zeit! Sodass ich so frei war, ihn zu unserem kleinen Abendessen mit einzuladen. Ich hoffe, das ist dir recht?«

»Passt schon«, sagte Jack, der aber in Gedanken schon wieder bei seinem BMW Auftrag war. *Naja, das Gespräch mit dem Chinesen konnte ja vielleicht ganz interessant werden.* Immerhin versuchten zahlreiche chinesische Unternehmen, Elektrofahrzeuge erfolgreich in den Markt zu bringen. Zumindest in den heimischen Markt. Exporte in die anspruchsvollen Märkte Europa´s oder nach Amerika traute er ihnen nicht zu. *Noch nicht!*

Das alte Gebäude war auch von innen wunderschön restauriert. Eine breite geschwungene Steintreppe mit schmiedeeisernem Geländer führte von der Eingangshalle in den ersten Stock. Das Erdgeschoss war an zahlreiche exklusive Mode- und Schmuckläden vermietet, in denen auch zu abendlicher Stunde die junge und erfolgreiche Shanghaier Kundschaft noch in Heerscharen einkaufen ging. Wenn nicht die andersartigen Gesichtszüge gewesen wären, hätte man die Szene kaum mehr von einem Einkaufszentrum in einer der führenden europäischen Metropolen unterscheiden können.

Ihr Restaurant befand sich im ersten Stock mit Blick durch alte, hohe Fenster auf die belebte Straße. Huo und Dr. Shufeng standen bereits tief im Gespräch vertieft vor der kleinen, abgetrennten Nische, die gerade genügend Platz für einen ruhigen Achtertisch bot.

Huo Song stellte Jack vor, bevor man ihm den Ehrenplatz am Tisch anbot.

Dr. Shufeng, der zu Jack´s Erleichterung ein ziemlich gutes Englisch sprach, saß zu seiner rechten, während Tim und Huo links von ihm Platz nahmen. Ein Vertrauter von Shufeng, sowie zwei der führenden Entwickler aus Huo´s Team komplettierten die kleine abendliche Runde.

Es stellte sich heraus, dass der chinesische Unternehmer tatsächlich große Pläne für sein neuestes Unternehmen hatte. Die Firma sollte sich ausschließlich auf die Herstellung und Vermarktung von Elektrofahrzeugen konzentrieren, und zwar speziell für den chinesischen Markt. Er sah eine weiter dramatisch wachsende chinesische Mittelschicht, die in die Metropolen strömte und ähnlich wie ihre ausländischen Vorbilder vom eigenen Auto träumte.

Seiner Einschätzung nach war aber der gigantische Kraftstoffbedarf dafür auf Dauer nicht über Ölimporte zu decken. Er prognostizierte einen deutlich steigenden Benzinpreis im bisher stark regulierten chinesischen Markt. Den Ausweg sah er in einer massiven Einführung von Elektrofahrzeugen, gerade für die Stadtbevölkerung mit ihren begrenzten Ansprüchen bezüglich Reichweite. Die Fahrzeuge mussten kompakte Stadtautos sein, die preislich mit den etablierten, konventionellen Anbietern konkurrieren konnten. An lang anhaltende, staatliche Subventionen oder sogar entsprechende Vorschriften zur zwanghaften Einführung solcher Fahrzeuge glaubte er nicht.

Die größte Herausforderung für sein Unternehmen sah er in der Entwicklung eines technisch ausgereiften Produktes, das mit den hoch gezüchteten, konventionellen Kleinwagen, die in China nahezu alle in enger Zusammenarbeit mit westlichen Herstellern hergestellt wurden, wirklich mithalten konnte.

Er suchte erfahrene Partner, gerade auf der Engineering-Seite, und war sehr angetan von den Dingen, die ihm Huo bereits in einigen Vorgesprächen erzählt hatte. Jack fühlte sich geschmeichelt. Kannte aber auch die häufig auftretenden Probleme in der Zusammenarbeit mit chinesischen Firmen. *Und das war eher eine Untertreibung!* Kombiniert mit seiner wieder hochkommenden Müdigkeit war er nicht gewillt, ein Übermaß an Euphorie für das Potential einer möglichen Zusammenarbeit aufkommen zu lassen. Seine Gedanken waren einfach zu sehr auf den Erfolg des anstehenden Treffens mit BMW gerichtet.

Mit Hinweis auf seinen langen Flug bot Tim ihm die Möglichkeit, sich frühzeitig aus dem Gespräch auszuklinken. Beide verabschiedeten sich auf das höflichste von ihren chinesischen Kollegen und dem Investor und machten sich auf den Rückweg zum Hotel.

»Ich glaube, der meint es ernst«, ergänzte Tim im Hinausgehen, »wenn ich Huo richtig verstanden habe, hat Shufeng ein riesiges Vermögen im Rohstoff-

Geschäft verdient. Unter anderem ist er auch in den Abbau von Lithium involviert, wo China ja Hauptlieferant neben Chile für den weltweiten Batteriemarkt ist. Daher ist er auch an unserem Unternehmen interessiert. Und natürlich an der Herstellung von Elektrofahrzeugen.«

Tim und Jack standen wieder vor dem Gebäude und warteten auf den Wagen.

»Kann ich nachvollziehen.« Jack schlug den Kragen seines Mantels hoch, nachdem ihm der nasskalte Wind ein Schaudern in die Knochen trieb. »Was ich ganz beeindruckend finde, ist, dass er die technischen Herausforderungen eines solchen Fahrzeugkonzeptes klar erkannt hat und zur Lösung auf ausländische Experten setzen will. Gerade in der Steuerungselektronik und der Gesamtfahrzeug-Integration tun sich chinesische Unternehmen tatsächlich immer noch wahnsinnig schwer.«

»Ja, sehe ich auch so. Und ich glaube, er würde fast jeden Preis bezahlen, um so jemanden wie dich samt Mitarbeitern zu einem Wechsel in sein Unternehmen zu bewegen.«

»Jeden Preis?« Jack lachte. »Das glaube ich nicht!«

»Unterschätz´ den Mann nicht, Jack. Ich glaube, der ist wild entschlossen, hier etwas Großes auf die Beine zu stellen. Und Geld scheint keine Rolle zu spielen!«

Tim´s Fahrer bog mit dem Wagen um die Ecke und hielt. Beide stiegen schnell ein. Jack´s Smartphone vibrierte. Eine neue Nachricht von Peter.

»Na, super! Das Treffen mit den Münchner Kollegen wurde um einen Tag vorverlegt. Meine Assistentin hat mich anscheinend bereits morgen Abend auf die Nachtmaschine der Lufthansa direkt von Shanghai nach München gebucht.« Das Kribbeln in Jack´s Bauch wurde wieder größer. *Showtime!*

AM SELBEN TAG, IM BAYERISCHEN VORALPENLAND, SPÄTER VORMITTAG

Tina bog mit ihrem Z4 in die Einfahrt zum ländlichen Anwesen ihres Onkels ein. Sie war echt gespannt. *Was hatten Phillip und ihr Onkel da Tolles ausgetüftelt, das ihr Franz unbedingt zeigen musste? Na, werden wir ja wohl gleich sehen!* Tina gab gut gelaunt noch mal Gas. Auf den ersten Blick war der Bauernhof kaum zu unterscheiden von vielen anderen in der Gegend. Doch der erste Eindruck täuschte gewaltig. Das wusste sie.

Der schmale Schotterweg, flankiert von zahlreichen alten Eichen, führte in zwei lang gezogenen Schleifen auf die kleine Anhöhe hinauf. Auf den letzten hundert Metern passierte sie den bunten Gemüsegarten, der seit vielen Jahren die Basis für die tollen Gerichte ihrer Tante darstellte. Vor dem alten Bauernhaus im traditionellen Stil mit umlaufendem Balkon und riesigen, bunten Blumenkästen endete der Weg in einem großzügigen Vorplatz, auf dem bereits der Porsche von Franz, sowie ein knallrotes Fiat 500 Cabrio parkten.

Ihre Tante kam freudestrahlend durch die niedrige, alte Eingangstür heraus. »Hallo, Tina, die schlechte Stadtluft und die viele Arbeit scheinen ja deinem blendenden Aussehen nichts anzuhaben.«

»Tante Ruth, jetzt übertreibst du aber mal wieder«, lachte Tina und drückte sie innig.

»Bleibst du zu einem kleinen Mittagessen, ich habe gerade ein leckere Quiche in den Ofen geschoben?«

»Aber natürlich!«

»Phillip, dein Onkel und Franz sind bereits hinterm Haus. In der Werkstatt!« Ihre Tante verdrehte die Augen. Aber sie liebte ihre Familie und hatte sich mit der außergewöhnlichen Leidenschaft ihrer zwei Männer bestens arrangiert. »Du kennst ja den Weg.«

Tina ging links um das Bauernhaus herum an dem großen Stallgebäude vorbei. Ab hier veränderte sich der Charakter des Anwesens schlagartig.

Auf dem Dach der Stallungen befand sich eine riesige Solarfläche, was ja für bayerische Bauernhöfe noch nichts Ungewöhnliches war. Doch dann öffnete sich der Platz und gab den Blick auf ein drittes, deutlich moderner wirkendes Gebäude frei. *Die Werkstatt.*

Was für eine Untertreibung! Das Gebäude maß gut und gerne fünfzig Meter in der Breite. Ihr Onkel hatte, soviel sie wusste, vor vielen Jahren den an dieser Stelle ehemals errichteten zweiten Stall des Anwesens bis auf die Grundmauern abgerissen und eine moderne Werkstattfläche mit aufgesetzter Büroetage und einem riesigen Flachdach geschaffen. Mehrere futuristisch aussehende, vertikal drehende Rotorblätter auf dem Dach erzeugten ein leises Summgeräusch, was den Hightech-Charakter noch zusätzlich unterstrich. Die große Schiebtür war weit offen und gestattete einen ersten Blick in die große Halle mit zahlreichen Maschinen. Und einem zweiten knallroten Fiat 500. Tina stutzte.

Die drei Männer standen davor, in einer tiefen Diskussion verwickelt. Phillip sah Tina als erster. »Hallo, meine liebe Cousine, schön, dich hier zu sehen.« Er grinste und fügte an. »Normalerweise bleibst du ja vorne im Gemüsegarten hängen und wagst es nicht, bis zu uns hier hinten in die Werkstatt zu kommen.«

»Jaja, mach dich nur lustig über mich!«

Ihr Onkel nahm Tina sofort schützend in den Arm, während Franz sie ebenfalls mit einem Lächeln begrüßte. »Phillip, hör´ auf mit der Frotzelei«, ermahnte er seinen Sohn. »Tina, echt toll, dass Franz dich überreden konnte zu kommen! Wir haben hier, glaube ich, genau das richtige für euch und euer größeres Fuhrparkproblem. Und ihr erlebt gerade eine Premiere mit, auf die wir hier lange hingearbeitet haben.«

Ihr Onkel machte eine kurze Pause und ließ damit die Spannung noch ein bisschen anschwellen. Dann machte er eine ausholende Bewegung. »Seit dieser Woche sind wir hier auf dem Anwesen völlig unabhängig von der öffentlichen Energieversorgung. Und das zu hundert Prozent mit erneuerbaren Energiequellen.«

Er war sichtlich stolz, auch wenn für Tina der Umfang des Vollbrachten noch nicht wirklich greifbar war. Wie sollte es auch. *Und wo war damit die Lösung für ihre riesige Fahrzeugflotte? Hatte das Ganze überhaupt irgendetwas damit zu tun?* Kam ihr immer noch alles ziemlich Spanisch vor. Sie sah zu Franz hinüber, der ebenfalls einen zufriedenen Eindruck machte. Er würde schon wissen, wieso er sie hierher geschleppt hatte. Also nickte sie erst einmal anerkennend.

»Tina, das musst du dir unbedingt genauer ansehen. Phillip, zeig deiner Cousine doch bitte zuerst einmal die Hauptbausteine unseres neuen Anlagenkonzepts, bevor wir nachher hinauf in unserer kleinen Operationszentrale in die Details gehen.«

»Sehr gerne«, antwortete Phillip verschmitzt. Tina warf ihm einen kurzen, bösen Blick zu.

»Aber verwende nicht wieder dieses Fachchinesisch, das ja auch nur Fachidioten verstehen. Sonst komm ich nämlich nie wieder in eure Werkstatt!«

Die beiden älteren Männer blieben schmunzelnd im Gespräch zurück, während Phillip seine Cousine am Arm nahm und zwischen die Gebäude führte.

»Ok, ok! Also, dann fangen wir mal an. Dort oben siehst du unsere sauberen Stromerzeuger, mit denen wir unseren gesamten Bedarf generieren.« Phillip zeigte auf die Hochglanzflächen auf dem alten Stallgebäude und dann auf die futuristisch aussehenden Windräder. Tina nickte beeindruckt.

Dann stutzte sie. Irgendetwas sah merkwürdig an den Solarflächen aus. »Wieso sieht das so aus, wie wenn ihr zwei verschiedene Modularten auf dem Dach habt?«, fragte Tina nachdenklich.

»Völlig richtig erkannt.« Phillip zog anerkennend eine Augenbraue hoch.

Schlaues Mädchen! »Nur ein Teil der Module erzeugt tatsächlich Strom. Das sind die klassischen Photovoltaikmodule auf der linken Seite. Die anderen nennt man Solarmodule und dienen ausschließlich der Wärmeerzeugung. Das heißt, dort heizt die Sonne eine durch Röhren geleitete Flüssigkeit auf, die wiederum ihre Wärme an das Trinkwasser oder die Heizung, oder sonstige Wärmebedarfsträger, abgibt. Teil unseres Gesamtenergiekonzeptes, mit dem wir nicht nur unseren eigenen Strom, sondern eben auch die gesamte, benötigte Wärme erzeugen wollen. Fokus unserer Diskussion heute bleibt aber die Stromerzeugung.«

»Ok, und was sind das für komische Windräder auf eurer Werkstatt? Sehen nicht wirklich normal aus für mich.«

Phillip grinste. »Ja, sehen definitiv ein bisschen wild aus im Vergleich zu dem, was man sonst so kennt. Haben aber zwei entscheidende Vorteile gegenüber normalen Windrädern.«

Er erläuterte die deutlich geringeren Windgeräusche der so merkwürdig geformten Rotorblätter, die um eine vertikale Achse kreisten. In dieser Ausprägung waren Windräder plötzlich auch für deutlich kleinere Installationen direkt auf Gebäuden geeignet und konnten eine entscheidende Ergänzung der Photovoltaikanlagen für eine gleichmäßigere Stromerzeugung darstellen. Wind und Sonnenschein treten ja naturgemäß nur selten zur gleichen Zeit auf.

»Und das reicht für den gesamten Strombedarf eures großen Anwesens?«

»Manchmal ist es sogar viel zu viel! Damit kommen wir zum zweiten, wichtigen Baustein unseres integrierten Energiekonzeptes. Der Stromspeicherung.«

Phillip führte Tina zurück in die Werkstatt. Im hinteren Teil hatten sie einen gekühlten Raum abgetrennt, der fast bis zur Decke mit Batterie-Modulen und unzähligen, dicken Kabeln gefüllt war. Ein Display an der Wand zeigte den aktuellen Ladezustand jedes einzelnen Moduls an.

»Hier können wir bis zu drei Tage unseres gesamten Strombedarfs auf dem Anwesen zwischenspeichern.«

»Wow! Beeindruckend! Aber sieht auch teuer aus«, sagte Tina nachdenklich.

»Ja, da hast du Recht. Wir verwenden zwar nicht die neueste und damit teuerste Batterietechnologie, aber auch so haben wir hier einige zehntausend Euro an Wert stehen. Das brachte uns ins Grübeln. Richtig ins Grübeln! Haben ja kein Geld zu verschenken! Und dann kamen wir auf die Idee mit den Elektrofahrzeugen und deren Batterien. Franz hatte dir doch schon davon erzählt, richtig?«

»Ähh, nein, nicht wirklich.«

Phillip führte sie durch eine weitere Tür in die Fuhrpark-Halle des Anwesens. »Hier haben wir in den letzten zwei Jahren fast alle unsere landwirtschaftlichen Fahrzeuge zusammen mit einer befreundeten Autowerkstatt auf elektrische Antriebe umgerüstet und die neuesten Lithium-Ionen-Batterien eingebaut.«

»Lithium-was?«

»Sorry, sorry! Mein Fehler. Die Chemie dahinter brauchst du nicht im Detail zu verstehen. Nur soviel: Ähnlich wie in deinem Handy sind diese Batterien besonders leicht und leistungsfähig und damit aktuell am besten für den Einsatz in Fahrzeugen geeignet. Daher haben wir sie auch in unseren Landmaschinen verwendet. Aber leider aktuell auch noch mal deutlich teurer als das, was wir hinten in dem Raum stehen hatten.«

Tina ging neugierig an den Fahrzeugen entlang. In der Halle standen neben zwei Traktoren noch mindestens vier weitere, große, landwirtschaftliche Maschinen, die alle mit dicken, orangefarbenen Kabeln an Ladeboxen an der Wand angeschlossen waren. Und ein weiterer, kleiner Fiat 500 in knallrot stand ebenfalls in der Reihe. Tina wurde immer nachdenklicher. »Und was ist jetzt der Witz dabei?«

»Naja, die Kapazität aller Autobatterien hier im Raum ist deutlich größer als das, was wir hinten extra für teures Geld in dem gekühlten Raum eingebaut haben! Und die Fahrzeuge sind gerade in der Mittagszeit, wenn wir einen Großteil der Feldarbeit bereits erledigt haben und die Sonne am höchsten steht, wieder hier in der Halle! Und nachts ja sowieso. Also wieso nicht deren große, vorhandene Batteriekapazitäten als Zwischenspeicher nutzen, statt mit viel Geld extra etwas aufzubauen! Oder, noch döfer, den überschüssigen Solarstrom aus unserer PV-Anlage mittags ins öffentliche Netz abzugeben.«

»Zu immer niedrigeren Einspeisevergütungen«, ergänzte Tina stirnrunzelnd. Sie hatte die Diskussion um die weiter abnehmende Förderung von grünem Strom in Deutschland seit Jahren eng verfolgt.

»Genau! Ganz zu schweigen von der Netzbelastung durch die fluktuierende Einspeisung. Das macht eigentlich gar keinen Sinn mehr!«

»Das heißt, je mehr Elektrofahrzeuge ihr mittags an die Ladesäulen hängen könnt, desto mehr von eurem eigen erzeugten Strom könnt ihr auch selber nutzen. Ohne gleich in zusätzliche, teure Zwischenspeicher investieren zu müssen.«

»So ist es, liebe Cousine. Genau so!«

Beide begannen richtig Spaß an der Diskussion zu haben.

Tina ging langsam ein Licht auf. *Darauf also wollte Franz hinaus! Elektroautos statt stinkende PKWs!* »Damit werden Elektroautos plötzlich zu einem ganz entscheidenden Baustein im Gesamt-Energie-Konzept eures Anwesens. Und sparen euch ganz nebenbei noch den kompletten Sprit, den ihr bisher so schön umweltbelastend in euren Dieselmotoren verbrannt habt.«

»Auch richtig!«

»Und was macht ihr abends und nachts, wenn die Sonne nicht mehr scheint und ihr dann aber keine Batterien mehr im Keller stehen habt?«

»Dann sind ja die Fahrzeuge, wie gesagt, auch wieder in unserer Halle und sollten hoffentlich noch mindestens halb voll sein. Und zusätzlich fahren wir unseren Strombedarf in der Nacht auf das absolute Minimum herunter. Gerade wenn kein Wind bläst und die Batterien der Fahrzeuge weit unten sind.«

Tina begann, das Gesamtkonzept immer besser zu verstehen. »Mal vorausgesetzt, wir könnten unsere Mitarbeiter überreden, auf EVs umzusatteln. Könnten wir dann auch euer Energiekonzept bei uns in der Firma umsetzen? Die meisten EVs wären ja nachts nicht mehr auf unserem Parkplatz.«

»Stimmt. Aber euer Strombedarf ist nachts auch sehr, sehr niedrig, vermute ich. Ist ja kaum einer da. Und die Produktion läuft, soviel ich weiß, nicht rund um die Uhr.«

Phillip kannte sich echt verdammt gut aus. Tina war beeindruckt.

»Und wenn es nicht reichen sollte, zieht ihr halt nachts noch etwas Strom aus dem Netz. Auch nicht so schlimm. Braucht ihr sowieso als Back-up.«

»Sehr interessant.« Tina´s Hirn versuchte, die ganzen Inputs zu verarbeiten.

»Komm, du musst jetzt unbedingt noch unsere kleine Operationszentrale sehen. Das ist ja eigentlich das Herzstück unserer Anlage. Da kannst du dir im Detail die aktuelle Stromerzeugung auf unserem gesamten Anwesen und unsere Eigennutzung ansehen. Und was gerade in welchen Batterien zwischengespeichert wird!«

Phillip strahlte übers ganze Gesicht. Endlich konnte er mal seine Lieblings-Cousine mit den Errungenschaften seiner langjährigen Arbeit beeindrucken. Tina musste schmunzeln. Phillip schien tatsächlich ein paar Zentimeter größer geworden zu sein. Franz und ihr Onkel waren immer noch tief im Gespräch, als die beiden wieder zu ihnen stießen.

»Und?«, fragte Franz neugierig.

»Sehr interessant«, antwortete Tina mit einem Grinsen, »ich glaube, ich weiß jetzt endlich, worauf du hinaus willst!«

Franz lächelte. *Super!* Gemeinsam gingen sie die Treppe hinauf, in den ersten Stock des neuen Werkstattgebäudes. Phillip zeigte ihnen zuerst noch ihr großes Elektroniklabor, vollgestopft mit Equipment, in dem sie viele Komponenten ihres Systems selber bauen konnten. Im anschließenden Großraumbüro saßen eine Handvoll Softwareentwickler und Konstrukteure konzentriert bei der Arbeit. Am Ende des Ganges kamen sie in einen abgedunkelten Raum mit zahlreichen großen Displays an der Wand. Ihre Operationszentrale. Ein junger Ingenieur saß konzentriert vor dem breiten Steuerungspult.

»Hier versuchen wir, Stromerzeugung und Stromverbrauch auf unserem Anwesen so weit wie möglich in Einklang zu bringen. Und wenn das nicht ganz funktioniert, entweder den Überschuss in den eigenen Batterien zwischenzuspeichern oder den Mehrbedarf aus denselben heraus zu decken. Wenn wir das Tag und Nacht sicher hinkriegen, sind wir energetisch unabhängig vom öffentlichen Stromnetz. Tja, und seit dieser Woche scheinen wir den Dreh ´raus zu haben!«

Franz blickte zu Tina hinüber. »Und hier spielen die Fahrzeugbatterien, gerade auch aus Kosten-Gesichtspunkten, eine absolut entscheidende Rolle. Je mehr EVs, desto besser!«

Tina nickte und zwinkerte Phillip zu. Der ergänzte. »Ja, habe ich Tina schon erklärt! Wir nutzen sie quasi doppelt, zum Fahren auf dem Feld, aber eben auch als Puffer in der Stromversorgung unseres Betriebes. Sieht man hier auf dem dritten Display.«

Phillip führte sie Schritt für Schritt durch die verschiedenen Anzeigen. Eine Graphik nach der anderen erschien auf dem Bildschirm. Aktuelle Stromflüsse, Spannungslevel, gespeicherte Kilowattstunden. Langsam verlor Tina den Überblick.

Franz sah das und unterbrach ihn. »Phillip, ich glaube, das reicht für heute! Wir müssen ja nicht gleich alle Details beim ersten Treffen abdecken. Die Grundidee haben wir auf jeden Fall verstanden. Tina, hatte deine Tante nicht was von einem leckeren, kleinen Mittagessen erzählt? Wir könnten eine Pause und ´ne Stärkung gut gebrauchen, oder?«

Tina sah Franz dankbar an. Alle nickten.

Auf dem Weg zurück zum alten Bauernhaus gingen sie an dem zweiten Fiat 500 Cabrio vorbei. Ebenfalls elektrisch. Tina stubste ihren Cousin von der Seite an. »Wieso verwendet ihr keinen von diesen neuen EVs, die gerade massiv angepriesen werden? Wie heißt der von BMW noch? I3? Oder diesen neuen Tesla?«

»Ne, geht leider nicht. Diese Autohersteller lassen aus Garantiegründen meist noch keine Rückspeisung aus der Autobatterie in unser lokales Netz zu.

Deswegen siehst du hier auch nur die beiden Fiat 500. Sind nachträglich von uns umgebaut, damit wir ihre Batterie jederzeit auch anzapfen können. Ohne Zertifizierung vom Hersteller! Das ist uns wurscht, aber natürlich für Otto-Normalverbraucher nicht akzeptabel.«

»Mhh. Dann funktioniert das Konzept ja gar nicht?«

»Ähh, stimmt nicht ganz! Wir können zumindest das Laden so timen, wie wir wollen. Das kriegen wir ja alleine über die Ladesäulen hin, ohne auf den Auto-Hersteller angewiesen zu sein. Ist zumindest der erste Schritt einer Integration der Autobatterien in unser Gesamtkonzept. Und der Rest kommt schon noch. Keine Sorge. Die Autohersteller müssen, werden sich hier bewegen.«

Boah, das Konzept war wahrlich nicht einfach! Tina atmete tief durch. Und freute sich, als ihre Tante die vier am Eingang in Empfang nahm.

»Ich dachte schon, ihr kommt gar nicht mehr aus der Werkstatt raus«, sagte sie leicht vorwurfsvoll.

Die Quiche und der dazu servierte, gemischte Salat waren, wie immer, ausgesprochen lecker. Alle vier aßen genüsslich.

»Franz, das war echt eine Superidee, hier raus zu kommen.« Tina wischte sich vorsichtig den Mund mit der schönen Stoffserviette ab. »Nicht nur wegen dem tollen Essen.« Tina fasste ihre Tante am Arm und sah mit einem breiten Grinsen zu den drei gegenüber sitzenden Männern hinüber. »Ich weiß gar nicht, wieso ich mir das Konzept nicht schon früher angesehen habe! Wir sind doch eigentlich regelmäßig bei euch. Aber irgendwie war mir eure Werkstatt immer ein bisschen unheimlich.«

»Ein bisschen?«, kam es fragend von Phillip.

Alle lachten.

Sie diskutierten die möglichen nächsten Schritte. Franz hatte die Idee einer zweigeteilten Vorgehensweise. Er bat Phillip und ihren Onkel, zusammen mit seinen Entwicklern in der Firma ein erstes maßgeschneidertes Konzept für das Familienunternehmen zu entwickeln. Parallel dazu wollte man versuchen, mit Hilfe von Tina´s Mutter eine Miniversion des Konzeptes in dem großen Haus ihrer Eltern zu installieren, um ihren Vater leichter an das Thema heranzuführen. Tina wusste, dass ihre Mutter seit Jahren mit dem Gedanken einer eigenen PV-Anlage spielte, aber bisher noch keine Unterstützung dafür gefunden hatte. In Kombination mit einem EV als Zweit- oder Drittwagen und einer eigenen Ladestation in der großen Garage konnte man die ersten Eckpfeiler des Konzeptes demonstrieren. Ja, es herrschte Aufbruchsstimmung.

Tina und Franz verabschiedeten sich in bester Laune und fuhren getrennt zurück in die Firma.

Elektroautos. Tina war immer noch überwältig von der Idee. *Viel besser als Bus oder U-Bahn!* Sie musste schmunzeln, als sie ihren Z4 genussvoll auf die Landstraße hinaus beschleunigte. *Aber wie fahren diese Dinger eigentlich? Wurde ja nicht nur Gutes darüber geschrieben!* Sie wollte unbedingt diesen I3 von BMW ausprobieren, um sich selbst ein Bild zu machen. Und zwar schnell!

Und dann diese Idee mit den Zwischenspeichern für ein Gesamt-Energie-Konzept. *Genial! Quasi zwei Fliegen mit einer Klappe schlagen.* Nicht nur das CO2-Problem der heutigen PKWs elegant lösen. Sondern gleichzeitig die Strom-Eigenerzeugung und den Eigenverbrauch über diese Autobatterien deutlich besser in Einklang bringen. Und gleichzeitig weitere Belastungen vom öffentlichen Stromnetz fernhalten. *Aber wie brachten sie das ihrem Vater bei? Und den anderen Starrköpfen in ihrer Firma?* Die Wut über das vermasselte Meeting kam wieder hoch.

Ruhig Blut, meine Liebe. Der Ansatz über ihre Mutter, so wie von Franz vorgeschlagen, konnte funktionieren. Sie wollte sich sowieso mal wieder mit ihr zusammensetzen. Das Verhältnis war seit Tina´s Start im Familienunternehmen fast noch inniger geworden. Pflichtbewusst hatte ihre Mutter zwar nach der Heirat die Rolle einer guten Unternehmer-Ehefrau mit Fokus auf die Führung des häuslichen Familienlebens übernommen, war aber im Hintergrund immer wieder in die Fortentwicklung der Firma involviert. Mit klarem Bewusstsein für die Umwelt. Und einem guten Händchen für kreative Ideen in der Umsetzung! *Wäre doch gelacht, wenn wir das gemeinsam nicht hinkriegen!*

ZEITGLEICH IN PARIS, IEA HAUPTGEBÄUDE, SPÄTER NACHMITTAG

Eric saß wieder mit Lisa und Pierre zusammen in dem großen Konferenzraum, der in den letzten Tagen zu einer Art Operationszentrale für ihr so entscheidendes Sonderthema umgewandelt wurde. Das gerade stattfindende Live-Meeting mit den Kollegen vom Potsdam-Institut bei Berlin lief hervorragend. *Die Jungs dort waren einfach gut und mit ganzem Herzen bei der Sache!*

Pierre hatte ein gestochen scharfes Videobild der deutschen Wissenschaftler in das linke obere Viertel der großen Projektionswand gezaubert. Mimik und Gestik kamen fast in Echtzeit rüber. In der rechten Hälfte wurde das gerade besprochene Bild gezeigt.

Eric wollte bezüglich des Verlaufs der dargestellten Kurve absolut sicher gehen. »Also noch mal: Der Reduzierungsbedarf für die globalen CO2-Emissionen bis 2050 ist eineindeutig aus eurem Modell ableitbar. Die Berechnungen haben ergeben, dass die Erdatmosphäre in diesem Jahrhundert maximal 1.000 Gigatonnen CO2 aus der Verbrennung fossiler Rohstoffe verträgt, wenn man die CO2-Konzentration auf 450 parts-per-million beschränken will. Richtig?«

»Korrekt.«

»Damit ist dann die Erderwärmung, verursacht durch den zunehmenden Treibhauseffekt, nach eurer Aussage auf 2 Grad Celsius zu beschränken. Und das mit einer 75-prozentigen Wahrscheinlichkeit. Das Ziel, das eigentlich auch von allen wichtigen Staatschefs immer wieder bestätigt wurde und wird. Richtig?«

»Korrekt.«

»Und bis heute haben wir in unserem 21. Jahrhundert bereits fast 400 Gigatonnen CO2 ausgestoßen! Der dargestellte Kurvenverlauf bis 2050 zeigt somit eine mögliche Verteilung der noch verbleibenden gut 600 Gigatonnen bis zum Ende dieses Jahrhunderts.«

»Ebenfalls korrekt.« Die Kollegen in Potsdam nickten zustimmend.

»Das heißt, wir können uns über die nächsten ein, zwei Jahre vielleicht noch eine weitere, kleine Erhöhung leisten, müssen dann aber schnellstens eine radikale Kehrtwende einleiten und die jährlichen CO2-Emissionen spätestens ab 2020 deutlich reduzieren. Jedes Jahr um mehr als 1 Gigatonne. Im Jahr 2030 auf dann nur noch zirka 26 Gigatonnen, und quasi bis auf Null im Jahr 2050! Oder zumindest auf einen sehr, sehr niedrigen Wert. So wie in unserer Kurve dargestellt! Und, ganz entscheidend: Eine spätere Kehrtwende als in 2020 ist aus eurer Sicht nicht möglich, da wir sonst quasi über Nacht die weltweiten CO2-Emissionen auf Null runterfahren müssten. Was, wie jedem einleuchten sollte, völlig unrealistisch wäre!«

»Ja, Eric, alles völlig korrekt dargestellt. Aber haben wir, wie gesagt, schon ´zigmal präsentiert und publiziert. An den Berechnungen, der Brisanz des Timings und unserer Sichtweise dazu hat sich nichts geändert!«

Der deutsche Wissenschaftler sah direkt in die Kamera. »Wieso fragst du so genau? Ihr habt doch irgendwas in der Mache. Eric, komm schon, sprich´!«

Eric konnte nicht, auch wenn es ihm wahrlich nicht leicht fiel. Die Kollegen waren eine riesige Hilfe und hatten es nicht verdient, im Dunkeln gelassen zu werden. Aber die Vorgaben seines Chefs waren eindeutig. *Totale Geheimhaltung!*

Er musste dennoch sichergehen, dass ihnen nach dem Treffen mit der deutschen Kanzlerin die Kollegen in Potsdam, die natürlich auch hervorragende Beziehungen ins Kanzleramt hatten, an dieser ersten Schlüsselstelle ihrer Präsentation nicht in den Rücken fielen.

»Stefan, lass das Bohren, ich melde mich, sobald ich mehr erzählen kann! So, und jetzt machen wir Schluss für heute. Wir haben euch lang´ genug mit Fragen bombardiert.«

»Jaja, lasst uns arme Wissenschaftler wieder im Regen stehen«, säuselte Stefan noch kurz, bevor das Videobild zusammenbrach und auch die Audioleitung gekappt wurde.

»Damit ist unsere Zielkurve bis 2050 für die notwendige Reduzierung der weltweiten CO2 Emissionen wohl bestätigt. Und die wahnsinnige, zeitliche Brisanz für eine notwendige Trendwende ebenfalls. Wir müssten eigentlich schon morgen die Kurve kratzen!« Eric sah seine beiden Kollegen im Raum an, die leicht benommen angesichts der Dramatik waren, und zustimmend nickten.

Lisa sah zu Pierre hinüber und ging vor zur Projektionswand. »Wirf´ bitte noch mal das Bild mit unserer Business-as-usual-Prognose zu den weltweiten Emissionen bis 2030 an die Wand.«

Noch bevor Lisa vorne angelangt war, hatte Pierre ihre Graphik, die Eric bereits im Gespräch mit Jean-Luc verwendet hatte, aufgerufen.

»Ja, genau! Und unsere gerade besprochene Zielkurve ist ja auch schon eingezeichnet. Sieht echt nicht gut aus!«

Was für eine Untertreibung, dachte Eric. *Das Bild war dramatisch!* Unter »business-as-usual« Rahmenbedingungen wurde zwar eine Verringerung der jährlichen Zuwachsraten bei den CO2-Emissionen prognostiziert, aber es ging einfach unaufhörlich weiter nach oben! Die ermittelten Ist-Werte der letzten Jahre ließen keinen Zweifel daran. *Wir waren auf dem besten Weg zu einer globalen Klimakatastrophe!* Die Emissionen lagen aktuell bereits bei über 35 Gigatonnen CO2 pro Jahr und würden aller Voraussicht nach den Wert von 40 Gigatonnen spätestens im Jahr 2030 überschreiten. Während die Zielkurve, nun nochmals bestätigt von den Potsdamer Leuten, fast eine Halbierung dieses Wertes bis zum gleichen Zeitpunkt forderte!

»Und was sagen wir zu den zu erwarteten Klimaveränderungen?« Lisa sah in die Runde.

Eric blickte nachdenklich zum Fenster hinaus. Die ungewöhnlich warme

Februarsonne lockte immer mehr Pariser auf die Straßen und in die Cafes. Eigentlich ziemlich angenehm. *Aber irgendwie echt nicht normal!* Eric schüttelte den Kopf. »Hier könnten wir ein Horrorbild nach dem anderen an die Wand werfen, aber……«

»Genau, genau! Das machen wir! Wir spielen eine der coolen Flutwellen aus dem neuesten Film mit Brad Pitt ein. Da versinken ganze Städte.«

»Pierre! Quatsch! Wir können doch solche Bilder nicht in einer Diskussion mit der deutschen Kanzlerin verwenden.« Lisa sah ihn vorwurfsvoll an.

»Aber irgendwie müssen wir doch die enormen Gefahren für die Menschheit ´rüberbringen!«

»Stimmt«, hakte Eric ein und griff seinen Gedankengang wieder auf, »hier sollten wir uns eher ein paar der aktuellsten Graphiken der Potsdamer besorgen, die ja einen klaren Zusammenhang zwischen globaler Erwärmung und den aktuell immer häufiger auftretenden Extremwetter-Situationen aufzeigen. Wenn ich mich richtig erinnere, scheinen sie in ihrer neuesten Studie zu dem Thema deutlich weitergekommen zu sein. Lisa, kannst du das übernehmen? Du hast ja jetzt Fritz kennengelernt.« Lisa nickte.

Pierre verzog das Gesicht. »Schade! Ich hätte so gerne in unsere Präsentation eine dieser brilliant gemachten Videosequenzen mit dramatischer Hintergrundmusik eingebaut.« Er fing an, die passende Melodie zu summen.

Alle drei mussten lachen. Eine kleine Entspannung tat ihnen gut. Auch wenn das Thema nicht wirklich zum Spaßen war! *Eigentlich war es fast zum verzweifeln,* dachte Eric.

Nach einer kurzen Pause fuhr Eric fort. »So, und jetzt zu unserem Szenario 450, das ja quasi ein Abbild dieser Zielkurve darstellt, nur die Reduzierungsvorgaben detailliert auf die einzelnen Hauptverursacher-Sektoren herunterbricht.«

Pierre warf das entsprechende Einleitungsbild an die Wand, das die Aufteilung der Zielwerte für 2030 auf die drei Hauptsektoren zeigte. Den Energiesektor, den Verkehrssektor, und diesmal die Industrie- und alle Gebäudeemissionen in einem dritten Sektor zusammengefasst.

»Hier habe ich bereits mit Jean-Luc telefoniert. Er sagt, er hätte ausreichend Unterlagen, die die Sinnhaftigkeit der Zielvorgaben für die einzelnen Sektoren noch mal klar untermauern.« Eric zeigte auf die Details zum Energiesektor an der Projektionswand und schüttelte den Kopf. »Die geforderte Fast-Halbierung der CO2-Emissionen im Energiesektor bis 2030 ist eine nahezu unlösbare Aufgabe.«

Jahr 2030: Zielszenario 450 versus „Business-as-usual"

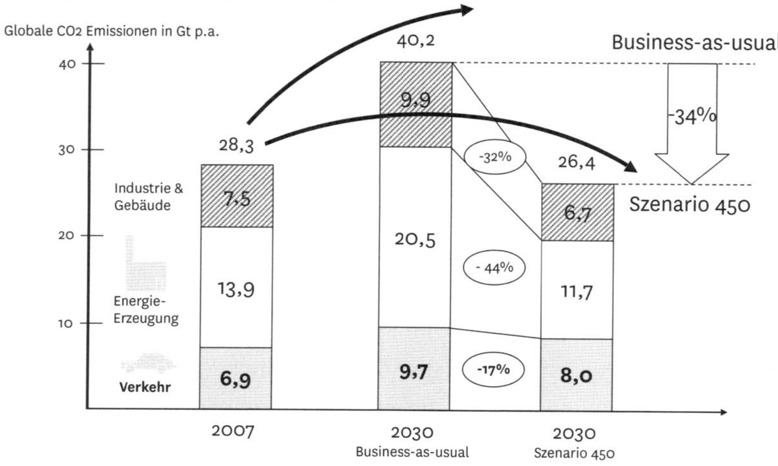

Quelle: IEA World Energy Outlook 2009

»Gerade wenn man die weltweite Zurückhaltung beim Neubau von CO2-freien Atomkraftwerken mit berücksichtigt. Besonders nach der Fukushima-Katastrophe«, warf Lisa ein.

»Oder den kompletten Ausstieg, wie er ja in Deutschland der Fall ist«, ergänzte Pierre, der tief in der Entwicklung der europäischen Märkte steckte.

»Exakt! Diese Diskussion sollten wir, glaube ich, mit der Kanzlerin vermeiden. Sonst kommen wir nie zu unserem eigentlichen Thema, dem Verkehrssektor! Die Kanzlerin ist wahrlich nicht zu beneiden.« Eric atmete merklich durch und ließ sich wieder auf einem der Konferenzstühle nieder. Die letzten Tage waren extrem anstrengend gewesen.

»Naja, immerhin fangen einige Staatsmänner an, so wie der amerikanische Präsident, das Hauptproblem der Kohlekraftwerke in ihrem Land intensiver anzugehen. War ja bei vielen bisher fast ein Tabuthema, nachdem heimische Kohle oft in großen Mengen vorhanden ist und damit eine enorme Versorgungssicherheit bietet. Kohle hat aber eben auch den größten CO2-Ausstoß aller fossilen Brennstoffe, pro erzeugter Kilowattstunde Strom«, fuhr Pierre fort.

»Ja, stimmt«, pflichtete ihm Eric bei, »aber leider steht Kohle in Deutschland wieder verstärkt auf der Agenda! Trotz der CO2-Problematik. Als unangenehmer Nebeneffekt des schnellen Atomausstiegs und der darauf aufsetzenden, massiven Lobbyarbeit der heimischen Kohleindustrie.«

Eric schob sich auf die Vorderkante des Konferenzstuhls und beugte sich über den Tisch. »Anyway, das ist ja nicht unser Hauptthema! Wir müssen nur rüberbringen, dass die Fast-Halbierung im Energiesektor, aber auch die geforderte Reduzierung der CO2-Emissionen bei Industrie und Gebäuden um ein Drittel, so gigantisch sind, dass der relativ geringe Beitrag des Verkehrssektors bis 2030 auf keinen Fall noch weiter reduziert werden kann!«

Müde Zustimmung.

»Ok, ok! Kurze Toilettenpause. Und dann stürzen wir uns noch mal in die Details zum Verkehrssektor.« Stöhnen. »Ja ich weiß! Ich will auch nach Hause. Aber die Zeit rennt. Noch zwei konzentrierte Stunden heute Abend und dann machen wir Schluss. Ok?«

Lisa und Pierre nickten, während sie schweren Schrittes den Konferenzraum verließen.

Eric sah auf sein Smartphone. Nur noch knapp zehn Tage bis zum Meeting mit der deutschen Kanzlerin. Er rieb sich die Augen. Der Gedanke an das baldige Meeting jagte ihm noch immer einen kalten Schauder über den Rücken.

In den letzten beiden Tagen hatte er ihren publizierten *World Energy Outlook 2009* noch mal im Detail studiert. War ja nun doch schon eine Weile her. Und hatte sich dabei einige Nachtstunden, auch zuhause, um die Ohren geschlagen. Ganz zum Leidwesen von Jeannette, die dafür kaum Verständnis aufbrachte. Von dem Treffen mit der deutschen Kanzlerin konnte er ihr ja nichts erzählen.

Auf mehreren hundert Seiten hatte es die IEA damals tatsächlich geschafft, die Eckpunkte ihres Zielszenarios 450 ausführlich zu beschreiben. *Aber irgendwie,* hatte er das Gefühl, *war die Message bisher nie richtig ´rüber gekommen! Was bedeutete die geforderte 17-Prozent-Reduzierung im Verkehrssektor für die Effizienz der Straßenfahrzeuge im Jahr 2030?*

Denn hier musste ihr Fokus liegen, nachdem mehr als 75 Prozent der CO2-Emissionen im Verkehrssektor durch die Straßenfahrzeuge verursacht wurden. Und bei Luft- und Schifffahrt, die für die restlichen 25% verantwortlich waren, in der nächsten Zeit aufgrund enormer, technischer Herausforderungen noch weniger Reduzierungspotential zu erwarten war.

Eric war noch mal Schritt für Schritt durch ihre damalige Ableitung gegangen, die eigentlich simpel war und ein klares Ergebnis hatte: Wenn die 17 Prozent CO2-Reduzierung im gesamten Verkehrssektor erreicht werden sollten, mussten die OECD-Staaten die CO2-Emissionen in ihrem Straßenverkehr um mindestens ein Drittel bis 2030 reduzieren – als Vorreiter für den Rest der Welt.[4]

---

4 Details siehe Anhang, Punkt 2: IEA Szenario 450 für den weltweiten Straßenverkehr

Doch die Brisanz der Zielvorgaben aus ihrem Szenario 450 wurde erst wirklich deutlich, wenn man die Zahlen auf einen einzelnen Markt und ein einzelnes Fahrzeug herunterbrach. Das aber war bisher so in den IEA-Publikationen noch nicht geschehen. *Zumindest nicht in voller Transparenz.*

Daher hatte er gestern Pierre gebeten, sich noch mal detailliert in ihr Marktmodell einzugraben, um die konkreten Einzelziele für Deutschland und die USA zu ermitteln. Ansonsten bestand die Gefahr, dass die Größenordnung dieser Herausforderung nicht wirklich verstanden wurde. *Oder wieder nicht verstanden wurde! War ja in der Vergangenheit bereits oft genug geschehen. Wie sonst hätten ihre Berichte damals in den Schubladen so vieler Leute verschwinden können? Das durfte ihnen bei der Kanzlerin auf keinen Fall passieren.*

»Eric, Eric! Wo bist du denn abgetaucht?«

Eric schreckte herum. Lisa war wieder zurück im Konferenzraum. »Sorry, die langen Nächte hinterlassen wohl langsam Spuren.«

Lisa sah ihn verständnisvoll an. »Macht halt nicht mehr so lange. Wobei ich mich jetzt eigentlich gerne ausklinken würde, wenn ihr durch die Zahlen für die USA und Deutschland geht. Ich muss mich ja noch um die Details zum chinesischen Markt kümmern. Und werde probieren, ob ich Stefan heute Abend in Potsdam noch erreiche.«

»Macht Sinn. Danke noch mal für die super Unterstützung, Lisa. Bis Morgen.« Eric lächelte ihr müde zu. Sie war wahrlich eine Riesenhilfe. Immer motiviert, gut drauf, und dazu noch eine echte Augenweide. Pierre kam zur Tür herein.

»Ok, Pierre, dann zeig´ mal, was dein Zahlenwust bisher zu den beiden Märkten hergibt. Kannst auch gleich versuchen, Steve mit dazuzuschalten.«

Lisa berührte Eric kurz am Arm, winkte Pierre zu und verließ den Raum.

»Bon soir, ihr beiden«, kam es kurze Zeit später mit bestem amerikanischen Akzent aus den Lautsprechern, während das Videobild noch Mühe hatte, sich aufzubauen. Als die Verbindung endlich stand, blendete sie ein grelles Licht von ihrer Projektionswand.

»Hey, Steve«, schimpfte Pierre, »was soll das!«

»Ooops, gimme a second« kam es entschuldigend aus den Lautsprechern. Dann schwenkte das Videobild ruckartig durch Steve´s Office, bevor das Grinsen des Amerikaners auf ihrer Projektionswand erschien. »Sorry, guys!«

»Depp«, kam es immer noch leicht verärgert von Pierre, »hey, aber was war das da gerade für ein komisches Poster! Rechts an deiner Wand!«

»Du meinst das?« Steve hatte die Kamera wieder leicht zurückgedreht und zeigte nun in voller Schärfe das alte Militär-Poster an seiner Wand: WE WANT YOU! »Kennt ihr doch, oder? US-Marines Recruiting Poster.«

»Und was hat das an deiner Wand zu suchen?«

»Ach, alte Geschichte! Wollte da mal hin. Vor langer Zeit. Bis ich herausfand, dass es bessere Wege gibt, die Welt zu retten!«

»Oh«, kam es sarkastisch von Pierre, »Typ Mister America, äh?

»Hey, Pierre, lass gut sein«, kam es nun ungeduldig von Eric, »wir haben noch genug zu tun, ok? Und ich bin müde!«

Steve´s Gesicht erschien wieder in der Kamera. »Sorry, Boss! Wo ist denn unsere Prinzessin?«

»Beim Kaiser von China«, antwortete Pierre schnoddrig.

»Jungs, es reicht!«

»Ok, ok.« Kam es von beiden.

Eric ließ sich auf einem der Konferenzstühle nieder und benützte einen zweiten als Fußauflage. »Also, die groben Zahlen habe ich im Kopf. Mehr als die Hälfte des gesamten Kraftstoffverbrauch in den OECD-Staaten wird von den dicken Schlitten auf US-Straßen konsumiert. Das heißt, gut 650 Milliarden Liter. Jedes Jahr! Mit Abstand der größte Einzelmarkt. Das heißt, wenn wir hier nicht den Turn-Around schaffen, können wir´s eigentlich gleich vergessen, oder?«

»Das wiederum hieße, wir bräuchten eigentlich ein Treffen mit dem amerikanischen Präsidenten«, warf Steve mit einem breiten Grinsen ein.

Pierre rollte die Augen. Steve schob nach.

»Der ist sowieso viel cooler als die deutsche Kanzlerin!«

»Jungs, jetzt ist echt genug! Ihr bringt mich völlig aus dem Schwung. Also nochmal! Die USA sind der Schluckspecht dieser Welt. Das ist klar. Aber Deutschland ist nach Japan immerhin der drittgrößte Kraftstoff-Konsument, innerhalb der OECD. Dennoch nur etwa ein Zehntel der Größenordnung des US Marktes, richtig?«

»Absolut korrekt«, antwortete Pierre und warf das große excel-basierte Marktmodell an die Wand, was automatisch auch bei Steve in LA auf dessen Computer erschien.

»Sehr schön! Dann will ich es jetzt ganz genau wissen. Was bedeutet unser Szenario 450 im Detail für den Straßenverkehr in den USA? Und was in Deutschland?«

Pierre nickte und führte Steve und Eric durch die Tiefen des Modells und seine Detail-Simulationen für die beiden Märkte. Sie diskutierten die dahinter liegenden Annahmen ausführlich und intensiv. Egal wie sie es drehten, die Forderungen an die Effizienzsteigerung der amerikanischen oder deutschen Autos bis ins Jahr 2030 war gigantisch, wenn sie den absoluten Kraftstoffbedarf pro Jahr gegenüber heute um ein Drittel reduzieren wollten.

»Shit!«, rutschte es Steve heraus, »das ist doch nie und nimmer umsetzbar! Oder glaubt ihr wirklich, dass wir in Amerika in ein paar Jahren alle mit Autos herumfahren, die nur noch die Hälfte verbrauchen! Ich meine, alle dann fast 300 Millionen Autos auf unseren Highways. Was war das in Miles-Per-Gallon? 44? Im Durchschnitt? Im realen Betrieb! No way! Die Technologie muss erst noch erfunden werden!« Steve war auf hundertachtzig. »Wer hat denn den Schwachsinn produziert?«, setzte er nach.

»Willst du damit sagen, mein Modell ist Schrott?«, giftete Pierre zurück.

Gut, dass gerade mehr als 10.000 Kilometer Luftlinie zwischen den beiden Kollegen lagen. Eric sprang dazwischen.

»Jetzt mal wieder ganz langsam, Jungs. Steve, du warst ja, wie einige andere auch, damals bei der Erarbeitung des Szenarios 450 nicht dabei. Das heißt, kritische Fragen sind absolut willkommen. Aber bitte nicht ausfallend werden, das mögen wir hier im wohlerzogenen Frankreich gar nicht! Das weißt du doch!« Die Anspannung legte sich wieder ein wenig. Steve produzierte sogar ein kleines Sunnyboy-Lächeln.

»Die Top-down-Ableitung an sich passt doch, oder?«, hakte nun Eric nach.

»Ja, die passt, soweit ich das erkennen kann«, gestand Steve nur widerstrebend ein, »aber vielleicht stimmt ja was nicht mit der Verteilung unserer globalen Ziele? Oder mit den Zahlen im chinesischen Markt? Und deswegen stellen wir Forderungen an den US-Markt, die der niemals erfüllen kann!« Steve kam wieder in Fahrt. »Pierre, wenn ich das richtig gesehen habe, wächst bis 2030 der Fahrzeugbestand in China auf über 300 Millionen Autos, das heißt fast bis auf US Niveau. Kann das wirklich sein? Die haben doch heute keine 100 Millionen, oder?«

Eric war nun aufgestanden und ging ganz dicht vor ihre Videokamera im Konferenzraum. Und sah direkt hinein.

»Steve, jetzt ist es aber wirklich genug! Ich bin nächste Woche persönlich in China und schaue mir die Zahlen dann noch mal ganz genau an. Bis dahin gehen wir mal lieber davon aus, dass die Forderungen des Szenarios 450 an den Straßenverkehr in den OECD Staaten, inklusive der USA, ausgewogen festgelegt wurden. Und dann ergeben sich nun mal diese Zielvorgaben für den Durchschnittsverbrauch jedes einzelnen PKWs auf euren Straßen, richtig?!

»Muss ich mir noch mal genau ansehen«, antwortete Steve ausweichend.

»Mach das!« Eric wendete sich an Pierre, der die Diskussion in den letzten Minuten mit einem leichten Grinsen verfolgt hatte. »Und für Deutschland sieht das Bild auch nicht besser aus, oder?«

»Nein, eigentlich eher schlechter! Nachdem die Autos dort heute schon bei sehr niedrigen Durchschnittsverbräuchen von unter 8 Litern liegen! Damit wird eine 50-prozentige Verbrauchsreduzierung mindestens so schwer vorstellbar wie in den USA. Denn das hieße ja im Jahr 2030 im Durchschnitt nur noch dreieinhalb bis vier Liter Verbrauch pro PKW. Und wie Steve schon sagte: Nicht auf dem Papier, sondern im täglichen, realen Fahrbetrieb! Sommer wie Winter.«

Eric sah in die Runde. »Das wiederum halte ich für unrealistisch. Mit Verbrennungsmotoren und den aktuellen Gewichtsklassen der Fahrzeuge ist das nicht zu erreichen. Die physikalischen Grenzen der Thermodynamik kann man einfach nicht wegdiskutieren!«

Nicken bei Steve und Pierre. Währenddessen drehte sich Eric frustriert und müde zum Fenster. *Waren die Zielvorgaben ihres Szenarios 450 einfach zu ambitioniert? Zumindest für den Straßenverkehr? Der Durchschnittsverbrauch war niemals so weit ´runterzubringen!* Eric nahm die Brille ab und massierte seine Unterlippe. *Es sein denn...* Eric´s Miene hellte sich plötzlich auf. Er sah seine beiden Kollegen über den Tisch hinweg an.

»Es sei denn.... ja, es sei denn, wir könnten bis dahin einen erheblichen Teil des Fahrzeugbestands auf Null-Emissions-Fahrzeuge umstellen. Und damit komplett aus den CO2-Emissionen herausnehmen. Die Technik dafür ist ja vorhanden, wie man an den ersten Elektroautos im Markt gut sehen kann.« Eric sah Steve bohrend an.

Der nickte nachdenklich. »Du meinst, *Tesla hoch drei!* Elektroautos in richtig großem Stile! Mhh, das könnte den notwendigen CO2-Reduzierungseffekt bringen. Zumindest auf dem Papier. Aber wer sollte die Dinger alle kaufen?«

»Das können wir danach diskutieren! Pierre, was meinst du?«

»Hätte natürlich einen gewaltigen Hebel auf die Verbräuche. Wenn wir die Stückzahlen in den Markt kriegen?«

»Ok, Jungs, ich glaube, das reicht für heute. Pierre, kannst du dein Modell so anpassen, dass wir den prognostizierten Anteil an Elektrofahrzeugen in einem Markt beliebig simulieren und dann für den Rest des Fahrzeugbestands die noch verbleibende, notwendige Verbrauchsreduzierung berechnen können.«

»Klar! Sollte ich bis morgen Abend hinkriegen.«

»Super. Steve, dann dir noch einen sonnigen Tag im schönen Kalifornien. Wir hier in Paris gehen jetzt nach Hause. Melden uns aber morgen noch mal.«

»Good night, Mister America«, kam es noch von Pierre, der sich eine letzte Stichelei nicht verkneifen konnte.

»Pierre, lass´ das!« Eric schätzte Pierre´s Fähigkeiten am Computer. Er war auf dem Gebiet echt schnell und kreativ. Aber seitdem Steve den US-Markt alleinverantwortlich übernommen hatte, war bei dem Franzosen ganz offensichtlich ein gewisser Neid aufgekommen. Als wenn er es Steve nicht gönnte. *Komisch!* Eric wollte das Thema bei nächster Gelegenheit mal mit Jean-Luc besprechen. *Nervte langsam!*

Es war spät. Eric blickte erneut zum Fenster hinaus. Ein dunkler Nachthimmel hatte sich über Paris gelegt, auch wenn die Straßen und Geschäfte nun hell erleuchtet waren. Jeannette wird nicht begeistert sein. Zum wiederholten Male. Eric verabschiedete sich schnell noch von Pierre und packte seine Sachen.

Auf dem Weg hinunter klingelte sein Smartphone. *Oh,oh, Jeannette ist wohl mehr als nicht begeistert,* dachte Eric schuldbewusst. Doch der Blick aufs Display beruhigte ihn. Nur sein Chef. »Hallo, Jean-Luc.«

»Hallo Eric, was machen die Vorbereitungen?« Jean-Luc hustete.

»Boah, das klingt aber gar nicht gut!« Eric wartete, bis sich sein Chef von dem kurzen Hustenanfall erholt hatte. »Geht so. Gibt aber noch ´ne Menge zu tun. Gerade auf der Umsetzungsseite. Was ein bisschen nervt, ist, dass Pierre und Steve sich immer wieder beharken. Pierre scheint hier ein kleines Problem zu haben.«

»Ja, ich weiß. Er war auch schon mal bei mir deswegen. Wollte damals die Verantwortung für den US-Markt irgendwie nicht abgeben. Obwohl wir ja extra diesen Außenposten eingerichtet hatten. Ich dachte, der Frust hätte sich mit der Zeit gelegt!«

»Mhh, sieht nicht so aus.«

»Können wir später noch mal besprechen. Ich habe gerade einen Anruf von der deutschen Botschafterin in Paris erhalten. Sie stellt wohl ihre Räumlichkeiten für unser Treffen mit der Kanzlerin zur Verfügung. Sie fragte nach unseren Wünschen für die technische Ausstattung. Wir sind wohl in ihrem großen Empfangssaal, der nicht so oft Präsentationen sieht, sondern eher den Rahmen für die klassischen, großen Tischrunden bildet. Ich habe ihr gesagt, dass du dich morgen meldest, ok? Die Dame machte einen sehr angenehmen Eindruck am Telefon. Die Telefonnummer schicke ich dir gleich durch.«

Eric schluckte. Langsam wurde es ernst. »Mach ich.«

Sein Chef hustete wieder. Nach kurzer Pause fuhr er fort. »Du weißt ja am besten, was wir vorort brauchen. Ich bin nächste Woche wieder im Büro. Dann können wir ja noch mal die Details zur Präsentation durchgehen. Bis dahin ist hoffentlich auch diese blöde Erkältung vorbei!« Nochmaliges Husten. »Also, Eric, mach´s gut. Schönen Abend, salut.«

»Dir auch. Und gute Besserung!«

Es knackte kurz in der Leitung, dann war sein Chef weg.

Eric zog, vor dem großen Eingangsportal der IEA stehend, die Handschuhe an und schwang sich auf sein Rennrad. Der kalte Wind bei der erneuten Überquerung der Bir-Hakeim-Brücke tat gut.

Seine Gedanken kreisten immer noch um diese auf den ersten Blick unrealistischen Ziele beim Verbrauch der PKWs in Europa. Er sah auf den Citroen vor ihm, der langsam auf der jetzt enger werdenden Straße entlang fuhr. *Unter vier Liter Verbrauch in diesem Stadtverkehr? Im Durchschnitt? Unmöglich!*

Wie passten diese Zahlen eigentlich zu den neuen EU Zielen? In Gedanken hatte er die letzten Zeitungsberichte vor Augen. Vor wenigen Monaten hatte die EU Kommission ihre nochmals verschärften Vorgaben für die Verbräuche der Neuwagenflotten ab 2020 endlich durchgeboxt. Nach heftigsten Diskussionen und massivem Widerstand der Autolobby, gerade auch aus Deutschland. *Und das mit Unterstützung der deutschen Kanzlerin*, soviel er wusste. Doch am Schluss wurde das Gesetz beschlossen, auch wenn es eine zweijährige Übergangszeit mit einigen Weichmachern gab.

Das Ziel waren 95 Gramm CO2-Emissionen pro gefahrenem Kilometer. Das hieß umgerechnet unter vier Liter Verbrauch auf hundert Kilometer. Aber nur auf dem Papier, gemessen bei der Durchfahrung eines künstlichen Fahrzyklus von zirka zwanzig Kilometern. *In Realität bedeutete das locker einen Liter mehr!* Und galt ja nur für die verkauften Neuwagen nach 2020, nicht für den riesigen Bestand der Fahrzeuge auf Europa´s Straßen. Ganz zu schweigen von der Übergangsregelung, in der Elektrofahrzeuge mehrfach gezählt werden durften. *Also das bereits realitätsferne Ergebnis noch mal offiziell verbessert wurde.* Während sie in ihrem Szenario 450 immer nur von tatsächlichen Verbrauchswerten für den gesamten Fahrzeugbestand sprachen.

Er musste gleich morgen früh mit Pierre darüber reden. Das Thema würde in der Diskussion mit der deutschen Kanzlerin sicherlich zur Sprache kommen. Und dann war er lieber gut darauf vorbereitet.

»Merde!« Tief in Gedanken wäre Eric beinahe in den immer noch langsam vor ihm fahrenden Citroen hineingerutscht, als dieser abrupt bremste und eine Parklücke ansteuerte. Er fing sein Rennrad gerade noch mit einem Fuß ab. *Es reichte für heute!* Er wollte nur noch nach Hause.

AM NÄCHSTEN TAG, BMW TESTGELÄNDE, IM NORDOSTEN VON MÜNCHEN

Die Stimmung war irgendwie merkwürdig, als Jack mit Peter und zwei weiteren Kollegen auf dem Testgelände eintraf. *Anders als sonst!* Ihr Prototyp stand einsatzbereit vor der großen Werkstatthalle, die ihnen BMW zur Verfügung gestellt hatte.

Jack war gestern Morgen mit der Nachtmaschine aus Shanghai in München gelandet und hatte ein Taxi direkt hinaus zum BMW Testgelände genommen. Seine Mitarbeiter waren mit Hochdruck an den letzten Vorbereitungen gewesen, um den vorgezogenen Termin für die Demo-Fahrt noch zu schaffen.

Sie zeigten ihren Besucherausweis am letzten Kontrollpunkt des Testgeländes vor und parkten ihren Mietwagen schräg gegenüber der Halle. Fritz Nicklas stand bereits in einer Gruppe von BMW Mitarbeitern und diskutierte heftig. Offensichtlich besonders mit einem groß gewachsenen Herrn, der ihn immer wieder grimmig ansah.

Jack konnte gestern nur kurz mit Fritz telefonieren und hatte hauptsächlich organisatorische Dinge besprochen. Der vorgezogene Termin kam wohl auch ihm nicht sehr gelegen.

Als Fritz Nicklas sie kommen sah und sich zu ihnen umdrehte, brach die Diskussion abrupt ab. Der groß gewachsene Manager stand in der Mitte der BMW Leute und blickte nicht gerade freundlich herüber.

Fritz kam ihnen mit schnellen Schritten entgegen. »Morgen, Jack, wir sind hier noch nicht ganz fertig. Gebt mir bitte noch fünf Minuten und wartet solange drüben bei eurem Wagen.«

»Kein Problem. Was ist denn los? Können wir irgendwie helfen?«

Sein BMW Auftraggeber verzog nur kurz die Miene und ging zügig zurück zu seiner Gruppe.

Jack und seine Leute sahen sich verwundert an, wanderten dann aber gemächlich zu ihrem Fahrzeug hinüber. *Wahrscheinlich irgendein interner Kram!*

Neben ihrem umgebauten X1 parkten ein weiterer, offensichtlich konventioneller X1, sowie die beiden ersten BMW Elektrofahrzeuge, ein I3 und ein I8. Neugierig umkreisten seine Leute den flachen I8 Sportwagen. Das Design war beeindruckend. *Der Preis mit über 125.000 Euro aber auch*, dachte Jack und schmunzelte. *Nichts für Otto-Normalverbraucher!*

Und das Antriebskonzept war auch nicht rein elektrisch, sondern die Hinterachse wurde zusätzlich von einem leistungsstarken 3-Zylinder-Turbomotor angetrieben. Wahrscheinlich wollten die BMW-Chefverkäufer sicherstellen, dass die kleine, aber elitäre Kundschaft mit dem Wagen auf keinen Fall aus Batteriegründen stehen blieb. Das Ansinnen konnte Jack nicht wirklich nachvollziehen. *Bei so einem teuren Spielzeug, das wahrscheinlich immer nur Sonntagnachmittag zu einer kleinen Spritztour hinausgelassen wurde!* Aber war ja nicht sein Bier.

Es dauerte länger als die vom Technikchef angedeuteten fünf Minuten, bevor sich die BMW Gruppe langsam auflöste und ein Teil zu ihnen herüberkam.

»Sorry, Jack«, entschuldigte sich Fritz Nicklas noch mal und kam mit ausgestreckter Hand auf ihn zu. »Darf ich dir unseren Strategiechef vorstellen, der sich extra die Zeit genommen hat, an unserer kleinen Vergleichsfahrt teilzunehmen.«

Der Manager begrüßte Jack und die anderen mit versteinerter Miene. *Was hat der denn für ein Problem?* Jack biss sich kurz auf die Lippen. Nach einer kurzen Vorstellung der anderen Teilnehmer von BMW deutete der Technikchef auf den umgebauten X1. »Jack, wärst du noch mal so nett und würdest uns kurz die Highlights eures Umbaus erläutern. Können wir dabei auch unter die Motorhaube sehen?«

»Selbstverständlich«, antwortete Jack und begann mit den Ausführungen zu ihrem Vier-Motoren-Konzept und den neuen Achsträgern. Stolz präsentierte er die technischen Leckerbissen ihres Prototypen. Die BMW Leute hörten ohne Kommentare oder Nachfragen zu. *Sehr merkwürdig, wieso fragt keiner*, dachte Jack irritiert, fuhr aber äußerlich unberührt fort.

»Die ESC-Software für die Fahrstabilität haben wir natürlich aufgrund der vier einzeln angetriebenen Räder neu schreiben müssen. Ist aber schon ganz gut gelungen. Wird man hoffentlich gleich während der Probefahrt sehen«, schloss er ab und blickte zu Fritz Nicklas hinüber. *Hier wenigstens irgendeine positive Reaktion?*

»Wie sollen wir fortfahren?« Fritz sah ebenfalls etwas konsterniert in die Runde. Nach knapper Diskussion einigte man sich auf vier Einzelfahrten über den Handlingskurs mit einem Stoppen der Rundenzeiten, um ein Gefühl für die Performance zu bekommen. *Dann kommt hoffentlich ein bisschen mehr Enthusiasmus in diese merkwürdige Runde!*

Der kompakte I3 machte den Anfang. Der BMW Testfahrer steuerte den I3 vorsichtig an den Startpunkt des kleinen Rundkurses und gab seinem Kollegen, der eine Stoppuhr in der Hand hielt, ein kurzes Zeichen. In Elektrofahrzeug-typischer Manier schoss der kleine Wagen nach vorne. *Offensichtlich hatte er die elektronische Antischlupf-Regelung ausgeschaltet.* Jack grinste in sich hinein. Der über die Hinterräder angetriebene I3 kam beim Beschleunigen auf der leicht feuchten Strecke kurzzeitig ins Schlingern, doch der erfahrene Versuchsfahrer hielt den Wagen stabil auf der Geraden. Nach der ersten Kurve zog der I3 einen kleinen Hügel hinauf. Nach zahlreichen mehr oder weniger engen Kurven ging es dann auf einem etwas langgezogeneren Stück um den Hügel herum. Mit quietschenden Reifen nahm der Fahrer die letzte enge Kurve vor der improvisierten Start-Ziel-Linie und brachte den Wagen kurz danach wieder zum Stehen.

»35,3 Sekunden«, verkündete sein Kollege mit Blick auf die Stoppuhr.

»Nicht schlecht für unseren kleinen EV-Stadtflitzer«, meinte Fritz mit Blick in die Runde. Nur knappes Kopfnicken der Beteiligten.

Danach kam der konventionelle, allrad-getriebene Serien-X1 an die Reihe. Mit einem drei Liter Benzinmotor, wie Jack mit Blick auf den Schriftzug an der Fahrzeugseite feststellen konnte. Der Start gelang gut und der Allradantrieb half dem Wagen in den engen Kurven. Nach wenigen Metern waren die Vorteile klar zu erkennen. Die Rundenzeit war um fast fünf Sekunden schneller.

»Sehr schön! Dann wollen wir doch mal sehen, was unsere M-Jungs mit ihrer leistungsgesteigerten Version des X5 zustandebringen«, meinte der BMW-Technikchef mit einem vorsichtigen Grinsen und blickte zu einer kleinen Gruppe von Kollegen hinüber.

Ihr Versuchsfahrer brachte einen mattschwarzen X5 mit tief röhrendem Motor an die Startlinie. Das Aufheulen des Motors war ohrenbetäubend. Der X5 schoss nach vorne. Die breiten Reifen und die harte Fahrwerksabstimmung gaben dem Wagen eine gute Kurven-Performance. Nur das hohe Gewicht machten dem Fahrer auf dem engen Handlingskurs mit den vielen Zwischenbeschleunigungen zu schaffen. Immer wieder musste er durch Lenkkorrekturen das Fahrzeug am Ausscheren hindern. Trotz der gewaltigen Geräuschkulisse kam am Schluss nur eine Sekunde Verbesserung bei der Rundenzeit heraus. Erstaunte Blicke. Jack spielte nervös an seinem Revers.

Jetzt waren sie dran. *Showtime! Konnten sie die Rundenzeiten unterbieten?* Jack war sich plötzlich nicht mehr so sicher. Aber nur so war an einen großen Folgeauftrag zu denken. *Es musste einfach klappen!*

Peter fuhr ihren X1 Elektro-Prototypen an die Startlinie. *Komm´ schon, Junge, zeig´s ihnen!* Jack sah, wie Peter sich in seiner typischen Art leicht nach vorne beugte und den Oberkörper anspannte, als der Mann mit der Stoppuhr ihm das Signal gab.

Die Geräuschentwicklung war eine echte Wohltat für die Ohren. Nur das leichte Quietschen der Reifen beim Beschleunigen und in den engen Kurven war zu hören. Jack verfolgte die Fahrt ihres Wagens genau. *Kam es ihm nur so vor oder war Peter deutlich schneller über den Hügel hinweg als die drei Fahrzeuge vor ihm?* Jack rieb sich nervös die Hände.

Als Peter mit hoher Geschwindigkeit durch die letzte Kurve und über die Ziellinie kam, sah der BMW Mann auf seine Stoppuhr und sagte. Gar nichts. Fritz Nicklas ging zu ihm hinüber und nahm ihm die Stoppuhr aus der Hand.

Auch er schüttelte den Kopf. »25,0 Sekunden«, verkündete er ungläubig. *Fast vier Sekunden besser als der X5!* Kopfschütteln in der Runde. Jack musste sich das Grinsen verkneifen. *YES!* Der optische Eindruck hatte nicht getäuscht. Die permanente Einzelsteuerung über die vier Räder schob den Wagen wie auf Schienen durch die Kurven. Und das sofort anliegende, hohe Drehmoment der vier E-Motoren katapultierte den Wagen aus jeder noch so engen Kurve superschnell wieder heraus.

»So ein Quatsch! Das kann gar nicht sein«, meldete sich jetzt erstmals der Strategiechef selbst zu Wort und gestikulierte in die Runde. »Lassen sie den X5 noch mal hinter dem Prototypen direkt herfahren. Dann werden wir ja sehen, was der tatsächliche Unterschied ist!«

Der Chef der kleinen Motorsport-Truppe hatte den Hinweis klar verstanden. Er stieg nun selber in den mattschwarzen Boliden. Hier stand wohl die Ehre dieser rennbegeisterten und weltbekannten Truppe auf dem Spiel. *Man verlor keine Rennen. Auch nicht gegen irgendwelche Prototypen. Schon gar nicht elektrische!* Jack sah Peter an, der ein zweites Mal ruhig in den Wagen stieg. Gut, dass er diese Situation aus Schweden bereits kannte. *Ließ ihn wohl ein wenig lockerer an das Ganze rangehen.* Jack konnte sich ein kleines Grinsen nicht verkneifen. *Jetzt kam endlich Schwung in die Kiste! Konnte den folgenden Diskussionen nur helfen.*

Und tatsächlich verlief die Wettfahrt fast identisch wie vor wenigen Tagen mit den beiden AUDI Q5. Nur dass die extrem engen Kurven und das höhere

Gewicht des X5 dem am Limit fahrenden Versuchsfahrer das Leben noch schwerer machten. In der vorletzten Kurve, die er bereits mit erheblichem Abstand zu Peter´s Wagen anfuhr, brach ihm dann sein X5 so weit aus, dass er nur noch rauchend in absoluter Querlage hindurchkam. Als er durch die Ziellinie fuhr, hatte Peter ihren X1 Prototypen bereits wieder an der Seite geparkt. Wild schnaubend stieg der Motorsportmann aus.

Die Stimmung in der Runde war nun richtig geladen. *Wieso denn das? Fritz Nicklas hatte sie doch vor sechs Monaten gebeten, einen Super-EV auf die Beine zu stellen. Und das hatten sie getan! Scheinbar waren seine Kollegen nicht darauf vorbereitet gewesen. Oder was konnte sonst der Grund sein?*

Wieder stand Fritz Nicklas heftig diskutierend etwas abseits mit seinen BMW Kollegen zusammen.

Nach wenigen Minuten kam er alleine zu Jack und Peter hinüber, die beim X1 geblieben waren.

»Was ist denn los, Fritz?«

»Sorry, Jack, jetzt nicht. Seid ihr heute Abend noch in eurem Hotel in der Stadt?« Jack nickte. »Dann komme ich dort gegen acht vorbei und wir trinken in Ruhe ein Bier.« Der Technikchef reichte ihm die Hand. »Ihr wisst ja, wie´s raus geht. Den Wagen können deine Leute noch schnell in der Halle abstellen. Und dann gerne morgen früh wieder verladen.«

»Ok.« Jack war platt. Das war ja fast wie ein Rauswurf! *Kein Lob, keine Nachbesprechung, kein Nichts!* Er war sauer. Stinksauer. *Was sollte das?*

Fritz Nicklas war bereits wieder drüben bei seinen Kollegen, die immer noch heftig auf ihn einredeten. Kopfschüttelnd gingen Peter und er zu ihrem Mietwagen. *Was für ein Abschluss ihres bisher so erfolgreich verlaufenen Projektes. Was war schiefgelaufen?* Jack war entsprechend wortkarg auf der Rückfahrt ins Hotel, auch wenn ihn Peter, der ja keine der auf Deutsch verlaufenen Diskussionen verstanden hatte, permanent mit Fragen löcherte. Was sollte er auch sagen. *Er hatte keine Ahnung.* Er sah auf die Uhr. Noch mehr als drei Stunden bis zu ihrem Treffen an der Hotelbar. *Mist!* Vielleicht sollte er sich eine Runde aufs Ohr hauen. Er brauchte jetzt unbedingt eine Pause.

Die Hotelbar war stilvoll eingerichtet. Leise Musik spielte im Hintergrund. Fritz Nicklas kam eine viertel Stunde zu spät. Jack und Peter scherzten bereits mit dem ersten Bier in der Hand, dass das ganze Projekt nur eine Art Fatahmorgana war. *Ein Traumprojekt, das gar nicht wirklich stattgefunden hatte. Deswegen konnte es jetzt natürlich auch keine Nachbesprechung geben!*

Sie mussten grinsen, als der BMW-Technikchef dann doch etwas gehetzt durch die Hotelhalle auf die Bar und sie zusteuerte.

»Ich kann euch gar nicht sagen, wie leid mir das Treffen heute nachmittag getan hat«, fing er etwas außer Atem an und bestellte beim Barkeeper ebenfalls ein Bier. Die beiden Lotusleute sahen ihn gespannt an. »Ihr habt echt eine Super-Performance hingelegt. Respekt! Fast noch besser als in deinen tollen Vorträgen angepriesen, Jack. Und besser als alles, was wir bisher auf unserem Handlingskurs hatten! War ja kaum zu übersehen.«

Jack verstand nicht wirklich. »Und was war dann das Problem?«

»Ihr wart einfach zu gut!«

»WHAT?«, kam es aus den beiden Engländern gleichzeitig heraus.

»Ihr müsst das verstehen! Wir kämpfen immer noch, wie alle anderen Hersteller auch, mit der richtigen Positionierung unserer Elektrofahrzeuge.«

Jack und Peter sahen ihn verdutzt an. »Wie kann denn ein Elektroauto zu gut sein«, fragte Jack immer noch kopfschüttelnd.

»Ich kann euch jetzt nicht alle Details unserer gerade heftig laufenden, internen Diskussionen erzählen. Nur so viel: Wir verdienen bisher eine Menge Geld mit unseren klassisch angetriebenen High-Performance-Fahrzeugen! Wenn nun ein Super-Elektroantrieb wie der eure diesen Überlegenheits -Nimbus der benzinschluckenden V8-Boliden zum Wanken bringt, dann wäre das tödlich für unser Geschäft.«

»Wieso? Dann verkauft ihr halt zukünftig einfach mehr EVs! Die Stückzahlen eures I3, aber auch aller anderen EVs im Markt, sind ja wohl noch steigerungsfähig!«

»Das ist schon richtig, aber bisher haben wir halt unsere Elektroautos zu 100 Prozent auf der ökologischen Seite positioniert und die Technik auch entsprechend ausgelegt. Das heißt, ein Schwenk auf deutlich mehr Performance und Fahrspaß würde noch mal richtig viel Geld in Anspruch nehmen. Ihr wisst doch, wie teuer die Entwicklung eines Fahrzeugs ist! Und zusätzlich einiges an Marketing-Kreativität erfordern, wenn wir die konventionellen V8 -Boliden nicht wirklich alt aussehen lassen wollen! Und ob wir dann tatsächlich die Stückzahlen unserer EVs entsprechend hochkriegen, steht immer noch in den Sternen. Zumindest solange das Batterieproblem noch nicht vollständig gelöst ist. Und ein paar andere Dinge.« Der Technikchef machte eine Pause und nahm einen langen Schluck aus seinem Bierglas.

Jack sah ihn nachdenklich an. *Das konnte echt nicht wahr sein! Sie waren eigentlich so dicht dran! Ein Serienprojekt auf Basis ihres Prototypen machte einfach nur Sinn!*

»Aber wenn eure EVs sich nicht verkaufen, weil die Leute keinen wirklichen Spaß damit haben, dann müsst ihr doch was tun! Ihr könnt das Thema doch nicht schon wieder sterben lassen! Jetzt wo die Technik endlich so weit ist.«

Fritz Nicklas zögerte. Und atmete laut aus. »Ich weiß auch nicht. Ich hatte euch ja genau deswegen vor sechs Monaten angerufen. Wenn wir die EVs zu richtig guten Autos machen könnten, sogar zu richtig scharfen Fahrmaschinen, und meinetwegen das Thema Reichweite erstmal völlig ignorieren würden, dann kämen wir vielleicht viel schneller zu richtigen Markterfolgen. Ja, da ist was dran! Definitiv!«

Der Technikchef sah nachdenklich in sein Bierglas. »Aber soweit sind wir wohl intern noch nicht. Naja, wer gibt schon gerne seine Cash-Cow zum Schlachthof.«

Jack war jetzt richtig frustriert.

Fritz Niklas fuhr leise fort. »Ich hatte gehofft, dass die heutige Vergleichsfahrt ein Umdenken bei uns einleiten würde. Aber weit gefehlt! Ihr habt die Reaktionen ja selber gesehen. Stattdessen wird bereits alles versucht, die Ergebnisse kleinzureden. EVs können, dürfen einfach nicht besser sein. Basta! Echt zum Mäusemelken!«

Der BMW Mann machte ihnen klar, dass, solange die internen Diskussionen noch so vehement liefen, er wohl nicht weiter in dieses Projekt investieren konnte. So leid es ihm tat. Und so toll der Prototyp geworden war! Aber er musste auch an sich denken. Die Konzernluft wurde rauer.

Gegen halbelf Uhr abends waren alle drei todmüde und geschafft von den Ereignissen des Tages. Jack wollte gleich am nächsten Morgen nach England zurückfliegen. Er war lange genug von zuhause weg gewesen. Die Verabschiedung von Fritz Nicklas war herzlich, auch wenn sie alle drei nicht wussten, wie es im Projekt weitergehen würde. Die Chancen standen schlecht. Sehr schlecht sogar.

Verdammt! Es war wirklich zum Mäusemelken, dachte Jack. Er ging ziemlich niedergeschlagen zum Fahrstuhl und schrieb seiner Frau noch eine kurze Nachricht. *Ich komme heim! Es reicht!*

ANFANG MÄRZ IN GENF, HOTEL INTERCONTI, AM ABEND

Karl Röhmer stand vor dem Spiegel seiner Hotelsuite und rückte ein letztes Mal die neue Krawatte zurecht. Sie passte ausgezeichnet zum Stoff seines Anzugs. So wie der Verkäufer es ihm versichert hatte. *Es war immer wieder ein*

Vergnügen, hier einkaufen zu gehen, dachte er. Über die Jahre hatte er eine Anzahl an eleganten Herrenausstattern in der Genfer Innenstadt ausgemacht, denen er regelmäßig im Vorfeld des Genfer Automobilsalons seine Aufwartung machte. Und dabei fast immer fündig wurde. *Auch wenn die Preise langsam echt unverschämt wurden!*

Er sah auf die Uhr. Das informelle Treffen mit führenden Automobil-Managern und Lobbyisten im feinen Restaurant des Interconti war für zwanzig Uhr angesetzt. Doch es war immer geschickt, einige Minuten früher zu erscheinen. Eine gute Gelegenheit für erste, vertrauliche Gespräche in kleinem Kreise. Ein letzter Blick in den Spiegel, bevor er auf den Gang hinaustrat und sich auf den Weg nach unten machte.

Als Dr. Karl Röhmer vor vier Jahren von seinem damaligen Arbeitgeber quasi hinausgelobt wurde, war er überhaupt nicht glücklich gewesen. Tatsächlich hatte man ihn abgeschoben. Zum Automobilverband. Er wurde zwar der neue Verbandspräsident, doch gerade die reduzierten Pensionsansprüche machten ihm zu schaffen. Nachdem er die Fünfzig bereits deutlich überschritten hatte, ging ihm die Sicherung seines Lebensabends nicht mehr so richtig aus dem Kopf. *Und die monatlichen Ausgaben wurden ja nicht wirklich weniger mit dem Alter!* Aber er arbeitete an einer Lösung. Sein tiefes, technisches Verständnis und seine langjährige Erfahrung im Umgang mit der Presse halfen ihm, nach anfänglichen Eingewöhnungsschwierigkeiten eine breite Unterstützung bei den meisten Autoherstellern für seine Lobbyarbeit zu finden. *Er musste nur aufpassen, dass dies auch so blieb!* Auf dieser Basis hatte er eine gute Chance, die anstehenden Gespräche zur Vertragsverlängerung nach seinen Wünschen zu gestalten.

Der Arbeitsschwerpunkt des Verbandspräsidenten in der Automobilindustrie hatte sich in den letzten Jahren kaum verändert. Die zunehmenden Vorschriften auf der Gesetzgeberseite weltweit, besonders zu Verbrauchs- und Emissionsreduzierungen, bedeuteten enorme Belastungen für die Hersteller.

Die neuerliche Euphoriewelle für Elektroautos in den letzten Jahren erhöhte den Druck noch zusätzlich. So tauchten plötzlich völlig neue Hersteller am Markt auf, die mit einem aggressiven Vorstoß zu rein elektrisch angetriebenen Fahrzeugen enorme Aufmerksamkeit genossen, aber auf der anderen Seite kaum über etablierte Verbandsorganisationen einzufangen waren. Oft waren sie nicht mal Mitglied! Richtig kompliziert wurde es, seitdem etablierte Hersteller wie Renault anfingen, ebenfalls auf diesen Zug aufzuspringen, da sie hier eine gute Chancen zur Verbesserung ihrer angeschlagenen Wettbewerbsposition sahen. Und dies meist ohne engere Abstimmung mit ihren Kollegen.

Das trieb natürlich einen gewissen Keil in die Phalanx der etablierten Hersteller. Auch wenn immer noch Einigkeit darüber herrschte, dass der Technologiewechsel auf keinen Fall überhastet, und nicht alles auf reine Elektrofahrzeuge gesetzt werden durfte. Ein schneller Wandel barg einfach zu viele Risiken! Zumindest für die langjährig etablierten Autohersteller. Milliardensummen steckten in den riesigen Entwicklungszentren und hoch automatisierten Fabriken. Alles auf Fahrzeuge mit klassischem Antrieb ausgelegt. Diese Werte konnten nicht einfach über Nacht abgeschrieben werden. Die Transformation einer ganzen Industrie brauchte einfach Zeit. Die Automanager dachten eher in Jahrzehnten.

Daher war der generelle Anspruch an führende Verbandsleute wie ihn klar. Die Regierungen davor zu schützen, blind in diese Elektrofahrzeug-Euphoriewelle einzuschwenken. Als auch die öffentliche Meinung über entsprechende Pressearbeit zu steuern. Zu hoher Druck von der Gesetzgeberseite oder, noch viel schlimmer, ein plötzlicher Meinungsumschwung bei den Endkunden, der im Markt zu einer breiten Kaufzurückhaltung bei konventionellen Fahrzeugen führen konnte, wäre aus ihrer Sicht katastrophal. Keiner wollte das so gut funktionierende und enorme Gewinne abwerfende System aus Ölförderung und Verbrennungskraft-Maschine gefährden. Diese neue, elektromobile Zukunft war einfach noch mit zu vielen Unsicherheiten behaftet. Daher war permanente Wachsamkeit, gerade von Seiten der Verbände, gefordert.

Karl Röhmer selbst kam wie viele seiner Kollegen aus dem klassischen Maschinenbau und hatte sich die meiste Zeit seiner Karriere mit konventionellen Antrieben beschäftigt. Daher musste er sich in die technischen Details der neuartigen Antriebstechnologien, sei es Hybrid, Elektro oder auch Wasserstoff, im Eigenstudium und über zahlreiche Workshops einarbeiten. Langsam aber gewann er eine gewisse Routine auf diesem komplexen Gebiet. Und bei Bedarf konnte er ja immer auf Experten seiner Verbandsmitglieder zurückgreifen, die dann bestens zu den neuen Spezialthemen referieren konnten.

Kaum in der großen Lobby des Hotels angekommen, wurde er vom Renault-Strategiechef abgefangen. *Mist!* Karl Röhmer hatte sich eigentlich auf einen gemütlicheren Start des Abends gefreut. *Aber nein, gleich wieder mitten in ihr Zankthema hinein!*

»Bon soir, Monsieur Röhmer«, begrüßte der Franzose den deutschen Verbandspräsidenten zuvorkommend.

Der Renault-Nissan-Konzern hatte mit seiner massiven Elektrofahrzeug-Strategie am Markt kein einfaches Spiel. Die Verkaufszahlen lagen immer noch weit hinter den Erwartungen zurück. Und wurde von seinen Kollegen im Verband meistens milde belächelt. Wie konnte man fast alles auf diese eine Karte setzen! Völliger Schwachsinn!

»Wir müssen einfach noch mehr für die Förderung von EVs in Europa tun«, fing der Franzose sofort mit seinem Kernthema an. Zum wiederholten Male erklärte ihm der Stratege, dass eine Mehrfachanrechnung der EV-Stückzahlen zur Bestimmung des von der EU vorgegebenen CO2 Flottendurchschnitts eigentlich nicht die richtige Lösung wäre. Zum einen würde es das Ergebnis verfälschen, *womit er absolut recht hatte,* dachte auch Karl Röhmer, sprach es aber nicht aus. Und zum anderen brachten nur hohe, reale Absatzzahlen die EVs tatsächlich in die Gewinnzone für den Konzern.

Daher warben die Franzosen massiv für eine generelle Kauf-Förderung in allen europäischen Märkten. Dies stieß aber kaum auf Gegenliebe von Seiten der deutschen Hersteller, die den Großteil ihrer Gewinne immer noch mit den leistungsstarken Premiumfahrzeugen erwirtschafteten, dort aber ein elektrischer Antrieb viel schwieriger umsetzbar war. Zumindest in der aktuellen Denke, die die EVs meist immer noch in die Ecke der kleinen Stadtfahrzeuge abschob. Eine schwierige Diskussion, bei der der Verbandspräsident versuchte, die Balance zu halten. Kein leichtes Unterfangen. Hier durfte er gerade jetzt keine Fehler machen.

Er hörte dem Franzosen freundlich zu, war aber froh, als ein Kollege aus dem Verband zu ihrem Gespräch dazu stieß und ihm die Gelegenheit bot, gemeinsam den Weg ins Restaurant fortzusetzen.

In dem separaten, eleganten Raum mit sechs großen, runden Tischen standen bereits mehrere kleine Gruppen in Gesprächen vertieft. Ein Kellner reichte Aperitifs.

Zwei Manager aus dem VW Konzern begrüßten Karl Röhmer und seinen Kollegen an der Tür. »Herr Röhmer, haben sie schon die neuesten Absatzzahlen für China gesehen? Noch mal eine deutliche Steigerung gegenüber den Vorjahreszahlen. Und wir wachsen immer noch überproportional! Darauf kann ich nur sagen: Prost!«

Die VW Leute hoben ihre Aperitif-Gläser und waren sichtlich stolz auf das Erreichte. Und erleichtert. Der China-Markt war definitiv das zweite große Thema im Verband. Das dortige, enorme Absatzwachstum half gerade den deutschen Herstellern, aber auch den amerikanischen, Absatz-Schwierigkeiten in den Heimat-Märkten zu kompensieren. Daher sah fast jeder Automanager genauestens auf die Entwicklung der Monatszahlen in China, das sich jetzt klar zum größten Einzelmarkt der Welt entwickelt hatte. Noch vor den USA.

Aber Chinas Automarkt durfte keinen Schluckauf kriegen! Sonst ging es allen in der Branche schlecht. Die immer wieder, auch hier, aufkommende Diskussion zur massiven Elektrifizierung des chinesischen PKW-Bestandes war nicht wirklich willkommen. Denn sie konnte zu einem gewaltigen Schluckauf führen! Da waren sich alle in der Runde einig. Gerade für die ausländischen Hersteller konnte es zu einem Riesenproblem werden, wenn die chinesische Regierung diesen Technologiewechsel zu einer massiven Förderung der heimischen Hersteller nutzte. Hier war ebenfalls höchste Aufmerksamkeit von Seiten der Verbände gefordert. Karl Röhmer war alleine deswegen regelmäßig in China.

Er löste sich mit einer kurzen Entschuldigung aus der Gruppe und steuerte auf seinen Tisch zu, an dem bereits mehrere Herrn Platz genommen hatten. Er war hungrig. Und der zweite Aperitif stieg ihm bereits leicht zu Kopf. Er musste unbedingt etwas essen.

In der kurzen Vorstellungsrunde an seinem Tisch waren auch zwei Ölleute mit dabei. Waren eigentlich fast immer dabei. Dezent im Hintergrund, aber immer präsent.

Die großen Ölkonzerne teilten natürlich die Sorgen der Automobilisten. Der Straßenverkehr war seit Jahren der mit Abstand wichtigste Absatzmarkt für die Ölproduzenten. Nicht nur, weil der Fahrzeugbestand enorm wuchs, sondern auch weil die Verwendung von Öl nicht nur in Kraftwerken, sondern auch bei der heimischen Wärmeerzeugung kontinuierlich zurückging.

Ein schneller Wechsel auf elektrische Antriebe wäre auch für sie ein gewaltiges Problem. Die notwendigen Anpassungen in ihrer Produktions- und Verteil-Infrastruktur wären enorm zeitaufwendig und teuer. Daher war man sich am Tisch schnell einig, dass der Wechsel wohl auf Dauer nicht zu verhindern sein würde, aber der Übergang auf jeden Fall in maßvollen Schritten gestaltet werden musste. *Zum Wohle aller. Oder zumindest fast aller!* Kurzes Lachen am Tisch.

Karl Röhmer genoss das ausgezeichnete Essen. *Die neue Tätigkeit brachte wahrlich auch Vorteile mit sich*, dachte er, während er den Nachtisch genüsslich beendete. Leider litt sein Bauchumfang darunter und fing an, die eigentlich stattliche Gesamterscheinung ein wenig aus dem Gleichgewicht zu bringen. Hier musste er sich was einfallen lassen. Nein, er gehörte auf keinen Fall schon zum alten Eisen! *Schon gar nicht bei den Frauen!* Aber heute Abend war es wohl schon zu spät, zumindest für den Fitnessraum im Hotel. Er konnte sich ein kleines Grinsen nicht verkneifen. Vielleicht sollte er versuchen, das für morgen früh geplante Interview mit der Dame vom Manager Magazin noch auf heute Abend vorzuziehen! *Machte am Telefon einen sehr attraktiven Eindruck.* Er hatte da so ein Gefühl.

Er verabschiedete sich freundlich von seinen hochrangigen Tischnachbarn und machte sich auf den Weg zurück in sein Hotelzimmer. *Wo hatte er sich die Mobilnummer von der Dame notiert?* Der Verbandspräsident war schon fast die Treppe hoch, als er an der Bar zur Linken ein paar merkwürdige Gesprächsbrocken aufschnappte. Er erkannte in der kleinen Gruppe den obersten Lobbyisten von BMW mit Sitz in Berlin, kam die zwei Stufen der Treppe wieder herunter und stellte sich, einem spontanen Instinkt folgend, kurz dazu.

»Irgendwas läuft da im Bundeskanzleramt«, sagte der Manager gerade zu ein paar Kollegen in enger Runde, während er dem Verbandspräsidenten kurz zunickte, »ich kann es nur noch nicht richtig greifen! Mein Kontaktmann ist wohl nicht direkt involviert. Aber er hat klare Signale vernommen, dass es verstärkte Aktivitäten im Bundeskanzleramt gibt. Kernthema sind wohl zusätzliche Ansätze zur Reduzierung der CO2-Emissionen im Straßenverkehr. Und es würden nicht die üblichen Verdächtigen mitarbeiten. Mehr konnte er nicht sagen.«

Ungläubiges Kopfschütteln in der Runde. Dann kurze Unmutsäußerungen. *Diese blöden Politiker, wollen sich mal wieder einmischen. Konnte nur schiefgehen!* Als die attraktive Barkeeperin zu ihnen herübersah und nach ihren Wünschen fragte, wechselte das Thema.

Aber Karl Röhmer war alarmiert. Berlin war eigentlich sein Hometurf. Und von solchen Aktivitäten hatte er bisher überhaupt nichts gehört. *Wieso nicht?* Sein feines Gespür für das Aufkommen möglicher Gefahrenquellen hatte ihn bisher selten getäuscht. Er würde an dem Thema dran bleiben.

Nachdenklich löste er sich aus der Gruppe und steuerte zum zweiten Mal auf die breite Treppe zu, die ihn nun endlich in den ersten Stock brachte. Das Interview mit der Dame musste wohl bei morgen früh bleiben. *Schade!* Aber er wollte noch ein paar Telefonate führen.

DREI TAGE SPÄTER, IM MÜNCHNER STADTZENTRUM

Tina saß mit ihrer Mutter an einem kleinen, runden Tisch im überdachten Innenhof des traditionsreichen Cafes. Das kleine Schoko-Törtchen war ausgesprochen lecker. Die Qualität war stadtbekannt und lockte am Spätnachmittag bereits zahlreiche Gäste an.

Tina genoss die regelmäßigen Treffen mit ihrer Mutter. Seit ihrem Einsteig ins Familienunternehmen wurde der Gesprächsstoff eigentlich noch mehr als früher, auch wenn sie schon immer gerne und lange mit ihrer Mutter zusammen saß und über Gott und die Welt diskutierte.

Als Tina sie letzte Woche anrief und frustriert vom letzten Meeting in der Firma erzählte, schlug ihre Mutter sofort Kaffee und Kuchen in der Stadt vor. Sie wäre sowieso mit jemandem verabredet, den Tina unbedingt kennenlernen sollte. *Nicht schon wieder einer dieser gut erzogenen Söhne, die ihre Mutter des öfteren für sie ausgrub!* Wäre ja langsam Zeit, auch mal an´s Heiraten zu denken, kam dann immer von ihr. Aber ihre Mutter beruhigte sie. *Nein, ganz jemand anders! Ok.* Also sie nun zusammen saßen, konnte ihre Mutter natürlich nicht ganz von ihrem aktuellen Lieblingsthema lassen.

»Kannst du dich noch an den netten Nachbarssohn zu unserer Linken erinnern. Bernhard heißt er, glaube ich. Hatte früher schon ein Auge auf dich geworfen. Ist jetzt ein großer Kerl und bei irgendeiner Privatbank beschäftigt.«

Tina überlegte. Konnte sich aber nur schwach erinnern.

»Kam der doch vor ein paar Tagen bei uns vorbei und fragte etwas verlegen, wo du dich denn heutzutage so ´rumtreiben würdest. Er hätte dich ja schon lange nicht mehr gesehen. Ich hab´ ihm ziemlich direkt geantwortet, dass ich ihm leider kein Date besorgen könnte. Dafür hätte ich heute keine Befugnis mehr. Leider!«

Beide mussten loslachen.

»Der arme Kerl. Mit der Antwort hatte ich ihn wohl vollkommen überfahren. Ich konnte gar nichts mehr sagen, so schnell war der wieder weg!«

»Mama, du bist unmöglich! Aber danke, hiermit definitiv ein Verehrer weniger. Sind sowieso zu viele.«

»Soso, und welcher von diesen ach so vielen Verehrern hat aktuell die besten Chancen bei dir?«

Ihre Mutter sah sie direkt an.

»Mam, ich komme zurzeit echt wunderbar alleine zu recht!«

»Ok, ok! Also, dann erzähl´ noch mal von diesem so katastrophalen Treffen mit Papa im Unternehmen, weswegen wir uns ja eigentlich verabredet hatten. Auf die Verehrer kann ich ja später noch mal zurückkommen.« Ihre Mutter grinste und berührte sie leicht am Arm. »Scherz.«

Tina rollte die Augen, während ihre Mutter nachhakte. »Was ich am Telefon nicht wirklich verstanden hatte, war dieser erweiterte Betrachtungsumfang, der so bisher bei eurem Umweltreport nicht erfasst wurde.«

Tina nickte, schob den Kuchenteller zur Seite und breitete ihre Papierserviette auf dem kleinen Tisch aus.

»Stell´ dir vor, die Serviette wäre unser Unternehmen. Wenn du jetzt eine Umweltbilanz aufstellen willst mit allen Rohstoffen, die wir verbrauchen, und allen Emissionen, die wir wieder an die Umwelt abgeben, dann musst du die Grenzen deines Betrachtungsumfangs festlegen. In einer ersten Stufe kannst du die Ränder der Serviette, also den Zaun um unser Firmengrundstück, als Grenze festlegen und damit nur die von uns direkt verursachten Emissionen betrachten.«

Tina´s Mutter nickte.

»Damit vernachlässigen wir aber alle Rohstoffverbräuche und Emissionen, die wir durch unser Geschäftstreiben indirekt verursachen.« Tina schob den Salzstreuer an die Serviette heran.

»Ach, das meintest du mit der bisher nicht betrachteten Logistikkette. Die Kraftstoffverbräuche und Emissionen der LKWs, die euch beliefern, sind bisher nicht Teil dieses Betrachtungsumfangs.«

»Genau.« Tina war stolz auf ihre Mutter. »Das nennt man Betrachtungsumfang zwei, beziehungsweise drei. Dort nimmt man alle Emissionen der Logistikkette mit hinein. Aber auch die Emissionen unseres Strombezugs, die ja über die dahinter liegenden Kraftwerke oft massiv sind. Und stellt fest, so wie bei uns auch, dass plötzlich die Umweltbelastungen durch das Unternehmen viel höher sind, als bisher gedacht.

»Ok, verstanden. Und die CO2-Emissionen der Mitarbeiter-Autos, die ja ausschließlich durch die Anfahrt zur Arbeit verursacht werden, gehören auch dazu?«

»So ist es.«

»Und jetzt haben Papa und die anderen Schlüsselmitarbeiter plötzlich Angst, dass du ihnen ihre dicken Autos wegnehmen willst? Und alle mit dem Fahrrad kommen oder auf langweilige Elektrofahrzeuge umsteigen müssen.«

»Und wie! Die wollten mich fast lynchen in dem Besprechungszimmer!« Tina stieß die Worte so laut hervor, dass sich ein paar Leute irritiert zu ihrem Tisch hin umdrehten.

Ihre Mutter lachte. »Jetzt übertreibst du aber, mein Liebes.«

»Nicht wirklich.« Tina war immer noch stinksauer, gerade auch auf ihren Vater.

»Mhh, dann müssen wir uns hier ja wirklich was überlegen«, ergänzte ihre Mutter, als sie fast den Rauch aus Tina´s Ohren aufsteigen sah. Und schob unvermittelt nach. »Gleich kommt noch die neue, zweite Bürgermeisterin von München vorbei.«

Tina stutzte. »Das ist die Person, die ich kennenlernen sollte?«

»Genau! Lydia Fellinger und ich sind alte Bekannte. Sie macht auf dem Weg nach Hause einen kurzen Abstecher hierher und freut sich auf eine kleine Tasse Kaffee mit uns. Und natürlich darauf, dich kennenzulernen!«

Jetzt war Tina war endgültig baff. Ihre Mutter war ja gut verdrahtet und hatte Zeit für eine intensive Kontaktpflege. Aber das war eine echte Überraschung.

»Wie bist du denn auf die Idee gekommen? Und was hast du ihr über mich erzählt?«

Ihre Mutter setzte gerade zu einer längeren Erklärung an, als eine gut gekleidete Dame mit einem breiten Lächeln auf ihren Tisch zuging.

»Hallo Beate, entschuldige, aber ich bin ein paar Minuten früher dran, weil ich gleich noch einen dringenden Abendtermin habe. Und Sie müssen die so hoch gelobte Tochter sein.«

Tina war sofort angetan von der dynamischen Ausstrahlung dieser Frau. Nach einer herzlichen Begrüßung durch ihre Mutter nahm die zweite Bürgermeisterin an ihrem kleinen Tisch Platz und fing direkt an. »Ihre Mutter hat Ihnen sicherlich schon erzählt, dass wir in der Stadt gerade schwer mit den Emissionszielen kämpfen. Ist ja eigentlich nichts Neues. Aber ich höre, Ihnen geht es kaum anders in Ihrem Familienunternehmen.«

Die Bürgermeisterin berichtete von ihrer grünen Partei, die bei der letzten Stadtratswahl noch mal deutlich zugelegt hatte. Mit entsprechend besseren Karten bei den Koalitionsverhandlungen mit den führenden Sozialdemokraten. Damit konnte und wollte sie als neue zweite Bürgermeisterin die Umweltpolitik in der Großstadt München noch mal einen gewaltigen Schritt voran bringen. Und die Selbstverpflichtung des Stadtrats aus dem Dezember 2008 stand ja immer noch. Eine Halbierung der CO2-Emissionen bis 2030! Nur sind Ziele halt oft leichter ausgesprochen als tatsächlich umgesetzt. Das wollte sie diesmal ändern.

»Wir haben zwar offiziell eine Arbeitsgruppe aufgesetzt, aber das Erreichte in den letzten Jahren ist wirklich nicht berauschend. Ich denke daher an eine

Gruppe von außenstehenden Experten, die hier neuen Wind in die Umsetzung bringt. Gerade der Verkehr in der Stadt ist ein extrem zähes Thema, gerade wenn es um die richtigen Ansätze zur Emissionsreduzierung geht. Aber auch vom Verkehr brauchen wir einen deutlichen Beitrag bis 2030, wenn wir unsere selbstgesteckten Ziele erreichen wollen. Nur als Grüne tun wir uns mit Autos immer ein bisschen schwer.«

Die zweite Bürgermeisterin erzählte von der tief verwurzelten Anti-Auto-Haltung ihrer Partei, aber eben auch von den vielen Stimmen, die sie in den letzten Wahlen von den bisher eher konservativen Schichten hinzugewonnen hatten. Diese Leute waren deutlich Auto-freundlicher in ihrer Grundhaltung. Daher konnte der Lösungsansatz im PKW-Verkehr nicht einfach der kategorische Umstieg auf Bus oder Fahrrad sein. Hier musste sich ihre grüne Partei weiterentwickeln. So wie es die Elektroantriebe in den letzten Jahren ja auch taten.

»Sie denken hier ja in die gleiche Richtung, wie ich höre. Daher habe ich mich ganz besonders gefreut, als Ihre Mutter anrief und von dem heutigen Treffen sprach. Ich wollte Sie unbedingt mal kennenlernen.«

Tina war geschmeichelt.

»Könnten Sie sich vorstellen, in einer solchen Expertengruppe mitzuarbeiten?«

Die Frau ging echt ran! Da war ihre Mutter im Vergleich ja richtig zurückhaltend. Die beiden älteren Damen sahen Tina neugierig an.

»Das ist wirklich sehr nett von Ihnen«, antwortete Tina vorsichtig, »aber sowas sollte man nicht übers Knie brechen. Ich würde mich sehr freuen, wenn wir bei passender Gelegenheit über die Details einer solchen Gruppe reden könnten. Auf jeden Fall! Dann tun wir uns sicherlich gemeinsam leichter, festzustellen, ob jemand wie ich die geeignete Person ist.«

Die Bürgermeisterin sah mit einem Lächeln zu ihrer Mutter hinüber. »Ganz die diplomatische Mutter, sehe ich schon! Wenn Sie mir ihre Karte geben, melde ich mich bei Ihnen in der nächsten Zeit. Und dann besprechen wir alles in Ruhe.«

Tina lächelte zurück und suchte nach einer Visitenkarte in ihrer Handtasche.

»Sorry, aber ich muss jetzt weiter«, meinte die Bürgermeisterin und war im Begriff aufzustehen.

»Macht nichts, Lydia«, sagte ihre Mutter und erhob sich gemeinsam mit ihr. »War toll, dass es mit dem kleinen Treffen so kurzfristig geklappt hat. Und wer weiß, wo das ganze noch hinführt.«

Tina sah auf die Uhr. »Mam, ich muss auch los. Bin noch mit Freunden verabredet.«

»Oh«, kam nur als Antwort, gepaart mit einem verständnisvollen Lächeln.

»Ich sagte Freunde, nicht Freund. Da ist ein feiner Unterschied!«

»Ok, ok.«

Die Bürgermeisterin sah die beiden Damen an und schüttelte den Kopf. »Jaja, immer wieder die gleichen Themen.«

Die drei Frauen lachten und verabschiedeten sich voneinander, während ihre Mutter bei der Bedienung die Rechnung beglich.

Als Tina auf die Straße hinaustrat, war der kalte Nieselregen in einen unangenehmen Schneeregen übergegangen. Gottseidank hatte sie gleich einen Parkplatz um die Ecke gefunden. *Mit Ladesäule, reserviert für EVs!* Da stand er, ihr neuer BMW I3. Der BMW-Händler hatte ihr vor zwei Wochen spontan einen Vorführwagen überlassen, bevor sie ihren eigenen bekommen konnte. *Es half, wenn man langjähriger Kunde war. Und Papa auch.*

Der I3 war das erste Auto von BMW, das ausschließlich als Elektrofahrzeug entwickelt wurde. Und immer noch einen ziemlich futuristischen Eindruck auf sie machte.

Die Umstellung von ihrem Z4 Cabrio war nicht ganz einfach gewesen. Über Jahre hatte sie das offene Fahren mit dem Fahrtwind in ihren Haaren genossen und wollte darauf eigentlich nicht mehr verzichten. Und die langgezogene, schwungvolle Linie des Roadsters war einfach schön. Enttäuscht musste sie feststellen, dass es bis auf den Tesla Roadster kein vergleichbares Fahrzeug als EV auf dem Markt gab. Auch nicht bei BMW. Nachdem aber die enormen CO2-Emissionen im Transportbereich ihres eigenen Unternehmens zum Kernthema wurden, stand ihr Entschluss fest. So ein Ding musste her!

Die absolute Ruhe beim Drücken des Startknopfes war immer noch frappierend. Nur die leuchtenden Anzeigen machten klar, dass das Fahrzeug startklar war. Leise rollte sie aus dem Parkplatz auf die Straße hinaus, bog rechts ab und beschleunigte zügig. Ein kurzer Blick auf die Batterieanzeige bestätigte ihr, dass die Strecke bis zum Restaurant auf der anderen Seite der Stadt, trotz der heute bereits getätigten Hin- und Rückfahrt zum Firmensitz, kein Problem darstellte.

Nur das Laden selbst war immer noch eine Herausforderung. In der Firma fuhr sie bei Bedarf den Wagen rückwärts in eine kleine Seitenhalle ihrer Fertigung, wo sie eine geeignete Steckdose im Trocknen gefunden hatte. Und in der Tiefgarage ihrer schicken Münchner Dachterrassen-Wohnung hatte sie sich ein langes Kabel besorgt, mit dem sie provisorisch einen Zugang zu der einzigen

Steckdose im Untergeschoss gelegt hatte.

Die Nachbarn hatten sie schon darauf angesprochen und nach dem Verbrauch gefragt. *Echte Pfennigfuchser! Naja, ein bisschen mehr war es wohl schon.* Sie schätzte den nächtlichen Strombedarf ihres I3 aktuell auf drei bis fünf Kilowattstunden, also zirka einen Euro pro Tag. *Konnte man nicht ganz vernachlässigen! Aber natürlich deutlich günstiger als normales Tanken!* Die Effizienz des Elektroantriebs war echt enorm. Das Ladethema musste sie auf der nächsten Eigentümerversammlung unbedingt lösen.

Tina fröstelte, während sie den Wagen zügig durchs Stadtzentrum lenkte. Die Heizung im I3 sprang einfach nicht so schnell an, wie sie das aus ihrem Z4 gewöhnt war. Der Händler hatte ihr versucht zu erklären, dass die fehlende Abwärme eines Elektromotors gegenüber einem Verbrennungsmotor dieses Problem einfach nach sich zog. Eine noch stärkere Heizung würde zu sehr auf den Stromverbrauch gehen und die Reichweite noch mal mehr beschneiden. *Keihe wirklich zufriedenstellende Antwort*, dachte sie, und wärmte sich die Finger an der mager ausströmenden Luft.

Wenigstens das Parken in der Innenstadt stellte jetzt fast kein Problem mehr dar. Sie bekam in ihrem Navigationsgerät die wenigen, öffentlichen Ladesäulen prominent angezeigt. Aufgrund der immer noch extrem geringen Zahl an EVs in München waren die Parkplätze vor den Ladesäulen eigentlich immer frei. Geschickt lenkte sie den Wagen auf den Seitenstreifen und stellte den Wagen direkt neben der prominent markierten Doppelsäule ab.

Für einen Moment überlegte sie, doch das Kabel aus dem Kofferraum zu holen und den Wagen anzustecken, aber der eisige Schneeregen beim Aussteigen überzeugte sie anderweitig. *Sauwetter!* Sie zog schnell den Mantel über, stülpte sich die gefütterte Kapuze über den Kopf und lief die wenigen Meter hinüber zu dem kleinen Restaurant an der Ecke.

Sie stieß fast mit Julius zusammen, der zeitgleich von der anderen Seite in geduckter Haltung auf den erleuchteten Eingang der schicken In-Kneipe zulief.

»Hallo, Tina.« Er hielt ihr die Tür auf. In dem kleinen Vorraum schüttelten beide die nassen Schneeflocken von ihren Mänteln, bevor Julius sie kurz, aber herzlich drückte. »Schön, dass es mal wieder klappt! Die anderen sind, glaube ich, auch schon da. Sehen wir ja gleich.«

Er schob den Vorhang zum Hauptraum zur Seite, ließ zwei gerade gehende Gäste noch vorbei und betrat mit Tina die brechend volle Kneipe. Die angeschlossene, ausgezeichnete Küche war sicherlich mitverantwortlich dafür.

Die Freunde saßen tatsächlich alle schon an ihrem Tisch.

»Hast du dir tatsächlich dieses Elektroauto besorgt?« Julius lächelte sie etwas neckisch von der Seite an während sie sich langsam den Weg zu ihrem Tisch bahnten.

Der Wechsel von ihrem frechen, knallroten Z4 Roadster zu dem kompakten, Strom tankenden *Vernunftsauto*, immerhin von BMW, hatte bereits für ausreichend Gesprächsstoff im Freundeskreis gesorgt.

»Klar doch! Und einen Parkplatz um die Ecke hab´ ich auch«, warf sie ihm über die Schulter zu. Aus der Drehung heraus konnte sie gerade noch erkennen, wie Julius´ Blick von ihren wohlgeformten Rundungen in der eng anliegenden Hose schnell nach oben zu ihrem Gesicht wanderte. Seit ihrer Tätigkeit für das Familienunternehmen waren ihre amourösen Abenteuer deutlich zurückgegangen. *Obwohl die Zahl der Verehrer nicht abgenommen hatte.* Julius gehörte wohl auch dazu.

Am Tisch angekommen, wurden sie auf das herzlichste begrüßt.

»Na, ihr zwei, seid ihr zusammen gekommen? Läuft hier vielleicht etwas, von dem ich noch nichts weiß?« Ihre gute Freundin Tess war wie immer unnachahmlich direkt. Julius konnte sich ein Grinsen nicht verkneifen und ließ die Bemerkung im Raum stehen.

»Seid ihr etwa zusammen in diesem komischen Elektroteil gekommen? Julius, du hast dich doch jetzt nicht von Tina´s Umweltspleen anstecken lassen?«, schob sie süffisant nach.

Langsam war es echt nicht mehr lustig, dachte Tina. Aber vielleicht war sie einfach immer noch etwas überempfindlich. *Nach den blöden Kommentaren in diesem unsäglichen Meeting in der Firma!* »Tess, es reicht! Du hast mich noch nicht mal richtig begrüßt und fängst schon wieder mit dem Quatsch an.«

»Sorry, sorry, aber du weißt, ich mache mir Sorgen um dich, seitdem du angefangen hast, dich mehr um die Umwelt als um die tollen Kerle zu kümmern.«

»Mädels, ich bin hungrig! Jetzt setzt euch erst mal und lasst uns endlich was zu Essen bestellen!« Der Vorschlag von Tess´ Freund wurde von allen dankend aufgenommen.

Die ausgelassene Stimmung tat Tina gut. Sie hatte in den letzten Monaten wirklich viel Zeit in der Firma verbracht und ihre Freunde dabei vernachlässigt. Aber sie hatte auch das Gefühl, dass sie mit ihrer Tätigkeit etwas bewegte und nicht einfach nur das Leben genoss.

Das Verständnis dafür hielt sich in ihrem Freundeskreis aber in Grenzen! Meist wurde auf irgendwelche aktuellen Artikel in den renommierten

Tageszeitungen verwiesen, die entweder die Erderwärmung und ihre Gefahr für die Menschheit grundsätzlich in Frage stellten oder aber die Lösungen immer bei den anderen sahen. Sollten doch erst mal die Chinesen ihre wöchentlich mehr werdenden Kohlekraftwerke abstellen, bevor wir anfingen, wieder mit dem Fahrrad in die Stadt zu fahren!

Das Thema kam an diesem Abend nicht mehr zur Sprache. Tina war froh darüber, auch wenn es ihr nicht mehr aus dem Kopf ging. Die Idee von Franz war einfach spitze.

Kurz nach Mitternacht verabschiedete sie sich von ihren Freunden. »Ich fahr´ jetzt nach Hause. Alleine! Und, damit ihr es alle wisst, in meinem nicht -stinkenden, elektrisch angetriebenen Hightech-Flitzer!«

Grinsen in der ganzen Runde, aber diesmal keine schnoddrigen Kommentare mehr. Wahrscheinlich waren alle zu müde. *Gut so!*

Auf der Fahrt durch das kalte, jetzt ziemlich ruhige München kam sie an dem Renault-Händler vorbei, der immer noch drei elektrisch betriebene Twizzys direkt vor dem Haupteingang ausgestellt hatte. Auf der Suche nach einem passenden Elektrofahrzeug war sie zwangsläufig auch dort vorbeigefahren. Kein anderer Hersteller hatte mehr in die Entwicklung dieser Fahrzeuge gesteckt und so stark für die Umstellung auf EVs geworben wie Renault. Und der neue Zoe sah nun wirklich schnuckelig aus.

Doch was sie dann in den Verkaufsräumen erlebte, ging auf keine Kuhhaut. Und auch bei den anderen Markenherstellern lief es kaum anders. Eigentlich wollte ihr keiner so wirklich ein Elektroauto verkaufen. Es fing schon beim Reinkommen an. Keiner der Verkäufer wollte verstehen, weiso sich eine smart gekleidete, junge Frau, die doch offensichtlich erfolgreich an ihrer Karriere arbeitete, für ein Elektroauto interessierte. *Ein sportliches Coupé oder Cabrio wäre doch genau das Richtige für sie,* kam durch die Bank von den Verkäufern. *Ein Elektroauto ist doch eher etwas für den gemächlicheren Teil der Bevölkerung. Wenn überhaupt! Ist ja noch so viel in Bewegung, was die Entwicklung dieser Technik anging.*

Als sie sich dann doch durchgesetzt und die Verkäufer sich damit abgefunden hatten, dass die Chance auf den Verkauf eines margen-starken, konventionellen Premiumfahrzeugs wohl doch nicht funktionierte, ging ihr Frust erst richtig los.

Bei der Vorführung des Fahrzeuges, das meist in einer hinteren Ecke der Ausstellungshalle stand, gab sich der herbeigeholte und speziell geschulte Mitarbeiter viel Mühe, manchmal sogar mit einem gewissen Stolz.

Aber spätestens die Fragen zur Ladetechnik und den notwendigen Vorinstallationen zuhause wurden oft nur unvollständig beantwortet. Entweder mit dem Hinweis auf noch nicht etablierte Standards oder, was sie wirklich auf die Palme brachte, mit unterschwelligen Kommentaren, dass dafür doch wohl besser ein weiteres Gespräch mit ihrem Ehemann oder Lebenspartner sinnvoll wäre. *Ist ja technisch doch etwas komplizierter!* Hier hätte sie am liebsten die Gespräche abgebrochen und das Thema EV beendet. *Ein für alle mal! Idioten!* Aber das ging natürlich nicht, denn sie hatte sich ja in den Kopf gesetzt, ein solches Gefährt unbedingt selber auszuprobieren.

Und die Diskussionen zum Kaufpreis waren auch der absolute Bringer! Sie musste grinsen, während sie den I3 langsam vor die Einfahrt ihrer Tiefgarage bugsierte.

Eigentlich gab es hier überhaupt keine Diskussion! Der Verkaufspreis war vorgegeben, ein Rabatt wie bei anderen Fahrzeugen kam nicht in Frage. Und Leasing, so wie sie es mit ihrem Firmenfahrzeug gewohnt war, kam oft ebenfalls nicht in Frage. Oder wenn, dann zu völlig unverschämten Konditionen. Auf ihr Nachfragen meist nur ausweichende Antworten. Noch keine attraktiven Angebote ihrer Leasingpartner, Probleme mit der Bestimmung des Restwertes nach drei Jahren, et cetera. Aber die Batterie könnte sie leasen. Nein, kaufen geht hier nicht. Wieso das denn? Das Auto konnte man nicht leasen, die Batterie musste man aber? *Wahnsinn!*

Das Finden eines geeigneten Elektroautos und eines vertrauenswürdigen Partners hatte sich wahrlich zu einer größeren Herausforderung entwickelt. Die einzigen, die sich hierbei ganz anders anstellten, waren die Tesla-Leute. Dieser innovative Start-up aus Kalifornien, der den Automarkt mit seinen Elektroautos aufmischen wollte, hatte einen seiner wenigen Flagship-Stores mitten in München. Die Leute waren einfach gut und supernett dazu. Der kleine Roadster von Tesla war echt süß. Aber fast 100.000 Euro dafür kamen für sie einfach nicht in Frage! Gerade wenn sie damit als Tochter des Chefs in der Firma vorfuhren wollte. Und die angekündigte kleinere Limousine war leider noch nicht verfügbar.

Also landete sie am Schluss bei BMW, wo sie den Verkäufer ihres Z4´s schon länger kannte und dieser sich deutlich mehr Mühe gab, sie als Kundin nicht zu verlieren. Auch wenn er persönlich den Wechsel nicht verstehen konnte. *Kein Wunder, dass kaum jemand diese Autos kaufte!*

Langsam rollte sie die steile Einfahrt in ihre Tiefgarage hinunter und parkte den I3. Lautlos und ohne Gestank. *Fast gespenstisch!* Sie lächelte in sich hinein. Nur das Problem mit der Stromversorgung an ihrem Stellplatz gab es immer noch. Das provisorische Verlängerungskabel lag an ihrem Stellplatz. Das war natürlich kein Dauerzustand! Mit der verfügbaren Leistung der Standardsteckdose in der Tiefgarage konnte sie ihren I3 gerade so im Laufe einer Nacht aufladen. Routiniert nahm sie das Kabel hoch und schloss den Wagen an. Sie prüfte kurz den korrekten Start des Ladevorgangs in der Anzeige im Wageninneren und sperrte dann den Wagen ab.

Sie war todmüde. Aber eigentlich nach den letzten Ereignissen noch wilder entschlossen, hier etwas zu bewegen! *Das Fahren mit dem I3 machte einfach richtig Spaß!* Und eigentlich war das Laden ja auch kein Problem. Aber zu einer wirklich erfolgreichen Markteinführung von Elektroautos war es bisher wahrlich nicht gekommen. Das musste sich ändern. Das wollte sie ändern. Und in ihrem eigenen Umfeld damit anfangen. *Wo sonst!*

Sie schloss die Wohnungstür auf, ließ ihre Sachen im Flur fallen und ging direkt ins Bad. Es reichte für heute.

ZEITGLEICH IN BEIJING, CHINA

Die heiße Dusche hatte geholfen. Auf dem Nachtflug von Paris nach Beijing hatte Eric nur wenig Schlaf gefunden. Entsprechend müde waren Lisa und er heute Morgen in ihrem Hotel angekommen. Eric sah aus dem bodentiefen Fenster seines Hotelzimmers im 26. Stockwerk auf die dicht befahrene, sechsspurige Stadtautobahn zwischen der dichten Reihe von Hochhäusern hinunter, während er in Gedanken sein frisches Hemd zuknöpfte.

Wir brauchen unbedingt ein fundiertes Bild zur Entwicklung des chinesischen Verkehrsaufkommens! Hier wurde das weltweit größte Bestandswachstum bei Straßenfahrzeugen vorhergesagt. *Waren diese Prognosen bis 2030 übertrieben, oder nicht?* Er musste an die heftige Diskussion mit Steve denken. *Brauch´ ich nicht noch mal!*

Der diesige Blick auf den sogenannten vierten Stadtautobahnring der chinesischen Hauptstadt sagte ihm aber, dass sie mit ihren Schätzungen wohl eher zu niedrig lagen. Die Fahrzeugschlangen zog sich über Kilometer hin. Soweit er blicken konnte!

Lisa, die ihn auf dem Flug nach China begleitete, hatte es tatsächlich geschafft, trotz der kurzen Vorlaufzeit eine Reihe von Treffen mit führenden chinesischen Verkehrsexperten zu organisieren. Über die letzten Jahre hatte sie wahrlich ein gutes Netzwerk an Kontakten aufgebaut. Er schmunzelte. *Dass ihr Onkel ein hohes Tier in der Stadtverwaltung von Beijing war, half natürlich.*

Sein Smartphone meldete sich. Eine Kurznachricht von Lisa. Der organisierte Fahrer stand bereits vor dem Hotel. Auf dem Bett sitzend zog er die Schuhe an und machte sich dann auf den Weg nach unten.

Lisa sprach gerade mit dem Fahrer. Frisch und gut gelaunt wie immer. *Wie schaffte sie das nur, trotz des Schlafmangels?* Erics Laune hob sich ebenfalls. Der Fahrer brachte sie zur Tsinghua Universität, wo sie sich mit zwei Experten für Stadt- und Verkehrsentwicklung zusammensetzen wollten. Die mehr als vierzigminütige Fahrt in zähem Verkehr gab ihnen genügend Zeit, die bekannten Fakten zum chinesischen Markt, sowie die kritischen Ecken ihres Marktmodells noch mal gemeinsam durchzugehen.

China hatte in den letzten drei Jahrzehnten eine wahrlich beeindruckende Entwicklung durchgemacht. Als DAS Produktionsland schlechthin, für Waren aus der ganzen Welt, hatte sich China zur zweitgrößten Industriemacht der Welt entwickelt. Auf dem besten Wege, die USA in den nächsten Jahren vom Platz eins zu verdrängen. Die riesigen Warenströme von den Fabriken zu den Containerhäfen hatten den LKW-Bestand in China zum größten der Welt anwachsen lassen. Hier lag zu Beginn die Hauptursache für das enorme Wachstum im jährlichen, chinesischen Kraftstoffverbrauch. Noch immer lag der Bedarf an Diesel, der fast ausschließlich in die LKWs ging, deutlich höher als der Bedarf an Benzin für die PKWs. Getrieben nicht nur von der schieren Anzahl der Lastwagen, sondern auch aufgrund der deutlich höheren Jahresfahrleistung und dem enormen Verbrauch dieser Brummer.

Damals waren PKWs in China noch ein absolutes Nebenthema. Zu Beginn des 21. Jahrhunderts fuhren weniger als zehn Millionen auf den Straßen dieses riesigen Landes. In dem ganzen, riesigen Land! Erst mit zunehmendem Wohlstand der stark wachsenden Mittelschicht setzte die private Nachfrage nach Autos ein. So massiv, dass innerhalb weniger Jahre China zum größten Absatzmarkt für PKWs wurde. Und immer noch weiter wuchs. Heute näherte sich der Bestand an Straßenfahrzeugen in schnellen Schritten der Hundert-Millionen-Marke. Position zwei in der Welt, hinter den USA. Wie wahrscheinlich war eine Zunahme auf 350 Millionen Fahrzeugen in 2030, so wie in ihren Modellrechnungen für das Szenario 450 prognostiziert? Eine der Kernfragen für ihre anstehenden Meetings.

Das zweite kritische Thema waren die Prognosen zum Durchschnittsverbrauch. Nicht nur für die PKWs, sondern auch für den ebenfalls weiter wachsenden Bestand an LKWs, die ja im Mittel bis zu vier Mal mehr auf hundert Kilometer brauchten. Anfänglich stand die Effizienz der Straßenfahrzeuge überhaupt nicht im Fokus der chinesischen Regierung. Egal ob PKW oder LKW. Das hatte sich eigentlich erst in den letzten Jahren geändert.

Die geforderten Durchschnittswerte für Verbrauch und CO2-Emissionen der jährlichen PKW-Neuwagenflotten näherten sich in China kontinuierlich den europäischen Zielwerten an. Die Wirkung auf den Gesamt-Kraftstoffbedarf des Landes war aber nur marginal. Zu groß war das massive, jährliche Bestandswachstum. So schoss der Ölimport China´s in den letzten Jahren gewaltig in die Höhe. Auch hier nahm das Land nun die Position Nummer zwei hinter den USA ein. Eigentlich machte der chinesischen Regierung nach Lisa´s Wissen dieses Thema mehr Sorgen als der enorm gestiegene CO2-Ausstoß. Die Beschaffung der riesigen Öl-Mengen wurde auf den Weltmärkten immer mehr zum Problem. Aber das war ja nicht Kernbestandteil ihrer Diskussion, auch wenn es ihrem Anliegen einer weltweiten CO2-Reduzierung natürlich sehr dienlich sein konnte.

Der Fahrer drehte sich zu Lisa um und sagte kurz etwas auf Chinesisch. *Gut, dass er sie dabei hatte,* dachte Eric und sah seine Kollegin von der Seite an, während sie mit dem Fahrer sprach. Sie war eine ausgesprochen hübsche Chinesin, nicht ohne Grund nannte Pierre sie immer »unsere Prinzessin«. *Und schlau noch dazu!*

Eric arbeitete wirklich sehr gerne mit ihr. Ganz zu schweigen davon, dass er ohne sie aufgeschmissen war bei den detaillierten Analysen zum chinesischen Markt. *Ohne Beherrschung der Sprache kam man eigentlich nicht an die führenden Wissenschaftler in China heran.*

»Wir müssen wohl einen kleinen Umweg nehmen, um das Institut auf dem Uni-Gelände zu erreichen. Sollte aber nicht mehr als ein paar Minuten dauern«, sagte Lisa mit Blick zu Eric.

Die Tsinghua Universität war eine der führenden des Landes und kaum mehr zu unterscheiden von anderen, renommierten Einrichtungen auf dieser Welt. Auch der Anteil internationaler Studenten und Professoren nahm stetig zu.

Als sie vor dem modernen Institutsgebäude vorfuhren, wartete bereits eine kleine Gruppe von chinesischen Mitarbeitern auf sie. Lisa übernahm die zuvorkommende Begrüßung und Vorstellung der Personen.

Der Institutsleiter, der glücklicherweise ein passables Englisch sprach, führte sie in einen Seitentrakt des Erdgeschosses, in dem ein riesiges, animiertes Modell der Metropolregion von Beijing aufgebaut war. *Wow, echt beeindruckend,* dachte Eric sofort, als er mit Lisa um das Modell herumging.

Zwei Mitarbeiter saßen vor mehreren Computern, die offensichtlich sowohl die Animation des Stadtmodells, als auch die Bespielung zweier großer Projektionswände übernahmen.

Der chinesische Professor berichtete kurz, aber voller Stolz, von der Entstehungsgeschichte des Modells, das ihnen bereits hervorragende Dienste bei der Diskussion wichtiger Stadtplanungsthemen leistete.

Freundlich, aber bestimmt versuchte Eric die Diskussion auf ihre wichtige Kernfrage, die Entwicklung des chinesischen Fahrzeugbestands, zu lenken. Der Professor unterbrach ihn mit einem noch freundlicheren Lächeln.

»Mister Brinneau, Lisa war so nett und hat uns bereits entsprechend gebrieft. Wir kennen ihr Anliegen. Dennoch müssen sie unserer Meinung nach zuerst die Entwicklung einer chinesischen Großstadt verstehen, bevor wir gemeinsam und fundiert in die Prognose des Straßenverkehrs, beziehungsweise des privaten PKW-Bestands, einsteigen können. Daher werden wir ein bisschen ausholen.«

Eric lächelte zurück und sah Lisa an, die direkt neben ihm am Modell stand und nickte. *Kluges Mädchen.*

Der Professor führte seine Besucher dichter an das Stadtmodell heran.

Eine seiner Mitarbeiterinnen übernahm und gab einen kurzen Überblick über die Stadtbezirke von Beijing mit flächenmäßiger Größe und aktueller Einwohnerzahl.

Die Hauptstadt selbst bot heute Wohnraum für mehr als zwölf Millionen Einwohner. *Enorm!* Der Professor ließ einen der Mitarbeiter am Computer die fünfte Stadtautobahn aufleuchten, die bis vor einigen Jahren quasi die Stadtgrenze darstellte. Daran schlossen sich heute sechs Vorstadtbezirke an, die zusammen mit dem Stadtgebiet die Metropolregion von Beijing bildeten und die Gesamteinwohnerzahl auf fast 20 Millionen erhöhte. Diese Bezirke wurden durch die neueste und sechste Ringautobahn miteinander verbunden. Von dort führten sternförmig zahlreiche Autobahnen ins das chinesische Reich hinaus. *Wie eine Spinne im Netz!* Die Straßenbauleistung der letzten Jahrzehnte war gigantisch. Dennoch, betonte der Professor, kamen sie dem Bedarf kaum nach.

»Und wie sieht es mit dem öffentlichen Nahverkehr aus?«, fragte Lisa höflich.

»Ein weiterer, ganz entscheidender Faktor für die Prognose des Straßenverkehrs, absolut korrekt«, erwiderte der Professor und übergab an einen

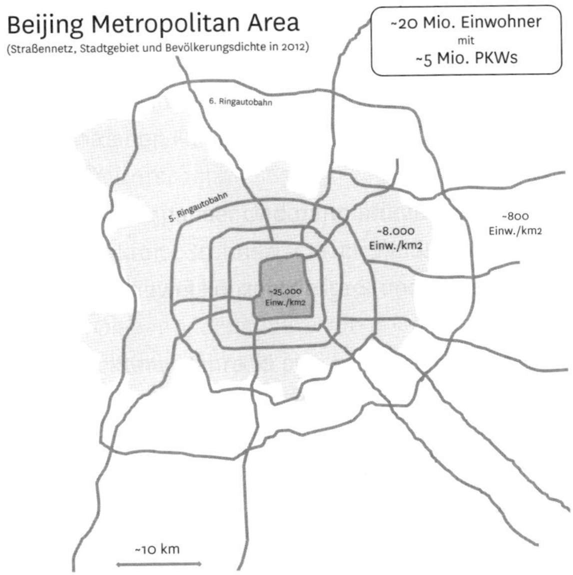

weiteren Mitarbeiter, der offensichtlich der dafür zuständige Experte in seinem Team war.

Sein Englisch war deutlich holpriger. Der Mitarbeiter entschuldigte sich mehrmals und ausgiebig dafür. Es war ihm ganz offensichtlich peinlich. Dennoch kamen die Kernfakten bei Lisa und Eric gut an. Beijing verfügte bereits heute im weltweiten Vergleich über eines der umfangreichsten U-Bahn- und Bus-Netze. Täglich fuhr jeder Einwohner im Durchschnitt mindestens einmal mit einem öffentlichen Verkehrsmittel, ergänzte der Professor stolz. Und das Ausbauprogramm war noch lange nicht beendet. Ziel war es, innerhalb der fünften Ringautobahn jedem Bürger die Möglichkeit zu bieten, in weniger als fünfzehn Minuten die nächste U-Bahn-Station zu Fuß zu erreichen.

Eric sah interessiert über die langen Reihen an LED-Lämpchen, die die bestehenden und noch geplanten Linien unterschiedlich darstellten. »Wie sehen die Nutzerzahlen denn im Vergleich zu führenden westlichen Großstädten aus?«

»Gute Frage! Hierzu bauen wir gerade eine Benchmark-Datenbank auf. Ist ja mit der Datenerfassung nicht so einfach. Soweit wir das heute überblicken können, gibt es kaum eine Stadt mit höheren Nutzungsraten«, antwortete der Professor wieder mit einem stolzen Lächeln und fuhr fort. »Das ist eine der wichtigsten Voraussetzungen, um die Anzahl der Autos auf unseren Straßen einigermaßen in den Griff zu bekommen. Die Leute brauchen attraktive Alternativen. Das eigene Auto hat ja auch hier in China eine wahnsinnige Anziehungskraft. Nicht nur als bequemes Fortbewegungsmittel, sondern ganz besonders auch als Statussymbol. Es gibt kaum eine bessere Möglichkeit, um seinen Nachbarn zu dokumentieren, dass man es geschafft hatte.«

Lisa und Eric nickten.

»Ok. Und wo sehen sie auf dieser Basis die Prognose des PKW-Bestandes für 2030 in China?«, hakte Eric noch mal nach.

Der Professor lächelte und ließ nun einen seiner Mitarbeiter mehrere Graphiken an die großen Projektionswände werfen. Das erste Balkendiagramm zeigte historische Daten für die Entwicklung des PKW-Bestands in Beijing. Erst exponentiell ansteigend, dann seit mehreren Jahren mit etwas moderateren Wachstumszahlen.

»Die gemäßigte Zunahme in den letzten Jahren ist alleine das Produkt staatlicher Regulierung, wie sie vielleicht wissen«, fuhr der Professor süffisant fort, »doch der prognostizierte Endbestand an PKWs wird dennoch erreicht, nur eben etwas später!«

Eric erinnerte sich vage an die staatliche Regulierung. Jeden Monat wurde nur noch eine bestimmte Anzahl an Neufahrzeug-Registrierungen zugelassen. Jeder konnte sich bewerben, wie in einer Lotterie. Und Geld spielte wohl auch eine nicht unwichtige Rolle.

»Wenn sich mehr als eine Million Menschen monatlich auf ein paar 10.000 Zulassungen bewerben, dann wissen sie, dass noch enormes Wachstumspotential für PKWs in der Stadt vorhanden ist«, erklärte der Professor im Detail.

»Und wo führt das dann hin?« Eric wurde langsam ungeduldig. *Lag wahrscheinlich am fehlenden Schlaf.* Aber auch Lisa wollte es nun wissen.

»Ja, die berühmte Endzahl. Hier trauen wir uns nur eine Bandbreite zu. Unser Ziel für Beijing sind weniger Autos pro 1.000 Einwohner als in den fortschrittlichsten Städten Europas, wie zum Beispiel München«, erwiderte der Professor ausweichend. »Aufgrund der enormen Zuwächse gerade in den Vorstadtbezirken von Beijing, die naturgemäß weniger gut mit dem öffentlichen Nahverkehr zu durchdringen sind, kann es aber auch sein, dass wir ein Stück über diesen Zielwerten liegen werden.«

»Heißt dann konkret was für Beijing? Und, noch viel interessanter für uns, was für ganz China bis 2030?« Eric ließ nicht locker.

Die nächsten Bilder auf den beiden Projektionswänden zeigten endlich die

Prognosen des Instituts für den PKW-Bestand. Die Zahlen waren gigantisch. Wie von ihnen befürchtet und in ihrem IEA Modell bereits abgebildet. Der Bestand in Beijing würde von heute bereits mehr als fünf Millionen Fahrzeugen auf mindestens acht Millionen bis 2030 ansteigen, wenn man nur die niedrigsten Penetrationsraten der fortschrittlichsten, westlichen Städte auf die chinesische Hauptstadt übertrug.

Dramatisch wurden die Zahlen aber erst richtig, als der Professor aufzeigte, wie weit die anderen Großstadtmetropolen in China in ihrer Entwicklung noch zurücklagen. Und sich gerade massiv anstrengten, ihrer Hauptstadt in großen Schritten nachzueifern. *Kein Wunder!*

Damit ergaben sich fast 300 Millionen PKWs, nur in den Metropol-Regionen. *Den ländlichen Bestand noch gar nicht dazugezählt!* Das hieß, China war tatsächlich auf dem besten Wege, die USA von ihrem Spitzenplatz zu verdrängen. *Ganz so, wie es Steve in ihrer vor kurzem geführten Diskussion nicht wahrhaben wollte. Es sah eher so aus, wie wenn sie ihre Prognosen noch nach oben korrigieren mussten!*

Und dazu kamen noch der weltgrößte Bestand an LKWs und Bussen. Hierzu hatte Lisa ein spätes Lunch mit einem zweiten Professor arrangiert, der sich ausschließlich auf den chinesischen Güterverkehr spezialisiert hatte.

Lisa und Eric verabschiedeten sich von der Institutsgruppe. Der Professor hatte ihnen enorm weitergeholfen. *Das Stadtmodell war eine Spitzenidee,* was sie noch mehrfach lobend bei der Verabschiedung zum Ausdruck brachten. *Sollten wir uns echt merken,* dachte Eric.

Lisa kannte sich gut genug auf dem Universitätsgelände aus, um den kurzen Weg zu ihrem zweiten Treffen zu Fuß zurückzulegen. Die frische Luft tat gut, nachdem sie nun beide verstärkt den fehlenden Schlaf spürten. Sogar ein bisschen Sonne kam durch die Wolken. *Oder war es die Smogschicht, durch die sich die Sonne gerade einen Weg bahnte?* Eric war sich da immer nicht so sicher in China. *Leider! Wo sollte das noch hinführen, wenn der Fahrzeugbestand tatsächlich weiter so gigantisch wuchs? Und keine Lösung für die Abgase gefunden wurde?*

Lisa hakte sich freundschaftlich bei ihm unter und zeigte ihm einige der neuen Gebäude und Parkanlagen auf dem Campus, die erst kürzlich entstanden waren. Als sie vor lauter Zeigen und Drehen fast gestolpert wäre, fing Eric sie mit einer schnellen Bewegung geschickt ab. Beide lachten.

»Da vorne ist schon die neue Mensa«, rief Lisa aufgedreht und sprang bereits wieder wie ein junges Fohlen vorweg, »komm schon, ich bin hungrig!«

Eric musste abermals lachen. *Lisa war einfach umwerfend!* Das musste er zugeben.

Im Eingangsbereich der Mensa hatte sie schnell den Professor ausgemacht und begrüßte ihn in sehr zurückhaltender, chinesischer Art. *Jetzt gar nicht mehr das wilde Fohlen,* dachte Eric. *Nicht schlecht, wie sie das so schnell hinbekam.* Quasi wie eine leichtfüßige Wanderin zwischen den Kulturen. *Jetzt müsste sie nur noch wie durch Zauberhand vom eleganten Pariser Kostüm in ein Seidenkleid wechseln, und der Übergang wäre perfekt!*

Er folgte den beiden an den Tresen der modern eingerichteten Mensa, wo eine Anzahl nicht genau zu definierender Speisen angeboten wurde. Eric nahm schließlich das gleiche wie Lisa. Womit er hoffte, nicht ganz daneben zu liegen.

Der etwas kauzig wirkende, chinesische Professor war ein lebendes Lexikon. Zumindest wenn es um die Entwicklung des Güterverkehrs in China ging. Auf die Frage nach dem bereits riesigen LKW- und Busbestand und seiner weiteren Entwicklung holte er weit aus, während er ihnen gegenüber laut schmatzend sein Mittagessen zu sich nahm. *Typischer Chinese.*

Die einzigartigen Treiber für den weltgrößten Bestand waren gemeinsam schnell ausgemacht. Kein Land war so produktionslastig und exportorientiert wie China. Und die Fabriken rutschten zwangsläufig immer weiter ins Hinterland, um die Personalkosten weiterhin niedrig zu halten. Der Abtransport lief aber nur über die Häfen an der Ostküste. Und die Güterzüge kamen dem Bedarf nicht mehr hinterher. Das galt zu allem Übel auch für den Kohletransport, dem mit Abstand wichtigsten Brennstoff in China. Auch hier lagen die Abbaugebiete weit im Westen des Landes, der größte Bedarf herrschte aber in den Küstenregionen. Anfangs noch fast ausschließlich eisenbahnbasiert, wurde heute immer mehr per LKW auf den neuen Autobahnen gen Osten transportiert. *Eine Katastrophe für die CO2-Bilanz China´s, in doppelter Hinsicht!*

Und dann gab es da noch den Busverkehr, lange das Haupttransportmittel für die einfache Bevölkerung. Trotz eines massiven Ausbaus der Fernzüge und U-Bahnen war aber auch hier immer noch enormes Wachstum zu verzeichnen. Gerade in den Metropolregionen. Buslinien waren einfach schneller umgesetzt als teure U-Bahn-Tunnels. Einziger Lichtblick waren die Pilotprojekte mit Elektro-Bussen und Schnellwechsel-Stationen für die Batterien. *Das Thema mussten sie sich bei Gelegenheit noch mal genauer ansehen,* dachte Eric. In ihrem Marktmodell hatten sie Busse zwar separat ausgewiesen, eine mögliche Elektrifizierung aber bisher stiefmütterlich behandelt. *Spielte bei einem geringen Bestand an Bussen, so wie in den USA, kaum eine Rolle. Hier in China aber sah das anders aus!*

Der Professor hatte leider nicht viel Zeit. Gerne hätten sie noch mehr über die Prognosen zum Schienen-Güterverkehr gehört. Dennoch hatte der Chinese ihre Abschätzungen zum Bestandswachstum der LKWs im Großen und Ganzen bestätigt. Weitere Detailgespräche hierzu mussten sie sich für ein anderes Mal aufheben.

Eric und Lisa waren froh, als sie sich wieder in den Wagen ihres Fahrers setzen konnten und genossen die Ruhe der Rückfahrt ins Hotel durch den noch mal dichter gewordenen Nachmittagsverkehr der Hauptstadt.

Wow! Am gewaltigen Bestandswachstum führte in China kein Weg vorbei. Egal wie massiv der öffentliche Nahverkehr ausgebaut wurde. Und egal wie schwer es für die neue, chinesische Mittelschicht war, ein Nummernschild für ihr so begehrtes Auto zu ergattern!

Die Frage war nur, wie schnell sich die Verbräuche dieser Autos über staatliche Vorgaben nach unten trimmen ließen? Und ob das reichen würde für ihr Szenario 450, das ja ähnlich harte Forderungen auch an die Nicht-OECD-Staaten hatte? *Wohl eher nicht*, befürchtete Eric angesichts des gigantischen Bestandswachstums.

Auch hier konnte wohl nur eine massive Elektrifizierung die notwendigen CO2-Reduzierungen bringen. Mit dem in China oft vorgebrachten Argument, dass ja auch eine Elektrifizierung der Zweiräder erfolgreich umgesetzt wurde und damit ein besserer Nährboden auch für die Umstellung bei den Vierrädern vorhanden war. Eric hatte seine Zweifel daran! Aber er war zu müde, um noch tiefer mit Lisa in die Argumentation einzusteigen.

Als der Wagen wieder vor dem Hotel vorfuhr, stiegen beide müde aus und begaben sich in die große Eingangshalle ihres Hotels.

»Noch einen kleinen Snack an der Bar?«, fragte Lisa, die scheinbar schon wieder hungrig war!

Keine Ahnung, wo sie das hinschob, aber sehen konnte man wahrlich nichts davon! Eric war todmüde. »Ehrlich gesagt…«, fing er an.

»Komm schon«, drängelte Lisa, »du kannst mich doch jetzt nicht alleine an die Bar lassen. Bei all den wilden, westlichen Geschäftsleuten hier im Hotel. Und ich als kleine, schutzlose Chinesin!«

»Ok, ok«, lachte Eric, »das kann ich natürlich nicht zulassen! Aber nicht lange, und keine Diskussionen mehr über Autos, ich bin fix und fertig.«

»Jawohl«, antwortete Lisa mit einem zufriedenen Lächeln, hakte sich bei ihm unter und zog ihn mit sich hinüber zu der großen Hotelbar.

Eric genoss die Ablenkung. Lisa erzählte von ihrer Familie und ihrem Onkel, mit dem sie sich morgen noch zum Abendessen treffen wollten, bevor ihr Nachtflug wieder zurück nach Paris ging. Ihr Onkel war es auch, der ihr den Job bei der IEA besorgte. Als einer der erfahrendsten chinesischen Automanager hatte er ihren gemeinsamen Chef Jean-Luc vor vielen Jahren kennengelernt und den Kontakt gehalten. Als Lisa ihr Studium in Beijing mit einem einjährigen Aufenthalt in den USA beendet hatte, war ihr Onkel der festen Überzeugung gewesen, dass sie auch Europa noch kennenlernen sollte. Konnte ja nicht schaden! So kam sie vor drei Jahren nach Paris, zur IEA. *Ein echter Gewinn für alle, in jeder Hinsicht,* dachte Eric, als er zum wiederholten Male die so attraktive Chinesin auf dem Barhocker ihm gegenüber ansah.

»Lisa, sorry, aber ich bin jetzt endgültig am Ende. Bevor mir der Kopf ins Weinglas fällt, machen wir lieber Schluss.«

»Mir reicht´s auch«, gähnte Lisa, »und danke noch mal, dass du mich so toll beschützt hast!«

Breites Grinsen auf beiden Seiten, als sie müde von den Barhockern rutschten und sich Richtung Lift aufmachten.

Der Jetlag raubte Eric ab vier Uhr morgens den Schlaf. Die nächsten zwei Stunden rollte er in seinem breiten Queensize-Bett immer wieder von der einen Seite auf die andere, bevor er schließlich kurz vor sechs etwas genervt aufstand. Nach Aussage des einseitigen Hotelinformationsblattes öffnete das Frühstücksbuffet erst um sechs Uhr dreißig. Er war hungrig wie ein Tiger. Nach Pariser Zeit war es ja schon fast Mittag. Etwas unmotiviert ging er durch seine neuesten E-mails. *Nichts wirklich Dringendes.*

Das enorme Bestandswachstum im chinesischen Straßenverkehr ging ihm nicht mehr aus dem Kopf. *China wird in den nächsten zwei bis drei Jahrzehnten die USA als größtes Autoland ablösen, komme was wolle! Das war klar!* Eine halbe Milliarde Fahrzeuge in dem riesigen Land war wahrscheinlich bald keine Utopie mehr. Der im Vergleich zu anderen Ländern überproportional hohe Anteil an LKWs und Bussen war aus CO2-Sicht noch eine zusätzliche, massive Herausforderung für das Land.

Ihr Szenario 450 unterstellte aber, dass in China der jährliche Kraftstoffbedarf trotz des gigantischen Bestandswachstums unter den Werten der USA blieb. *Nie und nimmer! Oder doch? Konnte eigentlich nur gehen,* dachte Eric grimmig, *wenn sich der Technologiewechsel hin zu Elektroautos in China noch schneller realisieren ließ als anderswo auf der Welt. Doch was sollte die Chinesen dazu motivieren, wenn wir es in Europa oder den USA nicht hinbekamen?* Diesen Punkt musste er unbedingt beim Treffen mit der deutschen Kanzlerin in aller Klarheit rüberbringen. *Unbedingt!*

Sein Magen knurrte gewaltig. Als Eric kurz vor sieben das große Frühstücks-Restaurant im ersten Stock ihres Hotels betrat, war bis auf die jetlag-geschädigten Geschäftsleute noch kaum jemand da. Da entdeckte er Lisa vor der ausladenden Omelette-Station und musste lachen. Sie war schon wieder hungrig und, wie fast immer, bestens gelaunt! Sie nahmen sich einen kleinen Tisch an der großen Fensterfront mit Blick über die belebte Straße und genossen das reichhaltige Frühstück.

Um neun Uhr holte ihr Fahrer sie wieder ab und brachte sie diesmal ins Zentrum Beijings, wo sie sich mit zwei Regierungsvertretern treffen wollten. In der Innenstadt war, trotz der vielspurigen Straßen, der Verkehr noch stockender. Gerade zur morgendlichen Rushhour! Und die Sicht an diesem Morgen noch bescheidener als gestern bei ihrer Ankunft. *Echt kein Spaß für die Einwohner!* Viele Passanten trugen Atemmasken. *Ob das wirklich half?*

Die Gesprächsatmosphäre in dem Ministerium war deutlich weniger locker als an der Uni am Vortag. China war immer noch kein Mitgliedstaat der IEA, auch wenn das Thema Ölversorgung natürlich seit Jahren ganz oben auf der Agenda der chinesischen Regierung stand. Es gab immer wieder Gespräche zwischen der IEA und China, aber bisher ohne durchschlagenden Erfolg. Gründungsmitglieder wie England und die USA wollten viele ihrer bestehenden Privilegien in den Entscheidungsstrukturen der IEA nicht aufgeben, obwohl diese auch aus Sicht anderer, westlicher Regierungen eigentlich überholt waren.

Und China tat sich schwer mit einer Einordnung in eine solch internationale Organisation, gerade bei einem strategisch so wichtigen Thema. Dies spürten auch Lisa und Eric. Sie waren daher dankbar, dass die Gespräche über neueste Maßnahmen zur Verbesserung der Fahrzeugeffizienz in China, aber auch zur Förderung alternativer Antriebe, überhaupt stattfanden.

Die beiden Regierungsvertreter waren sich der speziellen chinesischen Problematik bei der Entwicklung des Straßenverkehrs sehr bewusst: Weltweit einzigartiges Bestandswachstum, auch bei den LKWs, auf gigantische Gesamtzahlen. Ja, man war gerne bereit, sich an Maßnahmen und Vorgaben führender, westlicher Nationen zur Reduzierung des Kraftstoffverbrauchs pro Neuwagen zu orientierten.

Aber, nein, China würde ganz sicherlich nicht die Vorreiterrolle mit noch darüber hinausgehenden Effizienzvorgaben einnehmen. Das sagten die beiden Regierungsvertreter nicht wörtlich, dafür waren sie viel zu höflich. Aber die Aussage war die gleiche. *Dafür hatte das Land, so wie viele aufstrebende Nationen, noch viel zu viel Nachholbedarf bei der Bereitstellung kostengüns-*

tiger Transportmittel, dachte Eric ernüchtert. *Gerade auch beim Individualverkehr, der das Endziel vieler war, die es geschafft hatten.*

Bei der Förderung rein elektrischer Antriebe sah es anders aus. Sie konnten das im Gespräch mit dem zweiten Regierungsvertreter spüren. Wenn diese radikale Umstellung eine Chance bot, die technologische Führerschaft der westlichen Autohersteller zu brechen und chinesischen Unternehmen größere Marktanteile zu verschaffen, dann war man definitiv geneigt, dafür deutlich mehr Mittel in die Hand zu nehmen. Und somit unter Umständen auch eine Vorreiterrolle einzunehmen. Auch das wurde natürlich ebenfalls nicht explizit gesagt, aber man konnte es deutlich spüren.

Die Unsicherheit lag in der Einschätzung, ob die Antriebstechnologie schon reif genug war und chinesische Unternehmen dann auch ihre Chance wahrnehmen konnten. Daher wurde zwar extrem viel Geld in die Förderung der Technologieentwicklung gesteckt, die Kaufanreize für die Endkunden waren dagegen bisher kaum ausgeprägter als in anderen Märkten. Mit dem Ergebnis, dass Elektroautos auch hier, bis auf in groß propagierten Pilotprojekten, immer noch ein absolutes Schattendasein führten.

Nach den zwei Gesprächen und einem kleinen Mittagessen brauchten sie frische Luft. *Soweit das in der Innenstadt überhaupt ging,* dachte Eric erneut mit Blick zum Himmel, als sie vor dem Regierungsgebäude standen. Lisa zeigte ihm eine der alten Parkanlagen, die sich im Stadtzentrum noch gehalten hatten. Hinter hohen Mauern fanden sie einen Ort der Ruhe, als sie über die gepflegten Wege zu der Tempelanlage hinter einem kleinen Teich gingen. Eine Gruppe älterer, chinesischer Männer und Frauen gingen der Tradition gemeinsamer Leibesübungen in hoher Konzentration nach. Fast wie aus einer anderen Welt.

Lisa setzte sich auf eine der Parkbänke und blickte nachdenklich zu dem alten Tempel hinüber.

»Ehrlich gesagt, war mir noch nie so bewusst, wie ernst die Lage hier in China eigentlich ist«, sagte sie ohne ihren Blick von der ruhigen, leicht grünlichen Wasseroberfläche des Teichs zu lassen, »ich bin echt geschockt. Und gespannt, was mein Onkel dazu heute Abend sagen wird.«

Eric setzte sich zu ihr auf die Bank. »Ja, geht mir genauso. Meinst du, dein Onkel führt hier ein offenes Gespräch mit uns? Ich meine, er ist jetzt Teil des chinesischen Regierungsapparates.«

»Ich denke schon«, meinte Lisa und ergänzte nach einer kurzen Pause, »ich hoffe es!«

Im Hotel zurück, checkten sie aus und machten sich samt ihrem kleinen Reisegepäck auf dem Weg zum Abendessen mit Lisa´s Onkel. Er hatte ein kleines Restaurant ganz in der Nähe seines Büros vorgeschlagen, nachdem sein Terminkalender wohl aktuell extrem voll war. Aber er wollte ein Wiedersehen mit seiner Lieblingsnichte auf keinen Fall missen.

Ihr Fahrer setzte sie an der Einfahrt zu einer schmalen Gasse ab, die gefüllt mit kleinen Verkaufsständen und zahlreichen Menschen kein Durchkommen für Autos bot. Lisa vergewisserte sich beim Fahrer bezüglich der Adresse. Er versicherte ihr wild gestikulierend, dass sie an der richtigen Stelle waren. Sie vereinbarten die gleiche Stelle für eine Abholung in zwei Stunden, um ihren Flieger zurück nach Paris nicht zu verpassen, und schoben sich in die Gasse hinein.

Ihr Onkel wartete bereits am Eingang des Restaurants auf sie, wohl um sicherzugehen, dass sie es auch fanden. Von außen war das Lokal in der belebten Gasse kaum als solches zu erkennen.

Die Begrüßung war herzlich. Ihr Onkel war ein echt liebenswürdiger, älterer Chinese. *Wie aus dem Bilderbuch,* dachte Eric und musste schmunzeln. Die harten Jahre in den Anfängen der chinesischen Automobilindustrie mit ausländischen Partnern sah man ihm nicht an. Viel eher sah er wie ein weiser, zufriedener Mann aus, der aus den harten Erfahrungen seine innere Ruhe gewonnen hatte und große Freude dabei empfand, sich um seine Enkel und Nichten zu kümmern. Und ganz besonders um seine Lieblingsnichte.

In dem traditionell eingerichteten Lokal aßen nur Chinesen. Ihr Onkel wurde sofort erkannt und absolut zuvorkommend behandelt. *Regierungsvertreter waren immer noch hohe Respektspersonen,* dachte Eric. *Zumindest, wenn sie so aussahen wie Lisa´s Onkel.*

Es war mehr als ein Jahr her, seit Lisa ihn das letzte Mal gesehen hatte. Sie musste ausführlich erzählen, wie es ihr in der letzten Zeit in Paris ergangen war. Schließlich wendete er sich mit einem freundlichen Lächeln an Eric und erkundigte sich nach dem Wohlbefinden von Jean-Luc.

Immer wieder kam ein alter Chinese mit krummen Rücken und schlürfendem Gang vorbei. Offensichtlich der Lokalbesitzer, der sichergehen wollte, dass es ihnen und ihrem Onkel an nichts fehlte.

Es war mehr als eine Stunde vergangen bevor Lisa das Gespräch vorsichtig auf ihr eigentliches Thema lenken konnte.

Ihr Onkel wollte sich nach mehr als dreißig Jahren in der Automobilindustrie eigentlich zur Ruhe setzen, als das Angebot an ihn herangetragen wurde, in der Lokalregierung für die Hauptstadt Beijing eine führende Rolle bei der Weiterentwicklung der Verkehrsinfrastruktur einzunehmen. Die Hintergrundgespräche mit Vertretern der kommunistischen Partei ließen es ihm damals angeraten sein, dieses Angebot nicht abzulehnen. Mitte sechzig war ja für chinesische Verhältnisse ja fast noch ein jugendliches Alter, erklärte er mit einem kleinen Lächeln. Das war vor mehr als drei Jahren gewesen.

Seitdem hatte er sich offensichtlich tief in die Historie des Verkehrswesens und die anstehenden Herausforderungen für Chinas Hauptstadt eingearbeitet.

»Ja, Lisa, die negativen Folgen des enormen Wachstums im Fahrzeugbestand sehen wir natürlich täglich. Erst kürzlich haben wir wieder eine brisante Studie von einer unserer medizinischen Fakultäten erhalten, die eine dramatische Zunahme der Atemwegserkrankungen zeigt und noch viel Schlimmeres prognostiziert. Aktuell wird die Studie von uns immer noch unter Verschluss gehalten. Ist aber auf Dauer wohl kaum zu unterdrücken.«

Lisa und Eric sahen ihn kopfschüttelnd an. Ruhig fuhr ihr Onkel fort.

»Ihr müsst immer im Hinterkopf behalten, dass der soziale Frieden in unserem Land maßgeblich vom wirtschaftlichen Wohlstand getragen wird. Und der zieht ganz zwangsläufig steigende Konsumbedürfnisse nach sich, die es zu befriedigen gilt! Ob das größere Wohnungen sind, mehr Haushaltsgeräte oder eben individuelle Mobilität. Auch wenn ich jahrzehntelang für den Aufbau der heimischen Automobilindustrie gekämpft habe, um diesen Bedarf aus eigener Kraft zu bedienen, unterstütze ich jetzt alle Anstrengungen meiner Kollegen, den öffentlichen Nahverkehr noch weiter auszubauen. Das ist einfach die effizienteste Methode, der breiten Masse eine Grundmobilität zu sichern. Dennoch wird das eigene Automobil gerade für die gehobene Mittelschicht zu einem immer begehrteren Objekt. Ja, oft zum Statussymbol schlechthin. Da unterscheiden wir uns leider kaum von all den Menschen in anderen Teilen dieser Welt. Das heißt, wir werden auch unser Straßennetz weiter massiv ausbauen müssen. Auch wenn die Smogbelastung immer stärker, auch in der Bevölkerung, thematisiert wird.«

Lisa hakte ein. »Und wo soll das ganze Öl dafür herkommen, ganz zu schweigen von den enormen zusätzlichen CO2-Belastungen für unser Klima?«

»Da hast du natürlich Recht. Die steigenden Ölimporte bereiten unserer Zentralregierung größtes Kopfzerbrechen, um es mal vorsichtig auszudrücken. Konflikte auf der Beschaffungsseite, egal ob beim Hauptproduzenten Saudi Arabien oder sonstwo auf der Welt, sind eigentlich vorprogrammiert. Gerade mit unserem wichtigsten Wirtschaftspartner, den USA. Wir stecken daher auch extrem viel Geld in die Entwicklung synthetischer Verfahren, gerade für die Umwandlung von Kohle in Treibstoff, da wir ja bekannterweise auf einem der größten Kohlevorkommen der Welt sitzen.«

»Das löst aber nicht das CO2-Thema«, hakte nun Eric nach, der sich über die offene Diskussion mit Lisa´s Onkel sehr freute.

»Ganz und gar nicht. Völlig richtig. Aber wir müssen Prioritäten setzen. Und der innere, soziale Frieden muss unbedingt erhalten bleiben.«

Lisa sah ihren Onkel nun etwas böse von der Seite an. »Zur Reduzierung der weltweiten CO2-Emissionen gibt es keine Alternative! China ist auf dem besten Wege, der mit Abstand größte CO2-Emittent der Welt zu werden. Neben der riesigen Anzahl an Kohlekraftwerken und stinkenden Industriebetrieben ist der Straßenverkehr die Hauptursache. Da muss uns doch was einfallen. Und zwar schnell! Was ist zum Beispiel mit der massiven Einführung von Elektroautos?«

Ihr Onkel sah Lisa lange an, bevor er antwortete. Man konnte sehen, dass er seine Nichte seit Jahren ins Herz geschlossen hatte.

»Wir haben in China in den letzten drei, vier Jahrzehnten definitiv einige gravierende Fehler auf der Energieseite gemacht. Das stimmt. Aber damals waren die CO2 Emissionen ja auch noch nicht im Fokus gewesen. Oberste Priorität hatte die schnelle Bereitstellung von günstigem Strom für die rapide wachsende Stadtbevölkerung. Und die Schaffung von Arbeitsplätzen in der Industrie. Jetzt können wir uns von der Kohle kaum mehr trennen, weder bei den Kraftwerken, noch den Industriebetrieben. Leider.«

Ihr Onkel machte eine nachdenkliche Pause. Fast jede Woche ging ein neues Kohlekraftwerk ans Netz. Das war allen bekannt. Aber er hätte auch viel erzählen können zu den brisanten Verflechtungen zwischen Kohle-, Transport- und Energieindustrie und wichtigen Parteifunktionären. Ein kaum auszutrocknender Nährboden für korrupte Machenschaften, der in der Öffentlichkeit so gut wie nicht bekannt war. Dann fuhr er fort.

»Und auch beim Aufbau unserer Automobilindustrie ist nicht alles ideal verlaufen. Zwar hatten wir es mit der Ansiedlung ausländischen Autohersteller in China in Form von Joint Ventures geschafft, die chinesischen Ingenieure sehr schnell an die führenden Fahrzeugbau-Standards heranzuführen. Aber wir haben uns damit auch die weltweit etablierte, konventionelle ›Antriebsdenke‹ miteingekauft. Das heißt, der Wechsel auf alternative Antriebe ist jetzt für chinesische Unternehmen fast genauso schwer wie für alle anderen. Und solange der Strom aus unseren schmutzigen Kohlekraftwerken kommt, haben wir auf der CO2-Seite nichts gewonnen.«

Da hatte er natürlich Recht. Eric mochte den alten Mann. Er verstand die Herausforderungen sehr genau, auch wenn die Lösungen offensichtlich noch in weiter Ferne lagen.

»Mister Brinneau, glauben Sie denn, dass die Lösung des weltweiten CO2-Problems in China liegt?«, fragte er Eric direkt.

Lisa sah ihren so geschätzten Kollegen neugierig über den Tisch hinweg an. Mit seinen fast ein-meter-neunzig Körpergröße und den breiten Schultern überragte er ihren Onkel auch im Sitzen noch gewaltig. Eric zögerte, bevor er antwortete.

»Ich glaube schon, dass China grundsätzlich die Chance hätte, bei der Ent-Karbonisierung des Straßenverkehrs, gerade in den Großstädten, eine weltweit führende Rolle einzunehmen. Die Vorteile für das Land und ihre Bewohner liegen auf der Hand, und wären enorm. Aber ich sehe natürlich auch, dass die zu überwindenden Hürden, von der Entwicklung wettbewerbsfähiger Elektrofahrzeuge über die Gewinnung der Endkunden bis zur Bereitstellung des sauberen Stroms, dafür sehr groß sind. Wahrscheinlich zu groß, um wirklich die Vorreiter-Rolle einzunehmen.«

Lisa wollte an der Stelle noch nicht locker lassen.

»Aber es wäre doch eine riesige Chance für chinesische Unternehmen im weltweiten Wettbewerb, wenn wir hier als erste eine umsetzungsfähige Lösung fänden. Und es würde unsere Stellung in der internationalen Gemeinschaft enorm aufwerten. Wo wir doch langsam als die Schmutzfinken der Welt abgestempelt werden.«

Ihr Onkel berührte Lisa am Arm. »Lisa, im Prinzip hast du ja Recht. Wir investieren ja auch massiv in die Entwicklung dieser Technologien. Aber Mister Brinneau ist, so wie ich, nicht überzeugt, ob das ausreicht als Motivation, die bisherigen Prioritäten in der chinesischen Politik zu verschieben.«

Ihr Onkel blickte noch mal zu Eric hinüber. »Da habe ich Sie doch richtig verstanden, oder?«

Eric nickte. *Worauf wollte der Chinese hinaus?* »Aber was könnte denn eine chinesische Regierung überzeugen, diese Prioritäten zu verschieben?«, fragte er Lisa´s Onkel nachdenklich.

»Eine gute Frage.« Der alte Chinese spielte an seiner Teetasse. Offensichtlich tief in seinen eigenen Gedanken.

Die Zeit war wie im Fluge vergangen. Eric sah auf die Uhr. Ihr Fahrer wartete bereits. Etwas überhastet mussten sie sich verabschieden. Lisa versprach, ihre Familie in der nächsten Zeit mal wieder in China zu besuchen. Sie hatte wohl schon entsprechende Pläne geschmiedet. Dieses liebenswerte und hoch interessante Wiedersehen mit ihrem Onkel, das viel zu kurz geriet, bestärkte sie wohl nur noch in ihren Absichten. Sie umarmte ihn lange.

»Beeindruckender Mann, dein Onkel«, sagte Eric im Taxi.

»Ja, ich mag ihn sehr.«

»Und er dich!«

»Wir haben in China echt ein Riesenproblem an der Backe«, sagte Lisa und sah müde und nachdenklich zum Fenster hinaus.

Eric nickte nur kurz. Im deutlich ruhigeren Nachtverkehr brachte ihr Fahrer sie mit hoher Geschwindigkeit zum internationalen Flughafen Beijings im Nordosten der Stadt. Die Nachtmaschine der Air France ging kurz vor Mitternacht hinaus.

MITTELENGLAND, EIN FRISCHER, ABER KLARER FRÜHLINGSMORGEN

Jack war endlich wieder zuhause. Er brauchte eine Pause nach den letzten, arbeitsintensiven Wochen und diesem so unbefriedigenden Treffen in München. Seine Batterien fühlten sich leerer an als sonst. Das Ergebnis ihres letzten Meetings bei BMW hatte ihn mehr mitgenommen, als er sich eingestehen wollte. Er brauchte jetzt Abstand. Physisch und geistig. Alleine, und in der Familie. Seine Frau und die Kinder freuten sich riesig über das verlängerte Wochenende mit kleinen Wanderungen in den Hügeln der näheren Umgebung und ausgiebigen, gemeinsamen Mahlzeiten. Mal in kleinen, typisch englischen Pubs, oft aber auch in der großen Küche ihres alten Landhauses. Langsam gewann Jack wieder sein inneres Gleichgewicht zurück.

Dennoch ging ihm dieses letzte Treffen mit BMW nicht mehr aus dem Kopf. Der Frust saß extrem tief. *Es konnte so nicht weitergehen! Nicht für die gesamte Autoindustrie, und auch nicht für ihn!* Sonntag in aller Frühe holte er seinen alten Morgan Roadster aus der Garage. *Vielleicht half die kalte Morgenluft ja,* hoffte er, *seine Gedanken zu sortieren.*

Er ging um den Wagen herum und klappte das schwere Stoffverdeck nach hinten, das unter einer separat anzuknöpfenden Persenning verschwand. Nicht wie heutige Cabrios, bei denen alles in wenigen Sekunden vollautomatisch vonstatten ging. Hier war noch traditionelle, englische Ruhe gefragt, bis er endlich auch den letzten Druckknopf in Position gebracht hatte. Bedächtig strich er noch mal mit der Hand über die wettergegerbte Persenning. Dann ließ sich

Jack in den engen Ledersitz gleiten und startete den alten V8-Vergaser-Motor.

Was für ein Sound! Nicht von dieser Welt, dachte Jack genussvoll. Er drückte das schwergängige Kupplungspedal, legte den ersten Gang ein und steuerte den Wagen aus der Garage auf die Landstraße hinaus. Am Ende ihrer kleinen Ortschaft ließ er den Motor hochdrehen und zog durch die weichen Kurven der ausgiebigen, ihm so vertrauten Rundtour über die verschlafenen Dörfer seiner englischen Heimat. Der kalte Fahrtwind biss im Gesicht. Eigentlich. Doch Jack spürte es kaum. Seine Gedanken kreisten wieder um das BMW Meeting und die letzten Monate ihrer intensiven Arbeit, bis zu jener Vergleichsfahrt. *Was war noch der abschließende Kommentar von Fritz Niklas zu ihrem gelungenen Prototypen gewesen? Zu gut! So ein Schwachsinn! Wie konnte ein Ergebnis zu gut sein? Hochleistungs-E-Maschinen stellten nun mal konventionelle Antriebe in den Schatten, besonders wenn man vier davon einsetzte!* Das war ihm seit Jahren klar. Nichts anderes propagierte er in seinen Vorträgen. Und ihre Prototypen zeigten es. Immer deutlicher! Nur diese schwerfälligen Automanager wollten es nicht wahr haben. Er hatte so gehofft, dass wenigsten BMW anders reagieren würde! Mit den weltbesten Ingenieuren. Auch in vielen Führungspositionen. *Aber nein, wieder kamen sie über einen Prototypenauftrag nicht hinaus. Zumindest sah es wieder so aus! Wann endlich konnte er sein geballtes Wissen in einem Serienfahrzeug umsetzten? Das Otto-Normalverbraucher dann auch zu fahren bekam!* Irgendwie hatte er das Gefühl, dass er anfing, auf der Stelle zu treten, sich nicht wirklich weiterzuentwickeln. *Das war nicht gut. Gar nicht gut!* Die schweren Gedanken nagten an ihm.

Im Ort zurück fuhr er den Morgan wieder rückwärts in die Garage. Routiniert, fast wie in Trance. Und wechselte, einer inneren Eingebung folgend, spontan in ihren X1 Prototypen, den er sich fürs Wochenende mit nach Hause genommen hatte und nun neben seiner Garage parkte. *Wurde ja aktuell bei BMW nicht mehr gebraucht!*

Jack startete den Wagen. Was für ein Unterschied! Kein Motorgeräusch. Keine Vibrationen. Seine Sinne liefen plötzlich auf Hochtouren. Er ließ alle vier Fenster des Fahrzeugs herunter, rollte diesmal lautlos auf die selbe Landstraße hinaus und wiederholte seine Rundtour. Aus dem Ort heraus, hatte er das Gefühl, fast eins mit der ihn umgebenden Natur zu werden. Der Wind in den Blättern war überdeutlich zu hören, genauso wie das Zwitschern der zahlreichen Vögel. Irgendwie kam ihm plötzlich sein alter Morgan völlig antiquiert vor. Mit fast dinosaurierhaften Zügen! *Das laute Brüllen des Motors gehörte nicht mehr in die heutige Zeit! Dagegen hielt er die Zukunft quasi in Händen,* dachte Jack andächtig, als er den X1 in vollkommener Ruhe durch die engen Kurven steuerte.

Diese Zukunft musste jetzt endlich auch in die Hände von Millionen von Endkunden! Und er wollte einen entscheidenden Beitrag dazu leisten. *Aber saß er dazu vielleicht an der falschen Stelle?* So gut Lotus Engineering war. Dennoch war es nur ein Dienstleister, der von den Aufträgen der Autohersteller abhängig war. *Und wenn die nicht wollten, gab es keine EVs! Zumindest nicht so bald. Nein, er wollte nicht länger warten, durfte nicht länger warten!* Als er zum zweiten Mal vor seinem Landhaus einbog, hatte er seinen Entschluss bereits gefasst.

Nach einem weiteren, ausgiebigen Frühstück mit seiner Familie rief Jack einen befreundeten Headhunter an, der gut in der Szene verdrahtet war. Und ließ seinem Frust freien Lauf! Der Headhunter hörte lange zu, machte sich ein paar Notizen und versprach, sich in den nächsten Tagen noch mal zu melden.

Jack war froh, dass er ihn angerufen hatte. *So konnte es einfach nicht weitergehen!* Der Nachmittag zeigte sich noch mal von der sonnigen Seite und bot damit eine weitere Gelegenheit zu einem kleinen Ausflug. Lachend verließen sie das Haus. Während der Headhunter in London bereits nachdenklich durch seine Kontaktliste blätterte. Und immer wieder bei derselben Karte hängenblieb.

ZEITGLEICH, SÜDLICH VON MÜNCHEN, IM WOHNHAUS VON TINA´S ELTERN

Tina´s Mutter hatte die ganze Familie mal wieder zum großen Sonntagsfrühstück eingeladen. Alle kamen, auch ihr Onkel, zusammen mit ihrer Tante und Phillip.

Im großen Esszimmer mit bodentiefen Fenstern zum herrlichen Garten hinaus war genug Platz. Tina half noch bei den letzten Vorbereitungen in der Küche und machte eine große Portion Rühreier. Die drei kleinen Kinder ihres Bruders sorgten für eine ausreichende Lärmkulisse.

Ihre Mutter merkte, dass Tina immer noch sauer auf ihren Vater war. Es hatte seit jenem Treffen in der Firma noch keine richtige Aussprache zwischen den beiden gegeben. Das war ihr erst richtig klar geworden, als sie das Thema vor ein paar Tagen nur beiläufig mit ihrem Mann ansprach. Er war sofort gereizt. Das Treffen nagte auch an ihm. Ganz offensichtlich. Aber irgendwie hatte sie es mal wieder geschafft, ihn aus seiner selbstverschuldeten Ecke herauszuholen und eine ruhige, sachliche Diskussion zu führen. Seit vielen

Jahren eine Stärke in ihrer Ehe. Jetzt musste sie nur noch ihre Tochter aus der Schmollecke herausholen.

In einem ruhigen Moment in der Küche stubste sie Tina kurz an. »Hat sich Sabine, die Bürgermeisterin, eigentlich schon bei dir gemeldet?«

»Nein, Mam, ist ja aber auch erst ein paar Tage her, seit wir uns getroffen haben.«

»Stimmt. Und sie ist eine vielbeschäftigte Frau.«

Tina nickte etwas abwesend, während sie die fertigen Rühreier in eine große Schale kippte.

»Hab ich dir eigentlich schon erzählt, dass ich mit Paps bereits über unsere Idee einer Photovoltaik-Anlage auf dem Garagendach gesprochen habe?« Tina murmelte etwas Unverständliches. Ihre Mutter setzte unbeeindruckt nach. »Und weißt du was? Er konnte sich mit der Idee tatsächlich anfreunden.«

»Ach nein«, antwortete Tina immer noch säuerlich.

»Jetzt komm schon! Du kennst doch deinen Vater. Er braucht manchmal einen kleinen, oder auch größeren Schubser, bevor er sich bewegt. Und wir haben auch über deine Elektroauto-Idee gesprochen. Ich will jetzt unbedingt so ein Ding, nicht erst seit du diesen I3 hast, und seit eurer Diskussion in der Firma! Einer Erprobung dieser neuen Technik vor der eigenen Haustür konnte er sich nicht widersetzen. Wollte er auch gar nicht. Das missratene Meeting tut ihm wirklich leid.«

Tina grummelte immer noch.

»Ich habe bereits mit deinem Onkel und Phillip gesprochen. Sie würden sich um die komplette Installation kümmern. Und auch das Auto.«

Tina sah das erste Mal von der Pfanne auf. »Echt? Und Paps spielt da wirklich mit?« Ihre Mutter lächelte noch breiter.

Wow. Tina wischte sich eine kleine Träne aus den Augen. Ja, das Meeting hatte sie sehr mitgenommen. Langsam löste sich die Anspannung. Sie gab ihrer Mutter einen dicken Kuss auf die Wange. Sie hatte es ganz offensichtlich mal wieder geschafft. *Wie auch immer!*

»Du bist einfach die beste Mutter auf der Welt!«

Beide lachten und gingen zurück ins Esszimmer, wo bereits alle an der reich gedeckten Frühstückstafel Platz genommen hatten.

Tina setzte sich auf den freien Stuhl neben Phillip, der bereits angeregt mit ihrem Vater diskutierte.

»Wir haben eure Dachflächen bereits grob vermessen. Allein die Doppelgarage reicht spielend aus, um eine Photovoltaik-Fläche von gut 15

Quadratmetern aufzunehmen. Damit erzeugten wir hier in Süddeutschland mindestens 2.000 Kilowattstunden pro Jahr. Das ist mehr als genug, um euer geplantes EV mit Strom zu versorgen!«

Ihr Vater sah Phillip skeptisch an. »Wie, nur die Garagenfläche reicht aus, um den Strom für 10.000 Kilometer Jahresfahrleistung zu erzeugen? Was verbraucht denn so ein EV?«

»Du musst mit zirka 15 Kilowattstunden pro 100 Kilometer rechnen. Zumindest solange die Fahrzeuge noch eher kleinere Stadtautos sind. Das heißt, man kommt nach Adam und Riese auf 1.500 bis 2.000 Kilowattstunden pro Jahr und Fahrzeug, je nach zurückgelegter Fahrstrecke.«

»Mhh«, meinte ihr Vater, der die Rechnung jetzt offensichtlich komplett nachvollziehen wollte, »und dafür würden die 15 Quadratmeter auf unserer Garage ausreichen?«

»Ja, die aktuelle Modultechnik schafft das heute schon. Und wird über die nächsten Jahre noch besser. Das heißt, man braucht mit der Zeit immer weniger Fläche, um die gleiche Menge an Kilowattstunden zu erzeugen.«

»Und was kostet die Anschaffung einer solchen Anlage?«

»Bei den aktuell immer noch vorhandenen Überkapazitäten in der Solarbranche und den aggressiven Preisen, besonders der chinesischen Anbieter, gibst du kaum mehr als 4.000 Euro dafür aus. Komplett. Montage inklusive.«

Tina hatte bisher ruhig zugehört und war wieder einmal beeindruckt von Phillip´s Detailwissen. Sie verfolgte die schnell hin und her gehende Konversation zwischen den beiden interessiert. Ihr Vater schien sich tatsächlich ernsthaft mit der Sache zu beschäftigen.

Nachdenklich fuhr er fort. »Mhh, ist ja wirklich interessant. Das würde bedeuten, wenn ich jedes Jahr fast 1.500 Euro nur fürs Benzin unseres Zweitwagens ausgebe, was ja heute nicht unrealistisch ist, dann würde sich eine solche PV-Anlage, wenn sie denn tatsächlich all den benötigten Strom für mein EV liefert, bereits nach drei Jahren amortisiert haben. Und danach spare ich mir jedes Jahr 1.500 Euro an Benzinkosten! Und fahre noch dazu CO2-frei! Äh, da muss doch ein Haken sein, sonst würde doch jeder, der einigermaßen klar im Kopf ist, sofort auf ein EV wechseln?«

Tina konnte den Gedankengang ihres Vaters nachvollziehen. Wo lag der Haken? Auch sie sah Phillip neugierig an.

»Stimmt fast! Es gibt nur zwei Haken. Eigentlich drei. Erstens passen Stromerzeugung deiner PV-Anlage und Strombedarf deines EVs zeitlich nicht immer zusammen. Das heißt, du brauchst eine Art Zwischenspeicher-Lösung, die auf jeden Fall etwas kostet. Egal ob man sich eine zusätzliche Batterie in den Keller stellt, oder das öffentliche Stromnetz quasi als Puffer nutzt. Und zweitens sind auch die Autos teurer, da sie ja selbst statt eines billigen Benzintanks eine deutlich teurere Batterie als Speicher benötigen. Die kostet heute noch locker mehr als 5.000 Euro, je nach Größe. Das wird sich über Zeit ändern, aber es wird dennoch ein erheblicher, zusätzlicher Kostenblock bleiben, den du in deine Kalkulation mit hineinnehmen musst.«

Tina hakte ein. »Nur 5.000 Euro? Wieso hat mein kleiner I3 dann über 40.000 Euro gekostet? Das ist doch deutlich mehr als deine gerade genannten 5.000 Euro Mehrkosten gegenüber zum Beispiel einem Einser-BMW?«

»Da hast du Recht, Tina! Das liegt leider an den Herstellern. Die lassen sich die anfangs zugegebenermaßen noch sehr aufwendige Entwicklung eines solch neuartigen Fahrzeugkonzeptes in vollem Umfang vom Kunden bezahlen. Mit der pessimistischen Annahme, dass die erzielbaren Absatzzahlen auch noch deutlich niedriger sind.«

»Mhh. Und was ist der dritte Haken?«, fragte ihr Vater.

»Naja, viele denken, dass ein EV heute noch kein vollwertiger Ersatz für ein verbrennungsmotor-getriebenes Fahrzeug ist und damit nicht eins-zu-eins verglichen werden kann. Stichwort: mangelnde Reichweite! Das heißt, man vergleicht unter Umständen Äpfel mit Birnen. Da ist natürlich was dran, wenn man mal von einem Tesla mit seiner Riesenbatterie absieht. Ist aber auf der anderen Seite nur ein sehr schwaches Argument, wenn man das EV anfangs als reines Zweitfahrzeug sieht. So wie bei euch ja auch. Hier gibt es keinerlei Nachteile gegenüber einem konventionellen Fahrzeug. Bei täglichem Einsatz fast nur im Nahbereich. Und bei längeren Strecken steht ja immer das Erstfahrzeug bereit.«

»Und eigentlich wird der Kostenvergleich, egal wie umfänglich man ihn aufsetzt, doch eigentlich nur besser für ein EV«, ergänzte ihr Vater, »wenn man bedenkt, dass dort alle Kostenblöcke, egal ob Solaranlage, Zwischenspeicher oder Fahrzeugbatterie, über Zeit kleiner werden, während die Kraftstoffkosten definitiv weiter steigen.«

Ihre Mutter, die sich nun ebenfalls dazugesetzt hatte, hakte gespielt vorwurfsvoll ein. »Schatz, jetzt denkst du schon wieder nur an die Kosten! Als wenn du bei dem Kauf deines Porsches jemals einen Kostenvergleich mit möglichen Alternativen angestellt hättest. Oder bei unserer neuen Küche letztes Jahr. Da stand doch auch Innovation und Gesundheit im Vordergrund. Und so sollte es beim Kauf eines EVs auch sein. Zuerst müssen wir an die Gesundheit unserer Kinder und Enkelkinder und die Umwelt denken. Wenn dann auch noch die Kosten passen, umso besser.«

»Liebling, was soll ich sagen?«

»Dass ich Recht habe! Was sonst, Schatz?«

Alle mussten lachen. Ihr Vater schien tatsächlich wie ausgewechselt. Er blickte zu Tina rüber, die diesen Sinneswandel noch immer nicht ganz fassen konnte. »Sorry, Tina, ich weiß, unser erstes Meeting zu dem Thema ist irgendwie völlig daneben gelaufen. Aber jetzt machen wir hier noch mal einen kompletten Neustart, d´accord? Und wenn das alles so funktioniert, wie Phillip sagt, dann müssen wir uns das auch noch mal in der Firma ansehen. Versprochen!«

Jetzt war Tina echt baff. Ihre Mutter hatte es tatsächlich geschafft. Wie auch immer sie das angestellt hatte. Sie warf ihrem Vater ein liebevolles Lächeln zu, das dieser dankbar erwiderte und dann wieder zu Phillip hinübersah.

»Und wann kriegen wir endlich so eine PV-Anlage?«

»Jaja, jetzt kann es wieder nicht schnell genug gehen«, Phillip grinste, »aber keine Sorge, wir sind schon dran. In ein paar Wochen sollte alles installiert sein. Dann können wir uns zusammen auch noch mal die Details ansehen«, sagte er, »in der Zwischenzeit lassen wir euch unser cooles, voll-elektrisches Fiat 500 Cabrio hier. Da könnt ihr schon mal ein bisschen üben!«

Phillip nahm sich ein weiteres Stück Rührei auf die Gabel und ergänzte. »Ach, und ich habe heute Morgen auch schon den Stromanschluss in eurer Garage geprüft. Reicht auf jeden Fall fürs nächtliche Laden. Können wir später aber auch noch auf höhere Leistungen umbauen.«

Ihre Mutter nahm ihren Mann am Arm und sah ihn liebevoll von der Seite an. »Und heute Nachmittag machen wir gemeinsam unsere erste Spritztour mit dem kleinen Cabrio, gell? Wie zwei jung Verliebte!«

Wieder mussten alle lachen.

Ihre Schwägerin, die einer ihrer beiden Töchter gerade ein zweites Marmeladenbrötchen strich, hatte den letzten Teil der Konversation gerade noch mitbekommen. »Sind diese Autos mit den großen Batterien denn wirklich sicher? Ich habe erst kürzlich wieder gelesen, dass sich bei einem Unfall die Rettungskräfte irgendwie nicht ans Auto trauten. Nur wegen der Batterie. Und die Insassen auch gefährdet wären. Und auch beim Laden sollte man seine Kinder lieber nicht in die Nähe des Autos lassen.«

Tina mochte ihre Schwägerin. Sie war eine gebildete Frau mit eigener Berufserfahrung, auch wenn sie jetzt mit ihren drei Kindern natürlich nicht mehr arbeitete. Mit ihrer negativen Meinung zu EVs stand sie wahrlich nicht alleine da. Die noch unbekannte Technik, der grundsätzliche Respekt vor Strom und die oft irreführende Presse schürten eine breite Zurückhaltung in der Bevölkerung gegenüber Elektroautos. *Und bezüglich der eigenen Sicherheit wollte keiner ein Risiko eingehen, gerade wenn er Kinder hatte!*

Phillip versuchte ihr zu erklären, dass auch ein hundert Liter Benzintank direkt unter der Rücksitzbank, auf der ihre Kinder saßen, eine Gefährdung darstellte. Und, dass heute überall auf der Welt, wo große Elektromotoren im Einsatz waren, mit Starkstrom gearbeitet wurde, ohne dass die Menschen gefährdet wären. Aber Tina hatte das Gefühl, dass er mit seinen Argumenten nicht wirklich durchkam. Die Skepsis saß einfach zu tief! Sie spürte diese Haltung oft genug auch in ihrem eigenen Freundeskreis. Und dazu kam noch, dass viele es nicht wahrhaben wollten, dass es endlich Zeit für einen Wechsel war. *Veränderung hatte immer so einen negativen Touch. War ja mit einer großen Portion Unsicherheit verbunden. Etwas, womit viele nicht wirklich gut umgehen konnten.*

Doch ihr Vater war und blieb wie ausgewechselt. Jetzt wollte er es wissen und die Technologie selber ausprobieren.

Das Familientreffen fand nach einer weiteren Stunde mit viel leckerem Essen einen harmonischen Ausklang. Phillip war so nett gewesen und hatte ihr ein Verlängerungskabel von der elterlichen Garage hinaus zu ihrem I3 gelegt, sodass sie jetzt eine fast zu 100 Prozent gefüllte Batterie hatte. *Das sollte bis morgen früh in der Firma locker reichen,* dachte sie und stieg in den Wagen, nachdem endlich das ganze, liebe Drücken und Verabschieden mit der Familie erledigt war.

Sie war begeistert! Wer hätte nach diesem ersten, desolaten Meeting in der Firma noch gedacht, dass das Thema so eine Wende nehmen würde. Jetzt musste sie nur dranbleiben, das war klar!

Auf der Rückfahrt in die Stadt dachte sie erneut an das Gespräch mit der zweiten Bürgermeisterin. Wie schwer musste es sein, eine solche Wende in einer Großstadt wie München zu erreichen? Wenn es in der eigenen Firma, bei den eigenen Verwandten, schon so schwierig war? Was konnte da eine zusätzliche Expertengruppe bewegen? *Keine Ahnung, aber ein weiteres Treffen mit der Bürgermeisterin konnte ja nicht schaden!*

Sie ließ das Fenster runter und genoss die erste warme Frühlingsluft. Und die Ruhe in ihrem I3.

PARIS, IEA HAUPTQUARTIER, NÄCHSTER MORGEN

Das Wochenende war schon wieder vorbei. Nach der Ankunft aus Beijing am frühen Samstagmorgen hatte sich Eric erst einmal drei Stunden hinlegen müssen. Das Schlafdefizit in den letzten Tagen war einfach zu groß gewesen. Nach einem späten Lunch und den üblichen Samstagnachmittags-Erledigungen waren sie am Abend auf eine Gallerieeröffnung eingeladen. Moderne Kunst war nicht wirklich seine Sache, aber Jeannette´s beste Freundin meinte, dass sie unbedingt hingehen müssten. Sehen und gesehen werden! Am Schluss war es gar nicht so schlecht gewesen, musste sich Eric eingestehen. Doch gegen Mitternacht war er so kaputt, dass sie, für Jeannette´s Gefühl viel zu früh, den Heimweg antraten. Den Sonntagmorgen verbrachten sie dann ausschließlich im Bett. Aus Eric´s Sicht die mit Abstand beste Art, moderne Kunst zu genießen! Einer Sichtweise, der Jeannette nicht wirklich widersprechen konnte. Oder wollte. Erst gegen Mittag hatte er das Gefühl, wieder auf Normalniveau zu funktionieren. Steve schickte ihm eine kurze Nachricht, dass er, aus LA kommend, gut in Paris gelandet war und Montagmorgen pünktlich im Büro wäre. Und dann war der Sonntag auch schon ´rum!

Der nasskalte Winter war nach Paris zurückgekehrt, sodass Eric die Metro ins Büro nehmen musste. Dennoch genoss er nach den zwei Tagen in Beijing die wenigen Meter von der Metrostation bis zum Büro. Irgendwie fühlte sich in Paris die Luft viel frischer und gesünder an. *Konnte natürlich täuschen,* dachte er, während er tief durchatmete, *aber es musste ja einen Grund geben, wieso immer mehr Chinesen mit einem Atemschutz durch die Strassen liefen!* Und die neueste Untersuchung zu Atemwegserkrankungen, die Lisa´s Onkel erwähnt hatte, klang gar nicht gut! Er war froh, dass er hier in Paris lebte. Auch wenn, das war klar, die weltweiten Belastungen der Erdatmosphäre vor keinem Land halt machen würden. Die Veränderungen konnten nicht spurlos an Europa vorübergehen, während chinesische Eltern krampfhaft versuchten, ihre Kinder vor den zunehmenden Umweltbelastungen zu schützen! Erste Auswirkungen waren auch schon in Paris zu spüren, wenn die Wetterlage optimale Bedingungen für eine Smogbildung bot. Was, gottseidank, bisher nur selten in Paris der Fall war. *Wir müssen jetzt endlich einen weltweiten Aktionsplan ins Rollen bringen, egal wie,* dachte er grimmig.

Er betrat das IEA Hauptquartier, nahm wie gewohnt den Lift, stellte seine Sachen nur kurz im Büro ab und ging hinüber in den großen Konferenzraum.

Die anderen drei waren schon da. Lisa erzählte gerade von ihrer Chinareise.

Steve blickte zu Eric hinüber, als dieser den Raum betrat. »Morning Eric, sieht ja nicht gut aus, in China. Gar nicht gut!«

Sie waren sofort mitten drin. Schnell waren sich die vier IEA Experten einig, dass die prognostizierte Vervierfachung des Fahrzeugbestands in den Nicht-OECD-Staaten bis ins Jahr 2030 kaum zu verhindern war. Die Detailzahlen für China bestätigten dies eindrucksvoll. Dabei durfte sich der dortige Kraftstoffbedarf entsprechend ihrem Zielszenario 450 aber nur verdoppeln. Eine riesige Herausforderung! Vergleichbar mit den extrem anspruchsvollen Zielen für die OECD-Staaten. Die Umsetzung war eigentlich nur denkbar, wenn Europa und die USA eine überzeugende Vorreiterrolle spielten. Das wurde für alle immer klarer.

Eric schwenkte daher die Diskussion. »Wir sollten uns jetzt nur noch auf die USA und Europa konzentrieren. Und daraus die Ableitungen speziell für den deutschen Markt erarbeiten. Wir haben jetzt noch vier Tage bis zum Treffen mit der Kanzlerin.«

Alle stöhnten. Sie waren sich der Brisanz bewusst.

Pierre griff den Hinweis sofort auf und startete die Projektionswand. »Steve und ich waren ja nicht untätig, während ihr beide euch in China vergnügt habt.«

Böser Blick von Lisa, bevor Pierre mit einem kleinen Grinsen fortfuhr. *Naja, zumindest die Spannungen zwischen ihm und Steve schienen sich gelegt zu haben,* dachte Eric erleichtert.

»Ich habe, wie besprochen, unser Marktmodell um eine Variable für Elektrofahrzeuge erweitert. Damit können wir jetzt den Verbrauchszielwert für alle konventionellen Fahrzeuge berechnen, abhängig vom Anteil der Elektrofahrzeuge in 2030. Und kommen dabei auf folgende Ergebnisse.«

Pierre warf zuerst ihre Zahlen für den US-Markt an die große Projektionswand.

Steve ging nach vorne und erklärte die Details. »Was man an dieser Darstellung sehr gut erkennen kann, ist, dass sich seit 1970 Bestand und Verbrauch eigentlich immer parallel nach oben entwickelt haben. Das muss sich jetzt quasi schlagartig ändern, wenn wir unser Szenario 450 erreichen wollen. Beim Gesamt-Kraftstoffbedarf brauchen wir die Reduzierung um unser berühmtes Drittel, das heißt von 100 Prozent in 2007 auf nur noch 67 Prozent in 2030. Während wir beim Fahrzeugbestand eine weitere Erhöhung verkraften müssen. Auf dann erwartete 133 Prozent in 2030 im Vergleich zu 2007.«

Eric nickte, während Steve fortfuhr. »Damit ergibt sich tatsächlich, auch wenn ich es anfangs nicht glauben konnte, als simple arithmetische

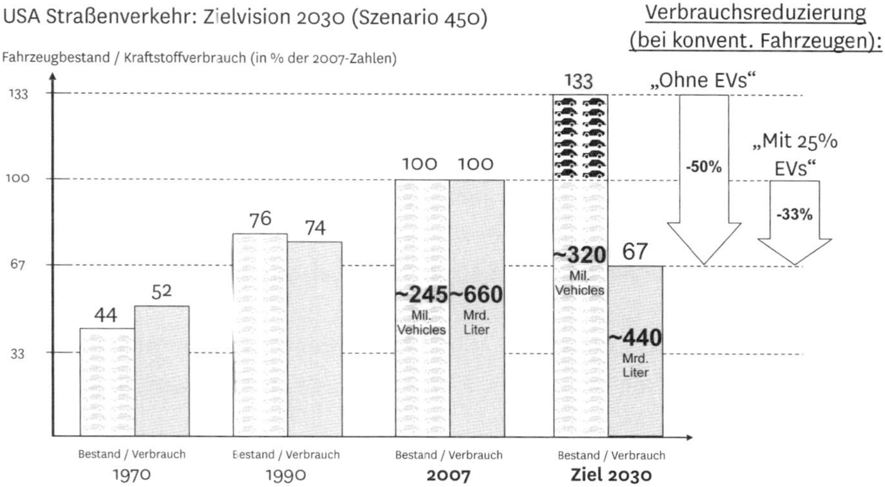

Quelle: US DOT, Eigene Berechnungen

Ableitung, die Notwendigkeit, den Kraftstoffbedarf bei allen PKWs, beziehungsweise Light-Duty-Vehicles, bis 2030 zu halbieren. Unser Minus-50%-Pfeil hier auf dem Chart! Das heißt, von heute gut 22 auf diese unsäglichen 44 Miles-per-Gallon in 2030. Eine Entwicklung, die ich bei allem Optimismus unter den gegebenen Rahmenbedingungen in den USA einfach nicht sehe. Die Fahrzeuge, gerade die SUVs, sind dafür zu groß und zu schwer. Und werden diese Eigenschaften auch nicht so schnell ändern.«

Breite Zustimmung im Raum. Auch wenn nur widerwillig. *Wie sonst wollten sie dann ihre Ziele erreichen?*

»Well, und dann haben wir mit Pierre´s neuem Simulationstool gespielt. Und ein weiteres, sehr simples, aber beeindruckendes Ergebnis erarbeitet!« Steve deutete auf die in schwarz dargestellten EVs im Bestand 2030 und den ganz rechten Pfeil auf ihrem Übersichtsbild.

»Wir können den Reduzierungsbedarf auf 33 Prozent beschränken, wenn wir zirka ein Viertel des Fahrzeugbestandes bis ins Jahr 2030 auf EVs umstellen. Und damit komplett aus dem Ölkreislauf rausnehmen würden! Das ergebe dann einen Verbrauchszielwert für die konventionellen Fahrzeuge von zirka 33 Miles-per-Gallon.«

Skeptische Blicke bei Lisa und Eric. Steve machte eine kurze Pause. Lisa drehte nachdenklich an ihren dunklen Haaren.

»Du meinst«, fing sie mit gerunzelter Stirn an, »wenn nur noch Dreiviertel des Fahrzeugbestands in 2030 überhaupt Sprit schluckt, dann reicht bei denen eine Reduzierung des Kraftstoffverbrauchs um ein Drittel. Das ist genauso gut, wie wenn alle Fahrzeuge im Bestand die Hälfte verbrauchen. Eigentlich total logisch! Und ganz einfach auch im Kopf zu rechnen, so wie auf eurem Bild dargestellt. Zweidrittel mal Dreiviertel ergibt nun mal auch den Wert 0,5.«

Es wurde für kurze Zeit ganz still im Raum. Pierre blickte erstaunt von seinem Laptop auf und dann hinüber zu Steve. »Das Mädel ist echt schlau. Nicht nur eine gut aussehende, chinesische Prinzessin, sondern dazu noch richtig, richtig schlau!«

Breites Grinsen bei den drei Männern, während Lisa krampfhaft nach einem Gegenstand suchte, den sie Pierre über den Tisch hinweg an den Kopf werfen konnte.

Steve nutzte die kurze Unterbrechung und fuhr fort. »Den ersten Teil, den Lisa gerade so brilliant zusammengefasst hat, kann ich mir ja gut vorstellen. Die 33 Miles-per-Gallon im realen Betrieb aller konventionellen Fahrzeuge entsprechen zirka 40 Miles-per-Gallon im Zertifizierungs-Zyklus, das heißt auf dem Papier unter Idealbedingungen. Das ist ein Wert, den die Experten der amerikanischen Regierung jetzt sowieso als Ziel für die Neuwagenflotten im Auge haben. Das wiederum heißt, wenn ab 2020 tatsächlich alle verkauften Neuwagen im Mittel diesen Wert erreichen, sollte der Gesamtbestand auf amerikanischen Straßen zehn Jahre später ebenfalls dicht an diesen Wert herankommen. Unter der Annahme, dass bis dahin die alten, Sprit schluckenden Fahrzeuge dann hoffentlich alle aus dem Verkehr sind.«

Nicken in der Runde. Pierre sah wieder mit einem leichten Grinsen zu Lisa hinüber, die immer noch krampfhaft das passende Wurfgeschoss suchte.

»Dagegen ist ein Anteil von 25 Prozent Elektroautos im Bestand bis 2030 viel, viel schwieriger einzuschätzen. Naja... unter aktuellen Rahmenbedingungen würde ich sagen, völlig unrealistisch! Zwar gibt es ein immer größeres und besseres Angebot an solchen Fahrzeugen. Mit dem neuen Tesla X-Type als bestem Beispiel. Aber die Absatzzahlen von EVs sind immer noch so gering, dass sie bis heute im US-Gesamtbestand überhaupt nicht ins Gewicht fallen. Wie sollen das 80 Millionen Fahrzeuge bis ins Jahr 2030 werden?«

Eric war ebenfalls schockiert von den Zahlen. Ja, er hatte immer gewusst, dass das Szenario 450 ohne eine vernünftige Anzahl von EVs im Straßenverkehr nicht umsetzbar war. *Aber so viele! Alleine in den USA!* Er blickte hilfesuchend zu Pierre hinüber. »Und wie sieht das Bild für Europa aus?«

»Im Prinzip genauso«, sagte Pierre, während er die entsprechenden

Graphiken in seinem Rechner aufrief, »auch hier braucht man fast 25 Prozent an Elektroautos, um die Verbrauchszielwerte für die übrigen Fahrzeuge im PKW-Bestand auf ein Niveau zu drücken, das bis 2030 realisierbar erscheint. Nach unseren Berechnungen müsste dieses Ziel dann knapp unter 5 Liter auf hundert Kilometer im realen Betrieb der konventionellen Fahrzeuge sein.«

Eric wollte gerade einhaken, doch Pierre kam ihm mit einer kurzen Handbewegung zuvor.

»Ja, Eric, ich weiß, was du sagen willst. Wie passt das Ganze zu den EU -Zielen für die Neuwagenverkäufe ab 2020?« Eric nickte nachdenklich, während der Franzose fortfuhr. »Keine einfache Abschätzung. Nach meinen aktuellen Berechnungen passt das EU-Ziel von 95 Gramm aber ziemlich gut zu unserem Szenario 450. Vorausgesetzt, man bezieht es nur auf alle konventionellen Neuwagen! Ohne Einrechnung von EVs oder Plug-ins! Das heißt, nicht wie beim EU-Vorschlag, bei dem alle Fahrzeuge in den Durchschnittswert miteingerechnet werden.«

»Und wieviele Elektrofahrzeuge müssten das dann alleine im deutschen Markt sein?«, fragte Eric ernüchtert.

»Mindestens 10 Millionen, wenn man unterstellt, dass der Bestand an PKWs in Deutschland im Jahr 2030 die 50-Millionen-Grenze erreicht, vielleicht sogar überschritten hat.«

»Wow!«, Eric schluckte. Die Größenordnung machte ihn fast schwindelig.

Auch Lisa war überrascht, wie brutal die Zielvorgaben des IEA Szenarios 450 in den OECD-Staaten waren. Nach den alarmierenden Zahlen aus China war sie schon ins Grübeln gekommen, ob die Zielanspannungen wirklich gleichmäßig verteilt waren. Doch die Modellrechnungen von Pierre und Steve brachten es jetzt in aller Deutlichkeit zu Tage. *Kein Zweifel! Alle Nationen hatte eine wahre Herkulesaufgabe vor sich!*

»Wie passt das eigentlich zu dem Ziel der Kanzlerin?«, fragte Eric, der mit zunehmend ungutem Gefühl an das geplante Treffen dachte, »bis 2020 eine Million Elektrofahrzeuge auf deutschen Straßen zu haben? Das Ziel gibt es doch noch, oder?«

»Gute Frage, Eric! Ja, das Ziel gibt es noch. Obwohl es von der Regierung nicht mehr so laut hinausposaunt wird, nachdem sich die EV Bestandszahlen in Deutschland bisher nur sehr langsam nach oben bewegen. Und die Definition, was ein Elektrofahrzeug ist, wurde meines Wissens nach ebenfalls aufgeweicht. Aber zurück zu dem Eine-Million-Ziel in 2020. Wie realistisch ist der Verkauf von zirka 10 Millionen EVs zwischen 2021 und 2030, wenn in den ersten zehn Jahren insgesamt nur eine Million abgesetzt werden konnten? Schwer zu sagen. Kommt auf den Verlauf der S-Kurve an, den man für die Steigerung der jährlichen EV-Absatzzahlen zwischen heute und 2030 ansetzt. Theoretisch denkbar ist es! Das heißt, es gibt grundsätzlich eine solche Hochlaufkurve, die beide Bestands-Zielwerte ermöglicht.«

Pierre skizzierte schnell eine entsprechende Kurve auf die große Projektionswand und ergänzte. »Aber was auch klar ist, je geringer der Bestand nach den ersten zehn Jahren, desto härter wird die Aufgabe in den zweiten zehn Jahren! Und wenn EVs anfangs hauptsächlich als Zweitfahrzeuge eingesetzt werden, dann ist der maximale jährliche Absatz, den man sich ganz optimistisch vorstellen kann, auch begrenzt.«

»Wieviele Zweitwagen gibt es denn heute in Deutschland?«, fragte Lisa.

»Wir haben eine Quelle gefunden, die sagt: 10 Millionen, was echt ´ne gute Startbasis wäre«, antwortete Pierre, »die Zahlen müssen wir aber noch mal genauer prüfen.«

Eric hielt überrascht für mehrere Sekunde inne. Und wandte dann seinen Blick nachdenklich zum Fenster hinaus. *Was hatte Pierre da gerade gesagt? Waren das ihre gesuchten 10 Millionen EVs? Gab es einen Weg,* grübelte Eric, *bis 2030 quasi alle Zweitwagen in Deutschland auf elektrischen Antrieb umzustellen und darüber ihr Ziel zu erreichen?* Er fasste wieder Mut, nach den schockierenden Zahlen der letzten Minuten. Und bat Pierre und Lisa, sich in den nächsten 2 Tagen noch mal tiefer in die Zahlen für den deutschen Markt einzugraben. Das war definitiv eine erste, konkrete Idee, die er unbedingt bis zum Treffen mit der deutschen Kanzlerin ausbauen wollte. Die Akzeptanz einer solchen Herkulesaufgabe für Vorreiter-Staaten wie Deutschland konnte nur erreicht werden, wenn sie es auch schafften, substantielle Ansatzpunkte für die Umsetzung aufzuzeigen. Doch die verbliebene Zeit war knapp, sehr knapp. Das wusste er.

Besonders, nachdem Nicole sie gerade wissen ließ, dass Jean-Luc zwar wieder zurück aus der Schweiz war, sich aber für heute krank gemeldet hatte. Das hieß, dass er das für den Nachmittag geplante Treffen in der deutschen Botschaft zur Absprache der letzten Vorbereitungen alleine übernehmen musste.

Keiner der vier IEA Experten verspürte Lust, den Konferenzraum zum üblichen Lunch-Spaziergang in die nähere Umgebung zu verlassen. Eric konnte sich nicht daran erinnern, dass dies in seiner Zeit bei der IEA schon mal vorgekommen war. Für die Franzosen war ihre ausgiebige Mittagspause eigentlich heilig. Er war froh, dass sie als Team so eng zusammengewachsen waren und jeder die Brisanz der Situation erkannt und akzeptiert hatte. Nicole, Jean-Luc´s Assistentin, bot an, Sandwiches zu organisieren, was alle dankend annahmen.

Kurz nach Mittag ließ die deutsche Botschaft ausrichten, dass sie einen eigenen Wagen schicken würden, um Eric abzuholen und die Einfahrt auf das Botschaftsgelände möglichst schnell und reibungslos zu gestalten. Auf dem Weg hinunter dachte er an seinen Chef. Der wurde doch sonst nie krank? Was war da los? Die Ruhe und Seniorität seines Chefs gerade im Umgang mit ausländischen Regierungsvertretern würde ihm gleich fehlen. *Mist! Aber Jammern half jetzt nichts,* sagte er zu sich selbst und stieg in den bereits wartenden Wagen. Der Fahrer begrüßte ihn überaus zuvorkommend auf Französisch, aber mit klar erkennbarem deutschen Akzent. Und steuerte dann den Wagen zügig in den Pariser Verkehr hinaus.

IN MITTELENGLAND, VIER TAGE SPÄTER

Der Headhunter hatte sich, für Jack ziemlich überraschend, bereits nach zwei Tagen wieder gemeldet. Nein, hatte er das Telefonat begonnen, aktuell gab es nichts Passendes,

Naja, stimmte nicht ganz, fügte er noch schnell hinzu. Ob er sich noch an ihr kurzes Gespräch vor 6 Monaten erinnern konnte? *Ähh, nur vage,* hatte Jack ehrlich geantwortet. *Ach ja, diese Start-up-Idee einer amerikanischen Investorengruppe, die irgendetwas mit alternativen Antrieben zu tun hatte.* Jack war damals nicht wirklich begeistert gewesen. Zu wenig Infos, zu viele Unwägbarkeiten. Auch der Headhunter war kein Freund solcher Neu-Unternehmungen. Gerade in der Automobilindustrie mit ihrem riesigen Kapitalbedarf und extrem hohen Eintrittsbarrieren. Diese Industrie war eigentlich nichts für wilde Venture-Capital-Aktionen. Die wenigen Leute, die bisher den Sprung in solche, mit viel Hype gestarteten Unternehmen probiert hatten, wurden meist massiv enttäuscht. Nein, kam für Jack nicht in Frage. Vor 6 Monaten nicht und heute auch nicht.

Trotzdem brachte der Headhunter in ihrem Telefonat das Thema noch mal auf. Diese Leute hatten sich beim ihm vor wenigen Wochen erneut gemeldet. Sie waren immer noch auf der Suche nach geeigneten Kandidaten. Der Headhunter blieb dennoch skeptisch. Jack war irritiert gewesen. *Wieso dann noch mal darüber reden?* Naja, irgendwie klangen diese Amerikaner anders. Seriöser. Schwer zu beschreiben. *Ähh, Jack wurde nicht ganz schlau aus den Kommentaren des Headhunters.* Nach längerem Hin und Her einigten sich die beiden, dass eine Kontaktaufnahme ja nicht schaden konnte. *Wieso nicht,* dachte Jack, dem der Ärger über das letzte Münchner Meeting immer noch tief in den Knochen steckte.

Am gleichen Abend hatte ihn der Headhunter erneut angerufen. Ja, sein CV sei erwartungsgemäß super angekommen. Und die Amerikaner waren diese Woche geschäftlich sowieso in England. Ob er es einrichten könnte, sie kurzfristig zu treffen. *Wow! Das ging aber echt schnell. Waren diese Leute so unter Druck? War das ein gutes Zeichen?* Aber Jack wollte jetzt auch keinen Rückzieher mehr machen. Also vereinbarten sie ein Treffen auf einem nahe gelegenen Landsitz, der offensichtlich einem befreundeten Engländer gehörte. So konnte Jack es auch einrichten, den X1 Prototyp für eine kleine Demofahrt mitzubringen. *Konnte ja ebenfalls nicht schaden.* Der Headhunter war begeistert.

Jack hatte gestern den Wagen auf einen Trailer gepackt und befand sich nun auf dem Weg zu dem genannten Landsitz. Sein Navi zeigte die Einfahrt in wenigen hundert Metern auf der rechten Seite, nachdem er bereits einige Zeit entlang einer hohen, alten Mauer fuhr. *Ziemlich groß, sogar für englische Verhältnisse,* dachte Jack, als er mit seinem Range Rover vorsichtig durch das alte, schmiedeeiserne Tor bog.

Der feine Rollsplitt knirschte unter den Reifen seines schwer beladenen Gespanns. Die lange, leicht ansteigende Auffahrt war mit Eichen gesäumt, die mit ihren weit ausladenden Ästen ein herrschaftliches Dach für ihre Besucher boten. Jack versuchte sich vorzustellen, wie vor hundert Jahren bereits der Landadel aus der Nachbarschaft mit seinen mehrspännigen Kutschen den gleichen Weg zu einer der vielen, damals so gängigen Teapartys genommen haben musste. *Na, das konnte ja interessant werden.*

Am Ende der Auffahrt machten die Bäume den Blick frei auf ein gut erhaltenes, schlossartiges Hauptgebäude. Kleine, steinerne Zinnen säumten den Dachrand. Zwei Reihen, hoher Fenster ließen die Größe der Anlage bereits von außen gut erahnen. Ein Butler erwartete ihn an der breiten Treppe vor dem Haupteingang, als er in einem weiten Bogen vorsichtig vorfuhr. Der Headhunter war bereits vor ihm angekommen und erschien nun ebenfalls auf der Treppe. »Hallo Jack, super, dass es so kurzfristig geklappt hat!«

Die beiden verbrachten die nächste Stunde mit dem Abladen des Prototypen und der Installation einer provisorischen Ladestation in einem der Seitengebäude, die heute ganz offensichtlich als Unterstellplatz für den nicht ganz kleinen Fuhrpark des Hausherrn diente. Nachdem der Butler ihm sein geschmackvoll eingerichtetes Gästezimmer im ersten Stock gezeigt hatte, traf sich Jack im großen Speisesaal zu einem kleinen Abendessen, alleine mit dem Headhunter. Der Hausherr war erst für den nächsten Morgen angekündigt, bat aber sein Personal, sich bestens um die beiden Gäste zu kümmern. *Was auch der Fall war,* dachte Jack schmunzelnd, und ließ den Blick über die lange Tafel gleiten.

Der Headhunter hatte von den Amerikanern wohl noch ein paar zusätzliche Informationen erhalten. Ja, sie wollten tatsächlich eine komplett neue Autofirma gründen. Ja, der Fokus sollte rein auf elektrischen Antrieben liegen, aber die Vorstellungen zu den technischen Details waren unklar. Zumindest tat sich der Headhunter schwer, die Fragen diesbezüglich zu beantworten. Dachte man an Wasserstoff-Technologie mit Brennstoffzelle, um das Thema Reichweite noch besser in den Griff zu bekommen? Was gerade in den USA immer noch ein Thema war? Wollte man auf Hybridtechnologie mit klassischen Verbrennungsmotoren als Übergangslösung komplett verzichten? Und welche Art von Fahrzeugen wollte man bauen? Gerade nachdem die ersten Verkaufserfolge oder eher Misserfolge von den verschiedenen Herstellern ja einiges an neuen Erkenntnissen brachten. Zumindest aus Jack´s Sicht.

Der Headhunter war mit diesen Themen überfordert, versicherte ihm aber, dass die Investoren mit einem so kompetenten Entwickler wie ihm sicherlich gerne alles diskutieren würden. Deswegen wollte man ihn und den Prototypen ja unbedingt kennenlernen. Jack war gespannt. *Sollte sich hier tatsächlich eine Möglichkeit auftun, seine vielen über die letzten Jahre gewonnen Ideen endlich in die Tat umzusetzen? Er konnte es nicht wirklich glauben.*

Nach einem kleinen Verdauungstrunk im Kaminzimmer bei einem knisternden Feuer, das der Butler bereits vorausschauend angefacht hatte, gingen die beiden frühzeitig zu Bett. Jack wollte hellwach für den kommenden Tag sein, egal wie er verlaufen würde. Das riesige Bett war sehr bequem. Nach wenigen Minuten schlief er tief und fest.

Am nächsten Morgen hatte der Butler ihr Frühstück auf der großen Terrasse hinter dem Hauptgebäude mit Blick über die weite, parkartige Gartenanlage bereitet. Ein milder englischer Morgen kündigte sich an.

»Morgen, Jack«, begrüßte ihn der Headhunter, der bereits genüsslich auf einem der alten Eisenstühle in der warmen Frühlingssonne saß und in einer Zeitung blätterte, »könnte man länger aushalten, was meinst du?«

Jack grinste. Es war wahrlich idyllisch hier draußen. Kaum zu glauben, dass es an diesem Ort in den nächsten Stunden ernsthafte Geschäftsgespräche geben sollte. Die beiden genossen ein ausgiebiges, englisches Frühstück, bei dem natürlich die leicht bitter schmeckende Orangenmarmelade auf frischem Toast nicht fehlen durfte.

Sie spekulierten gerade über das Entstehungsdatum des Anwesens, als sich am Horizont direkt vor ihnen ein Helikopter näherte. Die glänzend lackierte Oberfläche des schlanken Rumpfes reflektierte das Sonnenlicht. Der Butler erschien auf der Terrasse und kündigte trocken die Ankunft seines Hausherrn an, zusammen mit der Investorengruppe. *Fast wie im Film*, dachte Jack süffisant und schob sich den letzten Bissen seines Toastes in den Mund.

Der Helikopter machte eine weite, elegante Kurve und steuerte dann vorsichtig eine offensichtlich speziell für diese Zwecke vorbereitete, befestigte Landefläche mitten in der Parkanlage an. Keine fünfhundert Meter von ihnen entfernt war ihnen die Fläche als solche bisher nicht aufgefallen. Das Zeitalter moderner Transportmittel hatte tatsächlich auch hier draußen Einzug gehalten. Die beiden leistungsstarken Turbinen des mehrsitzigen, modernen Helikopters waren jetzt laut zu hören, auch wenn das unangenehme Knattern fehlte. Hier hatte glücklicherweise, wie Jack als vielseitig interessierter Ingenieur wusste, die aerodynamische Auslegung an den Außenspitzen der Rotorblätter erhebliche Fortschritte gemacht. Kein Überschallknall mehr.

Kurze Zeit später hatte der Pilot den Helikopter sicher gelandet. Bei langsam laufendem Rotor ließ er die vier Passagiere aussteigen. Ein Hausangestellter war mit einer Art Golf-Cart den Weg hinunter zum Landeplatz gefahren und nahm die Gäste, sowie ihr Gepäck auf. Kurz danach hob der Pilot wieder ab und steuerte den Helikopter sicher über die großen Bäume hinweg. Dann war wieder alles ruhig, wie wenn die Idylle auf diesem herrschaftlichen Anwesen niemals unterbrochen worden wäre.

Der Butler räumte zügig den Frühstückstisch ab, während Jack und der Headhunter zum Weg hinübergingen, auf dem das kleine Fahrzeug die neu angekommenen Gäste gerade heraufbrachte.

Ein liebenswürdiger, älterer Herr stieg als erstes aus und stellte sich mit ausladender Handbewegung vor. Der Hausherr. Er entschuldigte sich ausgiebig für seine Abwesenheit gestern Abend, mit dem Hinweis auf dringende Geschäfte in der Londoner City, und fragte nach dem Wohlbefinden der beiden Herren. Dann stellte er seine drei Begleiter vor, die sich bis dahin freundlich im Hintergrund gehalten hatten. Die Vertreter der Investorengruppe.

Bob Henderson war ein mittelgroßer, drahtiger Amerikaner, ungefähr im gleichen Alter wie Jack. Er war derjenige, der, soviel hatte Jack gestern Abend noch erfahren, den Headhunter beauftragt hatte, und begrüßte ihn daher mit neugierigem Blick und einem festen Händedruck. Er leitete nach eigener Aussage einen der größten Green Technology Investment Funds mit Hauptsitz in San Francisco. Mit einem breiten Lächeln stellte er die einzige Frau in ihrer Runde vor. Samantha Perry war eine attraktive Erscheinung, und ebenfalls mit festem Händedruck, wie Jack feststellen durfte.

»Sie ist die einzige auf unserer Seite, die wirklich etwas von dem Business versteht, in das wir investieren wollen«, schob er mit einem weiteren Grinsen nach, »aber das werden sie nachher gleich selber merken.«

Samantha ließ das Lob relativ unbeeindruckt über sich ergehen und sah Jack direkt in die Augen. »Ich freue mich sehr, sie kennenzulernen. Wir haben bereits einiges über ihre tollen Projekte in den letzten Jahren gehört. Sehr beeindruckend.«

Jack nickte freundlich. Zu einer passenden Antwort reichte es nicht mehr. Bob deutete bereits auf den zweiten Mann, der nun einen kleinen Schritt nach vorne kam. Jack schätzte ihn etwas jünger ein. Ebenfalls sehr drahtig wirkend. Aber eher wie ein ehemaliger Langstreckenläufer, während Bob mehr wie ein guter Allround-Sportler wirkte.

»Und das ist mein geschätzter Kollege Richard Brinkman«, stellte er ihn mit einem Augenzwinkern vor, »den wir überreden konnten, uns heute Morgen auf diesem kleinen Ausflug zu begleiten. Er vertritt einen Investor, der bisher weniger mit dem Thema Green Technologies in Berührung kam, aber jetzt über einen möglichen Richtungswechsel nachdenkt.«

Interessante Beschreibung, dachte Jack, während ihn Richard mit einem kurzen Lächeln und einem knappen, amerikanischen Hallo begrüßte. *Scheint doch keine so schlechte Idee gewesen zu sein hierher zu kommen!* Jack´s Interesse am Verlauf der nächsten Stunden nahm zu. Er schien es tatsächlich mit einer seriösen Gruppe von Investoren zu tun zu haben! Er war gespannt.

»Sie haben uns ja, wie ich höre, auch ein erstes Demo-Fahrzeug mitgebracht«, beendete Bob die kurze Vorstellungsrunde und kam direkt zum Thema, »wäre es möglich, Mister Summerfield, wenn wir gleich mal mit einer kleinen Probefahrt beginnen könnten, bevor wir die weiteren Details unserer Investment-Idee besprechen?«

Die gingen echt gleich zur Sache, so wie nach den Telefonaten vermutet! »Time« schien hier wirklich »Money« zu bedeuten! Gut, dass Jack bereits am Vorabend alle Vorbereitungen getroffen und sich heute Morgen kurz vor dem Frühstück der erfolgreichen Ladung der Batterie versichert hatte. Er war bereit.

»Gerne«, antwortete er daher kurz.

Der Hausherr schritt freundlich ein und überredete die drei neu angekommenen Gäste noch, vorab ihre ebenfalls vorbereiteten Zimmer zu beziehen. Das Gepäck wäre bereits oben. Daher verabredete man sich auf in zehn Minuten vor dem Hauptgebäude. Jack fuhr in der Zwischenzeit den Prototyp vor.

Samantha kam als erste durch das große Eingangsportal auf den kiesbedeckten und blumengesäumten Vorplatz hinaus. Der schmal geschnittene, dunkle Hosenanzug betonte ihre gute Figur. Jack schätzte sie auf Mitte vierzig. *Aber das wusste man bei Frauen ja nie so ganz genau!*

Mit einem gewinnenden Lächeln und ausgestreckter Hand ging sie auf Jack zu, der gerade aus dem Prototypen ausstieg. »Mister Summerfield, darf ich Sie Jack nennen? Wir Amerikaner können ja ohne Vornamen kaum eine vernünftige Unterhaltung führen.«

Jack musste ebenfalls lachen. »Aber gerne. Samantha, richtig?«

»Korrekt.« Samantha betrachtete den X1 Prototypen neugierig. »Ich habe gehört, dass ihr alle vier Räder völlig unabhängig voneinander mit vier E-Maschinen antreiben. Das ist sicherheitstechnisch ja eine ziemlich große Herausforderung!«

Jack sah die Amerikanerin überrascht an. Bob Henderson lag wohl mit seiner eingangs gemachten Bemerkung nicht ganz falsch. *Die Dame schien zu wissen, wovon sie redete!* »Naja, wir haben definitiv noch nicht alle zulassungsrelevanten Tests durchgeführt. Aber theoretisch sollten wir alles eingebaut haben, was für eine erfolgreiche Serien-Zulassung notwendig ist.«

Samantha Perry hakte nach. »Was macht ihr zum Beispiel bei einem kompletten Stromausfall, hin zu einem der Motoren? Führt das zu keiner Blockade?«

»Nur wenn man Elektromotoren mit Permanentmagneten einsetzt. Das ist bei uns aber nicht der Fall.« Jack war immer mehr beeindruckt. *Das konnte ja noch ein richtig interessanter Tag werden.*

»Mhh, verstehe«, antwortete Samantha vorsichtig, »ich will mich hier jetzt auf keinen Fall als Technikexperte aufspielen, Jack!« Sie ging um den Wagen herum direkt auf Jack zu. »Ich habe einige Jahre für Tesla gearbeitet.«

Ah, dachte Jack, *da kam also das Wissen her!* Samantha fuhr fort.

»Mein Arbeitsfokus war aber immer das Gesamtfahrzeugkonzept, die dazu passende Geschäftsstrategie und der Vertrieb. Die Technik habe ich über die Zeit natürlich auch immer besser verstanden! Das kam ganz automatisch. Aber der Gründer der Firma, wie du ja sicher weißt, kümmert sich gerne selbst um jedes Detail der Entwicklung. Habt ihr vielleicht auch noch erlebt. Damals, als ihr als Lotus Engineering der neuen Firma ja extrem viel Starthilfe geben durftet.«

Jack nickte und fragte direkt nach. »Und wieso bist du weg von der Firma? Ist ja immer noch eines der führenden Unternehmen auf diesem Gebiet.«

»Stimmt! Hat aber auch einen Gründer und CEO, der nicht ganz leicht ist. Am Schluss waren unsere Diskrepanzen zur richtigen Geschäftsstrategie einfach zu groß.«

Bob Henderson und Richard Brinkman kamen nun ebenfalls die Treppe hinunter.»Ah, ich sehe, Mister Summerfield, Samantha hat Sie schon voll in Beschlag genommen.«

»Bob, wir sind bereits per Du«, warf sie mit einem breiten Lächeln ein, »du musst dich also nicht mehr so anstrengen!«

Kurzes Lachen in der Runde.

»Na, das ist ja ganz ausgezeichnet! Dann können wir meinetwegen gleich zur Probefahrt übergehen«, antwortete Bob und griff seine forsche Schlagzahl sofort wieder auf. *Sie schienen genau zu wissen, wohin sie wollten,* dachte Jack. War ihm nur recht!

Der Headhunter blieb mit dem Hausherrn zurück. So waren sie nur zu viert, was problemlos eine gemeinsame Probefahrt in dem nicht wirklich geräumigen X1 ermöglichte.

Samantha setzte sich auf dem Beifahrersitz neben Jack, während die beiden Herren hinten Platz nahmen. Jack startete die Elektronik. Lautlos. Die Displays fuhren hoch.

»Sind wir schon fahrbereit? Ich spüre gar nichts«, kam es von Bob.

»Wird sich gleich ändern. Bitte festhalten«, sagte Jack noch kurz, bevor er den Wagen aus dem Stand heraus mit fast voller Leistung beschleunigte. Kleine Kieselsteine trommelten lautstark an den Unterboden des X1, während Jack den Wagen in einem kleinen Drift auf die gerade Auffahrt hinaus brachte und konstant weiter beschleunigte. Die Passagiere wurden in ihre Sitze gedrückt. Blankes Erstaunen! Jack hoffte nur, dass ihm der Hausherr die tiefen Spuren in dem Kies verzieh.

Nach halbem Weg die Auffahrt hinunter ging er vom Gas. Die drei Amerikaner konnten wieder durchatmen. Während Jack den Wagen ausrollen ließ, blickte er zur Seite und nach hinten zu seinen Mitfahrern und erklärte.

»Vier leistungsstarke E-Motoren, die ihr volles Drehmoment sofort zur Verfügung stellen und eine schnelle Elektronik, die die vier Räder superschnell und völlig unabhängig ansteuert, machen diesen Wagen zu einer einzigartigen Fahrmaschine. Dazu sehr sicher, was wir bereits in einer Wintererprobung in Nordschweden unter Beweis stellen konnten. Quasi eine Garantie für richtig viel Fahrspaß! Unter allen Bedingungen!«

Die Amerikaner waren sprachlos. Was bei Bob Henderson, dachte Jack, wahrscheinlich nicht so oft vorkam.

»Beeindruckend«, kam es auch von Samantha neben ihm.

Jack ergänzte. »Das ist deswegen so einzigartig, weil man mit Verbrennungsmotoren einfach nichts Vergleichbares realisieren kann. Müssen es immer gleich vier E-Maschinen sein? Nein. Auch zwei, die die Vorder- und Hinterachse separat antreiben, bieten bereits hervorragende Möglichkeiten für einen überlegenen Allradantrieb! Und wir haben die Komponenten bereits so kompakt hinbekommen, dass alles in einem integrierten Achsträger verschwindet. Damit bleibt extrem viel Platz für eine sichere Unterbringung der Batterie.«

Die drei Amerikaner nickten erneut, immer noch tief beeindruckt.

Bob hatte endlich seine Sprache wiedergefunden. »Der Headhunter hat uns wahrlich nicht zu viel versprochen! Jack, der Wagen macht einen ganz ausgezeichneten Eindruck. Ähnliches haben wir uns auch für unsere neue Autofirma vorgestellt. Ich würde sehr gerne noch länger mit dir in diesem Prototypen sitzen, aber es scheint mir in Anbetracht der knappen Zeit angeraten zu sein, wieder zurückzufahren. Es gibt einiges zum geschäftlichen Teil, das wir dir gerne vorstellen möchten!«

Nicken der beiden anderen. Jack war nun ebenfalls sehr neugierig. *Konnte das Ganze vielleicht doch was werden?* Er wendete den Wagen kurz vor der Ausfahrt auf die Hauptstrasse hinaus und gleitete diesmal fast lautlos zurück zum Anwesen. Er ließ alle Fenster hinunter. »Eigentlich macht das Dahingleiten in absoluter Stille fast noch mehr Spaß, besonders wenn man ein Cabrio hat!«

Alle vier genossen die wenigen Meter, bei denen nur das Knirschen auf dem Kies, die Vögel und der Wind in den Blättern der großen Bäumen zu hören war.

Nach dem Aussteigen schlug Bob einen Spaziergang durch die weite Parkanlage vor. Die schnell ziehenden Wolken ließen immer wieder die Sonne durchblicken und brachten die Temperaturen auf ein angenehmes Niveau.

»Jack, wie du ja bereits weißt«, fing Bob an, nachdem sie das Hauptgebäude in gemächlichen Schritten umrundet hatten, »ist es unsere Absicht, eine neue Autofirma zu gründen. Fokus ausschließlich auf elektrischen Antrieben, in welcher Ausprägung auch immer. Wenn sie wollen: Ein zweiter Tesla! Und wir suchen immer noch den Technikchef, der Entwicklung und Fertigung verantwortet soll und zusammen mit ein, zwei weiteren Personen den Kern der neuen Führungsmannschaft darstellt. Dein Profil scheint in unseren Augen ideal auf diese Position zu passen. Daher waren wir begeistert, als du so kurzfristig unserer Einladung gefolgt bist. Ich hoffe, wir können dich in den nächsten Stunden von der Ernsthaftigkeit unserer Absichten überzeugen. Und dich für unsere Idee begeistern!«

Zustimmendes Nicken der beiden anderen. *Wow!* Jack war geschmeichelt. *Ein zweiter Tesla? Und er als Technikchef!* Doch seine langjährigen Erfahrungen in der Branche meldeten sich sofort mit einer großen Portion Skepsis. *Wie groß waren die Erfolgsaussichten? Sinn machte es natürlich, gerade weil die etablierten Hersteller immer noch auf der Bremse standen! Aber es gab sicherlich noch einen Haken an der ganzen Sache. Musste es geben! Abwarten, Jack!* Er hatte schon zu viele Blasen platzen sehen.

»Wir sind uns sehr bewusst, dass die bisher in den Markt gebrachten Fahrzeuge kein wirklich durchschlagender Erfolg sind. Auch Tesla kämpft. Bravourös, aber kämpft! Wir haben uns über die Ursachen sehr den Kopf zerbrochen. Samantha, die viel dieses Leidensweges bei Tesla mitgemacht hat, und seit einiger Zeit bei uns arbeitet, hat extrem viel zu dieser Ursachenforschung beigetragen. Samantha, kannst du bitte Jack und uns noch mal die wichtigsten Erkenntnisse dazu zusammenfassen?«

»Gerne«, erwiderte sie und nahm die zentrale Position in der kleinen Gruppe ein. »Ja, der mangelnde Markterfolg ist für alle Befürworter dieser Technologie extrem frustrierend. Was müssen wir daher unbedingt anders machen, wenn wir eine neue Firma gründen wollen? Ich glaube, mindestens zwei Dinge. Erstens, das Fahrzeug selbst muss eine Fahrmaschine mit hohem Spaßfaktor sein. Etwas, was die Leute unbedingt haben wollen, unabhängig davon, ob es nun elektrisch angetrieben ist oder nicht. Sehr ähnlich dem gerade gezeigten Prototypen von dir, Jack! Und zweitens müssen wir unseren Kunden eine Komplettlösung inklusive sauberem Strom aus der Heimladestation bieten. Einfach ein attraktives Rundum-Sorglos-Paket! Unsere anfängliche Hauptzielgruppe der vermögenden Mehr-Auto-Haushalte will sich keine Sorgen beim Laden zuhause machen. Die haben für so was keine Zeit! Und ein Hauselektriker ist normalerweise nicht kompetent genug. Das heißt, den können sie nicht fragen.«

Jack fiel fast die Kinnlade ´runter. *Die Frau wusste, wovon sie sprach! Und lag mit ihren Ideen verdammt dicht an seinen eigenen Vorstellungen!* Samantha fuhr fort, mit zustimmendem Nicken von Bob, während Richard den Ausführungen ebenfalls sehr interessiert folgte.

»Und dann müssen wir als Firma sofort Vertrauen bei unseren Kunden gewinnen! Das ist als Newcomer gerade in der Automobilindustrie nicht einfach, wie wir alle wissen. Am besten wäre es, einen bestehenden, aber schwächelnden Hersteller zu kaufen und dann sein Geschäft komplett umzukrempeln. Ist aber, erstens, teuer und, zweitens, meist auch nicht ganz einfach, nachdem dieser Hersteller ja dann schon selber Vertrauen am Markt verloren hat. Sonst stünde er ja nicht zum Verkauf! Alternativ müssen wir mit einem Netzwerk an hoch kompetenten, etablierten Zulieferern aus der Branche zusammenarbeiten und uns selber nur auf die absolut entscheidenden Komponenten und die Gesamtintegration des Fahrzeugs konzentrieren. Anders als bei Tesla, nebenbei bemerkt. Und das Angebot einer Komplettlösung inklusive Heimladesystem und eigener Stromerzeugung ist völliges Neuland. Hier müssen wir, denke ich, einen Großteil unseres eigenen Hirnschmalzes hineinstecken. Und dann brauchen wir natürlich einen brillianten Designentwurf für unser Fahrzeug. Einen richtigen Hingucker!«

Samantha sah zu Jack hinüber, der nun mit einem Stirnrunzeln einwarf.

»Samantha, passt alles, aber das wird auf keinen Fall billig! Um nicht zu sagen, da braucht man richtig viel Geld und einen verdammt langen Atem, wenn man das umsetzen und zum Erfolg bringen will.«

»Jepp«, hakte Bob ein, »das ist uns sehr wohl bewusst. Tesla ist ja bereits ein gutes Beispiel dafür. Und man darf auf dem Weg zum Erfolg nicht zu viele Fehler machen! Deshalb wollen wir die besten Leute. Und die sitzen unserer Meinung nach eher in Europa, als in den USA.«

Jack wollte absolut sichergehen, dass die Amerikaner ihn verstanden. »Bob, eine Menge Geld bedeutet im Autobau mehr als eine Milliarde Euro oder Dollar, egal. Sonst braucht man aus meiner Sicht gar nicht anzufangen.«

Die drei Amerikaner sahen sich kurz an.

»Stimmt«, wiederholte Bob trocken, »wir sind uns dieser Größenordnung absolut bewusst! Deshalb sind wir auch so froh, dass wir Richard überzeugen konnten, spontan mitzukommen zu unserem heutigen Treffen. Gemeinsam mit ihm sind wir sicherlich eine der potentesten Investorengruppen, die jemals über ein solches Unterfangen nachgedacht hat.«

Jack war überwältigt. *Konnte das wirklich wahr sein? Solche Chancen gab es doch sonst nur in Märchengeschichten. Aber nicht in der harten Realität!* Er konnte es immer noch nicht glauben. *Ich muss träumen!* Er war geneigt, sich kurz in den Arm zu zwicken. Ein kurzes Grinsen erschien auf seinem Gesicht. *Und wenn ich dann aufwache und die drei Amerikaner laufen immer noch neben mir her, dann muss ich zusagen. So eine Chance konnte man doch nicht liegen lassen, oder?* Zu tief saß immer noch der Frust über sein letztes Projekt und den gefühlten inneren Stillstand. Aber er hielt sich zurück. Noch. *Außerdem waren ja immer noch einige Schlüsselfragen offen,* ermahnte er sich.

Nach einem kurzen Mittagessen, wieder auf der Terrasse, verbrachten sie den Nachmittag mit Detailgesprächen im weitläufigen Arbeitszimmer des Hausherrn, das dieser ihnen freundlicherweise im Erdgeschoss des Hauptgebäudes zur Verfügung gestellt hatte. An einem mit Intarsien reich verzierten Tisch diskutierten sie die mangelnde Bereitschaft der etablierten Hersteller, die Elektrifizierung ihres Fahrzeug-Portfolios massiv voranzubringen. Zu viel stand einfach für diese Firmen auf dem Spiel.

Ein Elektromotor war in seinem Wirkprinzip und seinem konstruktiven Aufbau in keiner Weise mit einem klassischen Verbrennungsmotor vergleichbar. Auch Batterien spielten bisher eine völlig untergeordnete Rolle. Mehr als 48 Volt Spannung galt für die etablierten Autofirmen als gefährlich. Für Tausende ihrer Ingenieure war diese Technik absolutes Neuland. Und für die Topmanager erst recht. Das bedeutete: Neues Spiel, neues Glück! Mit allen Chancen und Risiken.

Kombiniert mit Milliarden-Investitionen in Prüfstände und Fabriken, die für diese neuen Technologien umgerüstet werden mussten. *Gar nicht gut.* Somit konnten sie einfach kein Interesse daran haben, einen schnellen Wechsel zu realisieren.

Das war die Chance für die Neuen. Sie hatten keine Pfründe, auf die sie Rücksicht nehmen mussten. Aber umgekehrt waren die Endkunden bei einem so teuren Produkt wie einem Auto wenig geneigt, neue Anbieter auszuprobieren. Hier lag die Herausforderung. Jack und Samantha hatten, für alle erkennbar, einen ziemlichen Spaß daran, die Kernansätze für eine erfolgreiche, neue Autofirma im Detail zu diskutieren. Wort- und gestenreich wurden die verschiedensten Aspekte beleuchtet.

Jack stand neben einem alten Globus, der majestätisch in seinem Holzgestell ruhte, und drehte die große Kugel langsam um die gut geölte Achse. Samantha, die oft in dem weitläufigen Zimmer auf und ab ging und jetzt an der raumhohen Bücherwand lehnte, war jemand, mit dem sich Jack eine Zusammenarbeit sehr gut vorstellen konnte. Sie ergänzten sich ausgezeichnet. Das war ganz offensichtlich, und auch Bob und Richard schnell klar. Sie spürten, dass sie hier den Nukleus eines potentiellen Spitzenteams für ihr geplantes, neues Unternehmen vor sich hatten.

Der Nachmittag verging wie im Fluge.

Gegen 19 Uhr bat der Hausherr zum gemeinsamen Abendessen an der langen Tafel. Auch der Headhunter war nun wieder mit dabei.

»Jack, konnten wir dich in den letzten Stunden überzeugen, dass wir es ernst meinen und dich gerne mit an Bord hätten?«, fragte Bob in der kurzen Pause nach der Hauptspeise. Samantha und die vier Herrn, besonders der Headhunter, sahen gespannt zu ihm hinüber.

Jack zögerte. Noch immer ging ihm das Ganze zu schnell. Als er gestern Abend hier ankam, waren seine Erwartungen an das Treffen absolut minimal. *Und jetzt sollte er plötzlich zusagen? Nur 24 Stunden später? Konnte doch eigentlich gar nicht sein! Doch wo war der Haken?* Auch in den Gesprächen am Nachmittag war er nicht zu Tage getreten. *Ja, Risiken gab es jede Menge! Aber Haken? Eigentlich nicht. Wieso nicht springen?*

Bob, der über viele Jahre immer wieder auf der Suche nach den besten Teams für seinen Investmentfund war, spürte die grundsätzliche Bereitschaft auf Seiten des Engländers und ergänzte geschickt. »Das musst du heute noch nicht final beantworten, Jack. Lass dir ein paar Tage Zeit und ruf´ mich dann an. Hier ist meine Karte. Und Samantha kannst du ebenfalls jederzeit anrufen, gerade bei inhaltlichen Fragen zum Business.«

Jack war dankbar, dass die Amerikaner ihm die Bedenkzeit ließen. Er musste unbedingt noch mal darüber schlafen. Und mit seiner Familie reden. Auch weil die Idee war, den Hauptsitz des neuen Unternehmens nach Deutschland zu legen. Das Land mit den besten Automobil-Ingenieuren. Also auch der breitesten Basis an kompetenten Zulieferern. Und einem Markt, der, nach Einschätzung aller, grundsätzlich das Potential zur frühzeitigen Technologiewende und einer Vorreiterrolle für den Rest der Welt hatte. Auch wenn es aktuell noch nicht danach aussah. Doch die Politik konnte dort in der nächsten Zeit entscheidende Weichenstellungen vornehmen. Es gab einige Anzeichen.

Alle waren geschafft nach dem langen und intensiven Tag. Jack brauchte eine Pause. Nachdem die Rückfahrt nur knapp zwei Stunden betragen würde und das Alleinsein im Auto ihm immer half, seine Gedanken zu ordnen, entschloss er sich noch zur abendlichen Abreise. Er informierte die anderen entsprechend und packte seine Sachen. Der Prototyp war schnell wieder auf dem Trailer vertäut. Auf der nun hell erleuchteten, großen Treppe vor dem Landsitz fand eine herzliche Verabschiedung statt. Ja, alle hatten das Gefühl, den Grundstein für etwas richtig Großes gelegt zu haben. Eine freudige Erwartung war in den Gesichtern zu erkennen. *Was für ein Tag!*

Jack stieg in den Wagen, winkte noch mal kurz und fuhr dann langsam die lange Auffahrt hinunter, die im Licht seiner Scheinwerfer noch beeindruckender wirkte. Er atmete tief durch und zwang sich, eine entspannte Haltung einzunehmen. Nur langsam reagierte sein Körper. Die Ruhe im Wageninneren half. Langsam wich die konzentrierte Anspannung, die ihn den ganzen Tag gepackt hatte. *Er konnte es immer noch nicht glauben!* Ein letztes Mal sah er in den Rückspiegel, bevor er am Ende der Auffahrt auf die Landstraße einbog. *Was für eine Chance. Konnte er hier noch nein sagen?*

PARIS, DEUTSCHE BOTSCHAFT, ZEITGLEICH AM SPÄTEN NACHMITTAG

Es war so weit.

Eric hatte nicht gut geschlafen. Der Gedanke an die bevorstehende Präsentation ließ seinen Magen rebellieren. Er brachte fast kein Frühstück ´runter. Jeannette sah ihn etwas vorwurfsvoll an. *Was war los?* Er konnte leider immer noch nichts von dem anstehenden Treffen erzählen. *Mist*, die vielen Stunden im Büro und seine ausweichenden Antworten waren nicht gerade brilliant für die Stimmung zwischen ihnen beiden. Doch die deutsche Botschafterin hatte vor vier Tagen in Rücksprache mit dem Kanzleramt noch mal ausdrücklich betont, dass das Treffen nicht in die Öffentlichkeit gelangen sollte. Dabei verwies sie auch auf die zunehmend schärferen Vorgaben der deutschen Sicherheitsbehörden.

Wenigsten machte das Wetter in Paris mit und brachte die Außentemperaturen wieder auf Frühlingsniveau. Die morgendliche kurze Fahrradfahrt half Eric, den Kopf einigermaßen klar zu kriegen. *Besser als die Metro mit den vielen Leuten*, dachte er dankbar. *Die konnte er heute Morgen überhaupt nicht gebrauchen!*

Pierre und Steve schienen dagegen ziemlich gelassen, als er sie im Büro traf, während Lisa wieder ihr Jungfohlen-Benehmen ausgrub. Sie war aufgeregt und neugierig. Eric und Jean-Luc, der immer noch ein bisschen angeschlagen aussah, aber partout nicht darüber reden wollte, nutzten den Morgen im IEA Hauptquartier dazu, ein letztes Mal durch die Kernaussagen ihrer Präsentation zu gehen. Irgendwie hatten sie es geschafft, nahezu alle gewünschten Unterlagen zusammenzutragen und präsentationsreif aufzubereiten. Jean-Luc war sehr angetan. Großes Lob, sagte er, unabhängig davon, wie jetzt das Meeting laufen würde. Eric´s mulmiges Gefühl wollte dennoch nicht ganz weichen.

Die deutsche Botschafterin ließ die fünf IEA Experten am frühen Nachmittag, bereits mehr als eine Stunde vor dem angesetzten Treffen, durch zwei ihrer Fahrer abholen. Es gab noch eine kurze Diskussion bezüglich der Anzahl der IEA-Teilnehmer, wohl auch aus Sicherheitsgründen, aber Eric und Jean-Luc konnten klar machen, dass die verschiedenen Expertisen für die zu erwartende Detaildiskussion mit der Kanzlerin das ausschlaggebende Argument waren.

Die kurze Fahrt hinüber auf die andere Seite der Seine in die Avenue Franklin Roosevelt verlief um diese Zeit problemlos. Der große Besprechungssaal im Erdgeschoss der Botschaft war perfekt hergerichtet. *Doch wie würde die Diskussionsrunde laufen?* Nervös tigerte Eric vor der Fensterfront auf und ab. Auch die anderen konnten nicht sitzen. Hatte man ja nicht alle Tage! Ein Gespräch mit der Kanzlerin. *Jetzt nur nicht aus der Ruhe bringen lassen.*

Zehn Minuten vor dem angesetzten Treffen ließ der Assistent wissen, dass sich die deutsche Botschafterin sehr freuen würde, wenn Eric und sein Chef zusammen mit ihr vor dem großen Eingangsportal auf die Ankunft der Kanzlerin warten würden. Die beiden kamen dem Wunsch natürlich nach, begleitet von einem breiten Grinsen ihrer drei Kollegen, die im Raum zurückblieben.

Die Frühlingssonne hatte die Temperaturen deutlich über fünfzehn Grad ansteigen lassen. Das machte das Warten vor dem Gebäude sehr angenehm. Die deutsche Botschafterin war in ihrem hellen Kostüm und den silbergrauen Haaren eine elegante Erscheinung, stellte Eric bewundernd fest. *Gut, dass er heute Morgen noch eine der neuen Krawatten einsteckte, die Jeannette ihm kürzlich gekauft hatte!*

Die Botschafterin wandte sich an die beiden IEA Experten, nachdem sie sich mehrfach vergewissert hatte, dass alles zum Empfang ihrer obersten Chefin erledigt war und jetzt ein paar Minuten zum Smalltalk blieben.

»Ich kenne mich ja in Energiefragen überhaupt nicht aus«, fing sie vorsichtig an, »aber wurden nicht kürzlich in den USA riesige, neue Öl- und Gasreserven gefunden, sodass unsere Energieversorgung wieder deutlich sicherer geworden ist? Die ganzen Horrorszenarien, die man immer wieder liest, sind damit hoffentlich passé, oder?«

Eric sah seinen Chef an, der sich ein paar Sekunden Zeit ließ, bevor er auf die Fragen einging. *Was sollte er der Botschafterin auch sagen? Dass sie, wie viele Menschen, das Thema einer bevorstehenden und unvermeidlichen Verknappung bei den fossilen Rohstoffen einfach verdrängte? Die neuen Quellen alle noch dazu massive Umweltrisiken in sich bargen? Dass das Thema Klimaerwärmung damit ja gerade nicht gelöst wurde? Und dass die Medien einen erheblichen Beitrag zu dieser irrigen, aber weit verbreiteten Annahme leisteten und damit auch die deutsche Botschafterin auf die falsche Schiene gesetzt hatten?*

Sein Chef wollte gerade zu einer diplomatischen Antwort ansetzen, als eine gewisse Unruhe am schweren Einfahrtstor der Botschaft entstand. Französische Polizisten versuchten offensichtlich, mit lautem Trillerpfeifen die Straße unmittelbar vor der Einfahrt frei zu machen.

Kurz danach öffnete sich das Tor für wenige Sekunden und ließ drei dunkle Mercedes-Limousinen auf das Botschaftsgelände einfahren. Dann war das Gelände auch schon wieder abgeriegelt und vor jeglichen unerwünschten Einblicken geschützt. Die Fahrzeuge kamen direkt vor dem breiten Portal des etwas steril wirkenden Gebäudes zum Stehen.

Die Botschafterin war noch schnell drei Stufen der Treppe hinuntergegangen und erwartete jetzt mit etwas steifer Haltung das Aussteigen der Kanzlerin. Eric und sein Chef waren ein wenig unsicher, wie sie sich verhalten sollten, und blieben zurück. Eric´s Hände wurden feucht. *Reiß dich zusammen, Junge!*

Doch die Kanzlerin löste die Situation in ihrer eigenen, souveränen Art, indem sie die etwas ausschweifende Begrüßung durch die Botschafterin freundlich über sich ergehen ließ, dann aber sofort auf die beiden IEA Experten zuging und diese äußerst zuvorkommend begrüßte. Anschließend stellte sie persönlich die kleine Gruppe ihrer eigenen Mitarbeiter vor und ließ sich dann von der Botschafterin ohne Umschweife in den Besprechungssaal im Erdgeschoss geleiten. Auch dort begrüßte sie die drei weiteren IEA Experten äußerst zuvorkommend. Eric war beeindruckt. *Wenn die Dame genauso an die inhaltlichen Themen heranging, konnte das ein wahrlich interessantes Treffen werden,* dachte er. Sein Chef hatte Herrn Weidner aus dem Kanzleramt wiedererkannt und unterhielt sich bereits angeregt mit ihm auf dem kurzen Weg ins Gebäude hinein.

Die Sitzordnung an dem großen, runden Tisch war bereits im Vorfeld festgelegt worden. Die deutsche Botschafterin erkundigte sich in ihrer Rolle als Gastgeberin mehrmals nach dem Wohlbefinden aller, überprüfte persönlich nochmals die Versorgung mit Getränken und feinem, französischen Gebäck und blieb dann etwas unbeholfen neben der Kanzlerin stehen. Dieses Treffen fand, wie vorher mehrfach besprochen, ohne ihre Teilnahme statt. Sie hätte auch kaum etwas dazu beitragen können. Dennoch war es ihr irgendwie unangenehm, ihre oberste Chefin im Hause zu haben und jetzt einfach gehen zu müssen.

»Vielen, vielen Dank für die ganz ausgezeichnete und diskrete Vorbereitung«, versicherte ihr die Kanzlerin nochmals und begleitete sie höflichst

Richtung Tür, »wir wollen Ihre tollen Räumlichkeiten ja nicht ewig in Anspruch nehmen. Ich schaue am Ende noch mal kurz bei Ihnen vorbei.«

Mit dem Schließen der schweren Doppeltür war das Vorspiel schlagartig beendet. Die Kanzlerin ließ sich eine Mappe reichen und nahm ihren Platz am Kopf des Tisches ein. Die wenigen Sekunden, die sie in die Unterlagen blickte, vergingen für Eric wie in Zeitlupe. Es herrschte eine angespannte Ruhe im Raum. Dann blickte die Kanzlerin auf und sah Jean-Luc, der ihr fast genau gegenüber saß, mit festem Blick an.

»Herr Garçon, vielen Dank für Ihr Kommen. Und das Ihrer Experten. Ich weiß es sehr zu schätzen, dass Sie der etwas ungewöhnlichen Anfrage von meinem Herrn Weidner so spontan gefolgt sind. Dies ist, wie Sie wissen, aus vielerlei Gründen kein offizielles Treffen. Auch die französische Regierung geht davon aus, dass ich mich nach den langen Gesprächen im Élysée-Palast am heutigen Tage nur noch kurz in der deutschen Botschaft zur Nachbesprechung treffe, bevor es heute Abend mit dem Flieger zurück geht. Ich hätte gerne, dass das auch so bleibt. Habe ich mich hier klar ausgedrückt?«

Ernstes Nicken von allen Teilnehmern. Die Kanzlerin fuhr fort.

»Nun zum eigentlichen Thema. Wie Sie wissen, liegt mir persönlich sehr viel an einer Begrenzung des weltweiten Klimawandels. Das ausgegebene 2-Grad-Ziel darf keine leere Worthülse bleiben! Die deutsche Energiewende hat für mich absolut oberste Priorität. Wir wollen hier ein Vorbild setzen, das sich in der Welt sehen lassen kann. Und entscheidend dazu beiträgt, die globale Trendwende bei den fossilen Brennstoffverbräuchen endlich zu schaffen.«

Kurze Pause. Absolute Ruhe im Raum.

Ein erneuter Blick der Kanzlerin in die Unterlagen. »Seit 1990 haben wir in Deutschland bei der Reduzierung der jährlichen CO2-Emissionen Fortschritte gemacht. Von damals fast einer Milliarde Tonnen auf heute unter 750 Millionen. Darauf sind wir stolz. Aber wir wissen auch, dass es noch ein weiter Weg bis zu einer quasi kompletten Ent-Karbonisierung unseres Energiebedarfs im Jahr 2050 ist. Was ja bekanntermaßen notwendig ist, um unser 2-Grad-Ziel zu erreichen. Alle Verbrauchersektoren haben dazu in den letzten Jahren einen ersten Beitrag geleistet.« Kurze Pause, bevor sie betont leise, aber dennoch deutlich hörbar, ergänzte. »Nur der Verkehrssektor nicht.«

Wieder eine kurze Pause der Kanzlerin. Mit prüfendem Blick in die Runde, bevor sie fortfuhr. »Dort konnten wir zwar in den letzten Jahren ein weiteres Ansteigen der Emissionen verhindern, was gegenüber den ersten 40 Jahren seit der Gründung der Bundesrepublik ein erheblicher Fortschritt ist. Aber wir kriegen im Verkehr einfach keine Emissions-Reduzierung hin! Keine einzige Tonne! Sondern verharren seit nun mehr als 20 Jahren auf einem gleich bleibend hohem Niveau! Und das trotz aller Beteuerungen und Anstrengungen der Automobilindustrie und verschärften Vorgaben durch uns als Gesetzgeber.«

Der Blick der Kanzlerin in die Runde wurde zunehmend ernster. Ihre eigenen Mitarbeiter vermieden es, sie direkt anzusehen. Die Anspannung im Raum war fast körperlich zu spüren. Eric schluckte.

»Das blieb bisher ohne negative Folgen. Noch. Nachdem alle anderen Sektoren entsprechend mehr geleistet haben. Kernhebel war dabei, wie Sie sicher wissen, der deutliche Rückgang in der Kohleverbrennung in Deutschland. Besonders im Kraftwerkssektor und in der Industrie, aber auch bei den privaten Haushalten. Bei gleichzeitigem Ausbau der erneuerbaren Energien.«

Jean-Luc sah die Kanzlerin zustimmend an. Auch das IEA-Team hatte in den letzten Tagen seine Hausaufgaben zur speziellen Gesamtsituation in Deutschland gemacht. Ja, Deutschland hatte in den letzten 20 Jahren mehr geschafft als die meisten anderen europäischen Staaten. Aber man konnte auch sehen, dass seit gut fünf Jahren keine Fortschritte mehr bei der Reduzierung der CO2-Emissionen gemacht wurden. Das war sicherlich auch der Kanzlerin nicht entgangen! Eric sah zu ihr hinüber und versuchte, Anzeichen dafür in ihrem Gesicht zu lesen. Wieder eine angespannte Pause. Lisa rutschte leicht hörbar auf ihrem Stuhl herum. Auch sie spürte die hohe Anspannung im Raum.

»Wir können aber auf einen Beitrag des Verkehrssektors nicht mehr verzichten«, fuhr die Kanzlerin schmallippig fort, »wenn wir unsere selbst gesteckten Ziele bis 2020 erreichen wollen. Hier haben wir uns ja weitere 150 Millionen Tonnen Reduzierung vorgenommen. Nur so ist unser Endziel im Jahre 2050 in sinnvollen Stufen erreichbar. Der Verkehrssektor muss dazu aber jetzt endlich in die Gänge kommen! Besonders, wenn man bedenkt, dass wir im selben Zeitraum mit dem Ausstieg aus der Atomkraft zirka 20 Prozent unserer Kraftwerkskapazitäten ersetzen müssen, die ja bisher völlig CO2-frei waren. Damit wird sich die Kohle trotz aller Anstrengungen wieder in den Vordergrund drängen, zumindest temporär. Ob wir wollen, oder nicht.«

Der Ton der Kanzlerin wurde jetzt noch leiser. Was die Anspannung im Raum nur noch erhöhte. Man hätte jetzt die sprichwörtliche Nadel fallen hören können. Eric sah vorsichtig in die Runde. Jedem war klar, dass die Kanzlerin mit der Situation absolut unzufrieden war! *Und das war wahrscheinlich die Untertreibung des Tages!* Ihre Augen verengten sich zu schmalen Schlitzen.

»Aber irgendwie stoße ich hier mit meiner Einschätzung in fast allen

Gesprächen mit der Automobilindustrie und den beteiligten Verbänden auf taube Ohren. Wie wenn ich mit der Wand reden würde! Das ist der Grund für meinen Besuch hier bei Ihnen. Ich bin nicht länger bereit, diesen Stillstand im Verkehrssektor zu tolerieren! Doch bevor ich Schritte entscheide, die für einige sehr unangenehm werden könnten, wollte ich nochmal von einer so renommierten Expertengruppe wie der Ihren eine zweite, unabhängige Meinung dazu hören.«

Die Kanzlerin sah den IEA Chef und seine Mitarbeiter ernst an. »Genauer gesagt, liege ich mit meiner Einschätzung grundsätzlich richtig? Wenn ja, was muss aus Ihrer Sicht der Verkehrssektor global und ganz speziell in Deutschland in den nächsten 20 Jahren als Beitrag leisten? Und wie ist dies zu schaffen? Herr Garçon, liebe IEA Experten, die nächsten zwei Stunden sind meine Mitarbeiter und ich ganz Ohr.«

Die deutsche Kanzlerin schloss ihre Unterlage und lehnte sich ein wenig zurück. Ein Teil der Anspannung wich aus ihren Gesichtszügen. Eric schluckte nochmal, sein Mund fühlte sich wie ausgetrocknet an. Auch wenn das eine Steilvorlage war, wie man im Fußball zu sagen pflegte. *Jetzt ganz ruhig bleiben! Läuft doch eigentlich perfekt nach Plan.* Dennoch spürte Eric, wie seine Hände immer feuchter wurden. *Gottseidank hatte Jean-Luc entschieden, den Anfang zu übernehmen!* Er machte zwar ebenfalls eine kurze Pause, hatte sich dann aber schnell gefasst. Er bedankte sich bei der Kanzlerin für die offenen und klaren Worte, bevor er die inhaltliche Antwort seines Teams einleitete.

»Frau Bundeskanzlerin. Wir schätzen diese direkte Art sehr. Nur so kommt unserer Meinung nach dieses für unsere Welt so essentielle Thema wieder in Schwung. Daher auch gleich meine direkte Antwort auf ihre drei Fragen. Erstens, ihre Frustration zum Verkehrssektor und seiner bisherigen Unfähigkeit zu CO2-Reduzierungen teilen wir zu hundert Prozent. Zweitens, der Beitrag des Verkehrssektors in Deutschland und allen anderen OECD-Staaten muss aber in den nächsten 20 Jahren ganz erheblich sein, wenn wir unsere Ziele erreichen wollen. Ohne ihn geht es nicht. Und drittens, die Umsetzung ist eine gewaltige Herausforderung, die nur durch eine massive und konzertierte Aktion aller Beteiligten zu erreichen ist.«

Das Gesicht der Kanzlerin hellte sich nun sogar ein wenig auf, während ihre Mitarbeiter die Gruppe der IEA-Leute gespannt ansahen. Jean-Luc stand auf und ging nach vorne an die Projektionswand.

»Doch nun zu den Details unserer Sichtweise. Den ersten Teil werde ich noch persönlich vortragen, während anschließend Eric Brinneau, mein leitender Mitarbeiter, übernimmt. Er hat mit dem hier anwesenden Team in den letzten Wochen alle Analysen durchgeführt.«

Kurze, neugierige Blicke auf Eric, bevor Jean-Luc Pierre um das erste Chart bat. *Na, dann viel Spaß, Junge. Du bist gleich dran.*

»Die Berechnungen Ihres Potsdam Instituts, mit dem wir eng zusammenarbeiten, zeigen eindeutig, dass wir schon in den nächsten zwei Jahren die entscheidende Trendwende bei den weltweiten CO2-Emissionen brauchen. Nur so können wir in diesem Jahrhundert den Gesamtausstoß auf weniger als 1.000 Gigatonnen beschränken, nachdem wir davon bis heute schon fast 400 Gigatonnen emittiert haben. Viel zu viel für die ersten nicht mal 20 Jahre dieses Jahrhunderts, wie jeder schnell nachrechnen kann! Anders ist die Erderwärmung aber nicht auf das so entscheidende 2-Grad-Ziel zu begrenzen. Daraus ergibt sich der hier gezeigte Kurvenverlauf, der die besagte sofortige Trendwende, und bis ins Jahr 2030 fast eine Halbierung der CO2-Emissionen gegenüber »Business-as-usual« fordert.«

Herr Weidner, der zwei Plätze neben der Kanzlerin saß, nickte. Das Thema schien im Kanzleramt bekannt zu sein. Jean-Luc fuhr daher zügig fort.

»Darauf aufbauend haben wir bei der IEA schon vor einigen Jahren unser Szenario 450 entwickelt, dass diese zwingend notwendigen CO2-Reduzierungen auf die einzelnen Sektoren herunterbricht und dem Referenzszenario, dem sogenannten »Business-as-usual«, gegenüberstellt. Pierre, bitte das nächste Bild.«

Die Kanzlerin sah ihre Mitarbeiter an und unterbrach: »Kennen wir dieses Szenario 450 der IEA?«

Vorsichtiges Nicken. Die Kanzlerin hakte nach. »Wieso ist mir der Begriff dann fremd?«

Unruhige Stille. *Es war wahrscheinlich nicht ganz leicht, für diese Dame zu arbeiten,* dachte Eric, während er den Blick über die Mitarbeiter der Kanzlerin schweifen ließ. *Besonders, wenn man nicht zu 100 Prozent vorbereitet war,* was offensichtlich aktuell der Fall war.

»Herr Garçon«, wandte sich die Kanzlerin an den IEA Chef, »wenn Sie hier bitte für mich etwas länger verweilen.«

»Gerne«, fuhr Jean-Luc ungerührt fort, »dieses Szenario haben wir damals im Vorfeld der Klimakonferenz in Kopenhagen entwickelt, um den Regierungen eine konkrete Diskussionsbasis für neue Zielvorgaben an die Hand zu geben. Ist danach leider fast komplett in der Versenkung verschwunden. Liegt sicherlich auch ein bisschen an uns, nachdem wir als IEA nach den vielen, negativen Gesprächsrunden wohl etwas den Mut verloren hatten.«

Man konnte eine gewisse Erleichterung bei den Mitarbeitern der Kanzlerin spüren. Dennoch machten sich einige ein paar schnelle Notizen.

»Wir können Ihnen aber gerne alle Details noch mal zukommen lassen«, ergänzte er, »auf jeden Fall haben wir in dem Szenario zwei Kernansätze implementiert. Erstens, eine gewisse Vorreiterrolle der OECD-Staaten, die bisher ja für den Großteil der weltweiten CO2-Emissionen verantwortlich zeichnen, und, zweitens, eine aus unserer Sicht ausgewogene Belastung der einzelnen Verbrauchersektoren. Auch wenn dies hier auf dem Chart nicht sofort ersichtlich wird.«

Die Kanzlerin hakte mit Blick auf die Projektionswand ein zweites Mal ein. Natürlich fiel auch ihr der mit 17 Prozent relativ geringe, geforderte Beitrag des Verkehrssektors bis 2030 sofort ins Auge. »Ja, Herr Garçon, für mich sieht das wieder so aus, als wenn der Energiesektor die Hauptlast tragen müsste und der Verkehrsektor zum wiederholten Male glimpflich davon kommt.«

Jean-Luc nickte verständnisvoll.

»Frau Bundeskanzlerin, ja, auf den ersten Blick kommt das eindeutig so ´rüber. Aber lassen Sie sich versichert sein, dass wir innerhalb der IEA zusammen mit externen Experten monatelang darum gerungen haben, eine wirklich ausgewogene Lastenverteilung zwischen den Sektoren hinzubekommen. Und wenn Ihnen jetzt Herr Brinneau die Details zum Verkehrssektor vorstellt, werden Sie schnell erkennen können, dass dieser keineswegs glimpflich davon kommt. Eric, würdest du bitte übernehmen.«

Jean-Luc sah seinen Mitarbeiter aufmunternd an und ging zurück zu seinem Stuhl. Alle Augen waren jetzt auf Eric gerichtet, der den Platz seines Chefs vorne an der Projektionswand übernommen hatte. *Jetzt nur keinen Scheiß bauen!* Eric atmete noch mal tief durch.

»Ja, Frau Bundeskanzlerin«, griff er den Faden von Jean-Luc direkt auf, »die geforderte CO2-Reduzierung im Verkehrssektor von 17 Prozent gegenüber Business-as-usual sieht auf den ersten Blick mager aus. Besonders, wenn man sich vergegenwärtigt, dass dies weltweit in absoluten Zahlen in den nächsten Jahren immer noch eine Erhöhung des Kraftstoffverbrauchs bedeutet.[5] Aber eines muss man sich dazu im Detail ansehen, bevor man die Schwere der Herausforderung wirklich beurteilen kann. Nämlich die gleichzeitige Entwicklung des weltweiten Fahrzeugbestands.«

Neugieriges, aber etwas unsicheres Nicken aller Beteiligten.

In den nächsten zehn Minuten erläuterte Eric seinen Zuhörern in mehreren

---

5 Details siehe Anhang, Punkt 2: Szenario 450 für den weltweiten Straßenverkehr

Charts die prognostizierte Verdoppelung auf zirka zwei Milliarden Fahrzeuge. Und legte damit den Fokus klar auf den Straßenverkehr. *Was? Eine Verdopplung?* Ein überraschtes Raunen ging durch die Runde. Erstmals entstand eine gewisse Unruhe in dem großen Konferenzraum der deutschen Botschaft.

»Kaum zu glauben! Stimmt das? In nur 20 Jahren eine komplette Verdopplung?«, kam es auch von der Kanzlerin. Eric hielt dem intensiven Blick in seine Richtung stand. *Jetzt nur nicht nervös werden. Wir haben das lange genug recherchiert.*

»Ja, wir waren damals ähnlich überrascht wie sie. Und schockiert. Aber das bereits gewaltige Wachstum in den Nicht-OECD-Staaten wird sich in den nächsten Jahren unvermindert fortsetzen. Ob wir es wollen oder nicht! Besonders in China.«

In weiteren Charts erläuterte Eric mit Unterstützung von Lisa die dort zu erwartende Entwicklung. Blankes Erstaunen in der Runde.

»Das heißt«, fasste er zusammen, »auch wenn man in allen chinesischen Großstädten einen öffentlichen Nahverkehr von der Qualität einer vorbildlichen, europäischen Stadt wie München unterstellt, ist eine Vervierfachung – ja, eine Vervierfachung - des Fahrzeugbestands bis 2030 in dem Land kaum zu vermeiden. Und man hätte dann immer noch eine deutlich, geringere Fahrzeugdichte als in Deutschland. Was wiederum bedeutet, dass das Wachstum in diesen Ländern zu diesem Zeitpunkt mit aller Wahrscheinlichkeit noch nicht beendet ist.«

Lisa setzte nach. »Und wenn man ähnliche Steigerungsraten für alle Nicht-OECD-Staaten ansetzt, wächst der Bestand dort von heute knapp 400 Millionen auf 1,2 Milliarden. Die restlichen 800 Millionen fahren dann auf den Straßen der OECD-Staaten. Was ja nur noch einer 30-prozentigen Steigerung gegenüber heute bedeutet. Das heißt, in den nächsten zwanzig Jahren werden die klassischen Märkte USA, Europa und Japan/Korea ihre Dominanz auch in absoluten Zahlen verloren haben.«

»Damit ist auch klar, wieso Märkte wie China für die deutsche Automobilindustrie heute so wichtig sind und immer noch wichtiger werden«, fügte Hans Weidner an, der die Betonung Chinas bereits aus seinen zahlreichen Gesprächen mit führenden Auto-Managern kannte. Nur die gigantische Entwicklung weltweit war ihm so bisher nicht klar gewesen.

Nachdenkliches Raunen in der Runde. Eric führte zum Thema zurück.

»Gleichzeitig darf sich aber nach unserem Szenario 450 weltweit der absolute Kraftstoffbedarf im Straßenverkehr nicht verdoppeln, sondern nur um die besagten zirka 15 Prozent erhöhen. Dies zeigt nun hoffentlich deutlich eher die Brisanz unserer Forderung. Um nicht zu sagen, das ist eine wahre Herkulesaufgabe für den Verkehrssektor!«

Breite Zustimmung, auch bei der Kanzlerin.

»Richtig brisant wird es aber erst«, fuhr Eric fort, als er sich sicher war, dass er wieder die volle Aufmerksamkeit seiner Zuhörer hatte, »wenn man sich die notwendige Entwicklung alleine in den OECD-Staaten ansieht. Pierre, bitte das nächste Chart. Hier sehen sie, dass diese Länder ihren absoluten Kraftstoffbedarf tatsächlich um ein Drittel reduzieren müssen. Das ergibt in leicht nachvollziehbarer Arithmetik eine Halbierung des Kraftstoffbedarfs pro Fahrzeug, die in weniger als den nächsten drei Fahrzeuggenerationen erreicht werden muss. Eine gigantische Herausforderung, besonders wenn man bedenkt, dass in den letzten gut 40 Jahren keine auch nur annähernd vergleichbare Entwicklung vollbracht wurde.«

Erstmals wurde es richtig unruhig im Raum. Die Kanzlerin schritt mit einer scharfen Handbewegung ein.

»Herr Brinneau, und was bedeutet das ganz konkret für den deutschen Markt?«

»Dass jeder PKW auf deutschen Straßen im Schnitt statt heute knapp 8 Liter in 2030 nur noch 4 Liter pro hundert Kilometer verbrauchen darf. Das entspricht zirka 90 Gramm CO2-Ausstoß pro gefahrenem Kilometer.«

Immer noch Unruhe im Raum. Einer der Mitarbeiter der Kanzlerin, der sich bisher noch nicht zu Wort gemeldet hatte, beugte sich nach vorne und merkte in leicht überlegenem Ton an. »Aber da liegen wir ja dann mit unserer neuen, so hart erarbeiteten EU-Zielvorgabe von 95 Gramm absolut im Zielkorridor.«

Eric war froh, dass er auf diesen Punkt, der ja irgendwie kommen musste, so gut vorbereitet war. Dennoch wurden die Innenseiten seiner Hände wieder feucht. *Es war nun mal ein sehr haariges Thema, gerade auch für die deutsche Kanzlerin, die sich ja selbst für dieses Ziel in Brüssel stark gemacht hatte.* Die anderen Mitarbeiter der Kanzlerin sahen ihren Kollegen überrascht an und blickten dann neugierig zu Eric hinüber. War damit wirklich alles im grünen Bereich?

»Leider muss ich Sie enttäuschen.« Wieder Raunen im Raum. Die Kanzlerin beobachtete die Situation genau. *Wusste Sie bereits, was kam?* Er war sich nicht sicher. »Die beiden Zahlen sind leider nicht wirklich vergleichbar.«

»Wieso denn das?«, warf der Mitarbeiter jetzt etwas ärgerlich hinterher, nachdem er spürte, dass er in den nächsten Sekunden wohl in die Defensive geraten würde.

»Naja«, erwiderte Eric, während er sich kurz einen kleinen Schweißtropfen von der Brille wischte, »erstens handelt es sich bei dem von Ihnen erwähnten EU-Wert um eine Forderung für den Verbrauch der Neuwagenverkäufe, was ja weit weg vom Gesamtbestand aller Fahrzeuge ist. Und zweitens wird dieser Wert in einem künstlich kreierten Fahrzyklus ermittelt, der, auch nach Aussagen renommierter deutscher Institute, nur wenig mit dem realen Betrieb zu tun hat. Das heißt, die in dem Zyklus ermittelten Werte sind bis zu dreißig Prozent besser als die tatsächlichen Werte, die die Fahrzeuge dann auf der Straße erreichen.«

»Oh«, kam jetzt nur noch kleinlaut von dem Mitarbeiter, während er einen bösen Blick der Kanzlerin erntete.

»Dann fahren Sie bitte mit ihren Ausführungen fort, Herr Brinneau«, wandte sie sich wieder an den IEA Experten.

»Tatsächlich müsste man wohl einen Durchschnittswert von ungefähr 70 Gramm pro Kilometer ab 2020 für alle Neuwagenverkäufe fordern. Auf dem Papier! Und das ohne jede Ausnahme! Nur so ist der reale Verbrauch im gesamten Fahrzeugbestand auf unseren Zielwert von weniger als 4 Litern pro hundert Kilometer zu bringen.«

»Sie meinen, Herr Brinneau«, warf die Kanzlerin mit einem kleinen, ersten Lächeln ein, »dass unser Kampf in den letzten Jahren für eine Aufweichung dieser EU-Forderung eigentlich völlig kontraproduktiv war. Zumindest, wenn man die Einhaltung der Klimaziele an die oberste Stelle der Prioritätenliste setzt.«

Eric musste jetzt ebenfalls ein bisschen lächeln. Die Kanzlerin wusste ganz genau, wovon er sprach, und entschärfte die Situation souverän, indem sie selber auf den Faupax in der deutschen Politik hinwies.

»Ja, so könnte man es sagen«, antwortete er, ihrem Blick standhaltend.

Angespannte Ruhe im Raum. Eric bat Pierre um die zwei vorbereiteten Charts speziell für den deutschen Markt und fuhr fort.

»Für den Gesamtkraftstoffverbrauch auf deutschen Straßen sieht die Zielvorgabe bis 2030 damit folgendermaßen aus: Von seit 1990 nahezu unveränderten 66 Milliarden Litern pro Jahr um ein Drittel ´runter, auf zirka 44 Milliarden Liter. Das entspricht umgerechnet einer jährlichen CO2-Einsparung von fast 60 Millionen Tonnen. Und wäre damit der von Ihnen angesprochene und eingeforderte, substantielle Beitrag des Verkehrssektors.«

Sein Chef ergänzte mit geschicktem Gespür für die aktuell sehr positive Gesprächssituation.

»Wir würden sogar noch weiter gehen, Frau Bundeskanzlerin. Und sagen, dass dieser Beitrag nicht nur entscheidend für die Zielerreichung und Energiewende in ihrem Land ist. Sondern, dass ohne diese Vorreiter-Rolle

Deutschlands bei der Trendwende im Straßenverkehr die Chancen zur Begrenzung der CO2-Emissionen in anderen Schlüsselmärkten wie China oder den USA sehr, sehr gering sind. Wenn Deutschland, das die Einführung erneuerbarer Energien so bravourös gemeistert hat, diese Wende im Straßenverkehr jetzt nicht hinbekommt, dann sehen wir ziemlich schwarz für den Rest der Welt! Um es deutlich auf den Punkt zu bringen.«

Eric und die anderen Kollegen waren überrascht von der ruhigen, aber klaren Ansage ihres Chefs. Ja, natürlich dachten sie das gleiche, aber es auszusprechen war doch etwas ganz anderes.

Die Blicke in der Runde schwenkten zur Kanzlerin. Die eigenen Mitarbeiter waren sich offensichtlich unklar, wie die Reaktion ausfallen würde. Die deutsche Automobilindustrie war bisher ein wohl gehegtes und gepflegtes Kind der Kanzlerin, auf das sie nur wenig kommen ließ. Doch sie sah den IEA Chef nur ruhig an und erwiderte.

»Herr Garçon, ich kann Ihre Einschätzung nur teilen. Danke für die klaren Worte. Und diese beeindruckende Präsentation. Ich habe, ehrlich gesagt, gerade eben zum aller ersten Mal eine saubere Überleitung von den globalen Zielen hin zu den Forderungen an den deutschen Straßenverkehr bekommen. Und auch verstanden. Wirklich sehr beeindruckend! Und die Zahlen sind ja ziemlich einprägsam. Von heute ungefähr 66 Milliarden Litern Kraftstoffbedarf pro Jahr auf 44 in 2030, richtig? Das wäre dann definitiv erstmals ein nennenswerter Beitrag des Verkehrssektors zu unseren nationalen CO2-Zielen. Damit bleibt aber immer noch meine dritte Frage im Raum stehen. Wie kriegen wir diese CO2-Reduzierungen bei den Straßenfahrzeugen tatsächlich umgesetzt? Ist ja kein leichtes Unterfangen, wie wir alle wissen. Haben sie hier vielleicht ebenfalls schon ein paar interessante Ansätze für uns?«

Die Mitarbeiter der Kanzlerin machten sich zunehmend mehr Notizen. Jean-Luc sah Eric an, der den aufmunternden Blick seines Chefs verstand und entsprechend fortfuhr. *Jetzt nur nicht schlapp machen!*

»Ja, Frau Bundeskanzlerin, wir haben uns natürlich auch zur Umsetzung erste, konkrete Gedanken gemacht. Denn ohne konkrete Ansätze werden die Ziele ja schnell als völlig unrealistisch verworfen. Also haben wir uns noch mal intensiver mit dem Stand der heutigen Antriebstechnik beschäftigt. Mit einer klaren Erkenntnis: ein Durchschnittsverbrauch von weniger als 4 Litern im deutschen Fahrzeugbestand ist mit konventionellen Antrieben schlicht undenkbar. Zumindest nicht bis 2030. Es sei denn, alle fahren bis dahin nur noch Kleinwagen und halbieren damit das Durchschnittsgewicht aller Fahrzeuge.«

Vereinzeltes Grinsen in der Runde, als sich einige den Umstieg auf einen solchen Kleinwagen als Dienstfahrzeug vorzustellen versuchten. *Nein, das war wohl keine Lösung für Deutschland.*

»Pierre, bitte das nächste Bild. Damit bleibt aus unserer Sicht nur ein einziger, erfolgversprechender Weg.« Eric war in seinem Element. *Jetzt oder nie! Einen besseren Adressaten für ihr Konzept konnte er nicht finden. Also ganz ruhig.* Er rückte noch mal die Brille zurecht und holte tief Luft.

»Wir müssen alternativ bis 2030 so viele Null-Emissions-Fahrzeuge in den Fahrzeugbestand eingeführt haben, dass sich für die verbleibenden konventionellen Fahrzeuge ein realisierbarer Verbrauchszielwert ergibt. In einer umfangreichen Simulation haben wir die Zielwerte ermittelt und hier dargestellt.«

Eric sah die völlig ungläubigen Blicke im Raum, als das Bild auf der Projektionswand erschien. »Ja, die Zahlen sind leider ebenfalls ziemlich... ähh, dramatisch. Wir brauchen mindestens 20 Prozent Null-Emissions-Fahrzeuge. Bis 2030, im Fahrzeugbestand! Nur so lässt sich die Zielanspannung für die verbleibenden, zirka 80 Prozent, konventionellen Fahrzeuge von 4 auf 5 Liter vermindern. Diese 5 Liter wiederum halten wir für realisierbar, da sie dicht an der EU-Vorgabe für Neufahrzeuge von 95 Gramm CO2 pro Kilometer liegen. Das heißt, wenn diese 95 Gramm für alle konventionellen Neufahrzeuge ab 2020 erreicht werden, dann besteht unserer Einschätzung nach eine gute Chance, dass der gesamte konventionelle Fahrzeugbestand bis 2030 diese 5 Liter Verbrauch auch im realen Betrieb schafft.«

Das saß. Absolute Stille im Raum. Keiner rührte sich.

»Dazu kommen dann aber noch, wie gesagt, jene 20 Prozent Null-Emissions -Fahrzeuge im Gesamtbestand, die überhaupt keinen fossilen Kraftstoff mehr verbrauchen dürfen. Nur dann geht der jährliche Kraftstoffverbrauch im deutschen Straßenverkehr um ein Drittel zurück.«

Nach einigen Sekunden hakte die Kanzlerin nach. »Sie wollen damit sagen, dass wir eigentlich die EU-Richtlinie für Neuwagenverkäufe ausschließlich auf konventionelle Fahrzeuge beschränken müssten. Das heißt, kein Hinzuzählen mehr von reinen Elektrofahrzeuge oder Plug-in-Hybride. Und uns darüber hinaus etwas ganz neues überlegen müssten, wie wir den Anteil von Zero-Emission-Fahrzeugen am Gesamtbestand bis 2030 auf mindestens 20 Prozent bringen. Habe ich Sie da richtig verstanden?«

»Absolut.«

»Das wären dann wieviele EVs bis 2030 in Deutschland?«

»Mindestens 10 Millionen.«

Man konnte die noch mal gestiegene Anspannung bei allen Beteiligten spüren. Eric war sich fast sicher, dass jeder der Mitarbeiter gerade an die bereits so umstrittene Forderung nach einer Million EVs bis 2020 dachte. Nur traute sich keiner, das Thema anzusprechen.

Bis auf die Kanzlerin, die wahrlich in Hochform geriet. »Herr Brinneau, Sie wollen damit auch sagen, dass unser Eine-Million-Ziel für 2020, das wir leider nach aktuellen Abschätzungen mit großer Wahrscheinlichkeit verfehlen werden, noch viel zu niedrig ist, richtig?«

»Naja, ganz so extrem würde ich es nicht formulieren. Aber je weniger Sie natürlich bis 2020 erreichen, desto härter wird die Aufgabe für die verbleibenden zehn Jahre.«

»Und was würden Sie vorschlagen, um die bisher im Markt so massiv vorhandene Trägheit zur Einführung von EVs zu überwinden? Und das schnell?«

Die Kanzlerin wollte es jetzt wissen. *Ja, das war die Gretchenfrage! Wer würde all diese EVs kaufen?* Gut, dass sich Eric und seine Kollegen in den letzten zwei Tagen noch mal intensiver mit den potentiellen Kernansätzen speziell im deutschen Markt beschäftigt hatten, auch wenn ihnen die Umsetzung bei weitem noch nicht klar war.

»Da gibt es aktuell eigentlich nur einen vielversprechenden Ansatz. Aus unserer Sicht.« Absolute Stille im Raum. Gebannt sahen alle auf Eric. »Wie Sie vielleicht wissen, sind heute in Deutschland mehr als 10 Millionen Fahrzeuge als Zweitwagen angemeldet. Alles Fahrzeuge, die nahezu ausschließlich für die täglichen Erledigungsfahrten oder die kurze Strecke zur Arbeit eingesetzt werden. Diese Leute müssten in der Breite auf EVs umzustellen. Auch wenn sie es bis heute noch nicht tun. Das heißt, wir müssen schnellstmöglich verstehen, was diese Leute bisher daran hindert. Und, noch viel wichtiger, was sie zu einem Schwenk auf EVs motivieren würde! Und dann diese Schiene konsequent fahren.«

Die Kanzlerin sah nachdenklich in die Runde. »10 Millionen Zweitwagen -Besitzer? So viele? Auf EVs umstellen? Sehr interessanter Ansatz. Sollten wir uns genauer ansehen«, sagte sie fast wie zu sich selbst.

Die Mitarbeiter der Kanzlerin schienen überwältigt von der Fülle an neuen Informationen und dem Verlauf der Diskussion. Betretenes Schweigen.

Die Kanzlerin blickte erneut in die Runde. »Das reicht, glaube ich, für heute. Oder?« Zustimmendes Kopfnicken. Dann wandte sie sich wieder mit zufriedenem Gesichtsausdruck an die IEA-Leute und fuhr fort.

»Herr Garçon, Herr Brinneau, liebes IEA-Team. Vielen, vielen Dank! Ganz ausgezeichnet. Mein Herr Weidner lag absolut richtig, als er mir zu diesem

Treffen riet. Ich habe jetzt ein deutlich besseres Bild zu den Herausforderungen im Verkehrssektor. Hier muss und wird definitiv etwas passieren! Ich werde von meinem Zwei-Grad-Ziel bei der Erderwärmung nicht abweichen. Kann ich gar nicht, in Anbetracht unserer Verantwortung für die nachfolgenden Generationen. Und ich kann und werde nicht akzeptieren, dass der Verkehrssektor, egal wie schwer es ist, weiterhin eine Sonderbehandlung erhält! Ihr entwickeltes Szenario 450 stellt wahrlich eine ganz ausgezeichnete Diskussionsbasis für eine ausgewogene Verteilung der Lasten zwischen den einzelnen Sektoren dar. Sehr merkwürdig, dass mir diese Unterlage bisher so wenig geläufig war. Nochmals vielen Dank.«

Und dann war das Treffen etwas abrupt beendet. Die zwei Stunden waren wie im Flug vergangen. *Wow?* Eric erhob sich halb in Trance. *Waren sie tatsächlich mit ihren Ansätzen durchgedrungen? Kam jetzt doch noch mal neuer Schwung in die Klimadiskussion? Gerade in Bezug auf den weltweiten Straßenverkehr? Er konnte es fast nicht glauben.* Lisa und Pierre warf ihm ein kurzes Daumen-hoch-Signal zu. *So schlecht kann es ja dann nicht gewesen sein. Yes!*

Die Kanzlerin und ihre Mitarbeiter hatten sich ebenfalls erhoben. Die große Tür des Konferenzsaales ging wie von Geisterhand auf und die deutsche Botschafterin erschien. Die Kanzlerin nickte ihr kurz zu, ging aber um die andere Seite des großen Tisches herum und direkt auf Eric und seinen Chef zu.

»Vielen, vielen Dank noch mal«, sagte die Kanzlerin und reichte ihnen die Hand, »ganz ausgezeichnete Arbeit, wirklich. Herr Garçon, können Sie sich vorstellen, mir Ihren Herrn Brinneau für einige Zeit zur Verfügung zu stellen. Ich denke, wir brauchen eine neue, schlagkräftige Expertengruppe, die die Trendwende im Verkehrssektor endlich auf die Schiene bringt. Dabei würde ich nur sehr ungern auf Ihre Unterstützung verzichten.«

Jean-Luc schluckte. Das war eine dieser Einladungen, die man nicht wirklich ablehnen konnte. Auch wenn das Reiseziel noch etwas im Nebel lag. Daher war die Antwort einfach und kurz. »Selbstverständlich.«

»Das freut mich. Mein Herr Weidner wird sich bei ihnen melden.« Ein letztes kurzes Lächeln und schon war die Kanzlerin auf dem Weg hinüber zur deutschen Botschafterin, die ganz offensichtlich froh war, endlich wieder Teil der Runde zu sein.

Der Botschaftsassistent bat die IEA Experten, noch für einige Minuten im Konferenzraum zu verweilen. Die Kanzlerin zog sich für ein paar Minuten mit ihrer obersten Vertreterin in Frankreich zurück, während ihre Mitarbeiter alles für die Abfahrt an den Flughafen vorbereiteten.

Eine viertel Stunde später war der Konvoi mit der Kanzlerin und der obligatorischen französischen Polizeieskorte abgefahren. Die Botschafterin zeigte den IEA-Leuten noch für eine kurze Zeit die überraschende große und schön gestaltete Gartenanlage hinter dem etwas steril wirkenden Hauptgebäude. Damit wollte sie sicherstellen, dass eventuell wartende Journalisten vor der Botschaftseinfahrt keinen direkten Zusammenhang zwischen dem Besuch der deutschen Kanzlerin und der Abfahrt der IEA Experten herstellten. Als Eric und die anderen in die beiden dunklen Botschafts-Limousinen stiegen, war bereits wieder der normale Alltag an der deutschen Botschaft eingekehrt. Gegen 18 Uhr verließen die Fahrzeuge völlig unbemerkt das Gelände und verschwanden schnell im dichten Pariser Feierabendverkehr.

Der Anfang war gemacht. Definitiv! Eric und die anderen wussten, dass sie ihre Chance genutzt hatten. Was sie nicht ahnten, war die Anzahl an Reaktionen, die sie damit auslösten. Weltweit. An den verschiedensten Stellen. In unterschiedlichster Ausprägung.

BERLIN, ZENTRUM, AM SELBEN ABEND

Karl Röhmer war in seinem Element. Er beugte sich vor, nahm das Mikrofon in die Hand und ließ ein paar Sekunden verstreichen, um seiner Aussage noch mehr Wirkung zu verschaffen. *Nein,* antwortete er dann auf den gerade gemachten Vorwurf vom Vertreter des noch jungen Elektromobilitäts-Verbandes, *die Entwicklungsanstrengungen der Automobilindustrie auf dem Gebiet alternativer Antriebe wären nicht zu gering. Ganz im Gegenteil!* Souverän listete er die Milliardensummen auf, die in den Entwicklungsabteilungen seiner Mitglieder in den letzten Jahren insgesamt für Fahrzeugentwicklungen ausgegeben wurden. Das beeindruckte die Zuhörer immer wieder, das konnte er auch hier merken. Wieviel davon wirklich in die neuen Antriebstechnologien flossen, und nicht für ein weiteres, milliardenschweres Facelift eines konventionell angetrieben Fahrzeuges ausgegeben wurde, ließ er offen.

Karl Röhmer war ein viel gefragter Gast in den immer noch zahlreichen Podiumsdiskussionen zur Entwicklung der Elektromobilität. Wenn die reine Anzahl der Veranstaltungen als Indikator für den Markterfolg gestanden hätte, dann müssten Elektroautos heute im Absatz bereits durch die Decke schießen. Aber das war weit gefehlt. Dieser Misserfolg zerrte an den Nerven der Protagonisten, das konnte man spüren.

Der Moderator versuchte dem Vertreter des Elektromobilitäts-Verbandes zur Seite zu springen und hakte bei Karl Röhmer und den Vertretern zweier Fahrzeug-Hersteller nach. Auch wenn die Entwicklungssummen enorm wären, würden die Erfolge bei der Verbrauchsreduzierung doch eher spärlich ausfallen? Sonst würde es doch nicht die neuen Forderungen der EU zu einer weiteren CO2-Reduzierung geben?

Karl Röhmer konterte, indem er zahlengewandt auf die bisherigen Erfolge bei den CO2-Emissionen der Neuwagenflotten hinwies und gleichzeitig die neuen Zielwerte für 2020 begrüßte. Dass die Vorgaben durch Ausnahmeregelungen aufgeweicht wurden und zur Erreichung der Verbrauchsziele in den Bestandsflotten bei weitem nicht ausreichten, wurde dabei nicht erwähnt. War ja auch nur den wenigsten bekannt!

Im letzten Teil der Diskussion ging es dann noch mal etwas tiefer in die Ursachenforschung zum bisher so mageren Erfolg der Elektrofahrzeuge. Die Befürworter dieser Technologie beklagten, wie fast immer, die hohen Preise und die begrenzte Reichweite der rein elektrisch angetriebenen Fahrzeuge. Und lieferten dem Verbandspräsidenten wieder eine Steilvorlage.

Die Batterietechnologie stecke halt immer noch in den Kinderschuhen! Man würde jetzt zwar enorme Summen, wie er ja bereits ausgeführt hatte, *in die Entwicklung investieren, aber die Erfolge bräuchten einfach ihre Zeit!* Ergänzend verwies er auf die jüngsten Erfolge bei der Brennstoffzelle, die das Reichweitenproblem lösen könnten. Aber auch hier brauchte man noch Zeit. *Und die hohen Preise bei neuen Produkten wären ja wohl etwas ganz Normales,* erklärte er souverän. Hier könnten, wenn überhaupt, nur staatliche Mittel Abhilfe schaffen!

Die Zuhörer gewannen mal wieder aus dem Munde eines hohen Vertreters der Automobilindustrie den Eindruck, dass vieles getan wurde und der Erfolg eigentlich unvermeidbar war. Quasi vor der Tür stand! Aber es dauerte halt noch.

Und zuletzt verwies Karl Röhmer, wie fast immer, auf die mangelhafte Gesamt-CO2-Bilanz der Elektrofahrzeuge, solange die Stromerzeugung noch zu größten Teilen aus fossilen Quellen stammte. *Ein weiterer Grund, nicht zu sehr aufs Tempo zu drücken!* Auch hier erntete er einige Zustimmung.

Der Verbandspräsident wunderte sich zum wiederholten Male, wie wenig ihm die Befürworter eines schnelleren Technologiewechsels entgegen hielten. Seiner souveränen Art und dem Fundus an beeindruckenden Zahlen konnten sie nur selten wirklich Paroli bieten. *War ihm nur Recht! Machte den Job einfacher.*

Dass die bisher angebotenen Fahrzeuge, unabhängig vom Preis, nicht wirklich attraktiv waren und meist wie Verzichtsprodukte aussahen, kam nur selten zur Sprache. Das konnten beeindruckende Ausnahmen wie die Tesla-Fahrzeuge nicht wirklich ändern. Auch die meist sehr unattraktiven Leasingangebote der etablierten Hersteller, die den Endkunden zur kompletten Übernahme des Restwert-Risikos bei den neuen Elektroautos zwangen, wurden nicht erwähnt. Ganz zu Schweigen von der meist stiefmütterlichen Unterstützung dieses Technologieschwenks durch Politik und öffentliche Meinung! Trotz aller Lippenbekenntnisse.

Stattdessen appellierten die Befürworter an das ökologische Gewissen der Endkunden! Und, dass Verzicht auch etwas grundsätzlich Gutes habe.

Spätestens zu diesem Zeitpunkt wusste Karl Röhmer, dass er die Runde für sich gewonnen hatte. *Die vielen, verwöhnten Autofahrer wollten auf nichts verzichten! Gerade nicht bei ihrem Lieblingsspielzeug und Statussymbol!* Und ökologisch waren sie bereits. Nach ihrem Empfinden. Denn sie fuhren ja die modernsten Produkte deutscher Ingenieurkunst. *Was konnte es da noch besseres geben?*

So endete auch diese Podiumsdiskussion wie viele andere. Die Elektromobilität wurde von allen öffentlich gepriesen, aber Wege zur beschleunigten Einführung wurden nicht gefunden. Wollte nicht gefunden werden.

Der Moderator verabschiedete, selbst etwas resigniert, seine prominenten Teilnehmer. Karl Röhmer verließ zufrieden die Bühne und nahm sein Smartphone heraus. Es war immer noch auf stumm geschaltet. Zum wiederholten Male sah er die Nummer auf seinem Display. Jemand versuchte bereits mehrfach, ihn zu erreichen. Diesmal ging er ran.

Er erkannte die Stimme. Der Anrufer informierte ihn nur kurz angebunden über ein gerade in Paris stattgefundenes Treffen zwischen der Kanzlerin und Verkehrsexperten der IEA. Ja, die Kanzlerin hatte die Absicht, einen neuen, vehementen Vorstoß zur CO2-Reduzierung im Verkehrssektor zu unternehmen. Mehr konnte er noch nicht sagen. Karl Röhmer hörte nur zu, bedankte sich knapp und beendete das Gespräch. Er wollte die Mobilfunk-Verbindung nicht zu lange aufrechterhalten. Trotz der neuesten Sicherheits-Software auf seinem Handy, die er sich vor wenigen Wochen hatte extra installieren lassen.

Äußerlich verließ der Verbandspräsident den Raum in völliger Ruhe. Er nickte sogar dem einen oder anderen bekannten Gesicht noch freundlich zu. Doch innerlich herrschte jetzt Alarmstufe rot. *Hier liefen ganz offensichtlich Dinge an ihm vorbei! Dinge, die er eigentlich kennen sollte. Ja, aktiv steuern sollte! Verdammt!*

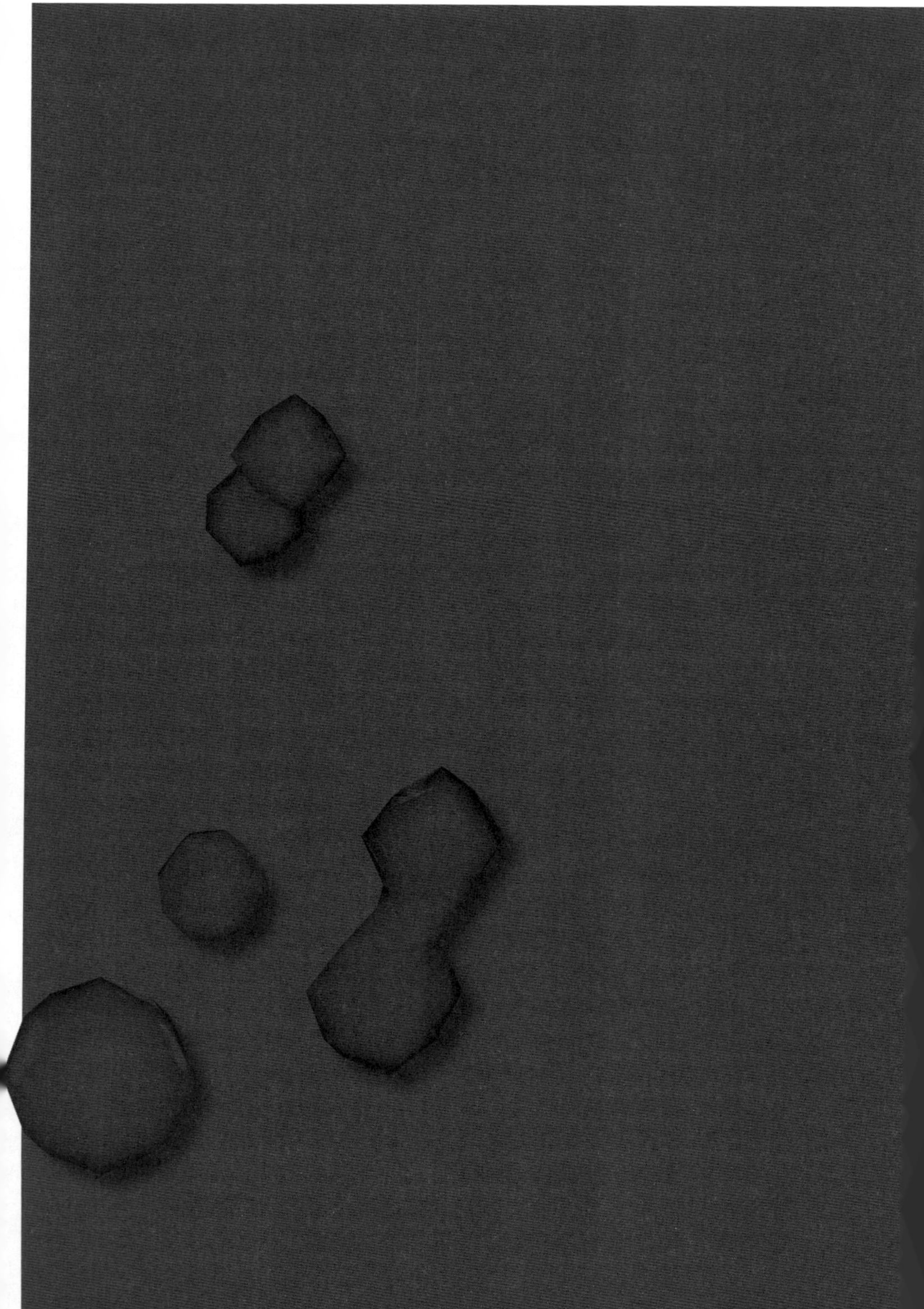

TEIL 2

SECHS MONATE SPÄTER

FORT MCMURRAY, PROVINZ ALBERTA, KANADA, SPÄTHERBST

Seine Chefin hatte Jeff für fast vier Monate aus dem Verkehr gezogen, um ihn zu schonen. Der Anschlag in Nigeria hatte ihn mitgenommen. Das konnte man sehen. Sogar seine Chefin sah es, die sonst auf nichts und niemanden Rücksicht nahm.

Die Hintergründe des Anschlags waren noch nicht ganz aufgeklärt. Sein Mittelsmann Petrov war zwar fast unverletzt davongekommen, aber immer noch wutentbrannt. Er hatte bereits vor ihrem Besuch beträchtliche Summen ausgegeben, um zumindest den Zugang in das potentielle, neue Öl-Fördergebiet zu sichern. Aber ganz offensichtlich nicht genug. Eine verfeindete Widerstandsgruppe in der Region hatte irgendwie von dem Deal Wind bekommen. Und ihnen einen Strich durch die Rechnung gemacht. Sie konnten von Glück reden, dass sowohl das von ihrer Firma bezahlte, private Rettungsteam, als auch Regierungstruppen aus einem nahen Standort so schnell vor Ort waren. Sonst wären sie wahrscheinlich nicht mit dem Leben davon gekommen.

Petrov war hart im Nehmen. Für ihn war der Deal noch nicht geplatzt. Aber bis jetzt waren sie keinen Schritt weiter gekommen. Und Jeff´s Erholung zog sich länger hin als geplant. Seine Chefin aber wollte niemand anderen aus ihrem Team hinunterschicken. Also musste Petrov warten.

Nachdem Jeff wieder im Büro war, ließ man ihn zwei Monate lang Schreibtischarbeit erledigen. Man wollte ganz sichergehen, dass einer ihrer erfahrendsten Dealmaker auch wirklich voll genesen war. Denn es gab nur wenige, die diesen Job machen wollten. Und auch konnten.

Doch jetzt war Jeff wieder im Flieger. Diesmal zusammen mit seiner Chefin, und kurz vor der Landung auf dem Flughafen von Fort McMurray, im Norden der Provinz Alberta in Kanada. Er beugte sich vor und sah zum Fenster hinaus. Ihr Firmenflugzeug zog gerade in niedriger Höhe an dem Flughafengelände vorbei, um dann in einem letzten großen Bogen den Landeanflug einzuleiten.

»Wow, das letzte Mal, als ich hier oben war«, sagte Jeff und beugte sich noch ein Stückchen weiter vor, »sah der Flughafen aber noch ganz anders aus!

Was ist denn das riesige Gebäude dort hinten?«

»Das neue Terminal. Wurde erst vor kurzem eröffnet«, antwortete seine Chefin ohne den Blick von ihren Unterlagen zu lassen, »Fort McMurray ist jetzt eine richtige Boomtown. Der am schnellsten wachsende Flughafen in Kanada, soviel ich weiß. Deswegen müssen wir ja auch hin.«

Der Flughafen glitt schnell aus Jeff´s Blickfeld, als der Jet weiterausholte. Und dann sah er sie. Die riesigen Ölsand-Abbaugebiete, die Fort McMurray auf die Landkarte vieler, teuer eingerichteter Büros brachten und Kanada in die Top-Riege der ölexportierenden Länder aufsteigen ließen.

Alberta, Kanada
Ölsand-Vorkommen, Grobübersicht
Insgesamt auf ca. 150.000 km2 Fläche

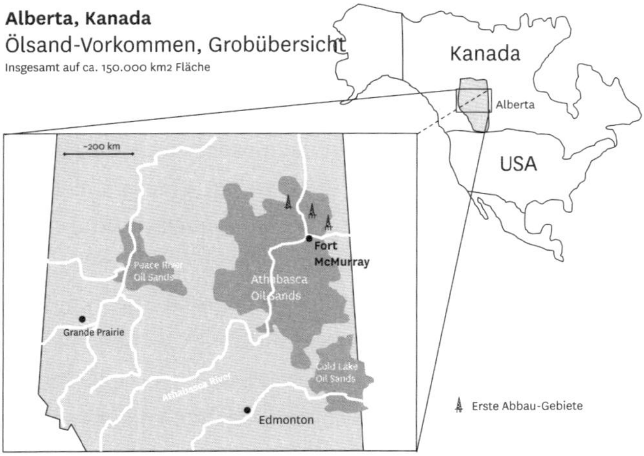

Quelle: Google Maps, eigene Recherchen

Der Blick von oben war brutal. Sogar für Jeff Simson, der fast alle Ölfördergebiete dieser Welt gesehen hatte. Gigantische Flächen ursprünglicher Taiga -Wälder wurden in diesem fast unbewohnten Gebiet Nord-Albertas gerodet, um an die meist direkt unter der Erdoberfläche befindlichen Ölsande heranzukommen. Eine teerähnliche Masse, die auf riesigen Lastern aus den fast 30 Meter tiefen Gruben in die nahe gelegenen Separationsanlagen transportiert wurde. Und dann sah er auch die großen, künstlich angelegten Seen, die die nach der Separation rückständigen Wasser- und Schlammmassen auffingen. *Der verführerische Goldton ihrer in der Sonne schimmernden Oberflächen passte so gar nicht zu den hochgiftigen Inhalten,* dachte Jeff, der sich in den letzten beiden

Monaten intensiver mit der Materie befasst hatte. Denn eigentlich war er nicht der Experte für die Ölgewinnung aus solchen Teersanden. Aber seine Chefin wollte ihn unbedingt dabei haben. *Hatte sie immer noch ein schlechtes Gewissen wegen der Geschichte in Afrika?* Konnte Jeff fast nicht glauben. Für kurze Zeit dachte er ganz ans Aufhören. Er hasste den Job immer noch. Gerade solche Anblicke wie jetzt aus dem Flugzeug waren nicht dazu angetan, ihn zu motivieren. *Was tat er hier eigentlich? Verträge abschließen, die es seiner Firma erlaubten, unter dem Mantel der Legalität die Umweltverschmutzung, ja sogar Zerstörung, auf der Erde in großem Stile voranzutreiben? Wofür? Damit wir noch mehr Benzin in unseren Autos verbrennen konnten? Wo sollte das auf Dauer noch hinführen? Gab es keine besseren Lösungen als weiter und weiter zu bohren und die letzten Ölreserven aus Mutter Erde herauszuquetschen? Mit immer höherem Risiko für Mensch und Umwelt!* Aber irgendwie kam er nicht davon los. Fast wie eine Droge. Und die Bezahlung war fantastisch. Zumindest solange sie Erfolge vorweisen konnten.

Also war er wieder unterwegs und versuchte, seiner Firma die Rechte an einem weiteren, bisher nicht genutzten Abbaugebiet zu sicheren. Jede noch so schwierige Möglichkeit kam nun auf den Tisch. Der immer höhere Ölpreis, der den unaufhörlich wachsenden Hunger der Verbraucher widerspiegelte, trieb die Gier der Produzenten geradezu ins Unermessliche. Und die Konkurrenz schlief nicht. Ein Spiel mit harten Bandagen, bei dem nur die Schnellsten und Gewieftesten gewannen.

Ab einem Ölpreis von 75 Dollar pro Barrel konnte auch die sehr aufwendige Trennung und Aufbereitung des stark verunreinigten Öls aus dieser teerartigen Masse hier in Kanada erfolgreich betrieben werden. Vorausgesetzt, die Umweltauflagen verschlangen nicht zu große Summen.

An diesem Punkt war ihr, sein Verhandlungsgeschick gefragt. Je größer die Zugeständnisse an die lokalen Behörden bei der Reinigung der in riesigen Mengen auftretenden, giftigen Abfallprodukte und der Wiederherstellung der natürlichen Vegetation, desto größer die Wahrscheinlichkeit, den Zuschlag zu bekommen. Auf der anderen Seite nahmen dann die finanziellen Risiken enorm zu und machten das Projekt für die Konzerne eher unattraktiv. Also suchte man immer nach Wegen, sich bei den Umweltthemen nicht zu weit aus dem Fenster zu legen, ohne gegenüber der zahlreichen Konkurrenz gleich ins Hintertreffen zu geraten.

Und jetzt kamen auch noch die chinesischen Ölkonzerne dazu, die das Potential ebenfalls erkannten und eine Chance sahen, die etwas zögerlich auftretenden Amerikaner auszustechen. In den USA formierte sich nämlich ein überraschend starker Widerstand in der Bevölkerung gegen diese Ölsande. Zum einen machten sich die betroffenen US-Bundesstaaten Sorgen bezüglich der notwendigen, neuen Pipeline von Kanada bis hinunter nach Texas, wo die geeigneten Raffinerien standen. Und zum anderen hatte es sich herumgesprochen, dass die Umweltschäden in Kanada gewaltig und der Energieaufwand zur Gewinnung und Aufbereitung dieses so schmutzigen Rohöls enorm waren. Da machte sich plötzlich ein gewisses, ökologisches Gewissen in der amerikanischen Bevölkerung breit, was den Kanadiern gar nicht gefiel.

Die US Regierung aber wusste genau, dass sie, solange sie ihren Ölverbrauch, gerade im Verkehrssektor, nicht massiv reduzierten, auf jede neue Versorgungsquelle angewiesen waren. Und Kanada war eine der attraktivsten Quellen, die man sich aus US Sicht nur vorstellen konnte. In so enger und freundschaftlicher Nachbarschaft.

Sollten sich doch die Kanadier selbst um das Thema Umwelt kümmern, kriegen ja schließlich auch einen Großteil der Einnahmen. Der Widerstand in der kanadischen Bevölkerung war dagegen sehr gering. Ganz zur Überraschung auch von Jeff und seiner Chefin. Die vielen Dollars wirkten scheinbar auch hier wie eine Droge.

Aktuell wurden die Konzessionen für mehrere neue, ´zigtausend Quadratkilometer große Abbaugebiete ausgeschrieben. Insgesamt stand eine Fläche von der Größe Floridas zur Disposition, fast ein Viertel der Provinz Alberta. Die wenigen Einheimischen wehrten sich zwar massiv, waren aber gegenüber der stetig wachsenden Zahl an kanadischen Neueinwohnern, die von der Ostküste kommend der Neuzeit-Goldgräberstimmung folgten, zunehmend in der Minderheit. Und die konservative Regierung hatte nur das wirtschaftliche Wohl des Landes im Fokus.

Aktuelle Schätzungen gingen von einer möglichen Verdreifachung der Ölfördermengen aus Ölsanden auf bis zu vier Millionen Barrels pro Tag aus. Fast fünf Prozent der Weltproduktion. Damit konnte Kanada hinter Russland, Saudi Arabien und den USA zum viertgrößten Ölproduzenten der Welt aufsteigen. Bei immer weiter steigenden Preisen. Rosige Aussichten, zumindest auf der Einnahmenseite.

Dass das Land damit seine im Kyoto-Protokoll zugesagten CO2-Reduzierungsziele bis 2012 klar verpasste, da der enorme Energieeinsatz für die Ölgewinnung riesige Mengen an Gas verbrauchte, wurde, so weit es ging, totgeschwiegen. Und, wenn notwendig, verwies man auf zukünftige Chancen einer möglichen CO2-Abscheidung und Speicherung bei der Verbrennung der fossilen Rohstoffe. Eine Technik, die zwar erst noch entwickelt werden musste und, nach Aussage einiger Experten, vielleicht niemals zum Erfolg führen würde. *Aber was soll's,* dachte Jeff grimmig und schnallte sich für die Landung wieder an. *So liefen die Geschäfte halt.*

Sie hatten ein Konzept ausgearbeitet, das die aktuell vorgegebenen Umweltauflagen alle erfüllte. Zumindest auf dem Papier. Heute Nachmittag war ihr angesetzter Termin vor der Kommission, die am Schluss auch die Konzessionsvergabe entschied. Und er hatte es mal wieder geschafft, einen Mittelsmann für sich zu gewinnen, der sie im Vorfeld mit wichtigen Informationen versorgte. *Aber sie mussten verdammt vorsichtig vorgehen, schließlich war Kanada nicht Afrika.*

Die Gulfstream V fuhr mit einem leichten Ruck das Fahrwerk aus und setzte zur Landung an. *Dealtime,* dachte Jeff, und freute sich irgendwie auf das anstehende Treffen. Das war sicherlich der angenehmere Teil seines Jobs. Besonders wenn danach auch für ihn die Kasse klingelte. Die Vorarbeiten dagegen hasste er. Die menschlichen Schwächen auszunutzen, um an das gewünschte Ziel zu kommen. Er war gut darin. Oder kannte genügend Leute, die gut darin waren.

Aber sein Bauch sagte ihm immer wieder, dass er etwas Falsches machte. Und meldete sich entsprechend. Er war deswegen schon mehrmals beim Arzt gewesen. Aber der hatte immer nur zwei Ratschläge: Jobwechsel oder Medikamente. Also nahm er Medikamente.

IM WESTEN VON MÜNCHEN, AUF EINEM EHEMALIGEN MILITÄRFLUGPLATZ

Jack hatte den Sprung gewagt. Vor gut 4 Monaten hatte er zusammen mit Samantha und einer Rumpfmannschaft in der neuen Firma angefangen. Von seinem provisorischen Büro aus konnte er fast täglich den Baufortschritt ihres neuen Zuhauses verfolgen. Der moderne, vierstöckige Werkstatt- und Bürokomplex war jetzt fast fertig. Ein mächtiger, kubischer Block mit großen Glasfronten und einer hellen Fassade. Dennoch wirkte er ein wenig deplaziert zwischen den vielen, niedrigen Gebäuden, die hier alle kurz nach dem Krieg entstanden waren. Der Umzug war für Anfang nächsten Jahres geplant.

Bis dahin waren die Büros ihrer neu gegründeten Autofirma mit dem vielsagenden Namen *ELECTRION* auf die alten Gebäude gegenüber verteilt. *So lange mussten sie hier noch aushalten!* Aber er konnte sich nicht beschweren!

Sie hatten es warm und gemütlich in den alten Räumen. Und bereits einiges in dieser provisorischen Umgebung auf die Beine gestellt.

»Jack, du weißt, das Meeting fängt in zehn Minuten an.« Seine Assistentin hatte den Kopf zur Tür hinein gesteckt und ihn ein wenig aus seinen Gedanken gerissen. Er nickte kurz, blieb aber noch am Fenster stehen.

Nur sechs Monate! Doch soviel war in diesen sechs Monaten passiert, seitdem Jack den englischen Landsitz verlassen hatte. Zurück bei Lotus Engineering hatte er sich ein paar Tage frei genommen. Er brauchte die Zeit zum Nachdenken. *Endlich ein Auto machen, so wie er es sich vorstellte. Was für ein Angebot!* Nach all den Projekten und seinen enormen Erfahrungen auf dem Gebiet elektrischer Antriebe. *Keinen Prototypen mehr, sondern ein richtiges Serienfahrzeug! Das den Endkunden die Möglichkeit gab, dieses Auto tatsächlich zu erwerben und selbst essentieller Bestandteil der automobilen Zukunft zu werden.*

Er hatte das Für und Wider dieses Jobwechsels ausführlich mit seiner Frau diskutiert und dann den Headhunter angerufen, der immer noch skeptisch war. Doch Jack folgte seinem Bauchgefühl. *Ja, er wollte es wagen.* Danach war die Hölle los, im positiven Sinne.

Allein die Gespräche zu den Details der Geschäftsplanung für die ersten drei Jahre des neuen Unternehmens hatten noch einiges an Zeit in Anspruch genommen. Er hatte sich dazu mehrmals in kurzen Abständen mit Samantha und Bob in London getroffen. Am Schluss stand auch sein neuer Anstellungsvertrag. Er leitete zusammen mit Samantha die Firma, wobei sie offiziell nach außen die CEO Funktion bekleidete, während er die technische Leitung übernahm.

Damit konnte er leben. Sein Bauchgefühl hatte ihn seit ihrem ersten positiven Zusammentreffen auf dem englischen Landsitz nicht getrügt. Samantha Perry und er dachten in sehr ähnlichen Bildern, wenn es um die Zukunft dieses Unternehmens ging, und ergänzten sich in ihren Fähigkeiten ausgezeichnet. Und sie überließ ihm auf der technischen Seite ganz klar die Führung.

Wie bereits ganz zu Beginn besprochen, wollten sie den Hauptsitz ihrer Firma nach Deutschland legen. Das Mutterland des Automobils. Und wurden im Münchner Westen auf einem ehemaligen Militärflugplatz, der nach dem Ende des kalten Krieges ausgedient hatte, fündig. Die mehr als drei Kilometer lange Landebahn und die zahlreichen Taxiways boten eine hervorragende Basis für die Fahrerprobung ihrer Prototypen. Und Gebäude und Werkstätten waren ausreichend vorhanden, *auch wenn die Qualität der Büros etwas zu wünschen übrig ließ.*

Mit einem leichten Schmunzeln fuhr er über das raue Fensterbrett, bei dem die Farbe an einigen Stellen leicht abblätterte. Aber dafür hatte ja ein lokaler Investor auf dem riesigen Gelände bereits in einen ersten, neuen Bürokomplex investiert, der ihr endgültiges Zuhause werden sollte.

Jack hatte es außerdem geschafft, von seinem ehemaligen Arbeitgeber, ohne zu großen Ärger, mehrere Schlüsselmitarbeiter kurzfristig abzuwerben. Darüber hinaus bedienten sie sich massiv bei den lokalen Engineering-Dienstleistern und einer stetig wachsenden Zahl an kompetenten Zulieferern, die selbst schlagkräftige Entwicklungsabteilungen hatten und die eigenen Zukunftschancen in Elektroautos erkannten. Dass die Geldmittel so zur Verfügung standen, wie Bob Henderson es versprochen hatte und in ihrem Geschäftsplan dargelegt war, half natürlich.

Auf der Batterieseite konnte er seine bewährten Partner aus der Lotus-Zeit gewinnen. Tim Wilken und Huo Song waren begeistert, als sie hörten, dass Jack nun endlich an einem eigenen Serienprojekt arbeitete. Sie sagten ihre Unterstützung sofort zu.

Auch die neuen, kompakten E-Maschinen mit dem integrierten Ein-Stufen-Getriebe und der passenden Leistungselektronik kamen wieder von dem innovativen Schweizer Partner, den er bereits bei Lotus zu schätzen gelernt hatte. Auch hier wurde eine sofortige Bereitschaft zur Zusammenarbeit bekundet. Jack musste nur aufpassen, dass dieses immer noch kleine Unternehmen den Sprung in die Großserienfertigung schaffte. Denn diesmal brauchte er große Stückzahlen. Zu attraktiven Preisen. Nicht nur ein paar Prototypen. Die vielen Herausforderungen weckten immer wieder Zweifel in ihm. *Konnten sie tatsächlich ein zweiter Tesla werden? Hatten sie die Mittel dazu? Nicht nur die finanziellen? War er, ganz persönlich, dieser Herausforderung gewachsen?* Immer wieder spürte er die schwere Last auf seinen Schultern.

Jack drehte sich vom Fenster weg. *Hör´ auf mit den Zweifeln! Macht dich nur verrückt.* Sein Blick blieb an dem kleinen 1:10 Fahrzeugmodell auf seinem Besprechungstisch hängen, das ihm seine Mitarbeiter gestern auf Basis der neuesten Design-Daten von Pininfarina in ihrem 3D-Printer angefertigt hatten. Schon in diesem kleinen Maßstab konnte man die Eleganz des Entwurfs erkennen. Und hob seine Stimmung merklich. Große Räder, betont dynamische Kotflügel, weicher Übergang vom Dach in den sich verjüngenden Heckbereich.

Er war froh, dass die Entscheidung für ihren Design-Partner vor drei Monaten auf die Italiener fiel. Auch wenn es dem traditionsreichen Unternehmen in den letzten Jahren nicht sehr gut ging, waren sie doch immer noch eine der weltführenden Designschmieden. *Mit einem Super-Händchen für scharfe Kurven. Eben typisch Italiener.* Jack musste grinsen. Er nahm das Modell unter den Arm und machte sich auf den Weg hinüber in ihre Prototypenwerkstatt.

Vor dem Gebäude traf er auf Samantha, die ebenfalls zum Meeting wollte.

»Morning, Jack. Hey, lass mich noch mal das Modell sehen. Der Entwurf ist wirklich gelungen. Muskulös, aber doch elegant. Eine tolle Mischung! Ich kann es kaum erwarten, bis wir den ersten 1:1 Prototypen von Pinin bekommen.«

Jack konnte ihr nur zustimmen. In Originalgröße würde die Wirkung sicherlich noch mal ganz anders sein. Die Italiener arbeiteten mit Hochdruck daran, die erste von Hand gefertigte Außenhaut aus Aluminium für ihren fahrbaren Prototypen bis nächste Woche fertigzustellen. Und dann wollte man sich in Turin treffen.

Es war nasskalt, als die beiden über die alten Pflastersteine des gewundenen Weges liefen, der zwischen den niedrigen Gebäuden hindurchführte. Sie hatten ihre Prototypenwerkstatt etwas entfernt in einem der ehemaligen, bombensicheren Hangars für die Militärjets untergebracht. *Was für eine neue, viel friedlichere Verwendung,* dachte Jack. *Hätten sich die Erbauer damals wohl auch nicht gedacht.* Die riesigen Tore unter dem grasbewachsenen, halbrunden Stahlbeton-dach waren geschlossenen. Sie gingen daher auf den kleinen Seiteneingang zu.

Jack war jedesmal wieder begeistert, wenn er in das Innere des Gebäudes kam. In kürzester Zeit hatten es seine Mitarbeiter geschafft, eine hochmoderne Prototypen-Werkstatt einzurichten. *Noch besser als alles, was er bisher bei Lotus kannte.*

Eines der Herzstücke stand in der Mitte der riesigen Halle. Ein 3D-Printer neuester Technologie, mit gigantischen Ausmaßen. *Die Bezeichnung wurde der Maschine nicht gerecht,* dachte Jack zum wiederholten Male. *Das Gerät war ein Wunderwerk der Technik!* Fast alles, was sie auf ihren Rechnern konstruierten, konnte diese Maschine in wenigen Stunden aus Kunststoff oder verschiedenen Sinter-Metallen herstellen. Schicht um Schicht wurde das gewünschte Prototypen-Bauteil wie von magischer Hand aufgebaut. Die wochenlange Anfertigung von Werkzeugen und Formen gehörte hiermit der Vergangenheit an.

Das aktuelle Ergebnis stand vor ihnen in der Halle. Ihr erster rollender Prototyp im Maßstab 1:1, aber noch ohne die Außenhaut. Seit heute Morgen waren Antrieb und Elektrik komplett eingebaut, sodass sich der Prototyp, wenn alles gut ging, erstmals aus eigener Kraft fortbewegen sollte. Dies sollte als erste Bestätigung für die grundsätzliche Funktionsfähigkeit ihrer wichtigsten Komponenten dienen. Daher das angesetzte Treffen.

»Sehr beeindruckend«, kam es von Samantha, als sie um das Fahrzeug andächtig herum ging, »der Wagen wirkt noch höher, als ich dachte.«

Nachdem jetzt auch die Räder montiert waren und das Fahrzeug somit auf eigenen Füßen stand, konnte man erstmals seine wahre Größe erkennen. *Ja, der Wagen war ziemlich groß.* Das war eine der Designvorgaben, die besonders Samantha als Verantwortliche für die Gesamtkonzeption immer wieder betont hatte. Die EVs mussten ihrer Meinung nach unbedingt aus der Kleinwagen-Ecke heraus. Unabhängig davon, wie groß ihre Reichweite war. Die großen und breiten Räder betonten diese Gesamterscheinung ihres Entwurfs noch. Die Geländewagen-ähnliche Bodenfreiheit tat ein Übriges dazu.

Ihr Rohbau-Partner hatte vor einigen Wochen die erste, rein aus Aluminium gefertigte Rohkarosserie geliefert. Ein zusammengeschweißter Käfig aus Profilen und Alublechteilen, der den Raum für die Passagiere umschloss und die tragende Struktur für alle Anbauteile lieferte. Der Gesamtaufbau war deutlich einfacher, als man das von konventionellen Fahrzeugen gewohnt war. Das konnte jeder im Automobilbau erfahrene Ingenieur auf Anhieb erkennen. Die komplexe Unterbringung eines großen Verbrennungsmotors mit Getriebe und allen notwendigen Peripherie-Komponenten, wie Ansaugluftführung und Abgasanlage, fiel komplett weg.

Stattdessen wurde die große, kastenförmige Batterie crashsicher in den doppelten Unterboden integriert. Und der komplette E-Antrieb war aufgrund seiner geringen Größe nun integrativer Bestandteil der Achskonstruktion, die, wie üblich, erst im Nachhinein an die Struktur der Rohkarosserie angeschraubt wurde.

Insgesamt wurde so die Montage des Gesamtfahrzeugs deutlich vereinfacht. Die sonst übliche, große »Hochzeit« zwischen Fahrzeug und konventionellem Antrieb wurde bei EVs zum Kinderspiel. Und hatte dabei noch den angenehmen Nebeneffekt, dass Karosserievarianten viel leichter umzusetzen waren. Denn eine Cabrio-Variante ihres ersten Serienfahrzeuges war für Samantha und Jack ein absolutes Muss. *Sie wollten ja ihren Kunden maximale Freude bereiten.*

»Morgen, Jack«, begann sein für den Antrieb verantwortlicher Ingenieur, »wie du hier unten sehen kannst, haben wir endlich, nach einer kleinen Modifikation, auch die beiden E-Maschinen samt Getriebe in den Achsträgern untergebracht.«

Jack und Samantha knieten sich hinter dem Prototypen auf den Boden und blickte von unten auf den aufwendig verstrebten Hinterachsträger. Die E-Maschine mit den beiden Abtriebswellen hin zu den Rädern war gut zu erkennen.

Nach langer Diskussion hatten sie sich gegen die Vier-Motoren-Variante entschieden. Zumindest für ihr erstes Auto. *Das Risiko für eine schnelle Serienzulassung war einfach noch zu groß.* Dennoch hatten sie einen performanten Allrad konzipiert, bei dem die beiden Achsen unabhängig voneinander jeweils mit einem E-Motor angetrieben wurden. So konnte ihre Steuerelektronik je nach Fahrsituation die Kraft optimal und blitzschnell zwischen Vorder- und Hinterachse hin und her verteilen. Aber eben nicht mehr zwischen allen vier Rädern, so wie sie es mit ihrem X1 Prototypen so brilliant demonstriert hatten. *Das würde in einem zweiten Schritt kommen,* hatte Jack entschieden.

»Und diese Achsteile kommen alle aus dem 3D-Drucker?«, fragte Samantha noch mal nach, nachdem sie es immer noch nicht glauben konnte.

»Ja«, antwortete Jack stolz, »das Ding ist echt ein Wunderwerk der Technik. Wir können damit fast alle mechanischen Teile unseres Fahrzeugs selber herstellen. Ohne lange auf die ersten, handgefertigten Teile von unseren Zulieferern zu warten. Direkt aus unseren Computern rein in den Drucker. Und wenige Stunden später sind sie fertig!«

»Echt unglaublich. Aber sind die Teile auch gut genug, um damit herumzufahren?«

»Theoretisch ja, aber praktisch?«

Die Frage hing für einige Sekunden im Raum. Konnten sie mit dieser Technik tatsächlich die Bauzeiten für ihre ersten Prototypen so gewaltig beschleunigen? Und dann auch alle notwendigen Erprobungen auf der Teststrecke durchführen? Samantha hatte immer noch ihre Zweifel. *Aber sie war ja nicht für die Technik verantwortlich.*

Und?«, fragte Jack mit einem Augenzwinkern in die Runde, »bewegt sich nun unser Fahrzeug? Oder ist es nur ein schöner und teurer Staubfänger? Direkt aus dem Drucker?«

Breites Grinsen bei den beteiligten Ingenieuren. Ja, das war die Frage, die seit Wochen im Raum stand. Waren die Prototypenteile gut genug, um wirklich einen ersten, fahrbaren Wagen herzustellen? Sie wollten ihren Chef nicht enttäuschen. Daher hatten sie die letzten Tage und Nächte geopfert, bis endlich die komplette Elektrik und Elektronik eingebaut und angeschlossen war. Und auch tatsächlich funktionierte. Der Spirit im Team war beeindruckend. Nur so konnten sie auf Dauer erfolgreich sein, das war schon immer Jack´s Credo gewesen.

Der für den Antrieb verantwortliche Ingenieur setzte sich vorsichtig hinters Steuer und schaltete die Elektronik ein. Leises Summen war zu hören. Und dann bewegte sich der Wagen plötzlich lautlos und wie von Geisterhand ein paar Meter vorwärts, in der riesigen Halle. Was für ein erhebendes Gefühl. Alle im Raum spürten es und klatschten spontan Beifall.

Samantha ergriff Jack am Arm.

»Jungs, ihr seid echt gigantisch«, sagte sie stolz in die Runde, »ich hatte, ehrlich gesagt, größere Zweifel, als wir bei Projektbeginn den knappen Zeitplan fixierten. Und jetzt steht das verdammte Ding vor uns und bewegt sich tatsächlich! Noch ein bisschen hässlich ohne die Außenhaut, aber dafür umso beeindruckender. Echt großes, großes Lob an alle.«

Nach Monaten harter Arbeit konnte man die Erleichterung im Team spüren. Ein wichtiger erster Schritt zu ihrem Serienfahrzeug war getan.

»Ich habe gestern Abend sogar noch eine erste, kleine Runde gedreht«, sagte der Ingenieur mit einem breiten Grinsen aus dem Prototypen heraus, »musste ja sicher-stellen, dass das heute Morgen nicht in die Hose geht! Der Antrieb scheint ausreichend Leistung von der Batterie zu bekommen. Und die Steuerungssoftware scheint auch zu wissen, was sie tut. Das heißt, ab morgen starten wir unser erstes, kleines Erprobungsprogramm, soweit es der Prototyp in seiner jetzigen Form zulässt. Dabei passen wir natürlich gut auf ihn auf, Jack. Wir wollen ihn ja nicht gleich schrotten, richtig?«

Wieder breites Grinsen in der Gruppe. Die Geschichten aus den alten Lotuszeiten hatten wohl schon die Runde gemacht.

»Und was macht unsere dazu passende Ladestation?«, fragte Samantha, die wusste, dass ein so beeindruckendes Fahrzeug wahrscheinlich nur der halbe Weg zum Erfolg sein würde. Nach allen bisherigen Erfahrungen und Frustrationen der Wettbewerber im Markt.

Der verantwortliche Entwickler führte die beiden ein paar Meter weiter in den hinteren Teil des ehemaligen Flugzeughangars. Auch hier hatten sie, zusammen mit einem PV-Anlagenbauer und dem Hersteller der Ladestation, extrem viel Hirnschmalz hineingesteckt.

»Wie ihr wisst«, begann er seine Ausführungen, »hat unser erster Prototyp einer Heim-Schnellladestation bereits ansprechende 11 kW Leistung. Damit kriegen wir die Batterie unseres Wagens in gut zwei Stunden komplett voll. Den benötigten Strom erzeugen wir natürlich mit einer eigenen, auf dem Hallendach installierten PV-Anlage. Ganz sauber! Und dazu gibt es noch eine Batterie als Zwischenspeicher für den Fall, dass es gerade keinen anderen

Strom-Abnehmer gibt. Und ganz nebenbei ist diese Batterie absolut identisch mit der in unserem Auto verbauten. Was ja langfristig ganz interessante, zusätzliche Geschäfts-möglichkeiten ergeben sollte.«

Zustimmendes Nicken von Samantha, die besonderen Fokus auf diesen Teil ihres Produktangebotes legte. Eine sinnvolle Zweitverwendung der Batterie erleichterte die Amortisierung der hohen Anschaffungskosten.

Der Entwickler fuhr fort. »Aktuell haben wir noch gut 15 Kilowattstunden im Speicher, wie ihr hier seht. Dies entspricht mehr als der Hälfte unserer Batteriekapazität im Auto. Und bei normaler Fahrweise fast 100 Kilometer Reichweite.«

Er deutete auf die große Anzeige an der Wand über der Ladestation. Natürlich konnten sie ihr Fahrzeug auch an einer ganz normalen Steckdose aufladen, aber dann brauchte es mehr als acht Stunden. Über Nacht war das kein Problem für die Endkunden. Wenn das Auto aber tagsüber intensiver im Einsatz war, sprich drei oder vier längere Erledigungs-Fahrten hinter sich bringen musste, dann war eine schnellere Zwischenaufladung ein willkommenes Angebot.

Ihre PV-Anlage lieferte bei vollem Sonnenschein mehr als 10 Kilowattstunden Energie. Jede Stunde. Über Mittag konnte somit ihre Batterie problemlos direkt geladen werden. Danach ging der überschüssige Strom wieder in die Zwischenspeicherbatterie, die sie in der Nähe der Ladestation platziert hatten. Bei Bedarf konnte dieser Puffer bei der nächsten Ladung der Autobatterie unterstützen oder sogar, wenn die PV-Anlage gerade überhaupt keine Leistung brachte, den Ladevorgang komplett übernehmen.

Und nur, wenn auch die Zwischenspeicherbatterie leer war, griff die Ladesäule automatisch auf den Strom des lokalen Netzanbieters zurück, bei dem sie einen Liefer-Vertrag aus 100 Prozent Wasserkraft hatten, zum entsprechenden Preis. Deutlich teurer, aber wenigstens sauber.

Die kommenden Wochen würden zeigen, ob ihr Konzept aufging. Der tägliche Erprobungsbetrieb des Fahrzeugs mit vielen Kurzstrecken auf ihrem neuen Testgelände und permanenter Rückkehr an die Heimladestation war ein absoluter Härtetest für das System. *Kaum ein Endkunde würde wohl jemals so viele Erledigungsfahrten pro Tag schaffen oder ähnlich viele Zwischenaufladungen benötigen!*

Das hieß, ihr System war aller Wahrscheinlichkeit nach völlig überdimensioniert, aber die sichere Funktion stand erst einmal im Vordergrund. Danach, so hatten Jack und Samantha entschieden, mussten in einem zweiten Schritt Komplexität und Kosten noch mal deutlich reduziert werden. Das Ladesystem sollte ja essentieller Bestandteil ihres attraktiven Gesamtangebotes werden. *Kein leichtes Unterfangen!*

Jack sah nachdenklich auf die Anzeige. Aber bisher eben auch die Achillesferse aller EV-Angebote am Markt. *Die Hersteller ließen die Kunden beim Thema Zuhause-Laden quasi im Stich. Ja, eine designmäßig passende Wallbox bot jeder an. Aber das war's dann auch.* Hier wollten und mussten sie eine deutlich überzeugendere Lösung finden.

Nachdem der verantwortliche Entwickler noch die Schnellladung ihres Prototypen direkt aus der Zwischenbatterie demonstriert hatte, sah Jack seine Kollegin an. »Sam, das heißt, wir haben jetzt noch genau eine Woche Zeit für Erprobung und eventuelle Behebung von ersten Wehwehchen. Danach muss der Wagen zu Pininfarina nach Italien. Und wird dort dann innen und außen komplettiert.«

Samantha nickte. Auch sie war sich der zeitkritischen Situation voll bewußt. Aber Bob Henderson und die anderen Investoren hatten ein Recht auf einen ersten, umfassenden Zwischenbericht über die Verwendung der bereitgestellten Mittel. *Und das war beileibe kein kleiner Betrag! Doch der erste Prototyp würde alle überzeugen, ja, begeistern!* Samantha war zuversichtlich.

Er musste nur rechtzeitig fertig werden. Und bei Italienern wußte man ja nie, dachte die Amerikanerin an alte Erfahrungen. Aber sie konnte sich auf Jack verlassen. Das hatten die letzten Monate bereits gezeigt. *Der würde schon allen in seiner charmanten Art richtig Feuer unterm Hintern machen!* Dabei huschte ihr ein Lächeln übers Gesicht.

Jack beendete das Statusmeeting und ging mit Samantha zurück ins Büro. Der Regen war sogar noch etwas stärker geworden. *Fast wie zuhause in England,* dachte er, während er seiner amerikanischen Kollegin einen Platz unter seinem mitgebrachten Schirm anbot, den diese dankend annahm.

ZEITGLEICH IN DER BMW-ZENTRALE, MÜNCHEN

Auf Nachfragen des Vorstandsvorsitzenden der BMW AG hatte der Strategiechef zu einer entsprechenden Sondersitzung in den »Vierzylinder« eingeladen, der mit seiner einzigartigen Hochhaus-Architektur immer noch die Zentrale des weltbekannten Unternehmens war.

Die Stimmung im Meeting war von Anfang an nicht gut. Alle hatten das Gefühl, dass die Strategieleute einen Schuldigen suchten. Und das nicht bei sich!

Wer hätte bereits etwas über diese neue Autofirma ganz in ihrer Nähe wissen müssen? Und hatte es dabei verpasst, entsprechend Bericht zu erstatten?

Fritz Niklas, der Leiter der BMW Technikschmiede, war ebenfalls eingeladen, nachdem die Strategieabteilung auf Umwegen herausgefunden hatte, dass es eine persönliche Verbindung zwischen Jack und ihm gab. Daher richtete der Strategiechef auch gleich die erste Frage an ihn.

»Sie hatten doch mit diesem Jack Summerfield eines Ihrer letzten Projekte gemacht, als er noch bei Lotus war, richtig? Damit müssen Sie uns doch etwas mehr zu seinem Hintergrund erzählen können?«

Fritz Niklas hatte bisher nur ganz am Rande mitbekommen, dass Jack das Unternehmen gewechselt hatte, nachdem ihr gemeinsames Projekt tatsächlich auf Eis gelegt worden war. Jack hatte ihm zwar vor einiger Zeit eine kurze Mail geschrieben, ohne aber auf seinen neuen Arbeitgeber direkter einzugehen.

»So viel nun auch wieder nicht«, fing Niklas daher vorsichtig an, »Jack ist ein ganz hervorragender Ingenieur, gerade wenn es um Elektrofahrzeuge geht. Der X1 Prototyp auf unserem Testgelände war ja ein ausgezeichnetes Beispiel.«

»Wissen wir doch! Aber was können Sie uns zu seinem neuen Arbeitgeber erzählen?«

»Nichts«, antwortete Niklas kurz und wahrheitsgemäß. Er konnte den arroganten Strategiechef nicht wirklich leiden. Und die Auseinandersetzung damals auf dem Testgelände hatte seine Abneigung nur noch bestärkt.

Leichtes Erstaunen in der Runde. Und eine gewisse Unruhe. Jeder wusste, dass dies ganz und gar nicht die Antwort war, die der Strategiechef hören wollte.

»Das heißt, obwohl Sie diesen Herrn bereits seit Jahren kennen, können Sie uns nichts sagen? Nicht, an was für einem Auto seine neue Firma gerade arbeitet? Oder woher sie ihr Geld dafür bekommen? Es ist ja nicht gerade billig, ein komplettes Auto zu entwicklen, wie wir alle fast täglich feststellen müssen«, hakte der Strategiechef bissig nach, »oder wieso zum Beispiel diese Firma ausgerechnet München als Standort gewählt hat?«

Fritz Niklas schüttelte erneut den Kopf. Jeder konnte merken, dass der Strategiemann langsam auf hundertachtzig war. Besonders, nachdem er wusste, dass der BMW-Chef ihn in der nächsten Rücksprache mit großer Sicherheit wieder auf diese Firma und ihre Absichten ansprechen würde. Doch bis jetzt tappten sie fast völlig im Dunkeln.

Was den Strategiechef aber besonders nervte, war die Tatsache, dass sie als BMW in ihrem dichten Netzwerk an Kontakten offensichtlich bisher an keiner Stelle zu möglichen Kooperationen mit dieser Firma angesprochen wurden. Normalerweise waren sie immer die erste Anlaufadresse, wenn irgendwo in München eine neue Idee zu einem neuen Fahrzeugkonzept oder dem Thema Elektromobilität aufkam. Und dann meist viel Geld und technische Kompetenz gefragt waren. Damit wussten sie als BMW eigentlich immer Bescheid, was gerade wo lief. Und konnten gegebenenfalls die Richtung der Aktivität direkt beeinflussen. Ganz nach dem alten Sprichwort: Wer zahlt, schafft an. *Funktionierte eigentlich immer ganz gut. Nur in diesem Fall nicht? Wieso?*

Der Strategiechef kochte und blickte seine eigenen Mitarbeiter grimmig an. »Dann wird es jetzt wohl höchste Zeit, dass wir selber unsere Fühler etwas weiter ausfahren. Ich muss wissen, was diese Leute planen! Und woher sie ihr Geld bekommen!«

Und noch mal an Fritz Niklas gewandt. »Können Sie dann vielleicht probieren, diesen Entwicklungsleiter, wie hieß er gleich noch mal, Summerfield, direkt zu kontaktieren? Um ein paar Details zur seiner neuen Firma herauszubekommen?«

»Kann ich gerne probieren«, antwortete Fritz Niklas reserviert und schob bissig nach, »obwohl ich die Chancen dafür eher gering einschätze, nachdem er das letzte Treffen bei uns ganz sicher nicht in bester Erinnerung behalten hat. Wir haben das gemeinsame Projekt ja, wie mit Ihnen damals abgesprochen, eingestellt. Ohne jede Begründung für die Lotus-Leute.«

Den Seitenhieb konnte er sich nicht verkneifen. Hätte er vielleicht sollen. Aber er hasste es, wenn sinnvolle Aktivitäten nur, weil sie gerade nicht in die politische Landschaft passten, abgewürgt wurden. Und sein Prototyp hätte der BMW Elektrofahrzeug-Entwicklung insgesamt gut getan. *Richtig gut getan,* da war er sich sicher. Stattdessen war der I3 immer noch kein wirklicher Erfolg. Mit Stückzahlen weit unter eigentlich vergleichbaren Modellen wie ihrem so erfolgreichen Mini. Die Ursachenforschung ging intern in alle möglichen Richtungen. Nur das Thema Performance und Spaß beim Fahrzeug selber wurde kaum betrachtet, obwohl es in zahlreichen User-Foren im Internet immer wieder auftauchte. Ein Mini Cooper S war im Vergleich zum I3 einfach ganz was anderes. Auch das Design des I3 kam nicht wirklich gut an. Von einer fehlenden Cabriovariante gar nicht zu sprechen. Die geringe Reifenbreite war für viele der Inbegriff von Spaßverderben. Stattdessen diskutierte man in epischer Breite die schlechten Markt-Rahmenbedingungen und das Reichweiten-Thema.

Dieser mangelnde Erfolg beim eigenen EV trug natürlich zur schlechten

Stimmung im Meeting bei. Viele hatten ein ungutes Gefühl in der Magengegend. Was konnte einen Investor bei all den Negativ-Beispielen und zahlreichen Pleiten dazu motivieren, Geld in eine weitere Autofirma für EVs zu stecken? Hatten die etwas gefunden, was sie bei BMW bisher übersehen hatten? Oder übersehen wollten, weil ihnen ihre konventionellen Antriebe und Fahrzeuge so sehr am Herzen lagen? Ihr Vorstandsvorsitzender hatte nicht ohne Grund nachgefragt. Das war allen klar.

Nach knapp einer Stunde war das so unbefriedigend verlaufene Treffen beendet. Die Beteiligten waren froh, dass sie ungeschoren davongekommen waren und wieder zum Tagesgeschäft übergehen konnten.

Auf dem Rückweg in sein Büro kochte der Strategiechef immer noch. Und rief spontan den Verbandspräsidenten von seinem Handy aus an. *Vielleicht wusste der ja was,* dachte er grimmig. Oder konnte bei der Informationsbeschaffung helfen. *Wofür bezahlten sie ihn denn sonst! Er sollte schließlich aufpassen, dass nichts aus dem Ruder lief.* Aber dafür musste man erstmal wissen, was überhaupt lief. Karl Röhmer ging ran, als er die Nummer des BMW Mannes auf seinem Smartphone erkannte. Hätte er nicht tun sollen. Das Gespräch war wenig erfreulich.

BERLIN, BUNDESKANZLERAMT, AM SELBEN TAG

Eric kochte. *Wenn ich mir noch drei Minuten länger diesen Schwachsinn anhören muss, dann platze ich! Das hält doch kein Mensch aus!* Die rechte Seite seines Notizblatts war bereits wild bestückt mit kleinen, kubischen Mustern, die er langsam aber sicher mit seinem Stift in böse Monster umformte. Und zuckende Blitze. Die drei Finger seiner rechten Hand krallten sich förmlich in das Schreibgerät. Eigentlich ritzte er die Muster fast in den Block. Nur mit größter Anstrengung löste er die Finger vom Stift, legte ihn beiseite, nahm die Brille ab und rieb sich die müden Augen. *Jetzt nur nicht hysterisch werden!*

Es waren fast zwanzig Personen im Raum. Offiziell eine beeindruckende, neue Taskforce. Im Auftrag der Kanzlerin. *Wow, echt Klasse!* Tatsächlich ging nichts voran. *Überhaupt nichts!* Und dabei war das bereits ihr drittes Meeting innerhalb der letzten sechs Monate. Aber immer noch fast ausschließlich Diskussionen über Formalitäten und Verantwortlichkeiten. Und wenn inhaltliche Dinge auf den Tisch kamen, wurden sie sofort hitzig diskutiert und dann schnell wieder vertagt. Oder komplett von der Agenda genommen. *Es war zum aus der Haut fahren.*

Am Kopf des Tisches saß Hans Weidner. Er hatte offiziell erst einmal die Leitung der Taskforce übernommen und gab sich sichtlich Mühe. Aber leider nur mit mäßigem Erfolg. *Sehr mäßigem!* Das neben dem Deutschen liegende Smartphone vibrierte gerade. Stirnrunzelnd sah er auf das Display und unterbrach dann mit einer kurzen Handbewegung die Sitzung. Leise sprach er ein paar Worte in das Gerät, erhob sich und verließ den Raum. Endlich eine Unterbrechung! Die meisten der anderen Teilnehmer nutzten die Chance erleichtert, um sich die Füße zu vertreten oder einen weiteren Kaffee zu holen. *Alles besser als dieses Meeting! Keine hatte wirklich Spaß,* dachte Eric zerknirscht, als er in die müden Gesichter der anderen Teilnehmer sah und sich ebenfalls erhob. Aber keiner war so frustriert wie er, da war er sich ziemlich sicher.

Direkt nach dem Treffen mit der Kanzlerin in Paris war die Stimmung innerhalb des IEA Teams natürlich euphorisch gewesen. Anders konnte man es nicht ausdrücken. Jean-Luc hatte damals alle zu einem gemeinsamen Abendessen auf Firmenkosten eingeladen. *Auf Firmenkosten.* Solange sich Eric erinnern konnte, war das bisher bei ihrem Chef noch nie vorgekommen. Das Abteilungs-Budget war irgendwie immer knapp. Eben eine typische Regierungs-Organisation, die nur Kosten erzeugte und damit konstant an der kurzen Leine gehalten wurde.

Doch alle spürten, dass sie einen entscheidenden Schritt in ihrer gemeinsamen Sache vorangekommen waren. Deutschland war einer der Schlüsselmärkte, wenn es um die globale Energiewende ging. Nicht groß genug, um wirklich zahlenmäßig im Weltmaßstab einen signifikanten Effekt zu erzielen - bei zirka zwei bis drei Prozent der weltweiten CO2-Emissionen. Aber so präsent auf der Weltkarte, dass jeder hinsah, wenn dort entscheidende Durchbrüche erzielt wurden. Quasi ein ideales Musterbeispiel. Das wusste auch die deutsche Kanzlerin. Gerade für den Verkehrsektor war der deutsche Markt ideal geeignet, eine Vorreiterrolle zu spielen. Führende Technologie-Unternehmen waren vorort und konnten ihren Heimatmarkt als perfektes Testfeld für einen weltweiten Rollout nutzen. Und auch die Kunden gehörten zu den umweltbewusstesten. Oft gepaart mit einem gut gefüllten Geldbeutel, der sie in die Lage versetzte, in die neuesten Technologien zu investieren. *Wenn sie denn wollten! Was ja aktuell noch nicht der Fall war! Deswegen gab es ja die Taskforce!*

Eigentlich brauchten sie jetzt nur noch ein zielführendes Umsetzungskonzept in ihrer Taskforce zu erarbeiten. Eric verzog das Gesicht auf dem Weg hinaus in das große Foyer im Bundeskanzleramt. *Nur noch,* murmelte er leise vor sich her. *Was für eine Untertreibung!* Eric hatte das Gefühl, dass sich keiner in der Taskforce für ihre Zahlen und Analysen der letzten Monate interessierte. Zu vielschichtig waren die Interessen. *Und der Neid!* Die Blicke einiger Teilnehmer sprachen Bände! Missmutig kramte er sein Smartphone aus der Tasche. Vielleicht konnte er ja noch einen früheren Flieger zurück nach Paris erwischen. Er wollte einfach nur noch weg. *Was für eine Zeitverschwendung!*

Er hatte gerade die Nummer der Lufthansa-Reservierung gefunden, als er spürte, wie ihn jemand an der Schulter berührte.

»Sie sehen nicht gerade glücklich aus, Herr Brinneau!« Hans Weidner hatte sein Telefonat beendet und gesehen, wie der IEA-Mann alleine den Raum verlassen hatte. Bevor Eric seinen Frust loswerden konnte, ergänzte der Deutsche verständnisvoll. »Ja, ich weiß, was Sie sagen wollen! Es geht alles viel zu langsam! Aber vielleicht habe ich ja etwas, was ihre Stimmung aufhellen könnte.«

»Könnte ich jetzt echt gut gebrauchen!« Eric hatte sich umgedreht und sah dem engen Vertrauten der Kanzlerin direkt in die Augen. Immer noch frustriert. Hans Weidner nickte.

»Hätten Sie nachher noch ein paar Minuten Zeit? Ich lade Sie zu einem Kaffee ein.«

»Gerne«, antwortete Eric wenig überzeugt. *Was wollte der Deutsche? Was konnte seine Stimmung heben?* Eric hatte seine Zweifel. Aber sprechen sollten sie auf alle Fälle. Und wenn er nur seinen Frust loswerden würde. *So konnte es auf keinen Fall weitergehen!*

Das dritte Meeting der Taskforce war tatsächlich kurze Zeit später beendet. Ergebnislos. Zumindest aus Eric´s Sicht. Nachdem die anderen Teilnehmer alle den Raum verlassen hatten, ging er mit dem deutschen Abteilungsleiter gemeinsam die große Treppe des Foyers hinunter. In die kleine, aber gut ausgestattete Kantine des Kanzleramtes.

»Cappuccino?«

»Ja, gerne.«

Hans Weidner bediente den Kaffeeautomaten. »Ich habe vorhin mit der Kanzlerin telefoniert«, begann er langsam, während der dampfende Kaffee die erste Tasse füllte, »was halten Sie von München?«

»München?« Eric war verwirrt. *Worauf wollte Hans Weidner hinaus?*

»Wir hätten da eine Idee. Nein, eigentlich einen konkreten Plan! Könnten sie heute Nachmittag noch über München zurück nach Paris fliegen?«

Jetzt war nun Eric völlig von der Rolle. »Ähm, wieso das denn?«

»Die zweite Münchner Bürgermeisterin ist eine gute Bekannte der Kanzlerin und würde sich sehr freuen, mit Ihnen zu sprechen. Heute Abend noch.«

»Und worüber?«

Hans Weidner erzählte Eric in wenigen Sätzen, was er sich mit seiner Chefin zusammen ausgedacht hatte. Sie waren ja selber höchst unzufrieden mit den Fortschritten. Sechs Monate vergeudet, ohne konkrete Ergebnisse. Die Gruppe verdiente bisher wahrlich nicht diese Bezeichnung. Taskforce!

Daher entwickelten sie in den letzten Wochen die Idee, den Projektrahmen vorübergehend zu verkleinern. Noch mal einen Neustart zu wagen. Am Beispiel einer Großstadt wie München, die sich eigene, ehrgeizige Emissionsziele gesetzt hatte. Hier wollten sie in einer lokalen Taskforce ein erstes, konkretes Umsetzungsprogramm entwerfen und möglichst schnell implementieren. Zumindest teilweise. Erste Erfolge in einer Region sollten es deutlich leichter machen, das Konzept dann auf alle Metropolen, ja ganz Deutschland, auszudehnen.

Der Abteilungsleiter versuchte Eric zu begeistern. »Die Dame wird Ihnen gefallen! Voller Energie. Und kriegt auch meistens das durch, was sie sich in den Kopf gesetzt hat.« Eric war immer noch skeptisch. Wieso sollte das in München anders werden?

Hans Weidner sah den skeptischen Blick in Eric´s Augen. Er legte nach. »Wir würden gerne, dass Sie in München die Führung dieser Taskforce übernehmen werden. Natürlich nur, wenn Sie wollen.«

»Ok ...?« Eric´s Blick hellte sich auf. *Einen Versuch war es wert!*

»Frau Fellinger erwartet Sie, wie gesagt, noch heute Abend in München.«

»Heute Abend?«

»Ja. Sie sind doch auch daran interessiert, dass wir endlich in die Gänge kommen, oder? Die aktuelle Taskforce hier in Berlin kann man ja nicht gerade als Vergnügen bezeichnen.«

»Nein, kann man ganz sicher nicht!« Eric zwang sich ein Lächeln auf. So wie der Deutsche.

»Also? Machen Sie mit?«

Eric zögerte. Dann nickte er. Instinktiv.

»Gut. Melden Sie sich doch einfach noch mal heute Abend bei mir. Nach dem Gespräch mit der Bürgermeisterin. Sie werden positiv überrascht sein. Denke ich. Hoffe ich!«

Kurze Zeit später hatte Hans Weidner mit Eric die Kantine bereits wieder verlassen und reichte ihm im Foyer zum Abschied die Hand. »Ich drücke Ihnen auf jeden Fall die Daumen, guten Flug.«

Und eilte dann wieder die Treppe hinauf. *Wahrscheinlich zur nächsten Baustelle im hektischen Berliner Politikalltag,* dachte Eric mitleidsvoll und nahm tief in Gedanken wieder sein Smartphone raus. *München!* Er blickte auf das Display. Da war ja noch die Nummer der Lufthansa. Aber nicht zurück nach Paris. *Stattdessen kleiner Zwischenstopp in München gefällig, Herr Brinneau!* Eric musste schmunzeln. Ja, seine Laune hatte sich etwas gebessert.

PARIS, IEA HAUPTQUARTIER, AM NÄCHSTEN MORGEN

»Und, wie war das Treffen mit der Münchner Bürgermeisterin?« Lisa kam gerade um die Ecke von der Metrostation, als Eric mit seinem Rennrad heranfuhr und direkt vor ihr und dem IEA Hauptportal stehen blieb.

»Brilliant!« Eric hatte ein breites Grinsen auf dem Gesicht. Nicht nur weil die morgendliche Sonne in Paris versprach, noch mal einen herrlichen, milden Herbsttag einzuleiten.

Nein, das Meeting in München gestern Abend war wirklich eine Wohltat gewesen. *Die Dame war klasse!* So engagiert und motiviert, wie Herr Weidner sie angekündigt hatte. So hatten sie sich innerhalb weniger Minuten intensiver kennengelernt, sofort eine gemeinsame Wellenlänge gefunden und die Aufsetzung einer Taskforce unter Führung der IEA in München vereinbart. *Das musste endlich der Durchbruch sein,* hatte Eric sich gestern auf dem Rückflug noch Mut gemacht. *Naja, vielleicht,* schaltete sich aber gleich wieder sein zweites, pessimistisches Ego ein. *Wenn nicht wieder zu viele Bremser und Zweifler mit am Tisch saßen!*

»Wusste ich doch«, meinte Lisa mit einem Lächeln und drückte ihm ein Küsschen zur Begrüßung auf die Backe, »du hast sie wahrscheinlich mit deinem Schweizer Charme um den Finger gewickelt, gib´s zu!«

Eric lachte. »Quatsch, die Münchner Bürgermeisterin steht nur ganz schön unter Druck, auch von ihrer eigenen Partei, den Grünen. Sie wollen nicht wieder die selbst gesteckten Emissions-Ziele in München mit Pauken und Trompeten verfehlen. Und Herr Weidner hat wohl nicht schlecht über uns gesprochen.«

»Also eine deutlich bessere Voraussetzung als in Berlin.«

»Denke ich schon«, antwortete Eric zufrieden, »und in zirka zwei Wochen treffen wir uns bereits in München. Zum offiziellen Start der neuen Taskforce.

Und diesmal sind wir im Lead!«

»Wow! Das ist ja echt brilliant.«

Sie liefen zusammen die Treppen hinauf und betraten das Foyer der IEA-Zentrale. Eric stutzte und blieb stehen. Lisa folgte seinem Blick.

Kanegawa, ihr japanischer Oberboss stand mit einer kleinen Gruppe Besucher an der Rezeption. *Was machte der denn hier?* Eric schüttelte leicht den Kopf. *Das kam echt nicht oft vor.* Um nicht zu sagen, Eric hatte ihn fast noch nie hier unten oder auch auf einem der Gänge des Gebäudes gesehen.Der IEA-Chef begrüßte gerade überaus höflich einen groß gewachsenen Herren aus der Gruppe. *Musste ja eine wichtige Person sein,* dachte Eric, *wenn der Japaner sich so viel Mühe gab!*

Irgendwie konnte er Kanegawa noch nie richtig leiden. In den wenigen Veranstaltungen, in denen er ihn zu Gesicht bekam, machte der Japaner immer einen sehr aufgesetzten, unnahbaren Eindruck.

Im Vorbeigehen schnappte er ein paar deutsche Wortfetzen aus der Gruppe auf. *Deutsch! Interessant,* dachte er und ging dann mit Lisa langsam hinüber zum Fahrstuhl. *Irgendwoher kenne ich doch das Gesicht! War der Typ nicht kürzlich auf der Titelseite eines großen, deutschen Magazins? Wo war das noch?*

»Eric, der Lift ist da! Komm´ schon.« Lisa schob ihren Kollegen vorsichtig hinein.

»Ich kenne das Gesicht! Aber ich komme nicht auf den Namen.«

»Welches Gesicht?«

»Na, der groß gewachsene Herr dort, der gerade mit Kanegawa spricht!«

»Mhh ...,« kam es noch nachdenklich von Lisa.

Dann fuhr die Lifttür zu.

Wieder trafen sich die drei IEA Experten in ihrem großen Konferenzraum, der immer noch als Operationszentrale für ihre kleine Arbeitsgruppe diente.

Sein Chef und er waren sich damals schnell einig gewesen, das bewährte Team trotz des zähen Starts bei der Bundesregierung unbedingt im Hintergrund weiterarbeiten zu lassen. Und seit gestern, nach einem kurzen und freudigen Telefonat mit Eric, hatten sich Lisa und Pierre in das erste, verfügbare Zahlenmaterial zum Münchner Verkehr und seinem Anteil an den Gesamtemissionen eingearbeitet.

»Und? Wie war das Treffen mit der Münchner Bürgermeisterin?«, begrüßte Pierre die beiden neugierig vom Sitzplatz hinter seinem Rechner aus.

»Ganz gut.«

Lisa sah Eric überrascht an und hakte sofort ein. »Hey, Eric, du hattest doch gerade noch gesagt: ›Brilliant!‹«

Pierre stutzte. Eric sah die beiden an.

»Ja, stimmt schon, Lisa. Das Meeting selber war brilliant. Aber wer weiß, wie es dann tatsächlich in der Taskforce läuft! Vielleicht haben wir ja in München die völlig falschen Rahmenbedingungen für unser Vorhaben. Oder wieder lauter selbstverliebte Idioten in der Taskforce. Ich habe zwar mit der Bürgermeisterin schon über ein paar interessante Leute gesprochen, will aber einfach meine Erwartungen nicht zu hoch schrauben. Noch nicht!«

Pierre stimmte Eric zu. Lisa warf den beiden einen bösen Blick zu.

»Ihr Pessimisten!«, schimpfte sie, »immerhin sind wir diesmal im Lead. Wenn wir es jetzt nicht hinbekommen, dann ist uns echt nicht mehr zu helfen.«

»Ok, ok, wo die Prinzessin Recht hat, hat sie Recht.«

Breites Grinsen in der kleinen Runde. Eric nahm seinen gewohnten Platz an der breiten Fensterbank ein. »Also, was habt ihr bereits zu München?«

Lisa nickte Pierre kurz zu und ging vor zur großen Projektionswand. »Zuallererst haben wir versucht, den Großraum München für uns sauber zu definieren«, fing sie an und führte Eric dann mehrere Minuten lang durch ihre ersten Analysen.[6]

»Das heißt«, fasste Eric zusammen, »München ist als Showcase für unsere geforderte Trendwende im Straßenverkehr absolut geeignet.«

»Ja, sehen wir so.«

»Mhh«, Eric lief langsam um den großen Konferenztisch herum, »das wiederum heißt, der Fokus unserer neuen Taskforce im Großraum München muss ein konkretes Umsetzungskonzept sein, das den jährlichen Kraftstoffverbrauch bis 2030 um ein Drittel reduziert. So wie wir´s der Kanzlerin für ganz Deutschland aufgezeigt haben, richtig?«

»Richtig. Das heißt, schlappe 600 Millionen Liter weniger. Bis 2030. Alleine in München. Bei gleichzeitig weiter wachsendem PKW-Bestand.«

Eric blieb wieder am Fenster stehen und sah nachdenklich hinaus. »Mhh, 600 Millionen Liter. Jedes Jahr.« In Gedanken versuchte er, sich die Zahlen greifbarer zu machen. *Klingt echt verdammt viel!*

Die drei IEA Experten waren sich ja eigentlich seit Wochen der Größen-ordnung der Herausforderung im Straßenverkehr bewusst. Nur je konkreter man die Zahlen auf eine bestimmte Region herunterbrach, desto klarer

---

6 Siehe Anhang, Punkt 3: Metropolregion München

und erschreckender wurde das Bild. Pierre zeigte in einer weiteren, beeindruckenden Graphik die Steigerung des Kraftstoffverbrauchs in München in den letzten 50 Jahren. Fast eine Verdopplung! Erst seit Beginn des 21. Jahrhunderts konnte der Bedarf auf hohem Niveau stabilisiert werden, aber eben nicht reduziert. Das gleiche Problem wie in ganz Deutschland. *Und jetzt sollte eine mehr als 30-prozentige Reduzierung in weniger als 20 Jahren gelingen?* Eric´s Aufmerksamkeit driftete immer wieder ab. Nur mühsam folgte er den weiteren Ausführungen von Lisa und Pierre.

Aus den Daten war klar zu erkennen, dass der PKW-Bestand zirka 70% der jährlichen Kraftstoffmenge schluckte. Der Rest wurde von den LKWs und Bussen in der Region verbraucht. Das hieß, der Hauptbeitrag musste auch in München von den PKWs kommen.

Eric blickte konsterniert zum Fenster hinaus. Ein nicht abreißender Strom an Fahrzeugen zog unter dem Fenster ihres Konferenzraumes vorbei. Der täglich wiederkehrende Pariser Feierabendverkehr. In seiner ganzen Massivität. Nicht anders als in anderen Großstädten.

»Und wie soll das gehen?«, gab Eric seinem aufkommenden Frust ein wenig Luft, immer noch auf den dichten Pariser Verkehr blickend.

»So, wie wir es in der Diskussion mit der deutschen Kanzlerin ja bereits ausgeführt hatten«, ließ sich Lisa vom Ton in Eric´s Stimme nicht entmutigen und skizzierte ihren Vorschlag geschickt auf die berührungsempfindliche Hightech-Wand. »Gut 20 Prozent aller PKWs müssen reine Zero-Emission-Fahrzeuge werden. Auch in München. Und der Rest muss dann eine Verbrauchsreduzierung von zirka 35 Prozent erreichen. Was mit konventionellen Maßnahmen bis 2030 ja machbar sein sollte. Schwer, aber machbar.« Lisa zog mit einem breiten Grinsen einen dicken Strich unter ihre Skizze. »Und das ergibt nach simpler Arithmetik unsere geforderte Reduzierung bei den PKWs.«

Lisa hatte Recht. Und das Ziel beeindruckend plakativ dargestellt. Eric´s Miene hellte sich wieder auf. »Kompliment! Echt super Darstellung!«

Lisa bedankte sich mit einem angedeuteten, grazilen Knicks. Jetzt musste auch Pierre grinsen. Das war nach ihrem aktuellen Kenntnisstand der einzig gangbare Weg. Zumindest auf dem Papier. Dennoch war es noch weit hin bis zu einem konkreten, in der realen Welt funktionierenden Umsetzungsplan.

Eric rechnete kurz nach und runzelte die Stirn. »Die 20 Prozent sind dann mal läppische 300.000 EVs bis 2030, richtig?«

»Oui«, kam es von Pierre trocken.

Jetzt hatten sie zwar ein klares Ziel für München vor Augen. Aber wie konnte man es schaffen, dass die Endkunden diese EVs auch tatsächlich kauften und betrieben? *Nicht nur ein paar Leute, so wie heute, sondern verdammt viele! 300.000!* »Dabei setzen wir alle unsere Hoffnungen auf die Mehr-Auto-Haushalte, richtig? Die sollen möglichst viele ihrer Zweitwagen auf EVs umstellen?«

Wieder Nicken der beiden anderen.

»Gibt es überhaupt so viele Zweitwagen in der Region?«, fragte Eric in die Runde und spürte, wie der Frust wieder in ihm hochkam. *Mehr als 300.000 Zweitwagenbesitzer in München? Kann ich mir fast nicht vorstellen!*

Hier mussten Pierre und Lisa eingestehen, dass ihre Zahlenbasis noch ziemlich dünn war. Das deutsche Kraftfahrtbundesamt veröffentlichte normalerweise keine Zahlen zu Zweitwagenbesitzern. Es gab bisher nur Grobabschätzungen.

Eric fasste seine Zweifel in Worte. »In der Großstadt ist das ja mit dem Parken nicht so einfach, wie wir alle wissen. Daher verzichten ja bereits viele, zumindest in den Innenstädten, ganz auf ein solches Fahrzeug. Gerade wenn man einen so guten öffentlichen Nahverkehr wie in München hat. Oder wechseln zum immer attraktiveren Car-Sharing.« Lisa und Pierre teilten seine Einschätzung. »Aber wenn es nicht mal genügend Zweitwagenbesitzer in einer so reichen Stadt wie München gibt, dann wüsste ich nicht, wo wir sonst alle unsere EV-Käufer in den nächsten Jahren finden sollen. Das wäre dann echt der Supergau für unser Konzept!«

Widerwillig stimmten ihm die beiden zu. Ja, sie hatten im Prinzip eine sehr einleuchtende Idee für die Trendwende im Straßenverkehr. Aber ob sie funktionierte, stand noch in den Sternen. Eric wurde immer klarer, dass sie hier noch einiges an Arbeit hineinstecken mussten. Und das alles noch vor dem ersten Meeting in München.

Nicole, die Assistentin ihres Chefs steckte den Kopf zur Tür herein. »Eric, Jean-Luc möchte dich heute Abend noch sehen. Schau doch bitte noch bei ihm vorbei, bevor du gehst. Egal, wie spät es ist.«

Eric nickte und sah auf die Uhr. Schon wieder nach sechs. Er seufzte. Seine Freundin Jeannette hatte kein Verständnis mehr dafür, dass er nun schon seit Monaten immer wieder bis spät in den Abend hinein im Büro war. Nach dem Treffen mit der deutschen Kanzlerin und der euphorischen Stimmung im Team hatte er mehrere Versuche unternommen, ihr die Wichtigkeit des Themas und seine Rolle darin zu erklären. Leider vergeblich. Wie viele andere wollte seine Freundin in der Erderwärmung kein richtiges Problem sehen. *Ein bisschen wärmer konnte doch nicht schaden,* sagte sie immer mit Blick auf die vielen, nasskalten Tage im Pariser Frühling. Und machen könnte man doch sowieso nichts. Also wollte sie das Leben lieber weiter genießen und ging ausgiebig shoppen. Und war sauer, wenn er keine Zeit hatte, sie zu begleiten.

Lisa sah die Unruhe und eine gewisse Müdigkeit in seinen Augen und schlug vor, für heute Schluss zu machen. Sie erntete dankbare Blicke. Die drei IEA-Experten packten ihre Sachen zusammen.

Auf dem Weg hinaus ging Eric noch bei seinem Chef vorbei. Nicole war schon weg, aber Jean-Luc saß noch tief versunken hinter seinem Schreibtisch. Auch er sah müde aus.

Doch sein Blick hellte sich auf, als er Eric in der Tür stehen sah.

»Komm rein! Setz dich. Ich hatte heute Nachmittag einen weiteren Anruf von Herrn Weidner. Er hat sich mehrfach für den zähen Start ihrer neuen Experten-gruppe in Berlin entschuldigt. Er würde aber daran arbeiten. Was immer das bedeutete. Und einiges auf die neue Bürgermeisterin in München setzen. Scheint viel von ihr zu halten. Was ist deine Einschätzung? Du hast sie doch gestern persönlich kennengelernt?«

Eric setzte sich auf den Rand der Couch. »Ja, macht wirklich einen guten Eindruck. Aber wir müssen abwarten, wie die geplante Taskforce dann tatsächlich anläuft. Und ob wir wirklich konkrete Ansätze für die Umsetzung finden. Vorher ist alles reine Spekulation.«

»Hey, Eric, wo bleibt denn dein Optimismus?«, sein Chef zwang sich ein Lächeln ab, »wir lassen uns doch nicht so schnell unterkriegen, oder?«

Eric versuchte es ebenfall mit einem Lächeln. »Nein, natürlich nicht!«

»So ist es schon besser. Und eine kleine Überraschung habe ich auch noch für dich.«

Eric sah auf. *Bitte keine weiteren Überraschungen!*

»Herr Weidner hat mir nämlich auch erzählt, dass die Kanzlerin bei ihrer letzten USA-Reise unter anderem den Gouverneur von Kalifornien getroffen und mit ihm über uns und unsere tolle Arbeit gesprochen hat. Kalifornien sieht sich ja als Vorreiter bei den Klimathemen innerhalb der USA. Sodass es gut sein könnte, dass wir von dort in der nächsten Zeit einen Anruf bekommen könnten. Er wollte uns auf jeden Fall schon mal vorwarnen.«

Wow! Eigentlich ja echt super, dachte Eric und nickte langsam. Aber eine neue Front passte ihm gerade gar nicht ins Bild. Zumindest solange sie keinen entscheidenden Schritt in Deutschland vorangekommen waren. *Und der Schritt stand ja noch aus!*

Eric versprach seinem Chef dennoch, dass er Steve darauf ansetzen würde, um für den Fall der Fälle vorbereitet zu sein. Nachdem beide Männer sehr erschöpft waren, dauerte ihre Unterhaltung kürzer als sonst. Hätten sie gewusst, was gerade zwei Stockwerke über ihnen ablief, wären sie nicht nur müde gewesen, sondern wohl auch extrem besorgt. So hatten beide Männer wenige Minuten später das IEA Gebäude bereits verlassen, während im obersten Stockwerk noch das Licht brannte.

ZEITGLEICH, IM OBERSTEN STOCKWERK DES IEA GEBÄUDES

Der IEA Chef fuhr zusammen mit Karl Röhmer und einem Franzosen, der ebenfalls zu der kleinen Besuchergruppe gehörte, in die oberste Etage des Gebäudes. Im gleichen Lift, den Eric vor wenigen Minuten auch benutzt hatte. Der äußerst freundliche und offizielle Teil der Begrüßung, sowie ein ausführlicher Rundgang, waren beendet. Der Japaner wusste aus ersten Andeutungen des Franzosen, der ein hochrangiger Vertreter der französischen Automobilindustrie war, dass ihr abschließendes Gespräch zu dritt eines deutlich diskreteren Rahmens bedurfte.

Die Konversation auf dem Weg hinauf war auf wenige Worte beschränkt und verstummte vollkommen, als sich die Lifttür öffnete. Was für ein Anblick! Eine aufreizende, junge Dame kam ihnen auf dem Flur entgegen. Offensichtlich die Assistentin des IEA Chefs. Karl Röhmer schluckte und fing kurz den Blick seines französischen Kollegen auf. Das enge Kostüm und die rückwärtige Beleuchtung betonten die perfekten Proportionen der jungen Frau noch zusätzlich. Die langen, schlanken Beine wurden durch den Rock nur in sehr begrenztem Umfang verdeckt. Mit einem verführerischen Lächeln nahm sie den drei Herren die Mäntel ab. Nur der Blick ihrer stark geschminkten Augen und der feste Händedruck passten irgendwie nicht dazu. Eine Spur dunkler Erotik lag für einige Sekunden in der Luft, während sich die Assistentin umdrehte und den drei Herren vorwegging. *Nicht schlecht,* musste sich der Deutsche eingestehen und ließ seinen Blick noch mal über die reizenden Proportionen und geschmeidigen Bewegungen der jungen Frau gleiten.

Der Japaner führte die beiden Besucher direkt in sein Büro. Die Ausstattung war noch pompöser, als Karl Röhmer es sich nach der Beschreibung seines französischen Kollegen vorgestellt hatte. Hier wehte noch der Geist der achtziger Jahre, als die Industrienationen einen mächtigen Gegenspieler zu den OPEC Staaten etablieren wollten. Und sich das auch in Raumgröße und Inventar ausdrücken sollte.

Ein mächtiger, antiker Schreibtisch aus dem späten 19. Jahrhundert dominierte die eine Hälfte des riesigen Büros. Auf dem Sideboard war in einem schweren Silberrahmen das Bild des Japaners in traditioneller Kleidung samt Ehefrau und drei kleinen Kindern zu sehen. Der dicke Teppich und die schweren, dunklen Möbel verstärkten noch die Machtdemonstration des Raumes. Hier konnten und wurden wichtige Entscheidungen getroffen, wenn es darauf ankam.

Der IEA Chef bat die beiden Herren an seine ebenso beeindruckende Sitzgruppe in der anderen Hälfte des Raumes. Das weiche Leder und die feinen Nähte machten auch hier klar, dass hier mal eben der Wert einen Kleinwagens investiert worden war. Neid stieg in Karl Röhmer auf. *Wieso hatte er als Präsident des wichtigsten deutschen Automobil-Verbandes kein solches Büro? Und eine vergleichbare Vorzimmerdame?*

Zur Freude der drei Männer erschien die Assistentin des IEA Chefs erneut, diesmal mit einem Silbertablett. Langsam schritt sie um die Sitzgruppe herum, beugte sie sich dann weit nach vorne zu dem niedrigen Tisch herunter und servierte Tee mit Gebäck. Der Japaner nahm in einem der beiden mächtigen Sessel mit hoher Rückenlehne Platz, genoss ganz offensichtlich die extrem erotische Ausstrahlung der jungen Frau und schenkte dann in typisch japanischer Weise selbst ein. *Stil hatte er,* dachte der Deutsche, *das musste man ihm lassen. Und eine mehr als beeindruckende Vorzimmerdame!* Er war gespannt, wie sein Kollege das Gespräch eröffnen würde. Und der Japaner darauf reagierte.

Nachdem die Assistentin auf ein kurzes Nicken des Japaners den Raum verließ und dabei die Edelholztür des Büros geschickt hinter sich zuzog, gehörte der abhörsichere Raum nur noch den drei Herren. Nach einer kurzen Pause begann der Franzose leise und nach vorne gebeugt. »Vielen Dank noch mal für die kurzfristige Zusage des Termins.«

Der Japaner nickte kaum merklich, während er zurückgelehnt die edle Teetasse zärtlich in der Hand liebkoste.

»Wir arbeiten nun schon seit vielen Jahren zusammen«, holte der Franzose etwas weiter aus, »ohne eine gesicherte Ölversorgung steht das Wohl der gesamten Automobil-Industrie auf dem Spiel, ja sogar unserer gesamten Wirtschaft. Hier ist die analytische Rolle der IEA ganz besonders gefragt. Seit Jahren geben Sie uns immer wieder einen hervorragenden Überblick, wie sich Angebot und Nachfrage aktuell entwickeln und aller Voraussicht nach in den nächsten Jahren entwickeln werden. Auch Ihre mahnenden Worte bezüglich knapper werdender Ölreserven auf der einen, und immer noch steigender Nachfrage auf der anderen Seite werden gerne gehört. Alle, nicht zuletzt die Automobilindustrie, sind sich sehr wohl bewusst, dass Öl nicht der Kraftstoff der Zukunft für unsere Autos sein kann. Auch die steigende Belastung der Umwelt sehen wir sehr ähnlich wie Sie.«

Von der Seite beobachtete Karl Röhmer den Japaner, der ohne jedes Mienenspiel den Ausführungen lauschte. *Wusste er bereits, worauf sie hinaus wollten oder war er völlig ahnungslos?*

Der Franzose machte eine kurze Pause und lehnte sich nun ebenfalls auf der Couch ein wenig zurück.

»Nur Ihr Szenario 450 fanden wir«, der Franzose suchte nach den passenden Worten, » ... noch nie gut. Das wissen Sie. Aber wir hatten damals Verständnis für Ihre Initiative. Nachdem Sie sich in der Vorbereitung für die Kopenhagener Klimakonferenz gezwungen sahen, ein die Diskussion anregendes Szenario zur Einhaltung des Zwei-Grad-Zieles herauszubringen. Grundsätzlich haben wir den Ansatz immer begrüßt. Auch das wissen Sie. Nur die harten Vorgaben für den Straßenverkehr konnten wir schon damals nicht nachvollziehen. Eine so schnelle Abkehr von den Verbrennungsmotoren ist einfach nicht denkbar! Und eine entsprechend geschürte Euphorie in der Öffentlichkeit ist nicht hilfreich. Gar nicht hilfreich, um es vorsichtig auszudrücken. Daher waren wir Ihnen sehr dankbar, dass dieses Szenario nach dem Scheitern der Kopenhagener Konferenz auch nicht mehr weiter propagiert wurde. Dennoch sind wir als Automobilindustrie natürlich weiterhin mit Hochdruck an einer kontinuierlichen Effizienzsteigerung unserer Antriebe dran und stecken massiv Gelder in die Entwicklung alternativer Technologien. Sobald diese die gesteckten Anforderungen erfüllen, sind wir die letzten, die einer Wende weg vom Öl im Weg stehen möchten. Das dürfen Sie uns glauben.«

Der Franzose machte eine weitere kleine Pause. Angespannte Ruhe im Raum. Der Japaner blieb weiterhin fast regungslos. *Beeindruckend,* dachte Röhmer.

»Wir würden es daher begrüßen, wenn auch weiterhin von Ihrer Seite keine neuen Eigeninitiativen gefahren werden, die zu neuen, konkreten Zielvorgaben für den Verkehrssektor führen könnten. Dafür haben wir ja schon die EU-Kommission und ihre Arbeitsgruppen. Auch mein Kollege, Herr Röhmer, wäre nicht erfreut, wenn solche Initiativen plötzlich in Deutschland stattfinden würden.

Ansonsten müsste man ja an entsprechender Stelle nachfragen, inwieweit solche Aktivitäten noch mit den Statuten der IEA übereinstimmen, die ja klar die Sicherung der Ölversorgung in den Fokus stellen. Das würden wir natürlich nur ungern tun. Aber Sie müssen verstehen, dass wir in den Verbänden die Interessen unserer Mitglieder wahren müssen.«

Das war ziemlich deutlich. Für einen Franzosen direkter, als es Karl Röhmer erwartet hatte. Er wusste, dass in den nächsten Monaten wieder Budgetgespräche liefen. Daher konnte der IEA-Chef kein Interesse daran haben, plötzlich Grundsatzdiskussionen zum Aufgabenumfang der IEA zu führen. Dennoch saß der Japaner weiterhin völlig ruhig in seinem Sessel und betrachtete die Porzellantasse in seiner Hand. *Hatte er sie verstanden?*

»Vielleicht helfen ihnen ja diese Unterlagen bei ihren nächsten Schritten«, sagte der Franzose noch mit unbewegter Miene und schob einen dicken, braunen Umschlag über den Tisch.

Nach einer kleinen Ewigkeit nickte der Japaner den beiden Männern kurz zu. Er würdigte den Umschlag keines Blickes, erhob sich langsam aus seinem Sessel und ging auf die schwere Eingangstür zu. Das Gespräch war beendet. *Einfach so.*

Die Assistentin kam umgehend mit den Mänteln herein und deckte auf kurzes Nicken des Japaners den Tisch ab. Dieser bedankte sich nochmals mit ausgesprochener Höflichkeit für den Besuch, wurde aber leider nun dringend an anderer Stelle gebraucht wurde.

Drei Minuten später hatten Karl Röhmer und der Franzose das IEA-Gebäude bereits wieder verlassen. Der Franzose versicherte ihm mehrfach auf dem Weg hinaus, dass der IEA Mann sie verstanden hatte. Und bei Bedarf konnte man immer noch das seit Jahren laufende und bisher geduldete Begleitdamen-Thema des Japaners zu Hilfe nehmen. Und machte dabei eine vielsagende Bemerkung über dessen Assistentin. *Eigentlich hätte ich auch gerne so ein »Thema«.* Ähnliches dachte wohl auch der Franzose und lachte kurz. Aber das würde seiner Meinung nach nicht nötig sein.

Karl Röhmer war dennoch überrascht vom abrupten Ende ihres Gesprächs, als er wieder alleine ins Taxi stieg, konnte sich aber nur auf die Einschätzung des Franzosen verlassen. Immer noch verwirrt machte er sich auf den Rückweg zum Flughafen.

Ob sie mit ihrer Initiative Erfolg hatten, konnte man wohl erst in den nächsten Wochen sagen. Er würde die Aktivitäten in Berlin auf jeden Fall genau im Auge behalten müssen. Sein Kontakt im Verkehrsministerium hatte es endlich in diese neue Arbeitsgruppe der Kanzlerin geschafft und seinen Beitrag zu einer gewissen Verzögerung geleistet. Aber das konnte die neuen Aktivitäten natürlich nicht völlig unterbinden. *Das war klar. Ihr jetzt in Paris aufgesetzter Plan musste einfach funktionieren! Und einen Plan B brauchte er auch noch. Man wusste ja nie.*

IM SÜDEN MÜNCHENS, DREI TAGE SPÄTER

Tina stand mit ihrem Vater und zahlreichen Mitarbeitern vor dem Hauptgebäude ihrer Firmenzentrale. Gemeinsam beobachteten sie, wie ein Installationsteam gerade die letzten PV-Module auf dem Flachdach montierte. Die Solarfläche wurde als Teil ihres neuen Energiekonzeptes noch mal deutlich erweitert. Zusätzlich arbeiteten seit mehreren Wochen vier futuristisch aussehende Hightech-Windkraftanlagen hoch über dem Gebäude und gaben im stetigen Herbstwind ein kaum wahrnehmbares Pfeifgeräusch von sich. *Fast wie ein Raumschiff, das kurz davor war, in eine neue Welt aufzubrechen,* dachte Tina. *War das der Durchbruch für die Einführung von EVs in ihrer Firma? Der entscheidende erste Schritt?*

Zufrieden legte ihr Vater den Arm um ihre Schultern. »Jetzt haben wir einen weiteren, wichtigen Meilenstein in unserem energetischen Modernisierungs-Programm geschafft.«

Ja, sie war stolz auf ihn. Ihr Vater war tatsächlich wie ausgewechselt. Kurz nach jenem sonntäglichen Familienfrühstück vor sechs Monaten hatte er ein zweites Meeting in der Firma zu ihrem Thema ›CO2-Emissionen in der Logistikkette‹ angesetzt und sich vor der versammelten Führungsmannschaft bei ihr entschuldigt. Natürlich mussten sie das Problem angehen. Seine Tochter hatte von Anfang an Recht. Auch auf diesem Gebiet wollten sie als Firma eine Vorreiterrolle einnehmen. Die Zeit war reif. Die Technik stand zur Verfügung. Jetzt mussten auch die alten Herren in der Firma endlich umdenken. Auch beim eigenen Porsche! Tina war damals fast zu Tränen gerührt gewesen. Sie und einer ihrer Mitarbeiter wurden Teil des kleinen Sonderteams, das die Energieversorgung des Familienunternehmens auf modernsten Stand bringen sollte. Franz war ebenfalls dabei. Und hatte ja bereits ihren Onkel und Phillip als kompetente Verstärkung mit an Bord geholt. Damit wurden tatsächlich auch EVs ein wichtiger Bestandteil ihres Gesamtkonzeptes.

Ziel war die 100-prozentige Eigenversorgung der Firmenzentrale mit Strom und Wärme aus erneuerbaren Quellen, so wie sie es auf dem Anwesen ihres

Onkels in kleinerem Maßstab bereits gesehen hatten. In einem ersten Schritt wurde, wie sie gerade miterleben konnten, die PV-Anlage deutlich vergrößert. Und nachdem sich ihr Firmensitz vor den Toren Münchens auf einer kleinen Anhöhe befand, hatten sie sich parallel auch gleich noch für die Installation mehrerer Windkraftanlagen auf dem Flachdach entschlossen. Phillip und sein Onkel experimentierten ja bereits seit einiger Zeit mit solchen, kleineren Anlagen auf ihrem eigenen Anwesen. Anfangs mit gemischtem Erfolg. Aber jetzt hatten sie einen zuverlässigen Anlagentyp herausgefunden, den sie auch hier übernahmen. Dieses leistungsfähige, aber fluktuierende Erzeugungssystem führte zwangsläufig immer wieder zu Phasen, in denen deutlich zu viel Strom produziert wurde. Der musste zwischengespeichert oder zu immer niedrigeren Preisen ins öffentliche Netz abgegeben werden. Hier kamen die EVs als volumenstarke, steuerbare Stromspeicher ideal ins Spiel, so wie ihr Onkel es bereits mit seinen Landmaschinen realisiert hatte. Voraussetzung war natürlich eine Steuerungs-software, die Erzeugung und Bedarf, inklusive der EVs, immer komplett im Überblick hatte und damit den Eigenverbrauch maximieren konnte. Hier waren die Erfahrungen von Phillip und ihrem Onkel goldwert. Am Markt war die Anzahl an Experten, die diese Art von Energiemanagement beherrschten, immer noch sehr gering. Schade, dass Phillip aus Termingründen heute nicht dabei sein konnte, dachte Tina. Die Zusammenarbeit hatte sich wirklich super entwickelt.

Tina lehnte an einer der zehn, neuen Ladesäulen, die sie in der vordersten Reihe ihres Firmenparkplatzes direkt neben dem Haupteingang platziert hatten. Ihr eigener BMW I3 war bereits angesteckt und lud. Daneben standen zwei weitere I3s und vier eGolfs, die seit neuestem ebenfalls zur firmeneigenen Flotte gehörten. Und ihr Vater, als auch Franz hatten sich beide einen Tesla S-Type besorgt. *Der mit Abstand schönste Elektrowagen, den man sich aktuell kaufen konnte,* das musste Tina zugeben. Und mit einer beachtlichen Reichweite von über 300 Kilometern. *Aber als große Limousine völlig ungeeignet für sie.* Das war bei Franz und ihrem Vater was anderes.

»Und?«, stubste sie ihren Vater an, der immer noch fasziniert aufs Dach hinauf sah, »sind deine Geschäftskollegen immer noch so neidisch auf deinen neuen Tesla?«

Ihr Vater musste schmunzeln.

»Meine Güte! Die Vielfalt an Reaktionen ist immer noch unbeschreiblich. Ich konnte es nie ganz glauben, wenn du von deinen Erlebnissen mit dem I3 erzählt hattest. Aber jetzt erlebe ich es ja selber. Viele sind begeistert. Endlich tut mal jemand was für die Umwelt! Aber dann gibt es Leute, und das sind nicht wenige, die sind richtig böse auf mich. Wie ich so doof sein könnte, mir ein Auto mit so einer völlig unausgereiften Technik zu kaufen! Und dass das ja eigentlich die Emissionen nur verlagern würde. Mit denen kannst du keine sachliche Diskussion führen. Die wollen nicht mal mitfahren und sich einen eigenen Eindruck verschaffen. Fast, wie wenn sie befürchten, sich mit einem bösen Virus anzustecken, der sie dann ebenfalls zum Kauf eines solchen EVs zwingen würde.«

Tina musste laut lachen. Ihr Vater kam richtig in Schwung.

»Es ist echt unglaublich, wie emotional einige Leute werden, die im normalen Geschäftsalltag völlig nüchtern kalkulierende Manager sind. Die wollen es einfach nicht wahr haben, dass der Technologiewechsel jetzt möglich ist. Und nach 100 Jahren Verbrennungskraftmaschine und mehr als einer Milliarde Fahrzeuge auf den Straßen dieser Welt auch zwingend erforderlich ist.«

»Hey, hey«, warf Tina immer noch lachend ein, »vor sechs Monaten gehörtest du selber noch zu dieser Kategorie Mensch.«

Ihr Vater hielt kurz inne und sah sie nachdenklich an.

»Ja, du hast Recht«, gestand er ein, setzte dann aber ein breites Grinsen auf, »aber schon der elektrische Fiat 500 von Phillip war ein beeindruckendes Erlebnis. Gerade als Cabrio. Diese Ruhe beim Fahren. Und nachdem das Laden über die PV-Anlage funktionierte, war die Diskussion für mich eigentlich erledigt. Zumindest für unseren Zweitwagen. Und nach der Probefahrt mit dem Tesla S Probe gab es auch keinen Grund mehr, den Panamera zu behalten. Nur was mir immer noch stinkt ist, dass keiner der deutschen Autohersteller was Vergleichbares anbietet. Kann doch eigentlich nicht sein!«

Da hatte er Recht. Tina betrachtete das Ladekabel ihres I3s. »Und was auch nicht sein kann ist, dass wir immer noch ein Riesenthema mit den Ladekabeln haben.«

Ihr Vater nickte. Seit Monaten versuchten sie, ihre zehn, neuen Ladesäulen möglichst kostengünstig und absolut identisch zu gestalten, und gleichzeitig den drei unterschiedlichen Fahrzeugtypen, die sie aktuell betrieben, eine optimale Lademöglichkeit zu bieten. Aktuell unmöglich, wie sie feststellen mussten.

Es fing bei den unterschiedlichen Steckern an, sodass eine einzige Steckverbindung nicht ausreichte. Aber auch die Themen ein- oder mehrphasiger Anschluss, Gleich- oder Wechselstrom und die Art der Kommunikation zwischen Fahrzeug und Ladesäule waren kaum unter einen Hut zu bekommen. Es sei denn, man blieb bei der altbekannten Haussteckdose mit knapp

4 kW Leistung und null Kommunikation. Das konnten alle drei Fahrzeuge. Aber dann dauerte es eben auch über acht Stunden bis die Batterie voll war, obwohl die Ladegeräte der Fahrzeuge eigentlich deutlich mehr vertrugen. *Absolut unbefriedigend!*

Die Hoffnung war, dass die Hersteller sich endlich auf einen einheitlichen Standard einigten, sobald die Kundennachfrage und damit auch der Marktdruck deutlich stärker wurden. Erste Anzeichen dazu gab es bereits. Bis dahin blieb Tina und den anderen nichts anderes übrig, als sich zu jedem Fahrzeug die optimale Ladetechnik zu besorgen und die Parkplätze entsprechend zu kennzeichnen. *Frustrierend, aber aktuell nicht zu ändern.*

Die letzten Module der PV-Anlage waren montiert. Die Zahl der Mitarbeiter vor dem Firmengebäude hatte deutlich zugenommen. Tina erkannte Franz unter den herauskommenden Leuten und winkte ihn herüber. Ihr Vater wollte aus Anlass der Inbetriebnahme ihrer deutlich größeren Anlage und der neuen Ladesäulen eine kleine Ansprache halten und die ersten Elektroautos ihrer firmeneigenen Flotte dem verantwortlichen Leiter übergeben. Die Sonne kam jetzt sogar zwischen den dunklen Wolken hervor. *Wie bestellt für das Event,* dachte Tina zufrieden.

»Hallo, Franz.«

»Hi, Tina. Na, das ist doch ein toller Moment nach den letzten Monaten harter Arbeit, oder?«

»Absolut.«

»Und die Reihe an Elektroautos sieht auch schon ziemlich beeindruckend aus. Du glaubst gar nicht, wie viele positive Kommentare ich bereits in der Firma gehört habe. Viele unserer Leute sind sich sehr wohl bewusst, dass wir ohne dein Engagement heute niemals so weit wären. Das finden gerade die jüngeren Mitarbeiter richtig Klasse.«

»Und dass du selber deinen Porsche gegen einen EV getauscht hast, fanden viele sicherlich auch ziemlich beeindruckend«, schob sie mit einem Lächeln nach, »aber ich bin mal gespannt, wie die EVs bei den Mitarbeitern nun im täglichen Betrieb ankommen. Jeder kann ja ab sofort auf die Fahrzeuge zugreifen, wenn er eine geeignete Erledigungsfahrt hat. Und übers Wochenende wollen wir sie den Mitarbeitern ja auch für eine Probefahrt zur Verfügung stellen.«

»Ich kenne sogar die ersten in der Entwicklung, die sich ernsthaft mit dem Gedanken eines eigenen EVs beschäftigen. Besonders, nachdem wir klar kommuniziert haben, dass der Strom in der Firma umsonst ist. Auch wenn wir immer noch mit dem Finanzamt bezüglich geldwertem Vorteil in Diskussion sind.«

Ja, dachte Tina, *langsam aber sicher ging es voran*. Dennoch war sie in Gedanken schon bei den nächsten Schritten.

»Aber jetzt müssen wir erst einmal sicherstellen, dass die Anlage im Zusammenspiel zwischen Strombedarf im Gebäude und Beladung der EVs so läuft, wie wir uns das vorstellen. Und noch können wir ja den in den Autobatterien gespeicherten Strom nicht für mögliche Spitzenbedarfe in der Firma nutzen.«

Franz war immer wieder aufs Neue beeindruckt. Tina hatte sich tief in die Technik eingegraben, ohne den Überblick zu verlieren.

»Stimmt, aber das Thema wird sich wohl auch nicht so schnell lösen. Da beißen wir bei den Herstellern der Fahrzeuge immer noch auf Granit. Die wollen uns partout nicht an ihre Batterie ´ran lassen.«

Tina kannte die zahlreichen Diskussionen, die Mitarbeiter von Franz bereits mit BMW und VW geführt hatten.

Aber was ihr noch mehr Kopfzerbrechen bereitete, war ihre Güter-Logistik-Kette. Die täglich hunderte von Kilometern fahrenden LKWs waren aus CO2-Sicht der Firma ja das deutlich massivere Thema. *Hier waren sie bisher keinen Schritt weitergekommen.*

Zum einen nutzten sie ausschließlich externe Partner für den Transport ihrer Waren. Und deren Eigeninteresse an einer CO2-Reduzierung war eigentlich nur insofern vorhanden, als dass sie dann auch Kraftstoffkosten sparen konnten. Wenn dies aber mit Mehrkosten für teure Batterien oder teurere Fahrzeuge einherging, war die Diskussion schnell beendet. Und das Thema Reichweite und Einsatzverfügbarkeit spielte hier natürlich eine deutlich größere Rolle. Noch immer hatten sie keinen wirklich vielversprechenden Ansatz.

Lauter Beifall riss Tina aus ihren Gedanken. Ihr Vater hatte seine kleine Ansprache gerade beendet. Die Aktion schien bei den Mitarbeitern richtig gut ankam. Sie blickte in zahlreiche, gut gelaunte Gesichter. *Ja, ein Anfang war gemacht, auf jeden Fall, da hatte Franz Recht!* Tina sah auf die Uhr.

»Du, Franz, ich muss gehen. Meine lieben Miteigentümer warten auf mich und wollen mir die Ohren lang ziehen, weil ich mein Auto seit Monaten auf Kosten der Gemeinschaft in der Tiefgarage lade.«

Franz lachte. »Na, das klingt ja nach richtig viel Spaß!«

Konnte er laut sagen! Sie verabschiedete sich von ihm und ihrem Vater und machte sich auf den Weg zur Eigentümerversammlung ihres Appartment -Gebäudes. Ja, sie wollte endlich eine saubere Lösung für das Laden in der Tiefgarage. Sie konnte ja verstehen, dass ihre Mitbewohner das Laden ihres EVs nicht auf Dauer mitbezahlen wollte. *Auch wenn es nur wenige Euros pro Monat waren!* Auf der anderen Seite hatte sie keine Lust, alle Kosten für die Installation eines Stromzählers und die Leitungsverlegung an ihren Stellplatz zu übernehmen, nur weil sie die erste mit einem EV war. *Das waren locker mehrere Tausend Euro!*

Denn sinnvollerweise legte man gleich Leitungen zu allen zwölf Stellplätzen in ihrer Tiefgarage, wenn schon die Wände aufgerissen werden mussten. Dann waren die Kosten pro Stellplatz natürlich deutlich geringer. Aber die meisten konnten mit EVs noch nichts anfangen. Oder wollten es nicht. Und wollten sich daher auch nicht an den Kosten beteiligen. *So würde es wohl laufen!*

Die Diskussion zu einer eigenen, sauberen Stromerzeugung auf dem großen Dach ihres Gebäudes, als ideale Ergänzung zu den Ladeboxen in der Tiefgarage, brauchte sie erst gar nicht zu versuchen. Das Thema war schon vor zwei Jahren an dem sturen Widerstand mehrerer Miteigentümer gescheitert. *Was war noch die Aussage gewesen? Diese Module würden das Dachs verschandeln. So ein Schwachsinn!*

Sie hängte ihren BMW I3 von der neuen Ladesäule ab und stieg ein. Zumindest in der eigenen Firma war die Lademöglichkeit auf dem Parkplatz direkt vor dem Haupteingang ein deutlicher Fortschritt. *Kein aufwendiges Manöver mehr bis in die hintere Ecke der Werkstatt, um an eine Steckdose heranzukommen!* Ja, sie hatte das Gefühl, dass EVs in ihrer Firma endlich angekommen waren. *Bei ihren Miteigentümern in der Stadt noch nicht!*

Auf dem Weg in die Stadt zog der Himmel zu. Die Sonne, die vorher noch ihre Veranstaltung so schön begleitet hatte, war verschwunden. Innerhalb weniger Minuten hatte sich eine massive Gewitterfront aufgebaut. Dann kam der Regen. Urplötzlich und in einer solchen Intensität, dass der Scheibenwischer ihres BMWs fast überfordert war. Solche Unwetter kannte sie bisher eigentlich nur aus tropischen Urlaubsländern. *Waren all ihre Anstrengungen für den Klimaschutz umsonst? War es schon zu spät? Konnte das bisher Erreichte in der eigenen Firma überhaupt einen nennenswerten Beitrag liefern?*

Irgendwie schlug ihr das schlechte Wetter und die Erwartung eines unerfreulichen Treffens mit ihren Miteigentümern richtig aufs Gemüt. Und die Bürgermeisterin hatte sich auch noch nicht gerührt. *Wieso eigentlich nicht?* Sie hatte doch beim Frühstück mit ihrer Mutter so einen engagierten Eindruck gemacht. *Vielleicht sollte ich mal nachhaken.*

Sie versuchte, die schwermütigen Gedanken beiseite zu schieben. Der starke Regen erforderte ihre ganze Konzentration beim Fahren. Sie war froh, als sie endlich zuhause ankam. Und zumindest dem Sauwetter entfliehen konnte.

WHITE MEMORIAL HOSPITAL, DOWNTOWN LOS ANGELES, AM SELBEN TAG

Der große Kaffeeautomat gab eine Abfolge undefinierbarer Geräusche von sich, als der Gouverneur abwesend auf eine der Standardtasten drückte. Die Ablenkung tat ihm gut. Langsam füllte sich der Papierbecher mit der braunen Flüssigkeit, bevor in einem zweiten Schritt Milch hinzugefügt wurde. Der Becher war fast bis zum Rand gefüllt ohne überzulaufen. *Wahrlich ein kleines Wunder der Technik.*

Er hatte das Krankenzimmer vor wenigen Minuten verlassen und war den hellen Gang des Memorial Hospitals bis zum Kaffeeautomaten hinunter gelaufen, nachdem er es nicht mehr ertragen konnte, seine Frau so leiden zu sehen. Seit Stunden saß sie am Bett ihrer Enkeltochter und hielt mit Tränen in den Augen die Hand des kleinen Mädchens fest, während ihr die Geräte über eine Gesichtsmaske sauberste Atemluft zuführten. Das Asthma hatte sich über die letzten Monate dramatisch verschlechtert. Und die Ärzte konnten nur wenig zur Linderung beitragen. Die Luft in LA war einfach, so musste er von ihnen immer wieder hören, ein Killer für das bereits geschwächte System des Mädchens.

Das machte ihn wütend. Denn eigentlich war *er* ja Gouverneur von Kalifornien. Und für die Gesundheit seiner Bürger verantwortlich. Und das Smog -Problem im Großraum von Los Angeles war nicht neu. Auch für ihn nicht, obwohl er erst seit wenigen Jahren im Amt war. *Wieso war das Problem nicht in den Griff zu bekommen? Taten sie wirklich alles, was in ihrer Macht stand? Tat er alles, was in seiner Macht stand?*

Er musste an das letzte Treffen bei der CARB denken. Das California Air Ressource Board wurde vor vielen Jahren ins Leben gerufen, um genau dieses Thema zu lösen. *Ja, sie hatten bereits einiges erreicht.* Zu Beginn jeden Meetings wurde die Entwicklung der Schadstoff-Konzentration in der Luft im Großraum LA gezeigt. *Eine deutliche Verbesserung über die letzten Jahre, kein Zweifel!* Gerade die immer schärferen Vorschriften für die Abgasnachbehandlung bei den Autos brachten Fortschritte. Dennoch war die Luftqualität alles andere als gut. *Verglichen mit anderen Großstädten.* Das wusste jeder.

Solange die bereits gigantische Anzahl an Straßenfahrzeugen mit konventionellen Antrieben weiter wuchs, war der Schadstoffemission in LA kaum Herr zu werden. Auch das war eigentlich allen klar. Bereits in den 90er Jahren wurde daher der Versuch unternommen, die Einführung von Zero-Emission-Vehicles in Kalifornien per Gesetz voranzubringen. Doch die Umsetzung scheiterte damals am Widerstand der Automobil-Hersteller, die glauben machen konnten, dass die Umsetzung im geforderten Zeitrahmen nicht darstellbar war. So war die Zahl der PKWs, genauer gesagt Light-Duty-Vehicles, im Großraum LA auf fast zehn Millionen Fahrzeuge angewachsen. *Und EVs gab es immer noch so gut wie keine!* Trotz einer Executive Order aus dem Jahre 2012, den Bestand an EVs in Kalifornien bis 2025 auf 1,5 Millionen Fahrzeuge anzuheben. Aber auch eine Executive Order des Gouverneurs führte nicht zwangsläufig zu den gewünschten Ergebnissen, wie er schmerzlich feststellen musste. Ja, sie steckten seit Jahren viel Geld in die Technologieentwicklung und entsprechende Pilotprojekte für EVs und Brennstoffzellenfahrzeugen. Auch waren zahlreiche, weitere Gesetzes-Initiativen gestartet worden und versuchten, den Verkauf solcher Fahrzeuge weiter zu beschleunigen. *Aber er hatte seine Zweifel.* Die minimalistischen Bestandszahlen gaben ihm leider Recht. Bisher.

Und jetzt war seine Enkelin schwer erkrankt. Ihre Tochter beschäftigte sich mit dem Gedanken, LA zu verlassen. Aber das war natürlich nicht so einfach. Ihr Mann hatte einen gut bezahlten Job in der City und musste bereits jetzt täglich mehr als eineinhalb Stunden im Auto sitzen. Die Stimmung in der Familie lag danieder. Und wurde täglich noch schlechter. *Er musste endlich was tun!*

Die Assistentin des Gouverneurs kam den Gang entlang und suchte seinen Blick. Ja, er wusste, dass dringende Termine in der Stadt anstanden. Sie hatte ihm bereits mit größter Anstrengung den Morgen für diesen Krankenhausbesuch freigeräumt, aber jetzt war wohl höchste Eisenbahn. Der Job rief. Als die Assistentin mit schnellen Schritten näher kam, fasste er einen spontanen Entschluss. Instinktiv. *Nein, er konnte jetzt nicht zum Tagesgeschäft übergehen! Wie sollte er das jemals gegenüber seiner Tochter, seiner gesamten Familie rechtfertigen?*

Er ließ seine Assistentin gar nicht erst zu Wort kommen.

»Michelle, ich weiß! Das geplante Mittagessen um zwölf steht an. Aber ich kann nicht! Ich will da jetzt nicht hin. Verschieb das Ding oder lass Ron es übernehmen. Erinnerst du dich noch an den Kontakt bei der IEA in Paris, den uns die deutsche Kanzlerin bei ihrem letzten Besuch im Vertrauen ´rübergeschoben hatte?«

Seine Assistentin sah die Entschlossenheit in seinem Blick und nickte.

»Versuch den Herrn so schnell wie möglich ans Telefon zu kriegen. Bei denen müsste ja schon fast Abend sein. Wir brauchen unbedingt einen frischen Blick auf diese verdammten Schadstoffemissionen im Straßenverkehr! So geht das nicht weiter!«

Der Gouverneur schätzte die deutsche Kanzlerin sehr. Bei einem gemeinsamen Mittagessen in kleiner Runde hatte sie ihm von ihrem Frust und den Experten bei der IEA erzählt. Bis dato kannte er die Organisation kaum, hatte sich dann aber ein wenig schlau gemacht. Wenn sie in den USA bei den CO2-Emissionen vorankommen wollten, musste etwas im Straßenverkehr passieren. Nach den Kraftwerken waren Autos die mit Abstand größten CO2-Verursacher. Und in Kalifornien aufgrund der für die USA ungewöhnlich sauberen Stromerzeugung die absolute Nummer Eins! Und damit auch der Hauptverursacher für den so gesundheitsgefährdenden Smog.

Innerhalb von fünf Minuten hatte seine Assistentin tatsächlich Nicole in der Leitung. Ja, ihr Chef Jean-Luc Garçon ist noch im Büro. Sie stellte durch. *Sehr gut!* Der Gouverneur zog sich in eine ruhige Ecke des Wartebereichs zurück und übernahm das Gespräch.

FORT MCMURRAY, KANADA, ZEITGLEICH

Jeff Simson und seine Chefin waren nun schon den dritten Tag in der kanadischen Öl-Boomtown. Ihr erstes Treffen mit dem Vergabekomitee für die Ölsand-Konzessionen war überraschend gut verlaufen, sodass der Leiter sie bat, für mögliche Nachfragen noch zur Verfügung zu stehen. Das war vor mehr als 48 Stunden. Seitdem zermürbendes Warten. *Hatte ihr Angebot tatsächlich die gewünschte Wirkung gehabt?* Jeff war sich nicht sicher. Doch nun waren sie mit ihrem gemieteten Chevy SUV wieder auf dem Weg zurück zu dem flachen, unscheinbaren Gebäude der Stadtverwaltung. Zu dem angekündigten Folgemeeting mit der Kommission. *War schon eine Vorentscheidung zu ihren Gunsten gefallen? Quatsch,* dachte Jeff am Steuer des SUVs, *so schnell schießen nicht mal die Kanadier!*

Von der Straße aus war die Person, die auf dem Dach der benachbarten, mehrstöckigen Parkgarage lag, nicht zu erkennen. Jerry Barker hielt sein Scharfschützengewehr fest im Anschlag. Durch das Zielfernrohr konnte er das Vorfahren des Chevy SUVs vor dem Verwaltungsgebäude genau beobachten. Er hatte sich in den letzten Wochen über Zeitungsrecherchen die Photos der fünf Komitee-Mitglieder besorgt. Sie lagen in der Klarsichthülle seiner aufgeklappten Mappe direkt neben ihm. Die Gesichter von drei Männern und zwei Frauen. Der Hass, der seit langem in ihm nagte, kam wieder hoch. *Diese Leute mussten für den Tod seiner geliebten Frau büßen,* das hatte er an ihrem Grab vor gut drei Monaten geschworen. *Und jetzt war der Zeitpunkt zum Handeln gekommen!*

Als Jeff und seine Chefin aus dem SUV ausstiegen, kniff Jerry Barker die Augen zusammen und erhöhte den Fingerdruck am Abzug. *Nein, das waren sie nicht!* Die Anspannung in seinem Oberkörper ließ wieder ein wenig nach.

Er beobachtete die beiden Personen, wie sie langsam die breite Treppe vor dem Gebäude hochgingen und dann plötzlich stehen blieben. Ihre Blicke drehten sich zur Seite. Er schwenkte seine Waffe, den Blicken folgend, leicht nach links. Da sah er eine Gruppe von gut zehn Leuten, die vom Parkplatz auf den Haupteingang zugingen. Wieder kniff er die Augen zusammen.

Yes! Da waren sie, seine Komitee-Mitglieder! Er erkannte alle fünf Gesichter innerhalb der Gruppe. Sein ganzer Körper spannte sich an. Er versuchte, nicht zu zittern. Er hatte in seinem ganzen Leben noch nie auf einen Menschen gezielt, auch wenn er bereits als Jugendlicher den Umgang mit der Waffe von seinem Vater gelernt hatte. In der kanadischen Wildnis lernte jeder Junge schießen. Und er war ein guter Schütze. Sogar ein ganz hervorragender.

Er hatte plötzlich das Lächeln seiner Frau vor Augen, das ihr Gesicht so wunderbar erhellte, wenn er mal wieder mit dicker Beute zurückkam. *Doch das war vorbei. Seine Frau war tot.* Und auf die Jagd ging er auch nicht mehr. Der Hass machte ihn eiskalt.

Noch einmal kurz durchatmen, dann zielte er auf den Kopf des Komiteeleiters und drückte ab. Der Schalldämpfer an seiner Waffe machte den Schuss für die Gruppe vor dem Verwaltungsgebäude unhörbar. Als Jerry Barker den Leiter zu Boden stürzen sah, schwenkte er das Gewehr nur leicht und zielte auf sein nächstes Opfer. *Jetzt wurde abgerechnet!*

Seine Chefin ging den Komitee-Mitgliedern gerade entgegen, als Jeff sah, wie der Kopf des Leiters plötzlich zur Seite geworfen wurde und er dann zu Boden stürzte. Eine junge Frau in der Gruppe stieß einen lauten Schrei aus. Sofort kamen die beiden Kollegen an seiner Seite zu Hilfe und versuchten den Mann aufzufangen. *Ein Schlaganfall?*

Als der neben dem Gestürzten kniende Mann ebenfalls umfiel, wurde Jeff schlagartig klar, dass es sich hier nicht um ein gesundheitliches Problem handelte. Und dann sah er das Blut. Erst am Kopf des Leiters, dann die Spritzer auf dem Anzug seines Kollegen. Sein Verstand raste. *Du musst was tun! Aber was? Von wo kamen die Schüsse?* Er hatte keine Ahnung. Die nächste Person brach direkt vor ihren Augen zusammen.

»Zurück ins Auto«, schrie er. Blitzschnell sprang er nach vorne und packte seine Chefin am Arm, die bisher wie versteinert dastand.

In der Gruppe brach Panik aus. Nacheinander stürzten zwei weitere Leute zu Boden. Erste Blutlachen bildeten sich auf dem Asphalt. Schreiend versuchten die verbliebenen Personen, sich in das Verwaltungsgebäude zu retten. Kurz vor der Eingangstür brach eine weitere Person zusammen.

Jeff erreichte mit seiner Chefin den Wagen, sprang hinein und versuchte krampfhaft, den Schlüssel in das Lenkradschloss zu schieben. *Shit, komm' schon, verdammtes Ding!* Endlich. Er startete den Motor, warf den Schalthebel ein und gab Vollgas. Der Wagen schoss nach vorne.

Aus dem Augenwinkel sah er fünf am Boden liegende Personen, von denen sich nun alle anderen in Panik entfernt hatten. In der Ferne hörte er eine erste Polizeisirene. Mit quietschenden Reifen bog er um die nächste Ecke und atmete durch. *Hier sollten sie raus aus der Schusslinie sein!* Er verlangsamte den Wagen ein wenig und sah zu seiner Chefin hinüber, die immer noch kreidebleich war und sich verkrampft am Armaturenbrett festhielt.

»Was war das?«, fragte sie leise.

»Ich weiß es nicht«, antwortete Jeff und versuchte, das wilde Zittern seine Hände in den Griff zu bekommen.

Als Jerry Barker durch sein Zielfernrohr feststellte, dass er keines der Komitee-Mitglieder verfehlt hatte, legte er das Gewehr ruhig zur Seite und dachte mit Tränen in den Augen an seine geliebte Frau. *Mein Liebling, ich hoffe zu verzeihst mir! Ich musste es tun! Für dich!* Dann rollte er mit einer schnellen, seitlichen Drehung über den Rand des Parkgaragendaches. Der Aufschlag aus mehr als zehn Metern Höhe tötete ihn sofort, wie später die Polizei feststellte.

Jeff saß am nächsten Morgen mit seiner Chefin im neuen Terminal des Flughafens von Fort McMurray, wo sie nervös auf den Abflug ihrer Maschine zurück nach Texas warteten. Die Polizei hatte sie gestern noch mehrfach befragt, dann aber der schnellen Abreise zugestimmt.

Beide hatten eine Morgenausgabe der Lokalzeitung in der Hand, die nur ein Thema auf den ersten drei Seiten kannte.

»ÖLSAND-KOMITEE AUSGELÖSCHT«.

Das Motiv war von Polizei und Presse schnell gefunden worden. Jerry Barker war einer der wenigen Einheimischen aus Fort McMurray, noch aus der Zeit vor dem Neo-Ölboom, der mit seiner Frau seit Ewigkeiten an einem der kleinen, abgelegenen Seen im Norden der Kleinstadt wohnte. Von Anfang an war er gegen die Pläne der kanadischen Regierung gewesen, hier Ölsande im großen Stile abzubauen. Zu sehr war er mit der Schönheit, Ruhe und unendlichen Weite der Wälder in der Region verbunden, die seinem Vater und ihm schon so viele Jahre als Jagdrevier dienten.

Doch der Widerstand zusammen mit einigen Freunden half nichts. Auch nicht die Umweltgutachten, die zahlreiche Organisationen angestoßen hatten und die unter anderem eine hohe Schadstoffgefährdung für die umliegenden Gewässer vorhersagten.

Vor gut vier Jahren wurde dann Krebs bei seiner Frau diagnostiziert. Jerry Barker war erschüttert. Und als dann einige dieser Umweltberichte die krebserregende Wirkung der Giftstoffe in den Rückständen vom Ölsandabbau hervorhoben, waren die Schuldigen für ihn gefunden. Seine Frau kämpfte tapfer. Bis zum Schluss.

Aber vor drei Monaten musste er sie zu Grabe tragen. Äußerlich, sagten Bekannte, schien er die Trauerfeier gut zu verkraften, doch keiner konnte in ihn hineinsehen. Niemand hatte auch nur die leiseste Ahnung, dass Jerry Barker sich auf so brutale Weise rächen würde.

Die Stimmen gegen die Abbaupläne der Regierung, die in den letzten Jahren quasi vollkommen verstummt waren, wurden wieder lauter. Der Bürgermeister der Stadt tat sich schwer, die richtigen Worte zu finden. Es war eine abscheuliche Tat, aber die Hintergründe ließen auch bei den Zeitungen gemischte Gefühle zurück.

Jeff Simson´s Chefin war, wie die gesamte Stadt, immer noch traumatisiert. Sie war hart im Nehmen, wenn es um geschäftliche Auseinandersetzungen in klimatisierten Räumen ging. Aber ein Angriff auf das eigene Leben war etwas anderes.

Sie sah von der Zeitung auf und blickte Jeff an.

»Danke noch mal für dein schnelles Handeln«, sagte sie zum wiederholten Male und fügte dann nach einer kurzen Pause mit harter Stimme hinzu, »wenn du zukünftig unterwegs bist, nimmst du einen unserer Sicherheitsleute oder, besser noch, Peter Larson selbst mit. Immer! Ist das klar! Das war bereits dein Glück in Afrika! Das wird dir auch in Zukunft helfen!«

Na Klasse! So war sie, seine Chefin, dachte Jeff *Schon wieder zurück im Business!* Denn der Job musste ja getan werden. Ihr Konzern und ihre Kunden brauchten nun mal die neuen Ölquellen. Das Risiko für Natur und Menschen war für seine Chefin zwar jetzt viel greifbarer geworden, änderte aber nichts an ihrem Auftrag. *Nur selber reisen würde sie wohl nicht mehr!* Zumindest für eine ganze Weile nicht. Stattdessen würde sie sich in die Sicherheit ihrer Büroräume in Texas zurückziehen. *Das war ihre Welt. Aber er musste natürlich weitermachen! Wofür hatte man schließlich seine Mitarbeiter. Noch dazu gut bezahlte!*

»Keine Ursache«, sagte er daher nur und sah wieder in die Zeitung.

Das Foto, das die Reporter von Jerry Barker und seiner Frau gefunden hatten, wirkte so friedfertig und harmonisch. Wie die beiden vor ihrem kleinen Haus am See standen. *Als wenn nichts geschehen wäre.* Doch jetzt waren sie tot, beide, und mit ihnen sechs andere Menschen.

Gab es wirklich keine andere Lösung für diesen unermesslichen Energiehunger der Menschheit? Mussten sie mit ihren Aktionen das Leben von Leuten wie diesem Jerry Barker zerstören? Sie zu solchen Verzweiflungstaten treiben? Auch die Leute im Nigerdelta waren doch eigentlich nur verzweifelt und hatten ihm deswegen nach dem Leben getrachtet. Jeff´s Magen zog sich zusammen. *Mist!* Es wurde wieder Zeit für seine Medikamente.

AUF DEM DACH DES HOTELS LINGOTTO, TURIN, ITALIEN, ENDE OKTOBER

Jack war nervös. Ihr erstes, großes Meeting mit den Investoren. Er hasste große Meetings. *Konnte immer was schief gehen.* Wieder kamen die Erinnerungen an das letzte BMW-Treffen hoch. *Auch damals waren wir perfekt vorbereitet. Zu perfekt! Werden wir ja gleich sehen.* Er stand mit Samantha am Rand der Helikopter-Landeplattform, die als filigrane Stahlkonstruktion hoch über dem alten, ehemaligen Fabrikgebäude thronte.

Der Blick über Turin hinweg zu den südlichen Ausläufern der Alpen war an diesem spätherbstlichen Nachmittag umwerfend. Ein morgendlicher Regenschauer hatte die Luft noch mal zusätzlich gereinigt und bereitete ihnen nun eine unglaubliche Fernsicht. Erste schneebedeckte Gipfel waren zu erkennen. Ein angenehm warmer Wind blies ihnen ins Gesicht, ließ es aber hier oben angeraten sein, sich am Geländer festzuhalten.

»Diese verrückten Italiener! Haben doch glatt eine Teststrecke auf dem Fabrikdach gebaut.« Samantha konnte es immer noch nicht glauben.

Sie befanden sich sicherlich gut sechs Meter über dem alten Gebäudedach, mit bestem Blick auf die ehemalige Teststrecke von Fiat. Ein beeindruckendes und einzigartiges Kulturdenkmal, das erhalten geblieben ist, obwohl das Gebäude schon lange nicht mehr zum Fiat-Konzern gehörte und vor vielen Jahren zu einem schicken Designer-Hotel mit großen Loftzimmern umgebaut worden war. Von Zeit zu Zeit zogen einige der hier verweilenden Geschäftsleute ihre Jogging-Runden auf der ovalen Bahn. *Aber nicht heute. Heute waren sie hier oben ganz allein.*

Der Chef von Pininfarina hatte es nicht nur geschafft, ihren ersten Prototypen mit einer wunderschönen Außenhaut zu komplettieren, sondern konnte auch die Hotelleitung davon überzeugen, ihnen für einen Tag per Sondererlaubnis das komplette Hoteldach samt Teststrecken-Oval zur Verfügung zu stellen. Hier waren sie vor neugierigen Blicken deutlich besser geschützt als in München auf ihrem ehemaligen Flugplatzgelände, das ja für jeden zugänglich war.

Ihren Prototypen hatten sie heute Morgen, gehüllt in eine Plane, mit dem alten, immer noch vorhandenen Lastenaufzug aufs Dach gebracht. Von der Helikopter-Landeplattform konnten sie das komplette Oval überblicken, das wie bei einer Modellrennbahn mit zwei steilen Kurven versehen war. Der Prototyp stand auf der Innenseite der einen Geraden und hing an ihrer provisorisch aufgestellten Ladesäule. Jetzt ohne Plane gab er seine ganze Schönheit preis. Die in metallic-blau lackierte Außenhaut spiegelte im Sonnenlicht.

»Wo bleiben die denn?«

Auch Samantha war die Anspannung nun anzumerken. Ja, das war ein extrem wichtiger, erster Meilenstein in ihrem großen Schlachtplan. Würde ihr Fahrzeug-Konzept überzeugen? Inklusive dem Design, das ja wahrlich nicht Mainstream war? Ganz anders, als alles was bisher auf dem EV-Markt zu kaufen war. Wenn sie schon jetzt Schwierigkeiten bei der Begeisterung ihrer Geldgeber hatten, was würden dann erst die Endkunden denken? *Hör´ auf, dich verrückt zu machen!* Jack atmete noch mal tief durch. Die frische Alpenluft tat gut. Er versuchte, die wilden Geister in seinem Hirn zu vertreiben. Die Ankunft per Helikopter war seit einigen Minuten überfällig.

»Kommt Bob eigentlich immer per Helikopter zu seinen Meetings?«, fragte Jack ohne den Blick von den unter ihnen liegenden Häuserdächern der Turiner Innenstadt zu lassen. Der Anblick wirkte beruhigend auf ihn.

Samantha sah ihn von der Seite an und musste schmunzeln.

»Nein, nicht immer. Aber er genießt es schon ein bisschen, den großen Auftritt, das stimmt. Wobei es sich hier anbietet, ähnlich wie damals in England, die Anreisezeit per Helikopter deutlich zu verkürzen. Und die Zeit ist bei ihm ja immer knapp. Er sieht sich einfach gerne viele Sachen selber an. Manchmal zu viele. Finde ich aber auch gut!«

Jack nickte und kniff die Augen zusammen. Am Horizont entdeckte er einen kleinen Punkt, der langsam größer wurde. Dann war auch das typische

Rotorgeräusch zu vernehmen. Kurze Zeit später schwebte der Helikopter bereits über der Landeplattform und senkte sich langsam. Um den starken Abwinden ein wenig auszuweichen, gingen die beiden zwei Stufen auf ihrer zur Plattform hinauf führenden Treppe hinunter.

Der Pilot ließ auch diesmal die zwei Amerikaner bei laufendem Rotor nur kurz aussteigen. Als Bob Henderson und Richard Brinkman an der Treppe angelangt waren, erhöhte er bereits wieder die Turbinendrehzahl und hob mit einer eleganten Rückwärtsbewegung ab. Das Vibrieren der gesamten Plattform und der ohrenbetäubende Krach ließen schnell nach.

»Puh, we made it«, hörte er Richard sagen, der wohl weniger begeistert von dem Flug schien, während Bob sie mit einem breiten Grinsen begrüßte.

»Ich liebe einfach Helikopter und ihre Fähigkeit, einen fast überall absetzen zu können«, sagte er und schüttelte Jack lange die Hand.

»Wow!«, kam es ihm sofort heraus, als er noch am Treppengeländer stehend das alte Teststrecken-Oval entdeckte, »ich konnte es fast nicht glauben, als Samantha mir von dem Hotel in einem ehemaligen Fiat-Gebäude erzählte. Mit einer Rennstrecke auf dem Dach! Und was ist das da unten? Unser neuer Prototyp?«

Bob Henderson war offensichtlich beeindruckt. Und das kam nach Aussage von Samantha nicht sehr oft vor. Jack entspannte sich ein wenig.

Er führte die beiden Amerikaner die Treppe hinunter auf das Hoteldach und hinüber zu ihrem geparkten Prototyp. Je näher sie kamen, desto beeindruckender wirkte die Statur des Autos. Bob nickte anerkennend zu Jack und Samantha hinüber. Ja er schien wirklich angetan zu sein. *Gottseidank!*

Breiter als die meisten Fahrzeuge, hatten die Pininfarina Leute einen modernen Vertreter dieser neuen und zunehmend beliebten Fahrzeug-Kategorie ›Sports-Activity-Vehicle‹ entworfen – eine Art SUV, nur deutlich dynamischer in seinem Erscheinungsbild. BMW hatte gerade mit dem X4 einen weiteren Vertreter dieser Kategorie auf den Markt gebracht.

Der Chef von Pininfarina kam ihnen entgegen. Er hatte es sich nicht nehmen lassen, den Design-Entwurf persönlich vorzustellen. War Jack nur Recht. Er kannte und schätzte den groß gewachsenen, dunkelhaarigen Italiener seit vielen Jahren. Auch diesmal hatte er sie nicht enttäuscht. In gutem Englisch erklärte er die Feinheiten ihres neuesten Design-Entwurfs.

Ja, es sollte ein Großstadt-Auto werden, aber Samantha hatte in den Briefings bei den Italienern immer wieder extrem deutlich gemacht, dass sie damit kein übliches, kleines Stadtfahrzeug meinten. *Bitte nicht schon wieder einen*

Leaf oder eUP oder I3. Oder wie sie sonst alle hießen. Wir müssen das Thema eines elektrischen Stadt-Fahrzeugs völlig neu interpretieren, beschwor sie immer wieder.

Sie wollte stattdessen viel Platz, Übersicht und Prestige. Aber mit maximaler Eignung für die Großstadt. Und das hatten die Italiener tatsächlich auch umgesetzt. Das Fahrzeug war breit, aber nicht zu lang und hatte einen sehr großzügigen Innenraum. Hier kamen die Vorteile ihres platzsparenden, reinen E-Antriebs voll zur Geltung, der ja komplett, bis auf die Batterie, in den beiden Achsträgern unterkam. Die großen Räder, gepaart mit der Geländefahrzeug-ähnlichen Bodenfreiheit und dem im Unterboden verstauten Batteriepaket führten automatisch zu einer hohen Sitzposition aller Insassen. Die gute Übersicht wurde durch die großen, weit heruntergezogenen Fensterscheiben noch betont.

Und die Linienführung des Designs wirkte einfach edel. Ganz so wie man es von einem italienischen Design eben erwarten konnte. Pininfarina hatte sie wahrlich nicht enttäuscht. Aus Sicht von Jack war das Design noch schöner als die Konkurrenzprodukte von BMW oder Landrover, die ja aber eigentlich aufgrund ihres konventionellen Antriebs gar keine Wettbewerber darstellten. Und dann führte sie der Chef von Pininfarina zu zwei kleineren Fahrzeugmodellen hinüber, bei denen sie ihre ersten Ideen zur Umsetzung einer Cabrio- oder Targa-Variante darstellten.

Jack und Samantha beobachteten Bob´s und auch Richard´s Reaktion. Bob ging von den beiden Modellen noch mal zurück zum Prototypen und strich mit der Hand über den Kotflügel. Langsam umrundete er das gesamte Fahrzeug, bevor er den beiden direkt in die Augen sah. Und plötzlich ein breites Grinsen aufsetzte.

»Ich wusste ja, dass ihr beiden gut seid. Aber so gut! Das ist noch besser, als ich es erwartet hatte. Gratulation!«

YES! Jack machte einen geistigen Luftsprung. Samantha warf ihm ein breites Grinsen zu: *Hab´ ich dir doch gesagt!* Auch Richard gratulierte ihnen zu der tollen Arbeit. »Die Cabrio-Variante könnte ein echter Hit werden.«

Die beiden stimmten ihm zu. Sie hatten die Modelle selber gestern Abend zum ersten Mal gesehen, mit der gleichen positiven Reaktion. Wie hatte die Amerikanerin doch zu Jack gesagt: »People will love it!« *Hoffentlich behielten sie Recht damit.*

Wie in England konnte es Bob kaum erwarten, in den Prototypen einzusteigen und eine erste Testrunde zu absolvieren. Samantha nahm auf dem Beifahrersitz Platz, während die beiden Amerikaner wieder hinten einstiegen.

Das kleine Oval erlaubte keine vehementen Startbeschleunigungen, ähnlich wie damals auf dem englischen Landsitz. Der Hotelmanager hatte sie mehrfach auf den bereits etwas schwächlichen Zustand der Steilkurven hingewiesen, die vor fast 100 Jahren in feiner Handarbeit aus speziell geformten Ziegeln gebaut worden waren. Die heutige Fahrerlaubnis war eine einmalige Sache aufgrund der engen Verbundenheit des Hotelbesitzers mit Pininfarina.

Jack steuerte den Wagen nach einer lautlosen und sanften Beschleunigung auf der kurzen Geraden mit mittlerer Geschwindigkeit durch die beiden Kurven. Die Schräglage war dennoch ein beeindruckendes Gefühl. Die erste Runde wurde durchfahren ohne einen einzigen Kommentar ihrer Mitfahrer. Jeder genoss den Augenblick erhabener Ruhe. Das handgefertigte, helle Interieur mit den feinen Ledersitzen unterstrich noch das Gefühl von Geborgenheit.

Doch dann war Bob wieder ganz der Investor. Absolut fokussiert auf den Geschäftserfolg.

»Die Gesamterscheinung des Fahrzeugs ist ein riesiger Pluspunkt für uns, das glaube ich sofort«, fing er an, »besonders wenn man sich die Alternativen im Markt ansieht, bis auf Tesla. Auch das Interieur macht einen sehr hochwertigen Eindruck. Nur mit Design allein werden wir dort draußen nicht gewinnen. Was können wir sonst noch bieten? Was überzeugt unsere zukünftigen Kunden, den Wagen zu kaufen?«

Jack nickte. *Der Einwand war völlig berechtigt!* Er begann, die technischen Highlights ihres Entwurfs aufzuzählen. »Ein ganz besonders Schmankerl ist die neuartige Doppelverglasung aller Fenster.« Er klopfte an die Seitenscheibe seiner Tür. »Fällt fast nicht auf! Hat aber eine riesigen Effekt.«

Die anderen sahen ihn überrascht an.

»Bisher werden Doppelverglasungen so gut wie gar nicht in Fahrzeugen eingesetzt. Zu teuer, zu schwer, et cetera. Wir haben aber eine Lösung gefunden.«

»Ok? Und was bringt das?«

»Zum einen eine noch mal deutlich verbesserte Schalldämmung. Aber, und das ist ganz entscheidend für unsere EVs, es reduziert auch den Kühl- oder Heizbedarf unserer neuen Klimaanlage ganz gewaltig. Mit entsprechenden Vorteilen für den Gesamt-Energiebedarf unseres Fahrzeugs.«

»Mhh, und was heißt das konkret in Zahlen?«, fragte Bob interessiert nach.

Auf dem großen Touchscreen in der Mittelkonsule erläuterte Jack die Details. »Aktuell kommen wir auf unter 15 Kilowattstunden pro 100 Kilometer. Bei gleichzeitig laufender Klimaanlage. Ein fantastischer Wert,« erklärte Jack stolz. Doch den anderen fehlten die Vergleichswerte. »Sorry, sorry!

Kein Problem. Wir können euch eine kleine Übersichtsseite mit unseren Verbrauchswerten im Vergleich zu aktuellen Wettbewerbern machen.«

Ein weiterer Grund für diesen niedrigen Wert, erläuterte Jack, war das ungewöhnlich geringe Gesamtgewicht ihres Fahrzeugs, das sie durch einen hohen Aluminiumeinsatz bei Karosserie und Fahrwerk, sowie die neuen und extrem leichten E-Antriebskomponenten erreicht hatten. Eine teure Karbonfaser-Konstruktion hatten sie anfangs in Erwägung gezogen, aber aufgrund ihrer anspruchsvollen Kostenziele für das Fahrzeug schnell wieder verworfen. Den geringen Nachteil auf der Reichweitenseite konnten sie durch das innovative Klimaanlagensystem mehr als kompensieren, ohne sich die Unwägbarkeiten einer Karbon-Karosserie in der Massenfertigung und beim Kundenservice antun zu müssen.

Bob schien überrascht, nachdem er einiges zu den Karbonfaser-Aktivitäten von BMW in den USA gehört hatte. »Jack, willst du damit sagen, dass wir hier auch ohne teuren Karboneinsatz auf vergleichbare Werte kommen?«

»Ja. Natürlich ist die Rohkarosserie von BMW aus Karbon leichter als unser Alurahmen, aber die Rohkarosserie steht für weniger als ein Viertel des Fahrzeuggesamtgewichts. Das heißt, wir können die Gewichtsnachteile in vielen anderen Bereichen wieder kompensieren, wenn wir dort eine geschicktere Lösung haben. Und das haben wir aktuell bei Achsen und Antrieb, sowie bei der Klimatisierung, auch wenn die Doppelverglasung etwas schwerer ist«, antwortete Jack sichtlich stolz.

Bob Henderson nickte nachdenklich. Jack versicherte ihm, dass sie das Thema Karbon genau im Auge behalten würden. BMW lieferte ja als Vorreiter dieser Technologie zahlreiche, gut auswertbare Informationen. Jack hatte gerade die dritte Demo-Runde vollendet und fuhr den Wagen wieder an ihre provisorische Ladesäule.

»Sehr schön. Und wo liegen jetzt die Fahrleistungswerte? Wir haben ja nur noch zwei statt vier E-Motoren verbaut, richtig?« Bob war wirklich gut vorbereitet, dachte Jack, während sie ausstiegen.

»Die zwei E-Maschinen sind natürlich größer dimensioniert und bringen damit fast die gleichen Leistungswerte wie die vier kleinen von damals. Und das Allradkonzept haben wir ja beibehalten, auch wenn wir jetzt nicht mehr alle vier Räder einzeln ansteuern können. Zu deiner Frage: Wir schaffen bereits unter sieben Sekunden von Null auf Hundert, wird aber wohl noch einen Tick besser.«

Die beiden Amerikaner gingen noch mal langsam um das Auto herum. Und dann hinüber zu den kleineren Modellen mit den angedachten, offenen Varianten.

»Spitze, ihr beiden. Ja, ich glaube, das wird ein richtig heißer Ofen, besonders als Cabrio«, sagte Bob, während er bewundernd über die glatten Oberflächen des kleinen Targa-Modells strich, »da teile ich Richard´s Einschätzung von vorher.«

Richard Brinkman hatte in der ganzen Diskussion fast noch nichts gesagt, hörte aber sehr genau zu, das konnte Jack sehen.

»Ich kann mich nur Bob´s Meinung anschließen«, fing er mit ruhiger Stimme an, »ehrlich gesagt, bin ich sogar extrem beeindruckt. Mir war bisher nicht klar, was für tolle EVs man heute eigentlich schon bauen kann. Am Markt, auf fast jeder Autoshow hat man den Eindruck, als wenn EVs immer die kleineren, schwächeren Fahrzeuge sein müssen. Aber wenn man was wirklich Gescheites will, dann muss man sich eigentlich einen Benziner kaufen.«

Richard machte eine kurze Pause und sah die anderen über den Prototypen hinweg an. »Dieser Eindruck ist eigentlich völlig falsch. Unser Prototyp hier ist das beste Beispiel dafür. Diese Ruhe innen und außen. Diese Beschleunigung. Der permanente Allradantrieb. Man konnte richtig ins Schwärmen kommen. Natürlich ist die immer noch begrenzte Reichweite ein Thema, aber das sollte sich über Zeit lösen. Besonders wenn man jederzeit zuhause schnell nachladen kann. Ansonsten ist das Fahrzeug eine echte Wucht.«

Zustimmendes Nicken der anderen. *Fast ansteckend, dieses Schwärmen!* Jack konnte sich ein kleines Grinsen nicht verkneifen.

»Nur, das müssen wir irgendwie auch unseren potentiellen Kunden ´rüberbringen. Die müssten eigentlich alle unser EV Probe fahren, so wie wir gerade eben. Nur dann haben wir eine echte Chance. Ansonsten ist es einfach wahnsinnig schwer, die Vorurteile gegenüber EVs in so kurzer Zeit abzubauen. Und uns als neuem Player am Markt stehen die meisten sowieso erst einmal skeptisch gegenüber. Sieht man ja immer noch bei Tesla.«

Richard hatte den aktuellen Stand zu Fahrzeug und Unternehmen, aber auch ihre Begeisterung brilliant zusammengefasst, fand Jack. Auch die beiden anderen sahen den immer so zurückhaltend auftretenden Amerikaner mit Bewunderung an. *Das ist wohl nicht das erste Mal, dass man diesen Mann unterschätzte*, vermutete Jack. *Hinter dem zurückhaltenden Äußeren verbarg sich ein scharfer Verstand.*

Bob ergriff als erster wieder das Wort. »Sehe ich absolut genauso, Richard! Wahrscheinlich wird es für uns bis zum Ende eine ›Up-Hill-Battle‹ bleiben, wie man so schön sagt.« Dann setzte er wieder sein typisches, amerikanisches Grinsen auf.

Die Sonne senkte sich langsam hinter den Bergen und hüllte das Hoteldach und die einzigartige Teststrecke in ein wunderbar mildes Abendlicht. Der Chef von Pininfarina und seine Mitarbeiter verabschiedeten sich, nicht ohne zu versichern, dass sie bereits in einem der nächsten, fahrbaren Prototypen die Targa-Variante darstellen wollten. Dann hatten sie das ultimative Fahrzeug, da waren sich alle einig.

Auf dem Weg hinunter in die Hotellobby erzählten Samantha und Jack noch von ihrem jüngsten Gespräch mit der zweiten Münchner Bürgermeisterin, die ihnen nicht nur überaus behilflich bei der Findung ihres Münchner Firmenstandorts war, sondern sie auch in ihre neue Taskforce eingeladen hatte. Damit sollte neuer Schwung in die Realisierung einer zeitnahen Trendwende beim Straßenverkehr kommen, zumindest in der Metropolregion. Dies sollte ihnen weitere, sehr nützliche Hinweise für die richtige Vermarktung ihres Fahrzeugs bringen.

Die beiden US-Investoren waren sehr zufrieden. Fast nebenbei gaben sie den beiden Geschäftsführern die Budgets für die nächsten sechs Monate frei. *Wieder keine kleine Summe.* Jack schluckte. Entsprechend dem Geschäftsplan wurde der Bedarf an Finanzmitteln eigentlich jedes Quartal größer, zumindest solange sie noch nicht in Produktion waren und damit keine Einnahmen erzeugten.

Beim gemeinsamen Abendessen wurde viel gelacht. Bob erzählte von den Hintergründen zu seiner Vorliebe für Italien. Während Richard sich, wie immer, zurückhielt, auch wenn hier und da eine trockene und witzige Bemerkung fiel, die einen tieferen Einblick in seinen Charakter ermöglichten. Dennoch hatte Jack bisher wenig zu seinen eigentlichen, geschäftlichen Hintergründen erfahren, außer dass die Investoren, die er vertrat, bisher noch nie in ein solches Unternehmen investiert hatten, sondern eher auf humanitären Feldern unterwegs waren. Aber offensichtlich wollte er nicht mehr erzählen. Und Jack war in Gedanken bereits bei den nächsten Meilensteinen ihres Projektes, die sie unbedingt erreichen wollten.

Nach dem Essen half er seinen Leuten noch beim Abtransport des Prototypen, den sie wieder per Lastenaufzug vom Dach herunterholen wollten. Er betrachtete den Wagen ein letztes Mal, bevor sie ihn wieder mit einer großen Plane vor neugierigen Blicken schützten. Er war stolz. *Der Wagen war ihnen richtig gut gelungen. Und das Meeting auch. Konnte ja nicht immer so laufen wie in München! Also hör' auf mit dem Zweifeln. Sie waren gut unterwegs.* Aus langer Erfahrung in der Autobranche wusste er, dass ein starkes Design eine ganz entscheidende Voraussetzung war, um Kunden und Presse hinterm Ofen hervorzulocken. Und das war ihr Anspruch. *Sein Anspruch.*

MÜNCHEN, NORDSCHWABING, AM NÄCHSTEN MORGEN

Eric lief vom Hotel, das sich direkt nebenan befand, die kurze Strecke hinüber zum Highlight-Tower und nahm den Lift in die 21. Etage. Die Bürgermeisterin hatte ihnen für die neue Taskforce in dem markanten Hochhaus eine komplette Etage zur Verfügung gestellt. Seit drei Tagen war Eric mit seinen beiden Pariser Kollegen und Steve vorort, um sich bestmöglich auf das erste Treffen ihrer neuen Taskforce in München vorzubereiten.

Die 300.000 EVs gingen ihm nicht mehr aus dem Kopf. *Wer sollte die alle kaufen? Gab es nun genügend Mehr-Auto-Haushalte in der Region? Und war das dann wirklich ihre Kern-Zielgruppe?* Eric hatte sich seit zwei Tagen tief in die Datenanalyse eingegraben. Und Steve gebeten, ähnliches für LA zu tun. *Hatten sie endlich einen konkreten Lösungsansatz?* Er war sich nicht sicher.

Eric blickte hinaus über die Münchner Innenstadt, während ihn der gläserne, an der Außenfassade laufende Lift mit beeindruckender Geschwindigkeit in den 21. Stock beförderte. Die Hauptschlagader des Münchner Stadtverkehrs, der Mittlere Ring, lag direkt unter ihm. Der morgendliche Stau war nicht zu übersehen. Auch wenn München einen ganz hervorragend ausgebauten öffentlichen Nahverkehr hatte, kamen viele Pendler mit dem eigenen Fahrzeug in die Stadt. *Und nicht nur das!* Wenn seine Recherchen der letzten Tage stimmten, waren die Mehr-Auto-Haushalte diejenigen, die so gut wie nie den öffentlichen Nahverkehr nutzten.

Doch was hatten Steve´s Analysen zu LA erbracht? Sie wollten sich dazu heute Morgen auch mit Lisa und Pierre zusammensetzen. Eric ging den Flur entlang in die Lounge. Noch hatten sie das komplette Stockwerk für sich alleine. Die anderen Mitglieder ihrer Taskforce wollte man erst nach dem Start-Meeting final festlegen. Und dann hier einquartieren. So der telefonisch abgestimmte Plan mit der zweiten Bürgermeisterin.

Eric war gespannt. Seine drei Kollegen waren bereits da. Er hatte sich schon gewundert, als heute Morgen am liebevoll aufgebauten Frühstücksbüffet im Hotel keiner seiner Kollegen zu sehen war. Gerade Lisa, die eigentlich immer ein ausgiebiges Frühstück genoss. Stattdessen standen die drei bereits hoch konzentriert um einen übergroßen Tisch herum, der problemlos mitten in ihrer großzügigen Lounge Platz fand. *Und bis gestern definitiv noch nicht da war!* Überrascht kam Eric näher. Die anderen hatten ihn noch gar nicht bemerkt.

»Was ist denn *das*?«

Lisa drehte sich zu ihm um. »Wie sieht´s denn aus?«, erwiderte sie mit einem breiten Lächeln.

Als er neben ihr stand, ging ihm endlich ein Licht auf. *Ja klar!* »Ich glaube es nicht! Ein Stadtmodell! So wie wir es in China gesehen haben!«

»Genau«, sagte Lisa stolz, »da hat Pierre in den letzten Tagen richtig gezaubert.«

»Naja«, hakte Pierre ein, »braucht schon noch ein Weilchen, bis es fertig ist. Aber die wichtigsten Dinge kann man schon ganz gut erkennen, glaube ich.«

»Wir waren der Meinung«, ergänzte Lisa, »dass ein solches Modell auch in München sehr hilfreich sein sollte, wenn wir die generelle Ausgangsbasis, die CO2-Hauptverursacher und die Kernhebel zur Reduzierung richtig ´rüberbringen wollen.«

Der gut 3x3 Meter große Tisch war mit einer Schwarzweiß-Detailkarte der Metropolregion München beklebt. Die drei IEA-Experten hatten die Hauptverkehrsadern rot gekennzeichnet. Der innerste Straßenring umschloss die Altstadt, während der Mittlere Ring das eigentliche Stadtzentrum kennzeichnete. Die sieben umliegenden Bezirke wurden über ein sternförmiges Autobahnnetz und eine Ringautobahn ans Zentrum angeschlossen. Das umfangreiche Schienennetz mit U-Bahnen im Stadtbereich und zahlreichen Vorstadt -Zuglinien war ebenfalls gut zu erkennen.

»Mit diesen kleinen Modellen haben wir nun die CO2-Hauptverursacher dargestellt«, erklärte Pierre und hielt dabei ein kleines Kraftwerksmodell in der Hand.

»Wo habt ihr denn *die* her?«, fragte Eric, der ganz begeistert eines der Modelle, die auf oder neben dem Tisch standen, in die Hand nahm.

»Der Büroleiter der Bürgermeisterin hatte uns den Kontakt hergestellt. Sind alles Studenten am Architektur-Lehrstuhl der Uni«, erklärte Lisa.

»Cool!«

Pierre fuhr fort. »Also, die größeren Modelle mit den hohen Schornsteinen stellen die Kraftwerke auf fossiler Brennstoffbasis dar. Hier im Münchner Norden befindet sich ein großes Kohlekraftwerk, das fast 60 Prozent aller CO2-Emissionen im Energiesektor verursacht. Und das dort sind die beiden städtischen Gaskraftwerke, die den Rest emittieren.«

Mit den großen Schornsteinen waren die drei Münchner Kraftwerke auf ihrem Tischmodell nicht zu übersehen. *Echt cool.*

»Und wenn du ans Fenster gehst, kannst du die drei Kraftwerke auch von hier oben gut erkennen«, warf Lisa ein und führte Eric dicht an eine der bodentiefen Scheiben ihrer riesigen Fensterfront in der Lounge. Der Blick über die Stadt war einfach gigantisch, gerade weil es in München so wenige Hochhäuser gab. Ihr Blick nach Süden ging heute Morgen über das Stadtzentrum hinweg bis zu den schneebedeckten Gipfeln der Alpen. Die hohen Schornsteine der Kraftwerke waren problemlos zu erkennen.

»Doch der meiste Strom kommt immer noch aus dem Kernkraftwerk nördlich der Münchner Metropolregion, das wir hier in etwas anderer Form am Tischrand platziert haben, damit es nicht vergessen wird«, erklärte Pierre mit einem Grinsen.

Damit waren der Energiesektor und seine CO2-Emissionen schnell und transparent erklärt. *Echt eine tolle Idee!*

»Und was sind diese anderen, flachen Modelle mit den großen Schornsteinen?«, fragte Eric, der sich immer mehr für das Stadtmodell begeistern konnte.

»Das symbolisiert die Betriebe des Industriesektors, der ja, wie wir wissen, in München eine etwas untergeordnete Rolle spielt. Wir kriegen heute Mittag noch kleine Fähnchen-Ständer, mit denen wir die Größenordnung der Emissionen der einzelnen Verursacher noch besser darstellen können.«

»Echt super«, nickte Eric tief beeindruckt und zeigte dann auf eine große Anzahl kleinerer Häuschenmodelle, »dann repräsentieren die übrigen Modelle wahrscheinlich alle Gebäude des privaten und des kommerziellen Sektors, richtig?«

»Korrekt.«

»Und wie kann ich die unterscheiden?«

»Die Privatgebäude sind weiß, während die Gebäude für Gewerbe, Handel und Dienstleistungen grau eingefärbt sind«, erklärte Pierre, »In unseren IEA-Statistiken unterscheiden wir ja bisher nicht zwischen diesen beiden Kategorien, ist aber in der Detaildiskussion für eine Metropolregion, glaube ich, absolut wichtig.«

Eric nickte wieder. Er dachte an ihre potentielle Kernzielgruppe der privaten Mehr-Auto-Haushalte. *Konnte man die irgendwie auch auf dem Stadtmodell kennzeichnen?* »Habt ihr die privaten Gebäude noch weiter unterteilt?«

Steve grinste. Er wusste, worauf Eric hinauswollte. »Jepp, aber bevor wir dazu kommen, habe ich noch eine kleine Überraschung für euch.« Das Grinsen auf Steve´s Gesicht wurde noch einen Tick breiter, während er langsam unter den Tisch griff und eine lange Kunststoff-Rolle hervorzauberte. Die drei anderen sahen ihn völlig entgeistert an.

»Was kommt denn jetzt?«, fragte Pierre irritiert.

»Abwarten!« Steve genoss die verwirrten Blicke seiner Kollegen. Er ließ sich betont viel Zeit beim Öffnen der Rolle. Vorsichtig zog er ein aufgerolltes Blatt heraus. Die Verwirrung in den Gesichtern nahm noch mal zu. *Hähh? Was hatte sich dieser Sunnyboy jetzt schon wieder ausgedacht?* Steve drehte sich um, bevor er das Poster entrollte. Die anderen konnten das Bild nicht sehen. *Jetzt komm´ schon!* Eric war heute Morgen nicht wirklich zum Scherzen aufgelegt.

Dann sprang Steve mit einem lauten »Täterätäh« herum und hielt das Poster in die Höhe! Eric und die anderen starrten auf die wenigen Großbuchstaben! Mit offenem Mund! *Hähh?* Stille. Dann brachen alle drei in lautes Lachen aus!

Total verrückter Kerl! Steve hatte das bekannte ›Uncle Sam Army Poster‹ eiskalt für ihre Zwecke umgestaltet. Neue Botschaft: WE WANT YOU! MULTIPLE-CAR-HOUSEHOLDS! Er grinste immer noch über´s ganze Gesicht. *Die Überraschung war ihm echt gelungen!*

»Wir brauchten doch etwas, um uns zukünftig immer an den Kern unserer Umsetzungsstrategie zu erinnern, oder? Die Mehr-Auto-Haushalte sind meiner Meinung nach der Hebel schlechthin, gerade in den USA.«

»Echt brilliant, Steve.«

Eric und die beiden anderen waren begeistert. Schnell war eine prominente Stelle in ihrer Longe gefunden, um das Poster aufzuhängen. Bewundernd standen die vier davor. Eric hakte nach, jetzt wollte er es ganz genau wissen.

»Aber jetzt noch mal zurück zu meiner Frage. Habt ihr die Privathaushalte in der Münchner Region in eurem Modell noch weiter unterteilt? Kann ich die Mehr-Auto-Haushalte irgendwie separieren?«

Steve nickte und ging zurück zu ihrem Stadtmodell. »Die kleinen Modelle mit den schrägen Dächern stellen die Einfamilienhäuser inklusive der Doppelhaus-Hälften dar, während diese länglichen Modelle mit Flachdach die Apartmenthäuser repräsentieren.«

Ihre Recherchen hatten ergeben, dass es in der Münchner Metropolregion fast 400.000 Einfamilienhäuser und Doppelhaus-Hälften gab. Während der Großteil der Münchner Haushalte in Mehrfamilienhäusern oder Apartmentblöcken wohnten.

Eric´s Hirn arbeitete. »Und was wissen wir jetzt zu den Zweitwagenbesitzern in der Region?«, fragte er Steve.

»Naja, wir haben zumindest eine Detailauswertung gefunden, die besagt, dass es mehr als 300.000 solcher Mehr-Auto-Haushalte gibt.«

Das passt doch, oder? Eric ging dichter an den Tisch heran. »Dies legt doch nahe, dass sich ein Großteil dieser Zweitwagen genau in diesen Haushalten befindet!« Er deutete aufgeregt auf die kleinen Häuschen-Modelle. »Nur diese Münchner Einfamilienhäuser oder Doppelhaushälften verfügen über die notwendigen Garagen oder Stellplätze auf dem eigenen Grundstück, um sich zwei oder mehr Autos auch problemlos leisten zu können, oder?«

Die anderen sahen nachdenklich auf ihr Stadtmodell. Eric ergänzte. »Und dann habe ich mir gestern Abend noch mal die statistischen Veröffentlichungen der Finanzämter angesehen. Und ratet mal, wieviele Haushalte in der Region ein zu versteuerndes Einkommen über 50.000 Euro, im Mittel sogar von gut 100.000 Euro, haben?« Er blickte in die Runde.

Steve antwortete ungläubig. »Zirka 300.000?«

»Genau. Sogar noch ein paar mehr.«

»Hey«, kam es jetzt genauso aufgeregt von Lisa, »das Ganze macht doch absolut Sinn!« Die beiden anderen sahen ihre Kollegin verdutzt an. »Überlegt doch mal! Zirka 300.000 der Münchner Haushalte sind damit wohlsituiert. Und das drückt sich sowohl in der Art und Größe ihrer Wohngebäude, als auch der Anzahl ihrer Fahrzeuge aus. Das ist unsere Zielgruppe! Auch hier in München. Gut 300.000 Haushalte in eigenen Häusern mit mehr als einem Auto vor der Garage. So wie auf Steve´s Poster!«

Lisa massierte ihre Unterlippe nachdenklich und ergänzte dann. »Auch wenn es sicherlich Ausnahmen gibt. Wie zum Beispiel ein ›Double-Income-No-Kids‹ Pärchen, das lieber in einer schicken Penthouse-Wohnung mitten in der Stadt wohnt. Oder die nicht so gut gestellte Familie mit einem niedrigeren Einkommen, die sich damit auch keine zwei Autos leisten kann, aber dennoch in dem geerbten Einfamilienhaus der Eltern wohnt.«

»Aber im großen und ganzen sollte das Bild stimmen, absolut«, meldete sich nun auch Pierre zu Wort, »müssten wir ja irgendwie mit einer Tiefbohrung bei den statistischen Daten verifiziert kriegen.«

Eric spürte die Aufregung im Raum. »Sehe ich auch so, Pierre! Müssen wir nachher in unserem ersten Treffen mit der Taskforce unbedingt ansprechen.«

Pierre hantierte mit einer kleinen Kiste am Tisch.

»Was machst du denn jetzt?«, fragte ihn Lisa, die direkt neben ihm stand.

Er ließ die Frage für ein paar Sekunden im Raum stehen, während er eine

Handvoll kleiner, roter Automodelle aus der Kiste nahm. »Naja, wenn unsere Rechnung stimmt, stehen damit fast die Hälfte aller Münchner PKWs vor diesen Einfamilienhäusern. Und die 300.000 Zweitwagen kennzeichne ich jetzt einfach mit diesen roten Automodellen. Damit ist der Fokus auch visuell absolut klar. Die müssen alle, so schnell es geht, auf EVs umgestellt werden!«

Die drei starrten fasziniert auf ihr Stadtmodell, während Pierre lauter rote Autos vor die kleinen Häuschen-Modelle stellte. Immer paarweise zusammen mit einem weißen Auto. *Erstauto konventionell, Zweitwagen EV*! Das Stadtmodell war eine brilliante Basis für ihre Diskussionen. Das zeigte sich jetzt schon an den ersten, eigenen Diskussionen.

Eric war begeistert. »Absolut«, sagte er mit leicht bebender Stimme.

Damit hatten sie ihre Kernzielgruppe für die Umstellung auf EVs glasklar herausgearbeitet. Auch wenn die Detailanalyse der statistischen Daten noch fehlte. Aber das konnte nur mit einem Zugang zu allen relevanten Datenbanken durchgeführt werden und ging nicht ohne Unterstützung der Stadtverwaltung.

Kurze Stille im Raum.

»Wer will einen Cappuccino? Ich brauche jetzt nämlich eine Pause«, sagte Lisa und ging zu der großen italienischen Kaffeemaschine hinüber. Die anderen nickten.

Aber Eric brannte immer noch sein zweites Thema auf den Nägeln. »Hey, Steve. Wie sehen denn nun die Daten zu den Mehr-Auto-Haushalten in LA aus? Die, die du so brilliant auf deinem Poster adressiert hast.«

Alle blickten noch mal anerkennend zu dem Bild hinüber. Steve grinste. »Sehr, sehr ähnlich. Sogar noch ein bisschen extremer. Ich möchte aber noch ein paar Dinge vorort verifizieren.«

Eric fasste einen spontanen Entschluss. Denn Jean-Luc hatte ihn gestern Abend noch informiert, dass sie ihr erstes Treffen mit dem Gouverneur von Kalifornien ebenfalls diese Woche hatten. *Das hieß, in drei Tagen!*

»Steve, dann gehst du jetzt sofort zusammen mit Pierre zurück zum Hotel. Ihr packt eure Sachen und nehmt noch heute die nächste Maschine nach LA. Wir brauchen eine ähnlich gute Ausarbeitung für den Großraum Los Angeles. Bevor wir den Gouverneur treffen!«

Ja, Eric hatte Recht. Steve rief sofort Nicole in Paris an und kümmerte sich um die Flugbuchungen. Lisa machte für alle noch einen letzten Cappuccino. Eine angenehme Spannung lag in der Luft. Sie hatten nicht nur ihren Kernansatz gefunden. Nein, sie waren auch von den Entscheidungsträgern in LA und München dazu aufgefordert worden, bei der Umsetzung zu helfen. *Was wollten sie mehr?*

Während Steve und Pierre im Taxi auf dem Weg zum Flughafen saßen, gingen Lisa und Eric hinunter und holten sich schnell ein kleines Mittagessen. Das Treffen mit der Bürgermeisterin und ihren Leuten war für 15 Uhr angesetzt. Das gab ihnen gerade noch genug Zeit, um ein letztes Mal durch die kompletten Unterlagen zu gehen und den Ablauf ihrer Präsentation vorzubereiten. Eric wollte unbedingt das neue, coole Stadtmodell seiner Kollegen verwenden. Auch wenn es, wie Pierre sagte, noch nicht ganz fertig war. *Störte überhaupt nicht!*

Die Bürgermeisterin kam fünfzehn Minuten früher als geplant und brachte zwei unangekündigte Gäste mit. Samantha Perry und Jack Summerfield. Lisa und Eric empfingen ihre Besucher am Lift und führten sie direkt in die Lounge.

»Herr Brinneau, ich sehe, sie sind mir nicht böse«, fing die Bürgermeisterin in flüssigem Englisch an, als sie sah, dass Jack und Samantha bereits mit den IEA-Experten in ein erstes Gespräch verwickelt waren, »dass ich die beiden einfach so mitgebracht habe.« Zustimmendes Nicken aus der Runde. »Nach dem letzten Telefonat mit Samantha war ich einfach überzeugt, dass die beiden mit ihrer neuen Elektroautofirma einen wichtigen Beitrag in unserer Taskforce leisten können.«

Jack Summerfield bedankte sich nochmals und fasste in wenigen Sätzen die Kernaktivitäten ihres Unternehmens zusammen. Eric war begeistert. Er spürte sofort, dass hier ein veritabler Mitstreiter für ihre Sache mit an Bord kam. *Das fängt ja ganz ausgezeichnet an,* dachte er, während Lisa bereits zahlreiche neugierige Fragen zu ihrem Stadtmodell beantworten musste. Dieses stand sofort im Mittelpunkt ihrer Diskussion.

Auch die Bürgermeisterin war hin und weg. »Lisa, das müssen Sie mir jetzt aber ganz genau erklären. Diese Fähnchen, die weißen und grauen Modelle, einfach alles!«

Eric sprang seiner Kollegin zur Seite. »So gerne wir Ihrem Wunsch nachkommen wollen, aber wäre es nicht geschickter, wir warten noch kurz auf die übrigen Besucher? Dann müssen Sie sich nicht alles zweimal anhören?«

Da klingelte auch schon die Rezeption im Erdgeschoss durch und kündigte weitere Gäste an. *Perfektes Timing!* Lisa bot der Bürgermeisterin und den anderen einen Kaffee an, während Eric zurück zum Lift ging.

Innerhalb weniger Minuten hatten sie fast zwanzig Leute in ihrer Lounge. Nachdem der Büroleiter sich vergewissert hatte, dass alle eingeladenen

Personen anwesend waren, informierte er seine Chefin kurz. Lisa und Eric hatten die in der Lounge vorhandenen Stehtische um ihr Stadtmodell positioniert und auf einem der Tische ihren Beamer für die Begleit-Präsentation gestellt.

Die Bürgermeisterin ging mit einem Kopfnicken zu Eric hinüber und ergriff dann das Wort. Sofort herrschte Ruhe im Raum.

»Meine Damen und Herrn, vielen Dank für Ihr Kommen. Ich will gar nicht lange ausholen. Wie Sie alle wissen, liegt mir der Klimaschutz und die Vorbildfunktion unserer Stadt München sehr am Herzen. Wir haben in den letzten Jahren schon viel auf die Schiene gesetzt. Aber Sie werden mir auch zustimmen, dass noch ein riesiger Berg an Arbeit vor uns liegt, wenn wir die beschlossene 50-Prozent-Reduzierung bei der CO2-Emissionen schaffen wollen. Daher habe ich mich entschlossen, eine neue Taskforce mit speziellem Fokus auf den Straßenverkehr aufzusetzen.«

Die Bürgermeisterin wandte sich mit einem Lächeln an Lisa und Eric. »Und konnte Herrn Brinneau mit seinen IEA-Kollegen dazu gewinnen, die Leitung dieser Taskforce zu übernehmen.«

Sie stellte die IEA und ihre Kernaufgaben kurz vor. Die Betonung der langjährigen Expertise auf dem Gebiet des Straßenverkehrs und der dahinter liegenden Antriebs-Technologien ließ keinen Zweifel daran, dass die Bürgermeisterin die Führungs-rolle hier in guten Händen sah.

»Doch bevor wir gleich in die Inhalte und Aufgaben einsteigen, schlage ich vor, dass wir auch von unserer Seite eine kurze Vorstellungsrunde machen. Frau Doktor Stanzl, möchten Sie anfangen.«

Die Dame legt echt los! Eric war immer noch begeistert vom Elan der Bürgermeisterin. Die Leiterin der stadtinternen Arbeitsgruppe für die geplante Energiewende folgte der freundlichen, aber klaren Anweisung und umschrieb in wenigen Worten die Aufgaben ihres Teams und das bisher Erreichte. Es gab bereits ein sogenanntes ›Integriertes Handlungsprogramm Klimaschutz für München‹, kurz IHKM genannt. Eric konnte sofort heraushören, dass die Aufsetzung dieser neuen Taskforce daher nicht wirklich Begeisterung auslöste. *Kein Wunder, würde ich wahrscheinlich kaum anders reagieren!* Aber bereits in Paris hatte die Bürgermeisterin angedeutet, dass sie von der Durchschlagskraft dieser Gruppe nicht wirklich überzeugt war. Besonders im Verkehrssektor sah sie zusätzlichen Handlungsbedarf. Frau Stanzl hatte auch ihren Leiter der Arbeitsgruppe mitgebracht, die speziell für die Maßnahmen im Verkehrssektor zuständig war. Ein etwas grummelig dreinschauender Herr. *Nicht schon wieder,* dachte Eric und sah leicht genervt zu Lisa hinüber, die seine Gedanken offensichtlich lesen konnte. Und kurz den Mund verzog.

Der nächste in der Vorstellungsrunde war der Strategieleiter der Stadtwerke München. Als einziger Lokalanbieter war das Unternehmen quasi für 100 Prozent der Strom-, Fernwärme- und Gasversorgung in der Metropolregion München zuständig, auch wenn diese Quasi-Monopolstellung bereits vor Jahren offiziell beendet wurde. Auch aus seinen ersten Worten konnte Eric bereits eine gewisse Unruhe bezüglich dieser neuen Taskforce heraushören. *Na super!* Als Verstärkung brachte er einen jungen Herrn von der *Forschungsstelle für Energiewirtschaft* mit, die als kleines, von den Stadtwerken finanziertes Beratungsunternehmen bisher viele der Ansätze für die lokale Energiewende erarbeitet hatte.

Außerdem hatte die Bürgermeisterin die Leiterin des Statistischen Amtes der Landeshauptstadt München mitgebracht. Eine ältere Dame, die aber im Gegensatz zum Klang ihres Titels in ihrer Kurzvorstellung bereits viel Dynamik anklingen ließ. Jemand, so hoffte Eric sofort, der ihnen in den nächsten Wochen bei der Verifikation ihrer Thesen noch sehr behilflich sein konnte. *Wenigstens einer, der ganz offensichtlich Lust zum Mitmachen hatte!*

Abschließend stellten sich die beiden Geschäftsführer der neuen Autofirma *ELECTRION* und auch die beiden IEA-Experten noch mal vor. Die skeptischen Blicke waren nicht zu übersehen, aber die Bürgermeisterin ließ sich in ihrer Dynamik nicht beeinflussen. Respekt, dachte Eric, und war gespannt auf die erste inhaltliche Diskussion.

»Herr Brinneau«, ergriff sie wieder das Wort, »dann können wir jetzt endlich anfangen. Was hat es denn nun mit Ihrem tollen Stadtmodell auf sich?« Die Begeisterung der Bürgermeisterin war nicht zu überhören.

»Gerne! Aber bevor meine Kollegin Lisa gleich in aller Breite auf unser Modell hier eingeht, möchte ich vorab noch mal etwas ausholen. Nur um den richtigen Rahmen für unsere Taskforce und die anschließenden Diskussionen zu setzen. Was Sie vielleicht nicht wissen, aber wir arbeiten bei der IEA in Paris ja seit einiger Zeit an einem Zielszenario für die Trendwende bei den globalen CO2-Emissionen. Das wir kurz das Szenario 450 nennen.«

Lisa spielte die entsprechenden Bilder auf ihre Projektionswand. Eric fuhr in bereits routinierter Manier fort. »Diese Szenario zeigt Zielwerte für die einzelnen Verbrauchersektoren bis 2030 auf. Insgesamt brauchen wir eine weltweite CO2-Reduzierung um ein Drittel gegenüber einem ›Business-as-usual-Szenario‹, um unsere Chancen wahren, die Erderwärmung auf 2 Grad zu begrenzen. So wie als Ziel auch von der deutschen Kanzlerin ausgegeben. Dabei müssen die führenden Industrienationen mit einer fast 50-prozentigen Reduzierung ganz klar in die Vorreiter-Rolle gehen. Dies wiederum passt sehr gut zu ihrem selbstgesteckten Ziel in der Stadt München, die CO2-Emissionen bis 2030 zu halbieren.«

Zustimmendes Nicken der Bürgermeisterin, kaum Reaktionen von den anderen Teilnehmern. *Geht mir echt langsam auf den Keks!*

»Der Fokus meiner Kollegen und mir ist, wie gesagt, der Verkehrssektor. Daher haben wir auch die Details zum notwendigen Beitrag des Straßenverkehrs erarbeitet und diesen nun auch bis auf die Region München heruntergebrochen.«

Erstes unruhiges Grummeln in der Runde. *Na endlich! Eine erste Reaktion. Ich krieg´ euch schon noch!* Eric fuhr äußerlich ruhig fort. »Vorweg aber geht meine Kollegin anhand unseres Stadtmodells etwas genauer auf die Ausgangsbasis bei den Münchner CO2-Emissionen ein. Ihre Ausführungen werden in Englisch sein, aber bei Bedarf können Sie ihre Fragen gerne in Deutsch stellen. Auch die Antworten meiner Kollegin kann ich gerne noch mal ins Deutsche übersetzen. Lisa, bitte.«

Lisa Cheng sah in ihrem hellen, eng geschnittenen Pariser Kostüm wieder einmal blendend, aber auch sehr professionell aus. Alle Blicke waren nun auf sie gerichtet, als sie konzentriert ans Modell ging und ihren Vortrag ebenso ruhig und in sauberem Englisch begann.

»Die Metropolregion München. In unserer Definition bestehend aus der Stadt selbst und ihre sieben angrenzenden Landkreisen. Eine Beschränkung alleine auf das Stadtgebiet München würde nur wenig Sinn machen. Gerade im Verkehrsektor, der ja stark von den Einpendlern aus den umliegenden Regionen geprägt wird.«

Zustimmendes Nicken einiger. *Na, langsam wird´s doch!*

»Die CO2-Emissionen lassen sich auf einzelne Sektoren aufteilen, die wir in unserem Stadtmodell versucht haben darzustellen. Den Energiesektor können Sie an den wenigen Kraftwerken mit den hohen Schornsteinen erkennen. Hier entstehen zirka 25% der jährlichen CO2-Emissionen.«

Der Strategiechef der Münchner Stadtwerke hakte sofort ein. »Und wo sind die ganzen Wasserkraftwerke, Windkraft-, Tiefen-Geothermie- und Photovoltaik-Anlagen, die wir alle in der Region betreiben?«

»Berechtigter Einwand«, griff Lisa den Einwurf souverän auf, »die entsprechenden Modelle sind tatsächlich noch in der Entstehung und fehlen damit auch auf unserem Tisch.«

»Das heißt, Ihr Stadtmodell als Ausgangsbasis für unsere Analysen weist bereits an dieser Stelle gravierende Schwächen auf«, schob der Strategiemann nun mit hörbar aggressiverem Unterton nach.

»So ist das nicht ganz richtig«, hakte Lisa immer noch ruhig ein, während alle anderen diese erste Diskussion neugierig beobachteten, »denn zum einen sind diese erneuerbaren Energieerzeuger ja CO2-frei und beeinflussen damit nicht unsere CO2-Bilanz in der Region. Und zum anderen stellen sie aktuell leider weniger als fünf Prozent der gesamten, in der Region erzeugten Strom- und Fernwärmemenge dar und sind damit fast vernachlässigbar. Leider!«

Betretenes Schweigen. Lisa ergänzte. »Dennoch werden wir, wie gesagt, diese, wenn auch geringen, erneuerbaren Erzeugungskapazitäten in unserem Modell natürlich noch darstellen. Genauso wie die deutlich größeren Windkraft- und Solaranlagen, die Sie ja in Gebieten weit außerhalb der Münchner Region planen, richtig?«

»Danke«, kam es nur kurz von dem Stadtwerke-Mann, der sich wieder erholt hatte, »das ist völlig richtig. Hier planen wir Erzeugungskapazitäten, die ab 2020 den Strombedarf alle Münchner Privathaushalte abdecken werden. Und das ist dann ganz sicher nicht mehr vernachlässigbar!«

Eric und Lisa kannten die Zahlen.

»Absolut«, griff Eric ein und sah den Stadtwerke-Mann direkt an, »das ist definitiv eine beachtliche Leistung. Wird aber wohl in keiner Weise zur Reduzierung der CO2-Emissionen aus den bestehenden Kohle- und Gas-Kraftwerken beitragen, da Sie ja mit diesen geplanten, erneuerbaren Kapazitäten den Wegfall des Kernkraftwerkes ab 2020 kompensieren müssen, richtig?« Widerwilliges Nicken seines Gegenübers. »Das heißt, nur wenn sie noch weitere, erneuerbare Kapazitäten in großem Stile in der Region aufbauen, ist aus unserer Sicht auch ein Wegfall des Kohlekraftwerks realisierbar. Das aber würde erst zu einer Halbierung der CO2-Emissionen im Münchner Energiesektor führen, so wie eigentlich bis 2030 gefordert.«

Bevor der Stadtwerke-Mann, dessen Gesichtsfarbe sich bereits wieder bedenklich verändert hatte, einhaken konnte, schob Eric beschwichtigend ein. »Aber der Energiesektor ist ja nicht im Fokus unserer Taskforce, sondern nur ein wichtiger Teil des Gesamtbildes für die Region. Daher schlage ich vor, dass wir hier die Diskussion abbrechen und Lisa uns nun zügig die anderen Sektoren vorstellt.«

Eric´s Kommentar verfehlte leider die von ihm gewünschte Wirkung. Der Stadtwerke-Mann war bereits auf hundertachtzig und wollte jetzt erst richtig einsteigen. »Ein Verzicht auf unser Kohlekraftwerk? Wie kommen Sie denn da drauf? So ein Quatsch. Davon war nie die Rede!«

Nun mischte sich die Bürgermeisterin selbst ein, die extrem hellhörig geworden war. *Hatte Ihr der Stadtwerke-Chef nicht immer den Eindruck vermittelt, dass die breit publizierten und massiven Anstrengungen der Stadtwerke völlig ausreichend für die Erreichung ihrer CO2-Ziele bis 2030 waren?* Jetzt kamen ganz offensichtlich erhebliche Zweifel auf. »Und wie wollen Sie dann die notwendige Halbierung der CO2-Emissionen in unserer Region im Energiesektor erreichen, wenn nicht über den Verzicht auf die CO2-intensive Kohleverbrennung?«

Stille im Raum. Alle Blicke waren nun auf den Stadtwerke-Mann gerichtet. Das war eine Situation, die dieser so eigentlich unbedingt vermeiden wollte. Er kochte. Natürlich wollten die Stadtwerke ihre CO2-Bilanz deutlich verbessern. Seit Jahren arbeiteten sie intensiv an einer entsprechenden Strategie. »Das Bild, Frau Bürgermeisterin, ist doch etwas komplizierter als hier dargestellt. Bei passender Gelegenheit können wir Ihnen gerne die Details unserer Strategie bis 2030 erklären.«

Nein, er wollte jetzt nicht auf die vielen Herausforderungen bei der Erarbeitung einer wirklich tragfähigen Strategie für die Energiewende beim Kraftwerkspark der Münchner Stadtwerke eingehen. Nicht in dieser Runde. Dafür war das Thema einfach zu heikel. Zum einen hatten sie extrem hohe Investitionen in die bestehenden drei, fossil betriebenen Kraftwerke am Münchner Standort getätigt, die über mehr als 40 Jahre abgeschrieben werden wollten. Zum anderen waren die gesetzgeberischen Rahmenbedingungen für Erneuerbare Energien in Bayern immer noch mittelmäßig. Und das war milde ausgedrückt.

Daher fokussierten die Stadtwerke ihre Investitionen aktuell immer noch auf große Off-shore Windkraft-Parks in der Nordsee und Solarthermie-Anlagen in sonnigeren Gebieten Europas und rechneten sich auf dem Papier die dort erzielten CO2-Einsparungen in ihrer Bilanz gut. Aber das war auf Dauer natürlich keine tragbare Lösung. Und konnte das Kohlekraftwerk im Stadtgebiet nicht ersetzen. Das war auch ihm klar. Aber diese Diskussion wollte er ganz sicher nicht in dieser Runde führen.

Doch nun war die Bürgermeisterin ihrerseits auf hundertachtzig und hatte gute Lust, den Mann hier und jetzt an die Wand zu nageln. Eric fing ihren Blick auf und schüttelte kaum merklich den Kopf. In letzter Sekunde hielt sie sich zurück. *Eric hatte ja Recht! Dieses Thema stand nicht im Fokus ihrer neuen Taskforce!* Aber das war eine Baustelle, die sie ab sofort ganz oben auf ihrer Liste für die Münchner Energiewende hatte. »Auf das Angebot komme ich gerne zurück«, antwortete sie daher nur kurz, aber mit merklich giftigem Unterton.

Eric atmete tief durch. *Das konnte ja noch richtig lustig werden!* Lisa nutzte die kurze Pause und fuhr mit einem gewinnenden Lächeln in die Runde fort.

»Soweit zum Energiesektor. Der Industriesektor, den Sie hier durch die flachen Gebäudemodelle ebenfalls mit großen Schornsteinen symbolisiert sehen, ist in München relativ klein im Vergleich zum bundesweiten Durchschnitt. Einer der Hauptemittenten ist hier das BMW-Werk im Stadtgebiet, das gleichzeitig einer der größten Gasabnehmer in der Region ist. Auch hier müssen zielführende Ansätze zur Halbierung gefunden werden. Das wird über reine Effizienzmaßnahmen aus unserer Sicht wohl nicht gehen. Ist aber ja ebenfalls nicht Kernfokus unserer neuen Taskforce.«

Die Spannung in der Gruppe nahm zu, das konnte man spüren. Die Bürgermeisterin und ihr Büroleiter machten sich bereits einige Notizen. Langsam wurde allen Beteiligten klar, das die IEA Experten extrem gut vorbereitet waren und nicht die Absicht hatten, diese Taskforce zu einer gemütlichen Kaffeerunde zu machen.

»Und der Rest der CO2-Emissionen, die nicht durch den Verkehr verursacht werden«, fuhr Lisa mit Hinweis auf die übrigen kleinen Gebäudemodelle auf dem Tisch fort, »entsteht in den Gebäuden des privaten und kommerziellen Sektors mit ihren vielen, lokalen Heizungssystemen, die meist mit Öl oder Gas betrieben werden. Wobei fast 90 Prozent der Gebäude privaten Zwecken dienen. Und davon die meisten Einfamilienhäuser oder Doppelhaushälften sind. In der Region fast 400.000, hier am Tisch durch diese vielen kleinen, weißen Häuschen mit Giebeldach symbolisiert.«

Die Leiterin des statistischen Amtes meldete sich nun zu Wort. »Sehr interessant, Ihr detailliertes Stadtmodell, Frau Cheng. Ich bin beeindruckt. Aber woher haben Sie eigentlich alle diese Daten?«

Eric sprang erneut ein, nachdem er ja selbst einen Großteil der Recherchen in den letzten Tagen durchgeführt hatte. Er verwies auf die zahlreichen Veröffent-lichungen zur Stadt München und ihren eigenen Hochrechnungen auf die gesamte Metropolregion. Man vereinbarte, sich gemeinsam hinzusetzen und die Daten im Detail noch mal zu verifizieren. Die Dame machte, so wie von ihm bereits zu Beginn vermutet, einen sehr kooperativen und kompetenten Eindruck.

Eric übernahm nun den letzten Teil ihrer Präsentation mit Fokus auf den Verkehrssektor. »Wie Lisa bereits berichtet hat, ist der Verkehrssektor in der

Region der größte CO2-Emittent. Wobei zirka 90 Prozent auf den Straßenverkehr entfallen und der Rest am Münchner Großflughafen entsteht.«

Eric ging nun dichter an ihr Stadtmodell und gab dort einen ersten Detaileinblick in den Verkehrssektor. Sie hatten ihre verschiedenen Automodelle an die passenden Orte auf dem Tisch verteilt und entsprechend gekennzeichnet.

»Diese vielen kleinen PKW-Modelle vor den weißen Privatgebäuden stehen für die PKWs in Privatbesitz. Ziemlich genau ein Auto pro Haushalt.«

Auch die anderen rückten nun von ihren Stehtischen ab und näher an das Tischmodell heran, nachdem sie merkten, dass die Diskussion auf den zentralen Punkt ihrer geplanten Taskforce zusteuerte.

»Dazu kommen noch diese schwarzen LKW- und Busmodelle, die immerhin noch für ein Viertel aller CO2-Emissionen im Straßenverkehr verantwortlich sind.«

Interessiertes Staunen in der Runde. Das Stadtmodell gab einen Überblick, der den meisten so wohl noch nicht bekannt war.

»Und wofür stehen diese kleinen, schwarzen PKWs?«, fragte der Leiter der stadtinternen Verkehrs-Arbeitsgruppe.

»Sehr gut beobachtet«, lobte Eric und erklärte, »das sind die PKWs im gewerblichen Einsatz, das heißt für den Personen- oder Gütertransport. Damit haben wir nun alle Straßenfahrzeuge in der Region erfasst.«

Verständnisvolles Nicken in der Runde. Eric fuhr nach einer kurzen Pause fort. »Der Verbrauch dieser Straßenfahrzeuge muss nun, wie in unserem Szenario 450 ausgeführt, bis 2030 mindestens um ein Drittel gesenkt werden. Als essentieller Beitrag für die Halbierung der CO2-Emissionen in München. Unabhängig davon, dass der Bestand an Fahrzeugen bis dahin aller Voraussicht nach noch weiter wachsen wird. Und auch in dem Wissen, dass eine solche Reduzierung in der Vergangenheit trotz deutlicher Effizienzsteigerungen bei den Verbrennungs-motoren noch nie passiert ist.«

Ungläubiges Staunen in der Runde. Die Bürgermeisterin erholte sich als erste. »Und wie soll das gehen, Herr Brinneau?«

Eric blickte hinüber zu Lisa, die im Hintergrund am Beamer stand und ihm mit einem kurzen Lächeln Mut machte. *Jetzt ging es ans Eingemachte!* Eric holte tief Luft. »Wie wir aus der Vergangenheit wissen, ist dieses Ziel allein mit reinen Effizienzmaßnahmen bei den konventionellen Antrieben auf Benzin- oder Dieselmotorbasis nicht zu schaffen.«

Eric sah die fragenden Blicke in der Runde. *Wie sollte es dann funktionieren?* »Stattdessen brauchen wir einen Technologiewechsel bei den Antrieben. Nach unseren Berechnungen müssen zirka 300.000 Fahrzeuge des

PKW-Bestands bis 2030 dem fossilen Kraftstoff völlig entsagen und auf rein elektrischen Antrieb umstellen.«

Jetzt wurde es laut in der Runde. Zweifelnde Blicke in Eric´s Richtung. *War der Mann von der IEA noch ganz bei Sinnen?* Auch Jack Summerfield und Samantha Perry diskutierten intensiv miteinander. Die Bürgermeisterin bat mehrmals um Ruhe. Der Leiter der internen Verkehrs-Arbeitsgruppe machte seinem Ärger Luft.

»Herr Brinneau, bisher konnte ich Ihren Ausführungen gut folgen. Wenn wir unsere CO2-Ziele bis 2030 erreichen wollen, ist auch ein erheblicher Beitrag des Verkehrssektors zwingend erforderlich. Sehen wir genauso. Die geforderte Reduzierung beim Kraftstoffbedarf um ein Drittel scheint ebenfalls logisch abgeleitet zu sein. Aber Ihren Ansatz, dieses Ziel über die Einführung von 300.000 EVs bis 2030 zu erreichen, halte ich für völlig unrealistisch! Trotz massivster Anstrengungen haben wir heute so gut wie keine EVs auf der Straße und auch die Bundesregierung rückt immer mehr von ihrem Eine-Million-Ziel bis 2020 ab. EVs sind ganz offensichtlich noch nicht so weit. Der Ansatz muss daher meiner Meinung nach der Verzicht auf 300.000 Autos sein! Diese Leute müssen einfach auf einen dann noch mal attraktiveren Nahverkehr oder das Fahrrad umsteigen.«

Wieder heftige Unruhe im Raum.

»Und wir sind gerade dabei«, fügte der Stadtwerke-Mann nicht ohne einen gewissen Unterton hinzu, »unsere teuer aufgestellten, öffentlichen Ladesäulen im Stadtzentrum wieder abzubauen, nachdem die Nutzung durch EVs absolut minimal und der Unterhalt nicht mehr zu rechtfertigen ist.«

Nicken bei mehreren Beteiligten.

Die Bürgermeisterin sah zu Eric hinüber, der ihr fast gegenüber am Stadtmodell stand, und bat um Ruhe. »Herr Brinneau«, lächelte sie ihn unbeeindruckt von den Einwürfen an, »Sie waren sicherlich noch nicht mit Ihren Ausführungen fertig, richtig? Wie stellen Sie sich diesen gewaltigen Fortschritt bei den EVs in den nächsten Jahren vor?«

Eric hatte feuchte Hände, versuchte aber sich nichts anmerken zu lassen. Eigentlich war er ja froh über diese intensive Diskussion. *Konnte sie auf Dauer nur vorwärts bringen! Er durfte die Leute nur nicht verlieren.*

»Danke, Frau Bürgermeisterin«, setzte er noch mal an, während es wieder ruhiger im Raum wurde, »ja, die Zahl ist gewaltig, das ist uns auch bewusst. Aber wenn sie bitte alle mal hersehen. Wir haben in der Metropolregion, wie bereits ausgeführt, fast 400.000 Haushalte, die ein Einfamilienhaus oder eine

Doppelhaushälfte bewohnen. Und dies meist mit Garage oder Stellplatz.«

Eric deutete noch mal auf ihre kleinen, weißen Häuschen-Modelle mit den vielen Autos davor. »Und was wir ebenfalls festgestellt haben, ist, dass es mehr als 300.000 Zweitwagenbesitzer in der Region gibt. Die sind unserer Einschätzung nach, so wie auf unserem Stadtmodell dargestellt, quasi identisch mit den Bewohnern dieser Einfamilienhäuser oder Doppelhaushälften. Wer sonst könnte sich zwei oder mehr Autos leisten und verfügte über den entsprechenden Platz zum Parken?«

Lisa war neben ihn getreten und reichte ihm Pierre´s kleine Kiste. Neugierige Blicke. Lisa musste schmunzeln, ging ihr ja vor wenigen Stunden nicht anders. Eric nahm dreißig knallrote Automodelle heraus und ersetzte jeweils eines der beiden, weißen Automodelle vor den kleinen Häuschen.

»Was spricht dagegen«, erklärte er betont langsam, während er sich über den Tisch beugte, »dass all diese Leute bis 2030 ihren Zweitwagen auf EVs umstellen? Besonders nachdem diese Haushalte nach unseren Recherchen zu den einkommensstärksten in der Region gehören. Hier wohnt ein Großteil Ihrer Münchner Bildungselite. Alles Leute, die sich der wachsenden Umweltproblematik sehr wohl bewusst sind. Sein sollten!«

Nachdenkliches Nicken in der Runde.

»Interessanter Ansatz! Aber wieso haben diese Leute dann bisher kein EV gekauft? Es gibt doch jetzt genügend Angebot. Ob von BMW, VW oder einigen, anderen Herstellern«, hakte der Leiter der Verkehrs-Arbeitsgruppe noch mal ein.

Ja, Eric wusste, dass sie an der Stelle noch eine offene Flanke hatten. *Die Frage war berechtigt. Wieso war der Erfolg bisher so gering? Hier mussten sie einfach noch mehr Analysearbeit hineinstecken.* Sein Bauchgefühl sagte ihm, dass viele dieser Leute dem Thema grundsätzlich offen gegenüber standen, das zeigten auch zahlreiche Umfragen. Aber der Weg bis zur tatsächlichen Entscheidung, den Zweitwagen auf elektrischen Antrieb umzustellen, war lang und steinig. *Doch wie sollte er dieses Bauchgefühl, und mehr war es aktuell noch nicht, am besten kommunizieren?*

Da meldete sich Jack Summerfield in seinem angenehm klingenden Deutsch, mit britischem Akzent, zu Wort. Er hatte sich mit Samantha Perry lange und leise im Hintergrund beraten und sah nun ihre Zeit gekommen. »Herr Brinneau, darf ich versuchen, hier eine Antwort zu geben?«

Eric nickte dankbar. Die Gruppe richtete gespannt ihre Blicke auf die beiden Geschäftsführer, die sich bisher völlig im Hintergrund gehalten hatten.

»Wie ich zu Beginn bereits ausgeführt habe, arbeiten wir bereits seit einiger Zeit an unserem ersten Elektroauto, das demnächst auch auf den Markt kommen wird. Unsere Investoren und wir haben sich immer wieder die Frage gestellt, was unser Fahrzeug mitbringen muss, damit es zu einem wirklichen Markterfolg wird. Wieso kaufen aktuell diese gerade beschriebenen, gut situierten Münchner Haushalte in ihren schönen Einfamilienhäusern mit den zwei Wagen vor der Garage kein EV? Liegt es am Preis? Liegt es an der geringeren Reichweite?« Nicken in der Runde. Viele kannten die Argumente. »Glauben wir, ehrlich gesagt, beides nicht!«

Erstaunte Gesichter. Jack fuhr unbeirrt fort. »Natürlich ist der hohe Anschaffungspreis ein Ärgernis. Auch die Reichweite wird oft negativ in den Testberichten erwähnt. Unserer Meinung sind aber zwei ganz andere Dinge deutlich entscheidender! Und halten viele bisher vom Kauf eines EVs ab!«

Eric sah den Engländer nun ähnlich erstaunt an, wie alle anderen. *Worauf wollte er hinaus?*

»Erstens, haben viele, gerade die vermögenderen unter diesen Haushalten, bereits heute ein attraktives Premiumfahrzeug als Zweitwagen. Das ist sicherlich kaum billiger als die aktuellen EV-Angebote! Die wollen aber ihren kleinen Porsche oder ihr schönes Cabrio nicht gegen ein langweiliges, elektrisch angetriebenes Stadtauto auf schmalen Reifen tauschen. Die fahren täglich damit zur Schule oder in den Tennisclub. Und wollen dort nicht mit einem Fahrzeug auftauchen, dass von außen schon ganz nach Verzicht oder völlig, wie sagt man doch, ›un-cool‹ aussieht!«

Nachdenkliche Zustimmung. *Stimmt eigentlich! Bis auf Tesla gab es bisher kein einziges, wirklich rassiges EV!*

»Und zweitens, machen sich diese Leute natürlich immer noch Sorgen bezüglich dieser neuen Technik! Gerade wenn es ums Laden geht. Wie sieht meine Lösung dafür zuhause aus? Wo finde ich den kompetenten Partner, der mir die Heimladestation korrekt installiert? Möglichst mit einer Schnelllademöglichkeit, mit der ich bei Bedarf auch über Mittag wieder eine volle Batterie bekomme. Und woher kriege ich den sauberen Strom, denn sonst habe ich doch eigentlich nichts gekonnt? Bisher erfüllt kaum einer der Hersteller am Markt diese zwei so entscheidenden Kaufargumente. Kombiniert mit einer schlechten Stimmung in der Presse und Ankündigungen von Betreibern, ihre öffentlichen Ladestationen eher wieder abzubauen, führt dies unserer Meinung nach zu der besagten Kaufzurückhaltung.«

»Ach, und Sie machen das jetzt alles besser, was so viele schlaue Leute bei BMW und VW bisher nicht auf die Reihe gebracht haben«, kam es bissig von dem Stadtwerke-Mann, der sich wieder an seinen Stehtisch zurückgezogen hatte.

»Wieso ist eigentlich keiner von BMW dabei? Die gehören doch zu den absoluten Vorreitern auf diesem Gebiet. Und sollten wissen, wie man attraktive Autos baut, oder?«, fragte der begleitende Berater des Strategiechefs spitz nach.

Die Bürgermeisterin spürte die zunehmenden Zweifel und Untertöne, und griff energisch ein. »Meine Herren, dass BMW nicht dabei, ist alleine meine Entscheidung! Ich wollte ganz bewusst neue Köpfe in der Taskforce. Wir haben uns in München ja bisher kaum mit Ruhm bekleckert, oder? Trotz massiver Anstrengungen unserer so renommierten Hightech-Firmen, und damit meine ich nicht nur BMW! Das muss sich aber in der nächsten Zeit gewaltig ändern! Daher finde ich den Ansatz von Herrn Brinneau und die ergänzenden Ausführungen von Herrn Summerfield sehr, sehr interessant.«

Das saß. Die Widersacher zogen sich zurück. *Zumindest vorübergehend!*

»Und ich glaube auch nicht«, ergänzte die Bürgermeisterin mit Blick auf den Leiter der internen Verkehrs-Arbeitsgruppe, »dass wir diese wohlhabenden Haushalte zum Verzicht auf ihren schönen Zweitwagen bewegen! Sondern der Ansatz muss, wenn überhaupt, die Umstellung auf EVs sein. Damit ist für mich der Aufgabenschwerpunkt dieser Taskforce in den nächsten Wochen klar. Ich will diese Zielgruppe ganz genau verstehen und Ansätze von Ihnen hören, wie wir dort in den nächsten Jahren eine Trendwende hin zu EVs einleiten können. Danach entscheiden wir über die nächsten Schritte.«

Eric war von dem resoluten Auftreten der Bürgermeisterin beeindruckt. Ebenso wie alle anderen Beteiligten. Auch ihr aus dem Szenario 450 für die Metropolregion München abgeleitetes Ziel für den Straßenverkehr wurde von der Bürgermeisterin nochmals bestätigt. *Ja, sie wollte endlich einen nennenswerten Beitrag des Verkehrssektors. Basta!*

In der nächsten halben Stunde wurde noch über die Zusammensetzung der Taskforce diskutiert. Die Leiterin des statistischen Amtes sagte ihre persönliche Teilnahme sofort zu, zumindest in der kritischen Anfangsphase, in der viele Daten verifiziert oder noch recherchiert werden mussten. Die Bürgermeisterin begrüßte dies sehr und verpflichtete spontan alle anderen Anwesenden, ebenfalls ihren Arbeitsplatz für die nächsten Wochen hierher zu verlegen. Und bei Bedarf zusätzliche Mitarbeiter dazuzunehmen. Wiederum keine Einwände, auch wenn nicht alle wirklich glückliche Gesichter machten.

»Herr Brinneau, Frau Cheng, nochmals herzlichen Dank für die ausgezeichnete Vorbereitung. Und das tolle Stadtmodell«, bedankte sich die Bürgermeisterin mit einem Lächeln und beendete damit das erste Treffen ihrer Taskforce.

Lisa führte ihre neuen Taskforce-Mitglieder noch schnell durch die verfügbaren Büros, während Eric die Bürgermeisterin und ihren Büroleiter bereits vor zum Lift begleitete.

»Das wird nicht einfach«, sagte sie mit einem Augenzwinkern und fasste dabei Eric freundschaftlich am Arm, »aber Sie schaffen das schon! Und ich habe noch ein paar Leute im Kopf, die ich ebenfalls in diese Taskforce stecken möchte. Die werden Ihnen sicherlich eine zusätzliche Stütze sein. Eine davon ist morgen früh bei der Diskussionsrunde miteingeladen, von der ich Ihnen erzählt habe. Sie kommen doch, wie besprochen?«

Eric nickte. *Ach ja, diese Podiumsdiskussion zur Energiewende!* Er erinnerte sich. Der Büroleiter der Bürgermeisterin versprach, ihn disbezüglich nochmal anzurufen. Dann schloss sich auch schon die Fahrstuhltür. *Wow! Definitiv ein ganz anderer Start als in Berlin!*

Zurück in der Lounge sah Eric die beiden *ELECTRION* Leute an einem der Stehtische den abendlichen Blick über die Berge genießen. Lisa brachte die übrigen Gäste noch zum Lift und kam dann ebenfalls zurück in die Lounge.

Ruhe kehrte ein. Eric wandte seinen Blick weg von den Bergen hin zu Jack und Samantha. »Danke noch mal!«

»Wofür denn?«

»Na, für die tolle Unterstützung in dieser schwierigen Diskussionsphase.«

»Ach, keine Ursache. Ist ja nicht ganz uneigennützig!«

Lisa stand nun ebenfalls mit am Tisch. »Wir freuen uns auf jeden Fall riesig auf die weitere Zusammenarbeit mit Ihnen, stimmt´s, Eric?«

»Auf jeden Fall!«

»Und ich schlage vor, wir gehen zum Du über. Was meinst du, Samantha, als Amerikanerin geht das gar nicht anders, oder?« Alle vier mussten lachen und erhoben die verfügbaren Wassergläser.

»Aber noch mal zurück zu eurem Vortrag«, lobte Jack, »echt brilliant! Gerade die Überleitung der globalen Ziele auf eine Großstadtregion wie München. Nur so wird die gigantische Herausforderung wirklich greifbar. 300.000 EVs! Und dann der Ansatz mit den wohlhabenden Mehr-Auto-Haushalten. Da liegt unsere Chance, absolut!«

Eric gingen die Ausführungen von Jack zur möglichen Kaufzurückhaltung nicht mehr aus dem Kopf. *Trafen die heutigen Angebote nicht den Kern ihrer Zielgruppe?* Er und Lisa wollten nun unbedingt mehr zu *ELECTRION* erfahren.

Was genau versuchten sie anders zu machen?

Umgekehrt waren Samantha und Jack von der Kompetenz der beiden IEA-Experten begeistert, die ihnen zusätzliche Einblicke für die erfolgreiche Vermarktung ihres Fahrzeuges geben konnten.

Ja, gemeinsam wollten sie endlich die Revolution im Straßenverkehr einleiten. Eine Revolution, die diese Welt so dringend nötig hatte. Lisa fand am Schluss doch noch eine gute Flasche Weißwein in den Tiefen ihrer kleinen Lounge-Küche. Mit Blick auf die untergehende Abendsonne stießen die vier auf eine erfolgreiche Zusammenarbeit an. Der Start in München war getan. *Jetzt mussten sie den Fuß nur auf dem Gas lassen.*

Am nächsten Morgen saßen Lisa und Eric wieder zusammen beim Frühstück und genossen das umfangreiche Buffet. Der Büroleiter hatte noch mal angerufen und die Ankunft des Wagens mit der Bürgermeisterin für neun Uhr dreißig angekündigt.

Lisa hatte ihre Sachen bereits gepackt und saß in Jeans und T-Shirt am Tisch. Sie wollte heute noch nach Beijing zu ihrer Großmutter fliegen, die mit der gesamten Familie ihren 80. Geburtstag feierte. Sie freute sich auf ein paar freie Tage, wollte Eric aber nicht im Stich lassen.

»Lisa, mach´ dir keine Sorgen, ich schaff´ das schon. Und du brauchst ein paar Tage Ruhe. Nach der tollen, aber anstrengenden Vorbereitung hier in München. LA wird schon klappen.« Eric sah auf die Uhr und stand auf.

Lisa erhob sich ebenfalls. Und gab ihm zum Abschied spontan einen Kuss auf die Wange. »Danke! Du rufst mich aber an, wenn ihr in LA durch seid, versprochen? Ich will genau wissen, wie es gelaufen ist.«

»Versprochen.«

Lisa warf ihm ein letztes Lächeln zu, drehte sich um und ging noch mal zum Buffet hinüber. Morgens war ihr Appetit kaum zu stillen. Eric sah ihr kurz nach und machte sich dann auf den Weg zurück ins Zimmer.

Der Wagen der Bürgermeisterin fuhr pünktlich um neun Uhr dreißig vor. Der Fahrer öffnete ihm die linke Fondtür des dunklen Siebener BMWs.

»Guten Morgen, Herr Brinneau. Und? Das gestrige Treffen gut verdaut?« Die Bürgermeisterin saß mit Unterlagen auf den Knien im Fond und war bereits wieder voller Dynamik.

»Absolut«, antwortete Eric und ließ sich in den breiten Rücksitz des BMWs gleiten, »die Beteiligung von *ELECTRION* an der Taskforce war wirklich eine klasse Idee von Ihnen.«

Die Bürgermeisterin sah ihn kurz von der Seite an. »Ganz ehrlich, Sie beide sind meine Geheimwaffen in diesem verschlafenen Haufen unserer Stadt. Ich habe nämlich überhaupt keine Lust, die selbstgesteckten Ziele des Stadtrats wieder mit Pauken und Trompeten zu verfehlen.«

Die Bürgermeisterin sprach ein Thema an, das so nur noch wenige in der Stadt kannten oder im Kopf behalten hatten. So kam es nie zu einem politischen Eklat, besonders nicht für die Grünen in der Stadt. Eric hatte das Thema mit ihr bereits in Paris kurz andiskutiert. Im Jahr 1990 befand sich die Debatte zu einer möglichen Erderwärmung und den negativen Folgen für das Weltklima und seine Bevölkerung noch in den Kinderschuhen. München sah sich aber damals schon als Vorreiter und verpflichtete sich vorschnell zu einer Halbierung seiner CO2-Emissionen bis 2010. *Tatsächlich passiert ist aber so gut wie gar nichts!* Die Emissionen der Metropol-region waren anfangs sogar noch gestiegen und verharrten seitdem relativ konstant auf hohem Niveau. *Das sollte diesmal anders werden!*

»Und Ihr Stadtmodell, als auch die Idee mit den Mehr-Auto-Haushalten sind wirklich gut«, fuhr die Bürgermeisterin fort, »ich habe heute Morgen nochmal mit meiner Leiterin des statistischen Amtes telefoniert. Wir müssen zwar noch ein paar technische Tricks anwenden und sehr genau auf den Datenschutz achten, aber es sollte möglich sein, die Zweitwagenbesitzer im Detail zu analysieren. Ihre Vermutung ist wohl absolut korrekt, dass diese Leute auch einen Großteil der Einfamilienhäuser bewohnen und über die höheren Einkommen verfügen. Aber jetzt möchten wir es natürlich ganz genau wissen. Oder, Herr Brinneau?«

Eric war begeistert, die Dame legte wahrlich ein beachtliches Tempo vor. »Das wäre echt klasse! Gerade auch, wenn wir weitere Details zur Art der Zweitwagen in diesen Haushalten bekämen. So wie von Jack Summerfield gestern schon ausgeführt, vermuten wir, dass ein ganz erheblicher Teil der Zweitwagen Premiumfahrzeuge und Cabrios sind.«

»Ich bin ja selber so ein Haushalt«, nickte die Bürgermeisterin nachdenklich, »und hatte bisher immer zwei Autos in der Familie. Nur jetzt haben wir meinen Wagen verkauft, nachdem ich den Luxus dieses tollen Fahrservices habe.«

Sie machte eine ausladende Handbewegung und verdrehte die Augen ein wenig. Eric fragte neugierig nach. »Und was ist mit dem anderen Wagen? Könnten Sie den nicht umstellen auf elektrischen Antrieb?«

»Nein, wohl eher nicht. Ist der Wagen meines Mannes. Und der ist beruflich ziemlich viel unterwegs. Und außerdem nutzen wir ihn fast immer für unsere Urlaubsreisen.«

Eric nickte. Die Bürgermeisterin sah ihn von der Seite an. »Aber, wenn ich es mir so überlege, mit diesem dicken BMW hier bin ich eigentlich nur im erweiterten Stadtgebiet unterwegs. Immer nur geschäftlich, von Termin zu Termin. Und ab und zu am Flughafen.«

»Sie meinen: Eigentlich kein Problem für ein EV?«

»Eigentlich nicht.« Es setzte eine kurze Gesprächspause ein, während der Fahrer den Wagen zügig auf der Leopoldstrasse stadteinwärts beschleunigte. Der V8 Motor arbeitete angenehm leise und kraftvoll.

»Aber es gibt natürlich immer Argumente, wieso wir bisher in unserem Fuhrpark nichts geändert haben«, fuhr sie nachdenklich fort, »und wenn es nur das mangelnde Angebot an passenden Elektrofahrzeugen oder die grundsätzliche Abneigung unseres Fuhrparkleiters gegenüber solchen Technologien ist.«

»Sie meinen, die grüne Bürgermeisterin in einem Tesla S-Type wäre ein ziemlicher Affront gegenüber BMW, gerade in München?«

Beide mussten lachen. »Sollte ich eigentlich machen! Gerade jetzt, wo wir die neue Taskforce gegründet haben. Alternativ könnte ich mir auch den neuen Wagen von den *ELECTRION* ansehen. Klingt ja echt vielversprechend.«

»Käme aber wahrscheinlich kaum besser an.«

»Nein, glaube ich auch nicht.«

Der morgendliche Verkehr ins Stadtzentrum wurde immer dichter. Dennoch erreichten sie das Siemens-Forum rechtzeitig. Die Bürgermeisterin war zu einer der vielen, aktuellen Podiumsdiskussionen zur Energiewende eingeladen. Die heutige Veranstaltung war von Siemens organisiert, die hinter diesem Thema natürlich großes Geschäftspotential sahen. Fokus war diesmal die Großstadt München selbst. Wie passend. Daher hatte sie Eric auch gebeten, sie zu begleiten. Außerdem wollte die Bürgermeisterin ihm unbedingt Tina Steinhoff vorstellen, die ebenfalls eingeladen war - als erfolgreiche Unternehmerin mit vorzeigbaren Erfolgen bei der energetischen Umstellung in ihrer eigenen Firma.

»Auch Ihren Hinweis zum Kohlekraftwerk fand ich gestern sehr interessant«, wechselte die Bürgermeisterin spontan das Thema, während sie durch die Agenda der Veranstaltung blätterte, »da haben Sie unseren Strategieleiter bei den Stadtwerken ja mitten ins Herz getroffen.«

»Tut mir, ehrlich gesagt, immer noch leid. War nicht meine Absicht gewesen. Nur, wir wissen natürlich aus unseren globalen Analysen zum Szenario

450, dass der Energiesektor den Hauptbeitrag zur weltweiten CO2-Reduzierung leisten muss. Und die Abschaffung der Kohlekraftwerke steht immer ganz oben auf der Liste. Dass sie in Deutschland parallel dazu noch die Herausforderung mit dem Ausstieg aus der Atomkraft haben, macht die Aufgabe natürlich doppelt schwer.«

Die Bürgermeisterin blickte ihn von der Seite an. »Sehe ich auch so. Wenn sich die Gelegenheit ergibt, kann ich das Thema ja heute gleich noch mal ansprechen. Der SWM-Chef ist meines Wissens auch eingeladen. Könnte sicherlich interessant werden.« Die Bürgermeisterin schmunzelte.

Na dann viel Spaß! Eric konnte sich das eigene Schmunzeln nicht verkneifen.

IN DER INNENSTADT VON MÜNCHEN

Der Fahrer hielt direkt vor dem Eingang zum Siemens-Forum, das mitten im Stadtzentrum hinter der Siemens-Zentrale lag. Eine Unternehmens-Vertreterin erwartete sie bereits und führte sie sofort in den vierten Stock.

Zirka hundert geladene Gäste waren bereits anwesend. Eine großgewachsene, gut aussehende Frau kam der Bürgermeisterin am Eingang des Veranstaltungsraumes entgegen. *Wahrscheinlich eine wichtige Presse-Vertreterin*, vermutete Eric. *Mit diesem Aussehen bekam sie wahrscheinlich den einen oder anderen Termin, den andere nicht so einfach organisieren konnten!*

»Herr Brinneau, darf ich Ihnen Frau Steinhoff vorstellen. Die Miteigentümerin der Firma *STEINHOFF*, die bereits ganz hervorragende Arbeit auf dem Gebiet der firmeninternen Energiewende geleistet hat.«

Eric musste schlucken. *Wohl doch keine Pressedame.* Tina reichte ihm mit einem breiten Lächeln die Hand und drückte fest zu. *Wow!*

»Frau Steinhoff, das ist Eric Brinneau. Der Leiter unserer neuen Taskforce zur Energiewende im Verkehrssektor.«

»Freut mich, Sie kennenzulernen.« Tina´s Lächeln wurde noch breiter. Eric hielt ihre Hand für eine weitere Sekunde fest. »Ganz meinerseits.«

»Ich muss Sie beide jetzt leider alleine lassen, denn ich werde gleich in der ersten Diskussionsrunde dort vorne gebraucht. Aber, wie gesagt, ich könnte mir gut vorstellen, dass Frau Steinhoff eine Verstärkung in unserer neuen Taskforce sein könnte. Herr Brinneau kann Ihnen ja von unserer gestrigen Startveranstaltung erzählen.«

Und schon war die Bürgermeisterin weg und umgeben von zahlreichen anderen Leuten, die sie fast daran hinderten, ihren Platz auf dem Podium rechtzeitig einzunehmen. »Eine vielgefragte Dame«, zuckte Eric kurz mit den Schultern und sah Tina an.

»Ja, und immer voller Dynamik«, antwortete Tina immer noch mit einem Lächeln auf dem Gesicht. *Nicht schlecht! Noch jemand, der die Energiewende ganz offensichtlich voranbringen möchte,* dachte sie. *Und gutaussehend noch dazu! Das konnte ja interessant werden.*

»Sie müssen mir nachher in der Kaffeepause unbedingt von Ihrer neuen Aufgabe hier in München erzählen. Wir könnten uns ja oben auf der Dachterrasse im siebten Stock treffen. Da ist es nachher deutlich ruhiger.«

»Sehr gerne.«

»Jetzt gleich geht es leider nicht«, fuhr sie entschuldigend fort, »die erste Diskussionsrunde fängt gleich an. Die würde ich mir gerne anhören, bevor ich an der zweiten selber teilnehme.«

»Kein Problem, ich komme gerne mit.« Sie nahmen in einer der hinteren Reihen Platz. Im Sitzen kamen Tina´s lange, schlanke Beine unter dem engen Kostüm noch stärker zur Geltung. Konnte Eric nicht übersehen. *Ganz cool bleiben, mein Junge!* Er war gespannt auf die spätere Kaffeepause.

Der Siemens-Mann bat um Ruhe, begrüßte alle Teilnehmer und stellte die Podiumsgäste vor. Der Chef der Münchner Stadtwerke war tatsächlich mit dabei. Auch zwei hochrangige Siemens-Manager. Der Moderator eröffnete die Diskussionsrunde. Die Energiewende war ja in Deutschland in vollem Gange, führte er aus. Auch die Stadtwerke München waren ja an neuen Off-Shore -Windparks beteiligt, um sich zusätzlichen sauberen Strom in großen Mengen nach München zu holen.

Dann fragte er den Stadtwerke-Chef nach seiner Einschätzung zur Problematik der Anbindung dieser Windparks an das deutsche Stromnetz und den effizienten Transport solcher Strommengen von der Nordsee bis nach München. War ja ein heißes Thema, seit Jahren. Die Diskussion ging hin und her zwischen dem jungen, noch relativ neuen SWM-Chef und den Siemens-Managern. Die Bürgermeisterin hielt sich zurück. Noch. Als der Moderator die zweite Bürgermeisterin mit dem Hinweis auf die Schlüsselrolle des deutschlandweiten Netzausbaus auch für die Stadt München stärker in die Diskussion miteinbinden wollte, nutze diese ihre Gelegenheit.

»Ganz ehrlich, Herr Franzen, ich kann diese Diskussion zur Problematik des Netzausbaus eigentlich schon nicht mehr hören! Das Thema ist bekannt und die Experten von Siemens und anderen Firmen sind ganz sicher dran.

Tatsächlich sind aber für unsere Energiewende in der Stadt München ganz andere Themen von höchster Priorität, wenn wir unsere CO2-Emissionen bis 2030, so wie im Stadtrat vereinbart, halbieren wollen. Da hilft uns der Ersatz des sowieso schon CO2-freien Atomstroms durch Windparks in der Nordsee ja nur begrenzt. Stattdessen brauchen wir eine Lösung für unser Kohlekraftwerk, dass mehr als die Hälfte aller CO2-Emissionen im Energiesektor verursacht. Und wir brauchen eine Lösung in unserem Straßenverkehr, der mit Abstand für die meisten CO2-Emissionen in der Region verantwortlich ist.«

Blankes Erstaunen in der Runde. *Das hatten die Herren wohl nicht erwartet!* Der Moderator war für einige Sekunden aus dem Konzept, fing sich aber schnell und bat den SWM-Chef um eine Stellungnahme. Was dieser mit einem ähnlichen Tenor wie sein Strategiechef gestern tat. Auf das Kohlekraftwerk konnte nicht verzichtet werden. Es mussten andere Lösungen für die CO2-Thematik gefunden werden. Ein vorsichtiger Hinweis auf »Carbon Capture and Storage« Technik kam, was das neue Wundermittel für die schmutzigen Kohlekraftwerke werden sollte, aber noch jenseits einer realistischen Umsetzung war.

»Und außerdem, liebe Frau Bürgermeisterin, stehen wir ja in München mit zirka sechs Tonnen CO2-Ausstoß pro Einwohner heute schon deutlich besser da, als der bundesweite Durchschnitt. Das sollte uns bei der Zielerreichung doch helfen, denke ich.«

»Leider nicht ganz korrekt« hakte die Bürgermeisterin ein, »wenn wir den Sondereffekt der überproportionalen Atomkraft in Bayern und die unterrepräsentierte Industrie im Stadtgebiet herausrechnen, sind wir keinen Deut besser als der Bundesdurchschnitt.«

Das saß wieder. Auch die Siemensleute waren überrascht. Und inhaltlich offensichtlich wenig darauf vorbereitet. Die Bürgermeisterin fuhr unbeirrt fort. *Wollte wohl die Gunst der Stunde nutzen, um, wie sagte sie doch, den etwas verschlafenen Haufen zu wecken!* Wo waren die verstärkten Anstrengungen im Münchner Umland bezüglich mehr Windkraft und Fernwärme aus Tiefen-Geothermie, die zusammen einen perfekten Ersatz für das Kohlekraftwerk darstellen konnten?

»Wieviele Windkraftanlagen in Bayern bräuchten wir denn, um die jährliche Stromproduktion des Kohlekraftwerkes zu ersetzen? Das sind doch gar nicht so viele! Was hindert uns daran, diese Maßnahmen hier und jetzt zu ergreifen? Unabhängig von all den schwierigen Diskussionen zu Netzausbau und Off-Shore -Windparks«, ging sie den Stadtwerke-Chef noch mal direkt an.

Nachdem die Zahlen nicht wirklich sofort greifbar waren und keiner der anwesenden Herren diese im Kopf hatte, was kein gutes Bild bei den Zuhörern hinterließ, setzte die Bürgermeisterin noch einen drauf.

»Meine Herren, ich denke, wir müssen dieses Thema in Zukunft viel intensiver angehen und nicht immer nur auf dem schwierigen und teuren Netzausbau in Deutschland rumhacken. Wir müssen die Energiewende hier in unserer Metropolregion verstärkt selber in die Hand nehmen, wenn wir erfolgreich sein wollen. Und wir haben doch die besten Firmen direkt vor Ort, oder?«

Die Bürgermeisterin war nun voll in Fahrt. Die Zuschauer genossen es, spontaner Beifall war zu hören. Endlich mal eine Politikerin, die Tacheles sprach. Nur die Vertreter von Siemens und den Stadtwerken fühlten sich absolut unwohl. Was sollte das Ganze? Woher hatte sie diese Detailkenntnisse? Aber die Bürgermeisterin war ganz offensichtlich die Trägheit in dem Thema leid. Das konnten alle spüren.

Eric war begeistert. Wenn die Dame diesen Druck auch auf ihre neuen Taskforce ausübte, konnten sie beim Verkehr tatsächlich etwas bewegen. Die eingeplante Zeit für die Podiumsrunde war wie im Flug vergangen und rettete die anderen Diskussionsteilnehmer aus den Fängen der Bürgermeisterin. Der Moderator schloss mit leicht verwirrtem Gesichtsausdruck ab. Es bildete sich sofort eine kleine Menschen-Traube um die Bürgermeisterin, als sie das Podium verließ. *Sie hatte ganz offensichtlich die Stimmung der Zuhörer getroffen!*

In der zweiten Diskussionsrunde ging es um den Einsatz erneuerbarer Energien im Industrie- und Gewerbesektor mit konkreten Beispielen aus der Region. Tina Steinhoff machte einen sehr kompetenten Eindruck auf dem Podium. Eric hörte interessiert zu, als sie von dem Einsatz erster EVs in ihrer Firma berichtete. *Die Unternehmerin musste unbedingt in seine Taskforce,* das stand für ihn bereits jetzt fest.

Kurz vor Ende der Diskussionsrunde verließ er den Raum und machte sich auf den Weg in den siebten Stock. Er fand die Dachterrasse des Siemens-Forums, die noch menschenleer war und einen tollen Blick über die Münchner Innenstadt bot. Er musste an LA denken und rief Steve spontan an. Wie liefen die Vorbereitungen in LA? Doch der Lärm vom Altstadtring war so laut, dass er ihn kaum verstand. Frustriert brach er das Gespräch ab. Der Krach von den zahlreichen aus dem Tunnel kommenden Fahrzeugen war extrem, trotz seiner Position hoch über den Dächern. Die Schallwellen wurden offensichtlich durch die hohen Wände der vielen angrenzenden Bürogebäude perfekt nach oben übertragen. *So ein Mist!*

Da kam ihm eine verrückte Idee. Wieso nicht den zusätzlichen, enormen

Vorteil von EVs für die Lärmbelastung in der Stadt genau hier oben auf der Dachterrasse demonstrieren? *Wenn genauso viele Fahrzeuge wie gerade eben, nur mit elektrischem Antrieb, aus dem Tunnel kamen, dann sollte der Lärmpegel doch massiv abnehmen? Wahrscheinlich sogar herrschte gespenstische Ruhe! Etwas, was die Menschen seit mehr als einem halben Jahrhundert nicht mehr kannten und ganz sicher schon vergessen hatten. Doch so musste es wieder werden! Der Krach der Verbrennungsmotoren war Teil des letzten Jahrhunderts und hatte in einer Stadt der Zukunft nichts mehr verloren!* Eric zuckte zusammen.

»Hallo, Herr Brinneau. Ich dachte schon, Sie wären vor mir geflüchtet. War ich so schlecht in der Podiumsdiskussion?«

Eric drehte sich um. Tina stand direkt neben ihm an der Brüstung. So nah, dass er ihr Parfüm riechen konnte.

»Ähh, nein, ganz im Gegenteil. Sie haben eine ausgezeichnete Figur abgegeben!«

Tina trat einen Schritt zurück und drehte sich einmal elegant um die eigene Achse. »Das möchte ich aber hoffen, in dem Kostüm!«

Eric musste lachen. »Ja, das Kostüm steht Ihnen auch sehr gut«, sagte er in seinem charmantesten Schweizerdeutsch, »aber so habe ich es eigentlich nicht gemeint.«

Tina berührte ihn leicht am Arm, als sie sah, wie Eric nach den richtigen Worten suchte. »Herr Brinneau, ich wollte Sie nicht in Verlegenheit bringen.« Sie warf ihm ein breites Lächeln zu und wechselte spontan das Thema. »Die Bürgermeisterin hatte mir bereits kurz von Ihnen erzählt. Was machen Sie denn nun in dieser Taskforce? Was genau ist das Ziel?«

Eric war dankbar für den Themenwechsel und blickte kurz über die Dächer Münchens, um seine Gedanken wieder zu ordnen. »Naja, einfach gesprochen, suchen wir nach einem Weg, den Kraftstoffbedarf in der Großstadtregion München bis 2030 um ein Drittel zu senken.«

»Das klingt aber nicht einfach!«

»Nein, besonders, wenn man bedenkt, dass in den letzten 50 Jahren der Bedarf eigentlich nur gestiegen ist.«

»Und wie soll das dann gehen?« Tina lehnte sich über die Brüstung und sah auf den lärmenden Altstadtring hinunter. *Bei all´ den Autos dort unten?*

»Kann nach unseren Berechnungen eigentlich nur mit einer massiven Einführung von EVs funktionieren, so ähnlich, wie sie ja bereits erste Ansätze in ihrer Firma umgesetzt haben.«

Tina dachte an ihren I3, der gerade hinter dem Siemens-Forum an einer der wenigen öffentlichen Ladesäulen stand. Und die wenigen EVs, die sie nun seit einigen Tagen in der Firma betrieben. *Machte das den Unterschied?* »Und wieviele müssten das bis 2030 sein?«

Eric blickte nun ebenfalls hinunter und sah dann Tina von der Seite an. »Zirka 300.000.«

Tina erwiderte den Blick und zog eine Augenbraue hoch. »Nur in München?«

»Nicht ganz! In der Metropolregion München.«

»Wo es wieviele PKWs gibt?«

»Bis 2030 zirka 1,5 Millionen.«

»Das hieße ja gut zwanzig Prozent, richtig?«

»Genau.«

Tina dachte kurz nach. *Meinte der Schweizer das im Ernst? 20 Prozent?* »Das klingt nach einer größeren Herausforderung. Vorsichtig ausgedrückt!«

»Ja, kann man so sagen.«

Tina drehte sich wieder um und lehnte nun an der Brüstung. »Und die Bürgermeisterin hat Sie nicht sofort ´rausgeschmissen?«

Eric sah Tina etwas überrascht von der Seite an. »Nein, ganz und gar nicht! Von der Zielsetzung her liegen wir auf der absolut gleichen Wellenlänge. Die Münchner Stadtverwaltung hat sich eine Halbierung der CO2-Emissionen bis 2030 vorgenommen. Wir bei der IEA fordern das gleiche für alle OECD Staaten, wenn sie als Vorreiter die Weltgemeinschaft auf den richtigen Weg bringen wollen. Dabei kommt der Straßenverkehr mit einer Reduzierung um ein Drittel eigentlich noch ganz gut weg.«

»Mhh. Klingt aber trotzdem irgendwie gigantisch. Weniger ist nicht akzeptabel?«

»Nein, weniger geht nicht, es sei denn wir wollen das Zwei-Grad-Ziel bei der Erderwärmung aufgeben. Haben wir oft genug durchdiskutiert. Können wir Ihnen bei Gelegenheit gerne mal ausführlich darlegen.«

Tina blickte sehr nachdenklich über das schöne Dächermeer von München. Ein toller Anblick. Gerade bahnte sich die Sonne den Weg durch den wolkenverhangenen Himmel. Nur der permanente Straßenlärm fing an, auch ihr echt auf die Nerven zu gehen. Sie sah Eric wieder an. »300.000 EVs«, wiederholte sie langsam, »und wie soll das Ihrer Meinung nach gehen?«

»Wo wohnen Sie?«

»Ähh, wieso? Im Lehel.«

»Nein, nein! In einem Appartment oder einem Einfamilienhaus?«

»Appartment.«

»Alleine?«

»Herr Brinneau, jetzt geht es aber zu weit.«

»Die Frage ist rein sachlicher Natur.«

Beide sahen sich an und mussten lachen. Sie genossen ihre Konversation auf der Dachterrasse, auch wenn jetzt einige Leute aus der Veranstaltung diese Frischluftmöglichkeit ebenfalls entdeckt hatten.

»Alleine«, antwortete Tina.

»Ok. Was meinen Sie, wieviele Leute im Großraum München in einem Einfamilienhaus oder einer Doppelhaushälfte nicht alleine und mit mindestens zwei Autos im Fuhrpark wohnen?«

Tina dachte kurz nach. *Konnte es sein, dass es so viele gutsituierte Paare oder Familien im Großraum München gab, die tatsächlich zwei Autos hatten? Und das meist mit Garage?* Sie sah Eric an. »300.000?«

»Bingo.«

Tina musste spontan an ihre Eltern und ihren Bruder samt Familie denken, die alle in diese Kategorie fielen. *Nur sie kämpfte mit der blöden Tiefgarage und ihrem EV mitten in der Stadt! Für die anderen sollte die Umstellung des Zweitwagens eigentlich kein Problem darstellen! Und das Laden in der eigenen Garage auch nicht. Zudem brachten diese Leute oft das notwendige Umweltbewusstsein mit. Konnten es sich ja auch leisten! Hat bei ihren Eltern auch geklappt.* Zugegebenermaßen, nach etwas intensiverer Diskussion.

»Sie wollen damit sagen, dass die Münchner Einkommens- und Bildungselite, die wahrscheinlich auch das größte Umweltbewusstsein mitbringt, es eigentlich selber in der Hand hat, die notwendige Revolution im Straßenverkehr einzuleiten. Und das alleine über die Zweitwagen«, sagte sie nachdenklich zu Eric.

»So könnte man es formulieren.« *Die Frau ist echt gut! Die muss in unsere Taskforce!*

»Immer noch keine leichte Aufgabe, wenn ich mir nur die vielen schwierigen Diskussionen zu dem Thema in meinem Bekanntenkreis vor Augen halte.«

»Stimmt. Die Trägheit im Markt ist verdammt groß! Auch bei diesen Leuten.«

»Aber ein sehr interessanter Ansatz! Und wir haben ja noch das Zusatzpotential von Leuten wie mir, die in einem schönen Appartement mitten in der Stadt alleine wohnen«, warf sie Eric mit einem weiteren kurzen Lachen zu, »und damit eigentlich nicht in die obige Kategorie fallen. Aber trotzdem ein EV haben, weil sie entweder in der Tiefgarage oder am Arbeitsplatz laden können und wahre Überzeugungstäter sind!«

Eric musste nun ebenfalls lachen. »Ich habe nur meine Zweifel, ob dieses Potential so besonders groß ist.«

Sie sah ihn nachdenklich an. *Die Zusammenarbeit könnte ihr wirklich gefallen!* »Wer ist denn schon alles in der Taskforce dabei?« Eric ging mit Tina kurz durch die aktuelle Liste der Teilnehmer. »Na, da habe ich ja das Gefühl, dass Sie noch Verstärkung gebrauchen könnten.«

YES! Eric versuchte, mit ruhiger Stimme zu antworten. »Sehe ich auch so. Oder anders ausgedrückt: Es würde mich sehr freuen, wenn wir Sie zu einer Teilnahme bewegen könnten.«

Tina reichte ihm etwas förmlich die Hand. »Deal.«

Eric grinste. *Wow, das war geschafft! Sehr gut!* Der Händedruck dauerte einen Tick länger als normal. Ja, er mochte Tina. Sie strahlte eine ungewöhnliche Mischung aus unternehmerischer Kompetenz und weiblicher Eleganz aus.

Langsam leerte sich die Dachterrasse wieder.

»Ich glaube, es geht unten wieder weiter«, sagte Tina und entzog ihm vorsichtig ihre Hand.

Eric sah etwas verlegen auf die Uhr. »Ja, wir sollten wieder runter gehen. Ich wollte mich noch kurz von der Bürgermeisterin verabschieden. Ich muss leider vorzeitig gehen.«

»Wo müssen sie denn schon wieder hin?«

»Nach LA.«

»Oh.« Tina sah ihn überrascht an. *Das ist aber nicht nett!* Sie hatte eigentlich gehofft, dass sie gleich noch etwas mehr Zeit miteinander verbringen konnten und die Details ihrer Zusammenarbeit in der Taskforce besprechen würden. *Gerade nach diesem so angenehmen Start. Aber nein, der gutaussehende Mann schien ja viel beschäftigt zu sein!*

»Ich bin in ein paar Tagen wieder da«, antwortete Eric schnell, als er Tina´s Enttäuschung spürte, »keine Sorge! Und dann setzen wir uns gleich hin und gehen die Details der Zusammenarbeit durch. Versprochen!«

Tina lächelte ihn wieder an und gab ihm ihre Business Card. Auch wenn die Enttäuschung noch nicht ganz verflogen war. »Das klingt schon besser.«

Gemeinsam verließen sie die Dachterrasse und nahmen den Aufzug hinunter. Die Bürgermeisterin stand, noch immer umringt von mehreren Leuten, in der Lobby vor dem großen Veranstaltungsraum. Tina und Eric gingen zu ihr hinüber. Als die Bürgermeisterin sie sah, löste sie sich aus der Gruppe und kam ihnen entgegen. »Und? Sind Sie dabei, Frau Steinhoff?«

Sie war sehr zufrieden, als sie von dem guten Gespräch und Tina´s

Entscheidung hörte. Eric sprach mit den beiden Damen noch kurz die nächsten Schritte ab und verabschiedete sich dann. Er wollte unbedingt die Mittagsmaschine nach Paris erreichen, um sich dort mit Jean-Luc zum Weiterflug nach LA zu treffen. Die beiden Damen sahen ihm noch kurz nach, als er mit seinem Gepäck das Siemens-Forum verließ und in ein Taxi stieg.

Wieder hatte sich eine schwere Gewitterfront, diesmal über dem Münchner Norden, zusammengebraut und machte die halbstündige Fahrt zu einem echten Erlebnis. Am Flughafen ließ der schwere Regen glücklicherweise wieder nach. Die Verspätung seines Abflugs hielt sich damit in Grenzen. Eric nutzte die Zeit im Flugzeug zu einem kurzen Nickerchen. Er brauchte die geistige Pause, bevor er sich auf LA vorbereiten konnte. *Eigentlich ging ihm das Ganze jetzt fast zu schnell! Sie waren ja kaum richtig gestartet in München, und jetzt schon nach LA!* Aber er durfte sich nicht beschweren. Vor drei Monaten waren sie noch alle frustriert gewesen, als es so aussah, dass gar nichts vorwärts ging. *Und jetzt bot sich diese brilliante zweite Chance! Nur die USA und die Stadt LA waren ein ganz anderes Pflaster!* Nicht mal die Leute kannte er bisher persönlich. Ganz zu schweigen von ihrer Vorbereitung, die noch in den Anfängen steckte. *Nur nicht nervös machen lassen,* ermahnte sich Eric und genoss den Blick über die Wolken, die schnell unter ihm vorbeizogen, bevor er die Augen schloss.

Am Pariser Flughafen Charles de Gaulle angekommen, ging er direkt zur Air France Lounge, wo er sich mit Jean-Luc treffen wollte. Sein Chef wartete bereits, tief in einen der Sessel versunken, auf ihn. *Boah, das sieht ja gar nicht gut aus!* Eric war besorgt. Als Jean-Luc ihn beim Näherkommen erkannte, richtete er sich schnell auf. *Irgendetwas bedrückte ihn! Und schlug ganz offensichtlich auch auf seine Gesundheit!* Er wirkte in Eric´s Augen deutlich gealtert. Doch als er versuchte, ihn darauf anzusprechen, winkte Jean-Luc nur ab. *Geht schon,* meinte er. Er bräuchte vielleicht mal wieder ein paar Tage Urlaub. *Aber jetzt stand ja LA an. Und das war eine ganz wichtige, zweite Chance für sie.* Eric konnte ihm nur zustimmen.

Über Lautsprecher wurde ihr Flug aufgerufen. Sie machten sich auf den kurzen Weg zum Terminal und konnten als Business-Class-Kunden sofort an Bord. Der Langstreckenflieger hob pünktlich ab.

Nachdem es sich beide bequem gemacht hatten, wollte Jean-Luc ein detailliertes Update zu ihren Fortschritten in München. Die übrige Zeit nutzte Eric, um Steve´s Unterlagen zu LA zu studieren. Er kannte LA bisher nur aus zwei Urlaubsreisen. Aber da stand das Thema Energieverbrauch ja noch nicht auf seiner Agenda, auch wenn er sich noch gut an die riesigen Ausmaße des Stadtgebietes mit seinem dichten, vielspurigen Straßennetz erinnern konnte. Und die tollen Strände am Pazifik waren ihm ebenfalls in Erinnerung geblieben. Steve hatte ein erstes ausführlicheres Dossier für ihn zusammengestellt.[7]

Wow! Eric konnte es fast nicht glauben. Los Angeles war auch in Zahlen ein Moloch im Vergleich zu München. Aber wirklich beeindruckend, oder sollte er eher sagen schockierend, waren die Zahlen zum Fahrzeugbestand in LA. Nur dass sie jetzt halt Schwarz auf Weiß vor ihm lagen und den Zahlen für den Großraum München direkt gegenüberstanden.

Der öffentliche Nahverkehr war so gut wie nicht existent. Umfragen bestätigten immer wieder, dass mehr als 80 Prozent der arbeitenden Bevölkerung mit dem Auto, und dies meist alleine, zur Arbeit fuhr. Das gleiche galt wohl auch für fast alle anderen Wegstrecken pro Tag. Im Durchschnitt hatte jeder Haushalt zwei Autos zur Verfügung. Insgesamt gab es mehr als 8 Millionen Straßenfahrzeuge in der Region. *Die mehr als 14 Mal so viel Kraftstoff wie in München verbrauchten! Obwohl die Anzahl der Fahrzeuge doch nur,* er verzog das Gesicht, *nur um den Faktor sieben höher lag?*

Jean-Luc, der neben Eric noch immer mit seinem Nachtisch beschäftigt war, sah kurz auf, als er Eric´s Kopfschütteln bemerkte. Eric zeigte ihm die Daten.

»Das heißt, die Amerikaner verbrauchen im Mittel doppelt so viel Kraftstoff pro Fahrzeug wie die Deutschen«, sagte er nachdenklich und löffelte den Rest seines Nachtischschälchens aus, »ich glaube, das stimmt. Liegt an den größeren Entfernungen und dem höheren Verbrauch.«

Eric blätterte in den Unterlagen. *Ja, sah ganz so aus!* Die Zahlen waren nur unglaublich riesig. *Damit brauchten sie für ihr Szenario 450 mindestens 2 Millionen EVs bis 2030 in der Region!*

Eric seufzte noch mal leise und sah zum Fenster hinaus. Sie waren jetzt mitten über dem Atlantik, kurz vor Grönland, wenn er das vorher auf dem Display richtig gesehen hatte. Noch sechs Stunden bis LA.

»Ich hoffe, Steve hat gute Zahlen zu den Mehr-Auto-Haushalten«, sagte er besorgt und klappte die Unterlage zu, »sonst haben wir nämlich keinen Ansatz, auch nur annäherungsweise zwei Millionen EVs in den Markt zu bekommen. Und dann schmeißt uns der Gouverneur gleich wieder ´raus!«

Jean-Luc sah Eric aufmunternd an. »Eric, komm´ schon! Nicht gleich wieder

---

7 Details siehe Anhang, Punkt 4: Metropolregion Los Angeles

so pessimistisch. Steve und Pierre haben sicherlich ihre Hausaufgaben gemacht. Und außerdem handelt es sich ja nur um ein Vorabtreffen mit dem Gouverneur, ohne exakt festgelegte Agenda.«

Eric war trotzdem nervös. *Kalifornien war ja nicht irgendwer! Sondern einer der führenden Bundesstaaten in den USA. Vorreiter auf vielen technologischen Gebieten. Wenn ihnen hier in LA eine Trendwende im Straßenverkehr gelang, konnte das den ganzen Kontinent drehen. Und eine fast noch größere Signalwirkung auf den Rest der Welt ausüben als München. Besonders in China.*

»Wieso hat uns der Gouverneur eigentlich angerufen? Ich meine, dass sie ein Verkehrsproblem haben, das es zu lösen gilt, ist ja wohl nicht ganz neu.«

»Nein, das nicht. Aber scheinbar hat auch bei ihm der Frust ein gewisses Level überschritten. Ähnlich wie bei der deutschen Kanzlerin. Und jetzt will er neuen Wind in das Straßenverkehrs-Thema bringen. Aber ich hatte auch das Gefühl, dass da noch etwas anderes dahinter steckt. Wir sehen ihn und ein paar seiner Leute ja gleich noch heute Abend. Da erfahren wir dann hoffentlich mehr.«

Eric stutze.

»Ach, hab ich dir das gar nicht erzählt? Du kennst doch die Amis. Immer sofort easy-going. Ich hatte ein langes und sehr angenehmes Gespräch mit ihm am Telefon. Und schon hat er uns zu seiner, wie sagte er doch, kleinen Gartenparty eingeladen. Nur paar wenige, hochrangige Leute zu dem Thema. Und ein paar Hollywood-Größen, wenn ich ihn richtig verstanden habe. *Should make the start easier,* sagte er noch, und legte dann auf.«

Eric sah seinen Chef an. Der fuhr unberührt fort.

»Das Treffen mit seinen Leuten zur Verkehrsproblematik ist dann für den nächsten Tag geplant.«

Eric war sprachlos. *Der Takt nahm ja eher noch zu!* Daher suchten die beiden in den letzten drei Stunden des Fluges noch etwas Schlaf. *Wurde ja nun ein extrem langer Tag in LA. Inklusive Gartenparty und Hollywood!* Eric drehte sich zur Seite und schloss die Augen. Sein Magen grummelte. Wuchs ihm das ganze über den Kopf? *Keine Ahnung!* Kurz danach schlief er tatsächlich ein.

LOS ANGELES, SPÄTER NACHMITTAG

Die Landung in LA war pünktlich und bei herrlichem Wetter. Kalifornischer Spätherbst bei über 25 Grad. Steve und Pierre erwarteten sie in der Ankunftshalle. Wenige Minuten später saßen sie in Steve´s Ford Explorer und bogen auf den Highway Richtung Central LA.

»Wir fahren direkt ins Hotel«, sagte Steve und zog den Wagen auf die linke Spur, »dann könnt ihr euch vor der Gartenparty beim Gouverneur noch frisch machen. Und, wenn ihr wollt, setzen wir uns im Hotel noch kurz zusammen, um euch unserer aktuellsten Analysen zu zeigen. Den Rest dann morgen früh.«

Eric und Jean-Luc saßen im Fond des Wagens und nickten etwas müde. Der abendliche Verkehr war gigantisch. *So viele SUVs und Pick-ups!* Er war jedes Mal auf´s Neue überrascht. Schräg über ihnen war ein zweiter Highway, der weiter vorne in den ihren einmündete. Stop-and-Go-Verkehr so weit das Auge reichte. Er sah in zahlreiche Gesichter genervter Autofahrer, die sich offensichtlich alleine auf dem Heimweg befanden. Steve hatte alle Fenster geschlossen und die Klimaanlage eingeschaltet. Dadurch war es ziemlich ruhig im Wageninneren. Ihre Umgebung mit den riesigen Straßen und Autoschlangen wirkte auf diese Weise besonders fremdartig. *Wäre ja alles in Ordnung,* dachte Eric, *wenn da nicht diese Unmengen an Kraftstoff wären, die jedes Jahr in den Motoren dieser Fahrzeuge verbrannt wurden! Das ergab pro Kopf einen ähnlichen CO2-Ausstoß wie in München,* errechnete Eric in Gedanken. *Nur, dass er in LA alleine im Verkehrssektor entstand. Ja, die Amerikaner hatten definitiv ein Straßenverkehrsproblem, und zwar ein gigantisches! Konnte man täglich sehen, riechen und hören,* dachte er und starrte weiter zum Fenster hinaus. *Wenn man es nicht ausblendete.*

»Ist das der ganz normale Feierabendverkehr?«, fragte Jean-Luc, der den Blick ebenfalls kaum von den Automassen lösen konnte.

»Jepp«, antwortete Steve, »habe ich fast täglich auf dem Weg nach Hause. Aber man gewöhnt sich irgendwann dran.«

»Mhh«, kam es dazu von Eric mit Blick auf einen gerade neben ihnen rollenden, roten Porsche, »Jean-Luc und ich haben eure Unterlagen im Flieger studiert. Sind echt gut. Auch die Quintessenz ist klar. Wir brauchen einen Ansatz für zirka 2 Millionen EVs bis 2030, richtig?«

»Richtig.«

»Und? Haben wir eine Chance? Konntet ihr Detailzahlen zu den Mehr-Auto-Haushalten besorgen?«

»Jepp.«

»Steve, hey, jetzt mach´s nicht so spannend!« Eric war leicht genervt.

»Ok,ok! Können wir euch nachher im Hotel detaillierter zeigen. Aber grob gesagt, gibt es zirka 2,5 Millionen Haushalte, die in freistehenden Einfamilien-häusern oder sogenannten ›attached houses‹ wohnen. Mit mindestens zwei Autos vor der Tür. Wobei, und jetzt haltet euch fest, mehr als 500.000 dieser Haushalte in richtig großen Häusern mit dicken Garagen wohnen. Und die haben im Durchschnitt, ... *im Durchschnitt* drei bis vier Autos vor der Tür stehen!«

»Wow«, kam es fast unisono von Eric und Jean-Luc.

»Naja«, ergänzte Pierre vom Beifahrersitz aus, mit einem Grinsen auf dem Gesicht, »einen dieser Haushalte werdet ihr wohl gleich nachher sehen, wenn ihr beim Gouverneur vorbeifahrt. Wir haben uns die Adresse nämlich schon mal im Internet angesehen. Dicker Kasten mit breiter Auffahrt und Swimmingpool. Mindestens vier Autos vor der Tür.«

»Das heißt, unser Ansatz sollte auch in LA funktionieren«, hakte Eric nach.

»Jepp. Sehen wir so! Diese mehr als 500.000 wohlhabenden Haushalte in LA sollten alle in der Lage sein, mindestens eines ihrer Autos auf elektrischen Antrieb umzustellen. Eigentlich sollten fast zwei gehen. Nur die Stromversorgung aus dem öffentlichen Netz ist hier unserer Einschätzung nach ein größeres Thema als in München. Das Netz ist jetzt bereits immer wieder überlastet. Da sind EVs mit hoher Ladeleistung gar nicht willkommen. Das heißt, die Eigenversorgung mit Solarstrom muss essentieller Bestandteil unseres Konzeptes werden.«

»Und die restlichen 2 Millionen Mehr-Auto-Haushalte?«

»Haben im Mittel nur zwei Autos vor der Tür. Sind aber wohl eher auch weniger wohlhabend. Können sich damit oft kein teures Auto leisten! Brauchen aber zwei zum täglichen Leben. Können die sich ein EV leisten? Schwer zu sagen, wohl eher nicht, zumindest solange diese Fahrzeuge noch so teuer sind. Müssen wir aber noch mal genauer untersuchen.«

Eric nickte. Steve und Pierre waren in ihren Recherchen tatsächlich weiter gekommen. In den USA gab es einfach sehr gutem statistischem Material. Und das fast zu jedem Thema. *Man musste die Daten nur finden!* Eric war froh, dass sie mit Steve einen erfahrenen Einheimischen mit an Bord hatten, der sich verdammt gut auskannte. Jetzt war ihm schon etwas wohler bezüglich ihres ersten Treffens mit dem Gouverneur.

»Wir sind da«, sagte Steve und bog vom Highway ab.

Jean-Luc und Eric registrierten sich an der Rezeption, bezogen kurz ihre

Hotelzimmer, machten sich frisch und trafen sich dann wieder mit den beiden Kollegen in der Hotellobby. Viel Zeit blieb nicht mehr, bevor sie sich auf den Weg machen mussten. Sie setzten sich an die Bar, die zu dieser Tageszeit nur schwach frequentiert war. Eric bestellte sich umgehend einen großen Kaffee. *Komm´ schon, Junge, nicht schlappmachen!* Sein Körper sendete verstärkt Müdigkeitssignale und wollte eigentlich nur noch ins Bett. Er versuchte, ihn und sich abzulenken.

»Steve, gibt es noch irgendetwas zu LA, was wir eurer Meinung nach heute Abend gut gebrauchen könnten?«

»Um sich ein paar Hollywood-Schönheiten zu angeln?«, fragte Pierre süffisant dazwischen. Breites Grinsen, sogar bei Jean-Luc.

Eric sah zu Pierre hinüber. »Eigentlich dachte ich eher an ein paar energie-technische Besonderheiten von LA. Ob uns das bei den Damen wirklich hilft? Würde ich eher bezweifeln.«

»Ok, ok«, erwiderte Pierre, »ich wollte damit ja nur zum Ausdruck bringen, dass ich es nicht besonders nett finde, dass ihr uns zuhause lasst.«

Eric musste lachen. Pierre war wirklich ein ganz besonderer Zeitgenosse. Eigentlich total vertieft in seine Zahlen und den Computer. Mit der dicken Brille und dem hageren Äußeren auch nicht wirklich der attraktivste. Aber dennoch mit einer Schwäche für schöne Frauen.

»Ehrlich gesagt, kannst du gerne für mich hingehen. Ich bin nämlich todmüde und damit wohl ein ziemlich schlechter Gesprächspartner heute Abend. Aber trotzdem, noch mal, irgendetwas, was wir zu LA unbedingt vorab noch wissen sollten?«

Steve und Pierre sahen sich nachdenklich an.

»Mhh. Vielleicht drei Themen, die wir euch morgen auf unserem ersten, kleinen Stadtmodell für LA auch zeigen werden«, ergriff Steve das Wort, »erstens, die Stromversorgung der Region stützt sich auf zwei Säulen. Mehrere Gaskraftwerke direkt in LA an der Küste und ziemlich viel Wasserkraft aus dem gebirgigen Hinterland. Heißt, unterm Strich ein ziemlich sauberer Mix! Was für die USA insgesamt eher untypisch ist, da ja sonst ziemlich viel Kohle zum Einsatz kommt. Damit steht der Verkehr hier in LA für deutlich mehr als die Hälfte aller CO2-Emissionen, weit vor der zentralen Stromerzeugung. Zweitens befinden sich in LA fast alle kalifornischen Raffinerien, die natürlich vom gigantischen Kraftstoff-Absatz in der Region leben und gleichzeitig auch einen enormen Energiebedarf für ihren eigenen Betrieb haben. Diese Leute sind absolut Öl-fokussiert und haben einen großen Einfluss auf die Lokalpolitik. Mehr als man das in Europa gewohnt ist. Und drittens ist LA der größte Hafen an der Westküste, was wiederum zu einem gigantischen Transportbedarf hauptsächlich über LKWs führt. Mitten durch die Stadt. Gleichzeitig ist der Hafen aber auch einer der größten Arbeitgeber in der Region, was wiederum politisch eine ganz wichtige Rolle spielt.«

»Mhh, sehr, sehr interessant.« Eric und Jean-Luc waren dankbar für die gute Kurzübersicht. *Konnte ja vielleicht wirklich helfen!* Eric schmunzelte und musste noch mal an Pierre´s Kommentar denken. *Aber wohl weniger bei den Frauen!*

Wenige Minuten später trennten sich die vier IEA Experten. Steve und Pierre wollten noch mal zurück ins Büro und die Vorbereitungen für morgen abschließen, während sich Eric und sein Chef ein Taxi nahmen.

ZEITGLEICH IM BERLINER KANZLERAMT, FRÜHER ABEND

Auch wenn ihn immer noch einiges an seinem Verbandsjob störte, so genoss Karl Röhmer doch immer wieder die Einladungen in höchste Kreise. Ein Abendessen bei der Kanzlerin zum Stand der deutschen Automobilindustrie gehörte dazu. Eigentlich ein regelmäßig stattfindendes Routinetreffen, das die enge Verbundenheit von Politik und einem der stärksten, deutschen Wirtschaftszweige untermauerte. Ein besonderer Genuss für alle Beteiligten. Normalerweise. Doch heute war es anders, das spürten alle. Die Harmonie schien gestört zu sein.

Karl hatte noch am Morgen zusammen mit dem obersten Berlin-Lobbyisten von BMW zu einem verbandsinternen Vorgespräch in deren schöne Hauptstadt-Repräsentanz unter den Linden eingeladen. Gerade für dieses Treffen wollte man sich im Vorfeld noch mal abstimmen. Alle waren über die neuesten Aktivitäten im Kanzleramt informiert, die mit Hilfe dieser IEA-Experten vorangetrieben wurden.

Noch war nicht viel dabei herausgekommen, denn man hatte entsprechende Vorkehrungen über vertraute Personen getroffen, aber auf Dauer konnte man diese Störmanöver nicht aufrechterhalten. Besonders, nachdem man sich auch innerhalb des Verbandes nicht wirklich über die eigene Zielrichtung einig war.

Die Hardliner, die immer noch die Mehrheit stellten, wenn auch nur knapp, wollten dem ganzen Spuk, so schnell es ging, ein Ende machen. Weiter verschärfte Ziele für den Straßenverkehr kamen für sie nicht in Frage. Es war schon so schwer genug, die Renditeziele in ihren Unternehmen zu halten. Sie waren es auch, die das Gespräch von Karl Röhmer zusammen mit seinem französischen Kollegen in Paris eingefädelt hatten. Auch wenn sie natürlich im Ernstfall jegliche Beteiligung abgestritten hätten.

Doch eine wachsende Minderheit der Verbandsmitglieder sah das anders. Der Frust der Kanzlerin war zu offensichtlich. Die Energiewende war für sie ganz klar Chefsache. Da durfte ein Beitrag des Verkehrssektors nicht fehlen. Daher kam von diesen Unternehmen der Vorschlag, den Schwung der Kanzlerin mit ihrer neuen Arbeitsgruppe eher auszunutzen und in eine für die deutsche Automobilindustrie günstige Richtung zu lenken. *Wenn die Kanzlerin deutlich mehr EVs wollte, um einen nennenswerten CO2-Beitrag des Verkehrssektors zu erreichen, dann musste sie endlich auch über staatliche Kauf-Förderung nachdenken!* Und ein paar weitere unterstützende Dinge.

Aber natürlich kam auch in der Runde keine tiefgreifende Diskussion über die viel entscheidenderen Hintergründe für den mangelnden Absatz von EVs zustande. Zu unterschiedlich waren die Interessen der verschiedenen Gruppen. Zu tief saß die Angst vor einem erdrutschartigen Umschwung hin zu elektrischen Antrieben, der das ganze automobile Industriegefüge inklusive der Zuliefererunternehmen erschüttern konnte.

Am Schluss konnte man sich nur darauf einigen, das heutige Abendessen abzuwarten und die Kanzlerin erst noch einmal kommen zu lassen. *Vielleicht hatte sich der ganze Schwung ja schon wieder gelegt, nachdem der Fortschritt der neuen Arbeitsgruppe in den letzten sechs Monaten minimal war!* Die Hardliner hatten sich damit wieder durchgesetzt. Doch ihre Mehrheit bröckelte mehr und mehr, das wussten sie. Karl Röhmer musste aufpassen, dass er den Richtungsumschwung nicht verpasste. Er wollte ja nicht plötzlich auf der falschen Seite innerhalb seines Verbandes stehen. *Wäre nicht gut für die gerade laufenden Verhandlungen zu seiner Vertragsverlängerung. Gar nicht gut!*

Sein Fahrer fuhr ihn pünktlich und standesgemäß mit der großen Mercedes-Limousine vor dem Kanzleramt vor. Es wimmelte nur so von dicken AUDIs, BMWs und Mercedes, vor denen die Fahrer in kleinen Grüppchen standen und sich die Zeit vertrieben. Sie wussten, dass es ein langer Abend werden konnte.

Die Kanzlerin saß zur selben Zeit noch am langen Besprechungstisch ihres Büros und blickte hinüber zum Ölgemälde Konrad Adenauers, das hinter ihrem imposanten Schreibtisch hing. Ja, ein beeindruckender Anblick, aber irgendwie fühlte sie sich nicht richtig wohl, wenn sie dort direkt unter dem Bild arbeitete. Zu viel historische Last auf ihren Schultern.

Also saß sie, wie so oft, an ihrem Besprechungstisch auf der anderen Seite des Raumes mit Blick ins Grüne. Etwas genervt blätterte sie durch die Vorbereitungsunterlagen für das abendliche Treffen mit den Automobil-Managern. Hans Weidner saß ihr gegenüber. Er wusste, dass seine Chefin nicht zufrieden war mit dem bisher Erreichten in ihrer neuen Arbeitsgruppe für den Verkehrssektor. Er auch nicht. Konnte er gar nicht. Zu hoch waren die Erwartungen gewesen nach dem so erfolgreichen Treffen mit den IEA-Experten in Paris.

»Manchmal könnte ich diese Leute echt in der Luft zerreißen«, sagte die Kanzlerin unvermittelt, halb zu sich selbst, »alle stehen sie voll hinter unserem Ziel, die Erderwärmung nicht über zwei Grad steigen zu lassen. Auch unseren beschlossenen Atomausstieg finden alle Klasse. Aber wenn es um den notwendigen Beitrag in der Umsetzung geht, dann gibt es tausend Ausreden, wieso es bei ihnen gerade nicht klappt.«

Die Kanzlerin war richtig genervt und wollte ganz offensichtlich mit ihren Gefühlen nicht hinterm Berg halten. Zumindest nicht hier in ihrem abgeschirmten Büro. Und nur mit Hans Weidner als einem ihrer engsten Vertrauten als Zuhörer. Ihre Mitarbeiter hatten die Zahlen noch mal zusammen mit den IEA-Experten aufbereitet.

»Unsere Energiekonzerne wollen aber an ihren Kohlekraftwerken festhalten, sogar noch neue bauen! Sonst bricht ja die Stromversorgung im Lande zusammen oder wird unbezahlbar. Die Frage, wie wir damit unsere CO2-Emissionen im Energiesektor in der nächsten Zeit halbieren wollen, lassen sie einfach unbeantwortet. So nach dem Motto, die Kanzlerin wird es schon an anderer Stelle richten. Meinen die alle, wir können zaubern, oder was!«

Hans Weidner konnte den Frust nachvollziehen. Seit Jahren kämpfte er an der Seite seiner Kanzlerin für die Energiewende. Zusammen mit dem Energieminister. Jedes mal, wenn es um konkrete Maßnahmen geht, schrien alle auf. Aber die Zeit schritt unerbittlich voran. In wenigen Jahren würden die letzten Atomkraftwerke vom Netz gehen. Daher musste die Stromerzeugung aus erneuerbaren Quellen weiter massiv ausgebaut werden. Wenn dies nicht in mindestens gleichem Umfang gelang, war der Bau neuer fossil betriebener Kraftwerke nicht zu verhindern. Und die brauchten eine Vorlaufzeit, bis sie einsatzbereit waren. Und wollten dann mindestens vierzig Jahre lang am Netz bleiben. Mit entsprechend zusätzlichen CO2-Emissionen. Das wäre das Aus für einen nennenswerten Reduzierungsbeitrag des Energiesektors. Es war fast wie ein

Kampf gegen Windmühlen. Die Kanzlerin sah ihn grimmig an.

»Und unsere tollen Industrieunternehmen sehen auch nur noch wenig Spielraum für weitere CO2-Reduzierungen. Noch mehr sauberen Strom aus erneuerbaren Quellen können sie sich nicht leisten, würde ja ihre Wettbewerbsfähigkeit im internationalen Umfeld untergraben. Als wenn niedrige Strompreise das ausschlaggebende Kriterium für den Erfolg wären! Wo bleibt denn da unsere so vielgerühmte Ingenieurskunst, die für die tollen Ideen zur weiteren Effizienzsteigerung und andere Wettbewerbsvorteile auf der Produktseite sorgte? Einfach puff, hat sich irgendwie in Luft aufgelöst, oder was!«

Sie machte eine kurze Pause und sah in ihre Unterlagen für das heute Treffen. Aber eigentlich erzürnte sie nur dieses eine Chart zum deutschen Fahrzeugbestand und dessen Kraftstoffbedarf über die letzten fünfzig Jahre. *Die Kurve ging immer nach oben! Naja, nicht ganz, in den letzten zwanzig Jahren verlief sie quasi horizontal. Nur den Weg nach unten schien es für diese Kurve nicht zu geben!* Die Kanzlerin drückte ihren Zeigefinger vehement auf diese Grafik in ihrer Unterlage.

»Aber am meisten nerven diese selbstverliebten, arroganten Autobosse. Wie wenn das Thema CO2-Reduzierung sie nichts angeht! Natürlich tun wir unser Bestes, Frau Kanzlerin! Aber noch mehr würde unsere Arbeitsplätze in Deutschland massiv gefährden. Und das wollen wir doch alle nicht, oder? Dass sie bis heute keine einzige Tonne zur CO2-Reduzierung beitragen, obwohl wir in allen anderen Sektoren bereits enorme Fortschritte gemacht haben, stört sie irgendwie überhaupt nicht. Dabei haben die IEA-Leute unsere Sichtweise doch klar bestätigt. Natürlich muss vom Verkehrssektor ein erheblicher Beitrag kommen! Und über EVs als Zweitwagen ist bereits heute ein gewaltiger Schritt möglich. Das heißt, es gibt, technisch gesehen, überhaupt keinen Grund, wieso solche Fahrzeuge nicht schon in großen Stückzahlen im Markt sind. Die ersten Autos von BMW, VW oder diese tolle Tesla-Limousine zeigen es doch. Man muss nur wollen! Aber nein, unser Minimalziel von einer Million EVs auf deutschen Straßen wollen sie jetzt auch am liebsten kippen.«

Hans Weidner nutzte die kurze Atempause seiner Chefin und hakte ein. »Ich will die Autokonzerne nicht in Schutz nehmen, aber sie können natürlich ihre Kunden nicht zwingen, die EVs zu kaufen.«

Weiter kam er nicht.

»Weiß ich doch! Aber wieso habe ich immer wieder das Gefühl, dass sie an dem Thema nur halbherzig arbeiten.« Sie sah ihren engen Vertrauten mit versteinerter Miene an. Und presste die nächsten Worte zwischen schmalen

Lippen hervor. »Ich glaube, die brauchen alle einen Tritt in den Hintern! Und wir hier in der Regierung auch!« Hans Weidner sah seine Chefin erstaunt an.

Die fuhr unbeirrt fort. »Schauen sie sich doch mal unseren eigenen Fuhrpark an! Wieso haben wir denn bisher noch kein einziges EV? Ich selber fahre doch nie weiter als bis zum Flughafen, wofür brauche ich da einen Wagen mit 500 Kilometern Reichweite? Dieser Tesla S-Type, den wir uns auf der letzten IAA kurz angesehen haben, wäre doch eigentlich ideal für mich. Auch die Bürgermeisterin in München hat mir erzählt, dass sie über einen Fahrzeugwechsel nachdenkt.«

»Ich glaube, das ist keine gute Idee. Die Presse würde das als massiven Affront gegenüber der deutschen Automobilindustrie interpretieren.«

»Genau das soll es doch auch sein«, schnaubte die Kanzlerin, »ein richtiger Tritt in den Hintern! Wieso gibt es denn solche Autos noch nicht von unseren deutschen Herstellern, hm?«

Hans Weidner nickte resigniert. Ja, es war frustrierend. Weder die gebildeten oberen zwanzig Prozent der deutschen Bevölkerung, die die Trendwende im Verkehrsektor eigentlich ganz alleine auf den Weg bringen konnten, bewegten sich. Noch die deutschen Auto-Hersteller. Zumindest nicht in dem Maße, wie es für eine gravierende Trendwende notwendig war! Er sah auf die Uhr.

»Ja, ja, ich weiß«, sagte die Kanzlerin, »wir sollten die Herren nicht zu lange warten lassen. Aber ich werde von meinen Zielen für den Verkehrssektor nicht abrücken! Herr Weidner, sie bleiben an unserer Taskforce zusammen mit diesen IEA-Leuten dran. Ich will endlich konkrete Vorschläge, wie wir diese Trendwende im Straßenverkehr hinkriegen. Ob mir diese Herren dort draußen helfen wollen, oder nicht!«

Und dann setzte die Kanzlerin wieder ihr freundliches Gesicht auf, klappte die Unterlagen zu und deutete ihrem engen Vertrauten an, dass sie bereit war zum Gehen.

Die Topmanager der deutschen Automobilindustrie und ihrer größten Zulieferer hatten sich bereits im Foyer im fünften Stock des Kanzleramtes versammelt. Die Abenddämmerung bot einen herrlichen Blick durch die über mehrere Stockwerke gehende Glasfront hinüber zum alten Reichstagsgebäude. Die Kanzlerin hatte entschieden, dass man diesmal kein formales Abendessen an einem langen Tisch mit fester Sitzordnung anbieten wollte, sondern ließ ein kleines Buffet und zahlreiche, runde Stehtische direkt im Foyer aufbauen. So hoffte sie, eine weniger steife Diskussionsatmosphäre zu erzeugen.

Und vielleicht besser zu verstehen, was hinter der Zurückhaltung der deutschen Autobauer wirklich steckte.

Zusammen mit Herrn Weidner kam sie aus dem Seitentrakt, der zu ihrem Büro führte, hinaus ins Foyer. Und wurde sofort herzlich von Karl Röhmer und dem Chef von VW begrüßt.

»Frau Bundeskanzlerin, es ist uns immer wieder eine Freude, Sie hier in diesen tollen Räumlichkeiten zu besuchen. Und gemeinsam am fortgesetzten Wohlbefinden der deutschen Automobilindustrie zu arbeiten.«

Die Kanzlerin setzte ihr bestes Kanzlerlächeln auf. »Ganz meinerseits, Herr Röhmer.« Die Kanzlerin bediente sich kurz am italienischen Vorspeisenbuffet und stellte sich dann mit den beiden Herrn an einen der Stehtische.

Kurze Zeit später hatten sich auch alle anderen Topmanager in die Nähe dieses einen Stehtisches positioniert, um der Begrüßungsansprache besser folgen zu können.

»Meine Herren, danke für Ihr Kommen. Sie wissen, wie sehr mir dieser regelmäßige Gedankenaustausch mit Ihnen und das Wohl der gesamten deutschen Automobilindustrie am Herzen liegen. Genauso wie die Energiewende, die ja auf meiner Agenda ebenfalls ganz oben steht.«

Karl Röhmer sah die Kanzlerin von der Seite an. *Sieht so aus, wie wenn sie diesmal nicht lange um den heißen Brei herumsprechen würde,* dachte der Verbandspräsident in nervöser Anspannung.

»Die Energiewende, und das wissen wir alle, ist nicht nur die Abkehr von der Atomkraft. Oder nur die Umstellung der zentralen Stromerzeugung auf erneuerbare Quellen, mit allen seinen Herausforderungen für den Umbau unseres Stromnetzes. Nein, die Energiewende ist der Masterplan, wie Deutschland seine CO2-Emissionen massiv reduzieren kann. Das betrifft alle Verbrauchersektoren. Auch den Verkehrsektor, der ja mit gut 170 Millionen Tonnen pro Jahr der zweitgrößte CO2-Emittent in Deutschland ist. Ohne einen nennenswerten Beitrag von Ihnen ist die Energiewende insgesamt nicht zu schaffen! Darüber möchte ich heute Abend schwerpunktmäßig mit Ihnen reden.«

Der Daimlerchef stieß Karl Röhmer von der Seite an und bedeutete ihm, die neuesten Zahlen des Verbandes zur Entwicklung der CO2-Emissionen bei ihren Neuwagenverkäufen einzubringen. Etwas widerwillig schob sich der Verbandspräsident nach vorne.

»Frau Bundeskanzlerin, Sie wissen, dass auch wir seit Jahren das Thema Effizienzsteigerung bei uns ganz oben auf die Agenda gesetzt haben«, meldete er sich mit vorsichtiger Stimme, »gerade haben wir die neuesten Zahlen zu unseren Neuwagenverkäufen und deren CO2-Emissionen erhalten. Wirklich gute Nachrichten! Wieder sind wir gegenüber dem Vorjahr um über zwei Gramm pro Kilometer im Durchschnitt besser geworden.«

»Herr Röhmer, meine Herren, das ist ganz ausgezeichnet. Aber leider hat dies in den letzten zwanzig Jahren, und das wissen Sie auch, zu keiner einzigen Reduzierung im jährlichen Kraftstoffverbrauch in Deutschland geführt. Dieser Wert ist wie eingefroren auf über 60 Milliarden Liter, jedes Jahr. Das muss sich aber ändern, meine Herren! Wir brauchen jetzt endlich einen erheblichen Reduzierungsbeitrag von Ihnen. Ich kann Ihnen sogar genau sagen, wie viel: In der Größenordnung von 20 Milliarden Liter. Spätestens bis 2030. Nur so haben wir eine Chance, die Energiewende insgesamt zu schaffen.«

Massive Unruhe im Raum. Die Topmanager tauschten kurze, böse Blicke aus. Keiner hätte gedacht, dass die Kanzlerin so direkt und massiv ihre neuen Forderungen auf den Tisch legte. Auch wenn innerhalb des Verbandes das Zahlenwerk der IEA-Experten natürlich studiert worden war. Wie sollten sie darauf reagieren?

Der VW-Chef sprang ein. »Frau Bundeskanzlerin, dieses Ziel ist mit Effizienzsteigerungsmaßnahmen bei konventionellen Antrieben, mit oder ohne Hybrid, nicht zu schaffen. Das geht nur über die massive Einführung von Null-Emissions-Fahrzeugen, sprich EVs. Die sind aber, wie wir alle wissen, mit ihrer begrenzten Reichweite und den teuren Batterien nicht so einfach zu verkaufen. Sie kennen doch auch die aktuellen Absatzzahlen, genauso wie meine Kollegen bei den anderen Herstellern. Nur wenige Kunden sind bereit, diesen Mehrpreis für einen solch gravierenden Nachteil zu bezahlen. Abhilfe kann da aus unserer Sicht nur eine staatliche Förderung bringen! Bis über entsprechende Volumina und den technischen Fortschritt die Nachteile der EVs beseitigt sind. Ansonsten kriegen wir nicht mal diese eine Million EVs bis 2020 hin.«

Zustimmendes Nicken seiner Kollegen. Da war sie wieder, die abwehrende Haltung der deutschen Autobauer, dachte die Kanzlerin grimmig, ohne dabei ihre Miene zu verändern.

»Und was ist mit den mehr als fünf Millionen Haushalten in Deutschland«, fragte die Kanzlerin nach, » die zwei Autos vor der Türe und ein Jahreseinkommen von über 100.000 Euro haben? Die können doch auch den Mehrpreis für die vielen deutschen Premiumwagen, oder auch einen Premiumzweitwagen bezahlen, oder? Und für diese Autos sollte die begrenzte Reichweite doch eigentlich gar kein Thema sein?«

Die anwesenden Topmanager wurden von der Kanzlerin und ihrer

Detailvorbereitung auf völlig falschem Fuß erwischt. Der BMW-Chef versuchte, seinem Kollegen zu Hilfe zu kommen.

»Im Prinzip haben Sie Recht, Frau Bundeskanzlerin! Wir haben ähnliche Statistikdaten für unsere potentiellen BMW-i-Kunden herausgefunden. Und auf der Basis ja auch unsere ersten Elektro-Fahrzeuge entwickelt. Dennoch ist die Hemmschwelle bei den Kunden noch riesig! Aus ganz unterschiedlichen Gründen. Und wenn es nur die generelle Skepsis gegenüber dieser neuen Technologie ist. Oder so emotionale Themen, wie das mangelnde Motorgeräusch. Und oft gehören diese Mehr-Auto-Haushalte mit den hohen Einkommen ja eher zur älteren Generation. Da ist der Veränderungswille noch geringer ausgeprägt.«

»Wollen Sie mir damit sagen, dass wir eine ganze Generation warten müssen, bevor sich hier gravierend etwas bewegt?«

Betretenes Schweigen in der Runde. Jeder dachte sich das »ja«, aber keiner wollte es aussprechen. Die Miene der Kanzlerin war dazu einfach nicht einladend genug!

»Meine Herren, das kann und will ich so nicht akzeptieren! Daher habe ich mich vor einigen Monaten entschlossen, diese zusätzliche Taskforce aufzusetzen.«

»Da haben wir auch nichts dagegen«, ergänzte der BMW-Chef beschwichtigend, »aber wieso ohne unsere Beteiligung?«

»Wir arbeiten mit Ihnen ja schon sehr eng in unserer Gemeinsamen Geschäftsstelle für Elektromobilität in unserem Umwelt- und Verkehrsministerium zusammen«, sagte die Kanzlerin, nun wieder mit ihrem gewinnenden Lächeln, »hier können sie sich mit all ihren Gedanken voll einbringen! Diese neue Taskforce unter Leitung meines Herrn Weidners ist mit einer kleinen Gruppe unabhängiger Experten nur als Ergänzung gedacht, um ein paar zusätzliche, vielleicht eher unkonventionelle Ideen zu entwickeln. Die wir dann natürlich umgehend mit Ihnen diskutieren werden.«

Kurze Stille im Raum. Jedem war jetzt klar, dass die Kanzlerin mit ihrem neuen Ansinnen ernst machte. Die Diskussion verlagerte sich nun auf mehrere, kleinere Gruppen. Die Kanzlerin nutzte die Gelegenheit, um sich an den einzelnen Stehtischen ein besseres Bild zu den individuellen Sichtweisen der deutschen Automobil-Konzerne zu machen. Doch der Grundtenor blieb der gleiche. Es wurden massive Zweifel geäußert, dass die Trendwende im Straßenverkehr so schnell zu bewältigen war. Und dass mehr staatliche Vorgaben an die Adresse der Automobilhersteller wenig sinnvoll waren, solange die Endkunden nicht massiv zum Kauf animiert wurden.

Auf dem Weg zum Buffet begleitete Karl Röhmer die Kanzlerin. Er hatte schweigend, aber sehr aufmerksam einige der Diskussionen an den Stehtischen verfolgt. »Was meine Kollegen Ihnen, glaube ich, sagen wollen, ist, dass sie alles in ihrer Macht stehende tun, um Sie bei ihren Zielen zu unterstützen. Und sie dabei bereits an die Grenzen ihrer Belastbarkeit gehen. Noch mehr Geld in das Thema Elektromobilität zu stecken, würden ihre Aufsichtsräte und Eigentümer nicht mehr tolerieren. Zumindest nicht, solange unterm Strich nur zusätzliche Verluste dabei herauskamen. Das würde ja sonst auch die anderen Teile der Unternehmen in Mitleidenschaft ziehen, mit möglicherweise gravierenden Konsequenzen für die deutschen Standorte und ihre Arbeitsplätze.«

Die Kanzlerin nahm sich einen weiteren, kleinen Teller mit italienischen Vorspeisen und sah dann dem Verbandspräsidenten direkt in die Augen. »Was wollen Sie mir damit sagen?«

Beide wussten ganz genau, was der Verbandspräsident damit sagen wollte. Es war eine versteckte Drohung. Der Verband und die Automobilkonzerne würden ihre Interessen wahren. Auch gegen eine deutsche Kanzlerin.

Der Rest des Abends verlief in entsprechend eisiger Atmosphäre. Die Standpunkte waren ausgetauscht worden. Die Hardliner sahen sich in ihren Ängsten bestätigt. Die stärker werdende Minderheit an Elektromobilitäts-Unterstützern innerhalb des Verbandes hatte dagegen ein deutlich klareres Bild zu den Ambitionen der Kanzlerin, die sie grundsätzlich guthießen, solange die Regierung selber einen erheblichen Beitrag zu dieser Trendwende leistete. Die zwei Lager waren auch in der Zusammensetzung der Gruppen im Foyer des Kanzleramtes gut zu erkennen. Das Thema entwickelte sich immer mehr zu einer Zerreißprobe für den Verband. Gegen 22 Uhr erklärte die Kanzlerin den Abend mit einem kurzen Abschiedswort für beendet.

Kaum saß Karl Röhmer wieder in seinem Wagen auf dem Weg nach Hause, als sein Smartphone klingelte. Einer der Hardliner rief an.

»Sie bleiben an dem besprochenen Plan dran. Er muss jetzt umgesetzt werden. Sie haben ja heute Abend selber gesehen, dass es anders nicht geht. Wir verlassen uns auf Sie, habe ich mich da klar ausgedrückt?«

»Hundert Prozent klar! Ich kümmere mich drum.« Karl legte wortlos auf und sah aus dem Fond seiner Limousine in den klaren Nachthimmel Berlins hinaus. *Ja, jetzt musste er handeln. Ob er wollte oder nicht!*

BEVERLY HILLS, KALIFORNIEN, FRÜHER ABEND

Nach einer guten viertel Stunde bog der Taxifahrer vom Highway ab und steuerte seinen Wagen eine sanft ansteigende Straße zwischen großen Bäumen hinauf. Die Umgebung wurde immer grüner, die Häuser hinter hohen Zäunen oder dichter Vegetation immer schwerer auszumachen. *Traumhafte Gegend, ein Haus schöner als das andere,* fand Eric. *Ja, es gab auch in LA´s Bevölkerung die oberen zehn Prozent!* Wahrscheinlich sogar noch extremer als in Europa, wenn man die Häuser hier mit denen verglich, die sie heute Nachmittag auf dem Weg vom Flughafen in die Innenstadt gesehen hatten.

Der Fahrer bog in eine der breiten Auffahrten ein, nachdem sich das schmiedeeiserne Tor wie von Geisterhand geöffnet hatte, und setzte sie vor einem eleganten, zweistöckigen Haus mit gemischter Stein-Holz-Fassade ab. Hohe Fenster betonten noch den herrschaftlichen Stil des Gebäudes. Jean-Luc zahlte, während Eric ausstieg. Das separate Garagenhaus zur linken fasste sicherlich mehr als drei Autos. *So wie Pierre schon vermutet hatte!* In der breiten Auffahrt parkten bereits eine Handvoll Porsches und BMWs.

Die doppelflügelige Holztür ging auf und ein gutaussehender Mann mit vollem, dunklem Haar kam ihnen entgegen. Jeans und elegante Lederschuhe, weißes Hemd und dunkles Jacket.

»Welcome, you must be those famous guys from Paris«, kam ihnen der Gouverneur sofort mit einem breiten Lächeln und ausgestreckter Hand entgegen.

Genau so, wie man sich einen echten Kalifornier aus der Oberschicht vorstellte, dachte Eric und kam um ein breites Lächeln nicht umhin.

»Good evening, Mister Gouverneur, and thank you for the invitation«, antwortete Jean-Luc etwas verlegen und stellte sich und Eric vor.

»Don´t be shy, just call me John.« Und schon waren sie beim Du.

In der Tür erschienen eine ebenso gut aussehende, junge Frau und ein zirka zehnjähriges Mädchen. Der Gouverneur streckte den beiden seinen Arm entgegen und stellte sie vor. »Meine Tochter Shiela und Laura, eine meiner Enkeltöchter.« Er legte den Arm um beide und sah Eric und Jean-Luc deutlich ernster an.

»Als Gouverneur habe ich die Verantwortung für Kalifornien und die Gesundheit seiner Einwohner. Aber, um ganz ehrlich zu sein, ist meine Familie der eigentliche Grund für ihr Kommen, meine Herren. Die CO2-Emissionen in unserem Land sind einfach noch viel zu hoch. Und damit auch der Ausstoß an gesundheitsgefährdenden Schadstoffen.«

Er machte eine kurze Pause und rang ein wenig mit seiner Fassung. Irgendetwas belastete ihn. Sehr. Eric konnte es an der leicht veränderten Körperhaltung des Gouverneurs sehen, der seine Tochter liebevoll ansah.

»Meine achtjährige Enkeltochter Elizabeth liegt aktuell im Krankenhaus und kämpft mit einer schweren Form von Asthma. Wir machen uns alle große Sorgen, denn die Ärzte sind mit ihrem Latein fast am Ende. Die Luftqualität in LA ist einfach zu schlecht, sagen sie. Das muss sich ändern. Und zwar gewaltig!«

Was für eine Willkommens-Ansprache. Eric und Jean-Luc sahen sich kurz an. *Damit war das persönliche Motiv des Gouverneurs klar!*

»Dad, jetzt lass doch die beiden Herren erstmal reinkommen. Du überfährst Sie ja fast mit deiner direkten Art«, ergriff seine Tochter das Wort, wischte sich eine Träne aus dem Auge und reichte den beiden IEA-Experten die Hand, »bitte, kommen Sie doch herein. Ich hoffe, Sie hatten einen guten Flug.«

»Shiela, mein Liebling, du hast völlig Recht. Sorry, meine Herren, aber die Sache nimmt uns alle ziemlich mit. Dennoch bleibt meine Tochter ganz die souveräne Gastgeberin und bewahrt Haltung, wie ihre Mutter«, sagte der Gouverneur stolz und führte alle ins Haus, wo ihnen nun auch die Hausherrin in einem eleganten Kleid entgegen kam.

Echt beeindruckende Familie, und eine beeindruckende Umgebung, dachte Eric, während er den Blick kurz über die große Eingangshalle samt Kronleuchter und einem breiten Durchgang zur Terrasse schweifen ließ. Die Abendsonne warf ein herrliches Licht durch die Bäume auf den großen Garten. Zirka zwanzig Leute standen dort bereits in kleinen Grüppchen verteilt. Auf der Steinterrasse war zur linken eine Bar aufgebaut, während auf der rechten Seite ein großer Barbecue-Grill stand. Der Geruch von würzigen Steaks lag bereits in der Luft. Eric musste feststellen, dass er bereits wieder hungrig war.

Der Gouverneur führte sie auf den Rasen zu einer Gruppe von fünf Leuten, die sich mit einem Aperitif in der Hand unterhielten und mit Freude das Näherkommen des Gouverneurs wahrnahmen.

»Meine Damen, meine Herren, darf ich ihnen unsere beiden ganz speziellen Gäste vorstellen. Direkt aus Paris eingeflogen.«

Freudiges Händeschütteln und sofort waren sie auch hier mit allen per Du. Eric musste schmunzeln. *Die Amerikaner hatten wahrlich keine Berührungsängste!* Der Gouverneur stellte ihnen die kleine, aber illustre Runde kurz vor.

Die elegant gekleidete, grauhaarige Dame mit schmaler Brille war die Chefin der Kalifornischen Luftqualitätsbehörde CARB. Hier konnte Eric, ähnlich wie in München, sofort eine gewisse Reserviertheit spüren, die die Amerikanerin aber sehr geschickt mit ihrer grundsätzlich offenen Art überspielte. Sie führte die weltbekannte Einrichtung wohl schon länger und beanspruchte damit ganz offensichtlich die alleinige Führungsrolle, wenn es um Maßnahmen zur Verbesserung der Luftqualität in Kalifornien ging. Konnte er ihr nicht wirklich verübeln.

Die deutlich jüngere Frau neben ihr wurde vom Gouverneur als seine Assistentin und rechte Hand vorgestellt. Sie machte auf Eric sofort einen sehr kompetenten und sympathischen Eindruck, und konnte für ihre Arbeit vorort sicherlich noch von großer Hilfe sein. Eric setzte sein charmantestes, Schweizer Lächeln auf.

Der Bürgermeister von LA war ein kleiner, drahtiger Typ mit offensichtlich hispanischem Hintergrund. *Damit waren seine statistischen Informationen zur Bevölkerungszusammensetzung in LA wohl nicht ganz falsch,* dachte Eric. Mit seinem dynamischen Auftreten und gewinnendem Lächeln war ihm der Mann sofort sympathisch.

Der neben ihm stehende, deutlich übergewichtige Herr mit schütterem Haar und einem feuchten Händedruck sah für Eric dagegen wie ein typischer amerikanischer Ölmanager aus. Verschwitztes Äußeres, aber hellwache Augen, die klar zum Audruck brachten, dass er genau wusste, wieso er hier war. Und dann stellte ihn der Gouverneur als genau solchen mit Verantwortung für eine der größten Raffinerien in LA vor. Eric konnte sich ein Schmunzeln nicht verkneifen.

Und dann war da noch der dritte Herr in der Runde. Richard Brinkman. Er war eine Art Investor, sagte aber nur wenig. *Offensichtlich eher der beobachtende Typ.*

Jean-Luc stellte anschließend sich und Eric, sowie die Aufgaben der IEA kurz vor. Freundliches Nicken allerseits.

»Und was führt Sie dann aus dem schönen Paris zu uns nach LA?«, fragte der Ölmanager direkt.

Jean-Luc sah den Gouverneur an, der auch prompt die Antwort übernahm. »Bud, ehrlich gesagt, will ich euch und eure stinkenden Raffinerien endlich in LA und Kalifornien überflüssig machen, oder zumindest deutlich verkleinern! Und nachdem mir hier ja keiner wirklich hilft, habe ich mir Verstärkung aus Europa geholt.«

Wow! So konnte man es auch formulieren, musste man aber nicht! Kurze Stille. Eric beobachtete interessiert das Mienenspiel der Leute.

Dann ein schallendes Lachen des Ölmanagers. »John, ich weiß ja, dass du uns nicht magst! Aber die Millionen Autofahrer hier in LA würden nur ungern zu Fuß oder mit dem Fahrrad die langen Strecken zur Arbeit oder anderswo hin zurücklegen. Deswegen brauchen sie uns und unser Benzin, ob dir das gefällt oder nicht!« Wieder ein kurzes schallendes Lachen.

»Und dass du keine Hilfe kriegst, Bud, stimmt ja auch nicht«, sagte die CARB-Chefin gespielt beleidigt.

»Sarah«, fasste der Gouverneur sie freundschaftlich am Arm, »da hast du natürlich völlig Recht! Habe ich auch nicht so gemeint. Ich wollte euch nur ein bisschen wachrütteln, ihr kennt mich doch.«

Nicht schlecht! Eric war beeindruckt. *Das geht hier ja gleich richtig los. Gut, dass ihnen Steve und Pierre bereits ein paar gute Hintergrundinfos geliefert lassen!*

Der Gouverneur setzte nach. »Aber eins ist auch klar. Die beiden Herren hier werden sicherlich ein bisschen neuen Wind in unsere Diskussionen bringen. Da habe ich doch Recht, oder?«

Jean-Luc machte die Direktheit der Amerikaner immer noch ein wenig zu schaffen. Er selbst wollte nicht gleich mit der Tür ins Haus fallen. Daher holte er ein wenig aus und verwies auf das verstärkte Engagement auch des amerikanischen Präsidenten zur Bekämpfung des Klimawandels. Und dass eine Begrenzung der Erderwärmung ohne eine massive Reduzierung der CO2-Emissionen eben nicht machbar war. Gerade auch im Straßenverkehr.

»Naja«, warf die CARB-Chefin ein, »die neuesten Zielwerte der amerikanischen Regierung für den Verbrauch der Neuwagenflotten sind ja nun ein großer Schritt in die richtige Richtung. Und zusätzlich verpflichten wir in Kalifornien alle Autohersteller, unabhängig davon auch eine Mindestmenge an Zero-Emission-Fahrzeugen einzuführen.«

»Das wird aber leider nach unseren aktuellen Berechnungen wohl nicht reichen«, antwortete Jean-Luc ruhig.

Der Gouverneur hakte sofort ein. »Und ich will auch mehr. Es muss einfach noch mehr gehen! Wozu sind wir denn in Kalifornien der Technologieführer auf so vielen Feldern?« Es kam eine gewisse Dynamik in die Runde.

»An welche Zielwerte hatten sie denn gedacht?«, fragte die CARB-Chefin.

Jean-Luc sah Eric an, der die Diskussion bisher eigentlich aus der beobachtenden Position ganz gut genießen konnte. Aber sein Chef wollte wohl, dass er jetzt in die Diskussion miteinstieg. Auch die Blicke der anderen richteten sich auf ihn. *Wenn's sein musste!* »Naja, es ist eine etwas umfangreichere Ableitung, die wir dort erarbeitet haben. Aber im Prinzip muss LA, wenn es seiner Vorreiter-Rolle gerecht werden will, den Kraftstoffverbrauch bis 2030 um ein Drittel reduzieren.«

Zum ersten Mal verging dem Ölmanager das Lachen. Er sah Eric etwas böse von der Seite an. »Sie meinen, ein Drittel weniger absoluten Verbrauch in der Region?«

»Ja, völlig richtig.«

Der Gouverneur sprang ein. »Bud, jetzt schau doch nicht gleich so grimmig! Ihr tut euch doch sowieso immer schwerer, das Zeug herzubringen. Und aus Kanada wollte ihr das Öl ja auch nicht, weil es euch zu schmutzig ist. Dann müsst ihr halt einfach mehr Umsatz in anderen, neuen Geschäftsfeldern machen. Ist für uns alle besser!«

Der Ölmanager beruhigte sich wieder ein wenig und wischte sich mit dem Taschentuch ein paar Schweißtropen von der Stirn. »Ich widerspreche dir ungern, John, aber das mit den Lieferengpässen ist doch Quatsch. Wir wollen zwar nicht das Öl aus Kanada, das stimmt! Aber es gibt noch genügend andere Förderquellen auf der Welt, die wir jetzt erst richtig angehen. Müssen halt ein bisschen mehr investieren als sonst.«

Überall das gleiche, dachte Eric. Die Ölleute wollten einfach nicht loslassen. *Das war das Business, das sie kannten und beherrschten, also wollten sie weitermachen, solange es ging. Auf Teufel komm raus!*

»John«, ergriff nun die CARB Chefin das Wort, »wir wollen alle, naja, fast alle, den Ölkonsum in unserer Region reduzieren. Und zwar deutlich! Aber man kann es nicht über´s Knie brechen. Mir scheint eine Reduzierung um ein Drittel in den nächsten Jahren doch sehr ambitioniert. Eric, wie soll denn das eurer Meinung nach funktionieren? Doch nicht etwa mit Wasserstoff-Fahrzeugen?«

Die CARB Chefin spielte auf die vielen, teuren Versuchsreihen in der Region in den letzten Jahren an. Hier war LA wahrlich einer der Vorreiter. Leider nur mit sehr begrenztem Erfolg. Die Brennstoffzellen-Fahrzeuge waren im Grunde genommen EVs, nur dass sie eine deutlich kleinere Batterie besaßen, die laufend aus einer sogenannten Brennstoffzelle mit Strom versorgt wurde. Das System benötigte dafür Wasserstoff, war sehr komplex und machte die Fahrzeuge deutlich teurer als reine EVs. Und dann gab es da noch das große Infrastruktur-Thema. Wer erzeugte den Wasserstoff kostengünstig und ohne zusätzlichen CO2-Ausstoß? Und wie kam er dann zum Kunden? Es gab zwar neueste Ansätze zur direkten Zerlegung von Wassermolekülen in Wasserstoff und Sauerstoff über einfache, adaptierte Solarzelle, aber bisher kein kostengünstiges Verteil- und Speichersystem für das sehr flüchtige Edelgas. Während der Strom für reine EVs natürlich direkt aus dem existierenden und überall verfügbaren Stromnetz kam. Das machte den Fortschritt bei Wasserstoff-Fahrzeugen doppelt schwer. Und führte bisher zu keinen wirklichen Erfolgen, auch wenn der aktuell bestehende Vorteil höherer Reichweite gegenüber batteriebetriebenen EVs immer wieder von den Herstellern propagiert wurde. Für Eric eine Dead-end-road. Gerade jetzt, nachdem die Fortschritte auf der Batterieseite nun richtig Fahrt aufnahmen. Hatte ihm Jack erst neulich wieder bestätigt: Reichweiten von 400 km waren bald kein Thema mehr für reine EVs.

»Nein,« antwortete Eric, »wir sehen den Ansatz nicht bei Brennstoffzellen-Fahrzeugen, sondern über die massive Einführung von rein batteriebetriebenen EVs.«

»Was heißt für sie denn massive Einführung von EVs? Haben sie hierzu konkrete Zahlen im Kopf?«, setzte die CARB-Chefin skeptisch nach.

Der Gouverneur griff ein. »Sarah, das wollen wir doch alles erst morgen Nachmittag besprechen. Oder willst du die beiden Herren jetzt schon komplett ausquetschen? Sie haben gerade eine langen Flug hinter sich und sind sicherlich hungrig.«

Doch nun wollte der Ölmanager auch nicht mehr locker lassen. »John, erst hast du uns provoziert! Und wenn´s nun wirklich spannend wird, willst du wieder abbrechen. Spielverderber!«

»Und, meine Herren«, sah der Gouverneur hilfesuchend Eric und Jean-Luc an, »wollen und können Sie noch eine kurze Antwort geben? Sonst entführe ich Sie gerne an den Grill, wo die Steaks hoffentlich schon auf uns warten.«

Eric fand die Runde irgendwie gut. Und er war neugierig. Er wollte gerne vorab die Reaktionen auf ihre massiven Forderungen testen. War vielleicht auch förderlich für die morgige Diskussion, wenn sich die Gemüter über Nacht noch mal beruhigen konnten. Er sah seinen Chef an, der ihm fast unmerklich zunickte. *Na, dann, mittenrein!* Eric machte keine langen Umschweife.

»Unseren Berechnungen nach müssten es zirka 2 Millionen EVs im Großraum Los Angeles sein.«

Der Bürgermeister fasste sich als erster und sah Eric direkt an. »Bis 2030?«

»Ja. 2 Millionen bis 2030.«

Das saß. Wieder mal. Auch der Gouverneur war sprachlos.

»Das ist nicht ihr Ernst«, fing sich nun auch die CARB Chefin, »wir kämpfen bereits massiv mit unserem internen Ziel, 1,5 Millionen Plug-ins bis 2025 auf die Straße zu bekommen. Aber in ganz Kalifornien! Nicht nur im Großraum LA. Wer soll denn die alle kaufen? Oft reicht die Batterieladung ja nicht mal für die Strecke hin und zurück zur Arbeit. Das ist hier in LA anders als bei Ihnen in Europa.«

Eric wollte gerade nachsetzen, als zwei bildhübsche Frauen und ein Mann mit einem Aussehen wie Robert Redford zur Gruppe dazustießen, wohl angelockt von der intensiven und nun etwas lauteren Diskussion. Der Gouverneur machte ihnen Platz und stellte sie vor. Eine erfolgreiche Sängerin aus Kanada, die Eric aber nicht kannte, und zwei Schauspieler aus Hollywood.

»Aber, Eric«, wandte sich der Gouverneur wieder an ihn, »wir hatten Sie unterbrochen. Sie wollten uns noch einen Hinweis geben, wer all´ diese EVs hier in LA kaufen und fahren soll.«

»Ja, wollte ich gerade erklären. Danke. Ich gehe davon aus, dass Sie alle hier in der Runde in einem Einfamilienhaus wohnen, richtig?« Nicken in der Runde. »Und Sie haben alle mehr als ein Auto?« Wiederum vollzähliges Nicken. »Nach unseren Recherchen gibt es in LA mehr als 500.000 Haushalte in der Metropolregion, die mehr als drei Autos vor der Garage stehen haben. Und ein Einkommen von deutlich über 100.000 Dollar im Jahr. Da sollte es doch möglich sein, mindestens ein Fahrzeug in den nächsten Jahren auf rein elektrischen Antrieb umzustellen, oder?«

Die Sängerin nickte sofort vehement und ergänzte. »Habe ich schon! Ich fahre seit einem Jahr einen Nissan Leaf. Ich habe zwar mein BMW Cabrio behalten, aber das steht jetzt fast immer in der Garage. Ich komme ja mit dem Leaf nahezu überall hin. Nur wenn es mich mal wieder so richtig nach viel Frischluft gelüstet, steige ich in das Cabrio um und fahre an den Strand oder in die Berge.«

Die anderen sahen etwas betreten in ihre Aperitifgläser. Auch der Gouverneur. Eric hakte nach. »Herr Gouverneur, haben sie ein schon EV in ihrer großen Garage?«

»Genau, John«, setzte der Ölmanager nun ebenfalls nach und stichelte mit einem Grinsen, »wie viele von deinen vier, oder sind es fünf Autos, sind denn EVs?«

Der Gouverneur verteidigte sich. »Der große Ford Lincoln mit Fahrer ist mein Dienstwagen, mit dem ich einfach viel in LA und Umgebung unterwegs bin. Die Strecken sind einfach zu lang für ein EV. Meine Frau fährt unseren großen Mercedes, der gleichzeitig unser Familienauto für längere Ausflüge ist. Geht also auch nicht. Und dann haben wir noch den kleinen Beamer, den ich für unseren jüngsten Sohn gekauft habe, seitdem er volljährig ist und in LA studiert.«

»Und was ist mit dem Porsche und dem Mini-Cabrio?«, fragte der Ölmanager bohrend nach. Er kannte wohl den Gouverneur und seine Autobegeisterung schon länger und wusste Bescheid.

»Ok, ok, Bud! Meinen alten Porsche kann ich nicht verkaufen, da hängen zu viele Erinnerungen dran. Und der Mini gehört meiner Frau. Den liebt sie so sehr, da werde ich einen Teufel tun, ihr alternativ ein EV vorzuschlagen.«

Alle lachten, als seine Frau gerade zu dem Zeitpunkt ebenfalls zur Gruppe dazustieß. »Was hast du da gerade über mich gesagt, mein Liebling?«

»Oh, oh, jetzt wird es erst richtig interessant«, stieß der Ölmanager wieder einen seiner kurzen, schallenden Lacher aus.

»Oder extrem brenzlig, und wir sollten lieber zum Grill hinüber gehen und das Thema wechseln«, nahm die CARB-Chefin ihren Landesherrn in Schutz.

»Passt schon«, sagte der Gouverneur schmunzelnd und legte den Arm um seine Frau, »Liebling, ich habe mich gerade irgendwie in eine Ecke manövriert, aus der ich jetzt nur noch mit deiner Hilfe herauskomme. Vorausgesetzt du verkaufst morgen deinen Mini und nimmst stattdessen ein EV!«

Breites Grinsen in der Runde. Was würde jetzt kommen? Eric und die anderen blickten die Frau des Gouverneurs erwartungsvoll an.

»Sehr gerne«, antwortete diese mit einem Lächeln auf dem Gesicht, »wenn du mir dafür ein ähnlich attraktives Cabrio mit elektrischem Antrieb findest! Und dann auch deinen Porsche verkaufst, mit dem du so oft und so gerne in den Club fährst.«

Wieder breites Gelächter in der Runde.

Nur Richard Brinkman lächelte sehr zurückhaltend und dachte an sein letztes Treffen mit *ELECTRION* in Turin. Es fehlte bisher tatsächlich an attraktiven Alternativen, gerade für die wohlhabendere Bevölkerungsschicht. Eine weitere Bestätigung für ihren Ansatz. Diese beiden IEA-Typen hatten das Thema ganz offensichtlich ebenfalls erkannt. Er würde sich die Gesichter merken.

»Hey, John, ich glaube, wir sollten uns jetzt ein Steak besorgen, bevor du dich hier völlig festfährst.«

Nun stieß auch die Tochter des Gouverneurs hinzu, die einen Teil der Diskussion offensichtlich mitbekommen hatte und sah ihren Dad fragend an.

Eric sprang ein. »Herr Gouverneur. Sorry, dass ich so direkt war. Aber die Diskussion zeigt doch nur, dass wir hier in LA unter Umständen deutlich mehr Potential haben, als man allgemein denkt. Gerade in der gehobenen Bevölkerungsschicht, zu der sie sich ja wohl alle dazuzählen müssen.« Zustimmendes, leicht verlegenes Nicken. Eric fuhr fort.

»Und es ist dennoch nicht so einfach, dieses Potential tatsächlich zu heben! Das wissen auch wir. Jeder einzelne hat oft gute Gründe, wieso gerade bei ihm der Wechsel nicht funktioniert. Gepaart mit einer massiven Trägheit im System.«

Die Tochter sah ihren Dad immer noch an und sagte mit etwas trauriger Stimme, »Eric hat vollkommen Recht! Wie wollen wir denn eine Trendwende bei den Autos, den Hauptverursachern für unsere schlechte Luft, hinkriegen, wenn wir es selbst in unserer eigenen Familie nicht mal schaffen, auch nur ein EV anzuschaffen?«

»Naja«, meldete sich nun der Bürgermeister beschwichtigend zu Wort, »ich möchte in dieser so interessanten und emotionalen Diskussion ja nicht ablenken, aber wir sollten uns dann auch ziemlich schnell überlegen, woher der Strom für all die EVs kommen soll. Unser Stromnetz ist nämlich jetzt schon fast überlastet, gerade nachdem die beiden letzten, verbliebenen Atomkraftwerke in Kalifornien nun auch vom Netz gegangen sind.«

Steve hatte offensichtlich Recht mit seiner Einschätzung zum Thema Stromversorgung, dachte Eric. *Hier musste unbedingt eine Eigenversorgungs-lösung her, die nicht das öffentliche Netz belastete!* Eric sah hinter der Gruppe das breite Dach des großen Haupthauses. Die Abendsonne spiegelte sich auf der riesigen Fläche. *Eine leistungsstarke, private PV-Anlage sollte hier eigentlich überhaupt kein Thema sein, oder?*

»Auch hier haben wir ein paar Ideen, die wir Ihnen gerne morgen vorstellen wollen.«

»Da bin ich aber sehr gespannt!«

Die Diskussion driftete ein wenig auseinander. Es entstanden mehrere Einzelgespräche. Der Gouverneur wandte sich zufrieden an die beiden IEA-Leute.

»Eric, Jean-Luc, ich bin jetzt schon froh, dass sie den langen Weg hierher auf sich genommen haben! Der neue Wind wird richtig gut tun. Nur so kommen wir deutlich schneller voran. Und ich stimme meiner Tochter zu, dass wir uns dann unbedingt auch selber an der Nase fassen müssen! Aber ich denke, das gilt für fast jeden von uns hier in der Gruppe, richtig?« Der Gouverneur sah den Ölmanager und die anderen in der Runde an.

Die Einzelgespräche stoppten. Betretenes Schweigen, nur die kanadische Sängerin lächelte und sah sich in ihrer Autoentscheidung zu 100 Prozent bestätigt.

Die Tochter des Gouverneurs nutzte die kurze Pause und ergriff Eric am Arm, während sich seine Frau bei Jean-Luc unterhakte. »Jetzt wird es endlich Zeit, dass wir was zu Essen bekommen«, sagte sie und zog den Franzosen mit sich.

Die gesamte Gruppe folgte der Aufforderung Richtung Terrasse dankbar, ohne dass die angeregte Diskussion ganz verstummte. Der Bürgermeister gestand dem Gouverneur ein, dass auch seine Familie vier Autos hatte und keines davon ein EV war. Auch wenn seine Frau sich immerhin bereits für den neuen Prius Plug-in-Hybrid entschieden hatte, mit dem sie jetzt die ersten zehn Meilen, was oft bis zum nahen Einkaufscenter reichte, rein elektrisch zurücklegen konnte. Dass es eine halbe Million Haushalte in der Region LA gab, die alle mehr als drei Autos im Haushalt hatten, war auch für ihn ein Augenöffner.

Der Ölmanager und die CARB Chefin waren dagegen besorgt. Jeder aus ganz unterschiedlichen Gründen. Die Raffinerie seines Konzerns mitten in LA war eine der profitabelsten, gerade weil der Absatz in direkter Umgebung so riesig und stetig war. Und dieser Profit bedingte einen Großteil seines jährlichen Bonus, der entsprechend hoch ausfiel. Nur so konnte er sich das große Anwesen leisten, das dem des Gouverneurs in nichts nachstand. Ganz zu Schweigen von seiner eigenen Leidenschaft für europäische Sportwagen. *Nein, das wollte er nicht aufgeben! Nur wegen diesem ganzen Klima-Gefasel,* das seiner Meinung nach wissenschaftlich noch immer auf sehr tönernen Füßen stand. Es gab immer noch genügend Berichte, die das Gegenteil behaupteten.

Und auch die Sorge, dass ihnen der Sprit in den nächsten Jahren ausging, konnte er nicht teilen. Natürlich war das Öl aus den riesigen Ölsandfunden in Kanada nicht die gleiche Qualität wie aus den konventionellen unterirdischen Quellen. Aber bei einem Preis von weit über 100 Dollar je Barrel konnte man fast jeden beliebigen Aufbereitungs-Aufwand in ihren Raffinerien betreiben und immer noch einen ordentlichen Batzen daran verdienen. *Die Umstellung der Anlagen nahm halt etwas Zeit in Anspruch.*

So witzig das Gespräch in ihrer Runde gerade eben auch geklungen haben mag, der Ölmanager machte sich Sorgen. Er kannte den Gouverneur. Und die persönliche Motivation trieb ihn jetzt noch stärker an. *Da kamen diese Experten aus Europa gerade recht. Mist! Mal sehen, wie es morgen lief.* Das gleiche dachte auch die CARB Chefin, die vom Gouverneur schon ein wenig vorab gebrieft worden war und den möglichen Start einer neuen Taskforce ebenfalls mit Sorge betrachtete. Aber sie ließ sich nichts anmerken. Noch nicht.

Die Assistentin des Gouverneurs, die mit ihrem Ehemann und dem kleinen Sohn gerade ein schönes Einfamilienhaus am Rande von LA gekauft hatten, löcherte die kanadische Sängerin zu ihrem Nissan Leaf. War das Auto genauso zuverlässig wie andere? Wie kam sie mit der Umstellung zurecht? Wo konnte sie die Batterie laden? Und so weiter.

Richard Brinkman ließ sich ein wenig zurückfallen und beobachtete die Gruppe mit einer gewissen inneren Zufriedenheit. Er war froh, dass er die kurzfristige Einladung des Gouverneurs angenommen hatte. Sein Instinkt hatte ihn mal wieder nicht im Stich gelassen, als John den Grund für seine Gartenparty am Telefon kurz umriss. Das tiefe Wissen der beiden IEA-Leute zur weltweiten Verkehrs-problematik zeigte sich bereits in den ersten Diskussionen. *Sehr beeindruckend!*

Als Jean-Luc etwas abseits stehen blieb, nutzte Richard die Chance zu einem vertiefenden Zweiergespräch. Die beiden Männer blieben auf dem Rasen zurück, während der Rest der Gruppe zielstrebig auf den Grill zusteuerte. Das Gespräch dauerte mehr als eine viertel Stunde und offenbarte beiden viele Parallelen in ihren Ansätzen. *Ja, sie wollten in Kontakt bleiben!* Dann trieb auch Jean-Luc und Richard der Hunger zur Terrasse.

Die Steaks waren ausgezeichnet. Eric und sein Chef genossen das Essen in der warmen, kalifornischen Abendluft. Sie saßen mit dem Gouverneur und seiner Familie an einem der runden Tische auf der großen Terrasse. Langsam senkte sich die Abenddämmerung über die weitläufige Gartenanlage.

Eric erkundigte sich vorsichtig nach dem genauen Befinden der Enkeltochter. Er spürte, dass die Mutter mehr als besorgt war. Gerade weil die Ärzte keine zufriedenstellenden Antworten hatten.

»Eric, das ist ganz lieb! Vielen Dank für die Anteilnahme. Aber jetzt sollten wir euch nicht mehr länger hier festhalten. Der Tag war wahrlich lang genug.« Sie sah die aufsteigende Müdigkeit in den Augen der beiden IEA Experten. Ja, Eric war todmüde. Nach europäischer Zeit war es bereits fünf Uhr in der Früh. Er und sein Chef nutzten die Gelegenheit und verabschiedeten sich.

Die Rückfahrt ins Hotel verbrachten beide in fast absoluter Stille. Jeder in seinen eigenen Gedanken. *Der Start beim Gouverneur war echt gut gelungen. Toller Typ! Doch was würde das offizielle Treffen am nächsten Tag bringen? Hoffentlich hatten Steve und Pierre noch ein paar interessante Details erarbeiten können? Denn der Start hier in LA würde auch kein Zuckerschlecken werden, das war klar!* Eric sah hinaus auf das jetzt hell erleuchtete LA und die immer noch unendlichen Reihen an weißen und roten Lichtern auf den Straßen. Die Augen fielen ihm langsam zu. Er wollte nur noch schlafen.

LOS ANGELES, DOWNTOWN, NÄCHSTER MORGEN

Knapp acht Stunden später fühlte sich Eric wie ausgewechselt. Und ein ausgiebiges Frühstück tat das übrige. Er saß alleine in dem großen, fast noch menschenleeren Frühstücksraum im ersten Stock ihres Hotels. Es war kurz nach sieben. Sie hatten sich für neun Uhr mit Steve und Pierre in ihrem Büro Downtown verabredet. Sie wollten noch eine gemeinsame Vorbereitungsrunde machen, bevor sie sich mit dem Gouverneur und seinen Leuten trafen.

Jean-Luc kam gerade gehetzt auf Eric´s Tisch zu. Mit grimmiger Miene. »Sorry, Eric, für die Verspätung. Aber Kanegawa rief mich gerade an!« *Oh, oh. Das klingt nicht gut!* »Er möchte, dass ich heute noch zurückfliege. Irgendeine kurzfristig angesetzte Runde, bei der er unbedingt meinen Input braucht. Wäre wichtiger als unser heutiges Meeting in LA. Und du weißt ja, wenn er sich mal was in den Kopf gesetzt hatte, ist er kaum mehr davon abzubringen. Also habe ich gerade meinen Rückflug auf heute Mittag vorgezogen.«

»Du meinst, ich soll das Treffen mit dem Gouverneur ohne dich machen!« Eric´s Gesichtsfarbe nahm deutlich blassere Züge an. *Nein, das war jetzt keine lustige Überraschung. Überhaupt nicht!*

»Komm´ schon Eric. Du schaffst das schon. Hast du in München ja auch hingekriegt!«

»Trotzdem!« Eric war sauer. Bereits die Diskussionen bei der Gartenparty zeigten ganz klar, dass es nicht nur Befürworter ihrer Aktivitäten gab. Da war die Seniorität seines Chefs eine ideale Unterstützung. Auf die er nicht verzichten wollte. Jean-Luc versuchte ihn aufzumuntern.

»Das ganze hat ja auch eine positive Seite!« Eric sah ihn entgeistert an. *Was für eine positive Seite?* »Ich werde die Chance nutzen, Kanegawa detaillierter über unsere aktuellen Fortschritte in den Taskforces zu informieren. Kann nicht schaden!« Eric nickte nur leicht. *Ziemlich schwache positive Seite.* »Eric, geht nicht anders. Ich hab´s versucht. Aber er ist der Boss.«

Damit war das Thema für seinen Chef beendet. »Ich bin ja bei der Vorbereitungsrunde heute Morgen noch dabei.«

»Weiß ich.« Eric sah Jean-Luc nachdenklich hinterher, als dieser unvermittelt aufstand und wieder zurück auf sein Zimmer ging. Er wollte noch packen.

Um halb neun trafen sie sich mit Pierre in der Hotellobby. Die Taxifahrt nur wenige Häuserblocks weiter zu ihrem Büro war kurz, aber zäh. Pierre wollte von Eric alles über die vielen Hollywood-Babes auf der Gartenparty erfahren, die ja seiner Meinung nach da gewesen sein mussten. Doch Eric war nicht in der Stimmung und antwortete nur kurz angebunden. Jean-Luc sah ihn kopfschüttelnd von der Seite an. Dann waren sie endlich da.

Ihr IEA Büro war ähnlich wie die Taskforce in München im 24. Stock eines der glitzernden Bürohochhäuser in Downtown LA untergebracht, nur etwas kleiner. Wenn die Sicht nicht immer so schlecht wäre, erklärte ihnen Steve, der sie bereits oben erwartete, hätten sie einen fantastischen Blick bis hinunter zum Hafen. So konnten sie auch heute Morgen nur schemenhaft die Küstenlinie erkennen.

Als sie in den Besprechungsraum gingen, erkannte Eric sofort, dass seine beiden Kollegen wieder tolle Arbeit geleistet hatten. Seine Stimmung hellte sich auf. Der Besprechungstisch war als Basis für ihr LA Stadtmodell umfunktioniert worden. Auch hier hatten sie sich eine riesige Karte von der Metropolregion besorgt und auf dem Tisch befestigt. Und irgendwie hatten sie es geschafft, in der kurzen Zeit auch alle notwendigen Gebäude-Modelle zu besorgen. Für Jean-Luc war die Überraschung noch größer, nachdem er ja ihr Modell in München bisher nur vom Hörensagen kannte. Jetzt hatte er es live vor Augen.

Steve und Pierre freuten sich wie kleine Kinder. *Die Überraschung war ihnen wahrlich gelungen!* Begeistert ließ sich Jean-Luc von seinen Mitarbeitern die Details erklären.

»Damit werdet ihr beim Bürgermeister und dem Gouverneur hundertprozentig punkten«, sagte er mit Blick auf Eric und ihre morgendliche Diskussion beim Frühstück, »da mach ich mir überhaupt keine Sorgen!«

Eric war sich da nicht so sicher. Die mächtige Ölindustrie gerade hier in Kalifornien war nicht zu unterschätzen. *Mit dem Ölmanager von gestern Abend war sicherlich nicht gut Kirschen essen. Der konnte richtig aus der Haut fahren, wie man gestern bereits andeutungsweise gesehen hatte.* Und Steve hatte die zahlreichen Raffinerien zwischen Hafen und Downtown auf ihrem Stadtmodell deutlich herausgestellt. Hier wurden Milliarden umgesetzt, das würden die Ölleute nur sehr ungern aufgeben wollen, das sah Steve auch so.

Die Zeit verging wie im Flug. Ihr Chef musste sich kurz vor zwölf Uhr absetzen, ein Taxi wartete bereits vor dem Gebäude. Die drei anderen IEA Experten holten sich unten schnell ein paar Sandwiches und machten sich dann an die letzten Vorbereitungen für das anstehende Treffen mit dem Gouverneur. Sie hatten sich für ein ähnliches Arrangement mit Stehtischen und Beamer wie in München entschieden. *Hatte dort funktioniert,* entschied Eric, *wieso nicht auch hier?*

Kurz nach drei hatten sie ein übervolles IEA-Büro. Mehr als zehn Leute waren mit dem Gouverneur und dem Bürgermeister von LA erschienen. Eric stellte seine Kollegen vor und entschuldigte Jean-Luc. Der Gouverneur tat das gleiche, gerade für die noch unbekannten Gesichter. Der Bürgermeister hatte seinen Büroleiter, einen Verkehrsexperten aus der Verwaltung und den Leiter des Departments for Water and Power mitgebracht. Auch die CARB Chefin brachte zwei leitende Mitarbeiter zum Treffen. Und der so stimmgewaltige Ölmanager kam ebenfalls nicht alleine. Scheinbar war nach dem gestrigen, kurzen Kennenlernen auf der Gartenparty allen Beteiligten klar geworden, dass es sich hier nicht um ein Kaffeekränzchen handeln würde. Das war Eric nur Recht, er hatte keine Lust, seine Zeit zu verschwenden. *Lieber ein paar heftige Diskussionen mit Leuten, die von ihrem Fach etwas verstanden und anderer Ansicht waren!*

Ihr provisorisches Stadtmodell machte den erwarteten Eindruck. Die Leute scharrten sich auch hier sofort um den großen Tisch.

Der Gouverneur vergaß vor lauter Neugierde fast seine einleitenden Worte.

»Meine Damen und Herren, bitte um kurze Ruhe! Bevor wir uns an diesem tollen Modell in die Details zu unserer geliebten Stadt LA stürzen, vorweg ein paar einleitende Worte. Unser Präsident hat den Klimaschutz nach vielen frustrierenden Jahren endlich ganz oben auf die Agenda gesetzt. Und wir in Kalifornien wollen und werden dabei eine Führungsrolle übernehmen. Zumindest solange ich Gouverneur in diesem Staat bin! Dabei fällt dem Straßenverkehr, das wissen wir alle, eine ganz besondere Rolle zu. Und ich wünsche mir nichts sehnlicher, als dass uns ein entscheidender Durchbruch gerade hier in LA gelingt. Hierbei weiß ich meinen Freund, den Bürgermeister von LA, eng an meiner Seite. Zusammen mit unseren neuen Freunden aus Europa muss uns das einfach gelingen. Alles andere ist für mich keine Alternative. Wir sind das unseren Bürgern einfach schuldig!«

Eric konnte sich ein Schmunzeln nicht verkneifen. Die Amerikaner hatten schon immer eine besondere Art der Kommunikation. Deutlich emotionaler. *Klang fast wie ein neuerlicher Aufbruch zum Mond!* Kurz danach übergab der Gouverneur an Eric.

»Herr Gouverneur, Herr Bürgermeister, liebe Gäste. Wir wollen nicht lange um den heißen Brei herumreden«, fing Eric deutlich direkter an als in München und stellte sich neben Steve und Pierre, »meine beiden Kollegen haben für uns ein Stadtmodell aufgebaut, das sich an anderer Stelle bereits sehr gut als Diskussionsbasis bewährt hat. Steve und ich würden gerne an diesem Tisch auf die Details der energetischen Ausgangssituation in LA eingehen, bevor wir über die Ziele für den Straßenverkehr und mögliche Umsetzungskonzepte reden.«

Zustimmendes Nicken vom Gouverneur.

Eric ging, wie in München, zuerst auf den Energiesektor ein, der in LA nur der drittgrößte CO2-Emittent war, und damit bereits deutlich besser darstand als im US-Durchschnitt. Das lag daran, dass die neun in Stadtnähe befindlichen, konventionellen Kraftwerke alle mit Erdgas betrieben wurden und das Rückrad der Stromversorgung bildeten. Die würfelartigen Kraftwerks-Modelle mit den hohen Schornsteinen waren auf dem Stadtmodell leicht zu erkennen und säumten fast die gesamte Küstenlinie von LA. Der restliche Strombedarf wurde nach der Abschaltung der beiden einzigen Atomkraftwerke in Kalifornien aus erneuerbaren Quellen zur Verfügung gestellt und war damit CO2-frei.

Zustimmendes Nicken vom Leiter des LA Departments for Water and Power, der mehrere der Gaskraftwerke im Stadtgebiet betrieb und bestens vertraut war mit der speziellen Situation in ihrer Region. Damit war allen schnell klar, dass eine weitere CO2-Reduzierung im Energiesektor nur über eine Abkehr vom Erdgas ging, was keine freudigen Blicke beim Department-Leiter erzeugte. Die in ihrem Szenario 450 geforderte Halbierung der CO2-Emissionen im Energiesektor der OECD-Staaten bis 2030 stieß auch hier auf großes Erstaunen. Aber das war ja aktuell nicht ihr Diskussionsschwerpunkt, wie Eric sofort wieder betonte. Nicken des Gouverneurs und seiner Mitarbeiter.

Steve ging nun auf den Industriesektor ein, der bei den CO2-Emissionen noch vor dem Energiesektor lag. *Mehr als zwanzig mal so CO2-intensiv wie der Industriesektor im Großraum München,* dachte Eric insgeheim, *obwohl das Bruttoinlandsprodukt nur dreimal höher lag!* Das lag an den zahlreichen Raffinerien mitten im Stadtgebiet, die einen enormen Energiehunger hatten und nach ersten Abschätzungen von Steve für fast die Hälfte aller CO2-Emissionen in dem Sektor verantwortlich waren. *Öl erzeugte eben nicht nur Emissionen bei der Verbrennung im Auto oder anderen Anwendungen, sondern auch bei der Aufbereitung!* Und je schmutziger und dickflüssiger das angelieferte Rohöl war, hatte Eric gelernt, desto energieintensiver war die Aufbereitung. Steve und Pierre hatten die fünf größten Raffinerien als Modelle mit Namen auf ihrem Tisch platziert. Wieder waren die hohen Schornsteine gut zu erkennen. Auch hier blickten der Gouverneur und der Bürgermeister interessiert auf, was dem anwesenden Ölmanager und seinen Leuten natürlich gar nicht schmeckte.

»Die CO2-Werte der Raffinerien sind noch etwas mit Vorsicht zu genießen«, ergänzte Steve, »da es hier leider nur wenig veröffentliches Zahlenmaterial gibt.«

»Na, das ist ja wieder typisch, Bud«, konnte sich der Gouverneur einen weiteren Seitenhieb auf den Ölmann nicht verkneifen, »die unangenehmen Geschichten und Zahlen lasst ihr wieder mal weg.«

Dem Ölmanager und seinem Kollegen fiel tatsächlich keine passende Antwort ein, daher schwiegen sie lieber mit grimmigem Blick. Sie kannten natürlich die Problematik des steigenden Energiebedarfs auf der Upstream-Seite, gerade bei den immer schwerer zugänglichen Quellen und der zunehmenden Verunreinigung dieser Rohölsorten.

»Aber jetzt zu unserem eigentlichen Thema, dem Verkehrssektor«, fuhr Eric zügig fort, »der, wie Ihnen ja bekannt sein dürfte, der mit Abstand größte Emittent in der Region ist.«

Betretenes Schweigen in der Runde. An einem Chart von Pierre erklärte er kurz die grobe Zusammensetzung dieser gigantischen Emissionsmenge. Alleine im LA County, der nicht die komplette Metropolregion umfasste, aber statistisch am besten erfasst war, gab es mehr als sieben Millionen Straßenfahrzeuge.

»Dabei stehen für uns die Light-Duty-Vehicles im Fokus. Gerade die in privater Hand. Sie sind für die Hälfte aller CO2-Emissionen im Verkehr verantwortlich. Hier muss aus unserer Sicht in den nächsten Jahren der Haupt-Reduzierungsbeitrag kommen. Aber vorweg möchte ich zum besseren Verständnis auf die Zusammensetzung der privaten Haushalte eingehen, die einen Großteil dieser Fahrzeuge besitzen.«

Neugieriges Nicken in der Runde. Eric machte eine ausholende Armbewegung über ihr Stadtmodell hinweg und blickte in die Runde.

»In der gesamten Metropolregion mit mehr als zwölf Millionen Einwohnern gibt es zirka vier Millionen Haushalte. Ungefähr sechzig Prozent davon leben in Einfamilienhäusern. Symbolisiert durch diese vielen kleinen Häuschen-Modelle, die Sie hier auf dem Tisch sehen.«

Wieder Nicken in der Runde.

»Und wieso sind hier einige dieser Modelle deutlich größer als die anderen«, fragte die CARB Chefin.

»Völlig richtig erkannt«, lobte Eric, »die größeren Modelle auf dem Tisch stehen für die zirka 500.000 vermögenderen Haushalte, die man in jeder Hinsicht als die Oberschicht in LA bezeichnen kann.«

»Ach, das sind wir, richtig?«, warf der Gouverneur ein und erinnerte sich mit einem Lächeln an die gestrige Diskussion in seinem Garten.

»Genau! Diese Haushalte haben alle nach unseren ersten Analysen mindestens drei Autos vor der Garage«, sagte Eric und deutete auf die vielen kleinen Automodelle am Tisch, »bewohnen deutlich größere Häuser als der Durchschnitt und gehören zur Einkommenselite von LA.«

»Und wie steht es mit den kleineren Häuschen?«

»Diese Haushalte haben im Mittel immer noch zwei Autos, leben aber in deutlich einfacheren Verhältnissen.«

»Und tun sich damit viel schwerer bei der Umstellung auf EVs, richtig? Zumindest in der Anfangsphase, solange diese Autos noch deutlich teurer sind«, fragte der Gouverneur nachdenklich.

»Absolut! Für die vermögenderen Haushalte sollte es auch erheblich leichter sein, sich zusätzlich eine solar-betriebene Heimladestation zu installieren, und damit keinerlei zusätzliche Belastung für das öffentliche Netz zu erzeugen«, sagte Eric mit Blick auf den Bürgermeister, der ja bereits gestern auf diese Problematik hingewiesen hatte.

»Sehr interessant«, kam es von ihm und einigen anderen am Tisch.

»Alles ganz recht und schön«, hakte nun die CARB Chefin nach, der die gestrige Diskussion nicht mehr aus dem Kopf ging, »nein wirklich, eine beeindruckende Übersicht. Aber wie kommen sie auf diese so gigantische Forderung von zwei Millionen EVs in der Region bis 2030?«

Eric bat Pierre, die vorbereiteten Bilder zu den Forderungen ihres Szenarios 450 an die große Projektionswand zu werfen. In den nächsten zehn Minuten führte er die Amerikaner durch ihre Simulationen und Berechnungen zur Reduzierung des Gesamtkraftstoffverbrauchs um ein Drittel. Und endete mit dem Chart, das die notwendige Effizienz-Steigerung von heute gut 22 Miles-per-Gallon auf zirka 44 Miles-per-Gallon in 2030 zeigte.

Er fing den ansetzenden Aufschrei in der Runde ab, indem er sofort seine eigenen Zweifel an diesem Zielwert zum Ausdruck brachte.

»Nein, wir halten diesen Wert ebenfalls nicht für realistisch! Nicht für den gesamten Fahrzeugbestand auf konventioneller Antriebsbasis. Und das im realen Betrieb.«

Sehen wir ähnlich«, kam es zustimmend von der CARB Chefin, die diese Forderungen natürlich im Detail kannte.

»Die aktuellen, staatlichen Vorgaben für die Neuwagenverkäufe«, erklärte Steve, »werden aller Voraussicht nach bis 2030 nur zu einer durchschnittlichen Effizienz von 33 Miles-per-Gallon im gesamten Fahrzeugbestand führen. Dennoch ein Fortschritt, der so in den USA in den letzten fünfzig Jahren noch nicht erreicht wurde.«

»Das klingt auch so nach einer ziemlich großen Herausforderung«, sagte der Gouverneur skeptisch.

»Stimmt, aber aus unserer Sicht nicht unmöglich!«

Es entstand eine leichte Unruhe in der Gruppe. Jedem wurde schlagartig klar, dass diese Effizienzsteigerung aber offensichtlich noch nicht ausreichen würde, um die Zielwerte bis 2030 in LA zu erreichen.

Eric übernahm wieder von Steve und fuhr fort. Jetzt herrschte absolute Stille im Raum. Er sah die CARB-Chefin direkt an. »Und hier kommen nun die 2 Millionen EVs ins Spiel! Denn wenn man bis 2030 ein Viertel des Fahrzeugbestands komplett vom Benzin entwöhnen könnte, dann müssten die restlichen, konventionellen Fahrzeuge auf den Straßen nur noch genau diese 33 Miles-per-Gallon erreichen, um das Gesamt-Reduzierungsziel für den Straßenverkehr in LA zu schaffen.«

Erste verständnisvolle Gesichter bei den Anwesenden. Der Gouverneur war nachdenklich ein. »Und davon müssten mindestens eine halbe Million EVs, besser eine ganze, in den 500.000 vermögenderen Haushalten angeschafft werden. Das wäre dann schon fast der halbe Weg zum Ziel, richtig?«

»So ist es! Wir glauben, dass diese Vorreiterrolle eine unheimliche Signalwirkung für alle anderen hätte. Und ganz nebenbei die Preise sowohl für die Fahrzeuge, aber auch für die Heimladestationen deutlich nach unten drücken würde. Sodass dann die weniger vermögenden Haushalte mit ihren immerhin noch zwei Fahrzeugen vor der Garage viel leichter nachziehen könnten.«

»Sehr, sehr interessant«, murmelte der Bürgermeister.

Und dann kam der von Eric erwartete Einwand. Vorgebracht von der CARB-Chefin. »Und wieso ist der Absatz und damit auch der Bestand von EVs in LA dann immer noch so gering? Wo sind denn die ganzen Haushalte, die sich doch eigentlich nach ihren Aussagen problemlos ein EV leisten können sollten?«

Es entstand eine ähnliche Diskussion wie in München, nur dass Eric diesmal leider nicht die Unterstützung von Jack Summerfield hatte. *Mist!* Ja, die Ursachenforschung war auch in LA nicht einfach. Die Vorab-Diskussion gestern Abend beim Gouverneur zu seinem eigenen Fuhrpark half ihnen zwar, besonders nachdem dieser seine eigene Situation für alle Anwesenden nochmals beispielhaft ausbreitete. Dazu kam das immer noch mangelnde Angebot, auch hier in Kalifornien. Trotz Tesla, das mit seinen tollen Fahrzeugen ja erste Erfolge im Heimatmarkt vorweisen konnte.

Allen leuchtete ein, dass das so sonnige Klima in Kalifornien auch prädestiniert für PV-Anlagen war. Gerade auf den Hausdächern vermögender Familien, die sowohl einen sehr hohen Strombedarf, aber auch den typisch amerikanischen Drang zur Unabhängigkeit von jeglicher, zentral gesteuerter Versorgung hatten. Doch auch hier war die Trägheit groß. Und das staatliche Anreizprogramm nur mangelhaft.

Doch der Gouverneur ließ sich nicht beirren. Er wollte eine neue Taskforce mit Beteiligung der IEA-Experten. Und zu konkreten Lösungsvorschlägen für ihre Kernzielgruppe kam. Basta! Man vereinbarte, zusammen mit Steve, der CARB-Chefin und dem Büroleiter des Bürgermeisters das Vorbereitungsteam zu bilden und in den nächsten zwei Wochen einen konkreten Vorschlag für das weitere Vorgehen auszuarbeiten.

Eric und seine beiden Kollegen waren begeistert. Mehr hätten sie von dem ersten Treffen wirklich nicht erwarten können. Der Gouverneur schüttelte den IEA-Experten zum Dank noch mal vehement die Hand.

»Und dass mir dieses tolle Stadtmodell nicht verschwindet! Das wird uns noch gute Dienste erweisen, da bin ich mir sicher«, lobte er und sah seinen Kollegen, den Bürgermeister von LA an, der die Begeisterung teilte.

Die CARB-Chefin hatte immer noch ihre Zweifel, war aber deutlich besserer Stimmung als gestern Abend, das konnte Eric bei der Verabschiedung merken. Nur der Ölmanager sah nicht glücklich aus. *Wie sollte er auch.* Er versuchte gute Miene zum bösen Spiel zu machen, arbeitete aber im Hinterkopf bereits intensiv an einer Gegenstrategie. Das war nicht das erste Mal, dass neue Leute mit viel Enthusiasmus starteten und versuchten, die Vormachtstellung der Ölkonzerne in der Region zu brechen. *Die werden sich noch wundern,* dachte er grimmig. *So ein Schwachsinn, zwei Millionen EVs in LA! Die meinten wohl, dass jeder Lust hätte, so eine Gurke von Auto zu fahren!* Aus Sicht des Ölmanagers lagen sie mit dieser Einschätzung völlig daneben. Oder er würde dafür sorgen, dass sie daneben lagen.

Eric bat Steve, gleich einen Termin für das erste Vorbereitungstreffen ihrer Taskforce zu vereinbaren. Sie wollten den Druck auf dem Kessel lassen.

Kurz danach waren die drei IEA-Experten wieder alleine in ihrem Büro. Und überglücklich. Eric setzte sich erschöpft auf einen der Konferenzstühle und rief Lisa in China an. Sie ging sofort ran.

»Hey, Prinzessin, du wirst es nicht glauben. Trotz deiner Abwesenheit haben wir es hinbekommen! Der Gouverneur will tatsächlich eine Taskforce aufsetzen!«

Lisa war begeistert, hatte von Eric und ihren Kollegen aber eigentlich auch nichts anderes erwartet. Dann erzählte sie Eric kurz von dem gelungenen Familienfest und den erholsamen Tagen bei ihren Eltern außerhalb von Beijing. Und einem Familientreffen bei ihrem Onkel, der sie neugierig nach dem aktuellen Stand ihrer Arbeiten fragte. Ihrer Einschätzung nach könnte ein zweites Gespräch mit ihm Sinn machen. Ihr Onkel hatte sie heute zum Mittagessen eingeladen. Irgendetwas lag ihm auf dem Herzen, das spürte sie. In gut drei Stunden würde sie mehr wissen und sich dann noch mal bei Eric melden.

»Lisa, in drei Stunden liege ich in meinem Hotelbett und schlafe. Ich bin jetzt schon fix und fertig!«

»Ok, ok! Jeder braucht seinen Schönheitsschlaf! Ich schreib dir eine kurze Nachricht.« Beide lachten und beendeten das Gespräch.

Eric sah zum Fenster ihres Büros hinaus. Die Sonne senkte sich bereits wieder über dem Pazifik. Eigentlich ein herrlicher Tag, nur dass er fast keine einzige Minute draußen gewesen war. Und die Sicht immer noch ziemlich diesig war. Dennoch konnte er weit unter ihm die breiten Highways mit den Autoschlangen gut erkennen.

Ja, wieso verkauften sich EVs immer noch so schlecht? Die Frage machte ihn extrem kribbelig. *Sie mussten diesem Thema in den nächsten Wochen auf den Grund gehen, sowohl in München, als auch in LA! Hatten sie etwas Entscheidendes übersehen? Oder lag es tatsächlich nur an einem Informationsdefizit zur Technologiereife? Oder dem mangelnden Angebot gepaart mit der menschlichen Trägheit, wenn es um Veränderung ging?* Die Trägheit machte ihm am meisten Sorgen. *Nicht jeder hatte eine kranke Enkeltochter in der Familie oder war so tief im Thema wie sie!* Wie bewegte man die vielen anderen?

Steve versprach ihm, auf die Ursachenforschung auch hier in LA einen besonderen Schwerpunkt zu setzen und das Team entsprechend zu besetzen. Pierre wollte noch ein paar Tage in LA bleiben und Steve dabei unterstützen, sowie das Stadtmodell verfeinern. War aus Eric´s Sicht eine super Idee. Mit dem Beginn der beiden Taskforces waren sie nun wirklich völlig unter Wasser. Er musste unbedingt mit Jean-Luc über eine Verstärkung ihres Teams reden.

Zur Feier des Tages schlug Steve ein kleines, aber bekanntes Fischlokal zum Abendessen vor. *Wieso nicht,* dachte Eric, der eigentlich wieder zurück ins Hotel wollte. *Sie hatten definitiv allen Grund zum Feiern! Nur Jean-Luc fehlte. Leider.*

MITTELENGLAND, AM NÄCHSTEN TAG

Es regnete bereits seit Stunden. Bei sinkenden Temperaturen. *Einer dieser unangenehmen Herbsttage in Mittelengland,* dachte Jack, der zum ersten Mal seit seinem Wechsel zu *ELECTRION* wieder bei Lotus Engineering war. Das Telefonat vor einigen Wochen mit seinem ehemaligen Chef war etwas anstrengend gewesen, aber als er mit seinem Anliegen vorkam, löste sich die Stimmung. Und das erste Ergebnis dieser Zusammenarbeit wollte er sich heute persönlich vorort ansehen. Die letzten telefonischen Status-Updates hatten ihn extrem neugierig gemacht. Die Lotus-Leute schienen die meisten technischen Herausforderungen bereits gelöst zu haben. Trotz des extrem engen Zeitrahmens. *Sehen wir ja gleich!* Seine Gedanken schweiften kurz in die Vergangenheit ab, während er geschützt vom Regen mit seinem Ex-Chef unter dem Vordach des Werkstattgebäudes stand. Und hinaus auf den nassen Asphalt sah, in dem die dicken Regentropfen gut zu erkennen waren.

Da war er endlich! Der Testfahrer steuerte den Prototypen vor ihnen in die Halle hinein. Die Reifen zogen hohe Sprühfahnen hinter sich her. Nahezu lautlos kam er von seiner ersten Demonstrationfahrt auf dem Rundkurs zurück. Erstmals konnte Jack den Wagen aus der Nähe begutachten. Was für ein Anblick! Auf Basis der von *ELECTRION* entwickelten Achsen und des elektrischen Allrad-Antriebs hatten die Lotus-Ingenieure tatsächlich einen ersten Rennwagen geschaffen. *Sehr gut!* Das Auto war giftig, das konnte Jack sofort auf der nassen Fahrbahn erkennen. Das hohe Drehmoment ihrer E-Motoren war kaum auf die Straße zu bringen. Das geringe Gewicht und der extrem niedrige Schwerpunkt machten das Gefährt zu einer Rakete. *Damit werden wir jeden konventionell angetriebenen Rennwagen mit nur einem Verbrennungsmotor auf der Hinterachse in den Schatten stellen!*

»Allerdings ist bei aggressiver Fahrweise bereits nach gut fünfzehn Minuten Schluss«, grinste sein Ex-Chef.

»Mhh, da müssen wir wohl noch was tun, sonst werden es zu viele Boxenstopps in einem Rennen. Und das wäre nicht gut für´s Spektakel«, erwiderte Jack zufrieden.

Zusammen mit Samantha Perry hatte er auf dem Rückflug von Turin die verrückte Idee entwickelt, über die Ausrichtung von Rennspektakels mitten in der Großstadt den Zuschauern ihre neue Antriebstechnik, die dann quasi 1:1 auch in ihren Serienfahrzeugen verbaut war, deutlich näher zu bringen. *Eine ziemlich verrückte Idee, ja.* Aber sie suchten nach innovativen Wegen, ihre potentiellen Kunden in Heerscharen zu einer Probefahrt mit ihrem neues EV zu animieren. *Da konnte ein City-Rennen genau den richtigen Rahmen bieten!*

Die FIA hatte mit der Formula E zwar seit kurzem eine erste globale Rennserie mit elektrisch angetriebenen Boliden gestartet. Eine tolle Idee, die auch Jack begeisterte. Doch nach genauer Prüfung der Rahmenbedingungen hatten die *ELECTRION*-Leute zusammen mit Lotus entschieden, dass diese Serie nicht wirklich geeignet war für ihre Vermarktungs-Idee. Aktuell fuhren die FIA-Teams einen von McLaren entwickelten, klassisch aussehenden Rennwagen, der nur einen Heckantrieb hatte und für alle Teams identisch war. Allrad und eine ausgeklügelte Traktionskontrolle so wie bei *ELECTRION* war verboten.

Außerdem waren die Austragungsorte weltweit bereits festgelegt und sehr limitiert. In Deutschland war aktuell nur Berlin vertreten. Daher hatten sie sich für etwas Eigenes entschieden, ohne eine Teilnahme an der Formula E Rennserie zu einem späteren Zeitpunkt vollkommen auszuschließen. Lotus selbst spielte bereits mit dem Gedanken eines eigenen Teams. Und theoretisch konnte man ja mit der FIA auch noch über eine Anpassung der Fahrzeug-Spezifikationen und ein ausgeweitetes Rahmenprogramm reden.

Jack und Samantha wollten die Idee nächste Woche mit dem Büroleiter der Münchner Bürgermeisterin ansprechen. *Da war ein erster, rassiger Prototyp natürlich sehr hilfreich!* Er hatte bereits ein Vorgespräch mit zwei ehemaligen Organisationsprofis aus dem internationalen Rennzirkus geführt. Sie arbeiteten nun für *ELECTRION* an einem ersten Grobkonzept und standen für ein Gespräch in München jederzeit zur Verfügung.

»Der Wagen ist so giftig, der könnte ohne Probleme noch ein paar Kilo mehr Batteriegewicht vertragen«, meinte der Lotus-Mann mit Blick auf den kleinen Boliden.

»Auf der anderen Seite ist die mehrmalige Demonstration unseres Schnelllade-Konzeptes sicherlich auch gut für´s Marketing«, dachte Jack laut nach, »besonders wenn der ganze Strom aus der eigens für´s Rennen installierten PV-Anlage über den Boxen kommt.«

Auch das Thema Boxenstopp und Batterieladung war bei der FIA-Rennserie komplett anders gelöst, in Jack´s Augen viel zu weit weg von einer seriennahen Lösung. Die Formula E Fahrzeuge wurden beim Stopp einfach komplett getauscht. Während der Pilot das Rennen im Zweitwagen fortsetzte, wurde die Batterie des ersten Fahrzeugs im Hintergrund geladen und stand dann wieder für einen Fahrzeugwechsel zur Verfügung.

»Ja, Jack, wirklich interessant, euer Konzept! Respekt«, sagte sein Ex-Chef und war sichtlich stolz auf ihn, auch wenn der Verlust seines besten Mitarbeiters immer noch schmerzte.

»Wie schnell könnt ihr den Prototypen nach München bringen?«

»Ist nächste Woche bei euch.«

»Sehr gut.« *Samantha würde zufrieden sein,* dachte Jack. Die Idee einer eigenen, kleinen City-Rennserie mit umfangreichem Probefahrt-Angebot für ihre Zielkunden war ein wichtiger Baustein ihres Marketing-Konzeptes. Aber zuerst mussten sie natürlich noch ihre Bürgermeisterin in München dafür begeistern. Ohne eine erste Partner-Stadt ging gar nichts. *Und sie wollten ja mitten rein! In die Stadt!*

Doch Jack war in Gedanken schon wieder bei den anstehenden Treffen mit ihren möglichen Produktionspartnern für die Serienfertigung. *Ihre alles entscheidende Baustelle!* Denn bisher hatten sie ja nur wenige, zugegebenermaßen sehr beeindruckende, Prototypen in ihrer eigenen Werkstatt zusammen mit Pininfarina hergestellt.

Doch jetzt mussten sie den Sprung zur Großserie in Top-Qualität und auf ganz anderer Kostenbasis schaffen! Und das ging nicht ohne erfahrene Partner aus der etablierten Zuliefererbranche, das wusste Jack. Sogar für die Endmontage ihres Fahrzeugs zogen sie die wenigen, etablierten Auftragsfertiger mit einer erfahrenen Mannschaft in Betracht. Zumindest für die ersten zwei bis drei Jahre.

Aber als Newcomer in dieser mächtigen und eng verzahnten Industrie war das nicht so einfach! *Bisher kannte sie ja keiner!* Eine Geschäftsbeziehung mit ihnen, auch das war Jack klar, bot zwei besondere Risiken, die diese Partner bei einer Zusammenarbeit mit etablierten Autobauern wie BMW oder Mercedes natürlich vermeiden konnten. War *ELECTRION* tatsächlich in der Lage, die geplanten Stückzahlen im Markt abzusetzen? Oder ging ihnen vorher das Kapital aus?

Auf der anderen Seite konnten sie die Partner mit ihrem innovativen Fahrzeugkonzept begeistern. *Aber reichte das aus?* Er hatte zwar schon öfter als Lotus-Mann bei solchen Gesprächen auf der einen oder anderen Seite mitgewirkt. Aber diesmal saß er im Drivers Seat und brauchte den Erfolg. *Diesmal durfte nichts schief gehen.*

Der Klingelton seines Smartphones riss ihn aus den Gedanken. »Hallo, Eric! Wo bist du denn?«

Eric konnte nicht mehr schlafen. Es war fünf Uhr morgens in LA. Die möglichen Gründe für die bisher so geringen EV-Absatzzahlen ließen ihn nicht los! Gerade jetzt, nachdem sie endlich den Fuß in der Tür sowohl in München, als auch LA hatten. Also rief er Jack an.

Eric erzählte dem Engländer von ihrem guten Start in LA. Und der immer wiederkehrenden Frage, die sie ja bereits aus ihrer Münchner Runde kannten. »Jack, ihr habt diese Problematik doch schon bis zum Erbrechen diskutiert?«

»Klar haben wir.«

»Ich würde mich gerne nach meiner Rückkehr noch mal mit euch hinsetzen und eure Sichtweise zu dem Thema in aller Tiefe verstehen. Und, wenn ich darf, auch eure Ansätze verstehen, wie ihr diese bisher vorhandenen Hindernisse umschiffen wollt!«

Eric spürte, wie Jack zögerte. Hier ging es um das Innerste der *ELECTRION*-Geschäftsstrategie. Jack war aber auch klar, dass Eric als Leiter dieser neuen Taskforce in München einen enormen Einfluss auf die Schaffung besserer Rahmenbedingungen haben konnte. Und jetzt scheinbar auch noch einen guten Start in LA hingelegt hatte. Eigentlich sollte er sich vorab noch mal mit Samantha abstimmen. Aber irgendwie hatte er bei Eric ein extrem gutes Gefühl.

»Klar, können wir gerne machen. Lass uns einfach einen Termin in der nächsten Zeit bei uns draußen vereinbaren. Ich sage auch Samantha Bescheid, die sich ja immer noch fast täglich mit dieser Problematik auseinandersetzt. Ich muss die Dinger ja nur bauen, aber sie muss verkaufen!«

Eric erzählte Jack auch von Tina Steinhoff, die neu zu ihrer Taskforce hinzustoßen wird und bereits umfangreiche Erfahrung mit EVs in ihrem eigenen Unternehmen hatte.

»Dann lad sie doch gleich zu unserem Treffen mit ein«, schlug Jack spontan vor, »kann uns nur helfen.«

Eric fiel ein Stein vom Herzen. Jack´s Offenheit war fantastisch! Genau das, was er jetzt brauchte! Sie mussten dieser Schlüsselfrage endlich auf den Grund gehen! Mit den kompetentesten Gesprächspartnern, die er finden konnte. *Und die habe ich jetzt hoffentlich!*

Nach Beendigung des Gesprächs war auch Jack´s Stimmung wieder deutlich besser. *Sie waren mit ELECTRION bereits so weit gekommen, da mussten die Gespräche mit den Serienpartnern doch auch klappen!* Dennoch meldete sich wieder sein Bauchgrummeln. Es konnte nicht immer alles so glatt laufen. Also wappnete er sich geistig bereits für härtere Zeiten. *Man konnte ja nie wissen!*

SÜDLICH MÜNCHEN, KURZE ZEIT SPÄTER

Tina kam gerade aus der firmeneigenen Kantine, auf dem Weg durch den Eingangsbereich ihres Hauptgebäudes. Franz stand mit Phillip und einigen Entwicklern vor einem neuen großen Display an der Wand. Da summte ihr Telefon. Unbekannte Nummer. Sie wollte schon wegdrücken, als ihr Instinkt sich meldete und sie doch ran ging.

»Hallo Frau Steinhoff, hier Eric Brinneau.«

Ihr Herz machte einen kleinen Hüpfer. *Du blöde Kuh,* dachte Tina sofort, *du stellst dich doch sonst nicht so an bei den Männern!* Aber irgendwie war Eric Brinneau für sie etwas anderes. Sie winkte Phillip kurz zu, ging dann aber durch den Haupteingang hinaus ins Freie.

»Hallo, Herr Brinneau. Das ist aber eine Überraschung. Sind Sie immer noch in LA?«, fragte sie und versuchte, dabei möglichst cool zu klingen.

Eric bejahte und erzählte ihr von seinem gerade geführten Gespräch mit Jack Summerfield. »Und nachdem Sie ja bereits seit einiger Zeit selber ein EV fahren und die ersten Fahrzeuge auch im Unternehmen betreiben, hätte ich Sie sehr gerne mit dabei! Wenn ich so direkt sein darf.«

»Dürfen Sie«, Tina lachte, »und wann soll das sein?«

»Möglichst schon nächste Woche, wenn ich wieder zurück in München bin, aber der Termin steht noch nicht genau fest.«

Tina zögerte für eine Sekunde. Sie wollte nicht zu aufgeregt klingen, auch wenn sie sich sehr auf ein solches Treffen freute. Eric interpretierte dieses Zögern anders und ergänzte.

»Sind Sie mir immer noch ein wenig böse wegen meiner schnellen Abreise nach unserem Gespräch im Siemensforum? Ich mache es wieder gut, versprochen! Gleich im Anschluss an unser Treffen bei *ELECTRION*, oder sogar noch davor, wenn es zeitlich klappt.«

Tina musste schmunzeln. Er mochte sie, das konnte sie spüren. »Nein, nein. Wieso sollte ich Ihnen böse sein? Das Treffen mit diesen Autobauern klingt doch ganz ausgezeichnet. Ich komme gerne.«

Eric wollte ihr eine Textnachricht senden, sobald er genaueres wusste. Auch er freute sich auf das Wiedersehen, wollte das Gespräch aber nicht unnötig in die Länge ziehen.

»Dann hoffentlich bis nächste Woche«, sagte er, verabschiedete sich und legte auf. Tina sah über den Parkplatz hinweg auf die hügelige, bayerische Voralpenlandschaft hinaus. *Wieso ließ dieser Mann ihr Herz sofort ein paar Schläge schneller klopfen? Sie kannte ihn doch gar nicht? Großgewachsene, gutaussehende Männer waren doch nichts Neues für sie* und dachte dabei an einige ihrer zahlreichen Liebschaften aus der Vergangenheit. *Aber irgendwie war Eric anders! Kein Macho-Getue, keinerlei Überheblichkeit, einfach nur nett. Intelligent und nett!* Sie atmete die frische Herbstluft tief ein und ging langsam zurück in den großen Eingangsbereich.

»Hallo, meine liebe Cousine«, kam ihr Phillip erneut entgegen, »hast du schon unser neuestes Display gesehen?«

Tina versuchte, die aktuellen Gedanken abzuschütteln. »Nein, aber ihr habt mir ja auch nichts davon erzählt! Geschweige denn, dass ihr heute im Hause seid«, warf sie ihm scherzhaft, aber mit böser Miene vor. Beide lachten.

Tina hatte vor Wochen ihren Onkel und Phillip gebeten, unbedingt etwas Ähnliches wie in der Operationszentrale auf ihrem Anwesen auch hier in der Firma zu installieren. Und das an möglichst prominenter Stelle für alle Mitarbeiter. Und nun hing ein riesiger Flachbildschirm an der Wand direkt neben ihrem Empfang und zeigte in wechselnden Graphiken die Eckpunkte ihrer internen Stromerzeugung und des Gesamtverbrauchs in ihrem Verwaltungsgebäude. *Die Bilder waren leicht verständlich,* hatte Tina sofort das Gefühl. *Aber vielleicht auch nur, weil sie die Anzeigen bereits von dem Besuch bei ihrem Onkel kannte.*

Auf der ersten Grafik wurde die aktuelle Stromproduktion aus der eigenen PV-Anlage und den neuen Windkraftanlagen auf dem Gebäudedach gezeigt. Beide separat ausgewiesen in farblicher Trennung. *Aus Erzeugungssicht ganz offensichtlich ein guter Herbsttag!* Die Sonne schien bereits seit einigen Stunden und auch der Wind war kontinuierlich dabei. Das Bild zeigte die Stromproduktion des Tages in aller Klarheit.

Auf der zweiten Grafik wurde der Verbrauch im Gebäude dargestellt. Hier wurde nach mehreren Kategorien unterschieden. In einem hellen Rot stachen die EV Ladesäulen besonders hervor. Sie konnte sich erinnern, dass bereits heute Morgen einige ihrer Firmen-EVs draußen geparkt waren und jetzt ganz offensichtlich Strom zogen.

»Wie du an der dünnen schwarzen Linie im Hintergrund zur Stromproduktion siehst«, erklärte ihr Phillip, »erzeugen wir aktuell mehr Strom aus unseren erneuerbaren Quellen, als wir verbrauchen. Und das inklusive der EVs, die gerade an den Ladesäulen hängen.«

Tina nickte.

»Fairerweise muss man sagen,« ergänzte Phillip, »dass wir das jetzt im Herbst meistens nicht hinbekommen! Dafür sind die Windkraftanlagen einfach noch zu klein. Nur unter optimalen Bedingungen wie jetzt an diesem sonnigen Herbst-Nachmittag sind wir komplette Eigenversorger.«

Doch Tina war begeistert. Das genau wollte sie für die Mitarbeiter dargestellt haben. In weiteren Bildern wurden neben Tages- auch Monatsbilanzen gezeigt. Der nun deutlich niedrigere Bedarf von Strom aus dem öffentlichen Netz war für jeden sofort zu erkennen.

»Was auch sehr schön herauskommt«, erklärte ihr Phillip stolz, »ist, dass ihr quasi fast nie mehr Strom produziert als ihr verbraucht, gerade weil die EVs so oft mit ihren Batterien als flexible Abnehmer zur Verfügung stehen. Damit ist die stetig sinkende Vergütung für die Einspeisung von PV-Strom für euch überhaupt kein Thema. Und das Netz belastet ihr auch nicht zusätzlich.«

In den nächsten Monaten planten sie eine detaillierte Auswertung ihres neuen Energie-Systems, um mögliche Schwachstellen und Optimierungspotentiale zu identifizieren. Phillip war sich jetzt schon sicher, dass weitere EVs auf dem Firmenparkplatz kein Problem darstellten. Ganz im Gegenteil, besonders wenn bei Bedarf endlich die Rückspeisung von den Fahrzeugen ins firmeneigene Stromnetz funktionierte.

Tina musste sofort an ihr Gespräch mit Eric Brinneau denken. *Vielleicht hatte diese neue Autofirma ja eine Lösung, wenn sie schon mit den etablierten Herstellern nicht weiter kamen. Musste sie unbedingt im Kopf behalten.*

Das Thema machte ihr zusehends mehr Spaß, jetzt wo sie ihr erstes, kleines System tatsächlich am laufen hatten. Mal schauen, was sie noch alles in dieser Taskforce für München bewegen konnte.

LOS ANGELES, ZEITGLEICH AM FRÜHEN MORGEN

Eric zog die Vorhänge in seinem Hotelzimmer zurück und sah hinaus. Die ersten Sonnenstrahlen kamen bereits wieder über den Horizont und versprachen einen weiteren, schönen Herbsttag in LA. Die Metropolregion breitete sich 24 Stockwerke weiter unten vor ihm aus. So weit das Auge reichte! Das dichte Straßennetz war nun besonders gut zu erkennen, nachdem die Autofahrer in der Morgendämmerung immer noch ihre Scheinwerfer an hatten.

Es war kurz nach sechs Uhr. Er lehnte an der großen Fensterscheibe und dachte an das gestrige Treffen mit dem Gouverneur und seinen Leuten. Sie hatten es tatsächlich geschafft, in LA, so wie in München, eine Taskforce aufzusetzen, die für eine beschleunigte Trendwende im Straßenverkehr sorgen sollte. *Und sie waren mitten drin! Auch die Zusammenarbeit mit Jack und Tina Steinhoff entwickelte sich ganz ausgezeichnet.* Er freute sich auf das nächste Treffen in München.

Zufrieden ging er hinüber zum Bett, auf dem er sein Smartphone liegen gelassen hatte, und rief seine Freundin an. Er war bereits mehr als eine Woche unterwegs, was Jeannette nicht wirklich toll fand. Konnte er nachvollziehen, auch er freute sich auf die Rückkehr und sein eigenes Bett. Nur die unterschwelligen Vorwürfe, wieso er sich so in seinen Job reinhängte, gingen ihm immer noch auf die Nerven. *Sie wollte ihn und seine Arbeit irgendwie nicht verstehen!* Er wählte gerade ihre Nummer, als parallel eine Nachricht von Lisa hereinkam. Er entschied sich spontan, zuerst die Nachricht zu lesen, und unterbrach den Wählprozess seines Smartphones. *Wieso eigentlich?* Für den Bruchteil einer Sekunde überkam ihn ein schlechtes Gewissen.

Lisa hatte tatsächlich ein ausführliches, zweites Gespräch mit ihrem Onkel geführt. Dieser wollte nun unbedingt ein weiteres Treffen mit ihnen. Ob er nicht direkt von LA nach Beijing kommen könnte, jetzt übers Wochenende. Ihr Onkel schien ausnahmsweise mal länger Zeit zu haben, oder sich diese Zeit extra zu nehmen. Und er wäre herzlich eingeladen bei ihrer Familie. Ein schönes Gästezimmer in ihrem alten traditionellen Landhaus stand für ihn bereit.

Eric war baff. Die Ereignisse überschlugen sich. Berlin. München. LA. *Und nun Beijing? Hatten sie gerade einen Lauf, wie man so schön sagte?* Er konnte es kaum glauben. *Aber manchmal war es so, und dann kam einfach alles auf einmal.* Er dachte an sein letztes Frühstück mit Jean-Luc. Ein erfolgreicher Start in China wäre noch ein weiteres Aushängeschild für seinen Chef und seine IEA-internen Gespräche. *Konnte nicht schaden.*

Jeannette würde die Absage ihres gemeinsamen Wochenendes nicht lustig finden, das war klar. Aber irgendwie berührte ihn das nicht so, wie es eigentlich sollte. *Was war los mit ihm?* Sein schlechtes Gewissen wurde stärker. Etwas genervt, versuchte er seine Gefühle zur Seite zu schieben. *Rein geschäftlich konnte er die Gelegenheit eigentlich nicht auslassen. Basta!* Er schrieb Jean-Luc eine kurze SMS und wollte dann final entscheiden. Solange konnte das Telefonat mit Jeannette auch noch warten.

Er zog sich an und ging hinunter. Sein Hunger meldete sich bereits wieder vehement. Er wollte gerade ans Buffet gehen, als sein Smartphone vibrierte. Eine Nachricht von Jean-Luc: *Klar, musst du machen,* war die spontane Reaktion seines Chefs. *Eine bessere Gelegenheit kriegen wir wohl kaum, um die Chancen einer Zusammenarbeit mit China im Detail auszuleuchten. Das Land ist einfach zu wichtig für unseren Erfolg bei der weltweiten Klima-Problematik. Grüße, JL.*

Eric nickte tief in Gedanken. Er kürzte sein Frühstück ab und buchte sofort die Mittagsmaschine von LA nach Beijing. Er ergatterte noch einen der letzten Business-Class-Plätze. Damit konnte er bereits Samstagmittag in China sein. Schnell ging er auf sein Zimmer und packte.

Das Telefonat mit Jeannette lief erwartungsgemäß nicht gut. Nach wenigen Minuten beendete sie enttäuscht das Gespräch. Eric war genervt. *Wieso konnte sie sich nicht ein einziges Mal in seine Situation hineinversetzen? China war eine einmalige Gelegenheit! Für ihn und seine Arbeit. Aber nein!* Ein weiteres Vibrieren seines Smartphones riss ihn aus den traurigen Gedanken. Eine kurze Antwort von Lisa. Sie freute sich riesig und wollte ihn persönlich am Flughafen abholen. Die offensichtliche Begeisterung in Lisa´s Nachricht ließ Eric´s Gefühle verrückt spielen. Das permanente Unverständnis für seine Arbeit zerrte seit Monaten an seinen Nerven. Sie hatten viel Spaß miteinander, rein privat, aber das war auf Dauer nicht genug. Er wollte nicht in einer reinen Spaßgesellschaft leben. Dafür waren die Probleme, an denen er und die IEA arbeiteten, einfach zu ernst. *Und die gigantische Herausforderung einer globalen Klimaerwärmung einfach zu verdrängen, war für ihn keine Lösung!* Wenn er ehrlich war, nervte ihn das wahrscheinlich am meisten an der Reaktion von Jeannette. *Dieses permanente Verdrängen. Sollten sich doch die anderen drum kümmern.*

Er schloss seinen Rollkoffer, sah sich noch mal im Zimmer um und ging dann hinunter. Das Taxi wartete bereits. Er freute sich auf den langen Flug und die Ruhe, die er immer wieder über den Wolken fand. *Konnte nur helfen, seine Gedanken zu ordnen.* Und außerdem wollte er sich noch auf China und das Gespräch mit Lisa´s Onkel vorbereiten.

BEIJING, AM NÄCHSTEN VORMITTAG

»Eric, Eric, hier!« Lisa winkte mit beiden Armen. Eric hätte sie am Ausgang der Gepäckabfertigung des Pekinger Flughafens beinahe übersehen.

Anstelle eines ihrer eleganten, Pariser Kostüme trug sie ein traditionelles, chinesisches Seidenkleid in zartem Grün mit floralem Design. Eric blieb fast der Atem weg, als er näher kam. Sie sah umwerfend aus! Die hohen Schuhe betonten ihre schlanke Erscheinung noch zusätzlich.

»Eric, ich freue mich so, dass du es geschafft hast«, rief Lisa entzückt, umarmte ihn kurz und drückte ihm einen Kuss auf die Backe.

Eric war sprachlos. *Was für ein Empfang!* »So eine Einladung kann man doch nicht ausschlagen«, erwiderte er mit einem breiten, etwas verlegenen Grinsen.

Sie gingen durch die extrem großzügige Empfangshalle des Flughafens hinaus zur Straße, wo der große AUDI Dienstwagen ihres Onkels samt Fahrer bereits auf sie wartete. Gemeinsam stiegen sie in den geräumigen Fond des Wagens. Eine breite, lederbezogene Mittelkonsole trennte die tiefen Sitze. Lisa sprach kurz mit dem Fahrer und sah dann zufrieden hinüber zu Eric.

»In einer knappen Stunde sollten wir da sein, das heißt genau rechtzeitig! Meine Großmutter mag es nämlich gar nicht, wenn man zu spät kommt.«

Eric war zum gemeinsamen Mittagessen mit Lisa´s Familie auf dem alten Landsitz ihrer Großmutter eingeladen. Dieser war offensichtlich Mittelpunkt aller familären Aktivitäten und lag etwas außerhalb von Beijing am Fuß der Berge, die sich im Nordwesten der chinesischen Hauptstadt erhoben. Der Fahrer bog nach kurzer Zeit auf den sechsten Autobahnring ein, der Beijing in einem riesigen Bogen umfuhr und die Vorstadtbezirke nun enger miteinander verband. Auch an diesem Samstagvormittag war der Verkehr auf der mehrspurigen Autobahn sehr dicht.

»Was machen nur all die Leute auch am Wochenende auf den Straßen?«, fragte Eric mit Blick auf die vielen Autos und ihre Insassen. *Fast schon wie in LA!*

»Ich glaube, die meisten, die sich jetzt ein Auto leisten können, genießen die so gewonnene, individuelle Freiheit. Und ein Besuch bei der Familie ist natürlich lange Tradition in unserem Land. Besonders, wenn die Großmutter ruft, was sie ja jetzt Dank modernster Kommunikationstechnik noch besser kann!«

Lisa stützte sich auf der breiten Mittelkonsole ab und lächelte zu ihm hinüber. Eric konnte das Seidenkleid seiner Kollegin nun aus der Nähe betrachten. Es war mit einer edlen Knopfreihe bis zum Hals geschlossen, betonte aber ihre tolle Figur. Lisa sah seinen Blick.

»Meine Großmutter freut sich immer ganz besonders, wenn ich nicht dauernd dieses, wie sagt sie doch, ›neumodische Zeug‹ an habe. Und das Kleid hat sie zusammen mit meiner Mutter bei einer alten Schneiderin in ihrem Dorf für mich ausgesucht. Gefällt es dir?«

Eric sah etwas verlegen hinüber, als sich Lisa ein wenig aus dem Sitz erhob und streckte, um ihm einen besseren Blick auf das Design des Kleides zu ermöglichen.

»Steht dir ganz ausgezeichnet«, sagte er zurückhaltend und hoffte, dass die getönten Scheiben die Rötung seiner Gesichtsfarbe weitgehend verbargen.

»Du musst das nicht sagen, Eric, nur um höflich zu sein. Du weißt doch, dass ich mit Kritik gut umgehen kann. Wenn es dir nicht so gefällt, kann ich heute Abend gerne wieder eines der Pariser Kostüme anziehen. Ist auch eher mein Stil!«

»Nein, nein, ich finde das Kleid wirklich toll!«

Lisa legte ihm die Hand auf seinen Unterarm. »Danke! Und macht den Besuch bei meiner Großmutter auch leichter.«

Wow! Eric war leicht benommen. Das lag nicht nur an dem langen Flug und dem doppelten Jetlag. Lisa verdrehte ihm langsam den Kopf, hatte er das Gefühl. *Junge, reiß´ dich zusammen. Sie ist eine tolle Arbeitskollegin, mehr nicht! Ist das klar!* Verlegen sah er aus dem Fenster. Lisa spürte die Unsicherheit auf seiner Seite und wechselte geschickt das Thema.

»Ich habe die letzten Tage nicht nur viel gegessen und meine Familie gesehen, sondern auch ein bisschen weiter recherchiert. Besonders, nachdem wir jetzt in München und LA ja so einen detaillierten Überblick zur Gesamtenergiebilanz haben. Da wollte ich unbedingt wissen, ob wir eine ähnliche Detailtiefe auch für Beijing hinbekommen.«

»Und?«

»Ist auf jeden Fall schwieriger als ich dachte. Chinesische Behörden sind immer noch extrem zurückhaltend, wenn es um die Veröffentlichung aussagekräftiger, statistischer Daten geht. Auf Englisch ist so gut wie gar nichts zu finden. Und bei den chinesischen Berichten finden sich oft widersprüchliche Aussagen.«

Eric nickte. Der Themenwechsel tat gut. Lisa fuhr fort.

»Was klar ist, ist, dass die Stadt einen riesigen Kohleverbrauch hat. Nicht nur in der zentralen Strom- und Fernwärmeerzeugung, sondern auch in den Industriebetrieben am Stadtrand. Und dann gibt es da wohl noch die vielen einfacheren Haushalte, die immer noch mit Kohle heizen und zum Teil sogar kochen. Zwar hat die Stadtregierung bereits einige Fortschritte beim Ersatz dieser alten Kohleheizungen durch Elektroheizgeräte gemacht, aber das verlagert das Problem natürlich nur hin zu den Kraftwerken.«

Wie bestellt, konnte Eric beim Blick aus dem Fenster drei hohe Schornsteine mit dicken Rauchwolken am Horizont erkennen. Eigentlich war es ein schöner Herbsttag in Beijing, zumindest hatte das ihr Flugkapitän kurz vor der Landung gesagt. Dennoch war die Sonne wieder einmal kaum zu erkennen. Zu dicht hing die Dunstschicht über der Stadt.

»Es gibt wohl ein Programm, alle Kohlekraftwerke innerhalb des

Stadtgebietes in den kommenden Jahren auf Gas umzustellen«, sagte Lisa und folgte seinem Blick.

»Mal schauen, ob das beim Smog wirklich hilft«, meinte Eric stirnrunzelnd, »der starke Zuwachs bei den Straßenfahrzeugen läuft dem Trend ja entgegen.«

China und seine Großstädte standen wahrlich vor einer riesigen Herausforderung. Die stetig wachsende und anspruchsvoller werdende Stadtbevölkerung konsumierte immer mehr Energie in Form von Strom, Wärme und Mobilität. Mehr als siebzig Prozent der chinesischen Kraftwerke, bei denen jede Woche ein weiteres hinzukam, wurden mit Kohle betrieben, so wie vor hundert Jahren auch in den westlichen Industrienationen, bevor sie sich von der Kohle, zumindest größtenteils, lossagten. Und seit gut zehn Jahren wurde China mit konventionell angetriebenen Autos geradezu überschwemmt und bildete damit das Rückgrad der Erholung der globalen Automobil-Industrie. *Eine Formel für den klimatischen Supergau!*

»Wie sieht das eigentlich dein Onkel?«, fragte Eric und sah Lisa, die nachdenklich mit den Knöpfen ihres Seidenkleides spielte, von der Seite an.

»Bin ich mir nicht ganz sicher! Er wollte beim Frühstück von mir genau wissen, was wir in München machen oder noch planen zu machen. Und auch der Stand in LA interessierte ihn sehr. Zu seinen Aktivitäten hier in Beijing war er eher ausweichend, wobei ich glaube, dass er die Diskussion einfach gerne mit uns beiden zusammen führen wollte, um nicht alles doppelt zu besprechen. Auf jeden Fall freute er sich fast genauso wie ich, als ich ihm von deiner Zusage für den Besuch erzählte.«

Wieder setzte Lisa dieses umwerfende Lächeln auf und trieb Eric wieder die Räte ins Gesicht. *Junge, es reicht!*

»Na, dann bin ich ja mal auf unser Gespräch gespannt«, fügte er nur kurz an.

Der Fahrer hatte den Autobahnring bereits vor einiger Zeit verlassen und steuerte den Wagen jetzt auf immer ruhigeren Straßen den Bergen entgegen. Die Metropol-Region Beijing´s ging langsam in den ländlichen Teil über und gab erste Einblicke in den traditionellen Teil China´s preis. Sie überholten einen von einem Esel gezogenen Holzkarren, der mit torfartigen Würfeln gefüllt war und von einem alten Chinesen gesteuert wurde. Der vorbeifahrende AUDI wurde keines Blickes gewürdigt, so als wenn die Neuzeit hier draußen keine Daseinsberechtigung hatte. *Die Transformation der gesamten chinesischen Gesellschaft in die energetische Neuzeit war wohl noch eine gigantische Aufgabe,* dachte Eric. *Wie wollte man das hier schaffen, wenn nicht mal die führenden westlichen Nationen diesen Wandel nicht hinbekamen?*

»Wir sind gleich da«, sagte Lisa und beugte sich kurz zum Fahrer vor. Dieser verlangsamte den Wagen, bog an der kleinen Kreuzung ab und fuhr mitten durch ein altes, chinesisches Dorf. »Das ist der Geburtsort meines Vaters und meines Onkels. Meine Großmutter erzählt immer ganz stolz, dass sich seit damals, zumindest in dem kleinen Dorfkern, fast nichts verändert hat. Naja, wenn man sich die alten Häuser ansieht, könnte sie vielleicht sogar Recht haben!«

Eric sah beeindruckt zum Fenster hinaus. Das war definitiv nicht Beijing, so wie man es aus der Innenstadt kannte.

Kurze Zeit später bog der Fahrer in eine kleine, unbefestigte Straße ein, fuhr an einer niedrigen Mauer entlang und hielt vor einem großen Eingangstor.

»Wir sind da«, sagte Lisa freudig und stubste Eric am Arm. Und dann war sie auch schon draußen und umarmte ihren Onkel, der sie an der Türe begrüßte.

»Hallo, Mister Brinneau, schön sie wiederzusehen.«

»Ganz meinerseits.«

Eric spürte die Müdigkeit in den Knochen, ließ sich aber nichts anmerken.

»Eric, darf ich? Diese Schuhe sind nämlich ein Killer!« Bevor Eric etwas erwidern konnte hakte sich Lisa mit einem Lächeln bei ihm unter und führte ihn durch das alte Eingangstor. Sie mussten um eine reich verzierte Holzwand herumgehen, bevor sie in den großen Innenhof des Anwesens gelangten. Lisa hielt kurz an.

»Diese Wand verhindert nach alter Tradition das Eindringen von bösen Geistern«, erklärte sie ihm ernst, »denn die können sich nur auf geraden Linien bewegen.«

Eric sah sie erstaunt an. *Man musste ja nicht alles auf Anhieb verstehen!* Der Innenhof, der sich vor ihnen auftat, war wunderschön hergerichtet. Ein hölzerner Brunnen bildete das Zentrum. Zahlreiche Zierbäume holten die Natur samt ihrer Vögel herein. Ein gegenüberliegendes Haupthaus und zwei Nebengebäude links und rechts rahmten den Hof komplett ein. Eine überdachte Veranda vor den Gebäuden wurde von zahlreichen, dunkelroten Säulen getragen und ermöglichte eine Art Rundgang.

»Mein Vater und mein Onkel haben viel Zeit in die Renovierung gesteckt. Ihre Mutter, meine Großmutter, wollte unbedingt, dass es so wie früher blieb.«

Eric war echt beeindruckt.

»Lisa übertreibt mal wieder«, sagte ihr Onkel mit seinem so angenehmen Lächeln, das er ganz offensichtlich seiner Neffin vererbt hatte, und ergänzte, »wir wollten nur verhindern, dass er vollkommen zerfällt. Und ein bisschen moderne Technik konnte auch nicht schaden, wenn wir uns schon so oft hier draußen treffen.«

Auf der breiten Veranda vor dem Hauptgebäude wartete die Familie. Zurückhaltend, aber doch neugierig, wer denn nun dieser Besucher war. Lisa stellte zuerst ihre Eltern vor, die deutlich gebrechlicher wirkten, als Lisa´s Onkel. *Wahrscheinlich waren sie auch einen Tick älter,* dachte Eric. Dagegen machte die Großmutter trotz ihres offensichtlich hohen Alters einen immer noch rüstigen Eindruck. Lebhafte Augen musterten ihn genau. Sie machte eine Bemerkung auf Chinesisch, die allen außer Eric ein zurückhaltendes Lächeln entlockte.

»Was hat sie gesagt?«, fragte Eric leise in Lisa´s Richtung.

»Sag ich dir später«, antwortete Lisa mit einem verlegenen Lächeln und stellte zum Schluss ihre Tante mit Mann, sowie deren Tochter samt Ehemann und kleinem Baby vor.

Damit war Eric tatsächlich mitten in eines von Lisa´s Familientreffen geraten, die regelmäßig stattfanden. Aber eben oft ohne Lisa´s Beteiligung.

»Lisa, zeig´ Herrn Brinneau doch bitte noch schnell sein Zimmer«, sagte ihr Onkel, »dann kann er sich noch kurz frisch machen, bevor wir uns gleich zum Essen treffen. Du weißt ja, deine Großmutter isst ungern zu spät.«

Lisa hakte sich wieder bei Eric unter und führte ihn die überdachte Veranda entlang bis zu einem der beiden Nebengebäude. »Das Gebäude gegenüber bewohnen jetzt meine Eltern, seitdem mein Vater pensioniert wurde. Während dieses Gebäude hier als Gästehaus dient.« Es gab eine Art zentralen Wohnbereich, von dem links und rechts zwei Türen in separate Räume führten. »Auf der linken Seite ist mein Zimmer. Und deines ist hier gegenüber.«

Lisa führte Eric durch die rechte Tür in einen kleinen Raum mit altem Holzboden und einem großen Bett, ebenfalls aus Holz mit einer bunt bestickten Überdecke. »Beide Zimmer haben ein eigenes Bad, sogar mit fließend Wasser und funktionierender Toilette. Hier in der Wand ist ein kleiner Kleiderschrank integriert. Und das dort unten sind ein paar Filz-Hausschuhe, die du gerne benützen kannst. Schont nämlich die alten Holzböden!«

Lisa lachte und stellte ihm die Schuhe vors Bett. Das Gepäck hatte der Fahrer bereits in das Zimmer gestellt. »Du kannst dich ja noch schnell frisch machen und dann sehen wir uns gleich drüben. Das Mittagessen findet im Haupthaus statt.«

Eric sah Lisa kurz hinterher, als diese sich in ihrem traditionellen Seidenkleid und hohen Schuhen geschickt drehte und das Zimmer verließ, und packte dann schnell sein Gepäck aus. Er war müde, aber glücklich! *Gut, dass er die Einladung angenommen hatte!* Er wusch sich die Hände, stellte dabei fest, dass es tatsächlich fließendes, sogar warmes Wasser, gab, und machte sich dann auf den Weg zurück ins Haupthaus. *Die Großmutter sollte man ja scheinbar nicht warten lassen!* Und er wollte ja nicht gleich zu Beginn einen schlechten Eindruck hinterlassen.

Das Haupthaus schien eine ähnlich klare und einfache Aufteilung zu haben wie ihr Nebengebäude. In dem großen, zentralen Raum stand ein ebenso großer, runder Tisch und diente ganz offensichtlich als familiärer Mittelpunkt. Als Eric von der Veranda ins Haus kam, warteten bereits alle auf ihn. Die Großmutter hatte schon Platz genommen.

»Eric, wir sitzen beide hier neben meiner Großmutter, so kann ich bei Bedarf immer schnell dolmetschen. Und mein Onkel sitzt neben dir auf deiner anderen Seite, so dass er das gleiche für den Rest der Familie machen kann.«

Lisa´s Mutter stellte noch die letzten Speisen aus der Küche auf den hölzernen Drehteller des alten Tisches, dann setzten sich alle.

Die Großmutter ließ es sich nicht nehmen, Eric mit Hilfe von Lisa´s Übersetzungskünsten alle aufgetischten Speisen im Detail zu erklären. Hier und da hatten sie mit dem Vokabular für verschiedene Gewürze und Gemüsearten ihre Schwierigkeiten, aber mit Geduld und viel Lachen kamen sie schließlich durch. Eric musste natürlich alles probieren. In bewährter Weise orientierte er sich an Lisa´s Auswahl und ihren Essmanieren, was diese mit einem Lächeln zur Kenntnis nahm, während die Großmutter die beiden genau beobachtete.

Eric musste mehrmals von seiner kleinen Weltreise, von Paris über LA nach Beijing und dann wieder zurück nach Paris, berichten, nachdem Lisa´s Tante und deren Tochter mit Familie das Land noch nie verlassen hatten. *Und dass man tatsächlich in wenigen Tagen einmal um die Welt fliegen konnte!* Lisa´s Onkel übersetzte immer wieder und fügte erklärende Sätze für Eric ein.

Es war sehr schnell offensichtlich, dass Lisa und ihr Onkel eine besondere Stellung in der Familie innehatten. Als erster Sohn und hoher Regierungsbeamter hatte ihr Onkel es weit gebracht, war international erfahren und der Stolz der Großmutter. Und Lisa schien die Enkeltochter zu sein, die einmal in die Fußstapfen des Onkels treten konnte und damit unter besonderer Beobachtung und Fürsorge der Großmutter stand. Sie war hoch gebildet, intelligent und machte jetzt, auch dank der Fürsprache durch ihren Onkel, Karriere in einer internationalen Organisation. Und das in Paris. Eric konnte den Stolz auch in den Augen ihrer Eltern sehen.

»Was war das eigentlich für eine Bemerkung deiner Großmutter, als du mich ihr vorgestellt hast?«, fragte Eric, als ihre Großmutter sich für kurze Zeit zur anderen Seite hin orientierte.

»Nicht jetzt«, flüsterte Lisa mit einem Lächeln, »erzähle ich dir später.«

»Herr Brinneau, hätten Sie Lust, nachher zusammen mit Lisa und mir eine kleine Tasse Tee draußen auf der Veranda zu trinken?« Lisa´s Onkel hatte sich tatsächlich, so wie von Lisa bereits berichtet, den ganzen Tag für die Familie Zeit genommen.

»Sehr gerne.«

Nachdem Eric trotz mehrfachen Nachfragens der Großmutter endgültig nichts mehr essen konnte, wurde die Tafel aufgehoben. Die Großmutter zog sich zurück und auch die anderen suchten offensichtlich ein wenig Ruhe.

Lisa bereitete in der Küche den Tee, während Eric mit ihrem Onkel in den Innenhof ging. Es war ein milder Herbstnachmittag in Beijing. Ein paar Vögel zwitscherten einen für Eric ungewöhnlichen Gesang in den Zierbäumen. Kein Straßenlärm störte die Ruhe hier draußen. *Wahrlich ein Ort der Besinnung,* dachte der Schweizer. *Nur die Sonne wollte auch hier nicht so richtig durchkommen!*

Der Onkel, der langsam neben ihm her ging, sah ebenfalls hinauf in das diesige, graublaue Etwas. »Wissen Sie, wieso ich so gerne in diesem Innehof spazieren gehe?« Eric sah ihn fragend an. »Weil ich nur hier auf diesem Boden das Gefühl habe, den Geist unserer Erde zu spüren. Schon unsere Vorfahren suchten in diesen Innenhöfen und anderen kleinen Gärten den direkten Kontakt zur Mutter Erde, damit sie zu ihnen sprach. Wenn man dagegen in einem großen Regierungsgebäude in der Innenstadt Beijing´s sitzt, dann geht diese Verbindung verloren. Und man trifft häufig falsche Entscheidungen.«

»Sie meinen, gerade wenn es um unsere Mutter Erde geht?«, fragte Eric nach.

Lisa´s Onkel blieb an einem der schönen Zierbäume stehen, ließ ein Blatt vorsichtig durch seine Finger gleiten und sah wieder zum Himmel hinauf. »Es kann auf Dauer einfach nicht gut sein, wenn unsere Kinder das Sonnenlicht fast nur noch aus dem Fernsehen kennen. Und auch diese Bäume leiden.«

Worauf wollte er hinaus? Eric zog es vor, nicht zu antworten. Der weise Mann schien seine eigene Geschwindigkeit zu haben.

Lisa kam mit einem großen Tablett auf die Veranda hinaus und steuerte auf eine kleine, hölzerne Sitzgruppe zu. Ihr Onkel ging ohne weitere Worte langsam zu ihr hinüber. Eric folgte schweigend.

Lisa´s Onkel deutete den beiden an, sich zu setzen. Dann nahm er selbst gegenüber an dem kleinen, niedrigen Tisch Platz. Lisa goß ein. So saßen sie zu dritt für eine Weile, während jeder einen ersten Schluck des duftenden Tees genoss.

»Herr Brinneau«, fing Lisa´s Onkel schließlich an, »ich freue mich, wie gesagt, sehr, dass Sie so kurzfristig diesen weiten Weg zu uns gemacht haben. Lisa hat mir bereits von ihren großen Fortschritten in München und LA erzählt. Respekt. Ich muss zugeben, dass ich bei unserem ersten Gespräch doch einige Zweifel hatte, ob Sie mit ihrem Thema Fortschritte machen würden. Aber Sie leisten ganz offensichtlich, zusammen mit meiner Nichte und den anderen Teammitgliedern, hervorragende Arbeit. Und Jean-Luc, mein alter Freund, gibt Ihnen die notwendige Unterstützung und Rückendeckung.«

Eric nickte. Lisa sah ihn stolz von der Seite an. Leise fuhr der alte Mann fort. »Die Prioritäten liegen in China leider anders. Noch. Aber das kann sich ändern. Sollten Sie in Städten wie LA oder München zu nennenswerten Erfolgen kommen, hat dies sicherlich auch Einfluss auf unsere Entscheidungen.«

Wieder machte der Chinese eine Pause. Ein Vogel zwitscherte in dem Baum direkt neben der Veranda. »Wir kämpfen heute in Beijing zuallererst mit dem Smogproblem. Das hat, wie wir alle wissen, sehr viel mit unserem hohen Kohleverbrauch in der Stadt, aber auch der weiteren Umgebung zu tun.«

Eric und Lisa nickten.

»Mein Kollege in der Verwaltung für die zentrale Energieversorgung steht daher enorm unter Druck. Mehr als die Hälfte unseres Kohleverbrauchs geht immer noch auf die Kraftwerke. Doch er hat es, auch mit Hilfe der Parteiführung, geschafft, ein massives Umbauprogramm für die innerstädtischen Kohlekraftwerke hier in Beijing durchzusetzen. Wenn alles nach Plan verläuft, ist die Umstellung auf Gasbetrieb tatsächlich in wenigen Jahren vollzogen.«

Eric und Lisa kannten die Pläne und nickten daher wieder.

»Das wäre sicherlich ein beachtlicher Erfolg auf der Rußpartikel- und Smogseite«, fuhr ihr Onkel fort, »aber nur ein kleinerer Schritt auf der CO2-Seite. Denn parallel steigt der Strom- und Wärmebedarf ja weiter in der Stadt. Die Leute beanspruchen immer größere Wohnungen mit Klimaanlagen und weiteren, elektrischen Verbrauchern. Das heißt, die Gaskraftwerke werden auf Maximalleistung laufen müssen und zusätzlich wird trotzdem noch mehr Strom von Kraftwerken von außerhalb von Beijing benötigt. Und die laufen, so wie es aussieht, weiterhin mit Kohle.«

»Wieso das denn?«, hakte Lisa empört ein.

Ihr Onkel nahm einen weiteren Schluck aus seiner Teetasse, bevor er antwortete. »Die Kohle-Barone in China sind sehr mächtig. Im Hinterland ist ihre

Macht kaum einzugrenzen. Auch von der Zentralregierung nicht.« Sein Blick wurde traurig und wanderte hinüber zum Innenhof. »Schon die Umstellung der wenigen Kohlekraftwerke in Beijing kostet die Regierung Milliarden. Verlorene Gewinne, die die Kohle-Barone geltend machen bei der Umstellung auf den teureren Rohstoff Erdgas, wird sie ihnen wohl ersetzen müssen.«

»Aber die Vorteile auf der Schadstoffseite liegen doch ganz klar auf der Hand«, warf Lisa wieder ein.

»Werden aber monetär noch nicht bewertet, auch wenn erste Ideen zu einer CO2- oder Schadstoffsteuer gerade entstehen. Aber auch hier spielt die Kohlelobby ihre Macht aus.«

Eric sah den alten Mann an, der ihnen die Gegebenheiten in China so klar vor Augen führte. *Wieso sollte es auch in China anders laufen als in LA,* dachte Eric. *In den USA ist es aktuell die Öllobby, die ihre Pfründe mit allen Mitteln zu verteidigen sucht!*

Lisa´s Onkel fuhr fort. »Das nur zum Hintergrund für euch. Die Umstellung auf Gas ist hier, kann hier, meiner Meinung nach, nur ein erster Schritt sein. Vermindert aber den Druck auf meinen Kollegen in der Stadtverwaltung. Aktuell stehen nun besonders die großen Industrieunternehmen im Stadtgebiet unter Beschuss, die einen fast vergleichbar hohen Kohleverbrauch haben, gerade in der Stahl- und Prozessindustrie. Hier werden gerade die staatlichen Vorgaben für die einzelnen Branchen massiv überarbeitet.«

Lisa und Eric hörten schweigend zu. *Worauf wollte der alte Mann hinaus?*

»Sobald der Kohleverbrauch in Beijing sowohl bei den Kraftwerken, als auch den Industriebetrieben deutlich gefallen ist, stehen meine beiden Kollegen nicht mehr so im Rampenlicht. Auch wenn eine massive Umstellung auf Gas, wie gesagt, ja nur ein Teil des Weges zu einer massiven CO2-Reduzierung ist.«

Wieder eine Pause.

»Damit ist es nur noch eine Frage der Zeit, bis wichtige Leute in der Partei ihr Augenmerk noch stärker auf den Straßenverkehr legen werden. Die Beschränkung bei den jährlichen Neuregistrierungen hat das Bestandswachstum bei den PKWs zwar verlangsamt. Der Kraftstoffverbrauch und die damit einhergehenden CO2- und Schadstoffemissionen steigen dagegen unaufhörlich weiter. Sowohl bei den PKWs, als auch bei den LKWs und Bussen. Und werden damit in den nächsten Jahren zur Hauptbelastung für die Luft in Beijing werden! Besonders, wenn der Kohleverbrauch tatsächlich so weit runtergehen sollte.«

»Es sei denn«, warf Lisa ein, »wir schaffen hier eine massive Umstellung auf EVs.«

Ihr Onkel sah sie nachdenklich an. »Ist das wirklich die Lösung? Woher kommt denn der Strom für die Autos?«

Lisa und Eric sahen ihren Onkel etwas erstaunt an. *Deswegen hatte er vorher so weit ausgeholt! Und über die aktuellen Entwicklungen im Energiesektor in Beijing gesprochen,* dachte Eric.

»Gibt es im Energiesektor nicht auch enorme Anstrengungen bei der Einführung von erneuerbaren Energien, gerade Windkraft?«, fragte Eric, der aus seinen IEA-Unterlagen entsprechende Prognosen dazu kannte.

»Ja, das ist richtig. Aber im Vergleich zur Kohle immer noch auf sehr niedrigem Niveau.«

»Aber die Wachstumsraten sind doch enorm«, schob Lisa nach.

»Dennoch werden vermehrt Stimmen laut, die den Benefit von EVs auf der CO2-Seite in Frage stellen.«

»Aber man könnte doch genauso argumentieren, wie bei der Stilllegung der Kohlekraftwerke«, erwiderte Lisa nachdenklich, »denn mit der Umstellung auf EVs wären die Schadstoffe wenigstens raus aus der Stadt.«

Ihr Onkel nickte vorsichtig. Ein kleines Lächeln erschien auf seinem Gesicht. »Klug argumentiert, meine Liebe. Aber das wäre für mich zu wenig, und würde die Flanke der sauberen Stromerzeugung weiter offen lassen.«

»Und wie stünde es mit der eigenen, sauberen Stromerzeugung über PV-Anlagen?«, warf Eric in die Diskussion ein. Das war ja auch einer ihrer Kernansätze in München und LA! Er war sich nur nicht sicher, ob die Rahmenbedingungen in einem Land wie China dafür schon so weit waren.

»Sehr richtig! Das genau ist für mich der springende Punkt«, erwiderte Lisa´s Onkel und sah die beiden IEA-Experten direkt an, »ist es denkbar, dass wir in Beijing einen Technologiesprung sowohl auf der Fahrzeug-, als auch auf der Strom-Erzeugungsseite machen? Und eben nicht nur einfach das Emissionsproblem aus der Stadt hinaus verlagern.«

»Wieviele Haushalte mit Solaranlagen gibt es denn schon in der Stadt?«, fragte Lisa, die Eric´s Gedankengang sofort aufgriff.

»Sehr wenige, soviel ich weiß«, sagte ihr Onkel nachdenklich, »aber es gibt in China bereits einige Pilotstädte, in denen die Einführung von Solaranlagen für die Warmwasserzeugung ganz erfolgreich läuft.«

Lisa gefiel der Gedanke immer mehr. »Und China hat sich ja auch zum Weltmarktführer für PV -Anlagen aufgeschwungen. Wieso nicht massiv in den eigenen Markt investieren?«

»Wissen wir eigentlich«, hakte Eric ein, »wieviele der Beijinger Haushalte in einem Einfamilienhaus wohnen? Das ist ja unsere Kernzielgruppe in LA und München. Diese Leute tun sich bei der Errichtung einer PV-Anlage ja normalerweise deutlich leichter.«

Lisa sah Eric nachdenklich an. »Eric, das stimmt wohl für westliche Großstädte, könnte hier in China aber etwas anders aussehen.«

»Da könnte meine Nichte Recht haben, Herr Brinneau. Zum einen gehe ich davon aus, dass nur ein verschwindend geringer Anteil in Beijing in einem Einfamilienhaus wohnt. Ja, ich gehöre seit neuestem dazu, aber es ist ein enormer Luxus in dieser Stadt, den ich mir nur aus Liebe für die alte chinesische Baukunst und deren Erhalt leiste. Das heißt, die meisten Familien, auch der gehobenen Mittelschicht, wohnen sicherlich in einem der vielen, neuen Apartmentblocks. Dennoch hat die Stadtverwaltung enormen Einfluss auf die Gestaltung dieser Anlagen. Und oft ist sie sogar Initiator und Betreiber.«

Eric´s Bild zur Metropolregion Beijing war deutlich nebulöser als zu LA oder München. Das lag natürlich zum einen daran, dass sie sich mit der chinesischen Hauptstadt noch nicht so intensiv beschäftigt hatten. Aber eben zu einem erheblichen Teil auch an der begrenzten Datenverfügbarkeit. Das kam nicht von ungefähr, dachte sich Eric immer wieder. Es lag nicht im Interesse der chinesischen Regierung, auf diesem Gebiet besonders transparent zu sein. Auch zur Situation der Haushaltsgrößen und der Wohngebäude waren ihre Informationen nur sehr spärlich. Wenn sie in Beijing mit ihren Ideen wirklich weiterkommen wollten, brauchten sie eine deutlich bessere Datenbasis. Das wurde ihm immer klarer. Lisa konnte Eric´s Gedanken wieder einmal lesen.

»Wir brauchen mehr statistische Informationen zu Beijing«, sagte sie zu ihrem Onkel, »ansonsten tappen wir mit unseren Ideen ziemlich im Dunkeln.«

Dieser beugte sich langsam vor, nahm die schön bemalte Teekanne und schenkte allen nach. Immer wieder ein beruhigendes Ritual. Danach hob ihr Onkel seine eigene Teetasse an und lehnte sich wieder in dem alten Holzstuhl zurück.

»Lisa, da hast du völlig Recht. Ich denke, das ließe sich einrichten, auch wenn man mit einer gewissen Vorsicht vorgehen müsste. Die IEA ist ja nicht gerade willkommen in China. Dennoch wäre mir sehr an eurer Kompetenz und dem direkten Vergleich mit westlichen Großstädten gelegen. Wir haben zwar bereits eine offizielle Kooperation mit London zu einem ähnlichen Thema. Aber der Fortschritt in dieser Arbeitsgruppe war bisher sehr begrenzt, was leider auch an der schwachen Führung innerhalb unserer Stadtverwaltung liegt.«

Weiter wollte er sich dazu nicht auslassen. Lisa hakte nach.

»Du meinst, wir sollten eine ähnliche Taskforce wie in München und LA aufsetzen?«

»Ich würde es am Anfang eher klein und sehr fokussiert halten wollen. Absolut auf den Verkehr und die relevanten Rahmenbedingungen konzentriert, sodass hoffentlich keiner meiner Kollegen dabei ungute Gefühle entwickeln würde. Können Sie sich so etwas vorstellen, Herr Brinneau?«

Eric spielte nun ebenfalls nachdenklich mit seiner Teetasse. Ohne die Unterstützung einer einflussreichen Regierungsstelle waren ihre Recherche-Bemühungen hier in Beijing nahezu hoffnungslos.. Auf der anderen Seite durfte man die politische Brisanz nicht außer Acht lassen. China war nicht Mitglied der IEA. Dennoch war die IEA schon immer an einer engeren Zusammenarbeit mit Beijing interessiert. Das war eine Chance, ganz ohne Zweifel. Er musste mit Jean-Luc darüber reden.

»Auf jeden Fall«, antwortete er vorsichtig, »aber ich würde gerne vorher nochmal mit Jean-Luc Rücksprache halten, China ist ja doch ein besonderer Fall. Für uns.«

»Kein Problem. Wir wollen hier nichts über´s Knie brechen«, stimmte ihm Lisa´s Onkel mit einem Lächeln zu, »ich kann Ihnen auch gerne für die nächsten zwei Tage meinen Wagen mit Fahrer zur Verfügung stellen. Dann können Sie sich zusammen mit Lisa ein erstes, eigenes Bild zu den speziellen Rahmenbedingungen in Beijing machen. Und bevor Sie wieder zurückfliegen, würde ich mich über ein kleines Abschiedsabendessen in meinem Stadthaus sehr freuen. Was halten Sie davon, Herr Brinneau?«

Lisa sah Eric von der Seite an. Der Vorschlag war auch für sie neu. Natürlich würde sie ihm gerne mehr von ihrer Heimat zeigen, das war keine Frage. Wieder warf sie ihm ihr gewinnendes Lächeln zu.

Eric sagte nach kurzem Zögern zu. *Was sollte er auch sonst tun! Er war ja nicht den weiten Weg hierher gekommen, um dann eine solche Chance einfach verstreichen zu lassen. Zwei Tage Erkundungstour konnten eine ganze Menge bringen, gerade weil ihr Bild zu Beijing noch sehr oberflächlich war. Und eine bessere Führerin als Lisa konnte er sich kaum vorstellen!*

Kurz vor dem Abendessen trafen sich wieder alle Familienmitglieder im Hauptgebäude. Eric hatte sich ebenfalls für ein paar Minuten in sein Gästezimmer zurückgezogen, nachdem die Müdigkeit langsam ihren Tribut forderte. Beim gemeinsamen Abendessen vereinbarte Lisa´s Onkel einen Rundgang im Dorf für den nächsten Morgen, um Eric und seiner Nichte einen besseren Eindruck zur ländlichen Energieversorgung zu verschaffen. Sowie einen

Besuch bei Lisa´s Cousine, die mit ihrem Mann und dem Baby gerade ein neues Apartment in der Innenstadt bezogen hatte. Und dabei gleich ihr erstes Auto gekauft hatten!

Nach dem Essen gingen Eric und Lisa wieder in den großen Innenhof des alten, chinesischen Anwesens. Beide waren sehr zufrieden. Das Gespräch mit ihrem Onkel war ein voller Erfolg, so wie von Lisa vermutet hatte. Sie setzten sich gemeinsam auf die Stufen der Veranda vor ihrem Nebengebäude.

»Jetzt kannst du mir ja endlich erzählen, was deine Großmutter heute Mittag so komisches über mich gesagt hat«, sagte Eric und stubste seine Kollegin neben ihm an. Eric sah das versteckte Lächeln in Lisa´s Gesicht.

»Ach, meine Großmutter war schon immer sehr direkt. Und macht sich eine Menge Gedanken über meine Zukunft. Wieso ich zum Beispiel noch nicht verheiratet bin? Langsam wäre es doch an der Zeit, nicht immer nur ans Arbeiten zu denken, meint sie. Das Baby bei meiner Cousine hat die Diskussion natürlich noch zusätzlich angefacht. Daher beobachtet sie jeden Mann, der nur irgendwie in meine Nähe kommt, ganz genau. Wohl um zu prüfen, ob das der richtige sein könnte. Auch wenn ich ihr schon hundertmal erklärt habe, dass das heute ganz anders läuft und man nicht mehr so früh heiraten muss. Oder auch gar nicht heiratet und trotzdem glücklich ist! Aber irgendwie will sie das nicht verstehen.«

»Jetzt red´ nicht so lange um den heißen Brei herum«, zog Eric seine Kollegin auf, »was hat sie denn nun gesagt?«

Lisa hob eines der verwelkten Blätter vom Boden auf und spielte damit zwischen ihren zarten Fingern. »Sie war wohl nur etwas überrascht von deiner Körpergröße«, sagte sie mit einem verlegen Blick hinüber zu Eric, »kennt sie ja kaum von den chinesischen Männern. Und drückte dann in ihrer unnachahmlichen Art ihre Sorgen um meine Person aus, da ich ja so zart gebaut wäre.«

Eric musste lachen und steckte Lisa damit an. »Ohh«, sagte er nur und fügte nach einer Pause mit einem Schmunzeln hinzu. »Ich glaube ja nicht, dass der Größenunterschied in einer Beziehung eine entscheidende Rolle spielt. Oder? Witzig, woran die Leute alles denken.«

»Glaube ich auch nicht«, erwiderte sie nur kurz, immer noch etwas verlegen, und stand dann spontan auf, um sich zu strecken. »Ich bin den ganzen Tag fast nur herumgesessen. Das reicht jetzt! Hast du Lust auf einen kleinen Spaziergang durch´s Dorf? Nachdem ich die Schuhe gewechselt habe!«

Eric stimmte zu.

»Aber nur ein ganz kurzer. Ich bin nämlich fix und fertig.«

Wieder lachten beide.

Lisa zeigte ihm die nähere Umgebung des Familienanwesens. Am Rande des kleinen Dorfes gelegen, waren sie nach wenigen Minuten in unberührter Natur. Die Abenddämmerung ging langsam in ein tiefes Dunkel über. Hier draußen gab es kaum öffentliche Beleuchtung. Nach einem kleinen Rundgang über schmale Feldwege und entlang von alten Baumbeständen waren sie schnell wieder zurück am Eingangsportal des Anwesens.

»Was machen denn diese alten Steine hier auf beiden Seiten des Eingangs?«, fragte Eric neugierig, als er an einem von ihnen fast hängen blieb, »sehen fast wie geduckte Löwen aus.«

»Ja, das sind tatsächlich in Stein gemeißelte Löwen. Drückten früher den Reichtum der Familie aus und wurden für das Besteigen der Pferde benutzt. Meine Eltern wollten sie schon wegwerfen, da sie ja heute zu nichts mehr nützlich sind und eher im Weg stehen. Aber mein Onkel bestand darauf, dass sie hier blieben. Sind für ihn eine erhaltenswerte Erinnerung an alte, chinesische Traditionen. Finde ich gut.«

Lisa schaffte es, trotz des engen Kleides, auf einen der beiden Löwen hinaufzusteigen und stemmte die Arme in die Hüften. »Siehst du, sind doch noch für etwas gut. Jetzt bin ich größer als du«, sagte sie mit einem aufgesetzten Schmollmund.

Wieder musste Eric lachen. Lisa war extrem liebenswert, da gab es keinen Zweifel in seinen Augen. Er reichte ihr eine Hand. »Komm´ wieder runter, Prinzessin, bevor du dir hier im Dunkeln noch etwas brichst.«

Elegant sprang Lisa hinunter, hakte sich bei Eric unter und führte ihn wieder durch das Tor in den Innenhof. Eric war todmüde und froh, als er in seinem Gästezimmer ankam. *Das war genug für einen Tag.* Kurze Zeit später schlief er wie ein Murmeltier.

Sonntagmorgen zeigte ihnen Lisa´s Onkel nach einem ausgiebigen Frühstück die traditionelle Energieversorgung auf ihrem alten Anwesen. Noch immer lieferte ein Bekannter der Familie regelmäßig Braunkohleklumpen aus einem kleinen, nahegelegenen Abbaufeld. Damit wurden sowohl im Winter die Räume geheizt, als auch ganzjährig das warme Wasser erzeugt. Nur die alten Kerosinlampen hatte ihr Onkel vor einigen Jahren durch Glühbirnen ersetzt und eine elektrische Versorgungsleitung ins Haus legen lassen. Damit hatten sie nun auch Strom für moderne Küchengeräte und einen Computer. Das nahegelegene Kraftwerk wurde, soviel er wusste, ebenso mit Kohle betrieben.

Danach machten sie gemeinsam mit Lisa´s Vater den geplanten, größeren Rundgang durch´s Dorf. Aus vielen, kleinen Schornsteinen war der dicke Rauch der Kohleheizungen zu erkennen, nachdem die Herbstnächte jetzt immer kälter wurden.

»In den ganz alten Häusern wird sogar nur ein großes, gemauertes Bett beheizt, in das sich alle abends hineinlegen, wenn sie nicht frieren wollen«, übersetzte Lisa ihren Vater, der vor einem dieser Häuser stehen geblieben war.

Hier merkte man ganz besonders, wie weit Chinas Weg noch war, bis hin zu einer modernen, nachhaltigen Energieversorgung, dachte Eric. Für ihn wurde immer klarer, dass der Anfang in den Großstädten gemacht werden musste. Und diese dazu die entsprechenden Vorbilder in westlichen Metropolen brauchten.

Zum Mittagessen waren sie bei Lisa´s Cousine in der Stadt eingeladen, die vor wenigen Monaten in eines der vielen, neu gebauten Appartmenthäuser eingezogen waren. Trotz des Baubooms und der fast unvorstellbaren Baugeschwindigkeit hatten sie über zwei Jahre gesucht, bis sie endlich etwas Passendes und Bezahlbares gefunden hatten.

Der Drang nach eigenem Wohnraum war unter den aufstrebenden Chinesen gigantisch. Das führte dazu, dass man als Käufer fast alles akzeptierte, akzeptieren musste. So war es heutzutage scheinbar üblich, dass die Bauherren und Verkäufer fast auf die komplette Innenausstattung verzichteten und dennoch den vollen Kaufpreis nahmen. Verhandlungsspielraum gab es keinen. Ein absoluter Verkäufermarkt. So hatte die Familie von Lisa´s Cousine die ersten Wochen nur mit dem Finish der Wohnung verbracht, von den Badarmaturen bis zu den Böden.

Aber jetzt war alles fertig. Und sie waren überglücklich. Die Frage nach dem Heizungssystem konnte anfangs gar nicht beantwortet werden. Spielte bei der Kaufentscheidung verständlicherweise keine Rolle. Gemeinsam stellte man nach einem längeren Rundgang durch die Kellerräume fest, dass Warmwasser und Heizung, wie alles andere in der Wohnung, elektrisch betrieben wurden. Entsprechend der Politik der Stadtverwaltung, auf diesem Wege den direkten Verbrauch von Kohle in der Innenstadt einzudämmen. Woher der Strom kam, wußten ihre Cousine und ihr Mann ebenfalls nicht.

Besonders stolz waren sie auf ihr erstes, eigenes Auto von einem chinesischen Hersteller, für das sie sogar einen eigenen Stellplatz hinter dem Gebäude erworben hatten. Jetzt konnte ihr Mann, der bisher als einziger einen Führerschein hatte, den Weg zur Arbeit deutlich schneller zurücklegen. Und der regelmäßige Besuch bei Eltern und Großmutter wurde nun ebenfalls möglich.

An die Alternative eines Elektroautos hatte man bisher noch keinen einzigen Gedanken verschwendet. *Wieso auch,* dachte Eric. Beim Erwerb eines ersten Autos standen andere Dinge im Vordergrund. Hätten er wohl auch kaum anders gemacht. Langsam entwickelten die beiden IEA-Experten ein besseres Gefühl für die Ausgangsbasis in Beijing, die wahrlich nicht mit westlichen Großstädten zu vergleichen war. Nach dem obligatorischen Tee verabschiedeten sie sich herzlich.

Auf dem Weg zurück zum alten Familienanwesen schlug Lisa einen Abstecher zur chinesischen Mauer vor. Sie wusste, dass Eric noch nie dort gewesen war. Der Fahrer ihres Onkels verließ nach Rücksprache mit Lisa wieder die Innenstadt und steuerte den Wagen auf einer zweispurigen Autobahn in die Berge nördlich von Beijing hinaus. Die rechte Spur war komplett mit LKWs besetzt, auf der linken drängelten die schneller fahrenden PKWs. *Fast noch schlimmer als auf deutschen Autobahnen,* dachte Eric besorgt. *Chinesische Autofahrer gehörten eher zur gröberen Sorte! Das dauernde Hupen ging auf die Nerven.*

»Noch haben wir nicht genügend Daten«, sagte Lisa unvermittelt und nachdenklich, und streckte sich ein wenig auf dem geräumigen Rücksitz des großen AUDIs, »für eine komplette Energie- und CO2-Bilanz für Beijing, ähnlich wie in München und LA. Aber unsere erste Grobabschätzung, die ich mir heute Morgen noch mal angesehen habe, lässt vermuten, dass der jährliche CO2-Ausstoß pro Einwohner in Beijing bereits heute deutlich über zehn Tonnen liegt. Das heißt, mehr als in München oder LA.«

»Ja, kann ich mir gut vorstellen«, antwortete Eric, »ich wollte gestern nur nichts zu deinem Onkel sagen. Der Kohleverbrauch in der Stadt ist einfach gigantisch. Ein echtes Drama. Dabei liegt der Wärme- und Strombedarf pro Kopf ja noch deutlich unter westlichem Niveau, genauso wie die Nutzung von PKWs. Das heißt, das ganze wird eher noch schlimmer, wenn der Wechsel von der Kohle hin zu den erneuerbaren Energien nicht verdammt schnell gelingt.«

»Und das weitere Wachstum im PKW-Bestand nicht bald über EVs aufgefangen wird«, ergänzte Lisa bedrückt.

»Eine Taskforce hier in China wäre damit absolut sinnvoll«, erwiderte Eric und blickte seine Kollegin mitfühlend über die Mittelarmlehne hinweg an, »auch wenn der Fokus in der nächsten Zeit, meiner Meinung nach, ganz klar in den USA und Europa liegen sollte. Die Vorreiterrolle dieser Staaten ist einfach unabdingbar.«

»Stimmt schon. Aber über eine erste, kleine Taskforce würden wir wenigstens robustere Zahlen zu Beijing bekommen.«

Der Fahrer sagte etwas auf Chinesisch zu Lisa und deutete nach rechts.

»Eric«, wechselte sie mit einem freudigeren Gesicht das Thema, »dort oben auf dem Bergrücken kann man bereits die ersten Teilstücke der chinesischen Mauer sehen. Ich liebe dieses Bauwerk. Wir sind gleich da.«

Lisa war wieder ganz das aufgeregte Fohlen. *Stand ihr deutlich besser als die Sorgenfalten,* dachte Eric.

Wenige Minuten später bahnte sich der Fahrer einen Weg durch die enge Reihe schwer qualmender LKWs hindurch auf die rechte Spur und fuhr dann zügig auf einen Besucherparkplatz hinaus. Ein in traditionellem Stil gebauter Pavillon tauchte vor ihnen auf und begrenzte den Zugang zu dem so einzigartigen Element chinesischer Geschichte. Jetzt war auch Eric ein bisschen aufgeregt. Er wollte schon immer hierher, hatte bisher aber nie die Zeit dazu gefunden.

Lisa organisierte in kürzester Zeit die Eintrittskarten. Und dann standen sie auch schon auf dem ersten Teilstück der Mauer.

»Komm´ schon«, rief Lisa, die zwei Schritte vor ihm war, »wir müssen da ganz hinauf. Bis zu dem Turm dort oben.«

Lisa trug heute eine ihrer sportlicher geschnittenen Pariser Hosen und dazu eine kurze, elegante, chinesische Jacke. Somit waren die Stufen für sie eine deutlich leichtere Übung. Auch wenn sie extrem steil waren.

»Boah«, rief Eric hinter ihr her, »die Stufenhöhe ist ja außerhalb jeder europäischen Norm! Da bricht man sich ja fast das Genick.«

Tatsächlich wurde beim Bau der chinesischen Mauer keinerlei Rücksicht auf Begehbarkeit gelegt. Die Stufenhöhe ergab sich aus der Topographie der Hügel, die zu überwinden war. Und wenn es steil hinauf ging, waren die Stufen einfach entsprechend höher. Teilweise bis zu einem halben Meter, musste Eric feststellen. Und schnaufte.

Lisa drehte sich um und sah ihn gespielt vorwurfsvoll an. »Du willst mir doch nicht sagen, dass ein Schweizer Bergsteigertyp wie du, noch dazu mit so langen Beinen, vor diesem Bauwerk kapituliert. Wenn du nicht gleich Gas gibst, bin ich deutlich früher vor dir oben und schick´ dir ein Photo per MMS«, sagte sie herausfordernd, drehte sich um und nahm die nächsten Stufen im Laufschritt.

Eric lachte. Und gab Gas. Konnte er ja nicht auf sich sitzen lassen. Als Schweizer. Dennoch verkürzte sich der Abstand zu seiner Kollegin nur langsam. Eric hatte das Gefühl, dass die Stufen noch steiler wurden. Er war tatsächlich ziemlich außer Atem. War schon eine Weile her, seit seiner letzten Bergtour. Und die kurzen Fahrten auf seinem Rennrad brachten es wohl auch nicht. Die wenigen Touristen sahen den beiden IEA-Experten, die die Treppen zügig hinaufeilten, mit kurzem Kopfschütteln hinterher.

Auf den letzten Stufen hatte er sie endlich eingeholt. Lachend ließen sich beide erschöpft auf einem Vorsprung am Eingang zum Wehrturm nieder und schnappten nach Luft. *Was für ein Spaß!* Hier oben waren sie ganz alleine. Die anderen Touristen befanden sich noch weit unter ihnen und sahen nicht so aus, als wenn sie es bis zu ihnen hinauf schaffen würden.

Eric hatte sich langsam wieder erholt und stand auf. »Komm´ schon, jetzt haben wir es bis ganz oben geschafft, dann will ich auch die Aussicht genießen.«

Sie gingen in den Turmabschnitt hinein und blickten über die Zinnen auf die bewaldeten Hügel hinaus. Die chinesische Mauer zog sich von Bergspitze zu Bergspitze wie eine lange, schuppige Schlange. So weit das Auge reichte. *Was für ein Anblick!* Für eine ganze Weile standen sie still nebeneinander und genossen die Ruhe und den Wind. *Jahrhunderte lang hatte diese Mauer dem chinesischen Volk große Dienste erwiesen,* dachte Eric. *Aber auch vielen Arbeitern beim Bau das Leben gekostet. Ein Mammutwerk.*

Lisa drehte sich zu ihm um. »Danke, dass du gekommen bist. Ich wollte dir schon immer mal mehr von meiner Heimat zeigen. Wir haben so schöne Plätze in unserem Land, die man alle kaum kennt. Auch ich nicht.« Lisa sah über die Zinnen hinweg in die Ferne. »Und so viele Herausforderungen bei der Entwicklung unseres Landes, es ist kaum zu glauben.«

Nach einer kurzen Pause sah sie Eric wieder an. »Mein Onkel mag dich«, sagte sie mit einem Lächeln und setzte nach einer kurzen Pause hinzu, »und ich auch.« Und wechselte sofort wieder das Thema. »Komm´, lass uns zurückgehen. Ich werde schon wieder hungrig.«

Eric nickte mit einem Lächeln. Er wurde aus Lisa nicht ganz schlau. Sie mochte ihn, das war klar. *Aber war da mehr?* Er blickte der schönen Chinesin hinterher und versuchte, die wirren Gedanken zu verdrängen.

Hinunter war deutlich leichter, auch wenn man aufpassen musste, dass man an den unregelmäßigen Steinstufen nicht stolperte. Immer wieder stoppte er kurz und sah hinaus auf die Hügellandschaft Chinas.

Rückfahrt und Abendessen bei Lisa´s Familie verliefen in ziemlicher Ruhe. Eric prüfte seine E-Mails, während er auf dem Bett in seinem Gästezimmer lag. Jack Summerfield fragte nach seiner Rückkunftszeit in München.

Die Münchner Bürgermeisterin wollte unbedingt ein zeitnahes Treffen bei der Firma *ELECTRION*, aber mit seiner Teilnahme.

Wenn er die Nachtmaschine der Lufthansa morgen Abend von Beijing nach München nahm, konnte er Dienstag früh dort sein. Auch wenn er eigentlich direkt zurück nach Paris fliegen wollte. Sicherheitshalber buchte er dennoch schon mal einen Sitzplatz auf der Lufthansa-Maschine und informierte Jack entsprechend. *Wenn es sein musste, konnte er den Zwischenstopp noch einschieben.* Dabei dachte er an Jeannette und sein letztes Telefonat mit ihr. *Aber eigentlich keine gute Idee!* Dann schlief er ein.

Die später hereinkommende Mail von seinem Chef sah er erst am nächsten Morgen: *Bitte umgehende Rückkehr nach Paris! Jean-Luc.*

Eric starrte am Morgen auf sein Smartphone. *Was sollte das denn?* Er sah auf die Uhr, es war noch mitten in der Nacht in Paris. Ein Anruf bei der Assistentin seines Chefs machte erst in ein paar Stunden Sinn. Er hatte ein schlechtes Baugefühl. *Hatte Kanegawa ihnen wieder irgendein schwachsinniges Sonderprojekt aufgedrückt? Dafür hatten sie jetzt überhaupt keine Zeit mehr!* Eric´s Stimmung verschlechterte sich.

Eric zog sich an und ging hinaus auf die Veranda. Die Vögel zwitscherten wieder in den Zierbäumen des Innenhofes. Er genoss diesen ruhigen Beginn des Tages in diesem alten Anwesen. Weit im Norden von Beijing. Fast wie in einer anderen Welt. Doch seine innere Ruhe war gestört.

»Morgen, Eric.«

Er zuckte herum. Lisa stand dicht hinter ihm, wieder in dem schönen, chinesischen Seidenkleid. Sie sah ihn überrascht an. »Du machst ja ein Gesicht wie drei Tage Regenwetter. Was ist los?«

Eric erzählte ihr von den neuesten Mails. Lisa runzelte die Stirn. »Das mit München klingt doch super, die Bürgermeisterin macht weiter Druck in unserem Thema. Kann nur gut sein! Aber Jean-Luc´s Nachricht klingt komisch, da stimme ich dir zu. Was kann er nur wollen?« Sie sah ihn verschmitzt an. »Im schlimmsten Fall eine weitere Taskforce, oder?«

Sie war immer gut drauf, dachte Eric. Das mochte er besonders an seiner Kollegin. »Ich weiß nicht«, antwortete er.

Nach dem Frühstück packte er seine Sachen. Lisa wollte noch zwei Tage bei ihren Eltern bleiben und erst Mittwochabend zurück nach Paris fliegen. Eric verabschiedete sich von Lisa´s Eltern und ihrer Großmutter, die ihn alle kurz und fest umarmten. *Was für eine herzliche Familie,* dachte Eric. *Kein Wunder, dass sie ihre Tochter, beziehungsweise Enkelin, so sehr vermissten.*

Lisa´s Onkel hatte für sie noch einen Besuch bei einem der alten, kohlebetriebenen Heizkraftwerke mitten in der Stadt organisiert. Von solchen Anlagen wurden in der Vergangenheit viele der umliegenden Gebäude in Beijing mit Wärme versorgt. Diese sehr ineffizienten Anlagen verschwanden zwar langsam aus der Stadt. Aber noch liefen sie und stießen ihren dicken Rauch in den Himmel.

Und sie besuchten zwei chinesische Autohändler in der Stadt, um sich ein besseres Bild zur Angebotsbreite und der aktuellen Käufergruppe zu machen. *Lisa´s Cousine war ganz offensichtlich kein Einzelfall. Viele junge Familien mit guten Jobs wollten ihr erstes Auto. Dabei waren EVs bisher nur eine Randerscheinung! Wenn sie überhaupt irgendwo auftauchten.*

Mittags aßen sie in einem schicken Lokal in einer der angesagten Pekinger Einkaufsstrassen. Sie hatten einen kleinen Tisch am Fenster. Eric sah immer wieder auf die Uhr. Vielleicht hatte Jean-Luc schon sein Handy an. Doch er erreichte nur die Mailbox. Lisa sah die Sorgenfalten auf seinem Gesicht. Etwas abwesend probierte er den Nachtisch, den sie für ihn ausgesucht hatte.

»Versuch´s doch mal bei Nicole. Vielleicht ist sie ja schon im Büro«, sagte sie, »du weißt doch, manchmal fängt sie richtig früh an.«

Eric nickte. Nicole ging tatsächlich ran.

»Hallo, Eric.«

»Hi, Nicole, schön, dass ich dich kriege. Weißt du, wann Jean-Luc heute Morgen ins Büro kommt?«

»So viel ich weiß, gar nicht.«

»Wie, gar nicht?«

»Er hat mir nur eine kurze Nachricht hinterlassen, dass er heute nicht kommt. Mehr weiß ich auch nicht. Er war schon am Freitag so komisch.«

»Was meinst du mit komisch?«

»Irgendwie abwesend. Nicht der gleiche Schwung. Ich weiß auch nicht, Eric.«

»Mhh, und mir hat er eine kurze Nachricht geschrieben, dass ich umgehend zurück nach Paris kommen soll.« Eric bedankte sich, beendete er das Telefonat und sah Lisa an. »Sehr merkwürdig.«

Er schrieb Jean-Luc eine kurze Nachricht, sich doch bitte bei ihm zu melden. Ja, er könnte morgen Abend bereits wieder zurück in Paris sein.

Doch Lisa ließ sich nicht aus der Ruhe bringen. »Eric, jetzt mach´ nicht auf sieben Tage Regenwetter. Wahrscheinlich nur wieder so ein blödes Sonderprojekt. Werden wir ja noch früh genug erfahren. Bis dahin genießen wir die letzten Stunden in Beijing.«

Sie machten noch einen Spaziergang durch die dichtgedrängte Einkaufszone in einem der wohlhabenderen Viertel, bevor sie sich mit ihrem Onkel treffen wollten. Viele junge Chinesen waren unterwegs. Und die Geschäfte und Marken unterschieden sich kaum von dem, was er aus Paris kannte. Für einige Minuten vergaß Eric seine Sorgen. Lisa zeigte ihm in den Schaufenstern die neueste Mode Chinas, die eine interessante Mischung traditioneller Stile mit Pariser Flair war.

Dann rief Jack an, der sichergehen wollte, dass er morgen bei dem Treffen mit der Bürgermeisterin dabei war. *Ja, er hatte sich entschieden, den Zwischenstopp in München einzulegen, aber bereits am frühen Nachmittag weiter nach Paris zu fliegen.* Jean-Luc dagegen meldete sich nicht.

Der Fahrer holte sie am Ende der Fußgängerzone zur vereinbarten Zeit wieder ab und brachte sie zum Stadthaus ihres Onkels. Nach langen Reihen großer Apartmentgebäude bogen sie tatsächlich in ein Viertel ein, in dem sich hinter hohen Mauern einige alleinstehende Häuser befanden. Alle neu gebaut, aber orientiert an alten chinesischen Baustilen.

Das Tor öffnete sich automatisch und der Fahrer bog in einen großzügigen Innenhof ein. *Fast wie bei Lisa´s Familie,* dachte Eric.

Ihr Onkel begrüßte sie auf der Veranda vor dem Haupthaus und bot sofort einen Rundgang an. Der Grundriss war sehr an dem alten Anwesen der Familie orientiert, nur wirkte alles viel moderner. Eine Klimaanlage hielt das Haus auf einem angenehmen Temperaturniveau, die Heizung lief mit Gas. Erneuerbare Energiequellen waren auch hier nicht im Einsatz, auch wenn ihr Onkel erzählte, dass sich eine PV-Anlage auf dem Dach in Prüfung befand. Die Küche war gut ausgestattet und unterschied sich kaum von westlichen Vorbildern. Ihr Onkel wohnte allein im Haus, seine Frau war vor einigen Jahren gestorben. Das Abendessen bereitete eine Köchin vor, die ihm zu gegebenen Anlässen wie diesem zur Verfügung stand.

»Und, Herr Brinneau«, fragte ihr Onkel am Tisch, nachdem Lisa ausführlich von ihrer Rundfahrt der letzten beiden Tage erzählt hatte, »macht bei uns eine Taskforce Sinn?«

»Auf jeden Fall. Wir brauchen robustere Daten zu Beijing. Ohne diese macht die Entwicklung einer erfolgsversprechenden Umsetzungsstrategie für die breite Einführung von EVs kaum Sinn.«

Lisa´s Onkel nickte zufrieden.

»Aber ich glaube, es wird schwer hier in China«, fuhr Eric fort, »unter

Umständen schwerer als in den westlichen Großstädten. Nicht nur die Datenerhebung. Auch die Trendwende im Straßenverkehr. Befürchte ich.«

Eric sah Lisa und ihren Onkel an und führte weiter aus.

»Wir wissen alle, dass die große Mehrzahl der Chinesen ihr erstes Auto kauft. Für viel Geld. Neben einer Wohnung ihr größtes Investment. Da sind EVs mit begrenzter Reichweite und einem Sonderpreis für die Batterie nicht wirklich ganz oben auf der Shoppingliste. Umgekehrt kaufen die wenigen, die sich ein EV problemlos leisten könnten, eher die großen Luxusfahrzeuge westlicher Hersteller, die ja heute fast alle noch konventionell angetrieben werden. Auch bei der Ladeinfrastruktur werden wir uns in Beijing aller Voraussicht nach deutlich schwerer tun. Es gibt ja fast keine Einfamilienhäuser mit eigener Garage. Und der saubere Strom ist, wie wir ja schon besprochen haben, nur schwer zu bekommen.«

Lisa´s Onkel nickte nachdenklich. Ihm war die besondere Problematik in Beijing und China seit langem klar. Daher überraschte es ihn nicht, dass dieser smarte IEA-Experte zusammen mit seiner Nichte bereits nach kurzer Zeit zu einer ähnlichen Einschätzung kam. Dennoch hatten sie natürlich auch ein paar Vorteile in China, wie die deutlich größere Durchgriffsmöglichkeit der Verwaltung. Wenn sie denn wollten. Und eine entsprechende Strategie ausgearbeitet hatten.

»Und dann muss ich immer noch mit Jean-Luc reden. Wegen unserer Zusammenarbeit. Ich konnte ihn heute leider noch nicht erreichen«, ergänzte Eric und sah Lisa an. Die Sorgen dazu behielten sie für sich, war ja ein IEA-internes Thema.

Nach dem Essen versprach Eric, sich umgehend aus Paris zu melden, sobald er mit seinem Chef gesprochen hatte. Und dann war es Zeit, an den Flughafen zu fahren, wenn er die Nachtmaschine der Lufthansa nicht verpassen wollte.

Lisa begleitete ihn noch. Sie verabschiedeten sich von ihrem Onkel, der ihnen wieder seinen Wagen zur Verfügung stellte. Sie sprachen nur wenig auf der Fahrt. Am Flughafen angekommen stiegen beide aus, während Eric sein Gepäck aus dem Kofferraum nahm.

Lisa suchte nach den richtigen Worten, drückte ihm stattdessen spontan einen Kuss auf die Backe und umarmte ihn. Eric erwiderte die Umarmung.

»Es war wirklich schön«, sagte er leise, »und vielen Dank noch mal an deine Familie und die herzliche Aufnahme.«

Lisa lächelte ihn nur an. Ja, auch sie hatte den Besuch sehr genossen.

»Dann bis in zwei Tagen in Paris«, sagte er zum Abschied und drehte sich um. Das geschäftige Treiben in der riesigen Abflughalle hielt auch so spät am Abend noch an. Lisa blieb neben dem Wagen stehen und sah ihm eine ganze Weile hinterher.

TESTGELÄNDE IM MÜNCHNER WESTEN, AM NÄCHSTEN MORGEN

Es schien ein kalter, aber sonniger Novembertag werden zu wollen. Eric rieb sich die Augen. Der kalte Wind und die ersten Sonnenstrahlen halfen ihm, wieder einen klaren Kopf nach dem Zehn-Stunden-Flug zu bekommen. Er stand zusammen mit Samantha und Jack vor dem ehemaligen Flugzeughangar und beobachtete den *ELECTRION*-Prototypen, wie er gerade über den Taxiway von einer kleinen Aufwärmrunde zurückkam. Bisher hatte er ja nur Bilder von dem Wagen gesehen. *Was für ein Unterschied!* Der Prototyp des Serienfahrzeuges mit seiner eleganten Außenhaut von Pininfarina fuhr direkt an den dreien vorbei hinein in den Hangar, dessen Tore diesmal weit offen standen.

»Das Auto ist wirklich gelungen!«, sagte Eric bewundernd zu den beiden *ELECTRION*-Geschäftsführern. Er konnte die Anspannung der beiden vor dem anstehenden Treffen spüren.

Er war früher da als alle anderen, da die Lufthansa-Maschine vorpünktlich aus Beijing angekommen und die Taxifahrt nach einer ausgiebigen Dusche in der Flughafen-Lounge absolut problemlos verlaufen war.

Eric freute sich auf das Meeting, wenn da nicht im Hinterkopf das Thema mit seinem Chef gewesen wäre. Dieser hatte gestern Abend endlich seine SMS beantwortet: »Passt, Treffen direkt in meinem Büro, sobald du gelandet bist.« Sonst nichts. *Er wird schon seine Gründe haben.* Eric versuchte seine Sorgen beiseite zu schieben und sich auf das anstehende Treffen mit der Bürgermeisterin zu konzentrieren.

»Ah, da kommt Tina Steinhoff«, sagte Samantha, die als erste den immer noch auffälligen BMW I3 näherkommen sah. Wie mit Eric abgesprochen, hatte sie Kontakt zu der Münchner Unternehmerin aufgenommen und sie ebenfalls zum heutigen Treffen eingeladen.

Tina parkte ihren EV direkt neben dem Hangar, stieg aus und kam auf sie zu. Locker warf sie ihren Kopf zurück und fuhr sich durch die langen, blonden Haare. Sie trug einen eleganten, beigen Regenmantel über ihrem dunklen Hosenanzug. *An Eleganz kaum zu übertreffen.* Eric musste an ihr erstes Treffen auf der Dachterrasse in der Münchner Innenstadt denken und schmunzeln.

»Hallo, Herr Brinneau«, kam sie direkt auf ihn zu. Küsschen links, Küsschen rechts. Eric war geschmeichelt.

»Hallo, Frau Steinhoff«, antwortete er mit einem breiten Lächeln, »schön, Sie wiederzusehen. Darf ich Ihnen die beiden Geschäftsführer von *ELECTRI-ON* vorstellen.«

Tina schüttelte Samantha und Jack lange die Hand. Man konnte sofort spüren, dass sie auf einer Wellenlänge lagen. Dann sah Tina den Prototypen hinter ihnen im Hangar stehen. »Ist das das Fahrzeug, mit dem Sie in Serie gehen wollen?«

»Ja«, antwortete Samantha, »wie gefällt er Ihnen?«

»Ziemlich gut ...«

»Well, können wir uns gerne genauer ansehen, wenn Sie möchten.«

»Unbedingt.«

Und schon waren die beiden Frauen auf dem Weg hinüber.

Jack und Eric blieben ein wenig zurück. »Wann kommt die Bürgermeisterin?«, fragte Eric.

»Ihr Büroleiter rief heute Morgen an und fragte, ob es ein Problem wäre, wenn seine Chefin ausnahmsweise mit dem Helikopter käme. Sie würde noch einen Gast mitbringen. Wollte aber nicht sagen, wen.«

»Ok«, kam es etwas überrascht von Eric.

Jack dachte das gleiche. *Was war das mit diesen Helikoptern?* Beide konnten sich ein Grinsen nicht verkneifen. »Sie sollten jeden Augenblick, ähh, einfliegen.«

»Na, dann bin ich ja mal gespannt.«

Die beiden gingen nun ebenfalls hinüber zum Prototyp. Tina saß bereits bei geöffneter Tür hinter dem Steuer des Fahrzeuges und hörte Samantha interessiert zu, die neben ihr auf dem Beifahrersitz Platz genommen hatte.

»Das ist es! Mein zukünftiges Auto«, sagte sie mit einem Lachen zu Eric, »dann muss ich mich endlich nicht mehr schämen! Neben all diesen Cabrios und SUVs bei uns im Club. Dieses Auto macht echt was her! Und Samantha erzählte mir gerade, dass eine Targa-Version ebenfalls in Planung ist.«

Tina hatte ihre helle Freude an dem Prototyp. Eric konnte ihr nur zustimmen. Der Designentwurf war wirklich gelungen, auch von innen. Solche EVs sollten ihre Zielgruppe der gutsituierten Mehr-Auto-Haushalte perfekt ansprechen, gerade als Targa-Version. *Vorausgesetzt der Preis stimmte,* dachte Eric. Das war ja einer der Hauptgründe für sein schnelles Kommen! Er wollte unbedingt mehr von den *ELECTRION*-Leuten zu den Details ihres Produktangebots erfahren. *Würde es reichen, um die Käufer endlich hinterm Ofen hervorzulocken?*

Plötzlich wurde es lauter vor dem Hangar. Eric ging mit Jack wieder hinaus. Der angekündigte Helikopter erschien am Horizont und kam schnell näher. In einem leichten Bogen steuerte der Pilot direkt auf den Hangar zu und setzte die Maschine auf der befestigten Fläche direkt vor ihnen auf. Zwei Frauen und zwei Männer stiegen aus und kamen leicht geduckt unter den sich immer noch drehenden Rotorblättern zu ihnen herüber.

»Das glaube ich nicht!«, sagte Eric als erster. Tina stand neben ihm und sah ihn völlig überrascht an.

Die Kanzlerin. In Begleitung der Bürgermeisterin. Sie hatte wieder ihr gewinnendes Lächeln aufgesetzt und kam direkt auf Eric zu. »Hallo Herr Brinneau, freut mich sehr, dass Sie es rechtzeitig aus China zurück geschafft haben.«

Eric war sprachlos, als er kurz die Hand der Kanzlerin drückte. Er brachte kaum ein ›Guten Morgen‹ heraus. Die Münchner Bürgermeisterin freute sich ganz offensichtlich über die gelungene Überraschung.

»Das hatten Sie jetzt nicht erwartet, gell, Herr Brinneau?« Sie stellte der Kanzlerin die anderen Beteiligten vor. Dann wandte sie sich wieder an Eric. »Ich konnte die Kanzlerin zu dem Kurzbesuch überreden, nachdem sie heute Mittag einen Termin mit dem bayerischen Ministerpräsidenten hat und ich ihr von den ersten, guten Fortschritten in unserer Taskforce berichtet hatte. Sie wollte sich unbedingt mal einen persönlichen Eindruck vorort machen. Da bot sich dieses Treffen bei *ELECTRION* ja geradezu an.«

Zufriedenes Nicken in der Gruppe. Schnell einigte man sich auf eine leicht abgewandelte Agenda für den Morgen. Auch die Kanzlerin wollte verstehen, wie der Absatz von EVs endlich gesteigert werden konnte.

Jack Summerfield übernahm den Produktteil der Präsentation und führte die Gruppe zu ihrem Prototyp in der Halle.

»Zuallererst haben wir auf das Design geachtet! Unser Fahrzeug muss mindestens so attraktiv wie die Premiumprodukte der meist noch konventionell angetriebenen Konkurrenz sein. Ohne jedes Verzichtsmerkmal, weder bei Fahrzeuggröße, noch Reifenbreite. Und aufgrund seiner zwei leistungsstarken E-Motoren an Vorder- und Hinterachse ist es das mit Abstand sicherste und performanteste Fahrzeug. Dazu kommt die absolute Ruhe beim Fahren, gerade in der geplanten Targa-Version! Das wird den Kunden in Summe endlich klarmachen, dass EVs eigentlich die besseren Autos sind!«

»Aber was ist mit der Reichweite?«, hakte die Bürgermeisterin ein.

»Da werden wir bei über 200 Kilometern liegen, was für jeden Zweitwagen und alle Fahrten in einer Metropolregion völlig ausreichend sein sollte. Und bieten unseren Kunden zusätzlich eine schnelle und gleichzeitig 100% saubere Lade-möglichkeit für Zuhause an. Wird Ihnen meine Kollegin Samantha gleich hier drüben im Detail erklären. Ein Thema, dass unserer Meinung nach von den anderen Anbietern heute ebenfalls nicht ausreichend addressiert.«

Die Bürgermeisterin und die Kanzlerin nickten. Samantha Perry führte die kleine Gruppe hinüber zu ihrer gerade neu installierten Wallbox am Eingang des Hangars. Darüber hing ein großes Display an der Wand.

»Jack, könntest du den Wagen etwas näher bringen, dann können wir das Laden gleich live demonstrieren. Nicht, dass jemand meint, wir schummeln.« Grinsen in der Gruppe. Samantha fuhr in der Zwischenzeit fort.

»Wie Sie an dem ersten Bild erkennen können, haben wir auf dem Dach einen Solaranlage installiert, die jeder problemlos auch bei sich zuhause realisieren kann. Zusätzlich haben wir hier neben der Wallbox eine Zwischenspeicher-Batterie eingebaut, die zwei ganz entscheidende Funktionen hat. Zum einen eine eventuelle Überproduktion an Strom aus der PV-Anlage aufzufangen, und zum anderen bei Bedarf die Ladeleistung zu erhöhen, was gerade tagsüber für mögliche Vielfahrer von besonderem Interesse ist.«

»Und dieses Ladesystem ist Teil ihres Produktangebotes?«, fragte nun die Kanzlerin.

»Ja, so ist es. Damit wollen wir dem Kunden das Gefühl geben, dass er gleich beim Start in die neue Welt rundum gut versorgt ist.«

Wieder zustimmendes Nicken in der Runde. Das Thema Laden wurde immer noch heiß in den Medien diskutiert. Gerade die Verfügbarkeit öffentlich zugänglicher Ladesäulen wurde oft als Hemmschuh für den erfolgreichen Markthochlauf vorgebracht. Tatsächlich, erklärte Samantha, war eine funktionierende Wallbox zuhause, möglichst mit grünem Strom und einer gewissen Schnellladmöglichkeit, der entscheidende erste Schritt, gerade bei Zweitwagen. *Die wenigen, öffentlichen Ladesäulen standen zu Beginn sowieso immer an der falschen Stelle!*

»Frau Bundeskanzlerin, Frau Bürgermeisterin, wie wäre es noch mit einer kleinen Probefahrt?«, fragte Jack, der immer noch neben der Fahrertür des Prototypen stand. Die beiden Frauen sahen sich an.

»Wieso nicht«, sagte die Bürgermeisterin und überredete die Kanzlerin.

»Eric, setzt du dich vorne mit dazu?«

»Klar«, sagte Eric und stieg ein, während die beiden Damen hinten im Fond Platz nahmen.

Jack fuhr den Wagen völlig lautlos rückwärts aus dem Hangar und beschleunigte dann hinaus auf den alten Taxiway des ehemaligen Flughafens. Die beiden Damen waren sofort von der Beschleunigung und der Ruhe im Fahrzeug begeistert.

»Wieso ist unser Dienstwagen eigentlich kein EV?«, fragte die Bürgermeisterin und sah die neben ihr sitzende Kanzlerin an.

Wieso eigentlich nicht? Die Kanzlerin dachte an ihr jüngstes Treffen mit den Automobilmanagern im Kanzleramt und das Vorgespräch mit ihrem Herrn Weidner. *Nur weil die deutschen Hersteller noch kein entsprechendes EV für ihre repräsentativen Zwecke im Programm hatten?*

»Ich weiß«, sagte die Bürgermeisterin, die Antwort der Kanzlerin vorwegnehmend, »wenn ich keinen deutschen Wagen fahre, ist die Hölle los. Auch bei uns im Stadtrat! Und bei Ihnen wäre es nur noch schlimmer.«

Die Kanzlerin nickte. Sagte aber nichts zu ihren eigenen Gedanken, die ja bereits in die gleiche Richtung gingen. Jack beschleunigte den Wagen noch einmal auf dem letzten, geraden Teilstück des ehemaligen Taxiways, bevor er wieder in einem weiten Bogen auf den Vorplatz und in den Hangar hineinfuhr.

»Und das Fahrzeug hat permanenten Allrad?«, fragte die Bürgermeisterin, immer noch beeindruckt von Fahrleistung und Laufruhe.

»Ja.«

»Sehr, sehr beeindruckend«, sagte auch die Kanzlerin zu Eric, der mit ihr aus dem Wagen stieg. Und ergänzte nachdenklich.

»Aber was machen wir, wenn unsere lieben und wohlsituierten Mehr-Auto-Haushalte in ihren schönen Einfamilienhäusern trotzdem nicht genügend EVs kaufen? Nur weil all die schönen Premiumfahrzeuge mit ihrem bewährten, konventionellem Antrieb immer noch so unwiderstehlich sind!«

Samantha und Tina waren wieder zu der Gruppe dazugestoßen und bekamen die Frage der Kanzlerin gerade noch mit. Die Amerikanerin ging um den Wagen herum, nickte Eric kurz zu und adressierte die Frage der Kanzlerin.

»Ja, die konventionelle Konkurrenz ist fast übermächtig, das stimmt. Aber mit einem hochattraktiven EV-Angebot, bei dem endlich Design, Preis und Heim-Ladekonzept stimmen, können wir unserer Meinung nach dagegenhalten. Das ist bisher so noch nicht im Markt passiert. Und wir werden mit unserem neuen Wagen sicherlich nicht die einzigen bleiben. Daher gehen wir davon, dass ihre Sorgen unberechtigt sein werden.«

Die Bürgermeisterin betrachtete den Prototypen nachdenklich, erinnerte sich an die gewaltigen Ziele in ihrer neuen Taskforce und blickte Samantha direkt in die Augen. »Ihr Wort in Gottes Ohr.«

Die Amerikanerin erwiderte den Blick. «Ja, ich weiß! Aber was natürlich eine weitere, nicht zu unterschätzende Hilfe für den Markthochlauf sein könnte, wäre eine massive Aufklärungskampagne. Wir müssen die vielen nur schlecht informierten und leider oft mit Vorurteilen belegten Endkunden endlich dichter an die Elektroautos und seine fantastischen Fähigkeiten heranführen.«

»Ist das nicht schon versucht worden?«, hakte die Kanzlerin skeptisch ein.

»Ja, schon, aber ich glaube, nicht ausreichend«, antwortete Samantha mit überzeugter Stimme und sah zu Jack hinüber, »wir müssen die Leute einfach noch mehr begeistern! Sie in großen Zahlen in die Autos hineinbringen. Nur dann können wir diese massive Kaufzurückhaltung überwinden.«

Die Kanzlerin nickte vorsichtig.

»Wir haben dabei an eine Idee gedacht, die zwar nicht neu ist, aber in der von uns geplanten Ausprägung dann doch innovativ«, ergänzte Jack etwas geheimnisvoll, in Unterstützung für seine Kollegin.

Die anderen sahen die beiden *ELECTRION*-Leute nun ebenfalls neugierig an.

»Wenn Sie mir bitte in den hinteren Teil der Halle folgen wollen«, sagte Jack und ging voran. *Was kam jetzt?* Die Gruppe folgte Jack nur zögerlich zu einem noch abgedeckten, zweiten Prototyp.

Tina berührte Eric, der neben ihr herging, leicht am Arm. »Wissen Sie, was sich unter der Plane verbirgt?«

»Nein«, flüsterte Eric ihr ins Ohr, »keine Ahnung.«

Jack sah in die Runde und begann dann die Plane mit Hilfe eines Mitarbeiters abzunehmen. Das flache Chassis mit den breiten Reifen kam zum Vorschein. ›Wow‹ kam es sofort aus mehreren Ecken. Jack grinste.

»Ja, ein erster Rennprototyp. Aber ein ganz besonderer, denn wir haben ihn auf den exakt gleichen Antriebskomponenten wie unser Serienfahrzeug aufgebaut. Damit würden wir gerne eine ganz neue und einzigartige City-Rennserie starten und den Leuten klar machen, was in diesen EVs wirklich steckt.«

»Und«, ergänzte Samantha, »wir könnten während der zwei- bis dreitägigen Events, die idealerweise mitten in den Großstädten stattfinden sollten, nicht nur unser Serienfahrzeug, sondern alle heute verfügbaren EVs ausstellen und vorführen. Inklusive einem umfangreichen Angebot zu Probefahrten.«

Tina war von der Idee sofort begeistert. Eric ebenfalls. Die Münchner Bürgermeisterin sah das Potential, hatte aber auch Bedenken.

»Mitten in der Stadt. Eine tolle Idee, definitiv! Gerade um unsere Kernzielgruppe zu adressieren. Aber ob wir das tatsächlich umgesetzt kriegen?

Und die Kosten dafür sind sicherlich auch nicht zu unterschätzen.«

»Dennoch eine sehr interessante Idee«, sagte die Kanzlerin, die sich des hohen Informationsdefizits bei den Autofahrern sehr wohl bewusst war. *Hier mussten endlich innovative Ideen her!* Aus demselben Grund hatte sie ja auch die Taskforce zusammen mit den IEA-Leuten ins Leben gerufen.

Herr Weidner sah auf die Uhr und zur Kanzlerin hinüber.

»Ich befürchte, die Zeit für meinen hochinteressanten Kurzbesuch hier ist abgelaufen«, erwiderte die Kanzlerin, »vielen, vielen Dank für die tolle Demonstration und die offenen Worte! Frau Bürgermeisterin, das war eine brillante Idee. Wir müssen in dieser Richtung unbedingt weitermachen. Gerade hier in München, das als Vorreiter für ein konkretes Umsetzungsprogramm beste Voraussetzungen hat. Ich will und werde in dem Thema nicht lockerlassen. Und über sie und Herrn Brinneau bin ich ja jetzt hoffentlich immer bestens im Bilde. Ach, und bevor ich es vergesse, das Treffen hier draußen hat natürlich offiziell nie stattgefunden. Wir wollen ja keine unnötige Unruhe im Lande erzeugen. Sie verstehen mich.«

Eric musste schmunzeln. Kannte er ja schon. Die Kanzlerin schüttelte allen die Hand und eilte dann zusammen mit der Bürgermeisterin zurück zum wartenden Helikopter vor dem Hangar. Die Turbinen liefen bereits wieder.

Jack, Samantha, Eric und Tina liefen noch mit hinaus bis zum großen Tor des Hangars und sahen den Vieren nach. Einer der Sicherheitsleute der Kanzlerin öffnete die Seitentür des Regierungs-Helikopters. Ein kurzes, letztes Winken und dann waren sie im Inneren der großen Maschine verschwunden.

Die Bürgermeisterin, die der Kanzlerin im Helikopter gegenüber saß, schaute zum Fenster hinaus, als der Pilot einen Bogen um den Hangar machte. »Diese Leute von der IEA sind wirklich gut«, sagte sie.

»Ich weiß«, nickte die Kanzlerin.

»Herr Brinneau ist gerade aus China zurückgekommen. Auch dort scheinen sie jetzt erste Aktivitäten am Laufen zu haben.«

»Ich weiß«, nickte die Kanzlerin wieder und ergänzte, »das gleiche gilt wohl auch für LA. Dort hat jetzt ebenfalls eine Taskforce mit ihrer Unterstützung gestartet.«

»Na, dann scheinen wir ja die richtigen Leute gefunden zu haben, um endlich mehr Schwung in das Thema zu bekommen. Weltweit!«

»Hoffentlich.«

Herr Weidner reichte seiner Chefin die Unterlagen für das anstehende

Treffen bei dem bayerischen Ministerpräsidenten. Sie seufzte. Das Tagesgeschäft rief.

»Wow!«, sagte Eric, während alle noch dem Helikopter hinterher blickten, »ich hatte ja einiges für heute Morgen erwartet, aber das ganz gewiss nicht.«

Die vier lachten.

Tina wollte unbedingt noch eine Probefahrt mit dem Prototypen machen. Jack drehte mit ihr eine extra große Runde über das Flughafengelände. Währenddessen ging Eric mit Samantha noch mal hinüber zu dem Renn-Prototyp.

»Eine klasse Idee, diese City-Rennserie«, wiederholte er, während er langsam um den Wagen ging. Aber in Gedanken war Eric bereits wieder bei dem anstehenden Treffen mit seinem Chef. Das Warten machte ihn ganz kribbelig. Er sah auf die Uhr, seine Maschine ging in drei Stunden.

Als Jack und Tina mit dem Prototypen wieder in die Halle fuhren und die Türen öffneten, konnte er Tina´s herzerfrischendes Lachen hören.

»Herr Brinneau«, rief sie beim Aussteigen zu ihm hinüber, »Jack will mir den Wagen nicht überlassen, obwohl ich ihm so was von klar gemacht habe, dass das genau das richtige Auto für mich ist. Und ich sein idealer Erstkunde wäre.«

»Hey, so habe ich das nicht gesagt! Du kannst mir nur nicht diesen Prototypen wegnehmen, sondern bekommst gerne eines unserer ersten Serienfahrzeuge, wenn wir soweit sind.«

»Prototypen. Serienfahrzeuge. Sehen doch alle gleich aus. Der hier macht für mich schon einen ziemlich fertigen Eindruck. Was meinen Sie, Herr Brinneau?«, sagte Tina, legte die Hände in die Hüfte und sah gespielt verärgert zu Eric hinüber.

»Ich würde sagen, wir wechseln aufs Du. Und ansonsten halte ich mich hier lieber zurück mit einem Kommentar, meine liebe Tina!«

Wieder mussten alle lachen.

Die Stimmung war ausgelassen. Jeder freute sich auf die anstehende Zusammenarbeit in der Taskforce. Gerade nach dem ermutigenden Meeting heute Morgen. Jack schlug ein frühes, gemeinsames Mittagessen in der neuen Kantine auf dem Gelände vor, nachdem Eric bald zurück zum Flughafen musste.

»Hättest dich ja fast zu den Damen in den Helikopter setzen können, um zum Flughafen zu kommen. Wäre sicherlich der schnellste Weg gewesen«, sagte Jack mit einem Grinsen.

»Nein, nein, Eric fährt mit mir«, sagte Tina, die mit Eric noch ein paar Minuten über ihre anstehende Zusammenarbeit reden wollte.

Beim gemeinsamen Mittagessen erzählten die *ELECTRION*-Leute von ihren weiteren Planungen auf der Produkt- und Ladesystem-Seite. Und ihren Ideen zu der City-Rennserie. Eric und Tina waren begeistert. Eric, weil er das Gefühl hatte, mit diesen Leuten alle Möglichkeiten auf der Produktseite ausschöpfen zu können, um ihre Zielgruppe zu erreichen. Und Tina, weil sie bereits an die nächsten Umsetzungsschritte in ihrer Firma dachte. Als dann Tina von ihrem Cousin und dem integrierten Konzept aus PV- und Windkraftanlagen mit EVs als den am besten steuerbaren Verbrauchern erzählte, sprühten alle nur so vor Begeisterung. Auch die Rückspeisung aus der Autobatterie in das lokale Hausnetz war aus Jack´s Sicht nicht wirklich ein Problem. Tina´s Augen leuchteten. Langsam begannen sich die Eckpfeiler eines erfolgversprechenden Umsetzungskonzeptes in ihren Köpfen zu formen. Eric sah auf die Uhr.

»Tina, willst du mich wirklich zum Flughafen fahren? Ist das kein großer Umweg für dich?«

»Nein, überhaupt kein Problem.«

Jack löffelte noch genüsslich an seinem Cappuccino und beobachtete die beiden von der Seite. Tina war eine hoch attraktive, junge Dame mit einem schlauen Köpfchen, und einer Portion Dickköpfigkeit. Und sie mochte diesen groß gewachsenen Schweizer, das war ziemlich offensichtlich. Er musste schmunzeln. »Ja, es wird Zeit, dass ihr fahrt, Eric«, sagte er, »sonst verpasst du noch deinen Flug.«

Die Verabschiedung war herzlich. Auf der Fahrt zum Flughafen besprachen die beiden noch die geplanten nächsten Schritte in der Münchner Taskforce und den Beitrag, den Tina liefern konnte.

Zwanzig Minuten später bog sie mit ihrem I3 auf die Zufahrt zum Terminal II am Münchner Flughafen ein. Die Anzeige meldete noch gut 50 Kilometer Reichweite. *Reicht problemlos bis zurück in die Stadt,* dachte sie zufrieden.

Eric stieg aus und nahm das Gepäck aus dem Kofferraum.

»Dann viel Glück heute Abend und bis nächste Woche. Ich freue mich«, sagte Tina, die nun neben ihm am Wagen stand.

»Danke«, sagte Eric und gab ihr zwei kleine Küsschen links und rechts auf die Wangen. *Ganz der charmante Schweizer mit französischem Einschlag,* dachte Tina und genoss den Augenblick. Ja, sie mochte ihn.

PARIS, FRÜHER ABEND

Eric schlief fast auf dem ganzen Flug von München nach Paris. Er war kaputt. Die Reise einmal um die ganze Welt in kaum mehr als einer Woche hatte viel Kraft gekostet. Er brauchte eine Pause. Aber zuerst wollte er seinen Chef sehen.

Im Taxi versuchte er Jeannette zu erreichen. Vergeblich. *Wahrscheinlich war sie noch in der Arbeit und konnte nicht ans Telefon.* Er schrieb ihr eine kurze SMS. Und dann eine zweite an Jean-Luc: *Er war jetzt auf dem Weg ins Büro.*

Der Verkehr in die Stadt war nicht so schlimm, wie erwartet. Der Taxifahrer erreichte das IEA-Hauptquartier einige Minuten früher als geplant und ließ Eric aussteigen. Zahlreiche IEA-Mitarbeiter kamen ihm im Eingangsbereich bereits entgegen. Er nickte einigen, die er zumindest flüchtig kannte, kurz zu. *Für sie war der heutige Arbeitstag wohl schon beendet.* Eric hielt seine Karte vor den RFID-Leser des Fahrstuhls. Oben angekommen stellte er das Gepäck nur schnell in seinem Büro ab und ging dann direkt den Gang hinunter zu seinem Chef. Die Tür war zu, Nicole nirgendwo zu sehen. Er klopfte und drückte dann am Türgriff. Das Büro war nicht verschlossen, doch als Eric den Kopf hineinsteckte, war der Schreibtisch leer. *Wo war Jean-Luc?*

»Hallo Eric, danke, dass du so schnell gekommen bist.«

Eric zuckte zusammen und drehte sich nach rechts.

Sein Chef stand im Halbdunkeln am Fenster und sah hinaus. »Setz dich«, sagte er monoton und drehte sich dann erst um.

Eric erschrak zum zweiten Mal. Sein Chef machte den Eindruck, wie wenn er in den letzten Tagen nochmals um mehrere Jahre gealtert war. Seine Gesichtsfarbe war kaum vom Grau seiner Haare zu unterscheiden. Mit hängenden Schultern und müden Augen sah er ihn vom Fenster aus an.

»Hallo, Jean-Luc.« Eric wusste nicht, was er sagen sollte. Etwas unsicher folgte er der Aufforderung und setzte sich auf die Couch, die ihnen schon so oft als Basis für lange und anregende Diskussionen gedient hatte. Doch diesmal fühlte es sich anders an. Sein Magen verkrampfte. *Was war hier los?*

Sein Chef kam langsam herüber und nahm in dem Sessel direkt neben ihm Platz. Für ein paar Sekunden sah sein Chef ihn einfach nur an. Und beugte sich dann vor zu ihm. »Unsere Zusammenarbeit ist leider beendet, Eric«, sagte er leise.

Eric starrte ihn an. Er spürte, wie das Blut ihm aus dem Gesicht wich. »Wie, beendet?« Eric konnte es nicht fassen. Er musste sich verhört haben.

Doch Jean-Luc fuhr unbeeindruckt fort.

»Kanegawa und ich waren sich schon seit einiger Zeit nicht mehr ganz einig über die inhaltliche Ausrichtung meiner Abteilung. Du hast das ja am Rande mitbekommen. Jetzt hat er ganz offensichtlich die Konsequenzen gezogen. Ab morgen wird es hier einen neuen Abteilungsleiter geben.«

Eric war geschockt. Nein, wütend! Das konnte Jean-Luc nicht machen. *Was sollte aus ihnen und den Taskforces denn werden? Ohne ihn?* Er suchte krampfhaft nach den richtigen Worten. *Wo war Jean-Luc´s Kampfgeist? Er konnte sie doch nicht so einfach im Stich lassen, gerade jetzt! Es gab immer eine Lösung! Hatte er doch oft genug selber gesagt!*

Er wollte seinem Frust gerade Ausdruck verleihen, als er sah, wie Jean-Luc leicht mit dem Kopf schüttelte und ihm einen Zettel über den niedrigen Tisch zuschob. Darauf stand handgeschrieben:

»Nicht hier! Wir treffen uns in einer halben Stunde in dem kleinen Café an der Brücke!«

Eric war nun völlig verwirrt. Irgendwie fühlte er sich wie im falschen Film.

»Ich wollte dich vorab informieren«, fuhr sein Chef mit ruhiger Stimme fort, »nachdem ich unsere Zusammenarbeit in den letzten beiden Jahren ganz besonders genossen habe. Alle anderen Mitarbeiter sind für morgen früh eingeladen. Mein Nachfolger wird wahrscheinlich auch schon dabei sein. Es tut mir echt leid. Alles weitere morgen früh. Du bist sicherlich kaputt von der vielen Reiserei und möchtest gerne schnell nach Hause.«

Sein Chef stand auf und reichte ihm die Hand. Wie in Trance erhob sich Eric ebenfalls von der Couch. »Dann bis morgen.«

Jean-Luc hatte den Zettel bereits wieder vom Tisch genommen und in die Tasche gesteckt. *War er überhaupt da gewesen?* Eric war sich plötzlich nicht mehr sicher. Jean-Luc begleitete ihn zur Tür seines Büros, nickte ihm kurz zu und ging dann zurück zu seinem Schreibtisch.

Eric ging langsam hinaus. Er war immer noch wie benommen. Der kleine Zettel erschien erneut vor seinem geistigen Auge: ».. in einer halben Stunde in dem kleinen Café..«. *Nein, er hatte nicht geträumt?*

Sein Smartphone vibrierte. Eine Nachricht von Jeannette: *Sie war jetzt auf dem Heimweg.* Doch seine Gedanken kreisten um das kleine Café, das Jean-Luc wohl meinte. Es befand sich auf seinem täglichen Weg nach Hause, kurz vor der Bir-Hakeim Brücke. Er erreichte sein Büro und sah zum Fenster hinaus. Der Himmel war wolkenverhangen, aber es regnete nicht. *Das ganze konnte nur ein böser Albtraum sein!* Er entschloss sich, mit seinem kleinen Rollkoffer zu Fuß zu dem Café zu gehen. *Jetzt sofort!* Er brauchte die frische Luft. Er schrieb eine kurze Nachricht an Jeannette, dass er noch ein paar Minuten im Büro bräuchte. *Würde sie nicht erfreuen!* Aber es ging nicht anders.

Zehn Minuten später erreichte er das kleine Café. *Ja, das war ihre zweite, kleine Rückzugsecke. Und kannte keiner außer ihnen!* Jean-Luc und er hatten sich hier immer mal wieder für einen morgendlichen Espresso getroffen, noch bevor sie ins Büro gingen, um eines ihrer aktuell brisanten Themen zu diskutieren. Die andersartige Umgebung half ihnen manchmal, frische Gedanken zu generieren. *Hatten sie aber schon eine ganze Weile nicht mehr geschafft.* Eric konnte sich nur noch schwach an das letzte Mal erinnern, als er die schmale Eingangstür öffnete. Doch die Umgebung war ihm sofort wieder vertraut. Um die Zeit waren nur wenige Gäste da. *Und es war nicht wirklich ein In-Café. Aber der Espresso war ausgezeichnet, und die Croissants auch.* Ihr Stammplatz in der Ecke war frei. Eric bestellte das übliche und wartete.

Es fühlte sich an wie eine Ewigkeit. Er spielte nervös an der Kaffeetasse und konnte seine Gedanken kaum unter Kontrolle bringen. *Was würde als nächstes kommen? Was konnte oder wollte ihm Jean-Luc nicht im Büro erzählen? Und wieso?* Dann endlich erschien Jean-Luc´s Silhouette in der Tür. Er blieb kurz stehen und musterte die wenigen Gäste, bevor er auf ihren Stammplatz zusteuerte und sich setzte. Er schwitzte.

»Jean-Luc, was soll das Ganze?«, fing Eric sofort an.

Sein Chef stellte seine Aktentasche ab, lehnte sich zurück und öffnete seinen Regenmantel. »Sorry, wahrscheinlich bin ich schon paranoid«, sagte er etwas gehetzt und beugte sich dabei über den Tisch zu Eric, »aber ich glaube, mein Büro wird abgehört. Daher habe ich das Café vorgeschlagen. Ist sicherer.«

Eric hatte immer mehr das Gefühl, im völlig falschen Film gelandet zu sein. Gerade jetzt war ihm überhaupt nicht nach billigem Spionagekram zumute. War sein Chef krank? »Jean-Luc, wer soll dich denn abhören? Und warum?«

»Ich weiß auch nicht, aber Kanegawa hat mich letzte Woche mit Details zu unserer Arbeit konfrontiert, die er so eigentlich gar nicht wissen konnte.«

Eric unterbrach ihn. »Jean-Luc, jetzt noch mal ganz langsam und von vorne. Wann fing das Ganze an? Was war der Inhalt eures Treffens letzte Woche, zu dem du so dringend kommen musstest? Und was genau ist der Grund für deine Ablösung? Ich verstehe nämlich immer noch nur Bahnhof.«

Eric spürte, wie der Ärger wieder in ihm hochkam.

»Ok, ok«, sagte Jean-Luc und entspannte sich ein wenig in seinem Stuhl, »du hast Recht. Entschuldige, aber die Sache nimmt mich ziemlich mit.« *Das konnte man sehen,* aber Eric sagte nichts.

»Wie gesagt«, setzte sein Chef noch mal an, »seit unserem gelungenen Treffen mit der Kanzlerin hatte ich das Gefühl, dass Kanegawa uns zunehmend kritischer beobachtete. Anfangs dachte ich, dass ihn seine Nicht-Teilnahme bei dem Meeting irgendwie ärgerte. Aber es war was anderes. Je mehr wir uns in die nationalen Verkehrsthemen einarbeiteten, desto mehr fragte er nach und fing an, mich an die ursächlichen Aufgaben der IEA zu erinnern. Und wollte von mir, dass wir unsere Aktivitäten gerade in Deutschland zurückfuhren. Ohne einen genauen Grund. Ich habe natürlich dagegen gehalten, was er für eine ganze Weile auch akzeptierte. Bis letzte Woche. Jetzt übernimmt jemand anders die Abteilung.«

»Mit welcher Begründung?«

»Er sagte irgendwas von unterschiedlicher Auffassung zur zukünftigen Ausrichtung der Abteilung.«

»Und das hast du akzeptiert?«

»Was sollte ich denn machen, er ist der Boss.«

»Und ab wann?«

»Ab sofort. Morgen ist die Übergabe.«

Eric konnte es nicht fassen. *Jetzt, wo sie gerade so gut unterwegs waren!* Er wurde immer wütender. »Aber das kann der Kerl doch nicht machen«, sagte er etwas zu laut, »und du kannst das doch nach all´ den Jahren und deinen Verdiensten für die IEA auch nicht einfach so akzeptieren!«

Jean-Luc sah ihn mit traurigen Augen an und schüttelte den Kopf. Eric ließ nicht locker. »Wieso gehst du nicht zu deinem ehemaligen Boss, dem Vorgänger von Kanegawa. Der hat doch immer noch Einfluss in der IEA!« *Wo war der Kampfgeist seines Chefs, den er in den letzten Jahren immer so bewundert hatte? Was war mit ihm los?*

»Kanegawa ist sehr mächtig«, antwortete sein Chef leise, »ich will nicht auch noch meine gute Pension verspielen. Kann ich mir nicht leisten, Eric.«

»Und was machst du dann?«

»Wahrscheinlich werde ich in den vorzeitigen Ruhestand gehen. Ist ja auch nicht das schlechteste.«

»So ein Quatsch! Was willst du denn den ganzen Tag machen?«

»Vielleicht schreibe ich ein Buch. Ich hätte auf jeden Fall genügend Stoff dazu, oder!«

Eric war nicht zum Scherzen zumute. Ganz im Gegenteil! »Und wer ist der Neue?«, fragte er wütend.

»Hat mir Kanegawa nicht gesagt. Werden wir wohl erst morgen erfahren.«

Eric konnte es immer noch nicht glauben. Wieso gab sein Chef klein bei? Er wusste doch, was für enorme Fortschritte sie in der letzten Zeit gemacht hatten. Ohne ihn standen sie im Regen. Eric kam ein Gedanke. »Kannst du denn nachweisen, dass du abgehört wurdest?«

»Nein, aber nur so konnte Kanegawa all die Details zu unseren Aktivitäten kennen. Er muss auch einen ordentlichen Teil meiner E-Mails gelesen haben.«

»Wenn wir das nachweisen könnten, würde das Spiel doch ganz anders laufen. Das entspricht ja wohl nicht den internen Geschäftsgepflogenheiten der IEA, oder?«

Jean-Luc schüttelte wieder den Kopf. »Nein, Eric, das wird nicht gehen! Und wenn, würde er alles abstreiten.«

Eric konnte es nicht glauben. *Hatte Jean-Luc tatsächlich schon aufgegeben?* Eric kochte. Aber er wusste nicht, was er noch probieren sollte.

»Eric, es tut mir leid«, sagte Jean-Luc und hatte dabei wässrige Augen, »aber es geht nicht.«

Eric konnte sich nicht länger zurückhalten. Das war nicht der Jean-Luc, den er kannte, den er über so viele Jahre hinweg bewundert hatte. »Wieso nicht?! Wieso gibst du so schnell auf? Das hast du doch sonst nicht getan. Was ist los mit dir? Jean-Luc!«

Jean-Luc schwitzte noch stärker. Eric konnte es an seinem Hemd unter dem Mantel sehen. Sein Chef war in sich zusammengesunken, starrte auf seine Hände unterm Tisch und atmete hörbar. Fast eine halbe Minute lang. Dann plötzlich wischte er sich mit einer Hand übers Gesicht und begann leise und mit zitternder Stimme, ohne Eric anzusehen.

»Du hast keine Vorstellung davon, gegen wen wir hier angetreten sind. Diese Leute schrecken vor nichts zurück. Eric, sie haben Fotos von mir! Zusammen mit einer ....« Jean-Luc verlor fast die Stimme. »Aber das war ich nicht! Die Fotos sind gefälscht! Nur, wie soll ich das beweisen? Diese Leute schrecken vor nichts zurück, glaub´ mir!« Jean-Luc hob den Kopf und sah Eric direkt in die Augen. »Wenn meine Frau diese Bilder sehen würde, das würde sie umbringen! Das darf nicht passieren. Niemals!«

Mein Gott! Eric konnte es immer noch nicht glauben. Aber jetzt hatte er wenigstens eine Erklärung für Jean-Luc´s Verhalten.

»Eric, verstehst du? Ich kann nicht gegen Kanegawa vorgehen. Es geht nicht.

So leid es mir für euch tut!« Jean-Luc hatte Tränen in den Augen und sah wieder auf seine Hände hinunter.

Für einige Zeit saßen beide IEA Männer schweigend am Tisch. Eric sah auf die belebte Straße vor dem Cafe hinaus. *Das durfte einfach nicht wahr sein! Bilder!* Er wollte vor Wut laut aufschreien. Jean-Luc an den Schultern packen, ihm die Bilder entreißen! Kämpfen! Doch er spürte, dass sein Chef dazu nicht mehr bereit war. Zu schockierend mussten die letzten Tage für ihn gewesen sein. Er wollte ganz offensichtlich nur noch weg. Eric´s Kopf zersprang fast von dem inneren Aufschrei, der immer wieder von innen gegen seine Schädeldecke hämmerte. Er brauchte dringend frische Luft. Und stand auf.

»Dann war´s das wohl«, sagte er.

Sein Chef nickte unmerklich, sah Eric nur kurz von unten an und blieb in sich zusammengesunken am Tisch sitzen. Eric konnte es nicht länger ertragen. Er nahm wortlos sein Gepäck und verließ das Café.

Der Heimweg zu Fuß dauerte länger als zwanzig Minuten, aber das war Eric egal. Er musste unbedingt die Flut an Gedanken in seinem Kopf sortiert bekommen. Mitten auf der so vertrauten Bir-Hakeim Brücke blieb er spontan stehen und sah über die hohe Brüstung hinunter auf das Wasser der Seine. Der Anblick beruhigte ihn ein wenig. Und seine Gedanken. Dennoch war er immer noch wütend. *Aber auf wen? Kanegawa? Waren noch andere mit im Spiel? Auf jeden Fall hatten sie es geschafft, Jean-Luc aus dem Verkehr zu ziehen. Was würde nun aus ihnen werden? Und was waren die Ziele ihres neuen Abteilungsleiters?* Die Wut wich langsam einer tiefen Resignation. *War das das Ende ihrer so mühsam aufgebauten Aktivitäten?*

Zuhause angekommen trug er sein Gepäck langsam die Treppe hinauf, bis in den fünften Stock. Das alte Haus hatte ja keinen Aufzug. Was sollte er Jeannette erzählen? Würde sie ihn überhaupt verstehen?

Er wollte gerade die Tür aufsperren, als Jeannette ihm zuvorkam. Sie stand direkt vor ihm und trug nur ein langes T-Shirt und Highheels. »Hallo, mein Liebling«, sagte sie mit einem verführerischen Lächeln und schlang ihre Arme um seinen Hals.

Sofort wurden alle männlichen Instinkte in Eric hellwach. Er brauchte die Ablenkung und erwiderte ihren innigen Kuss. Er stellte das Gepäck zur Seite, schloss die Tür und trug Jeannette, die nun Arme und Beine eng um ihn geschlungen hatte, den Gang hinunter ins Schlafzimmer.

Am nächsten Morgen wachte Eric bereits kurz nach fünf Uhr auf. Der Jetlag nagte immer noch an ihm. Seine Gedanken waren sofort wieder bei dem Gespräch von gestern Abend. Die Wut kam ebenfalls wieder hoch. Leise schlich er sich aus dem Bett, während Jeannette noch tief schlief, nahm sein Smartphone, das blinkte, und stieg die Treppe hinauf zur Dachterrasse.

Der Morgen war kalt und feucht. *Egal!* Er genoss die Ruhe und den Blick über die Stadt. Hatte ihm gefehlt. Er sah wieder auf sein blinkendes Smartphone. Lisa hatte bereits gestern Abend versucht, ihn zu erreichen. Dann hatte sie ihm eine Nachricht geschrieben: »Konnte dich nicht erreichen. Wie lief das Meeting mit Jean-Luc? Was soll die angesetzte Videokonferenz heute Morgen mit der ganzen Abteilung? Ruf mich bitte zurück, Lisa.«

Schweren Herzens wählte er ihre Nummer. Lisa ging sofort ran.

»Guten Morgen, Eric. Und? Wie lief nun das Treffen mit unserem Chef? Was wollte er denn so dringendes?«

Eric hatte einen dicken Kloß im Hals. *Mist!* Er zögerte eine weitere Sekunde und schluckte, bevor er antwortete. »Lisa, so wie es aussieht, haben wir ab sofort einen neuen Chef«, sprach er mit bebender Stimme und setzte sich auf einen der alten Metallstühle auf der kleinen Dachterrasse.

»Was?«

Eric erklärte Lisa in knappen Sätzen den Inhalt seines gestrigen Gesprächs mit Jean-Luc. Ohne Erwähnung der Photos.

»Das kann er nicht tun! Nicht jetzt!« Lisa fing an zu weinen, so wütend war sie.

»Ich weiß, habe ich auch gesagt. Aber irgendwie hat es nichts geholfen. Lisa, laß uns das Treffen nachher mit Jean-Luc und dem neuen Abteilungsleiter abwarten und dann telefonieren wir nochmal. Mehr können wir aktuell leider nicht tun. Vielleicht ist ja alles nur halb so schlimm und unsere Arbeit wird unvermindert fortgesetzt. Auch wenn es ohne Jean-Luc ganz sicher nicht das gleiche wäre.«

Lisa beruhigte sich ein wenig und stimmte ihm zu. Dann war das Gespräch beendet. *Nur halb so schlimm? Blödsinn!* Er glaubte nicht daran, wollte Lisa aber nicht noch mehr beunruhigen. Er blieb einige Minuten sitzen und spürte, wie die morgendliche Kälte langsam Besitz von ihm ergriff. Dennoch wäre er am liebsten den ganzen Tag hier oben geblieben! *Einfach die Ereignisse der letzten Stunden vergessen!* Aber das Abteilungstreffen war bereits für neun Uhr angesetzt. Er massierte seine kalten Beine, stand langsam auf und ging wieder hinunter in die Küche. *Eine heiße Tasse Kaffee würde jetzt gut tun.*

Als Jeannette einige Minuten später in die Küche kam, erzählte er ihr nichts von dem Treffen mit Jean-Luc gestern Abend. Noch nicht. Sie musste heute selber früh in die Arbeit, somit blieb nur wenig Zeit für ein gemeinsames Frühstück mit viel Reden. War ihm nur Recht. An der Tür küsste sie ihn tief und innig. Er nahm sich vor, heute Abend mit ihr zu reden. *Bis dahin sollte er hoffentlich mehr erfahren haben!*

Das Abteilungstreffen mit allen Mitarbeitern lief aus Eric´s Sicht noch schlechter, als er es sich auf der Fahrt ins Büro bereits ausgemalt hatte. Es war zum Heulen!

Kanegawa kam persönlich, wirkte unnahbar wie immer, und brachte tatsächlich den Nachfolger von Jean-Luc direkt mit. Ebenfalls ein Japaner, der erst kürzlich zur IEA gewechselt war und scheinbar ein enger Vertrauter des IEA-Chefs war. Kanegawa hielt eine kurze, völlig emotionslose Abschiedsrede für ihren Chef, in der er sich für die vielen Jahre guter Zusammenarbeit bedankte und dann kurz auf die Neuausrichtung der Abteilung einging. Ja, der Verkehrssektor konnte und musste einen erheblichen Beitrag zur Senkung der weltweiten CO2-Emissionen leisten und es war die Aufgabe der Abteilung, die Potentiale aufzuzeigen. Aber der zukünftige Fokus sollte sich wieder stärker an den ursprünglichen Zielen der IEA ausrichten. Die Sicherung der Energieversorgung. Und das bedeutete für den Verkehrssektor immer noch die Bereitstellung ausreichender Öl-Mengen. Hier gab es seiner Meinung nach einige Themen, die in der Vergangenheit vernachlässigt wurden und nun wieder stärker im Mittelpunkt der Abteilungsarbeit rücken sollten. Ein unverblümter Dolchstoß in den Rücken ihrer Aktivitäten zur Einführung von EVs. Das war spätestens klar, als der neue Abteilungsleiter eine detaillierte Liste der zukünftigen Kernaufgaben auflegte und die Taskforce-Tätigkeit von Eric und seinem kleinen Team in keinster Weise erwähnte. Zu diesem Zeitpunkt hatten Kanegawa und Jean-Luc bereits das Abteilungstreffen verlassen.

Auf Nachfrage von Eric gab ihr neuer Abteilungsleiter nur eine ausweichende Antwort. Natürlich würden laufende Aktivitäten auf Feldern, die nicht mehr zum Kernfokus gehörten, zurückgefahren, aber Details über Art und Weise wären noch zu besprechen.

Steve, der per Live-Video aus LA zugeschaltet war, und Lisa, die nur über ihr Smartphone zuhören konnte, waren sprachlos. Pierre zeigte relativ wenig Regung und starrte in seinen Laptop, der wie üblich vor ihm stand. Die anderen Mitarbeiter der Abteilung verstanden den ganzen Trubel nicht. Kurz nach zehn Uhr war das Treffen beendet.

Eric ging mit Nicole zurück zu Jean-Luc´s Büro. Doch der war offensichtlich bereits gegangen. Nein, Nicole hatte auch keine weiteren Informationen. Eric meldete sich bei ihr offiziell mit Kopfschmerzen ab und verließ gegen elf Uhr ebenfalls das IEA Hauptquartier. Was genug war, war genug! Eric konnte es immer noch nicht glauben. *Diese Mistkerle hatten tatsächlich Jean-Luc gefeuert! Und dieser neue Arsch hatte ihre Taskforce-Aktivitäten bereits von der Aktivitäten-Liste genommen.* Einen schlimmeren Tag konnte er sich kaum vorstellen. *Das hatten sie nicht verdient. Nie und nimmer!*

Er saß bereits mehr als eine Stunde auf der kleinen Dachterrasse ihrer Wohnung, als Jeannette nach Hause kam.

»Eric, was machst du denn hier oben?« Seine Freundin stand in dem engen Türrahmen des Dachausgangs und sah zu ihm hinüber. Eric saß wieder auf einem der alten Metallstühle und drehte sich zu ihr um. Er sah sie traurig an, sagte aber nichts.

»Was ist los?«, fragte seine Freundin entsetzt, als sie sein Gesicht sah, und setzte sich auf den zweiten Metallstuhl direkt ihm gegenüber.

»Sie haben Jean-Luc gefeuert. Und wollen all unsere guten Arbeiten der letzten Monate einfach einstellen«, sagte er resigniert und sah Jeannette an.

»Wie? Das heißt, du bist deinen Job los?«

»Nein, das nicht!«

Sie atmete sichtlich auf. »Naja, dann ist es ja nur halb so schlimm«, sagte sie und ergriff aufmunternd seine Hände.

Eric zog die Arme zurück und lehnte sich zurück. »Das ist trotzdem eine Katastrophe«, stieß er ärgerlich heraus, »eine Riesen-Katastrophe! Ich will nicht *irgendeinen* Job bei der IEA. Ich will endlich diese Trendwende im Straßenverkehr schaffen. Ohne diesen Schritt steuern wir alle direkt auf eine Klimakatastrophe zu.«

Seine Freundin sah ihn etwas überrascht an.

»Eric, wieso versteifst du dich so auf diese Klimaproblematik? Und diese Elektroautos?«, sagte sie, »die Dinger sind doch immer noch viel zu teuer. Hast du mir doch selber erklärt. Und wirklich schön sind sie auch nicht. Wenn deine Chefs jetzt der Meinung sind, das Thema zurückzufahren, dann werden sie schon ihre Gründe dafür haben.«

»Nein«, sagte Eric immer noch ärgerlich, »haben sie nicht! Das ganze war eine rein politische Entscheidung. Meiner Meinung nach hat die Öllobby Angst, dass ihnen eine zu frühe Trendwende hin zu EVs das Geschäft kaputt macht, und hat die IEA massiv unter Druck gesetzt. Jean-Luc ist nur das Bauernopfer. Die möglichen, katastrophalen Auswirkungen für unser Klima sind diesen Kerlen dabei völlig wurscht!«

Jeannette sah die Wut in Eric´s Augen und hielt sich mit ihrer Meinung zu Klimawandel und EVs zurück. Sie wollte nicht, dass ihr Gespräch wieder im Streit endete. Er würde sich schon wieder beruhigen.

»Kommst du nachher mit zum Essen mit Fabienne und Marc? Wir wollten den neuen, kleinen Inder um die Ecke bei uns ausprobieren. Soll sehr gut sein. Komm´ schon, wird dich ablenken.«

Eric sah sie lange an. Nein, er hatte jetzt wahrlich keine Lust auf eine weiteres Abendessen mit netten, aber doch oberflächlichen Diskussionen. *Nicht jetzt!* Er schüttelte langsam den Kopf.

»Aber du kannst doch nicht den ganzen Abend hier oben sitzen und schmollen. Das Leben geht weiter«, sagte nun Jeannette ärgerlich.

Eric war sauer. Seine Freundin wollte ihn einfach nicht verstehen. Er stand auf und ging hinüber auf die andere Seite der Dachterrasse. »Ich bleibe hier«, sagte er nur, ohne sich umzudrehen. Jeannette verzog den Mund, schüttelte den Kopf und ging wortlos die Treppe hinunter.

BERLIN MITTE, DEUTSCHLAND

Karl Röhmer stand hoch zufrieden am Fenster seines Büros, auch wenn es heute in Berlin in Strömen regnete. Der Coup in Paris sprach sich schnell herum innerhalb des Verbandes und wurde ihm hoch angerechnet. Auch die Gespräche über seine Vertragsverlängerung mit dem neuen Gehaltspaket liefen nun in die gewünschte Richtung.

Der Verbandspräsident ging zurück zu seinem Schreibtisch und packte seine Sachen. Die noch offenen, administrativen Dinge konnten bis morgen warten. *Würden ja nicht weglaufen.* Er wollte diesen wichtigen Erfolg heute Abend feiern. *Ausgiebig!* Seine Zukunft sah nun deutlich rosiger aus. *Endlich.*

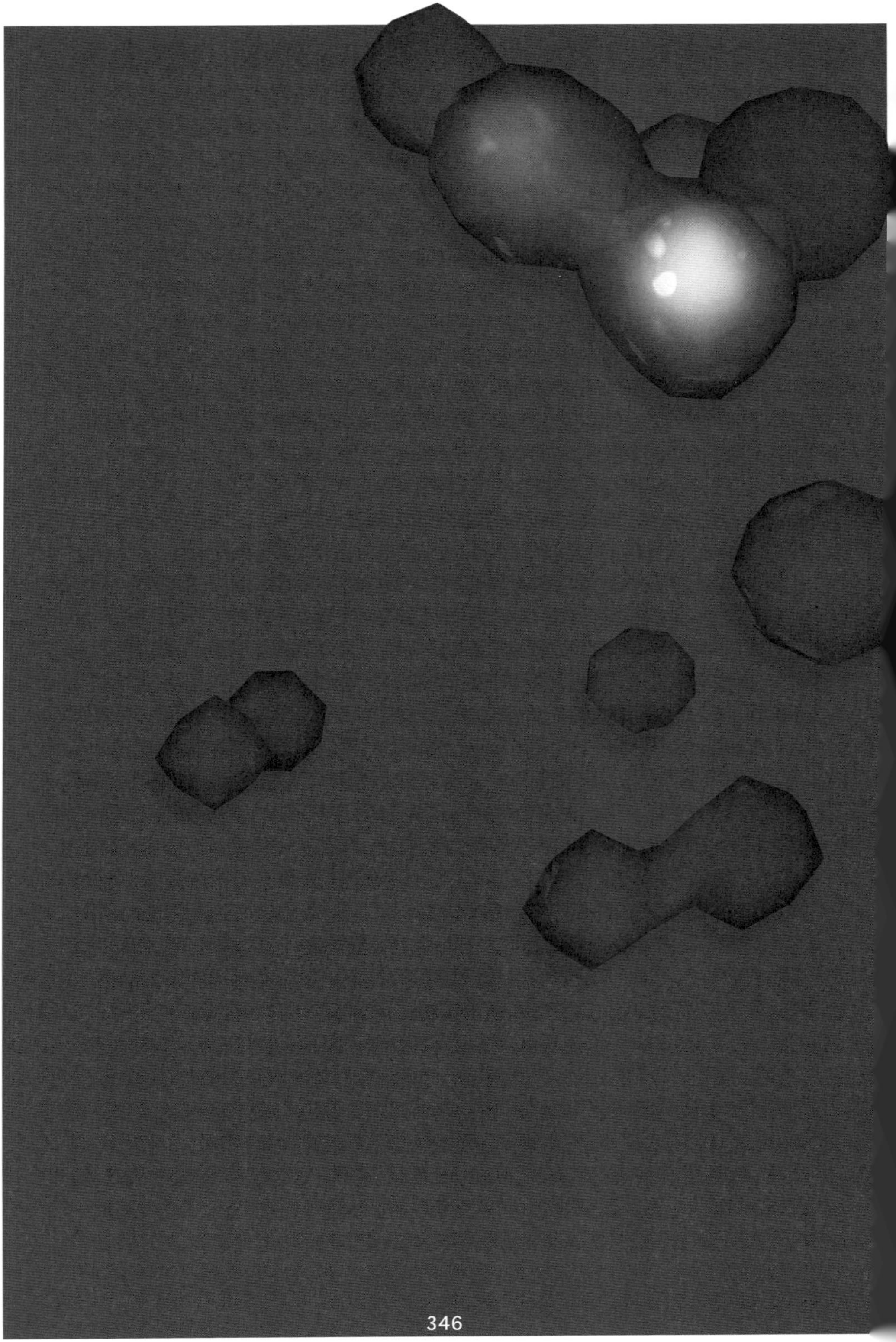

TEIL 3

VIER MONATE SPÄTER

BAKU, ASERBAIDSCHAN, AM KASPISCHEN MEER, ANFANG MÄRZ

Die hochmoderne Fähre mit ihren zwei langen, katamaran-artigen Rümpfen und dem flachen Aufbau hatte die Heckklappe komplett heruntergefahren, um Autos und Passagiere aufzunehmen. Doch nur wenige Fahrzeuge mit Sonderausweisen wurden an der Zufahrt zum Kai von den Polizisten durchgelassen. Das Gelände vor der Fähre war hermetisch abgeriegelt.

Jeff Simson stand mit Petrov, seinem langjährigen Mittelsmann an der Reling, hoch über dem Heck des Schiffes, und konnte das Einfahren der Fahrzeuge gut überblicken. Die Sonne stand an diesem Frühlingstag im Hafen von Baku bereits ziemlich tief. Der Westwind blies ihnen kalt ins Gesicht. Jeff schlug den Kragen seines Mantels hoch und sah auf die Uhr. Die wenigen geladenen Gäste sollten eigentlich alle innerhalb der nächsten dreißig Minuten ankommen. Er war gespannt, ob sie ihr ungewöhnliches Treffen zum gewünschten Abschluss bringen konnten. Petrov hatte den Plan mit ihm gemeinsam ausgearbeitet und alles akribisch vorbereitet. Mehr konnten sie jetzt nicht mehr tun.

Seit mehreren Jahren war ein Team aus der Abteilung seiner Chefin in Baku, der Hauptstadt Aserbaidschans, tätig. Nach erfolgreichen Probebohrungen im Kaspischen Meer setzte Anfang des 21. Jahrhunderts der zweite Frühling für die aserbaidschanische Ölförderung ein. Der hohe Ölpreis machte auch hier die aufwendigen und riskanten Bohrungen zu einem profitablen Geschäft, das sich keiner entgehen lassen konnte.

Doch das war einfacher gesagt als getan. Die Rahmenbedingungen für einen erfolgreichen Abschluss in diesem so geschichtsträchtigen Land am Kaukasus waren extrem komplex. Also war er wieder draußen. Jeff. Der Sonderbeauftragte seiner Chefin. Der Mann für die schwierigen Fälle. Der Mann, der es immer wieder schaffte, ein entscheidendes Ass aus dem Ärmel zu ziehen. *Blöder Spruch!* Jeff schüttelte den Kopf.

Ja, er hatte vor der Ankunft in Baku seine Hausaufgaben gemacht und sich alle anderen Informationen in Gesprächen mit ihrem Team vorort und mit

Petrov besorgt, der das Land noch aus der Zeit der ehemaligen UDSSR kannte. Damals arbeitete er ja noch für den KGB, was sich auch diesmal wieder als sehr nützlich erwies.

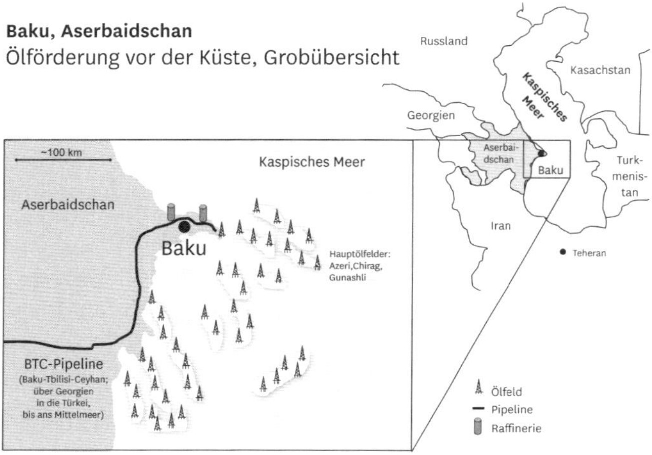

Quelle: Google Maps, eigene Recherchen

Baku hatte zu Beginn des 19. Jahrhunderts die größten Erdölfelder der Welt und lieferte mehr als fünfzig Prozent des weltweiten Ölbedarfs. Der schon in der Frühzeit wichtige Handelsplatz entlang der alten Seidenstraße wurde in dieser Zeit zu einer der größten Städte der Welt. Und war heute immer noch die einzige Millionenmetropole am Kaspischen Meer. *Das Nizza des Ostens,* wie manche zu sagen pflegten. *Nicht ganz unberechtigt,* dachte Jeff, der die alten Prachtbauten der Stadt kannte, die heute zum Teil wieder von den im Ölgeschäft tätigen Familien bewohnt wurden.

Mit der Entdeckung der riesigen Quellen auf der arabischen Halbinsel nach dem Ende des 2. Weltkriegs nahm die Bedeutung Bakus als Ölproduzent aber deutlich ab. Am Ende des 20. Jahrhunderts waren die an Land gelegenen Ölfelder quasi erschöpft und bereiteten der gerade erst in die Unabhängigkeit entlassenen, ehemaligen Sowjet-Republik eine sehr schwierige Startphase mit massiven Budgetproblemen.

Doch dann kam der steigende Ölpreis und die Entdeckung neuer Ölfelder unter dem Meeresboden. Plötzlich wurde Baku wieder zu einem hochinteressanten Ort für die Ölkonzerne dieser Welt. Doch die aserbaidschanische Regierung war bei der schwierigen und teuren Erschließung zwingend auf ausländische Hilfe angewiesen. Das war eine Chance, die sich auch Jeff´s Chefin und ihr Konzern nicht entgehen lassen wollten. Im Wettbewerb mit zahlreicher Konkurrenz. Besonders die Engländer hatten hervorragende Beziehungen bis in die höchsten Kreise der Regierung und spielten das gesamte diplomatische Repertoire. Bis hin zum Einsatz der königlichen Familie, deren Mitglieder häufig in Baku anzutreffen waren.

Als das von seiner Chefin geschickte Team in den Verhandlungen ins Stocken geriet und keine Besserung in Sicht war, wurde es wieder einmal Zeit für einen Sondereinsatz von Jeff Simson. Seine Chefin übergab ihm die Leitung des Teams, völlige Handlungsfreiheit und drei Monate Zeit. Sie wollte Ergebnisse, keine weiteren Ausreden oder Erklärungen!

Nach drei Wochen Hintergrund-Recherche und einiger, langer Abende mit seinem Petrov, den er temporär mit viel Geld aus Afrika hinüber in den Kaukasus gelockt hatte, war ihnen eine Idee gekommen. Riskant, aber machbar, hatten die beiden beim Wodka in einem der heißesten Nachtclubs Bakus entschieden. Da kam ihm sehr gelegen, dass Peter Larson, sein neuer, persönlicher Schatten, der ja auf Anordnung seiner Chefin ab sofort für seinen Schutz zu sorgen hatte, beste Beziehungen zum US-Militär besaß.

Schon bei seinem ersten Landeanflug auf dem internationalen Flughafen von Baku war Jeff die Staffel an F-22 Raptors der US Air Force auf der anderen Seite der Landebahn aufgefallen. Die Präsenz des amerikanischen Militärs war in der Region seit der Unabhängigkeit der ehemaligen Sowjet-Republiken und dem Einmarsch alliierter Truppen in Afghanistan deutlich gestiegen. Mehr als allgemein bekannt war. Baku und sein großer Flughafen lagen für die Amerikaner ideal auf der Nachschublinie ihrer Truppen, beginnend in Zentraleuropa über die Türkei bis nach Nord-Afghanistan. Umgekehrt hatte Aserbaidschan seit Beginn des neuen Ölbooms ein hohes Eigeninteresse an der Anwesenheit des amerikanischen Militärs.

Peter Larson kam gerade auf die Brücke hinaus und sprach mit einem seiner Leute über Funk. Das kleine Gerät in seinem Ohr war kaum zu erkennen. »Der General und seine Leute fahren gerade vor«, sagte er kurz zu Jeff, ohne Petrov eines Blickes zu würdigen.

Er hatte Jeff mehrmals wissen lassen, dass er allein die Anwesenheit des

Russen als zusätzliches Risiko für ihre Sicherheit betrachtete. Jeff konnte ihn nur schwer von seiner hohen Wertschätzung für den so erfahrenen Mittelsmann in seinem Geschäft überzeugen.

Ein kleiner Konvoi aus Suburban SUVs fuhr vor und wurde von den Polizisten durchgewunken. Damit war eine ihrer Trumpfkarten anwesend. Der oberste Repräsentant des US-Militärs in der Region. *Sehr gut!* Peter Larson hatte den Kontakt zu dem General über seine alten Verbindungen zu den US Special Forces hergestellt, die Baku ebenfalls als Zwischenstopp auf dem Weg zu ihren Einsätzen in Afghanistan nutzten.

Nach kurzer Diskussion war Jeff klar geworden, dass das US-Militär seine Einschätzung zur strategisch prekären Lage Aserbaidschans teilte. Seit Jahren herrschte ein offener Streit zwischen den nun fünf Anrainerstaaten am Kaspischen Meer über die Grenzziehung auf dem Wasser. Die drei von Russland in die Unabhängigkeit entlassenen Staaten Kasachstan, Turkmenistan und eben auch Aserbaidschan wollten unbedingt ihren Anteil an den neuen Ölvorkommen unter dem Kaspischen Meeresboden sichern. *Ihre mit Abstand größte Einnahmequelle in den kommenden Jahren, gerade bei weiter steigenden Rohölpreisen!*

Doch Russland und der Iran spielten mit harten Bandagen. Und hatten beide als einzige eine nennenswerte militärische Präsenz auf dem Binnenmeer. Der Iran hatte erst vor kurzem mit der Indienststellung einer hochmodernen Fregatte seine Schlagkraft noch mal deutlich erhöht. Das war ein klares Signal an Aserbaidschan und Turkmenistan, dass die neuen, massiven Ölfunde, geographisch nahezu in der Mitte des Kaspischen Meeres zwischen diesen beiden Staaten gelegen, auch vom Iran beansprucht wurden.

Eine Lösung auf diplomatischem Wege war nicht in Sicht. Die Regierung Aserbaidschans wollte aber um jeden Preis so schnell wie möglich mit den Ölförderungen beginnen und endlich Fakten schaffen. Doch ohne militärischen Schutz wollte kein Unternehmen das Risiko eingehen. Hier spielten die Amerikaner plötzliche eine Schlüsselrolle. Man vereinbarte ein gemeinsames Vorgehen zwischen Jeff´s Ölkonzern, der US-Regierung und seinen Militärs. Ein Trumpf, den die Engländer kaum überbieten konnten.

Doch sie hatten noch ein weiteres Thema, das es zu lösen galt. *Sonst machte der ganze Erwerb einer Bohrkonzession nur halb soviel Spaß.* Und er kannte seine Chefin, sie mochte keine halben Sachen.

Das Kaspische Meer hatte keinen Zugang zur offenen See. Das hieß, es gab keine Möglichkeit, Schiffe oder Bohrplattformen auf dem Seeweg aus anderen

Regionen der Welt nach Baku zu schaffen. Alles musste vor Ort gebaut oder mühselig zerlegt und auf dem Landweg bis ans Kaspische Meer transportiert werden. Die Entdeckung der neuen Ölfelder erzeugte einen massiven Mangel an geeignetem Material. *Besonders an Bohrplattformen!* Wenn man Pech hatte, oder nicht die richtigen Beziehungen, konnte dieser Mangel die Erschließung eines Ölfeldes um Jahre verzögern. Auch hier wurde mit harten Bandagen gekämpft.

Petrov hatte einen alten Kontakt aufgewärmt und ihnen mehrere Treffen mit dem Eigentümer einer Werft in Baku verschafft, der solche Plattformen herstellte und gerade eine verfügbar hatte. *Ganz zufällig* gab es auch eine enge Verbindung zwischen dem Eigentümer und der aserbaidschanischen Präsidentenfamilie, die am Schluss über die Vergabe der Bohrkonzessionen an ausländische Ölkonzerne entschied. *Ganz zufällig.*

Petrov stieß Jeff kurz von der Seite an.

Ein noch längerer Konvoi als der des US-Generals fuhr gerade vor. Drei Mercedes Limousinen und zwei Range Rover, in denen ganz offensichtlich die persönliche Leibgarde des Unternehmers saß. Das laute Knarzen der Stahlrampen beim Einfahren sprach für ein besonders hohes Gewicht der fünf Fahrzeuge, dachte Jeff. *Wahrscheinlich extra dicke Panzerungen und schusssicheres Glas.*

»Jetzt fehlt uns nur noch der Minister«, sagte er zu Petrov, der kaum merklich nickte. Peter Larson war zwischenzeitlich wieder verschwunden. *Begrüßte wahrscheinlich die US Militärs.*

»Hier kommen unsere Damen«, sagte Petrov mit einem kleinen Lächeln. Hätte Jeff beinahe vergessen. Aber Petrov kannte die Schwächen ihrer Verhandlungspartner genau und wollte diesen Extratrumpf auf jeden Fall im Ärmel behalten.

Zwei Stretch-Limousinen hielten an der Absperrung. Die Polizisten schienen ihre Kontrollaufgaben hier etwas genauer wahrzunehmen. Eines der Wagenfenster wurde heruntergefahren. Zwei Polizisten beugten sich ziemlich lange ins Wageninnere. Jeff konnte bis hier oben das Lachen hören. *Definitiv eine weitere Trumpfkarte.* Schließlich wurden die beiden Fahrzeuge durchgewunken.

Als schließlich die Mercedes-Limousinen des Ministers vorfuhren, verließen die beiden Männer ihren Platz am Heck des Schiffes und gingen hinein. Alle waren gekommen. Das Spiel konnte beginnen.

Der Kapitän des Fährschiffes fuhr die riesige Heckklappe hoch. Dann ließ er die Motoren an und steuerte das neueste und modernste Schiff der aserbaidschanischen Fährflotte mit seiner besonderen Fracht aus dem Hafen von Baku hinaus. Jeff Simson hatte ihm erst vor zwei Stunden das Ziel ihrer kurzen Reise mitgeteilt. Teil ihrer umfangreichen Sicherheitsmaßnahmen. Der Kapitän forderte die volle Leistung der beiden riesigen Dieselmotoren an und beschleunigte die Fähre auf Höchstgeschwindigkeit. Er liebte sein neuestes Schiff und er genoss den Blick zur linken auf die beeindruckende Hafenpromenade des nun nächtlich erleuchteten Baku, seiner Heimatstadt.

Der große Saal im vorderen Teil des Hauptdecks war großzügig und festlich hergerichtet. Mit beeindruckendem Blick nach vorne über den Bug des Schiffes hinaus auf das im Mondschein funkelnde Meer.

Jeff hatte den Minister samt Entourage bereits begrüßt und führte die Gruppe nun hinüber zum General der US Air Force und seinen Leuten. Man kannte sich. Wie abgesprochen, erläuterte der US-General in knappen Worten das Angebot seiner Regierung zum Ausbau der aserbaidschanischen Seeüberwachung. Samt modernster Technik zur Verteidigung der beanspruchten Hoheitsrechte. Der Minister hatte einen hochrangigen Vertreter des aserbaidschanischen Militärs mitgebracht, der genau zuhörte und anerkennend nickte. Je länger der General sprach, desto breiter wurde das Grinsen auf dem Gesicht seines Kollegen. Die Amerikaner machten ein Angebot, das kaum auszuschlagen war. Ihre erste Trumpfkarte schien zu funktionieren.

Zu Jeff´s Überraschung zog einer der Begleiter des US-Generals einen speziellen Tablett-PC aus der Tasche, der ein regelmäßig wiederkehrendes Radarbild zeigte. Er deutete auf einen kleinen Punkt und erklärte: Ihre Fähre, die sich mit hoher Geschwindigkeit auf die offene See hinausbewegte. *Wie war das möglich?* Der Minister sah den US-General und dann seinen Militärvertreter verwundert an.

»Wir haben vor einer Stunde eine unserer neuesten Drohnen von ihrem Flughafen aus in die Luft gebracht und überwachen nun in Realtime die Route des Schiffes«, erklärte der General stolz.

Jeff sah Peter Larson an, der grinste. *Geschickter Schachzug!* Eine Live-Demonstration der unvergleichlichen Fähigkeiten des US Militärs und gleichzeitig ein zusätzliches Element in ihrem Sicherheitskonzept für dieses geheime Treffen. Die Aserbaidschaner waren beeindruckt. Ja, das war genau, was sie brauchten. Der General deutete auch Luft-Boden-Raketen an, die zum

Repertoire der Drohne gehörten. *Für den Fall der Fälle.* Der Minister grinste und dachte an sein heutiges Vorgespräch mit seinem Präsidenten. Der hatte ihm grünes Licht gegeben, sofern die Rahmenbedingungen stimmten. *Ja, die stimmten!* Nach kurzer Diskussion wurde der Deal mit dem US-Militär per Handschlag besiegelt.

Sehr gut! Auf kurzen Wink von Jeff brachte Petrov nun den aserbaidschanischen Werft-Unternehmer und seine Leute herüber. Jetzt ging es an den Kern ihres eigentlichen Geschäftes. Die Förderkonzession und die schnelle Verfügbarkeit des benötigten Materials als Gegenleistung für die militärische Unterstützung. Auch hier war offensichtlich, dass sich die Herren gut kannten. Das war nicht das erste gemeinsame, geschäftliche Unterfangen.

Der Minister sprach mit dem etwas grobschlächtig wirkenden Unternehmer und Petrov auf Russisch. Kurzzeitig wurde das Gespräch etwas heftiger. Petrov hatte von Jeff einen gewissen Spielraum auf der monetären Seite erhalten. Die schnelle Verfügbarkeit der benötigten Bohrplattform hatte ihren Preis. Wie sich herausstellte, einen verdammt hohen Preis! Aber man konnte sich natürlich immer auf das altbekannte Prinzip von Angebot und Nachfrage zurückziehen. So hatte es Jeff mit seiner Chefin in Texas besprochen. Falls jemand die Bücher irgendwann mal im Detail prüfen sollte.

Petrov deutete mit seinem Kopf zur Bar, wo zwei der bildhübschen, jungen Frauen in ihren kurzen, eng anliegenden Kleidern auf Barhockern saßen. Er machte eine kurze, scharfe Bemerkung. Der Unternehmer sah zur Bar hinüber, als gerade eine der Frauen den Saum ihres Kleides zurechtrückte. Er lachte laut und vulgär und schlug dann mit seiner riesigen Hand auf Petrov´s Rücken. Der Deal war perfekt. Auch der Minister hatte die attraktiven Damen nicht übersehen. *Petrov hatte Recht.* Der Minister nickte, wohlwissend, dass das Geschäft nicht zu seinem Nachteil sein würde.

»Dann freuen wir uns, Mr. Simson, Ihnen und Ihrer Firma die Förderrechte an dem neuen Ölfeld entsprechend unseren Vorverträgen zukommen zu lassen«, sagte der Minister nun mit offizieller Stimme und reichte Jeff die Hand. *Die Engländer würden kochen!* Bis vor kurzem sah es für sie noch wie ein sicheres Geschäft aus. Der gleiche Minister, der in London jede Vorzugsbehandlung der britischen Regierung genossen hatte, machte gerade eine 180-Grad-Kehrtwendung. Zu überzeugend waren die Argumente der Amerikaner.

Na, dann! Auf einen Wink von Jeff brachte das Bordpersonal Champagner für alle. Sie hatten es tatsächlich geschafft. Die monatelange, akribische Vorarbeit hatte sich ausgezahlt. Der Deal ging schneller über die Bühne, als es sich Jeff jemals erträumt hätte. Ohne jegliche Komplikationen. *Kaum zu glauben.* Jetzt musste er nur noch alle Unterschriften in den nächsten Tagen unter die Verträge bekommen, dann war der Deal auch für seinen Ölkonzern perfekt.

Als die hell erleuchtete Bohrplattform in Sicht kam, die ihnen der Unternehmer in den letzten Tagen angeboten und bereits in Position gebracht hatte, erhob Jeff erneut sein Champagnerglas und dankte den Anwesenden für ihr Kommen und die guten Entscheidungen. Breite Zustimmung und klingende Gläser unter seinen Gästen.

Er blickte zu Petrov hinüber. Der Russe nickte kurz und eröffnete das vorbereitete Buffet samt bestem Kaviar aus den heimischen Gewässern. Auf seinen Wink hin kamen nun die Damen von der Bar herüber und mischten sich unter die Aserbaidschaner. Die Stimmung im Raum wurde ausgelassener.

Kurze Zeit später kam Petrov mit einem kleinen Porzellanschälchen gefüllt mit Kaviar zu Jeff hinüber. Sie lehnten sich gemeinsam an die Reling vor der großen Fensterfront. Die Fähre machte gerade einen weiten Bogen um die riesige Bohrplattform. Das Ziel ihrer kurzen, nächtlichen Fahrt.

»Gut gemacht, mein alter Freund«, sagte der Russe leise und stieß mit dem Amerikaner an, »die Live-Demonstration der militärischen Kompetenz eurer Leute hat wohl den Ausschlag gegeben. Hut ab!«

Die beiden sahen zum General und seinen Leuten hinüber, denen die Anwesenheit der zahlreichen, nur spärlich bekleideten Damen etwas unangenehm war. Dagegen genossen die Aserbaidschaner das Aufgebot in vollen Zügen.

Der Unternehmer hatte bereits zwei der jungen Frauen in seinen Armen und wollte mit ihnen gerade den Raum verlassen. Er suchte wohl ein ruhigeres Plätzchen. Er lachte laut, während die beiden Frauen sich ihrer Sache nicht ganz sicher waren.

Jeff hasste diese Art von Geschäftsgebaren, aber Petrov hatte Recht, die Ausnutzung der menschlichen Schwächen gab oft den entscheidenden Ausschlag. Auch hier schien es zu funktionieren. Dennoch bereitete es Jeff immer wieder ein extrem schlechtes Gefühl in der Magengegend. Er drehte sich um und versuchte seine Gedanken hinaus auf´s Meer zu lenken, das im Mondlicht und zusammen mit der Bohrplattform ein fast surreales Bild abgab.

Während Petrov neben ihm den letzten Löffel seines Kaviars genoss. Er schien zufrieden. Der Deal war perfekt, egal wie, und sein nicht unerheblicher Anteil würde fließen. Die Förderung des Öls und der Abtransport bis in die USA war nun Aufgabe von Jeff und seinem Konzern.

Dass die Tiefseebohrungen und die notwendigen Pipelines am Meeresgrund eine gewaltige Gefährdung dieses weltgrößten Binnengewässers mit seinem einzigartigen Fischbestand bedeutete, wurden von ihm, so wie von den meisten anderen, komplett übersehen. Dass das auch das Aus für den Belugastör und seinen hervorragenden Kaviar bedeuten konnte, den Petrov gerade eben noch genossen hatte, wurde offensichtlich von allen verdrängt.

Jeff hatte den Bericht der Umweltschutzorganisation vor Wochen gelesen, um zumindest vorbereitet zu sein. Das Thema kam aber in keiner ihrer Verhandlungsrunden auf den Tisch. *Mit keinem Wort!* Auch wenn heute enorme Preise für ein Kilo dieses besten Kaviars bezahlt wurden, waren die Einnahmen *Peanuts* im Vergleich zum Öl- und Gasgeschäft, das sich gerade im Kaspischen Meer für die Anrainerstaaten eröffnete. *Und natürlich auch für seinen Konzern!* Jeff schüttelte fast unmerklich den Kopf.

Eine plötzliche, veränderte Tonlage im Raum ließ Jeff herumfahren. In der Gruppe um den US-General war eine gewisse Unruhe entstanden. Peter Larson blickte zusammen mit seinem US-Kollegen wie gebannt auf den vorher noch so wirkungsvoll eingesetzten Tablet-PC. Und immer wieder aufs Meer hinaus. *Sie suchten etwas. Aber was?* Peter sprach einen kurzen Befehl über Funk und kam dann mit schnellen Schritten hinüber zu Jeff.

Bevor er etwas sagen konnte, machte die Fähre eine spürbare und sehr enge Kurve, und nahm wieder Geschwindigkeit auf. Mehrere Gläser fielen vom Buffet. Jeff hielt sich an der Reling fest. Ein paar überraschte Aufschreie von den Damen. Der aserbaidschanische Unternehmer kam fast ins Straucheln und fluchte. *Geschieht ihm Recht,* dachte Jeff und sah dann Peter Larson fragend an, der jetzt neben ihm stand.

»Die Überwachungsdrohne hat ein unbekanntes Schiff ein paar Meilen südlich von uns ausgemacht, dass mit sehr hoher Geschwindigkeit näher kommt. Der US-General und seine Leute vermuten, dass es sich um die neue iranische Fregatte handelt. Keiner sonst kann eigentlich so viele Knoten machen.«

»Und was wollen die?«, fragte Jeff leicht verwirrt.

»Zumindest nichts Gutes«, antwortete Peter trocken, »ich habe dem Kapitän Befehl zum Abdrehen gegeben. Mit voller Kraft voraus. Ich befürchte nur, das wird nicht reichen. Das iranische Schiff ist verdammt schnell.«

»Und was heißt das?«, fragte Jeff, nun deutlich unruhiger. Petrov, der immer noch neben ihm stand, sagte nichts, auch wenn ihm die Vorstellung eines iranischen Kriegsschiffes überhaupt nicht behagte.

»Sind wir gerade noch am diskutieren«, antwortete Peter ausweichend und ging dann wieder zu den US-Militärs zurück.

Die Unruhe erfüllte nun den ganzen Raum. Petrov sprach mit den Aserbaidschanern und erklärte ihnen die Situation. Lautes Fluchen.

Währenddessen diskutierte Peter Larson etwas abseits stehend mit den Amerikanern. Die Mienen der Männer verfinsterten sich. Es gab eigentlich nur zwei Optionen, die iranische Fregatte aufzuhalten, wenn sie nicht von alleine abdrehte. Entweder die US-Drohne ging tiefer, zeigte sich und demonstrierte ihr Waffenarsenal. Oder der General gab den Startbefehl für die F-22 Raptors, die immer noch auf dem Flughafen von Baku stationiert waren.

Beides war kein wirklich freundlicher Akt. Und die Beziehung der USA zum Iran war auch so schon ausreichend belastet. Aber keiner der anwesenden Amerikaner hatte Lust auf eine persönliche Verwicklung mit dem Iran. Ganz besonders nicht an Bord einer Fähre mitten auf dem Kaspischen Meer, an einem Ort, wo sie eigentlich nichts zu suchen hatten. *Nein, sie wollten auf jeden Fall wieder sicher an Land zurückkehren. Ohne Zwischenfall. Ohne Bekanntschaft mit iranischem Militär.*

Nach kurzer Rücksprache mit dem aserbaidschanischen Minister gab der US-General den Befehl zum Start von zwei F-22 Raptors. *Unfreundlicher Akt, hin oder her!*

IEA HEADQUARTER, PARIS, ZUR SELBEN ZEIT

Es war derselbe, große Konferenzraum wie immer. Aber die Arbeitsatmosphäre hatte sich total verändert. Der Teamspirit war raus. Sie saßen zusammen mit ihrem neuen Chef zu siebt im Raum. *Auch die Luft fühlte sich stickiger an,* dachte Eric grimmig. Seit Wochen arbeiteten sie entsprechend seinen Anweisungen an einem Update für den jährlich erscheinenden *EV Outlook* der IEA, der weltweit die laufenden Aktivitäten und Absatzerfolge bei Elektrofahrzeugen und Plug-in-Hybriden dokumentierte. Aber eben nur dokumentierte, fast ohne jeden intellektuellen Mehrwert durch die IEA-Truppe selber.

Wieder saßen sie über den Zahlen für die einzelnen Regionen und Kernmärkte, die Pierre in einer großen Tabelle an die Wand geworfen hatte. Lisa kümmerte sich wie gehabt um China, Steve, der extra aus LA herübergekommen war, um die USA. Zusätzlich hatten sie zwei Kollegen miteingebunden, die Detailkenntnisse zum japanischen Markt und dem Rest der Welt mitbrachten. Eric hielt die endlosen Diskussionen über Kleinigkeiten in ihrem

Berichtsentwurf nicht mehr aus. Er stand auf, entschuldigte sich kurz, und verließ den Konferenzraum.

Lisa sah ihm traurig hinterher. Am liebsten wäre sie mit ihm hinausgegangen, wusste aber, dass das bei ihrem neuen Chef nicht gut ankommen würde. Sie hatte das Gefühl, dass sie unter ständiger Beobachtung standen.

Eric ging den Gang hinunter zu den Toiletten und stieß unbewusst einen kleinen Seufzer aus. Seit dem Weggang von Jean-Luc hatte sich ihre Abteilung innerhalb kürzester Zeit total verändert. Anfangs versuchte er noch, ihren neuen Chef von der Sinnhaftigkeit ihrer Aktivitäten in den beiden Taskforces zu überzeugen. Lisa und Steve hatten ihn mehrfach darum gebeten, richtiggehend bekniet. Doch der Japaner lächelte ihn in den Gesprächen immer nur an, machte freundliche Bemerkungen und fuhr am nächsten Tag ihre Aktivitäten eiskalt weiter zurück. Offiziell waren sie jetzt noch als Berater in München und LA tätig, aber nur noch mit extrem reduziertem Zeiteinsatz. *Im Prinzip waren sie nicht mehr dabei!*

Stattdessen belegte der Japaner sie mit lauter neuen, in Eric´s Augen völlig nebensächlichen Aufgaben. *Wie diesem Update!* Er hatte den Ärger beim kalifornischen Gouverneur und der Münchner Bürgermeisterin mehrfach am Telefon zu spüren bekommen. Sie konnten die Richtungsänderung bei der IEA nicht nachvollziehen und pochten massiv auf seine Unterstützung. *Wieso war er nicht mehr vorort und half ihnen, dieses so wichtige Thema voran zu bringen?* Konnte er ja auch nicht wirklich erklären, sondern immer wieder nur auf seinen neuen Chef verweisen. Jean-Luc war nicht mehr da, um ihm beizustehen. Er hatte ihn seit Wochen nicht mehr gesehen. Alles lief bei seinem ehemaligen Chef wohl auf einen vorzeitigen Ruhestand hinaus.

Das konnte so nicht weitergehen! Am liebsten hätte er die Tür zur Herrentoilette eingetreten, so wütend war er. Er sah in den Spiegel, als er sich die Hände wusch. *Was machte er hier eigentlich noch?* Doch was waren die Alternativen?

Er blieb einige Minuten vor dem Spiegel stehen, bevor er sich wieder auf den Weg zurück in den Konferenzraum machte. Sein neuer Chef sah ihn kritisch an, als er hereinkam. Eric lächelte nur zurück, so wie er es von ihm in den zahlreichen, so unbefriedigend verlaufenen Gesprächen gelernt hatte. *Kann ich auch, du Depp,* dachte er und setzte sich. Lisa sah etwas überrascht zu ihm hinüber.

»Schön, dass Sie uns auch wieder mit ihrer Anwesenheit beglücken, Herr Brinneau«, sagte der Japaner trocken, »wir hatten gerade eine kleine Unsicherheit zu den Absatzzahlen für dieses Jahr in Europa. Vielleicht können Sie uns da ja freundlicherweise behilflich sein.«

Eric sah auf die Tabelle an der Wand und dann in seine Unterlagen. *Was machte es schon für einen Unterschied, ob die Zahl etwas höher oder niedriger war. Das Gesamtbild war entscheidend!* Und das hatte für ihn eine klare Message: Die Absatzzahlen für EVs waren einfach viel zu niedrig. Ihr Anteil am weltweiten PKW-Bestand war immer noch im Promille-Bereich. Aber die war ihrem neuen Chef scheinbar völlig gleichgültig. Stattdessen ließen sie sich aus an den jährlichen Absatzsteigerungen der EVs, die zwar prozentual beeindruckend aussahen, aber in absoluten Zahlen eben viel zu gering waren. *Da hätten sie ansetzen müssen mit ihrer Analyse!* Seiner Meinung nach. *Was waren die Ursachen? Wie konnte man diese beseitigen? Aber nein, lieber einen schönen Bericht machen. Ursachenforschung und Umsetzungsstrategie waren ab sofort wieder alleinige Aufgabe der nationalen Regierungen, hier hatte die IEA nichts zu suchen.* Zumindest nach Aussage ihres neuen Chefs.

Eric rieb sich die Augen, dann den Nacken. Sein Kopf schmerzte. Die dauernden Frustrationen und das Nichtstun zerrten an seinen Nerven. Müde sah er zum Fenster hinaus und ließ seinen Gedanken freien Lauf. Die Stimmen der anderen verschwanden im Hintergrund. *Er verpasste ja nichts!* Kurz danach war es endlich Mittagszeit. Schnell leerte sich der Raum.

»Dann bis gleich im Restaurant«, sagte Lisa noch schnell am Gang und ging mit Steve voraus. Eric nickte abwesend und steuerte auf sein Büro zu.

IN DER NÄHE VON GRAZ, ÖSTERREICH, AM SELBEN TAG

Jack Summerfield stand in der Eingangshalle des Entwicklungsgebäudes und betrachtete die ausgestellte Aluminium-Karosserie, während er ungeduldig auf die Assistentin des Geschäftsführers wartete. Er war frustriert. Obwohl eigentlich seit Wochen aus seiner Sicht alles klar war, kamen die Gespräche mit dem österreichischen Auftragsfertiger zu keinem erfolgreichen Abschluss.

Viele Automobilhersteller nutzten Auftragsfertiger, um gewisse Fahrzeugmodelle, die gerade nicht in den eigenen Montagefabriken Platz fanden, extern bauen zu lassen. Jack hatte die Österreicher gewählt, da die Firma seit Jahren erfolgreich mit Partnern wie BMW oder Mercedes im Geschäft war und für ihre hohe Ausführungsqualität bekannt war. Damit konnte sich *ELECTRION* den kraftraubenden Aufbau einer eigenen Montagefabrik, in der die Rohkarosserie gefertigt und dann mit allen anderen Bauteilen komplettiert wurde, zumindest in der Anfangsphase ihres Unternehmens sparen. *Aber sie brauchten endlich diese Unterschrift unter den Vertrag!*

Das war nun bereits sein dritter Besuch in den letzten zwei Wochen. Und wieder bat ihn die Assistentin, die ihm gerade in der Eingangshalle entgegen kam, um etwas Geduld, der Beginn des Meetings würde sich noch verzögern. Jack war auf hundertachzig, als sie ihm eine kurze Werksführung anbot. Nein, er wollte keine Besichtigungstour, sondern war ausschließlich hier für das vereinbarte Treffen mit ihrem Geschäftsführer. Die Assistentin zuckte zusammen angesichts der harschen Reaktion des sonst so freundlichen Briten.

Da kam Ferdinand Strangl, der Oberingenieur, mit dem Jack die Gespräche vor Monaten so gut begonnen hatte, herbeigeeilt, bedankte sich bei der Assistentin für ihr Einspringen und nahm den Engländer am Arm. »Jack, sorry, wir müssen reden!«

»Ja, das glaube ich auch.«

Die beiden Männer gingen den breiten Gang hinunter und blieben dann an einer kleinen Besprechungsecke samt Kaffeemaschine stehen.

»Espresso?«

»Nicht wirklich«, antwortete Jack säuerlich, »eigentlich bin ich nur wegen dem Treffen mit eurem Geschäftsführer hier.«

»Ich weiß.«

»Aber irgendwie scheint immer was dazwischen zu kommen!«

»Ja, ich weiß.« Jack stutzte. *Wusste Ferdinand Bescheid? Hatte er selbst etwas damit zu tun?* »Jack, wir haben hier ein Problem«, fing der Österreicher an und rührte dabei langsam in der eigenen Kaffeetasse, »das, was ich dir jetzt erzähle, hast du offiziell nie gehört.« Jack sah den Oberingenieur mit ernster Miene an.

»Ich bin selber extrem frustriert«, fuhr er nach einer kurzen Pause fort, »aber ihr müsst irgendjemandem in der Münchner Automobilszene extrem auf die Füße getreten sein. Auf jeden Fall kriegen meine Chefs massiven Druck, nicht mit euch ins Geschäft zu kommen. Und du weißt ja, wie wichtig es ist, keinen der großen Auftraggeber zu verlieren. So toll euer Auto ist und so gerne wir mit euch zusammenarbeiten würden.«

Jack´s Gefühlswelt schwankte zwischen völliger Überraschung und aufkommender Wut. Wieso hatten ihm seine Kontaktpersonen nicht früher von solchen Problemen erzählt?

»Was heißt das genau?«, fragte Jack nach, »sind wir draußen?«

»Nein, nein, das noch nicht! Aber unser Geschäftsführer kann und wird aktuell den Vertrag noch nicht unterschreiben.«

»Wir haben aber keine Zeit mehr für solche Spielchen«, schnaubte Jack.

»Ich weiß! Wir ja eigentlich auch nicht. Aber so lange sich die Sache im Hintergrund nicht geklärt hat, sind uns die Hände gebunden. Unsere Chefs wollen und können es sich nicht mit den großen Automobilherstellern verderben. Du weißt, wie wichtig die konstante Auslastung unserer Fabriken ist. Das könnt ihr mit eurem neuen Auto, egal wie toll es ist, nicht sicherstellen.«

Jack nickte. Er kannte die Problematik der Auftragsfertiger. Wenn der weltweite Autoabsatz boomte, hatten auch sie volle Fabriken. Aber sobald der Markt einbrach, waren sie oft die ersten, die darunter litten. Die Autohersteller dachten dann immer erst an die Auslastung ihrer eigenen Fabriken und entzogen den Auftragsfertigern die Volumen. Es sei denn, ihr Draht zu den Konzernspitzen war entsprechend gut. Daher war für die Österreicher immer Vorsicht geboten. Neukunden wie *ELECTRION* waren eigentlich extrem willkommen, da jeder zusätzliche Kunde für eine gleichmäßigere Auslastung der Fabriken dienen konnte. Das war auch Jack´s Überlegung gewesen, als er intern diesen Weg verkaufte. Diese neue politische Komponente, dass jemand Druck auf ihren Partner ausüben könnte, um ein eigentlich lukratives Geschäft zu unterbinden, war ihm bisher unbekannt gewesen. *Ja, nie in den Sinn gekommen!*

Das Mobiltelefon an Ferdinand´s Gürtel klingelte. Der Geschäftsführer stand nun für das Gespräch mit Jack zur Verfügung, ließ ihn die Assistentin wissen.

»Das ist die aktuelle Lage«, sagte der Oberingenieur zum Abschluss und reichte dem Briten die Hand, »aber wie gesagt, das hast du offiziell nie gehört.«

»Ferdinand, vielen Dank. Ich weiß das hoch zu schätzen«, erwiderte Jack und ging alleine zurück in die Eingangshalle.

Das Treffen lief tatsächlich wie angedeutet. Der Geschäftsführer begrüßte ihn mit ausgesprochener Höflichkeit und entschuldigte sich mehrfach für die kurze Verzögerung. Aber inhaltlich kamen sie nicht voran. Immer wieder wich er aus und verwies auf noch zu klärende Details in ihrem Vertragsentwurf. Auf der technischen Seite der Zusammenarbeit, gab er zu, war auch von ihrer Seite alles klar. Auf einen Zeitpunkt für die Vertragsunterschrift wollte er sich nicht festlegen.

Mist! Verdammter Mist! Frustriert verließ Jack das Firmengelände und machte sich mit seinem Wagen auf die mehrstündige Rückfahrt nach München. Wenn sie hier nicht in den nächsten Wochen zum Abschluss kamen, würde das ihren Zeitplan bis zum Serienanlauf komplett über den Haufen werfen. Das war klar! *Aber wer steckte dahinter?*, fragte sich Jack immer wieder. *Wen hatten sie sich hier zum Feind gemacht?*

Der plötzliche Abgang von Eric Brinneau hatte sie bereits völlig überrascht. Auch hier schienen politische Machenschaften im Hintergrund zu laufen. Seitdem trat die Taskforce in München völlig auf der Stelle. Es fehlte einfach der treibende Motor. Eine Rolle, die sie alleine zeitlich gar nicht übernehmen konnten. Das war ärgerlich, betraf aber nur ihre Marketing- und Absatzstrategie, die ja noch ein wenig in der Zukunft lag.

Doch ohne eine stehende Produktion gab es überhaupt keinen Absatz! Jack schlug wütend mit der flachen Hand auf das Lederlenkrad. Und das war ausschließlich seine Verantwortung! Irgendetwas musste ihm einfallen. Und zwar schnell.

SÜDLICH VON MÜNCHEN, ZEITGLEICH

»Aber ohne eine finanzielle Unterstützung durch uns werden die Mitarbeiter, zumindest nicht in der Breite, auf EVs umschwenken! Dafür sind die Leasingraten einfach noch zu hoch,« schimpfte Tina und sah die beiden Finanzleute auf der anderen Seite des Tisches böse an.

»Dann ist das halt so, Tina«, antwortete der eine von den beiden ruhig, »wir können doch als Unternehmen keine Förderung übernehmen, die nicht mal der Staat in der Lage ist zu stemmen. Und wenn, müssten wir diesen Betrag den Mitarbeitern auch wieder als geldwerten Vorteil in Rechnung stellen.«

Tina stand auf und ging zum Fenster des kleinen Besprechungszimmers. Die Diskussion mit der Finanzabteilung war seit einiger Zeit irgendwie festgefahren. Die EVs in ihrer Firmenflotte kamen bei den Mitarbeitern sehr gut an. Daran gab es keine Zweifel. Sie wurden intensivst für Erledigungsfahrten in der Firma eingesetzt. Das Ladesystem funktionierte gut und stellte die Fahrzeuge oft mit voller Batterie zur Verfügung.

Auch das Angebot zur Probefahrt übers Wochenende wurde sehr gut angenommen. Die Kundenrezensionen waren durchweg positiv. Viele dachten sogar an ein eigenes EV, das heißt, die persönlichen Fahrerlebnisse hatten die gewünschte Wirkung.

Dennoch tauchten tatsächlich nur wenige neue EVs auf dem Firmenparkplatz auf. Tina hatte dazu eine genaue Übersicht, nachdem sich jedes Fahrzeug für das Laden an den firmeneigenen Ladesäulen registrieren musste.

Sie hatte mit allen Neubesitzern gesprochen. Zwei der Abteilungsleiter in der Firma hatten sich privat tatsächlich ihr erstes EV gekauft und nutzten es jetzt fast täglich für die Fahrt zur Arbeit. Auch die anderen Besitzer waren familiär so gut gestellt, dass sie die Mehrkosten für das EV tragen konnten. Und alle hatten zusätzlich noch einen konventionell angetriebenen Erstwagen, meist als Firmenleasingfahrzeug.

Es gab nur eine einzige Ausnahme. Einer ihrer Ingenieure hatte als Single seinen Golf GTI verkauft und sich einen I3 gegönnt. Und erklärte ihr mit innerer Überzeugung, dass jetzt einfach der Zeitpunkt gekommen war, die CO2-freie Mobilität einzuleiten. Die Betankung über Solarstrom am Arbeitsplatz begeisterte ihn. Ein sogenannter Überzeugungstäter. Die Mehrkosten für das Fahrzeug hatte er mit einer Handbewegung weggewischt. *Dann war die neue Stereoanlage halt etwas kleiner!*

Doch allen anderen schien der Umstieg schwer zu fallen. Die Einsparungen auf der Spritkostenseite waren einfach nicht groß genug, um die höheren Anschaffungskosten zu kompensieren. Und dann blieb immer noch der Reichweitennachteil. Aus den Gesprächen mit Eric und Jack wurde ihr immer klarer, dass die Kernzielgruppe die vermögenderen Mehr-Auto-Haushalte waren. Die anderen würden erst später in den Fokus kommen, wenn sich Batterietechnik, Preise und Angebotsbreite massiv weiterentwickelt hatten.

Aber sie wollte mehr. Sie wollte den CO2-Ausstoß aus der täglichen Fahrt der Mitarbeiter zur Firma, der ja nun in ihrem neuen Umweltbericht mitaufgenommen wurde, deutlich schneller nach unten bekommen. Und darauf keine zehn Jahre warten. Phillip hatte ihr vorgerechnet, dass sie mit ihrer Windkraft- und PV-Anlage deutlich mehr EVs mit mittäglichem Überschussstrom laden konnten. Sie mussten nur ein paar mehr Ladesäulen aufstellen. Und Jack hatte ihr erklärt, dass bei den neuen EVs von *ELECTRION* eine Rückspeisung von der Autobatterie ins lokale Netz möglich sein würde. Was wiederum ihrer firmeninternen Stromrechnung und CO2-Bilanz zugute kommen würde. Sie musste nur das Mehr an EVs auf ihren Parkplatz bekommen. Aber das war für die meisten Mitarbeiter einfach eine Geldfrage. *Ganz simpel!*

Also sprach sie mit der Finanzabteilung ihrer Firma. Konnten sie sich ein Konzept vorstellen, bei dem die Firma einen Teil der aktuellen Leasingmehrkosten übernahm? Sie profitierten ja als Firma auch auf der Image- und CO2-Seite. So Tina´s Argumentation. Doch das war, gerade für Finanzer, monetär nur schwer oder gar nicht zu bewerten. Also war die Antwort ›Nein‹.

»Tina, tut mir leid.«

Tina drehte sich zu den beiden um. »Ist schon ok«, sagte sie etwas ruhiger, »wahrscheinlich ist es wirklich zu viel verlangt. Wir sind ja kein Wohltätigkeitsverein.« Ernüchtert verabschiedete sie sich von den beiden und verließ den Raum.

Auf dem Weg zurück zu ihrem Büro kam sie an der Eingangshalle vorbei, blieb stehen und sah auf das große Display neben dem Empfang. *Sie hatten wahrlich bereits einiges erreicht,* versuchte sie sich zum wiederholten Male klar zu machen. Dennoch war sie frustriert. Aber nicht wegen der Mitarbeiter und der mangelnden Anzahl an weiteren EVs auf dem Firmenparkplatz. Nein, der Frust kam eigentlich aus einer ganz anderen Ecke.

Zum einen kamen sie auf der Gütertransportseite keinen Millimeter voran. Ihre Mitarbeiter hatten zwar einen erheblichen Teil der Fahrten identifiziert, die nur über kurze Strecken abliefen und damit grundsätzlich EV-geeignet waren. Zumindest theoretisch. Aber auf der Umsetzungsseite waren sie zu hundert Prozent auf ihre Logistikpartner angewiesen. *Und die taten nichts, aber auch gar nichts, was zusätzliche Kosten verursachte.* Zwar waren die Kraftstoffkosten ein erheblicher Teil ihrer Aufwendungen, aber das Angebot an elektrischen LKWs war quasi nicht existent. Und wenn, dann nur zu erheblichen Mehrkosten. Solange hier kein Geldbetrag hinter den gigantischen CO2-Ausstoß der konventionellen LKW-Flotten geschrieben wurde, ähnlich den Zertifikaten bei Kraftwerken oder Industriebetrieben, war an eine Trendwende nicht zu denken. *Hier war sie noch meilenweit weg von einem Lösungsansatz!*

Aber richtig frustriert war sie, weil der tolle Start in der Münchner Taskforce so abrupt ein jähes Ende fand. Ohne Eric und sein Team ging eigentlich nichts mehr. Die Bürgermeisterin suchte krampfhaft nach einer neuen Leitfigur für ihre Taskforce und entschied sich dann mangels Alternativen für einen Mitarbeiter aus dem Umfeld der Stadtwerke. Der Mann gab sich Mühe, hatte aber nicht dieselbe Durchschlagskraft. Die Mitarbeit machte ihr nur noch wenig Spaß. *Und sie vermisste Eric!* Je länger sie ihn nicht sah, desto klarer wurde ihr das. Sie mochte diesen Schweizer und seine Leidenschaft für das Thema. *Naja, und attraktiv war er auch. Richtig attraktiv.*

Sie hatte ihm letzte Woche eine mail geschrieben, aber bis heute noch nichts gehört. Sie wusste, dass ihm die ganze Sache unangenehm war. Er war nicht der Typ, der einfach wegrannte. Aber irgendwie ließ ihm sein neuer Chef keine Wahl. Mit grimmiger Miene schloss sie die Tür ihres Büros auf und ging an ihren Schreibtisch. Sie sah ihr Spiegelbild schemenhaft im Computermonitor. *Du siehst müde aus, meine Liebe! Vielleicht brauchte sie einfach mal wieder Urlaub, weit weg von allem,* dachte sie. Das Thema hatte sie die letzten beiden Jahre richtig gepackt und dabei viel Kraft gekostet.

Auf dem Schreibtisch lag der Entwurf für den neuen Umweltbericht. Nein, für heute hatte sie genug. Sie fuhr den Rechner herunter und packte ihre Sachen. *Wenn schon nicht Urlaub, dann zumindest eine lange Runde im Fitness-Studio,* entschied sie, und verließ ihr Büro.

BUNDESKANZLERAMT, BERLIN, AM SELBEN ABEND

Wieder einmal saßen Hans Weidner und seine Chefin alleine an dem langen Besprechungstisch im Büro der Kanzlerin. Die Stimmung war gedrückt. Die Kanzlerin sah zum Fenster hinaus. Die Abendsonne spielte in den Blättern der Bäume vor dem Gebäude.

»Wann hatten wir unser Treffen in Paris? Vor mehr als einem Jahr! Seitdem ist quasi nichts passiert. Totaler Stillstand. Die Zahlen sind einfach lächerlich«, sagte die Kanzlerin leise, aber mit giftigem Blick und deutete auf das Blatt vor ihr, »wie sollen wir da jemals eine Million EVs in 2020 erreichen. Geschweige denn zehn Millionen in 2030!«

Hans Weidner hatte in seinem Statusbericht zur Elektromobilität auf der ersten Seite die neuesten Zahlen zum EV-Absatz und Gesamtbestand dargestellt, so wie sie gerade vom Kraftfahrtbundesamt veröffentlicht wurden. Noch immer betrug der Anteil der Elektroautos am jährlichen PKW-Absatz in Deutschland unter einem Prozent. Insgesamt waren bis heute weniger als 50.000 EVs auf deutschen Straßen zugelassen. *Ja, die Zahlen waren einfach lächerlich! Besonders wenn man sich vor Augen hielt, dass in Deutschland jede Woche 50.000 neue PKWs zugelassen wurden! Nur eben keine EVs! Oder fast keine!* Auch das neue und deutlich attraktivere Angebot von BMW und VW hatte bisher nicht zum Durchbruch geführt.

»Und diese IEA-Leute haben uns einfach im Stich gelassen«, zischte sie, »wo sollen denn jetzt die neuen, zündenden Ideen zur Trendwende im Straßenverkehr herkommen. Ich habe keine Lust, dieses Feld den Grünen zu überlassen. Die warten doch nur darauf, dass der Karren unserer Energiewende so richtig schön in den Dreck fährt. Und dann tief im Sumpf stecken bleibt.« Die Kanzlerin kochte. »Wenn langsam allen klar wird, dass das Ziel von einer Million EVs eklatant verfehlt wird. Aber die verfügbaren EVs eigentlich ganz hervorragende Autos sind. Spätestens dann wird das ein richtiges Fressen für die Opposition!« Ein giftiger Blick zu ihrem engen Vertrauten. »Ich werde das nicht zulassen«, wiederholte sie leise.

Sie dachte an ihr letztes Treffen in München. *Wieviele Zweitwagen-Besitzer gab es in Deutschland? 10 Millionen! Wo waren diese Leute alle?* Die Kanzlerin verzog den Mund. *Aber konnte sie ihnen wirklich einen Vorwurf machen? Sie fuhr ja selbst auch kein EV. Niemand in ihrem Kanzleramt! Naja, immerhin ihr Umweltminister hatte sich kürzlich mit einem I3 sehen lassen. Neben seinem offiziellen, dicken Dienstwagen, den er natürlich immer noch hatte.* Sie sah ihren Mitarbeiter unvermittelt an.

»Ich will jetzt endlich so einen Tesla S-Type«, schnaubte sie, »wenn alle anderen sich schon nicht bewegen, dann muss ich wenigstens ein klares Signal setzen.«

Hans Weidner wusste, dass dieser Gedanke seine Chefin seit dem letzten Treffen mit den Automobil-Spitzen nicht mehr losließ. Aber seiner Meinung nach musste ein solcher Schritt Teil eines gut durchdachten Gesamtkonzeptes zur Einleitung der Trendwende im deutschen Straßenverkehr sein. Nur dann konnte man einen solchen Affront gegenüber der deutschen Automobilwirtschaft, und als nichts anderes würde er aufgenommen werden, in Kauf nehmen. Davon waren sie aber noch meilenweit entfernt. Das wusste auch die Kanzlerin.

Beide waren müde. Man einigte sich darauf, das Thema zu gegebener Zeit noch mal in Ruhe zu diskutieren. Solange wollte die Kanzlerin keinen festen Termin für das nächste Treffen mit den Automobil-Managern zusagen. Zu wütend war sie.

ÜBER DEM KASPISCHEN MEER

Die beiden F22 Raptors waren in weniger als drei Minuten nach dem Alarmstart über der aserbaidschanischen Fähre. Die US-Militärs konnten ihre zwei Kampfflugzeuge am nächtlichen Himmel nicht sehen, aber doch hören.

Auch der Kapitän der iranischen Fregatte hatte die beiden Flugzeuge auf dem Radar, auch wenn nur sehr undeutlich. Er fluchte, denn er wusste, was das bedeutete. Das unsaubere Signal war ein eindeutiges Zeichen. Ein Flugzeugtyp neuester Generation mit Stealth-Technologie. *Verdammt! Das konnten nur die Amerikaner sein!* Der iranische Geheimdienst hatte ihm von der Anwesenheit der F-22 in Baku berichtet. Jetzt hatten sie Gewissheit. Wenn diese Teufels-Maschinen noch tiefer gingen, waren sie für sein Radar nicht mehr zu erkennen. Damit wäre sein Schiff einem möglichen Raketenangriff aus nächster Nähe hilflos ausgeliefert. Da halfen auch die modernen Schnellfeuerkanonen an Bord seines Schiffes nichts mehr. Die Reaktionszeit wäre einfach zu kurz. *Verdammt!* Er durfte das neueste Schiff seines Landes nicht einer solchen Gefahr aussetzen.

Widerwillig herrschte er seinen Steuermann an und gab den Befehl zum Abdrehen. So gerne hätte er dem aserbaidschanischen Fährkapitän einen noch größeren Schrecken eingejagt. *Er hatte hier draußen nichts zu suchen,* seiner Meinung nach. Und seine Regierung war derselben Meinung. Der Iran beanspruchte diesen Teil des Kaspischen Meeres für sich.

Aber der Kernteil seiner Mission verlief dennoch nach Plan. Der Kapitän sah auf die große Digitaluhr in seiner Kommandozentrale. Die Kampftaucher mussten sich eigentlich schon wieder auf dem Rückweg zum vereinbarten Sammelpunkt befinden. Er hatte sie vor gut zwei Stunden in der Nähe dieser neuen, aserbaidschanischen Bohrplattform abgesetzt.

Mit extrem leisen, torpedoartigen Antriebseinheiten hatten die vier Kampfschwimmer einer Spezialeinheit in kürzester Zeit den Weg bis zu den tief eingetauchten Füßen der Bohrplattform zurückgelegt. Und hoffentlich bereits ihre mitgebrachten Pakete an den Balancetanks angebracht. *In einer guten Stunde würde er es genau wissen. Dann hatte er wenigstens einen Spaß, heute Nacht!*

Als die iranische Fregatte abdrehte, war die Erleichterung bei den Gästen riesig. Jeff und Petrov waren dankbar, dass sie die US-Militärs und Peter Larson mit an Bord hatten. *Hätte ins Auge gehen können,* dachte Jeff. *Zu viele Dinge waren in der letzten Zeit nicht nach Plan gegangen. Nigeria. Alberta. Wurden die Themen wirklich immer heißer? Konnte er bald überhaupt nicht mehr ohne Sicherheitsschirm arbeiten?* Seine Chefin wusste schon, wieso sie den Schreibtischjob bevorzugte.

Auf den Schreck hin genossen alle ein letztes Glas Champagner und viele eine weitere Schale dieses ausgezeichneten Kaviars, bevor die Fähre wieder in den sicheren Hafen einlief. Auch der aserbaidschanische Unternehmer hatte sich von dem Schrecken erholt und wollte die attraktiven Damen, die er und einige der anderen immer noch fest in den Armen hielten, nicht mehr gehen lassen. Petrov musste noch mal all sein Geschick einsetzen und einen aufkeimenden Streit schlichten. *Idioten!*

Für sie war alles nur eine Ware und immer Teil des Geschäftes. *Aber es hatte funktioniert und sie zum Vertragsabschluss gebracht,* musste er sich eingestehen. Und Petrov schien alles im Griff zu haben. Dennoch freute er sich auf seinen

Rückflug in die USA. Er war lange genug am Kaukasus gewesen. In diesem so geschichtsträchtigen Land, das wieder zurück war im großen Spiel mit dem Öl. Zum Guten, wie zum Bösen.

Jeff ging alleine hinaus auf die Brücke über dem Heck des Schiffes und beobachtete die Abfahrt der Limousinen. Noch immer war das Gelände weiträumig abgesperrt, doch außer den Polizisten waren nur noch wenige Leute unterwegs. Es herrschte eine gespenstische Ruhe, die so gar nicht zu den starken Scheinwerfern passte, die den Kai direkt vor ihrem Schiff breit ausleuchteten. Jeff sah auf die Uhr. Kurz nach Mitternacht. *Das war´s dann wohl!*

Da zerriss eine gewaltige Detonation die Stille der Nacht über Baku. Jeff zuckte instinktiv zusammen und hielt sich an der Reling fest. Dann sah er den von einem Feuerball hell erleuchteten Fleck weit draußen über dem Kaspischen Meer. *Shit! Shit!* Er fluchte laut in den nächtlichen Himmel hinaus. Er ahnte sofort, was das bedeutete. *Diese verdammten Mistkerle!*

Der iranische Kapitän und seine Leute hatten ein breites Grinsen auf dem Gesicht, als sie die gewaltige Detonation weit hinter sich wahrnahmen, während ihr Schiff mit Höchstgeschwindigkeit und den Kampfschwimmern wieder an Bord auf iranische Hoheitsgewässer zusteuerte. *Wenigsten das hatte geklappt! Würde diesen Aserbaidschanern und ihren amerikanischen Helfern eine Lehre sein!*

Er ließ seinen Funker eine kurze, verschlüsselte Nachricht absetzen. *Konnte für seine anstehende Beförderung nur hilfreich sein!* Zufrieden lehnte er sich in seinem gut gepolsterten Kapitänssitz zurück und blickte starr nach vorne.

Währenddessen brach größte Hektik auf der Fähre und im Hafen von Baku aus. Jeff war zurück ins Schiff gestürmt und fast mit Petrov zusammengestoßen. Gemeinsam liefen sie vor zur Brücke, wo Peter Larson mit den Amerikanern heftig diskutierte. Alle anderen Gäste waren bereits unten in ihren Limousinen oder wollten gerade das Schiff verlassen. Einer der Mitarbeiter des aserbaidschanischen Ministers kam die Treppe hinauf gestürmt. Und lief dann wild gestikulierend auf Petrov zu. Währenddessen rief einer der Militärs laute Befehle in sein Funkgerät.

»Nein! Die Explosion kommt nicht aus dem Hafen! Bei uns ist alles in Ordnung! Sind die Raptors noch in der Luft? Dann soll die Drohne noch mal raus! Und ich will die Bilder sofort auf meinem Schirm! Ist das klar?«

Von der Brücke aus war das Feuer am Horizont gut zu erkennen. Petrov sprach kurz mit dem Aserbaidschaner, fluchte wild auf Russisch und ging dann vor zu der breiten Fensterfront. Mit hoch rotem Kopf sah er Jeff an, der nun neben ihm stand. Die Hände in die Reling gekrallt.

»Wenn das unsere Bohrplattform ist, die dort brennt, dann hole ich mir diesen verfluchten, iranischen Kapitän persönlich... und, und...«

Jeff schüttelte nur den Kopf. Er konnte es immer noch nicht fassen. *Langsam wurde es zu einem echten Krieg. An allen Fronten. Mit allen Mitteln.*

WIENER HOFBURG, AM NÄCHSTEN ABEND

Das Wiener Motorensymposium, das in den herrschaftlichen Räumen der Wiener Hofburg stattfand und allein deswegen einen Besuch Wert war, war das Highlight unter den jährlich stattfindenden Antriebsveranstaltungen der europäischen Automobilbranche. Alles, was Rang und Namen hatte, kam. Und der engste Zirkel der Automanager leistete gerne der Abendeinladung des mächtigen österreichischen Autoclans folge. Sozusagen das Highlight innerhalb des Highlights. Karl Röhmer saß zusammen mit einem der Mercedes-Manager in dessen Limousine auf dem Weg zu der Veranstaltung, nachdem er selber mit dem Flieger aus Berlin gekommen war.

»Der Druck scheint Wirkung zu zeigen«, begann der Mercedes-Mann, nachdem er neben ihm im Fond der S-Klasse Platz genommen hatte, »die Österreicher werden aller Voraussicht nach den Vertrag mit den *ELECTRION*-Leuten nicht unterschreiben. Sie brauchen unsere und die BMW-Vertragsverlängerung, um ihre Fabrikauslastung sicherzustellen. Das wissen sie.«

Karl Röhmer nickte zufrieden. Alles lief nach Plan, so wie verbandsintern mit den Schlüsselpersonen abgesprochen. Sie hatten mit seinem Coup in Paris die verstärkten Aktivitäten der Bundesregierung zur schnelleren Einführung von EVs erfolgreich eingebremst. Jetzt galt es, diese neue Firma *ELECTRION*, die wie aus dem nichts in München aufgetaucht war und massiv Wirbel in Deutschland machte, ebenfalls in die Schranken zu weisen.

Eine Mitgliedschaft im Verband wurde auf Nachfrage abgelehnt. *Genauso eigensinnige Hunde wie die Tesla-Leute!* Bisher kannte er die beiden Geschäftsführer nicht mal persönlich. Was die BMW-Leute aber besonders wurmte, war *ELECTRION*´s exklusive Teilnahme in der neuen Taskforce der Münchner Stadtverwaltung. *Um das Thema würde er sich auf der Rückfahrt nach München noch mal kümmern müssen,* das hatte er den BMW-Leuten versprochen. *Und die wollten nicht enttäuscht werden.* Die Aussagen am Telefon waren klar gewesen. Also hatte er einen Termin beim ersten Münchner Bürgermeister und ein Angebot in der Tasche, das dieser kaum ausschlagen konnte. Hoffte er zumindest.

Zudem zeigten erste Erlkönig-Bilder des *ELECTRION*-Fahrzeugs ein superschönes Auto, das bereits im nächsten Jahr auf den Markt kommen sollte. Mit Allradantrieb und ganz hervorragenden Fahrleistungen, wurde gemunkelt. Wenn das stimmte, würde dieses Elektroauto alles bisher Angebotene von den deutschen Herstellern in den Schatten stellen. Samt dem I3 von BMW, der bisher als das deutsche Highlight unter den EVs galt. *Das durfte nicht sein. Tesla war bereits anstrengend genug.*

Daher hatte man ihn auch hier um seine Unterstützung gebeten. Also hatte er sich ´rangesetzt und mit mehr als einem Dutzend ehemaliger Kollegen telefoniert, bevor er auf die Gespräche zwischen *ELECTRION* und dem österreichischen Auftragsfertiger stieß. Bingo! Die Idee wurde schnell in einen präzisen Plan weiterentwickelt. Und ganz nebenbei bekamen sie über eine ihrer Quellen erstmals tiefere Einblicke in das Fahrzeugkonzept. Die *ELECTRION*-Leute mussten den Österreichern ja vorab jede Menge Details offenlegen, um ein passendes Fertigungsangebot zu erhalten.

»Wie lange wird das die *ELECTRION*-Leute zurückwerfen, wenn sie nicht bei den Österreichern fertigen können?«, fragte Karl Röhmer.

»Ein Jahr, vielleicht eineinhalb, nicht mehr«, antwortete der Daimler-Mann und schob dann säuerlich nach, »aber wir sollten uns eher fragen, was wir aus dem Fahrzeugkonzept dieser Leute lernen können. Meiner Meinung nach. Statt zu versuchen, es zu verhindern. Denn solche Fahrzeuge werden auf den Markt kommen, ob nun von *ELECTRION* oder Tesla oder Anderen. Da wäre es zehnmal klüger, wir brächten solche EVs endlich selber auf den Markt! Statt immer nur kleine hässliche Smarts oder I3s anzubieten. Oder diese halbgaren Plug-in-Hybrids. Und sich dann zu wundern, dass sich die Dinger nicht wirklich gut verkaufen. Irgendwie ist das Ganze doch schizophren, oder?«

Karl Röhmer nickte. Er wußte natürlich, dass auch Daimler-intern heftig über die richtige EV-Strategie gerungen wurde. Der Automanager gehörte offensichtlich zu denjenigen, die größere und attraktivere Fahrzeugkonzepte, ähnlich wie bei *ELECTRION* und Tesla, favorisierten. Konnte sich aber wohl bisher nicht durchsetzen. *Noch nicht.* Zu groß war wohl die Angst vor einer internen Kannibalisierung ihrer konventionellen Produktpalette, die ja bisher fast zu 100 Prozent den Gewinn erwirtschaften musste. *Verkannten sie die*

Zeichen der Zeit? Taten sie sich mit ihrer Verzögerungstaktik wirklich einen Gefallen? Oder liefen sie damit erneut Gefahr, bei einer technischen Revolution ins Hintertreffen zu geraten? Ähnlich wie damals bei der Hybridtechnologie von Toyota?

»Und wann kommen wir dann mit den ersten, größeren und wirklich attraktiven EVs auf den Markt? Wir können das Feld doch nicht auf Dauer den Teslas und Co. überlassen, oder?«, hakte Karl Röhmer nach.

Der Automanager zuckte die Schultern. Er wusste es tatsächlich nicht. Zu sehr war die interne Diskussion festgefahren. Das viele Geld, das bereits in die Entwicklung der kleinen City-EVs und den Wasserstoff-Antrieb gesteckt worden war, musste erst wieder ´reinkommen. *Zumindest ansatzweise. War die vorherrschende Meinung. Aber das konnte lange dauern,* seiner Meinung nach, *zu lange!*

Der Wagen bog in die Einfahrt des großen Anwesens ein und setzte die beiden Männer vor dem großen Hauptgebäude ab, das im Licht zahlreicher Strahler seine ganze Pracht darbot.

Es wurde ein rauschendes Fest. Wie immer.

ZEITGLEICH IM WESTEN VON MÜNCHEN

Eigentlich hatten sie etwas zu feiern. Der Umzug von *ELECTRION* in den neuen Büro- und Werkstatt-Komplex war fast abgeschlossen. Doch Jack war überhaupt nicht danach zumute. Er erhob sich genervt aus seinem Bürostuhl und tigerte zwischen Schreibtisch und Fenster hin und her. Noch immer hatte er keine positive Antwort von dem österreichischen Auftragsfertiger. *Langsam wurde es kritisch!* Sein Netzwerk in der deutschen Automobilindustrie entpuppte sich als nicht gut genug, um herauszufinden, was hinter diesen Andeutungen seines österreichischen Kollegen steckte. Damit hatte er auch keinen Hebel, an dem er hätte ansetzen können. Aktuell konnte er nur hoffen, dass sich die dicke Luft irgendwie wieder verzog. Und gleichzeitig den Österreichern auf der preislichen Seite noch ein wenig entgegen kommen. *Vielleicht half das ja?* Nur sein Bauchgefühl sagte ihm, dass er einen Plan B brauchte. *Dringend!*

Da steckte Samantha den Kopf zur Tür herein. »Hallo, Jack, störe ich?«

»Nein, überhaupt nicht, komm´ rein, setz´ dich.«

Beide nahmen an Jack´s rundem Besprechungstisch vor dem großen Fenster Platz. Die neuen Büros waren wirklich sehr schön geworden. Viel Glas, viel Holz. Und ihre Prototypenwerkstatt konnten sie auch aus dem ehemaligen Flugzeughangar in das Erdgeschoss ihres neuen Gebäudes umziehen. Nun war es ein Katzensprung für alle, wenn sie den neuesten Entwicklungsstand direkt in Hardware sehen oder fühlen wollten. Mit Tina Steinhoff, ihrem Cousin und dem Gebäudeeigentümer waren sie außerdem dran, eine große PV-Anlage auf dem Dach in Betrieb zu nehmen und mit den Ladesäulen für ihre EVs zu kombinieren. Fast identisch zu dem Konzept in Tina´s Familienunternehmen. Aber er konnte an Samantha´s Gesicht erkennen, dass sie nicht darüber reden wollte. Etwas anderes bedrückte sie.

»Schieß´ los«, sagte er.

»Wir haben heute dieses Schreiben von der Liegenschaftsverwaltung erhalten«, fing Samantha direkt an und schob ihm zwei Seiten hinüber, »für mich klingt das nicht gut, wenn ich das Deutsch richtig interpretiere. Was meinst du?«

Jack überflog das Schreiben. *Klang tatsächlich nicht gut. Fast wie ein Ultimatum!* Entweder sie mieteten langfristig noch deutlich mehr Flächen dazu, oder aber ihr bestehender Fünf-Jahres-Vertrag erhielt keine Verlängerungsoption. Das hieße, in weniger als vier Jahren müssten sie schon wieder raus und bis dahin was Neues gefunden haben. Die Frist für ihre verbindliche Rückantwort war auf zwei Wochen angesetzt. *Gar nicht gut.*

»Ich habe ein bisschen herumtelefoniert«, sagte Samantha frustriert. »Sieht so aus, wie wenn ein deutscher Autobauer ein sehr attraktives Angebot für das gesamte Gelände gemacht hat. Man hat zwar keine Namen genannt, aber es klang nach BMW. Die sind ja mit ihrer Motorrad-Erprobung schon nebenan.«

»Verdammt«, rutschte es Jack raus. *Irgendwie lief es aktuell gar nicht gut.* Es schien wohl tatsächlich etwas an dem Gerücht dran zu sein, dass sie jemandem gehörig auf die Füße getreten waren. Man versuchte ganz offensichtlich, ihnen das Leben schwer zu machen. *Steckte BMW dahinter?* Konnte er fast nicht glauben.

»Auch unsere Österreicher machen immer noch Schwierigkeiten, bei der Vertragsunterzeichnung«, schob Jack nach, »das Timing steht immer noch völlig in den Sternen!

»Damn!«, kam es nun von Samantha.

Das nächste Treffen mit ihren Investoren war in gut zwei Wochen geplant, diesmal hier in München. Zu dem Zeitpunkt wollte man eigentlich das Design ihres Wagens endgültig verabschieden und die Weichen für den Serienanlauf stellen. Dabei war der Fertigungspartner für Rohbau und Montage natürlich das Hauptglied in ihrer Kette.

»Und was machen wir, wenn er abspringt?«, fragte Samantha, die das Thema mit Jack bereits öfter diskutiert hatte, aber bisher ohne klare Antwort. Es gab nur noch wenige, alternative Auftragsfertiger in Europa, die alle in der Frühphase ihres Auswahlprozesses aus diversen Gründen herausgefallen waren. Die einzig sinnvolle Alternative war eigentlich nur noch der sofortige Aufbau einer eigenen Fertigung mit Rohbau und Montage, möglichst in unmittelbarer Nähe ihrer Firmenzentrale. Aufgrund des extrem hohen Invests und einer Zeitverzögerung von mindestens einem Jahr hatten sie diesen Weg nie präferiert.

»Sam, du kennst doch die Sachlage.« Jack zuckte mit den Schultern. »Wir haben keine wirkliche Alternative! Das war uns von Anfang an bewusst. Das Risiko sind wir eingegangen, nachdem mit den Österreichern eigentlich alles klar war.«

»Ich weiß, aber ein Deal ist einfach erst ein Deal, wenn die verdammte Tinte unter dem Vertrag trocken ist«, erwiderte Samantha ärgerlich, aber mehr zu sich selber. Dennoch konnte Jack den Vorwurf in seine Richtung nicht überhören. *Er war nun mal für Entwicklung und Fertigung verantwortlich. Punkt.*

»Ich habe keine Lust, bei unserem nächsten Investorentreffen mit leeren Händen dazustehen«, schob Samantha grimmig nach. Das Gespräch entwickelte sich zum ersten ernstzunehmenden Streit zwischen den beiden. Sie wussten nur zu gut, wie viel auf dem Spiel stand. Die Nerven lagen blank. Er hatte ja den Job angenommen, weil er endlich ein EV in Serie bringen wollte! Nicht mehr nur schöne Prototypen, die nach ihrer Vorführung meist wieder in der Versenkung verschwanden. *Und jetzt musste ihm dieser Mist auf der Umsetzungsseite passieren! Hatte er tatsächlich zu früh alles auf diese Österreicher gesetzt?* Aber den großen Batzen Geld für eine eigene Fabrik wollte er in der Anfangsphase unbedingt vermeiden. Das Geld konnte an anderer Stelle deutlich besser eingesetzt werden. Die Investoren und Samantha hatten es genauso gesehen, aber sich natürlich auf ihn verlassen, als er einen Auftragsfertiger als absolut solide Alternative vorschlug.

Die beiden Geschäftsführer von *ELECTRION* beendeten das Gespräch zum wiederholten Male ohne eine klare Antwort auf ihr Problem. *Sie konnten ja nicht zaubern, zumindest er nicht,* stellte Jack abschließend und wütend fest.

IEA HEADQUARTER, PARIS, AM NÄCHSTEN VORMITTAG

Nicole schien im Gang auf ihn gewartet zu haben.

»Hi, Nicole, was ist los?«, fragte Eric etwas gedankenverloren, als er ihr aus dem Lift entgegen kam.

»Hi, Eric. Ihr geht doch nachher in der Mittagspause wieder zu dem Restaurant um die Ecke, oder?« Eric nickte. »Können wir uns davor kurz unten in der Lobby treffen? Ich muss dir was erzählen.«

Eric nickte wieder.

»Dann bis nachher um 12 Uhr«, sagte Nicole betont leise und verschwand wieder. Eric sah ihr verständnislos nach. *Was sollte das jetzt?*

Eine knappe Stunde später packte Eric seine Jacke und ging hinunter in die Lobby, wo Nicole bereits in der Nähe des Ausgangs auf ihn wartete.

»Lass´ uns gehen«, sagte sie nur kurz. Sie verließen das IEA Gebäude und gingen langsam die Straße in Richtung zur Seine hinunter.

»Und?«, fragte Eric verwirrt.

»Entschuldige die Geheimnistuerei von vorhin. Aber gestern Abend kam Jean-Luc noch spät ins Büro, als alle, inklusive unserem neuen Chef, schon weg waren. Er wusste, dass ich an dem Tag immer lange arbeite. Und hat mir diesen Umschlag für dich gegeben.«

Nicole hatte ihre Umhängetasche geöffnet und zog einen hellbraunen Umschlag heraus.

»Ok«, sagte Eric überrascht und sah Nicole fragend an.

»Er hat mir nichts weiter dazu gesagt, nur, dass ich ihn dir unbedingt persönlich und ohne Beisein weiterer Personen geben sollte.« Nicole blieb stehen, blickte sich kurz um und reichte Eric den Umschlag. »Ach, und noch was. Du kennst doch Kanegawa´s bildhübsche Assistentin«, sagte sie unvermittelt. Eric nickte wieder. Verwirrt. *Was kam jetzt noch?*

»Ich war mit ihr letzte Woche doch auf diesem zweitägigen Fortbildungskurs. Am ersten Abend saßen wir länger zusammen an der Hotelbar. Und irgendwann, nach dem zweiten oder dritten Weinglas, wechselte unser Thema auf Männer und Beziehungen. Du weißt schon, das übliche. Dabei rutschten ihr zwei komische Bemerkungen heraus, die ich bis gestern Abend für nicht so wichtig hielt.«

Eric sah Nicole verdutzt an. *Worauf wollte sie hinaus?*

»Naja, zum einen deutete sie an, dass sie ein Verhältnis mit ihrem Chef hatte. So nach dem Motto, wie sonst hätte sie den tollen Job bekommen. Und dann muss ich sie wohl etwas komisch angesehen haben. Auf jeden Fall schob sie sogleich nach, dass ihr Chef ja wohl nicht der einzige wäre, der bei der IEA besondere Vorlieben für gutaussehende Frauen hätte. Und sah mich dabei ganz merkwürdig an.« Eric stutzte. *Das kann nicht wahr sein! Diese Mistkerle!* »Verstehst du, Eric, sie meinte ganz offensichtlich Jean-Luc.«

Eric kochte. *Wieso lassen diese Idioten Jean-Luc nicht in Ruhe? Wieso reichte es ihnen nicht, seine Karriere zu ruinieren? Mussten sie jetzt auch noch seine Reputation zerstören?* Seine Miene verfinsterte sich.

»So ein Quatsch! Nicole, du und ich, wir kennen Jean-Luc schon so lange. Das passt einfach nicht zu ihm. Ich würde meine Hand für ihn ins Feuer legen! Sie muss jemand anderen gemeint haben. Vergiss´ es einfach.«

»Wahrscheinlich hast du Recht. Es war ihr auf jeden Fall extrem peinlich, als sie realisierte, was sie da gerade gesagt hatte. Und bat mich inständig, es keinem zu erzählen. Aber als Jean-Luc gestern Abend vorbeikam und mir diesen Umschlag gab, dachte ich, ich sollte es dir unbedingt erzählen. Er ist so verändert, Eric! Nicht mehr der gleiche wie früher. Aber du siehst ja auch nicht gerade glücklich aus. Seit wir den neuen Abteilungsleiter haben«, sagte sie und blickte Eric traurig an.

»Kann man wohl sagen.«

Eric nahm den Umschlag und steckte ihn ein. »Danke, Nicole.«

»Keine Ursache. Aber jetzt muss ich zurück. Unser neuer Boss mag es nicht, wenn ich zu spät von der Mittagspause zurückkomme«, sagte Nicole und drückte ihm schnell einen kleinen Kuss auf die Wange.

Eric sah ihr kurz nach und setzte dann seinen Weg die Straße hinunter fort. Die Pariser Bürgersteige füllten sich bereits wieder mit Leuten, die die wärmer werdende Frühlingssonne genossen. Er spürte den steifen Umschlag in seiner Jackeninnentasche. *Wieso länger warten?*

Er rief Lisa an und sagte das gemeinsame Mittagessen ab. Er hatte sowieso keinen Hunger mehr. An der Seine fand er ein ruhiges Plätzchen auf einer alten Steinmauer. Er nahm den Umschlag heraus und öffnete ihn vorsichtig. Die erste Seite der Unterlagen hatte Jean-Luc von Hand beschrieben:

»Lieber Eric,

es tut mir immer noch unendlich leid, dass unsere gemeinsame Arbeit so jäh beendet wurde. Aber offensichtlich ist die IEA nicht der richtige Ort für solche umwälzenden Aktivitäten. Daher habe ich den Kontakt zu Leuten aufgenommen, die dir jetzt unter

Umständen die Möglichkeit zur Fortsetzung unserer Aktivitäten bieten können. Aufgrund meiner vertraglichen Vereinbarungen mit der IEA sind mir selber leider die Hände gebunden. Daher muss ich sehr vorsichtig handeln. Anbei findest du ein paar erste Infos zu der Organisation, die ganz vielversprechend klingen. Auch wenn ich dir nicht zu viel Hoffnung machen möchte. Ich habe mit den Leuten diese Woche noch einmal gesprochen. Sie wollen dich unbedingt kennenlernen. Die genannte Kontaktperson arrangiert das Treffen. Ruf bitte heute noch an, die Leute sind aktuell für kurze Zeit in Europa. Ich denke, du wirst es nicht bereuen. Vielleicht kann ich damit einen Teil der Schmerzen, die ich dir und dem Team in den letzten Monaten zugefügt habe, wieder gutmachen.

Dein Jean-Luc.«

Eric legte das Blatt beiseite. Auf der zweiten Seite stand der Name einer Organisation, die offensichtlich als private Stiftung schwerpunktmäßig auf humanitären Gebieten unterwegs war. *Wie sollte das zu ihren Verkehrsaktivitäten passen?* Aber Jean-Luc schrieb, dass auch massiv in die Forschung investiert wurde. Anfangs nur auf medizinischem Gebiet, jetzt aber auch auf anderen Feldern, die als entscheidend für die Weiterentwicklung der Menschheit angesehen wurden. *War das eine Organisation, die ihm helfen konnte?* Eric war skeptisch.

Auf der letzten Seite war eine Mobilnummer samt Namen abgedruckt. Der Name kam ihm irgendwie bekannt vor. *Doch woher?* Er sah zum Fluss hinunter und grübelte. Ohne Erfolg. Er nahm noch mal die erste Seite in die Hand. Jean-Luc wollte, dass er heute noch anrief. *Wieso nicht,* dachte Eric grimmig. *Schlechter, als es jetzt lief, konnte es wohl kaum werden!*

Er steckte die Seiten wieder in den Umschlag und machte sich auf den Weg zurück ins Büro. Die anderen waren noch beim Mittagessen. Er schrieb Nicole eine kurze Notiz und packte schnell seine Sachen. Er genoss die Heimfahrt mit dem Fahrrad in der strahlenden Mittagssonne.

Eine halbe Stunde später war er zuhause. Jeannette war noch in der Arbeit. Er machte sich eine Kleinigkeit in der Küche und ging damit hinauf auf die Dachterrasse. Er aß ein paar Bissen und atmete die warme Frühlingsluft ein. *Wieso nicht.* Dann wählte er die Nummer auf seinem Smartphone.

»Hallo, Herr Brinneau«, sagte eine Stimme auf der anderen Seite der Verbindung. Eric stutzte. Woher kannte dieser Mann seine Mobilnummer. »Wir haben Ihren Anruf erwartet«, sagte die Stimme ruhig, »ich werde jetzt wieder auflegen und Sie dann noch mal über eine sicherere Verbindung anrufen. Das kann ein bis zwei Minuten dauern.« Und dann war die Leitung unterbrochen.

Eric lehnte sich in dem alten Metallstuhl zurück und sah in den blauen Himmel. Dann schüttelte er leicht den Kopf. *Sehr merkwürdig. Aber egal.* Er war gespannt, was dieser Kontakt über Jean-Luc sonst noch bringen würde.

Während die Sekunden vergingen, ohne dass sein Smartphone sich meldete, musste Eric an den Frust der letzten Monate denken. An den Start einer dritten Taskforce in China war überhaupt nicht mehr zu denken gewesen. Lisa hatte die undankbare Aufgabe gehabt, ihrem Onkel die veränderte Situation innerhalb der IEA zu erklären. Noch unangenehmer war es in München und LA. Sie waren zwar keine vertraglichen Verpflichtungen eingegangen, aber beide, sowohl die Bürgermeisterin, als auch der Gouverneur, hatten voll auf ihre tatkräftige Unterstützung, ja Führung, innerhalb der Taskforce gebaut. Die langen Gesichter von Tina Steinhoff und Jack hatte er jetzt noch vor Augen. *Es war zum Heulen!* Mindestens genauso schlimm war es, zu erfahren, dass seitdem eigentlich nicht mehr viel voran ging. In keiner der Arbeitsgruppen. Auch in Berlin nicht. Herr Weidner hatte noch versucht, Eric´s neuen Boss umzustimmen. Und dann die unangenehme Aufgabe übernommen, der Kanzlerin das extrem reduzierte Engagement der IEA zu erklären. *War wohl kein angenehmes Gespräch gewesen. Wer konnte es der Kanzlerin auch übelnehmen? Sie war stinksauer. Berechtigterweise.*

Das leise Klingen seines Smartphones brachte ihn wieder zurück in die Gegenwart. Er ging ran, hörte zuerst nur mehrfaches Knacken, bevor er wieder die Stimme vernahm. »Hallo, Herr Brinneau. Mein Name ist Richard Brinkman. Sie erinnern sich vielleicht noch an unser kurzes Treffen in Kalifornien.«

Ja klar! Jetzt fiel es Eric wieder ein. Er richtete sich spontan in seinem Stuhl auf. Richard erklärte ihm in wenigen Sätzen die Organisation, für die er arbeitete und das hohe Interesses seines Bosses. Alle weiteren Details kämen im persönlichen Gespräch. Eric war immer noch skeptisch. Der angedeutete Richtungsschwenk innerhalb der Organisation klang einfach sehr extrem. Und das letzte, was er wollte, war eine neuerliche Enttäuschung.

Doch Richard blieb hartnäckig. Schließlich stimmte Eric zu. *Ok. Ein persönliches Gespräch konnte nicht schaden. Und bot die Möglichkeit, mal einen Tag den endlosen und nervtötenden Meetings in der IEA zu entfliehen.* Richard nannte ihn einen kleinen Hafen an der französischen Atlantikküste. Treffen auf einem Schiff. *Hähh? Ja, dann bis in drei Tagen.* Wieder knackte das Telefon. Eric schüttelte erneut den Kopf und sah in den strahlend blauen Himmel hinauf. *Worauf hatte er sich da eingelassen? Jean-Luc, ich hoffe, du liegst mit deiner Einschätzung nicht daneben.*

DREI TAGE SPÄTER, AN DER FRANZÖSISCHEN ATLANTIKKÜSTE

Eric hatte den Kragen seiner dicken Jacke ganz hoch geschlagen und die Hände tief in den Taschen vergraben. Dennoch ließ ihn der böige Seewind frösteln. In der Ferne konnte er ein Motorboot ausmachen, das mit hoher Geschwindigkeit auf die Einfahrt des Yachthafens zusteuerte. Die raue See ließ das Boot immer wieder hart auf dem Wasser aufschlagen. *Sieht nicht wirklich nach einer gemütlichen Überfahrt aus,* dachte Eric. *Waren das die Leute, mit denen er hier draußen verabredet war?* Er war sich nicht sicher.

Das ganze Drumherum um dieses Treffen war immer noch sehr merkwürdig. *Wieso diese handgeschriebene Notiz von Jean-Luc?* Eric versuchte seit Tagen, ihn telefonisch zu erreichen. Vergeblich. *Was war dran an der Geschichte, die ihm Nicole erzählt hatte?* Was Eric aber am meisten Sorgen machte: *Wie würden diese Leute reagieren, wenn sie erfahren, dass er, Eric, nun versuchte, die gemeinsame Sache fortzusetzen?* Es lief ihm eiskalt über den Rücken, wenn er nur daran dachte.

Dann kam die Wut wieder in ihm hoch. *Sie taten doch nichts Unanständiges! Ganz im Gegenteil!* Und sie hatten in den letzten Monaten vor dem Abgang von Jean-Luc hervorragende Arbeit geleistet. Arbeit, die es verdiente, fortgesetzt zu werden. Deswegen hatte er diesem Treffen hier draußen an der Küste zugestimmt. Richard Brinkman hatte ihm die Details zum Treffpunkt, dem Yachthafen von Pornichet an der französischen Atlantikküste nahe Nantes, nur am Telefon genannt. Nein, er wollte ihm keine E-Mail schicken. Nicht sicher genug, sagte er. *Sehr merkwürdig, das Ganze.*

Treffpunkt war heute früh um zehn Uhr an der nördlichen Hafenmauer dieses kleinen, aber feinen Yachthafens. Sie würden ihn mit einem Boot abholen, hatte Richard gesagt. Für die gut zwei Stunden Autofahrt von Paris hatte er sich heute Morgen Jeannette´s Renault geliehen. Er hatte ihr nur in groben Umrissen von dieser neuen Jobmöglichkeit erzählt. Er wollte sie nicht verunsichern. Sie hätte ihm sonst wahrscheinlich von der ganzen Sache abgeraten. *Aber er wollte es jetzt wissen!* Und dieser Richard Brinkman schien in Ordnung zu sein.

Er blickte kurz zurück über den Hafen und die vielen Boote, die fast alle noch winterfest vertäut waren. Der Frühling setzte hier draußen an der Atlantikküste einfach später ein. *Das konnte man spüren.* Er hatte den Wagen vor dem flachen Neubau der Hafenverwaltung geparkt und war die wenigen Meter entlang der nördlichen Hafenmauer zu Fuß vorgegangen. Bis auf ein paar vereinzelte Fischer war er alleine.

Das Boot, das er in der Ferne beobachtet hatte, kam näher. Er kannte den Typ. Ein Zodiac-Schlauchboot mit festem Boden und Führerstand. Hatte er einmal im Urlaub auf Sardinien gefahren. Machten viel Spaß, *zumindest solange die See nicht so rau war!* Der Mann am Steuer verlangsamte die Geschwindigkeit, als er durch die schmale Hafeneinfahrt fuhr und lenkte das Boot auf einen kleinen Landungssteg an der nördlichen Hafenmauer zu. Eric ging ihnen langsam entgegen, die Hände immer noch tief in den Taschen vergraben. Ein Mann sprang aus dem Boot.

»Hallo, Herr Brinneau. Schön, Sie wiederzusehen«, sagte Richard Brinkman, der Eric mit ausgestreckter Hand entgegen kam. Eric erwiderte mit einem kurzen Nicken den festen Händedruck. »Entschuldigen Sie die Umstände, aber wir haben berechtigten Grund zur Vorsicht. Ihre IEA ist eine Organisation, die unter genauer Beobachtung der beteiligten, und auch nicht beteiligten, Regierungen steht. Mit allen erdenklichen, technischen Möglichkeiten, wenn Sie verstehen, was ich meine. Und wir wollen das Gespräch mit Ihnen doch in aller Ruhe führen.«

Eric nickte. »Und wo findet das Treffen jetzt statt?«, fragte er mit Blick auf die rauhe See. Er hasste starken Wellengang, besonders wenn er nicht selber am Steuer stand.

»Unser Schiff liegt etwas weiter draußen. In internationalen Gewässern, da sind wir deutlich ungestörter. Nur die Überfahrt ist damit leider etwas länger. Naja, und leider auch ein bisschen rauer. Ich hoffe, Sie werden nicht so leicht seekrank.«

Eric war nicht wohl bei dem Gedanken, überhaupt nicht. Dennoch schüttelte er den Kopf. Er wollte dieses Treffen. Jetzt. »Nein, ich denke nicht.«

»Haben Sie ihren Wagen gut geparkt? Wir werden Sie wahrscheinlich erst morgen früh wieder zurückbringen.«

»Ja, sollte kein Problem sein.« Eric hatte Jeannette bereits angedeutet, dass er unter Umständen über Nacht blieb. Je nachdem, wie die Gespräche liefen.

»Ok, dann lassen Sie uns keine Zeit verlieren.« Richard Brinkman drehte sich um und ging zurück zum Zodiac.

Der zweite Mann wartete mit laufenden Motoren im Boot auf sie und nickte Eric kurz zu, als sie einstiegen. Sobald sie Platz genommen hatten, stieß der Mann das Zodiac geschickt vom Kai ab und steuerte wieder direkt auf die Hafenausfahrt zu. Kurz danach heulten die beiden Außenbordmotoren auf und ließen das Boot sofort weit aus dem Wasser steigen. In kurzem Stakkato hämmerten die Wellenkämme der rauen See unter ihnen gegen den festen Bootsrumpf. Der kalte Fahrtwind schlug ihnen ins Gesicht. Eric hielt sich an einem der Hartgummigriffe fest und blickte nach vorne, konnte aber kein Schiff am Horizont ausmachen. *Na dann viel Spaß, mein Junge! Hättest ja auch ablehnen können!* Aber dazu war es jetzt zu spät. Er versuchte sich abzulenken. Und nicht an seinen Magen zu denken. Aber an eine Konversation war nicht zu denken. Auch Richard Brinkman, der ihm gegenüber im Zodiac Platz genommen hatte, sah nicht wirklich glücklich aus.

Eine knappe halbe Stunde später und leicht benommen von dem Stakkato und dem Krach der beiden Außenborder erreichten sie ihr Ziel. Eric versuchte, die Länge der Yacht abzuschätzen, als sie um das Schiff herumfuhren und am Heck längsseits gingen. Das Schiff war riesig. Über dem Heck befand sich ein Kran, der die Zodiacs einfach an Bord hieven konnte und auf einer zweiten Ebene verstaute. Das Heck selbst war wie ein kleiner Landungssteg ausgelegt, sodass sie trotz Wellengangs problemlos an Bord gehen konnten.

Ein Mann mittlerer Statur in Jeans und Pullover erwartete sie bereits. Das graue Haar fiel ihm ein wenig ins sonnengebräunte Gesicht, als er Eric mit einem breiten Lächeln begrüßte.

»Endlich! Schön, Sie zu sehen, Herr Brinneau. Sie verzeihen uns hoffentlich die Umstände der Anfahrt! Aber es ist nicht einfach, seinen Geschäften in der notwendigen Ruhe nachzugehen. Gerade bei einer Stiftung wie der unseren. Hier auf dem Schiff funktioniert es meist ganz gut. Zumindest solange man nicht in irgendeinem bekannten Hafen liegt.«

Eric drückte die Hand des Mannes und erwiderte das Lächeln. Das Gesicht kam ihm bekannt vor. Dann fiel es ihm wie Schuppen von den Augen. *Aber klar,* natürlich kannte er diesen Amerikaner, der mit dem IPO seines Technologie-Unternehmens ein Milliarden-Vermögen gemacht hatte und sich jetzt ganz dem Dienst an der Menschheit widmete. Er hatte ihn nur bisher komplett in die humanitäre Ecke abgeschoben. Gab es hier tatsächlich auch ein Interesse an den Klimathemen und seiner Arbeit? Eric war überwältigt. Nie und nimmer hätte er gedacht, diesem Mann mal persönlich gegenüberzustehen. Und mit ihm über seine Arbeit zu reden. *Jetzt nur nicht die Beherrschung verlieren!*

Der Stiftungseigentümer sah die Überraschung in Eric´s Augen.

»Herr Brinneau, darf ich Sie Eric nennen? Ich bin Ron. Lassen Sie uns doch hineingehen, dann können wir alles in Ruhe besprechen. Sie und Richard waren ja lange genug dem kalten Seewind ausgesetzt.«

Richard Brinkman nickte ebenfalls und streckte dabei seinen von der

Überfahrt malträtierten Rücken. Eric folgte den beiden Männern die Treppe hinauf, während die Besatzung bereits das Zodiac mit dem Kran aus dem Wasser hob. Als sie auf dem Hauptdeck ankamen, konnte Eric erstmals das ganze Ausmaß des Schiffes überblicken. Der Stiftungseigentümer steuerte auf eine gläserne Schiebetür zu, die ins Innere des Schiffes führte. Eine Frau kam ihm entgegen.

»Eric, darf ich Ihnen meine Frau Sarah vorstellen.« Auch hier war die Begrüßung äußerst herzlich. »Sarah, zeigst du Eric kurz seine Kajüte für heute Nacht. Wir treffen uns dann gleich wieder hier hinten in unserem kleinen Wohnbereich.«

Der Stiftungseigentümer hatte die Gruppe durch die Glastür in das elegante Schiffsinnere geführt. Die gesamte Schiffsbreite stand dem hier befindlichen Wohn- und Essbereich zur Verfügung. Eric war mehr als beeindruckt. *Wow!* Er kannte solche Schiffe bisher nur aus Hochglanzbroschüren. Oder von weit weg in irgendwelchen Luxushäfen.

Die Frau des Stiftungseigentümers nahm den IEA-Mann am Arm. »Kommen Sie, Eric, hier entlang«, sagte sie und dirigierte Eric durch die gesamte Länge des Wohnbereichs in einen anschließenden Gang hinein, »wir haben vorne rechts eine Gästekajüte für sie vorbereitet. Ich hoffe, sie gefällt Ihnen.«

Die Amerikanerin öffnete eine hölzerne Schiebetür und ging hinein. *Das Zimmer konnte sich in Größe und Eleganz mit jedem Top-Hotel messen,* dachte Eric. »Und hier ist Ihr kleines Bad«, ergänzte die Amerikanerin und schob eine weitere, kleine Schiebetür auf, die in der getäfelten Wand kaum zu erkennen war. »Ach, und wir haben Ihnen ein paar Bootsschuhe in Ihrer Größe besorgt, ist einfach besser für unsere Holzböden.«

Eric war baff. Und sprachlos. Er bedankte sich mit einem Lächeln für die überwältigende Gastfreundschaft und stellte seine Tasche aufs Bett.

»Dann bis gleich«, sagte die Amerikanerin und verließ die Kajüte.

Eric setzte sich vorsichtig aufs Bett und sah durch das runde Fenster hinaus auf den Atlantik. Ja, Richard Brinkman hatte ihm angedeutet, dass das Treffen auf einem Schiff stattfinden würde. *Aber irgendwie hatte er es sich ganz anders vorgestellt!* Er berührte die getäfelte Holzwand seiner Kajüte. *Nein, er träumte nicht.* Durch das kleine runde Fenster konnte er die französische Küste erkennen. Diese Leute waren ganz offensichtlich an seiner und der Arbeit seines Teams interessiert. Das war ihm jetzt endgültig klar. *Wieso sonst würde jemand so einen Aufwand betreiben, ihn kennenzulernen, oder? Fast zu schön, um wahr zu sein!* Eric´s Skepsis kam wieder hoch. *Lass´ dich nicht von dem Glanz des*

Schiffes verwirren, sondern konzentrier' dich auf's Thema! Richard Brinkman hatte am Telefon ein paar Dinge zu den Hintergründen der Stiftung erzählt, ihn viel zu seiner Arbeit bei der IEA gefragt und dann Andeutungen zur Neuausrichtung der Stiftungsaktivitäten gemacht. Aber die Details dazu wollte er zusammen mit dem Stiftungseigentümer erklären, hatte er gesagt. Daher das Meeting. *Ok, also dann,* gab sich Eric einen Ruck. Er wusch sich noch schnell die Hände, wechselte die Schuhe und ging dann den Gang zurück zum Wohnbereich.

Die drei Amerikaner saßen bereits auf der großen Couchgarnitur, die fast eine Hälfte des großen Wohnbereichs einnahm. Hier waren die Holzdielen von einem dicken Teppich bedeckt.

»Eric, bitte, setzen Sie sich doch zu uns.« Der Stiftungseigentümer schenkte ihm aus einer Karaffe ein Glas Wasser ein. »Kann ich Ihnen sonst noch etwas anbieten?« Eric verneinte.

Dann begann Ron ohne Umschweife von der Stiftung, seinen Anfängen und den bisherigen Kernaktivitäten zu erzählen. Eric saß in einem der Einzelsessel und versuchte, ruhig zuzuhören. »Naja, und dann kam Richard mit dieser neuen Idee vor knapp zwei Jahren, die uns seitdem nicht mehr losgelassen hat. Richard, erzählt du doch, du hast es dir schließlich auch ausgedacht.«

Richard Brinkman nickte und beugte sich nach vorne.

»Wie ja bereits in unserem Telefonat angedeutet, Eric, hatte ich mich seit geraumer Zeit gefragt, wie wir den Beitrag der Stiftung zur Linderung der großen Menschheitsprobleme noch effektiver gestalten könnten. Ich hatte immer wieder das Gefühl, dass wir einen Großteil unseres Kapitals nur in die Bekämpfung der Symptome stecken. Was den Menschen in der jeweiligen, akuten Situation, ob Hunger, Krankheit, Bürgerkrieg oder Umweltkatastrophe, ganz sicherlich extrem hilft. Aber eben oft nicht wirklich an die Wurzeln herangeht! Und damit zukünftigen, ähnlichen Situationen kaum vorbeugt! Hier haben wir zwar in den letzten Jahren einiges an Fortschritten gemacht. Nehmen wir nur das Beispiel der Schulen und Krankenhäuser, in die wir massiv investieren, oder neue, bessere Anbaumethoden in der Landwirtschaft.«

Richard sah Sarah an, die zustimmend nickte.

»Aber gerade bei den Themen Bürgerkrieg und Umweltkatastrophen sind wir bisher kaum weitergekommen. Eine Detailanalyse eines befreundeten Instituts brachte dann die entscheidende Idee. Das Thema Öl wurde als Kernursache in mehr als der Hälfte aller Fälle identifiziert. Eigentlich ja irgendwie nachvollziehbar, aber so schwarz auf weiß doch ziemlich schockierend!

Und mit dem dramatisch gestiegenen Ölpreis wird aktuell die Gier und damit das Konfliktpotential nur noch größer. Eine weitere Zunahme der bewaffneten Auseinandersetzungen um diesen Rohstoff und noch schwerwiegendere Folgen für die Umwelt müssen eigentlich die logische Folge sein. Ist aufgrund der menschlichen Natur fast nicht zu vermeiden.«

Das Ehepaar nickte vehement.

»Die Analyse, die uns Richard damals vorlegte«, ergänzte Ron, »hat uns echt getroffen! Dennoch stand lange die Frage im Raum, was wir als Stiftung dagegen tun konnten. Eines war uns allen dabei ziemlich schnell klar: die *Gier* als häufigste Konfliktursache konnte nur durch einen sinkenden Ölpreis gemindert werden! Und das wiederum nur durch eine sinkende Nachfrage in den Kernmärkten.«

»Und es gibt nur einen Sektor«, fuhr Richard fort, »der permanent mehr Öl benötigt und damit die weltweite Nachfrage unaufhörlich nach oben treibt. Und das ist der Verkehrssektor.«

Da erzählen sie mir nichts Neues, dachte Eric und spielte nachdenklich mit seinem Wasserglas. *Dennoch hoch interessant, wie eng diese Leute die Verknüpfung zwischen den humanitären Problemen dieser Welt und seinem Verkehrsthema zogen.* Eric war von den Überlegungen sehr angetan und nickte.

»Doch was konnten wir als Stiftung hierzu beitragen, was nicht schon viele schlaue Unternehmen oder staatliche Stellen taten?«, hakte der Stiftungseigentümer wieder ein, »das war unsere konkrete Frage an Richard.«

»Die Frage war absolut berechtigt«, sagte Richard, während er sich wieder in seinem Sessel zurücklehnte, »und hat uns einige Zeit schwer beschäftigt. Schwerer als wir dachten.«

Das Ehepaar blickte mit einem Lächeln zu Richard Brinkman hinüber. Sie hatten die heftigen Diskussionen der letzten zwölf Monate innerhalb des Stiftungsrates noch sehr gut vor Augen.

»Wieso das?«, hakte Eric nachdenklich ein. *Natürlich brauchte die Trendwende im Straßenverkehr jede nur erdenkliche Unterstützung. Da konnte doch eine so mächtige Stiftung auf keinen Fall schaden?*

»Naja«, erklärte Richard, »viele Leute in unserem Umfeld, gerade in Kalifornien, vertraten oder vertreten immer noch die Meinung, dass eine staatliche Stelle wie die CARB doch bereits alles Erdenkliche tut. Die harten Vorschriften zwingen die Hersteller, den Spritverbrauch ihrer Autos weiter massiv zu reduzieren. Dafür gaben sie bereits Milliarden aus. Sogar branchenfremde Unternehmer wie Elon Musk mit seiner Firma Tesla investierten riesige Summen, um dem Elektroauto zum Durchbruch zu verhelfen. Was sollte man da noch zusätzlich machen?«

Eric beugte sich nun ebenfalls in seinem bequemen Sessel nach vorne. »Dennoch ist der weltweite Erfolg der Elektrofahrzeuge immer noch absolut bescheiden«, sagte er ruhig, aber ernst, »und der jährliche Kraftstoffbedarf auf der Welt steigt unaufhörlich weiter.«

»So ist es«, pflichtete ihm Richard energisch bei, »das machte mich extrem stutzig! Lag es an den Autos? Konnte eigentlich nicht sein. Die Probefahrten waren mehr als überzeugend! Lag es an der begrenzten Reichweite oder den höheren Anschaffungspreisen? War das wirklich Grund genug, um so viele Leute vom Kauf abzuhalten?« Eric nickte nachdenklich. Dann schob Richard betont langsam nach. »Oder taten die staatlichen Stellen und die etablierten Hersteller doch nicht alles, um dem EV zum entscheidenden Durchbruch zu verhelfen?«

»Das war natürlich eine ketzerische Frage«, sagte Linda mit einem Lächeln, »die Richard da aufwarf.«

»Aber ging natürlich absolut in die richtige Richtung«, ergänzte ihr Mann.

»Man muss sich einfach vor Augen halten«, erklärte Richard, »dass Veränderung bei vielen nicht wirklich willkommen ist. Zu viel Risiko! Trotz aller Chancen. Nur neue Spieler am Markt, wie Tesla, können völlig unbelastet an solche Themen herangehen. Haben ja nichts zu verlieren. Doch es gibt mächtige Gegenspieler, sowohl in der Automobil-, als auch der Ölindustrie. Ein Tesla alleine kann hier keinen ganzen Tanker bewegen. Und die staatlichen Stellen tun sich mit den notwendigen Veränderungen auch schwer. Zu groß ist die Abhängigkeit von den etablierten Unternehmen. Sowohl bei der Sicherung der Arbeitsplätze, als auch bei den Steuereinnahmen. Das Hemd ist hier vielen einfach näher als die Hose. Klimaziele hin oder her!«

»Und das Scheitern bei den Klimakonferenzen hat die Regierungen in ihrem kurzfristigen und national orientierten Denken nur noch bestärkt«, ergänzte Eric.

»Genau«, sagte Richard, »das heißt, der entscheidende Druck muss von anderer Stelle kommen. Quasi von unten. Die Bürger dieser Welt müssen anfangen, EVs zu kaufen. Ihre Abhängigkeit vom Öl selbst beenden. Und wir brauchen mehr Leute wie Elon Musk, mehr Initiativen in diese Richtung. Viel mehr davon! Die Leute müssen endlich in der Breite verstehen, dass EVs schon heute reif für den Markt sind. Ja, eigentlich die besseren, viel moderneren Fahrzeuge! Und, dass die Tankstelle der Zukunft auf dem eigenen Dach in Form einer PV-Anlage sitzt.«

»Richard war ganz begeistert«, hakte Linda noch mal ein, »als er Sie und Jean-Luc auf der Gartenparty beim Gouverneur kennenlernte. Wie Sie gleich in der ersten Diskussion auf die vielen, vermögenden Haushalte in LA mit ihren drei und mehr Autos hinwiesen. Die heute alle noch keine EVs fahren. Ganz zu schweigen von der PV-Anlage. Doch wenn diese Haushalte nicht die Vorreiter-Rolle übernahmen, wer dann? Damit sprachen Sie ihm, ja uns, aus der Seele!«

Eric spürte, wie ihn Begeisterung der Gruppe packte. *Diese Leute hatten das Thema wirklich tief durchdrungen.* Tiefer als er dachte. Er war echt beeindruckt.

»Kurz gesagt«, übernahm der Stiftungseigentümer nun das Wort, »wir sind mit Richard zu dem Schluss gekommen, dass noch nicht alles getan wird, um dieser technischen Revolution im Straßenverkehr wirklich zum Durchbruch zu verhelfen. Und damit endlich die weltweite Ölabhängigkeit der Fahrzeuge zu brechen!«

Ron machte eine kurze Pause und sah seine Frau an, die ihrerseits ergänzte.

»Das heißt, wir haben uns als Stiftung entschieden, massiv in die Förderung der Elektromobilität einzusteigen. Und damit gleichzeitig die Basis für eine zweite Revolution zu legen. Den Umbau unserer weltweiten Energieversorgung. Weg von der heutigen, zentralen Erzeugung, fast ausschließlich basierend auf fossilen Rohstoffen, hin zu einem dezentralen, solar-basierten System. Anfangs nur zum Laden der EVs, später zur kompletten Energieversorgung aller Privathaushalte und sonstiger Gebäude. Mit dem zentralen Stromnetz nur noch als Back-up und für Großverbraucher, besonders die aus der Industrie.«

»Eine Revolution«, griff Richard den Faden auf, »die Ron ja noch bestens aus der Computerwelt kennt und weiß, wie schwer der Übergang von Mainframes hin zu PCs war.«

»Absolut«, sagte der Stiftungseigentümer, »nur, dass es mit EVs und unserer Energieversorgung wohl noch viel schwerer werden wird. Daher habe ich Richard gebeten, in all seiner Freizeit, ein neues A-Team zusammenzustellen. Eine Gruppe von Experten, die aufgrund ihrer Fähigkeiten und Überzeugungen in der Lage ist, diese Revolution zu stemmen.«

Es entstand eine kleine Pause, in der die drei Amerikaner Eric ansahen.

»Richard hat uns von Ihren Erfolgen in LA und München erzählt«, fuhr Ron ernst fort, »und auch von den, wie soll ich sagen, Schwierigkeiten innerhalb der IEA. Es wäre in unseren Augen wahrlich eine Schande, wenn diese Aktivitäten nicht fortgesetzt würden. Daher unsere ganz direkte Frage an Sie: Könnten Sie sich vorstellen, alternativ für uns zu arbeiten? Mit dann hoffentlich noch mehr Durchschlagskraft?«

Was für eine Frage, dachte Eric. *Natürlich wollte er weitermachen!* Seit Monaten zermarterte er sich den Kopf, wie sie ihre Arbeiten wieder in Schwung bekamen. Bisher ohne Erfolg. *Und jetzt diese Frage. Dieses Angebot!* Eric schluckte.

»Ich bin fast sprachlos«, begann er vorsichtig, »zuallererst einmal vielen Dank für die klaren Worte. Wie Ihnen Richard ja sicherlich berichtet hat, sind wir bei der IEA seit Jahren an diesem Thema dran. Daher ist der aktuelle Stillstand, ja Rückschritt, gelinde gesagt, ein ziemliches Desaster. Das haben Sie völlig richtig erkannt. Nur deswegen bin ich der Aufforderung meines Chefs, … äh, ex-Chefs, zu diesem Treffen gefolgt. Ohne genau zu wissen, was mich hier erwarten würde.«

Eric machte eine kurze Pause.

»Was soll ich sagen«, fuhr er langsam fort, »ich bin überrascht. Positiv überrascht! Und ziemlich beeindruckt! Ja, …ich kann mir eine Zusammenarbeit gut vorstellen. Auch wenn mir noch nicht klar ist, wie sie sich das im Detail vorstellen.«

»Völlig berechtigter Einwand«, erwiderte Ron, »aber wir wollten erst einmal Ihr grundsätzliches Interesse ausloten. Richard, wieso erzählst du nicht kurz, wie wir uns das Ganze denken. Und auch, was wir bisher schon auf die Schiene gebracht haben.«

Ein Besatzungsmitglied kam auf die Ehefrau zu und flüsterte ihr etwas ins Ohr. »Meine Herren«, unterbrach Sarah mit Blick auf ihren Mann und erhob sich, »ich schlage vor, wir setzen wir das Gespräch beim Mittagessen fort. Eric, ich bin sicher, Sie sind auch schon hungrig, nach der längeren Überfahrt in guter Seeluft.«

Sie hatte Recht. Die drei Männer folgten ihr bereitwillig hinüber an den großen Holztisch, der in der anderen Hälfte des großen Wohnbereichs stand und bereits gedeckt war.

»Nehmen Sie doch neben meiner Frau Platz«, sagte Ron und setzte sich mit Richard zusammen an die gegenüberliegende Seite des Tisches. Eric sah kurz zu den großen Fenstern hinaus. Das Schiff schien ein wenig Fahrt aufgenommen zu haben und glitt nun in einiger Entfernung die französische Küste hinauf. Der Himmel war immer noch wolkenverhangen.

»Kann ich Ihnen einen Schluck Wein anbieten, Eric?«, fragte der Hausherr, »wir haben uns extra einen guten französischen Tropfen aus der Region kommen lassen.«

»Gerne«, sagte Eric und reichte ihm sein Glas.

Ein Angestellter kam und servierte die Vorspeise. Richard Brinkman sah zu Eric hinüber. »Nun nochmal zu unserem Konzept«, fing er an, »im Prinzip würden wir gerne dort weitermachen, wo Sie vor einigen Monaten aufgehört haben. Leider aufhören mussten. Nämlich in LA und München. Und uns von dort aus dann sukzessive in die ganze Welt ausbreiten. Als Rahmen für unsere neuen Aktivitäten haben wir auch bereits ein passendes Institut gegründet. THE GREEN ELECTRIC INSTITUT, oder kurz GREEN ELECTRIC.«

Eric sah ihn überrascht an. Jetzt wurde es wirklich konkret. Richard schnitt sich ein kleines Stück von seiner Melone ab. »Auch einen Teil unseres A-Teams haben wir bereits zusammen«, fuhr er fort, »aber bei weitem noch nicht komplett.«

»Daher wollen wir nicht nur Sie, sondern möglichst Ihr ganzes Team«, hakte Ron ein und sah dann Eric direkt in die Augen, »und die Leitung des Instituts würden wir in Ihre und Richard´s Hände legen. Er mehr für die Finanzen und die Organisation und Sie für die inhaltliche Ausrichtung unserer Aktivitäten.«

Eric legte das Besteck beiseite und erwiderte den Blick des Amerikaners. »Das ganze Team?«

»Ja, das ganze Team, wenn es geht. Nur so sind wir in der Lage, sofort mit hoher Schlagkraft loszulegen. Trauen Sie sich das zu?«

Eric zögerte. »Natürlich ist der Frust im Team aktuell groß. Daher glaube ich schon, dass die meisten einer solchen Idee offen gegenüber stehen würden. Aber am Schluss ist es die Entscheidung jedes Einzelnen.«

Die beiden Amerikaner auf der anderen Seite des Tisches nickten.

»Ja, ein Wechsel ist nie einfach«, erwiderte der Stiftungseigentümer, der Verständnis für die schwierige Entscheidung mitbrachte, »besonders wenn der neue Arbeitgeber völlig unbekannt ist. Ich kann Ihnen aber versichern, dass Ihre Anstellungsverträge bei uns mindestens auf zehn Jahre laufen würden. Und damit ein hohes Maß an Sicherheit bieten. Als klares Signal, dass wir langfristig denken.«

Eric war platt. *Das war fast zu viel auf einmal. Diese Leute wollten ihn ganz offensichtlich haben. Um jeden Preis! Naja, fast jeden.* Und auch den Rest des Teams. *Doch wie sollte er den anderen all das erklären, was er hier gerade erlebte? Kam ihm ja selbst wie ein Traum vor.*

»So, jetzt lasst den armen Eric aber mal Essen«, sagte Sarah, als gerade der Hauptgang serviert wurde und sie Eric´s verwirrten Gesichtsausdruck richtig las, »der tolle Fisch hat eine gewisse Aufmerksamkeit verdient.«

Das Essen war wirklich ausgezeichnet. Eric war froh über ein paar Minuten

Pause. Die Gedanken schossen nur so durch seinen Kopf. *Das Ganze klang fast zu gut, um wahr zu sein. Irgendwo musste doch ein Haken sein?*

Nach dem obligatorischen Kaffee bot der Stiftungseigentümer einen Rundgang durchs Schiff an. Sie hatten lange genug über ihr Anliegen gesprochen. Eric nahm das Angebot dankend an. Der Amerikaner war sichtlich stolz auf sein Boot, das er wohl erst vor wenigen Jahren übernommen und auf der Energieseite komplett neu ausstatten ließ. Unten im Maschinenraum zeigte er ihm zwei Dieselgeneratoren, die mit konstanter Geschwindigkeit laufend sowohl den Strom für den E-Antrieb der fünf Schiffschrauben und die sonstigen Verbraucher an Bord, als auch den gesamten Wärmbedarf lieferten. Zusätzlich gab es eine große PV- und Solarthermie-Anlage auf dem Schiffsdach, die bei schönem Wetter vor Anker den gesamten Strom- und Wärmebedarf des Schiffes auch ohne laufende Dieselmotoren decken konnte. Damit, ergänzte der Amerikaner stolz, konnten sie mit ihrem Dieselvorrat theoretisch fast einmal um die Welt fahren, bevor sie wieder nachtanken mussten.

Nach einer guten Stunde waren sie wieder zurück auf dem Hauptdeck. Richard und die Ehefrau des Stiftungseigentümers saßen vor einer riesigen Leinwand, die sie im Wohnbereich von der Decke heruntergefahren hatten, und gestochen scharf die Projektion einer Weltkarte zeigte.

»Hier können Sie alle Projekte in der Übersicht sehen, an denen wir aktuell beteiligt sind«, sagte Richard und bot Eric einen Platz neben sich an.

So verbrachten sie die verbleibende Zeit bis zum Abendessen. Zusammen gaben ihm die drei Amerikaner einen ersten, tieferen Einblick in die vielfältigen Aktivitäten der Stiftung. *Vertrauensbildende Maßnahme,* dachte Eric schmunzelnd. *Hatte die gewünschte Wirkung,* musste er sich eingestehen.

Über das schiffseigene, sichere WLAN benachrichtige Eric seine Freundin, dass er tatsächlich erst morgen früh nach Paris zurückkehren würde.

Nach dem Abendessen ging er mit Richard durch weitere Details einer möglichen Zusammenarbeit. Überraschte stellte er fest, dass die Stiftung über eine ihrer Organisationen bereits an *ELECTRION* beteiligt war. Langsam bekam Eric ein Gefühl für die gigantische Größenordnung der Operation, die den Amerikanern vorschwebte. *Nie und nimmer konnte er Vergleichbares innerhalb der IEA realisieren. Völlig ausgeschlossen! Aber war er dem Ganzen auch gewachsen? Inhaltliche Leitung der Aktivitäten? Ohne Jean-Luc? Und was war, wenn die anderen seines Teams nicht mitmachen wollten?*

Am nächsten Morgen traf er sich mit den drei Amerikanern zu einem abschließenden, gemeinsamen Frühstück, das wieder von großer Herzlichkeit geprägt war. Ihr geplantes, gemeinsames Unterfangen war nicht mehr Thema der Konversation. *Sie wollten wohl nicht zuviel Druck auf ihn machen. Kluger Schachzug,* dachte Eric. Kurz danach verabschiedete man sich und vereinbarte zu telefonieren. Ein Besatzungsmitglied brachte ihn mit dem Zodiac wieder zurück an Land. Das Wetter hatte aufgerissen und ließ ein paar Sonnenstrahlen durch, was die Rückfahrt über die immer noch raue See etwas angenehmer machte. Aber Eric war so tief in Gedanken, dass er die harten Schläge auf die Wirbelsäule und den beißenden Wind im Gesicht kaum wahrnahm.

Ron stand währenddessen noch lange mit seiner Frau auf dem Vordeck und sah dem Zodiac hinterher. »Was meinst du?«, fragte er nachdenklich und legte ihr den Arm um die Schulter.

»Er wird kommen«, sagte sie mit einem Lächeln und gab ihm einen Kuss.

Gegen halbzehn saß Eric wieder in Jeannette´s Renault und war auf dem Rückweg nach Paris. Er hatte sich zwei Tage Bedenkzeit erbeten, was die Amerikaner mit großem Verständnis akzeptierten. *Jetzt musste er nur noch entscheiden.*

PARIS, IM 16. ARRONDISSEMENT

Eric fand sofort einen Parkplatz und das fast direkt vor der Haustür ihres Pariser Stadthauses. Er schloss den Wagen ab und ging hinauf in ihre Wohnung. Am späten Vormittag war es deutlich ruhiger im Haus. *Na klar, die meisten waren ja um diese Zeit bei der Arbeit,* erinnerte er sich. Er schloss die Wohnungstür auf, ging direkt in die Küche und ließ sich auf seinen alten Holzstuhl sinken. Sein Lieblingsplatz beim morgendlichen Frühstück. Er atmete tief durch. *Was für ein Treffen! Was für eine Chance! Eigentlich konnte er nicht Nein sagen!*

Auf der Fahrt zurück von der Atlantikküste hatte er sich bereits im Kopf all die Dinge zurechtgelegt, die er in den neu aufzusetzenden Taskforces umsetzen wollte. Er sprühte nur so vor Ideen. Richard Brinkman wollte ihm alle Freiheiten einräumen, hatte er gesagt. Mit einem fast unerschöpflichen Budget. *Was konnte da noch schiefgehen? Die Stiftung gab ihnen endlich die Chance, EVs zum Durchbruch zu verhelfen. Die Revolution im Straßenverkehr.* Er musste unbedingt mit Lisa reden. Ohne sie wollte er nicht wechseln. Er kramte nach seinem Smartphone und rief sie an. Sie nahm sofort ab.

»Wo bist du gewesen?«, fragte sie atemlos. Eric antwortete nicht. Richard

Brinkman hatte ihm auf dem Schiff ein paar Mal klargemacht, dass Mobiltelefone und E-Mails keine sicheren Kommunikationsmittel waren, es sei denn, man traf spezielle technische Vorkehrungen. Er fand es ein wenig übertrieben, aber Richard bestand auf höheren Vorsichtsmaßnahmen. *Es gäbe Leute, die ihnen nicht unbedingt wohlgesonnen waren,* meinte er.

»Nicht am Telefon, Lisa«, erwiderte Eric, »können wir uns gleich in dem alten Café auf der anderen Seite der Seine treffen? Du weißt schon?«

»Ja klar«, sagte Lisa überrascht.

»Und komm´ bitte alleine.«

»Ok«.

»Dann bis gleich«, antwortete Eric nur kurz und legte auf. Eric ging hinüber ins Schlafzimmer und wechselte in Jeans und Pullover. Fünf Minuten später war er auf seinem Rennrad und fuhr die wenigen Straßen bis zur Seine hinunter.

Lisa war schon da und wartete auf ihn vor dem Café. Eric schloss sein Fahrrad an einem der alten Laternenmasten an.

»Wo warst du denn nun? Und was soll diese Geheimniskrämerei?«, fragte Lisa neugierig, während sie ihm einen Kuss auf die Wange drückte.

»Lass´ uns einen kleinen Spaziergang entlang der Seine machen«, entschied Eric mit Blick zum Himmel spontan um.

Lisa hakte sich bei ihm unter und sah ihn neugierig von der Seite an. »Erzähl´ schon.«

Eric fing an und berichtete in ruhigem Ton von seinem Treffen mit den Stiftungseigentümern auf ihrem Schiff vor der Atlantikküste. Lisa ließ sich anfangs die innere Aufregung nicht anmerken, sondern hörte für ein paar Minuten einfach nur zu. Dann blieb sie plötzlich stehen und baute sich vor Eric auf.

»Eine Stiftung? Mit richtig viel Geld! Die verstanden hat, dass der gigantische Ölkonsum eines *der* Riesenprobleme für die Menschheit ist? Und weg von den Symptomen will? Das Problem sozusagen bei den Hörnern packen? Hier in unseren Metropolen? So wie wir das eigentlich in unseren Taskforces machen wollten?«

»Genau.«

»Und sie wollen dir die inhaltliche Führung dieser Gruppe überlassen?«

»Ja, sieht so aus.«

»Das ist der Wahnsinn!«, presste sie heraus und fasste ihn am Arm.

Eric hatte eigentlich erwartet, dass sie in ihrer überschwänglichen Art wieder wild um ihn herumspringen würde. Und vor freudigen Kommentaren nur so sprühte. Aber die schwierigen, letzten Monate hatten auch die Chinesin reifen lassen. Er konnte sehen, wie das Hirn in ihrem schönen Kopf auf Höchstleistung arbeitete und bereits einen Plan entwickelte. Sie sah ihm ernst in die Augen.

»Eric, das können wir uns nicht entgehen lassen! Ist das klar! Ich zumindest halte es mit unserem neuen Chef keinen weiteren Monat mehr aus.«

Eric hatte gehofft, dass sie so reagieren würde. Er war überglücklich. Damit war auch für ihn die Entscheidung gefallen. »Sehe ich genauso«, antwortete er bestimmt und blickte über die Mauer auf die Seine hinunter. *Fast wie ein Sprung ins kalte Wasser,* dachte er spontan. *Aber stimmte ja nicht ganz,* sagte er sich. Das Vorgespräch auf dem Schiff war mehr als ausführlich gewesen und sein Bauch sendete klare Signale. *Machen!*

»Lass´ uns was essen«, sagte Lisa spontan, hakte sich wieder bei Eric unter und zog ihn mit sich zurück zum Café, »komm´ schon! Die Aufregung macht mich ganz hungrig! Wir müssen tausend Dinge besprechen!«

Eric musste lachen. Die Chinesin überraschte ihn immer wieder. Sie hatte die Situation messerscharf umrissen und brauchte keine zehn Minuten, um zu springen. Und jetzt blickte sie nur noch nach vorne. *Aber sie hatte Recht. ›Nicht springen‹ war keine Option. Jetzt ging es erst richtig los!*

Sie betraten das kleine Café und suchten sich einen ruhigen Tisch in einer der hinteren Ecken. Das Café füllte sich schnell, die Pariser verbanden einfach gerne ihre Mittagszeit mit einem kleinen Spaziergang entlang der Seine. Lisa und Eric rückten enger zusammen, um nicht zu laut sprechen zu müssen. Eric sah in die schönen Augen der Chinesin, die vor Aufregung sprühten.

»Wir brauchen unbedingt Steve«, sagte sie und erwiderte seine Blick.

»Und was ist mit Pierre?«

»Ja, sollten wir auf jeden Fall auch fragen. Ich habe nur manchmal echt genug von seinen komischen Sprüchen ›Ach, da ist ja wieder unsere chinesische Prinzessin‹, und so, du weißt schon!«

»Ab und zu sage ich das doch auch «, warf Eric mit einem Lächeln ein.

»Das ist doch was anderes«, antwortete Lisa vorwurfsvoll. Und wurde dabei ein bisschen verlegen.

»Ok, ok! Also Steve und Pierre. Wir können uns ja morgen früh auf dem Weg ins Büro hier im Café mit Pierre treffen. Siehst du ihn nachher noch?« Lisa nickte. »Dann sprich´ ihn kurz persönlich an. Aber ohne, dass jemand anders davon etwas mitbekommt! Details können wir dann hier im Café erzählen.«

Ihr kleines Mittagessen kam. Für ein paar Minuten aßen beide still vor sich hin, während die Pariser um sie herum in ihren Gesprächen vertieft waren. Beide wussten, dass nichts mehr so sein würde wie in der Vergangenheit. *Wenn sie erst einmal gesprungen waren!* Eric dachte an Jeannette, *er musste unbedingt mit ihr heute Abend darüber reden. Wie würde sie auf seine Entscheidung reagieren?*

»Ich werde nachher gleich eine mail an Steve schreiben. Wir müssen einen Weg finden, wie wir auch mit ihm ungestört reden können«, sagte Eric und dachte wieder an Richard´s Hinweis zur sicheren Kommunikation. »Und dann werde ich Richard von Zuhause anrufen und ihm unsere Entscheidung mitteilen. Er hat bestimmt eine Idee, wie wir mit Steve in Kontakt treten können, ohne dass jemand mitliest.«

Lisa hob die Augenbrauen. »Was meinst du mit damit?«

Eric erzählte ihr von den Vorsichtsmaßnahmen, die ihm Richard empfohlen hatte. Und dann auch von seinem letzten Gespräch mit Nicole über Jean-Luc und Kanegawa. Lisa sah ihn ernst an.

»Kann ich mir bei ihm nicht vorstellen.«

»Sehe ich auch so, aber ich will dir damit nur klarmachen, dass da wahrscheinlich noch einiges auf uns zukommen wird. Dinge, die wir bisher noch gar nicht überblicken können.«

»Das bestärkt mich nur noch in meinem Entschluss«, sagte Lisa grimmig, »irgendetwas stinkt doch hier ganz gewaltig! Ich kann diese beiden Japaner nicht ausstehen. Die haben für mich alle einen Knall, wenn es um Frauen geht! Es wird endlich Zeit, dass wir da wegkommen.« Lisa sah auf die Uhr. Sie musste zurück. Sie zahlten schnell und gingen wieder hinaus auf die Straße.

»Dann bis morgen früh um sieben, wieder hier im Café. Mit oder ohne Pierre, je nachdem, wie er reagiert«, sagte Eric und öffnete das Schloss an seinem Rennrad, »und denk dran, keinerlei Mails oder Anrufe zu dem Thema. Klar.«

Lisa nickte und gab ihm einen weiteren Kuss auf die Wange. »Viel Glück«, sagte sie und ging die Straße hinunter. »Ich freue mich«, warf sie ihm noch über die Schulter hinterher. Dann verschwand sie in der dichten Menschenmenge auf dem Gehweg. Eric atmete noch mal tief durch und sah zum Himmel hinauf. *Ja, die Entscheidung war gefallen.*

Zurück im Apartment rief er Richard an. Wieder das gleiche Prozedere, bis der Stiftungsmann eine sichere Verbindung hergestellt hatte. »Wir machen es«, sagte Eric kurz, nachdem er Richard Brinkman wieder in der Leitung hatte, » Lisa, meine engste Mitarbeiterin und Expertin für China, ist bereits mit dabei.« Er erklärte dem Amerikaner kurz die nächsten Schritte aus seiner Sicht. Richard hörte für eine Weile zu und unterbrach ihn dann.

»Eric, für Steve in LA habe ich noch einen besseren Vorschlag. Wieso nehmt ihr euch beide nicht nächste Woche unter einem Vorwand komplett frei. Und dann treffen wir uns Samstag früh am Flughafen von Orly.«

Richard erklärte Eric seinen Plan für die nächste Woche. Der Stiftungsmann war auf Eric´s Zusage vorbereitet gewesen. *Ganz offensichtlich.* Eric war platt, sagte aber zu. *Wenn schon springen, dann richtig,* dachte er und legte auf. Es war kurz nach vier Uhr. Jeannette sollte bald zuhause sein. Eric ging die schmale Treppe hinauf auf die Dachterrasse. Er setzte sich auf einen der beiden alten Eisenstühle, schloss die Augen und genoss die wärmenden Strahlen der Frühlingssonne, die sich wieder einen Weg durch die Wolken gebahnt hatte. Die Ruhe dort oben tat heute besonders gut.

Er war wohl für ein paar Minuten eingenickert. Jeannette überraschte ihn, als sie im engen Türrahmen stand und nach ihm rief. »Eric, da bist du ja endlich!«

Sie kam in ihrem schönen Kostüm, aber barfuss, hinaus auf die Dachterrasse. Sie setzte sich ihm gegenüber auf den anderen alten Eisenstuhl, nachdem sie ihn mit einem Taschentuch abgewischt hatte. *Das neue Kostüm sollte ja nicht schmutzig werden.* »Seit wann bist du schon wieder zurück? Und wie war´s überhaupt?« Sie beugte sich vor, nahm sein Gesicht in ihre Hände und küsste ihn. »Du siehst müde aus, mein Schatz.«

Eric lehnte sich zurück. »Ich werde bei der IEA aufhören und zu dieser Stiftung wechseln«, sagte er nur und sah Jeannette direkt in die Augen. Dann gab er ihr eine kurze Zusammenfassung seines Treffens mit den Stiftungsleuten.

»Ist das nicht ein bisschen überhastet?«, fragte sie nach ein paar Minuten. »Du kennst die Leute doch noch gar nicht. Und so einen sicheren Job wie bei der IEA sollte man nicht so einfach aufgeben, oder? Die Stiftung wird doch von einer Familie geführt, hast du gesagt? Können die nicht nach Belieben ihre Meinung ändern? Und dann bist du wieder draußen?«

Jeannette war nicht begeistert. Eric versuchte ihr den gewaltigen Umfang seiner Möglichkeiten innerhalb der Stiftung klarzumachen. Und dass er damit endlich wieder an dem für ihn so wichtigen Thema weitermachen konnte. Und erzählte ihr dann von der ersten geplanten Geschäftsreise bereits am kommenden Samstag. Zusammen mit dem Stiftungsmann und Lisa.

»Du bist ja total verrückt«, schimpfte sie nun und stand auf, »jetzt hatten wir die letzten Monate endlich mal wieder etwas mehr Zeit für uns. Und nun das! Dieses blöde Klimathema lässt dich wohl überhaupt nicht mehr los. Dafür riskierst du einen sicheren Job und, wenn es so weiter geht, auch noch unsere Beziehung.« Jeannette hatte Tränen in den Augen.

Eric war völlig perplex. *Wieso wollte sie nicht die Wichtigkeit dieses Themas für ihn,... nein, für die ganze Menschheit, verstehen?* Das ging einfach nicht in seinen Kopf hinein. »Ich habe die Leute bei der Stiftung bereits angerufen und zugesagt.«

»Aber du hast doch noch nichts unterschrieben, oder?«

»Nein, das nicht. Aber ich will den Job machen, Jeannette! Verstehst du das nicht?«, sagte er eindringlich.

»Nein, ehrlich gesagt nicht«, antwortete Jeannette, drehte sich um und ging ohne ein weitere Wort wieder die Treppe hinunter.

Mist! Eric blieb noch eine ganze Weile auf dem alten Stuhl sitzen und ließ den Blick über die Dächer von Paris schweifen. Er stand ganz offensichtlich am Scheideweg, *in mehr als einer Hinsicht!*

Am nächsten Morgen stand Eric eine halbe Stunde früher auf als sonst, um rechtzeitig zum vereinbarten Treffen in ihrem Café zu sein. Jeannette schlief noch tief, als er die Wohnung verließ. *Zumindest tat sie so.* Als er mit dem Rennrad bei dem kleinen Café vorfuhr, stand Lisa bereits wieder vor dem Eingang. Alleine! Eric sah sie erstaunt an.

»Pierre braucht noch Bedenkzeit! Zumindest sagt er das. Irgendwie war ihm der Gedanke eines Wechsels nicht ganz geheuer, hatte ich das Gefühl. Aber ich glaube dennoch, dass er kommt. Braucht halt ein bisschen«, erklärte Lisa.

Die beiden gingen hinein und bestellten sich ein kleines Frühstück. Eric erzählte von seinem Gespräch mit Richard. Und auch mit Jeannette.

»Das mit Jeannette tut mir echt leid«, sagte Lisa mitfühlend, »aber sie ist wahrscheinlich zu weit weg von unseren Themen.«

Eric nickte. »Die Entscheidung steht dennoch für mich fest«, sagte er trotzig, »du hast es doch gestern selber so treffend formuliert. Bei unserem neuen Chef werden wir beide eingehen! Immer nur blöde Berichte machen, die dann doch wieder in den untersten Schubläden verschwinden. Nein, ich will jetzt in die Umsetzung gehen, wirklich was bewegen! Basta!«

Lisa lächelte ihn an. »Ich weiß. Geht mir genauso.«

Ihr Herz klopfte schneller unter ihrer frischen Bluse. Trennte sich Eric möglicherweise von Jeannette? Machte diese vielleicht sogar von sich aus

Schluss? *Dann wäre er ja frei für eine neue Beziehung! Gemeines Mädchen!*, schimpfte sich Lisa in Gedanken. *Lass´ diese blöden Ideen und konzentrier´ dich lieber auf die anstehenden Aufgaben. Der Rest wird kommen, wie er kommt.*

»Richard sagte, wir sollten sicherheitshalber Sachen für eine ganze Woche einpacken«, fuhr Eric fort, »er kümmert sich um Flüge und Unterkunft. Ich habe Steve schon mal Bescheid gegeben, dass wir ihn zeitnah in LA treffen wollen.«

»Ok. Dann bestelle ich für Samstag früh ein Taxi und komme auf dem Weg zum Flughafen bei dir vorbei«, sagte Lisa konzentriert und leerte ihre Kaffeetasse.

Eric nickte und zahlte.

Es war Zeit, mal wieder im Büro aufzuschlagen, dachte er. *Würde ja nicht mehr so oft passieren. Hoffentlich.* Er wollte heute Morgen seinen Anstellungsvertrag noch mal genau lesen. Wenn er ihn überhaupt fand. Wie waren eigentlich die Kündigungsfristen? Richard hatte angeboten, bei der Prüfung zu unterstützen. Die Liste der Dinge, die er mit ihm und Lisa ab Samstag klären wollte, wurde immer länger. Die beiden IEA-Experten genossen die letzten Minuten im Cafe, bevor sie sich auf den Weg ins Büro machten.

Pierre saß bei Nicole und sah nervös auf seine Uhr. *Verdammt! Er hatte höchstens noch eine Viertelstunde, bevor Lisa und Eric im Büro auftauchten. Auch wenn zwischen den beiden was lief und sie noch ein bisschen länger im Café sitzen blieben!* Pierre vermutete seit geraumer Zeit eine Beziehung zwischen den beiden. *War für ihn offensichtlich. Blöde Chinesin aus feineren Kreisen!* Er fluchte leise in sich hinein.

Endlich ging die Tür zum Büro des Abteilungsleiters auf. Der Japaner begrüßte ihn kurz und bat ihn dann herein. *Endlich!* »Was gibt es?«

Aus Zeitgründen ließ Pierre die einleitenden Worte weg und erzählte direkt von seinem gestrigen Gespräch mit Lisa. »Sie und Eric wollen die IEA verlassen, das ist klar.«

Der Japaner war sofort alarmiert und setzte sich nun zu Pierre an den Besprechungstisch. Er wollte mehr Details. Nein, Pierre wusste nicht, wie die Stiftung hieß. Nein, er hatte nicht die Absicht, ihnen zu folgen. *Zeitverschwendung aus seiner Sicht!*

Kurz danach war das Gespräch beendet. Sein neuer Boss bat ihn um absolutes Stillschweigen über das gerade stattgefundene Gespräch. *Er würde es nicht bereuen.* Pierre nickte und verließ das Büro. Zufrieden. Kurz darauf rief der Japaner seinen Oberboss an.

Lisa hatte für nächste Woche ihren Resturlaub eingereicht, für den sie bereits mehrmals eine Mahnung erhalten hatte. Von ihrem neuen Boss. Er würde sonst verfallen, hatte der Japaner trocken ergänzt. *Na dann, umso besser, du Depp! Keiner würde Verdacht schöpfen,* dachte sie.

Eric ließ sich von seinem langjährigen Hausarzt ein Attest ausstellen. Keine Fragen, nur ein Augenzwinkern. Offiziell war seine Achillessehne mal wieder gereizt, das hieß, es waren ein paar Tage absolute Ruhe für seinen Fuß angesagt.

Samstagmorgen, kurz nach sechs Uhr, fuhr das Taxi vor Eric´s Wohnung vor. Er hatte am Vorabend bereits seine Sachen gepackt und sich von Jeannette verabschiedet, die immer noch beleidigt war und nur wenige Worte mit ihm wechselte. Er zog die Haustür leise hinter sich zu und trug seinen schweren Rollkoffer die Treppe hinunter. Lisa wartete bereits im Taxi auf ihn. Es war noch ungewöhnlich still in Paris.

Die beiden sprachen nur wenig miteinander. Jeder in seinen eigenen Gedanken. *Was würde der heutige Tag alles bringen?*

Richard erwartete sie, wie vereinbart, am Haupteingang der Abflughalle. »Hallo, Frau Cheng. Schön, Sie jetzt endlich persönlich kennenzulernen«, ging er sofort auf Lisa zu und reichte ihr äußerst zuvorkommend die Hand, »ich freue mich auf die Zusammenarbeit.«

»Ganz meinerseits«, antwortete Lisa.

»Alles weitere im Flieger«, sagte Richard nur kurz zu Eric und ging voraus. Aber nicht in die Haupthalle hinein und auf die Check-in-Schalter zu, sondern nach rechts wieder zum Terminalgebäude hinaus. Richtung ›General Aviation‹ konnte Eric an einem der Schilder erkennen.

»Was machen wir denn hier?«, fragte Eric neugierig und sah Lisa an, die ganz offensichtlich das gleiche dachte.

»Wir sind mit unserem eigenen Flugzeug einfach flexibler. Und deutlich ungestörter«, sagte Richard mit einem kleinen Lächeln.

Check-in und Sicherheitskontrolle in dem kleinen Nebengebäude waren deutlich schneller erledigt. Sie waren fast alleine in diesem Bereich des Flughafens. Vor dem Gebäude stand eine Limousine und brachte die drei hinaus aufs Rollfeld. Der Wagen hielt vor der bereits heruntergeklappten Treppe einer schneeweißen Gulfstream V. *Der Mercedes unter den Geschäftsreiseflugzeugen,* das wusste Eric.

Eine Stewardess erschien in der Tür des Flugzeugs und begrüßte sie freundlich, mit klar erkennbarem amerikanischen Akzent. Während ein Besatzungsmitglied ihnen das Gepäck abnahm, gingen Lisa und Eric hinter Richard Brinkman die schmale Treppe hinauf und betraten die luxuriös ausgestattete Kabine.

Wow! Lisa war sprachlos.

»Nehmen Sie beide doch hier auf der Seite Platz«, sagte Richard und setzte sich selbst in einen der breiten Lederstühle auf der gegenüberliegenden Seite des Gangs. Die Maschine hatte acht Sitzplätze, jeweils paarweise zueinander angeordnet und mit einem geräumigen Mahagoni-Tisch dazwischen. Alles andere in beigem Leder und hellen Farbtönen gehalten. Erinnerte Eric ein wenig an die Yacht vor ein paar Tagen. Er sah Lisa an, die es sich im Stuhl gegenüber bereits bequem gemacht hatte und ihn nun anlächelte.

»Und wo fliegen wir jetzt hin?«, fragte sie, nachdem sie sich von dem überwältigenden Eindruck dieses eleganten Interieurs erholt hatte.

»Nach Los Angeles«, antwortete die Stewardess, die gerade mit einem Tablett und Getränken zurückkam, »Flugzeit gut elf Stunden, aber keine Sorgen. Wir haben genug Essen an Bord. Und dort hinten auch zwei sehr bequeme Schlafmöglichkeiten.« Sie zeigte in Richtung Heck des Flugzeugs. »Dort befindet sich auch die Toilette.«

Lisa war schon fast wieder sprachlos. Mit einem kleinen Ruck rollte die Gulfstream an. Sie waren bereits auf dem Weg hinaus zur Startbahn.

»Das ging aber schnell«, sagte Eric und sah zum Fenster hinaus.

»Wie gesagt«, meinte Richard, der bereits ein paar Unterlagen vor sich auf dem Tisch ausgebreitet hatte, »wir sind mit unserem eigenen Flieger einfach deutlich flexibler. Und bei dem Programm, das wir uns vorgenommen haben, ist jede Stunde wertvoll.«

Fünf Minuten später machte der Pilot eine enge Kurve auf die Startbahn hinaus. Es knackte kurz im Lautsprecher über ihnen. »Take-off.«

Die beiden Triebwerke am Heck des Flugzeuges heulten auf, dann löste der Pilot die Bremsen und die Maschine schnellte nach vorne. Die Beschleunigung war atemberaubend. *Deutlich mehr Schub als in den Passagierflugzeugen, die er gewohnt war,* dachte Eric. Und dann hob die Maschine ab und zog steil nach oben.

»Nicht schlecht«, sagte Lisa mit einem Grinsen auf dem Gesicht.

Auch die Steigrate der Gulfstream lag ganz offensichtlich deutlich über denen normaler Passagierflugzeuge! In wenigen Minuten hatten sie ihre Reiseflughöhe weit oberhalb der Wolkendecke erreicht. Die morgendliche Sonne schien von schräg hinten in die Kabine, während die Piloten das Flugzeug auf westlichen Kurs über den Atlantik brachten.

Die Stewardess servierte ein zweites Frühstück, während Lisa auf Nachfragen von Richard Brinkman von sich und ihrer Familie in China erzählte. Und der Idee, auch in Beijing möglicherweise mit einer Taskforce für eine Trendwende im Straßenverkehr zu starten. Richard hörte interessiert zu und machte sich ein paar Notizen.

Lisa´s Smartphone meldete sich. »Ich bin ja immer noch online«, stellte sie überrascht fest.

»Ach ja, hatte ich ganz vergessen«, sagte Richard, »wir sind hier im Flieger ähnlich gut verdrahtet wie in jeder Business Lounge. Wahrscheinlich ein bisschen besser.«

Eine Nachricht von ihrem Vater. »Wir halten uns immer über Kurznachrichten auf dem Laufenden«, erklärte sie mit einem Lächeln, »ist deutlich einfacher bei der großen Zeitdifferenz. Und deutlich günstiger.« Lisa öffnete die Mail. Eric ging währenddessen mit Richard über die mitgebrachten Unterlagen.

»Verdammt!«, kam es plötzlich von Lisa.

»Was ist los?«

Sie sahen die Sorgenfalten auf Lisa´s Gesicht. Ihre Stimme zitterte. »Sie haben meinen Onkel verhaftet!«

»Was? Wer?«

»Die Polizei!«

Lisa las die Nachricht komplett vor. Richard hörte ruhig zu. »Wir wollten auf dem Rückweg sowieso einen Stopp in Beijing machen«, schlug er sofort vor, »ist zwar zeitlich ein bisschen eng, aber sollten wir hinkriegen. Dann können Sie sich persönlich um die Angelegenheit kümmern, Lisa.«

Eric und Lisa waren baff. *Was für ein Vorschlag! Klar, dann fliegen wir halt einfach an China vorbei. Was sonst.* Lisa beruhigte sich wieder ein wenig und antwortete ihrem Vater. *Vielleicht war ja alles nur halb so schlimm.*

Nach Beendigung ihres Zweitfrühstücks ging Richard mit den beiden über den groben Gesamtzeitplan für die kommende Woche und ihre Hauptaktivitäten. Die beiden kamen aus dem Staunen kaum heraus.

»Wir haben keine Zeit zu verlieren. Habt ihr doch selber gesagt! Die Trendwende im Verkehrssektor muss jetzt kommen und nicht erst in zehn Jahren«, sagte Richard mit ernstem Blick zu den beiden, und fuhr dann fort.

»Man hatte uns schon vor einiger Zeit ein großes Gebäude mit Park und Ausbaumöglichkeiten für unsere Stiftungsaktivitäten in LA angeboten. Vor gut zwei Monaten haben wir zugeschlagen und bereits ein paar Vorbereitungen für unsere neuen Aktivitäten getroffen. Das ist jetzt der Hauptsitz unseres *GREEN ELECTRIC INSTITUTE*s.«

»Green Electric Institute?«

Richard berichtete den beiden IEA-Experten im Detail, was er bereits alles in den letzten Wochen in LA veranlasst hatte. Eric war echt beeindruckt. *Diese Leute hatten tatsächlich fast alles für einen schnellen Neustart vorbereitet.* Erste Mitarbeiter waren bereits eingestellt, mit relevanten Firmen gab es erste, vorläufige Geschäftsvereinbarungen.

Richard fuhr eine Projektionswand von der Kabinendecke herunter und baute mit seinem Laptop eine Videoverbindung auf. Lisa und Eric tauschten erstaunte Blicke aus. *Echt nicht schlecht!* Wenige Minuten später erschien der Stiftungseigentümer in einem gestochen scharfen Bild und begrüßte die drei.

»Hallo Richard. Ahh, ich sehe, Frau Cheng ist auch mit an Bord. Guten Morgen!« Lisa lächelte in die Kamera. »Danke für die schnelle und positive Entscheidung. Ich freue mich sehr auf die Zusammenarbeit. Und natürlich das persönliche Treffen hier in LA. Ich habe gerade mit dem Gouverneur gesprochen. Wir sind morgen zum Dinner eingeladen. Sie kennen das ja schon, Eric! Auch er freut sich auf ein Wiedersehen. Aber diesmal in kleinerem Kreis. Ich glaube, ohne die Hollywood-Schönheiten und Schauspieler, wenn ich ihn richtig verstanden habe. Und diesmal hoffentlich als Start für eine etwas längere Zusammenarbeit.«

Alle lachten. *Ja, diesmal durfte nichts mehr schiefgehen, sonst war die Vertrauensbasis endgültig dahin.*

»Aber noch müssen wir extrem vorsichtig vorgehen! Noch sind Sie ja Angestellte der IEA. Unsere Leute prüfen gerade Ihre Anstellungsverträge. Danke noch mal für die Unterlagen, die Sie Richard dazu überlassen haben. Bis später.«

Alles ging nun Schlag auf Schlag. Die restlichen Stunden im Flieger vergingen… *wie im Fluge.* Eric musste grinsen. Sie planten drei volle Tage in LA. Er schrieb eine kurze Nachricht an Steve´s privates Handy und vereinbarte ein Treffen noch am Sonntag in ihrem neuen Hauptquartier. Steve antwortete umgehend und sagte zu.

LOS ANGELES, FRÜHER ABEND

Die Gulfstream landete auf einem kleinen Flugplatz im Norden von LA. Das Einreiseprozedere war auch hier schnell und problemlos. Wenige Minuten später saßen die drei in der bereits wartenden Limousine. Nach einer knappen halben Stunde Fahrt durch die Hügel im nördlich Stadtgebiet von LA hatten sie ihr Ziel erreicht. Ein dezentes Schild ließ keine Zweifel mehr zu: GREEN ELECTRIC INSTITUT, World Headquarters. Der Wagen bog auf das Grundstück ein und fuhr unter Palmen hindurch einen Kiesweg entlang bis vor das herrschaftliche Gebäude. Richard hatte ihnen nicht zu viel versprochen.

»Ein erfolgreicher Anwalt hatte es vor Jahren für sich und seine Kanzlei gebaut. Und musste dann wohl Hals über Kopf verkaufen. Wir kamen genau zum richtigen Zeitpunkt. Passte perfekt«, sagte der Amerikaner stolz.

Lisa fasste Eric am Arm und warf ihm ihr breitestes Lächeln zu. *Das sollte ihre neue Heimat werden! YES!* Sie konnte es kaum mehr erwarten, richtig loszulegen.

Zwei Frauen kamen ihnen in der Eingangshalle entgegen. Richard stellte die beiden vor. »Lisa, Eric, das ist Cindy, der organisatorische Kopf hinter unserem neuen Institut. Sie war es, die das Anwesen für uns gefunden hat. Ihr haben wir es auch zu verdanken, dass wir mit dem ganzen Aufbau dieses Instituts schon so weit sind.«

Cindy drückte den beiden IEA-Experten die Hand. Mit ihrem ebenen Gesicht, der feinen Perlenkette und dem beigen Hosenanzug strahlte sie eine hohe Professionalität aus, der man die Bewältigung dieser Aufgabe sofort abnahm. »War alles halb so wild. Richard übertreibt ein bisschen.«

Richard sah sie mit einem ernsten Lächeln an. »Tue ich nie. Wisst ihr doch!« Dann wandte er sich an die zweite Frau, die mit ihrem wilden Wuschelkopf, den blitzenden, braunen Augen und der etwas eigenwilligen Kleidungswahl aus Jeans, Sneekers und weißer Bluse eine ganz andere Ausstrahlung mit sich brachte. Und nun einen vorsichtigen Schritt nach vorne tat.

»Und das ist Jennifer. Unsere weibliche Ausführung von ›Q‹, wenn ihr euch noch an die alten James-Bond-Filme erinnert. Sie ist für unser gesamtes High-Tech-Equipement zuständig. Ich kann nur sagen: James Bond und Q wären neidisch gewesen.« Jennifer warf ihm einen verlegenen Blick zu. »Nein, wirklich. Werdet ihr nachher selber noch sehen! Jennifer, du hast ein paar Sachen für uns vorbereitet, richtig?«

Jennifer nickte und schüttelte dann Lisa´s und Eric´s Hand. »Freut mich sehr, Sie kennenzulernen.«

»Ganz meinerseits«, kam es von Eric mit einem Lächeln, »wir sind auf jeden Fall gespannt auf die Vorführung, was immer es ist!«

»Aber jetzt erstmal eine kurze Pause«, unterbrach Richard, »bevor wir uns hier wieder treffen. Für einen ersten Rundgang. Cindy, kannst du den beiden kurz ihre Zimmer im Gästehaus zeigen.«

»Gerne.« Cindy führte Lisa und Eric durch die Eingangshalle und eine doppelflügelige Tür in einen zweiten großen Raum. Mit einen herrlichen Blick durch eine hohe Fensterreihe hinaus in den Garten. In der Mitte des Raumes stand ein schwarzer, überdimensionaler Tisch, unter dem zahlreiche, dicke Kabel heraushingen und zu zwei Computern führten. Die Oberfläche schimmerte merkwürdig glänzend. *Fast wie ein Bildschirm, nur horizontal angeordnet,* dachte Eric sofort. Drei Techniker lagen unter dem Tisch und arbeiteten konzentriert.

»Was ist denn das?«, fragten Lisa und Eric fast unisono.

Cindy lächelte verschmitzt. »Eine von Jennifer´s neuesten Kreationen. Seht ihr später. Wird euch gefallen. Jetzt aber erst mal zu den Zimmern.« Cindy öffnete einen Flügel der bodentiefen Fenster und trat hinaus. Die beiden IEA Experten warfen sich schnell einen fragenden Blick zu und folgten dann der Amerikanerin in den großen, parkähnlichen Garten.

Zirka hundert Meter zur linken stand ein kaum kleineres Gebäude, das ihnen, wie Cindy auf dem Weg erklärte, als Unterkunft für Mitarbeiter und Gäste diente. Zwischen den Bäumen hindurch öffnete sich ein herrlicher, wenn auch diesiger Blick auf Downtown LA. Die Metropolregion erstreckte sich so weit das Auge reichte. *Ein wirklich idealer Platz für ihre Taskforce,* dachte Eric beeindruckt.

Lisa und Eric bezogen ihre Zimmer im ersten Stock des Nebengebäudes, machten sich schnell frisch und wollten dann unbedingt wieder zurück. Die Aussicht auf einen Rundgang durch ihr neues Institut und seine Geheimnisse ließen sie keine weitere Minute verschwenden.

Richard und die beiden Frauen warteten bereits im Hauptgebäude.

Als sie wieder in dem großen Raum vor dem schwarzen Tisch standen, sah Eric erneut fragend zu Lisa hinüber. Die Chinesin zuckte die Schultern, hatte dann aber plötzlich eine Idee. *Das kann nicht wahr sein!* Ihre Augen funkelten wissend in Jennifers Richtung. Die Amerikanerin sah den Blick, lächelte ihr zu und lüftete das Geheimnis. »Ja, Lisa, wir haben eure tolle Idee eines

Stadtmodells aufgegriffen. Und, ... naja, ein bisschen weiterentwickelt. Jean-Luc hatte Richard ja einige Details darüber bei seinem ersten Aufeinandertreffen hier in LA erzählt.«

Eric spürte sofort einen leichten Stich im Herzen. *Jean-Luc! Ja, der hatte alles überhaupt erst eingeleitet. Und jetzt war er nicht hier! Konnte nicht mitzuerleben, wie sie gerade einen brillianten Neustart hinzulegen schienen! Verdammt!* Er hatte bereits im Flugzeug mit Richard einmal kurz darüber gesprochen, aber nur eine etwas ausweichende Antwort bekommen. *Er musste ihn heute Abend unbedingt noch mal darauf ansprechen!*

»Aber wie funktioniert der Tisch denn nun?«, fragte Lisa immer noch völlig fasziniert und berührte dabei leicht die glänzende Oberfläche.

Jennifer stellte sich neben die Chinesin und sah Richard verlegen an. »Leider sind wir noch nicht ganz fertig! Ärgert mich selber. Für eine Vorführung fehlen noch die letzten Anschlüsse. Doch bis morgen früh sollten wir endlich so weit sein«, sagte sie mit Blick auf die beiden Techniker, die immer noch unter dem Tisch lagen.

»Eine Art dreidimensionales Computer-Modell«, verriet Richard stolz, »die neueste Technik einer kalifornischen Firma, die Jennifer ausfindig, und dann brilliant für unsere Zwecke angepasst hat.«

Breites Grinsen in der Runde. Cindy ergriff das Wort. »Bis dahin können wir ja unsere Aufmerksamkeit dem Rest dieses schönen Gebäudes widmen. Bitte mir folgen.«

Der weitere Rundgang durch das Gebäude offenbarte zahlreiche Einzelbüros und Besprechungsräume. Mit viel Holz und großen Fenstern. Aber das Herzstück war ganz offensichtlich der ehemalige Speisesaal mit dieser Art Projektionstisch und mehreren großen Displays an der Wand.

Nach einem gesprächsintensiven Abendessen setzten sich Eric und Richard kurz in den Garten ab, der nun von zahlreichen Scheinwerfern erleuchtet war. Eric ließ das Thema um Jean-Luc keine Ruhe, trotz der beeindruckenden Umgebung und dem tollen Start. *Was wusste Richard nun? Wieso konnte er nicht helfen?*

»Eric, wir sind selber überrascht worden von der Entwicklung innerhalb der IEA. Wir hätten nie gedacht, dass euer Tun eine solch massive Reaktion auslösen würde. Wir versuchen immer noch, die Hintergründe besser zu verstehen. Ist nicht so einfach. Aber wir sind dran.«

»Ich habe einfach wahnsinnig gerne mit Jean-Luc gearbeitet«, sagte Eric traurig.

»Ich weiß. Er hat das gleiche gesagt. Kein Zweifel, wir hätten ihn gerne mit an Bord.«

Eric rieb sich die Augen. Er war todmüde. Lisa ebenfalls. Die beiden zogen sich kurze Zeit später entschuldigend auf ihre Zimmer zurück. Das war eindeutig genug für heute. Tag eins ihrer langen Reise in eine neue Welt war getan.

Am nächsten Morgen erschien Steve pünktlich um acht Uhr in ihrem neuen Institut, so wie vereinbart. Er drückte seine beiden Kollegen innig. »Aber jetzt erzählt doch mal! Was soll das ganze hier?«, fragte er aufgedreht, als er all die Leute und das riesige Anwesen überblickte.

Lisa und Eric machten mit ihm einen langen Spaziergang durch den Garten. Eric begann zu erzählen. Ähnlich wie er es vor ein paar Tagen im Café mit Lisa getan hatte. Steve hörte für eine ganze Weile mit großen Augen zu und sah seine beiden Kollegen immer wieder abwechselnd an.

»Und das hier soll das neue Headquarter werden? Wie hieß es noch, *Green Electric Institute*?«, fragte er mit einem bewundernden Blick über die schöne Parkanlage und die Gebäude. Die drei IEA-Experten blieben zirka fünfzig Meter vom Hauptgebäude entfernt unter zwei Palmen stehen.

»Ja«, sagte Eric, »und einen weitere Niederlassung existiert wohl schon in München. Nachdem wir dort ja auch massiv engagiert waren.«

»Mhh«, kam es von Steve, der seine beiden Kollegen nachdenklich ansah, »und ihr habt euch schon entschieden zu springen, richtig?«

Lisa antwortete nur mit einem breiten Grinsen. »Wir haben doch nichts zu verlieren«, ergänzte sie grimmig, »das Thema stirbt sonst! Und das will ich nicht. Auf keinen Fall!«

Sie hatte Recht, auch Steve hatte zu viel Herzblut in der Sache. »Na dann«, sagte er und legte spontan seine Arme um Lisa und Eric, »hiermit sind wir also wieder ein Team!«

Die drei lachten verschwörerisch.

»Ich habe Hunger«, sagte Lisa nach einer Weile.

»Na klar, was sonst!«

Die drei gingen immer noch lachend hinüber zum Nebengebäude, das im Erdgeschoss einen gute eingerichtete Küche samt Köchin hatte, die für das leibliche Wohl der neuen Truppe sorgte. Das Frühstück wartete bereits.

»Was ist mit Pierre, macht der auch mit?«, fragte Steve unvermittelt, während er mit Lisa am Buffet stand.

»Noch nicht ganz klar. Irgendwie zögerte er, ich weiß auch nicht. Wir müssen wohl noch mal mit ihm reden, wenn wir zurück sind.«

Am Ende des Frühstücks erhoben Richard, Cindy und Jennifer die vorbereiteten Sektgläser und sahen zufrieden in die Runde. Der Nukleus ihres neuen Teams war geschaffen.

» Auf das A-Team!«, kam es spontan von Richard.

Steve sah etwas verwirrt in die Runde. »Ähh, what?«

Es entstand eine kurze Pause, in der Lisa lachend erklärte. »A-Team, Steve! Eine Kreation von Ron für unser neues Superteam.«

Steve erwiderte mit einem gespielten Stirnrunzeln. »Das ist doch dieses etwas schräge Team aus der TV Show. Nein! Das passt nicht zu uns! Viel zu langweilig. Wir sind das Green-Team!«

»Nein, Dream-Team!«

»Quatsch! Wir sind das *GREEN DREAM TEAM*! Und jetzt bitte alle dreimal wiederholen!«

Alle lachten und erhoben ihre Gläser. Richard setzte noch mal an. »Egal wie! Auf jeden Fall auf die Revolution im Straßenverkehr. Weltweit. Wo immer wir auftauchen!«

Ja, das war ihr Ziel! Jetzt war es nicht mehr nur eine Idee, jetzt hatten sie bereits ihr Dream Team! Und das war nur der Anfang, dachte Eric und sah Richard an, der neben ihm saß und den Augenblick genoss.

»Aber jetzt zurück zu unserem Wundertisch«, sagte er nach einigen Minuten und sah mit einem Lächeln zu Jennifer hinüber, »ich habe nämlich vernommen, dass er nun endlich funktionieren soll.«

Die drei IEA-Leute waren gespannt. Lisa hatte Steve kurz davon erzählt. Zusammen mit den anderen gingen sie lachend hinüber zum Hauptgebäude. Die Sonnenstrahlen des kalifornischen Frühlings wärmten bereits angenehm. Die Glastüren zur Terrasse standen weit offen. Neugierig bahnten sich alle einen Weg hinein.

Eric bemerkte zwei Männer im Hintergrund, die Richard nur kurz zunickten und dann ihre intensive Diskussion über einem Stapel von Unterlagen fortsetzten. Jennifer führte die Gruppe an den Tisch und ließ sich von einem der Techniker einen Tablet-PC reichen. Damit konnte sie ganz offensichtlich die Darstellung auf dem Tisch steuern. Die Oberfläche war tatsächlich ein horizontal liegendes, hochauflösendes Display in der Größe von mindestens drei mal drei Metern. Und erzeugte nach kurzem Flackern... einen phänomenalen, dreidimensionalen Blick auf LA. In unglaublicher Schärfe! Wortloses Staunen bei den drei IEA-Leuten. Jennifer erklärte stolz.

»Wir nutzen die Google Earth Software und dieses neue 3D-Display, um ähnlich eurem Stadtmodell einen Blick von oben auf jede beliebige Metropolregion dieser Welt zu erzeugen. Und wir können über den Tablet oder den Touchscreen beliebig hineinzoomen oder auch das Bild drehen.«

Mit einer kurzen Handbewegung auf dem Tablet holte sie Downtown LA mit all seinen Hochhäusern in beeindruckender Schärfe und Dreidimensionalität heran. *Fast wie wenn man in einem tief und langsam fliegenden Flugzeug stehen würde! Und durch eine große Öffnung im Kabinenfußboden nach unten sieht,* dachte Eric. Die Begeisterung bei den dreien war grenzenlos.

»Und dann können wir auf eine speziell erzeugte, digitale Flurkarte wechseln«, fuhr die wuschelköpfige Amerikanerin mit aufgeregt funkelnden Augen fort, »die alle Grundstücke, Gebäude und Straßen hier in LA in 2D zeigt. Und dort nun die Informationen darstellen, die für unser energetisches Thema so wichtig sind.«

Sie gab ein paar Befehle in den Tablet ein. Die 2D Karte erschien. *Im Vergleich zur Google Earth Darstellung von gerade eben ziemlich langweilig,* dachte Eric. Doch plötzlich änderte sich das Bild und in weiß sprangen kleine, dreidimensionale Häusermodelle heraus.

»Das ist ja wie in unserem handgefertigten Stadtmodell«, kam es unisono von Lisa und Steve, »nur viel schöner.«

»Ja, wir können sowohl jedes einzelne, tatsächlich existierende Einfamilienhaus zeigen, oder weiter herauszoomen und dann euren Ansatz übernehmen, der ja aus Übersichtlichkeitsgründen jeweils nur ein Modell für mehrere tausend Häuser in Wirklichkeit zeigte.«

Die IEA-Leute kamen aus dem Staunen nicht mehr heraus.

»Nur dass bei unserem Hightech-Tisch«, ergänzte Richard, »die Häusermodelle genau dort stehen, wo sie sich auch in Wirklichkeit befinden.«

»Und wenn man jetzt nur noch die großen Einfamilienhäuser einblendet«, griff Jennifer geschickt Richard´s Hinweis auf, »dann sieht man sofort, wo sich unsere teuren Vororte in LA befinden.«

»Und das sind tatsächlich die realen Daten?«, fragte Steve ungläubig nach.

»Ja«, grinste Richard und sah zu Cindy hinüber, die einen Großteil der Gespräche mit ihren entsprechenden Partnern zu den Datenquellen geführt hatte. »Wir haben Zugriff auf die neuesten Daten der Stadtverwaltung von LA. Die hat Jennifer dann mit der ebenfalls verfügbaren, digitalen Flurkarte zu dieser brillianten Gesamtdarstellung kombiniert. Hat uns einiges an Überredungskunst gekostet. Und einen aus Datenschutzsicht extrem präzisen Vertrag über die Nutzung dieser Daten erfordert. Aber, schlussendlich, haben wir es zusammen mit dem Gouverneur und dem Bürgermeister von LA hinbekommen.

Die waren ja genauso frustriert wie ihr, als der tolle Start eurer Taskforce so abrupt zusammenbrach. Da kamen wir gewissermaßen gerade zum richtigen Zeitpunkt. Ohne natürlich davon zu erzählen, dass es immer unser Plan war, euch wieder zurückzuholen!«

Die drei IEA-Experten sahen Richard und die anderen Amerikaner bewundernd an. *Die Kerle waren verdammt schlau! Und gaben echt Gas!*

Die beiden Männer, die sich bisher im Hintergrund hielten, hatten den letzten Teil der Konversation mitbekommen und traten nun ebenfalls an den Tisch heran. Richard nutzte sofort die Gelegenheit. »Lisa, Eric, Steve. Darf ich euch Matt und Jim vorstellen.« Freundliches Nicken auf beiden Seiten. »Sagt euch das Rocky Mountain Institute was? Ist hier in den USA wahrscheinlich bekannter als bei euch in Europa. Aber vielleicht kennt ihr ja ihre neueste Buch-Veröffentlichung: ›Reinventing Fire‹? Hat in der Fachwelt ziemlich hohes Aufsehen erregt.«

Eric nickte. *Ja, er kannte das RMI.* Das private Institut arbeitete seit Jahren mit einem wachsenden Team an Ideen und Strategien, die Menschheit, besonders die USA, von ihrer Abhängigkeit von fossilen Rohstoffen loszubringen. Dabei war der Straßenverkehr für sie ein wichtiges Thema, aber nicht das einzige. Einer der Kernansätze des RMI für die Reduzierung des Kraftstoffbedarfs war eine massive Gewichtsreduzierung der PKWs, um deren Transporteffizienz deutlich zu steigern. Aber auf der Umsetzungsseite taten sie sich bisher ziemlich schwer, soviel Eric wusste. *Bisher zu wenig Durchschlagskraft! Lag wohl auch an der Macht und Sturheit der amerikanischen Auto- und Ölindustrie. Daher vielleicht der Ansatz zur Zusammenarbeit,* vermutete Eric.

»Matt und Jimmy können euch den Schwerpunkt ihrer Arbeit viel besser erklären als ich«, fügte Richard an, »sie sind für uns auf jeden Fall ein wichtiger Partner bei der Evaluierung und Aufbereitung der Daten für unseren Metropol-Überblick.«

»Was wir noch nicht geschafft haben«, stieg Matt sofort ein, »ist, unser Wissen zu den Fahrzeughaltern mit den Hausbesitzer-Daten zu kombinieren. Aber wir sind dran. Nur so können wir ja verifizieren, vor welchen Garagen tatsächlich wie viele der mehr als acht Millionen PKWs stehen. Und wenn es klappt, sogar den Fahrzeugtyp spezifizieren, der hinter diesen vielen Zweit- und Drittwagen steckt.«

Wow, dachte Eric und sah Lisa und Steve an, die ebenfalls immer noch tief beeindruckt an dem schwarzen Tisch standen.

»Ja«, ergänzte Jennifer, »was wir hier machen, ist Big Data Number

Crunching! Und dann bestmögliche Datenaufbereitung. Aber ohne kommen wir ja wohl den Ursachen für die mangelnde Akzeptanz von EVs bei unserer Kernzielgruppe nicht auf die Spur, oder?«

Der Schweizer konnte nur nicken. Langsam fing er an zu verstehen, wieso Jennifer den Spitznamen Dr. Q bekommen hatte. *Der Tisch und die dahinter liegende Software war eine technische Meisterleistung.* »Absolut! Mit diesen Daten sollten wir in der Lage sein, eine erfolgversprechende Umsetzungsstrategie für die Einführung unserer geforderten 2 Millionen EVs zu entwickeln. Oder, Steve?«, sagte Eric mit Blick zu seinem Kollegen, der in Gedanken bereits die nächsten Schritte für LA plante.

»Absolut! Ich kann es kaum erwarten, wieder tiefer einzusteigen.«

Richard und sah die drei IEA-Leute mit einem verschmitzten Lächeln an. »Hierzu sind wir auch mit jemandem in Kontakt, der hier in Kalifornien eine Schlüsselrolle bei der Einführung von EVs und PV-betriebenen Heimladestationen einnimmt. Ron versucht gerade, ihn noch für das heutige Abendessen beim Gouverneur zu gewinnen. Sollte eigentlich klappen.«

Cindy berührte Richard leicht am Arm und deutete zur Terrasse. Er nickte.

»Das ist, glaube ich, ein guter Zeitpunkt für eine Kaffeepause, oder?«, sagte die Amerikanerin mit Blick in die Runde. »Dafür wir haben uns auch extra eine italienische Kaffeemaschine besorgt. Mit italienischen Kaffeebohnen! Ihr kennt ja unser heimisches Gebräu.«

»Na, so schlimm ist es ja gottseidank nicht mehr«, lachte Steve, der die Kaffeequalitäten ja bestens aus Paris kannte und vergleichen konnte. »Aber die Italiener haben schon ein besonderes Händchen für die Aufbereitung. Das muss man ihnen lassen!« Lachende Zustimmung, während die Gruppe Cindy auf die Terrasse hinaus folgte.

Richard ging mit Eric voraus. »In München sind wir leider noch nicht ganz so weit. Da sind unsere Beziehungen natürlich nicht so gut wie hier in Kalifornien. Aber Büros haben wir schon organisiert. Werden euch gefallen.«

Eric grinste. Er mochte diese stille Dynamik von Richard Brinkman. Aufgrund seines unscheinbaren Äußeren neigte man dazu, ihn zu unterschätzen. *Aber er arbeitete nicht ohne Grund für eine der größten und einflussreichsten privaten Stiftungen. Und war beauftragt, dieses neue, gigantische Unterfangen zum Erfolg zu führen.*

Unter der warmen Sonne diskutierten die beiden die sinnvollen nächsten Schritte in München. Eric dachte sofort an Tina und Jack. Er konnte es kaum erwarten sie wiederzusehen. Endlich würde er die Enttäuschungen der letzten Monate wieder gutmachen können. *Hoffentlich war die Bürgermeisterin nicht zu sauer!* Er wollte in München unbedingt einen ähnlich brillianten Neustart hinlegen wie hier in LA. Richard und Jennifer hatten dort bereits den Aufbau eines zweiten Projektions-Tisches veranlasst. *Das würde helfen! Definitiv!*

»Und nach dem Mittagessen sollten wir uns mit den Juristen zusammensetzen und uns um euren sauberen Ausstieg bei der IEA kümmern«, fügte Richard nachdenklich hinzu.

Ja, das Thema hing immer noch als Damoklesschwert über ihren Köpfen. Solange der Ausstieg nicht vollzogen war, konnten sie beim GREEN ELECTRIC INSTITUT, zumindest offiziell, nicht anfangen.

Den restlichen Teil des Tages verbrachten die drei IEA-Experten damit, sich zusammen mit ihren neuen Kollegen in die erweiterte Datenbasis zu LA einzuarbeiten, die ihnen nun so brilliant zur Verfügung stand. Über den von Cindy ausgehandelten Vertrag mit der County-Verwaltung hatten sie quasi Zugang zum gesamten statistischen Material der Region und seinen Bewohnern. Es war nun möglich, ihre primäre Zielgruppe der zirka 500.000 Haushalte, die mehr als drei Autos vor der Garage hatten, im Detail zu beleuchten. *Wieviele dieser Leute wohnten tatsächlich in den großen Einfamilienhäusern und hatten damit alle Voraussetzungen für eine Umstellung auf EVs samt Heimladestation? Wieviele davon gehörten tatsächlich zur obersten Einkommensgruppe und sollten damit eigentlich keine finanziellen Hinderungsgründe haben? Welches waren die bevorzugten Zweit- und Drittfahrzeugmarken, die im Fokus für attraktive EV-Alternativen stehen mussten? Wer hatte bereits eine PV-Anlage und war damit bereits aufgeschlossen für Umweltthemen?* Und so weiter.

Eric kümmerte sich parallel, zusammen mit Richard, um die Vorbereitungen für ihren Besuch in München. *War es möglich, auch dort an ähnliche gute Datenquellen heranzukommen?* Er schrieb eine Nachricht an Tina Steinhoff. *Was würde sie zu der überraschenden Wende sagen?* So viele Gedanken schossen durch Eric´s Kopf. *Endlich waren sie wieder handlungsfähig. Was für ein berauschendes Gefühl!*

Am frühen Abend stand die Einladung beim Gouverneur an. Eric und Richard fuhren alleine zu dem Haus, das ja, nicht weit von ihrem neuen Hauptquartier entfernt, ebenfalls in den Hügeln nördlich von LA lag. Eric saß in den letzten Minuten der Fahrt wortlos neben Richard. Sein Magen verkrampfte sich ein wenig. Das abrupte Ende der Zusammenarbeit war ihm immer noch peinlich!

»Mach´ dir keine Sorgen«, warf ihm Richard beim Aussteigen noch entgegen. Eric versuchte sich zu entspannen.

Die Tochter des Gouverneurs begrüßte sie am Eingangsportal. »Hallo Eric, was für eine Überraschung! Wir haben Sie hier echt vermisst«, sagte sie erfreut und drückte ihm die Hand, »kommen Sie doch herein. Mein Vater ist bereits tief im Gespräch mit Ron.«

Kein Wort zur alten Taskforce! Eric war dankbar. »Wie geht es ihrer Tochter?«, fragte er vorsichtig, während er mit ihr die Stufen zum Haus hinaufging.

Die Amerikanerin drehte sich um und sah ihn ernst an. »Nicht wirklich gut. Aber sie ist eine Kämpfernatur.«

Eric konnte in ihren Augen die besonderen Schmerzen einer Mutter erkennen, aber auch eine Entschlossenheit, nicht aufzugeben. *Die Kämpfernatur hatte die Tochter ganz offensichtlich von ihr,* dachte er bewundernd.

Sie gingen zusammen durchs Haus, direkt auf die so einladende Terrasse des schönen Anwesens hinaus.

»Hallo Eric, endlich«, kam ihm der Gouverneur sofort entgegen, der mit seiner Frau, seiner Büroleiterin und dem Stiftungseigentümer auf dem Rasen stand. »Ich hatte Sie schon fast abgeschrieben, als mich Ron anrief. Aber diesmal lassen wir Sie nicht mehr los! Stimmt´s, Ron?«

Alle lachten und begrüßten Eric und Richard herzlich.

Der Stiftungseigentümer nahm die beiden kurz zur Seite und gratulierte Eric noch mal persönlich zu seiner Entscheidung. »Ich freue mich wirklich sehr auf die Zusammenarbeit«, sagte er bewegt und drückte Eric lange die Hand, »Richard hat schon so viel vorangebracht in dem Thema, aber jetzt können wir noch drei Gänge hochschalten! Wir wollen ja nichts Geringeres als die Welt aus ihren Angeln heben. Zumindest was individuelle Mobilität und die lokale Energieerzeugung betrifft.«

»Kann man wohl sagen«, pflichtete Eric ihm anerkennend bei, »Richard hat bereits fantastische Vorarbeit mit dem Team geleistet. Und dieser Hightech-Tisch von Jennifer! Unglaublich!« Eric war immer noch ganz begeistert von den Möglichkeiten, die sich hiermit für ihre Arbeit und die anstehenden Diskussionen eröffneten.

Der Stiftungseigentümer lachte. »Ja, eine fantastische Idee. Aber stammt ja ursprünglich von Ihnen. Wir haben sie nur ein bisschen weiterentwickelt.«

»Nur weiterentwickelt! Das hat auch Jennifer gesagt. Eine echte Untertreibung. Da hat Sie mit dem Team echt ganze Arbeit geleistet.«

»Ja, Jennifer ist schon was Besonderes. Ich weiß.« Ron ließ Eric´s Hand los und wendete sich wieder dem Rest der Gruppe zu.

Die Gespräche zu ihrem so brisanten Thema waren bereits in vollem Gange. Sie wurden nur kurzzeitig unterbrochen, als die Tochter des Gouverneurs mit einem weiteren Gast aus dem Haus auf sie zukam. Eric stutzte. *Kannte er das Gesicht?* Der Gouverneur machte eine ausholende Bewegung.

»Darf ich vorstellen: der neue Strategiechef von Tesla. Das Unternehmen dürfte ja hinreichend bekannt sein.« Erstauntes Nicken in der Runde. »Gleichzeitig ist Rick aber auch intensiv in den Geschäftsausbau von Solarcity involviert.«

Solarcity? Eric schüttelte die Hand des drahtigen Amerikaners, während der Gouverneur auf den fragenden Blick des Schweizers reagierte.

»Ja, was viele nicht wissen, ist, dass Tesla auch sehr eng mit einem Photovoltaikunternehmen zusammenarbeitet, das sich mit innovativen Geschäftsansätzen für die solare Stromerzeugung, besonders auf den Dächern von Privathaushalten, einsetzt. Und das bereits ziemlich erfolgreich. Gerade auch für die saubere Betankung von EVs!«

Eric sah den Gouverneur immer noch überrascht an. Der Grund für die enge Zusammenarbeit war schnell erklärt. Beide Unternehmen hatten denselben Gründer, oder zumindest Mitgründer! Eric kam aus dem Staunen kaum mehr heraus. *Nein, das hatte er nicht gewusst! Was für eine geniale und weitdenkende Kombination dieses kalifornischen Unternehmens!*

Richard Brinkman sah ihn verschmitzt von der Seite an. Wieder hatte er es geschafft, Eric zu überraschen.

»Sein Boss und er«, sagte der Stiftungseigentümer stolz, »werden ab sofort mit unserer Taskforce hier in LA eng zusammenarbeiten. Wir ziehen ja zu 100% am gleichen Strang. Gerade die Erfahrungen dieser beiden Firmen bei der Installation von Heimladestationen für EVs und den Mühen, vermögendere Privathaushalte von der Sinnhaftigkeit einer damit gekoppelten PV-Anlage zu überzeugen, ist für unser Anliegen goldwert.«

»Na, jetzt übertreibst du aber wieder maßlos, Ron«, sagte der Tesla-Mann lachend.

»Nein, nein, keineswegs. Zu deiner Info: Eric Brinneau wird mit seiner Kerntruppe in den nächsten Wochen zu uns wechseln. Wenn alles so klappt, wie geplant. Und dann die inhaltliche Führung unseres neuen Teams übernehmen.« Der Stiftungseigentümer und Eric tauschen einen wissenden Blick aus. *Ja, wenn alles so klappte!*

Der Tesla-Strategiechef wandte sich wieder an den Gouverneur und seine Frau. »John, aber noch mal zurück zu euren Plänen hier in Kalifornien. Wirklich ein mutiger Schritt! LA endlich aus dieser gigantischen Öl- und Gas-Abhängigkeit befreien und damit zum Vorreiter bei der Bekämpfung des Klimawandels machen. Wird echt Zeit! Und ist natürlich ganz in unserem Sinne! Aber was ich bis heute nicht ganz einschätzen kann: Reicht dazu alleine die Trendwende beim Straßenverkehr? Was ist denn mit den anderen Umwelt-Verpestern? Mir fehlt bis heute ein Gesamtüberblick zum Energieverbrauch unseres so geliebten LAs, muss ich ehrlich eingestehen. Die Daten sind irgendwie nur schwer zu beschaffen. Da steckt wohl Absicht dahinter? Oder, John? Würde wohl ein schlechtes Licht auf unsere Stadt werfen. Eric, können Sie mir da helfen?«

Der charismatische Tesla-Mann, der in der Presse schon als möglicher Nachfolger des so vielbeschäftigten Gründers gehandelt wurde, riss sofort die Diskussion an sich. Eric konnte ihn auf Anhieb leiden.

»Ja, die Daten sind wirklich nur schwer zu kriegen. Aber da ist LA keine Ausnahme. Leider.«

Der Gouverneur blickte etwas schuldbewusst in die Runde, während Eric auf die Frage einging und einen Überblick über die drei größten Verbraucher-Sektoren in LA und ihren CO2-Output abgab.[8] »Das heißt, sie müssen an alle drei Sektoren ´ran, wenn sie den CO2-Ausstoß bis 2030 halbieren wollen.«

Michelle, die Büroleiterin des Gouverneurs hakte sofort ein. Sie hatte für ihren Chef in den letzten Monaten ein kleines Memorandum zu dem Thema verfasst, das die Eckpfeiler der angestrebten Energiewende in LA skizzierte.

»Wir sind ´dran. Es fehlt uns eigentlich nur noch ein Konzept für unsere Ölraffinerien und ihren gigantischen Energiehunger«, sagte Michelle und sah den Gouverneur an, der den Hinweis sofort aufnahm.

»Stimmt. Hier müssen wir wohl noch ein bisschen Tango tanzen. Mit unseren Freunden aus der so mächtigen Ölindustrie. Die zieren sich nämlich noch. Sträuben sich eigentlich gegen jede Art von Ansatz. Dabei hätte das eine enorme Wirkung, weltweit, wenn wir hier etwas Brauchbares finden könnten! Aber nein! Lieber auf Blockadehaltung machen. Was meinen Sie, Eric? Könnte doch auch etwas für unsere Taskforce sein?«

»Halt, John, ganz langsam! Jetzt kommen wir erst einmal in die Gänge bei der Einführung von Elektroautos. Und dann sehen wir weiter«, schränkte der

8 Details im Anhang, Punkt 4: Metropolregion Los Angeles

Stiftungseigentümer sofort mit einem Lächeln ein. Er wollte auf keinen Fall den Fokus verlieren. »Eric, wie viele EVs brauchen wir noch mal bis 2030, nur hier in LA?« Der Tesla-Mann sah Eric neugierig an.

»Immer noch 2 Millionen«, sagte Eric ruhig, »hat sich leider nicht geändert.«

»Was?«, kam es von ihm, »nur hier in LA? Bis 2030?« Alle in der Runde nickten. Die Zahlen waren bekannt. Und nicht so schwer zu merken.

»Wieso das denn?«, hakte er konsterniert nach. Er war ja beim ersten Treffen nicht dabei. Auf der anderen Seite kannte er die aktuellen Absatzzahlen von Tesla und den EV-Wettbewerbern hier in Kalifornien natürlich ganz genau. *Und die reichten bei weitem nicht für solch ambitionierte Ziele!*

Eric erklärte noch mal die Logik ihrer Zielableitung. »Nur so kriegen wir eine Reduzierung des Gesamtkraftstoffbedarfs um ein Drittel hin. Das ist der Beitrag, den eigentlich jede Metropole in den westlichen Industrienationen bis 2030 leisten muss. Die eine Hälfte dieses Weges muss über die massive Einführung von EVs kommen, die andere Hälfte durch eine gut 30-prozentige Effizienzsteigerung bei allen anderen PKWs.«

»Das klingt beides heftig«, sagte der Tesla-Mann immer noch leicht geschockt. Dann wechselte plötzlich sein Gesichtsausdruck und er grinste in die Runde. »Auf der anderen Seite, wenn wir es hinkriegen, wäre das natürlich ein Riesenspaß für uns bei Tesla. Und auch bei Solarcity.«

Zustimmendes Lachen in der Runde. Ron und Richard sahen sich zufrieden an. Auch der Gouverneur war begeistert. Alle Zeichen standen auf erfolgreichen Neustart in einem nochmal verstärkten Team.

»Aber dann muss uns echt was Grandioses einfallen. Und zwar schnell«, schob der Tesla-Mann nochmal deutlich nachdenklicher nach.

»Wenn´s einfach wäre, bräuchten wir Sie ja nicht in unserer Taskforce«, sagte der Stiftungseigentümer mit einem Grinsen und wandte sich dann wieder an Eric, »hat Ihnen Richard eigentlich schon von unseren Plänen für ein umfangreiches Democenter hier am Standort in LA erzählt?«

»Ja, hat er, aber nur grob.«

»Wir wollen die beiden Gebäude auf dem Grundstück, die Sie ja schon kennen, zusammen mit den Solarcity-Leuten zu einem absoluten Musterbeispiel für eigene Stromerzeugung und eine perfekte Einbindung von EVs machen. Mit möglichst vielen Testfahrzeugen«, sagte Ron und sah dabei den Strategiechef lächelnd an, »nicht nur Teslas! Schließlich brauchen wir 2 Millionen EVs im Markt.«

»Ach ihr Spielverderber! Viel lieber würde ich 2 Millionen Teslas produzieren. Gibt sowieso keine besseren Autos.«

Wieder mussten alle lachen.

»Teslas oder nicht! Egal. Auf jeden Fall wird das endlich die Massen hinterm Ofen hervorlocken. Und wenn die Leute erst einmal in den EVs sitzen und probefahren, dann werden auch endlich die Absatzzahlen in die Höhe schnellen!«

»Und dann kommt unser Haus als nächstes dran«, sagte der Gouverneur mit einem breiten Grinsen und legte den Arm um seine Frau, »sowohl mit PV als auch einem EV. Von Tesla! Die Diskussion wie beim letzten Mal in unserem Garten möchte ich nicht noch einmal führen.«

Spontaner Beifall.

»Jetzt wollen wir aber endlich essen«, ergriff die Frau des Gouverneur die Gelegenheit und ging mit ihrem Mann und ihrer Tochter voran. Es wurde auch während des Abendessens noch viel diskutiert und immer wieder die gleiche Frage gestellt, für die auch der Tesla-Mann keine wirklich zufriedenstellende Antwort hatte. Was war der Grund für diese hohe Kaufzurückhaltung? Auch bei ihrer so vermögenden Kern-Zielgruppe?

Eric lehnte sich in seinem Stuhl am langen Tisch auf der Terrasse kurz zurück und sah in den rötlich schimmernden Abendhimmel über LA. Er konnte sogar einen Teil der Skyline durch die Bäume des Gartens erkennen. Er war froh, endlich wieder hier zu sein. Und mitten in das Thema einzutauchen, das ihm in den letzten Jahren so ans Herz gewachsen war. Die Zwangspause war eine echte Tortur gewesen. Das wurde ihm jetzt noch mal ganz besonders bewusst.

Zufrieden schnitt er sich ein weiteres Stück von dem saftigen Steak ab. *Ganz hervorragend, wie beim letzten Mal,* dachte er genüsslich. Ja, er hatte das Gefühl, wieder Berge versetzen zu können. *Nicht nur wegen der körperlichen Stärkung.*

MÜNCHEN, STADTMITTE, AM NÄCHSTEN MORGEN

Ihre Mutter spürte die Unzufriedenheit, die Tina in den letzten Wochen und Monaten befallen hatte. *Konnte einem kaum entgehen.*

Sie stand mit ihrer Tochter im Flur des alten Münchner Rathauses vor dem Büro der zweiten Bürgermeisterin, die jeden Augenblick von einem Gespräch beim Oberbürgermeister zurück erwartet wurde. Tina blickte wortlos zu einem der großen, alten Fenster hinaus und hatte die Arme vor der Brust verschränkt. Dabei waren die Schultern leicht hochgezogen. Die ganze Körperhaltung drückte ihre schlechte Stimmung aus.

Schritte am Ende des Ganges unterbrachen die angespannte Stille. Die zweite Bürgermeisterin kam um die Ecke. Auch ihre Gesichtszüge drückten wenig Freude aus. Als sie die beiden Frauen vor ihrem Büro erkannte, hellte sich ihr Blick auf.

»Das ist aber schön, euch zu sehen.«

Sie umarmte die beiden kurz und bat sie dann zu sich ins Büro. Nachdem sie ihrer Assistentin noch ein paar Anweisungen zugeworfen hatte, folgte sie und schloss dann die Bürotür hinter sich.

Tina und ihre Mutter nahmen an dem runden Besprechungstisch Platz. Die Bürgermeisterin blieb stehen. Langsam ging sie zu ihrem großen Fenster hinüber, sah lange nachdenklich hinaus und drehte sich dann um.

»Diese politischen Scharmützel gehen mir so was von auf den Keks«, fing sie unvermittelt und grimmig an, »jetzt hat der Kerl doch tatsächlich über meinen Kopf hinweg den BMW-Leuten und dem Automobilverband eine Teilnahme an unserer Taskforce zugesagt.«

Die Mutter sah erst Tina und dann die zweite Bürgermeisterin ratlos an.

»Und was soll das bringen?«, erwiderte Tina, den fragenden Blick ihrer Mutter ignorierend.

»Nichts, rein gar nichts!«, schimpfte die zweite Bürgermeisterin, »aber so haben unsere etablierten, großkopferten Spieler natürlich wieder alles unter Kontrolle! Wenn ihnen unsere neuen, unkonventionellen Ideen zur Beschleunigung der Markteinführung von EVs nicht gefallen sollten, sind sie nun hautnah dabei und können sofort gegensteuern oder sich wieder beim OB beschweren. Es ist echt nicht mehr zum aushalten!«

Tina schüttelte frustriert den Kopf. *Verdammt! Immer wenn man denkt, es könnte nicht schlimmer kommen, gibt es noch einen Schlag oben drauf!* Ihre Mutter sah immer noch ratlos zwischen den beiden hin und her.

Tina erklärte ihr die damalige Absicht der Bürgermeisterin, ganz bewusst auf die Teilnahme der etablierten Player zu verzichten. Jahrelang hatte diese zusammen mit der Stadtverwaltung an ähnlichen Programmen gearbeitet und viel Geld ausgegeben, um EVs zu puschen, oder zumindest so zu tun. Ladesäulen wurden aufgebaut, Testflotten mit ausgewählten Erstkunden in Betrieb genommen. Alle Abschlussberichte wiesen die grundsätzlich extrem hohe Akzeptanz der Elektrofahrzeuge aus. Und dann war´s das! Die meisten der Testfahrzeuge wurden von den Herstellern nach Beendigung des Flottenversuchs wieder eingezogen und waren danach käuflich nicht zu erwerben. Bestes Beispiel der eMini. Die jetzt im Markt verfügbaren Serien-EVs kamen nur begrenzt gut an, ohne dass die genauen Ursachen dahinter verstanden wurden. Daher ihr Ansatz zu einer neuen Taskforce mit unverbrauchten, unvoreingenommenen Leuten. Da kamen die IEA und *ELECTRION* gerade recht.

»Wir hatten so einen tollen Start mit Eric und seinen Kollegen«, warf die Bürgermeisterin immer noch grimmig ein, »und dann sind die Kerle einfach über Nacht wieder verschwunden.«

Tina´s Mutter konnte sich noch gut an den kurzen Wutausbruch ihrer Tochter erinnern, als sie von Eric´s Rückzug hörte.

»Die Kanzlerin ist sogar persönlich vorbeigekommen, weil sie sich von dieser Taskforce noch mal ganz besonderen Schwung erhoffte. Und jetzt das! Im schlimmsten Fall springen uns nun auch noch die *ELECTRION*-Leute ab, wenn sie mitbekommen, dass BMW und der Automobilverband dabei sind. Am liebsten würde ich die Taskforce komplett einstampfen.«

Die drei Frauen sahen sich für eine Weile wortlos an. Tina´s Smartphone, das sie neben sich auf den Tisch gelegt hatte, vibrierte. Etwas genervt sah sie hin. *Was?* Eine Nachricht von Eric: »Komme diese Woche noch nach München, hast du Zeit?«

Tina´s Herz klopfte sofort schneller. *Das war ja wohl echte Gedankenübertragung! Sie wollte unbedingt mit ihm reden, gerade jetzt, wo es mit ihrer Taskforce steil bergab ging. Doch was wollte er? Sie nur wiedersehen? Oder gab es andere Neuigkeiten?* Er sagte nichts dazu in der Mail, nur dass er sie dringend sehen musste.

Die beiden Frauen sahen Tina neugierig an, nachdem sie gedankenverloren mehrere Sekunden nur auf ihr Smartphone starrte.

»Sorry«, sagte Tina, die erst jetzt die Blicke wahrnahm, » eine Nachricht von Eric Brinneau. Er will mich unbedingt sehen.« Dann schob sie noch schnell nach. »Scheint geschäftlich zu sein.«

Die Bürgermeisterin sah sie skeptisch an. Da vibrierte Tina´s Phone ein weiteres Mal. Wieder eine Mail von Eric: »Kannst du uns auch einen Termin bei der Bürgermeisterin besorgen?« *Wow, das klang jetzt aber geschäftlich.*

Tina las die Nachricht kurz laut vor. Die Bürgermeisterin war immer noch skeptisch. Zu tief saß die Enttäuschung bezüglich des abrupten Abgangs. Dennoch stimmte sie einem nochmaligen Treffen zu. Fünf Minuten später verließen Tina und ihre Mutter das Büro.

»So verärgert habe ich Lydia noch selten gesehen«, sagte ihre Mutter konsterniert, während sie über den historischen Platz vor dem Rathaus liefen. Der neue BMW I3 ihrer Mutter parkte an einer der wenigen öffentlichen Ladesäulen im Stadtzentrum. Nur ein paar Gehminuten entfernt.

»Wo ist eigentlich das Problem bei der Einführung von EVs?«, fragte sie ihre Tochter und zog das Ladekabel routiniert aus der Säule, »wenn man so ein Ding erstmal fährt, möchte man doch eigentlich gar nichts mehr anderes haben?«

Tina sah ihre Mutter bewundernd an. So wie ihr Vater hatte sie den Schwenk auf ein EV problemlos hinbekommen. Und Phillip hatte sichergestellt, dass das heimische Laden aus der neuen PV-Anlage perfekt funktionierte. Und ihren großen Mercedes hatten sie natürlich weiterhin in der Garage. Damit war für jedes Fahrziel der richtige Wagen vorhanden. *Aber wer hatte schon drei Autos im Fuhrpark? Zu zweit! Und eine so technik-verliebte Großfamilie?*

»Ich weiß auch nicht!«, antwortete sie ihrer Mutter, »es ist wohl eine ganze Liste an Gründen. Und ganz vorne steht meist der innere Schweinehund! So nach dem Motto, ein EV mag ja ganz toll sein, aber der Umstieg passt mir trotzdem nicht in den Kram. Entweder gibt es aktuell noch nicht das Auto, das ich gerne hätte. Oder das Laden mit Strom und Spannung ist mir suspekt. Und was ist, wenn ich dann doch mal liegen bleibe? Lauter Themen, mit denen ich meine Kaufzurückhaltung perfekt argumentieren kann. Wenn ich will!«

Ihre Mutter packte das Ladekabel in den Kofferraum und stieg ins Auto, während Tina ergänzte.

»Wir sehen´s ja auch bei uns in der Firma. Die vorhandenen EVs werden super intensiv genutzt. Jeder ist begeistert. Aber selber kaufen ist noch mal eine ganz andere Sache! Wobei bei unseren normalen Mitarbeitern ja das Thema Preis noch zusätzlich ins Spiel kommt.« Ihre Mutter nickte und fuhr lautlos an. »Genau dafür haben wir ja die Taskforce aufgesetzt«, schnaubte Tina auf dem Beifahrersitz.

»Jetzt lass´ den Kopf nicht hängen, meine Liebe«, sagte ihre Mutter und sah ihre Tochter von der Seite an, »das kriegst du schon irgendwie hin. Ich weiß das!«

Tina musste schmunzeln, ob sie wollte oder nicht. Ihre Mutter war schon eine ganz besondere Frau. Sie hatte natürlich Recht. *Aufgeben war keine Option!* Sie nahm ihr Smartphone raus und antwortete Eric. *Natürlich wollte sie ihn sehen!*

»Ja, ein weiteres technisches Meisterstück von Jennifer. Soviel kann ich verraten«, antwortete Richard auf Lisa´s Drängen, als sie mit Steve und Eric nach dem Frühstück in den Wagen stiegen. »Nein, mehr nicht!«

Der Stiftungsmann hatte ihnen auch das Ziel ihrer Fahrt nicht verraten. Aber Ron und Jennifer waren wohl schon dort und wollten ihnen die Überraschung persönlich vorführen. Lisa saß neben Eric im Fond des Wagens. Sie war aufgeregt. Ihr erstes Treffen mit dem Stiftungseigentümer. Eric hatte ihr kurz, aber begeistert, von dem Treffen gestern Abend erzählt. Jetzt wollte sie ihn unbedingt selber kennenlernen.

Sie sah zum Fenster hinaus und fuhr plötzlich herum. *Den Weg kennen wir doch! Ging es hier nicht zu dem kleinen Flughafen hinaus, den sie schon bei ihrer Landung mit der Gulfstream benutzt hatten?* »Hey, Richard, den Weg sind wir doch schon mal gefahren?«

Richard grinste. »Nicht schlecht, meine Liebe. Wart´s ab. Wir sind gleich da.« Er bog zum Flughafen ein, steuerte den Wagen an dem flachen Hauptterminal vorbei und fuhr auf einen der abgelegenen Hangars zu. *Wo will er denn jetzt hin?*

Der Amerikaner fuhr langsam um den Hangar herum. Und dann sahen die drei IEA-Experten es. Eric bekam den Mund kaum zu. *Ich glaub´s nicht!* Lisa drückte wie wild auf den Fensterheber. *Jetzt geh´ endlich runter, du blödes Ding!* Als sie näher kamen, wurden ihre Augen immer größer. Sie zog wild an ihrem Gurt und versuchte, sich weiter aus dem Fenster zu lehnen. Steve, der vorne neben Richard saß, lag halb über dem Instrumentenbrett, um einen besseren Blick auf das Ungetüm zu erhaschen.

»Ich glaub´ es nicht! Ein Zeppelin!« Eric kannte die Neuentwicklung der deutschen Zeppelinwerke noch aus seiner Studentenzeit an der ETH Zürich und seinen gelegentlichen Ausflügen an den Bodensee. Eines dieser Luftschiffe neuester Technologie bot dort fast täglich Rundflüge an. Dabei war es kaum zu übersehen, bei der Größe! Ein majestätischer Anblick, wenn es langsam und ziemlich tief dahinglitt. *Aber was machte das Ding hier in den USA?*

Als Richard den Wagen endlich zum Stehen gebracht hatte, sprangen die drei aus dem Wagen und sahen staunend hinauf. *Wow! Was für ein Viech!* Der Zeppelin war an einem gut zehn Meter hohen Mast befestigt und zusätzlich mit vier Tauen am Boden verzurrt. Eric sah Ron zusammen mit Jennifer und einigen anderen Leuten neben der Passagierkabine des Zeppelins stehen.

Als Richard ihm etwas zurief, drehte er sich um und kam sofort auf sie zu.

»Ist mir die Überraschung gelungen?« fragte er mit dem breitesten Lächeln auf dem Gesicht und ging direkt auf Lisa zu. »Hallo Frau Cheng. Ich habe schon viele tolle Dinge über Sie gehört«, sagte er und drückte lange ihre Hand, bevor er sich ebenfalls äußerst zuvorkommend an Steve wandte. »Ich habe Eric gestern schon gesagt, wie sehr ich mich freue, dass Sie drei sich zu diesem Wechsel entschlossen haben. Ich verspreche Ihnen, Sie werden es nicht bereuen.«

Lisa war sprachlos. Ja, sie kannte den Mann aus zahlreichen Berichten und Photos, aber jetzt stand er wirklich vor ihr. Und freute sich ganz offensichtlich auf die Zusammenarbeit.

»Und was machen wir jetzt mit dem Zeppelin?«, fragte Eric, während er Ron nun ebenfalls die Hand drückte.

»Kann euch Jennifer gleich viel besser erklären«, sagte der Stiftungseigentümer, »vorweg nur so viel. Sie und Richard haben die verrückte Idee entwickelt, dass in jeder Stadt, die mit uns zusammen an der Trendwende im Straßenverkehr arbeitet, ein solcher Zeppelin stationiert sein soll. Und dabei mindestens drei Zwecken dient.«

Die Gruppe ging langsam auf das Luftschiff und seine Passagierkabine zu, wo Jennifer mit einer kleine Gruppe von Leuten diskutierte. Ron fuhr fort.

»Zum einen wissen wir alle, dass massives Marketing ein essentieller Bestandteil unserer Umsetzungsstrategie sein muss. Hier wird der Zeppelin täglich am Himmel zu sehen sein. Mit der Aufschrift GO ELECTRIC.«

Die IEA-Leute sahen zu dem riesigen Luftschiff hinauf, das bisher noch ganz in weiß gehalten war.

»Brilliante Idee!«, kam es sofort von Steve, »sozusagen als tägliche Erinnerung für unsere Kernzielgruppe, richtig? Und für alle anderen.«

»Genau!« Ron sah ebenfalls stolz zu dem Luftschiff hinauf. Er liebte das Ding vom ersten Tage an, als Richard und Jennifer ihm den Vorschlag unterbreiteten. »Aber das Beste kommt ja noch!«

»Wie?«

»Naja, Jennifer hatte da so eine Idee. Und dann so lange getüftelt und experimentiert, bis es funktionierte«, sagte Ron mit einem breiten Grinsen und blieb dann direkt neben Jennifer stehen, die ebenfalls über beide Ohren grinste und dann die Details erklärte.

»Wenn wir mit dem Luftschiff schon permanent da oben über der Stadt sind, wieso dann nicht gleich den aktuellen CO2-Ausstoß messen! Was zugegebenermaßen nicht ganz einfach ist. Aber wir haben ein System entwickelt, das mit seinen Sensoren genau das kann und daraus mit einer ausgeklügelten Software auf die zu erwartenden Jahreszahlen hochextrapoliert. Die beiden Herren unserer Partnerfirma können euch das gleich selber erklären. Darf ich vorstellen.«

Die kleine Gruppe neben Jennifer bestand aus den beiden Piloten und zwei Technikern der Sensor-Firma. Eric hatte von einem solchen Ansatz zur Bestimmung der tatsächlichen CO2-Emissionen schon gehört. Denn immer wieder kamen Diskussionen auf, dass ihre Zahlen ja nur auf bereitgestellten Informationen der nationalen oder lokalen Behörden beruhten und dann von ihnen aufaddiert wurden. *Aber waren das die tatsächlichen Verbrauchswerte an fossilen Rohstoffen? Oder beschönigten einige Staaten oder Städte ihr Bild?* Das konnte keiner sagen, es sei denn, man hatte eine Messeinrichtung, die das überprüfen konnte. Idealerweise satellitenbasiert, sodass man nicht auf lokale Einrichtungen und entsprechende Ablesungen angewiesen war. Das war aber, soviel er wusste, noch völlige Utopie. *Konnte das mit einem Zeppelin und lokaler Messtechnik funktionieren?*

»Unglaublich!«, kam es auch von Lisa und Steve.

»Na, werdet ihr ja gleich sehen«, sagte Ron und ging mit dem Piloten vor zum Kabineneinstieg, »es ist alles für einen Probeflug vorbereitet.«

»Wie? Wir fliegen jetzt einfach mal um den Block?«, fragte Lisa aufgeregt.

»Angst?«, erwiderte der Stiftungseigentümer überrascht.

»Nein, nein«, wiegelte Lisa ab, »ich liebe Fliegen! Ich war nur noch nie in einem solchen Ding. Ist das wie Achterbahnfahren oder eher langweiliger?«

Die anderen lachten.

»Wir können beides anbieten«, sagte der Pilot und grinste die Chinesin an.

»Dann bitte Achterbahn«, antwortete Lisa weiterhin grinsend und stieg selbstbewusst die Treppe hinauf.

Die anderen folgten, immer noch lachend. Das Luftschiff bot Platz für zehn Passagiere. Lisa entdeckte sofort die breite Sitzbank am hinteren Ende der Kabine und steuerte darauf zu.

»Eric, schau mal, das wird eine gigantische Aussicht«, sagte sie aufgeregt und winkte Eric zu sich.

Kurz danach waren alle an Bord. Der Pilot drehte sich in seinem Sitz um und blickte den schmalen Gang hinunter bis zu der schönen Chinesin, die sich elegant auf der Ledersitzbank zurückgelehnt hatte. »Bitte alles festhalten«, sagte er mit einem Grinsen, »auf Wunsch unserer jungen Dame hier an Bord werden wir einen, wie soll ich sagen, etwas rasanteren Start hinlegen. Damit es auch keinem langweilig wird.«

Breite Zustimmung in der Runde. Bis auf Steve. Der sah Eric skeptisch an, wie wenn er sagen wollte: *Worauf hatten sie sich da eingelassen?* Doch Eric grinste nur zurück. Auch er liebte Fliegen.

Kurz danach hatte das Bodenpersonal die Taue gelöst. Die Entkoppelung von dem Masten, der das Schiff noch am Bug festhielt, erfolgte automatisch übers Cockpit.

Kurz danach drehte sich das Luftschiff langsam nach rechts weg und senkte leicht die Nase. Und dann ging plötzlich die Post ab!

Der Zeppelin war einzigartig in seiner Konstruktion. Im Gegensatz zu allen anderen Luftschiffen hatte er unter der Hülle eine feste Gitterkonstruktion, die es ermöglichte, an beliebigen Stellen des Rumpfes Motoren anzubringen. Nicht nur direkt an der Kabine, wie es bei den sogenannten Blimps der Fall war. Die Konstrukteure hatten sich beim Zeppelin für zwei Motoren links und rechts, weit oberhalb der Kabine, und zwei ganz am Ende des Hecks entschieden. Dies hatte zwei entscheidende Vorteile. Zum einen war das Luftschiff damit deutlich leiser für die Passagiere und zum anderen war die Manövrierfähigkeit um Welten besser.

Das demonstrierte der Pilot gerade mehr als eindrucksvoll. Er hatte drei der Motoren in Helikopterposition, das heißt fast senkrecht nach oben, gebracht und gab nun Vollgas. Das Luftschiff zog schräg nach vorne wie ein agiler Helikopter. Die Passagiere wurden in ihre Sitze gedrückt und konnten durch die riesigen Fensterfronten erkennen, wie sie sich extrem schnell vom Landeplatz entfernten.

»Wow! Super!«, kam es jauchzend von Lisa, während sich Steve verkrampft in seinem Sitz festhielt. Ron und Richard, aber auch Jennifer und die mitfliegenden Techniker drehten sich in ihren Stühlen um und mussten lachen.

In zirka 600 Meter Höhe nahm der Pilot die Leistung der Motoren zurück, drehte sie mit der Hydraulik nach hinten in Schubposition und führte das Luftschiff in einen ruhigen Horizontalflug über. Jetzt konnten alle den Blick nach draußen genießen, bis auf Steve.

»Das nächste Mal fliege ich nicht mehr mit dir«, sagte der Amerikaner gespielt verärgert, »diese Achterbahnfahrten sind gar nichts für meinen Magen.«

Wieder allgemeines Lachen.

Der Stiftungseigentümer erhob sich aus seinem Sitz und ging nach hinten zu der breiten Sitzbank im Heck des Luftschiffes, die nun einen fantastischen 180-Grad-Blick über LA freigab.

»Und den dritten Grund für den Einsatz eines Luftschiffes in unseren Zielstädten sieht man hier«, sagte er stolz und blickte durch die gerundete Heckscheibe der Passagierkabine, »nirgendwo sonst bekommt man so einen tollen Überblick! Der Zeppelin kann stundenlang in der Luft bleiben und in geringer Höhe dahingleiten, ohne große Lärmbelästigung für die Bewohner.«

Die drei IEA-Experten sahen fasziniert auf die Metropolregion von LA hinunter. *Ihr neuer Projektionstisch war bereits gigantisch, kein Zweifel, aber der reale Blick von hier oben war noch mal eine Steigerung!* Der schöne Herbsttag bot eine ungewöhnlich klare Fernsicht, vom Pazifik und den riesigen LA Hafenanlagen bis zu den Bergen im Landesinneren.

»Hier können wir den Entscheidungsträgern die Schönheit, aber auch die Fragilität ihrer Metropole immer wieder vorführen. Und den Blick auf die Hauptverursacher werfen. Und, wenn das mit der Technik so klappt wie geplant, auch die tatsächlichen CO2-Emissionen in den einzelnen Stadtteilen messen.«

Jennifer griff den Hinweis auf und ging zum vordersten Sitzplatz auf der rechten Seite, der zu einem Computerarbeitsplatz umgebaut worden war. Hier hatte einer der Techniker Platz genommen. Das große Display zeigte verschiedene Balkendiagramme. Eric war in dem etwas engen Gang mit nach vorne gekommen und blickte dem Techniker über die Schulter.

»Die Messtechnik haben wir an der rechten Kabinenaußenwand angebracht«, erklärte Jennifer und deutete auf den Anbau direkt neben ihnen, »damit können wir jede Sekunde aufs Neue die Gaszusammensetzung der Außenluft messen. Dieser Balken hier zeigt die aktuelle CO2-Konzentration an.«

Der Techniker gab dem Piloten einen kleinen Hinweis. Eric sah zum Kabinenfenster hinaus. Sie steuerten auf das Gebiet südlich des Flughafens von LA zu, in dem sich zahlreiche Raffinerien und eines der Gas-Kraftwerke befanden.

»Dort sollte man den Unterschied in der CO2-Konzentration im Vergleich zu den normalen Stadtgebieten deutlich erkennen«, erklärte Jennifer stolz.

Tatsächlich! Als sie über dem Zielgebiet waren, schienen die Balkendiagramme verrückt zu spielen. Die Zusammensetzung der Luft hatte sich offenbar gravierend verändert. Fasziniert blickte Eric auf das Display.

»Und daraus kann man die CO2-Emissionswerte eines ganzen Gebietes exakt bestimmen«, fragte er immer noch etwas ungläubig nach, »und dabei nur die durch Menschenhand erzeugten, zusätzlich Mengen herausfiltern?«

»Ja«, antwortete der Techniker, »auch wenn die Kalibrierung des Systems nicht einfach ist. Das sehen Sie vollkommen richtig! Ein völlig unbelastetes

Gebiet hat je nach Vegetation und Klima bereits eine gewisse CO2-Konzentration in der Luft, die ganz natürlich ist. Diesen Ausgangswert haben wir für LA nicht, da wir ja nicht mal so einfach alle durch Menschen verursachten CO2-Emittenten abschalten können. Daher müssen wir uns mit anderen Mitteln behelfen. Bisschen kompliziert, aber geht. Jennifer hat uns lange genug angetrieben!«

Eric war tief beeindruckt. »Das ist eine Spitzenidee mit dem Zeppelin«, sagte er anerkennend.

Der Stiftungseigentümer sah ihn zufrieden an. Er freute sich immer mehr auf die kommende Zusammenarbeit. Lisa und Steve waren nun ebenfalls nach vorne gekommen.

»Wieso verlegen wir nicht einfach unseren Arbeitsplatz nach hier oben?«, sagte Lisa und genoss den Blick nach draußen, »ich kann mir kaum einen schöneren vorstellen!« Wieder brachte sie alle zum Lachen. »Das heißt«, fügte sie nun ernst hinzu und blickte noch mal auf das Display des Technikers, »wir können damit quasi auf Stadtteilebene ein absolut aktuelles CO2-Bild zeigen.«

Der Techniker nickte. Lisa malte sich in Gedanken all die Möglichkeiten aus, die ihnen dieses Messverfahren eröffnete. *Ein permanentes Monitoring der CO2-Werte. Das heißt, man konnte sofort sehen, ob sich etwas verschlechterte. Oder ob Maßnahmen die gewünschte Wirkung zeigten. Was für eine Chance!* Sie war begeistert.

Auf dem Rückflug saßen die drei IEA-Experten mit dem Stiftungseigentümer und Richard im Heck der Passagierkabine und diskutierten die weiteren Schritte. Die beiden Amerikaner hatten mit der Gründung des *GREEN ELECTRIC INSTITUTE*s, dem innovativen Displaytisch samt umfangreicher Datenbasis und dem Zeppelin eine wahrlich hervorragende Arbeitsbasis für das Team geschaffen. Damit konnten Steve und Richard nun die Dinge in LA vorantreiben. *Sobald der Ausstieg aus der IEA vollzogen war,* erinnerte sie Richard. Eric würde sich mit Lisa zusammen um München kümmern.

Und dann gab es ja noch ihre Ideen für Beijing. Lisa hatte zwar noch nichts Neues von ihrem Onkel gehört. Man entschied sich dennoch, unbedingt einen Zwischenstopp in China einzulegen. Die Stiftungsleute waren auch dort gut verdrahtet. Und eine Trendwende im so rasant wachsenden, chinesischen Straßenverkehr war ja das eigentliche Endziel ihrer Anstrengungen.

Der Pilot überflog auf dem Rückweg ihr neues Zuhause in den Hügeln nördlich von LA, als auch die Hollywood Filmstudios. In besonders niedriger Höhe und extrem langsam. Was für ein Anblick von oben. Die großen

Einfamilienhäuser mit ihren breiten Garagen und zahlreichen Autos in der Einfahrt waren gut zu erkennen. *Leichter war ihre Zielgruppe wohl kaum auszumachen!* Auf fast keinem der Dächer waren Solarpanele zu erkennen, stellten die IEA-Experten überrascht fest. *Ja, die Revolution musste erst noch beginnen.* Sie waren bereit dazu, und jetzt bestens gerüstet. *Mehr als je zuvor!*

EINEN TAG SPÄTER, ÜBER DEM WEST-PAZIFIK

Die Gulfstream V mit Richard, Eric und Lisa an Bord flog mit hoher Geschwindigkeit auf die chinesische Küste zu. Lisa hatte sich in den hinteren Teil der Maschine auf eines der Betten zurückgezogen und versucht, ein paar Stunden zu schlafen. Vergeblich. Frustriert schob sie die Sichtblende des runden Kabinenfensters hoch und setzte sich auf. Die Sonne stand bereits sehr tief, schräg vor dem Flugzeug, und tauchte den Himmel in ein verwirrendes Farbenspiel aus Rot- und Lilatönen.

Eric sah von seinem Sitz weiter vorne zu seiner Kollegin zurück und bemerkte dunkle Ringe unter den Augen. »Nicht so gut geschlafen?«, fragte er mit einem verständnisvollen Lächeln und ergänzte, »wir landen in knapp zwei Stunden in Beijing.«

»Nein, gar nicht«, antwortete Lisa mit ernstem Gesicht. Sie machte sich Sorgen um ihren Onkel. Noch immer hatte sie nichts Neues von ihm gehört. Nach Aussage ihres Vaters war nach der Festnahme eine Sondereinheit der chinesischen Polizei da gewesen, hatte wenig Rücksicht auf die alten Leute genommen und die Räume ihres Onkels, aber auch die der anderen, nach Computern und Unterlagen durchsucht. Und dann einige Sachen mitgenommen. Seitdem hatte ihr Vater seinen Bruder nicht mehr gesehen, noch gesprochen.

Lisa versuchte immer wieder, ihren Onkel auf dem Handy zu erreichen. Ohne Erfolg. Ihre Sorgenfalten wurden tiefer. *Wieso ging er nicht an sein Telefon? Oder beantwortete ihre Kurz-Nachrichten?* Sie hatte vor ihrem Abflug nochmals länger mit Eric und Richard darüber gesprochen und gemeinsam entschieden, dass der Zwischenstopp in Beijing auf dem langen Rückweg nach Europa gerade deswegen Sinn machte. Der Vorfall ließ ihr keine Ruhe mehr.

Richard hatte im Hintergrund, ohne Wissen der IEA-Experten, eigene Recherchen zu dem Fall angestoßen. Das Thema beunruhigte auch ihn. Sein Kontaktmann sagte ihm eine schnelle Prüfung zu, auch wenn China kein einfaches Territorium für ihre Hightech-Methoden war, wie er sich am Telefon ausdrückte.

Richard schüttelte fast unmerklich den Kopf. Nein, er mochte diese Leute immer noch nicht! Ron hatte sie über einen seiner privaten Kontakte gefunden. Ja, akkurate Informationen waren in der heutigen, schnelllebigen Zeit noch wichtiger als früher. Und das konnten diese Leute, das musste er ihnen lassen! Aber er wollte nicht wirklich wissen, woher sie ihre Informationen bekamen. Die Details, die sie ihnen bei ein, zwei anderen Themen in der Vergangenheit präsentiert hatten, legten die Vermutung nahe, dass sie ähnliche, elektronische Suchmethoden wie die amerikanischen Sicherheitsbehörden anwendeten. Und sich damit immer im Graubereich der Legalität bewegten. Doch aktuell sah er keinen anderen Weg. Er musste wissen, was in China vor sich ging.

Lisa ging in das geräumige Bad im Heck des Fliegers, machte sich ein wenig frisch und setzte sich dann wieder zu den beiden Männern in den vorderen Teil der Maschine. Die Stewardess servierte gerade eine Kleinigkeit zum Abendessen.

»Immerhin ist mir der Hunger noch nicht vergangen«, stellte sie trocken fest und begann zu essen.

Die beiden Männer konnten sich ein Schmunzeln nicht verkneifen.

»China ist in jeder Hinsicht speziell für uns«, begann Richard und versuchte damit, Lisa ein wenig abzulenken. Er legte seine Unterlagen beiseite und nippte kurz an seiner Kaffeetasse. »Wir haben bis heute noch kein wirkliches Standbein in dem Land. Auch für unsere ganz normalen Stiftungsaktivitäten. Mit entsprechend begrenztem Erfolg. Das könnte sich in naher Zukunft aber ändern. Wenn Ron es tatsächlich schafft, einen gleichgesinnten Chinesen für eine Zusammenarbeit zu gewinnen. Die Gespräche dazu laufen seit einiger Zeit. Das könnte natürlich auch bei unseren EV-Plänen in dem Land helfen.«

»Mhh«, hakte Eric nachdenklich ein, »zur Einleitung einer Trendwende im chinesischen Straßenverkehr werden wir aber wohl andere Schwerpunkte setzen müssen. Vielleicht sogar ganz andere Wege einschlagen.«

Er dachte an seinen letzten Besuch zusammen mit Lisa und die ersten, tieferen Einblicke, die er dabei zu den speziellen chinesischen Rahmenbedingungen auf der Energieseite gewonnen hatte.

»Und vorweg erst einmal eine vernünftige Datenbasis schaffen«, erinnerte ihn Lisa, die die Ablenkung dankend annahm. Sie erinnerte ihn an ihre Erfahrungen aus dem letzten Treffen mit ihrem Onkel.

Eric sah seine Kollegin, die neben ihm saß, zustimmend an. »Ja, das muss der erste Schwerpunkt für eine mögliche Taskforce hier in Beijing sein. Vorausgesetzt, wir könnten mit deinem Onkel jemanden gewinnen, der uns Zugang zu den notwendigen, statistischen Daten verschafft. Aber die Erarbeitung einer Umsetzungsstrategie für die breite Einführung von EVs macht wohl erst Sinn, wenn Erfolge in LA oder München die chinesische Führung von den Chancen einer solchen Taskforce überzeugen.«

Richard bemerkte, wie Lisa sich in Gedanken wieder von ihrem Gespräch entfernte. *Mist!* Sein Ablenkungsversuch war gescheitert. »Lisa, probier´ doch noch mal, deinen Onkel zu erreichen. Vielleicht kriegst du ihn jetzt und alles ist nur ein großes Missverständnis«, sagte er mitfühlend.

Lisa nickte, nahm tief in Gedanken ihr Smartphone raus und wählte die eingespeicherte Nummer. Wieder klingelte es mehr als zehn Mal. Wieder ohne Erfolg. Wortlos beendeten die drei das kleine Abendessen.

Als die Stewardess noch mal Kaffee brachte erzählte Eric von dem Stadtmodell an der Tsinghua Universität, das er und Lisa bei ihrem ersten Besuch gesehen hatten. Darauf konnte man aufbauen. Vielleicht sogar mit der Uni und der Gruppe um diesen Professor zusammenarbeiten. Sie brauchten nur viel detailliertere Informationen zu den Privathaushalten, sowie deren Energie- und Mobilitätsbedürfnissen. Eric und Richard diskutierten verschiedene Szenarien für einen möglichen Start des *GREEN ELECTRIC INSTITUTE*s in China, während Lisa sich nur noch sporadisch an dem Gespräch beteiligte. Immer wieder sah sie lange zum Fenster hinaus. Den Kopf aufgestützt. Sie hatten bereits die chinesische Küste erreicht und nahmen nun direkt Kurs auf Beijing.

Richard prüfte seine E-Mails noch mal, bevor er den Laptop zur Landung herunterfuhr. Noch keine Antwort von seinem Kontaktmann. Er hatte kein gutes Gefühl.

Eine halbe Stunde später setzte der Pilot die Gulfstream V sanft auf einer der Landebahnen des Flughafens von Beijing auf, bremste die Maschine sofort stark ab und nahm die erste Abzweigung hinüber zum parallel verlaufenden Taxiway. Eric sah zwei Boing 747 von British Airways, die aus der Perspektive ihres Geschäftsreiseflugzeuges plötzlich viel größer wirkten. Diese zogen langsam vor ihnen vorbei, bevor sie ihren Weg zum General Aviation Bereich, weit entfernt vom Hauptterminal, fortsetzen konnten.

Nachdem der Pilot beide Triebwerke abgestellt hatte, öffnete die Stewardess die Tür und ließ die Ausstiegstreppe hinunter. Ein kühler Wind von den Bergen kam ihnen entgegen.

»Passkontrolle und Zoll sind wohl gleich dort drüben in dem kleinen Gebäude«, erklärte ihnen der Pilot, der zur Verabschiedung aus dem Cockpit kam. Richard hatte einen Fahrer über ihre Stiftungskontakte besorgt. Der

Weiterflug war für den morgigen Abend angesetzt.

Lisa knöpfte ihre Jacke zu und ging vorweg die Treppe zum Rollfeld hinunter. Eric und Richard folgten dicht dahinter, alle drei nur mit kleinem Handgepäck. Eine Chinesin vom Bodenpersonal begrüßte sie am Fuß der Treppe und begleitete sie hinüber zu dem Abfertigungsgebäude. Eric bemerkte zahlreiche Geschäftsflugzeuge, die mit ihnen auf dem großen Vorfeld standen, fast alles Langstreckenversionen. *Am chinesischen Markt kam heute einfach keiner mehr vorbei,* dachte er beeindruckt. Lisa sprach weiter vorne ein paar Worte mit der Chinesin, die ihr bereits die Glastür zu dem Gebäude aufhielt.

Während die beiden Männer versuchten, zu ihrer Kollegin aufzuschließen, spürte Richard plötzlich ein leichtes Vibrieren in der Manteltasche. Etwas genervt kramte er nach seinem Smartphone ohne den Schritt zu verlangsamen. *Na endlich, eine Nachricht von ihren Kontaktleuten!* Als er las, verlangsamten sich seine Schritte. *Verdammt!* Er packte Eric am Arm und blieb stehen. Der Schweizer wollte gerade protestieren, als er Richard´s Gesicht sah. Der Amerikaner war kreidebleich. »Wir müssen zurück zum Flugzeug, jetzt, sofort!«, zischte er leise zu Eric, »sie suchen auch nach Lisa!«

»Shit!« Eric verstand sofort, ließ sein Handgepäck bei Richard stehen und spurtete die wenigen Meter bis zu den beiden Chinesinnen vor. Lisa zückte gerade ihren Pass und ging auf die wartenden Beamten am Schalter zu.

»Excuse me!«, sagte Eric mit einem aufgesetzten Lächeln zu der Dame vom Bodenpersonal und verhinderte gerade noch, dass Lisa ihr den Pass in die Hand drückte, »den nehme ich.« Er schob sich zwischen Lisa und die Dame und blockierte damit auch den Blick der anderen Beamten auf das Gesicht seiner Kollegin.

»Lisa, wir müssen noch mal zurück! Richard hat einen dringenden Anruf für dich«, sagte Eric laut genug auch für die chinesische Beamtin. Lisa sah ihn verdutzt an. Und zögerte. Eric fasste sie etwas fester am Arm an und zog sie mit sich zurück aus dem Gebäude.

»Eric, jetzt schieb doch nicht so! Was ist denn los!«, sagte sie instinktiv auf Französisch. Sie spürte, dass etwas nicht in Ordnung war.

»Die chinesische Polizei sucht auch nach dir!«, erwiderte Eric ebenfalls auf Französisch. Lisa wurde kreidebleich.

Sie erreichten Richard, der draußen stehen geblieben war und bereits mit ihrem Piloten telefonierte. »Sofort nachtanken. Und ich meine *sofort!* Ich will ASAP wieder hier raus! Nein, nicht morgen! Jetzt! Ja, wie geplant, weiter nach München. Und wenn die Kerle mit dem Essen nicht rechtzeitig da sind, fliegen wir ohne! Ist das klar!« Dann legte er auf.

Lisa zitterte am ganzen Körper und sah ihn verstört an. Richard deutete zu ihrem Flieger. Eric legte den Arm fest um die Schultern seiner Kollegin und zog sie mit sich über das Vorfeld. Der Copilot kam ihnen entgegen und nahm wortlos das Gepäck wieder in Empfang.

Die Stewardess stand an der Tür und wartete bereits auf sie. Eric schob Lisa in einen der Sitze und setzte sich dann direkt neben sie. Die Chinesin begann zu weinen. Sie konnte es nicht fassen! Kurz danach war die Kabinentür der Gulfstream wieder geschlossen.

Richard sprach erneut mit dem Piloten und kam dann zurück in die Kabine.

»Lisa, ich kann gar nicht sagen, wie leid mir das Ganze tut!«, fing er an zu erklären, »aber unsere Kontaktleute haben gerade herausgefunden, dass du auf einer Fahndungsliste der chinesischen Einreisebehörden stehst. Hat wohl etwas mit deinem Onkel zu tun! Sie melden sich gleich noch mal mit mehr Details. Aber sie haben dringendst von einer Einreise zum jetzigen Zeitpunkt abgeraten. Würde uns allen nicht gut tun! Daher gerade die Aktion auf dem Rollfeld! Sorry! Ich hoffe, dass wir jetzt gleich unbeschadet hier wegkommen. Die Piloten arbeiten mit Hochdruck. Ohne Verdacht zu erregen!«

»Aber was habe ich denn verbrochen?«, schluchzte sie.

»Ich weiß es nicht«, antwortete Richard leise. Besorgt ging er noch mal vor zu den Piloten.

Dieser erklärte gerade der Dame vom Bodenpersonal, die wieder neben ihrer Maschine wartete, dass sie überraschend einen Krankheitsfall an Bord hätten und ihren Weg daher nach Europa fortsetzen würden. Die Chinesin nickte etwas verständnislos und ging dann zurück zum Abfertigungsgebäude. Ein Tankwagen fuhr kurz danach vor und wurde sofort vom Copiloten in Beschlag genommen. Sie brauchten unbedingt volle Tanks für den Weiterflug.

In Rekordzeit war die Gulfstream wieder abflugbereit. Der Pilot hatte zudem einen zeitnahen Abflug-Slot erhalten und ließ bereits wieder die Triebwerke an.

Eine viertel Stunde später war die Gulfstream wieder in der Luft und steuerte mit hoher Geschwindigkeit auf den mongolischen Luftraum zu. Kurz danach kam der Co-Pilot zu ihnen nach hinten.

»Wir haben gerade den chinesischen Luftraum verlassen!«

»Gott sei Dank!«, kam es sofort von Richard. Damit waren sie zumindest dem Zugriff der chinesischen Behörden entglitten.

Wieder vibrierte sein Smartphone. Sein Kontaktmann schickte ihm weitere

Details. Lisa rieb sich die rot unterlaufenen Augen und sah zu ihm hinüber. »Offensichtlich gibt es eine Anklage wegen Korruption gegen deinen Onkel.«

»Nein!« Stieß die Chinesin nur kurz hervor und begann wieder zu weinen. Sie konnte es immer noch nicht fassen! Natürlich hatte ihr Onkel in den Gesprächen angedeutet, dass nicht alle von seinen Ideen zu einer möglichen Trendwende im Straßenverkehr begeistert waren. Es gab sowohl die Profiteure des steigenden Ölhungers, als auch Bedenken bezüglich Finanzierbarkeit und Auswirkungen auf den fragilen, sozialen Frieden in der Bevölkerung.

»Ich vermutete, dass mächtige Widersacher den Korruptions-Vorwurf nutzen, um deinen Onkel aus dem Verkehr zu ziehen. Aus welchen Gründen auch immer! Wäre nicht das erste Mal!« versuchte Richard zu erklären, ohne damit der Chinesin Trost spenden zu können.

Lisa starrte mit verschränkten Armen und leise schluchzend durch das Kabinenfenster hinaus. Langsam verschwand die Sonne am Horizont. Nein, sie hatte keinen Hunger, sagte sie, als Eric versuchte sie abzulenken, und zog sich dann wortlos nach hinten zum Schlafen zurück. Die beiden Männer konnten ihr nur mitfühlend hinterherschauen. Einige Zeit später legte sich auch Eric schlafen. Er wusste nicht, was er sonst noch tun sollte. *Verdammter Mist!* Er war fix und fertig. Und morgen erwartete sie ein langer Tag in München.

Richard ließ sich, nachdem die beiden IEA-Experten eingeschlafen waren, eine Videoverbindung zu seinem Boss aufbauen, der bereits über den Vorfall informiert war. Leise und eindringlich sprach er in sein Headset. »Ron, das war knapp! Verdammt knapp! Wir brauchen dringend eine Lösung für dieses Thema!«

»Ich weiß! Ich bin dran!«

Der Stiftungseigentümer erzählte Richard, dass er die Kooperationsgespräche mit dem Familienoberhaupt einer befreundeten, chinesischen Familie tatsächlich zu einem erfolgreichen Abschluss gebracht hatte. Die Familie schien mit Macht und Einfluss in Politik und Wirtschaft ausgestattet zu sein.

»Dann wird das gleich die erste Gelegenheit, die Belastbarkeit der neuen Beziehung auf die Probe zu stellen. Ob du willst oder nicht«, hakte Richard eindringlich ein.

»Ich weiß«, kam es wieder von Ron.

Zwei Stunden später hatte Ron eine Dreier-Video-Konferenz mit ihrem neuen chinesischen Partner hergestellt. Richard war zwischenzeitlich in seinem Sitz eingeschlafen und wurde durch das Signal seines Laptops unsanft hochgerissen. *Wow, das ging aber schnell!* Er rieb sich die müden Augen.

Er sah Ron und auf einem zweiten Video-Bild ein chinesisches Gesicht, das ihn nach kurzer Einführung in bestem Englisch begrüßte. Richard war von der ruhigen und konzentrierten Art des alten, aber agil wirkenden Chinesen sofort angetan. Es sei ihm eine Ehre, hier zu helfen, war die spontane Reaktion. Ja, er kannte Leute in der Provinzregierung von Beijing. Das Thema Energiewende wurde dort intern heftig diskutiert. Mit mehr Widersachern als Protagonisten, nach seiner Einschätzung. Er würde sich in ein paar Tagen noch mal melden. Dann war das Gespräch beendet.

Richard war erleichtert. Er sprach noch kurz mit Ron über das weitere Vorgehen und schlief dann völlig erschöpft in seinem Sitz ein.

MÜNCHEN, AM NÄCHSTEN MORGEN

Der Schlaf hatte den dreien gut getan. Richard erzählte sofort von seinem nächtlichen Gespräch mit Ron und ihrem neuen chinesischen Stiftungspartner, während die Stewardess aus den Vorratsresten noch ein beachtliches Frühstück zauberte.

Lisa sah ihn mit großen Augen an. *Hatte sie richtig gehört?* Umgehend kamen ihr optimistisches Weltbild – und ihr Hunger – wieder zurück. Und dann packte sie wieder den Kampfgeist aus. »Richard! Vielen, vielen Dank für diese tolle Unterstützung!«

»Naja, noch haben wir nicht wirklich etwas erreicht.«

»Egal! Das wird schon.« Lisa stellte ihre Sorgen hinten an und wollte sich jetzt ganz auf den Neustart in München konzentrieren. *Gott sei Dank!* Eric fiel ein Stein vom Herzen. Er brauchte die Unterstützung seiner langjährigen Kollegin.

Die Gulfstream landete kurz nach sechs Uhr in der Früh als eine der ersten Maschinen auf dem Münchner Flughafen. Richard hatte auch hier wieder eine Limousine mit Fahrer organisiert. Bei der Passkontrolle wurde Lisa für ein paar Sekunden schmerzlich an die Beinahe-Katastrophe in ihrem Heimatland erinnert, doch der deutsche Beamte lächelte die Chinesin nur kurz an, reichte ihr den Pass und wünschte ihr einen schönen Aufenthalt in München.

Vierzig Minuten später fuhr der Fahrer den Wagen an den Highlight-Towers vor, die die beiden IEA-Experten ja schon aus ihrer Taskforce-Zeit in München kannten. Sie sahen ihren neuen Kollegen beim Aussteigen fragend an.

»Ach, es war zufällig eine ganze Etage frei. Mit tollem Ausblick. Da mussten wir doch zuschlagen, oder?«, sagte Richard mit einem genüsslichen Lächeln.

Die drei fuhren in den 25. Stock und wurden von der ersten offiziellen Mitarbeitern des *GREEN ELECTRIC INSTITUTE* in München begrüßt.

»Darf ich vorstellen«, übernahm Richard die Begrüßung, »Sabine. Wir konnten sie von unseren anderen Stiftungsangelegenheiten hier in Deutschland weglocken und zur Office-Managerin unseres neuen Instituts machen. Die Büros sind nun startbereit und wenn ich es richtig verstanden habe, ist der Projektionstisch auch schon da. Richtig, Sabine?«

Die junge Frau führte sie in den bekannten Loungebereich mit Blick über München. *Tatsächlich, da stand er, der gleiche schwarze Tisch wie in LA!* Eric und Lisa waren begeistert.

»Jetzt müssen wir nur noch die passenden Daten bekommen«, sagte der Schweizer und zog sein Smartphone heraus, »ich werde gleich mal Tina Steinhoff anrufen und fragen, ob das geplante Treffen mit der Bürgermeisterin noch steht.«

Kurz danach hatte er sie in der Leitung. Er konnte die Freude in Tina´s Stimme hören, als sie sich meldete. »Ich kann es kaum glauben, Eric! Ein Neustart. Ja, die Bürgermeisterin ist zwar immer noch sauer, aber hat einem Treffen zugestimmt. Wir kommen heute Nachmittag zu euch in die Highlight-Towers.«

»Super. Dann bis später!«

YES! Eric und Lisa sprühten nur so vor Tatendrang. Und bezogen in der Zwischenzeit ihre neuen Büros. Zumindest saßen sie Probe. Sie hatten sich für zwei direkt gegenüberliegende Räume entschieden. Richard stand im Flur zwischen den beiden Büros und genoss die Freude seiner beiden neuen Kollegen. Ja, Lisa und Eric wollten wieder dort weitermachen, wo sie vor Monaten so schmerzvoll aufhören mussten. Sie diskutierten mit Richard die neue Taskforce-Zusammensetzung, die sie mit der Bürgermeisterin besprechen wollten, sowie die nächsten sinnvollen Mitarbeiter für ihr *GREEN ELECTRIC INSTITUTE* hier in München. Sie konnten das Treffen am Nachmittag kaum abwarten. So vieles hing von einem guten Verlauf ab. Konzentriert gingen die drei über ihre letzten Vorbereitungen.

Die Bürgermeisterin kam zusammen mit Tina und ihrer Leiterin des statistischen Amtes pünktlich um 15 Uhr. Die drei Damen waren überrascht, als sie das große Instituts-Schild am Eingang lasen.

»Was bedeutet das denn?«, fragte Tina gleich bei der Begrüßung. Die Bürgermeisterin sah Eric immer noch etwas skeptisch an.

Richard übernahm die Antwort. »Well, meine Damen«, fing er an, »die Übeltäter dahinter sind eigentlich wir.«

Der Amerikaner stellte sich vor und gab einen ersten Überblick zu den Stiftungsaktivitäten und ihren neuen, globalen Aktivitäten auf dem Gebiet der Elektromobilität. Natürlich hatte München eine ganz besondere Bedeutung für sie, nachdem ihm Eric so viel Gutes über den tollen Start der Taskforce und das Engagement der zweiten Bürgermeisterin erzählt hatte.

Schmeichel, Schmeichel! Doch Richard machte es ganz ausgezeichnet, stellte Eric bewundernd fest. Er traf genau den richtigen Ton. Damit war das Eis gebrochen. Das Lächeln kehrte auf das Gesicht der Bürgermeisterin zurück. Und Tina war einfach nur begeistert.

Lisa nutzte die Gelegenheit und führte die drei Damen in ihre Lounge und an den neuen Displaytisch. Sabine, ihre neue Office-Managerin, konnte den Tisch nach einer ersten Einweisung am Vortag durch Jennifer bereits in Betrieb nehmen und zumindest die Google Earth Sicht auf München in 3D-Qualität demonstrieren.

»Unglaublich, was heute alles schon möglich ist!«, kam die Bürgermeisterin kaum aus dem Staunen heraus. »Und was machen wir mit ihrem so schönen, handgefertigten Stadtmodell, das ja immer noch bei uns steht?«, fragte sie und blickte Eric nun deutlich wohlwollender an.

»Den nutzen wir einfach als mobilen Display-Tisch, wo immer wir gerade mit unserer Taskforce unterwegs sind«, antwortete er mit einem Lächeln, »während dieses Monster hier ja nicht zu transportieren ist. Wir wissen doch, wie sehr Ihnen das Modell am Herzen liegt! Haben Lisa und Pierre ja auch toll hinbekommen! Dennoch sind die Möglichkeiten dieses neuen, computergesteuerten Tisches natürlich deutlich größer.«

Lisa und Eric erklärten das Darstellungs-Potential ihrer neuen Software und den dringenden Wunsch nach passenden Detail-Daten durch das Statistik-Amt der Stadt München. Die Amtsleiterin nickte und sagte sofort ihre Unterstützung zu.

»Dann können wir endlich die Detailanalyse der mehr als 300.000 Mehr-Auto-Haushalte im Großraum München angehen«, hakte die Bürgermeisterin zufrieden ein, »nachdem wir hier ja in den letzten Monaten nicht mehr wirklich vorangekommen sind. Nur das Datenschutz-Thema müssen wir uns nochmal genauer ansehen!«

Die Leiterin des Statistik-Amtes schlug vor, einen ihrer Mitarbeiter direkt vorort arbeiten zu lassen. Neben ihrem hohen, persönlichen Engagement.

Der gute Eindruck, den Eric und Lisa von der Dame schon beim ersten Treffen hatten, wurde erneut bestätigt. *Nur, dass sie jetzt endlich loslegen konnten!*

Die Bürgermeisterin sah Richard und Eric an. »Sehr, sehr gut! Aber wir müssen noch mal über die Teamzusammensetzung der neuen Taskforce sprechen.« Sie hatte die Ansage ihres Oberbürgermeisters von letzter Woche noch gut im Ohr und erklärte die Problematik.

»Ich fände das Beisein von BMW und dem deutschen Automobilverband gar nicht so schlecht«, sagte Eric nachdenklich, »wir brauchen ja doch am Schluss die massive Unterstützung aller Hersteller, wenn wir unser Ziel erreichen wollen. Ich weiß nur nicht, was *ELECTRION* davon hält. Es wäre natürlich ein riesiger Rückschritt für uns, wenn Jack und Samantha plötzlich nicht mehr so offen und intensiv mitarbeiten würden.«

Alle nickten vehement.

»Ich denke, das kriegen wir hin«, sagte Richard, der mit Jack bereits vor ihrer Ankunft in München telefoniert hatte, »unsere Stiftung ist ja ganz zufällig auch einer der Hauptinvestoren bei *ELECTRION*.«

Was? Offenes Staunen bei der Bürgermeisterin und Tina. Diese Stiftungsleute waren offensichtlich sehr breit aufgestellt. Und finanziell extrem gut ausgestattet. *Konnte ihrer Taskforce auf keinen Fall schaden!*

»Und was machen wir mit unseren lieben Stadtwerken?«, fragte die Bürgermeisterin mit einem süffisanten Unterton, »die sind ja immer noch beleidigt, seit ich sie wegen ihrer CO2-Strategie etwas direkter attackiert habe.«

Ja, Eric und Tina konnten sich noch gut an das Event erinnern. In München stand der Kraftwerkssektor vor einer noch größeren Herausforderung als in LA, wenn er die Halbierung seiner CO2-Emissionen bis 2030 erreichen wollte. Das riesige Kohlekraftwerk und der Wegfall der Kernenergie taten doppelt weh. Massive Investitionen in den Ausbau der erneuerbaren Quellen waren gefordert.

»Dennoch«, erwiderte Eric, »ist die Beteiligung der Stadtwerke gerade hier in München extrem sinnvoll. Auch sie dürfen wir nicht verlieren.« Die anderen sahen ihn etwas erstaunt an. »Wir werden auch hier ein Konzept für die schnellere Einführung von PV-Anlagen auf privaten Hausdächern brauchen. Um diese eng mit den Heimladestationen zu koppeln. Nur so haben wir ein rundes Angebot für unsere umweltbewusste Zielgruppe. Und ganz nebenbei eine Entlastung für die zentrale Stromversorgung. Was wiederum den Stadtwerken hilft. Sie könnten daher bei der Umsetzung eine entscheidende Rolle spielen.«

Richard nickte, während die Münchner ihn immer noch skeptisch ansahen.

Eric erklärte das innovative Geschäftsmodell von Solarcity in Kalifornien. Das Unternehmen bot dem Hausbesitzer die Übernahme der Investitionskosten für die PV-Anlage an, wenn dieser im Gegenzug sein Dach zur Verfügung stellte und den Strom über einen langfristigen Vertrag bezog. Das hieß: Sauberer Strom vom eigenen Dach zu einem hoch attraktiven Kilowattstunden-Preis. Damit wurde die Hemmschwelle für den Umstieg deutlich gesenkt. Auf diese Weise könnten auch die Stadtwerke große, aber dezentral aufgestellte PV-Flächen in ihr Portfolio übernehmen und den Anteil an regenerativer Erzeugung im Stadtgebiet massiv ausbauen. Und gleichzeitig die Ziele der neuen Taskforce zur breiten Einführung von EVs bei ihrer Kernzielgruppe unterstützen.

»Eine super Idee«, begeisterte sich die Bürgermeisterin und dachte sofort an den Geschäftsführer ihrer Solarinitiative München.

»Den müssen wir dann unbedingt in die Taskforce holen! Er ist unser Haupttreiber beim Ausbau der PV-Flächen in München. Finanziert über die Stadtwerke, aber bisher leider nur sehr mäßig unterstützt. Und mit mäßigem Erfolg. Die Idee der Invest-Übernahme kombiniert mit einem massiv gesteigerten Interesse der Haushalte an sauberem Strom fürs Laden könnte hier vielleicht den Durchbruch bringen. Muss den Durchbruch bringen!«

Die Begeisterung und Dynamik in der Gruppe wuchs von Minute zu Minute.

»Richard«, ergänzte die Bürgermeisterin nachdenklich und sah den Amerikaner über den Stehtisch hinweg direkt an, »da müssen Sie mir jetzt aber versprechen, dass dieser Neustart der Taskforce zusammen mit Ihrem Institut hier in München nicht wieder Schiffbruch erleidet. Ich kann mir keinen weiteren Rückschlag leisten.«

Betretenes Schweigen in der Runde. Die Bürgermeisterin hatte absolut Recht. Richard nickte ernst. Er wusste, dass aktuell noch viel der Verantwortung auf seinen Schultern lastete. Doch er kannte auch die Schlagkraft seiner Stiftung. Sie würden das Thema jetzt nicht mehr scheitern lassen. *Komme, was wolle!* »Sie können sich auf uns verlassen! Versprochen!«

Die Bürgermeisterin nickte dankbar. Tina sah Eric an und dann hinüber zu Lisa, die eng neben ihrem IEA-Kollegen stand und in ihrem Kostüm eine bildschöne Erscheinung abgab. Auch sie hoffte auf einen erfolgreichen Neustart der Taskforce. Aber nicht nur aus inhaltlichen Gründen. Sie spürte zwar, dass mit der Chinesin eine Nebenbuhlerin um den attraktiven Schweizer auf den Plan gekommen war. Dennoch freute sie sich auf die Zusammenarbeit. Sehr. Lisa erhaschte den Blick von Tina in Richtung Eric. Auch sie hatte mit ihrem weiblichen Instinkt die neue Situation genau erfasst. Ließ sich aber ebenfalls nichts anmerken.

Richard erzählte der Bürgermeisterin auch von der Idee eines Demo-Centers in der Münchner Metropolregion, um den Leuten das Thema EV und Heimladekonzept deutlich näher zu bringen. Herstellerübergreifend. *Brilliante Idee!* Dennoch dachte die Bürgermeisterin sofort wieder an die hohen Kosten, die ein solches Unterfangen mit sich bringen würde. Ähnlich wie die Idee der *ELECTRION*-Leute zu einer City-Rennserie. Fantastisch für die Endkunden, aber teuer in der Umsetzung. *Eigentlich nicht machbar,* aus ihrer Sicht.

Richard lächelte die Bürgermeisterin an und verwies auf das hohe Eigeninteresse der Stiftung. *Somit würde sich auch eine Finanzierung finden!* Die Politikerin war mehr als beeindruckt. Diese Art von Stiftungsaktivitäten gab es bisher kaum in Deutschland, wenn man mal von den SAP-Gründern absah. Die Bürgermeisterin konnte nur bewundernd zustimmen.

Tina war baff. *Gab es tatsächlich Menschen, die einen Großteil ihres Vermögens in die Lösung akuter Menschheitsprobleme steckten? Unglaublich!* Auch wenn sie selbst ja aus einem vermögenden Haushalt kam und soziales Engagement ihr nicht fremd war. Aber eben auf einem ganz anderen Niveau!

»Dann muss ich eigentlich nur noch sicherstellen, dass mein partei-interner Widerstand die ganze Taskforce nicht noch zum Scheitern bringt«, brachte die Bürgermeisterin nachdenklich ein letztes Thema auf den Tisch. Sie musste dabei an ihre Diskussion im Stadtrat vor wenigen Monaten denken, als die Sinnhaftigkeit einer solchen Sonderaktion noch mal grundsätzlich in Frage gestellt wurde.

Eric nickte. Er kannte das Thema. Immer noch gab es in innerhalb des Stadtrats eine große Gruppe, die den Straßenverkehr in der Stadt einfach nur massiv reduzieren wollte. *Unabhängig davon, ob die Autos nun CO2- und lärmfrei waren, oder nicht!*

»Meine Parteikollegen denken hier viel zu starr!«, erklärte die Bürgermeisterin, »aber es ist halt ein sehr emotionales Thema. Gerade die Leute innerhalb unserer Arbeitsgruppen zur CO2-Reduzierung im Münchner Verkehr zielen fast ausschließlich auf den Ausbau des öffentlichen Nahverkehrs und der Fahrradwege. Was dabei oft vergessen wird, ist das tatsächliche Mobilitätsverhalten dieser gutsituierten Mehr-Auto-Haushalte. Sind Bus oder U-Bahn, oder das Fahrrad wirklich eine Alternative für diese Leute? Kann man sie damit zum Verzicht auf ihr Zweitauto bewegen? Die Anschaffung eines solchen Fahrzeugs ist ja für diese Haushalte keine wirkliche Geldfrage. Hier geht es rein um das Thema Nutzen und Komfort. Und da ist das Auto als Fortbewegungsmittel nicht zu schlagen!«

»Allein deswegen sollten wir mehr Aufwand in die Auswertung statistischer Daten stecken, rein mit Fokus auf diese Zielgruppe der Mehr-Auto-Haushalte«, warf die Leiterin des Statistik-Amtes ein und unterstützte ihre Bürgermeisterin, »nur mit harten Fakten kommen wir aus dieser emotionalen Ecke heraus und finden dann hoffentlich zielführende Ansätze.«

»Genau!«, steigerte sich die Bürgermeisterin in das Thema hinein, »wir können diese Leute doch nicht zwingen. Zum Verkauf ihres Zweitwagens und dem Umstieg auf Fahrrad oder Bus. Das ist eine völlig verquere Denkweise. Ein EV betrieben mit Solarstrom wäre eigentlich das sauberste, was unserer Stadt passieren könnte. Und zu glauben, dass wir komplett auf Autos in der Innenstadt verzichten und dann das Straßennetz zurückbauen, halte ich für völlig illusionär. Das geht an den Mobilitätsbedürfnissen der Menschheit und dem Anspruch unserer führenden Bevölkerungsschichten völlig vorbei!«

Wow. Ja, das war wirklich ein sehr emotionales Thema! Die Runde sah die Bürgermeisterin an und pflichtete ihr bei. Auch im Stadtrat musste ein Umdenken stattfinden. Nicht nur bei ihrer Kern-Zielgruppe.

Die Zeit war wie im Flug vergangen. Es wurde draußen bereits dunkel. Der Himmel verfärbte sich in wunderschönen Farben, direkt vor ihrer Fensterfront, mit beeindruckendem Bild auf das Stadtzentrum. Die Bürgermeisterin sah lange hinaus und wandte sich dann wieder an die Gruppe.

»Ich will diese Trendwende in unserer Stadt endlich schaffen! Und eine Vorbildsfunktion für die ganze Welt sein. Davon können wir doch alle massiv profitieren. Die Bürger in ihrer Lebensqualität, aber auch die Wirtschaft. Wir können ja nicht nur die Infrastruktur in München umbauen, sondern die entwickelten Technologien und Konzepte auch in die ganze Welt exportieren. Wenn wir es geschickt anstellen.«

Richard und die anderen standen zusammen mit der Bürgermeisterin an der Fensterfront und blickten hinaus auf die unter ihnen liegende Stadt. Nun erhellt durch tausende Lichter. *Ja, die Trendwende war nun ihr gemeinsames Ziel!* Richard war von der Bürgermeisterin begeistert! Er bereute es nicht, hier sofort ihren zweiten Standort etabliert zu haben.

Es folgte eine herzliche Verabschiedung. Alle spürten, dass der erfolgreiche Neustart kurz bevorstand. Doch es gab noch viel zu tun. Lisa, Eric und Richard wollten morgen zu den *ELECTRION*-Leuten hinausfahren. Und danach mussten sie unbedingt zurück nach Paris.

Die Bürgermeisterin telefonierte noch aus dem Auto heraus mit der deutschen Kanzlerin, während Tina in ihrem BMW I3 über die überraschende Wende in der Münchner Taskforce sinnierte. Noch vor wenigen Tagen waren sie kurz davor gewesen, die Gruppe komplett aufzulösen. Und jetzt hatten sie plötzlich Mittel und Wege, das Thema größer als je zuvor zu gestalten.

Und Eric war wieder mit an Bord. Er ging Tina nicht mehr aus dem Kopf. Sie hatte spontan zugesagt, bei dem morgigen Meeting bei *ELECTRION* mit dabei zu sein.

IM WESTEN VON MÜNCHEN

Der Fahrer ihrer Limousine brachte Eric und die beiden anderen hinaus zum ehemaligen Militärfugplatz, direkt vor den neuen, hochmodernen Bürokomplex der Firma *ELECTRION*.

Jack und Samantha freuten sich sehr über das Wiedersehen, kein Zweifel. Aber die Umarmungen waren nicht so impulsiv wie sonst. Das Lächeln wich nach wenigen Sekunden einem angespannten und müden Gesichtsausdruck. Irgendetwas stimmte nicht. Eric und Lisa sahen Richard fragend an.

»Ich hatte bereits kurz mit Samantha telefoniert«, sagte Richard, während die beiden *ELECTRION*-Leute vorweg in eines der neuen Besprechungszimmer gingen, »es gibt wohl ein größeres Problem mit der Standortverwaltung. Wir sind irgendwie nicht mehr so richtig willkommen, hier draußen.« *OK?* Lisa und Eric konnten Richard nicht ganz folgen.

Jack bot allen einen Kaffee an, während seine Kollegin noch mal zurück ins Büro ging. »Samantha bringt gleich das neueste Schreiben«, fing er direkt an und setzte sich, »sie haben uns jetzt bis Ende dieser Woche eine Frist gesetzt. Bis dahin müssen wir unseren Bedarf an Büro- und Freiflächen genau beziffern. Aber wenn wir nicht alles nehmen, wird es wahrscheinlich zu keiner Vertragsverlängerung kommen. So ist der Stand.«

Jack sah die immer noch verwirrten Blicke der beiden IEA-Leute und erklärte den Hintergrund. Seiner Vermutung nach steckte BMW dahinter. Auch wenn die Gründe nicht ganz klar waren. Aber das war noch nicht alles. Auch bei ihrem Auftragsfertiger in Österreich kamen sie aktuell zu keinem Vertragsabschluss.

Eric schüttelte den Kopf. Er hatte ein gewisses Dejavu. Der Kampf wurde härter. *Und die Gegner auch!* Vor einem halben Jahr war für ihn noch alles so einfach gewesen. Damals glaubte er, dass jeder am Erfolg von Elektrofahrzeugen interessiert war. Zu massiv und offensichtlich waren die Umweltprobleme, verursacht durch den wachsenden Ölkonsum. *Aber nein, total gefehlt!* Es gab mächtige Widersacher. Er war froh, dass sie nun die Unterstützung einer ebenso mächtigen Stiftung genossen. *Aber würde das reichen?*

Samantha war mit dem neuesten Schreiben der Standortverwaltung zurückgekommen und brachte Tina mit, die etwas verspätet angekommen war. Auch hier fiel die Begrüßung knapper aus als sonst. Tina war wohl schon gebrieft worden. *Wow,* Eric hatten einen anderen Start erwartet.

Nur Richard sah relativ gelassen in die Runde. »Jetzt noch mal ganz von vorne«, fing er an, »wir hatten gestern ein hervorragendes Treffen mit der Münchner Bürgermeisterin. Ich habe in diese Dame ein ähnlich hohes Vertrauen wie in den Bürgermeister von LA oder unseren Gouverneur. Ich bin sicher, dass wir mit der Taskforce hier in München wieder voll durchstarten können.«

Jack und Samantha sahen Richard verwirrt an. *Worauf wollte er hinaus? Ja, der Neustart der Taskforce war eine gute Nachricht, aber wie konnte das bei ihren anstehenden Problemen helfen?*

Richard ignorierte die Blicke und fuhr ungerührt fort. »Ähnlich wie in LA, macht auch hier ein umfangreiches Democenter extrem viel Sinn. Wir müssen einfach die Leute dichter an die neue Technologie, ihre Autos und die tollen Möglichkeiten heranbringen.«

»Ja, aber...« Jack wollte einhaken, aber Richard unterbrach ihn mit einer kurzen Handbewegung. »Da ist doch das Gelände hier draußen ideal geeignet«, sagte er ruhig, »und es gibt ja ganz offensichtlich noch freie Flächen, wenn die Aussagen der Standortverwaltung stimmen, richtig? Die ehemaligen Taxiways bieten Platz für umfangreiche Probefahrten, bei Bedarf sogar für einen ganzen Rennkurs.« Alle dachten an die ins Stocken geratene Diskussion zu ihrer City-Rennserie. Eigentlich war das Thema schon vom Tisch. »Und ihr seid als einer der neuen EV-Hersteller gleich nebenan. Was will man denn mehr?«

Samantha verstand als erste. *Das ist es! Brilliant!* »Du meinst, Richard, wir nehmen einfach das gesamte Gelände, so wie von der Standort-Verwaltung gewünscht. Und damit basta!«

»Genau. Das Demo-Center wird Teil unseres *GREEN ELECTRIC INSTITUTE*s. Das heißt wir tragen auch die Kosten dafür. Und ihr nehmt die übrigen Flächen.«

»Brilliante Idee!«

Eric erkannte sofort die riesigen Möglichkeiten, die sich ihnen hier draußen boten. Richard erzählte von seiner gestrigen, langen Videokonferenz mit

Ron und Bob Henderson in Kalifornien. Seine vorgebrachte Idee war von den beiden sofort akzeptiert worden. *Teufelskerl!* Eric konnte dem Amerikaner nur Respekt zollen. Der Kerl war immer einen Schritt voraus. Jack und Samantha fanden ihr Lächeln wieder.

Die Amerikanerin sprang spontan auf, ging um den Tisch herum und drückte Richard. »Danke!« Kam es ihr nur über die Lippen.

Die Stimmung am Tisch kippte ins Positive. Richard hatte ein zufriedenes Lächeln auf dem Gesicht.

»Jetzt brauchen wir nur noch eine Lösung für unsere lieben Österreicher«, sagte Jack nach einer Weile und blickte hinüber zu Richard. *Ja, sein Problem in der Fertigung war damit leider noch nicht gelöst.* Es sei denn, sie wollten auf dem Flughafengelände auch gleich noch eine Montagefabrik bauen. *Was gar nicht so schlecht klang,* aus Jack´s Sicht. Er hatte die fruchtlosen Trips nach Österreich langsam leid.

»Ja, ich weiß, Jack«, sagte Richard, »aber auch hier können wir, glaube ich, helfen.« Jack sah ihn neugierig an. »Ron ist höchstpersönlich an dem Thema dran. Haben wir gestern Abend ebenfalls besprochen. Er hat wohl schon Kontakt mit den kanadischen Eigentümern unseres österreichischen Auftragsfertigers. Die scheinen tatsächlich von einem der deutschen Autohersteller massiv unter Druck gesetzt zu werden. Aber gottseidank hat Ron ja auch gute Beziehungen zu den wenigen, deutschen Eigentümerfamilien. Daher gehe ich davon aus, dass wir auch dieses Thema in den nächsten Tagen gelöst kriegen.«

Eric und die anderen kamen aus dem Staunen nicht heraus. »Richard, du bist ein echter Teufelskerl!« Eric klopfte dem Amerikaner anerkennend auf die Schulter. »Gut, dass du auf unserer Seite tätig bist und nicht bei unseren Widersachern!« Breites Grinsen und heftiges Nicken in der Runde.

Samantha stand zufrieden auf. »Ich organisiere uns ein paar Cappuccinos. Wer möchte?«

Zahlreiche Finger gingen in die Höhe. Langsam kamen die alte Stimmung und die Zuversicht wieder in ihr Team. Eric und Lisa warfen sich einen zufriedenen Blick zu. *Endlich!*

»Aber noch mal zurück zu der Idee des Demo-Centers. Hier sollten wir dann sowohl die Integration von EVs in einen privaten Haushalt, als auch in ein typisches Bürogebäude zeigen«, dachte Tina laut nach, die wusste, wie wichtig anschauliche Beispiele waren.

»Das Bürogebäude könnte doch das sein, in dem wir gerade sitzen«, sagte Samantha bestimmt, »aber wo kriegen wir den Privathaushalt her?«

»Wieso bauen wir nicht das Democenter selbst in Form und Größe einen modernen Einfamilienhauses. Mit PV-Anlage und großer Doppelgarage samt Ladestation, so wie wir uns das bei den 300.000 Haushalten in München in den nächsten Jahren auch vorstellen?«

»Absolut richtig«, sagte Richard und sah die gutaussehende Unternehmerin an. *Die Frau wusste offensichtlich ganz genau, wovon sie sprach.* Eric hatte ihm bereits einiges von den Dingen erzählt, die Tina in ihrer eigenen Firma und bei ihren Eltern umgesetzt hatte. *Und da gab es doch auch noch diesen brillanten Tüftler in der Familie, der sich das alles ausdachte. Wie hieß er gleich noch? Vielleicht sollte man die beiden direkt mit ins Boot holen?* Aber das wollte er lieber Eric überlassen, der ganz offensichtlich ein gutes Verhältnis zu Tina hatte.

Eric dachte genauso wie Richard. Die Unternehmerin hatte die technische Kompetenz und die Erfahrungen aus der eigenen Firma, um ein solches Demo-Center zum Erfolg zu führen. Und sie hatte die Ausstrahlung und Dynamik, um ihre Zielgruppe für sich zu gewinnen. Aber auch er hielt sich zurück. Noch. Er wollte zuerst den Ausstieg in Paris sauber über die Bühne bringen. Und er spürte natürlich Lisa´s Blicke. Er brauchte aktuell nicht noch eine weitere Baustelle auf der privaten Seite. Dabei musste er an Jeannette denken, die die letzten beiden Tage seine Mails nicht beantwortet hatte. Sie war auch nicht ans Telefon gegangen. Wahrscheinlich hatte sie sich intensiver in die Arbeit gestürzt, nachdem es in ihrer Beziehung gerade knirschte. Er wollte unbedingt mit ihr reden.

»Tina, das sehen wir absolut genauso«, pflichtete auch Eric bei, »ein perfektes Demo-Center muss wichtiger Bestandteil unserer Umsetzungsstrategie sein. Dort müssen wir das saubere Laden zuhause und am Arbeitsplatz in allen Details vorführen können. Möglichst mit den Komponenten und Anbietern, die auch im Markt eine Schlüsselrolle spielen. So wie das System von *ELECTRION*.«

Eric grinste in Richtung von Jack und Samantha, aber auch Richard, der die gleiche Initiative ja bereits in LA angestoßen hatte.

»Und ihr hättet ja dann einen richtigen Heimvorteil, als unmittelbare Nachbarn«, ergänzte er immer noch grinsend, »heißt aber nicht, dass die BMWs und anderen, inklusive Tesla, benachteiligt werden dürfen. Gerade die Vielfalt auf der Angebotsseite ist ja das, was uns aktuell noch fehlt. Nur beim Heimladesystem inklusive PV wären wir schon froh, wenn es endlich *ein* funktionierendes und kostengünstiges System gäbe.«

Die beiden *ELECTRION* Geschäftsführer nickten und grinsten ebenfalls.

Das war ja einer ihrer Schwerpunkte. »Bei Bedarf kann der Kunde natürlich mit unserem System auch andere EVs aufladen«, erwiderte Samantha.

»Eben«, nickte Eric.

Langsam nahm ihre Gesamtinitiative wirklich Form an. Jetzt mussten nur noch die aktuellen Hindernisse beseitigt werden. *Nur noch,* dachte Richard und spürte wieder die Last auf seinen Schultern. *Doch zuallererst stand nun Paris an! Ohne die IEA-Leute brach ihr ganzes Kartenhaus zusammen!* Er sah auf die Uhr. Es wurde Zeit, wieder zurück zum Flughafen zu fahren. Die Gulfstream wartete.

Die Verabschiedung verlief so viel positiver als die Begrüßung heute Morgen. Die Probleme waren noch nicht gelöst, aber überall gab es jetzt vielversprechende Ansätze. Dank Richard. Samantha und Jack bedankten sich noch mal ganz besonders bei ihm.

Auch Tina wurde von allen herzlich verabschiedet. Jeder spürte, dass sie in das Team passte. Sie gab Eric zwei Küsschen auf die Wange. Was Lisa nicht entging.

PARIS, FRÜHER ABEND

Der Rückflug von München nach Paris war nur kurz im Vergleich zu den vorangegangenen, drei Interkontinentalflügen. Eric genoss zum wiederholten Male den Blick aus dem Fenster, in gut 9.000 m Höhe. Die Sonne funkelte auf der schlanken Tragfläche ihrer Gulfstream. Die Wolken unter ihnen bildeten eine weiche, dichte Decke. Und beruhigten die vielen Gedanken in seinem Kopf. Er war zusammen mit Lisa und Richard einmal um den Erdball gejettet. In weniger als einer Woche. Zu dritt hatten sie bereits viel erreicht, sowohl in LA, als auch in München. Mit einem leider unangenehmen Zwischenfall in Beijing. Noch immer hatte Lisa keine neue Nachricht von ihrem Onkel. Aber Richard war dran. *Auch an dem Thema!*

Im Flieger hatte er mit ihnen die neueste, sehr detaillierte Stellungnahme der Stiftungs-Anwälte zu ihrem IEA-Anstellungsvertrag durchgesprochen. Einem kurzfristigen Ausstieg sollte eigentlich nichts im Wege stehen. *Sollte!* Doch das mussten die beiden IEA-Experten jetzt zusammen mit Steve alleine durchziehen, ohne Richard. Um sich hier keine juristische Flanke aufzumachen.

Und sie wollten noch mal mit Pierre reden. Man entschied, dass Eric zuerst das Gespräch mit ihrem neuen Abteilungsleiter suchte und das Thema Ausstieg und Kündigung besprach, um zu testen, wie die Stimmung war. Erst dann sollten Lisa und die anderen ihre Schreiben einreichen. Im Idealfall wollte man Ende des Monats bereit offiziell beim *GREEN ELECTRIC INSTITUTE* anfangen.

Die Gulfstream rollte nach der Landung auf das separate Vorfeld für die großen Geschäftsreiseflugzeuge. Die Stewardess öffnete geschickt die Tür und ließ die Treppe hinunter. Die Abendsonne kam direkt in die Kabine hinein. Richard wollte mit der Crew nur kurz über Nacht in einem Flughafenhotel bleiben und morgen früh zurück nach LA fliegen. Auch er brauchte eine Pause.

Es wurde ein emotionaler Abschied. Auch die Stewardess und die beiden Piloten hatten die IEA-Leute in ihr Herz geschlossen. Sie spürten, dass hier etwas Großes entstehen konnte. Richard stand mit Eric und Lisa auf dem Flugfeld vor ihrer Maschine. Er drückte ihre Hand, für eine ganze Weile. Ja, auch er war emotional berührt, was bei ihm nicht so oft vorkam. Lisa gab ihm sogar einen kleinen Kuss auf die Wange. Und entlockte ihm damit ein besonders breites Lächeln. Schließlich winkten Eric und Lisa noch mal allen zum Abschied zu und gingen dann alleine zum Flughafengebäude hinüber. Richard wollte noch ein paar wichtige Telefonate in dem geparkten Flieger führen, während sich die Crew bereits an die Vorbereitung für den morgigen Weiterflug machte.

Ein Taxi brachte sie zurück in die Stadt. Wieder saßen Lisa und Eric ruhig und in Gedanken nebeneinander. Vor einer Woche hatte so ihre Reise in eine neue Zeit begonnen. Jetzt waren beide noch entschlossener als damals, diesen eingeschlagenen Weg mit aller Energie fortzusetzen. Die vertrauten Pariser Straßen zogen vorüber. Schließlich hielt der Taxifahrer vor Eric´s Apartment.

»Bis morgen«, sagte Eric kurz und sah seine neben ihm sitzende Kollegin an.

»Bis morgen! Und schöne Grüße an Jeannette«, antwortete Lisa, erwiderte den Blick und berührte ihn kurz am Arm.

Eric stieg aus und nahm das Gepäck aus dem Kofferraum. Er sah auf sein Smartphone, während das Taxi bereits wieder anfuhr. Immer noch keine Nachricht von Jeannette. *Merkwürdig.* Es war kurz nach fünf, *vielleicht war sie noch in der Arbeit.* Eric sperrte die alte Eingangstür im Erdgeschoss auf und ging nach oben. Als er die Wohnungstür in ihrem Dachgeschoss aufsperrte, spürte er sofort die Kälte. *Ja, es war deutlich kühler als normal. Und Jeannette hasste Kälte!* Eric fröstelte. Er stellte sein Gepäck ab und ging direkt in die

Küche. Auch hier stimmte etwas nicht. Es fehlten einige Teile ihres Geschirrs, das sonst so schön verteilt auf den verschiedenen, offenen Ablagen saß.

Dann entdeckte er die handgeschriebene Seite auf dem Küchentisch. Er hatte ein ungutes Gefühl. Eric ließ sich auf seinen Lieblingsstuhl sinken und zog das Blatt zu sich herüber.

»Lieber Eric« fing es an. Tief betroffen las er die wenigen Zeilen. Jeannette hatte entschieden, dass eine temporäre Trennung das Beste für ihre Beziehung war. Zu viele Dinge waren in der letzten Zeit schief gelaufen. Sie machte ihm heftige Vorwürfe. Wie konnte er den Job über ihre Beziehung stellen? Das Thema war es nicht wert. Er schluckte. Ganz tief in seinem Inneren hatte er es gespürt, wollte es aber lange nicht wahrhaben. Eine große Leere überkam ihn.

Er blieb fast eine halbe Stunde am Küchentisch sitzen und starrte auf das Blatt. Bis sein Bauch sich meldete. Er musste etwas essen, sein Kopf schmerzte. Mit den wenigen Dingen, die im Kühlschrank verbleiben waren, machte er sich einen Teller und ging auf die so vertraute Dachterrasse. Er ignorierte den kühlen Wind und blickte in die Ferne, während er eher mechanisch die belegten Brote aß. Es wurde in jeder Hinsicht ein Neuanfang für ihn, so wie er es schon beim letzten Mal hier oben gespürt hatte. Nur jetzt war es zur Gewissheit geworden.

Er blieb noch eine ganze Weile auf der Dachterrasse. Sie gab ihm ein Gefühl der Geborgenheit. *War das das Ende seiner Beziehung mit Jeannette? Hatte er sich in sein Klimathema verrannt? Lohnte es sich, dafür eine ganze Beziehung aufs Spiel zu setzen?*

Er ging wieder hinunter in die Küche, wusch das Geschirr ab und legte sich ins Bett. Düstere Gedanken umkreisten ihn, bevor er letztlich völlig erschöpft in einen tiefen Schlaf fiel.

Der Termin bei seinem Chef war gleich der erste am nächsten Morgen, um neun Uhr. Nicole empfing ihn mit einem angestrengten Lächeln. »Hallo Eric. Du kannst direkt reingehen«, sagte sie.

Eric´s Bauch rebellierte. Er hatte nur wenig gefrühstückt und sich dann auf sein Rennrad geschwungen. Wenigstens das hatte geholfen, um den Kopf ein bisschen klarer zu bekommen. Er war vorweg noch kurz bei Lisa´s Büro vorbeigegangen, die ihm wissend und ermutigend zugenickt hatte. Pierre war noch nicht im Büro.

Der Japaner saß hinter dem Schreibtisch. *Merkwürdiges Bild,* dachte Eric, der dort so viele Jahre lang das Bild von Jean-Luc in seiner typischen, etwas zusammengekauerten Haltung gewohnt war.

»Guten Morgen, Herr Brinneau, womit kann ich Ihnen helfen?«, sagte sein neuer Chef in seiner typisch aufgesetzten Art, ohne sich zu erheben oder ihm einen Platz an der so vertrauten Sitzecke anzubieten.

Du selbstverliebter Depp, dachte Eric erbost. Es war Zeit, das Thema zu beenden. Zu schmerzhaft war die Erinnerung an die guten alten Zeiten und die vielen, kraftvollen Diskussionen in diesem Büro.

»Es ist Ihnen sicherlich nicht entgangen«, fing Eric kurz und bestimmt an, »dass ich mit ihrer Neuausrichtung der Abteilung nicht wirklich zurecht komme. Daher habe ich mich entschlossenen, die IEA zu verlassen.«

Der Japaner sah auf, schien wenig überrascht und lehnte sich in dem bequemen Bürostuhl zurück. »Ich habe schon von Ihren Absichten gehört«, antwortete er kalt. Eric zuckte zusammen. *Wie, er hatte schon davon gehört?* »Ihre Kollegin, Frau Cheng, scheint sich ja auch mit dem Gedanken zu beschäftigen«, schob er trocken nach.

Eric schluckte. *Woher war der Japaner so gut informiert? Was lief hier ab?* Plötzlich fiel es ihm wie Schuppen von den Augen. *Pierre! Das konnte nur Pierre sein! Aber wieso spielte er ein doppeltes Spiel!* Er war der einzige, der zumindest ansatzweise von ihren Plänen wusste. Lisa hatte ja mit ihm gesprochen.

»Sie wissen, dass das Abwerben von Kollegen, während man selbst noch einen laufenden Vertrag mit der IEA hat, eine vertragswidrige Handlung darstellt«, fuhr der Japaner nun in schärferem Ton fort.

Eric fing sich wieder und schaltete schnell. »Ich weiß nicht, wovon Sie reden«, antwortete er kühl. »Meine Kollegin, Frau Cheng, ist eine sehr selbständige Dame, die sich meines Wissens nach nicht von anderen Personen in so wichtigen Entscheidungen beeinflussen lassen würde.« Eric´s Hirn arbeitete mit Höchstleistung. *Was wußte der Japaner?*

Sein neuer Boss musterte ihn kalt. Ein Ausscheiden dieser Unruhestifter, die dem IEA-Chef so viele, persönliche Schwierigkeiten bereitet hatten, war aus seiner Sicht nur von Vorteil. Besonders wenn sie zu so einer Art Stiftung gingen, wie ihm Pierre berichtet hatte. *Konnte nichts Gescheites sein!* Er musste nur verhindern, dass dabei zu viele Leute mitgingen und darunter die Analysefähigkeiten seiner Abteilung litt.

»Mhh«, kam es nach einer Weile von ihm, »und wann wollten Sie gehen?«

»Wenn es geht, sofort.«

Wieder ein kurzes Zögern. »Sollte kein Problem sein«, antwortete er. Er hatte die Antwort fast vermutet. »Dann schlage ich vor, dass wir Sie ab morgen bereits beurlauben und das Vertragsverhältnis zum Monatsende auslaufen lassen.«

Eric sah den Japaner überrascht an. *Wieso dieser plötzlich Schwenk ohne weiteren Widerstand? Aber war ihm nur recht.* Eric nickte.

»Wenn Frau Cheng ebenfalls gehen möchte, werden wir dem nicht im Wege stehen.« Der Japaner sah ihn mit kalten Augen an. »Aber falls Sie die Absicht haben, noch mehr Leute anzusprechen, werden wir massiv einschreiten. Lassen Sie sich dessen vergewissert sein! Alles Weitere läuft über die Personalabteilung. Sonst noch was?«

Kein Wort des Bedauerns. Kein Dankeschön. Nichts. Sein Chef wandte sich bereits wieder seinen Unterlagen zu. *Du Arsch,* dachte Eric, drehte sich um und verließ das Büro. *Das war´s dann wohl.*

Er ging auf dem Rückweg wieder an Lisa´s Büro vorbei, deutete ihr aber nur kurz an, dass sie sich unten in der Lobby treffen sollten. Jetzt wollte er kein Risiko mehr eingehen. *Richard hatte ganz offensichtlich Recht. Sie standen unter Beobachtung. Mehr, als er sich jemals hätte vorstellen können!*

Vor dem IEA-Gebäude angekommen, gingen beide ein paar Schritte die Straße hinunter. Eric erzählte Lisa von seiner Unterredung. Und seinem Verdacht zu Pierre. Sie sah ihn grimmig an. »Hatte ich mir fast gedacht«, sagte sie nur. Von seiner neuen Situation mit Jeannette erzählte er ihr nichts. Noch nicht. Der Schmerz saß zu tief.

Sie reichten beide am Nachmittag ihre offizielle Kündigung bei der Personalabteilung ein. Am Abend rief er Richard an, der bereits in LA gelandet war. Der Amerikaner war nicht überrascht. Ja, er übernahm es, Steve entsprechend zu informieren, um keine direkte Verbindung zu Eric aufkommen zu lassen. Sie entschieden, dass Steve ein paar Tage warten sollte, bevor er auch seine Kündigung einreichte. Und die unbefriedigende Zusammenarbeit mit Pierre als Begründung angab. Was ja weit genug bekannt war. Mit einer sofortigen Beurlaubung waren Eric und Lisa nun zumindest geistig frei für ihren Neustart.

Wieder ging Eric früh zu Bett. Alleine. Jeannette war tatsächlich weg. Auch seine Mails hatte sie noch nicht beantwortet. Das machte ihn traurig und müde. Die innere Anspannung und die Weltumrundung der letzten Woche forderten endgültig ihren Tribut. Er fiel in einen tiefen Schlaf. Zumindest für wenige Stunden. Danach jagte ihn ein wilder Traum nach dem anderen.

ZEHN TAGE SPÄTER IN MÜNCHEN

Die drei IEA-Experten hatten ihre offizielle Vertragsauflösung zum Monatsende bereits in der Tasche. Ein Gespräch mit Pierre hatte nicht mehr stattgefunden, obwohl Eric es mehrmals versuchte. Aber der Franzose war im Büro unauffindbar und beantwortete auch keine Anrufe oder Nachrichten von Eric. Was für eine Enttäuschung! Besonders als sie bei ihrer Verabschiedung von Nicole erfuhren, dass Pierre von ihrem neuen Chef befördert wurde. Er hatte jetzt sein eigenes Team und war für alle Marktprognosen zuständig. Lisa war wütend. *Was für ein hinterhältiges Benehmen! Passte zu ihm!* Sie hatte immer schon ein komisches Gefühl bei dem Franzosen gehabt. So gut er auch am Computer war. Hoffentlich war das Thema hiermit erledigt.

Nicole war unendlich traurig über den Weggang von Lisa und Eric, konnte es aber gut verstehen. Doch wo wollten sie hin? Was waren ihre Pläne? Die Chinesin hielt sich, genauso wie Eric, extrem bedeckt bezüglich ihrer neuen Aufgaben. *Leider!* So gerne hätten sie Nicole alles erzählt und ihr angeboten mitzukommen. Aber das ging nicht. Zumindest jetzt noch nicht. So wurde es ein trauriger Abschied.

Das war vor zwei Tagen gewesen.

Lisa saß neben Eric in der Lufthansa-Maschine, die gerade zum Landeanflug in München ansetzte. Sie befanden sich auf dem Weg zu ihrem ersten Treffen mit der kompletten Crew ihres neuen Arbeitgebers. Auch die Amerikaner wollten nach München kommen.

»Bin ich gar nicht mehr gewohnt, dieses gewöhnliche Reisen, in so großen Flugzeugen«, sagte Lisa scherzhaft mit Blick auf die volle Kabine.

»Jetzt kommt es raus! Du bist doch eine verwöhnte Prinzessin«, erwiderte Eric, der neben ihr am Fenster saß und hinaussah.

»Vielleicht ein bisschen, wenn ich es mir so überlege.«

»Ach nein! Wohl ein bisschen mehr als ein bisschen!« Eric sah Lisa von der Seite an. Er hatte ihr auf dem Flug von der Trennung von Jeannette erzählt. Sie sah, dass das Thema an ihm nagte. Auch wenn ihr Herz innerlich natürlich einen Sprung machte. Die intensive, neue Arbeit würde ihm helfen, schnell darüber hinweg zu kommen. Das hoffte sie zumindest. Und sie wollte natürlich auch ihren Beitrag dazu leisten.

Die beiden beurlaubten IEA-Experten verließen als eine der ersten das Flugzeug und gingen zügig durch das moderne Münchner Flughafengebäude.

Lisa strahlte. Das entging natürlich auch Eric nicht, der ihr kaum folgen konnte. *Fast wieder das wilde Fohlen.* Er konnte sich ein Schmunzeln nicht verkneifen. Er freute sich für sie und ihren Onkel.

Richard hatte gestern angerufen und von Fortschritten in China berichtet. Danach konnte Lisa nicht mehr ruhig sitzen. Vor lauter Aufregung hätte sie beinahe das Packen vergessen. Und dann hatte sich tatsächlich ihr Onkel per mail gemeldet. Lisa hatte einen richtigen Luftsprung gemacht. Ja, er war wieder frei! Aus der Untersuchungshaft entlassen! Auch die Korruptionsvorwürfe waren zurückgezogen worden.

»Ich kann es immer noch nicht glauben«, sagte Lisa nachdenklich, als sie mit Eric auf ihr Gepäck warteten. Heute Morgen hatte sie das erste Mal seit Wochen wieder mit ihm gesprochen. »Er klang gut am Telefon, voller Energie!«, erzählte sie von ihrem Telefonat, »er hatte natürlich seit längerem von den internen Widerständen gegen seine klimaorientierte Verkehrspolitik gewusst. Nur erst jetzt wurde ihm richtig klar, mit welch´ harten Bandagen diese Leute kämpfen.«

Eric schüttelte den Kopf. *Unglaublich! Wieder hatte der Einfluss der Stiftung seine Wirkung gezeigt!*

»Aber das macht ihn jetzt nur noch entschlossener! Glaube ich. Besonders, als ich ihm von unseren neuen Plänen mit der Stiftung erzählte. Er will mit uns unbedingt dort weitermachen, wo wir nach unserem letzten Besuch in Peking gezwungen waren aufzuhören.«

Eric fiel ein Stein vom Herzen. Lisa hakte sich gut gelaunt bei ihm ein. »Wir müssen unbedingt in China unser drittes Standbein des *GREEN ELECTRIC INSTITUTE*s aufmachen und meinem Onkel helfen«, sagte sie voller Energie.

Sie verließen den Gepäckabfertigungsbereich und gingen hinüber zu den Taxiständen. Lisa sah die bewundernden Blicke einiger Reisender, während sie in elegantem Kostüm und hohen Schuhen am Arm von dem gutaussehenden Schweizer durch die Halle ging. *Ja, sie war gut drauf. Richtig gut drauf!* Sie für ihren Teil war bereit, die Welt aus den Angeln zu heben. *Und bei Gelegenheit auch sonstige Beute zu machen.*

Das Taxi brachte sie in ihre neuen Büros. Sabine, ihre Office-Managerin, hatte in den letzten Tagen noch mal Tolles geleistet. Ihre 25. Etage des Highlight-Towers war jetzt so richtig zum Wohlfühlen. Als Lisa und Eric aus dem Lift traten, begrüßte sie bereits ein kleines Meer aus grünen Pflanzen. Symbolisch für die Grundausrichtung ihres neuen Instituts. Im Loungebereich hatte Sabine noch ein paar zusätzliche Sitzmöbel und weitere Pflanzen platziert. Ideal für angeregte Diskussionen in kleinen Gruppen.

Alle anderen waren bereits da. Richard und Steve, sowie Jennifer. Auch die beiden vom RMI ausgeliehenen Amerikaner und der Technikspezialist, den sie von ihrem Display-Partner abgeworben hatten, waren gekommen. Nun war auch der Münchner Display-Tisch bereits voll einsatzfähig. Die Gruppe stand an einem der Stehtische und genoss den Blick über die Stadt. Einige waren ja zum ersten Mal in München.

»Hallo, ihr beiden! Da seid ihr ja endlich!« Eine überschwängliche Begrüßung durch Richard und die anderen. Der Weg war frei für einen offiziellen Start ihrer Zusammenarbeit!

»Und was genau machen wir jetzt eigentlich in unserem neuen *GREEN ELECTRIC INSTITUTE*?«, fragte Steve mit seinem typisch kalifornischen Grinsen, »außer natürlich die Welt zu zerreißen.«

Lachen in der Gruppe. Aber er hatte den Nagel natürlich auf den Kopf getroffen, mit seiner Frage. Richard und Eric hatten genau dazu in der letzten Woche bereits mehrfach miteinander telefoniert. Ja, die Unterstützung der beiden Taskforces in LA und München war beschlossene Sache. Aber was genau waren ihre Kernziele? Wollten sie nur beratend tätig sein, oder mehr? Und wenn, wieviel mehr? Eric hatte einen ersten Entwurf zum Geschäftszweck ihres neuen Instituts geschrieben, den sie heute ausführlich im Team diskutieren und, wenn es ging, bereits verabschieden wollten.

»Lasst uns ´rüber in den Konferenzraum gehen«, sagte Eric und ging voraus. Als alle Platz genommen hatten, fing er an. Zur Unterstützung hatte er ein paar Charts vorbereitet. »Steve, deine Frage ist absolut berechtigt. Was ist der Kern unserer Arbeit? Richard und ich haben uns vorab ein paar Gedanken dazu gemacht.«

Eric sah Richard an, der ruhig auf seinem Stuhl saß, kurz nickte und den Ausführungen interessiert folgte. Eric fuhr fort. »Die Energiewende im Straßenverkehr ist unser Oberziel. Mit Fokus auf die Metropol-Regionen. Wir beginnen ganz opportunistisch in den Städten, die sich bereits zu entsprechenden CO2-Reduzierungszielen verpflichtet haben und zusammen mit uns an einem konkreten Umsetzungsprogramm interessiert sind.«

»LA und München«, kam es von Steve.

»Genau. In diesen Metropolen dienen unsere Hightech-Display-Tische mit angeschlossener Datenbank als die entscheidende Diskussionsgrundlage.«

Jennifer hatte ein breites Grinsen auf dem Gesicht, als Eric sie ansah. »Mit ihnen bringen wir die notwendige Transparenz hinein. In die Ausgangsbasis. Die angestrebten Ziele. Und, ganz entscheidend, die Kernhebel für eine erfolgreiche Umsetzung. Die ja von Metropole zu Metropole sehr verschieden sein können, wie wir bereits gelernt haben.«

Nicken in der Runde.

»Und dann investieren wir massiv in Marketing, Demo-Einrichtungen und Firmen, die die entsprechenden Produkte auch tatsächlich in den Markt bringen. Das heißt, Zeppeline, unsere Democenter und Beteiligungen an Firmen wie *ELECTRION* sind der Kern unserer Aktivitäten in der Umsetzungsphase.«

»Und parallel ziehen wir ein Monitoring hoch, um die Fortschritte bei der CO2-Reduzierung möglichst eng verfolgen zu können«, ergänzte Jennifer.

»Absolut! Da kommen uns die neuen Messeinrichtungen im Zeppelin gerade recht!«

»Und so leiten wir endlich die Trendwende im Straßenverkehr ein, gegen alle Widerstände«, sagte Steve, wieder mit einem breiten Grinsen. »Das wird ein Riesenspaß. Ich bin dabei! Solange wir die Büros nicht in einen Zeppelin verlegen.«

Wieder Lachen und zustimmendes Nicken in der Runde.

Doch Lisa wechselte schnell den Gesichtsausdruck und meldete sich nachdenklich zu Wort. »Die Erarbeitung erfolgversprechender Ansätze zum Umstieg auf elektrische Antriebe im Straßenverkehr ist sicherlich ein ganz wichtiger Baustein«, warf sie ein, »parallel zu massiven Marketing-Anstrengungen. Aber führt das dann auch wirklich zur Trendwende im Straßenverkehr? Wer stellt den Erfolg sicher? Oder müssen wir als GEI nicht noch tiefer in die Umsetzung, das eigentliche Handeln einsteigen, um die gesetzten Ziele auch tatsächlich zu erreichen?«

Eric und die anderen sahen sie nachdenklich an. Lisa schob nach. »Denn am Schluss zählt nur der Erfolg. Ein tolles Maßnahmenpaket, das nicht umgesetzt wird oder nicht die gewünschte Wirkung hat, bringt uns nicht weiter. Das haben schon zu viele, andere Institute und Berater für viel Geld getan. Das alleine kann nicht unser Anspruch sein.«

Richard sah die Chinesin an. Eric´s Lob, das er schon oft über sie gehört hatte, war absolut berechtigt. »Lisa hat Recht«, sagte der Amerikaner, »unser oberstes Ziel ist die Energiewende im Straßenverkehr. Das heißt die massive Einführung von EVs. Auf der Straße. Nur daran können und werden wir uns messen. Reicht unser geplantes Paket an Maßnahmen dazu aus?« Er sah die Chinesin direkt an. »Lisa, ich weiß es nicht. Aber wir müssen es probieren. Und dann von dort aus weiterplanen.«

Lisa nickte vorsichtig. Eric hakte ein. »Noch nie standen einer Institution wie der unseren so massive Mittel zur Verfügung. Damit können wir ein Programm aufsetzen, das sich gewaschen hat. Und ich bin sicher, wir werden von Metropole zu Metropole immer schlauer.«

»Und nicht zu vergessen«, schob Steve nach, »EVs sind die besseren Autos! Wenn die Leute erst mal drinsitzen, wollen sie nie mehr zurück in ihr altes Fahrzeug. Dort müssen und werden wir ansetzen.«

»Absolut.«

Lisa nickte wieder. »Ich hoffe es.«

»Komm´ schon«, sagte Eric und zwinkerte ihr zu, »wo bleibt denn dein vielgerühmter Optimismus.«

Lisa musste lachen. Und steckte damit die anderen an. »Ok, ok! Wir packen das! Wäre doch gelacht.«

»Na also!«

Eric und Richard hatten in ihren Telefonaten bereits über die monetäre Ausstattung von GEI gesprochen. Es gab keine fixen Zahlen, aber die verfügbaren Mittel und die Bereitschaft von Ron und seiner Frau, dieses Thema zu einem Kern ihrer Stiftungsaktivitäten zu machen, waren enorm.

Aber Lisa hatte mir ihren Überlegungen eine noch mal intensivere Diskussion losgetreten. *Letztendlich zählte nur der Erfolg!* Das musste der Leitfaden für die Aktivitäten ihres neuen Instituts sein. Bis spät abends kniete die Gruppe über den Statuten des GEI. Das Bild wurde sukzessive immer klarer. Für alle Beteiligten. Eric stand zwischenzeitlich an der Fensterfront und sah auf das nächtliche München hinunter. Die Lichter der unzähligen Autos markierten klar die Hauptverkehrsadern der Stadt. Würden sie in der Lage sein, die Trendwende schnell genug herbeizuführen? Gegen alle Widerstände und Trägheiten? Mit einem solchen Budget sollte es eigentlich machbar sein, aber sie brauchten starke Verbündete. Das war klar. Sowohl in der Industrie, als auch in der Politik.

Und sie brauchten dringend Verstärkung in ihrem Team. Jetzt wo der Umfang ihrer Aktivitäten immer klarer wurde. Eric übernahm mit Sabine die Gewinnung von neuen Mitarbeitern in München. Er wollte auch mit Tina Steinhoff und ihrem Cousin reden. Unbedingt.

Der Aufbau eines dritten Standbeines in Beijing wurde ebenfalls beschlossen. Auch wenn dort der Start einer Taskforce zusammen mit der chinesischen

Stadtverwaltung noch weit in der Ferne lag. Aber alleine die Erarbeitung einer soliden Datenbasis, so wie bereits mehrfach diskutiert, war Grund genug für einen Start eines GEI-Ablegers in China. Lisa sollte die Leitung übernehmen. Damit wollten sie von Beginn an in den drei Schlüsselmärkten für die Energiewende im globalen Straßenverkehr vertreten sein. Es war kurz vor Mitternacht, bevor die Lichter in der 25. Etage des Highlight-Towers erloschen.

IM WESTEN VON MÜNCHEN

Der Leiter der Standortverwaltung sah die drei Herren, die vor ihm in seinem Büro standen, völlig überrascht an. Dann sah er wieder auf das Schreiben, das ihm Jack überreicht hatte. »Wie? Sie wollen jetzt doch das gesamte Gelände nehmen? Und der zweite Teil wird von diesem *GEI, GREEN ELECTRIC INSTITUTE*, betrieben?«

Richard, der neben Jack und Eric stand, nickte. »Ja, so ist es. Gerade die Möglichkeiten einer Teststrecke vorort haben uns überzeugt. Wir möchten unser neues Democenter für Elektromobilität direkt neben *ELECTRION* aufbauen. Mit extrem hoher Magnetwirkung für den gesamten Standort, denke ich.«

Der Leiter bekam den Mund kaum zu. *Was sollte er jetzt BMW erzählen? Eigentlich hatte er ihnen ja schon das gesamte Gelände versprochen. Niemand ging davon aus, dass diese neue Elektroauto-Firma die kompletten Flächen mieten konnte. Damit hatte er die Option zur Kündigung. Und jetzt das! Wo kam dieses komische Institut eigentlich her? Den Namen hatte er noch nie gehört. Wie konnten die sich ein so großes Democenter leisten? Die Nachfrage nach EVs war doch immer noch ziemlich mager, wenn es stimmte, was er so hörte. Mist!* Der Leiter schaute erneut auf das Schreiben und schüttelte den Kopf.

»Alles in Ordnung?«, fragte Jack und riss den Herrn aus seinen Gedanken. »Brauchen Sie sonst noch etwas von uns?«

»Ähh, nein, ich glaube, das reicht.«

Als die drei wieder zurück in Jack´s neuem Büro waren, kam ihnen die Assistentin bereits entgegen. »Jack, die Österreicher versuchen, dich dringend zu erreichen.«

Jack sah Richard an. Ja, Ron hatte wohl ein paar sehr interessante Gespräche von Eigentümer zu Eigentümer geführt. Das hatte ihnen Richard bereits berichtet. Er war optimistisch. Der neue und massive Fokus ihrer

Stiftung auf das Thema Elektromobilität hatte wohl ziemlich beeindruckt. Ob und wie schnell die Leute aber reagierten, war nur schwer vorauszusagen. Tatsächlich ging es schneller, als sie dachten.

Jack ließ sich mit seinem Vertrauensmann beim österreichischen Auftragsfertiger verbinden. Der wirkte ein wenig verwirrt. »Jack, ich weiß nicht, was ihr oder jemand anderes getan hat, aber plötzlich weht hier ein ganz anderer Wind! Wann immer ihr Zeit findet, würden unsere Leute gerne den Vertrag mit euch zu Ende bringen. Und dann kommen wir hoffentlich endlich zum Arbeiten. Ich freue mich schon!«

Was für eine Wende! Jack legte auf und sah Richard und Eric zufrieden an. Ron und die Stiftung leisteten weiterhin ganz brilliante Arbeit im Hintergrund. Ihre Motivation, gleiches zu tun, wuchs von Tag zu Tag.

»Dann werden wir jetzt mal Gas geben, unser Auto endlich auch in den Markt zu bringen!«

BUNDESKANZLERAMT, BERLIN MITTE, AM FOLGENDEN TAG

Ron hatte kurzfristig einen Termin bei der Kanzlerin bekommen. Wie sagte er doch so schön: *Man kennt sich!* Eric und Richard waren mit der Morgenmaschine aus München gekommen. Zu dritt standen sie nun im Zentralbereich der sechsten Etage des Kanzleramtes, mit Blick über den Reichstag.

Hans Weidner kam die große Treppe hinauf und ging direkt auf Eric zu. »Da sind Sie ja wieder, endlich«, sagte er freudig, aber müde. Die deutsche Energiewende bereitete ihm aktuell keine Freude. »Wir brauchen Sie hier! Das wissen Sie doch!«

Eric nickte verlegen. Die Erinnerung an den unrühmlichen Abgang schmerzte immer noch. Aber das war ja jetzt vorbei. Eric stellte ihm die beiden Amerikaner vor.

»Wir kennen uns ja bereits, auch wenn es schon eine gewisse Zeit her ist«, sagte der Abteilungsleiter mit Blick auf Ron. Dann wandte er sich wieder an Eric. »Die Kanzlerin wartet bereits. Sie will unbedingt bis zur nächsten Klimakonferenz mit konkreten Ergebnissen aufwarten und die deutsche Führungsrolle untermauern. Besonders im Straßenverkehr. Da kommt Ihr Besuch und der Neustart unserer Taskforce gerade Recht!«

Eric nickte wieder. Die nächste Klimakonferenz war in gut 15 Monaten. *Konkrete Ergebnisse bis dahin? Ok.*

Hans Weidner nahm die drei mit hinüber zum Büro der Kanzlerin. Als die Assistentin sie anmeldete, wurden sie sofort hineingelassen.

»Guten Morgen, meine Herrn. Was für eine angenehme Überraschung!«, kam die Kanzlerin den drei Männern mit ihrem so gewinnenden Lächeln entgegen, »die letzten sechs Monate waren ja nicht gerade einfach für uns und unsere neue Arbeitsgruppe im Straßenverkehr. Das hat Ihnen Herr Weidner sicherlich bereits erzählt.«

Hans Weidner sah seine Chefin mit einem gezwungenen Lächeln an.

Eric nutzte die Chance und erklärte nochmal persönlich seinen damaligen Abgang. Und auch die für ihn so unangenehm und überraschend eingetretene Richtungsänderung innerhalb der IEA.

»Schnee von gestern!« Die Kanzlerin machte eine abwehrende Handbewegung. »Aber jetzt müssen wir langsam in die Gänge kommen! Die Zeit rennt!« Die vier Herren nickten und nahmen am Besprechungstisch Platz.

»Herr Brinneau, wäre der Wechsel zu IRENA nicht auch eine Alternative für Sie gewesen?«, fragte die Kanzlerin unvermittelt. Sie hatte die Neugründung der International Renewable Energy Agency vor einigen Jahren als Ergänzung zur IEA aktiv begleitet. »Ganz unabhängig von der tollen Idee von Ron und seiner Stiftung?«

Hermann Scheer, ein langjähriges, aber bereits verstorbenes Mitglied des deutschen Bundestages, hatte nicht nur das Gesetz zur Förderung von Strom aus erneuerbaren Quellen in Deutschland auf den Weg gebracht, sondern war auch maßgeblich an der Gründung von IRENA mit Hauptsitz in Abu Dhabi beteiligt. Die erste und bisher einzige internationale Organisation zur Förderung der weltweiten Einführung von erneuerbaren Energiequellen. Getragen von jetzt mehr als hundert Ländern und ihren Regierungen.

»Nur mit zwei ganz gravierenden Nachteilen«, führte Eric aus, der mit Jean-Luc damals den Aufbau dieser neuen Institution genau beobachtet hatte, »zum einen ist das bereitgestellte Budget und damit die Schlagkraft der Organisation marginal im Vergleich zu den Möglichkeiten der IEA. Und zum anderen ist dort der politische Einfluss der Regierungen und Lobbyisten natürlich ähnlich groß. Das sind die gleichen Leute, die auch die Politik der IEA bestimmen. Das heißt, sie werden IRENA niemals Dinge tun lassen, die sie bereits innerhalb der IEA für nicht förderlich empfinden. Meiner Meinung nach.«

Ron und Richard nickten intensiv.

Auch die Kanzlerin kannte die Problematik großer internationaler Organisationen natürlich zu genüge. Wo war schon die Schlagkraft gegeben, die sie sich gerne gewünscht hätte? Deswegen kam ihr die Idee der Stiftung sehr, sehr gelegen. Ron hatte ihr bereits am Telefon die Grundzüge ihrer neuen Aktivitäten erläutert.

»Unser neuer Fokus ist ganz klar auf dem Straßenverkehr«, erklärte der Amerikaner, »der gigantische Ölhunger des weltweit immer weiter wachsenden Fahrzeugbestands ist unserer Meinung nach die Hauptursache für viele unserer Menschheitsprobleme. Wir wollen das Thema nun bei den Hörnern packen. Mit massiven Aktivitäten in den wichtigsten Märkten und Metropolregionen. Und mit so viel Mitteln, wie notwendig. Bis der Absatz von EVs zum Selbstläufer wird.«

Die Kanzlerin nickte beeindruckt. Sie kannte die finanziellen Möglichkeiten und den Umsetzungswillen der Stiftung. »Eine fantastische Idee. Kann ich nur noch mal wiederholen. Wir werden unseren Beitrag leisten, darauf können Sie sich verlassen,« versprach sie. »Ich will Ergebnisse. Und zwar schnell!«

»Wir auch«, sagte der Amerikaner direkt, »die Trendwende im Straßenverkehr muss jetzt endlich in Gang kommen. Mit Metropolen wie München und LA als ideale Vorreiter. Dabei setzen wir auch auf Ihre Unterstützung.«

»Frau Fellinger hat mir schon erzählt, dass sie in München bereits wieder in Schwung gekommen ist. Ich hoffe, das hält diesmal etwas länger an, Herr Brinneau«, erwiderte die Kanzlerin zum Abschluss und erhob sich.

»Keine Sorge«, übernahm Ron die Antwort.

»Ganz sicher«, bestätigte Eric mit einem Lächeln.

Die vier Männer erhoben sich ebenfalls.

»Ach ja, bevor ich es wieder vergesse, Herr Weidner«, sagte die Kanzlerin und sah ihren engen Vertrauten direkt an, »ich hätte jetzt gerne diese Tesla-Limousine. Ron hat mir am Telefon so vorgeschwärmt, jetzt will ich das Auto endlich auch selber fahren! Und Herr Weidner: Nicht nur für mich, sondern auch für meine Minister. Mal schauen, ob das Signal dann endlich bei meinen lieben Automanagern ankommt: Ich meine es ernst mit der Energiewende. Auch im Straßenverkehr! Und nicht erst in 10 Jahren, sondern jetzt! Denn technisch spricht nichts mehr dagegen, wie wir alle wissen. Genug der Verzögerungen und Ausflüchte!«

Ihr Abteilungsleiter sah nicht glücklich aus.

»Keine Sorgen! Sobald die deutschen Hersteller ein vergleichbares Produkt auf dem Markt haben, werde ich selbstverständlich gerne wieder auf ein deutsches Produkt wechseln.«

Hans Weidner kannte diesen Blick von seiner Chefin. Er hatte geahnt, dass das von ihr kommen würde. Jetzt, nachdem die Taskforce wieder auf der Schiene war. Er war immer noch nicht begeistert von der Idee, wusste aber, dass ein Dagegenhalten keinen Sinn mehr machte. Die Kanzlerin war immer noch sauer. Und nun wild entschlossen.

»Und ich will auch eine Aufrüstung des Kanzleramtes und anderer Regierungsgebäude hier in Berlin. So wie sie das auch in ihren Democentern in LA und München planen. Strom sauber aus eigenen Quellen erzeugen und ihn dann auch unseren Mitarbeitern zur Verfügung stellen, wenn sie selber mit einem EV zur Arbeit kommen. So haben Sie das doch geplant, richtig, Herr Brinneau?«

Eric nickte anerkennend. Die Kanzlerin war, wie immer, gut informiert. Hans Weidner versprach, zeitnah mit Eric und dem GEI ein entsprechendes Konzept zu erarbeiten.

»Das kann ich ja dann unseren Spitzenmanagern gleich beim nächsten Treffen präsentieren«, sagte sie zum Abschied der vier Männer, »das wird dann sicherlich noch ein bisschen mehr Schwung in unser Thema bringen.«

Eric konnte sich ein kleines Grinsen nicht verkneifen. *Diese Frau hatte die Energiewende wirklich zu ihrem persönlichen Thema gemacht.* Daran gab es für ihn und einen Großteil der Bevölkerung keine Zweifel mehr. *Wenn sie mit ihrem GREEN ELECTRIC INSTITUTE nun die notwendigen Anstöße lieferten, konnte es eigentlich nicht mehr schiefgehen!*

Eric und die beiden Amerikaner fuhren gemeinsam zurück zum neuen Berliner Flughafen, der endlich in Betrieb gegangen war. Ron wollte die Gelegenheit nutzen und den Zeppelinwerken am Bodensee einen persönlichen Besuch abzustatten. Denn die Zeppeline, die sie sich am Himmel über den Vorreiter-Metropolen vorstellten, mussten erst noch gebaut werden. Er hatte sich nach einem langen Telefonat mit Jack Summerfield einen rein elektrischen Antrieb in den Kopf gesetzt. Weg von den klassischen Gasturbinen. Alles andere passte einfach nicht zu ihrem neuen Institut. Technisch schien auch hier nichts mehr dagegen zu sprechen. Jennifer hatte sogar die Idee einer speziellen Außenhaut auf den Tisch gebracht, die extrem dünne PV-Module integriert hatte und so einen Teil des benötigten Stroms während des Fluges erzeugen konnte. Das wäre natürlich ein weiteres, brilliantes Signal in ihren Marketing-Anstrengungen.

Ron verabschiedete sich von Richard und Eric, die zurück nach München flogen.

MÜNCHEN, STADTMITTE, AM GLEICHEN NACHMITTAG

Eric stand im Flur des Münchner Rathauses und genoss den Blick hinaus auf den Marienplatz. Er war schon Ewigkeiten nicht mehr in der Innenstadt gewesen. Die Assistentin der zweiten Bürgermeisterin hatte ihn noch um ein paar Minuten Geduld gebeten. Auch Tina Steinhoff war noch nicht da. Eric sah auf die Uhr, als er plötzlich das vertraute Geräusch hochhackiger Schuhe vernahm, das in dem langen Gang nicht zu überhören war. Er drehte sich um. Tina´s großgewachsene, schlanke Silhouette kam ihm entgegen. Ihr offenes, volles Haar glänzte ihm Licht der Sonnenstrahlen, die in regelmäßigen Abständen von den Seitenfenstern hereinkamen. Tina bemerkte seine Blicke, verlangsamte ihre eleganten Schritte und lächelte ihn an. Umhang und Kostüm waren perfekt aufeinander abgestimmt. Sie hatte heute Morgen ein paar mehr Minuten vor ihrem Kleiderschrank und dem Spiegel gestanden als sonst. *Konnte ja nicht schaden!*

»Hallo, Eric«, begrüßte sie den Schweizer und drückte ihm einen zarten Kuss auf die Wange, »sorry, aber ich stand noch im Stau.«

»Kein Problem«, antwortete Eric und erwiderte die kurze Umarmung, »gehen wir nachher noch eine Kleinigkeit essen, so wie besprochen?«

»Sehr gerne.«

Die Assistentin erschien auf dem Gang und bat die beiden herein. Eric hatte um eine kurze Unterredung bei der Bürgermeisterin zusammen mit ihrer Leiterin für das statistische Amt gebeten. Noch waren sie nämlich beim Zugang zu den so wichtigen Daten für ihre Analysen und den Display-Tisch nicht weitergekommen.

»Nach dir«, sagte Eric und ließ Tina zuerst ins Büro. Seit ein paar Tagen waren sie per Du.

Die Bürgermeisterin und ihre Amtsleiterin saßen bereits zusammen. Eine herzliche Begrüßung. Ja, das Thema war nicht einfach. Es gab jetzt eine Liste aller verfügbaren Datenquellen, die zur Charakterisierung der Haushalte, ihres aktuellen Energiebedarfs und ihres Mobilitätsverhaltens dienlich sein konnten. Es musste jetzt nur noch ein sauberer Weg gefunden werden, wie die Datenschutzrechte des Einzelnen gewahrt wurden. War ja in Deutschland nicht so einfach. Der Schutz des Individuums vor zu großer Transparenz hatte absoluten Vorrang. Die Bürgermeisterin hatte eine Juristin hinzugezogen, die bereits an einer Lösung arbeitete. Gemeinsames Ziel war es, bis nächste Woche dem *GREEN ELECTRIC INSTITUTE*, mit Unterstützung und Beteiligung des statistischen Amtes, Zugang zu allen Datenquellen zu verschaffen. Eric war angetan von der Willenskraft der Bürgermeisterin. Sie wussten beide, dass die deutsche Kanzlerin auf sie und die Münchner Taskforce zählte. Ohne eine Detailanalyse der Kern-Zielgruppe ihrer Mehr-Auto-Haushalte war aber an eine robuste Umsetzungsstrategie kaum zu denken. Doch das war nicht ihr einziges Thema in der Taskforce.

»Die BMW-Leute hatten sich schon mehrmals bei mir gemeldet und nach den nächsten Schritten in der Taskforce gefragt«, erzählte die Bürgermeisterin mit einem gewissen Unterton. »Was soll ich ihnen sagen?«

Eric war immer noch der Meinung, dass eine Beteiligung des erfahrenen Premium-Autoherstellers sehr hilfreich war. Gerade um ihre Erkenntnisse zu den vermögenderen Haushalten zu verifizieren. Viele davon waren ja BMW-Fahrer.

»Auch in unserem geplanten Democenter brauchen wir BMW und andere EV-Hersteller. Wie sonst sollen die Kunden einen echten Marktüberblick bekommen?«, erinnerte Eric die Damen am Tisch, »und *ELECTRION* scheint gut damit leben zu können.«

»Wir müssen nur sichergehen«, sagte die Bürgermeisterin immer noch vorsichtig, »dass wir uns keine Bremser in die Taskforce holen. Das wäre jetzt echt das Letzte! Und ich muss den SWM-Leuten noch klarmachen, dass sie nicht mehr die Leitung innehaben.«

Eric nickte. Die Bürgermeisterin wollte ihn und das neue Institut wieder im Lead. Da konnte ihr Tina nur beipflichten. Die erste Sitzung der neu zusammengesetzten Gruppe wurde bereits für nächste Woche angesetzt.

Kurz danach hatten Tina und Eric bereits das Büro wieder verlassen und waren gemeinsam die Treppe hinuntergegangen. Sie blieben auf dem Platz vor dem Rathaus stehen. Es wurde langsam dunkel. Doch die Luft war noch angenehm mild.

»Und? Wo sollen wir jetzt was essen gehen?«, fragte Eric.

Tina überlegte und entschied sich für ein bekanntes Restaurant in der Maximilianstrasse, am frühen Abend sollte es dort noch einen ruhigen Tisch geben. Und sie mochte den großstädtischen Flair des Restaurants. *Gab es ja nicht so oft in München,* erklärte sie Eric. Der lachte.

Gemeinsam schlenderten sie durch die Münchner Innenstadt. Sie bekamen tatsächlich einen ruhigen Ecktisch in der Nähe des offenen Grills.

Eric redete nicht lange um den heißen Brei herum. Zu sehr brannte ihm die Sache auf der Zunge. »Tina, ich glaube, es wäre eine gute Idee, wenn ihr beide, du und Phillip, zu uns ins *GREEN ELECTRIC INSTITUTE* wechseln würdet.«

Tina war baff. Sie sah den gutausehenden Schweizer ihr gegenüber lange an. Eric schob mit einem gewinnenden Lächeln nach. »Ich könnte mir eine enge Zusammenarbeit sehr gut vorstellen. Nicht nur in der Taskforce, sondern auch im Institut. Du weißt, wie wichtig dieses neue Democenter für uns sein wird. Und du wärst geradezu eine Idealbesetzung.«

Tina schmolz fast dahin. Ihre Knie wurden weich. Gut, dass sie saß. Doch sie zögerte. Noch. Zu viele Dinge gingen ihr gleichzeitig durch den Kopf, sowohl privat, als auch geschäftlich. Und Eric machte keinen zusätzlichen Druck. Er wollte sie nur wissen lassen, dass er intensiv darüber nachdachte.

Sie genossen den Abend zusammen, ohne noch mal auf das Thema zurückzukommen. Ja, sie spürten beide, dass es eine erfolgreiche Zusammenarbeit werden konnte.

VERBANDS-ZENTRALE, BERLIN MITTE, EINE WOCHE SPÄTER

Die Nachrichten zum Aufbau dieses *GREEN ELECTRIC INSTITUTE*s sickerten langsam durch. Bis in die obersten Etagen des Automobilverbandes. Man berichtete auch von einem Treffen bei der Kanzlerin. Ohne Beteiligung des Verbandes. Immer wieder tauchte der Name eines mächtigen, amerikanischen Unternehmers und dieses neuen GEI auf. Einige der deutschen Spitzenmanager hatten daher kurzfristig zu einem Treffen in der Verbandszentrale aufgerufen. Und alle kamen.

Karl Röhmer stand in seinem Büro am Fenster und sammelte noch mal seine Gedanken, bevor er ins große Besprechungszimmer hinüberging. Die Verhandlungen zu seiner Vertragsverlängerung standen kurz vor ihrem Abschluss. Mit Konditionen, die ihm sehr zusagten. Das heutige Meeting kam ihm daher überhaupt nicht gelegen. *Der Coup in Paris hatte doch die Elektromobilitäts-Aktivitäten der Bundesregierung erfolgreich eingebremst. Auch diesen neuen EV-Hersteller in München hatten sie klar in die Schranken gewiesen. Mit ihrem Deal in Österreich.* Für ihn war das Thema damit eigentlich erledigt gewesen. Doch auch bei ihm kamen in den letzten Tagen merkwürdige Signale an. Irgendjemand mischte gerade die Szene auf. Aus dem Hintergrund. Mit mächtigen Verbindungen.

Aber die verfügbaren Informationen zu diesem neuen Institut waren extrem spärlich. *War das überhaupt der Auslöser der Unruhe?* Er hatte ein ungutes Gefühl. Er wusste es einfach nicht! Er nahm seine Unterlagen und verließ das Büro.

Kurz Zeit später saß der Verbandspräsident in seinem lederbezogenen, weich gepolsterten Stuhl am großen Besprechungstisch und eröffnete die Sitzung. Die Stimmung innerhalb der Gruppe war sofort gereizt.

»Heute Morgen hat mir einer unserer Leute in Berlin gesteckt, dass die Kanzlerin ernsthaft an die Beschaffung mehrerer Teslas denkt«, warf der BMW-Mann ein.

»Nie und nimmer! Das wird sie nicht wagen!«, kam der Aufschrei eines Kollegen.

»Darauf würde ich mich nicht verlassen«, erwiderte der BMW-Mann bissig.

Böse Kommentare hingen im Raum. »Wieso wissen wir eigentlich immer noch nicht, was hinter diesem blöden Institut steckt?«, fragte einer der Beteiligten und sah dabei Karl Röhmer grimmig an. *Wofür steckten sie eigentlich soviel Geld in die Lobbyarbeit?*

»Die Diskussion bringt doch jetzt nichts mehr«, warf ein anderer ein, bevor Karl Röhmer eine passende Antwort formulieren konnte, »keiner von uns hat doch etwas mitbekommen! Obwohl wir alle so toll verdrahtet sind! Quereinsteiger, und dann auch noch aus Amerika, sind nun mal deutlich schwerer zu kontrollieren.«

»Das stimmt schon«, zischte der Daimler-Mann, »aber der österreichische Auftragsfertiger ist ja wohl unser Hometurf, oder?«

»Ja, wieso?«

»Weil ich gehört habe, dass *ELECTRION* nun doch den Vertrag unterschreiben konnte!«

»Hähh, ich dachte, das Thema hatten wir erfolgreich eingebremst?« Wieder böse Blicke in Richtung des Verbandspräsidenten. Karl Röhmer wurde zusehends nervöser. Viele dieser Informationen waren absolut neu für ihn. *Verdammter Mist! Das Ganze lief gar nicht gut!*

»Ja, habe ich auch gehört«, bestätigte der BMW-Mann etwas widerwillig. »Da spielt offensichtlich einer auf ganz hoher Ebene im Hintergrund. Wir haben es von der Quandt-Familie gehört, die unseren CEO freundlich darauf hingewiesen haben soll, dass doch solche Blockade-Methoden nicht in unser Repertoire gehören.«

Langsam wurde allen mulmig. *Wer spielte dort im Hintergrund?* Ein Gegner ohne

Gesicht war extrem unheimlich. Auch die Stärke konnte keiner einschätzen.

»Es sieht ganz offensichtlich so aus, wie wenn sich plötzlich mächtige Player, die bisher nichts mit der Autoindustrie am Hut hatten, massiv für die Elektromobilität stark machen«, fasste der BMW-Mann noch mal zusammen. »Und mit *ELECTRION* scheint gerade ein zweiter, nicht zu unterschätzender EV-Hersteller zu entstehen. Neben Tesla. Was unsere Leute auf der Teststrecke im Münchner Westen mitbekommen haben, sieht verdammt gut aus. Das heißt ihr erstes Elektroauto könnte ein richtiges Juwel werden. Dabei nervt der Tesla-Gründer eigentlich schon genug. Mit seinen laufenden Kampfansagen. Wenn das so weitergeht, verkaufen diese neuen Player mehr EVs als wir. Alle zusammen! Das kann nicht sein!«

»Was wollen Sie damit sagen?«, fragte der Spitzenmanager von VW genervt.

»Dass wir unsere Einstellung zur Elektromobilität noch mal überdenken sollten!«

»Ach nein, in welcher Hinsicht?«, kam es giftig zurück.

»Vielleicht sollten wir endlich mal aufhören, immer nur diese blöden Alibi-Autos hinzustellen!« Der Spitzenmanager von BMW kam richtig in Rage. Er kannte die Einstellung seiner Kollegen. Keiner war wirklich von EVs überzeugt. Auch er wusste natürlich, dass es verdammt schwer war, mit der ersten Generation solcher Autos wirklich Geld zu verdienen. Sie kämpften selber mit ihrem Project I, dem enormen Einmalaufwand und dem immer noch begrenzten Mittelrückfluss, trotz des hohen Verkaufspreises.

»Aber die Absatzzahlen machen doch überhaupt keinen Spaß«, schimpfte der Daimler-Mann und bekam sofort Unterstützung von seinem VW-Kollegen. Der eSmart, aber auch der eUp und eGolf, waren im Vergleich zu ihren konventionellen Varianten immer noch Ladenhüter.

»Meine lieben Kollegen«, hakte der BMW-Mann mit bösem Blick nach, »Sie wollen mir doch nicht erzählen, dass das die besten Elektroautos sind, die Ihre Ingenieure auf die Straße bringen können. Wollen wir uns wirklich von diesen neuen Playern so vorführen lassen? Das ist auf Dauer ein extrem gefährliches Spiel, meine Herren! Das wissen Sie!«

Es wurde immer unruhiger im Raum.

»Wenn die Kanzlerin nun ganz offensichtlich Ernst macht in der Angelegenheit«, schob der BMW-Mann energisch nach, »und mit diesem GEI tatsächlich einen mächtigen Mitspieler gewinnen konnte, dann müssen wir jetzt Mittel und Wege finden, endlich wieder in den Driver´s Seat zu kommen.«

»Und wie sollen wir das anstellen?«, fragte einer. Alle blickten erst den

BMW-Mann an, und dann den Verbandspräsidenten.

Karl Röhmer fühlte sich nicht wohl in seiner Haut. Das Thema gehörte bisher nicht zu seinen Spezialgebieten. *Sollte es jetzt wirklich in den Mittelpunkt ihrer Verbandsaktivitäten rücken? Konnte er diese Rolle ausführen?* Der BMW-Mann übernahm auch hier die Antwort.

»Zuallererst müssen wir auf jedes Elektroauto dieser neuen Player eine superattraktive Antwort entwickeln. Und zwar schnell! Und keine umgebauten Standardautos mehr! Die kauft doch kein Kunde, der viel Geld für eine ökologische Vorreiter-Rolle ausgeben möchte!« Das schmerzte, aber saß. Die anderen wussten insgeheim, dass der BMW-Mann Recht hatte.

»Und dann müssen wir uns massiv in der MünchnerTaskforce engagieren«, fuhr er fort, »in der ja ganz offensichtlich das GEI die Führungsrolle übernommen hat. Und *ELECTRION* auch dabei ist. Gemeinsam sollten wir dort alle Ideen auf den Tisch bringen, die der Elektromobilität endlich zum Durchbruch verhelfen können. Und damit den Druck umgekehrt auf die Bundesregierung erhöhen. Denn die muss dann auch endlich aus den Pötten kommen und das Thema von der staatlichen Seite puschen! Die Halbherzigkeiten müssen endlich aufhören! An allen Stellen!«

Die Diskussion am großen Besprechungstisch geriet aus den Fugen. Es wurde wild durcheinander gesprochen. Der BMW-Mann hatte sich zurückgelehnt und beobachtete das Treiben am Tisch. *Ja, sie standen am Scheideweg! Ganz oder gar nicht, lautete am Schluss die Frage!*

Karl Röhmer war lange Zeit nicht in der Lage, Ruhe hineinzubringen. »Was schlagen Sie für das weitere Vorgehen vor?« fragte er den BMW-Mann, nachdem sich die aufgeheizte Stimmung wieder etwas gelegt hatte.

»Sollte ein solcher Vorschlag nicht von Ihnen kommen?«, warf einer der Spitzenmanager immer noch böse ein.

Karl Röhmer konnte sehen, dass einige der anderen ähnlich dachten. Die Diskussion der letzten Stunde hatten einen schlechten Beigeschmack hinterlassen. *Hatte der Verband wirklich alles getan, was man hätte tun können, um diesen Druck von seinen Mitgliedern fernzuhalten? Denn jetzt wurde es sicherlich nicht lustiger! Für alle Beteiligten.* Sie mussten ab sofort noch mehr Energie in ein Thema stecken, das keiner wirklich liebte. Und ohne, dass ein schneller Erfolg absehbar war.

»Ich schlage vor, dass wir uns nächste Woche noch mal zusammensetzen«, griff der BMW-Mann die Frage dennoch auf, »bis dahin haben wir hoffentlich ein paar mehr Informationen zur Verfügung. Auf

Basis derer wir dann vernünftig diskutieren und schnell entscheiden können.« Er warf dem Verbandspräsidenten einen vielsagenden Blick zu.

Langsam wurde allen klar, dass es Zeit wurde für einen Richtungswechsel. Auch wenn keiner von den Beteiligten wusste, wie sie damit die Profitabilitätsziele in ihren Unternehmen halten sollten. Aber als weltbeste Autohersteller durften sie das Heft nicht so einfach aus der Hand geben. Das musste ihr Anspruch sein. Bei den Kunden. In der Presse. Und bei der deutschen Kanzlerin.

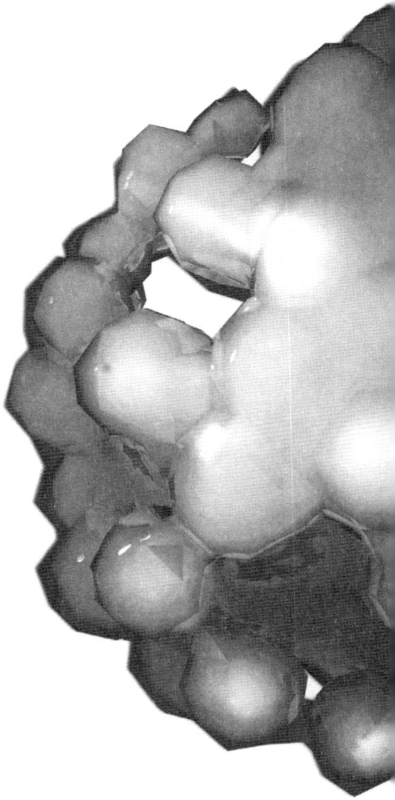

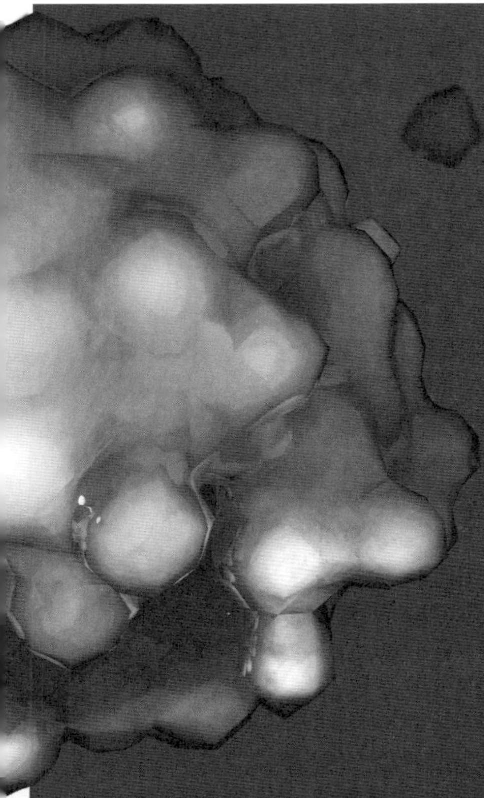

TEIL 4

MEHR ALS EIN JAHR SPÄTER

HOUSTON, TEXAS

Die Stimmung war gereizt. Mehr als zwanzig Personen saßen um den langen Mahagonitisch des voll klimatisierten Konferenzraums, der sich in der obersten Etage ihrer Firmenzentrale befand. Jeff Simson hatte die besondere Ehre, seine Chefin begleiten zu dürfen. Der Status zur Erschließung neuer Ölquellen war der letzte, aber wichtigste Punkt auf der Agenda der heutigen Vorstandssitzung. Der alleinige Verantwortungsbereich seiner Chefin. Da er fast alle Feld-Aktivitäten persönlich kannte, hatte sie ihn gebeten mitzukommen. Jeff hätte sehr gut auf eine Teilnahme in so erlauchtem Kreise verzichten können. *War nichts für ihn. Jetzt wusste er auch wieder, wieso!* Das Schlammwerfen fing gerade an.

Sid, der Vorstandsvorsitzende, schnaubte wild in ihre Richtung. »Das kann echt nicht wahr sein, Carol! Wofür geben wir eigentlich mehr als fünf Milliarden Dollar jedes Jahr aus, wenn unsere Fördermengen keinen Deut nach oben gehen? Was haben wir diesem korrupten Werftbesitzer in Aserbaidschan noch mal bezahlt für seine vergoldete, aber leider halb versenkte Bohrplattform?«

Sid sah Carol, die direkt neben Jeff saß, böse an. Ja, jeder wusste, dass der Preis deutlich überhöht gewesen war. Dennoch hatte man dem Deal, den Jeff letztes Jahr in Baku so geschickt auf den Weg gebracht hatte, unisono zugestimmt. *Zeit war Geld, sehr viel Geld wert!* Das war damals klar gewesen und auch heute noch so.

Es konnte ja keiner ahnen, dass die Iraner die Dreistigkeit haben würden, das Ding halb in die Luft zu sprengen. Der Kampf um die Ausbeutung der riesigen Ölfunde unter dem Kaspischen Meer nahm damit neue Dimensionen an. Gut für das amerikanische Militär und seine Rüstungspartner. Aber höchst riskant für die beteiligten Ölfirmen. Mit Mühe konnten die Spezialisten des aserbaidschanischen Unternehmers die Plattform vor dem Kentern retten und in die Werft bei Baku zurückschleppen. Dort lag sie nun bereits seit mehr als einem Jahr und wurde wieder mühevoll instandgesetzt. Doch alles dauerte länger als geplant. Und die Reparatur kostete Jeff´s Arbeitgeber fast noch mal so viel wie die ursprüngliche Anschaffung.

»Und wann ist das Ding endlich wieder einsatzbereit?«, hakte Sid schmallippig nach.

»Wir hoffen, in spätestens drei Monaten«, antwortete Carol vorsichtig, die die immer wieder verpassten Zusagen der Aserbaidschaner aktuell hautnah miterleben musste.

»Carol, wir müssen unsere wenigen, neuen Quellen einfach schneller hochfahren, egal wie! Nicht, weil wir nicht genügend Umsatz oder Profit machen. Das ist nicht der Punkt! Ich mache mir massiv Sorgen, dass der Ölpreis zu weit steigt! Und dann den Markt zum Kippen bringt! Das wäre der Supergau für uns!«

Sid spielte auf die zunehmende Abhängigkeit der Ölnachfrage vom weltweiten Straßenverkehr an. Einer der Top-Strategen des Konzerns hatte es zu Beginn der Sitzung in aller Deutlichkeit dargelegt. Alle anderen Ölabnehmer waren seit Jahren rückläufig oder stagnierend. Immer mehr Kraftwerke und lokale Heizungssysteme verabschiedeten sich von dem teuren Brennstoff, und auch die Industrie arbeitete intensiv an alternativen Grundstoffen für ihre chemischen Produkte. Nur der weltweite Bedarf an Benzin und Diesel eilte von Rekord zu Rekord. So sehr, dass das Angebot kaum Schritt halten konnte und damit die Preise weiter in die Höhe trieb. Aktuell stand das Barrel bei deutlich über 150 Dollar.

»Wir dürfen das Thema einfach nicht überreizen«, fuhr Sid mit bösem Blick in die Runde fort, »irgendwann realisiert auch der döfste Autofahrer, dass die immer höheren Benzinkosten keinen Spaß mehr machen! Und denkt dann ernsthaft über Alternativen nach. Besonders, wenn die Werbetrommel für EVs so massiv gerührt wird, wie aktuell in Kalifornien.«

Bud, ihr Raffineriechef in LA hatte vor wenigen Minuten ausführlich über die neuesten Aktivitäten des kalifornischen Gouverneurs zusammen mit dem LA Bürgermeister und diesem neuen *GREEN ELECTRIC INSTITUTE* berichtet. »Wenn täglich so ein blöder Zeppelin über der Stadt kreist und in fetten Buchstaben ›GO ELECTRIC‹ anpreist, kommt irgendwann jeder ins Grübeln«, ergänzte er in Unterstützung.

»Und meine Befürchtung ist«, schob Sid etwas ruhiger nach, »dass die Trendwende, wenn sie denn erst einmal einsetzt, erdrutschartig stattfinden wird. Nach dem Motto, jetzt will jeder ein solches EV, gerade als Zweit- oder Drittwagen. So wie jeder plötzlich ein iPhone oder iPad brauchte, weil er ja sonst nicht mehr ›in‹ war. Und wenn die täglichen Kurzstrecken fast ausschließlich mit EVs zurückgelegt werden und das benzinbetriebene Fahrzeug nur noch für die wirklichen Langstrecken herhalten muss, dann geht der Benzinverbrauch richtig in die Knie.«

Ihr Top-Stratege hatte auch dazu eine beeindruckende Szenario-Rechnung aufgelegt, die den Anwesenden die Augen geöffnet hatte. Er konnte das Ziel des Bürgermeisters von LA, bis 2030 den Benzinverbrauch in der Metropole um ein Drittel zu reduzieren, nur bestätigen. Es war tatsächlich denkbar! Wenn alle mitspielten, zuerst die vermögenderen Haushalte mit mehr als drei Fahrzeugen im Fuhrpark und dann sukzessive auch die anderen, bis hin zum city-internen Lieferverkehr. Für Jeff waren diese Ausführungen absolutes Neuland. Bisher hatte er EVs immer in die Golfcart-Ecke abgetan oder zumindest als technisch unreif empfunden. Das klang von diesen Leuten plötzlich ganz anders. *Wenn dieser Umschwung auf EVs tatsächlich einsetzte, waren ihre Anstrengungen zur Erschließung neuer und höchst riskanter Ölquellen ja eigentlich völlig überflüssig! Der Bedarf wäre plötzlich gar nicht mehr gegeben. Und bei einem dann fallenden Ölpreis auch nicht mehr kostendeckend zu bedienen. Das wäre eigentlich auch das Ende für seinen Job,* dachte Jeff in einem Anfall von Erleuchtung. Doch der Gedanke machte ihm irgendwie keine Angst. Ganz im Gegenteil. *Dann wären auch die Medikamente nicht mehr notwendig.*

Währenddessen redete sich ihr Oberboss wieder in Rage. »Das wäre wahrlich der Supergau für uns! Eine massive Reduzierung des Absatzes bei gleichzeitig sinkenden Preisen. Und Investitionen in Milliardenhöhe in der Erschließung von neuen Quellen, die wir dann aufgrund mangelnder Profitabilität abschreiben müssten. Carol, meine Herren, das wird unter meiner Führung nicht passieren! Ist das klar?«

Breites Nicken in der Runde. Hier wollte keiner widersprechen. Jeff sah angewidert in die Gesichter dieser Topmanager. Er hasste dieses unterwürfige Getue. *Nur nicht gegen den Mainstream denken oder handeln. Immer schön nicken, wenn der Boss was sagte.* Eine solche Einstellung konnte er sich draußen in seinem Job nicht leisten. Wenn Verhandlungen ins Stocken gerieten, musste man oft gegen den Strom schwimmen. *Wichtigen Leuten auch mal einen Schuss vor den Bug geben. Nur so kam wieder Bewegung ins Spiel!* Aber dabei ging es natürlich auch nicht direkt um den eigenen Job, gestand er sich ein. Hier in diesem Raum war das etwas anderes. Eine falsche Bemerkung, eine falsche Widerrede konnte auch mal den Kopf kosten, wie ihm seine Chefin schon ein paar Mal genüsslich berichtet hatte.

Also ging Carol auf Wunsch ihres Vorstandsvorsitzenden noch mal im Detail durch den Status ihrer aussichtsreichsten Explorations-Aktivitäten. Aserbaidschan stand immer noch ganz oben auf der Liste. Im Kaspischen Meer mit seinen fünf Anrainerstaaten bestand die Möglichkeit auf eine Gesamtförderquote von bis zu fünf Millionen Barrels pro Tag. Das wären mehr als fünf Prozent der aktuellen Gesamtförderung weltweit. Hier mussten sie dranbleiben, gerade weil sie mit dem US-Militär seit einiger Zeit eine besondere Trumpfkarte im Ärmel hatten.

Auch Nigeria stand immer noch hoch im Kurs, nicht nur wegen der zusätzlichen Quellen im Nigerdelta. Vor der westafrikanischen Küste war weiteres Potential entdeckt worden, das die Fördermengen auf über drei Millionen Barrels pro Tag in der Region hochtreiben konnte. Kombiniert mit ihrer bereits gut funktionierenden Produktionsbasis in dem Land waren sie aussichtsreich positioniert. Wenn nicht Bürgerkrieg und massive Korruption der Vergabe neuer Konzessionen immer wieder einen Strich durch die Rechnung machten.

Daher gehörten Kanada mit seinen Ölsanden und das arktische Öl nördlich Alaskas zu Sid´s Lieblingsthemen. Hier musste man, da hatte er Recht, ja nur mit anspruchsvollen Umweltschutzauflagen und harter Konkurrenz kämpfen, aber kaum mit korrupten Regierungsvertretern oder blutigen Bürgerkriegen.

»Wenn nicht gerade amoklaufende Selbstmordattentäter die Stimmung zum Kippen bringen«, schob er bissig ein, sah dann aber Carol in einem Anflug von Mitgefühl länger an.

Die Nachricht hatte damals alle schockiert. Jeff sah an Carols blasser werdender Gesichtsfarbe, dass auch sie noch immer nicht ganz darüber hinweg war. Sie warf ihm einen kurzen Blick zu, der Bände sprach. Doch dann wischte sie die Gefühle mit einem Ruck zur Seite und war wieder ganz die harte Konzernmanagerin. Der Job musste getan werden. Punkt. Aus.

Die Toten in Fort McMurray hatten die kanadische Regierung dazu gezwungen, eine Untersuchungskommission einzusetzen und solange alle weiteren Vergaben von Ölsand-Konzessionen auf Eis zu legen. Und der Endbericht lag immer noch nicht vor. Der Frust war in den Augen aller Beteiligten gut zu erkennen.

»Können wir denn wenigstens in der Arktis noch etwas beschleunigen?«, fragte Sid und blickte auf die riesige Weltkarte an der Wand, »wir sind doch jetzt seit mehr als zwei Jahren mit der Plattform dort draußen und machen Probebohrungen. Das kann doch nicht ewig dauern!«

Carol nickte vorsichtig. Sie kannte die Schwierigkeiten in der arktischen Kälte mit seinem unberechenbaren Wetter. Die Berichte ihrer Leute vorort waren nicht wirklich ermutigend. Dennoch versprach sie Sid, sich das Thema noch mal persönlich anzusehen. Und meinte damit natürlich Jeff. Was aber nur dieser wusste, als ihn wieder der Blick seiner Chefin traf. Seit dem

Vorfall in Kanada war Carol nicht mehr draußen gewesen. Und Baku hatte sie nur noch darin bestärkt, das Geschäft lieber von ihrem sicheren Schreibtisch aus zu steuern.

Kurz danach beendete Sid die Sitzung. Eine kleine Gruppe von Topmanagern blieb noch im Raum, als die Assistentin einen bullig wirkenden Mann hereinbrachte. Im Vorbeigehen hörte Jeff den Beginn des Gespräches und verlangsamte instinktiv seine Schritte.

»Darf ich vorstellen«, sagte Sid mit einem kalten Lächeln zu der kleinen Gruppe, »Pit, mein Mann für besondere Fälle!« Erstaunte Blicke. Nur ein, zwei Leute nickten wissentlich. *Komisch.*

»Meine Herren, ich brauche unbedingt noch ein paar gute Vorschläge, wie wir diese nervigen Aktivitäten zur Einführung von EVs endlich einbremsen können. Ich habe ja nichts gegen diese Dinger auf einem Golfplatz oder in einem Seniorenheim! Aber einen richtigen V10 Pick-up kann man doch nicht durch solche Gurken ersetzen. Da würde ja jede scharfe Braut wegrennen, bevor du nur in die Nähe kommst.«

Kurzes Gelächter in der kleinen Runde. »Elektroautos sind was für Warmduscher! Basta! Also, ich will Vorschläge, und zwar alle denkbaren Optionen«, sagte Sid grimmig und sah dabei den Mann an, der direkt neben ihm stand.

Merkwürdiger Typ, dachte Jeff und musterte den Kerl genauer. Gedrungener, breiter Oberkörper. Mit weißem Hemd und Krawatte, die aber beide deplaziert wirkten. *Ganz sicher kein Manager! Eher ex-Militär! Sehr merkwürdig.* Jeff verließ den Raum, während die Gruppe im Konferenzraum zurückblieb. Er hörte erneutes Lachen hinter sich, während er versuchte, zu Carol aufzuschließen.

»Wer war der Typ?«, fragte er leise, als er seine Chefin am Lift erreichte. Die schüttelte nur abwesend den Kopf. Mit den Gedanken bereits ganz woanders. Sie spürte, dass der Druck auf ihre Abteilung und sie persönlich enorm zunahmen. *Diese Runde war nur der Anfang. Der steigende Ölpreis bringt die Gemüter in Aufruhr. Mit Recht!* Aber sie konnte nicht zaubern.

»Carol, was macht so ein Typ bei unserem Vorstandsvorsitzenden?«, hakte Jeff bei seiner Chefin noch mal nach, als sie alleine im Aufzug standen.

»Was weiß ich! Will ich auch nicht wissen. Wir machen unseren Job, das ist schon schwer genug, wie du ja gerade mitbekommen hast. Ich will, dass du dir ein persönliches Bild von unseren Fortschritten in Alaska machst. Und zwar schnell.«

Jeff nickte. Seine Chefin stieg kurz danach wortlos aus, während er noch bis in die Lobby hinunter fuhr. *Läuft gar nicht gut!* Er war mit Peter Larson verabredet, der etwas zu ihrem neuesten Stand in Nigeria besprechen wollte. Er mochte den ruhigen und mit einem scharfen Verstand ausgerüsteten Ex-Marine, auch wenn sie nicht immer einer Meinung waren. Peter sagte, was er dachte, unabhängig davon ob es seinem Gegenüber gefiel oder nicht. Und das war gut so.

»Hallo, Peter.«

»Hi, Jeff.«

Die beiden nahmen in einer der Lounge-Ecken des großzügigen Eingangsbereichs ihrer Konzernzentrale Platz. Es herrschte ein reges Kommen und Gehen. In leisem Ton gingen sie gemeinsam durch die von Peter mitgebrachten Unterlagen. Nach einer Weile lehnte sich Jeff in dem bequemen Polstermöbel zurück und beobachtete das Treiben um sie herum.

»Kennst du einen Pit?«, fragte er unvermittelt, »arbeitet scheinbar für unseren Oberboss.« Peter sah ihn an und schüttelte den Kopf. »Mein Instinkt sagt mir, dass er eine militärische Vergangenheit hat, so wie du.«

»Und?«

»Mach´ dich einfach mal schlau zu dem Typen.«

»Was stört dich denn?«

»Kann ich noch nicht genau sagen. Ich hab´ einfach ein ungutes Gefühl. Wenn ich es richtig verstanden habe, dann soll er alle denkbaren Vorschläge für die Eindämmung von EV-Vermarktungsaktivitäten in Kalifornien zusammentragen. Dabei wurde so eine komische Betonung auf *alle denkbaren* gesetzt.«

Peter sah ihn verständnislos an, nickte aber. »Ok! Mach´ ich.«

LOS ANGELES, EIN WARMER SOMMERTAG

Eric lehnte an dem langen, ganz in weiß gehaltenen Bartresen und genoss sein Glas frischgepressten Orangensaft. Endlich mal ein paar Minuten ausruhen. Das Sitzen tat gut. Er hatte das Gefühl, dass sie seit mehr als 12 Monaten nonstop auf Achse waren. Ein Termin jagte den anderen. Aber er hatte es ja nicht anders gewollt, es war seine Entscheidung gewesen. Und er bereute es nicht.

Er ließ den Blick über die auf Hochglanz polierten Karosserien der *ELECTRION*-Fahrzeuge schweifen, die auf dem großzügigen Stand bestens zur Geltung kamen. Das erste allradgetriebene EV mit italienischem Design wurde aktuell mit Lob überschüttet. Und dazu noch: Engineered in Germany. Das ließ die Herzen vieler Amerikaner und der Presse höher schlagen. Und dann gab es tatsächlich auch sofort eine Targa-Version, die gerade bei den frischluftbegeisterten Kaliforniern heiß ersehnt wurde. Die Besucher drängten auf den Stand von *ELECTRION* und wollten das Fahrzeug endlich mit eigenen Augen sehen. Und anfassen. Die rein elektrische Autoshow in Los Angeles, die ein neuer und wichtiger Bestandteil des diesjährigen Electric Vehicle Symposiums war, bot dazu eine ideale Gelegenheit.

»Ich kann es immer noch nicht glauben«, sagte Jack, der neben ihm an der Bar saß, grinste und die Menschenmenge bewunderte, »wir haben dieses Auto tatsächlich auf die Reihe gekriegt. Und jetzt steht es hier und jeder kann es bestellen. Die Fertigung bei unseren österreichischen Partnern läuft seit gut drei Monaten fast problemlos und jetzt kontinuierlich hoch.«

Samantha saß gerade mit dem Rücken zu Eric und lachte laut. Sie war im Gespräch mit Bob Henderson, der sich diese Show natürlich nicht entgehen ließ. Ja, alle waren erleichtert, dass das Auto endlich auf dem Markt war und ihr öffentlicher Auftritt in LA so gut ankam.

Die Pressechefin kam mit einem Herrn auf Jack und Eric zu.

»Das ist der Journalist von Bloomberg, glaube ich«, sagte der Engländer noch schnell, bevor er von seinem Hocker rutschte.

Die beiden hatten in den letzten Tagen bereits eine Handvoll Interviews gegeben. Und die Anfragen rissen nicht ab. Nach einer fulminaten Rede des Bürgermeisters von LA zur Eröffnung des Electric Vehicle Symposiums war allen klar geworden, dass es nun ernst wurde mit der angekündigten Trendwende im kalifornischen Straßenverkehr. Und, dass das *GREEN ELECTRIC INSTITUTE* dabei eine Schlüsselrolle spielte. Elektrofahrzeuge rückten in den Mittelpunkt der Diskussion.

ELECTRION hatte mit einer organisierten Testfahrt auf einem schneebedeckten Kurs in Kanada vor wenigen Tagen einen medienwirksamen Coup gelandet. Die Journalisten waren von der Fahrdynamik und Sicherheit dieses neuen EVs im Vergleich zur konventionell motorisierten Konkurrenz begeistert. Auch der allradgetriebene X-Type von Tesla, der bereits viel Aufsehen erregte, konnte hier nicht mithalten.

Seitdem rückte *ELECTRION* in den Mittelpunkt des Interesses der internationalen Autopresse. Endlich ein zweiter, neuer Player, der den Markt aufmischte. Und sich berechtigte Hoffnungen auf Erfolg machen konnte.

Eric und Jack reichten dem Journalisten die Hand.

»Wir können gerne hier am Tresen bleiben«, schlug Jack vor, »und dann bei Bedarf gemeinsam über den Stand gehen. Die Technik-Exponate können ja vielleicht ganz hilfreich sein.«

Ja, die *ELECTRION*-Leute hatten sich extrem viel Mühe gegeben, die technischen Highlights ihres Autos maximal anschaulich in Szene zu setzen.

Der Journalist nickte, legte seinen Notizblock auf den Tresen und kam sofort zur Sache. »Wieso ist Ihr erstes Elektrofahrzeug, das Sie auf den Markt bringen, eigentlich ein SUV, oder genauer gesagt ein Sports-Activity-Vehicle? Tesla hat mit einem Roadster angefangen, alle anderen mit kleinen City-EVs. Sehen Sie den Markt anders?«

»Nein, das glaube ich nicht«, antwortete Jack nach einer kurzen Pause, »viele sehen, wie wir, den Hauptmarkt für EVs in den modernen Metropolen dieser Welt. Dort lebt ein Großteil unserer gutsituierten Bürger, für die individuelle Mobilität ein extrem wichtiger Bestandteil ihres Lebens ist. Wenn wir diese Leute aus ihren konventionell angetriebenen Zweit- und Drittfahrzeugen herauslocken wollen, dann müssen wir ihnen ein super attraktives EV als Alternative bieten. Das Sports-Activity-Vehicle Konzept unseres *Elec-1* erfüllt diese Anforderungen, unserer Meinung nach, ganz besonders gut. Gepaart mit einem Heimladesystem, das den sauberen Strom direkt vorort erzeugt, wird das ganze für unsere Zielgruppe zu einem hochattraktiven Gesamtpaket.«

»Darauf würde ich gerne zurückkommen. Aber noch mal zu Ihrem *Elec-1*. Wieso ist der Allradantrieb so viel besser als bei der Konkurrenz mit Benzinmotor? Was machen Sie anders?«

Die Vergleichsfahrt hatte bei der Presse ganz offensichtlich einen bleibenden Eindruck hinterlassen! Eric musste schmunzeln. Jack stand auf und bat den Journalisten mit hinüber zu ihrem Exponat, das die ausgebaute Vorder- und Hinterachse ihres Fahrzeugs zeigte. Eine bionisch wirkende Struktur aus Aluminiumstreben formte den Grundträger, in den der gesamte Antrieb integriert war: Der Elektromotor mit dazugehöriger Leistungselektronik, sowie Achsgetriebe und Abtriebswellen.

»Wie Sie sehen, haben wir es geschafft, eine extrem kompakte Einheit zu schaffen. Und jede Achse wird völlig unabhängig von der anderen angetrieben. Zusammen mit dem deutlich niedrigeren Schwerpunkt des Gesamtfahrzeuges schlagen wir damit jeden konventionellen Allrad. Die Testfahrt in Kanada hat das, glaube ich, ausreichend demonstriert.«

»Aber ist Ihr Fahrzeug aufgrund der großen Batterie nicht deutlich schwerer als die konventionelle Konkurrenz?«, hakte der Journalist skeptisch nach und ging zu dem gleich daneben stehenden Exponat des Batteriepaketes.

»Würde man meinen. Aber nein, ganz im Gegenteil! Zum einen bringt das Batteriepaket weniger als 300 kg auf die Waage, und zum anderen haben wir über konsequenten, aber konventionellen Leichtbau ein Gesamt-Fahrzeuggewicht unterhalb der Konkurrenz erreicht. Beispielsweise gut 100 kg unter dem konventionellen X4 von BMW.«

»Trotz Verzicht auf Karbon?«

»Ja, eine karbonbasierte Rohkarosserie hätte uns wahrscheinlich noch mal knapp 100 kg gebracht, aber das Kosten-Nutzen-Verhältnis ist nicht wirklich günstig. Wir haben schlussendlich darauf verzichtet. Dafür aber, wie gesagt, auf allen anderen Gebieten konsequent auf Leichtbau geachtet.«

»Oder haben Sie die Batterie einfach kleiner dimensioniert und damit auf Reichweite verzichtet? Zum Nachteil für die Kunden?« Der Journalist ließ nicht locker. Eric bewunderte die Ruhe und Überzeugung von Jack.

»Natürlich hätten wir die Batterie noch größer auslegen können, da haben Sie völlig Recht. Aber das wäre nachteilig für die Fahrdynamik gewesen. Mit jetzt gut 100 Meilen Reichweite, und kaum weniger im Winter aufgrund der neuartigen Isolierung der Batterie, bieten wir unseren Kunden genau den richtigen Kompromiss. Und sind parallel mit unserem Batteriepartner daran, die Energiedichte in den nächsten Jahren noch mal um 50 Prozent zu steigern. Das heißt auch entsprechend mehr Reichweite.«

»Zum Skifahren in die Rocky Mountains komme ich damit aber immer noch nicht«, warf der Journalist ein, während er sich ein paar Notizen machte.

»Dafür ist das Auto auch nicht gedacht. Noch nicht! Primärfokus in den nächsten Jahren ist, wie gesagt, die Umstellung der Zweit- und Drittwagenbesitzer in Metropolregionen wie LA. Unser *Elec-1* wird das bevorzugte Auto für die täglichen Erledigungsfahrten. Mit der Familie über Wochenende in die Berge fahren Sie auch weiterhin mit ihrem großen, konventionell angetriebenen Wagen«, erwiderte Jack ruhig.

»Und wie stark geht die Reichweite Ihres Wagens ´runter, wenn die Klimaanlage auf voller Leistung läuft, so wie an einem heutigen Tag in LA?«, fragte der Journalist. Er schien kein überzeugter EV-Fan zu sein.

Auch hierzu hatte Jack ein Exponat aufbauen lassen. Das zeigte zum einen die kleine elektrisch betriebene Wärmepumpe, die höchst effizient Kälte, als auch Wärme produzierte, und zum anderen ihre neuartige Doppelverglasung mit deutlich höheren Isolationswerten.

»Weniger als fünf Prozent! Wir können die Kühle im Innenraum einfach deutlich besser halten. Und bei abgestelltem Fahrzeug und Sonnenschein liefern die im Glasdach integrierten Solarmodule genügend Strom, um dieses Temperaturniveau über einen langen Zeitraum zu konservieren. Ohne Belastung für die Batterie!«

Eric war immer wieder beeindruckt von dem technischen Gesamtpaket des ersten EVs von *ELECTRION*. Damit waren sie auf Anhieb zum technologischen Vorreiter am Markt geworden. Ob es reichen würde, sich als bisher völlig unbekannte Marke auch tatsächlich durchzusetzen, stand auf einem anderen Blatt. Auf jeden Fall erhöhte es massiv den Druck auf die anderen Hersteller.

»Und wie schaffen Sie es, bei all diesen technischen Neuerungen ihren Verkaufspreis unter dem des Tesla X-Type zu halten?«

Ja, das war eine berechtigte Frage, dachte Eric. Er kannte natürlich die Antwort, nachdem er intensiv an der Diskussion beteiligt gewesen war. Zum einen waren sie mit Richard und Ron als Co-Investoren bei *ELECTRION* übereingekommen, dass ein hohes Marktvolumen klar vor erzielter Marge ging. Gerade in der Startphase der neuen Company. Und zum anderen hatten sie entschieden, ähnlich wie Tesla eine Rückkaufgarantie für ihre Fahrzeuge abzugeben, was den Banken umgekehrt ermöglichte, deutlich attraktivere Leasingraten anzubieten. Dabei half ihnen ihr Gesamtangebot inklusive Heimladesystem. Auf diesem Wege boten sie den teuren Autobatterien nach Ablauf ihres ersten Lebens sofort eine zweite Einsatzmöglichkeit als zusätzlicher Zwischenspeicher für Zuhause. Gerade in den USA mit ihrem fragileren Stromnetz und der Sorge seiner Bewohner ein höchst willkommenes Angebot, wie sich bereits herausstellte.

Etwas ausweichend führte Jack den Journalisten zur Mitte ihres Standes und erklärte. »Ein wichtiger Baustein hierfür ist unser umfangreiches Heimladesystem.«

Samantha hatte mit Eric´s Hilfe den Veranstalter überredet, den *ELECTRION*-Stand mit einer eigenen, völlig unabhängigen Stromversorgung auszustatten. Über eine auf dem Hallendach temporär installierte PV-Anlage. Das hieß, der gesamte am Stand benötigte Strom wurde selber erzeugt und bei Bedarf in den auf dem Stand stehenden EVs zwischengespeichert. Mitten auf ihrem Stand hatten sie dafür einen großen Touchscreen installiert, der Systemfunktion und aktuellen Status übersichtlich darstellte. Das Thema kam bei der Presse extrem gut an.

»Wir gehen davon aus, dass viele unserer Kunden dieses Heimladesystem annehmen werden. Samt extra Zwischenspeicher im Keller. Damit ergibt sich ein hoch attraktives Zweitleben für unsere Autobatterien, was die Leasingkosten für diese so teure Komponente deutlich nach unten treibt.«

»Liegen Sie damit nicht in direkter Konkurrenz zu Tesla und Solarcity?«

»Ich würde es anders ausdrücken. Wir liegen hier auf der gleichen Wellenlänge. Wir sind beide von der Notwendigkeit einer komfortablen und sauberen Stromerzeugung im eigenen Haus überzeugt. Der Wettbewerb kann nur gut für die Kunden sein.«

Der Journalist griff den Gedankengang auf und kam zu einer seiner Kernfragen. »Und wie sieht es dann mit den tatsächlichen Vorbestellungen hier in den USA aus? Noch sind Sie ja ein völlig unbeschriebenes Blatt als Autobauer. Und ohne etablierten Vertrieb, den Sie gerade mühsam aufbauen.«

Der Wirtschaftsjournalist wusste natürlich genauso wie Eric und Jack, wie schwer es war, in diesem Markt als Newcomer zu überleben. Die technischen und finanziellen Anforderungen waren enorm. Jeder größere Managementfehler konnte das Unterfangen zum Scheitern bringen.

»Das Interesse ist riesig, wie Sie ja selbst sehen«, antwortete Jack mit Blick über ihren Stand, »konkrete Absatzzahlen können wir aber noch nicht nennen, dafür ist es noch zu früh. Aber wir sind optimistisch.«

Der Journalist bedankte sich bei Jack, blätterte in seinem Notizblock und wandte sich dann an Eric.

»Herr Brinneau, das bringt mich auf mein zweites Thema. Ich habe gestern die Eröffnungsrede von unserem Bürgermeister gehört. Ja, wir wissen alle, dass der mit Abstand größte CO2-Emittent in LA der Straßenverkehr ist. Und seit Jahrzehnten steigt. Und jetzt wollen wir das plötzlich umdrehen. Eine Reduzierung der Emissionen um ein ganzes Drittel bis 2030. Damit müsste fast jeder Zweit- oder Drittwagen in LA zum EV werden. Zwei Millionen EVs, nach ihren eigenen Berechnungen! Bei einem aktuellen Absatz von kaum mehr als 20.000 EVs pro Jahr im Großraum LA bräuchte man rechnerisch fast hundert Jahre dafür, oder? Klingt alles ein bisschen, äh, wie soll ich sagen, naiv?«

Du Depp! Eric mochte den Typen nicht. Jetzt, nachdem er sich nun direkt an ihn wandte, war seine Aversion noch größer. *Du meinst wohl, du hast die Weisheit mit Löffeln gefressen!* Der Journalist war mit Eric und Jack wieder zurück an den Tresen gegangen. Jack bot ihm, äußerlich immer noch völlig ruhig, einen Kaffee an. Eric atmete tief durch und zwang sich ein Lächeln ab.

»Ja, Sie haben natürlich Recht. Bei den aktuellen Absatzzahlen darf es nicht bleiben. Auf keinen Fall! Unsere Analysen zeigen aber eindeutig, dass es dort draußen viel mehr Haushalte gibt, die mehr als zwei Autos besitzen und sich problemlos ein oder zwei EVs anschaffen könnten. Die müssen jetzt einfach stärker angegangen werden. Dann sollte unsere Zielvision auch nicht mehr so, ähh, wie sagten Sie doch, naiv sein. Dazu ist unsere umfangreiche, auf mehrere Jahre angelegte Marketing-Kampagne inklusive Democenter und täglich fliegendem Zeppelin gedacht.«

Der Journalist sah ihn immer noch skeptisch an.

»Und das soll reichen? Ist die Hauptursache nicht in dem mangelnden Angebot zu suchen? Ganz unabhängig von dem neuen, tollen *Elec-1* hier auf dem Stand. Schauen Sie sich doch in der Halle um, wer alles und mit was für EVs da ist! Das ist doch immer noch sehr, sehr bescheiden im Vergleich zu dem was an konventionellen Neufahrzeugen in ein paar Wochen auf der großen Los Angeles Autoshow zu sehen sein wird. Wie wollen Sie das bitte in der nächsten Zeit ändern?«

Der Mann lag natürlich auch hier nicht ganz falsch. *Aber der arrogante Ton nervte!* Immerhin hatte Eric es durch massives Sponsoring vom *GREEN ELECTRIC INSTITUTE* geschafft, dass das jährlich stattfindende Electric Vehicle Symposium wieder aus seiner Lethargie erwacht war. Und sich jetzt zusammen mit einer großen Fahrzeugausstellung an die Spitze der weltweiten Veranstaltungen zur Elektromobilität gesetzt hatte. Zum ersten Mal waren nahezu alle namhaften EV-Hersteller mit ihren Produkten in einer Halle vertreten. Nicht hinter den konventionell angetriebenen Boliden versteckt, wie es auf den meisten Automobil-Ausstellungen immer noch der Fall war, sondern alleine und im Zentrum der Aufmerksamkeit. Nur, wenn man genau nachzählte, waren es trotzdem kaum mehr als zehn wirklich attraktive Serien-Modelle. Mit Tesla und Nissan als den beiden führenden Anbietern. *Das war einfach immer noch verdammt mager!* Nur BMW schien aktuell bereit, sein Angebot auszubauen und damit zu den beiden führenden Herstellern aufzuschließen. Alle anderen beobachteten mehr oder weniger den Markt. *Immer noch!*

»Der Druck muss von den Endkunden kommen. Unserer Einschätzung nach fehlt nicht mehr viel, bis die kritische Masse erreicht ist. Und sobald die wenigen Anbieter richtig Spaß mit ihren Absatzzahlen haben, können es sich die anderen nicht mehr leisten, dahinter zurückzubleiben. Zu groß wäre der Imageschaden.«

»Aber müsste dazu nicht der Preis pro Gallone weit über die aktuell gut vier Dollar steigen? Alles andere holt die Leute doch nicht hinterm Ofen hervor?«

Und schob sogleich mit süffisantem Unterton nach.

»Aber das wird die Öllobby natürlich nicht zulassen. Die ist ja nicht doof! Die achtet schon darauf, dass der Preis nicht ins utopische abdriftet. Alternativ darauf zu hoffen, dass die Leute in der Breite ihre Umweltverantwortung wahrnehmen, halte ich ebenfalls für ziemlich naiv. Dafür sind die Menschen einfach zu egoistisch! Und zu träge. Und finden immer wieder genügend Ausreden.«

»Ach, Quatsch!«, rutschte es Eric raus. Der arrogante Ton und die provozierende Formulierung seiner Fragen gingen ihm nun richtig auf den Keks. Jack erkannte die leicht geänderte Gesichtsfarbe bei seinem Kollegen und suchte nach einer passenden Unterstützung. Der Journalist genoss ganz offensichtlich die Situation und setzte nach.

»Sie glauben mir nicht? Dann lassen Sie uns doch hier und jetzt eine kleine Probe machen.«

Eric und Jack sahen den Journalisten völlig verdutzt an. *Was meinte er damit?* Der Journalist deutete in die Menschenmenge. »Schauen Sie doch nur dieses offensichtlich gut situierte, ältere Ehepaar hier an, das gerade vor ihrem schönen *Elec-1* steht. Ist ziemlich sicher in ihrer Zielgruppe. Mal schauen, ob die wirklich kaufen wollen.«

Eric und Jack drehten sich überrascht um und sahen das ältere Ehepaar. Der Journalist war bereits von seinem Barhocker gerutscht und ging zu den beiden hinüber. *Die Dynamik des Journalisten war echt beachtlich.* Eric schüttelte den Kopf. *Das musste man ihm lassen!*

»Entschuldigung, darf ich Sie kurz stören?«

Der Journalist stellte sich vor und fing sofort mit seiner Befragung an. Ja, sie wohnten in einem großen Einfamilienhaus. Ja, sie hatten zwei Autos. Die Kinder waren schon aus dem Haus. Ja, sie waren an einem EV interessiert. Ja, der *Elec-1* entsprach ihrem Geschmack. Hohe Sitzposition, Allrad-Sicherheit, attraktives Design. Gefiel ihnen richtig gut!

»Das heißt, Sie werden sich ein EV kaufen?«, fragte der Journalist direkt. Die beiden sahen ihn etwas überrascht an. *Sogar für einen Amerikaner ziemlich direkt!*

»Naja«, antwortete die Frau, »bisher waren wir uns nicht so sicher, ob diese neuartigen Fahrzeuge wirklich schon ausgereift und zuverlässig sind. Man liest ja doch so einiges. Aber das scheint sich langsam zu ändern. Nur, ohne eine Ladestation samt sauberem Strom aus der eigenen PV-Anlage macht das Thema ökologisch ja nur halb so viel Sinn.«

»Stimmt. Und?«

»Naja, wissen Sie«, erklärte sie dem Journalisten, »seit einigen Jahren wohnen wir in einer Gated Community. Lauter nette Leute. Aber Solarmodule finden sie richtig hässlich. Verschandelung der Dächer, sagen die meisten. Die Häuser müssen aber alle gleich aussehen. Also werden wir das mit einer PV-Anlage wahrscheinlich nicht hinkriegen.«

»Der Kaufpreis stört Sie nicht?«

»Nein, eigentlich nicht.« Die Frau sah ihren Ehemann an, der nickte.

»Und was machen Sie dann?«

»Mal schauen«, erwiderte der Mann, »wissen wir noch nicht genau. Aber wahrscheinlich noch etwas warten. Unsere zwei Autos sind sowieso ziemlich neu und bereits ganz gut im Verbrauch. Einer davon ist ein Prius, wissen Sie.«

Der Journalist bedankte sich und ging zu Eric und Jack zurück an den Tresen. Wieder dieses überlegene Lächeln.

»Und? Was sagen Sie jetzt? Wie wollen Sie diese beiden nun zum Kauf eines EVs bewegen? Preis passt, Auto passt auch! Aber Laden klappt wohl nicht so, wie sie sich das vorstellen. Und das wird sich in den Gated Communities wohl auch nicht so schnell ändern. Und andere haben wieder andere Ausreden.«

Eric und Jack sahen den Mann etwas konsterniert an. *Arroganter Typ, aber definitiv nicht dumm! Ja, die Trägheit der Endkunden war enorm. Das war nicht zu leugnen.* Der Journalist war mit seinen Fragen durch.

»Ich glaube, da muss Ihnen noch was Besseres einfallen, außer einer guten Marketing-Kampagne, bevor Sie zwei Millionen EVs auf die Straße kriegen«, sagte der Journalist zum Abschied mit einem fiesen Grinsen auf dem Gesicht.

Blödmann! Eric war sauer. Die beiden schüttelten dem Journalisten dennoch die Hand und sahen ihm länger hinterher, bevor er in der Menge vor dem *ELECTRION*-Stand verschwand.

»Ihr seht ja wie zwei begossene Pudel aus«, sagte Samantha, die das Weggehen des Journalisten beobachtet hatte und mit Bob Henderson herüberkam. Eric erklärte immer noch angewidert den letzten Teil der Diskussion mit dem Bloomberg-Mann.

»Ach kommt schon«, sagte Samantha aufmunternd und ließ sich ihre gute Laune nach den ersten drei erfolgreichen Tagen hier in LA nicht verderben, »der soll mal nicht so pessimistisch sein! Ja, am Anfang sind die meisten Leute zurückhaltend, sogar richtig träge. Aber wenn der Nachbar oder Golfpartner erst einmal das coolere Auto hat, so wie das unsrige, dann wollen plötzlich alle ein EV. Und der Ölpreis wird weiter steigen, glaubt mir. Und das nicht zu wenig.«

Ja, dachte Eric, *der Ölpreis wird eine wichtige Rolle spielen. Wenn die Leute schon nicht ihrem ökologischen Gewissen folgten, auf ihren Geldbeutel hörten sie auf jeden Fall!*

»Hey, Jungs«, schüttelte Samantha die beiden Männer, »jetzt reißt euch zusammen! Ihr werdet doch nicht gleich depressiv, nur wegen so einem blöden Journalisten und seinen kritischen Fragen. In gut vier Wochen kriegen wir die ersten, aussagekräftigen Zahlen zu unseren Vorbestellungen und Auslieferungen. Und dann werden wir ja sehen, wer Recht hat. So, jetzt aber Schluss damit. Ihr habt doch heute Abend noch das Treffen mit dem Bürgermeister und dem Gouverneur, oder, Eric?«

Eric sprang vom Hocker und streckte sich. »Samantha hat Recht, Jack! Schau dir nur die vielen Leute auf dem Stand an. Da fresse ich einen Besen, wenn eure Absatzzahlen nicht durch die Decke gehen! Außerdem können wir uns vor eurem Investor keine schlechte Laune leisten, stimmt´s, Bob?« Eric grinste den Amerikaner an, der bisher schweigend daneben stand.

»Absolutely right«, sagte der mit einem noch breiteren Grinsen, »das Spiel hat ja gerade erst begonnen. Also, kein Grund zur Panik.«

Als die drei am frühen Abend vor dem Haus des Gouverneurs vorfuhren, war sofort klar, dass sich zumindest in diesem wohlhabenden Haushalt im letzten Jahr einiges verändert hatte. *Kein Porsche Cabrio mehr zu sehen!* Stattdessen hatte der Gouverneur mehrere Ladesäulen direkt vor dem Haus installieren lassen. Ein Tesla und ein BMW I3 waren zum Laden angeschlossen. Die auf dem Dach installierte PV-Anlage war nicht zu übersehen. Der Hausherr öffnete die Tür und kam ihnen stolz entgegen. »Richard, Eric, Steve! Welcome! What a pleasure to see you again!«

Wieder einmal waren die Taskforce-Mitglieder zusammen mit ein paar handverlesenen Gästen zu einer kleinen Gartenparty eingeladen. Als sie auf die Terrasse hinaustraten, standen die meisten Besucher im Schatten der Bäume. Die Stimmung war ausgelassen.

Eric blieb kurz stehen und sah sich um. Das Interview mit dem Bloomberg-Journalisten ging ihm nicht aus dem Kopf. *Nein, noch hatten sie nicht den Königsweg gefunden, um ihre Zielgruppe in der Breite zu erreichen! Aber sie waren dicht dran!* Steve und die anderen hatten in den letzten Monaten ein deutlich präziseres Bild zu den vermögenden Haushalten in LA erarbeitet. Es bestätigte sich auch, dass diese Haushalte den mit Abstand größten CO_2-Ausstoß pro Person hatten. *Die deutlich größeren Häuser und die Autos im Fuhrpark forderten einfach ihren Tribut. Zumindest mit heutiger Technologie! Aber wie erreichen wir diese Leute? Nicht nur ein paar. Sondern alle 500.000!*

Der Gouverneur ging vorweg und steuerte direkt auf den Bürgermeister von LA zu, der sich gerade ein kühles Getränk reichen ließ. Sofort waren sie wieder in ihrem Thema Nummer Eins. Der Bürgermeister berichtete von den vielen positiven Reaktionen auf seine Eröffnungsrede.

Immer noch an ihre Kern-Zielgruppe denkend wandte sich Eric an Steve, der direkt neben ihm stand. »Wo stehen wir eigentlich mit dieser App zur Ermittlung des eigenen Carbon Footprints?«

Der Gouverneur und der Bürgermeister sahen Eric überrascht an. *App? Was für eine App? Wofür?* Eric erklärte kurz den Hintergrund. Vor ein paar Monaten hatte Steve die Idee entwickelt, den Haushalten eine App an die Hand zu geben, mit der sie ihren jährlichen CO2-Ausstoß über die Eingabe weniger Werte selbst bestimmen konnten.

»Und schon ist der eigene Carbon Footprint ermittelt. Dazu wollen wir ihnen sofort einen Vergleich mit den CO2-Durchschnittswerten in LA, dem Zielwert bis ins Jahr 2030 und Vorschläge zur Reduzierung des eigenen Footprints liefern.«

»Und was bringt uns das ganze?« Der Bürgermeister schien nicht überzeugt. Steve sah die Skepsis und ergänzte.

»Wir kämpfen doch immer noch ein wenig mit der Trägheit unserer Zielgruppe! Mit einer solchen Carbon-Footprint-App können wir ihnen vielleicht unser Anliegen noch stärker ins Gedächtnis rufen. Deutlich persönlicher machen! Und sie noch mal mehr zum Kauf eines EVs animieren.«

»Und vielleicht überlassen sie uns auch noch einige Daten zu ihrem Mobilitätsbedürfnis, was ja für uns von ganz besonderem Interesse wäre. Als Lockmittel dachten wir dabei an die Verlosung von Zeppelin-Freiflügen«, erklärte Eric weiter, nachdem das Luftschiff zu einer beliebten Attraktion in der Stadt geworden war.

Der Gouverneur und der Bürgermeister fingen an, das Konzept zu verstehen. »Mhh! Sehr interessant! Und, Steve? Wo stehen wir nun mit der App?«, hakte der Gouverneur mit einem Grinsen nach.

»Die Basisversion ist fast fertig.«

»Ja, dann nichts wie ´raus damit«, sagte der Bürgermeister.

Die anderen nickten vehement. *Ja, langsam wurde ihre App zu einer wirklich guten Idee! Mal schauen!* Eric fühlte sich bereits deutlich besser. Das Thema nagte an ihm. Sie mussten einfach noch enger an ihre Zielgruppe ran.

Und zwar schnell! Da hatte der Journalist leider Recht.

»Ach, guck´ mal, wenn wir da haben.«

Der Bürgermeister deutete nach oben. Das Zeppelin-Luftschiff zog gerade majestätisch in einer langen Kurve über sie hinweg. »GO ELECTRIC« stand in riesigen Lettern auf beiden Seiten des langen Rumpfes. *Eine tägliche Erinnerung, für die Bürger der Stadt.*

Alle hatten das Luftschiff ins Herz geschlossen. Fast wöchentlich nahm der Bürgermeister eine Gruppe wichtiger Leute mit zu einem Rundflug und zeigte ihnen die Schönheit seiner Stadt, aber eben auch die energetischen Verfehlungen. Die Messtechnik und die Darstellungsmöglichkeiten der lokalen CO2-Emissionen, aber auch Schadstoffe, waren in den letzten 12 Monaten noch mal deutlich verfeinert worden. Mit beeindruckenden Ergebnissen. Seit drei Monaten liefen regelmäßige Messflüge ab, um eine langfristige Messreihe aufzubauen und den Fortschritt der Stadt bei ihren CO2-Reduzierungen zu dokumentieren.

»Ich liebe diesen Anblick«, wiederholte der Bürgermeister mit einem verschmitzten Lächeln, »ein täglicher Tritt in den Hintern derjeniger, die das Thema einer radikalen Trendwende im Straßenverkehr immer noch nicht kapiert haben.«

Eine ziemlich freundliche Art von Tritt in den Hintern, dachte Eric. *Mehr nicht.*

MÜNCHEN, INNENSTADT, DREI TAGE SPÄTER

Tina´s offene Haare wehten im Fahrtwind. *Mit der eleganten Sonnenbrille hätte sie auch als Model für eine Cabriowerbung durchgehen können,* dachte Eric, der genüsslich neben ihr saß. Voller Stolz steuerte Tina das *Elec-1* Vorserienfahrzeug, das ihr Jack vor drei Monaten zur Verfügung gestellt hatte, durch die Münchner Innenstadt. Als Targa-Version. Sie hatte ihren I3 an den Fuhrpark ihrer Firma abgegeben und genoss seitdem das unverhohlene Staunen ihrer Freunde und Bekannten, wenn sie vorfuhr. Jetzt hatte sie endlich das coolste Auto von allen! Nicht nur 100% elektrisch, sondern auch schnell, allradgetrieben und in schönstem italienischen Open-Air-Design. Sie hatte das Targa -Verdeck komplett zurückgefahren und blickte hinauf in den blauweißen Himmel über München. Die Sonne wärmte angenehm an diesem Spätsommermorgen. Sie war bester Laune und freute sich auf diesen großen Tag.

Auf dem Weg ins Stadtzentrum fuhren sie gerade an einer der zahlreichen, bereits vorbereiteten Straßensperren mit mehreren Polizisten vorbei. Eric sah auf die Uhr. Noch gut zwei Stunden, dann würde die komplette Münchner Innenstadt für den normalen, verbrennungsmotorgetriebenen Verkehr gesperrt werden. Nur EVs durften dann noch einfahren. Von 13 Uhr bis Mitternacht.

»Das ist einfach genial, dass wir das hinbekommen haben«, sagte Tina voller Stolz und warf Eric ihr schönstes Lächeln zu.

Jack, der es sich hinter den beiden auf der geräumigen Leder-Rücksitzbank bequem gemacht hatte, musste schmunzeln. *Die beiden würden echt ein tolles Paar abgeben.* Jeder konnte spüren, dass es zwischen ihnen funkte.

Tina hatte tatsächlich vor gut zwölf Monaten zum *GREEN ELECTRIC INSTITUTE* gewechselt und dort die Leitung des neuen Democenters übernommen. Sie hatte Eric´s Angebot nicht widerstehen können. Zusammen mit ihrem Cousin Phillip, den sie ebenfalls zu einem Wechsel überreden konnte, hatten sie neben dem *ELECTRION*-Hauptsitz ein beeindruckendes Gebäude hingestellt und die Werbetrommel gerührt.

Am Anfang lief es etwas zäh an, aber jetzt konnten sie sich vor Besuchern kaum retten. Jeder wollte nicht nur die Chance nutzen, fast alle, aktuell angebotenen EVs auf dem vorbereiteten Rundkurs Probe zu fahren, sondern auch das gesamte Energiekonzept des Demo-Hauses persönlich erleben.

Vor wenigen Wochen wurde auch der Bürokomplex von *ELECTRION* ähnlich wie Tina´s Firmenzentrale auf eine fast 100% Strom-Eigenversorgungsquote aus PV und Windkraft umgestellt, samt Ladesäulen auf den Mitarbeiterparkplätzen. Mehr als 50 EVs fuhren nun täglich auf das Gelände des ehemaligen Militärflugplatzes und nutzten die freie, perfekt ins Gesamtsystem integrierte Ladeinfrastruktur. Neben der zunehmenden Anzahl an Erprobungsfahrzeugen von *ELECTRION*, die zusätzlich bereits die Rückspeisung in das lokale Netz erprobten. *Ein echtes Elektrofahrzeug-Eldorado!*

Und dann hatten Tina und Eric zusammen mit der Münchner Bürgermeisterin die verrückt anmutende Idee entwickelt, die Ruhe von EVs live in der Münchner Innenstadt zu demonstrieren.

»Könnt ihr euch das vorstellen?«, fragte Tina ihre beiden Kollegen mit Blick auf die Straße, »heute Nachmittag sind die alle weg! Diese stinkenden und dröhnenden Benziner und Dieselfahrzeuge. Hört euch doch nur den Krach an.«

Der Verkehr lief zähflüssig. In ihrem offenen Wagen waren sie dem Straßenlärm in besonderem Maße ausgesetzt. Die drei lauschten. Das Gehirn hatte sich über Jahre an den Lärmpegel gewöhnt und leistete gute Arbeit, ihn größtenteils auszublenden. Wenn man diese Blockade bewusst herausnahm, konnte man die Belastung für das menschliche Ohr deutlich spüren. *Außer Motorenlärm war fast nichts anderes zu hören!*

»Ja, ich glaube, diese Live-Demonstration wird bei allen Beteiligten einen intensiven und bleibenden Eindruck hinterlassen. Und uns hoffentlich in der Taskforce noch einen Schritt weiter bringen«, sagte Eric, der von der langen Rückreise aus LA noch müde war, »wir haben ja heute im Siemens-Forum gleich nach dem Event mehrere Treffen geplant. Wir wollen die Dynamik des Augenblicks nutzen, wie man so schön sagt. Ich hoffe, das klappt.«

Tina sah die Sorgen und die Müdigkeit in Eric´s Augen. Ja, der Schweizer stand seit Monaten im Zentrum der meisten ihrer Aktivitäten. Und leistete ganz hervorragende Arbeit. Aber man konnte sehen, dass er am Limit war. Immer zwischen LA, Beijing und München hin und her pendelnd war eine extreme Belastung. Sie sah ihn mitfühlend an. »Das schaffst du schon. Und wir sind ja auch dabei.«

Als sie schließlich vor dem Siemens-Forum direkt neben dem Altstadtring vorfuhren, standen bereits zwei Tesla S-Types vor dem Eingang.

Tina ließ Eric und Jack aussteigen. Eine kleine Menschentraube hatte sich um die beiden Wagen versammelt. Eric erkannte die deutsche Kanzlerin im Gespräch mit dem Tesla CEO, der es sich natürlich nicht nehmen ließ, die Übergabe seiner eleganten Limousine, in spezieller Ausführung nach Vorgaben der Bundesregierung, persönlich zu übernehmen.

Ja, die Kanzlerin hatte sich entschieden. Wie ein Schock war die Nachricht durch die deutsche Automobilindustrie gelaufen. Ein Tesla *S-Type* als neue Staatskarosse für die Kanzlerin und ihre Minister. Um es aber nicht zu einem kompletten Affront werden zu lassen, hatte sie sich auch für eine Handvoll EVs der deutschen Hersteller in ihrem Regierungsfuhrpark entschieden. Dennoch war das Thema in aller Munde.

Als sich die beiden der Gruppe näherten, entdeckten sie Fritz Niklas, Jack´s alten BMW-Bekannten, der ihnen sofort entgegenkam. »Hallo, Jack. Hallo, Herr Brinneau! Boah, dieser Anblick schmerzt immer noch gewaltig. Unsere Kanzlerin in einem amerikanischen Auto. Aber wir haben die Message verstanden. Und arbeiten nun mit Hochdruck an dem Thema, geben richtig Gas! Ihr werdet euch noch wundern.«

Alle lachten. Jack war froh über den Aufstieg des BMW-Mannes. Seit einem halben Jahr hatte er die Entwicklungsleitung im Konzern übernommen und forcierte nun vehement den Ausbau ihrer rein elektrischen I-Produktpalette.

Fritz Niklas schaute zu dem *Elec-1* hinüber, den Tina gerade zum Parken wegfuhr.

»Euer Wagen ist wirklich sehr schön geworden, Jack. Und mit einer beachtlichen Fahrdynamik. Ärgert, glaube ich, besonders die Allrad-Spezialisten von AUDI. Haben das Thema aber auch wirklich verschlafen. Ihre e-tron EVs sind ja bis heute fast ausschließlich Kleinserien oder nur Plug-in-Hybrids. Das finden die Kunden irgendwann nicht mehr lustig. Sie tun jetzt aber, glaube ich, alles, um auf dem Allradsektor die Technikführerschaft nicht an so Greenhorns wie euch zu verlieren«, sagte der BMW Mann mit einem Grinsen.

»Damit kommt jetzt endlich mehr Dynamik in den Markt! Ist nur gut so. Für uns alle«, erwiderte Jack mit einem Lächeln. Ja, dachte Eric mit Blick auf die enorme Anzahl an Pressefotografen, die deutschen Hersteller waren jetzt endlich aufgewacht. *Mal schauen, was sie auf die Beine stellten.*

Die Kanzlerin entdeckte die drei Herren, entschuldigte sich beim Tesla-Mann und kam kurz herüber.

»Da sind Sie ja, Herr Brinneau. Ziemlich verrückte Idee, die Sie sich da ausgedacht haben. Jetzt bin ich aber wirklich gespannt auf die Vorführung. Als mir die Bürgermeisterin das erste Mal von der Absperrung der Innenstadt erzählte, dachte ich, was für ein Aufwand, um einen wie immer gearteten Geräuschunterschied zu demonstrieren. Aber jetzt bin ich wirklich neugierig.«

Die Bürgermeisterin hatte wahrlich einen schweren Stand gehabt, die Idee im Stadtrat durchzubringen. Der Aufschrei war groß gewesen. Nur die Chance für alle EV-Anbieter und Car-Sharing-Services, an dem Tag endlich mal ihre elektrisch angetriebenen Fahrzeuge mit all ihren Vorteilen einem breiten Publikum demonstrieren zu können, hatte den Durchbruch in der Diskussion gebracht. Entlang des gesamten Altstadtrings wurden kleine Austellungszentren zur Elektromobilität aufgebaut. Die Stadtwerke hatten sogar ihre stillgelegten Ladesäulen wieder reaktiviert. *Etwas widerwillig, aber dennoch.*

Die Siemens-Leute als Gastgeber führten die prominente Gruppe ins Gebäude. Das Medieninteresse an dem Event war riesig. In dem Gedränge hätte Eric fast Lisa und ihren Onkel übersehen, die sich bereits in der Eingangshalle befanden.

Die bildhübsche Chinesin und ihr Onkel waren von Reportern und Fotografen umringt. *War das Ereignis so wichtig, dass sogar hohe chinesische Vertreter angereist kamen?* Der in sich ruhende Chinese und seine junge Enkelin in ihrem traditionellen Kostüm ergaben ein hervorragendes Bildmotiv. *Wahrscheinlich schaffte Lisa es sogar auf einige der Titelseiten,* dachte Eric mit einem Schmunzeln und bahnte sich einen Weg zu den beiden. Die Chinesin umarmte ihn innig, der Medienrummel störte sie überhaupt nicht.

»Hallo, schöne Prinzessin«, sagte Eric und drückte sie. Sie lachte ihn mit ihren großen, braunen Augen an. »Hallo, Mister Cheng«, wandte sich Eric schließlich an ihren Onkel, der die Begrüßung mit einem zufriedenen Lächeln beobachtet hatte, »noch mal vielen Dank, dass Sie die lange Reise auf sich genommen haben, um sich persönlich ein Bild von den Fortschritten in München zu machen.«

»Keine Ursache. Ganz im Gegenteil. Vielen Dank für die Einladung«, antwortete der Chinese bescheiden, »und auch die Möglichkeit zum Mittagessen mit der Kanzlerin. Ein persönliches Gespräch bringt tausendmal mehr als jeder Bericht. Das wissen Sie doch.«

Eric nickte. »Aber jetzt sollten wir schauen, dass wir auf die Dachterrasse kommen und uns den ersten Teil der Demonstration zu Gemüte führen«, sagte er zu den beiden und bahnte ihnen einen Weg zum Lift.

Auf der Dachterrasse des Siemensforums waren nur Gäste mit Sonderausweis zugelassen, da die Freifläche begrenzt war. Trotzdem drängten sich die Leute dicht an dicht. Eric war zu Tina hinübergegangen, die zusammen mit der Münchner Bürgermeisterin noch eine kleine Ansprache vorbereitet hatte. Dabei sah er zu seiner Überraschung auch den bayerischen Ministerpräsidenten. Direkt neben der Kanzlerin. Das Thema gewann auch in Bayern an Fahrt! Man fing an, die enormen Chancen für die bayerische Wirtschaft zu entdecken. Im eigenen Land und beim Export. *Und der Medienrummel konnte ja nicht schaden.*

Der Siemens-Vertreter begrüßte die Gäste kurz offiziell und übergab dann an die Bürgermeisterin.

»Liebe Frau Bundeskanzlerin, lieber Herr Ministerpräsident, liebe Gäste! Sie wissen, wie sehr mir und dem Münchner Stadtrat das Thema Klimaschutz am Herzen liegt. Wenn wir unser Ziel einer Halbierung der CO2-Emissionen bis 2030 in der Metropolregion erreichen wollen, müssen wir noch viel tun. Auf allen Gebieten. Ganz besonders im Straßenverkehr. Was dabei massiv unterschätzt wird, ist die enorme Verbesserung der Lebensqualität in unseren Innenstädten, die ein Wechsel auf EVs nach sich ziehen wird. Neben ihrem enormen Beitrag zur CO2-Reduzierung. Das wollen wir Ihnen heute demonstrieren. Wie Sie alle merken, muss ich aktuell ein Mikrofon benutzen, um mich verständlich zu machen. Der permanente Autoverkehr auf dem Altstadtring hier direkt unter uns ist auch sieben Stockwerke weiter oben noch so laut, dass man sich auf dieser schönen Dachterrasse nicht wirklich unterhalten kann.«

Die Bürgermeisterin machte eine demonstrative Pause und ließ den

Straßenlärm auf die Gäste einwirken. Eric musste sich an sein versuchtes Telefonat von hier oben im letzten Jahr erinnern. Und seine Blitzidee. *Und jetzt standen sie hier! Zusammen mit wichtigsten Vertretern aus Politik und Wirtschaft, die die Trendwende im Straßenverkehr entscheidend mitgestalten konnten.*

»Das hält man eigentlich keine zehn Minuten aus, wenn ich es mir so überlege«, sagte Tina, die sich neben Eric an die Brüstung gelehnt hatte, »es sei denn man ist so angenehm abgelenkt, wie ich bei unserem ersten Gespräch hier oben. Damals, als du mich zur Teilnahme bei der Taskforce überredet hast.« Sie sah Eric verschmitzt von der Seite an. Eric versuchte, sich nicht zu sehr ablenken zu lassen. War aber nicht leicht.

Viele der Gäste sahen auf den Verkehr hinunter. Die Lärmbelästigung war tatsächlich enorm. Einige schüttelten den Kopf. *Nein, das konnte auf Dauer keine Lösung für ihre Innenstädte sein.*

Die Bürgermeisterin fuhr fort und erklärte den umfangreichen Akustik-Messaufbau, das Timing für die Absperrung der Innenstadt, sowie die beabsichtige zweite Demonstration auf der Dachterrasse heute Nachmittag. Die Neugierde unter den Gästen wuchs enorm, nach diesem hautnahen Erlebnis auf der Dachterrasse. Der Siemens-Vertreter ergriff noch mal das Wort und lud die Gäste in der Zwischenzeit zu einem gemeinsamen Mittagessen ein.

Ein Stockwerk tiefer waren in einem großen Saal zahlreiche, runde Achtertische gedeckt. Wie vereinbart saßen Lisa und ihr Onkel am ersten Tisch, zusammen mit der deutschen Kanzlerin und der Münchner Bürgermeisterin. Und Eric, sowie einem Siemens-Vertreter.

Schnell kam das Thema auf die aktuellen CO2-Emissionen in der Metropolregion. Und was zu tun war, um eine Halbierung bis 2030 zu erreichen. Der Chinese betonte dabei die enorme Wichtigkeit einer deutschen Vorreiter-Rolle. Die beiden Politikerinnen hörten genau zu, als der Chinese in seiner ruhigen Art erläuterte. »Gerade im Straßenverkehr ist das für uns entscheidend. Wenn Sie es mit dem hohen Umweltbewusstsein der deutschen Bevölkerung und der einzigartigen, technischen Kompetenz Ihrer Automobilindustrie nicht schaffen, den Wechsel auf EVs zeitnah hinzubekommen, dann sehe ich kaum eine Chance, dass wir in China die notwendigen Schritte einleiten werden.«

»Was ist mit der immensen Smogbelastung, die man immer wieder auf Fotos aus chinesischen Großstädten sieht? Ist das für Sie nicht Motivation genug?«, hakte der Siemens-Manager am Tisch ein. Die Bürgermeisterin warf dem Manager einen bösen Blick zu. *Wie konnte er diesen chinesischen*

Regierungsmann so direkt und unverblümt angehen? Es entstand eine unangenehme, kurze Pause. Eric sah Lisa an und wollte einspringen. Doch ihr Onkel reagierte gelassen.

»Ja, Sie haben natürlich völlig Recht, Smog ist ein großes Thema bei uns. Ein sehr großes sogar! Das ist aber eher auf die Kohleverbrennung in Industrie und Kraftwerken und ihren hohen Partikelausstoß zurückzuführen, weniger auf den Straßenverkehr.«

Der Siemensmann ließ nicht locker. »Trotz des enormen Bestandswachstums?«

»Ja«, antwortete der Chinese ruhig, »der Straßenverkehr basierend auf Verbrennungsmotoren stellt natürlich einen zunehmend belastenden Faktor für unser Stadtklima dar. Aber Sie können sich sicherlich vorstellen, dass auch die chinesischen Bürger zuallererst an einem attraktiven Auto zu einem guten Preis interessiert sind, weniger an der Antriebstechnik. Und das Angebot ist, ähnlich wie bei Ihnen, leider immer noch sehr verbrennungsmotorfixiert. Das heißt, auch bei uns sind EVs keine Selbstläufer.«

»Und was ist mit staatlichen Vorgaben?«, fragte die Kanzlerin, die direkt neben dem Chinesen saß, vorsichtig nach. Das Thema beschäftigte sie immer noch.

»Ja, das ist die entscheidende Frage«, antwortete er mit einem weisen Lächeln, »wie motivieren wir die chinesische Führung, über finanzielle Anreize oder sogar Zwangsvorgaben einer schnelleren Einführung von EVs auf die Sprünge zu helfen?« Der Chinese ließ seine Frage für eine Weile im Raum stehen. *Er hatte die Wichtigkeit einer deutschen Führungsrolle ja bereits betont.* Dann sah er die Kanzlerin direkt an.

»Ich denke, China kann es sich nicht leisten, technologisch zurückzubleiben, wenn Großstädte wie München es tatsächlich schaffen, in der Breite auf EVs umzustellen. Wenn dies aber nicht der Fall ist, stellt die Einführung von EVs für uns nur eine von mehreren Optionen dar, um der Luftbelastung in unseren Städten entgegenzuwirken. Wobei die Reduzierung der Kohleverbrennung dann wohl oberste Priorität hätte.«

Und Elektroautos kamen dann halt ein bisschen später! Das sagte der Chinese zwar nicht, meinte es aber.

»Herr Cheng, ich glaube, wir verstehen alle, was Sie sagen wollen. Die Energiewende, auch im Straßenverkehr, hat bei mir oberste Priorität, lassen Sie sich dessen versichert sein«, antwortete die Kanzlerin ebenso ruhig und bestimmt.

Der Büroleiter der Bürgermeisterin näherte sich und flüsterte seiner Chefin etwas ins Ohr.

»Meine Damen, meine Herren, nur zu Ihrer Info«, sagte sie stolz mit Blick in die Tischrunde, »gerade eben ist eine ungewöhnliche Ruhe auf der Siemens-Dachterrasse eingetreten. Die Absperrung des gesamten Innenstadtverkehrs ist vollzogen. Das sollten wir uns, glaube ich, nicht entgehen lassen. Aber die leckere Nachspeise natürlich auch nicht.«

Die Nachricht sprach sich schnell herum. Es hielt die Teilnehmer kaum mehr auf den Stühlen. Jetzt wollten es alle wissen. *Wie groß war der Unterschied wirklich?*

»Gespenstisch«, sagte Tina, als sie sich mit allen anderen über die Brüstung der Dachterrasse beugte.

Die Polizei hatte es tatsächlich geschafft, alle verbrennungsmotorgetriebenen Fahrzeuge aus der Innenstadt herauszubringen. Die Anwohner mussten ihre Autos in der Tiefgarage oder am Straßenrand abstellen. Aktuell war der Altstadtring unter ihnen quasi fahrzeug-frei. Die Bürgermeisterin sprach mit einem ihrer Organisatoren und wandte sich dann an die Teilnehmer.

»In wenigen Minuten werden wir eine ähnliche Verkehrsdichte wie sonst üblich auf dem Altstadtring erzeugen. Diesmal aber ausschließlich mit EVs. Das sollte uns dann einen wirklichen Vergleich ermöglichen.«

Lisa übersetzte kontinuierlich für ihren Onkel, der ebenfalls sehr interessiert über die Brüstung hinuntersah.

Und dann kamen die EVs aus dem Tunnel. Erst zwei oder drei, dann immer mehr. Der Strom schien gar nicht mehr aufhören zu wollen. Eric war begeistert. »Wer hätte gedacht, dass es bereits so viele EVs in der Stadt gibt.«

Tina lachte. Ja, sie hatte zusammen mit dem Büro der Bürgermeisterin eine massive Werbetrommel für alle EV-Besitzer in der Stadt und näheren Umgebung gerührt. BMW hatte außerdem alle verfügbaren Fahrzeuge ihrer internen EV-Flotte bereitgestellt. So hatten sie plötzlich fast tausend Fahrzeuge. Und die simulierten jetzt einen mittäglich typischen Innenstadtverkehr. Man konnte bereits hunderte von Leuten an den Straßenrändern sehen, die sich dieses ungewöhnliche Spektakel nicht entgehen lassen wollten. Jack entdeckte sogar einen knallgelben Mercedes SLS von AMG, den es nur in ganz geringer Stückzahl rein elektrisch gab. Für über 400.000 Euro. Auch dieser stolze Besitzer war gekommen.

Aber der absolute Hammer war die Ruhe, die plötzlich in der Stadt herrschte. Wie sagte Tina doch: Gespenstisch!

Die Bürgermeisterin grinste diebisch über das ganze Gesicht. Damit war ihr ein richtiger Coup gelungen. »Meine Damen und Herren, ich glaube, ich muss nicht mehr viel dazu sagen. Und das alles ohne Mikrofon«, schloss sie ihre kurze Ansprache ab.

Die Leute nickten und staunten. *War das die Stadt der Zukunft?* Videokameras und umfangreiche Messgeräte hielten den Augenblick fest.

Plötzlich deuteten einige Leute nach oben. Ein großer Schatten bildete sich auf der Dachterrasse. Völlig lautlos hatte sich der neueste Prototyp der Zeppelinwerke über die Innenstadt geschlichen und zog nun tief über das Siemensgebäude hinweg. Ebenfalls vollkommen elektrisch angetrieben.

Jack ging vor zum Mikrofon und erklärte den Anwesenden kurz die Highlights des technischen Umbaus: Ersatz der uralten Lycoming-Propeller-Turbinen durch E-Motoren und eine aktive, neuartige Außenhaut, die bei aktuellem Sonnenschein fast 50% der benötigten Vortriebsleistung erzeugte und damit den Einbau relativ kleiner Batteriepakete ermöglichte. Damit war die Zuladung des Luftschiffs nahezu unverändert. »GO ELECTRIC« war auch hier in großen Buchstaben zu lesen. *Wie treffend für den heutigen Tag,* dachte Eric.

Der Verkehrsstrom unter ihnen hatte immer noch nicht abgenommen. Es schien, als wenn die Fahrer und Beifahrer der EVs dieses ungewöhnliche Event in vollen Zügen genossen. So wie alle auf der Dachterrasse und die immer zahlreicheren Zuschauer am Straßenrand. Die Münchner Innenstadt wurde zu einem einzigen, großen Happening, mit Infoständen aller Hersteller und anderer Beteiligter. *Der erste wirkliche Münchner Tag der Elektromobilität!*

Eric stimmte sich kurz mit Tina und der Bürgermeisterin ab. Man ließ den Gästen einfach noch ein paar Minuten mehr Zeit zum Genießen. *Konnte nur gut sein für die anstehenden Diskussionsrunden im Siemensforum.* Die Sonne war wieder zwischen den Wolken herausgekommen.

»Was hindert uns eigentlich daran, eine solche Beschränkung der Innenstadt auf EVs zum Dauerzustand zu machen? Mit, sagen wir, einer Vorwarnzeit von drei Jahren«, hörte Eric einen der Stadtpolitiker zur Bürgermeisterin sagen. *Ja, das wäre sicherlich der Durchbruch für Elektrofahrzeuge,* dachte Eric. So wie damals mit dem Verbot von verbrennungsmotor-betriebenen Rollern in vielen chinesischen Großstädten. *Eigentlich war die Lösung so einfach! Naja!*

»Das wäre der Supergau für uns, glaube ich«, sagte Fritz Niklas, der neben Eric auftauchte und den Kommentar mitbekommen hatte, »auch eine dreijährige Vorlaufzeit wäre wahrscheinlich viel zu kurz für die Anpassung unserer Industrie-Strukturen.«

»Wir könnten das Thema ja zu Beginn erst einmal in ausgewählten Metropolen testen, bevor es in der Breite eingeführt wird. Das gäbe euch dann deutlich mehr Zeit«, antwortete Eric nachdenklich.

»Mhh, vielleicht. Dennoch irgendwie ein beängstigender Gedanke. Ist der Wandel in der Automobilindustrie so schnell zu schaffen, ohne größere Verwerfungen am Arbeitsmarkt? Oder bleiben viele Zulieferer auf der Strecke? Für die die Umstellung ja zum Teil noch massiver wäre.«

Eric sah den BMW-Mann nachdenklich an. *Ja, die Trendwende war eine Riesen-Herausforderung. Für alle. Ging sie zu langsam, waren ihre Klimaziele nie und nimmer zu erreichen. Ging es zu schnell, konnte es zu massiven Umstellungsproblemen führen.* »Allein deswegen sollten wir lieber heute, als morgen anfangen.«

Der BMW-Mann nickte und sah mit Eric ein letztes Mal über die Brüstung. *Echt faszinierend! Anders konnte man es nicht ausdrücken.* Eric sah auf die Uhr. Es wurde Zeit zu gehen. Auch wenn keiner wollte. Zu beeindruckend war der akustische Unterschied. Doch es galt, die Gunst der Stunde nutzen. Mühsam dirigierten die Siemens-Vertreter die Leute zum Lift und in die verschiedenen, vorbereiteten Arbeitsgruppen in den tiefer gelegenen Stockwerken.

Eric hatte ein Meeting mit Beteiligung der Kanzlerin durchgesetzt. Zum Thema »Sauberes Laden zuhause«. *Im Gegensatz zu LA kam das Thema nämlich in München bisher nur zäh voran.* Hochrangige Vertreter von Siemens, Bosch und SWM, aber auch der Geschäftsführer der Münchner Solarinitiative waren eingeladen. Und der Tesla-Gründer war ebenfalls mit dabei, um die erfolgreichen Ansätze in den USA in die Diskussion miteinzubringen.

»Frau Bürgermeisterin«, begann Eric zügig, nachdem alle in dem Konferenzraum Platz genommen hatten, »nochmals vielen, vielen Dank an Sie ganz persönlich. Diese einmalige Demonstration der Ruhe mitten in der Innenstadt war, glaube ich, ein voller Erfolg. Doch wenn wir das zu einem Dauerzustand machen wollen, brauchen wir noch enorme Anstrengungen auf der Angebotsseite. Nicht nur bei den Fahrzeugen. Sondern ganz besonders auch bei den Heimladesystemen, denn das Laden der EVs findet, zumindest in der Anfangsphase, fast ausschließlich zuhause statt.« Zustimmendes Nicken in der Runde. »Doch hier kommen wir in Deutschland nicht richtig in die Gänge.«

Erste Unruhe im Raum.

»Ich sage das deswegen, weil dieses Laden idealerweise mit der eigenen

PV-Anlage geschehen sollte und nicht über die Steckdose! Gerade bei unserer klar identifizierten Primär-Zielgruppe der Mehr-Auto-Haushalte, die fast alle in ihren eigenen Häusern wohnen. Diese Leute brauchen eine professionelle Lösung, umsetzbar ohne größeres Kopfzerbrechen. Das kann der Hauselektriker nicht alleine leisten. Hier muss ein funktionierendes und erprobtes Gesamtsystem von etablierten Herstellern angeboten werden.«

»Woran denken Sie dabei genau?«, fragte der SWM-Vertreter mit deutlich skeptischem Unterton. Eric fuhr ungerührt fort.

»Nehmen Sie beispielsweise das Konzept von Solarcity in den USA.«

»Wer bitte?«

»Kenne ich auch nicht«, kam es von dem Siemens-Mann.

Na Klasse! Gut, dass wir einen der Gründer mit am Tisch haben. Eric nickte dem Amerikaner zu und bat ihn, die Hintergründe und Erfolgsfaktoren seines zweiten Geschäftes neben Tesla etwas ausführlicher zu erklären. Das Unternehmen und sein Geschäftsmodell einer kostenfreien Installation einer PV-Anlage für Hausbesitzer war den meisten am Tisch nicht bekannt. Auch die Dimension der amerikanischen Initiative beeindruckte. Solarcity hatte in nur wenigen Jahren PV-Anlagen auf Privatdächern in der Größenordnung eines halben Großkraftwerkes in Betrieb genommen und bot den Hausbesitzern nun Strom zu langfristig stabilen und attraktiven Konditionen an.

Die Unruhe im Raum nahm zu. Die Bürgermeisterin ergriff das Wort. »Sehr, sehr interessant! Wäre das nicht auch ein Ansatz für uns?« Dabei sah sie den Geschäftsführer der Münchner Solarinitiative direkt an.

Diese Einrichtung war extra zur Verbreitung von PV-Anlagen in München gegründet wurde, war aber bis heute immer noch ein ungeliebtes Kind der Stadtwerke. Zentral betriebene Kraftwerke waren einfach leichter zu steuern.

Der Geschäftsführer der Initiative spürte sofort die stechenden Blicke einiger Teilnehmer. Auch der SWM-Vertreter sah böse zu ihm hinüber. *Jetzt nur schön diplomatisch bleiben,* ermahnte er sich innerlich, während er leicht zu schwitzen anfing.

»Das Thema Upfront-Investment ist natürlich gerade für Privatpersonen ein großes Thema. Auch bei uns. Somit macht der Ansatz von Solarcity absolut Sinn. Aus meiner Sicht. Damit könnte unter Umständen die Einführung von PV-Anlagen in der Münchner Region deutlich beschleunigt werden. Die Problematik steckt wohl eher im Detail der Verträge zwischen Betreiber und Hausbesitzer. Wie lange wird das Dach verpachtet? Wie lange laufen die Stromverträge? Wie sind die Ausstiegsklauseln? Da gibt es sicherlich einige Unterschiede zwischen Deutschland und den USA. Und es ist eine Frage des verfügbaren Kapitals. Wer übernimmt die Kosten für die Installation der PV-Anlagen, wenn es nicht der Endkunde tut? Wir als Münchner Solarinitiative sind aktuell dazu leider nicht in der Lage.«

»Wäre das nicht ein tolles Business für Siemens oder Bosch, oder beide?«, fragte die Bürgermeisterin in ihrer unnachahmlich direkten und charmanten Art und sah die beiden Unternehmens-Vertreter direkt an.

Eric musste schmunzeln und sah zu Tina hinüber, die neben ihm saß. Jeder wusste natürlich, dass Siemens aus der Herstellung von Ladeinfrastruktur ausgestiegen war, so wie Bosch erst kürzlich aus der PV-Modulherstellung. Beide waren hier gebrannte Kinder. Aber auf der anderen Seite waren Bosch-Siemens-Hausgeräte in fast allen Haushalten. Und zusammen hatten sie enorme Erfahrungen sowohl im Autobau, als auch bei Stromnetzen. Eigentlich die Idealpartner für die Entwicklung und Einführung von Heimladesystemen, besonders wenn sie mit einer PV-Anlage und der restlichen Stromversorgung im Haus zusammenspielen sollten. Das hatte er der Bürgermeisterin vor ein paar Tagen ausführlicher erklärt. Und wurde von ihr nun schamlos in die Diskussion eingebracht.

Die beiden Vertreter von Siemens und Bosch rutschten unruhig auf ihren Sitzen herum. Jeder wollte dem anderen den Vortritt lassen. *Oder besser noch, gar nichts dazu sagen!* Eric versuchte, die Diskussion in Gang zu halten.

»Aktuell wird das Thema eigentlich nur von kleinen, unbekannten Hightech-Firmen angegangen. Diesen Firmen fehlt aber die Vermarktungs-Power. Und die Kapitalkraft, diese Systeme vorzufinanzieren. Das kann es doch nicht sein, meine Herren, oder?«

Dennoch lief die Diskussion zäh. *Sehr zäh!* Die Kanzlerin, die sich bisher zurückgehalten hatte, sah säuerlich in die Runde. »Wollen wir nun gemeinsam die Vorreiter-Rolle in Deutschland erreichen, oder nicht?« Sie erwartete keine Antwort auf diese Frage. Das wussten auch die anderen. »Dann müssen wir auch Geld in die Hand nehmen, meine Herren!«

»Und wer garantiert uns, dass es mit der Elektromobilität, die ja ein Kernmotivator für die Hausbesitzer zur Installation eines solchen Systems wäre, auch wirklich zum Erfolg kommt – bisher sieht es ja eher mager aus?« Das war die falsche Frage. Der Industriemann bemerkte sofort seinen Fehler, als er das Gesicht der Kanzlerin sah.

»Die Energiewende ist unser erklärtes Ziel. Wir werden von staatlicher Seite alles tun, damit dieses Thema fliegt«, sagte sie in scharfem Ton, »aber

Risiken gehören nun mal zum Geschäft. Das können und wollen wir Ihnen nicht abnehmen.«

»Keine Sorgen, Frau Bundeskanzlerin«, warf der Amerikaner angriffslustig ein, »wenn sonst keiner Lust hat, kommen wir halt einfach mit Solarcity über den Teich und übernehmen das Geschäft. Der deutsche Markt ist ja bereits für Tesla zu einem der wichtigsten geworden. Hier wollen und müssen wir uns täglich mit unseren Autos beweisen. Wieso nicht auch mit Solarcity?«

Wow! Für kurze Zeit herrschte absolute Ruhe im Raum. Das war eine weitere, klare Kampfansage des Amerikaners. So wie er bereits mit seinen Elektroautos und einem eigenen Schnellladesystem entlang der deutschen Autobahnen eine Kampfansage an die deutschen Premiumhersteller gemacht hatte. Die Diskussion wurde hitziger.

Spätestens jetzt war allen klar, dass an dieser Stelle viel mehr zu tun war. Und die Kanzlerin einen signifikanten Hauptbeitrag der deutschen Elektrokonzerne erwartete. Auch wenn sich diese in den letzten drei Jahren frustriert aus wichtigen Themen der Erneuerbaren Energien und der Elektromobilität zurückgezogen hatten.

Das Treffen endete in gedrückter Stimmung. *Ja, es war eine Sache, Räume und Budget für eine einmalige Aktion wie diese EV-Live-Demonstration und die anschließenden Diskussionsrunden zur Verfügung zu stellen. Aber es war eine ganz andere Sache, tatsächlich langfristig in das Thema zu investieren.* Dennoch war Eric nicht unzufrieden. *Jetzt war das Thema wenigstens auf dem Tisch! Und beschäftigte nun auch die deutschen Top-Etagen. Hoffentlich!* Die Kanzlerin bedankte sich beim Tesla-Gründer für sein vorbildliches Engagement. Sie war immer noch enttäuscht, als sie sich von den beiden Industriemanagern verabschiedete. Die Blicke sagten alles.

Tina fasste Eric beim Hinausgehen am Arm. »Ich setzte mich jetzt ab und gehe hinunter in die Innenstadt. Ich will unbedingt sehen, wie die verschiedenen EVs und Stände bei den Bürgern ankommen. Und soviel wie möglich auf Video festhalten. Phillip kommt mit.« Sie lächelte ihn an und drückte ihm einen Kuss auf die Wange. Dann war sie auch schon in der Menge vor dem Konferenzraum verschwunden.

Eric wäre am liebsten mit ihr hinuntergegangen. *Einfach mal ein paar Stunden in Ruhe und ohne Plan durch die Straßen schlendern.* Doch noch war der offizielle Teil nicht ganz beendet. Und er hatte Lisa und ihrem Onkel ein kleines gemeinsames Abendessen versprochen, bevor sie wieder abflogen. Quasi als nochmaliger Dank für die damals so herzliche Aufnahme in China.

Die Bürgermeisterin kam mit Lisa und ihrem Onkel herüber. »War anstrengend, das Meeting gerade eben. Ich weiß!«, sagte sie mitfühlend, als sie in Eric´s müde Augen blickte, »aber wir hatten es ja auch nicht anders erwartet, oder?« Eric lächelte mühsam. Ja, da hatte sie wohl Recht. »Dann lassen Sie uns jetzt noch schnell die Kanzlerin verabschieden, bevor sie wieder zum Flughafen fährt. Und dann ist der Tag gelaufen.«

Lisa hakte sich bei Eric ein und ging mit ihm und den anderen die Treppe hinunter.

Die beiden Top-Manager standen am Fenster und beobachteten die Abfahrt des ungewöhnlichen Konvois. Die Kanzlerin saß in ihrem neuen Tesla, während zwei *Elec-1s* das Begleitpersonal aufnahmen. Die Fahrzeuge rollten geräuschlos an. Nur die Motorrad-Eskorte der Polizei war benzingetriebenen und damit ungewöhnlich laut, als sie vorweg in die immer noch lärmfreie Hauptstrasse hinausfuhr.

»Das sind doch keine alltagstauglichen Fahrzeuge«, sagte der eine etwas abfällig und schüttelte den Kopf, »und wenn schon, dann glaubt ihnen das keiner! Auf jeden Fall haben die Endkunden keine Lust, Geld in ein Auto zu stecken, das sich dann möglicherweise als Flop herausstellt.«

Der andere nickte. »Und ich habe keine Lust, noch mal viel Geld in die Entwicklung der passenden Infrastruktur zu stecken. Ein komplettes Heimladesystem mit PV-Anlage und Haussteuerung. Das ist richtig teuer, bevor so ein System zuverlässig funktioniert. Ganz zu Schweigen vom Marketingaufwand. Das Risiko, dass das ganze Thema wieder nicht zum Fliegen kommt, ist einfach zu groß. Außerdem ist das Endkundengeschäft nicht gerade unsere Stärke, wie wir alle wissen.«

»Und auf eine stabile, staatliche Unterstützung können wir auch nicht setzen. Egal was die Kanzlerin sagt. Wenn das Thema ins Wanken kommt, kriegen die doch wieder als allererste kalte Füße!«

Die beiden Topmanager waren sich einig. Dennoch hatte die Gesprächsrunde nicht wirklich gut getan. *Musste man nicht jeden Tag haben.*

»Ach ja. Und schauen Sie zu, dass wir als Sponsor bei der anstehenden Veröffentlichung dieser Studie zur Verfügbarkeit fossiler Brennstoffe nicht ganz vorne im Rampenlicht stehen. Wäre, glaube ich, aktuell nicht der geschickteste Schachzug.« Beide konnten sich ein Grinsen nicht verkneifen. »Aber ich will, dass die Studie dennoch groß rauskommt! Benzin für gescheite Autos gibt es noch genug! Wäre doch gelacht!«

MÜNCHNER RATHAUS, AM NÄCHSTEN MORGEN

»So ein Schwachsinn!« Die Diskussion wurde seit einigen Minuten extrem emotional geführt. »Die Münchner Innenstadt für normale Autos komplett zu sperren! Da können wir uns auch gleich in den Kopf schießen! Die Bürger werden uns alle für verrückt erklären!«

»Ach, ist das so? Und welche Bürger waren das dann, die gestern zu Tausenden die Münchner Innenstadt bevölkert haben und die Ruhe, als auch die Probefahrten mit den EVs in vollen Zügen genossen?«

»Das sind die gleichen Leute, die später auf die Barrikaden klettern, wenn wir die Innenstadt auf Dauer zur CO2-freien Zone machen wollen. Das garantiere ich Ihnen!«

»So ein Quatsch!«

»Wenn wir so etwas schon andenken, dann sollten wir die Innenstadt gleich komplett für Autos sperren. Das wäre dann wenigstens konsequent!«

Der Aufschrei in dem großen Sitzungssaal wurde noch größer. Die Bürgermeisterin hatte Mühe, die Gemüter wieder zu beruhigen und zurück zur Agenda des angesetzten Treffens zu finden.

Eric und Tina saßen am anderen Ende des langen Tisches und verfolgten die Besprechung mit einem gewissen Unbehagen. Gerade, weil der Ton langsam echt unangenehm wurde. Eigentlich war die Sitzung einberufen worden, um dem Stadtrat nach gut zwölf Monaten einen ersten, detaillierten Zwischenbericht zu den Fortschritten der neuen Taskforce abzuliefern. Aber das gestrige Großereignis war noch in aller Munde und hatte die Gemüter heftig in Wallung gebracht.

»Also noch mal, ganz nüchtern«, sagte die zweite Bürgermeisterin, »wir wissen nun, nach Detailanalysen unserer Taskforce, dass es tatsächlich fast 300.000 gut situierte Haushalte im Großraum München gibt, die mit ihren Zweitwagen die Kernzielgruppe unserer Trendwende im Straßenverkehr darstellen. Dazu gehören ja auch einige von den hier Anwesenden, wenn ich das richtig sehe.« Grummeln in der Runde. *Da hatte sie wohl Recht!* Die Bürgermeisterin fuhr ungerührt fort.

»Ein Großteil des Mobilitätsbedarfs dieser Leute wird mit dem Auto abgedeckt. Nicht nur zur Arbeit, sondern auch für alle anderen Fahrten. Während die meisten unserer Bürger, die in den Appartments in der Innenstadt wohnen, gar kein Auto haben und deswegen natürlich auf den öffentlichen Nahverkehr angewiesen sind. Damit steht nun mal die Frage im Raum, wie wir diese

Mehr-Auto-Haushalte dazu bewegen, sich mindestens ein EV anzuschaffen.«

»Oder ganz auf das Auto zu verzichten«, kam wieder der Einwurf.

Die Bürgermeisterin warf ihrem Parteikollegen einen bösen Blick zu. Einen sehr bösen. Eric konnte sehen, wie sie sich zurückhalten musste. Diese Diskussion hatte sie schon zu oft in der eigenen Partei geführt. Aber der Irrglaube ihrer Kollegen, diese gut situierten Leute würden alle auf ihr liebgewonnenes Auto und den Luxus der individuellen Mobilität verzichten, war irgendwie nicht wegzukriegen.

»Das haben wir doch schon diskutiert«, antwortete sie mit angestrengter Ruhe, »das wird in der Breite nicht funktionieren. Diese Bildungs- und Einkommenselite unserer Stadt kann und will sich den hohen Komfort einer individuellen Mobilität leisten. Und stellt, ganz nebenbei, unser gesamtwirtschaftliches Wohlergehen und den Großteil unserer Steuereinnahmen sicher, wenn ich Sie daran erinnern darf.«

Nicken in der Runde.

»Also noch mal! Für den Fall, dass diese Leute trotz all unserer Bemühungen in der Taskforce und solcher Großereignisse wie gestern keine Lust haben sollten, in der Breite ihre Zweitwagen auf EVs umzustellen, werden wir ein massives Problem kriegen, unser CO2-Halbierungsziel bis 2030 zu erreichen. Zumindest im Straßenverkehr. Da beißt die Maus keinen Faden ab! Für diesen Fall brauchen wir Optionen.« Die Bürgermeisterin sah in die Runde.

»Ein Verbot für konventionelle Autos in der Innenstadt ist aber keine Option«, kam es erneut aus dem Kreis.

»Das wären dann ja schon fast chinesische Verhältnisse«, warf einer der Stadträte böse ein, »der Staat diktiert seinen Bürgern, was gut für sie ist.«

»Ja, wir haben wahrlich wichtigere Themen in der Stadt, die im Argen liegen und ähnlich harte Maßnahmen erfordern«, warf eine andere ein.

»Ach, ist das so?«, erwiderte die Bürgermeisterin bissig, nahm sich dann aber wieder zurück. Die Stimmung war schon geladen genug.

Man vereinbarte eine weitere Prüfung des Themas. Noch war es ja nicht akut. Alle hofften auf die Eigendynamik ihrer Mehr-Auto-Zielgruppe. Das gestrige Event machte auf jeden Fall Mut. Die Bürgermeisterin beendete die hitzige Sitzung.

Karl Röhmer ging ans Telefon. Er kannte die Nummer. Sein Gesprächspartner legte sofort los.

»Die Frau schnappt langsam über. Nicht nur, dass sie dieses unnütze und teure Event mitten in der Stadt durchgedrückt hat. Jetzt redet sie sogar von Zwangsmaßnahmen für die Einführung von EVs, wenn es mit dem freiwilligen Kauf nicht schnell genug gehen sollte.«

»Mhh. Gibt es dazu schon eine konkrete Beschlussvorlage?«

»Nein, das noch nicht! Aber sie lässt bereits verschiedene Optionen detaillierter ausarbeiten.«

»Haben Sie eine Chance, das Thema zumindest zu verzögern?«

»Ich könnte mir da was vorstellen. Der Widerstand auch innerhalb ihrer Partei nimmt ganz offensichtlich zu.«

»Sehr gut! Dann lassen Sie sich einen konkreten Schlachtplan einfallen«, sagte der Verbandspräsident, »aber bevor Sie loslegen, rufen Sie mich nochmal an.« Karl Röhmer legte auf.

Nachdem eine direkte Beteiligung des Verbandes an der Münchner Taskforce doch in letzter Minute abgeblockt worden war, hatte er sich einen anderen Zugang zu den Informationen besorgt. Er wollte BMW nicht alleine die Wissenshoheit in diesem so wichtigen Thema überlassen. Gerade jetzt, wo ein paar Leute anfingen, seine Eignung für die anstehenden Aufgaben innerhalb des Verbandes in Frage zu stellen. Er musste unbedingt das Heft des Handelns wieder zurückgewinnen!

Tina und Eric verließen das Rathaus.

»Boah, solche Sitzungen könnte ich nicht jeden Tag machen«, sagte Tina und zog den Stecker ihres *Elec-1* aus der Ladesäule.

»Ja, die Bürgermeisterin hat es wahrlich nicht einfach. Ich glaube kaum, dass der Stadtrat sich jemals zu härteren Maßnahmen durchringen wird«, sagte Eric und stieg ein.

»Glaube ich auch nicht. Die Angst um ihre Wähler ist einfach zu groß. Das heißt, wir sollten Mittel und Wege finden, es auch ohne zu schaffen.«

Eric nickte. »So ist es!«

Tina fuhr das Verdeck zurück und rollte dann lautlos auf die Straße hinaus. »Habe ich dir in dem Zusammenhang eigentlich schon von unserem neuesten Projekt in Afrika erzählt, das wir zusammen mit Jack machen wollen?«, sagte sie mit einem breiten Lächeln auf dem Gesicht, »das müssen wir uns unbedingt mal vorort ansehen! Und könnten es mit ein paar Tagen Urlaub kombinieren. Könnten wir beide, glaube ich, gut gebrauchen.«

Eric nickte. Tina erklärte ihm auf der Fahrt zum Democenter die Details des Afrika-Projektes. Er war begeistert.

SECHS WOCHEN SPÄTER

VOR DER NORDKÜSTE ALASKAS

Jeff Simson saß im Heck des großen Marine-Helikopters. Zusammen mit Tom, dem Leiter ihres Alaska-Explorationsteams. Er konnte zwischen den beiden Piloten nach vorne hinaus schauen. Der Regen peitschte heftig gegen die gewölbte Windschutzscheibe. Er wunderte sich, wie die Piloten überhaupt etwas sehen konnten.

»Das ist ganz normal hier draußen«, sagte Tom laut, der ihm gegenüber saß und die Sorgenfalten auf dem Gesicht des Texaners sah. Jeff war sich da nicht so ganz sicher. Bei der Landung in Anchorage hatte der Linienpilot von einer großen Sturmfront über dem Nordpazifik erzählt, die auf Alaska zukam. Mit extrem hohen Windgeschwindigkeiten und viel Regen. Bei eisigen Temperaturen, obwohl eigentlich offiziell gerade erst der Sommer vorbei war. Daher hatte er sich nicht wirklich auf diesen Weiterflug Richtung Norden gefreut.

Auch weil Peter Larson diesmal nicht dabei war. Er vermisste den Ex-Marine. Seine ruhige Arbeit im Hintergrund, aber immer in seiner Nähe, hatte sich zu einem sehr angenehmen Sicherheitsgefühl für Jeff entwickelt. Das fehlte ihm jetzt. Und gab auch seinem Magen keine guten Signale.

Seine Chefin hatte darauf bestanden, dass er sich die Fortschritte ihrer Ölbohrungen hier oben an der Grenze zum arktischen Eis persönlich ansah. Zu groß war das Förderpotential, falls sie erfolgreich waren. Sie wollte sich nicht noch mal von Sid, ihrem Vorstandsvorsitzenden, blöde Fragen anhören.

Halb betäubt von dem Dröhnen der Rotorblätter war sich Jeff jetzt aber nicht mehr so sicher, was er hier draußen eigentlich sollte. Der Explorationsleiter war einer ihrer erfahrendsten Leute. Auch wenn die unwirtlichen Umstände in der Beaufort Sea im Norden Alaskas für alle Ölfachleute Neuland war. Das arktische Eis hatte sich erst in den letzten Jahren stärker zurückgezogen. *Dank der Klimaerwärmung!* Das bot zusammen mit dem neuesten Tiefsee-Bohrequipment erstmals Aussicht auf Erfolg. Neben der Tatsache, dass der hohe Ölpreis nun auch die Kosten rechtfertigte. Dennoch stellten das Wetter und das Eis eine permanente Gefahrenquelle dar. Daher war sowohl bei den Probebohrungen, als auch der Einrichtung ihrer Förderplattform äußerste Vorsicht geboten. Tom hatte ihn bereits persönlich in Anchorage abgeholt und einen ersten Überblick gegeben. Alles weitere wollte er ihm auf der Bohrplattform zeigen.

Was ihren Konzernchef sicherlich umtrieb, dachte Jeff, *waren die mehrfach gemeldeten Fortschritte der russischen Ölbohrplattformen im arktischen Meer, nördlich Sibiriens.* Wieso waren die schneller? Riskierten die einfach nur mehr? Jeff schüttelte den Kopf. *Crazy Russians!*

Jeff´s Smartphone vibrierte. Nur mit Mühe bekam er das Telefon aus der Innentasche seiner dicken Jacke. Die beiden Schultergurte gaben nicht viel Spielraum. Eine Nachricht von Peter. Dringend.

»Der Mann ist tatsächlich Ex-Militär. Verdeckte Operationen. Offiziell nicht auf unserer Payroll. Arbeitet nur auf Anweisung des Oberbosses. Hat irgendetwas in Kalifornien vor. Bleibe dran. Melde mich später. Peter.«

Sein Instinkt hatte ihn also nicht getäuscht. Mal wieder. Ein kurzer Blick in die Augen dieses Mannes auf der anderen Seite des Konferenztisches hatte gereicht, bevor dieser schnell wegsah. *Nicht gut!* Für ein paar Sekunden vergaß Jeff fast, wo er sich gerade befand.

»Shit!«, kam es über das Intercom vom Piloten und schreckte ihn auf. Tom schnallte sich sofort los und ging vorsichtig nach vorne ins Cockpit. Plötzlich wurde der Helikopter heftig durchgeschüttelt. Jeff hatte das Gefühl, dass die Böen in den letzten Minuten noch heftiger geworden waren.

Er beobachtete die kurze Diskussion im Cockpit. Der Co-Pilot zeigte mit der Hand auf etwas schräg vor ihnen. *Konnten sie wirklich etwas sehen bei dem Regen?* Jeff sah auf die Uhr. *Ja, sie mussten langsam in die Nähe der Bohrplattform kommen.*

Tom kämpfte sich im heftig schwankenden Helikopter wieder zurück und setzte sich auf den Platz gegenüber von Jeff. Er schrie gegen den Motorenlärm an. »Wir landen gleich.«

»Was haben die Piloten gesehen?«, schrie Jeff zurück.

Der Ölmann zuckte die Schultern. Sah aber dabei nicht sehr glücklich aus. »Bei dem Sauwetter kann das alles Mögliche gewesen sein.«

Jeff spürte, wie der Helikopter einen leichten Bogen flog und langsamer wurde. Er setzte zur Landung an. Jeff blickte durch die kleine, runde Fensteröffnung neben ihm. Kurzzeitig tauchte die riesige, hochbeinige Bohrplattform vor ihm auf. Langsam ging der Helikopter tiefer. Trotz des Unwetters relativ ruhig und kontrolliert. Da machte sich die Masse dieses großen Marine-Helikopters positiv bemerkbar, dachte Jeff. Nicht ohne Grund war der Typ immer noch einer der meistgeflogenen Maschinen bei den Seenot-Rettungskräften. Trotz seines Alters.

Tom beugte er sich noch mal zu ihm herüber. »Jeff, lass deine Sachen noch im Helikopter«, schrie er, »wir gehen schnell zusammen in den Leitstand der

Plattform. Ich will nur kurz etwas überprüfen. Sicher ist sicher. Die Piloten lassen solange die Motoren laufen.« Jeff nickte. *Was sollte das? Was hatte der Co-Pilot gesehen? Oder geglaubt zu sehen?*

Kaum hatte der Helikopter aufgesetzt, öffnete Tom die Schiebetür neben ihm. Der Regen wurde sofort von heftigen Windböen hereingepeitscht. Jeff zuckte zurück. Der Blick über die Landeplattform hinaus auf die graue, aufgeschäumte See mindestens 40 Meter unter ihnen war beängstigend. Er war kein Seetyp. *Ganz und gar nicht!*

Der Explorationsleiter nickte ihm kurz zu, Jeff schnallte sich ab, dann liefen beide geduckt hinaus. Am Rande der Plattform kam ihnen ein Mann entgegen und führte sie eine steile Treppe hinunter. Der eisige Regen biss im Gesicht. Jeff hielt sich immer wieder an der Reling fest und folgte dem Mann vor ihm dichtauf. Der Explorationsleiter machte den Abschluss. Schließlich kamen sie zu einem kleinen containerartigen Aufbau. Der Mann öffnete unter großer Anstrengung die Tür und ließ sie hinein. Mit dem Schließen der Tür verstummte das Getöse schlagartig. Jeff atmete durch. Sie waren im Leitstand der Plattform. Überall Computer, Schalttafeln und Displays.

»Joe, was zeigt euer Radarbild zur näheren Umgebung?«, fragte ihn Tom ohne Umschweife.

»Wieso? Der starke Regen macht uns immer noch bei der Detailschärfe des Bildes zu schaffen«, sagte der Mann entschuldigend, ging an eines der Displays und wechselte die Darstellung, »hier, schau selber.«

»Holy shit!« Er hatte seinen Satz kaum vollendet, als er die Umrisse auf dem Schirm erkannte. Sie waren riesig. Und super nahe.

Der Explorationsleiter lief rot an und löste den Evakuierungsalarm aus. »Joe, du bringst Jeff sofort wieder zurück zum Helikopter«, zischte er, »und dann wartet ihr noch höchstens drei Minuten. Danach seit ihr weg, ist das klar!«

Der Mann nickte. Jeff konnte die leichte Panik in seinen Augen sehen. Er warf einen letzten, ungläubigen Blick auf das Radarbild. »Was ist das?«, fragte Jeff, als Tom ihn zur Tür drängte.

»Ein Eisberg. Ein riesiger!« Jeff schluckte. Panik kam in ihm auf. »Jeff, ihr müsst zurück zum Helikopter! Jetzt!«

»Und was ist mit dir?«

»Ich komme nach. Muss hier aber noch ein paar Dinge erledigen, bevor uns das Ding trifft.« Jeff sah ihn ungläubig an. »Raus jetzt, ihr zwei. Sofort!« Der Explorationsleiter schob die Männer zur Tür hinaus.

Die beiden kämpften sich zurück zur Landeplattform. Jeff spürte, wie der

Regen wieder sein Gesicht bearbeitete. Keuchend erreichte er den Helikopter. Einer der Piloten war im Heck und öffnete ihnen die Schiebetür.

»Take-off in drei Minuten. Spätestens!«, schrie Joe dem Piloten aus nächster Entfernung entgegen. Der Pilot sah ihn fragend an. »Ein Eisberg!«

Blankes Entsetzen schoss in das Gesicht des Piloten. Er schleuderte herum und spurtete vor ins Cockpit. Jeff sprang in den Helikopter und versuchte sich wieder anzuschnallen. Seine Hände zitterten. Der Regen peitschte immer noch durch die halb geöffnete Tür herein. *Konnte das Plattform-Personal so schnell evakuiert werden,* fragte er sich immer wieder.

Panikartig kam das Bedürfnis in ihm hoch, sofort abheben zu wollen. Zu sehr hatte sich das Radarbild in seinen Kopf gebrannt. Er stellte sich gerade vor, wie der riesige Eisberg, mit dem Großteil seiner Masse unter der Wasseroberfläche, auf die Plattform traf und ihnen die stählernen Standfüße ohne Anstrengung abschlug. Der Gedanke schnürte ihm die Kehle zu. Er sah auf die Uhr. Er hatte keine Ahnung, wie lange sie schon saßen. Joe stand gebückt an der Schiebetür und sah mit zusammengekniffenen Augen hinaus. Der Pilot blickte von seinem Platz aus zu ihnen zurück. Deutete auf seine Uhr. Die Turbinen liefen bereits auf hoher Drehzahl. Noch war keine weitere Person auf der Landeplattform zu sehen.

Plötzlich spürte er einen massiven Ruck, der durch Mark und Knochen ging. *Shit!* Fast zeitgleich kamen drei Leute die Treppe hoch und auf den Helikopter zugelaufen. Der Ruck brachte die Männer kurzzeitig ins Wanken. Die Landeplattform zitterte unter ihnen. Er konnte die Panik in ihren Augen sehen.

Joe öffnete die Tür komplett. Die Männer sprangen herein. »Take-off!«, schrie er nach vorne in Richtung der Piloten.

Jeff packte Joe am Arm und schrie. »Wo sind Tom und die anderen?«

»Keine Ahnung, aber wir müssen los!« Joe gestikulierte in Richtung der Piloten. Die Turbinen heulten auf. »Wir werden noch einen Helikopter schicken.«

»Reicht die Zeit dafür?« schrie Jeff gegen den Lärm an.

»Christ, es muss!«

Der schwere Helikopter brauchte ein paar Sekunden, bevor er sich in Bewegung setzte. Jeff spürte, wie sich die gesamte Plattform plötzlich neigte. Nur mühsam konnte er die eigene Panik unterdrücken. *Jetzt heb´ endlich ab, du Mistviech!*

Endlich löste sich der Helikopter von der Bohrinsel und richtete sich dabei automatisch wieder auf, bevor er leicht nach vorne geneigt Fahrt aufnahm.

Sie waren in der Luft! *YES!* Jeff hörte sein Herz rasen. Er blickte durch das kleine Fenster neben ihm, konnte draußen aber so gut wie nichts erkennen.

Der Pilot flog einen Bogen in niedriger Höhe. Und dann konnten sie ihn alle durch die Frontscheibe sehen. Der Eisberg war riesig und schob sich auf die Bohrplattform zu, die bereits eine klar erkennbare Schräglage hatte. *Konnte die Plattform der Kollision standhalten?*

Der Pilot zog die Maschine hoch. Wenige Sekunden später waren sie von Wolkenschleiern und dichtem Regen umgeben und die Plattform in der eisigen See unter ihnen nicht mehr zu sehen.

Verdammt! Jeff´s Angst schlug in Wut um. Eigentlich war er hier ´rausgekommen, um mit dem Explorationsleiter über eine mögliche Beschleunigung ihrer Bohraktivitäten zu reden. So nach dem Motto: *Jetzt stellt euch nicht so an, kann hier draußen doch nicht so wild sein!*

Stattdessen kämpfte Tom dort unten gerade gegen den Untergang ihrer milliardenteuren Plattform, weil sie einen Eisberg, der zu dieser Jahreszeit eigentlich noch gar nicht da sein sollte, zu spät erkannt hatten. Wo kam das Ding eigentlich her? Die Klimaerwärmung löste nach neuesten Studien immer mehr Eisberge aus den arktischen Massen und machte damit Prognosen offensichtlich immer schwieriger. Er bekam das Bild des Kolosses nicht mehr aus dem Kopf. *Wie wollte Tom die Plattform retten? Wieviele Leute waren noch mit ihm dort unten? Wie sollte man jemals eine wirkliche sichere Produktion in diesen Gewässern aufbauen? Ein solcher Unfall hätte bei bestehender Ölförderung zu einer gigantischen Umweltkatastrophe geführt.* Die Männer ihm gegenüber hatten ähnliche Gedanken, das konnte er sehen. Keiner sprach.

Wieder vibrierte Jeff´s Smartphone. Wieder eine Nachricht von Peter. »Das darf doch nicht wahr sein!«, zischte er.

Es reichte. Irgendwann war einfach genug. Er fasste einen Entschluss.

BEIJING, CHINA, ZEITGLEICH, SPÄTER VORMITTAG

Die beiden *Elec-1*s bogen lautlos auf das Firmengelände der neuen, chinesischen Autofirma ein. Der Hauptsitz war in einem der weitläufigen Gewerbegebiete am Stadtrand von Beijing angesiedelt. Der flache Glasbau mit verspiegelten Scheiben wirkte ultramodern. Der Wachposten am Eingang ließ sie problemlos passieren. Sie wurden erwartet.

»Sieht ja beeindruckend aus«, sagte Richard, der neben Jack auf dem

Beifahrer saß. Eric und er waren heute Morgen in der Gulfstream V des Stiftungseigentümers aus München gekommen und von Lisa und Jack direkt am Flughafen abgeholt worden. Jack hatte zwei *Elec-1*s für die anstehende Autoshow nach China transportieren lassen und sie gleich für ihre Fahrten in der Hauptstadt zur Verfügung gestellt. Die elegante Form und ihre Lautlosigkeit zogen auch hier sehr viel Aufmerksamkeit auf sich. Der Engländer hielt den Wagen direkt vor dem Haupteingang des Gebäudes. Der zweite Wagen kam unmittelbar hinter ihm zum Stehen.

»In China muss alles glänzen, wenn man Eindruck machen will«, sagte Lisa mit einem aufgesetzten Lächeln von hinten und sah dabei Eric, der neben ihn saß, etwas verlegen an. »Understatement ist nicht gerade unsere Stärke.«

Jack hatte seit einigen Monaten eine Idee, wie sie auch der Angebotsseite in China auf die Sprünge helfen konnten. Zusammen mit ihrem chinesisch-amerikanischen Batteriepartner hatten sie lange über die Marktchancen eines *Elec-1*s in China diskutiert. Tim und Huo äußerten Zweifel und hatten wieder Dr. Shufeng ins Gespräch gebracht. Der chinesische Unternehmer, den Jack ja bereits vor gut zwei Jahren beim Abendessen in China getroffen hatte und damals schon ziemlich beeindruckt war. Dr. Shufeng war mit seiner neuen Autofirma zu 100% auf EVs und den chinesischen Heimatmarkt fixiert und kannte seine Besonderheiten natürlich bestens. Also hatte Jack vor drei Monaten noch mal den direkten Kontakt aufgenommen.

Seitdem war viel passiert. Wenn die ersten Prototypen seines neuen, chinesischen Unternehmens wirklich so gut waren, wie Lisa ihnen vorab berichtet hatte, dann war Jack bereit, ernsthaft über eine Kooperation nachzudenken. Auch er war der Überzeugung, dass der chinesische Markt ganz spezielle EVs brauchte, wenn man hier erfolgreich sein wollte. *Mal sehen, ob hinter dieser Hochglanzfassade auch Substanz zu finden war.* Jack stellte den Wagen ab. Die vier stiegen aus. Den zweiten *Elec-1* steuerte Jack´s langjähriger Mitarbeiter Peter, mit Huo als Beifahrer.

Ein junger, gut aussehender Chinese kam ihnen sofort aus dem Gebäude entgegen und steuerte direkt auf Lisa zu. Er begrüßte sie mit ausgesprochener Höflichkeit. Eric sah Jack, der direkt neben ihm auf der anderen Seite des Wagens stand, fragend an. »Wer ist denn das?«

»Der Sohn des Eigentümers. Er leitet das Unternehmen. Macht er wohl ganz gut«, sagte Jack und fügte leiser hinzu, »und hat ganz offensichtlich ein Auge auf Lisa geworfen. Sie kennen sich, glaube ich, über diese chinesische Familie, die sowohl beim Aufbau von eurem Institut hier in Beijing, aber auch bei diesem neuen EV-Unternehmen geholfen hat.

Der Chinese kam um den Wagen herum. »Hallo, Herr Brinneau, mein Name ist Chu, aber alle nennen mich hier nur Jim. Ich habe schon viel von Ihnen gehört. Nun können wir uns endlich mal persönlich kennenlernen. Kommen Sie doch herein.«

Eric schluckte. Was für eine Überraschung, Lisa hatte nichts davon erwähnt. Sie fing seinen Blick auf und lächelte etwas verlegen.

Jim ging vorweg. Er schlug vor, gleich in die Werkstatt zu den Prototypen zu gehen. Lisa ließ sich ein wenig zurückfallen und ging neben Eric her. »Mein Onkel und sein Vater kennen sich über drei Ecken. Wir waren vor ein paar Wochen bei ihnen zum Abendessen eingeladen«, erklärte sie, immer noch etwas verlegen, »ich glaube, er mag mich.«

»Das kann man wohl sehen.«

Lisa sah Eric etwas überrascht von der Seite an. *Konnte sie da einen leichten Ton von Eifersucht aus seiner Stimme hören. War er immer noch an ihr interessiert?* Seitdem sie die Leitung des Instituts in Beijing übernommen hatte und Eric viel Zeit mit Tina in München verbrachte, war sie sich da nicht mehr so sicher gewesen. Ihr Herz klopfte. Ihre Großmutter drängte immer noch im Hintergrund. Wann endlich fand ihre Enkelin einen geeigneten Ehemann? Und war von diesem gut aussehenden und vermögenden Chinesen sofort begeistert, als Lisa´s Onkel ihr von dem gemeinsamen Abendessen erzählte.

»Und was hältst du von ihm?«, fragte Eric mit einem neugierigen Seitenblick.

»Ich weiß nicht. Ich kenne ihn ja überhaupt nicht«, sagte sie nachdenklich und wechselte dann unvermittelt das Thema. »Komm´, wir müssen uns beeilen, sonst verlieren wir noch den Anschluss.«

Eric nickte abwesend. Er war immer noch überrascht. Zahlreiche Bilder aus der Vergangenheit schossen ihm durch den Kopf. Der gemeinsame Besuch der chinesischen Mauer. Der Aufenthalt bei ihrer Familie. Er atmete tief durch und folgte Lisa. *Cool bleiben. Jetzt ist erstmal Business angesagt.*

Sie kamen in eine mehr als geräumige Werkstatt. Dort standen drei Prototypen nebeneinander, die alle auf Anhieb gefielen. *Wow! Lisa hatte nicht zu viel versprochen!*

Jim erklärte stolz die Details.

»Die Fahrzeuge sind auf Leichtigkeit getrimmt. Aber eher über geschicktes Weglassen, als über teure Materialien. Von *ELECTRION* haben wir die elektrisch angetriebene Hinterachse übernommen, die Vorderachse dagegen ganz einfach und ohne Antrieb gehalten. Die Batteriepakete von Huo sind aktuell nur halb so groß wie beim *Elec-1*. Und damit natürlich auch nur halb so teuer.«

Jim ging zu den beiden rechten Wagen und öffnete jeweils die Fahrertür. »Lisa, setz´ dich doch mal ´rein«, sagte er.

»Beim Design hatte Pinin mitgewirkt, richtig?«, fragte Jack, der währenddessen langsam um die Fahrzeuge herumging. Auch Richard und Eric waren sehr beeindruckt.

»Und der Wagen hier links ist unsere Highend-SUV-Variante«, erklärte Jim, »die wir sowohl als Allrad, aber auch nur mit Heckantrieb anbieten wollen. SUVs werden ja auch in China immer beliebter. Auch in der Stadt.«

Lisa, die das Innenraumgefühl ausgiebig testete, blickte zu Jim hinaus. »Echt gelungen.« Der Chinese strahlte übers ganze Gesicht. Lisa lächelte verlegen und wechselte das Thema. »Und? Wo soll der Preis liegen?«

Das war nach ihren Erkenntnissen der Knackpunkt für den chinesischen Markt. So, wie sie es vor knapp zwei Jahren vermutet hatten. Zum einen gab es eine kleine, chinesische Oberschicht, die sich zwar fast jeden Luxus leisten konnte, aber sehr statusbewusst war. Diese Leute wollten die größten und schönsten Autos. Und das von den prestigeträchtigsten Marken der Welt. Diese Leute waren aktuell kaum für EVs zu begeistern, egal ob als Erst-, Zweit- oder Drittwagen. Unabhängig vom Preis. Mit Ausnahme des großen Tesla und des I8 von BMW, die beide das notwendige Image hatten.

Die vielen Chinesen der aufsteigenden Mittelschicht dagegen kauften ihr erstes und meist einziges Auto. Sie waren der Grund für das enorme Wachstum im chinesischen Automarkt. Diese Leute wollten das Maximale für ihr Geld und hatten ein klares preisliches Oberlimit, das man als Anbieter nicht übersteigen durfte. Staatliche Subventionen für EVs schafften es zwar, einen Teil der Preisdifferenz zu überbrücken. Dennoch malten die Absatzstatistiken bisher ein trauriges Bild.

»Einstiegspreis unter 100.000 Yuan«, antwortete Jim und lächelte erneut.

Das war ein Wort, dachte Eric, der sich mit den chinesischen Preisen einigermaßen auskannte. *Unter 10.000 Euro! Aber ganz offensichtlich keine Gurke!*

»Damit haben wir vielleicht eine Chance«, sagte Lisa nachdenklich, »das einzige, das die Leute in Beijing aktuell zum Kauf eines EVs motiviert, ist die Aussicht, damit überhaupt eine Zulassung für ein neues Auto zu bekommen. Im Rest von China spielen EVs aber immer noch eine völlig untergeordnete Rolle.«

Seit letztem Jahr hatte die Stadtregierung von Beijing die jährlich erlaubten Neuregistrierungen noch mal gekürzt. *Außer für EVs! Das half.* Unabhängig von der Problematik, dass der Strom zur Betankung immer noch größtenteils aus Kohlekraftwerken kam. *Auch hier musste noch viel passieren.*

Dennoch war Jack sehr angetan. Dr. Shufeng hatte in der kurzen Zeit tatsächlich beachtliches auf die Beine gestellt. Mit dem Antrieb von *ELECTRION* und den Batterien von Huo baute er auf einer hervorragenden, technischen Basis auf. Und hatte dann eine sehr attraktive Hülle geschaffen. Weit besser als die bisher sehr billig wirkenden, Smart-ähnlichen EV-Versuche anderer chinesischer Hersteller. *Ja, ein solches Auto konnte die Masse der chinesischen Kunden endlich hinterm Ofen hervorlocken.* Er entschied, in detailliertere Gespräche mit den Chinesen einzusteigen. *Man durfte den chinesischen Markt nicht ignorieren! Auf keinen Fall!*

Eric berührte Lisa kurz an der Schulter. »Wir sollten uns langsam auf den Weg machen.« Sein Bauch kribbelte. Der Hauptgrund für ihren Besuch in China war ja ein ganz anderer.

Lisa´s Team hatte in den letzten Tagen die neuesten Absatzzahlen für EVs aufbereitet. Weltweit. Richard und Eric wollten die Analysen mit ihr im Detail durchgehen und waren dafür extra nach Beijing gekommen. *Ein Jahr an massiven Marketing-Anstrengungen mussten endlich die gewünschten Früchte zeigen. Schwarz auf weiß!* Nicht nur Eric war gespannt. Die Kanzlerin hatte ihn in Vorbereitung auf die nächste Klimakonferenz bereits mehrmals nach den neuesten Zahlen gefragt.

Lisa nickte und ging zu Jim hinüber. Die Verabschiedung war herzlich. Eric registrierte das Leuchten in den Augen des jungen Chinesen, als er Lisa einen Kuss auf die Wange drückte.

Er nahm sich mit Richard und Lisa den zweiten *Elec-1* und fuhr in Richtung Stadtzentrum. Lisa hatte zu Beginn des Jahres für ihr *GREEN ELECTRIC INSTITUTE* eine Etage in einem modernen Neubau im Zentrum Beijings gefunden. Sie hatte es sogar geschafft, eine Ladesäule auf dem Parkplatz vor dem Gebäude installieren zu lassen, die auch wirklich funktionierte. Eric parkte den Wagen lautlos. Vorbeigehende Passanten sahen neugierig herüber.

Sie fuhren mit dem Lift in den achten Stock. Auch hier gab es neben dem Empfang einen großen Loungebereich, in dem der schwarze Displaytisch installiert war. Lisa hatte in den letzten zwölf Monaten hervorragende Arbeit geleistet. Die kleine Taskforce zusammen mit der Stadtverwaltung fing an, die notwendigen Daten für ihren Stadtüberblick auf die Reihe zu bekommen.

Eric ging zur großen Fensterfront hinüber. *Die Sicht war mal wieder bescheiden. Wie fast jeden Tag in Beijing.* Die riesigen Bürogebäude der Innenstadt waren nur schemenhaft zu erkennen. Viele Leute unten auf der Straße trugen Atemmasken. *Kein schöner Anblick und auf Dauer sicherlich nicht gesundheitsfördernd.*

Lisa sprach kurz mit einem ihrer Mitarbeiter. »Die Ausdrucke sind noch nicht ganz fertig«, sagte sie etwas angespannt zu Richard und Eric, »wir haben wohl noch letzte Zahlen für die Kalifornien und Europa bekommen.«

Eric drehte sich um. Er spürte bereits den fehlenden Schlaf. »Bis wann seid ihr dann soweit?«

»Nach dem Mittagessen sollten wir die Unterlagen haben«, antwortete Lisa ernst. Sie hatte ein kleines Lunch im Büro organisiert und sah auf die Uhr. »Und mein Onkel wollte ja noch mit unserem chinesischen Stiftungseigentümer vorbeikommen.«

Stimmt! Eric hatte das fast vergessen. *Passte ihm aktuell gar nicht in den Kram! Die Absatzzahlen ließen ihm einfach keine Ruhe!*

Zehn Minuten später brachte die Assistentin die beiden Chinesen herein. Lisa begrüßte sie mit äußerster Höflichkeit. Der Onkel konnte sich ein kleines, stolzes Lächeln nicht verkneifen. »Hallo Herr Brinneau, hallo Mister Brinkman.«

Die Begrüßung war auch hier äußerst herzlich. Der chinesische Stiftungseigentümer war äußerlich eine ähnliche Erscheinung wie Lisa´s Onkel. Vielleicht noch einen Tick älter, aber ebenfalls fit. Die beiden schienen ein enges Vertrauensverhältnis aufgebaut zu haben. *Kein Wunder nach den Ereignissen im letzten Jahr,* dachte Eric.

»Herr Brinneau, ich habe bereits tolle Sachen von Ihrer gelungenen Demonstration in München gehört«, sagte der Chinese, während alle um den Couchtisch in der Lounge Platz nahmen und das kleine Mittagessen genossen. Lisa´s Onkel hatte wohl ausführlich berichtet.

»Ja, die Reduzierung des Lärmpegels in den Innenstädten hinterließ einen fast noch größeren Eindruck bei den Leuten als die Emissionsfreiheit. Glaube ich. Und hat sie zusätzlich motiviert, diese Technologiewende endlich voranzubringen. Wäre sicherlich auch in Beijing möglich, wobei die Sorgen der Leute hier wohl aktuell eher in Richtung Smog gehen. Nicht Akustik.«

Lisa´s Onkel nickte. Kurz danach erhoben sich die beiden älteren Männer und gingen zum Displaytisch hinüber. Das 3D-Modell kam auch bei ihnen sehr gut an. Das Bild zur energetischen Situation in Beijing wurde immer klarer. *Aber nicht schöner.*

»Dieses Hightech-Ding ist vielen meiner Kollegen in der Stadtverwaltung leider immer noch ein Dorn im Auge.« Lisa´s Onkel machte eine ausladende

Handbewegung über den Tisch. Eric stutzte. »Diese Transparenz tut einfach weh«, erklärte er, »besonders wenn sie alle unsere Sünden in der Stadt so deutlich aufzeigt. Je öfter ich davorstehe, desto klarer wird mir, dass Kohle und Öl aus der Stadt verbannt werden müssen. Und parallel die Stromerzeugung noch viel schneller als bisher auf erneuerbare Quellen umgestellt werden muss. Ob in großen Anlagen vor der Stadt oder lokal auf jedem Gebäudedach.«

Eric sah den alten Chinesen bewundernd von der Seite an. Dieser alte und weise Mann hatte sich extrem tief in die Problematik eingegraben und fing an, eine klare Vision für die Zukunft zu entwickeln.

»Meine Kollegen in der Stadtverwaltung sind ja dran. Aber es ist eine Mammut-Aufgabe«, fuhr er leise fort, »doch nur so macht eine Umstellung auf Elektroautos wirklich Sinn. Ohne diesen sauberen Strom werden wir keine Unterstützung in der Stadtverwaltung finden.«

»Und wie lange dauert es, bis die vielen Kohlekraftwerke im Westen von Beijing, die ja einen Großteil des Stroms liefern, durch Windkraft und PV ersetzt sind?«, fragte Lisa skeptisch und war ebenfalls aufgestanden.

»Ja, das wird zäh und langwierig«, stimmte ihr Onkel zu.

»Das wird Jahrzehnte dauern«, warf Lisa grimmig ein, »wenn es gegen die Kohle-Mafia überhaupt passiert.«

Die beiden Chinesen sahen die energische, bildhübsche Chinesin an. Sie nahm kein Blatt vor den Mund. Und sie wusste, wovon sie sprach.

»Wahrscheinlich müssen wir selber noch mehr tun. Hier in der Stadt«, sagte ihr Onkel zustimmend, »das hätten wir natürlich deutlich besser im Griff. Und dann als Hauptstadt und Vorbild den Druck auf den Rest des Landes erhöhen.«

»Und das neue Unternehmen mit den tollen EVs macht richtig Mut«, ergänzte Lisa, »langsam kriegen wir auch die richtigen Autos für unsere chinesischen Endkunden hin.«

Der chinesische Stiftungsmann nickte. Er war ja auch einer der Investoren, die den Start erst ermöglichten.

Eric spürte, dass die Chinesen anfingen, intensiver und selbständiger über die Trendwende im Straßenverkehr nachzudenken. Lisa hatte ganz offensichtlich in den letzten Monaten einiges mit ihrer kleinen Taskforce erreicht.

»Die Vorreiter-Rolle westlicher Großstädte würde Ihnen aber immer noch enorm helfen, oder?«, fügte Eric an.

»Auf jeden Fall«, kam es nachdenklich von den beiden Chinesen. Eric nickte. *Dann mussten sie jetzt ja nur noch die passenden EV-Absatzzahlen vorweisen.*

Lisa sah die Sorgenfalten auf Eric´s Stirn. Da kam ihr Mitarbeiter mit den Unterlagen herein. *Endlich!* Lisa nahm ihm die Papiere sofort ab.

»Dann wollen wir sie nicht länger stören«, sagte ihr Onkel zuvorkommend und verabschiedete sich von seiner Enkelin und den anderen. Nachdem sie jetzt in China arbeitete, bekam er sie ja wieder öfter zu Gesicht.

Als die beiden Chinesen gegangen waren, ließ sich Eric wieder auf der Couch im Loungebereich nieder. Er fühlte sich müde und ausgelaugt. Er rackerte, so wie alle anderen, seit Monaten. *Jetzt musste sich endlich auch der Absatzerfolg zeigen!* Richard sah ebenfalls mitgenommen aus. Nicht nur vom langen Flug.

Lisa kam mit den ausgedruckten Unterlagen herüber und sah die beiden mitfühlend an. »Darf ich den zwei müden Kriegern noch einen Kaffee anbieten?«

Die beiden nickten. Lisa sprach kurz mit ihrer Assistentin.

»Lisa! Jetzt spann´ uns nicht länger auf die Folter. Wo stehen wir nun beim weltweiten EV-Absatz?«

Lisa nahm wieder Platz, breitete die Unterlagen auf dem Tisch aus und sah die beiden abwechselnd an. »Wollt ihr erst die gute, oder die schlechte Nachricht?«

»Wie? Es gibt auch schlechte Nachrichten?« Eric spürte, wie sich sein Magen verkrampfte.

»Naja, kommt auf die Sichtweise ´drauf an«, antwortete Lisa ausweichend.

»Die schlechte zuerst«, antwortete Richard sofort und blickte zu Eric hinüber, der müde nickte.

»Ok«, Lisa beugte sich nach vorne und deutete auf das erste Chart. »Die Absatzzahlen in China sind immer noch bescheiden«, fing sie an, »aber das macht mir aktuell nicht wirklich Sorgen. Hatten wir ja nicht anders erwartet. Es gibt hier nicht die gleiche, klare Zielgruppe wie in München oder LA. Und wenn, ist sie viel kleiner und deutlich weniger umweltbewusst.«

Eric nickte.

»Was mir aber Sorgen macht«, fuhr Lisa fort und schob zwei weitere Charts in den Vordergrund, »ist der immer noch mangelnde Markterfolg in Deutschland und den USA. Und damit auch in München und LA.«

Shit! Richard und Eric beugten sich nun ebenfalls weit nach vorne und blickten mit ernster Miene auf die aktuellsten Zahlen. Lisa hatte nach dem Abgang von Pierre über Monate ein neues Marktmodell aufgebaut. Nachdem das Ziel für die Anzahl von EVs in München und LA für das Jahr 2030 klar definiert war, hatten sie eine passende Hochlaufkurve für die jährlichen Verkaufszahlen in den beiden Regionen erarbeitet. Und die Ist-Zahlen dagegengestellt. Sie deutete auf die Grafiken.

»Wie man leider sieht, hinken wir der Zielkurve in beiden Regionen deutlich hinterher. Das muss jetzt noch nicht so viel bedeuten, nachdem wir ja noch ein paar Jährchen vor uns haben, aber dennoch. Wenn wir im Großraum München mit den Verkaufszahlen bis 2020 nicht dicht an die 30.000 EVs herankommen, dann können zehn Jahre später auch kaum die geforderten 300.000 EVs im Markt sein. Davon sind wir aber heute, wie man sieht, noch meilenweit entfernt. Und 2020 ist ja bald.«

Eric schüttelte ungläubig den Kopf. *Verdammter Mist! Wie kann das sein? Nach all´ ihren Riesenaktionen in den letzten Monaten. Das musste doch einen Effekt haben.*

»Und woran liegt das?«, fragte Richard, »wir haben doch unsere Zielgruppe mengenmäßig klar herausgearbeitet. Das heißt, die potentiellen Käufer gibt es, und sie sollten auch das Geld haben.«

»Ein Thema ist sicherlich das Angebot, das immer noch sehr begrenzt ist. Da ist es schwer, sein Traumauto vom richtigen Hersteller mit elektrischem Antrieb zu finden.«

»Mhh, aber die Angebote nehmen doch monatlich zu. Weltweit. Auch hier in China, wie wir gerade gesehen haben«, erwiderte Richard.

»Ja, das stimmt schon. Dazu kommt aber ganz offensichtlich noch die Trägheit der Endkunden. Das gilt auch für unsere vermögende Zielgruppe«, erklärte Lisa.

»Mit tausend Ausreden, wieso sie jetzt noch nicht kaufen«, fügte Eric genervt hinzu und mimte die Hauptargumente nach: »Eigentlich funktioniert ihr jetziges Auto ja noch ganz hervorragend. Meist fahren diese Leute ja schon die neueste Generation mit dem sparsamsten Diesel. Und so teuer ist der Sprit ja auch noch nicht.«

Eric kannte langsam alle Sprüche. Er ging, so oft es ihm die Zeit erlaubte, in ihre Democenter oder auf sonstige Veranstaltungen, um mit den potentiellen Kunden zu reden und sie besser zu verstehen. Statistikdaten sprachen einfach nicht die ganze Wahrheit. Vielen Leuten war das Thema Klimaerwärmung und was sie dazu persönlich beitragen konnten, oft noch sehr fremd. *Was konnte eine Großstadt wie München oder LA wirklich als Vorreiter erreichen? Was sollte dabei schon die Umstellung des eigenen Zweitwagens bringen? Da zog doch die Masse der Leute nicht mit. Oder doch?* Aber war denn die Klimaerwärmung überhaupt erwiesen, kam dann als letztes Killerargument? Es gab ja immer noch widersprüchliche Aussagen dazu. Die zunehmende Anzahl an gravierenden Unwettern bereitete schon Sorgen. Aber oft ereigneten sie sich ja, Gott sei Dank, in weit entfernten Regionen. Und auch dazu gab es ja Aussagen, dass das nichts mit der Klimaerwärmung zu tun hatte. Naja, war daher meist das Resümee, wir warten einfach noch ein bisschen ab und beobachten den Markt. *War Zwang wirklich die einzige Lösung?*

Die Diskussion kam für einige Sekunden zum Stillstand. Richard und Eric hatten sich wieder müde zurückgelehnt. Man konnte ihnen den Frust vom Gesicht ablesen. »Wir können ihnen das Auto doch nicht schenken«, sagte Richard genervt, der ähnliche Gedanken hegte wie Eric.

Finanzielle Anreize waren auch eine Art Zwang, dachte Eric. Man konnte sich eine solche Förderung ja nicht einfach entgehen lassen, war die Ansicht vieler Leute, besonders wenn sie hoch genug und zeitlich begrenzt war.

»Doch! Wahrscheinlich muss man sie irgendwie zu ihrem Glück zwingen, wenn sie die Notwendigkeit einer schneller Umstellung nicht einsehen wollen«, erwiderte Eric mit grimmigem Blick.

»Anders werden wir den Leuten in China wohl auch nicht auf die Sprünge helfen«, ergänzte Lisa, die sich nun ebenfalls in ihrem Sessel zurückgelehnt hatte.

»Shit!«, kam es erneut von Richard.

»Und wo ist jetzt die gute Nachricht?«, fragte Eric ungläubig.

»Stimmt!«, hakte Richard sofort ein. Beide sahen Lisa auffordernd an.

»Naja, wir haben einfach noch ein bisschen tiefer gebohrt und uns jeden Markt weltweit einzeln angesehen.«

»Und?«

»Und sind dabei auf Norwegen gestoßen«, sagte sie und holte ein weiteres Blatt aus den neuen Unterlagen, »wie ihr seht, liegt hier der EV-Anteil bereits bei über 20 Prozent vom Gesamtmarkt.«

»Zwanzig Prozent!?«, kam es ungläubig von Richard.

»Zwanzig Prozent!«, bestätigte Lisa, »das ist damit jenseits unserer geforderten Zielkurve für München und LA!«

»Und wie machen die *das*?«

»Mit einem massiven, staatlichen Förderprogramm. Neben all den Marketing-Aktionen, die wir ja kennen.«

»Sehr interessant«, erwiderte Richard, dessen Miene sich ein wenig aufhellte, »könnte uns das vielleicht als lebender Showcase dienen?«

Eric zögerte und sah die beiden anderen skeptisch an. »Ich weiß nicht.

Wir haben uns das Thema schon mal vor Monaten angesehen. Norwegen ist als Land doch ziemlich speziell.«

»Wieso denn das?«

»Hat als einziges Land weltweit eine 100 Prozent grüne Stromversorgung, rein aus Wasserkraft. Sauberer Strom ist dort einfach im Überfluss vorhanden. Und das Land ist aufgrund der großen Öl- und Gasvorkommen vor der Küste extrem reich.«

»Und?«

»Aufgrund dieser besonderen Rahmenbedingungen könnten einige Leute an der Übertragbarkeit dieses Showcases zweifeln. Außerdem ist der Markt extrem klein und damit für viele außerhalb ihres Radarschirms. Gerade in den USA.«

Lisa hakte ein. »Dennoch sind die Norweger heute die einzigen, die den notwendigen Hochlauf entsprechend unserer Zielkurve schaffen. Nein, übertreffen!«

»Genau«, stimmte ihr Richard nachdenklich zu.

»Trotzdem«, wiederholte Eric müde, »wir wissen doch, wie schwer sich auch die Kanzlerin mit staatlichen Maßnahmen tut.«

Die Diskussion verstummte erneut. Sie konnten alle drei eine Pause gebrauchen. Draußen wurde es langsam dunkel. Leichter Regen zeigte sich an den Scheiben. Eric stand auf und ging wieder zum Fenster hinüber. Immer noch liefen viele Passanten über den Gehsteig. Mit den fast schon obligatorischen Atemschutzmasken. *Nicht mal der Regen half gegen den Smog. Und der Verkehr auf der breiten Straße riss auch nicht ab, trotz der späten Stunde.* Lisa´s Assistentin kam und stellte frisches Wasser auf den Tisch.

Eric drehte sich um. »Außerdem ist der Spritpreis in Norwegen trotz der eigenen Ölvorkommen extrem hoch, wenn ich das noch richtig im Kopf habe«, griff er ihre Diskussion wieder auf. *Eine weitere Art von Zwang,* dachte er. Doch eine künstliche Verteuerung über Steuererhöhungen war genauso wenig populär. *In keinem Land! Und die Ölkonzerne passten schon auf, dass der Basis-Preis nicht explodierte!*

»Ok, ok. Dann noch mal zurück zu unserer Kernzielgruppe. Können wir diesen Leuten nicht irgendwie die Brisanz der Lage deutlicher machen?«, fragte Richard, nun mit etwas mehr Energie, »sie gehören doch zur gebildetsten Bevölkerungsschicht. Die sind doch nicht doof. Die müssen das Thema doch genauso kapieren wie wir!«

Eric stimmte ihm zu. »Ja, irgendwie sind wir noch nicht dicht genug an den

Leuten dran, Richard. Deswegen denken wir doch auch so intensiv über diese neue App von Steve nach. Als Augenöffner für den eigenen CO2-Footprint! Als Benchmark im Vergleich zum City-Durchschnitt und unseren Zielen für 2030. Aber wie bringen wir die Leute dazu, sich diese App zu besorgen?«

»Vielleicht müsste man die Erstellung eines persönlichen Footprints zwingend vorgeben«, sagte Lisa nachdenklich, »ähnlich wie eine Steuererklärung. Ohne gleich irgendwelche Konsequenzen für den Einzelnen daraus abzuleiten. Nur als, wie sagtest du doch, Augenöffner. Und als Input für unseren City-Überblick und das kontinuierliche Monitoring.«

Die beiden Männer nickten. *Vielleicht war das ein gangbarer Zwischenweg, ohne die Leute gleich zum Kauf eines EVs zu zwingen. Oder ihnen viel Geld hinterher zu werfen. Vielleicht!*

Richard und Eric waren todmüde. Der lange Tag und die frustrierende Diskussion forderten endgültig ihren Tribut. »Das reicht für heute«, sagte der Amerikaner mit Blick in die Runde, »danke, Lisa! Klasse Übersicht! Aber die Zahlen müssen wir erst mal richtig verdauen. Glaube ich. Und wir haben ja noch ein paar Tage bis zum Treffen mit der Kanzlerin.«

Lisa nickte und schob ihnen zwei geheftete Berichte mit allen Zahlen hinüber. »Wann geht euer Flieger?«

Eric hatte seinen Blick wieder nach draußen gerichtet und Lisa´s Frage völlig überhört. *Mist! Mist! Mist!* Der Frust machte sich richtig breit in ihm. *Was sollen wir nur der Kanzlerin erzählen? Nach all´ den euphorischen Prognosen?*

Richard beantwortete Lisa´s Frage. Die Abflugzeit für ihre Gulfstream war erst auf kurz nach 21 Uhr angesetzt. Die Verabschiedung verlief in ziemlich gedrückter Stimmung.

»Komm´ schon, Eric«, versuchte Lisa ihren Kollegen noch mal aufzubauen, »ein paar Tage Pause in Südafrika werden euch gut tun. Und dann finden wir schon eine Lösung.«

Eric sah Lisa mit glasigen Augen an. »Ich weiß nicht.«

ÜBER DEM INDISCHEN OZEAN, VOR DER SÜDOSTKÜSTE AFRIKAS

Eric hatte wieder nicht gut geschlafen. Kurz nach dem Start ihrer Gulfstream hatte er sich zwar sofort hingelegt, aber keine Ruhe gefunden. Immer wieder wachte er von Albträumen über wilde Verfolgungsjagden in dunklen Gängen auf. Und war durchgeschwitzt. Auch das mehrmalige Frischmachen in der geräumigen Toilette im Heck ihrer Gulfstream hatte nicht geholfen. Frustriert war er vor gut einer Stunde aufgestanden und hatte sich an einen der beiden Tische im vorderen Teil der Kabine gesetzt. Alleine. Richard schlief noch.

Der neueste *World Energy Outlook* der IEA lag vor ihm. Lisa hatte ihm das dicke Buch vor dem Abflug noch schnell mitgegeben. Zur Ablenkung hatte er die wichtigsten Kapitel quergelesen. Doch der Bericht trug nicht zu seiner Entspannung bei. Ganz im Gegenteil. Genervt fuhr er die Lehne seines Stuhles zurück, rieb sich die müden Augen und sah zum Fenster hinaus. Die Sonne ging gerade auf und schien von schräg hinten in die Kabine. Weit unten konnte er das offene Meer erkennen. Aber irgendwie fehlte diesmal die beruhigende Wirkung dieses Anblicks. *Mist! Aktuell lief es gar nicht gut!*

Sein Blick fiel wieder auf das Buch vor ihm. Ja, der IEA-Bericht war immer noch ein hervorragendes Standardwerk, wenn es um die Darstellung des weltweiten Energiebedarfs und die Details der Versorgung mit fossilen Rohstoffen ging. Aber die Kernaussage kam nur noch sehr schwach, und meist versteckt in Nebenkapiteln, rüber. *Dabei war die Welt auf dem besten Wege in eine unvorstellbare Klimakatastrophe!* Die CO2-Emissionen stiegen unaufhörlich weiter. Das Ziel einer Begrenzung auf 2 Grad Celsius war eigentlich nicht mehr zu erreichen, wenn nicht sofort ein dramatischer, weltweiter Politikwechsel einsetzte. Nicht nur beim Straßenverkehr, sondern in allen Sektoren. Das Window-of-Opportunity schloss sich für die Menschheit. *Langsam, aber sicher!*

Stattdessen hatte die IEA ein neues, aus ihrer Sicht realistischeres Zielszenario, das sogenannte New-Policy-Szenario, entwickelt, das aber nach Einschätzung aller Experten zu einer Erderwärmung von mindestens 3,5 Grad führte, wenn nicht mehr. *Wie konnte man so etwas ein Zielszenario nennen? Das direkt in die Katastrophe führte? Die IEA verlor den Fokus,* dachte Eric resigniert.

Stattdessen häuften sich die Berichte zu neuen, großen Öl- und Gasfunden, in den Tiefen der Erdkruste. Auch die IEA blies in dasselbe Horn, obwohl sie es besser wusste. *Das Thema war doch nicht, mehr von dem Zeug zu finden! Sondern Wege aufzuzeigen, wie die Menschheit von den fossilen Brennstoffen und der gigantischen Masse an CO2-Emissionen schneller loszubringen war!* Ein Mitarbeiter aus ihrem Münchner Institut hatte ihm auch die neueste Studie der Technischen Universität München mitgegeben. *Nach deren Aussage war ebenfalls alles in Butter!* Öl- und Gasvorräte langten noch für die nächsten 50 Jahre. *Alles kein Problem. Erderwärmung? Welche Erderwärmung?* Eine sichere Rohstoff-Versorgung war auch hier das einzige Thema. *Damit alles schön weiterlaufen konnte wie bisher. Machte es für alle deutlich bequemer,* dachte Eric.

Und das Beste war, dass einige der deutschen Konzerne zu den Hauptsponsoren dieser Studie gehörten. *Dieselben, die der Kanzlerin ihre Unterstützung bei der Energiewende zusagten.* Er musste an sein letztes Treffen im Siemens-Gebäude denken. Und die permanenten Ausflüchte.

Hatten sie überhaupt noch eine Chance? Oder war alles zu spät? Musste die Menschheit erst ins Verderben laufen, bevor sie bereit war zu handeln? Aber dann war es zu spät. Endgültig zu spät! Die Uhr ließ sich nicht mehr zurückdrehen. Nicht bei diesem Thema.

Eric erschrak. Die Stewardess stand plötzlich neben ihm. »Herr Brinneau, wir landen in einer Stunde. Ich werde Mister Brinkman wecken«, sagte sie, »und dann ein kleines Frühstück servieren.«

Eric nickte, immer noch tief in Gedanken, und packte seine Sachen weg. Zehn Minuten später kam Richard nach vorne und setzte sich zu ihm an den Tisch. »Guten Morgen, Eric. Und? Heute Morgen schon wieder besserer Stimmung?«

»Nicht wirklich. Du solltest dir mal diesen blöden Bericht von der TU München ansehen. Das Update wurde letzte Woche mit großem Tamtam der Presse vorgestellt. Der Automobilverband saß auch mit am Tisch. Wann kapieren die es endlich, dass es nicht um die Auffindung der letzten, fossilen Rohstoffe ging?«

Richard schnitt sich eines der Brötchen auf und bestrich es langsam mit Butter. »Klingt wirklich nicht gut. Sicherlich ein weiterer Grund für die Kaufzurückhaltung unserer Kernzielgruppe.« Er sah Eric über den Tisch hinweg an. »Ja, das Treffen bei der Kanzlerin nächste Woche wird sicherlich eine Herausforderung. Aber sie möchte einen schonungslosen Statusbericht. Den müssen wir ihr wohl auch liefern.«

»Wird ihr aber nicht gefallen. So wenige Monate vor der nächsten Klimakonferenz. Verdammt! Ich war so überzeugt davon, dass unser riesiges Aktionsprogramm die entsprechende Wirkung zeigen würde.«

»Ich weiß. Geht mir genauso.«

Die beiden beendeten schweigend ihr kleines Bordfrühstück. Eric lehnte sich zurück und blickte durch das kleine Kabinenfenster hinaus. *Ein schonungsloser Statusbericht alleine war nicht genug. Seiner Meinung nach. Die Kanzlerin wird Lösungen wollen. Denn am Schluss interessierte nur der Erfolg. Hatte Lisa schon vor einen Jahr gesagt, oder?*

Die Gulfstream V landete bei herrlichem Sonnenschein und heißen 34 Grad auf dem Flughafen von Johannesburg in Südafrika. Tina, Jack und Samantha erwarteten sie bereits in dem kleinen, separaten Gebäude des General Aviation Bereichs, das glücklicherweise klimatisiert war. Eine kleine Turboprop stand schon bereit für den Weiterflug.

»Da seid ihr ja endlich! Ich kann es gar nicht erwarten, endlich mal wieder dort draußen zu sein. Bei all den Tieren«, sagte Tina aufgedreht und umarmte Eric kurz, aber heftig, »auch wenn die Sonne verdammt heiß ´runterbrennt.«

Eric erwiderte die Umarmung nur halbherzig. Tina sah die dunklen Ringe unter seinen Augen. »Hey! Was ist denn los?«

»Ach, nichts. Hab´ nur verdammt schlecht geschlafen.«

Tina sah ihn skeptisch an. Und dann Richard. »Hey, Jungs! Was ist los?« Richard erzählte ihnen von Lisa´s neuesten Marktanalysen. »Ach! Kommt schon!«, sagte Tina unbeirrt, »das kriegen wir schon noch in den Griff. Jetzt tanken wir erst mal frische Energie in der unbeschreiblichen Natur Afrikas! Und dann sieht alles gleich ganz anders aus.« Eric konnte sich ein gequältes Lächeln nicht verkneifen. *Wahrscheinlich hatte sie Recht!*

»Da vorne ist auch schon unser Pilot«, sagte Jack aufmunternd und ging mit Samantha voraus.

Der Flug von Johannesburg zu dem kleinen Aerodrome am Rande des Krüger Nationalparks war nur kurz. Eine viertel Stunde später bogen die beiden Landrover mit ihren fünf neuen Gästen auf das riesige Gelände des Londolozi Private Game Reserve ein.

Eric war sofort überwältigt von der Schönheit der Anlage mitten im afrikanischen Busch. Tina hatte nicht übertrieben. Afrika war für ihn bisher ein unbeschriebenes Blatt, während die anderen die Faszination des Kontinents und seiner unberührten Natur schon kannten. Ihr Guide brachte sie zum Haupthaus der Anlage, das auf hohen Stelzen zwischen mächtigen Bäumen trohnte.

Der Eigentümer kam ihnen persönlich entgegen. »Hello, Tina«, begrüßte er die Deutsche aus vollem Herzen. Eine innige Umarmung folgte.

Tina war mit ihren Eltern, die Afrika und ihre Tierwelt liebten, schon öfter zu Gast gewesen und hatte den Kontakt zu Jack und *ELECTRION* hergestellt. Daraus entstand das gemeinsame Projekt, den Fuhrpark des so vorbildlich ökologisch ausgerichteten Game Resorts komplett auf elektrischen Antrieb umzustellen. Und in dem Zuge auch gleich die Wärme- und Stromerzeugung endlich auf erneuerbare Energiequellen zu wechseln. Ein weiteres

Element in ihrer EV Vermarktungsstrategie, sowohl für *ELECTRION*, aber auch für Tina und ihr Democenter. Ein neuer Außenposten in exotischer Umgebung. *Hier kam ausschließlich ihre Zielgruppe zu Besuch,* sagte Tina. *Bei den Preisen hatte sie wohl Recht.*

Jack hatte vor einer Woche die beiden ersten, Landrover-ähnlichen Prototypen auf Basis des *Elec-1* nach Südafrika transportieren lassen. Die ersten Testfahrten bestätigten die Erwartungen. Jetzt wollten sie sich selber davon überzeugen. Eric freute sich auf die geplante Safarifahrt. Seine allererste im Leben. Die warme Luft, die ungewöhnliche Geräuschkulisse und der tolle Blick von der großen Veranda ließen ihn sofort ein wenig zur Ruhe kommen. Er brauchte das. Endlich mal durchatmen.

»Das Auto ist fantastisch!«, sagte der Eigentümer voller Begeisterung zu Jack, »was für ein Fortschritt gegenüber dem ersten, umgebauten Landrover.«

Der Südafrikaner hatte bereits vor einigen Jahren den Versuch unternommen, die existierenden Landrover auf elektrischen Antrieb umbauen zu lassen. Leider nur mit mäßigem Erfolg. Die Zuverlässigkeit der Komponenten ließ immer wieder zu wünschen übrig.

Jetzt hatten sie von *ELECTRION* eine moderne, serienreife Fahrzeug-Plattform als Basis, die Jack in England mit einem ähnlich offenen Aufbau wie die speziellen Safari-Landrover versehen ließ. Aber in einem ungewöhnlich futuristischen Design. Eric hatte bisher nur Bilder gesehen.

»Sie werden sicherlich hungrig sein, und durstig?«, wechselte der Südafrikaner in bester Gastgebermanier das Thema, »wir haben eine Kleinigkeit zu Essen vorbereitet. Aber vorher zeigt Ihnen Lorry noch ihre Zimmer. Äh, Tina, wir haben dich mit Samantha in einer der Suiten einquartiert. Und Jack, dich mit Richard. Eric, Sie haben eine Suite für sich alleine. Ich hoffe, das passt so.«

»Und wenn nicht«, sagte Tina lachend, »werde ich mir halt ein neues Quartier suchen.«

Sie bemerkte sofort den kleinen Fauxpax. Alle mussten lachten. Ja, langsam setzte eine gewisse Urlaubsstimmung ein, auch wenn es nur für zwei Tage war.

Die Zimmer waren überwältigend. Londolozi galt nicht ohne Grund als eines der schönsten und luxuriösesten Camps Afrika´s. Mit einer fast hundertjährigen Tradition. Und immer noch geführt von den Nachfahren der ursprünglichen Gründerfamilien.

Eric ging, nachdem das Gepäck abgestellt worden war und die Angestellte das Zimmer verlassen hatte, auf die private Terrasse seiner Suite hinaus und lauschte der Natur. Nichts als die unaufgeregten Geräusche einer einzigartigen Tierwelt. Er versuchte, einzelne Laute zu unterscheiden und zuzuordnen. Nur mit mäßigem Erfolg. Aber was für ein Genuss. Er strich mit den Fingern über die geschwungenen Kurven des Holzgeländers. *Ein Ort wie aus einer anderen Welt,* dachte er und verharrte für einige Minuten in absoluter Stille.

Zurück im Zimmer legte er sich noch ein paar Minuten auf das Bett und betrachtete lange und intensiv die schöne Holzkonstruktion der Decke. Fast wäre er eingeschlafen. Als er wieder das Hauptgebäude erreichte, saßen die anderen bereits um einen großen runden Tisch auf der Veranda.

»Da bist du ja endlich«, lachte Tina und deutete auf den freien Stuhl neben sich.

Die angekündigte Kleinigkeit zu Essen war ein großes Büfett aus frischen Früchten, Salaten und afrikanischen Spezialitäten. Der Eigentümer erzählte bereits.

»Schon immer war es unser Ziel, hier draußen in maximalem Einklang mit der Natur zu leben. Mit so wenig Eingriff und Veränderung wie nur möglich. Die großen Dieseltanks für die Landrover, aber auch für unsere Stromgeneratoren, passten da noch nie so richtig ins Bild. Muss ich ehrlich zugeben. Haben wir aber auch immer ganz weit weg von unseren Gästen versteckt, sollte ja das ökologische Bild nicht stören. Jetzt können wir das endlich ändern.«

»Und auch diesen Teil den Gästen mit Stolz demonstrieren«, sagte Tina, die von der Idee dieses so bildgewaltigen Vorzeigeobjektes in Afrika von Anfang an begeistert war, »meine Mutter wird Augen machen, wenn sie das nächste Mal kommt.«

»Naja, noch sind wir nicht ganz fertig«, sagte der Eigentümer, »Phillip hat uns ja zunächst eine erste, kleinere PV-Anlage samt Ladesäulen und Steuereinheit aufgebaut. Zusammen mit den ersten beiden Fahrzeugen von Jack können wir damit schon ganz gut arbeiten, aber wir sind noch weit weg von einer kompletten Umstellung unserer Energieversorgung auf erneuerbare Quellen.«

»Ja, aber der Anfang ist getan«, erwiderte Tina, »und ihr habt mit Phillip doch bereits einen Entwurf für ein System, das den Komplettbedarf abdeckt, oder?«

»Ja, wir wollen die PV-Module sogar teilweise mit in die Konstruktion unseres Camps integrieren. Für alle sichtbar.«

»Und dann den Leuten das Gesamtsystem in der heißen Mittagspause vorführen und erklären«, sagte Tina, ganz im Sinne ihres Democenters.

»Absolut. Ich denke, das wird den Leuten gefallen. Und unser Image als Vorreiter noch stärken.«

»Eigentlich ist ja auch die Kombination aus Photovoltaik und leisen, elektrisch angetriebenen Fahrzeugen geradezu ideal für ein Safari-Camp«, sagte Samantha.

»Ja, manchmal frage ich mich selber«, gab der Südafrikaner zu, »wieso wir das nicht schon früher konsequenter umgesetzt haben. PV-Module gibt es ja nicht erst seit gestern.«

Alle lachten. Tina erhob ihr Glas. Die anderen folgten. »Lieber spät, als nie«, sagte sie, »auf die Abkehr vom Benzin! Nicht nur hier, sondern auf der ganzen Welt. Je mehr Vorreiter, desto besser. Wir freuen uns riesig auf die enge Zusammenarbeit mit euch.«

Tina´s Worte in Gottes Ohr, dachte Eric. *Ja, jeder Vorreiter war herzlich willkommen. Besonders, wenn er dazu geeignet war, ihre Kern-Zielgruppe hinterm Ofen hervorzulocken.* Er wischte sich ein paar Schweißtropfen von der Stirn.

»Ist es eigentlich immer so heiß hier?«, fragte er.

»Nein, aber wir haben schon seit Wochen eine extreme Hitzeperiode. Kombiniert mit dem geringen Regen im letzten Winter macht es allen, besonders den Tieren, schwer zu schaffen. Das Klima verändert sich, da können mir die Leute erzählen, was sie wollen. Wir leben hier seit über 50 Jahren am selben Ort. Wir können es wirklich beurteilen.«

Tina sah Eric an. Sie wusste, dass er sich Sorgen machte. Sie hatte ähnliche Gedanken. *Was für ein Verlust für die Menschheit, wenn diese einzigartige Tierwelt hier in Afrika verschwand, nur weil der Regen ausblieb? Nur weil die Menschen zu träge waren, der Erderwärmung Einhalt zu gebieten?* Das durfte einfach nicht passieren.

»Jetzt müssen wir aber endlich rüber zu den Garagen«, sagte Jack, »und uns die beiden Fahrzeuge ansehen. Ich hatte ja keine Zeit, sie vor dem Abtransport in England in Augenschein zu nehmen.«

Alle waren neugierig. Aber konnten sich nur schwer von ihren Sitzplätzen auf der Veranda mitten im afrikanischen Busch trennen.

»Schaut mal«, kam es aufgeregt von Samantha, die aufgestanden war und vor zum Geländer ging, »da kommen zwei kleine Elefantenbabies zum Wasser.«

»Und die Mutter ist auch nicht weit«, sagte Tina. Alle waren aufgestanden und beobachteten die Tiere. *Ja,* dachte Eric, *eigentlich konnte man den ganzen Nachmittag hier sitzen und nur Tiere beobachten.*

»Kommt schon«, mahnte Jack, »die Tiere sind später dran. Kriegen wir noch ausreichend auf unserer ersten Ausfahrt zu sehen.«

Nur widerwillig folgte ihm die Gruppe. Der Eigentümer lachte. »Ihr seid doch nicht zum Vergnügen hier, oder?«

»Jaja, ihr gönnt uns aber auch gar nichts«, sagte Tina und hakte sich bei ihm unter, »schaut euch nur Eric an, der würde auch lieber hier oben bleiben.«

»Ja, ich muss zugeben, es ist verdammt schön hier draußen. Hätte ich nicht gedacht.«

»Siehst du, Jack.«

Eric musste lachen. »Tina, ich glaube, wir sollten es nicht übertreiben. Sonst nimmt uns Jack beim nächsten Mal nicht mehr mit«, sagte er und schob Tina vor sich her. Wieder Lachen. Die Gruppe setzte sich in Bewegung.

Die Überraschung war groß, als die Gruppe vor den beiden Prototypen stand, die direkt neben den alten Landrover-Fahrzeugen parkten.

»Boah, das ist schon ein gewaltiger Sprung in die Zukunft, auch optisch«, sagte Tina und ging um die Fahrzeuge herum.

»Ja, erst waren wir, ehrlich gesagt, ein bisschen schockiert«, sagte ihr Gastgeber, »aber das hat sich ganz schnell gelegt. Das neue Design spiegelt einfach auch die neue Ära wider. Jetzt ist Schluss mit den alten Zöpfen, so sehr wir auch an den Landrovers hängen. Aber Mann, die Dinger sind fast 70 Jahre alt.«

»Und wie fahren unsere Neuen im Gelände?«, fragte Jack.

»Werdet ihr ja gleich sehen«, sagte der Südafrikaner, »ich schlage vor, ihr zieht euch um und wir treffen uns in einer halben Stunde wieder hier unten.«

Eric kam aus dem Staunen nicht heraus. Er saß mit Tina auf den hintersten beiden Plätzen des achtsitzigen, offenen Prototypen. Die Anordung der Gäste in drei leicht ansteigenden Zweierreihen hatte sich über viele Jahre bewährt und wurde auch für das *ELECTRION*-Fahrzeug übernommen. Das Allrad-EV zog kraftvoll durch den tiefen, weichen Sand, als sie aus dem Camp hinaus in den afrikanischen Busch fuhren. Fast lautlos steuerte der Fahrer den Wagen durch die einsetzende Abenddämmerung. Wildhühner sprangen verschreckt und flügelschlagend zur Seite. Sie hatten das leise Fahrzeug nur spät wahrgenommen. Der Eigentümer saß mit Jack zusammen in der ersten Reihe hinter dem Fahrer. Samantha und Richard belegten die zweite Reihe.

»Wir können uns jetzt fast lautlos an die Tiere heranpirschen«, erklärte der Südafrikaner aufgedreht, »und dabei im Flüsterton mit unseren Gästen reden. Das ist einfach fantastisch. Auch in Low-Gear, das heißt der niedrigsten Getriebeübersetzung für das schwere Gelände, macht der elektrische Antriebsstrang fast keine Geräusche. Das ist bei den alten Landrovers immer ein Riesenthema.«

Der Wagen zog leichtfüßig mit seinen Gästen über eine kleine Steigung und gab den Blick frei auf die afrikanische Savanne mit der roten Erde und den niedrigen Bäumen.

»Ein Nashorn mit einem Jungen«, meldete sich Tina mit unterdrückter Stimme und ergriff Eric´s Arm.

»Und eine Gruppe Zebras dahinter.« Eric war im siebten Himmel. Er vergaß fast den ursprünglichen Zweck ihres Besuches und versank in den Bildern dieses Naturschauspiels.

Plötzlich blieb der Fahrer stehen und drehte sich langsam zu dem Eigentümer herum. Das Fahrzeug und seine Passagiere waren mucksmäuschenstill. Er deutete nach links in die Büsche. Eric konnte nichts erkennen.

Doch dann konnten sie ihn alle sehen. Der Leopard kam mit geschmeidigen Bewegungen direkt vor ihrem Wagen unter den Büschen hervor und lief entlang des sandigen Weges. Direkt vor ihren Augen. Der Fahrer legte wieder den Vorwärtsgang ein und folgte dem Tier fast lautlos. Der Leopard machte sich nicht einmal die Mühe sich umzudrehen. Das hier draußen war seine Welt.

Samantha und Richard hatten eine Kamera dabei. Das Klicken der Auslöser war das lauteste Geräusch im Fahrzeug. Der Leopard drehte seinen Kopf und sah sie an. Als wollte er sagen: *Jetzt müsst ihr nur noch diese Kameras überarbeiten, dann stört ihr uns überhaupt nicht mehr.*

»Diese neue Ruhe bei unseren Ausfahrten ist einfach brilliant«, flüsterte der Eigentümer und konnte es nicht oft genug wiederholen. Die Tiere waren seine Welt. Jetzt war der Umgang miteinander noch harmonischer.

Sie fuhren fast zwei Stunden durch das private Game Reserve, immer auf der Suche nach dem nächsten bildgewaltigen Stopp, während die Sonne über dem Horizont verschwand.

»Und die Batteriekapazität steht immer noch bei mehr als 30 Prozent«, sagte der Eigentümer zu Jack und den anderen, als sie in völliger Dunkelheit zurück ins Camp fuhren. »Wie schnell können wir mehr von den Dingern haben, Jack?«, fragte er, »egal zu welchem Preis.« Alle lachten. »Naja, nicht ganz egal! Und, Tina, wann kommt Phillip wieder? Und baut uns die neue Energieversorgung mit den PV-Modulen aus?«

In bester Stimmung kehrte die Gruppe zurück, ruhte sich kurz in ihren Zimmern aus und traf sich dann zum gemeinsamen Dinner.

»Dieser leise elektrische Antrieb wäre auch super geeignet für die propellergetriebenen Ausflugsboote im Everglades Nationalpark in Florida«, sagte Richard, der sich von der Begeisterung anstecken ließ und an die großen Parks in Amerika dachte.

Er erinnerte sich noch gut an einen Besuch mit Ron und der Stiftung in den Everglade Sümpfen an der Südspitze Floridas. Die flachen Touristen-Boote hatten alle einen alten GM V8 Motor am Heck, der einen ohrenbetäubenden Lärm machte. *Fast wie eine alte Harley!* Das Fahrgefühl war gigantisch. Ja, aber der Lärm eigentlich völlig ungeeignet für den Genuss der lautlosen Weite und ihrer Tierwelt. Man konnte sich kaum einem der seltenen Wasservögel nähern, ohne ihn aufzuschrecken. Damals hatte er das Thema einfach als gegeben hingenommen.

»Eigentlich gilt das doch für alle naturbezogenen Aktivitäten«, ergänzte Samantha nachdenklich.

»Naja, nicht ganz«, warf der Eigentümer ein, »wenn große Reichweiten in unberührter Natur gefragt waren, hatten benzingetriebene Motoren natürlich immer noch einen erheblichen Vorteil.«

»Weiß ich nicht, sogar das Militär denkt ernsthaft über den verstärkten Einsatz von EVs nach«, hakte Richard ein, »denn das Benzin muss ja auch erst einmal hergebracht werden. Eine riesige, logistische Herausforderung. Während Sonne und Wind fast immer und überall verfügbar sind.«

»Mhh«, warf Eric ein, der sich nach dem leckeren Essen genüsslich in seinem tuchbespannten Stuhl zurücklehnte, »ich wäre eigentlich schon ganz froh, wenn unsere Kernzielgruppe in den Großstädten endlich auf EVs wechselte.«

»Ja, ich weiß«, sagte Tina und erklärte dem Südafrikaner ihre Zielgruppe, »die haben sowohl kein Reichweitenthema mit ihren Zweit- und Drittwagen, als auch kein Versorgungsproblem mit Strom. Und die eigene PV-Anlage auf dem Dach ist genauso einfach wie hier bei dir.«

»Schickt die Leute einfach alle zu mir. Dann erkläre ich denen schon, wo´s langgeht.«

»So machen wir´s«, lachte Tina und erhob wieder das Glas. Auch die anderen konnten dem Vorschlag des Südafrikaners nur zustimmen. Mit erhobenen Gläsern.

»Ich schau´ mal, wo die Nachspeise bleibt«, sagte der Eigentümer gut gelaunt und stand auf.

Eric drehte an seinem Glas und sah dann nachdenklich zu Samantha und Jack hinüber. Die mangelnden Absatzzahlen gingen ihm nicht aus dem Kopf.

»Wo steht ihr eigentlich mit den Vorbestellungen zu eurem *Elec-1*?«

Jack blickte seine Kollegin an.

»Nicht schlecht«, antwortete die Amerikanerin vorsichtig, »aber auch nicht wirklich gut.« Eric sah Samantha fragend an. »Naja. Wir haben verdammt viel Publicity. Hast du ja selber in LA gesehen. Unser Marketing und die Democenter funktionieren. Das auf jeden Fall! Wir haben auch immer mehr Anfragen für Probefahrten.«

»Und?«

»Die Vorbestellungen sind einfach noch nicht dort, wo wir sie gerne hätten.«

»Egal in welchen Märkten?«, hakte Eric leise nach.

»Mhh, eigentlich schon.«

Jack unterbrach seine Kollegin. »Sam, sagtest du nicht, dass wir in Norwegen einen ungewöhnlich hohen Zuspruch haben?«

»Ja, stimmt schon. Ist aber natürlich nur ein kleiner Markt. Aber du hast Recht. Die Norweger scheinen innerhalb Europas wirklich besonders scharf auf EVs zu sein. Wieso auch immer. Tesla kennt wohl das gleiche Phänomen.«

»Ich glaube, dass unsere tolle Allrad-Performance natürlich hilft«, ergänzte Jack, »ist ja eher kalt dort oben.«

»Kann man wohl sagen«, erwiderte Eric nachdenklich. *Schon wieder Norwegen. Sollten wir uns vielleicht doch noch mal genauer ansehen.* Er machte sich eine geistige Notiz. *Noch vor dem Treffen mit der Kanzlerin!*

»Wieso fragst du?«

Eric verzog den Mund und atmete dann lange und hörbar aus, bevor er antwortete. »Wir treffen uns doch nächste Woche mit der Kanzlerin. Da wollten wir ihr eigentlich richtig gute Marktzahlen präsentieren. Nach all unseren tollen Marketingaktionen. Aber das wird jetzt wohl nichts. Ganz offensichtlich haben wir noch nicht die richtige Medizin für unsere Zielgruppe gefunden. Und ihr auch nicht.« Die beiden nickten nachdenklich.

»Und was sagst du ihr dann?«

Eric spielte wieder an seinem Glas. »Weiß ich, ehrlich gesagt, noch nicht.«

»Mhh.«

Da kam Tina zusammen mit dem Südafrikaner zurück und zog sofort die volle Aufmerksamkeit auf sich. »Das schöne ist«, sagte sie gerade gut gelaunt zum Eigentümer, »dass die Journalisten langsam wirklich anfangen, richtig positiv über die Elektromobilität zu schreiben. Sie merken, dass das Thema wohl nicht mehr verschwinden wird und die Stimmung in der Bevölkerung dreht.«

Samantha hörte den Kommentar und warf laut ein. »Dennoch wissen wir, wie skeptisch viele Endkunden immer noch sind. Und sich das Geld lieber für einen weiteren Besuch bei euch in Londolozi aufheben.«

Der Südafrikaner sah sie gespielt vorwurfsvoll an. »Das ist nicht fair! Ich kann ihnen hier wenigstens den Kopf waschen! Und mache gleichzeitig Werbung für euer Auto.«

Wieder Lachen in der Runde. Die Kerzen brannten auf dem Tisch, ein paar Fackeln und Feuer beleuchteten die Veranda des Hauptgebäudes. Die Natur um sie herum lag bereits im Dunkeln. Nur die Laute zeugten noch von der Anwesenheit der Tiere.

Eric erhob sich von seinem Platz und blickte mit Tina in das Sternenmeer am Himmel über ihnen. *Genug der Diskussion um mangelnde Absatzzahlen!* »Hier kann man´s echt aushalten. Und die Probleme dieser Welt für ein paar Stunden vergessen«, sagte er fast wie zu sich selbst.

»Noch schöner wäre es, wenn man sie einfach wegzaubern könnte. Diese Probleme«, antwortete Tina leise.

Die anderen erhoben sich und wollten zu Bett gehen. Auch der Eigentümer musste noch ein paar Sachen für morgen erledigen. *Gab ja noch andere Gäste.*

Tina und Eric blieben alleine auf der Veranda zurück. Eric ging zum Geländer hinüber. Er versuchte, etwas in der Dunkelheit zu erkennen. Hier und da tauchte ein paar gelbe Augen auf, die ihn ansahen. Zumindest glaubte er das.

Tina war ihm gefolgt und lehnte vorsichtig ihren Kopf an seine Schulter. Was für ein Ort, um einfach abzutauchen. Zu zweit. Eine ganze Weile blieben sie so stehen und genossen die einzigartigen Geräusche einer Nacht in Afrika.

EINE WOCHE SPÄTER, VOR DEM KANZLERAMT IN BERLIN

Karl Röhmer stand etwas abseits von der großen Menschenmenge auf dem abgesperrten Platz vor dem Bundeskanzleramt. Alleine. Der ungewöhnlich heiße Spätsommertag in Berlin trieb ihm den Schweiß auf die Stirn. Er hasste Schwitzen. Aber das war nicht der Hauptgrund für seine ausgesprochen schlechte Laune.

Sein Blick wanderte hinüber zu der Bühne, auf der sich gerade die Top-Manager an der Seite der Kanzlerin im Blitzlichtgewitter der Presse badeten. Die neue EV-Flotte der Bundesregierung wurde gerade offiziell vorgestellt. *Sogar den Tesla-Affront schluckten diese Kerle herunter,* dachte Röhmer grimmig. *Diese Schleimer!* Es galt, wieder Boden gut zu machen bei der Kanzlerin. *Und er war nicht mehr der richtige Mann dafür! Mistkerle!* Heute durfte er noch gnädigerweise mit dabei sein, um keine Unruhe in der Öffentlichkeit aufkommen zu lassen.

Aber sein Vertrag wurde nicht mehr verlängert. Er war draußen. Das hatte man ihm vor ein paar Tagen lapidar mitgeteilt. Begründung: Gestörtes Vertrauensverhältnis zur Kanzlerin. *So eine Unverschämtheit!* Das war doch nicht seine Schuld gewesen. Man hatte damals gemeinsam entschieden, den Druck auf die Kanzlerin zu erhöhen, als alle im Verband spürten, das sich Ungemach für sie im Kanzleramt breit machte. *Er war nur das Sprachrohr gewesen, mehr nicht!* Dass die Kanzlerin diesen Druck nicht lustig fand, war doch klar. Und jetzt ließen sie ihn fallen. Einfach so. Nach allem, was er getan hatte. *Sogar den Coup in Paris hatte er für sie riskiert!* Die Wut in ihm stieg. Die schöne Pensionsabsicherung, die er sich ausgemalt hatte, war dahin. Einen adäquaten, neuen Job zu finden, würde nicht einfach sein. Milde ausgedrückt. Weitere Schweißtropfen bildeten sich auf seiner Stirn. *Verdammter Mist!*

Nicht mit ihm. So einfach sollten diese Kerle nicht davonkommen. Sie waren es doch, die ihn angetrieben hatten. Dafür sollten sie büßen. Er gab sich einen Ruck und ging zielstrebig auf die Menge zu.

Alles, was Rang und Namen hatte, war gekommen. Hans Weidner hatte in Absprache mit der Kanzlerin ein großes Event aus der Sache gemacht. Ging aber eigentlich auch gar nicht anders. Zu offensichtlich waren die äußeren Veränderungen am Kanzleramt, das mit den neuartigen, weit ausladenden Solarsegeln und den Vertikal-Windrädern nun endgültig wie ein Raumschiff aus der Zukunft wirkte. Tina und Phillip waren beratend zur Seite gestanden, als die Kanzlerin beschloss, nicht nur den Fuhrpark auf EVs umzustellen, sondern den Strom dafür auch selber zu erzeugen. Jetzt wollte sie das ganze Paket. Zusammen mit den ursprünglichen Architekten hatten sie eine beeindruckende Lösung für die Unterbringung der Strom erzeugenden Anlagen entwickelt. Das Thema war nicht mehr zu übersehen. Nicht für die Presse, und schon gar nicht für die täglichen Besucher. Das Kanzleramt und die Bundesregierung posaunten es geradezu von den Dächern: *Wir sind da, wir wechseln auf Elektromobilität! Und wo seid ihr?*

Die Resonanz in der Presse war enorm. Alle waren gekommen. Die Kanzlerin hatte eine kurze, aber emotionale Rede gehalten. Sie war in Kampfeslaune. Das gefiel der Presse.

»Und Sie machen sich keine Sorgen, dass Sie mit ihrer neuen, rein elektrisch betriebenen Limousine unterwegs liegen bleiben? Wäre ja nicht das erste

Mal bei solchen Fahrzeugen«, fragte einer der Fernsehreporter etwas provozierend. Unzählige Kameras waren auf das Gesicht der Kanzlerin gerichtet.

»Wissen Sie«, sagte sie gut gelaunt, »ich habe leider wenig Chancen für ungeplante Kaffeefahrten ins schöne Berliner Umland. Meine Strecken sind meist sehr genau vorbestimmt. Und gehen dabei kaum weiter als bis zum Flughafen. Da traue ich meinen Fahrern doch zu, dass sie die Streckenlänge und den Batteriefüllstand in Einklang bringen können. Was meinen Sie?«

Leichtes Gelächter bei den Reportern.

»Aber wirklich schöner ist das Kanzleramt mit den neuen Anlagen auf dem Dach nicht geworden«, blieb der Reporter auf seiner provokanten Linie, »müssen Sie nicht befürchten, dass diese Solarmodule und Windkraftanlagen eher abschreckend auf Nachahmer wirken? Das wäre ja dann absolut kontraproduktiv.«

Eric stand mit Tina ganz in der Nähe. Die kurze Auszeit in Südafrika hatte ihnen gut getan. Aber jetzt waren sie wieder mitten in der Realität. Sie kämpften wieder an allen Fronten. Es wurde ihnen nichts geschenkt. Auch der Kanzlerin nicht. Er sah, wie sie für eine Sekunde ihre äußere Ruhe zu verlieren schien. Aber dann setzte sie wieder ihr bestes Lächeln auf und konterte.

»Jetzt verdrehen Sie aber die Wirklichkeit! Das Kanzleramt ist seit Wochen das meistfotografierte Regierungsgebäude. Weltweit. Mit extrem positiver Resonanz. Natürlich finden sich immer ein paar Leute, denen das Bild nicht gefällt. Aber die in unsere Architektur integrierten Module sind bei weitem attraktiver als jeder rauchende und stinkende Schornstein. Das ist die Wahrheit, die Sie unbedingt schreiben und zeigen müssen! Zusammen mit den enormen CO2-Einsparungen, die wir damit allein im Kanzleramt erreichen können. Das ist technischer Fortschritt in seiner besten, ja, in seiner schönsten Form! So schaffen wir auch die Energiewende, nicht nur im Straßenverkehr!«

Kurzer Applaus in der näheren Umgebung. Der Journalist merkte, dass es Zeit wurde, die Kurve zu kratzen.

Hans Weidner tauchte neben Eric auf.

»Wir sollten langsam hinaufgehen«, sagte er, »die Kanzlerin ist zwar heute in bester Kampfeslaune, wie Sie sehen, aber wir brauchen auch Zeit für unsere Statusdiskussion. Bevor sie sich heute Abend noch mal mit den Auto-Managern trifft.«

Eric nickte Tina kurz zu und bahnte sich dann alleine einen Weg aus der Menge, um Richard zu suchen, der sich wie immer irgendwo diskret im Hintergrund hielt.

Den Blick über die Menge hinaus gerichtet, hatte er den Mann von der Seite nicht kommen sehen. Der plötzliche Rempler war ziemlich heftig.

»Tschuldigung«, kam es nur kurz, als Eric sich wieder fing. Er erkannte das Gesicht, konnte aber keinen Namen zuordnen. Und dann war der andere auch schon wieder in der Menge verschwunden.

»Hey«, rief ihm Eric noch nach, aber zu spät.

Seine Tasche war ihm bei dem Zusammenstoß leicht von der Schulter gerutscht. Als er wieder alles zurechtgerückt hatte, sah er den Umschlag in der Außentasche stecken. *Komisch!* Er nahm ihn heraus und betrachtete ihn kurz. Der Umschlag war zugeklebt und trug seinen Nachnamen in Handschrift. Irritiert steckte er ihn wieder ein. *Schau ich mir später an.* Er setzte seine Suche nach Richard fort. Im Gehen schüttelte er immer noch den Kopf.

Sie waren zu viert im Büro der Kanzlerin. Während Richard, Eric und Hans Weidner bereits am langen Besprechungstisch Platz genommen hatten, stand die Kanzlerin noch an ihrem Fenster mit Blick über den Vorplatz des Kanzleramtes. Fast zwanzig EVs waren aufgereiht. Im Zentrum drei Tesla S-Types und links und rechts davon die Fahrzeuge von BMW, VW und Daimler. Sogar ein *Elec-1* stand mit dabei. Das einzige Fahrzeug, das es von der Größe her mit den stattlichen Limousinen von Tesla aufnehmen konnte. Daher hatte sich der Wirtschaftsminister für dieses erste EV von *ELECTRION* entschieden. *Ein deutsches Produkt,* wie er betonte, wenn auch von einer neuen, noch unbekannten Firma. Immer noch standen Menschenscharen um die Fahrzeuge herum. Die Fotografen konnten nicht genug kriegen. Der blaue Himmel und die Sonne boten zusammen mit den futuristischen Umbauten am Kanzleramt einen brillianten Hintergrund.

Die Kanzlerin drehte sich zu den drei Männern um.

»Meine Herren, ich habe den Bericht von Herrn Weidner gelesen«, sagte sie ruhig, aber ernst, »die Absatzentwicklung sieht immer noch ziemlich bescheiden aus. Deutlich unter ihren Prognosezahlen. Auch in München. Damit sind unsere Ziele im Straßenverkehr nicht zu schaffen. Nicht mal die 1 Million bis 2020. Trotz aller Anstrengungen in der Taskforce und den tollen Demo-Events. Ich meine, mehr Presse, als heute hier vor dem Gebäude oder letzte Woche in München, können wir doch kaum zusammenkriegen!«

Sie machte eine kurze Pause und ging hinüber zum Besprechungstisch.

»Woran liegt das? Gehen wir vielleicht die falsche Zielgruppe an?« Die drei Männer sahen überrascht auf. *Worauf wollte die Kanzlerin hinaus?* »Sind diese

Mehr-Auto-Haushalte vielleicht zu träge? Gerade wegen ihres guten Einkommens und dem schönen Zuhause! Ihr Hirn, auch ihre Bildung sagt ihnen zwar, dass sie eigentlich etwas tun müssten, aber die Bequemlichkeit ist einfach zu groß. Gerade in ihrem fortgeschrittenen Alter. Diese Leute gehören ja nicht zu der jungen Generation, die sich in den Umfragen so vehement für den Umweltschutz und unsere Energiewende stark machen.«

Eric nickte, sie kannten ihre Zielgruppe jetzt ziemlich genau. Die Analysen in München hatten enorm geholfen.

»Aber wir haben keine Zeit, solange zu warten! Bis sich diese Leute vielleicht endlich bequemen und ein EV kaufen!«, schob die Kanzlerin grimmig und lauter werdend nach, »wir müssen jetzt die Trendwende im Straßenverkehr einleiten! Haben Sie doch selber gesagt, Herr Brinneau! Wir können doch nicht warten, bis diese Generation ausstirbt und die jungen Leute endlich die Häuser und Autos übernehmen! Daher noch mal meine Frage: Müssen wir unseren Fokus ändern? Uns mehr auf die jüngeren Bevölkerungsschichten konzentrieren?«

Hans Weidner und Richard sahen Eric an.

»Natürlich ist Flexibilität und Veränderungswille bei den jüngeren Bürgern grundsätzlich größer«, holte Eric aus, »und sie stehen den neuen Technologien meist auch viel offener gegenüber. Ja, das stimmt. Aber zwei gravierende Gründe sprechen gegen eine Re-Fokussierung unserer Anstrengungen auf diese Zielgruppe. Erstens, fahren diese Leute heute nur einen Bruchteil des gesamten PKW-Bestandes in Deutschland. Und zweitens, tun sie sich mit einem Wechsel auf EVs aus praktischen Gründen mindestens genauso schwer, eigentlich sogar noch schwerer.«

»Wieso das?«

»Nehmen wir zum Beispiel die Gruppe der jungen Leute, die bereits im Berufsleben stecken, aber noch Singles sind. Die haben oft ein Auto, aber ganz sicher keine zwei. Für die Fahrt zur Arbeit, die zahlreichen Freizeitaktivitäten oder den Urlaub. Und sie wohnen fast immer mitten in der Stadt, da wo das Leben pulsiert. Aber eben auch kaum Garagen und Stellplätze vorhanden sind. Wie sollen die auf ein EV wechseln? Als Erstfahrzeug! So gerne sie wollten. Besonders wenn das Reichweiten- und Ladethema noch nicht zufriedenstellend gelöst ist. In fünf bis zehn Jahren, mit der nächsten EV-Generation, können sie zu unserer Kernzielgruppe werden, ganz klar. Dann sind sie nicht nur älter und vielleicht mit einer Familie an den Stadtrand in ein Häuschen gezogen. Bis dahin sind auch die EVs und die öffentliche Ladeinfrastruktur weiterentwickelt. Und die Preise noch mal deutlich gesunken.«

Hans Weidner nickte. Er kannte die Diskussion.

»Ok, Herr Brinneau«, nickte auch die Kanzlerin, war aber dennoch genervt. »Also bleiben wir bei unserer Zielgruppe, fein! Aber irgendwie müssen wir den Absatz steigern. Und zwar jetzt, das sagen Sie doch selber! Sonst kriegen wir nie die notwendigen Stückzahlen im PKW-Bestand hin. Bis 2030 mehr als 300.000 alleine in München, fast 10 Millionen in ganz Deutschland. Sogar noch mehr, wenn bis dahin nicht alle anderen Fahrzeuge ihre Effizienz um mindestens ein Drittel gesteigert haben. Was ja auch keine leichte Übung ist.«

Eric war immer wieder erstaunt, wie präsent die Kanzlerin die entscheidenden Zahlen hatte. Ja, auch das Thema mit den CO2-Zielen für die konventionelle Neuwagenflotte bereitete ihr Sorgen. Eric ebenfalls.

Die Kanzlerin sah wiederholt zum Fenster hinaus, bevor sie sich erneut an die drei Männer wandte. »Was müssen wir denn nun tun, um unsere Mehr-Auto-Haushalte endlich hinter dem Ofen hervorzulocken?«

»Naja«, sprang Hans Weidner dem Schweizer zur Seite, »wir sehen doch in einigen Ländern, wie es ganz offensichtlich funktioniert.«

Eric hatte es geschafft, in den letzten Tagen in ihrem Institut eine Detailanalyse Norwegens durchführen zu lassen. Der enorme Absatzerfolg in dem kleinen Land hatte ihm keine Ruhe mehr gelassen. Noch aus Südafrika hatte er zwei Leute seines Teams darauf angesetzt. Und Hans Weidner gestern noch eine erste Zusammenfassung zukommen lassen.

Die Kanzlerin, die im Vorfeld mit ihrem Abteilungsleiter kurz darüber gesprochen hatte, sah ihn böse an. »Fällt uns wirklich nichts Besseres ein, als Steuergelder zur Incentivierung unserer wohlhabenden Zielgruppe zu verwenden?«

Eric ergriff wieder das Wort. »Frau Bundeskanzlerin, das wird, glaube ich, dem Gesamtumfang dieser Förderkonzepte nicht ganz gerecht.«

Hans Weidner nickte dankbar, während Eric fortfuhr.

»Nehmen wir nur Norwegen. Natürlich werden den EV-Käufern die dortige, enorme Zulassungssteuern und die Mehrwertsteuer erlassen, was die Fahrzeuge in der Anschaffung sehr attraktiv macht. Aber es werden eben auch die Umwelt verpestenden Normal-Auto-Besitzer überproportional zur Kasse gebeten, was als klare Gegenfinanzierung dient.«

»Wie das?«, fragte die Kanzlerin immer noch grimmig.

»Zum einen ist die Benzinsteuer deutlich höher als in Deutschland und zum anderen müssen alle Autofahrer hohe Park-, Maut- und City-Einfahr-Gebühren bezahlen, wenn sie kein EV sind. Damit sind die Mindereinnahmen bei Mehrwertsteuer und Zulassungssteuer für den norwegischen Staat gut zu verkraften. Das heißt, umweltschädliches Fahren mit Benzin wird einfach deutlich teurer, während man elektrisches Fahren massiv unterstützt.«

»Kommt politisch trotzdem schlecht an«, antwortete die Kanzlerin kurz angebunden und blickte wieder hinaus.

»Man könnte anfangs auch nur mit einer Modellregion anfangen, um den politischen Druck ein bisschen herauszunehmen«, schlug Eric spontan vor.

»Mhh«, sagte die Kanzlerin und drehte sich wieder um, »im Prinzip keine schlechte Idee. Dauert aber zu lange!«

Ja, sie hatte Recht. Sie hatten keine Zeit mehr zum Experimentieren. Außerdem waren die Ergebnisse in Norwegen und anderen Ländern aussagekräftig genug.

Es entstand eine Pause.

»Ich sehe doch nachher unsere Automobil-Manager«, sagte die Kanzlerin nach einer Weile unvermittelt, »können die uns nicht noch helfen?«

Die Kanzlerin sah die drei Männer fragend an. Wieder übernahm Eric die Antwort, der wusste, worauf die Kanzlerin hinaus wollte und das Thema lange mit Jack diskutiert hat.

»Ja, wir brauchen sicherlich noch ein deutlich breiteres und attraktiveres EV-Angebot als bisher. Das ist klar. Aber wir stecken hier auch in einer Art Teufelskreis. Solange der Absatz nicht deutlich in die Höhe geht, ist die Bereitschaft zu mehr Investitionen in neue Produkte bei den Herstellern begrenzt. Das wiederum beschränkt aber den Absatzerfolg.«

»Dann sollen sie halt ihre Preise senken. Das kurbelt doch auf jeden Fall den Absatz an«, kam es wieder grimmiger von der Kanzlerin.

Man merkte deutlich, dass sie schwer mit sich rang. Sie spürte, dass etwas getan werden musste, um den Markt in Schwung zu bringen. Aber sie schreckte noch immer vor den schwierigen, politischen Diskussionen zurück. *Gab es denn wirklich keine Alternativen? Eine Art Königsweg vielleicht?*

»Preissenkungen gehen natürlich nur begrenzt«, warf ihr Abteilungsleiter leise ein. Er hatte die zahlreichen Diskussionen mit Vertretern der Automobilwirtschaft zu den enormen finanziellen Belastungen der Konzerne noch gut im Kopf.

»Sie meinen, schlussendlich wird es ohne staatliche Maßnahmen nicht gehen? Ist das Ihre Ansicht, meine Herren?«, fragte die Kanzlerin schließlich resigniert und sah die drei Männer lange an.

Ohne eine Antwort abzuwarten drehte sich die Kanzlerin wieder zum Fenster und sah hinaus. Eine drückende Stille lag im Raum.

»Oder ich verbiete ab morgen einfach alle Zweitwagen! Per Gesetz! Es sei denn, sie sind elektrisch«, fuhr die Kanzlerin herum und dachte dabei an ihr Mittagessen mit Lisa´s Onkel. Sie erwartete auch hier keine Antwort. »So oder so, meine Herren! Ich brauche eine Lösung, und zwar bald. Eine, die ich auch umgesetzt kriege! Am liebsten eine Art Zaubertrunk, den wir heimlich an unsere Bürger verteilen können. Der ihnen das notwendige Umweltbewusstsein und den Veränderungswillen bis in ihre letzten Gehirnwindungen hineinträgt.«

Die drei Männer blickten die Kanzlerin entgeistert an. *Meinte sie das ernst? War das Thema staatlicher Maßnahmen wirklich so ein Gräuel?*

Doch die Kanzlerin nickte nur noch kurz zur Verabschiedung und ging dann hinüber zu ihrem Schreibtisch. »Herr Brinneau, wir sehen uns ja morgen noch kurz bei der Eröffnung des Formula-E-Rennens in Tempelhof, richtig?«

Eric nickte und folgte dann den anderen hinaus.

Kurz danach verabschiedeten sich Eric und Richard im Foyer von Hans Weidner, dem die gute Laune ebenfalls vergangen war.

»Sie haben es ja selber gehört. Schauen Sie einfach zu, dass wir noch irgendwelche brillianten Marketing-Ideen herkriegen. Wir sind für alles offen. Solange wir um diese blöden, staatlichen Zwangsvorgaben oder Förderungen ´rumkommen.« Die beiden nickten. *Ja, die Message der Kanzlerin war klar!*

Sie gingen wieder hinunter auf den Vorplatz des Kanzleramtes, wo Tina und Phillip auf sie warteten.

»Boah, die Hitze wird ja langsam unerträglich«, sagte Eric und zog die Krawatte aus. Auch die Journalisten und Besucher waren fast alle abgezogen.

»Und, wie war´s?«, fragte Tina.

»Zäh, wie erwartet. So schön diese Marketing-Events auch sind. Am Schluss zählen nur die nackten Zahlen!«, sagte Eric frustriert. »Aber lasst uns jetzt was trinken gehen. Irgendwo im Schatten. Ich habe für heute echt genug!«

Den Umschlag in seiner Tasche hatte er ganz vergessen.

Eric saß in dem Sessel seines Hotelzimmers und starrte auf die beiden Fotos, die vor ihm auf dem Boden lagen. Den Kopf in beide Hände gestützt. »Nicht schlecht. Mistkerl!«, sagte er immer wieder leise zu sich selber.

Die Qualität der Bilder war ziemlich gut. Sogar in Farbe. Die Fotos zeigten Kanegawa zusammen mit einer attraktiven Blondine. Auf dem Bett. Beide nackt. In eindeutiger Position. *War das seine Assistentin? So wie sie es bereits gegenüber Nicole angedeutet hatte?* Er war sich nicht sicher. Spielte aber auch keine Rolle.

»Verdammter Mistkerl!«

Beim Gedanken an das Familienfoto auf Kanegawa´s Schreibtisch drehte es ihm den Magen um.

Armer Jean-Luc! Seit Monaten hatte er nichts mehr von ihm gehört. Die Kommunikation war auf ein Minimum zurückgegangen. Sein ex-Chef hatte sich offensichtlich komplett aus dem Berufsleben zurückgezogen. *Nein, er wollte immer noch nicht mit ihnen arbeiten,* auch wenn ihm Eric das mehrfach nach Rücksprache mit Richard angeboten hatte. Die Angst vor einer Veröffentlichung ähnlicher Bilder war scheinbar zu groß. Auch wenn sie, nach Jean-Luc´s Aussage, gefälscht waren. Und Eric glaubte ihm.

Er starrte immer noch auf die Fotos. *Waren diese Bilder echt?* Kanegawa traute er ein solches Verhalten zu. *War aber eigentlich egal!* Alleine die Existenz solcher Bilder eröffnete ihm ganz neue Möglichkeiten. *Und Jean-Luc!*

Aber wie waren diese Photos eigentlich in seine Tasche gekommen? Eric hatte immer noch das Bild von dem Mann im Kopf, der ihn angerempelt hatte. *Er kannte das Gesicht!* Aber irgendwie kam er nicht auf den Namen. *Hatte der ihm den Umschlag in die Tasche geschoben? Wieso? Oder war der Umschlag schon vorher in seiner Tasche gewesen?*

Eric hatte die Klimaanlage im Zimmer auf maximal gestellt. Er war kaputt. Er brauchte eine Abkühlung. Er lehnte sich im Sessel zurück und sah auf sein Smartphone.

Jeannette hatte ihm vor zwei Tagen seit langem mal wieder geschrieben. *Sie vermisse ihn,* sagte sie. *Sie wolle ihn sehen.* Er hatte bisher nicht geantwortet. Nach den Tagen in Südafrika mit Tina waren seine Gedanken woanders. Er mochte die Deutsche. *Sehr sogar.* Er fing an, sich über seine Gefühle klar zu werden. Jeannette gehörte dabei immer mehr der Vergangenheit an. Vor einem Jahr hatten sie die gemeinsame Wohnung in Paris aufgegeben. Das hatte geschmerzt. Auch die Dachterrasse vermisste er. Aber seitdem wohnte er in München und ließ die Vergangenheit in Paris Vergangenheit sein. *Dennoch! Vielleicht sollte er sich mit Jeannette treffen. Eine letzte Aussprache, das Thema für endgültig beendet erklären, nach der überstürzten Trennung.*

Ja, er fasste einen Entschluss, das sollte er machen. Und dann auch gleich ein Treffen mit Jean-Luc vereinbaren. Er musste unbedingt mit ihm über diese Fotos reden. Er nahm sein Smartphone in beide Hände und begann zu schreiben.

NÄCHSTER MORGEN, BERLIN, TEMPELHOF

Es war immer noch extrem heiß in Berlin. Das spätsommerliche Hoch erstreckte sich fast über ganz Mitteleuropa. Seit Tagen. Und bewegte sich kaum vom Fleck. *Heute sollte es noch einen Tick heißer werden. 36 Grad, sagte man.*

Die Sonne war bereits um neun Uhr morgens unerträglich. Tina stand in einem luftigen Spagettiträger-Kleid neben ihm vor dem großen Gebäude des ehemaligen Berliner Stadtflughafens. Mit den eleganten Schuhen, den offenen Haaren und der großen Sonnenbrille zog sie wieder einmal viele Blicke auf sich. Und genoss es. Eric musste schmunzeln, als sie sich bei ihm unterhakte und ihn mit einem breiten Lächeln von der Seite ansah.

»Ich liebe diese neuartigen Autorennen. Der gleiche Glamour, aber kein ohrenbetäubender Krach mehr.«

»Du meinst, du bist der Glamour!«

»Quatsch. Ich passe mich nur dem Wetter und der Umgebung an. Den Glamour liefern die Rennautos und ihre Sponsoren.«

»Ja, ja. Sei nur nicht zu bescheiden!«

Seit kurzem hatte sich tatsächlich eine weltweite Formula-E-Rennserie mit rein elektrisch angetriebenen Boliden etabliert. Zwölf Teams aus der ganzen Welt traten an. Aber im Gegensatz zur Formel 1 fuhren alle noch den gleichen Wagen, der von einem Konsortium entwickelt wurde. Das einzige Rennen auf deutschem Boden fand in Berlin statt. Auf dem Gelände des ehemaligen Flughafens in Tempelhof. *Fast mitten in der Stadt. Eine wunderbare Location,* dachte Eric, der das riesige unter Denkmalschutz stehende Abfertigungsgebäude bisher nur von Fotos kannte.

Vor dem Gebäude standen fast noch mehr Pressevertreter als gestern beim Bundeskanzleramt. *War ja auch noch mehr Glamour-Prominenz da.*

»Klingt nicht so, wie wenn unserer Formel-1 Weltmeister der gleichen Meinung ist«, sagte Eric und blickte hinüber zu dem jungen Mann, der gerade von einem Fernsehreporter interviewt wurde. Und dabei vor einem der neuen Rennboliden stand.

»Meiner Meinung nach kommt ohne dieses einzigartige Motorengeräusch einfach keine Emotion rüber«, sagte er abwertend, »das ist nichts für mich. Wird auf Dauer auch die Zuschauer nicht begeistern. Da bin ich mir sicher!« Und beendete das Interview.

»Idiot«, sagte Tina und war echt sauer, »wenn er die Zeichen der Zeit noch nicht erkannt hat, dann soll er zuhause bleiben! Aber nicht hier solche Schwachsinns-Kommentare abgeben!«

Plötzlich zog es die Traube der Journalisten und Kameraleute hinüber zum Haupteingang des Gebäudes. Der Konvoi mit der Kanzlerin fuhr gerade vor. Tatsächlich mit den EVs, die gestern noch vor dem Kanzleramt standen. Was für eine Demonstration. Zwei Teslas, der *Elec-1* und zwei BMW I3 fuhren lautlos heran. Die Kanzlerin stieg als erste aus. Und blieb lange vor dem Wagen stehen. Unzählige Fotoapparate klickten wieder, Kameras surrten.

Kurz dahinter fuhren zwei VW Phaetons vor, drei Top-Manager des Konzerns stiegen aus. Die Kanzlerin sah das und ging spontan zu ihnen hinüber. Die Kamera-Teams folgten sofort. *Was wollte sie?*

»Na, meine Herren, dass man Sie bei diesem Ereignis überhaupt mit solchen Autos vorfahren lässt«, sagte sie mit ihrem besten Lächeln in die Kamera und drückte dabei den beiden Herren die Hand.

»Das sind beides Hybridfahrzeuge«, antwortete der eine zur Verteidigung.

»Naja, die Phase haben wir ja wohl schon hinter uns, oder?«, sagte die Kanzlerin. Und ließ es dann dabei. Sie hatte den Automobil-Topmamanagern bereits beim gestrigen Abendessen im Kanzleramt ordentlich den Kopf gewaschen, das reichte. Auch wenn sie immer noch in Kampfeslaune war.

Hans Weidner, der in einem der Begleitfahrzeuge mitgekommen war, sah Eric und Tina und kam zu ihnen herüber. Während die Kanzlerin bereits einen Rundgang über die verschiedenen Ausstellungsstände vor und in dem Gebäude begann. »Guten Morgen, Frau Steinhoff, guten Morgen, Herr Brinneau.«

Der Abteilungsleiter sah müde aus und blinzelte in der Sonne. »Gut, dass Sie gestern Abend nicht dabei waren«, sagte er direkt, »oder schade, wie man´s nimmt.«

»Wieso denn das?«

»Anfangs lief es eigentlich ganz gut«, erklärte der Deutsche, »die Entscheidung der Kanzlerin, den eigenen Fuhrpark massiv auf EVs umzustellen, nicht irgendwelche halben Geschichten mit Hybridfahrzeugen oder so zu machen, hatte alle aufgerüttelt. Das konnte man sehen. Die deutschen Hersteller sagten zu, noch mehr in den Ausbau ihres EV-Angebotes zu stecken. BMW trieb die Diskussion.«

»Ok?«

»Aber wir hatten ja auch einige Vertreter unserer Elektrounternehmen und Stromkonzerne eingeladen. Die Kanzlerin wollte mehr Unterstützung auf der

Ladeinfrastruktur-Seite. Gerade beim Zuhauseladen, das ja für unsere Zielgruppe so wichtig ist. Die Besuche bei Ihnen und *ELECTRION* hatten sie auch in dieser Hinsicht mehr als beeindruckt.«

»Klasse Idee!«, sagte Eric anerkennend. Tina nickte.

»Blöderweise schwenkte dann aber die Diskussion. So richtig typisch deutsch. Plötzlich kamen wieder alle Bedenken auf den Tisch. Und diejenigen Autohersteller, die immer noch ihre Zweifel hatten, nutzten diese Steilvorlage voll aus!«

Eric und Tina sahen den Kanzler-Vertrauten etwas irritiert an.

»Naja, die Energiekonzerne drückten sofort ihre Sorgen bezüglich der Netzbelastung aus. Wenn mehrere EVs in einer Nachbarschaft gleichzeitig am Netz hingen, konnte das natürlich Probleme bereiten. Besonders wenn die Ladeleistung der Fahrzeuge weiter zunahm. Ja, das stimmte, aber dann holten sie gleich die große Keule raus. Sie forderten eine Abschaltmöglichkeit des Ladevorgangs, so wie heute schon bei Wärmepumpen, um die Belastung ihres Netzes zentral kontrollieren zu können. Was aber ein EV-Kunde kaum akzeptieren wird, akzeptieren kann, wenn er gerade Strom zum Fahren braucht. Es sei denn, führten sie aus, der Ladevorgang würde verpflichtend auf die eigene PV-Anlage beschränkt, also völlig netzunabhängig. Was dann aber wieder ein erprobtes und breit verfügbares System erforderte. Hier zierten sich aber wiederum die Elektrokonzerne. Wie schon in der Diskussion in München. Sie können sich vorstellen, wie die Kanzlerin reagierte. Als dann einer der Autohersteller auch noch mit auf den Zug sprang, und vorab verbindliche Standards und Absicherungen für die Integration der Autobatterie in das Hausenergie-Management forderte. Was ja Jahre dauern konnte. Dann kippte die Stimmung.«

»Kann ich mir gut vorstellen.«

»Die Kanzlerin machte allen glasklar, dass sie keine Lust hatte, die breite Einführung von EVs noch länger hinauszuzögern. Das wiederum provozierte natürlich die Nachfrage nach staatlichen Maßnahmen, um der Trendwende auf die Sprünge zu helfen.«

»Ja, dann war die Stimmung endgültig im Keller«, sagte Eric mitfühlend.

»Kann man wohl sagen! Die Kanzlerin sagte das anschließende Abendessen zwar nicht ab, aber die Stimmung blieb echt frostig.«

Der Veranstaltungssprecher machte eine laute Ansage. »Das Qualifying scheint gleich anzufangen«, wechselte Eric das Thema und wischte sich den Schweiß von der Stirn, »außerdem würde es mir nicht schaden, ´raus aus der Sonne zu kommen.«

Tina lachte, setzte die Sonnenbrille wieder auf und ging mit den beiden hinüber zu dem ehrwürdigen, alten Terminalgebäude.

Die Veranstalter hatten eine große Tribüne auf der Innenseite des historischen Terminalgebäudes aufgebaut. Mit herrlichem Blick über das ehemalige Flughafengelände und den eingerichteten Rennkurs. Die Stimmung war riesig. Obwohl das eigentliche Rennen erst für den frühen Nachmittag angesetzt war, hatte sich die Tribüne schon gefüllt. Eis- und Würstchen-Verkäufer an allen Ecken. Gerade hatte eine Blaskapelle zu spielen begonnen. Die Veranstalter erinnerten in ihren Prospekten an die alten Avus-Rennen, die in den dreißiger Jahren mit so großem Erfolg in Berlin stattfanden. Zwar an anderer Stelle, aber jetzt gab es endlich die Reinkarnation. Mit modernster Technologie. Mitten in der Stadt. Als die ersten Boliden auf die Strecke rollten, drängten die Zuschauer zu Hunderten an die Absperrung. Mit lauten Anfeuerungsrufen.

Samantha und Jack, die sich das Spektakel ebenfalls nicht entgehen lassen wollten, standen neben Tina, beide mit Ferngläsern, und beobachteten das Treiben an den Boxen und auf der Rennstrecke.

»Diese Ruhe ist immer noch faszinierend«, sagte Jack mit Blick zu Eric hinüber. Gerade beschleunigte einer der Rennwagen mit rauchenden Reifen, aber ohne das ohrenbetäubende Brüllen eines Verbrennungsmotors. Eric konnte nur zustimmen. Der Anblick entlockte auch ihm ein breites Grinsen.

Plötzlich spürte er das Vibrieren seines Smartphones in der Tasche. *Hatte Jean-Luc schon zurückgeschrieben?* Eric entschuldigte sich kurz bei Jack und trat einen Schritt zurück, als er das Telefon herausholte. Er hatte den anderen immer noch nichts von den Fotos erzählt. Er wollte erst mit Jean-Luc reden. Doch die Nachricht auf seinem Display hatte einen nicht identifizierbaren Absender. *Komisch. Wer kannte seine Mobilnummer?* Richard hatte ihm vor einiger Zeit ein neues und abhörsichereres Smartphone besorgt, dessen Nummer nur die wenigsten kannten.

Neugierig öffnete er die Nachricht:*»Mister Brinneau. Sie und ihr Institut in LA befinden sich in Gefahr. Bitte zusätzliche Vorsichtsmaßnahmen ergreifen. Melde mich später mit Details. Ein Freund.«*

Was soll das denn? Irritiert schob er den Finger in Richtung Löschtaste. *Wahrscheinlich nur ein übler Scherz. Doch wer kannte seine Mobilnummer und seinen Namen?* Er zögerte.

»Eric, schau´ mal, dort drüben! Ist das nicht.... ahh, wie heißt er doch?«, rief Tina aufgeregt und reichte ihm das Fernglas. Eric steckte immer noch irritiert das Smartphone ein und behielt auch diese Nachricht für sich.

»Welchen tollen Typen hast du denn jetzt schon wieder entdeckt?«, fragte er lachend und versuchte, jemanden in Richtung von Tina´s ausgestrecktem Arm zu entdecken.

»Dort drüber. In der ersten Box. Das ist doch... Leonardo di Caprio!«

»Wo, wo?«, kam es jetzt auch von Samantha.

Jack sah zu Eric hinüber und schüttelte den Kopf. *Frauen.*

HOUSTON, TEXAS, KONZERNZENTRALE, AM GLEICHEN TAG

Jeff stand mit seiner Chefin in der kleinen Operationszentrale ihrer Abteilung. Von hier aus behielt sie den Überblick über alle laufenden Explorationsaktivitäten des Konzerns. Weltweit. Hier war auch der Alarm aufgeschlagen, als das Rettungsteam in Afrika zu Jeff´s verunglücktem Wagen ausrückte.

Ein Mitarbeiter hatte eine Serie an großformatigen Photos auf den Tisch gelegt. Sie stammten von dem Marine-Helikopter, der Jeff und die Bohrleute sicher an Land gebracht hatte und dann noch ein zweites Mal zu der Bohrplattform hinausgeflogen war. Trotz immer schlechter werdendem Wetter.

Die Bilder sprachen eine eindeutige Sprache. Die Plattform hatte eine so große Schlagseite, dass eine Landung des Helikopters nicht mehr in Frage kam. Dennoch hatten die Piloten es geschafft, fünf weitere Mitarbeiter an Bord zu nehmen. Über die Seilwinde. Tom blieb mit acht weiteren Leuten zurück. Er wollte die Plattform retten. *Es war auch sein Baby,* hatte er den Marinepiloten über Funk mitgeteilt. Der Eisberg hatte zwei der vier Standbeine beschädigt und war dann abgedriftet. Unter Aufbietung ihren gesamten Erfahrung und Tom´s schneller Reaktion hatten die Männer es geschafft, die Plattform danach wieder zu stabilisieren. Dennoch sahen die Photos nicht gut aus.

»Was mir aber noch viel mehr Sorgen macht«, sagte Jeff, »ist das Wetter. Können Sie noch mal die letzten Satellitenaufnahmen aufrufen.«

Die junge Frau am Computer nickte.

Jeff und seine Chefin sahen, wie das riesige Sturmtief direkt auf die Beaufort-See zusteuerte. Der Wetterdienst prognostizierte ein Weiterziehen des Tiefs über den nordamerikanischen Kontinent, bis zum Atlantik hinaus. Mit noch weiter zunehmenden Windgeschwindigkeiten und Eisregen.

»Wir sollten Tom und die anderen von Bord holen«, sagte Jeff ruhig und blickte dabei seine Chefin an.

Die malte sich gerade das nächste Treffen mit ihrem Oberboss aus. Das konnte das Ende ihrer Karriere bedeuten. Zu viele Fehlschläge in zu kurzer Zeit. Und zu viel Druck im Kessel. Man suchte einen Schuldigen. Sie war der ideale Kandidat.

»Noch nicht«, sagte sie leise, »wir warten die nächsten acht Stunden ab. Vielleicht geschieht ja doch noch ein Wunder und der Sturm dreht ab.«

Jeff biss die Zähne zusammen. Er war kurz davor ihr ins Gesicht zu springen. *Irgendwann reicht es!* Nur mit größter Mühe hielt er sich zurück.

»Du weißt, es wird immer schwieriger für die Piloten, die Leute noch von Bord zu bekommen«, sagte er trocken.

»Ich weiß, geht aber nicht anders. Wir dürfen diese Plattform einfach nicht verlieren«, antwortete sie kalt. »Wir warten noch. Und treffen uns heute Abend noch mal.«

Jeff nickte nur kurz. Weitere Diskussionen waren ganz offensichtlich zwecklos. Seine Chefin hatte Angst. *Um ihren Job.* Kurz danach verließen sie gemeinsam die Operationszentrale. Wortlos.

Jeff fuhr mit dem Lift ganz hinunter in die Lobby. Er war wieder mit Peter Larson verabredet, der im Hintergrund seine Recherchearbeiten vorangetrieben hatte. Und über das Unglück in Alaska bereits informiert war.

»Jeff, du solltest nirgendwo mehr hinfahren, ohne mich«, sagte der drahtige Amerikaner zur Begrüßung.

Der Ölmann nickte mit einem säuerlichen Lächeln und schüttelte ihm die Hand. Peter sah, dass Jeff nicht zum Scherzen aufgelegt war. Das Alaska-Thema war noch nicht vorbei. »Können wir die Plattform retten?«

»Nein, glaube ich nicht.«

»Und was machen wir mit den Leuten?«

Jeff zuckte nur kurz mit den Schultern. Der Ex-Special Forces Mann sah ihn mit gerunzelter Stirn an. *Manchmal hasste er die zivile Welt ganz besonders.* Der Ehrenkodex bei der Truppe stellte eines immer klar: Niemals jemanden zurücklassen, egal wie schwierig die Situation auch war. *Niemals!* Das galt irgendwie im normalen Leben nicht, hatte er das Gefühl. *Hier kämpfte jeder für sich alleine.* Aber vielleicht hatte er diese Welt auch noch nicht richtig verstanden.

Die beiden Männer setzten sich.

»Und? Hast du weitere Details zu der Aktion in Kalifornien herausbekommen?«

Peter Larson rückte ein Stückchen nach vorne und sprach leise.

»Die Hunde haben, glaube ich, überhaupt keine Skrupel«, fing er kopfschüttelnd an und berichtete von den wenigen Details, die er über seine immer noch guten Geheimdienstkontakte herausbekommen hatte.

Jeff schluckte. *Mistkerle!* Was er hörte, klang noch schlimmer, als befürchtet hatte. Dann weihte er Peter Larson in seine eigenen Pläne ein. Der sah ihn verblüfft an und wollte wissen, ob er sich der Konsequenzen bewusst war. Jeff nickte.

»Wenn das so ist, bin ich dabei.« *Vielleicht gab es ja doch noch Hoffung in der zivilen Welt,* dachte Peter bei der Verabschiedung und verließ das Gebäude.

DREI TAGE SPÄTER IN LOS ANGELES

Eric fuhr den *Elec-1* in die Einfahrt ihres *GREEN ELECTRIC INSTITUTE*s und parkte den Wagen vor einer der Ladesäulen. Es war früher Nachmittag in LA und kühler als in München, sogar bewölkt.

»Wieder zu Hause«, sagte er zu Richard, der seit mehr als zwei Wochen mit ihm auf Achse gewesen war und neben ihm saß. Nach Stops in China, Südafrika und Europa hatte die Gulfstream V sie in knapp zwölf Stunden wieder hierher gebracht.

Ron wollte sie noch heute Abend sehen. Auch der Stiftungseigentümer machte sich Sorgen. Konnten sie noch mehr tun, um den EVs zum Durchbruch zu verhelfen? Wo waren die wirklich durchschlagenden Ideen? Nur informieren und demonstrieren schien alleine nicht auszureichen. Er wollte eine Diskussion in kleiner Runde und ihre persönliche Einschätzung, besonders nach dem Treffen mit der Kanzlerin.

»Wir sollen ihn in zwei Stunden am Flughafen abholen«, sagte Richard mit Blick auf sein Smartphone, »er macht noch eine kleine Rundtour mit dem Zeppelin und ein paar wichtigen Leuten. Danach können wir zusammen Essen gehen.«

Eric nickte. Das gab ihnen noch eine kleine Pause. Er wollte sich mit Steve und Richard die allerletzten Zahlen aus LA ansehen. Immerhin war hier ein bisschen mehr Dynamik im Markt als in Deutschland.

»Sollen wir uns in einer viertel Stunde im Garten treffen?«, fragte Eric, während er ausstieg und routinemäßig das EV-Ladekabel anschloss, »ich sage Steve Bescheid.«

Richard nickte. »Passt.«

Auch jetzt war der Parkplatz vor ihrem Institut, das gleichzeitig als Democenter diente, fast komplett voll. Täglich kamen mehr Leute, um sich vorort über den Stand der Technik und die EVs zu informieren. *Eigentlich echt super!* Doch das kurze Lächeln, das sich auf seinem Gesicht breit machte, verschwand sofort wieder. *Scheint aber irgendwie noch nicht auszureichen, um die Leute auch in ausreichender Zahl zum Kauf zu animieren.*

Er nahm sein Gepäck aus dem Kofferraum und ging tief in Gedanken um das herrschaftliche Gebäude herum. Das Nebenhaus, das sie als Unterkunft während ihrer Aufenthalte in LA so liebgewonnen hatten, lag wunderschön eingebettet im Park der Anlage. *Ja, er war gerne hier. Grundsätzlich.*

Kurze Zeit später traf er sich mit Steve und Richard an dem alten Holztisch im Park, den sie mit ein paar bequemen Stühlen unter einem der großen Bäume platziert hatten. Mit Blick auf das Hauptgebäude, und, in der entgegengesetzten Richtung, auch über LA und die Downtown Skyline. *Quasi der perfekte Platz zum Nachdenken und Diskutieren.*

»Hi Steve«, sagte Eric und setzte sich zu den beiden Amerikanern, die sich bereits über die mitgebrachten Ausdrucke beugten.

»Hi Eric«, antwortete Steve nur kurz, bevor er sich wieder an Richard wandte. »Wenn man sich diese Detailzahlen für LA ansieht, erkennt man, dass wir auch hier deutlich hinter unseren Zielkurven herhinken.«

Genervt zog Steve ein weiteres Blatt aus dem Stapel.

»Aktuell liegt der Bestand an EVs und Plug-in-Hybriden in der Metropolregion immer noch weit unter 100.000 Fahrzeugen. Bei einem Gesamtbestand von zirka 8 Millionen PKWs. Wenn wir Glück haben, werden in diesem Jahr weitere 20.000 E-Fahrzeuge verkauft. Das sind aber wieder nur knapp 3 Prozent des gesamten PKW-Absatzes.«

Die drei Männer studierten die neuesten Analysen. Steve deutete auf eine weitere Grafik und schüttelte dabei frustriert den Kopf.

»Das reicht bei weitem nicht. Wir brauchen in der Region einen jährlichen Absatz von mindestens 200.000 EVs und Plug-in-Hybriden, spätestens ab 2020, wenn wir nur annähernd unser Bestandsziel von 2 Millionen bis 2030 erreichen wollen. Die gleiche und ganz einfache Arithmetik wie in München.«

Eric und Richard nickten mit ernster Miene.

»Was dabei besonders frustrierend ist, ist die Tatsache, dass unsere vermögenden Haushalte hier in LA, mit ihren drei und mehr Autos, jährlich fast 250.000 neue Autos kaufen, wenn unsere Schätzungen stimmen.

Das hieße, nur ein ganz geringer Bruchteil kauft heute EVs. Trotz all unserer Marketing-Kampagnen.«

»So ein Mist«, kam es nur von Richard, der sich mürrisch sich in seinem Stuhl zurücklehnte. Steve nickte frustriert.

Eric stand auf und blickte hinüber auf die Skyline von Downtown LA, die verschwommen am Horizont zu erkennen war. *Aber was konnten sie als Stiftung noch tun? Hier in den USA? In diesem so liberalen Land? Gerade wenn es um die individuelle Mobilität ging.*

Er musste an Jean-Luc und die Diskussionen denken, die er so oft mit ihm in Paris geführt hatte. Er vermisste diese Runden. Sein Ex-Chef hatte gestern auf seine Mail geantwortet. *Ja sie wollten sich treffen.* Den genauen Ort und Termin wollte er ihm aber noch schreiben. Auch Jeannette hatte geantwortet. Auch sie wollte ihn sehen. Er nahm sein Smartphone aus der Tasche. *Stimmt,* er hatte es auf dem Flug nach LA komplett ausgeschaltet, nachdem die Software irgendwie gesponnen hatte. Er drückte den On/Off Button.

»Und, was machen wir jetzt?«, griff Richard die Diskussion wieder auf.

»Wir brauchen ganz offensichtlich noch deutlich radikalere Ideen«, sagte Steve nachdenklich, »sonst kriegen wir die Masse der Leute nicht bewegt. Auch hier in Kalifornien nicht. Möglicherweise auch noch mehr staatliche Maßnahmen!«

Eric nickte abwesend. Er musste wieder an diese komische Mail denken, die er in Berlin erhalten hatte. Bis jetzt hatte er noch mit keinem darüber gesprochen. Er wollte keine Panik erzeugen. *Mit großer Wahrscheinlichkeit ein übler Scherz. Von jemandem, der schlau genug war, seine neue Mobilfunknummer herausbekommen zu haben.* Mit einem kurzen Blick erkannte er, dass sein Smartphone wieder hochgefahren war. Diesmal scheinbar ohne Probleme. Und vibrierte sofort. Er sah auf das Display. Eine neue Nachricht. *Wieder von Unbekannt!*

»Herr Brinneau. Man plant einen Anschlag auf ihren Zeppelin in LA. Heute! Alle Flüge absagen. Ein Freund.«

Eric lief rot an. Richard sah sofort, dass etwas nicht stimmte. Er kannte den Schweizer langsam gut genug.

»Was ist, Eric?«

»Ich weiß nicht«, sagte der Schweizer mit unsicherer Stimme, »wieder so eine komische Nachricht.«

Er reichte Richard sein Phone über den Tisch und deutete auf die Nachricht im Display.

»Shit!« Der Amerikaner sprang sofort auf. »Ron ist doch heute Nachmittag noch mit dem Zeppelin unterwegs«, sagte er mit einem Anflug von Panik in der Stimme, »wir dürfen hier kein Risiko eingehen! Das ist nicht die erste Nachricht dieser Art, richtig?«

Eric nickte verlegen. Steve sah die beiden verdutzt an. Eric zeigte ihm die Nachricht auf seinem Phone.

»Wer ist das? Ein Freund.«

»Keine Ahnung«, sagte Eric genervt und war nun ebenfalls aufgestanden.

Richard wählte Ron´s Nummer. »Verdammt!« Das Mobiltelefon des Stiftungseigentümers war aktuell nicht erreichbar, teilte die monotone Stimme des Providers mit.

Richard versuchte, den Empfang für die Zeppelin-Rundflüge zu erreichen. Auch hier sprang sofort der Anrufbeantworter an: »Leider rufen sie außerhalb unserer Geschäftszeiten an…«

»Shit, shit, shit!«, kam es erneut von ihm. Mit panischem Blick. »Wir müssen raus zum Flughafen! Vielleicht können wir den Start noch verhindern.«

Die drei Männer fingen an zu laufen.

AUF DEM KLEINEN FLUGPLATZ IM NORDEN VON LA

Der Co-Pilot stieg als letzter in den Zeppelin, nachdem Ron und seine Gäste alle Platz genommen hatten. Fünf Minuten vor ihrem Zeitplan. *Sehr gut. Gab ihnen mehr Zeit in der Luft.* Das Bodenpersonal löste in perfekt eingespielter Routine die Seilverankerungen. Dann öffnete der Pilot von seinem Cockpit aus die verbliebene Verbindung zum Landemasten und steuerte den nun frei schwebenden Zeppelin geschickt ein paar Meter rückwärts, bevor er helikopterähnlich nach rechts oben beschleunigte und schnell an Höhe gewann. Die Gäste waren begeistert. Die meisten flogen zum ersten Mal mit dem eigentlich ältesten, von Menschenhand erfundenen Luftgefährt. Der deutsche Zeppelin war heute nur die modernste Ausführung dieser Technologie. Ron saß mit einem seiner Gäste auf der breiten Sitzbank im Heck der Kabine und genoss den Ausblick. Die Wolkendecke hatte aufgerissen und die Sonne schien wieder über LA.

Der Operator beobachtete das Steigen des Zeppelins über die nach unten gerichtete Onboard-Kamera der Drohne. Geschickt hielt er das unbemannte Fluggerät oberhalb der zahlreichen Wolkenfetzen. Pit stand neben ihm und blickte mit verschränkten Armen auf das große Display. Die beiden waren alleine in der provisorischen Operationszentrale im Bauch der eleganten Yacht, die vor der Küste von LA vor Anker lag.

»Sobald der Zeppelin auf Wolkenhöhe ist, legen Sie los«, sagte Pit in ruhigem Ton zu dem jungen Mann vor dem Steuerpult. Er nickte. Für ihn war das ganze nur ein weiterer, hoch bezahlter Job, mehr nicht. Er steuerte die Drohne in eine lang gezogene Kurve weg vom Zeppelin, um sich besser in Position zu bringen.

Eric´s Herz raste. Er fuhr den *Elec-1* mit hoher Geschwindigkeit durch die letzte Kurve vor der Einfahrt zu dem kleinen Flughafen. Sie waren die Strecke schon oft genug gefahren. Nur noch nie so schnell! Der Fahrer des Wagens auf der rechten Spur zuckte zusammen, als der kaum hörbare EV an ihm vorbeischoss.

»Eric, dort vorne! Gleich rechts!«, sagte Richard angespannt und deutete auf eine Abkürzungsmöglichkeit zur Halle des Zeppelins.

Gleichzeitig versuchte er immer wieder, Ron zu erreichen. Vergeblich.

Der Wagen wankte kurz, als Eric über den schlecht geteerten Teil der schmalen Einfahrt raste.

»Jetzt nur noch hier an der Halle entlang.«

Dahinter kam bereits der speziell für den Zeppelin eingerichtete Landeplatz. Eric steuerte den Wagen mit quietschenden Reifen durch die letzte Kurve. Da war der Landeplatz. Doch der Mast war leer.

»Verdammt!«, kam es von den beiden fast gleichzeitig.

Zwei Leute vom Bodenpersonal sprangen erschreckt zur Seite, als Eric nur wenige Meter vor ihnen eine Vollbremsung mit rutschenden Rädern machte. »Are you crazy?!«, schimpfte der eine.

Eric und Richard ignorierten die Kommentare, als sie aus dem Wagen sprangen, und sahen zum Himmel hinauf.

»Wo ist der Zeppelin?«, fragte Richard mit versteinerter Miene.

»Vor fünf Minuten abgehoben«, sagte einer von beiden in schlechtem Englisch und deutete in die Ferne. *Ja, da war er!* Zwischen den Wolken und bereits ziemlich klein.

»Ich Blödmann!«, stieß Eric plötzlich aus und griff mit zitternden Händen zu seinem Smartphone, »ich habe doch die Handy-Nummer von dem deutschen Piloten. Die hat er mir damals gegeben.«

Richard starrte ihn an. *Konnte ihm das nicht früher einfallen!*

Eric fand die Nummer und wählte.

»Meier«, meldete sich der Pilot trocken.

»Herr Meier«, schrie Eric in sein Telefon, »kommen Sie bitte sofort zurück zum Landeplatz.«

»Wieso denn das?«, antwortete der Pilot irritiert, »wir haben die Rundtour mit Ron und seinen Gästen doch gerade erst begonnen.«

»Man plant einen Anschlag auf Sie!«, rief Richard, der Eric das Phone aus der Hand gerissen hatte.

»Was??«

»Sie sind in Gefahr! Alle! Drehen Sie sofort um!«

»Shit, was zum Teufel ist das?«, hörten sie nur noch aus dem Lautsprecher von Eric´s Phone. Dann war die Leitung unterbrochen. Die beiden starrten in Panik zum Himmel hinauf.

Der Pilot hatte sofort instinktiv den Horizont abgesucht, als er sich von dem ersten Schock des Anrufs erholt hatte. Und entdeckte dann das kleine Flugobjekt, als es für kurze Zeit in der Sonne blitzte.

»Shit, was zum Teufel ist das?«, sagte er mit unterdrückter Stimme zu seinem Co-Piloten, der das Handy schnell weggelegt hatte und nun ebenfalls nach links hinaussah. Dem Blick seines Kollegen folgend.

»Was?«

»Das da!«

Die helle Flamme des kleinen Raketenmotors war gut zu erkennen. Das abgefeuerte Geschoss kam mit hoher Geschwindigkeit auf sie zu. Die Drohne dahinter nahmen die beiden kaum noch wahr. Ihre Blicke waren fixiert auf die tödliche Bedrohung.

Der deutsche Pilot, der sowohl viele der Flugerprobungen des ersten Zeppelins mitgemacht hatte, aber auch einer der erfahrendsten Kampfhubschrauberpiloten beim deutschen Militär gewesen war, reagierte sofort. Instinktiv, wie er es vor Jahren in der Ausbildung gelernt hatte. Jetzt ging es nur noch ums Überleben.

Er drückte den Zeppelin steil nach unten und fuhr die Leistung der drei Motoren auf maximalen Schub. Der Zeppelin reagierte sofort. Für einen außenstehenden Beobachter ungewöhnlich dynamisch. Man traute einem Luftschiff keine solchen Manöver zu. Der Pilot konnte sich ein bissiges Grinsen nicht verkneifen. Er kannte die Leistungsfähigkeit seines Babys genau.

Und ignorierte das Schreien in der Kabine. Ron und die anderen Gäste knallten mit ihren Köpfen an die Kabinendecke und stürzten von den Sitzen.

In wenigen Sekunden hatte der Zeppelin gut 100 Meter an Höhe verloren und befand sich nun im steilen Sinkflug. Die ungesteuerte Rakete zog mit einem Feuerstreifen knapp über sie hinweg und verschwand in den Wolken.

»Thank God«, kam es erleichtert von dem amerikanischen Co-Piloten.

»So viel Glück werden wir kein zweites Mal haben«, sagte der Deutsche trocken und deutete nach links. Die Drohne blitzte wieder im Sonnenlicht auf, als sie sich mit einer engen Kurve erneut in Position brachte.

»Shit!« Die Panik kehrte in die Augen des Co-Piloten zurück. Seine Berufserfahrung beschränkte sich ausschließlich auf zivilen Flugzeugtypen. Die militärische Welt war ihm völlig fremd.

Der Deutsche zog den Zeppelin steil herum und steuerte mit Höchstgeschwindigkeit zurück zu ihrem Landeplatz.

Richard sah den schmalen Leuchtstreifen der Rakete zuerst am Himmel.

»Noooo!«, schrie er.

Eric blickte völlig sprachlos und mit offenem Mund nach oben. Er konnte es nicht fassen. Dann sahen beide wie der Zeppelin plötzlich steil nach unten auswich und die Rakete ihn knapp verfehlte.

»Bringen Sie die Drohne endlich wieder in Position«, zischte Pit den Operator an. Das geschickte Ausweichmanöver des Zeppelins hatte beide völlig überrascht. Wutschnaubend mussten sie mitansehen, wie die Rakete knapp über ihr eigentlich riesiges Ziel hinweg schoss. *Konnte man eigentlich gar nicht verfehlen,* dachte Pit grimmig. »Und diesmal noch dichter ran, damit die Hunde keine Zeit mehr zum Ausweichen haben!«

Der Operator nickte. Dennoch machte ihm die ungewöhnlich hohe Sinkgeschwindigkeit des Zeppelins zu schaffen, seine Drohne neu in Position zu bringen. Er wollte sich ja seitlich, nicht von hinten nähern.

Der Pilot beobachtete genau, wie die Drohne in einem neuerlichen Bogen in größerem Abstand neben ihnen auftauchte.

»Ein zweites Mal werden sie uns nicht genügend Zeit zum Ausweichen geben«, sagte er kalt. Dabei spielte er im Geist seine Optionen durch. *Wie würden die Hülle und ihre Gasfüllung auf einen Treffer reagieren?* War nicht wirklich Teil ihrer Erprobung gewesen. Der Zeppelin war ja kein militärisches Gerät.

Der Pilot flog mit Maximalgeschwindigkeit und steil nach vorne gekippt

Richtung Landeplatz. Doch sie waren noch mindestens drei Minuten entfernt. *Das würde nicht reichen!* Der erfahrene Kampfpilot blickte wieder hinüber zur Drohne, die sich mit einer weiteren, engen Kurve erneut in Position brachte.

»Was machen wir jetzt?«, schrie sein Co-Pilot panisch, der nur noch auf die Drohne starren konnte.

Auch ihre Passagiere hatten sich wieder auf die Sitze gerappelt. Einige bluteten noch am Kopf, die meisten sahen ebenfalls panisch nach rechts durch die Panoramafenster hinaus. Sie konnten den Anflug der Drohne bestens beobachten. Sie kam nun mit hoher Geschwindigkeit seitlich auf sie zu. Die zweite Rakete unter der schmalen Tragfläche war jetzt gut zu erkennen. Der Abschuss musste jede Sekunde erfolgen. Der rettende Landeplatz war noch zu weit entfernt. Das wusste auch der Pilot.

Der Operator hatte den Zeppelin durch die Frontkamera seiner Drohne nun perfekt vor sich.

»Noch etwas näher«, sagte Pit angespannt. Diesmal durften sie den Zeppelin nicht verfehlen. Es war ihre zweite und letzte Rakete. Er hätte nie gedacht, dass sie sie überhaupt bräuchten.

Da wurde die Tür hinter ihnen mit einem lauten Knall aufgestoßen.

»FBI! Hände hoch! Zurück von der Konsole!«

»Shit!«

Die zwei schwer bewaffneten Beamten zielten mit ihren MPs auf die beiden Männer. Der Operator hatte den Finger noch am Trigger seines Joysticks.

»Ich sagte, Hände weg von der Konsole! Sofort!«

Pit und der Operator nahmen langsam die Hände hoch. *Wie konnte das passieren?* Pit starrte die beiden Beamten völlig entgeistert an.

Ein anonymer Anrufer hatte heute Mittag beim FBI in LA angerufen und von einer verdächtigen Yacht vor der Küste berichtet hatte. Mit genauer Positionsangabe. Man vermute Drogenschmuggel, sagte der Anrufer noch, dann hing er auf. Das FBI hatte sofort die Coastguard informiert und wurde tatsächlich fündig. Ein angefordertes Spezialteam war in weniger als zwei Stunden vorort. Das Entern der Yacht verlief quasi lautlos.

Aber es waren keine Drogen an Bord. Zur Überraschung aller, die nun mit großen Augen in der improvisierten Operationszentrale im Bauch des Schiffes standen.

Als die Drohne immer näher kam, entschied sich der Pilot für den letzten Trick, den er noch im Ärmel hatte. »Vielleicht kann ich dich ja doch noch mal foppen! Du verdammte Drohne!«, zischte er leise.

Mit einem Schlag schwenkte er alle drei Motoren mehr als 90 Grad nach oben. Die Passagiere wurden nach vorne geschleudert, als der Zeppelin vehement verzögerte und dann fast senkrecht nach oben schoss.

Beide Piloten blickten nach rechts. Doch der erwartete Abschuss der zweiten Rakete blieb aus. Stattdessen flog die Drohne weiter geradewegs auf sie zu und zog dann knapp unter ihnen durch. Und verschwand am Horizont.

Hähh? Die beiden Piloten sahen sich an.

Der Deutsche reagierte sofort und richtete die Antriebsmotoren wieder nach vorne aus. *Jetzt nichts wie weg und zurück zum Landeplatz,* der nun dicht vor ihnen lag.

Immer wieder suchten beide Piloten den Horizont ab. Aber die Drohne war verschwunden. *Wie wenn sie nie da gewesen wäre.* Träumten sie?

Doch der Blick nach hinten in die Kabine zeigte ihnen, dass sie nur knapp einer Katastrophe entgangen waren. Alle ihre Passagiere trugen Verletzungen von sich, da sie nicht angeschnallt gewesen waren. Eine Person lag immer noch am Boden zwischen den Stühlen, die anderen hielten sich in den Sitzen und versuchten, ihre Platzwunden am Kopf zu stillen.

Trotz des enormen Adrenalinschubs dockte der Pilot den Zeppelin wenige Minuten später sicher am Landemasten an. Eine kleine Menschenmenge hatte sich am Boden versammelt. Krankenwagen wurden gerufen.

Ron sah schwer mitgenommen aus, als einer der Sanitäter ihn aus der Passagierkabine zu dem Krankenwagen begleitete. Er sagte nichts.

»Wir nehmen alle erstmal mit ins Krankenhaus«, bestimmte der Leiter des Sanitätsteams, als er Richard´s und Eric´s fragende Blicke sah. Die beiden nickten. Der Schreck saß auch ihnen noch tief in den Knochen. *Wie durch ein Wunder war der Zeppelin dem Angriff entkommen. Aber welcher Angreifer? Und wieso?*

FBI-Leute waren vor wenigen Minuten am Flugplatz aufgetaucht. Eric hörte etwas von einer Drohne. *Hier über LA? War so etwas möglich?*

Einer der Beamten kam auf die beiden zu, nachdem er länger mit den Piloten gesprochen hatte. »Sie betreiben den Zeppelin hier, stimmt das?« Richard nickte. »Haben Sie irgendeine Vermutung, wer hinter dem Angriff stecken könnte?«

Richard sah Eric an. Beide zögerten für einen Moment. Dann schüttelte Richard den Kopf. »Nein, überhaupt keine. Ich meine, wir nutzen den Zeppelin, um die CO2-Emissionen über LA zu messen und mit den verschiedensten Leuten über die Möglichkeiten einer deutlichen Reduzierung dieser Belastung zu reden.«

Der FBI Mann wurde hellhörig. »Macht man sich damit nicht auch Feinde?«

»Eigentlich nicht«, sagte Richard zögerlich.

»Wenn ich die Zeitungen richtig verstehe«, hakte der FBI Mann mit skeptischem Blick nach, »dann gibt es doch immer noch Leute, die zu hohe CO2-Emissionen und die Klimaerwärmung für einen totalen Schwachsinn halten. Ich kenne mich da ja nicht aus. Aber ist das nicht so?«

Wollte der FBI Mann damit andeuten, dass zum Beispiel die Öllobby dahinter stecken konnte? Dass ihre Taskforce und die ersten Erfolge soviel Ängste erzeugten, dass mögliche Widersacher zu dieser Art von radikalen Gegenmaßnahmen griffen? Einen Angriff auf Ron´s Leben? Oder galt der Anschlag sogar ihnen und Ron war nur zufällig im Zeppelin gesessen?

»Haben sie konkrete Feinde? Drohungen oder ähnliches erhalten?«, bohrte der FBI Mann nach.

Richard und Eric schüttelten langsam den Kopf. Nicht, weil sie sich ihrer Antwort sicher waren, sondern weil sie es nicht glauben konnten.

»Sie erwähnten eine Drohne, die damit etwas zu tun haben könnte?«, fragte Richard nach.

»Können wir noch nicht genau sagen. Prüfen wir gerade.« Der FBI Mann reichte ihnen seine Karte. »Sie bleiben in der Stadt, richtig? Haben wir schon ihre Kontaktdaten?« Richard nickte. »Dann melden wir uns morgen wahrscheinlich noch mal.«

Die Abenddämmerung brach über LA herein. Eric und Richard verabschiedeten sich und gingen hinüber zu dem deutschen Piloten, der den Zeppelin von außen inspizierte.

Eric reichte ihm die Hand. »Ich hatte Sie angerufen. Danke für die schnelle Reaktion. Wenn ich das richtig gesehen habe, konnten Sie mit Ihren Manövern das schlimmste verhindern.«

»Die Kerle haben unser Baby hier einfach unterschätzt«, sagte der Deutsche ruhig und zeigte stolz auf das Luftschiff über ihnen, »das war unser Glück.«

Der Co-Pilot kam hinzu. »Totaler Quatsch! Deine Flugkünste haben uns gerettet. Sonst gar nichts! Das waren die brilliantesten, nein, brutalsten Manöver, die ich je mit einem Luftschiff gesehen habe! So etwas geht eigentlich gar nicht.«

Man konnte sehen, dass der aus der zivilen Welt kommende Co-Pilot noch immer unter Schock stand. Und sein Glück fast nicht fassen konnte.

»Vielen, vielen Dank«, sagten Eric und Richard noch mal und drückten lange die Hand des deutschen Piloten.

»Keine Ursache. Ich hoffe nur, Ron und die anderen sind bald wieder wohlauf. Und, dass wir die Kerle kriegen! Ich hab´ nämlich keine Lust auf weitere solche Manöver. Hatte genug davon beim Militär.«

AM NÄCHSTEN MORGEN IM HEADQUARTER DES GEI

Das FBI hatte schnell die Identität von Pit und dem zweiten Mann herausgefunden, sowie seine Beschäftigung bei dem Ölkonzern. Dort wurde auf Nachfragen jede Beteiligung an der Aktion verneint.

Eric und die anderen saßen am Frühstückstisch im Nebengebäude ihres Instituts und diskutierten laut und wild durcheinander. Lisa war heute Morgen aus China herübergekommen und hatte neben Eric Platz genommen. Sie war blass.

»Ich kann es immer noch nicht glauben«, sagte sie und fasste Eric am Arm, »die wollten Ron umbringen! Oder sogar dich und Richard!« Eric nickte und sah sie traurig an. »Aber wer ist dieser Freund?«, fragte sie. Eric hatte ihr von der Email-Warnung auf seinem Smartphone erzählt.

Richard, der ihnen gegenüber saß, hörte die Frage. »Ja, das würde ich auch gerne wissen.«

»Wieso habt ihr das nicht dem FBI erzählt?«

»Ich weiß auch nicht«, sagte Richard nachdenklich, »zum einen hätten wir ja nicht viel sagen können. Und zum anderen hatte ich irgendwie das Gefühl, dass wir diesen Kontakt jetzt noch nicht auf die Lichtung ziehen sollten. Er scheint es ja ziemlich gut mit uns zu meinen. Das sollten wir nicht so einfach aufgeben!«

Eric und Lisa nickten. *Wo waren sie da hineingeraten?*

»Wie geht es eigentlich Ron?«, fragte Lisa.

Richard hatte heute Morgen bereits mit den Ärzten telefoniert und wollte nachher im Krankenhaus vorbeifahren. »Den Umständen entsprechend gut. Aber die Ärzte wollen ihn noch ein paar Tage da behalten. Die Gehirnerschütterung scheint doch ziemlich heftig zu sein. Sie haben Ron viel Ruhe verordnet und wohl auch ziemlich unter Drogen gesetzt. Ich schau´ nachher mal vorbei.«

»Unsere interne Diskussionsrunde mit Ron werden wir damit wohl erst einmal verschieben müssen. Auf unbestimmte Zeit«, sagte Eric und leerte abwesend sein Orangensaft-Glas. Eigentlich hatten sie sich ja alle hier in LA versammelt, um über eine Ausweitung ihrer Instituts- und Taskforce-Aktivitäten zu diskutieren, nachdem immer klarer wurde, dass die Trendwende im Straßenverkehr nicht schnell genug vorankam. Aber das stand jetzt plötzlich nicht mehr im Mittelpunkt. *Ganz und gar nicht.*

»Ja, müssen wir abwarten«, stimmte Richard zu.

»Können wir überhaupt ernsthaft über radikalere Maßnahmen nachdenken?«, fragte Lisa die beiden leise, ohne dass die anderen es am Tisch mitbekamen, »wenn wir uns jetzt schon ganz offensichtlich mächtige Feinde in der Ölindustrie oder auch sonstwo gemacht haben?«

»Lass´ uns das draußen diskutieren«, antwortete Richard und stand auf.

Die Frage war absolut berechtigt. Ihr Kampf zur Begrenzung der immer weiter wachsenden CO2-Emissionen im weltweiten Verkehrssektor hatte eine neue Dimension erreicht.

Es sah nach einem weiteren schönen Tag in LA aus. Doch keiner der drei nahm davon Notiz, als sie ihre Diskussion leise fortsetzten.

AUF EINER GROSSEN RANCH IM KALIFORNISCHEN HINTERLAND

»Die wollten Ron tatsächlich umbringen! Diese verdammten Mistkerle. Jetzt reicht es!« Dennis, der jüngere Bruder des Stiftungseigentümers stand auf der Teak-Veranda seines modernen Landsitzes und blickte mit versteinerter Miene über die Weinberge und bewaldeten Hügel Kaliforniens hinweg. Er hatte gerade mit Ron telefoniert. Nur ein paar Minuten, aber das reichte ihm.

Sie waren seit Jahren nicht wirklich ein Herz und eine Seele. Zu unterschiedlich waren ihre Ansichten, eigentlich zu allem. Ron betrachtete seinen Bruder als einen Radikalen. Nicht erst seit seiner Zeit bei Greenpeace, auch wenn er die Organisation nach wenigen Jahren bereits wieder verlassen hatte. *Waren ihm zu weich gewesen,* hatte Dennis damals als Erklärung angefügt und viel Kopfschütteln geerntet. Er war jemand, der meinte, dass die normalen Gesetze für ihn nicht galten. Musste ja aufgrund des Familienerbes auch keiner geregelten Arbeit nachgehen. Fünf freiwillige Jahre in der Armee waren die einzige Ausnahme. Nach einer ehrenhaften Entlassung zog er sich noch mehr zurück. Lebte quasi in seiner eigenen Welt. Auch wenn er sich immer wieder in Ron´s Stiftungsaktivitäten einmischte. Was zwangsläufig zu Konflikten führen musste. Also hielt man Abstand. Doch dieser Anschlag auf Ron´s Leben brachte seinen Bruder in Rage. Er hatte das Gefühl, er musste helfen. *Jetzt. Und auf seine Weise.*

Die drei Männer saßen um einen runden Tisch und hörten ihm wortlos zu. Sie konnten seine Gemütslage gut einschätzen, nach so vielen, gemeinsam durchgestandenen Aktionen in Afghanistan. Er donnerte seine Faust auf den Tisch.

»Jetzt wird es endlich Zeit, dass wir unseren Plan in die Tat umsetzen. Die wollen es doch nicht anders! Es funktioniert auch nicht anders! Das sage ich doch schon seit Jahren! Nur eine kurzfristig erzwungene Verknappung des Ölangebots bringt die notwendigen Preisanstiege beim Benzin. Und damit die Leute endlich zum Umdenken. Ron´s Aktivitäten sind ja alle nett und gut, aber er lässt einfach die entscheidenden Hebel unberührt. Die Leute müssen wachgerüttelt werden! Und zwar richtig. Das wird die Trendwende bringen. Und dann wird er mir dankbar sein! Also, wie weit sind wir mit den Vorbereitungen?«

Einer der Männer öffnete die Unterlage, die vor ihm auf dem Tisch lag. »Wir haben drei der neuralgischen Knotenpunkte in der weltweiten Ölversorgung identifiziert, an die wir auch rankommen können.«

Er legte eine große Weltkarte in die Mitte des Tisches. Dünne rote Linien kennzeichneten die wichtigsten Ölpipelines auf den einzelnen Kontinenten. An drei Stellen waren dicke Kreuze eingezeichnet. Sie hatten nicht lange gebraucht, bis sie das weltweite Verteilungsnetz von den Hauptförderstellen des Rohöls bis hin zu den großen Verladehäfen komplett verstanden hatten. Deutlich schwieriger war die Beurteilung der Sicherheitsmaßnahmen hinter den wichtigsten Pipelines gewesen. Einige davon waren heute unterirdisch verlegt und komplett elektronisch überwacht. Aber, wie immer, gab es auch die schwarzen Schafe im System. Dort war die Geldgier der Betreiber so groß, dass sie in eklatanter Weise an den notwendigen Sicherheitskonzepten sparten. In akribischer Kleinarbeit und mit dem Zukauf von Expertenwissen hatten sie drei der größten Schwachpunkte im weltweiten Öl-Verteilungssystem herausgearbeitet. Mit detaillierter Beschreibung der Technik und den Optionen zur Unterbrechung oder Zerstörung der Pipeline an dieser Stelle. Und dem erwarteten Einfluss auf die täglichen Fördermengen. *Ja, sie konnten einen mächtigen Schluckauf im System erzeugen, der für einige Zeit anhalten würde!* Mit wahrscheinlich dramatischen Reaktionen auf den Märkten. Vielleicht sogar panikartigen Reaktionen. Das weltweite Versorgungssystem mit Rohöl war extrem angespannt. Jeden Tag mussten mehr als 80 Millionen Barrels, oder 12 Milliarden Liter, in die Abnehmermärkte geliefert werden, und davon mehr als die Hälfte an die Tankstellen dieser Welt. Jede größere Unterbrechung konnte zum Drama werden. Hier wollte Dennis ansetzen.

»Und wie weit sind wir mit den Leuten zur Durchführung?«

»Solange wir genügend Geld hinlegen, ist das alles kein Problem. Wir haben genügend Ex-Militärs ausgemacht. Selbständig oder Teil einer Sicherheitsfirma. Oft sogar auch lokale Leute. Wobei ich aus Sicherheitsgründen auf unsere eigenen, bewährten Kontakte setzen würde«, sagte der zweite Mann.

»Wann könnten wir loslegen?«

»Kommt drauf an. Wollen wir nur einen Punkt treffen, oder alle drei?«

»Wenn, dann richtig. Alle drei. Und zwar gleichzeitig!«

»Mhh«, sagte der zweite Mann, »das macht es logistisch natürlich deutlich aufwendiger. Ich würde sagen, wir brauchen mindestens noch zwei Wochen, bis dafür alles steht und die Teams vorort sind.«

Der dritte Mann sah seine beiden Kollegen an, dann Dennis. »Weiß dein Bruder davon?«, fragte er ruhig.

»Nein, natürlich nicht. Darf er auch nie erfahren! Er würde dem nie zustimmen. Ihr kennt ihn doch, ganz der große Weltverbesserer, mit besten Manieren. Aber das hilft ihm hier nicht, sehen wir doch gerade. Da muss jemand anders für ihn einspringen und die richtigen Hebel in Bewegung setzen.«

»Ok.«

Dennis sah die Skepsis in den Augen seiner ehemaligen Gefährten. »Ich kümmere mich schon um meinen Bruder, lasst das mal´ meine Sorge sein! Ihr bringt die Teams in Stellung. Und dann treffen wir uns noch mal hier. Klar?«

Die drei nickten.

HOUSTON, TEXAS, AM FRÜHEN MORGEN

Jeff war fast die ganze Nacht auf den Beinen gewesen. Peter Larson hatte ihm gestern Abend noch eine kurze Meldung aus Kalifornien geschickt: *»Aktion erfolgreich abgeschlossen.«*

Doch das war leider die einzig gute Nachricht an dem Abend gewesen. Er hatte sich, wie verabredet, ein zweites Mal mit seiner Chefin in der Operationszentrale ihrer Abteilung getroffen. Der Sturm hatte seine Richtung und Intensität nicht geändert. *Das Wunder war ausgeblieben!* Ganz im Gegenteil.

Die Situation für ihre angeschlagene Ölbohrplattform in der Beaufort-See war extrem kritisch geworden.

»Wir müssen jetzt evakuieren«, sagte Jeff, »sofort!«

Als seine Chefin erneut zögerte, konnte er sich nicht mehr zurückhalten. *Es reichte!* Er schlug mit der flachen Hand auf den Tisch und schob ihr das Telefon zu. »Carol, du rufst jetzt an und startest die Evakuierung! Ist das klar!«, schrie er.

Der Wutausbruch riss seine Chefin aus ihrer Lethargie. Zitternd nahm sie den Hörer in die Hand. Doch bevor sie wählen konnte, schlug der Not-Alarm ihres Arktik-Teams bei ihnen auf. Jeff starrte auf die Wand und das blinkende Rot.

»Shit!«

»Was bedeutet das?«, fragte Carol panisch und starrte wie gebannt auf das grelle Licht.

Die anschließende Kurznachricht über den Notkanal war eindeutig: *»Wurden gerade von zweitem Eisberg getroffen. Sinken. SOS. Tom.«*

Seine Chefin wurde kreidebleich.

Das war vor mehr als fünf Stunden gewesen. Ihr Gesichtsausdruck hatte sich seitdem nicht mehr verändert. Das Wetter machte einen Start der Marineflieger unmöglich. Bis in die frühen Morgenstunden. Die sechs Ölmänner auf der sinkenden Plattform waren damit auf sich alleine gestellt. *Ein Todesurteil in der eisigen See,* dachte Jeff verbittert, ohne es auszusprechen.

Die neuesten Satellitenbilder zeigten, dass der Sturm jetzt, am frühen Morgen, bereits über die Beaufort-See hinweggezogen war. Das Zentrum befand sich nun über dem amerikanischen Festland und zog auf den Nordosten der Vereinigten Staaten zu. Wetterwarnungen wurden auf allen Fernsehkanälen ausgegeben.

Die Suchaktion nach der Plattform und den Ölleuten war vor einer Stunde angelaufen. Sicht und Windgeschwindigkeiten ließen endlich einen Start der Helikopter zu. Doch noch hatte man nichts gefunden.

Daraufhin hatte der Konzernchef eine Krisensitzung für den späten Vormittag einberufen. In engstem Kreise. Von der Anfrage des FBI aus Kalifornien wusste bisher noch keiner. Jeff war nicht eingeladen, auch wenn er gerne das Gesicht ihres CEOs gesehen hätte. *Das FBI würde nicht so schnell locker lassen!* Das hoffte er zumindest.

Er dachte an Tom und die anderen. *Ja, er hatte endgültig genug!* Als auch zwei Stunden später kein Lebenssignal aus der Beaufort-See zu orten war, meldete er sich per SMS bei seiner Chefin ab und fuhr nach Hause. Er konnte nichts mehr tun. Und er wollte nur noch weg. Die Schmerzen in der Magengegend waren wieder stärker geworden, trotz Medikamenten. Es wurde Zeit, dass er den zweiten Teil seiner Entscheidung umsetzte.

INTERNATIONALER FLUGHAFEN VON LOS ANGELES, AM NÄCHSTEN TAG

Richard und Eric hatten entschieden, dass man Ron mehr Zeit zur Erholung lassen sollte. Die starken Kopfschmerzen ließen nur langsam nach, die Ärzte wollten ihn daher noch länger unter Aufsicht im Krankenhaus behalten. Absolute Ruhe war jetzt angesagt.

Umgekehrt gab es genügend zu tun in ihren Taskforces. Sowohl in China, als auch in München und LA. Jeder wollte sich in seiner Region noch mal tiefer mit kreativen Ideen zur Absatzsteigerung beschäftigen. Um sich dann wieder hier in LA zu versammeln, wenn Ron wieder voll genesen war.

Ja, sie machten sich Sorgen, auch Tina, die bereits mehrmals mit Eric telefoniert hatte. Aber nach kurzer Diskussion in kleinem Kreise war die Entschlossenheit nur noch gewachsen. *Jetzt erst recht,* war die Devise. Wie ging doch eine alte Weisheit, hatte Lisa eingeworfen: Erst ignorieren sie dich, dann belächeln sie dich, aber wenn sie dich bekämpfen, dann weißt du, dass du auf dem richtigen Weg bist. *Und am Ende gewinnst du! Also, weitermachen.*

Richard fuhr Lisa und Eric zum Flughafen und verabschiedete sich lange von ihnen. Die Ereignisse schweißten sie noch enger zusammen, das konnte jeder spüren. »Wir bleiben in engem Kontakt. Und haltet die Augen offen«, sagte er noch von der anderen Seite des Wagens und stieg dann wieder in den *Elec-1*.

Die beiden winkten und gingen dann mit ihrem Gepäck in das voll besetzte Terminal des Flughafens hinein. Eric hatte mit Air France einen Flug nach Paris gebucht. Er wollte sich ja noch mit Jean-Luc und anschließend mit Jeannette treffen. Und dann erst zurück nach München fliegen. Lisa wollte mit Air China zurück nach Peking. Sie mussten getrennt einchecken, aber ihre Abflüge waren aus demselben Terminal. Sie trafen sich wieder an der Sicherheitskontrolle und waren froh, dass sie Business-Class flogen. Somit konnten sie einen Großteil der ungewöhnlich langen Schlangen vor den Röntgengeräten umgehen. Bis zum Abflug blieb ihnen noch eine knappe Stunde Zeit. Gemeinsam.

»Ich bin schon wieder hungrig«, sagte Lisa mit einem Grinsen und zog Eric mit sich. Sie steuerte auf eines der besseren Restaurants im zweiten Stock des Terminalgebäudes zu, die nicht ganz so voll waren. Sie fand einen Tisch an der großen Fensterfront mit Blick über die angedockten Flugzeuge und bestellte sich einen Hamburger. Eric nahm nur einen Cappuccino.

»Dort unten ist echt die Hölle los«, sagte er mit Blick auf die ungewöhnlich vielen Leute an den Schaltern und vor den Gates. Immer wieder waren gereizte Stimmen und Diskussionen zu hören.

»Ach, jetzt weiß ich auch, wieso«, sagte Lisa, nachdem sie den Bildschirm schräg über ihnen kurz studiert hatte. »Fast alle Flüge an die Ostküste sind gestrichen.«

Eric nickte. Er hatte länger mit der Dame am Check-in gesprochen. Auch ihr Abflug nach Paris war verzögert. Die Piloten mussten ihre Flugrouten über den Atlantik und den amerikanischen Kontinent weiter nach Norden verschieben, um der riesigen Sturmfront über der Nordostküste der USA zu entgehen. *Das kostete Zeit!* Das Tief zog offensichtlich weiter hinaus über den Atlantik und wurde ab morgen auch in Europa erwartet. Air France war aber noch zuversichtlich, dass die Landung in Paris kein Problem darstellen sollte. *Na, das hoffen wir mal,* dachte Eric, der die beiden Treffen in Paris unbedingt hinter sich bringen wollte.

»Ich bin gespannt, was Jean-Luc Neues zu berichten hat. Wir haben ja schon ewig nichts mehr von ihm gehört«, sagte Lisa und stützte ihren schönen Kopf in beide Hände, mit den Ellbogen auf dem Tisch. Eric nickte etwas abwesend. Sein Treffen mit Jean-Luc hatte ja eigentlich nur einen Grund. Aber er hatte auch Lisa nichts von den Fotos erzählt. Nur von seinem Treffen mit Jeannette. »Und? wann siehst du Jeannette?«

»Morgen Abend.«

Lisa schluckte. *Eigentlich war die Beziehung doch beendet, oder? Oder hatte Jeannette gemerkt, was sie an diesem wunderbaren Schweizer hatte?*

Eric konnte die Gedanken in Lisa´s Augen erahnen. »Für mich ist das Thema Jeannette abgeschlossen«, sagte er ruhig, »ich will es ihr aber noch mal persönlich sagen. Nachdem die Trennung damals, nach unserer Rückkehr aus China, doch sehr abrupt über die Bühne ging.«

Lisa´s Herz klopfte. Sie nickte nur kurz. *Gottseidank!* Als der Hamburger kam, begann sie ohne weiteren Kommentar zu essen, während Eric den Cappuccino in Empfang nahm und gedankenverloren etwas Zucker in die Tasse gab.

Sein Smartphone klingelte. Tina. Eric stellte auf laut. »Hallo Tina.«

»Hallo Eric, bist du schon am Flughafen?«

»Ja, sitze hier gerade mit Lisa, die nach Beijing zurückfliegt.«

»Hi, Lisa.«

»Hi, Tina, alles klar bei euch?« Lisa mochte Tina und ihre dynamisch Art, auch wenn sie wusste, wie sehr die Deutsche ein Auge auf Eric geworfen hatte.

»Passt. Du Eric, hast du von der Sturmfront gehört? Die Wetterwarnungen bei uns sind ziemlich heftig. Wieso kommst du nicht gleich nach München, bevor hier alles drunter und drüber geht. Kannst du Paris nicht verschieben?«

Nein, Eric wollte Paris nicht mehr verschieben. *Der Sturm würde sich auf dem Weg über den Atlantik schon beruhigen.* Tina konnte Eric nicht umstimmen, auch wenn sie sich Sorgen machte. Das Wetter spielte immer noch verrückt. Die Hitzewelle von vor ein paar Tagen in Berlin war zwar vorüber, aber jetzt sagten sie einen Temperatursturz von mehr als 20 Grad voraus.

»Noch haben wir bei uns fast 30 Grad«, erzählte Tina zum Abschluss, »da kann man sich einen Wetterumschwung echt kaum vorstellen. Und schon gar nicht wünschen, auch wenn diese Temperaturen echt nicht normal sind.« Alle drei lachten und beendeten dann das Telefonat.

Lisa war fast durch mit ihrem Hamburger und genoss die letzten Pommes. Eric musste schmunzeln. Lisa sah seinen Blick, als sie sich den Mund abwischte. »Bin gleich wieder da«, sagte sie und zwinkerte ihm beim Aufstehen kurz zu.

Eric sah ihr unbewusst nach, als sie sich in den hohen Schuhen und den engen Jeans zu den Toiletten hinüberging.

»Herr Brinneau, darf ich mich kurz zu Ihnen setzen?«

Eric erschrak und blickte auf. Der Mann hatte sich bereits auf Lisa´s Platz gesetzt. »Entschuldigung?«, brachte Eric nur heraus.

»Ich hoffe, ich habe Sie nicht erschreckt«, antwortete der Mann. »Aber machen Sie sich keine Sorgen. Ich bin ein Freund.«

Eric stutzte. Das letzte Wort hallte noch deutlich nach. Wie ein bekanntes Echo. *Ein Freund.* »Wer sind Sie?«, fragte Eric, nachdem er sich wieder gefangen hatte.

»Das tut aktuell nichts zur Sache. Ich hoffe, die Leute aus dem Zeppelin sind wieder alle wohlauf.« Eric nickte halb automatisch. Sein Hirn arbeitete jetzt auf Hochtouren. »Ich verstehe, dass dieser Anschlagsversuch Sie getroffen hat. Aber ich halte es für keine gute Idee, mit gleichen Mitteln zu antworten.«

Was? Eric war endgültig verwirrt. *Mit gleichen Mitteln antworten? Sie waren doch nicht im Krieg.* »Entschuldigung, aber ich verstehe überhaupt nichts«, antwortete Eric angespannt.

»Mhh, interessant. Ich höre, dass Leute aus Ihrem Umfeld den Kontakt zu Ex-Militärs suchen. Und das nicht zum Golfspielen«, fuhr der Fremde ruhig fort.

Eric bekam den Mund nicht mehr zu.

»Wenn das nicht in Ihrer Absicht liegt«, sagte der Mann ruhig, nachdem er Eric´s Reaktion richtig eingeschätzt hatte, »dann schlage ich vor, dass Sie sich intern einmal umhören. Das wird sonst ein sehr gefährliches Spiel.«

Der Mann war wieder aufgestanden.

»Ich melde mich wieder per SMS. Und bleibe weiterhin ein Freund, Herr Brinneau. Vielleicht finden wir ja sogar einen Weg zur Zusammenarbeit. Sie könnten, denke ich, zukünftig ein wenig mehr Rückendeckung gebrauchen.«

Dann drehte sich Jeff Simson um und war so schnell verschwunden, wie er aufgetaucht war. Eric schluckte. *War das ihr ominöser Freund gewesen? Was sollte diese Andeutung, dass sie intern eine Art Gegenreaktion mit gleichen Mitteln planten? Das war völlig unmöglich!*

»Hey, Eric, was ist denn los?« Lisa war wieder zurück und sah, dass ihr Kollege wie versteinert am Tisch saß und auf seine Kaffeetasse starrte. Er hatte auch Lisa nicht kommen hören. Sie setzte sich direkt auf den Stuhl neben ihm und berührte Eric an der Schulter. »Hey?«

Eric nahm den letzten Schluck seines Cappuccinos und sah dann Lisa direkt in die Augen. »Langsam wird es echt unheimlich.« Er hatte sich wieder einigermaßen gefasst und erzählte Lisa von der Begegnung mit dem Amerikaner, während sie auf der Toilette war.

Lisa war völlig außer sich. Sie zitterte. »Meinst du, das war der gleiche, der die Nachrichten geschickt hat?«

Eric nickte. »Ja, ich glaube, das ist unser Freund.«

»Aber diese Andeutung zu der möglichen Gegenreaktion unsererseits. Das kann doch nicht sein. Was meinte er damit?«

»Ich weiß es nicht. Ich werde Richard anrufen.«

Lisa ergriff Eric´s Unterarm. »Bist du sicher? Wem können wir denn noch trauen? Was ist, wenn Richard Teil dieser Gegenreaktion ist?«

Eric sah in Lisa´s braune, große Augen, die jetzt direkt vor ihm waren und erste Anzeichen von Panik zum Ausdruck brachten. »Quatsch, Lisa! Richard ist auf unserer Seite! Wenn wir drei jetzt anfangen, uns gegenseitig zu misstrauen, dann ist es vorbei, Lisa. Echt vorbei!«

Lisa weinte und nickte. Eric rief Richard an. Der war genauso geschockt wie sie. »Nein, ich habe keine Ahnung, was die Andeutung soll! Aber nachdem die erste Warnung dieses Mannes korrekt war, sollten wir diese ebenfalls sehr ernst nehmen. Ich höre mich um! Und melde mich später. Ihr fliegt auf jeden Fall.«

Die beiden blieben nach dem Telefonat noch ein paar Minuten schweigend an ihrem kleinen Tisch sitzen und beobachteten die Flugzeuge vor dem Terminal. Dann wurde es Zeit zu gehen, ihre Flüge waren aufgerufen worden.

»Kriegen wir schon hin!«, sagte Eric zur Verabschiedung zuversichtlich zu seiner Kollegin, auch wenn es in ihm brodelte. Die Umarmung war inniger als sonst. Lisa gab ihm einen dicken Kuss auf die Wange. Sie wollte ihn nicht gehen lassen. Sie hatte Angst.

»Einfach Augen und Ohren offen halten!«, sagte Eric zum Schluss, »dann wird das schon! Wir bleiben in engem Kontakt. Klar!« Eine letzte Berührung an der Hand, dann drehte sich beide um und gingen in entgegen gesetzten Richtungen davon.

GEBIRGSREGION IM OSTEN DER TÜRKEI, ZEITGLEICH

Eine erste, dünne Schneeschicht bedeckte das Hochplateau und machte das Navigieren nicht unbedingt leichter. Die Temperaturen lagen nur noch knapp über dem Gefrierpunkt. In der Abenddämmerung waren die drei grauweiß gefleckten Gleitschirme am Himmel kaum mehr zu erkennen, als die Männer geschickt auf eine Lichtung zusteuerten. In einiger Entfernung gingen zwei Lastenschirme zu Boden, die sie ebenfalls aus dem kleinen Flugzeug abgeworfen hatten. Der türkische Charterpilot hatte ausreichend Geld bekommen, sodass er keine Fragen stellte. Eigentlich auch nicht wollte. Er tat die drei Ausländer als reiche Spinner ab, die in der türkischen Wildnis ihrem Extremsport nachgehen wollten. So hatten sie es ihm zumindest erzählt. Auch wenn die Gesicht dieser Männer etwas anderes ausdrückten. Gleich nach der Landung versteckten die drei ihre Gleitschirme unter Schnee und Büschen.

Einer der Männer hielt einen Peilsender in der Hand. »Zirka 400 Meter in dieser Richtung ist unser Gepäck.« Kurze Zeit später hatten sie die Lastenschirme gefunden und alles ausgepackt.

Der gleiche Mann, der offensichtlich der Anführer war, nahm das Satellitentelefon in Betrieb und setzte eine kurze Nachricht ab.

»Adler 1 gelandet.«

Die beiden anderen sahen auf einen nur schwach beleuchteten Tablet-PC, der ihre Position auf einer exakten Karte anzeigte. Die Grenze zu Georgien war nicht weit entfernt. Östlich davon lag Aserbaidschan mit seiner Hauptstadt Baku.

»Wir marschieren, wie besprochen, bis zu dieser Bergkette und suchen uns dann dort oben einen Schlafplatz. Da sollte uns keiner stören. Die Pipeline liegt auf der anderen Seite dieses Bergrückens, keine fünf Meilen entfernt.«

Die drei Männer nickten und schwangen ihr schweres Gepäck geschickt auf den Rücken. Es war nicht das erste Mal, dass sie so unterwegs waren. Nur die Mission war diesmal etwas ungewöhnlich. Wobei, Sabotageakte hatten auch beim Militär zu ihrem Repertoire gehört. Wortlos ging der Anführer vorweg, die beiden anderen folgten dicht dahinter. In ihren weißen Schneeanzügen und der eintretenden Dunkelheit wurden sie fast eins mit ihrer Umgebung. Bis sie kurz danach ganz verschwanden.

ÜBER PARIS, AM NÄCHSTEN MORGEN

Eric hatte kaum geschlafen, trotz der zehn Stunden Flug über Nacht und der Annehmlichkeit eines fast horizontal ausgefahrenen Business-Class-Sitzes. Er war innerlich einfach zu aufgewühlt. Kein Wunder, nach all den Ereignissen in den letzten 24 Stunden. Die Andeutungen dieses Fremden am Flughafen von LA hatten ihn endgültig geschockt. Besonders, nachdem auch Richard völlig überrascht und dann extrem besorgt wirkte. Die Vorstellung, dass es Gegner ihrer Taskforce-Aktivitäten gab, die sogar vor einem Anschlag auf Menschenleben nicht zurückschreckten, war schlimm genug. Doch jetzt sollte es jemanden in ihrer eigenen Organisation geben, der gleiches mit gleichem vergelten wollte. *Das durfte einfach nicht sein!* Er hoffte immer wieder, dass die Behauptungen dieses Mannes nicht der Wahrheit entsprachen. Auch wenn dieser Amerikaner bisher Recht behalten hatte mit seinen Aussagen. *Aber diesmal lag er falsch! Ganz bestimmt!*

Eric drehte sich zur Seite und schob die Abdunklung über dem Kabinenfenster hoch. Er fand einfach keine Ruhe. Die häufigen Turbulenzen taten das übrige. Die ganze Nacht durch gab es immer wieder Warnungen aus dem Cockpit.

Einige Minuten später war bereits die Morgenröte am Horizont weit vor ihnen zu erkennen. Und unter ihnen eine dichte, dunkle Wolkendecke.

Ach ja, das Sturmtief! Er sah auf die Uhr. Es konnte nicht mehr weit sein bis Paris.

Er musste an Jean-Luc und Jeannette denken. Vor gut zwei Jahren lief sein Leben noch in völlig ruhigem Fahrwasser ab. Für einen Augenblick lang sehnte er sich in diese Zeit zurück. Der damalige Trott hatte definitiv auch seine guten Seiten gehabt. *Da wollte ihnen wenigstens keiner nach dem Laben trachten!* Eric schob die dünne Decke zurück und setzte sich auf. Die meisten Passagiere um ihn herum schliefen noch, aber die Stewardessen sahen schon ziemlich geschäftig aus. Vor der Landung war noch ein kleines Frühstück geplant. *Wieso nicht,* wenn er schon wach war.

»Guten Morgen, hier spricht Ihr Kapitän«, kam es aus den Bordlautsprechern, »ich hoffe, Sie konnten ein paar Stunden Schlaf finden. Wir haben den Atlantik bereits überquert und befinden uns jetzt auf direktem Weg nach Paris. Wie Sie vielleicht bereits erkennen konnten, ist die Wolkendecke unter uns ziemlich massiv. Das Sturmtief hat uns leider über den Atlantik verfolgt. Das heißt, der Landeanflug wird ebenfalls ziemlich turbulent. Wir müssen daher leider auf das geplante Frühstück verzichten. Und ich muss Sie bitten, sich jetzt alle wieder an Ihre Sitze zu begeben, sich anzuschnallen und Ihr Gepäck sicher zu verstauen. Wir beginnen unseren Sinkflug in wenigen Minuten. Vielen Dank.«

Der erfahrene französische Flugkapitän erzählte seinen Passagieren nicht, dass sie heute Morgen mit ihrer großen 747 eine der letzten Landeerlaubnisse vom Pariser Flughafen erhalten hatten. Er wollte keine unnötige Unruhe hineinbringen. Das Sturmtief kam ungewöhnlich schnell auf den europäischen Kontinent zu und hatte an Stärke noch zugenommen. Die Verwüstungen und Überschwemmungen an der amerikanischen Ostküste waren heftiger als erwartet. Seit gestern Morgen war dort der gesamte Flugverkehr zusammengebrochen und die Feuerwehren in permanentem Einsatz. Daher wollten auch die französischen Behörden auf Nummer sicher gehen und begannen, hereinkommende Flüge umzuleiten.

Verstärkt wurden die Sorgen noch durch die Aussagen der Meteorologen des französischen Wetterdienstes. Oder besser gesagt, die mangelnde Aussagekraft. Seit Stunden blickten die Experten mit Sorgen auf die Satellitenbilder und die hereinkommenden Wetterdaten. Zwischen dem hereinziehenden Sturmtief und dem seit Tagen über Zentraleuropa festsitzenden Spätsommerhoch bildete sich eine Temperatur- und Feuchtigkeitsdifferenz, die enorm war. Es war völlig unklar, was sich genau an den Grenzschichten abspielen würde. Es gab bisher wenig vergleichbare Situationen aus der Vergangenheit. Man gab vorsichtshalber erste Unwetterwarnungen heraus und stimmte sich eng mit den holländischen und deutschen Wetterbehörden ab, die als nächste betroffen sein würden, wenn das Tief seine Richtung beibehielt.

Eric fuhr seinen Sitz wieder in Normalposition und ging noch schnell zur Toilette, um sich ein wenig die Müdigkeit aus den Augen zu waschen. Dann leuchteten auch schon die Anschnallzeichen auf.

Die Boing 747 verließ ihre Reiseflughöhe und näherte sich der dunklen Wolkendecke. Eric sah aus dem Fenster. *Die Wolkenformationen waren echt ungewöhnlich!* Er betrachtete das Naturschauspiel mit einer gewissen Neugierde. Von hier oben wirkte immer alles so friedlich. Doch das bedrohlich dunkle Grau und die heftigen Turbulenzen, die auch ihre so große 747 massiv durchschüttelten, bereitete ihm zunehmend Sorgen.

Jeannette stand währenddessen am Fenster neben der Kaffeebar ein Stockwerk über dem Ankunftsbereich und sah auf die Landebahn hinaus. Sie wollte Eric überraschen und ihn heute Morgen persönlich am Flughafen abholen. *Sie wollte ihn sehen, nach so langer Zeit!* Auch wenn die Trennung damals von ihr ausgegangen war. *Dennoch vermisste sie ihn. Zunehmend!*

Der Regen schlug heftig an die großen Scheiben des Flughafengebäudes und ran in breiten Bächen hinunter. Schon die Herfahrt war anstrengend gewesen. Wenigstens war sie nicht im morgendlichen Berufsverkehr gestanden. Aber die Scheibenwischer ihres Renaults hatten mit den Wassermengen ganz schön zu kämpfen gehabt. Wahrlich kein Vergnügen, besonders wenn man sich, wie Jeannette, lieber chauffieren ließ.

Sie nippte an ihrer Espressotasse und sah gedankenverloren hinaus. Die bewundernden Blicke einiger Männer an der Bar nahm sie nicht wahr.

Der morgendliche Pendlerverkehr auf der dreispurigen Autobahn im Nordwesten von Paris war bereits ins Stocken geraten, auch wenn es noch mehr als 20 Kilometer bis zur Peripherique, der Pariser Ringautobahn, waren.

Der heftige Regen und die unangenehmen Windböen führten dazu, dass sich die Masse an Fahrzeugen noch langsamer bewegte als sonst. Immer wieder traten verängstigte Autofahrer auf die Bremse, wenn eine heftige Böe extrem viel Wasser auf ihre Scheiben schleuderte und die Sicht quasi auf Null zurückging. Vereinzelt flogen Aststücke von den umliegenden Bäumen auf die Fahrbahn, was eine zusätzliche Verunsicherung und hektische Bremsmanöver erzeugte.

Wie eine große Ziehharmonika bewegte sich die Automasse auf Paris zu. Mit zunehmend genervten und fluchenden Fahrern, die wild in Richtung ihres Vordermannes gestikulierten.

Der Pariser Meteorologe, der die unangenehme Frühschicht in dem engen Raum des Wetteramtes hatte und das Ende seiner morgendlichen Arbeitszeit herbeisehnte, sah das Phänomen als erstes auf seinem Radarschirm.

»Ähh, was ist denn das?« Gebannt starrte er auf das Display. *Irgendwo hatte er dieses Bild doch schon mal gesehen?* Verzweifelt kramte er in seinen hinteren Gehirnwindungen. *Ich kenne das! Was war das noch mal?* Und dann fiel es ihm wie Schuppen von den Augen.

»Merde!« Er schüttete fast die Kaffeetasse um, als er aufsprang und nach seinem Boss rief. »Phillipe! Schau dir das an! Schnell!«, schrie er entsetzt und schüttelte immer noch ungläubig den Kopf. *So was gab es doch gar nicht! Nicht hier in Europa!*

Sein Chef kam sofort herübergelaufen. Der Ton seines Mitarbeiters ließ ihn aufhorchen. Dieser deutete mit dem Finger immer wieder vehement auf sein Display. »Das sind Tornados! Phillipe! Tornados! Hier, bei uns!«

Er konnte es immer noch nicht glauben. So wenig wie sein Chef. Aber die Bilder waren eindeutig. Nach einer weiteren Schrecksekunde sprang sein Chef Phillipe zum Telefon, während er heftig gestikulierend zu seinem Mitarbeiter hinüber schrie: »Tornadowarnung raus! An alle! Auf allen Kanälen!«

Die für Europa nahezu unbekannten Wirbelwinde hatten sich wie aus dem Nichts über der Bretagne gebildet und erzeugten nun eine Schneise der Verwüstung. Direkt auf Paris zu.

Als einer der Tornados die Autobahn im Nordwesten von Paris kreuzte, wurden die Fahrzeuge auf der dicht besetzten Straße wie kleine Legosteine in die Luft gehoben. So gewaltig war die Kraft! Keiner hörte die Schreie der Fahrer, die alleine hinter ihrem Lenkrad erstarrten und das Schicksal über sich ergehen lassen mussten. Mehr als dreißig Fahrzeuge wurden herauskatapultiert und landeten in hohem Bogen auf den umliegenden Feldern. Keiner der Insassen überlebte den Aufschlag.

Die Fahrer, die der tödlichen Bedrohung durch eine Vollbremsung entkamen, wurden bei der anschließenden Massenkarambolage schwer verletzt oder getötet. Oder von herumfliegenden Gesteinsbrocken oder Baumteilen getroffen, die eine ähnlich tödliche Wirkung entfalteten. In wenigen Sekunden glich ein fast 300 Meter breiter Abschnitt der Autobahn einem Schlachtfeld. Eine kleine Anzahl traumatisierter Autofahrer, die das kurze Inferno überlebt hatten, war trotz anhaltendem Regen ausgestiegen und blickte stumm dem Tornado nach, der seinen Weg Richtung Paris mit unverminderter Härte fortsetzte. Minutenlang.

Als die Boing 747 in die Wolkendecke eintauchte, wurden die Turbulenzen sofort heftiger. Immer wieder sackte die Maschine mehrere Meter durch. Trotz der enormen Masse dieses riesigen, vierstrahligen Flugzeugs. Die meisten Gespräche kamen zum Erliegen. Erste, panische Blicke nach draußen waren zu erkennen. Eric konnte sehen, wie sich das Flügelende auf seiner Seite gewaltig auf und ab bewegte. Wenn die Sicht zwischenzeitlich überhaupt gut genug war, um so weit aus dem Kabinenfenster zu blicken. Denn der Regen zog nun in breiten Streifen über seine Fensterscheibe.

Der Pilot hatte große Mühe, die Maschine auf Kurs zu halten. Dennoch hielten sich Eric´s Sorgen in Grenzen. Er hatte großes Vertrauen in die Fähigkeit dieser Airline-Piloten, die ihn schon so weit durch diese Welt transportiert hatten.

»Drei Minuten bis zur Landung«, kam es ruhig aus dem Cockpit. Der Kapitän forderte nun auch das Kabinenpersonal zum Anschnallen auf. Dennoch hatten auch einige der Stewardessen ihr Lächeln verloren.

Immer noch kam die 747 nicht aus der Wolkendecke heraus. Eine Frau schrie laut auf, als die riesige Maschine erneut von einer gewaltigen Böe erfasst wurde und dann wie ein Stein durchsackte. Eric´s Nachbar wurde kreideweiß und suchte zitternd nach der Spucktüte. *Jetzt reicht´s aber echt langsam!* Eric´s Finger verkrampften sich unbewusst in der Armlehne, während er immer wieder hinaussah.

Plötzlich konnte er mehrere Gebäude dicht unter ihnen erkennen. *Endlich!* Einzelne Wolkenfetzen zogen an seinem Fenster vorbei. Die Sicht wurde besser. *Da vorne ist der Flughafen.* Eric fing gerade an, sich zu entspannen, als er plötzlich dieses merkwürdige Gebilde schräg vor ihnen sah. *Was war denn das?* Dann stockte ihm der Atem. *Verdammt!*

Fast zeitgleich entdeckte auch der Kapitän die ungewöhnliche Bedrohung zu seiner Linken, während der Co-Pilot voll konzentriert versuchte, die Maschine auf dem elektronischen Gleitpfad zu halten.

Für den Bruchteil einer Sekunde dachte er an einen Abbruch ihres Landeanflugs und ein Durchstarten der Maschine. War eigentlich die natürliche Reaktion, zumindest nach Lehrbuch.

»Abbruch! Abbruch!«, kam es jetzt auch vom Tower, der gerade die Warnung vom Wetterdienst erhalten hatte.

Doch irgendetwas hielt den extrem erfahrenen Airfrance-Kapitän von dieser Entscheidung ab. Blitzschnell schätzte er die Durchstartroute seiner schwerfälligen 747 und die Bewegung des herannahenden Tornados ab. *Nein, das konnte nicht gut gehen!* »Ich übernehme«, sagte er kurz und ruhig zu seinem Co-Piloten und legte mit einem Switch die Steuerung zu sich herüber. Seine Ausbildung verbot ihm jegliches Anzeichen von Panik. Dennoch raste sein Herz.

Der Co-Pilot blickte verdutzt zu seinen Kapitän hinüber. *Hatte er etwas falsch gemacht?* Als sein Blick am Kopf seines Kollegen vorbei zum Seitenfenster hinaus wanderte, erkannte auch er die Gefahr zu ihrer Linken. *Mein Gott!* Der Tornado grub seine Schneise direkt auf ihre Landebahn zu. »Merde!«

Der Kapitän ignorierte den Aufschrei seines Kollegen und konzentrierte sich nun voll auf seine Instrumente. Er drückte die 747 so weit nach unten, wie der Gleitpfad es gerade noch erlaubte. Er wollte die Maschine auf den Boden bringen, bevor der Tornado sie traf. Er musste es zumindest versuchen. *Das war ihre einzige Chance! Ein befreundeter US-Pilot hatte ihm von der Gewalt dieser Wirbelwinde berichtet!* Das schrille Warnsignal ihres Computers, der die massive Gleitpfadabweichung sofort erkannte, ertönte im Cockpit. *Ich weiß! Nicht zu früh aufsetzen. Ist genauso tödlich.*

Der riesige Koloss näherte sich mit schwankenden Flügeln dem Beginn der Landebahn. Kurz bevor die Räder des massiven Hauptfahrwerkes den Asphalt berühren konnten, trafen erste herumfliegende Teile die linke Tragfläche. Das äußere Triebwerk der 747 wurde getroffen und begann sofort zu brennen. Sofort schrillten weitere Warnsignale im Cockpit. Dennoch hielt der Kapitän die Maschine verbissen auf Kurs.

»Komm´ schon! Komm´ schon! Nur noch wenige Meter«, presste er zwischen den Zähnen heraus. Der Co-Pilot blickte in Panik nach links, während er wie in Trance die Löscheinrichtung für das brennende Triebwerk aktivierte.

»Nooo!« Der zweite Aufschrei des Co-Piloten erstickte, als ein durch die Luft wirbelnder 20-Fuß-Container die 747 am Cockpit traf und mit Leichtigkeit Scheiben und Außenhaut durchschlug. Die komplette obere Nasenhälfte der 747 wurde abgerissen. Die beiden Piloten waren auf der Stelle tot.

Eric geriet in Panik. In Zeitlupe verfolgte er am Kabinenfenster den Einschlag des schwer verbeulten Containers, keine zehn Meter vor ihm. *Oh, mein Gott!*

Schlagartig wurden er und die anderen Passagiere aus ihren Sitzen gerissen, als die Maschine knapp über der Landebahn nach rechts abkippte. Eric´s Gurt schnitt scharf in seinen Unterleib. Mit schmerzverzerrtem Gesicht versuchte er sich festzuhalten. Der Aufschrei seines bleichen Nachbarn erstickte im Erbrechen, das über seinen Vordersitz hinausflog. Die Schreie in der Kabine wurden panisch.

Soll das das Ende sein?, schoss es Eric durch den Kopf. Ein extrem trauriges Gefühl durchzog plötzlich seinen ganzen Körper. *Er hatte doch noch soviel vor!* Tina´s Gesicht tauchte vor seinem geistigen Auge auf. Plötzlich stand er wieder mit ihr auf der Veranda in Südafrika und genoss die Ruhe des afrikanischen Busches. Nur die anhaltenden Schreie um ihn herum störten das schöne Bild. Sein Hirn versuchte sie auszublenden. Ihn zu schützen. Während die Kabine sich weiter zur Seite neigte.

Die 747 geriet völlig außer Kontrolle. Mit überhöhter Geschwindigkeit setzte sie schräg mit nur einem Fahrwerksbein auf. Als die rechte Tragfläche mit dem äußeren Triebwerk am Boden hängen blieb, wurde die Maschine herumgerissen und die Passagiere gegen die Vordersitze geschleudert. Die meisten Schreie gingen in ein undefinierbares Gurgeln über oder verstummten ganz, als vielen beim Aufprall das Genick gebrochen wurde. Trotz hochgerissener Arme schlug Eric mit seinem Kopf gegen den Bildschirm am Sitz seines Vordermannes. Blut spritzte, als das Display zerbarst. Ein stechender Schmerz schoss in seinen Kopf. Er wollte schreien. Doch dazu kam es nicht mehr.

Unter der extremen Belastung knickte das Hauptfahrwerk der 747 ein. Nur die fast leeren Treibstofftanks verhinderten eine Explosion der Maschine beim Aufschlag auf die Landebahn. Dann brach der Rumpf wenige Meter hinter Eric mit ohrenbetäubendem Krach in zwei Teile. Zahlreiche Sitze samt Passagieren wurden herausgerissen, kippten mit ihrer menschlichen Ladung nach vorne und schlugen mehrere Meter weiter unten auf die Funken sprühende Landebahn auf. Die Reste dieses gerade eben noch majestätischen Flugzeugs rutschten hunderte Meter weit über den Asphalt. Im hinteren Teil der Kabine brach Feuer aus.

Die Augen weit aufgerissen, ließ Jeannette die Kaffeetasse fallen und stieß einen unterdrückten Schrei aus. Vor ihren Augen wurden plötzlich Bodenfahrzeuge des Flughafens wie Spielzeug in die Luft gewirbelt. *Das geht doch gar nicht,* meldete sich ihr Hirn. Da kippte eines der anrollenden Flugzeuge wie von Zauberhand langsam zur Seite um.

Und dann entdeckte sie zusammen mit den anderen den Tornado. Er kam mit seiner ganzen, brachialen Gewalt direkt auf ihr Gebäude zu. Jeannette war wie gelähmt. *Das ist nicht wahr! Das kann nicht wahr sein!*

Als die Scheiben vor ihr barsten, ging es blitzschnell. Die gewaltigen Winden erfassten alles. Zusammen mit dem kompletten Mobiliar und den anderen Besuchern, die direkt hinter ihr standen, wurde Jeannette aus dem Gebäude herausgeschleudert. Trotz Gleichgewicht suchender, wilder Armbewegungen hatte sie keine Chance. Als ihr Kopf gegen einen der abbrechenden Stahlträger schlug, war sie sofort tot. Kurz danach wurde das Gebäude komplett zerstört. Nur wenige Strukturteile ließen später noch erkennen, wo es sich einmal befunden hatte. Kaum einer überlebte in diesem Bereich des Terminalgebäudes.

Auch der Tower des Pariser Flughafens, der sich ganz in der Nähe befand, wurde von herumfliegenden Trümmern schwer beschädigt. Der Schichtleiter konnte noch einen Notruf absetzen und damit weitere, anfliegende Maschinen warnen. Dann wurde er selbst von Splittern der berstenden Scheiben getroffen und brach zusammen. Nach weiteren Treffern durch mülltonnengroße Gegenstände fiel die komplette Leitzentrale des Flughafens aus. Als das lokale Umspannwerk zerfetzt wurde, brach auch die Stromversorgung zusammen.

Die zahllosen Flugpassagiere, Besucher und Bediensteten an Frankreichs größtem Flughafen trauten ihren Augen nicht, als schlagartig alle Lichter ausgingen, Dach- und Fassadenteile über ihnen abgerissen wurden und riesige Scheibenflächen barsten. Panisch suchten sie Schutz, als die Trümmerteile wie tödliche Geschosse durch die Menschenmengen jagten. Keiner wusste mehr, wo er sicher war. Der Tornado zog auf einem mehr als 100 Meter breiten Streifen quer über das gesamte Flughafengelände. Nach Startbahn, Terminalgebäude und Tower lagen einer der großen Wartungshangars und eine Parkgarage auf seinem Weg der Zerstörung. Die filigrane Konstruktion bot den Windkräften perfekte Angriffsflächen. Der Tornado schlug erbarmungslos zu.

Die Bilder der Verwüstung in Paris und Umgebung verbreiteten sich dank modernster Kommunikationsmittel wie ein Lauffeuer. Erst auf Facebook und anderen sozialen Netzwerken, dann auf allen Nachrichtensendern.

Tina saß zu der Zeit in einem Meeting mit ihren Mitarbeitern. Als sie sich anschließend wieder in ihren Wagen begab und das Radio anmachte, war das Thema im Fokus jedes Nachrichtensenders.

Sie wurde kreidebleich und schaffte es nur mit Mühe, ihren Wagen am Straßenrand zum Stehen zu bringen. *Paris! Eric!* Sie suchte zitternd nach ihrem Handy und wählte seine Nummer. *War das nicht genau seine Ankunftszeit in Paris gewesen?* Sie war sich nicht sicher, dennoch stieg Panik in ihr auf.

»Der Teilnehmer ist vorübergehend nicht erreichbar.« Der Satz bohrte sich in ihr Hirn. Immer wieder. Sie begann zu weinen und schlug dabei mit beiden Händen aufs Lenkrad. »Nein! Nein! Nein!« *Wieso war er nicht gleich nach München geflogen. Sie hatte ihn doch gewarnt!*

Immer wieder probierte sie seine Nummer. Vergeblich. Dann rief sie die Telekom an. Ja, das Mobilfunknetz im Großraum Paris war größtenteils außer Funktion. *Das weiß ich auch!* Nein, mehr Informationen hatten sie leider nicht. *Verdammt!* Tina ließ den Kopf auf´s Lenkrad sinken und schluchzte. *Sie musste doch irgendetwas tun.*

Wenige Minuten später rührten sich Lisa, und dann Richard auf ihrem Handy. Sie baute mit zitternden Fingern eine Konferenzschaltung auf. Richard hatte CNN eingeschaltet. »Holy Christ! Die Bilder sehen grauenvoll aus. Den Flughafen von Paris scheint es massiv getroffen zu haben. Tina, konntest du Eric erreichen?«

»Nein! Nein!« Tina schluchzte. Lisa sagte gar nichts. Alle drei hatten die gleiche Befürchtung, aber keiner wollte es aussprechen. »Aber wir müssen doch irgendwas tun! Wir können doch nicht nur ´rumsitzen und abwarten! Ich halte das nicht aus!« Tina brach in lautes Schluchzen aus.

»Tina! Jetzt mal ganz langsam. Noch haben wir viel zu wenige Informationen. Vielleicht wurde Eric´s Maschine ja noch rechtzeitig umgeleitet und befindet sich gar nicht auf dem Pariser Flughafen«, versuchte Richard zu beruhigen.

»Ja«, sagte Lisa in Unterstützung, »die müssen das doch auf ihren Wetterradars gesehen haben.« Und versuchte sich damit selber Mut zu machen. Tina schluchzte immer noch, gewann aber langsam wieder die Kontrolle über ihre Gefühle.

Sie zuckte zusammen, als plötzlich ein morsches Aststück krachend auf ihrem Autodach landete. Jetzt erst bemerkte sie die zunehmenden Böen und den einsetzenden Regen. »Mist!«

»Tina! Was ist da los?«

»Scheiße! Das Wetter verschlechtert sich auch hier massiv«, sagte sie etwas gefasster. Als sie das Seitenfenster ihres Wagens wenige Zentimeter herunter ließ, wurden sofort Blätter und dicke Regentropfen hereingeschleudert. Hektisch versuchte sie, das Fenster wieder hochzufahren. Ihr Wagen begann leicht zu schaukeln, als eine heftige Windböe sie erfasste. »Verdammtes Scheißwetter!«

Richard sah auf einem der Nachrichtensender eine Animation, die den Weg der massiven Unwetterfront über Europa hinweg simulierte. »Tina, schau´ zu, dass du dich erst mal in Sicherheit bringst! Wir telefonieren nachher noch mal!«

Tina beendete die Konferenzschaltung, atmete tief durch und machte sich dann vorsichtig auf den Weg zurück ins Büro. Immer wieder forderten heftige Windböen ihre volle Konzentration, um den Wagen auf der Straße zu halten. »Scheiß Wetter!«, schrie sie immer wieder hinaus, so laut sie konnte. Und weinte.

Philippe, der leitende Meteorologe, stand mit seinen Mitarbeitern immer noch vor dem großen Wetterradar. Der Schock war ihnen in die blutleeren Gesicht geschrieben. Die Warnungen waren alle hinausgeschickt worden. Phillipe hatte mit seinem Oberboss telefoniert und die landesweiten Katastrophenschutzmaßnahmen eingeleitet. Mehr konnten sie aktuell nicht tun. Außer immer wieder auf das große Radarbild zu starren, das die Unwetterentwicklung in mathematischer Präzision minütlich nachzeichnete.

Die kalten, feuchten Luftmassen des riesigen Atlantiktiefs trafen auf einer Länge von mehr als 1.000 Kilometern auf das seit Tagen ruhende und ungewöhnlich heiße Sommerhoch über Mitteleuropa. An der Grenzschicht zwischen den beiden so unterschiedlichen Luftmassen entlud sich die ganze Gewalt der Natur. In bisher nicht dagewesener Weise.

»Merde!« Kam es immer wieder von Philippe.

Die Befürchtungen der Meteorologen wurden in den nächsten Stunden in fast unvorstellbarer Weise übertroffen. Die Tornados waren das schlimmste. Eine Serie von ihnen zog über den Norden Frankreichs hinweg. Weitere Tornados bildeten sich an der holländischen Küste.

Rotterdam und seine Hafenanlagen wurden ähnlich schwer getroffen wie der Norden von Paris. Mehrere Rohölspeicher explodierten und verteilten den Inhalt in riesigen Fontänen über das gesamt Stadtgebiet. Dann brachen Brände in den Hafenanlagen aus. Sogar die Wasseroberfläche brannte. Auch diese Bilder verbreiteten sich blitzartig im Internet. *Inferno in Rotterdam!*

Philippe sprach immer wieder mit seinen deutschen Kollegen, denen die Panik nun ebenfalls anzuhören war. Windgeschwindigkeiten und Anzahl Tornados ließen nicht nach. Ganz im Gegenteil. Man konnte nur das schlimmste befürchten. Auch für Deutschland Und das fast ohne Vorwarnzeit.

BERLIN, KANZLERAMT, SPÄTER VORMITTAG

Die Feuerwehrkräfte sperrten das Kanzleramt großräumig ab. Mehrere gewaltige Böen hatten eines der großen Solarsegel auf dem Gebäude komplett aus der Verankerung gerissen und bis hinüber zum Reichstag geschleudert. Zahlreiche Besucher wurden von umherfliegenden Teilen getroffen und schwer verletzt. Ein junges Mädchen starb. Überall waren Sirenen zu hören.

Die Kanzlerin hatte zu einem ersten Treffen mit den Hauptvertretern des eilig einberufenen Krisenstabes gebeten. Zehn Frauen und Männer saßen um den großen Besprechungstisch in ihrem Büro und versuchten immer noch hektisch, die allerletzten Informationen zusammenzutragen. Das deutsche Wetteramt war per Video zugeschaltet. Hans Weidner war ebenfalls anwesend.

Die Kanzlerin selbst stand immer noch am Fenster. Die Arbeiten der Feuerwehr waren fast beendet, doch der Sturm nahm an Gewalt noch zu. Auch vor ihrem Fenster. Immer wieder versperrten heftige Regenmengen auf der Scheibe den Blick nach draußen. Die Windgeräusche bildete zusammen mit den Sirenen ein wildes, surreales Konzert.

»Frau Bundeskanzlerin. Wir wären so weit. Die Verbindung zum Wetteramt steht. Auch das aktuelle Radarbild haben wir auf dem Schirm.«

Die Kanzlerin rührte sich nicht. Den Blick weiterhin zum Fenster hinaus gerichtet. Völlig regungslos. Der Leiter des Krisenstabes sah Hans Weidner hilfesuchend an. Als ihre Assistentin den Kopf zur Tür hereinsteckte, drehte sie sich schließlich um.

»Der französische Präsident ist in der Leitung.«

»Danke. Stellen Sie ihn bitte herein. An meinen Schreibtisch.«

Schlagartig herrschte absolute Ruhe in dem Raum. Die Kanzlerin durchquerte ihr Büro und nahm den Telefonhörer ab. Nach einer kurzen Begrüßung hörte sie mehrere Minuten lang nur zu. Wortlos. Mit versteinerter Miene. Alle Blicke waren auf sie fixiert.

»Mein Gott, unglaublich. Ich kann gar nicht sagen, wie leid mir das tut, Herr Präsident. Natürlich helfen wir. Selbstverständlich. Alles was wir entbehren können, geht zu Ihnen. Ganz klar! Ja, der Leiter meines Krisenstabes meldet sich umgehend bei Ihnen.«

Kurz danach war das Telefonat beendet. Langsam ging die Kanzlerin um ihren Schreibtisch herum und setzte sich dann an den Kopf des langen Besprechungstisches.

»Meine Damen, meine Herren. Danke für Ihr schnelles Kommen. Ich will Sie auch gar nicht lange aufhalten. Nur ein kurzer, erster Statusbericht. Und eine schonungslose Abschätzung, womit wir in den nächsten Stunden noch rechnen müssen. Sie haben es ja gerade selber gehört. Der französische Präsident fragt nach unserer Hilfe. Die Rettungskräfte in der Pariser Region scheinen völlig überfordert zu sein! Die Situation in ganz Frankreich ist dramatisch. Also, wo stehen wir?«

Die Kanzlerin blickte in die Runde. Der Leiter des Krisenstabes nickte nur kurz. Die Dramatik der letzten Stunden war ihm im Gesicht abzulesen. Nervös fuhr er sich durchs Haar und übergab sofort an seinen Kollegen im deutschen Wetteramt.

Auch das Bild in Deutschland war dramatisch. Erste Tornados hatten sich bereits an der Grenze zu Frankreich gebildet und große Teile des Ruhrgebiets in Mitleidenschaft gezogen. Die Wirbelwinde hinterließen auch dort Schneisen der Verwüstung, die sich aktuell bis nach Nordbayern und Sachsen fortsetzten. Doch die Meteorologen taten sich schwer mit einer Prognose.

»Nein, Vorhersagen sind fast unmöglich. Wir wissen einfach nicht, wie viele und besonders wo sich weitere Tornados bilden. Wir haben bereits amerikanische Experten um analytische Unterstützung gebeten. Leider bisher ohne konkrete Ergebnisse.«

Nur Berlin und Norddeutschland blieben aktuell noch verschont, zumindest von den Tornados. Starker Regen und Sturmböen forderten dennoch ihren Tribut.

»Und wie lange hält dieses Wetter noch an?«, fragte die Kanzlerin. Alle sahen den Mann auf dem Videoschirm an, der sich nervös den Schweiß von der Stirn wischte und nach den richtigen Worten suchte.

»Auch das ist sehr schwer abzuschätzen.«

»Was soll das heißen?«, presste die Kanzlerin heraus.

»Diese Art von Wetterphänomen ist uns bisher völlig unbekannt«, versuchte er mit wilden Armbewegungen zu erklären, »der Klimawandel scheint das gesamte System durcheinander zu bringen. Das heißt, wir haben so gut wie keine Erfahrungen dazu.«

Der Blick der Kanzlerin wurde immer grimmiger. »Das hilft mir aber nichts. Ich brauche Ihre beste Einschätzung! Jetzt!«

Wieder absolute Stille im Raum. Der Wettermann rang mit den Worten. Alle Blicke waren auf ihn gerichtet. Man konnte förmlich spüren, dass ihm eine Antwort körperliche Schmerzen verursachte.

»Ok.« Kurze Pause. »Ich glaube, das ist erst der Anfang. Nicht nur die Tornados machen mir Sorgen, auch die Menge an Feuchtigkeit in dem riesigen Tiefdruckgebiet. Ich befürchte, die nächsten beiden Tage werden...., ähh, noch schlimmer. Danach sollte es dann hoffentlich wieder aufwärts gehen.«

»Wie schlimm?«

»Ganz ehrlich, Frau Bundeskanzlerin, ich kann es Ihnen nicht sagen«, stammelte er mit glasigen Augen, »aber wir müssen mit dem schlimmsten rechnen.« Die Stimmung am Tisch erreichte ihren Tiefststand. Die Mitglieder des Krisenstabes starrten geschockt auf den Videoschirm.

Jede Hoffnung auf einen glimpflichen Ausgang wurde hiermit zunichte gemacht. Der Gedanke an die nächsten Stunden war fast unerträglich. Ihre Möglichkeiten zur Linderung waren extrem beschränkt. Dennoch bedankte sich die Kanzlerin beim Wettermann für diese offene und persönliche Einschätzung. Kurz danach löste die das Treffen auf. Hans Weidner blieb zurück.

»Ist noch was?«, fragte die Kanzlerin. Der Abteilungsleiter blieb neben dem Tisch stehen und schluckte. Die Kanzlerin drehte sich um und sah ihren engen Vertrauten direkt in die Augen. Sie sah, wie das Blut aus dem Gesicht ihres engen Vertrauten wich. »Was ist?«

»Richard Brinkman rief vorher an.«

»Und?«

»Eric Brinneau wird vermisst. In Paris. Er war wohl in einer der letzten Maschinen, die noch eine Landeerlaubnis erhalten haben. Man muss auch hier das schlimmste befürchten. Nach den Bildern, die bisher zu sehen waren, kann ich das nur bestätigen. Es tut mir so leid.«

Die Kanzlerin wurde bleich. Und ballte die Hände hinter ihrem Rücken zusammen. *Es reicht! Endgültig!* »Danke für die Nachricht«, sagte sie nur kurz, »halten Sie mich bitte auf dem Laufenden.« Und drehte sich dann wieder um. Sie wollte jetzt alleine sein.

Währenddessen ging Richard mit blank liegenden Nerven in seinem Büro in LA auf und ab und telefonierte immer wieder mit Ron. Sie versuchten über alle ihnen zur Verfügung stehenden Kanäle, an zusätzliche Informationen zur Situation am Pariser Flughafen heranzukommen. Ron hatte sogar einen Bekannten im französischen Innenministerium ausfindig gemacht, aber auch das half nichts. *Nein, es gab bisher keine Liste.* Weder zu Toten, noch zu Verletzten. Die französischen Behörden waren aktuell völlig überfordert. Die Erstellung einer ersten Übersicht konnte noch Tage dauern.

Zutiefst frustriert baute Richard eine zweite Konferenzschaltung mit Lisa und Tina auf. »Ron hat alles versucht. Ohne Erfolg. Wir können aktuell nur abwarten. Sorry. Mehr geht nicht. Wir sind mit unserem Latein am Ende. So leid es mir tut.«

Tina und Lisa hörten wortlos zu. Jeder war in seinen eigenen Gedanken. Die Leitung blieb für Sekunden völlig still. Es gab nichts mehr zu besprechen. Die beiden Frauen bedankten sich bei Richard und legten dann auf.

PARISER FLUGHAFEN, ODER WAS NOCH DAVON ÜBRIG WAR

Die Rettungskräfte in Paris hatten kaum eine Chance. Zu viele Meldungen stürzten gleichzeitig auf sie ein. Am schwer getroffenen Flughafen war niemand mehr zu erreichen. Egal, was sie auch versuchten. Auch auf den Straßen war kein Durchkommen. Das Ausmaß der dortigen Beschädigungen, als auch die Zahl der Opfer, blieb längere Zeit unklar. Chaos machte sich breit. Einer der erfahrenen Katastrophenschutzleute in der Pariser Zentrale fasste den Entschluss, in Eigenregie die Soldaten am nahe gelegenen Militärflugplatz um Hilfe zu bitten.

»Wir können nicht länger warten!« schrie er seine Kollegen an, die immer noch der Meinung waren, auf Anweisungen von oben zu warten. Doch viele der Schlüsselpersonen waren einfach nicht zu erreichen. Keiner kannte ihren Aufenthaltsort.

Über eine Satellitenverbindung schaffte er es, mit der Militärbasis Kontakt aufzunehmen. »Nein, ich habe keine Bestätigung vom Innenminister!« schrie er in die Leitung, »Sie schicken jetzt trotzdem ihre Leute hinüber. Nein, nicht mit Fahrzeugen. Mit den Helikoptern. Ja, ich nehme das auf meine Kappe!«

Kurze Zeit später schwebten die ersten Helikopter über dem Flughafengelände ein. Den Soldaten bot sich ein Bild des Grauens. Die Verwüstungen zogen sich über eine gewaltige Fläche hin. Überall konnte man Leichen oder Teile davon erkennen. *Wo sollten sie anfangen?*

»Dort vorne, auf der Landebahn. Siehst du das Flugzeug? Können Sie uns dort ´runterbringen?«, fragte der junge Leutnant den Piloten. Er war mit seinem Trupp und einer Gruppe Sanitäter an Bord des Helikopters.

»Ja, sollte gehen«, antwortete der Pilot, nachdem er eine gute Landemöglichkeit in der Nähe entdeckt hatte, »ich setzte euch direkt daneben ab.«

Der Leutnant nickte. Und schluckte, als sie näher kamen. Die Überreste der 747 sahen nicht gut aus. Ein Teil des Flugzeugs war offensichtlich ausgebrannt. Die mächtige Nase samt Cockpit war größtenteils abgerissen. Auf der Landebahn hinter dem Flugzeug lagen unzählige Trümmer. Er konnte aufgerissene Koffer und einzelne Passagiersitze erkennen. Und dazwischen immer wieder Leichenteile. Nur mit Mühe konnte er seinen Blick davon lösen. *Aber vielleicht gab es dennoch Überlebende. Irgendwo mussten sie ja anfangen.* Bisher kannte er solche Einsätze nur aus Afrika und anderen Katastrophengebieten. *Aber das hier war der Flughafen Charles de Gaulle. In Paris. Wie konnte so etwas passieren? Mitten in Europa?*

Als der Militärhelikopter den Boden berührte, schob der Leutnant die große Schiebetür auf und sprang als erster hinaus. Es regnete immer noch heftig. Der Gestank verbrannter Leichen kam ihm dennoch sofort entgegen. Er biss die Zähne zusammen und rannte los.

Die ersten leblosen Körper oder Teile von ihnen lagen ganz in ihrer Nähe. Sein Trupp und die Sanitäter untersuchten jeden einzelnen Fund. Kein Anzeichen von Überlebenden. Meter für Meter näherten sie sich dem Rumpf der Maschine. Das Heck des Flugzeuges brannte immer noch. Der Leutnant schob sich mit zwei seiner Leute zwischen die beiden auseinander gebrochenen Rumpfteile und versuchte ins Innere vorzudringen.

»Leise!«, zischte er plötzlich, » ich hab´ was gehört! Hier, aus dem vorderen Teil des Flugzeugs. Dort gab es scheinbar kein Feuer.«

Der Leutnant schob sich geduckt in den abgerissenen Vorderteil der 747 hinein. Scharfkantige Metallteile versperrten den Weg. Meter für Meter arbeitete er sich nach vorne. Auch hier überall aufgerissene Taschen und herausgeschleuderte Utensilien. Sein Blick blieb kurz an einer kleinen Puppe hängen.

Und dann entdeckte er sie. Mehrere Schwerverletzte hingen fast zwei Meter schräg über ihm in den Gurten ihres Sitzes. Blutüberströmt. Einer stöhnte.

»Hier! Hier!«, schrie er und rief nach den Sanitätern.

ZWEI TAGE SPÄTER, MITTELEUROPA

Und dann kam der große Regen. Wie befürchtet. Drei ganze Tage lang. Ununterbrochen. Mit schwersten Überschwemmungen, nachdem die vorangegangenen Tornados und der heftige Sturm keine Zeit zur Errichtung von Schutzmaßnahmen ließen. Teile Deutschlands, aber auch Hollands und Polens, versanken in den Fluten. In einem Ausmaß, das in keiner Weise vergleichbar war mit den Hochwassern der vergangenen Jahre. Auch wenn sich das anfangs keiner vorstellen konnte. Das Leiden in der Bevölkerung war unbeschreiblich.

BERLIN, KANZLERAMT

Der Krisenstab kam zweimal täglich bei der Kanzlerin zusammen.

Trotz des Einsatzes aller verfügbaren Hilfskräfte nahm die Katastrophe ihren selbstbestimmten Lauf. Den Wassermassen war nichts mehr entgegenzusetzen. Auch die Bundeswehr konnte keine Wunder bewirken. Tausende Existenzen gingen in den Fluten regelrecht verloren.

Die Kanzlerin saß in sich zusammengesunken am Kopfende des langen Tisches. Mit dunklen Ringen unter den Augen. Auch die Mitglieder des Krisenstabes sahen nicht besser aus. Seit mehr als 48 Stunden waren alle fast rund um die Uhr im Einsatz. Ein Ende des Ausnahmezustandes in Deutschland war nicht abzusehen. In einer kurzen Kaffeepause nahm sie sich Hans Weidner zur Seite. »Gibt es schon was Neues zu Herrn Brinneau?«

»Nein, leider nicht. Wir haben zwar ein paar unserer Spezialkräfte für die Bergung Überlebender nach Paris geschickt. Aber es herrscht immer noch ein unbeschreibliches Chaos. Keinerlei gesicherte Informationen zu Toten oder Überlebenden. Leider.«

Hans Weidner wusste, dass seine Chefin trotz der großen Müdigkeit und Frustration bereits weiterdachte. Und an Plänen für die Zeit danach schmiedete. Ihr eiserner Wille trieb sie voran. Er kannte sie lange genug. »Ich rufe noch mal an«, ergänzte er mitfühlend.

»Danke.«

Die Kanzlerin sah ihren engen Vertrauten kurz in die Augen. Sie wusste, dass er wusste, was sie dachte. *Ja, klarer konnte die Botschaft von Mutter Erde wohl kaum sein. Es reichte. Endgültig!* Nun waren *sie* gefordert. Die Menschen. Und die Kanzlerin, ganz persönlich.

PARIS, MILITÄRKRANKENHAUS IM NORDWESTEN

Überall auf dem Gang standen Betten. Auch die rollbaren Tragen waren zu permanenten Liegemöglichkeiten umfunktioniert worden. Und dennoch reichte es nicht. Immer noch brachten die Rettungskräfte weitere Verletzte herein.

Die schwache Notbeleuchtung verstärkte die drückende Stimmung. Einer der Oberärzte stand mit der Krankenschwester für ein paar Sekunden im Gang und sah die lange Reihe der Betten hinunter. Viele der Patienten stöhnten leise. Andere schliefen. Die Glastür wurde aufgeworfen. Zwei Sanitäter stürmten erneut mit einer Trage herein und riefen nach Unterstützung.

»Wann hört das endlich auf?«, fragte die Krankenschwester halb weinend und sah den Arzt müde an.

»Ich weiß es nicht.«

Als die beiden Sanitäter ihn erblickten, nickte er und fasste noch schnell die Krankenschwester am Arm. »Sie schaffen das schon!«, warf er ihr aufmunternd zu und eilte dann den Gang hinunter.

Die Krankenschwester sah ihm kurz hinterher, gab sich dann einen Ruck und betrat mit ihrer Schreibtafel in der Hand das nächste Krankenzimmer. Auch hier waren zwei zusätzliche Betten mit Schwerverletzten hineingestellt worden.

»Ahh, Sie sind wach«, sagte sie mit einem mühsam aufgebrachten Lächeln und ging zu dem Mann im ersten Bett hinüber, »das freut mich. Ich würde gerne ein paar persönliche Daten aufnehmen. Geht das?«

Die Augen des Mannes zuckten unruhig hin und her. Er hatte offensichtlich keine Ahnung, wo er sich befand. Noch, wie lange er schon hier war. Aber das Gesicht der Krankenschwester erkannte er wieder. Sie war es auch, die ihn gestern – *war das gestern? Er war sich nicht sicher* – in den Operationssaal gefahren hatte. Aber an mehr konnte er sich nicht erinnern. Er nickte langsam.

»Wie heißen Sie?«

Hähh? Wieso kannte die Krankenschwester nicht mal seinen Namen? Sein Hirn fing an zu arbeiten. *Hieß das, keiner wusste, dass er hier war? Oder lebte?* Er versuchte, sich ein wenig vorzubeugen. Panik überkam ihn. »Sie müssen unbedingt eine Nachricht für mich schreiben«, sagte er leise. Die wenigen Worte fielen ihm wahnsinnig schwer. Er atmete heftig.

»Beruhigen Sie sich«, sagte die Krankenschwester besänftigend und legte ihm eine Hand auf die Schulter, »sagen Sie mir erst einmal Ihren Namen.«

Erschöpft ließ sich der Mann ins Kissen zurückfallen. Er atmete schwer. Seine Lippen fingen an, zwei Worte zu formen. Die Krankenschwester beugte sich über sein Bett, um ihn besser zu verstehen.

»Wie bitte?«

»E r i c B r i n n e a u.«

»Eric Brinneau?«

»Ja.«

»Haben Sie Familie oder Verwandte in Paris?«

»Nein, aber Sie müssen unbedingt eine Nachricht für mich abschicken. An Tina Steinhoff in Deutschland.« Mit größter Willensstärke brachte Eric die Sätze heraus und gab der Krankenschwester Tina´s Handy-Nummer. »Bitte! Es ist sehr dringend!« Tränen liefen über sein Gesicht. Er griff nach der Hand der jungen Frau. Die Schmerzen in der Hüftgegend waren kaum auszuhalten. Dann verlor er wieder das Bewusstsein. Die Krankenschwester sah auf die Geräteanzeigen und rief nach dem Oberarzt.

»Ja, ich weiß«, sagte er, als er kurze Zeit später in der Tür stand, »wir holen ihn gleich. Wir müssen unbedingt noch mal operieren. Die inneren Blutungen scheinen noch nicht gestillt zu sein.«

Wieder auf dem Gang entdeckte die Krankenschwester einen der Militärpolizisten, der gerade an seinem Satellitentelefon hantierte. Die einzig zuverlässige Kommunikationsmöglichkeit in den letzten Tagen. Die Bitte des weinenden Mannes ging ihr nicht aus dem Kopf. Sie hatte eine Idee und ging zu dem Soldaten hinüber. »Können Sie damit auch Nachrichten schicken?«

»Ja. Wieso?«

»Könnten Sie diese Nummer in Deutschland erreichen?« Die Krankenschwester deutete auf ihren Schreibblock.

»Ja, sollte klappen. Wieso?«

Sie erklärte ihm die Situation.

»Was genau soll ich schreiben?«, fragte der Soldat und begann die Nummer in sein Satellitentelefon einzutippen.

Die Krankenschwester überlegte. *Ja, was genau sollte sie sagen?* Sie überlegte kurz und begann dann zu diktieren.

IM SÜDEN VON MÜNCHEN

Tina stand am Fenster ihres Büros. Noch immer regnete es. Wie aus Eimern. Sie hatte es zuhause nicht mehr ausgehalten. Aber auch im Büro war sie zu keinem klaren Gedanken fähig. Deutschland versank in den Fluten. Sogar die Isar war in München über die Ufer getreten und richtete gewaltige Schäden in der Innenstadt an. Die Menschen waren schockiert. Hatte man ihnen nicht versichert, dass so etwas in Bayern mit seinem vorbildlichen Hochwasserschutz-System nicht passieren konnte.

Tränen liefen über Tina´s Gesicht. Noch immer gab es kaum eine Telefonverbindung nach Frankreich. Eric´s Handy war nicht erreichbar. Keiner konnte ihr etwas Genaues zur Situation am Pariser Flughafen sagen. Auch an eine Autofahrt war immer noch nicht zu denken. Mehrmals hatte sie mit dem Gedanken gespielt, einfach loszufahren. *Sie musste doch irgendetwas tun!* Der Klingelton ihres Smartphones riss sie aus den schweren Gedanken. »Ja?«

»Hallo Frau Steinhoff. Hier Hans Weidner. Wie geht es Ihnen?«

Was sollte sie sagen. *Sie hätte schreien können.* Nur mit Mühe brachte sie ihre Gefühle unter Kontrolle. »Geht so.«

»Noch nichts von Herrn Brinneau gehört?«, fragte der Regierungsmann vorsichtig. Er konnte schon an Tina´s Stimme die Antwort erahnen.

»Nein, nichts.«

»Das tut mir leid.«

Tina´s Smartphone vibrierte. Sie sah mit einem Auge aufs Display. »Sekunde, Herr Weidner. Ich kriege gerade eine Nachricht herein.« Tina nahm das Smartphone vom Ohr. *Komischer Absender? Militaire Francaise. Hähh?* Hatte sie noch nie gesehen. Sie öffnete die Nachricht: *Madame Steinhoff, Eric Brinneau hat mich gebeten, sie zu informieren.....*

Zitternd scrollte sie herunter und las weiter. *YES! ERIC LEBT!* Tina fing vor Freude an zu weinen. *Er lebte! Sie hatte nie die Hoffnung aufgegeben! Durfte man einfach nicht!*

»Frau Steinhoff! Sind Sie noch dran? Was ist los?«, hörte Tina die Stimme von Hans Weidner. Sie nahm das Telefon wieder ans Ohr. »Herr Weidner! Er lebt! Er lebt!«

»Eric Brinneau?«

»Ja!« Tina konnte sich kaum beruhigen. Dann erzählte sie. Der Regierungsmann konnte es fast nicht glauben. Er dachte kurz nach und unterbrach dann Tina´s Redeschwall.

»Ich werde versuchen, Ihnen einen Platz auf einer unserer Transportmaschinen der Bundeswehr zu besorgen. Heute noch. Wir haben meines Wissens nach ein paar weitere Hilfsflüge geplant. Eine Kollege meldet sich gleich bei Ihnen!«

Tina bedankte sich tausendfach und legte auf. Sie sah in den Regen hinaus und weinte laut. *Jetzt wird alles wieder gut!*

Hans Weidner ließ sich sofort zur Kanzlerin durchstellen.

»Eric Brinneau! Er lebt!«

»Wie? Wo ist er? Wie geht es ihm?«

Hans Weidner versuchte sich zu beruhigen und berichtete kurz.

»Ich möchte mit ihm telefonieren, sobald es sein Gesundheitszustand zulässt«, sagte die Kanzlerin erleichtert.

»Ich kümmere mich ´drum.«

Der Verbindungsmann des Verteidigungsministeriums meldete sich eine halbe Stunde später bei Tina. »Können Sie in zwei Stunden in Landsberg am Militär-Flughafen sein?«

Klar konnte sie das!

»Der Flug könnte etwas rau werden. Ist das ok?«

Was für eine blöde Frage!

AUF DER GLEICHEN RANCH IN KALIFORNIEN, DREI TAGE SPÄTER

Zeitungsartikel und ausgedruckte Bilder zu den Verwüstungen lagen überall verteilt auf dem großen, runden Tisch. Wieder saßen die drei Amerikaner zusammen mit Ron´s Bruder auf der Veranda seines Anwesens.

Keiner sprach. Man konnte sehen, dass es in dem Bruder des Stiftungseigentümers kochte. Er rang mit einer Entscheidung.

»Meint ihr, das reicht? Nie und nimmer! Das dauert keine 2 Monate, dann haben doch alle dieses Sturmtief mit seinen extremen Verwüstungen wieder vergessen. Egal, wie schlimm diese Bilder sind! Auch in Europa! Und kaum einer schafft es, den Zusammenhang mit den von Menschenhand verursachten CO2-Emissionen herzustellen. Damit wird sich nichts ändern. Auch im Straßenverkehr nicht!«

»Glaub´ ich nicht«, warf einer der Männer nach einer kurzen Pause ein, »das war und ist ein Schock. Gerade für die Europäer. Aber auch für die ganze Weltbevölkerung. Jetzt wissen alle, dass es nur eine Frage der Zeit ist, bis es den nächsten trifft. Keine Region dieser Welt ist mehr vor solchen Extremwetter-Situationen gefeit. Und der Ölpreis wird dort oben bleiben. Weit über 200 Dollar. Auch wenn die IEA mit allen Mitteln versucht, über die massive Bereitstellung von Reserven die Auswirkungen abzumildern. Rotterdam ist schwer getroffen. Und verunsichert damit weiterhin den europäischen Markt. Die Benzinpreise liegen aktuell fast über drei Euro. Das ist ein Schock für jeden Autofahrer. Und wird eine Veränderung bewirken!«

»Was willst du damit sagen?«

Der Mann zögerte und sah Ron´s Bruder direkt in die Augen.

»Natürlich würden weitere Unterbrechungen in der Ölversorgung gerade jetzt besonders wirkungsvoll sein. Der Rohölpreis würde wahrscheinlich explodieren. Aber die Gefahr ist, dass dann eine weltweite Panik ausbricht. Und unter Panik reagieren die meisten Menschen nicht mehr rational. Und die Politiker erst recht nicht! Dann könnte der Schuss auch nach hinten losgehen. Chaos. Vielleicht sogar Krieg!«

Ron´s Bruder stand auf und ging auf seiner Veranda auf und ab. Er hatte heute keinen Blick für das schöne, spätherbstliche Wetter, das sich vor ihm in aller Farbenpracht ausbreitete. Er sah grimmig auf die breiten Holzplanken unter seinen Füßen.

Die drei Männer hatten, wie besprochen, alles vorbereitet. Die Teams warteten seit mehreren Tagen auf ihren geheimen Positionen. Doch die Nervosität stieg. Die Gefahr des Entdecktwerdens nahm mit jedem Tag zu. Sie mussten jetzt entscheiden, wenn sie das Leben ihrer Leute nicht zusätzlich gefährden wollten. Ihre Blicke folgten dem auf und abschreitenden Mann. Der blieb abrupt stehen und drehte sich zu ihnen um.

»Ok, wir brechen die Aktion ab!« Die drei Männer nickten. Erleichtert. »Für´s erste! Vielleicht kommen die Leute ja tatsächlich zur Vernunft.«

Einer von ihnen stand auf und ging ins Haus. Er setzte sich an einen Laptop und schickte eine kurze, verschlüsselte Nachricht hinaus. Währenddessen war Dennis zum Tisch zurückgekehrt und blieb davor stehen. Den Blick auf eine der aktuellen Schlagzeilen fixiert.

»Klimakonferenz verschoben. Vorab-Treffen der Präsidenten von China und den USA bei der deutschen Kanzlerin geplant. Ist das endlich der Durchbruch?«

Er tippte mehrfach vehement mit dem Zeigefinger auf den Artikel. »Mal sehen«, grummelte er in sich hinein, »mal sehen!« Er sah die Männer ihm gegenüber aus zusammengekniffenen Augen an. Er hatte seine Zweifel.

ZWEI WOCHEN SPÄTER
IN EINEM PRIVATKRANKENHAUS IN PARIS

Eric hatte mit einer kleinen Gruppe von Passagieren, die sich genau vor der Bruchstelle des Rumpfes der fast völlig zerstörten 747 befanden, schwer verletzt überlebt. Nach zwei Notoperationen in dem Militärkrankenhaus wurde er in eine Spezialklinik in Paris verlegt. Vor einer Woche konnte er die dortige Intensivstation verlassen, die inneren Blutungen waren gestillt. Aber noch immer war sein rechtes Bein in einem langen, schweren Gips verpackt. Das machte das Liegen auf Dauer zur Qual, besonders wenn mit dem Schwitzen auch das Jucken einsetzte. Aber immerhin war er seit zwei Tagen den Kopfverband los. Er fasste sich an die Stirn und spürte die lange Narbe, die mit vielen Stichen genäht bis tief in seinen Haarschopf hineinreichte. *Er hatte überlebt, das war das wichtigste,* sagte er sich immer wieder. Die Bilder des von links heranrasenden Tornados gingen ihm nicht mehr aus dem Kopf. Bis zum Aufschlag des riesigen Containerteils in den Flugzeugrumpf. *Nur wenige Meter vor ihm!* Danach wurde es dunkel in seinen Erinnerungen.

Auf dem Flachbildschirm an der Wand seines Einzelzimmers liefen immer noch fast ununterbrochen Nachrichten über die verheerenden Auswirkungen des Sturmtiefs und die nur langsam in Schwung kommenden Aufräumarbeiten in Paris und Umgebung. Sowie unendliche Erklärungsversuche der verschiedensten Experten. Als wieder Aufnahmen vom Pariser Flughafen, oder das was von ihm noch übrig war, gezeigt wurden, nahm er die Fernbedienung und schaltete aus. Zu tief saß der Schmerz.

Jeannette war tot. Ihr Leichnam war gefunden und von den Eltern identifiziert worden. Die Beerdigung hatte bereits stattgefunden. *Ohne ihn. Vielleicht war das auch gut so,* dachte er immer wieder. Denn er konnte nicht sagen, wie er vorort, an ihrem Grab, bei ihren Eltern, reagiert hätte. So hatte er aus der Ferne endgültig Abschied genommen. Ohne sie jemals wiedergesehen zu haben, seit der abrupten Trennung. Nur sehr langsam wich die Traurigkeit aus seinem Kopf.

Zur Ablenkung hatte er sich seit mehreren Tagen wieder in die Arbeit gestürzt und versucht, die oft aufkommende Wut über das Geschehene in konstruktive Gedanken umzusetzen. *Mit welchem Konzept war der Durchbruch bei den EVs endlich zu schaffen?* Immer wieder skizzierte er Entwürfe auf seinen Arbeitsblock. Und fast genauso oft riss er das Blatt ab und feuerte es in die Ecke. *Mist! Wo war diese eine brilliante Idee?* Oder gab es nur ein geschicktes Bündel aus Einzelmaßnahmen, die in Summe für die Trendwende im Straßenverkehr sorgen konnten?

Er war nun wieder in ständigem Kontakt mit seinen Kollegen, die sich riesig über seine Genesungsfortschritte und den spürbar aufkommenden Elan in seiner Arbeit freuten. Der alte Eric war wieder da. Fast. Zumindest, was die Arbeit betraf. Die Schockstarre, die ihr Institut nach dem Doppelschlag nahezu komplett gelähmt hatte, wich einer neuen Dynamik. Eric hatte lange mit Ron telefoniert. Auch mit Richard und Steve. Und natürlich mit Lisa und Tina.

Und dann hatte sich Hans Weidner gemeldet. So emotional hatte er den deutschen Abteilungsleiter noch nie erlebt. Und stellte dann direkt zur Kanzlerin durch. Eric spürte sofort, dass sich bei der ersten Dame im deutschen Staat etwas verändert hatte. Nach wenigen einleitenden Worten war sie sofort zum Thema gekommen: »Herr Brinneau, so schlimm diese Katastrophe auch war, wir können ihr auch etwas Positives abgewinnen. Wenn wir jetzt die Gunst der Stunde nutzen. Den Schockzustand vieler für die richtigen Entscheidungen nutzen. Aber dafür brauche ich endlich eine Lösung. Jetzt! Egal, wie sie aussieht. Bis wann können Sie mir ein Konzept zukommen lassen?« Eric war sprachlos gewesen. Für ein paar Sekunden. Doch dann hatte er die Kanzlerin verstanden. Richtig verstanden. *Die Zeit des Lamentierens und der Ausreden war vorbei. Endgültig. Jetzt galt es.*

Er sah auf die Uhr. In wenigen Minuten wollten seine Kollegen ihn besuchen. Alle, bis auf Ron und Steve. Ihr erstes gemeinsames Arbeitsmeeting seit den schweren Ereignissen der letzten Wochen. In Eric´s Augen der Beginn einer neuen Phase. Die nette Analyse- und Marketingphase war vorbei. Jetzt mussten die Ärmel hochgekrempelt werden. Er war bereit. *Naja, fast,* dachte er, als er versuchte sich aufzurichten und ein stechender Schmerz in seine Hüfte schoss. Aber das würde vorbeigehen.

In seinem Kopf hatte sich seit dem Telefonat mit der Kanzlerin ein konkreter Plan entwickelt. Der Ton ihrer Stimme hatte sein Hirn irgendwie auf Hyperschall-Geschwindigkeit gebracht. *Oder ihn in den Hintern getreten. Er war sich nicht ganz sicher. Wahrscheinlich beides!*

Er hatte seine Ideen innerhalb weniger Stunden auf Papier gebracht und gestern an alle geschickt, um die heutige Diskussion anzufachen und schnellstmöglich die neuen Schwerpunkte ihrer Arbeit festzulegen. Ron hatte sich bereits die Unterstützung des kalifornischen Gouverneurs gesichert, der seinerseits nun in enger Abstimmung mit dem amerikanischen Präsidenten stand. Man war sich schnell einig: *Es gab keinen besseren Zeitpunkt zum Handeln als jetzt!*

Eric hörte Geräusche auf dem Gang. Die Tür ging nach einem kurzen Klopfen auf. Tina´s Gesicht erschien mit einem breiten Lächeln. »Wow, schaut euch den Kerl an! Schon fast wieder der Alte, ohne den Kopfverband.«

Lisa und Richard schoben sich ebenfalls herein. Man konnte ihnen die Erleichterung ansehen. Noch vor wenigen Tagen hatten alle befürchtet, dass sie Eric verloren hatten. Zu grausam sahen die Bilder vom Pariser Flughafen und der auseinander gebrochenen 747 aus. Die Identifikation der wenigen Überlebenden hatte viel Zeit in Anspruch genommen. Und wenig Hoffnung gelassen. Die Freude nach der erlösenden Nachricht war unbeschreiblich gewesen. Nicht nur bei Tina.

Lisa ging auf Eric´s Bett zu und hatte Tränen in den Augen. Bisher hatte sie mit ihm nur telefoniert und war erst heute Morgen aus Beijing gekommen. Der Flugverkehr nach Paris war immer noch eingeschränkt. Sie drückte still Eric´s Hand. Der sah sie aufmunternd an.

»Ich hatte dir doch gesagt, dass wir das hinkriegen. Wir müssen nur Augen und Ohren offen halten! Dass da gleich so ein Tornado von links heranrast, konnte ich natürlich nicht ahnen. Aber ich hab mich gut festgehalten und dann, wie gesagt, die Ohren offen gehalten. Bis die Rettungskräfte kamen.«

Was für eine nette Umschreibung für Super-Superdusel, dachte Tina und kämpfte ebenfalls mit den Tränen.

Richard stand im Hintergrund und lächelte zu Eric hinüber. *Ja, sie hatten verdammtes Glück gehabt. Und er war unbeschreiblich froh darüber. Jetzt erst recht,* dachte er immer wieder in Bezug auf ihre anstehenden Arbeiten. Glücklicherweise war Ron, der sich mit Hilfe seiner Frau wieder sehr gut erholt hatte, der gleichen Meinung. »Eric, ich schließe schon mal den Monitor an. Dann können wir Ron direkt dazuschalten.« Eric nickte.

»Und wie geht es dir heute?«, fragte Lisa leise, nachdem sie seine Hand losgelassen hatte.

»Ausgezeichnet! Eigentlich wäre ich hier schon weg, wenn mich nicht dieses blöde Bein daran hindern würde.« Er schlug kurz seine Decke zur Seite und zeigte den Gips samt Pyjamahose. Alle mussten lachten.

»Wann kommst du denn raus?«

»Wird wohl noch ein paar Tage dauern. Da sind die Ärzte ja immer etwas unpräzise.«

»Du rufst mich einfach an, wenn es soweit ist. Dann hole ich dich ab«, sagte Tina fürsorglich. Lisa sah ihre Kollegin von der Seite an.

»Ok, ok! Macht euch um mich nur keine Sorgen. Das wird schon wieder. Aber jetzt zu unserem eigentlichen Thema, Richard. Kriegen wir Ron auf den Schirm?«

Richard saß bereits auf einem der Stühle im Zimmer und hatte seinen Laptop hochgefahren. »Ja, sollte gleich soweit sein.«

Die beiden Frauen nahmen sich ebenfalls einen Stuhl und setzten sich neben Eric´s Bett. Kurz danach erschien tatsächlich Ron´s Gesicht, mit seiner Frau direkt neben ihm.

»Hallo, Eric«, kam es von den beiden. Man konnte sofort die Freude auf den Gesichtern erkennen. Und ein paar Tränen. Ron beugte sich vor, direkt in die Kamera. »Eric, alter Junge«, sagte er mit leicht bebender Stimme, »da haben wir beide unsere Schutzengel aber verdammt heftig in Anspruch genommen. Müssen wir in Zukunft etwas vorsichtiger mit umgehen.«

»Das kannst du wohl laut sagen, Ron.«

Für ein paar Sekunden entstand eine andächtige Stille, bevor der Stiftungseigentümer wieder das Wort ergriff. »Aber ich sehe an der Unterlage, die mir Richard gestern geschickt hat, dass du schon wieder ganz der Alte bist.«

Breites Grinsen in der Runde.

»Stimmt nicht, Ron«, entgegnete Eric mit ernster Miene, »ich bin jetzt noch entschlossener, vielleicht sogar radikaler geworden. Wie wir ja alle in den letzten Wochen so eklatant feststellen mussten, drängt die Zeit nämlich ein bisschen. Das heißt, wir brauchen endlich ein Maßnahmenpaket, das greift. Richtig Wirbel im Markt macht! Da ist mir der aktuelle Bericht zu Norwegen gerade recht gekommen.«

Lisa musste grinsen. Sie erinnerte sich noch gut an ihre erste Diskussion in China und die ablehnende Haltung Eric´s.

»Ich bin immer noch platt von diesen Zahlen«, antwortete Ron, der die Unterlage vor sich liegen hatte, »und eurer Analyse. Eigentlich simpel! Wenn man es mal auf den Punkt gebracht hatte.«

»So ist es. Die Menschen sind am Schluss ziemlich einfach gestrickt. Auch unsere Kernzielgruppe. Trotz ihres hohen Bildungsstandes. Unser massives Marketing hat sicherlich bereits einiges bewegt. Kein Zweifel. Man sieht das ja an dem hohen Interesse, gerade in unseren Democentern. Aber um die Massen zum Kauf zu bewegen, brauchen wir mehr Druck! Oder mehr Karotten! Je nachdem, wie man es betrachtet!«

Die anderen nickten.

»Lisa hatte es ja schon vor Wochen gesagt.« Eric fing ihren Blick auf und zwinkerte ihr kurz zu. *Schlaues Mädchen.* »Norwegen macht es uns allen doch vor. Als lebendes Beispiel für die geforderte Trendwende. Man muss nur genau hinsehen.«

In seiner Unterlage hatte er noch mal auf mehreren Seiten ausführlich dargelegt, was Norwegen so einzigartig machte. Die Antwort war tatsächlich ein ganzes Bündel an Maßnahmen. Perfekt folgend dem schon so häufig diskutierten ›Carrot-and-stick‹ Prinzip. Die Karotten für die EV-Käufer. Und richtig böse Stöcke für die Besitzer und Käufer konventioneller und Hybridfahrzeuge. Das hieß, die Förderung in Norwegen galt eigentlich nur für reine EVs. Nach dem Motto: Wenn schon Technologiewende, dann richtig!

»Das heißt«, fasste Eric zusammen, »in Norwegen sind die steuerlichen Belastungen beim Erwerb und Betrieb eines konventionellen Fahrzeuges deutlich höher als im weltweiten Durchschnitt, während sie für EVs deutlich niedriger liegen.«

»Was wiederum brilliant für den Staat und seine Kassen ist«, schob Richard nach, »denn unter dem Strich wird der norwegische Staat finanziell nicht mehr gefordert als jedes andere Land. Er verteilt nur um.«

»Genau.«

»Eigentlich ein simples Rezept«, kam es erneut von Ron, »aber extrem schwer in der Umsetzung.« Die anderen nickten zustimmend. *Ja, die Kernfrage war, wie dieses erfolgreiche Beispiel auf andere Metropolen und Märkte übertragen werden konnte?*

»Weiß eigentlich einer, wieso die Norweger es dennoch geschafft haben. Und das schon vor Jahren?« Ron sah mit intensivem Blick in die Kamera.

»Gute Frage«, kam es nachdenklich von Eric, »bisher können wir nur spekulieren. Aber offensichtlich haben die Norweger schon früh erkannt, dass es mit ihrer Ölförderung, die ja die größte in Europa ist, langsam zu Ende geht und daraus einen simplen Schluss gezogen: Möglichst schnell weg von dem Zeug! Und nachdem sie das Öl fast ausschließlich im Straßenverkehr brauchen, war das Ziel schnell definiert.«

»Mhh«, kam es von Ron, »sehr interessant.«

»Damit bleibt nur die Frage der Übertragbarkeit«, griff Eric seinen Faden wieder auf und führte durch den Rest seiner Unterlage.

Nein, man konnte das norwegische Konzept nicht eins-zu-eins übertragen. Aber entscheidend war, dass das Grundprinzip von ›Carrot-and-Stick‹ konsequent umgesetzt wurde: Es musste klar günstiger sein, ein EV zu erwerben und zu betreiben, als ein konventionelles Fahrzeug. Was heute in keinem Land außer Norwegen der Fall war.

Daher halfen auch all ihre Marketing und Demo-Aktivitäten nur begrenzt. Egal wie sehr sie sich anstrengten, denn am Schluss reagierte ein Großteil der Bürger viel stärker auf monetäre Anreize. Hier mussten sie mit den jeweiligen Landesregierungen ansetzen. Alles andere brachte sie nicht auf die Zielkurve. Das war für Eric nach den letzten 18 Monaten klar. *Glasklar!* Die Zulassungszahlen sprachen eine eindeutige Sprache.

»Und was heißt das dann genau für LA und Kalifornien?«, fragte Ron.

Eric hatte konkrete Vorschläge zur Übertragung des norwegischen Beispiels auf die Metropolregionen in Deutschland und den USA erarbeitet. Am Beispiel von LA und München.

»In LA sind die Kaufanreize mit den hohen steuerlichen Vorteilen eigentlich schon ziemlich gut,« sprang Richard ein und sah nachdenklich auf die Unterlage, »auch wenn EVs immer noch einen Tick teuerer als konventionelle Fahrzeuge sind.«

Steve, der nun ebenfalls per Video dazugeschaltet war, ergänzte.

»Wir haben das Thema bereits heute Morgen in der Taskforce adressiert. Zwei Ideen dazu: Entweder die Regierung erhöht noch mal ihren Förderbetrag, parallel zu den separaten Incentives je Bundesstaat. Oder, was ich als Idee besonders interessant finde: Wir erhöhen die Fördersummen nur für die reinen Zero-Emission-Fahrzeuge, zulasten der Plug-in-Hybride, die ja eigentlich keine Dauerlösung sein können! Bleibt dann kostenneutral für den Staat.«

»Mhh«, kam es von Eric, »ich denke, wir brauchen beides. Und dann brauchen wir noch eine Erhöhung der Anreize im täglichen Betrieb von EVs. Nachdem das Parken im öffentlichen oder halb-öffentlichen Raum für die Amerikaner ja grundsätzlich kein Problem darstellt, muss hier der Anreizfokus auf dem kostenfreien Laden liegen. Möglichst einfach und überall. Und das am besten in der vordersten Reihe. Vor der Shopping Mall. Am Fitnesscenter. Am Flughafen. Einfach überall.«

»Die Frage ist nur, wie wir die vielen privaten Unternehmen mit den ´zig Millionen halb-öffentlichen Parkplätzen zur Installation der Ladepunkte und der kostenfreien Ausgabe des Stroms animieren.«

Wieder meldete sich Steve. »Auch hier sind wir in der Taskforce bereits an einem konkreten Vorschlag dran. Zusammen mit ein paar der großen Handelskonzerne.«

»Super!«

»Dann bleibt eigentlich nur noch die Förderung der eigenen Solaranlage samt Ladesäule für das absolut saubere Tanken zuhause. Hier könnten ähnliche Abschreibungs-Möglichkeiten wie beim Kauf der EVs helfen«, schob Richard energisch nach.

»Absolut!«

»Nur die Übertragung einer City-Einfahr-Maut, so wie in Oslo, sehe ich bei uns nicht. Habe ich mit dem Gouverneur schon mal vordiskutiert. Das passt irgendwie nicht zum American-way-of-life. Und ist in der großflächigen Metropolregion mit seinen vielen Zentren auch deutlich schwieriger umsetzbar.«

Die anderen teilten Ron´s Einwurf, der vehement fortfuhr.

»Dennoch! Wir sollten so schnell es geht ein konkretes Zusatzpaket an Maßnahmen für LA vorschlagen und das dann mit dem Bürgermeister und dem Gouverneur diskutieren. Und ihnen dabei Oslo in aller Deutlichkeit vor Augen führen. Noch bevor der Gouverneur zusammen mit dem US-Präsidenten nach Berlin fliegt.«

»Kommt der Gouverneur denn mit nach Berlin?«

»Yep! Unser Präsident und der Gouverneur scheinen sich zusammengerauft zu haben. Kalifornien hat bei EVs jetzt ganz klar die Führungsrolle innerhalb den USA übernommen. Das sieht jetzt auch der Präsident so. Und will wohl nicht mit leeren Händen nach Berlin kommen. Das ist unsere Chance!«

»Sehr gut. Und das gleiche müssen wir hier in München versuchen«, sagte Eric voller Tatendrang und blickte zu Tina hinüber, die ihm zunickte.

Auch wenn beide wussten, dass die Herausforderungen für ein Erfolg versprechendes Paket in Deutschland eigentlich noch gravierender waren. Es gab dort bis heute kaum eine Förderung, die den Namen verdiente.

»Wenn das schon mit der direkten Kaufförderung in Deutschland so schwer ist, dann sollten wir unbedingt noch mal das Thema CO2-Bilanzen je

Haushalt diskutieren«, hakte Lisa ein, »wir brauchen einfach einen Testmarkt dafür. Deutschland mit seiner so effizienten Verwaltung ist eigentlich ein Idealkandidat. Darauf aufbauend könnte dann ein neuartiges, CO2-basiertes Anreizsystem entwickelt werden, dass vielleicht in der Lage wäre, direkte Kaufanreize für EVs zu ersetzen. Nicht nur für die Unternehmen, sondern eben auch für die Haushalte.«

Eric nickte vehement. Er hatte das Thema bereits als Alternative am Rande seines Berichtes erwähnt. »Aber wir sollten auf keinen Fall die Mehrwertsteuer vergessen. Der Wegfall für EVs wäre sicherlich ein erster großer Schritt.«

»Aber das größte Drama ist ja, dass sich auch die innerstädtischen Anreize noch in engen Grenzen halten, trotz eines ersten, bereits verabschiedeten Fördergesetzes«, meldete sich Tina.

Und das lag nicht am Mangel an Optionen, wie die Diskussionen in München nach der so beeindruckenden Akustikdemonstration gezeigt hatten. Sogar eine Einfahr-Maut, ähnlich wie in Oslo, war denkbar, nachdem das Thema PKW-Maut ja bereits in Deutschland kurz vor der Einführung stand. Und damit alle notwendigen technischen Voraussetzungen geschaffen wurden.

»Tina, da hast du völlig Recht«, erwiderte Eric, »die deutschen Metropolen wären eigentlich ideal geeignet für eine Kopie der innerstädtischen Anreize aus Oslo. Das Einfahren und Parken der konventionellen Fahrzeuge muss, relativ gesehen, deutlich teurer werden. Vielleicht sogar beschränkt werden. Kombiniert mit einem kostenfreien Laden der EVs wäre das dann endlich ein massives Marktanreizprogramm.«

Ja, es wurde in der Diskussion immer klarer, dass ein Maßnahmenpaket zur Einleitung einer deutlich schnelleren Trendwende im Straßenverkehr darstellbar war. Aber in den einzelnen Ländern und Metropolen unterschiedlich ausgestaltet werden musste, um den jeweiligen Rahmenbedingungen gerecht zu werden.

»Damit bleibt nur noch zu hoffen, dass sich die Kanzlerin jetzt durchsetzen kann«, schob Eric nachdenklich ein.

»Meinst du, sie schafft das?« fragte Ron.

Eric wog seinen Kopf hin und her. »Ich denke schon. Am Telefon klang sie auf jeden Fall wild entschlossen.«

Es entstand eine kurze Pause.

»Ah, das wird schon!«, versuchte Richard die Stimmung nicht abgleiten zu lassen, »auf jeden Fall geben die massiv gestiegenen Kraftstoffpreise den EVs bereits jetzt einen ordentlichen Zusatzschub.«

»Aber das wird wohl nicht von Dauer sein«, erwiderte Ron, »dafür werden die Ölkonzerne schon sorgen, befürchte ich.«

Er und Richard hatten zusammen mehrfach über die Hintergründe zu dem Anschlagsversuch auf den Zeppelin gesprochen. Noch waren die Untersuchungen des FBI nicht abgeschlossen. Die Konzernspitze des Ölunternehmens wies weiterhin jede Beteiligung von sich und stellte Pit als quasi verrückten Einzeltäter dar. Das Gegenteil war aktuell nicht zu beweisen.

»Haben wir eigentlich noch mal etwas von unserem berühmten Freund gehört?«, fragte Lisa, der die Knie immer noch weich wurden, wenn sie an das Treffen auf dem Flughafen von LA zurückdachte.

»Nein.«

»Diesmal lag er offensichtlich mit seiner Warnung falsch«, sagte Richard, »wir konnten in unserer eigenen Organisation zumindest keine Hinweise in diese Richtung finden. Richtig, Ron?« Der Stiftungseigentümer nickte vehement.

»Gott sei Dank!«, sagte Tina.

»Dennoch komisch«, meinte Eric nachdenklich. Er hatte den Mann fast vergessen. Nach den dramatischen Ereignissen der letzten Tage.

»So, das reicht für´s erste, Eric. Du musst dich immer noch schonen.« Tina stand auf und ging zu der Ablage mit Gläsern und Wasser hinüber.

Ron stimmte ihr zu. »Tina hat Recht. Genug für heute! Unser Fokus ist jetzt klar. Wir brauchen für LA und München zwei überzeugende Pakete an Zusatzmaßnahmen, die idealerweise schon beim geplanten Treffen bei der deutschen Kanzlerin diskutiert werden können. Um dann schnellstmöglich umgesetzt zu werden.«

Ron verabschiedete sich mit einer ausholenden Armbewegung von der anderen Seite des Bildschirms. Die anderen erhoben sich von ihren Stühlen.

»Ich komme nach dem Mittagessen noch mal vorbei«, sagte Lisa, als sie Eric einen kleinen Kuss auf die Stirn drückte, »ich habe da noch eine spezielle Idee für Beijing, die ich gerne vorab mit dir diskutieren möchte.«

»Klar, gerne, ich laufe ja nicht weg!«

Alle lachten und verließen das Krankenzimmer.

Richard blieb mit Lisa und Tina auf dem Flur des modernen Krankenhausbaus stehen und sah die Chinesin nachdenklich an. »Beijing und die chinesischen Metropolen sind wohl noch mal ganz anders, oder?«

Lisa nickte und skizzierte den beiden kurz ihre neuesten Überlegungen.

Auch die Chinesen waren geschockt von den Bildern in Paris und Teilen

Europas nach dem Sturmtief. Ausläufer der gewaltigen Schlechtwetterfront hatten sogar noch zu Überflutungen in den westlichsten Provinzen Chinas geführt.

Lisa´s Onkel hatte das CO2-Thema und seine Brisanz nun bis in die innersten Zirkel der Partei getragen. Erneute Smog-Warnungen in den chinesischen Großstädten mit dramatisch schlechteren Luftqualitätswerten unterstützten noch sein Anliegen. China musste endlich etwas tun. Bei der Kohleverbrennung, aber auch im Straßenverkehr. Nicht nur für das Weltklima, sondern zum Wohle seiner Bürger.

Doch die Lösung für eine Trendwende im chinesischen Großstadtverkehr musste anders aussehen als in den westlichen Metropolen. Ganz anders. Das wurde Lisa und ihrer Taskforce in Beijing immer klarer. Der Fokus musste hier auf der stark wachsenden Mittelschicht liegen, die oft zum ersten Mal ein Auto kaufte und fast ausschließlich in Apartments wohnte. Sie waren für die zahlenmäßige Explosion des chinesischen Automarktes verantwortlich, der nun mit Abstand der größte weltweit war. Diesen Leuten konnte und wollte man den Kauf eines Autos nicht verbieten. *Auch nicht in China,* erklärte Lisa. Aber man konnte ihnen den Erwerb eines EVs quasi aufdrücken. Indem man die Beschränkung für konventionelle Fahrzeuge noch mal massiv verschärfte. In allen chinesischen Metropolen. Und gleichzeitig die Bauvorschriften für die so zahlreich entstehenden, neuen Apartment-Blocks zu 100% auf EVs ausrichtete. Mit Tiefgaragen-Park- und Lademöglichkeiten bevorzugt oder ausschließlich für solche Fahrzeuge. Und einer eigenen, sauberen Stromerzeugung auf den Dächern, um endlich das Problem der kohleorientierten, zentralen Stromerzeugung möglichst weit zu umgehen. Nachdem die Bautätigkeit in Chinas Großstädten um Faktoren höher lag, konnte damit die Attraktivität von EVs deutlich schneller angehoben werden als anderswo.

»Und was sagt dein Onkel dazu?«

»Eine neue Studie zur reduzierten Lebenserwartung von Chinesen aufgrund der Smog-Belastungen gerade in den nördlichen Großstädten hat ihn persönlich sehr getroffen. Und wohl auch einige, andere Spitzenfunktionäre. Damit scheint das Thema endlich ganz oben auf die Agenda der Regierung zu kommen. Nicht unbedingt aus CO2-Emissions-Gründen, sondern weil die Lebensqualität in den chinesischen Großstädten in die Knie geht! Und ihre Bürger mit zunehmender Mündigkeit dies für sich und ihre Kinder nicht mehr einfach hinnehmen. Dazu kommt die Preisexplosion beim Benzin, der sich nun auch in China deutlich mehr am Weltmarkt orientiert. Ja, am Weltmarktpreis orientieren muss. Bei den gigantischen Mengen, die China nun importiert.«

»Kommt dein Onkel auch mit nach Berlin?«

»Sieht so aus. Wenn ihm nicht wieder ein interner Widersacher einen Strich durch die Rechnung macht!«

Lisa verzog das Gesicht. Noch immer musste ihr Onkel sehr vorsichtig sein.

»Ah, kriegen wir schon hin. Jetzt, nachdem wir mit unserem chinesischen Stiftungspartner ja deutlich besser aufgestellt sind«, sagte Richard aufmunternd, »kommt, wir gehen schnell was essen.«

Eric lehnte sich in seinem Bett zurück und sah zum Fenster hinaus. Der Neuanfang war gemacht. Und wie! Er hatte seine Überzeugung zurückgewonnen, dass ihre ambitionierten Ziele im Straßenverkehr erreichen werden konnten. *Die Bürger waren doch nicht doof. Man musste ihnen nur das richtige Paket anbieten. Quasi unwiderstehlich! Und wenn sie erst einmal die coolsten EVs vor der Haustür hatten, dann wurden sie auch zu Überzeugungstätern. Unabhängig von der Förderung. Die Norweger machten es doch vor!* Am liebsten wäre Eric aufgestanden und gegangen. Es gab noch so viel zu tun. Das Bett und dieses Krankenhaus nervten zusehends. Er versuchte, eine bequemere Sitzposition zu finden. Vergeblich.

Er musste an Jean-Luc denken. Die beiden Fotos waren wie alles andere von seinem Gepäck im Flugzeug verbrannt. *Hatten sie überhaupt jemals existiert?* Er war sich nicht mehr so sicher. Richard hatte ihm auch ein neues Smartphone besorgen müssen. Jean-Luc hatte sofort versucht ihn zu erreichen, nachdem er die Bilder vom Flughafen gesehen hatte. Vergeblich, wie alle anderen auch. Jetzt waren sie für morgen verabredet. Jean-Luc wollte ihn im Krankenhaus besuchen. Doch was sollte Eric ihm sagen? *Dass er komische Fotos gesehen hatte? Oder sollte er es einfach vergessen?* Aber er wollte endlich das klärende Gespräch. Jean-Luc wieder mit an Bord haben. Ohne ihn dabei zu verletzen.

Tief in Gedanken hatte er das Öffnen der Tür nicht bemerkt. *War überhaupt angeklopft worden?* Eric erschrak. *Was wollte der Arzt schon wieder,* dachte er, als er den weißen Kittel wahrnahm. Und erkannte dann erst das Gesicht.

»Hallo Herr Brinneau«, sagte Jeff Simson ruhig und blieb am Fuß von Erics Bett stehen, »ich sehe, Sie haben sich schon wieder ganz gut erholt.«

Diesmal war Eric deutlich gefasster. Er sah den Amerikaner ruhig an. Er wusste nicht wieso, aber sein Bauchgefühl sagte ihm, dass er hier einen wirklichen Freund vor sich hatte. Jemand, der es ehrlich meinte, dem man vertrauen konnte.

»Ich hoffe, Sie haben nicht schon wieder eine Warnung für uns«, sagte Eric nach der kurzen Pause, »ich tue mich nämlich aktuell etwas schwer mit dem Laufen.«

»Keine Sorge. Zurzeit kann ich Entwarnung geben. Aber ich befürchte, das wird auf Dauer nicht so bleiben.«

»Das klingt ja nicht gut. Was war eigentlich mit Ihrem letzten Hinweis? Da lagen Sie ja daneben, oder? Und vor dem Unwetter hier in Paris hatten Sie mich auch nicht gewarnt.«

Jeff verzog das Gesicht. »Ich gebe zu, ich bin kein Wetterexperte. Auch wenn ich zufälligerweise die Entstehungsgeschichte dieser Sturmfront hautnah mitverfolgen durfte.« Jeff musste wieder an Tom und ihren gemeinsamen Flug im Helikopter hinaus zur Bohrplattform denken. Und den dramatischen Abgang.

Die arktische See hatte das riesige Ungetüm aus Stahl einfach verschluckt. Die Rettungsaktion war nach Tagen ergebnislos abgebrochen worden. Die Hoffnung auf Überlebende geschwunden.

Einen Tag später hatte Jeff seine Kündigung eingereicht. Seine Chefin war baff gewesen. *Was war denn in ihn gefahren? Wie konnte er auf dieses brilliante Gehalt verzichten? Was wollte er denn sonst machen?* Aber er ließ die Fragen unbeantwortet und ging. Einfach so. Für ihn war das Spiel beendet. Endgültig. Er hatte viel zu lange bei diesem Wahnsinn mitgemacht. Das in der Weltöffentlichkeit fast unbemerkte Drama in der Arktis und der skrupellose Anschlagsversuch in Kalifornien hatten ihm die Augen geöffnet. Es war Zeit, seine Energie und Fähigkeiten woanders einzusetzen.

Er sah Eric eindringlich an. »Das Thema in Kalifornien ist leider noch nicht ausgestanden. So wie wir das sehen, hat sich dort nur das Timing verschoben. Da hat wohl jemand angesichts des Unwetters und seiner Auswirkungen kalte Füße bekommen.«

Eric starrte ihn an. Versuchte sich vorzubeugen. Und ließ sich dann unter Schmerzen wieder ins Kissen sinken. Er konnte es nicht fassen. »Jemand von uns?«

Jeff nickte. »Zumindest aus Ihrer Nähe. Vielleicht auch nur ein Sympathisant.« Eric schüttelte ungläubig den Kopf. Aber irgendwie spürte er, dass der Mann Recht hatte. Jeff fuhr ruhig fort. »Ich glaube, Sie könnten jemanden wie mich in Ihrer Organisation gebrauchen.«

Eric nickte, immer noch leicht benommen. »Ja, ich glaube, da haben Sie Recht. Aber eigentlich weiß ich doch noch gar nichts über Sie. Nicht mal Ihren Namen.«

Jeff beugte sich vor und reichte Eric die Hand.

»Jeff Simson. Ex-Ölmann aus Texas, Abteilung für Sonderaufgaben. Ich würde gerne die Seiten wechseln.«

Eric erwiderte den kräftigen Händedruck. *Ja, das konnte der Beginn einer neuen und intensiven Freundschaft werden,* dachte er überzeugt und sah den Amerikaner lange an.

IM KANZLERAMT, BERLIN, ZWEI TAGE SPÄTER

Die Kanzlerin stand wieder am Fenster ihres Büros und sah hinaus. Alleine. Es nieselte in Berlin, bei unangenehm niedrigen Temperaturen. Noch immer war ein großer Bautrupp vor dem Kanzleramt beschäftigt, die so beeindruckenden Solarsegel wieder in Ordnung zu bringen. Ansonsten waren die Auswirkungen des Unwetters in der Hauptstadt weitgehend beseitigt. Nicht so im Rest des Landes. Und schon gar nicht in Frankreich.

Sie hatte gerade mit dem französischen Präsidenten telefoniert. Die Zahlen trieben ihr immer wieder Tränen in die Augen. *Mehr als 5.000 Tote in Mitteleuropa. Nach einem einzigen Unwetter!* Davon alleine 3.000 in Paris und Umgebung. Solche Zahlen und Bilder kannte man bisher nur aus den Philippinen oder anderen asiatischen Staaten. Jetzt auch mitten in Europa.

Die Bevölkerung war schockiert. Die Zeitungen übertrafen sich in Untergangs-Szenarien. Die Trauer vieler schlug an einzelnen Stellen bereits in Wut um. *Wieso hatte sie keiner gewarnt? Wieso waren sie nicht besser vorbereitet gewesen?*

Doch wie konnte man sich gegen solche Naturgewalten schützen? Die Kanzlerin schüttelte den Kopf. *Nein, auf Dauer musste der Fokus woanders liegen.* Natürlich mussten sie mehr in die Prävention stecken. Gerade Deiche. Sie hatte dazu auch lange mit dem holländischen Ministerpräsidenten gesprochen, der im schwer beschädigten Hafen von Rotterdam und an der Küste kämpfte.

Aber das wirkliche, das ursächliche Thema waren die weltweiten CO2-Emissionen. Eine lange Sitzung beim Potsdam-Institut für Klimafolgenforschung hatte es nach einer hitzigen Sitzung noch mal auf den Punkt gebracht. Die wissenschaftliche Basis war zu gut, um an der Ursache und der Notwendigkeit einer dramatischen Wende bei den CO2-Emissionen zu zweifeln. Und die

Befürchtung führender Experten, dass das ganze noch viel schlimmer, als in ihren Modellen prognostiziert, kommen könnte, hatte sie nur noch bestärkt. Sie musste handeln. *Jetzt. Und mit aller Konsequenz!*

Sie hatte den amerikanischen Präsidenten angerufen und eine Telefonkonferenz zusammen mit dem chinesischen Regierungschef organisiert. Und dann gemeinsam die anstehende Klimakonferenz abgesagt. Eigentlich nur verschoben. *Doch die Message war klar! Weltweit.* Die Key-Player wollten nach so vielen verpassten Chancen in den letzten Jahren nicht mehr zusammentreten, bevor es nicht konkrete Fortschritte zu melden gab. Basta.

Stattdessen war sie nun mit den Amerikanern und Chinesen zu einem Treffen hier in Berlin verabredet. *Man wollte erstmals ›Tacheles‹ reden,* so die Ansage der Kanzlerin in einer Pressekonferenz. Der größte CO2-Emittent der letzten 50 Jahre, ohne den eine Trendwende gerade im Straßenverkehr eigentlich nicht denkbar war. Zusammen mit dem neuen Spitzenreiter auf dieser unrühmlichen Liste, der gleichzeitig immer mehr zum Sprachrohr für alle aufstrebenden Wirtschaftsnationen und ihren Energiehunger wurde. Und Deutschland als einer der technologischen Vorreiter, mit ambitionierten Zielen in der eigenen Energiewende. Damit kam Druck in die Kiste. Alle konnten es spüren. Auch die Schmerzen, die dabei unvermeidbar waren. Die Augen der Kanzlerin zogen sich grimmig zusammen.

Da waren die neuesten Zahlen zur Entwicklung der CO2-Emissionen in Deutschland vor ein paar Tagen ein richtiger Schlag ins Gesicht gewesen. *Absoluter Stillstand. Seit nun mehr als fünf Jahren. Nicht nur im Straßenverkehr! Nein, in allen Sektoren.* Wenn man genau rechnete, hatten sich die Emissionen sogar leicht erhöht. Der Zubau neuer Kohle- und Gaskraftwerke zur Kompensation des Atomausstiegs fing an, sich negativ bemerkbar zu machen. Einer der Betreiber wollte sogar neue Tagebauwerke für Braunkohle in Ostdeutschland erschließen. *Meinte, das sei ja jetzt wohl notwendig. Als wenn die Zeichen der Zeit an diesen Managern einfach vorübergingen.* Die Kanzlerin kochte und hatte ihr persönliches Veto eingelegt. *Wenn Deutschland jetzt wankte, war es vorbei!*

Doch der entscheidende Schauplatz neben den Kraftwerken war und blieb der Straßenverkehr. Hier wollte sie mit den beiden Präsidenten einen gewaltigen Schritt vorankommen. Und sie hatte deren Zusage. Deswegen wollten sie nach Berlin kommen. *Kein Plauderstündchen mit netter anschließender Pressekonferenz. Sondern konkrete Vereinbarungen!* Mit anfassbaren Erfolgsgeschichten in den Metropolregionen von LA, Beijing und München. Das war die Idee. Basierend auf den neuesten Erkenntnissen ihrer drei aktiven Taskforces.

Sie musste an Eric Brinneau denken. Sie hatte den Schweizer irgendwie in ihr Herz geschlossen. Er war unbeirrbar. *Und verdammt kreativ!*

Sein neuester, konkreter Vorschlag war der beste Beweis. Hans Weidner hatte ihn sofort zum Lesen hereingereicht, als er kam. Die Aussage war so simpel. *Wenn man das richtige Paket an staatlichen Maßnahmen schnürte, war die Wende im Straßenverkehr erreichbar. Punkt. Aus.* Oslo war der lebende Beweis. Man musste es nur wollen. *Absolut! Und jetzt wollte sie!*

Es klopfte. Die Kanzlerin drehte sich zur Tür.

»Herr Weidner ist da.«

Der Abteilungsleiter kam herein, nickte kurz und steuerte dann direkt auf den langen Besprechungstisch zu. Die Kanzlerin blieb am Fenster stehen und fixierte ihn aus der Entfernung. »Und? Was halten unser Koalitionspartner und die zuständigen Minister von unseren Ansätzen?«

Die Kanzlerin hatte ihren engen Vertrauten zu ersten Sondierungsgesprächen vorgeschickt. Sie hatte ihm die gesamte Liste an möglichen Maßnahmen, die in Eric Brinneau´s Bericht standen, auf die Agenda gepackt. Ohne eine breite Unterstützung in ihrem Regierungsbündnis war an die Verabschiedung eines zweiten Fördergesetzes zur Elektromobilität nicht zu denken.

Hans Weidner sah seine Chefin nachdenklich an.

»Schwierig. Natürlich wissen alle, dass wir was tun müssen. Gerade im Straßenverkehr. Die Zahlen sind ja eindeutig. Aber jeder denkt schon wieder an die nächsten Wahlen. Das Thema Kaufanreize wird zwar von allen unterstützt. Naja, fast allen.«

»Ich weiß, ich weiß. Im Finanzministerium hat man gerade andere Sorgen.«

Hans Weidner nickte. »Aber Sonderabschreibungsmöglichkeiten beim Erwerb eines EVs und der Installation einer Ladestation werden gleich wieder kritisch gesehen. Kommt ja besonders den einkommensstärkeren Bevölkerungsschichten zu Gute. Das heißt, es gibt sofort wieder wahltaktische Überlegungen.«

Die Kanzlerin verzog das Gesicht.

»Mein Gott! Es geht doch hier nicht um Wählerstimmen! Diese Leute sind nun mal eine unserer Kernzielgruppen. Sie fahren die Mehrzahl der Autos. Sie sind es, die wir erreichen müssen. Haben Sie ihnen das erklärt? Und den möglichen Schub für die Wirtschaft, der ja gerade unseren kleinen Unternehmen und den Facharbeitern zugute käme. Ob in der Automobil- oder Elektrobranche.«

»Ja, habe ich.«

»Und?«

Hans Weidner lehnte sich in seinem Stuhl zurück. »Die Bedenken sind trotzdem da. Gerade in Kombination mit einer möglichen City-Maut und kostenlosem Strom an allen öffentlichen Ladesäulen. Zu viele Vorteile für Leute, die nicht ihre Kernwählerschicht darstellen. Auch wenn sie natürlich die Logik dahinter verstehen.« Die Kanzlerin drehte sich grimmig weg und sah wieder zum Fenster hinaus. Hans Weidner fuhr fort.

»Die Idee einer jährlichen CO2-Bilanz je Haushalt kam dagegen ziemlich gut an. Auch wenn allen die Umsetzung Kopfzerbrechen bereitete. Aber in Summe waren die Reaktionen leider ziemlich durchwachsen. Ja, jeder ist immer noch schockiert angesichts der Ereignisse der letzten Wochen. Aber die Unterstützung zum konsequenten Handeln müssen wir uns wohl dennoch hart erkämpfen, befürchte ich. Gerade jetzt, wo die nächsten Wahlen bereits wieder anstehen.«

»Und wie ist die Stimmung bei den Grünen?«, fragte die Kanzlerin ohne sich umzudrehen.

»Die sehen in der aktuellen Situation natürlich eine Riesenchance für sich. Die hätten die Wahlen am liebsten morgen.«

Für einige Sekunden herrschte absolute Ruhe im Raum. Man konnte fast spüren, wie es im Kopf der Kanzlerin arbeitete.

»Wenn es sein muss, mache ich auch Neuwahlen mit«, sagte sie leise, wie zu sich selbst, »vielleicht ist das ja der einzig gangbare Weg. Falls wir es in unserer aktuellen Koalition nicht auf die Reihe kriegen.«

Hans Weidner wusste, dass das kommen würde. Er kannte seine Chefin zu gut.

»Und was macht die Unterstützung der Automobilindustrie?«, fragte sie und wechselte unvermittelt das Thema.

Ohne eine massive Ausweitung des Angebots war der EV-Hochlauf natürlich auch nicht zu schaffen. Der einzig verbliebene Hemmschuh in Norwegen. Hans Weidner hatte dazu ein Sondertreffen mit dem VW-Boss gehabt.

»Immer noch ein bisschen vom berühmten Henne-und-Ei-Problem. Wo denn nun unsere staatlichen Förderprogramme bleiben. Und immer wieder der Hinweis auf die hohen Vorab-Investitionen und die einknickenden Margen.«

»In der jetzigen Krisensituation können doch nicht die Margen im Vordergrund stehen, verdammt nochmal!«

Die Kanzlerin war nun endgültig sauer. *War sie denn die einzige, die die Brisanz der Lage richtig einschätzte? Das konnte doch nicht wahr sein!*

»Wer kommt heute Abend?«

»Alle«, antwortete Hans Weidner.

Die Kanzlerin hatte zu einem Sondertreffen mit den Spitzen der deutschen Automobil-, Elektro- und Stromkonzerne geladen. Es musste eine massive, konzertierte Aktion aus Industrie und Regierung werden, wenn sie die Wende im Straßenverkehr nun endlich einleiten wollten. Und sie wollte den ersten Schritt getan haben, bevor die Amerikaner und Chinesen bei ihr aufschlugen. Nur so konnte sie die Dynamik in dem gerade in Gang kommenden Prozess beibehalten.

»Gut. Dann wird das heute Abend ein Treffen, das keiner so schnell vergessen wird. Und wenn dabei ein paar Köpfe rollen müssen. Keiner kann sich jetzt mehr verstecken. Entweder man ist dabei, oder eben nicht.«

Die Kanzlerin hatte sich umgedreht und sah ihren Vertrauten ruhig an. Hans Weidner sah die Entschlossenheit in ihren Augen. Sie war nun bereit, ihre gesamte politische Karriere auf´s Spiel zu setzen. Zu groß war das Thema geworden. Zu groß ihre persönliche Anteilnahme. Er konnte ihr nur beipflichten.

»Und machen Sie einen Termin mit dem Verkehrsminister und Herrn Brinneau. Möglichst schnell. Ich will die zweite Stufe unseres Elektromobilitäts-Gesetzes noch vor den Weihnachtsferien durch haben! Egal wie!«

The buck stops here! Ihr Blick wanderte erneut zum Gemälde von Konrad Adenauer hinüber. Hatte sie nicht schon das gleiche vor zwei Jahren gedacht? Seitdem war viel passiert.

Aber nicht genug.

Das musste sich jetzt ändern.

EPILOG

Innerhalb weniger Wochen wurde eine deutlich umfangreichere, zweite Stufe des deutschen Fördergesetzes zur Elektromobilität ausgearbeitet. Mit zeitlich begrenzten Kaufanreizen und einem deutlich breiteren Programm an Optionen, die von den Kommunen im innerstädtischen Bereich umgesetzt werden konnten. Nach heftigen Diskussionen wurde das Gesetz im Bundestag verabschiedet.

Die Münchner Bürgermeisterin war die erste, die ein konkretes Bündel an Anreizen verkündete, die sie in ihrer Metropolregion sofort umsetzen wollte.

Das Berliner Treffen zusammen mit dem amerikanischen und chinesischen Präsidenten wurde ein voller Erfolg. Die Amerikaner kündigten bereits auf dem Treffen ein vergleichbares Förderprogramm für EVs in ihrem Land an. Die Chinesen versprachen eine detaillierte Prüfung.

Drei Monate später begann die verschobene Klimakonferenz unter ganz anderen Vorzeichen. Erstmals war eine gewisse Aufbruchstimmung zu spüren.

Kurz nach Verabschiedung der neuen Förderpakete in den USA und Deutschland schossen die Absatzzahlen für EVs in beiden Märkten in die Höhe.

Die deutsche Automobil-Industrie hatte das Signal verstanden. Innerhalb der nächsten 24 Monate kamen reine Elektrofahrzeuge auf den Markt, die die Käufer in Ekstase versetzten. Bestes Design. Überragende Fahr-Performance. Sogar Cabrios. Und mit Reichweiten von bis zu 400 km.

Und dann begann ein Rennen zwischen den großen Metropolen dieser Welt, die zu den eigentlichen Vorreitern wurden. Jeder wollte den anderen übertreffen bei den Fortschritten zur Energiewende. Nicht nur im Straßenverkehr.

Ein ausgeklügeltes Monitoring-System des *Green Electric Institutes* schaffte weltweite Transparenz und Vergleichbarkeit. Und eine hervorragende Basis für alle folgenden Klimakonferenzen. Jetzt konnte endlich konkret diskutiert werden.

Überraschend wurde Kanegawa, der bisherige Chef der IEA, von seinem Posten abberufen. Ohne genaue Nennung von Gründen.

Jean-Luc Garçon kehrte wieder zurück zur IEA. Und baute die Zusammenarbeit mit Eric´s neuem Institut massiv aus. Ein Jahr später wurde ihm der Chefposten bei der IEA angeboten.

Auf Anregung Norwegens wurde ein Moratorium zur Beendigung aller Förderaktivitäten in der Arktis unterschrieben. Und auch umgesetzt.

In Kanada begann sich ein Widerstand gegen den massiven Ausbau der Ölsand-Gewinnung zu etablieren. Die Vergabe weiterer Konzessionen wurde von der Zentralregierung auf Eis gelegt.

Zwei Jahre nach dem Unwetter über Europa zeigte sich beim weltweiten Kraftstoffverbrauch im Straßenverkehr erstmals ein leichter Rückgang gegenüber dem Vorjahr. Trotz weiter steigender Fahrzeug-Bestandszahlen.

ODER LIEF ES DOCH GANZ ANDERS?

Nach wenigen Wochen war das Unwetter vergessen und Bürger, sowie Politiker gingen wieder zum Alltagsgeschäft über. Grabenkämpfe im Kleinklein, während die große Linie der Energiewende völlig aus dem Blick geriet.

Die zweite Stufe des deutschen Elektromobilitäts-Gesetzes wurde nach heftigen Diskussionen auf unbestimmte Zeit verschoben.

Nach einem unbefriedigenden Treffen in Berlin wurde auch die anstehende Klimakonferenz auf das nächste Jahr verschoben.

Während die so risikoreichen Anstrengungen zur Förderung der letzten Ölreserven auf dieser Erde unvermindert weitergingen.

WIR HOFFEN NICHT!

DENN WIR SIND DIE BÜRGER.
WIR KÖNNEN ES BEEINFLUSSEN.

WIR MÜSSEN NUR WOLLEN!

ANHANG

Fakten und Hintergründe

1. VERGLEICH ALLRAD-ANTRIEBSTECHNIK

Heutige, konventionelle Allradsysteme sind ein Meisterwerk der Ingenieurskunst. Über ein kompliziertes System an Verteiler- und Achsgetrieben wird *die Kraft von der Kurbelwelle des einen, zentralen Verbrennungsmotors zu* den vier Rädern geführt. Dabei bringt das meist mittig sitzende Verteilergetriebe über zwei massive Gelenkwellen die Kraft zu Vorder- und Hinterachse. Dort befinden sich die beiden Achsgetriebe, die dann für die Kraftverteilung zwischen den Rädern sorgen. Gravierende Verbesserungen des Systems sind nach jahrzehntelanger Entwicklungsarbeit kaum mehr zu erwarten.

Dagegen erlauben Elektromotoren mit ihrer deutlich geringeren Baugröße ein völlig neuartiges und überlegenes Allradsystem.

Im Extremfall kann plötzlich jedes Rad einzeln und völlig unabhängig voneinander angetrieben werden. Gepaart mit der deutlich schnelleren Reaktionszeit von E-Motoren auf Ansteuersignale ergibt dies völlig neue Freiheitsgrade bei der fahrdynamischen Regelung. Was sich am Schluss in noch mehr Fahrsicherheit für unsere PKWs ausdrücken wird.

Darüber hinaus kann ein solches elektrisches Allradsystem aufgrund des Wegfalls vieler konventionellen Komponenten deutlich leichter und platzsparender bauen. Im Extremfall ist die Unterbringung aller Antriebskomponenten (bis auf die Batterie) im Vorder- und Hinterachsträger denkbar, was den Gesamtschwerpunkt des Fahrzeugs absenkt und zusätzlichen Platz für die Unterbringung der Batterie zur Verfügung stellt.

Bereits heute wird an solchen Konzepten intensiv gearbeitet. Der Tesla D ist Ende 2014 bereits mit einer Vorstufe dieses Systems, nämlich jeweils einem E-Motor auf Vorder- und Hinterachse, in Serie gegangen.

2. IEA SZENARIO 450 FÜR DEN STRASSENVERKEHR (AUS DEM JAHR 2009)

Nachdem der stark wachsende, internationale Luft- und Schiffsverkehr aufgrund großer, technischer Herausforderungen in den nächsten Jahren so gut wie keinen Beitrag zur CO2-Reduzierung leisten können wird, muss die Hauptlast auf dem weltweiten Straßenverkehr liegen.

Mit einem Umrechnungsfaktor von zirka 2,7 kg CO2 pro Liter Kraftstoff lässt sich eine geläufigere Darstellung in Litern statt Tonnen CO2 wählen. Das folgende Bild zeigt die erwartete Entwicklung des weltweiten Kraftstoffbedarfs im Straßenverkehr bis 2030 und die Reduzierungsforderungen des Szenarios 450, getrennt nach OECD-Staaten und dem Rest der Welt.

Das Marktmodell der IEA prognostiziert unter »business-as-usual« eine Steigerung des weltweiten Kraftstoffbedarfs auf zirka 2.900 Milliarden Liter im Jahr 2030. Trotz der geplanten, immer schärfer werdenden Vorschriften in vielen Ländern bezüglich Effizienz der verkauften Neufahrzeuge.

In ihrem Szenario 450 fordert die IEA nun, den Bedarf im Straßenverkehr auf zirka 2.300 Milliarden Liter im Jahr 2030 zu begrenzen, was dann, wie gesagt, insgesamt zu der geforderten 17-Prozent-Reduzierung im gesamten Verkehrssektor führt. Dies bedeutet für den Straßenverkehr immerhin noch eine Steigerung von fast 300 Milliarden Litern gegenüber heute.

Straßenverkehr, weltweit: Zielszenario 450 versus „Business-as-usual"

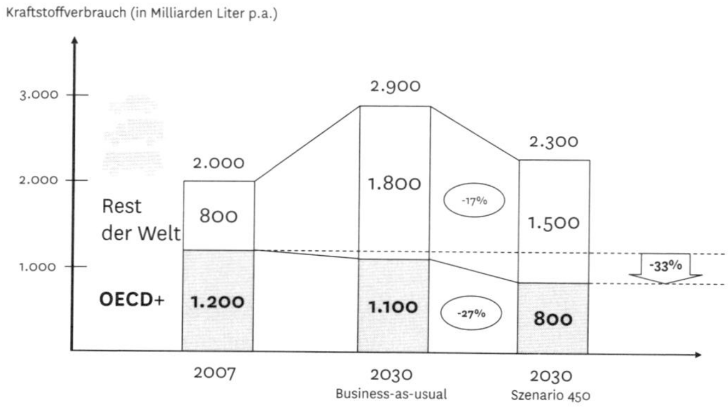

Quelle: IEA World Energy Outlook 2009

Für die klassischen Industrienationen, die sogenannten OECD-Staaten, ergibt sich damit eine 33-prozentige Reduzierung gegenüber heute. Während dem Rest der Welt aufgrund des enormen Nachholbedarfs bei der individuellen Mobilität quasi eine Verdoppelung des Kraftstoffbedarfs zugestanden wird. Die etwas höhere Ziel-Anspannung für die OECD-Staaten gegenüber dem Rest der Welt spiegelt aus Sicht der IEA nur die gewünschte Vorreiter-Rolle der führenden Industrienationen wider. Das ist nach langem Ringen der Experten der abgestimmte Beitrag des weltweiten Straßenverkehrs zur Rettung des Weltklimas. Nicht mehr und nicht weniger.

Die dahinter liegende, enorme Herausforderung für den Straßenverkehr tritt aber erst wirklich zutage, wenn man sich parallel dazu das unaufhörliche Wachstum des weltweiten Fahrzeugbestands vor Augen hält. Alle Prognosen gehen von einer Verdoppelung bis ins Jahr 2030 aus. Im folgenden Bild ist die Veränderung des weltweiten Bestands an Straßenfahrzeugen zwischen 2010 und 2030 dargestellt, aufgeteilt auf die wichtigsten Märkte.

Veränderung im Straßenfahrzeugbestand: 2010 - 2030

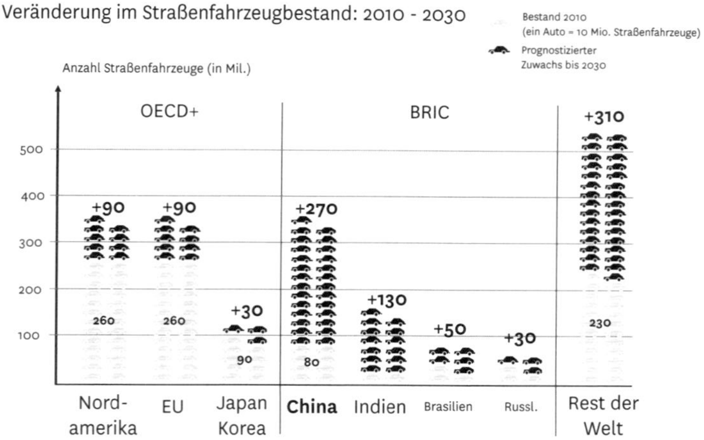

Quelle: IEA World Energy Outlook 2009, eigene Berechnungen

In den OECD-Staaten ist aufgrund des hohen Sättigungsgrades nur noch eine Steigerung von zirka 30 Prozent zu erwarten, während in den wirtschaftlich stark wachsenden BRIC-Staaten und dem Rest der Welt mit einer Verdreifachung des Fahrzeugbestands gerechnet wird. Insgesamt ein Anwachsen von heute zirka 1 Milliarde Fahrzeuge auf dann 2 Milliarden.

Was bei gleich bleibender Effizienz der Fahrzeuge logischerweise zu einer Verdoppelung des weltweiten Kraftstoffbedarfs führen müsste, aber auf keinen Fall darf, wenn die Ziele des Szenarios 450 erreicht werden sollen – nämlich nur noch eine geringfügige Steigerung um zirka 15 Prozent. Hier liegt die Brisanz.

Extrem deutlich wird dies, wenn man aus den Reduzierungsforderungen für den Kraftstoffbedarf in den OECD-Staaten und der gleichzeitigen, erwarteten Bestandserhöhung die notwendige Effizienzsteigerung der Fahrzeuge berechnet. Was die IEA-Experten im Laufe des Romans tun. Und daher hier nicht schon vorweggenommen wird.

Die dahinterstehende Formel ist dabei relativ simpel (alle Werte bezogen auf ein Jahr):

Gesamter Kraftstoffbedarf = Durchschnittlicher Verbrauch pro Fzg. (in Liter/km) x Durchschnittliche Jahresfahrleistung (in km) x Summe aller Fahrzeuge im Bestand

D.h. unter der Annahme, dass sich die durchschnittliche, jährliche Fahrleistung kaum verändern wird, ist bei zwei gegebenen Größen aus der Formel immer die dritte zu berechnen.

3. METROPOLREGION MÜNCHEN

Die Stadt München selbst hat gut 1,3 Millionen Einwohner und beschränkt sich mit ihrem Stadtgebiet auf zirka 300 Quadratkilometer (die beiden grau gekennzeichneten Flächen). Zur Metropolregion werden aber noch zumindest die sieben angrenzenden Bezirke - in Deutschland ›Landkreise‹ genannt – hinzugezählt, die ungefähr die gesamte Fläche des Kartenausschnitts einnehmen. In diesen weniger dicht besiedelten Vorstadtregionen wohnen gut noch mal so viele Menschen, von denen viele zum Arbeiten in die bayerische Hauptstadt pendeln. Das Gesamtgebiet der Metropolregion München umfasst zirka 5.000 Quadratkilometer.

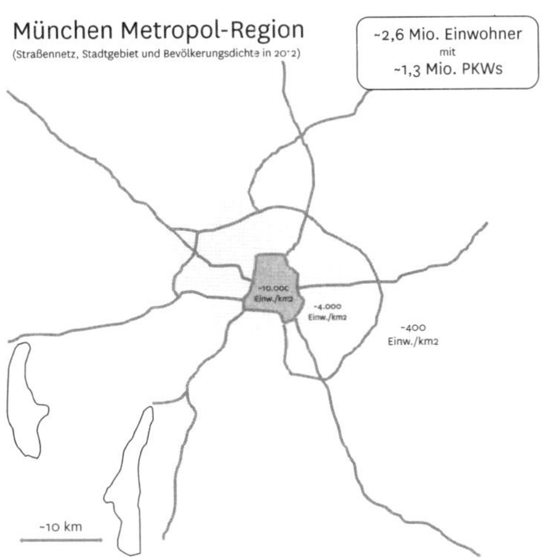

Das Stadtzentrum wird vom vierspurigen ›Mittleren Ring‹ umgeben und hat mit ca. 10.000 Einwohner / km2 die dichteste Bebauung. Ein Autobahnring umfasst das gesamte Stadtgebiet und ermöglicht mit sternförmig zulaufenden Autobahnen das Einpendeln der Vorstadtbewohner, als auch die Freizeitaktivitäten aller Bewohner.

Zum Energiebedarf der gesamten Metropolregion gibt es kaum aufbereitetes Datenmaterial – das gilt leider, wie wir festestellen mussten, für fast alle Großstädte dieser Welt. Aus welchen Gründen auch immer.

Dennoch lässt sich aus der Summe einzelner, statistischer Quellen eine ziemlich exakte CO2-Bilanz für die Region aufstellen. 2 Millionen Tonnen CO2-Emissionen.

Der Verkehrssektor ist mit zirka 5,5 Millionen Tonnen pro Jahr der größte CO2-Emittent in München. Dabei werden 90% vom Straßenverkehr mit seinen zirka 1,3 Millionen PKWs und fast 100.000 LKWs und Bussen verursacht.

Dies entspricht einem jährlichen Kraftstoffbedarf von zirka 1,8 Milliarden Liter und stellt die Ausgangsbasis für die Zielvorgaben des Szenarios 450 im Münchner Straßenverkehr dar.

Die zentrale Energieerzeugung (Strom und Fernwärme) in der Region steht CO2-mäßig ziemlich gut da, weil sie heute noch mehr als 60 Prozent ihres Stroms aus zwei Kernkraftwerken bezieht, was ganz und gar nicht dem Bundesdurchschnitt entspricht.

Verbraucher Sektoren	**CO2-Emissionen (Mio.t p.a., Stand 2010)**
- Haushalte	3,9
- Gewerbe, Handel, Dienstl.	2,0
- Verkehr	5,5
- Zentrale Energieerzeugung	4,0
- Industrie	1,5
GESAMT	**17,0**

Die zirka 2,6 Millionen Einwohner der Region verteilen sich auf zirka 1,3 Millionen Haushalten. Davon knapp 400.000 Haushalte in Einfamilienhäusern oder Doppelhaushälften, während die Mehrheit in Mehrfamilienhäusern oder Appartmentblocks, besonders im Stadtgebiet, wohnt. Diese Privatgebäude müssen alle mit Wärme versorgt werden, was heute zu mehr als 90 Prozent über Öl- oder Gasheizungen geschieht. Das verursacht die jährlichen CO2-Emissionen von fast 4 Millionen Tonnen.

Gewerbe, Handel und Dienstleistungen nutzen die übrigen Gebäude in der Region und stehen mit ihrem Wärmebedarf für zirka Das muss und wird sich mit dem Atomausstieg bis 2020 ändern. Ob der Ersatzstrom dann komplett aus erneuerbaren und damit weiterhin CO2-freien Quellen kommt, ist noch offen. Das alleine ist aus unserer Sicht eine riesige Herausforderung für die Metropolregion und Bayern insgesamt.

Darüber hinaus gibt es in der Region deutlich weniger energie-intensive Industriebetriebe als im Bundesdurchschnitt. Was sich ebenfalls in einem sehr niedrigen CO2-Emissionswert niederschlägt.

Insgesamt steht die Region aktuell mit zirka 7 Tonnen CO2 pro Einwohner und Jahr zwar besser als der Durchschnitt in Deutschland da, liegt aber, wie gesagt, nur an obigen zwei Sondereffekten.

4. METROPOLREGION LOS ANGELES

Die räumliche Ausdehnung dieser weltbekannten Metropolregion ist eigentlich vergleichbar mit München, unterscheidet sich aber durch eine im Mittel wesentlich höhere Einwohnerdichte. Eine nicht enden wollende Aneinanderreihung von Stadtgebieten, die sich mit einem dichten Netz an Highways um Downtown LA herum angeordnet haben. Nur der Pazifik und die Bergketten im Hinterland stellen eine natürliche Begrenzung dar.

Daher wohnen in der Metropolregion Los Angeles, die zumindest den LA County und Teile des Orange County miteinschließt, fast 5-mal so viele Einwohner wie im Großraum München.

Dies lässt bereits vermuten, dass auch der Energiebedarf der Region deutlich höher liegt, was sich in einer Detailanalyse (für den LA County) mehr als bestätigt.

Die mehr als 4 Millionen Haushalte in der Region wohnen zum größten Teil, so wie in ganz Amerika, in Einfamilienhäusern. Der Heizungsbedarf in LA fällt aufgrund des milden Klimas deutlich geringer aus als im Rest der USA. Der Strombedarf für die vielen und langlaufenden Klimaanlagen wird von den zentralen Kraftwerken bereitgestellt und erzeugt damit keine lokalen Emissionen in den Haushalten. Damit liegen die lokalen Emissionen der Haushalte mit knapp 9 Millionen Tonnen relativ niedrig.

Dasselbe gilt für die vielen Gebäude des Sektors ›Gewerbe, Handel, Dienstleistungen‹.

Die gigantische Summe von mehr als 65 Millionen Tonnen CO2-Emissionen pro Jahr im Verkehrssektor sticht sofort ins Auge.

Verbraucher Sektoren	CO_2-Emissionen (Mio.t p.a., Stand 2010)
- Haushalte	8,8
- Gewerbe, Handel, Dienstl.	4,4
- Verkehr	**65,7**
- Zentrale Energieerzeugung	22,4
- Industrie	26,2
GESAMT	**127,5**

Mehr als 50% aller CO2-Emissionen in der Region. LA ist eine absolut auto-zentrierte Metropole. Allein im LA County gibt es zirka 7 Millionen PKWs bzw. Light-Duty-Vehicles auf den Straßen. Die dann im Mittel auch noch 50% mehr Fahrstrecke pro Jahr zurücklegen als in Deutschland und aufgrund ihrer Größe und hubraumstarken Motoren zirka ein Drittel mehr Benzin pro 100 km verbrauchen. Im Durchschnitt verfügt damit jeder Haushalt in LA über 2 Autos.

Gepaart mit einer riesigen Flotte an LKWs, die sowohl den größten Hafen Kaliforniens, als auch LA´s Betriebe und Einwohner versorgen muss, ergibt sich ein jährlicher Kraftstoffbedarf von zirka 25 Milliarden Litern. Das ist die Ausgangsbasis für die Zielvorgaben des Szenarios 450 im Straßenverkehr von LA.

Kalifornien, und damit auch LA, verfügt über eine deutlich sauberere, zentrale Energieerzeugung als die meisten anderen Bundesstaaten. Es gibt keine Kohlekraftwerke, dafür aber viel Wasserkraft im bergigen Hinterland. Daher der relativ niedrige Wert bei den CO2-Emissionen.

Umgekehrt befinden sich fast alle Raffinerien Kaliforniens innerhalb der Metropolregion, was den Industriesektor zum zweitgrößten CO2-Emittenten macht.

Dennoch steht die Region LA insgesamt mit zirka 13 Tonnen CO2 pro Einwohner und Jahr deutlich besser da als der Rest der USA, was aber, wie gesagt, nur am milden Klima und der deutlich saubereren Stromerzeugung liegt. Ganz sicher nicht am Verkehr.

5. QUELLENÜBERSICHT

IEA World Energy Outlook,
2009 (und folgende)

US Department of Energy, Transportation
Energy Data Book

US Department of Transportation,
Statistical Data

EIA, Energy Information Agency,
China Reports

Bundesministerium für Wirtschaft und
Technologie, Energiedaten

DIW Berlin, Deutsches Institut für
Wirtschaftsforschung, Wochenberichte

Bayrisches Landesamt für Statistik,
Kommunalstatistiken

Statistisches Amt, München

City-data.com, LA County Statistics

Studien verschiedener Universitäten
und Forschungseinrichtungen